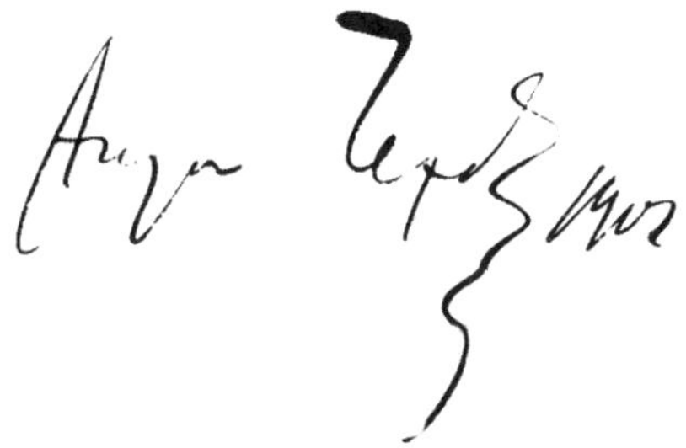

Антон Павлович Чехов

СОБРАНИЕ СОЧИНЕНИЙ

姜明河 孙维韬等———译

契诃夫中短篇小说全集 Ⅷ

上海译文出版社

目 录

1895—1897

1898—1903

1895—1897

三　年

1

天色已黑，有些人家的灯光已亮了起来，街道尽头的工人集体宿舍的背后升起了一轮惨白的月亮。拉普捷夫坐在大门旁的长凳上，等待圣彼得和圣保罗教堂晚祈祷的结束。他指望做完晚祈祷回家的尤利娅·谢尔盖耶芙娜能路过这里，那他就有机会和她搭上话，也许能谈上一个晚上。

他坐等了一个半小时。在这段时间里，他的想象力在描绘着他那套莫斯科住房，他的莫斯科朋友，他的仆人彼得以及他的写字台。他困惑地朝漆黑而静止的树木望了一阵。他感到奇怪，他居然现在已不住在索科利尼基的别墅里，而住在一所外地城市的房子里。每天早晨和傍晚总有一些人吹着牧人的号角，赶着一大群牲畜从屋前经过。他回想起不久前在莫斯科和朋友们长时间的畅谈——谈论着人没有爱情也能生活下去，而满腔热情的爱是变态心理的表现。归根结底没有什么爱不爱，有的只是性欲罢了，一切都是如此。他回想起这些，显得有点悲伤。假如现在有人问他，爱情是什么，他肯定不知道怎样回答。

晚祈祷结束了，人群从教堂走出来。拉普捷夫集中注意力望着漆黑的人影。主教已经坐着马车过去了，教堂的钟已不再敲了，钟楼里的红绿灯火——教堂节日的彩灯——一盏接一盏地熄灭了，而祈祷的人还在不慌不忙地走着，悠然自在地交谈着，或在别人窗下逗留片刻。这时，拉普捷夫终于听到了一个熟悉的声音，他的心剧烈地跳动起来。尤利娅·谢尔盖耶芙娜不是单独一人，而是和两位女士走在一起，这使他失望万分。

“这太糟糕了，太糟了！”他喃喃地，嫉妒着说，“这真糟糕！”

在小巷口的转弯处，她停下来和两位女士告别，只有在这个当口，她朝拉普捷夫瞟了一眼。

“我正要去您那里，”他说，“去和老太爷聊聊天。他在家吗？”

“大概在家，”她答道，“他去俱乐部还早着呢。”

整条小巷位于花园里，篱笆边长着一排椴树，如今在月光中投下了一大片阴影，以至围墙和大门的一面完全隐没在黑暗里，墙内传来女人的低语声、窃窃的笑声以及有人轻轻地弹着三弦琴的琴声。椴树和干草散发出一阵阵清香。墙内人的低语声和这股树木、干草的清香振奋着拉普捷夫。突然间他热切地渴望去拥抱自己的同行者，疯狂地吻她的脸、手和肩膀，痛哭一场，扑在她的脚边，说自己等她等了那么久。从她身上飘来一丝清淡而柔和的神香味。这种香味使他想起他曾经也信仰上帝，常去做晚祈祷；回想起他曾经也幻想纯洁而富有诗意的爱情。可是身边这位少女没有爱过他，现在在他看来，他曾经所幻想的那种幸福，对他来说，已永远地消逝了。

尤利娅·谢尔盖耶芙娜开始关切地提起他的姐姐尼娜·费奥多罗芙娜的健康状况。两个月前，他的姐姐因癌症动过手术。现在大家料想毛病又复发了。

“今天早上我去看望过她，”尤利娅·谢尔盖耶芙娜说，“在这个星期里，她不仅是瘦下去了，而且是变得憔悴了。”

“对，是啊，”拉普捷夫同意道，“病倒没有复发，可是我觉得她变得一天比一天更衰弱了，眼看她憔悴下去。我不明白，她是怎么回事。”

“天哪，要知道她是个多么强壮，丰满，脸色又红润的人呀！”尤利娅·谢尔盖耶芙娜脱口而出。稍停片刻接着说，“在我们这里，人人都称她莫斯科小姐。她多么爱笑！在节日里，她装扮成一个村姑的模样，倒也非常像。”

谢尔盖·鲍里索维奇大夫在家。他是个胖胖的，脸色红通通的人，穿着一件盖过膝头的长上衣，看上去仿佛他的腿很短。他手插在衣袋里，在自己的书房里踱来踱去，低声地哼着：“噜——噜——噜。”他那灰白的连鬓胡子乱蓬蓬的，头发也没梳理过，好像他是刚起床似的。他书房的沙发上放着枕头，墙角里堆着废旧的纸头。桌子下边一条脏而带病的狮子狗，同他本人一样，都使人产生一种凌乱、肮脏的印象。

“拉普捷夫先生想见你。”他的女儿走进书房，对他说。

“噜——噜——噜，”他哼得比刚才更响了，转过身来，走进客厅，向拉普捷夫伸出手，问道，“您要告诉我什么好消息？”

客厅已经暗了。拉普捷夫手拿帽子，站在那里，表示歉意地说又来打扰了，并问有什么办法能使他的姐姐晚上睡得着觉，她为什么瘦得这么厉害。这时，有一个念头使他感到发窘，因为同样的问题，他在今天早上来大夫家串门时已经向他问起过。

“请问，”他说，“我们是否有必要从莫斯科请一位内科专家来？您看怎样？”

大夫叹了口气，耸耸肩膀，摊开双手作了个无可奉告的手势。

他显然是生气了。他是个心胸非常狭窄，而又多疑的大夫，总是感到别人不信任他，不赏识他，不够尊敬他，认为别人贪他的便宜，同时对他不怀好意。他老是嘲笑自己，说像他这样的傻瓜，只能任人摆布。

尤利娅·谢尔盖耶芙娜点上了灯。从她那苍白疲劳的脸上，从她懒散的步态上可以觉察到她在教堂里做祈祷已经做累了，她需要休息。她往沙发上一坐，双手摆在膝盖上，开始沉思起来。拉普捷夫知道自己长得难看，现在他仿佛觉得自己浑身都显出这种难看的样子。他长得又矮又瘦，脸颊虽红润，可头发却稀少，少得头也觉得冷。在他的表情中，丝毫也不存在能使他那丑陋的脸变得讨人喜欢的纯朴。和女人在一起，他总是不自然，闲话太多，显得做作。因而现在，他几乎连自己也看不起。为了使尤利娅·谢尔盖耶芙娜在与他的交往中不感到寂寞，必须讲话才行。可是讲点什么呢？再讲姐姐的病吗？

就这样，他开始讲起医学，讲的都是些老生常谈的话。他赞扬卫生措施，并说，他早就想在莫斯科创办一个宵夜所，甚至预算也都做好了。按照他的规划，傍晚来宵夜所的工人只要付五六个戈比，就可以吃到一份热菜汤和面包，睡到一张温暖干燥、带被子的床，以及拥有晾衣服和鞋子的地方。

拉普捷夫在场时，尤利娅·谢尔盖耶芙娜通常是沉默，可是他凭借奇特的方式，也许是恋人的识别力猜出她的思想和心愿。现在他可推测到，如果她做完晚祈祷后不回房去换衣服，也不喝茶，这就意味着今天晚上她还要到别处去做客。

"不过我也不急着要办宵夜所，"他激动而懊丧地对着大夫继续说下去，大夫仿佛毫无表情地疑惑地望着他，显然大夫不明白，为什么他要谈起医学和卫生措施，"大概我不会很快动用这笔预算款。我担心我的宵夜所会落到莫斯科的伪教徒和女慈善家手里，他们会把一切创举都毁掉的。"

尤利娅·谢尔盖耶芙娜站起来，向拉普捷夫伸出手去。

"对不起，"她说，"我该走了。请代向令姐问候。"

"噜——噜——噜——噜，"大夫哼着，"噜——噜——噜——噜。"

尤利娅·谢尔盖耶芙娜出去了。拉普捷夫又呆了片刻，就向大夫告辞回家。当一个人感到不满足，觉得自己不走运时，那些椴树、阴影、云，所有这些大自然的独特美景，对他来说，却显得多么平庸！月亮已高高地挂在天空，在它的下面，云飞快地飘动，"多么平淡和俗气的月亮，多么微弱和不幸的云啊！"拉普捷夫在想。他为刚才谈的什么医药，什么宵夜所，而感到难为情，他非常害怕自己缺乏坚强的意志力再去见她和她谈话，明天又再一次证实，她不把他放在眼里。后天——也还是一样。为什么？这种情况何时才会结束，又会怎样结束呢？

到了家里，他去看望了姐姐。尼娜·费奥多罗芙娜看上去依旧很强壮，给人的印象是一位身材匀称、有魅力的女人。然而惨白的脸色使她看上去像一具死尸，特别是现在这样平躺在床上，闭着眼睛，就更像了；她那十岁的大女儿萨沙坐在她身旁，从自己的文选读本中选出了一段读给她听。

“阿廖沙来了。”病人悄悄地不出声地说。

萨沙和她的舅舅之间早就形成了一种默契：他们轮流陪伴病人。这时，萨沙一句话也没说就合上了自己的文选读本，默默地走出房间去。拉普捷夫从抽屉柜里拿出一本历史小说书，翻到想读的那一页，坐下，就读了起来。

尼娜·费奥多罗芙娜出生于莫斯科。她和两个弟弟的童年和少年是在皮亚特尼茨基大街上经商的父母家里度过的。他们的童年长而乏味；她父亲对她很凶，甚至用树条打过她三回，而母亲长期生病，后来死了。女用人是一个既脏又粗鲁的人，还假仁假义。经常有牧师和僧侣来他们家，他们也是一些粗鲁的和假仁假义的人，爱大吃大喝，不知羞耻地奉承她父亲，其实，他们几个孩子并不喜欢他。她的两个弟弟幸运地进了学校念书，而尼娜始终没有上过学，一生只会涂鸦似的写字，阅读的只是一些历史小说。十七年前，当她二十二岁时，她在希姆基别墅度假，结识了现在的丈夫，地主帕纳乌罗夫，爱上了他，并背着父亲秘密地和他结了婚。帕纳乌罗夫是个漂亮的男人，举止有点随便，凑着圣像前的灯火和烛火点纸烟，使得她父亲感到他是个绝对没有出息的人。因此，当女婿写信给他要求陪嫁时，老人就写信给女儿说，他会将皮外套、银器和她母亲死后遗留下来的各种物品，以及三万卢布送到乡下给她，但不为他们祝福，随后他又送给她二万卢布。这些钱和嫁妆全给他们花光，田产也出卖了，帕纳乌罗夫举家搬迁到城里。他在一个内地的政府机关里谋到一个差事。在城里，他又建立了另一个家，这就每天引来了众多议论，因为他的不合法家庭已经不是秘密。

尼娜·费奥多罗芙娜崇拜自己的丈夫。可现在，她一面听别人给她念历史小说，一面想起她这辈子经历过多少事，吃过多少苦，如果有谁能将她的一生写下来，那一定会很动人的。她的胸膛里长着肿瘤，因此她确信，她的病是由爱情和家庭引起的，妒忌和眼泪使得她躺在病床上。

这时，阿列克谢·费奥多雷奇合上了书说：

“终于念完了，谢天谢地，明天我们要开始念另一本了。”

尼娜·费奥多罗芙娜笑了。她总是爱笑，可现在拉普捷夫已经觉察到她有了病以后，智力逐渐衰退，只要有一点点小事，甚至无缘无故她也会笑起来。

“午饭前你不在时，尤利娅来了，”她说，“我好像观察到她不大相信她爸爸。她说，让我爸爸给您治病好了，但您得悄悄地给寺院里的长老写封信，求他为您祈祷。当地就有一位长老。尤利奇卡[①]把自己的伞忘记在我这里，明天你去她那里一趟，把伞带去，”她停顿了片刻，继续着说，“不行，一旦末日到来，不论大夫，还是长老都帮不上忙。”

“尼娜，为什么你晚上睡不着觉？”为了改变话题，拉普捷夫有意问道。

“总是这样，睡不着，就这个样子。我躺着就想心事。”

“好姐姐，你想些什么呢？”

“想孩子，想你……想自己的生活。阿廖沙，你要知道，我经历得太多了。只要一开始追忆，只要一开始……我的天哪！”她笑了起来，“生下五个孩子，死掉三个，这可不是说着玩的……有一回，我正临产，可我的格里戈里·尼古拉伊奇这时却坐在另一个女人那里，连请产科医生或接生婆的人也没有。于是我想走到过道处和厨房去找用人，可犹太人、小店铺的老板、放债的人却在那里，等他

---

① 尤利娅的爱称。

回家。遇上这种情况，我的头就发昏……他虽然没有明说过，可他不爱我。现在的我，却冷静下来了，不再把它放在心上，从前，当我年轻的时候，这种事使我伤心，——真伤心，唉，伤透了我的心，好弟弟！有一回——这还是我们住在乡下的时候——我正看到他在花园里和一个女人在一起，我就走开了……我就走啊走的，不知不觉地走到教堂的台阶上，我跪了下来说：'圣母啊！'那是一个晚上，月光明亮……"

她累了，开始喘气，然后休息了一会儿，拉着弟弟的手，用微弱的、几乎是听不见的声调接着说：

"阿廖沙，你是一个多么善良的人啊……你是一个多么聪明的人啊……你会成为一个多么好的人啊！"

午夜，拉普捷夫向她告辞，离开时带走尤利娅·谢尔盖耶芙娜忘在那里的那把伞。虽然时间已经很晚了，可女用人还在餐厅里喝茶。好乱啊！孩子们没有睡，也都在餐厅里。他们低声地在谈话，没有发觉灯已暗下来，很快就要熄了。这些大人和小孩都被一连串的不吉利预兆弄得人心惶惶，情绪沮丧。前厅的窗玻璃敲碎了；茶炊每天都在嗡嗡地响，好像故意似的，现在也还在嗡嗡地响；他们在讲尼娜·费奥多罗芙娜穿鞋时，一只老鼠从鞋里跳出来。连孩子们也都明白所有这些预兆的可怕含义；大女儿萨沙是一个瘦瘦的黑发女孩，她一动也不动地坐在桌旁，脸上露出惊慌悲伤的神态，小女儿莉达只有七岁，胖胖的脸蛋，一头淡黄发，她站在姐姐身旁，皱着眉头看灯光。

拉普捷夫下楼回到自己的房间，那里的天花板很低，总是散发着天竺葵的气味，闷得不透气。尼娜·费奥多罗芙娜的丈夫帕纳乌罗夫坐在他的客厅里看报。拉普捷夫跟他点了点头，在他的对面坐下来。两个人一声不响地坐着，类似这样沉默地坐在一起消磨整个晚上的时光，是常有的事，沉默对他们来说，并没有别扭的感觉。

两位小女孩从楼上下来道晚安。帕纳乌罗夫默默地从容地在她们胸前画好几回十字，伸出手去让她们吻一下，她们向他行了个屈膝礼，然后走到拉普捷夫面前，他也为她们画了十字，伸出手去让她们吻。这种吻手，行屈膝礼，每天晚上都要重复一次。

等女孩子走出去后，帕纳乌罗夫把手上的报纸放到一边，并说：

“在我们这座崇奉上帝的城里，真是乏味！我得承认，我亲爱的，”他叹了口气，继续说了一句，“我很高兴您终于找到了自己娱乐的办法。”

“您讲的话是什么意思？”拉普捷夫问。

“前几天，我看见您从别拉文大夫家出来。我相信，您去那里不是为那位爸爸吧。”

“当然。”拉普捷夫说，脸红了起来。

“那当然啰。我顺便说说，就是大白天打着灯笼也找不到像她爸爸那样的魔鬼。您怎么也想象不出他是个多么卑劣、无能、愚蠢的畜生啊！你们这些生活在京城的人至今还只是从抒情的一面对内地发生兴趣，也就是说，从风景和小说《可怜的安东》方面发生兴趣，我可向您发誓，我的朋友，一点诗情画意也没有，而有的只是野蛮、卑鄙和淫秽——其他什么也没有。您只要看看本地的科学信徒，本地的所谓知识分子。您能否想象得到？这么个小城居然有二十八个大夫，他们全都发了财，住的是自己的房子，而同时一般居民还依旧处在有病没有人能治好的状态。就拿尼娜动手术来说吧，其实是一个很平常的手术，而我们不得不从莫斯科请来一位外科大夫——这里却没有一个大夫敢动这样的手术，您怎么也想象不到吧。他们什么也不会，什么也不懂，对什么也不感兴趣。比如，问他们什么叫做癌？癌是什么样的病，这种病是怎样产生的？他们却说不上来。”

帕纳乌罗夫开始讲述什么叫做癌。他是各种科学的专家，不论谈什么都要用科学的观点解说一番。他解说一切，仿佛都有自己的一套。他有自己的血液循环理论，自己的化学理论，自己的天文学理论。他说起话来既慢又温柔，富有说服力。他用恳切的声调说到

“您不能想象”几个词时，眯着眼睛，懒洋洋地叹气，慈祥地微笑，仿佛国王一样。看得出，他对自己非常满意，他从未想到过，他已经是五十岁了。

“我想吃点什么，”拉普捷夫说，“我喜欢吃点咸的东西。”

“那好吧，这马上就可以办到。”

稍后，拉普捷夫和姐夫坐在楼上的餐厅里吃晚饭。拉普捷夫先喝了一杯伏特加酒，接着喝葡萄酒。帕纳乌罗夫什么也没有喝。他从来不喝酒，也不赌钱，尽管这样，他仍然花光了自己的和妻子的钱财，欠下了一大笔债。在这么短的时间内，花掉这么多的钱，那不仅需要有自己的嗜好，还得要有别的花钱本领。帕纳乌罗夫喜欢吃好的，喜爱精致的餐具，饭后听音乐，聊天，喜欢恭恭敬敬的茶房，他赏起酒钱来满不在乎，一赏就是十个卢布，甚至二十五个卢布。他经常参加签名捐助活动，抽奖活动；遇熟识的人生日送花篮或花束，购买各式各样的茶杯、茶托、别扣、领带、手杖、香水、烟嘴、烟斗、叭儿狗、鹦鹉、日本的物品、古董；他有绸睡衣、镶珠母的黑檀木床、布哈拉产的宽松衣等等，正如他自己说的，每天花在买这些物品上的钱像“流水”一样。

晚饭席上，他老是叹气，摇头。

“对，世界上的一切都有个尽头，”他眯着眼睛轻轻地说，“您会落进情网去受罪。您会失恋，她会背叛您，因为没有一个女人不背叛的。您将受苦，陷入悲观失望之中，自己也走上背叛之路。不过总有一天，当这一切已成为追忆时，您就会把这看得很淡，把它看成完全不屑一顾的小事……”

拉普捷夫累了，带有几分醉意，他望着姐夫漂亮的头部，看到修饰得整整齐齐的黑胡子，好像才明白，为什么女人如此喜爱这个娇生惯养，自以为是，身体强壮的男人了。

晚饭后，帕纳乌罗夫没有留在家里，到自己的另一个住所去了。拉普捷夫走出去送他。在整个城里，只有帕纳乌罗夫一个人戴高礼帽。在靠近灰色篱笆，靠近有三扇窗的破房子和荨麻丛旁，他那华丽文雅的身子，他那高礼帽和茶色手套造成一种既奇怪又凄凉的印象。

拉普捷夫向他道别后，慢慢地走回家。月光明媚，地上的每一根草都可以看清。拉普捷夫仿佛感到，月光抚摩着他那没戴帽子的头，如同有谁用羽毛拨弄他的头发。

“我喜欢他！”他大声地说，他想马上跑过去，追上帕纳乌罗夫，拥抱他，宽恕他，送他一大笔钱，然后跑到田野里，树林里，没有尽头地跑下去。

回到家里，他看到尤利娅·谢尔盖耶芙娜忘记带去的那把伞还放在椅子上，他拿起它来，贪婪地吻着。伞是绸的，已经旧了，用一根旧皮条捆着。伞柄是一种很普通的白骨头做成的，价格很便宜。拉普捷夫打开伞，撑在头顶上，他觉得周围散发着一股幸福的清香。

他在椅子上舒舒服服地坐下，手里的伞依然撑着，开始写信给莫斯科的一位朋友：

可敬可爱的科斯佳：

有一个消息要向您通报：我又爱上一个姑娘！我说“又”，是因为六年前我爱过一位莫斯科的女演员，事实上我还根本没有跟她结识。一年半以来，我和您所知道的“另外”一位既不年轻又不漂亮的女人同居。唉，老兄，总之，我在恋爱上总是不走运！我和女人打交道，从来没有顺利过。要是我说“又”，是因为连我自己也意识到悲哀和痛心，我的青春是在没有爱情中度过的，只有现在我才初次像像样样地在恋爱，却已三十四岁了。姑且这么说：我“又”恋爱了。

但愿您知道她是什么样的姑娘！她不能称作美女——她有一张宽脸膛，人很瘦，只要她一笑，那是多么迷人的善意表现啊！当她讲话时，她的声音如同歌声似的悦耳，如同铃铛似的清脆。她从来没有和我长时间交谈过，我对她不了解，可是当我站在她身旁时，我就感觉到她是个少见的，非同寻常的，富有智慧和崇高抱负的人。她信教，您简直不能想象，这使我感动到什么程度，她在我眼中的地位更高了。就这一点来说，我准备和您没完没了地辩论。照您的想法，您是对的，但当她在教堂里祈祷时，我终究是爱她的。她是外乡人，可是她在莫斯科上学，喜欢我们的莫斯科，她穿着莫斯科式的服装，因此我喜欢她，爱她，爱她……我看见您是怎样地皱眉头，站起身来向我作长篇演说，谈论什么是爱情，什么样的女人值得爱，什么样的女人不能爱，等等。可是亲爱的科斯佳，当我还没有爱上她时，我自己也非常明白，什么是爱情。

我的姐姐谢谢您的问候。她常回忆起当初她是怎样带着科斯佳·科切沃伊去上预备班的，至今她还称呼您“可怜的”，因为她记忆中的您是小孤儿。总之，可怜的孤儿，我是在恋爱。这暂且还是个秘密，在您所熟悉的“另外那个人”那里请别提及。我想，这件事总会得到解决的，或者照托尔斯泰笔下的听差的说法那样，总会“水落石出”……

拉普捷夫写完信后，就上床睡觉了。眼睛已累得睁不开了，可不知何故却睡不着；看来，是街上的喧嚷声妨碍了他睡觉。有人吹着号角，赶着牲口经过屋前，然后，又响起了召人去做弥撒的钟声。一会儿一辆大车咯吱咯吱地驶过，一会儿传来了一个上集市去的女人的谈笑声。还有麻雀叽叽喳喳叫个不停。

2

那是个令人开心的早晨，喜庆的早晨。人们把穿着一身棕色衣服，头发梳理得整整齐齐的尼娜·费奥多罗芙娜扶进客厅，她在那里走了一阵，然后在敞开的窗前站了一会儿，她的笑声爽朗，天真。见到她使人想起当地的一位艺术家，醉汉，曾经叫她面对面地和他坐着，照着她画一张俄罗斯谢肉节的画。大家——孩子们，用人，弟弟阿列克谢·费奥多罗维奇，包括她自己——都突然间相信她一定会康复。两个女儿高声地笑着在追她们的舅舅，要捉住他，房间里一片吵闹声。

外人来看望她，问候她的健康状况，送给她圣饼，告诉她说，今天几乎所有的教堂都在为她做祈祷。她在本城是一个女慈善家，大家都爱戴她。她乐于行善，和她的弟弟阿列克谢一样，她的弟弟送给别人钱，出手大方，从不考虑该给不该给。尼娜·费奥多罗芙娜常为贫困学生付学费，分给老太婆茶叶、糖、果酱，为不富有的新娘制嫁妆，如果她一拿起报纸，那她首先要寻找有没有请求救济的消息或报道什么处于绝境的新闻。

现在她手里有一沓单子，上面写着各式各样穷人的名字，她所赈济的人所需要的物品，凭这些单子在一个杂货店里取货。这些单子是前一天商人送到她这里来的，请她付八十二个卢布。

“你看，他们拿走多少东西，这些没良心的！”她说，并费力地辨认单子上自己的笔迹，“可不是闹着玩的，八十二卢布啊！管它呢，我可不付这笔钱。”

“今天由我来付。”拉普捷夫说。

“为什么要你付？为什么？”尼娜·费奥多罗芙娜激动地说，“我每个月要从你和另一个弟弟那里拿二百五十个卢布，这个数目已够大了。上帝赐福给你！”她补充了一句，声音却很轻，为的不让用人听见。

“得啦，我一个月要花二千五百卢布哩，”他说，“我再跟你说一遍，亲爱的姐姐，你跟我和费奥多尔一样有权花家里的钱。往后要始终记住这一点。父亲养了我们三人，每三个戈比中有一个戈比是属于你的。”

可是尼娜·费奥多罗芙娜却不明白，她的表情看上去仿佛在暗自解答很难的习题似的。在钱方面的事，她总是弄不清，这使拉普捷夫感到不安和困惑。他怀疑她除了这笔账外，还有私人的债务，隐瞒着他，使她痛苦。

这时听到了脚步声和沉重的呼吸声：这是大夫上楼来了，照常蓬头乱发，衣冠不整。

“噜——噜——噜，”他哼着，“噜——噜。”

为了不碰上他，拉普捷夫就走到餐厅里去，然后下楼到自己的房间里。他心里明白，要跟这位医师亲近起来，随便到他家里坐坐，是不可能的事，跟这位帕纳乌罗夫称为“瘦鬼”的人见面是不愉快的。这就是他难得见到尤利娅·谢尔盖耶芙娜的缘故。现在正好大夫不在家，如果他趁此良机给她送伞去，那他可能遇上她一个人在家，于是他心花怒放。赶快，赶快去！

他拿着伞，内心非常激动，驾着爱情的翅膀飞了出去。街上很热。在大夫的大院子里，长满杂草和荨麻，有二十来个小孩在玩球。这些孩子都是住在那三所破旧偏屋里的工厂工人的子弟，大夫每年都说要修缮这几所偏屋，可就是一再地拖延着。院子里传出了响亮而有生气的呼声。远处的一边，尤利娅双手放在背后，站在走廊上看孩子们做游戏。

“您好！”拉普捷夫招呼了一声。

她回头来朝他看，往常他看见她总是冷淡、不热情的样子，或者像昨天一样，疲乏的样子，而现在她的表情却生气勃勃、活泼可爱，如同那些玩球的孩子一样。

“您看，在莫斯科，人们从来就不会玩得这么高兴，”她边说，边朝他走过来，“不过，那里没有这般大的院子，没有这种可供奔奔跑跑的地方。爸爸刚刚去看望你们。”她接着说，并回过头去看那些孩子。

“我知道，可我不是来看他，而是来看您的，”拉普捷夫说，观赏着她的勃勃朝气，这是他从前没有觉察到的，好像只是今天他才在她身上发现；他感到，他现在才第一回看到她那细而洁白的脖子上套着一根金项链似的，“我是来看您……”他重复地说了一遍，“姐姐叫我把您昨天忘了带的伞送来。”

她伸过手去接伞，可是他把伞贴在胸口，富有激情地、毫无拘束地讲了起来，他再一次地体验昨晚坐在伞下所感受到的甜蜜和喜悦。

“我想求您把这把伞送给我留作纪念，我会珍藏它，把它作为我们结识的见证。这伞真好！”

“拿去吧，”她红着脸说，“它并没有什么好。”

他心满意足地、默默地朝她看，不知说什么才是。

“我怎么叫您在太阳底下晒呢？”停顿片刻后，她笑着说，“我们到屋子里去吧。”

“那我不打扰您吗？”

他们走进前厅。尤利娅·谢尔盖耶芙娜上楼时，她那白底蓝花的连衣裙沙沙作响。

“不会打扰我的，”她停在楼梯上说，“要知道，我从来不做什么事。对我来说，每天都是休息日，从早到晚都休息。”

“您所说的，对我来讲是不可思议的，”他走向她面前说，“我成长在每天都要劳动的环境中，无论是男人还是女人，任何人都不例外。”

“要是无事可做呢？”她问。

“那就要把自己安排到非做事不可的环境中去。不做事，就不可能有干净而欢乐的生活。”

他又把伞贴在自己的胸口，用一种连自己也感到奇怪的，不像是自己的声调小声地说：

“要是您答应做我的妻子，那我愿献出一切。我愿献出一切……无论多大代价，无论什么样的牺牲，我都愿意承受。”

她哆嗦了一下，惊奇而恐慌地朝他看着。

“您怎么啦，您说些什么啊！”她脸色发白，说道，“我老实跟您说，这是不可能的。请原谅。”

随后，她的连衣裙又发出沙沙的响声，她很快地往楼上走去，消失在房门里。

拉普捷夫明白，这意味着什么，他的情绪立刻急剧地变化，仿佛他灵魂里的一线光明陡然消失。他感到羞愧，人格受到别人侮辱，被别人嫌弃，招人讨厌，也许被看作坏人而故意地避开，于是他走出了这座房子。

“我愿献出一切，”他在炎热的阳光下走回家去，回想起刚才表白的细节，仿效当时的情景说，“我愿献出一切——完全像商人一样。有谁需要你的这个‘一切’啊！”

他感到，他刚才所说的一些话真是愚蠢到极点。为什么他谎称他成长在一个人人都必须劳动的环境中呢？为什么他用教训的口吻讲干净而欢乐的生活呢？说这种话既不聪明，也没意思，而且是虚伪——莫斯科式的虚伪。然而，他渐渐地产生一种无所谓的心情，就像囚徒听到严厉的裁决后的心情一样。他已经在想，谢天谢地，现在一切总算过去了，没有那种可怕的隐秘了，已经不必要成天地期望，苦恼，总想着那桩事了。现在一切都清楚了，应该放弃对个人幸福的任何期望，没有愿望，没有向往地生活，不去幻想，也不去等待，为的是不再有那种足以使他讨厌的多余的烦恼，他就有可能忙于其他人的事，其他人的幸福，而到那时，老年会不知不觉地到来，生命就走向尽头——别的什么也不需要了。他一切都不在乎，他什么也不指望，并能冷静地处理一切，可是他的脸上，尤其眼皮下有点绷紧似的，脑门也像皮带似的拉紧，——就在这时，泪水涌了出来。他感到浑身发软，往床上一躺，过了不到五分钟就睡熟了。

3

拉普捷夫突如其来的求婚迫使尤利娅·谢尔盖耶芙娜陷入困境。

她对拉普捷夫了解得很少，是偶然认识的；他是个富有的人，莫斯科有名的“费奥多尔·拉普捷夫父子商行”的代表人物，总是一本正经的，看上去是个聪明的人，关心他姐姐的病；她仿佛感到，他从来没有注意过她，而她自己也没有把他放在心上，——却突然间，当她走在楼梯上，他作了求婚的表白，一副可怜的样子，一张痴迷的脸……

她被突如其来的求婚弄得发窘，尤其是听到说出“妻子”这个词，因而不得不拒绝。她已经记不清她对拉普捷夫说了些什么话，但是她至今还能感受到在拒绝他求婚时她那突发的不愉快感情的余波。他的外表是一副商店伙计的模样，并不讨她喜欢，也打不动她的心，除了拒绝他以外，她不能有别的答复，但她终究感到不好意思，仿佛做错了事似的。

“天哪，我还没有走进房间，直接在楼梯上，”她对着挂在枕头上方的圣像，困惑地说，“事前没有殷勤的表露，不知怎么稀奇古怪地，不寻常地……”

在独自一个人时，她的激动随时都在增强，她一个人无法控制这种不愉快的感情。需要有谁来听她讲讲，并告诉她，说她做得对才是。可是她没有谁可以讲。她早已失去了母亲，她认为父亲是个怪人，不能和他一本正经地谈话。他的任性，过分的小心眼，不必要的装腔作势弄得她不自在，不管人家跟他谈些什么，他会立即把话题引到他自己身上去。祈祷时，她也不太明确，因为她自己也不知道应该祈求些什么。

茶炊端来了。尤利娅·谢尔盖耶芙娜脸色发白，精神不济，一副垂头丧气的样子走进餐厅沏茶——这是她的责任——她给父亲沏了一杯茶。谢尔盖·鲍里索维奇穿着一件盖过膝头的长上衣，红红的面颊，头发没有梳理，把手插进口袋里，在餐厅里踱来踱去，不是从一个墙角走到另一个墙角，而是随心所欲地走，就像关在笼子里的野兽一样。他在桌旁停住了脚，津津有味地喝了两口茶，又重新地踱着方步，像在思考着什么。

“今天拉普捷夫来向我求婚。”尤利娅·谢尔盖耶芙娜涨着通红的脸在说。

大夫朝她望着，仿佛不明白她讲什么似的。

“拉普捷夫？”他问，“帕纳乌罗夫的小舅子？”

他爱女儿，可是她早晚总是要出嫁，离开他这是必然的，但他竭力不去想它。他害怕孤独，也不知何故，他总是觉得，要是他一个人住在这所大房子里，那他一定会中风，而他又不愿直截了当地说出来。

“这件事嘛，我非常高兴，”他耸耸肩膀说，“我真心诚意地向你祝贺。现在为你提供了一个离开我的好机会，使你能得到极大的愉快。我完全理解你。和你的老父亲，一个发疯似的病人生活在一起，对你这种年龄的人来说是非常沉闷的。我充分地理解你，如果我早点死，如果魔鬼召我去的话，那么大家会高兴。衷心地祝贺你。”

“我拒绝了他。”

大夫的心里稍微轻松了一点，但他已不能控制自己，就继续说：

“我奇怪，我早就奇怪，为什么至今还没有把我送进疯人院去？为什么在我身上还穿着这件常礼服，而没有穿疯人的紧身衣？我依然相信真理，相信善良，我是个傻瓜似的理想主义者，而在我们的时代，这不是叫做精神失常吗？人们是怎样报答我的真理，我的正直态度呢？他们差点没朝我扔石子，骑在我的身上。就连我的近亲们也竭力地想骑在我的脖子上，我这个老蠢货真该死……”

“跟您这种人简直无法讲话！”尤利娅说。

她猛地从桌旁站起来，气冲冲地回到房间里去，想着父亲常常不公正地对待她。但稍后，她又怜悯起她的父亲，等他上俱乐部去，她就下楼去送他，替他把门关好。院子里天气很坏，令人不安；门给大风吹得晃动，在过道里风从四面八方吹来，烛火几乎被吹灭掉。尤利娅在楼上自己的几个房间里走来走去，对着所有的门和窗都画十字；风在呼啸，好像有谁在房顶上走路似的。她从来还没像现在这样烦闷，孤独过。

她在自问：仅仅因为她不喜欢他的外表，而拒绝他，这样做是否好？说真的，这是一个她不喜欢的男人，要是嫁给他，这就意味着她将永远放弃自己的想望，自己对婚姻生活的幸福观，可是她究竟会不会遇上她所想望的男人呢？即使遇上，他会不会爱她呢？她已经二十一岁了。在这个城里没有理想的对象。她估量所有熟悉的男人——公务员、教员、军官，他们中有些人已经结了婚，他们的生活过得空虚，无聊；有些人却不招人喜欢，也不出色，不聪明，缺乏品德修养。拉普捷夫嘛，总算是个莫斯科人，大学毕业，能说法语，他住在首都，那里有许多聪明、高贵、出色的人物；那里车水马龙，有漂亮的剧场，音乐晚会，一流的女裁缝，还有糖果点心店……《圣经》上写着，妻子必须爱自己的丈夫，小说里也赋予爱情重大的意义，可这是否有点夸大？难道家庭生活中没有爱情就不行吗？据说，爱情很快就会消失，剩下的只是一种习惯，家庭生活的目的不在于爱情，不在于幸福，而在于责任，例如培养子女，照料家务等等。也说《圣经》上所说的爱丈夫，跟爱邻居，尊敬邻居，宽容待人是一样的。

晚上，尤利娅·谢尔盖耶芙娜专心地念晚祈祷词，然后跪下来，手拊着胸，望着圣像前的灯火，热情地说：

“开导我吧，我的保护人！开导我吧，我的上帝！”

她这一生中有机会遇见好些贫穷的老处女，她们都是些没有社会地位的小人物，她们在痛切地懊悔，表白当时拒绝了求婚者的遗憾。她是否会落到她们同样的下场呢？她是否会走上做修女或女护士的道路呢？

她脱去衣服，上了床，在自己的胸前画了个十字，又朝四周的空气中画上个十字。突然，门廊上的铃刺耳而哀戚地响了起来。

“哎，我的天啊！”由于这铃声使她感到浑身发抖，她叫了一声，然后她躺了下来，一个劲地想这种内地生活缺乏变化，单调乏味，同时也不太平。常常感到心里发抖，害怕什么，生什么气似的，或者觉得自己做错了事，到头来，她神经紧张得用被子蒙着头，不敢往外看一眼。

过了半个小时，门铃又响了，和上次同样地刺耳。用人一定是睡熟了，没有听见。尤利娅·谢尔盖耶芙娜点亮了蜡烛，抱怨用人不起来开门，自己打战着在穿衣服，当她穿好衣服，走到过道里，老妈子已经在楼下把门关好了。

“我还以为是老爷来了，可这个人是病人家来的。”她说。

尤利娅·谢尔盖耶芙娜回到自己的房间。她从衣柜里拿出一沓纸牌，并决定把牌洗好，然后搓牌，如果底下的那张牌是红桃，那就意味着“行”，也就是说，应当接受拉普捷夫的求婚；要是底下的那张牌是黑桃，那就是“不行”。牌揭开后是黑桃10。

这一结果使她安静了下来，她睡着了，可是到了早晨，她又在“行”和“不行”间徘徊，她在想，假如她愿意改变自己的生活，现在该怎么办。这念头困扰着她，她感到筋疲力尽，浑身不舒服，可还是在十一点钟穿好衣服，去看望尼娜·费奥多罗芙娜。她盼望能见到拉普捷夫，也许他现在能讨她的喜欢；也许一向是她的错……

她逆着风走路很吃力，她使劲地走着，双手抓住帽子，尘土飞扬，连眼睛也张不开。

4

拉普捷夫走进姐姐的房间，意外地见到尤利娅·谢尔盖耶芙娜，他又一次地感受到被人瞧不起的有失尊严的心态。他断定，如果经过昨天那件事后，她还能如此轻松地来看姐姐，和他见面，那说明她没有把他放在心上，或认为他是完全不屑一顾的人。可是当他问候她的时候，她脸色苍白，眼睛底下仍是黑圈，忧郁而后悔地望着他；他领悟到她也受折磨。

她感到身体不舒服。她坐了一会儿，大约十分钟左右，就起身告辞了。她边走边对拉普捷夫说：

“请您陪我回家，阿列克谢·费奥多雷奇。”

他们默默地在街上走着，两人都扶着帽子，他走在她后面，想尽量地为她挡住点风。走到小巷后，风小了点，这时，他们两人才并肩走着。

“如果我昨天对您太冷淡，那要请您原谅，”她用颤抖的，好像要哭的声音在说，“这多难受！我整夜没有睡着。”

“我倒一夜睡得很好，”拉普捷夫说，没有朝她看，“但并不说明我挺快活。我的生活理想破灭了。我深深地感到不幸，昨天遭到您的拒绝后，我像中了邪似的在走着。最难启齿的话我昨天说了。今天和您在一起已不再感到拘谨，一切都可以开门见山地说。我爱您，胜过爱我的姐姐，胜过爱我已故的母亲……没有姐姐，没有母亲，我可以活下去，也活过来了，可是没有您，对我来说，要活下去是不可思议的，我不能……”

现在和往常一样，他猜出了她的心思。他已明白，她之所以要他陪她回家，是因为她想继续谈论昨天发生过的那件事，而现在正带着他上她家去。难道她要进一步地拒绝吗？她会想出什么样的新花招呢？凭她的眼神，她的微笑，以及凭她抬着头，挺着肩和他并排走着的样子，他看出她依然不爱他，他对她来说是个陌生人。她还想说些什么呢？

谢尔盖·鲍里索维奇大夫在家。

“欢迎，见到您非常高兴，费奥多尔·阿列克谢伊奇，”他说，把他的名字和父名弄错了，“非常高兴，非常高兴。”

过去他从来没有这么客气过，拉普捷夫推测大夫已经知道他的求婚了；这情形，他也一样的不喜欢。现在他坐在客厅里，这间房间简陋、庸俗的布置，难看的挂画，使他产生一种古怪的印象，虽然房间里有圈椅和有灯罩的大灯，它仍然像一个没有人住的地方，像一个大谷仓，很显然，在这种房间里，只有像大夫这样的人才会觉得生活在家里；另一个房间，几乎有客厅的两倍那么大，叫做候诊室，那里只是放着一些椅子，像一个舞蹈训练场所。当拉普捷夫坐在客厅里和大夫谈自己姐姐的病时，有一种怀疑开始折磨着他。尤利娅·谢尔盖耶芙娜上尼娜姐姐那里去，然后带他上这里来，是否是为了向他说明，她接受他的求婚呢？唉，这多么糟糕，但更糟糕的是，他的内心居然能够产生这样的猜疑。他想象昨夜父女俩怎样进行长时间的商量，也许长时间的争吵，然后取得了结论，尤利娅拒绝一个富人求婚是轻率的举动。在他的耳朵里甚至响起在类似的情况下，做父母的常说的话：

“要是你真的不爱他，但是要好好地想想，你得尽量把事情做好啊！”

大夫准备出诊去了。拉普捷夫打算和他一同走，可尤利娅·谢尔盖耶芙娜说：

“您留下吧，我求您！”

她非常痛苦，神情沮丧，现在她的确相信，拒绝这样一个正派、善良、爱自己的人，只是因为他不讨自己喜欢，而一旦嫁给他，就可以改变自己的生活；在虚度青春，对前途没有更光明的指望的情况下去拒绝他的求婚——这是丧失理智，这是任性和刁难，就这一点，甚至上帝也会惩罚她。

父亲出门了。等到他的脚步声消失，她忽然站在拉普捷夫面前，这时她的脸色白得可怕，断然地说：

“昨天我想了很久，阿列克谢·费奥多罗维奇……我接受您的求婚。”

他弯下腰来吻她的手。她不好意思地用冰凉的嘴唇去吻他的头。他感到在这种感情表白上，缺乏主要的——她的爱，有的尽是些多余的；他想喊叫起来，跑出去，立即回莫斯科去。可是她挨着他站得那么近，他觉得她是如此的美，突然间，激情控制着他，他想，此时再从容考虑已为时太晚，他热情地紧紧地搂着她，喃喃地说着，称呼她为“你”，吻她的脖子，接着吻她的脸蛋儿，吻她的头……

她被这些举动吓慌了，赶忙离开到窗前去，他们俩都为自己所说的话而后悔，两人在窘态中自问：“为什么会发生这种事？”

“您要知道，我是多么的不幸！”她边说，边搓手。

“您怎么啦？”他问道，走到她的面前，也同样地搓着手，“我亲爱的，看在上帝面上，告诉我——怎么啦？不过要说实话，我求求您，千万要说实话！”

“请您别介意，”她说，并勉强地笑了一笑，“我向您许诺，我将做一个忠实的，热忱的妻子……今天晚上来玩。”

后来，他坐在姐姐身旁，念一本历史小说，他回想起刚才的一切，他感到委屈，对他那美好的、纯洁的、丰富的感情竟作出如此浅薄的回报；不爱他，却接受他的求婚，多半只是因为他有钱，也就是说，别人对他最看重的地方，正是他自己对自己最看轻的地方。可以假设，纯洁的和相信上帝的尤利娅从未想到过钱，可是她不爱他，不爱他，这很显然，她有自己的打算，也许她的打算还没有充分地被理解，还是模糊的，但总归有着打算。大夫家里那些庸俗的布置使他感到讨厌，大夫本人是一个可鄙的、肥胖的守财奴，如同小歌剧《科尔涅维勒的钟》里的人物加斯帕尔一样，尤利娅这个名字听起来也俗里俗气。他想象他和他的尤利娅会怎样举行婚礼，其实彼此完全不了解，从她的一方面来说，连一点爱情也没有，对他来说，现在剩下的只是一种安慰，跟这种婚姻本身一样，同样是庸俗的，其安慰是他不是第一个，也不是最后一个，成千成万的人都是照这样娶妻和出嫁，等相处一段时间后，尤利娅也许会了解他，喜欢他。

“罗密欧和朱丽叶！”他说着，合上书，笑了，“尼娜，我做了罗密欧。你该向我道喜了，今天我向尤利娅·别拉文娜提出求婚。”

尼娜·费奥多罗芙娜当他是在开玩笑，但后来她相信了，却哭了起来，这个消息使她不开心。

“那要向你道喜了，”她说，“可为什么这样突然？”

“不，一点也不突然。这件事从三月份就开始了，只是你没有觉察到就是……自从三月份我在你的这个房间里和她认识后，我就爱上她了。”

“我原想你会娶一个我们莫斯科的姑娘，”尼娜·费奥多罗芙娜稍停片刻说，“我们圈子里的姑娘比较纯朴忠厚。阿廖沙，可重要的是你应该幸福，这是最主要的。我的格里戈里·尼古拉伊奇不爱我，这是瞒不了的，你看得出我们是怎样生活的。当然，因为你善良、聪明，任何一个女人都会爱上你的，但要知道，尤利娅是个贵族女子中学的学生，贵族家的姑娘，她头脑简单，不够善良。她年轻，可你，阿廖沙，可不年轻了，长得也不漂亮。”

为了缓和最后的那句话，她摸着他的面颊说：

“你长得不漂亮，但是个讨人喜欢的人。”

她非常激动，一抹淡淡的红晕泛上她的脸蛋儿，她兴奋地谈论由她来用圣像赐福给阿廖沙是否得体，因为她是姐姐，替代他的母亲，她竭力要说服她那垂头丧气的弟弟，务必要把婚礼办得体面，既隆重又热闹，不要让别人说闲话。

从这以后，他就以未婚夫的身份上别拉文娜家串门，一天要去三四次，他已经没有工夫跟萨沙换班，念历史小说了。尤利娅在自己的两个房间接待他，这两个房间离客厅和父亲的书房很远，他很喜欢这两个房间。房间的墙是暗黑色的，墙角边立着带圣像的神龛；房间里散发着一股香水味和圣灯的油味。她生活在这房子尽头的两个房间里，床和梳妆台用一道幔遮住，书架的门里挂着绿色帘子，她走在地毯上，一点脚步声也没有，——由此他判断她的性格是内向的，她喜欢过清静的、安稳的和封闭式的生活。在家里，她还被看作未成年的少女。她自己没有钱，有时一起散步，因为她身边连一个戈比也没有，她觉得不好意思。父亲给她很少的钱添衣服和买书，一年不超过一百卢布。大夫虽然开业行医，可他手头未必有很多钱。他每天晚上在俱乐部里打牌，总是输钱。除此之外，他常在一个房产公司买别人抵押过的房子，租出去；房客不按期付房租给他，但他相信这种出租房子的生意有钱可赚。他和女儿住的房子也被他抵押出去，再把抵押得来的钱买一片荒地，并已经开始在那片荒地上造一座两层楼的房子，然后再将它抵押出去。

现在，拉普捷夫如同生活在雾中，仿佛自己不是自己似的，而是他的化身，做出许多他从前怎么也不会做的事来。他随同大夫上俱乐部去过三回，跟他一起吃晚饭，借钱给他造房子；拉普捷夫甚至常去帕纳乌罗夫的另一个家。不知何故，帕纳乌罗夫请他去吃饭，他没有经过考虑就同意了。一个三十五岁的女人接待他，这女人又高又瘦，头发花白，眉毛黑色，看上去不像是俄罗斯女人。她脸上的白色香粉搽得斑斑点点，她甜蜜蜜地一笑，一股猛劲地握手，弄得她那洁白的手腕上的镯子发出清脆的响声。拉普捷夫觉得她之所以这般微笑，是因为她是个不幸的人，她想瞒过别人和她自己，他见到两个小女孩，一个五岁，一个三岁，她们跟萨沙长得像极了。午饭时，端来了牛奶汤，带胡萝卜的冷盘牛肉和巧克力——味道太甜，不好吃，然而在桌子上放着锃亮的金叉子、酱油瓶、辣椒瓶、奇特精致的五味瓶架、金色的胡椒瓶。

喝完牛奶汤时，拉普捷夫才考虑到在这里吃饭不妥当。那女人有点尴尬，总是在微笑，龇出牙来。帕纳乌罗夫科学地讲解什么叫钟情，它是从何而来的。

“在这里，我可以拿电流做个例子，”他用法语对那女人说，“每个人的皮肤里都有细小的油腺，这种油腺含有电流。如果你遇上一个人，他的电流正好跟你的电流平行，那你就得到了爱。”

当拉普捷夫回到家时，他姐姐问他上哪里去了，他觉得有点窘，没有答话。

他觉得自己在婚前总是处在令人怀疑的处境。他的爱情随着时间的推移越来越强烈，他把尤利娅看成富有诗意的，崇高的人，可是他们之间仍然没有互相的爱，本质是他在收买她，她出卖自己。有时，他深思后，陷入悲观状态之中，他问自己要不要逃掉？他一连好几夜睡不着觉，老是在想，婚后他在莫斯科遇上那位他在给朋友的信中称她为“另外的”女士会怎么样，父亲和哥哥是难以对付的人，他们对他和尤利娅结婚会有什么看法。他担心父亲第一回和尤利娅见面时会对她说些粗鲁话。近来，他哥哥费奥多尔变得有点古怪。他在一些长信中提到健康的重要性，疾病对心理状态的影响，什么是宗教，然而关于莫斯科和生意则只字不提。这些信使拉普捷夫生气，他觉得他哥哥的性格越来越怪了。

婚期在九月份。婚礼在圣彼得和圣保罗教堂做完弥撒后举行，当天，这对年轻夫妇动身去莫斯科。拉普捷夫和他的妻子——穿着拖长后摆的黑色长袍，看上去已不是少女，而是一个地地道道的太太，去向尼娜·费奥多罗芙娜告别时，生病的她整个脸形都变了，可从她那干枯的眼睛里已流不出一滴眼泪。她说：

“万一我死了，真不得了，那求你们把我的两个小女孩带到身边去。”

“哦，我一定照您的话办！”尤利娅·谢尔盖耶芙娜回答说，她的嘴唇和眼皮也在颤动。

“十月份我来看你，”拉普捷夫激动地说，“你会慢慢康复的，我的好姐姐。”

他们在火车上包了一个包房。两人都闷闷不乐，觉得不自然。她坐在角落里，帽子也没有脱，做出打盹的样子，而他躺在她对面的沙发上，他被种种念头困惑着：父亲啦，“另外一个女人”啦，尤利娅满意不满意他那莫斯科的住房啦。他瞧这个不喜欢他的妻子，心烦意乱地在想：“为什么会发生这一切的？”

5

拉普捷夫家在莫斯科做服饰用品批发生意，批发坠子、带子、花边、针织棉布、纽扣，等等。一年的总收入有二百万卢布；至于纯利润有多少，除了老父亲外，谁也不知道。两个儿子和伙计们估算出这笔纯利润有三十万卢布，并说，要是老头儿“手不松”的话，也就是说，不乱放债的话，那纯利润的收入还要增加十万；近十年来，收不回的债款达到一百万，谈到这个话题时，老管家就狡猾地眨着眼睛说些不是人人都能听懂其含意的话来：

“这是时代的心理影响。”

主要的贸易活动在城市的商场里，在一个叫货栈的房子里进行。货栈的入口处在院子里，那里总是光线暗淡，散着一股蒲席的气味，拉大车的马用蹄子顿沥青地的响声。有一扇看上去非常简单的门，门上包着一层铁皮，它从院子里通往一个房间，这个房间的墙由于潮气而变成褐色，墙上还用炭涂抹着，只有一扇狭窄的窗子能透进光来，窗外安装着铁窗栅，此外，左边还有一个房间，比较大，也比较干净，房内有一个铁炉子和两把椅子，同样装着一扇监狱样的窗子：这是办公室，从这里有一道窄窄的石阶楼梯通向二层楼的主要堆货场所。这是一个相当大的房间，由于长年昏暗，天花板低矮，加上一堆堆箱子、货包以及来来往往的人挡住了光线而变得更暗，它跟下面的两个房间一样给新来的人带来一种不美观的印象。在楼上和办公室里一样，打包的，捆扎的和放在纸盒子里的货物放得既不整齐，又没次序，要不是从散放着的纸包小洞里看出这是红线，那是流苏，坠子，就难以立即猜出这里做什么买卖。看见这些绉纸包和盒子，谁也不会相信，这些乱七八糟的东西值一百万卢布，在这个货栈里，不把买货的人计算在内，每天有五十个人在忙碌。

第二天，拉普捷夫来到莫斯科，中午就去货栈，工人们正在包装货物，他们把箱子捶得震天响，以至在第一个房间里和办公室里谁也没有听见他进去；一个他认识的邮差走下楼来，手里拿着一沓信，被敲击声吵得皱起了眉头，他也没有发觉拉普捷夫。在楼上，第一个迎接他的是他的哥哥费奥多尔·费奥多雷奇，哥哥跟他长得一模一样，别人把他们看成是孪生子。这种相像，经常使拉普捷夫想起他自己的相貌来，现在他看见面前站着一个身材矮小，脸蛋通红的人，头发稀少，胯骨既小又不健壮，如此不招人喜欢，又没有文化修养的模样，他就问自己："难道我也是长得这副相貌吗？"

"我见到你是多么高兴！"费奥多尔说，吻他弟弟，紧紧地握着弟弟的手，"我每天都焦急地等候你，我的好弟弟。你来信说要结婚了，好奇心就开始折磨着我，我在想念你，弟弟。你想，我们半年没有见面了。喏，怎么样？过得好吗？尼娜的病很糟吗？是不是糟极了。"

"糟极了。"

"那只能听天由命了，"费奥多尔叹口气说，"喏，弟媳妇怎么样？一定是个美人儿吧？我已经喜欢上她了。要知道，现在她是我的小妹妹了。我们大家都会喜欢她的。"

拉普捷夫看见他父亲费奥多尔·斯捷潘内奇那宽而熟悉的驼背。老人坐在柜台旁边的一张凳子上，正和顾客在谈话。

"爸爸，上帝赐给我们多大的欢乐啊！"费奥多尔喊道，"弟弟来了！"

费奥多尔·斯捷潘内奇是个个子高大的人，身材非常魁梧，因此，尽管年纪已经到了八十岁了，满脸皱纹，但仍然是一副身强力壮的模样。他用深沉的、浓厚的和响亮的声音说话，这种声音发自他那宽阔的胸膛，如同从大桶里发出来的一样。他刮胡子，只留着剪得很短的、军人式的上髭，他抽雪茄烟。因为他总是怕热，所以不论在货栈，还是在家，一年四季，他总是穿宽大的帆布上衣。不久前，他动过白内障手术，他的视力不好，已经不做生意上的业务，只是陪顾客谈谈话，喝喝茶，吃吃果酱。

拉普捷夫弯下腰来吻吻他的手，然后吻他的嘴。

"我们已有好久没见面了，先生，"老人说，"好久好久了。怎么样？说说你的婚礼情况，要不要向你祝贺？那好吧，我向你们祝贺。"

他伸着嘴唇等儿子来吻。拉普捷夫弯下腰去吻他。

"怎么样，你的那位小姐带来没有？"老人问，没有等到回话，他就对那位顾客说起话来，说："禀告您，爸爸，我将与某小姐结婚。对了，可是讲到请求爸爸祝福和发表意见，这套规矩已没有了。现在他们自己做主。当初我结婚的时候，已经超过四十岁，可我还是跪在父亲跟前，听取他的意见。现在已经没有这一套了。”

老人为儿子而高兴，可又认为爱抚他和显露出欢乐的样子来是不成体统的。他说“小姐”这个词时的声调和态度使得拉普捷夫恢复往常在货栈里感到的那种沮丧情绪。在这里，每一件小事都会使得他回想起过去，想起从前怎样挨打，罚他吃素食；他知道，现在孩子们还是会挨打，直到把他们的鼻子打出血，而等到这些孩子长大了，自己也会动手打孩子。他在货栈里还没待上五分钟，就仿佛感到自己现在又在挨骂，挨打似的。

费奥多尔拍拍顾客的肩膀，对弟弟说：

“阿廖沙，我给你介绍一下，这位是我们唐波夫城的老乡慈善家格里戈里·季莫菲伊奇。他可以给当代的青年做个模范：他已经五十多岁了，可还有吃奶的孩子。”

伙计们笑了，那位顾客——一个挺瘦的白面老头，也笑了。

“超过正常功效的天赋，”站在柜台旁边的老管家说，“哪里进去，就会从哪里出来。”

老管家是一位五十岁的高个子男人，长着黑胡子，戴一副眼镜，耳朵边搁一支铅笔，常常含含糊糊地，略微暗示地表达自己的思想，同时根据他那戏谑的笑容，可以看出他为自己的话添加了某种特殊的、微妙的意义。他喜欢用那些按照自己所理解的文绉绉的话替代自己的话语，他经常使用的许多普通的词句已不是这些词句的原意了。举例说，“除此以外”这个词，当他坚决要表白某种思想，而不希望别人反驳他的意见时，那他就把右手朝前伸，于是说：

“除此以外！”

最使人惊奇的是，其他伙计和顾客非常明白他要表达的意思。人们都叫他伊万·瓦西里奇·波恰特金，他出生在卡什拉。现在，他边向拉普捷夫道喜，边说这样的话：

“从您的方面说，这是勇敢的功劳，因为女人的心是沙米利。”

货栈里的另一位重要人物是伙计马克伊切夫，是个胖胖的，风度翩翩的淡黄发男子，头顶秃光，留着络腮胡子。他走到拉普捷夫跟前，恭敬地低声向他道喜：

“我很荣幸……上帝听到了令尊大人的祷告。谢天谢地。”

然后，别的伙计也都前来祝贺结婚喜事。他们都穿得很体面，看上去其模样都完全是端庄而有教养的人。他们讲起话来，每两个字中间总要插进一个“先生”，并且讲起“先生”两字时的发音如同拉丁语中的“先生”，他们的贺词说得快似绕口令，例如：“恭喜恭喜，先生，婚姻美满，先生。”听起来仿佛有人用马鞭在空中抽了一下——发出“嘶——嘶——嘶”的声音。

所有这一切很快就使拉普捷夫感到厌烦了，他想回家去，可是刚到就走，不好意思。为了礼貌起见，他至少也得在货栈里待上两个小时。他离开柜台走向一边，问起马克伊切夫夏天过得怎样，有没有新闻，马克伊切夫恭恭敬敬地作了回答，可他并未把拉普捷夫放在眼里。一个剪着短发的学徒，穿一件灰罩衫，递给拉普捷夫一杯茶，却没有茶托；稍后，另一个学徒走过他们身旁，脚绊住了一只箱子，差点摔跤，有风度的马克伊切夫突然显出了可怕而凶恶的狰狞面貌，对着他嚷道：

“用脚走路！”

伙计们看到小老板结了婚，终于回来了，很高兴；他们怀着好奇心，用亲切的眼光望着他，人人走过他的身旁，都认为对他恭敬地说句动听的话是自己的职责。可是拉普捷夫相信这些话不是出于真心，而是在奉承他，因为他们怕他。他怎么也不会忘记，十五年前有一个伙计神经错乱，只穿一条短裤，光着脚跑到街上，朝着东家的窗子，举着拳头威吓地嚷着，他遭到虐待；等到他康复后，别的伙计在很长一段时间里都拿这个不幸的人开玩笑，还提醒他，说他对着老板该嚷“剥削者！”却嚷成“种植场主”。总的说来，伙计们在拉普捷夫商行里都生活得很苦，对此人们早有议论。顶糟的是老人费奥多尔·斯捷潘内奇对待他们的态度保持着一种亚洲式的策略。因此，谁也不知道老人的心腹波恰特金和马克伊切夫究竟拿多少钱的薪水；其他伙计一年连分红在内至多不过拿三千卢布，可是老人装模作样地说付给他们七千卢布；所有的伙计年年都有红利可分，可都是在私下里拿到的，因此拿得少的人，由于虚荣心，不得不说拿得很多；没有一个学徒知道自己什么时候才会升到伙计，没有一个伙计知道老板究竟对他满意还是不满意。从未向伙计们当面说起什么是禁止做的，所以他们不知道哪件事是可以做的，哪件事是不可以做的。没有禁止他们结婚，可是他们都不敢结婚，怕的是惹得老板不高兴，丢了饭碗。他们可以交朋友，上朋友家做客，但是大门在晚上九点钟就已关上，每天早晨老板还疑神疑鬼地察看和检查他们，查看他们有没有酒气，说一声："喂，吐一口气看！"

每逢节日，全体职工都必须参加清晨的弥撒，在教堂里站的地方得让老板看得见才行。斋期须严格地遵守。遇上大典，例如，老板或老板家里的人过生日，伙计们必须按名册送上福来厂生产的蛋糕或纪念册。伙计们住在皮亚特尼茨基街宿舍底层的厢房里，三四个人合住一个房间。吃饭时，虽然每个人的前面都放一个碟子，可吃的是大锅菜。在他们吃饭的时候，要是老板的家人到他们这里来，那他们就得全部站起来。

拉普捷夫意识到，莫非只是伙计中那些受过老人的严格训练受其影响很深的人才会把他看做恩人;别的人把他看成敌人，是"残酷的剥削者"。现在，他外出六个月后，没有看到变好的趋势；固然还有某些新的变化，这不见得是好的预兆。费奥多尔哥哥素来是文绉绉的，好思考，对人的态度很温和，现在，看上去是个忙人，认真做事的人，耳朵后夹着一支铅笔，在货栈里跑东跑西，拍拍顾客的肩膀，向伙计们喊着"朋友们"！明显地，他扮演了某种角色，在这个新的角色中，阿列克谢认不出他来了。

不断地听到老人的嚷嚷声。他由于没有事可干，就告诫顾客应当怎样生活，怎样处理自己的事业，同时，他老是把自己作为榜样。这种夸口，如此盛气凌人的权威腔调，拉普捷夫早在十年、十五年、二十年前就听到过了。老人很欣赏自己，从他的话中经常流露出来，是他使自己已故的妻子和她的亲属幸福；是他奖励孩子们；是他向伙计们和职工们施恩；是他使整条街和所有熟悉的人会为他祈祷上帝；他无论做什么事，都做得非常好，要是有人做错了事，那是他们不听他的建议的缘故；没有他的建议，什么事也办不成。在教堂里，他总是站在最前排，当他认为牧师司职有差错时，他甚至还向牧师提意见，他想，他这样做是合乎上帝心意的，因为上帝是爱他的。

下午两点钟，在货栈里大家都忙着做事，只有老人是例外，他继续在那里嚷嚷。拉普捷夫为了不使自己闲站着，就从一个女匠人手里接过花边，让她离去，然后接待一位顾客——沃洛格达商人，叫一位伙计来跟他谈生意。

“Т.В．А.！”从四面八方传来的喊叫声，（货栈里的货价和尺码是用字母表示的）“Р.И.Т.！”

拉普捷夫临走时，只跟费奥多尔一个人告辞。

“明天我带我的妻子上皮亚特尼茨基来！”他说，“但是，我要事先告诉你，要是父亲对她说一句粗鲁的话，我就立即离开那里。”

“你还跟从前一样，”费奥多尔叹口气说，“结了婚，老脾气还没改。老弟，对老人只好将就点。就这样，讲定明天十一点钟来。很想快点见到你们。做完祈祷，就直接来好了。”

“我来不及做祈祷。”

“那也没关系，重要的是别超过十一点钟，可以赶得上祷告，可以一起吃早饭。向小妹妹问好，吻她的手。我有一种预兆，我一定会喜欢她，”费奥多尔十分诚恳地补充说，“我羡慕你，弟弟！”当阿列克谢下楼时，他喊道。

“为什么他总是畏畏缩缩，好像很拘谨，仿佛觉得他自己是赤身露体似的？”拉普捷夫在想，他顺着尼科尔斯基街走着，竭力想弄明白费奥多尔究竟发生了什么样的变化，“他的那些话似乎是新的：

什么‘弟弟，好弟弟，上帝赐给我们，向上帝祷告。’——正像谢德林小说里的尤杜什卡。”

6

第二天是星期日，十一点钟，拉普捷夫和他的妻子已经坐着一辆由一匹马拉的轻便四轮马车顺着皮亚特尼茨基大街走来。他生怕费奥多尔·斯捷潘内奇做出某种越轨举动，他的心里早已郁郁不乐了。尤利娅·谢尔盖耶芙娜在丈夫家里住了两夜后，认为自己出嫁是一种错误，是一种不幸。要是她和丈夫生活在莫斯科以外的另一个城市，那她会觉得受不了。莫斯科很中她的意，她非常喜欢这里的街道、房屋和教堂，要是能坐上由名贵的骏马拉着的漂亮雪橇，从早到晚，周游莫斯科，随着飞快的奔驰，观赏凉爽的秋天景色，那她就不会感到自己是如此的不幸了。

在不久前刚粉饰过的一幢两层楼白房子旁边，车夫勒转马头向右转弯。这里大家都在等着他们。靠门口站着一个管院子的人，穿着一件新长衣，高筒靴和套鞋，另外还站着两个警士；从街中心到大门口是一片空旷地，然后是院子，整个院子直到门廊全铺着新黄沙。管院子的人摘下帽子，警士行军礼。靠近门廊处，费奥多尔带着非常严肃的神情在迎接。

“认识你非常高兴，小妹妹，”他说，吻尤利娅的手，“欢迎你。”

他挽着她的胳臂，领她上楼，然后走过一条走廊，在一群男男女女中间穿过去。前屋也很挤，散发着神香的气味。

“我马上就给你引见我们的父亲，”费奥多尔在死一般的庄严寂静中喃喃地说，“令人尊敬的老人①。”

---

① 原文中的外文，除特殊情况外，本书中均以楷体排印，如无注明则为法语，若遇法语外的其他文种，则一一注明。 此处为拉丁语。

大厅里，在准备作祈祷的一张桌子旁边，站着费奥多尔·斯捷潘内奇，一个戴无边帽的牧师和一位教会执事，他们大概是在等待。老人跟尤利娅握手，一句话也没有说。大家都在沉默。尤利娅有点窘迫。

牧师和教会执事开始穿法衣。端来了香炉，香炉中冒着火星，散发出神香、木炭的气味。蜡烛点燃了，伙计们踮起脚尖走进大厅，排成两行站在靠墙的地方。一片寂静，甚至连咳嗽的声音也没有。

“上帝的赐福。”教会执事开始念道。

祈祷是庄严的，他们什么也没有省略，还唱了两支雅歌：献给最亲密的基督和献给最神圣的母亲。歌手们唱的只是乐曲，而且唱了很久。拉普捷夫发觉他的妻子刚才在发窘；当雅歌唱起，合唱的人用不同的调子把“上帝怜悯我们吧”唱成三重唱时，他心情紧张地期待着老人环顾四周，发表某种意见，例如“你连画十字也不会”，于是他觉得苦恼：要这一伙人干啥，要牧师和合唱的人在一起参加这整个一套仪式干啥。这未免太商人气了。然而，当尤利娅跟老人一样，把头放在福音书下面，接着下跪好几回时，他明白了，她是喜欢这一切的，于是放心了。

在祈祷的结尾，祈求长寿时，牧师拿十字架给老人和阿列克谢吻，可是等到尤利娅走过来时，牧师却把手放在十字架上，做出想讲话的样子。有人向合唱者挥手，叫他们停一停。

“先知撒母耳，”牧师开始说，“照耶和华的话去行。到了伯利恒，那城里的长老都战战兢兢地出来迎接他，问他说：‘你是为平安来的吗？’他说：‘为平安来的。我是给耶和华献祭，你们当自洁，来与我同吃祭肉。’[①]上帝的仆人——尤利娅，你是否也带着和平的心意来到这个家？……”

尤利娅激动得满脸通红。牧师讲完后，就拿十字架给她吻，并

---

① 出自《圣经·旧约·撒母耳记上》第十六章第四、第五节。

用另一种口气说：

“现在费奥多尔·费奥多雷奇应该结婚了，是时候了。”

合唱的人们又唱了起来，人们开始走动，热闹了起来。受感动的老人热泪满眶，吻了尤利娅三下，在她脸前画了个十字，说：

“这是你的家了。我已年老，什么也不需要了。”

伙计们向她祝贺，并说了些什么，合唱者的歌声响得别的什么也听不见。然后大家吃早饭，喝香槟酒。尤利娅坐在老人身旁，老人对她说，一家人分居不好，应该住在一起，住在一座房子里，分居和不和睦就要把一个家拆掉。

“我挣钱，孩子们花钱，”他说，“现在你跟我们住在一起，替我们理财吧。我是老头子了，该休息了。”

尤利娅看到费奥多尔一直跑来跑去，他的模样跟她的丈夫长得一样，不过他更好动，更腼腆；他奔忙在她的身旁，常常吻她的手。

“我们，小妹妹，都是普普通通的人，”他说，同时他脸上现出一块块红晕，“我们生活得很朴实，照俄国人那样，照基督徒那样，小妹妹。”

当他们要回家时，拉普捷夫觉得一切都进行得很顺心，没有发生任何意外的事。真出乎预料，他对妻子说：

“你一定会奇怪，身材魁梧、宽肩膀的父亲会养出像我和费奥多尔这样矮个子、窄胸脯的儿子来。对，这是很容易理解的！我父亲四十五岁时和我母亲结婚，那时我母亲才十七岁。她见到父亲就脸色发白，索索发抖。尼娜是第一胎，生她时，我母亲的身体还比较好，因此尼娜长得比我们结实、匀称；当母亲怀着和生育我和费奥多尔的时候，她已由于恐惧的折磨，身体越来越虚弱。我还记得，当我还不满五岁时，父亲就开始教训我，或直截了当地说，也就是打我。他打我用的是柳条，拉着我的耳朵，朝脑袋上打，每天早晨我一醒来，首先想的就是：今天会不会打我？他禁止我和费奥多尔做游戏和闹着玩；我们必须去做晨祷和早弥撒，吻牧师和僧侣的手，在家里唱赞美歌。你是信教的，喜欢这一套，而我害怕宗教，我一旦走过教堂，我就想起我的童年，觉得害怕。我八岁时，就已经被带到货栈去了；我跟一般的学徒一样的做工，这对我的身体不利，因为我几乎每天都挨打。后来将我送到中学念书，上午在学校，午饭后我必须坐在货栈里，直到傍晚。就这样延续到二十二岁，直到我在大学里结识了亚尔采夫。亚尔采夫劝我离开父亲的家。这位亚尔采夫为我做了许多好事。你明白了吧，”拉普捷夫满意地笑着说，“我们现在就去拜访亚尔采夫。这是一位极高尚的人！他将会多么感动！”

7

十一月的一个星期六，参加由安东·鲁宾施泰因指挥的交响乐音乐会。音乐会上人很挤，天气很热。拉普捷夫站在柱子后，他的妻子和科斯佳·科切沃伊远远地坐在前面第三排或是第四排。休息时间一开始，那位“另外的女人”波林娜·尼古拉耶芙娜·拉苏金娜十分意外地走过他的身旁。结婚后，他经常胆战心惊地想到，可能遇上她。这时她直瞪眼望着他。他想起他至今还没有准备跟她说明或写封信客客气气地，哪怕两三行字把事情说清楚，而仿佛是要避开她；他觉得不好意思，涨红着脸。她一个劲地握紧他的手，并问道：

“您见到亚尔采夫了吗？”

没有等他回答，她就急急地大步往前走去，仿佛有谁从背后推着她似的。

她很瘦，长得也不漂亮，鼻子很长，她脸总是疲劳、痛苦的样子，为了把眼皮张开，不使它合上，她仿佛费了很大的劲。她长着一双美丽而乌黑的眼睛，带着聪明、和善、诚恳的表情，但她的动作不灵活，生硬。跟她讲话是很难的，她不善于安心来听人讲话以及和别人讲话。爱她，也是很难的。有时她和拉普捷夫在一起，会笑上好长时间，用双手蒙住脸，她坚决地认为，爱情对她来说，不是生活中主要的，她那扭扭捏捏的样子，如同十七岁的小姑娘，在吻她以前，必须把所有的烛光都熄灭。她已三十岁了。她嫁给一个教师，可长期不和丈夫生活在一起。她的生活费用靠教音乐课和参加演出四重奏来维持。

演奏第九交响曲时，她又走过他的身旁，仿佛是无意的，但柱子后密密麻麻地站着一大群男人，像一堵墙一样，不容许她再往前走，她只好呆在那里。拉普捷夫看见她还是穿着去年和前年参加音乐会时穿过的那件丝绒罩衫。她的手套是新的，扇子也是新的，不过是一把普通的扇子。她喜欢打扮，可她不善于打扮，不舍得花钱，她穿得不得体，不整齐，以至通常在街上，当她急急忙忙跨着大步去教课时，别人往往把她当作一个年轻的见习修道士。

观众鼓着掌，喊着“再来一个”①。

“您今天傍晚得和我一块儿度过，”波林娜·尼古拉耶芙娜走到拉普捷夫跟前，严肃地看着他说，“我们离开这里后一起去喝茶。听见了没有？我偏要您去。您欠我不少的情，在这件小事上您没有理由拒绝我。”

“好吧，我们去。”拉普捷夫答应。

音乐会结束后，响起了没完没了的叫喊声。听众离开座位，慢吞吞地走出去。拉普捷夫觉得不能不跟妻子讲一声就这样走掉，应该站在门口等着。

“我渴得要命，”波林娜·尼古拉耶芙娜抱怨着，“心都要烧起来了。”

“你可以在此地喝点什么，”拉普捷夫说，“我们到茶点部去吧。”

“得啦，我才没钱投给茶点部老板。我又不是商人。”

他伸出胳臂要她挽住，她拒绝了，还说了一句他从她那里已经

---

① 原文为拉丁语。

听过许多次的又长又令人讨厌的句子，就是说，她绝不是软弱的女性，不需要男人效劳。

她一面和他说话，一面瞧着听众，还不时地跟熟人打招呼；这些都是她的格里耶专修班和音乐学院的同学，她的学生。她热情地紧握着他们的手，仿佛要将他们拉过来似的。可她的肩膀开始打战，像在发热，最后她惊讶而愤慨地瞧着拉普捷夫，轻声轻气地说：

"您怎么跟那样的人结婚？您的眼睛长在什么地方，您真疯了吗？您看中这不屑一顾的愚蠢姑娘哪一点？要知道，我是因为您有头脑，心眼好，才爱您的，而那个瓷娃娃需要的仅仅是您的钱！"

"我们不要再谈这个，波林娜，"他用恳求的语调说，"关于我的婚事，您想对我说的话，我自己对自己已经说过不知多少次了……别再惹得我无谓的难过吧。"

尤利娅·谢尔盖耶芙娜露面了，她穿着一件黑长袍，胸前别着一个钻石的大别针，这别针是她公公在做完祈祷后送给她的；她身后跟着一大群陪同的人：科切沃伊、两位熟识的大夫、一位军官和一位穿学生服的，姓吉什的健壮青年。

"你跟科斯佳先走一步，"拉普捷夫对妻子说，"我随后就来。"

尤利娅点了点头，就往前走了。波林娜·尼古拉耶芙娜从后面凝视着她，浑身发抖，神经质地打了一阵冷战，她的眼神充满着憎恶、仇恨和痛苦。

拉普捷夫怕去她的家，因为预感到会有不愉快的解释，生硬的谈话和流眼泪，因此建议上哪家饭馆去喝茶。可是她说：

"不，不，跟我到家里去。不准您跟我提什么饭馆。"

她不喜欢上饭馆，因为她感到饭馆的空气里充满着有毒的烟味和男人的呼吸。她对所有陌生的男人都存有一种奇怪的偏见，她认为这些男人都是好色之徒，随时会调戏她。饭馆里的音乐刺激着她的神经，弄得她头痛。

走出贵族俱乐部，他们在奥斯托任卡街雇了一辆马车到萨韦洛夫斯基巷她住的地方。一路上，拉普捷夫在想她。说实在的，他欠她不少的情。他在自己的朋友亚尔采夫家里认识她的，那时她在教亚尔采夫音乐理论。她爱拉普捷夫爱得很深，完全没有私心，跟他有了关系，她继续去教课，跟从前一样工作，累得筋疲力尽。由于她，拉普捷夫才懂得音乐，爱上音乐，在这以前，他对音乐几乎是一窍不通的。

“拿半个王国去换取一杯茶吧！”她用暖手筒捂住嘴，免得受凉，闷声闷气地说，“我教了五堂课，学生们真见鬼了！他们都是些笨学生，我差点给他们气死。不知道这种苦役什么时候结束。我累极了。等我有一天积攒到三百卢布，我就抛开一切，到克里米亚去。躺在海滩上，多吸点氧气。我多么喜欢海，唉，我多么喜欢海！”

“您什么地方也去不成，”拉普捷夫说，“首先，你积攒不起这笔钱；其次，您舍不得花钱。请原谅，我再说一遍：难道您认为从那些由于闲得无事可做，而到您这里学音乐的人手中一个一个戈比地凑满三百卢布，要比向您的朋友借钱少伤害自尊心吗？”

“我没有朋友，”她赌气地说，“请您别胡说八道。像我这样的劳动阶级有一种特权：有不可收买的意识，有不向渺小的商人借债和看不起他们的权利。不，请不要用钱来收买我！我不是尤利奇卡！”

拉普捷夫没打算付车钱，他知道，要是他付钱，就会引来一连串他从前常听说过的话。她自己付了车钱。

她在一个独身女人的住宅里租了一个带家具和桌子的小房间。她的那架贝克牌大钢琴暂时放在尼基茨基大街的亚尔采夫家里，她天天都去那里练琴。在她的房间里放着几只有布罩的圈椅，一张铺着洁白的夏季薄被的床和房东的盆花，墙上挂着石印画，这里没有一样东西可以使人联想到这房间里住着一个女人，受过大学教育的女人。没有梳妆台，没有书，甚至没有写字台。可以看出，她一回到家，就躺下睡觉，早晨一起床就立即离开家。

厨娘端来了茶炊。波林娜·尼古拉耶芙娜烧茶。她仍在打战——房间里很冷——她开始骂那些在第九交响曲中唱歌的人。她累得睁不开眼睛。她喝了一杯又一杯茶，然后喝第三杯。

“这么说，您已结婚了，”她说，“可是不必担心，我不会闷闷不乐，我会把您从我的心里赶走。遗憾和伤心的是您也跟别人一样的下贱，在女人身上您所需要的不是头脑，不是智慧，而是肉体，美貌，青春……青春！”她用鼻音说，好像在模仿谁似的，她笑了，“青春！你需要的是纯洁，纯洁！纯洁！”[①]她哈哈大笑起来，向圈椅背一靠，“纯洁！[②]”

等她止住了笑声，她的眼睛里含着泪花。

“您是幸福的人了，起码是这样吧？”她问。

“不。”

“她爱您吗？”

“不。”

拉普捷夫被问得有些激动，感到自己是个不幸的人，于是就站了起来，在房间里踱来踱去。

“不，”他重复了一次，“波林娜，如果您想知道，我可以告诉您，我是个很不幸的人。这又怎么办呢？我做了蠢事，现在无法挽回了，需要平心静气地对待。她嫁给我，不是由于爱情，真愚蠢，也许是一种惩罚，可别去议论它了。而现在很显然，她已意识到自己的错误，暗自伤心。我看得出来。晚上我们睡在一块儿，可白天，她怕面对面地和我呆在一起，哪怕是五分钟时间也不行，她寻找娱乐，寻找伙伴。跟我在一块儿，她就会觉得害羞、害怕。”

“她还是问您要钱吗？”

“别胡说，波林娜！”拉普捷夫嚷道，“她从我这里拿钱，因为

---

① 原文为德语。

② 同上。

这对她来说，有钱没有钱，完全是一样的。她是诚实而纯洁的人。她嫁给我，只是由于她想离开她父亲，就此而已。”

“您敢断定，如果您不是一个有钱的人，她也会嫁给您？”拉苏金娜问。

“我什么也不敢断定，”拉普捷夫垂头丧气地说，“什么也不敢断定。什么也不明白。看在上帝面上，波林娜，我们别再谈论这件事了。”

“您爱她吗？”

“非常爱她。”

接着是一阵沉默。她喝了第四杯茶，而他则走来走去，想着他妻子现在大概在医生俱乐部里吃晚饭。

“难道可以爱一个人，而不知道为什么爱？”拉苏金娜问，耸耸肩膀，“不可能，那您的爱完全是一种兽欲！您为那美丽的肉体所陶醉并中毒。您躲开我，您贪色！快到那里去吧！”

她朝他挥挥手，然后拿起他的帽子扔给他。他不做声地穿上皮大衣，走了出去，可是她跑到过道去，焦急不安地抓住他的胳臂，痛哭起来。

“别哭了，波林娜，好了！”他说，可怎么也拉不开她的手，“安静点，我求求您！”

她闭着眼睛，脸色苍白，她那长鼻子变成一种难看的蜡黄色，如同死尸一般，拉普捷夫至今还拉不开她的手。她昏过去了。他小心地抱起她来，把她放在床上，在她身边坐了十分钟左右，直到她清醒过来。她的双手冰凉，脉搏微弱，心律不齐。

“去吧，回家去吧，”她说，睁开眼睛，“去吧，要不然我又会大哭起来。应当能控制自己才行。”

离开了她，他没有去医生俱乐部，他的同伴在那里等候他，可他回家去了。一路上，他责备地自问：为什么他不和这个如此爱他，实际上已是他的妻子和女朋友的女人结婚呢？这是惟一的跟他依依不舍的人，既是如此，为何不曾把幸福、住所和安宁给这个骄傲的、聪明的和勤恳工作的女人，并把这看成是表示感谢，值得去做的事呢？他再问自己：他是否配得上追求青春和美貌，追求不可能的幸福呢？而实际上他是在惩罚或嘲弄自己，使自己三个月来都处在忧郁和沮丧的心态，蜜月早就过去了，但说来也可笑，他至今还不知道他的妻子是什么样的人。她给自己的同学和父亲写起信来，一写就是五页，不会找不到话说，可对他说的只是关于天气，该吃中饭了，该吃晚饭了，很有限的几句话。睡觉前，她长时间地在祷告上帝，然后吻她的十字架和圣像，而他只是望着她，怀有仇恨的心情在想："就这样她在祷告着，但祷告些什么呢？祈求些什么呢？"想着这些的时候，他辱骂她和自己，说什么，和她一起睡觉，把她搂在怀里，其实他搂着的是一个花钱买来的女人，这种想法的结果是可怕的；要是她是个健康的、放肆的、有罪的女人，那也罢了，但是要知道，她年轻，信教，温柔，有着一双天真纯洁的眼睛……当她成为他的未婚妻时，她虔诚地信教曾感动过他，而现在这种看法和信念的明确变成了他的障碍，在这障碍后的真相却看不见。在他的家庭生活中一切都已使他感到痛苦。每当妻子和他一起看戏，坐在他身旁时，她在叹气或出自内心的笑，他就感到伤心，因为她一个人在享受，不和他一起分享自己的快乐。说也奇怪，她跟他的朋友都很要好，他们已经知道她是怎样的人，而他却什么也不知道，只是忧郁，暗自嫉妒。

拉普捷夫回到家，穿上睡衣，换上拖鞋，坐在自己书房里看小说。妻子不在家。可是过了不到半个小时，前门的门铃响了，隐约听见跑去开门的彼得的脚步声。进门来的是尤利娅。她穿着皮大衣走进书房来，脸蛋儿冻得红彤彤的。

"在普列斯尼大街着了大火，"她喘吁吁地说，"强烈的火光。我想跟康斯坦丁·伊万内奇一块儿去看看。"

"上帝保佑吧！"

她那健康、娇嫩的样子以及她眼神中显露出孩子气的恐慌使拉普捷夫觉得宽慰。他又看了半小时的书，就去睡觉了。

第二天，波林娜·尼古拉耶芙娜把曾经向他借的两本书，他写的所有信件和他的照片统统寄到货栈还给他，同时还附来一张便条，上面只写了一个词：“够了！”

8

十月底，尼娜·费奥多罗芙娜旧病复发的症状非常明显。她很快消瘦下去，脸部有了很大的变化。尽管十分痛苦，她仍在想象自己已在康复，每天早晨穿好衣服，仿佛健康的人一样，然后整天和衣躺在床上。她终究变得很爱说话。她仰天躺着，低声地唠叨着什么，说话很费劲，喘得很厉害。她是在下面的情景中突然死去的。

那是一个天气晴朗，月光皎洁的晚上，在街头人们坐着雪橇在刚下的大雪上滑来滑去，街上的热闹声传到了房间里。尼娜·费奥多罗芙娜仰天躺在床上，而萨沙，现在已没有人来跟她换班，坐在妈妈身旁打瞌睡。

“我不记得他的父名了，”尼娜·费奥多罗芙娜低声地说，“人们叫他伊万，姓科切沃伊，是一个穷官吏。酒鬼，愿他在天堂安息吧。他常来我们这里，每个月我们都要给他一磅白糖，八分之一磅茶叶。自然，有时也给他点钱。对了……后来发生了这样一件事：我们的科切沃伊大喝起酒来，喝得很多很多，给白酒烧死了。他死后，留下了一个小儿子，七岁的男孩。他成了孤儿……我们收留了他，把他藏在伙计的宿舍里，他在那里住了整整一年，我们的爸爸不知道这件事。不知怎么地，爸爸看到他了，他只是摆摆手，什么也没有说。当科斯佳，那小孤儿，长到八岁时，那当儿我已订了婚，我带他跑遍了各所小学。东奔西走，没有一所小学肯接收他。他哭了……我说：‘你哭什么呀？小傻瓜。’我带了他上拉兹古利亚伊街的补习学校去，在那里，谢天谢地，接收了他……就这样，那小孩每天从皮亚特尼茨基街步行到拉兹古利亚伊街，再走回来……阿廖沙为他付学费……天老爷总算发慈悲，他学得很好，很专心，是一个有出息的小孩……现在他在莫斯科当上了律师，是阿廖沙的朋友，一个很有学问的人。你看，不能瞧不起人，把他收留到家里来，不是吗，他现在为我们在祈祷上帝……而且……”

尼娜·费奥多罗芙娜说话的声音越来越轻，中间还要停顿很久才能继续说下去，后来沉默了片刻后，她突然上身竖了起来，坐在那里。

“我不大行……似乎不好，”她说，“求上帝保佑！哎哟，我喘不过气来！”

萨沙知道母亲已活不了多久了；现在看见母亲的脸突然间瘦下去，她预料这是末日，因此害怕起来。

“妈妈，不要这样！”她痛哭起来，“不要这样！”

“快跑到厨房去，叫用人去找爸爸来。我肯定不行了。”

萨沙跑遍所有的房间，她呼唤着，然而整个房子里一个用人也找不到，只有在厨房的柜子上莉达和衣睡在那里，连枕头也没有。萨沙连胶皮套鞋也没有穿，就跑到院子里，然后跑到街上。在街门外的一张长凳上坐着她的奶妈，她在看溜冰。从河上的滑冰场传来军乐声。

“奶妈，妈要死啦！”萨沙哭着说，“需要把爸爸找来！”

奶妈走到楼上的卧室里，看一看病人，把一支点亮的蜡烛塞到她的手里。萨沙害怕地跑来跑去，自己不知道央求谁去找她的爸爸，后来她自己穿上大衣，戴上头巾，往街上跑去。她早就从用人那里知道父亲还有另外一个家，有两个女孩，父亲和她们住在巴扎尔尼街。她出门后，朝左面跑去，边跑边哭，见到陌生人就害怕，不久她陷入了雪堆中，浑身发冷。

她遇上了一辆空马车，可是她没有坐上去，她想，也许车夫会把她拉到城郊去，抢劫她的东西，把她扔到坟场里去（用人在喝茶的时候，讲过这样的抢劫案事例）。她一直往前走，边走边累得喘吁，还放声大哭，她到了巴扎尔尼街，就打听帕纳乌罗夫先生住在哪里。一位陌生的女人和她讲了好久，看她还是没听懂，就索性拉着她的手一起走到一座有台阶的平房前。大门开着。萨沙跑进去，穿过过道和一条走廊，终于来到了一个明亮温暖的房间，在这里，他父亲和一个女人，两个小女孩坐在茶炊旁喝茶。这时，她一句话也说不出来，只会嚎啕大哭。帕纳乌罗夫明白了。

“大概妈不好了吗？”他问，“告诉我，孩子：妈是不是不好了？”

他惊慌起来，叫了一辆马车。

当他们回到家时，尼娜·费奥多罗芙娜背后用枕头垫着坐在那里，手里拿着蜡烛。她的脸色发青，眼睛闭着。在她卧室的门口站着奶妈、厨娘、使女、农民普罗科菲以及一些陌生的老百姓。奶妈正在低声吩咐着什么，他们听不懂。莉达站在卧室的窗台旁边，脸色苍白，睡意蒙眬，严肃地凝视着母亲。

帕纳乌罗夫从尼娜·费奥多罗芙娜手里拿下了那支蜡烛，厌恶地皱起眉头，把蜡烛丢到衣柜上。

“这真胡闹！”他说，“躺下，亲爱的。”

她朝他望着，却认不得他……大家把她放下躺平。

等到牧师和大夫谢尔盖·鲍里索维奇到来时，用人们都虔诚地在胸前画十字，为她祷告。

“她竟有这样的遭遇！”大夫深思着说，从卧室走向客厅，“唉，她还年轻，四十岁还不满。”

他们听到那些小女孩哀戚的痛哭声。脸色苍白，眼睛噙着一眶泪水的帕纳乌罗夫走到大夫跟前，用微弱发颤的声音说：

“我亲爱的，劳驾您拍个电报到莫斯科去。我已无能为力了。”

大夫拿过墨水来，写了这样一封电报给女儿：

“帕纳乌罗娃今晚八时去世。希告丈夫：德沃良斯基街现有一所原已抵押的房子出售，标价九千。十二日拍卖。奉劝勿失良机。”

9

拉普捷夫住在小德米特罗夫卡街的一条巷子里，离老皮缅街不远。除了门朝街道的大房子外，还在院子里租了一座两层楼的房子给自己的朋友科切沃伊住，科切沃伊是律师助理，拉普捷夫一家人都叫他科斯佳，因为他是他们看着长大的。在这座房子的对面也是一座两层楼的房子，住着一家法国人，夫妇俩和五个女孩。

天气冷到零下二十摄氏度。窗上结着冰。科斯佳早晨醒来，带着慌张的神情服了十五滴药水，然后从书架上拿下了一对哑铃，开始做体操。他又高又瘦，长着浅火红色的大胡子；可在他的外表上最引人注目的——这就是他的一双特别长的腿。

彼得是一个中年的乡下人，穿一身紧身的短大衣，一条布裤子，裤腿塞在高筒靴里，他拿来了茶炊烧茶。

“今天天气非常好，康斯坦丁·伊万内奇。”他说。

“对，天气很好，只不过，老兄，遗憾的是我们和你生活在一起不怎么好。”

彼得出于礼貌只叹了口气。

“小姑娘们在做什么？”科切沃伊问道。

“牧师还没有来，阿列克谢·费奥多雷奇亲自教她们念书。”

科斯佳在玻璃窗上找到了一块没有结冰的地方，就用望远镜朝着法国人住的那座房子的窗子在看。

“看不见。”他说。

这时，阿列克谢·费奥多雷奇正在楼下教萨沙和莉达念《圣经》。她们在莫斯科已经住了一个半月了，和她们的家庭女教师一起住在房子的底层，城里学校的一位教师和牧师每周来三次。萨沙正在念《新约》，但莉达不久前才开始念《旧约》。上次布置莉达复习到亚伯拉罕那篇故事。

“那么亚当和夏娃有两个儿子，”拉普捷夫说，“好极了。可他们叫什么名字？想想看！”

莉达仍是严肃的神态，默默不语，朝桌子上看，只是双唇在轻轻嚅动；大女孩萨沙看着他的脸，皱起眉头。

“你知道得非常清楚，只是不要慌张，”拉普捷夫说，“说啊，亚当的儿子叫什么名字？”

“亚伯和卡奈尔。”莉达轻声地说。

“该隐和亚伯。”拉普捷夫纠正她。

一颗大眼泪从莉达的脸上滚下，掉在书本上，萨沙也低下了双眼，涨红着脸，准备哭出来。拉普捷夫出于怜悯，泪水也逼近他的喉部，再也说不出话来了；他离开书桌站起来，点了一支烟。这时，科切沃伊手里拿着一张报纸从楼上下来。两个小女孩站起来，没有朝他看，向他行了个屈膝礼。

“看在上帝面上，科斯佳，您来教她们吧，”拉普捷夫转过身来对着他说，“我怕我自己也要哭出来，而我在午饭前还得赶到货栈去。”

“好吧。”

阿列克谢·费奥多雷奇走了。科斯佳皱着眉头，神情很严肃地在书桌旁坐下，伸手把《圣经》拿到自己的面前。

“怎么样？”他问，“你们念到哪儿啦？”

“她念到‘洪水’了。”萨沙说。

“‘洪水’？好吧，我们就来念‘洪水’，从‘洪水’讲起。”科斯佳以很快的速度简要地讲了一讲书上的“洪水”内容，接着说，“我必须向你们说明，像书中所写的这样的洪水，事实上是不存在的。也没有诺亚这样一个人。在基督降生前的好几千年，地球上发生过一次罕见的洪水，关于这次洪水不只是在犹太《圣经》上有记载，同样在其他古老民族的书籍上也有记载，如希腊、迦勒底、印度等。但不管那次洪水有多大，它不可能淹没整个地球。真的，平原被淹没，而高山恐怕还存在。这书，你们念是可以念的，可不必太相信它。”

莉达的眼泪又在流，她转过身去，突然放声大哭起来，弄得科斯佳吃了一惊，慌慌张张地从座位上站起来。

“我要回家去，”她说，“到爸爸和奶奶那里去。”

萨沙也哭了。科斯佳走到楼上去，打电话给尤利娅·谢尔盖耶芙娜：

“亲爱的，”他说，“小姑娘们又哭了。我没有办法对付她们。”

尤利娅从大房子跑过来，穿着一件连衣裙，披着一条毛织的披巾，冻得打战，开始安慰两个小姑娘。

“相信我，相信我的话，”她用恳求的口吻说，把她们一个接一个地搂到自己的身边，“你们的爸爸今天来，他已拍来电报。你们舍不得妈妈，我也舍不得，我的心都碎了，可是有什么办法呢？要知道，我们又不能违反上帝的旨意。”

等她们止住了哭，她就替她们裹上头巾，带她们去坐车。她们沿着小德米特罗夫卡街，然后经过斯特拉斯特内伊街到了特韦尔斯卡娅街的伊韦尔斯卡娅教堂旁停下来，在神龛上点起蜡烛，跪下来祷告。在回家的途中，她们拐进菲利波夫店买了一些带罂粟籽的小面包圈。

两点多钟，拉普捷夫一家吃中饭。彼得端上菜。白天，这个彼得一会儿要去邮政总局，一会儿要去货栈，一会儿又要替科斯佳跑州法院，还要伺候一家人；晚上，他卷纸烟；夜里，他要起来开门，清晨五点钟已经要起身生火炉子了，谁也不知道他什么时候睡觉。他很喜欢开汽水瓶，做起来很轻松，不发出声音，也不会溅出一滴汽水。

“上帝保佑！”科斯佳说，在喝汤前喝了一杯伏特加酒。

最初，尤利娅·谢尔盖耶芙娜不喜欢科斯佳；他的低音调，他那文绉绉的话语，例如：“打一下嘴脸”“卑鄙”“请现出茶炊”等，他那碰杯时添油加醋的习惯都使她感到俗气。但对他有点了解以后，她开始觉得他是个平易近人的人。他待她很坦然，到了傍晚他就喜欢跟她悄悄地谈心，甚至把自己写的小说拿给她看，这些小说至今还是保密的，连拉普捷夫和亚尔采夫这样的好朋友也不知道。为了不伤他的心，她才看这些小说的，还称赞他几句，于是他很高兴，因为他希望自己早晚能成为有名的作家。他在自己的小说里描写的全是农村和地主庄园，其实他很少见到农村，只有上朋友的别墅时才去过农村，而且一生中只去过一次地主的庄园，这还是去沃洛科拉姆斯克办案时才去的。他回避写爱情，仿佛害羞似的，在他的小说里常常描写风景，同时喜欢用这样的语句，例如，奇妙的山脉轮廓，别致的云彩形状或和谐神秘的旋律……他的小说从没出版过，他用书报检查来为自己找借口。

他喜欢律师工作，但他仍然没有把律师看成是自己的主要职业，而是把作家当作自己的主要职业。他觉得他具有敏感的、艺术家的气质，他素来喜欢艺术。他自己不唱歌，也不玩任何乐器，完全没有音乐感，但他参加一切交响乐演奏会和音乐协会的会议，他还举办以慈善为目的的音乐会，跟歌唱家结交……

吃午饭时，他们交谈着。

“真奇怪，”拉普捷夫说，“我的费奥多尔又弄得我束手无策！他说，应该打听出我们的商行一百周年的日期，将为求得贵族身份而奔走，他是用十分严肃的口气说这话的。他究竟要干什么？老实说，我开始替他担心。”

他们谈到费奥多尔，谈起如今把故意做出点什么，看成时髦。比方说，费奥多尔虽然已经不是一个商人，可他极力使自己成为一个普通的商人；有一次，老拉普捷夫任监督官的学校里来了一位教员向费奥多尔要薪水，费奥多尔甚至连口音和步态都变了，他对待那位教员的态度，仿佛是一位长官。

午饭后，他们无事可做，就走进书房。他们谈到颓废派，谈到《奥尔良姑娘》，科斯佳念了整段的独白；他以为他学叶尔莫洛娃学得很像。然后他们打文特牌。两个小女孩没有回到自己的房子里，而是两人合坐在一张圈椅上，脸色苍白，神情忧郁，她们在听着街上的喧闹声：是不是父亲来了？每逢晚上，在黑暗中和烛光下，她们感到苦闷。打牌时的谈话声，彼得的脚步声，火炉里的爆裂声刺激着她们，她们不想见到火；晚上，她们已经不想哭了，然而一种恐惧感和重负感压在她们的心头。她们不明白，她们的妈妈刚死去不久，这些人还如此地谈笑风生。

“今天您从望远镜里看到了什么？”尤利娅·谢尔盖耶芙娜问科斯佳。

“今天什么也没看见，但昨天看到法国老人自己在洗澡。”

七点钟，尤利娅和科斯佳上小剧院去。拉普捷夫和小女孩们呆在家里。

“你们的爸爸现在该来了，”他看着表说，“大概火车误点了。”

两个小女孩默默无声地挤坐在一张圈椅上，像两只受冻的动物一样，可拉普捷夫不停地在几个房间里走来走去，焦急地看着表。房子里静悄悄的。快到九点钟的时候，有人在按门铃。彼得去开门。

小女孩们听到熟悉的声音后，尖声地叫了起来，接着痛哭流涕地奔到前厅。帕纳乌罗夫穿着一件华丽的皮袄，由于严寒髭须都变白了。

“马上，马上。”他喃喃地说，可萨沙和莉达又哭又笑，吻他冰凉的手、帽子和皮袄。他这个被风流韵事宠惯的美男子，懒洋洋的样子，不慌不忙地爱抚着小女孩，然后走进书房，搓着手说：

“我的朋友们，我在你们这里不能呆久。明天我就要去彼得堡。他们答应把我调到别的城市去。”

他住在“德列兹坚”旅馆。

10

伊万·加夫里雷奇·亚尔采夫常到拉普捷夫家串门。他是个健壮魁梧的人，黑头发，长着一张聪明又讨人喜欢的脸。人们都认为他是个漂亮的男人，但近来他开始发胖，这有损他的脸形和身段，还有破坏他形象的是他把头发剪得很短，近乎光头。在大学时，由于他的身材好，力气大，同学们都叫他“打手”。

他和拉普捷夫兄弟俩一起都毕业于语文系，后来进自然科学系，如今是化学硕士。他没有指望进教研室工作，也没有在任何地方的实验室里做过实验员，而是在实科中学和两所女子中学教物理和博物史。他非常高兴和同学们，尤其是女学生们在一起，他说，现在有非常出色的一代人成长起来。除化学外，他在自己家里还研究社会学和俄国史，有时在报刊上发表短篇文章，署名“亚”。当他谈到植物学和动物学时，他就像一位历史学家，要是他解决了某个历史问题，那他就像一位自然科学家。

在拉普捷夫家里，吉什也同样被看作自己人，他的外号是“永久大学生”。他在医学系读过三年书，后来转到数学系，每一学年的课程，他总得念两年。他父亲是内地的药店老板，每月给他寄四十个卢布，还有母亲瞒着父亲，暗地里每月给他十个卢布，这笔钱够他付食宿费，甚至够他买一些奢侈品，如波兰海獭皮领的大衣、手套、香水以及拍照片（他自己常拍照，把自己的照片分送给熟人）。他是一个爱整洁的人，有点谢顶，为人非常谦虚，他总是有着帮别人忙的愿望。他老是为别人的事在奔波：一会儿手里拿着捐款签名单，一会儿大清早站在票房窗口受冻，为了替熟识的小姐买票，一会儿受托去订花篮或花束。大家一谈到他就说，叫吉什去，叫吉什去办，叫吉什去买。别人委托的事他大部分完成得不好。责备他的话纷纷传来，人家托他买东西，常常忘了付他钱，但他总是不吭声，遇到难处理的事，他只是叹口气。他从来也没有特别高兴过，也没有特别伤心过，他说起话来总是又长又枯燥，他的俏皮话每每引起笑声，因为他的俏皮话并不俏皮。比如，有一次他想开玩笑，他对彼得说：“彼得，你不是鲟鱼。”惹得大家哄堂大笑，连他自己也笑了很久，觉得很得意，认为他的俏皮话见了效。要是有某一位教授出殡，那他就走在前面和举火把[①]的人在一块。

亚尔采夫和吉什一般都在傍晚来喝茶。如果主人一家人不上剧院去或听音乐会，那么傍晚的饮茶就会持续到吃晚饭。二月的一个傍晚，在饭厅里有过一次这样的谈话：

---

① 俄国的习俗，有身份的人出殡时最前排有人举火把。

“文艺作品，只有当在自己的主题思想里包含着某种严肃的社会问题，那它才有意义，才有价值，”科斯佳说，愤愤地朝亚尔采夫望着，“如果作品中含有对农奴制度的抗议，或者作家抨击上流社会的庸俗，那么这样的作品才有意义，才有价值。有些长篇小说和中篇小说，写什么‘唉’和‘啊’的，什么‘她爱他，他却不爱她’的，——这样的作品，我说，是毫无价值的，让它们见鬼去吧。”

“我赞同您的话，康斯坦丁·伊万内奇，”尤利娅·谢尔盖耶芙娜说，“一本小说写恋爱幽会，另一本写通奸，再一本小说写离婚后破镜重圆。难道就没有别的题材可写吗？要知道还有许多生病的人、不幸的人、穷困潦倒的人，他们必然不会去阅读这些书的。”

拉普捷夫听到他那还不满二十二岁的年轻的妻子严肃而冷漠地谈论爱情，觉得不愉快。他领悟到为什么会这样。

“如果诗歌没有解决你们认为的重要问题，”亚尔采夫说，“那么你们可去看技术书、刑法书、经济书，看点科学文章。假定你们能在专业文章和指南中找到关于教学自由或关于监狱消失的内容，那又何必在《罗密欧和朱丽叶》中来谈这些而替代爱情呢？”

“叔叔，这话太极端了！”科斯佳打断了他的话，“我们谈的不是像莎士比亚或歌德这样的巨匠，我们谈的是那些有才气的和平庸的作家，假如他们放下爱情题材，而从事向群众传播知识和启蒙思想，那他们就会创造更大的价值。”

吉什带着鼻音，吐字不清地开始讲他最近阅读过的一本中篇小说的内容。他不慌不忙地讲得很详细；三分钟过去了，五分钟、十分钟过去了，他还继续在讲，可谁也不知道他在讲些什么，他的脸部变得越来越没有表情，眼神越来越暗淡。

“吉什，讲快点，”尤利娅·谢尔盖耶芙娜忍不住说，“要不然，这太折磨人了！”

“别讲了吧，吉什！”科斯佳对着他嚷道。

大家都笑了，吉什自己也笑了。

费奥多尔走了进来。他的脸上有一块块红斑，匆匆忙忙地跟大家打了一下招呼，把弟弟拉到书房里去。最近他不愿意和许多人在一起，宁愿一个人来来去去。

“让那些年轻人在那儿去笑吧，我和你在这儿谈心里话，”他说，并在离灯很远的一把深圈椅上坐下来，“好弟弟，我们好久没见面了。你有多长时间没有去货栈啦？大概有一个星期了吧。”

“对。那里没有我可做的事。我得承认，是老头儿令人讨厌。”

“自然，货栈里没有我和你也能应付得过去，但一个人总得有一个职业。常言道，面包是从辛辛苦苦中得来的。上帝爱劳动。”

彼得托着茶盘送进茶来。费奥多尔喝茶不放糖，有时还提醒一下不要放糖。他很喜欢喝茶，一个晚上能喝十大杯。

“弟弟，你听我说，”他站起来，走到弟弟面前说，“别老老实实地，你要设法当选议员，我们不慌不忙地，从从容容地设法把你弄进市参议会，然后当个副区长。越往后官做得越大，你是个聪明人，又受过高等教育，人们发现了你，把你请到彼得堡去——地方的和市的活动家现在在那儿很吃香，弟弟啊，你五十岁还不到，很可能你会做到枢密顾问官，肩上就可以搭一条绶带。”

拉普捷夫没有答话；他明白，什么枢密顾问官啦，绶带啦，这一切正是费奥多尔自己所祈望的，因此他不知道回答些什么才好。

兄弟两人默默地坐着。费奥多尔打开表，长时间神情紧张地看着它，仿佛要考察表针的动作似的，拉普捷夫感到他的脸部表情挺古怪。

用人请他们去吃饭。拉普捷夫到饭厅去了，费奥多尔却留在书房里。辩论已不复存在，但亚尔采夫用教授上课的口气说：

“由于气候、精力、爱好、年龄等方面的区别，人类的平等，就生理上说，是不可能的。不过有文化的人能使这种不平等变成无害的，如同他已经把这种不平等变成恶劣的环境和熊的关系一样。一位学者已经达到能使他的猫、老鼠、鹰、麻雀同在一个碟子上吃东西，因此我们可以期望，教育将使人类同样相处。生活在不断向前发展，我们可以亲眼目睹文化所作出的巨大成绩，显然早晚会有这样的时刻，比如，工厂工人的目前状况将被看成是这般的荒诞，如同我们现在把农奴制看成是荒诞的一样，当时居然有人拿女孩子去换狗。”

“这种时刻不会很快到来，决不会很快的，”科斯佳笑着说，“决不会很快的，要等到罗特希尔德觉得他那藏满黄金的地窖是荒诞的时候才会到来，到那时，工人的背也要压弯了，头也要累得大了。不，不行啊，叔叔。我们不能等待，而要去奋斗。如果猫和老鼠能用同一碟子吃东西，那您就认为猫具有人的意识吗？好像不是这样的。它是给人逼着才那样干的。”

“我和费奥多尔都有钱，我的父亲是资本家，大富翁，跟我们也得斗争！”拉普捷夫用手掌擦着前额说，“跟我斗争——在我的思想上怎么也弄不明白！我有钱，可至今钱给了我什么，钱的能量带给我什么？我比你们幸福在哪里？我的童年是受罪般的，可是钱并没有把我从棍棒下救出来。尼娜生病，死了，我的钱也没有帮上她的忙。当别人不喜欢我时，我又不能强制他们喜欢我，哪怕花费一亿卢布也罢。”

“可是您能做很多好事啊。”吉什说。

“那算什么好事！您昨天要我为一个数学专业的人找一份差事。我也跟您一样，帮不上他的忙。我可以给钱，可是他要的不是钱。有一次我请求一位著名的音乐家帮一个穷提琴手找个位子，但他这样说：‘您来求我，只因为您不是一个音乐家罢了。’我也这样回答你们：你们这样有把握地要求我帮忙，也因为你们自己从来没有做过富翁罢了。”

“为什么要拉出一个著名的音乐家来作比较，我真不懂！”尤利娅·谢尔盖耶芙娜说，她涨红着脸，“那位著名的音乐家跟这事有什么相干！”

她的脸由于憎恨而颤抖，她垂下眼帘来掩盖这种感情。不仅她的丈夫，连同在座的所有的人都明白她脸部的表情是怎么一回事。

“那位著名的音乐家跟这事有什么相干！”她轻声地重复了一

次，“再也没有比赈济穷人更容易的事了。”

接着是一阵沉默。彼得端上松鸡来，可谁也没有去吃它，而只吃一盘色拉。拉普捷夫已经不记得他说过些什么，可是他明白，并不是他的话引起他们痛恨，而是他打扰了他们的谈话。

晚饭后，他回到自己的书房；他紧张得心在怦怦地跳，边等待着对他新的贬责，边倾听在大厅里的动静。大厅里又开始了争辩；然后亚尔采夫在钢琴旁坐下，弹了一支感伤曲。他是个多才多艺的人：能唱歌，能弹琴，甚至会变戏法。

“先生们，你们可以随意地玩，可我不愿坐在家里，”尤利娅说，“我要出门去了。”

大家决定去郊外，就打发吉什上商人俱乐部去叫一辆三套马车。他们没有邀请拉普捷夫同行，因为通常他不去郊外，同时也因为他现在正陪他哥哥坐着；可他理解为，他这个人对他们来说太乏味，他在这一群快活而年轻的人当中是多余的。他的烦恼，他的痛苦感是如此的强烈，以至他差点哭出来，想到他们待他这样不客气，想到他们鄙视他，想到他是个愚蠢乏味的丈夫，是个钱袋，这反倒使他感到高兴；他觉得，要是哪天夜晚，他的妻子对他变节，跟他的好朋友通奸，后来她承认了这事，还用憎恨的目光瞧着他，他会更加高兴……他嫉妒她跟他熟识的大学生、演员、歌手、亚尔采夫，甚至偶尔见面的熟人在一起，现在他热切地希望她真的对他变节，希望能遇上她跟某人通奸，然后自尽，永远摆脱这场噩梦。费奥多尔在喝茶，大口地咽着。现在他要准备走了。

“我们的老爸爸，想必是患了白内障，”他一面说，一面穿上毛皮大衣，“他的视力极差。”

拉普捷夫也穿上毛皮大衣，走出去。他陪哥哥回家到斯特拉斯特内伊街，然后他叫了一辆车上雅尔酒店去了。

“这就叫做家庭幸福！”他嘲讽自己说，“这就是爱情！”

他的牙齿在打战，他不知道，这是嫉妒，还是别的什么引起的。他穿过许多桌边，在雅尔酒店的一个大厅里听歌手演唱滑稽讽刺歌曲；要是意外地遇到熟悉的人，他连一句现成的话也没有，他早就深信不疑，他遇见妻子的话，只会苦涩地和不聪明地笑一笑，然而大家都明白，什么心情促使他到这里来的。他给电灯光、响亮的乐声、香粉味以及给那些走过他身边的女人对他递过来的眼色弄得昏昏沉沉。他站在雅座的门口，使劲地想看一看，听一听单间雅座里在做些什么，他觉得，他跟唱滑稽讽刺歌曲的歌手和那些女人一同扮演某个下贱的，叫人看不起的角色，然后他上斯特列利纳酒店去了，但那里也没有遇上自己熟识的人，只是又回到雅尔酒店去时，一辆三驾马车在嘈杂声中赶过了他。醉醺醺的车夫在喊叫，听到亚尔采夫的笑声："哈——哈——哈！"

三点多钟，拉普捷夫回到家。尤利娅·谢尔盖耶芙娜已经上床了。他发现她还没有睡着，他就走到她面前，斗胆地说：

"我明白您的厌恶，您的憎恨，可是当着别人的面，您该给我留点面子，掩饰一下自己的感情。"

她在床上坐起来，双腿垂在床边，在灯光下，她的眼睛显得又大又黑。

"请原谅我。"她说。

由于激动和周身颤抖，他已经连一个词也说不出来了，他站在她的面前，默默无言。她也在打战，像一个罪人的样子坐在那里等待发落。

"我多么痛苦啊！"他终于开口说，抱住自己的头，"我像下了地狱一样，我要发疯了。"

"我难道活得轻松吗？"她用颤抖的声音在问，"只有上帝知道，我究竟活得怎样。"

"你做我的妻子，已经有半年了，但是在你的心里一星半点儿爱情也没有，一点希望也没有！为什么你要嫁给我呢？"拉普捷夫绝望地说，"为什么？是什么魔鬼把你推到我的怀抱里的呢？你希望的是什么呀？你需要的又是什么呀？"

她害怕地朝他看着，仿佛怕他要杀害她似的。

“我中你的意吗？你爱我吗？”他喘吁吁地接着说，“不！那为什么要嫁给我？为什么？你说啊：为什么？”他喊道，“唉，该死的钱啊！该死的钱啊！”

“我当着上帝发誓，不对！”她叫起来，在胸前画十字；她因受到侮辱而周身发紧；他第一回听到她哭，“我当着上帝发誓，不对！”她又重复了一遍，“我没有想到钱，我不需要钱，我只是觉得如果我拒绝你，那我就会做得不对。我怕破坏你的生活和我的生活。而现在为自己的错误难过，难过得无法忍受！”

她悲切地痛哭起来，而他明白她是怎样地伤心，这时，他不知道说些什么才好，就在她面前的地毯上跪了下来。

“好了，好了，”他喃喃地说，“我使你受了很大的委屈，因为我非常爱你，”他突然间吻起她的脚来，还紧紧抱住她的脚，“哪怕给我一点儿爱！”他喃喃地说，“好吧，你对我说过一次谎！对我说过一次谎！别说这是错误！……”

可是她还是在哭，而他觉得，这是她对他的爱抚的一种转移，是自己错误的必然结果。

她将他吻过的脚缩了回去，如同鸟一样。他开始同情她。

她上床，把头蒙在被子里，他脱掉衣服，也上了床。到早晨，他们两人都觉得不好意思，不知道该说些什么才好，他甚至觉得他吻过的那只脚走路也不稳了。

午饭前，帕纳乌罗夫来告别。尤利娅心情迫切地想回到家乡去；她想乘此机会可以摆脱婚姻生活，摆脱困窘的状态，摆脱老是觉得自己做了错事的感觉，去休息一阵，这倒是好的。吃午饭的时候，就定下来她跟帕纳乌罗夫同行，在父亲那里住上两三个星期，只要不寂寞就住下去。

11

她和帕纳乌罗夫乘坐在一个车厢的包房里；帕纳乌罗夫的头上

戴一顶别致的羊皮鸭舌帽。

“对了，彼得堡没有满足我的心愿，”他从容不迫地说，叹口气，“许了不少愿，可什么也定不下来。对了，我的亲爱的。我曾经是第一流的法官，担任过调解法官会审法庭常任委员和主席，最后做过省政府的顾问官；我想我已经为国家效过力，有权利受到上级的重用，可我得告诉您：我要求调到别的城里去，无论想什么办法都没有达到目的……”

帕纳乌罗夫闭上眼睛，摇摇头。

“他们不承认我，”他继续说，仿佛要睡着的样子，“当然，我不是有天才的行政管理人员，可我是个正派的老实人，当今连这样的人也很难找。要说，有时我骗起女人来是用了小动作的，可对待俄国政府的态度我始终是一本正经的。不再谈这些了，”他睁开眼睛说，“我们来谈谈您吧。什么事情使您突然想起要去看爸爸？”

“是这样，和丈夫闹了点小误会。”尤利娅说，朝他的帽子看着。

“对了，他是个怪人。拉普捷夫一家人都是怪人。您的丈夫还算好的，还不错，可他的哥哥费奥多尔完全是个傻瓜。”

帕纳乌罗夫叹了口气，一本正经地问：

“您已经有情人了吗？”

尤利娅惊奇地看着他，微笑了一下。

“天知道你说的是什么！”

十点多钟，他们在火车站下了车，吃晚饭。当列车继续往前开动时，帕纳乌罗夫脱掉大衣和帽子，坐到尤利娅的身旁。

“我得告诉您，您非常可爱，”他开始说，“请原谅我拿您跟饭馆的食物相比，您使我联想起新腌的黄瓜；它，可以说，还保留着温床的香气，但它已添加了点盐味和茴香味。照这样下去，慢慢地您会成为一个了不起的女人，一个艳丽优雅的女人。要是我们这次旅行发生在五年以前，”他叹了口气说，“那我就认为我有参加到追求您的行列中去的美好愿望，可现在，唉，我是一个受伤的人。”

他忧郁地、同时又亲切地笑了笑，搂住她的腰。

“您疯了啊！”她说，涨红着脸，害怕得手脚都凉了，“松手，格里戈里·尼古拉伊奇！”

“您怕什么，亲爱的？”他柔情地问，“这有什么可怕的？您只不过还没习惯这种事罢了。”

如果女人反抗，那他总是把这种反抗看成他已打动了她的心，中她的意了。他搂住尤利娅的腰，使劲地吻她的脸，再吻她的嘴唇，充分相信他使得她心满意足了。尤利娅从恐惧和窘境中恢复了常态，笑了起来。他又吻她一下，然后戴上了那顶可笑的鸭舌帽。

“受伤的人能够给您的就是这些。有一个土耳其的总督，挺善良的老头儿，有人作为礼物送给他一群妃嫔，我猜想，恐怕是继承下来的。当他那年轻妩媚的妃嫔列队站在他面前，他在她们身边走了一圈，吻每一个妃嫔，然后对她们说：‘我现在能够给你们的就是这个。’我说的也就是这句话。”

这一切，在她看来，又荒唐又稀奇，弄得她挺开心。她想跟他闹着玩。她在沙发座位上哼着歌，从架上拿下一个糖果盒子，扔给他一块朱古力糖，嚷道：

“接住！”

他接住了；她咯咯笑地又扔给他一块，随着又是一块，他全都接住了，放进嘴里，用恳求的眼光瞧着她，她觉得他的脸上、相貌上和神情上有许多女人和孩子的特征。等她气喘吁吁地在沙发座位上坐下来，笑嘻嘻地瞧着他，他就用两个手指头弹她的脸蛋儿，仿佛气恼似的说：

“淘气的丫头！”

“拿去，”她把盒子递给他说，“我不喜欢吃甜的。”

他把糖统统吃光，还把空盒子锁到自己的衣箱里；他喜欢有画的盒子。

“好了，闹得够了，”他说，“受伤的人要睡了，再见。”

他从自己的行李里拿出了一件布哈拉式的睡衣和一个枕头，躺下，把睡衣盖在身上。

“晚安，可爱的人！”他轻轻地说，还呻吟一下，仿佛周身疼痛似的。

不久就听到了鼾声。她没有感到任何拘束，也躺下，很快就入睡了。

等到第二天早晨，她到了自己的故乡，从车站下车时，她觉得街上既空旷又荒凉，雪好像是灰色的，而房子也好像变小了，仿佛谁把它们压扁了似的，她遇见了送葬的行列：抬着打开盖子的装死尸的棺材，上面插着神幡。

“遇见死尸，据说，是吉利的。”她在想。

在尼娜·费奥多罗芙娜曾经住过的那幢房子的窗上现在贴着白纸条。

她带着沉重的心，坐车进入自己的院子，在门旁拉了门铃。一个她不认识的用人，胖胖的，刚睡醒似的，穿着一件棉上衣来开门。尤利娅走上楼去，她回忆起拉普捷夫就在此地向她求婚的，可现在楼梯没有擦洗，满是脚印。楼上，在阴冷的过道里，病人穿着皮袄在等待看病。不知什么缘故，她的心跳得厉害，她激动得路也走得很慢。

大夫比以前更胖了，脸色像红砖那样红，头发蓬松，坐在那里喝茶。他见到女儿，高兴极了，甚至流下泪来；她想到自己是老人生活中的惟一乐趣，十分动情地拥抱他，告诉他说她要在这里住很久，住到复活节。她在自己的房间里换了衣服后，就回到饭厅里和父亲一起喝茶；他把手插在衣袋里走来走去，哼着：“噜——噜——噜。”——这意味着，他心里不痛快。

“你在莫斯科生活得开心，”他说，“我替你高兴……我嘛，是个老头子，什么也不需要。我快要死了，你们可以完全自由了。奇怪的是我的身体还这么结实，我至今还活着！令人惊叹！”

他说他是一匹强壮的老驴子，大家骑在他的身上。给尼娜·费奥多罗芙娜治病，照顾她的孩子，料理她的丧事等都压在他的身上；这位花花公子帕纳乌罗夫什么也不想管，甚至在他那里借了一百卢布的债，至今还未还。

“带我上莫斯科去，把我送进那里的疯人院去！”大夫说，“我是疯人，我是天真的孩子，因为依然信仰真理和正义。”

随后，他指责她的丈夫目光短浅：这样有利可图的房子也不买。如今，尤利娅又觉得在这个老头子的生活中，她不是他的惟一乐趣。当他给病人看病，后来又去出诊时，她走遍各个房间，不知道做些什么，想些什么。她对自己的故乡，自己的家庭已经变得生疏了；现在她不想逛街，也不想去看熟识的人，回忆起她过去的女朋友和少女时代的生活时，她并不忧伤，也不惆怅。

晚上，她打扮得稍稍漂亮一点，去做晚祈祷。在教堂里都是些普通老百姓，她那件华丽的皮大衣和帽子没有引起任何注视。她觉得在教堂也跟她自己本身一样，仿佛发生了某些变化。从前做祈祷时，大家念祷告词，唱诗班唱着赞美诗，例如，“我要张开我的嘴”等，她喜欢人们慢慢地走到站在教堂中央的牧师跟前去，让他在自己的脑门上涂一点圣油；现在她巴不得祈祷快点结束。她怕叫花子讨钱，赶快离开教堂；要是给叫花子拦住，停下来是件厌烦的事，还要从口袋里摸钱，况且在她的口袋里已经没有零钱，只有卢布。

她很早就起床了，过了很久才睡着。她梦见的尽是一些照片和早晨她遇见的送葬行列，装着死尸的开盖棺材抬进院子来，停在门旁，然后人们把棺材放在布单上摇撼，撞到门上。尤利娅害怕得醒了，跳了起来。真的，楼下有人敲门，门铃的铁丝擦着墙壁发出沙沙声，可是门铃并没有响。

大夫在咳嗽。听到用人下楼去，然后走上来。

“小姐！”她说，并敲着门，“小姐！”

“什么事？”尤利娅问。

“有您的电报！”

尤利娅举着蜡烛走出去。用人背后站着大夫，他穿着内衣，披着大衣，手里同样拿着蜡烛。

“我们的铃坏了，”他说，睡意蒙眬地打呵欠，“早就该修一修了。”

尤利娅拆开电报，念着：“我们为您的健康干杯。——亚尔采夫，科切沃伊。”

“唉，有这样的傻瓜！”她说，笑了起来；在她心里感到轻松，愉快。

她回到自己的房间里，轻手轻脚地洗脸，穿衣服，然后长时间地整理自己的东西，直到天亮，中午，她就动身回莫斯科了。

12

复活节，拉普捷夫夫妇去绘画学校参观画展。按照莫斯科的习惯，这天得全家一起去，他们带上了两个小女孩，家庭女教师及科斯佳。

拉普捷夫知道所有名画家的姓名，从来也不放过一次参观画展的机会。有时夏天在别墅时，他自己也画一些风景油画，他觉得自己有很出色的审美观，要是他学画画的话，看来他会成为一个好画家。在国外的时候，他有时上古董店去，显出鉴赏家的样子检验那些古画，还发表点意见；他买某件画品时，随老板开价，要多少付多少，买来的画后来都装在一个箱子里，后来放在马车棚，过了一段时间后，画也不知道上哪儿去了。要不然，他就上版画商店去，长时间聚精会神地察看画和铜像，发表各种见解，突然间他决定买一个树皮画框或质量低劣的纸盒子。他收藏在家里的都是些大幅的画，但质量是很差的，就是有好的画，也是乱七八糟地挂在那里。他不止一次花大价钱买回来一些艺术品，后来发现这些艺术品原来是粗制滥造的赝品。真奇怪，在生活中他总是胆小的，而在画展上他却是胆大、自信的，为什么会这样呢？

尤利娅·谢尔盖耶芙娜像她丈夫一样，将眼睛凑在空心拳上或用望远镜看画，心里暗自惊奇：画中的人活像真人，画中的树活像真树，为什么会这样？可是她不懂艺术，她觉得展览会上陈列的许多画都是一模一样的。她认为艺术的整个目的在于画中的人和物通过空心拳头望去像真的一样。

“这片森林是希什金画的，”丈夫向她解释说，“他总是画树林一类的画……你注意看看：这样的淡紫色的雪任何时候也不会有的。……这个孩子的左手臂比右手臂短了一点。”

这时，大家都累了，拉普捷夫去找科斯佳一同回家，尤利娅站在一张小风景画面前，心不在焉地看着这幅画。前景是一条小河，河上架着一座小小的木桥，在河对岸有一条隐没在黑漆漆的杂草里的小路，田野，然后右边是一小片树林，林边燃起篝火：想必是夜间牧马人烧的，远处是一抹晚霞。

尤利娅想象自己从小桥上走过去，然后沿着小路不断地往前走，四周一片静寂，昏睡的秧鸡打鸣儿，火在远处闪耀。不知何故，突然间她觉得在那片红红的天上伸展出去的云彩、小片树林、田野，她早已多次看见过，她感到自己孤零零的，她要往前走，往前走，沿着小路一直往前走，那边，晚霞落下的那个地方，宁静地隐藏着某种超脱红尘的、永恒的影子。

“这画画得多么好啊！”她说，为自己突然能看懂这幅画而惊奇，“看啊，阿廖沙！你发现这幅画中的宁静吗？”

她极力说明她为什么如此喜欢这幅风景画，可是她的丈夫和科斯佳不理解她的意思。她带着凄凉的微笑一个劲地看着这幅风景画，然而别的人没有发现画中有什么特别的，可她感到激动，接着她又重新参观一遍各个展厅的画，想看懂这些画，她已不再觉得展品中的画是一模一样的。回到家，她第一回注意看客厅里挂在钢琴上方的一幅大画，她觉得不顺眼，于是说：

“这样的画有什么意思啊！”

打这以后，镀金的檐板、雕着花的威尼斯式镜子、跟挂在钢琴上方那幅画相类似的画，以及她丈夫和科斯佳对艺术的批评意见，引起她内心的寂寞和苦恼，甚至憎恨。

生活沿着平凡的轨道一天天过下去，没有带来什么特别的希望。演戏的季节过去了，夏天来了。天气一直是晴朗的。一天早晨，拉普捷夫夫妇上地方法院去听科斯佳受法庭委派替某人的出庭辩护。他们在家里耽搁了，到法院时，已经在开始审问证人。一个预备役士兵被人控告上门撬窃。有许多证人，全是洗衣女工；她们全都证明被告常上洗衣店老板家里来；十字架节前夕，晚上很晚才来，口口声声要借钱喝酒以解宿酒，可谁也没有借给他，于是他走了，过了一个小时，他又来了，还带来啤酒和送给姑娘们的薄荷甜饼干。他们喝酒，唱歌，直到天快亮，清晨，她们发现通到阁楼上的门锁给人撬了，洗好的衣服当中有三件男衬衫、一条女人的裙子和两条被单丢了。科斯佳讥讽地问每个证人，十字架节前夜喝了被告带来的啤酒没有？显然，他的用意就是说洗衣女工自己偷了那些衣服。他发言时，一点也不慌张，气冲冲地瞧着那些陪审官。

他解释什么叫上门撬窃和一般的行窃。他讲得很详细，很有说服力，显示出他有一种不平凡的才能，能够讲得很长，又能把早就明白的事情用严肃的口吻讲出来。难以明白的是，他讲那么多，其用意究竟是什么？从他的长篇发言中，首席陪审官只能作出这样的结论："那是撬门，而不是行窃，因为洗衣女工自己卖了衣服换酒喝，如果是行窃，那就不是撬门。"不过，看来，他讲得恰如其分，因为他的发言打动了陪审官和听众，符合他们的想法。当庭上判决被告无罪释放时，尤利娅就向科斯佳点头，然后跟他热烈地握手。

五月，拉普捷夫夫妇动身去索科利尼基的别墅。这时尤利娅已经怀孕了。

13

又一年多过去了。尤利娅和亚尔采夫坐在索科利尼基草地上，这里离亚罗斯拉夫铁路的路基不远；科切沃伊躺在离他们不远的地方，双手垫在头底下，双眼望着天空。他们三人已经散过了步，现在在等待六点钟那班别墅专车开过后，就回家去喝茶。

“母亲们总是把自己的孩子看成了不起的，这是大自然安排好的，”尤利娅说，“母亲一连好几个小时站在孩子的小床旁，瞧着她的小耳朵、小眼睛、小鼻子，看得入迷。要是谁来吻一吻她的小孩，那可怜的做母亲的就觉得，这给了她很大的快乐。母亲不谈别的，只谈自己的孩子。我知道这是做母亲的人的弱点，因此我注意我自己，但是，说实在的，我的奥利亚是与众不同的。当她吃奶的时候，她是怎样地瞧着我啊！她哭得多甜！她只有八个月，但是，我可以当着上帝的面说，像她那样聪明的眼睛，我看，就是三岁的孩子也不会有。”

“顺便问一句，请告诉我，”亚尔采夫问，“您顶喜欢哪一个：是丈夫，还是孩子？”

尤利娅耸一耸肩膀。

“我不知道，”她说，“我从来也没有强烈地爱过丈夫，而奥利亚——实际上是我的初恋。您知道，我不是由于爱情才跟阿列克谢结婚的。从前我真蠢，我感到痛苦，老是在想，我毁了他，也毁了自己的生活，可现在呢，我认为，爱情是不需要的，全是胡闹。”

“如果没有爱情，那是什么感情使您和丈夫结合起来呢？为什么跟他生活下去呢？”

“我不知道……这，可能是习惯，就应该这样。我尊敬他，当他长期不在时，我就寂寞，可这不是爱情。他是聪明正直的人，那就够使我幸福的了。他非常善良，忠厚……”

“阿廖沙是个聪明人，阿廖沙是个善良的人，”科斯佳喃喃地说，懒洋洋地抬起头，“可是，我的亲爱的，为了看出他是个聪明的、善良的和有趣的人，那就要和他相处很久，很久……他的善良还有他的聪明有什么用呢？您要多少钱，他可以给您多少钱，这他可以做到，可是当需要拿出男人的气概来抵制蛮横无理和无耻的人时，他就不好意思了，就缺乏勇气了。像您那可爱的阿列克西斯这样的人是非常好的人，可是讲到斗争，他们这种人就完全不中用了。总的说来，他们做任何事都不中用。”

火车终于来了。从烟囱里冒出来的和升起在小树林上空的全是赤红的浓烟，最后一节车厢的两扇窗在阳光下突然如此明亮地闪光，刺痛着他们的眼睛。

“该喝茶了！”尤利娅·谢尔盖耶芙娜边说，边站了起来。

近来她有点发胖，步态已是中年人的了，动作显得懒散。

“没有爱情毕竟是不好的，”亚尔采夫跟在她背后说，“我们谈话、看书的内容也都只是关于爱情，可是我们自己却很少有爱情，这实在是不好。”

“这全都是一些小事，伊万·加夫里雷奇，”尤利娅说，“幸福不在于此。”

他们在小花园里喝茶，那里盛开着木樨花、紫罗兰、烟草花和正在开放的唐菖蒲。亚尔采夫和科切沃伊从尤利娅的脸上可以看出她正经历着内心风平浪静的幸福时刻，她除了已经获得的以外，别的什么也不需要；然而他们自己的心里也变得安宁、舒畅。谁要是说点什么，都很适合时宜，恰到好处。松树是美的，它散发出清香，是过去从来也没有的。奶酪也非常好吃；萨沙是个聪明的好孩子。

饮茶后，亚尔采夫弹着钢琴为自己伴唱抒情歌曲，尤利娅和科切沃伊默然不作声地坐在那里听着，只有尤利娅不时站起来，轻轻地走出去看一看孩子和莉达，莉达最近两天在发烧，躺在床上，任何东西都没有吃。

“我的朋友，我的温柔的朋友，”亚尔采夫在唱，“不行，朋友们，哪怕杀了我，”他说，头往后仰了一下，“我也不明白，为什么您不赞成爱情！要是我每天不是忙十五个钟头的话，那我一定在谈恋爱了。”

晚饭开在凉台上，这里既暖和又清静，但尤利娅裹上一条头巾，抱怨天气潮湿。等到天暗下来，她不知为什么不舒服了，她全身发抖，可她请客人多坐一会儿；她请他们喝葡萄酒，晚饭后又吩咐拿白兰地来，为的是不让他们离开。她不想孤零零地一个人跟孩子们及用人在一起。

“我们这些消夏客在这里想发起为孩子们演出，”她说，“我们一切都齐备了——剧场、演员，所缺的就是剧本。给我送来的二十多种各式各样的剧本，没有一本是合适的。您看，您喜欢戏剧，对戏剧史有很好的了解，”她对亚尔采夫说，“给我们写一个历史剧吧。”

“好的，这当然可以。”

客人们喝完白兰地，准备走了。已经十点多钟，按照别墅的习惯，这已经算晚了。

“天多么黑，伸手不见五指！”她说，送他们到大门口，“我不知道你们怎么能摸得清路。可是，天好冷啊！”

她裹着头巾，回到门廊前。

“我的阿列克谢一定是在什么地方打牌了！”她喊了声，“晚安！”

刚从明亮的房间里走出来，什么也看不见。亚尔采夫和科斯佳像瞎了般的摸索到铁路路基旁，跨过路基。

“什么也看不见，”科斯佳停下来，仰望着天空，用低音说，“星星啊，星星，跟十五戈比的新辅币一样！加夫里雷奇！”

“啊？”亚尔采夫在暗中答应道。

“我说：什么也看不见。您在哪里啊？”

亚尔采夫打着唿哨走过来，抓住他的胳臂。

“喂，消夏客呀！”科斯佳突然提高了嗓子叫起来，“我们逮住十二月党人了！”

他醉意蒙眬时，总是很不安分，叫喊啊，跟警察和车夫打架啊，唱歌啊，狂笑啊。

“大自然啊，你见鬼去吧！”他嚷道。

“得了，得了，”亚尔采夫要使他安静下来，“不必要这样。我求求您。”

很快两位朋友就能从黑暗中看得清点了，区别出高高的松树和电线杆子的轮廓。从莫斯科车站不时传来汽笛声，电线发出悲哀的嗡嗡声。小片树林那边没有传来声音，在这种沉寂中感觉得到某种骄傲——力量和神秘。如今夜已深，仿佛松树的树顶几乎要碰到天空似的。两个朋友找到回家的小路，顺着它走去。小路上全是漆黑的，只有上面有一长条天空，点缀着星星，脚底下是一条给人踩得结结实实的土地，他们知道自己走的是一条林间小路。他们默默地并肩走着，两人都觉得仿佛迎面有人在走来似的。醉意蒙眬的感觉全然没有了。亚尔采夫灵机一动，想到也许在这小树林中现在出没着莫斯科沙皇、贵族、主教的鬼魂，他想把这说给科斯佳听，可又止住了。

等他们走到城门口，天边现出了鱼肚白。亚尔采夫和科切沃伊依然默默地沿着马路走着，经过廉价的别墅、饭馆和木材堆场；在树枝交错的拱桥下面，潮湿的空气里弥漫着椴树的清香气息，随后他们走上了一条宽阔的长街，街上没有一个人，也没有一点灯火……当他们走到红湖时，天已亮了。

“莫斯科——这座城还得吃许多苦头。”亚尔采夫说，朝阿列克谢耶夫斯基修道院望着。

“您的脑子里怎么会产生这种想法？”

“就这样。我爱莫斯科。”

亚尔采夫也好，科斯佳也好，都出生在莫斯科，他们热爱莫斯科，而不知何故，对别的城市却怀着一种敌意；他们深信莫斯科是个非常出色的城市，俄罗斯是个非常出色的国家。在克里米亚、高加索和国外，他们总觉得乏味、不舒适、不方便，而认为自己的莫斯科的灰蒙蒙天气是最舒服的和最卫生的。每当寒冷的雨抽打玻璃窗的日子，天就黑得早了，房子和教堂的墙变成暗淡的褐色，有时出门上街也不知该穿什么才好——对这样的日子他们反倒觉得愉快。

终于在车站旁边，他们雇到了一辆马车。

“说实在的，写一部历史剧倒真不错，”亚尔采夫说，“听我说，要写却不要写利亚普诺夫，不要写戈杜诺夫，而要写雅罗斯拉夫或莫诺马赫的那个时代……我讨厌所有的俄国历史剧，只有皮缅的独白除外。当你与那些历史资料打交道时，当你阅读俄国历史的教科书时，那你就会觉得，在俄罗斯一切都具有非凡的才干、天赋和趣味，但等到我到剧院看历史剧时，那俄罗斯的生活就开始使我感到是平庸的、病态的，没有特色的。”

在德米特罗夫卡附近，两个朋友分手，亚尔采夫继续乘着马车回到尼基茨基大街的寓所。他在车上打起瞌睡，身子摇摇摆摆，脑子里想的是那个剧本。忽然间，他想象着可怕的嘈杂声，叮叮当当，还有某种听不懂的，也许是卡尔梅克语的叫嚷声；还有一个村子整个都给烈焰包围着，附近的森林披着白霜，在熊熊的烈火的映衬下变成了淡淡的红色，远方的四周都可以看得见，明亮得可以清晰地看出每一棵小枞树；那些野人，有的骑马，有的步行，在村子里跑来跑去，他们的马和他们本人都映成火红色的，如同天上的反光。

“这是波洛韦茨人。”亚尔采夫在想。

他们中间有一个可怕的老人，满脸血迹，全身都被灼伤，他把一位脸孔白白的俄罗斯年轻姑娘捆在马鞍上。老人狂叫着什么，这位姑娘忧郁地、机灵地看着……亚尔采夫的头动弹了一下，他醒过来了。

“我的朋友，我的温柔的朋友……”他哼着。

他付了车费，然后上楼到自己的家，他怎么也不能摆脱梦境，他看见火焰怎样蔓延到村子里，森林烧得噼噼啪啪响；一头野猪害怕得发了狂，跑过村子……那个被捆在马鞍上的姑娘仍在看着一切。

当他走进自己的房间，天已经大亮。在钢琴上翻开的乐谱旁边点燃着两支蜡烛。沙发上躺着拉苏金娜，穿一件黑色的连衣裙，系一根宽腰带，手里拿着报纸，睡得很熟。看来，她已弹了很长时间的钢琴，等待亚尔采夫回来，没有等到，她就睡着了。

“这个样，她真太累了！”他在想。

他轻轻地拿掉她手里的报纸，帮她盖上一条毯子，他吹灭了蜡烛，走到自己的卧室去。他躺在床上，想的也还是历史剧，“我的朋友，我的温柔的朋友”的曲调仍然在他的脑子里响着……

两天后，拉普捷夫到他家里坐了一会儿，告诉他说，莉达害的是白喉病，尤利娅·谢尔盖耶芙娜和孩子也传染上了，再过五天，传来消息，说莉达和尤利娅的病倒好了，可小孩去世了，拉普捷夫夫妇已离开索科利尼基的别墅，回到城里了。

14

拉普捷夫感到长时间待在家里已经不耐烦了。妻子常去对面的房子，说是去教两个小姑娘读书，实际上是到科斯佳那里去哭。小孩去世后的第九天，然后第十二天，再后第四十天，他都要上阿列克谢耶夫斯基坟场去作安灵祭，随后整个一昼夜都无精打采，脑子里想的只是这不幸的孩子，还得用各种俗套的话去安慰妻子。他已很少上货栈，而只从事慈善事业，为自己寻找各种关怀和奔波，当他遇上为某种小事而奔走一整天时，他总是很高兴。近来他打算出国去考察那里的宵夜所的经营情况，这个念头现在吸引着他。

一个秋天的日子，尤利娅刚到对面的房子去哭，拉普捷夫躺在书房的沙发上，想着去哪里才好。正在这个时候，彼得通报，说波林娜·拉苏金娜来了。拉普捷夫高兴得跳了起来，就去迎接这位不速之客，自己从前的女朋友，他已经几乎把她忘了。自从那天傍晚，和她最后一次见面以来，她一点儿也没有变，还跟从前一模一样。

“波林娜！”他说，向她伸出了双手，“好久不见啦！您知道，我见到您有多高兴呀！请进！”

波林娜·拉苏金娜跟他打了个招呼，使劲地拉了拉他的手，没脱大衣和帽子，就走进书房，坐下来了。

“我上您这里来，坐一会儿就走，”她说，“我没有时间谈琐事。请坐下来听我说。您见到我是高兴还是不高兴，我全不在乎，因为男人先生对我的垂青，我毫不重视。我来找您，只因为今天我已经去过五个地方，到处碰钉子，然而事情是刻不容缓的。请听着，”她接着说，盯着他的眼睛，“五个我认识的大学生，他们是些眼光短浅、头脑不清的人，但无疑他们是贫穷的人，付不出学费，现在学校要开除他们。您的财富使得您有责任立即上大学去，替他们付清学费。”

“好，我来办，波林娜。”

“我把他们的姓名告诉您，”拉苏金娜说，递给拉普捷夫名单，“要去马上就去，享受家庭幸福以后还来得及。”

这时，在客厅的门外，传来一种沙沙声：大概是狗在搔痒。波林娜涨红着脸，从座位上跳了起来。

“您所爱的女士在偷听我们的谈话！”她说，“真卑鄙！”

拉普捷夫为尤利娅受到侮辱而感到难受。

“她不在此地，她在外面那座房子里，”他说，“别这样议论她。我们的孩子死了，她现在非常伤心。”

“可以安慰她呀，”拉苏金娜冷笑一下说，重新坐了下来，“还会再生十个。生孩子，是用不着费多少心思的。”

拉普捷夫回想起这句话或类似的话他曾经听过，而且听过多次，过去的遐想、独身的自由、光棍的生活，都袭上他的心头，那时他觉得自己还年轻，可以做自己想做的事，那时他既没爱上他的妻子，也没有孩子。

“我们一块儿去吧。”他说，伸个懒腰。

他们来到了大学。拉苏金娜站在门外等着，拉普捷夫走进办公室；不久他就办好了，把五张收据交给拉苏金娜。

“您现在上哪儿去？”他问。

“上亚尔采夫家去。”

“那我陪您去。”

“要知道，您会妨碍他工作的。”

“不会的，我向您保证！”他说，恳求地瞧着她。

她戴着一顶黑色的帽子，好像服丧的帽子，上面镶有黑纱饰物；穿一件很短的旧大衣，大衣口袋露在外面。她的鼻子仿佛比过去更长了，尽管天冷，脸上一点血色也没有。拉普捷夫喜欢跟在她后面走路，服从她的吩咐，听她发牢骚。他一面走，一面想她：想必这个女人有多么充沛的内在力量啊，虽说她长得这么难看，脾气这么古怪，总是忙忙碌碌，她不会穿着打扮，头发老是不梳好，她总是有点不安稳的样子，可她仍然是迷人的。

他们从后门走进亚尔采夫的家，经过厨房时，他们在那里遇到了厨娘，她是一个整洁的老太婆，一头银白色的鬈发；她非常腼腆，甜甜地一笑，她的小脸庞像一个馅饼似的，她说：

“请进。”

亚尔采夫不在家。拉苏金娜在钢琴旁坐下，着手弹起了一个很枯燥、很难的曲子，叫拉普捷夫别打扰她。他为了不分散她的注意力，没有谈话，在旁边坐下来，翻阅一本《欧洲通报》。她弹了两个钟头，——这是她每天给自己规定的工作，然后她就上厨房吃点东西，接着就出去教课。拉普捷夫看完一篇小说的续篇，然后坐了很久，既不看书，也不觉得厌烦，想到回家吃饭已经迟了，他反倒挺高兴。

“哈——哈——哈！”传来了亚尔采夫的笑声，他走进来，看上去很强壮，精神焕发，脸蛋儿红红的，穿一件新大衣，衣服上镶着明亮的扣子，“哈——哈——哈！”

两个朋友在一块儿吃饭。饭后拉普捷夫躺在沙发上，亚尔采夫坐在旁边，点起了一支雪茄。天黑了。

“我想我已经开始老了，”拉普捷夫说，“自从我姐姐尼娜死后，我居然常常想到死。”

他们就谈起了死，谈起灵魂不朽，谈起灵魂升天，然后飞到火星上去，成为永远空间的和幸福的人，重要的是用一种和地球上不同的特殊的方式思考问题。

“谁也不想死，”亚尔采夫轻声说，“任何一种哲学也不能使我和死言归于好，我把死亡纯粹看成是毁灭。谁都想活着。”

“您爱生活，加夫里雷奇？”

“对，我爱生活。”

“在这方面，我对自己怎么也不能明白。我一会儿情绪忧郁，一会儿漠不关心。我胆小，没有自信心，我有怯生生的良知，我无论如何也不能适应生活，成为它的主人。有的人要么说蠢话，要么耍狡猾，这样倒生活得很有意思。我呢，在认认真真地做好事，然而感受到的却只是不安或完全的冷漠。所有这一切，加夫里雷奇，我只能如此阐明，我是个奴隶，是农奴的孙子。我们这些富人拼搏地走上现在的这条路以前，我们的许多兄弟在半路上就死掉了。”

“说得不错，老兄，”亚尔采夫说，叹了口气，“这只是再一次地说明俄罗斯生活是多么丰富多彩，五光十色。啊，多么丰富多彩啊！要知道我一天比一天更相信，我们是处在最伟大的胜利前夕，我要活下去，亲自参加迎接这个胜利。信不信由您，据我看来，了不起的一代正在成长起来。当我教孩子，特别是教女孩子念书的时候，那我就体验到一种愉快。非常好的孩子！”

亚尔采夫走近钢琴按响一个琴键。

“我是化学家，我用化学方式思考问题，以化学家的身份死去，”他接着说，“可是我贪心得很，我生怕没有得到满足就死掉；只学一门化学，对我来说，还不够，我抓住俄国历史、艺术史、教学法、音乐……今年夏天，有一次您的妻子要求我写一个历史剧，现在我就要写下去，写下去；我恨不得连续坐它三天三夜，不离开座位，不停地写。人物形象使我极度疲劳，脑子里被他们挤得满满的。我觉得我的脑子里仿佛有脉搏在跳动。我全然不想成为一个特殊的人物，创作出伟大的作品，我只是想生活，幻想希望处处都能赶得上……老兄，生命是短暂的，应该生活得更好一些。”

这回友好的交谈直到午夜才结束，打这以后，拉普捷夫几乎每天都到亚尔采夫家。他被亚尔采夫吸引住了。通常他是傍晚前去他家，躺在沙发上，耐心地等亚尔采夫回来，一点也不感到无聊。亚尔采夫下班回来就吃饭，饭后坐下来工作，可是拉普捷夫提出一个问题，于是开始交谈，亚尔采夫就不再工作了，午夜时分两个朋友分手，彼此都很满意。

可是这种情形没有维持多久。有一回拉普捷夫来到亚尔采夫家，只见到拉苏金娜一个人在那里，她坐在钢琴旁练琴。她冷漠地看他一眼，几乎是敌意的神情，没有和他握手就问道：

"请告诉我，什么时候这种情形才能结束？"

"什么情形啊？"拉普捷夫不理解地问。

"您天天上这儿来，妨碍亚尔采夫工作，亚尔采夫不是什么生意人，他是学者，他生活中的每一分钟都是宝贵的。您应该明白，要知趣点才对！"

"如果您认为，我妨碍他的话，"拉普捷夫温和而又慌张地说，"那么我就不再来看他好了。"

"这非常好。您立即就走，要不然他马上就回来，会碰见您的。"

波林娜讲这些话的口气，和她那冷淡的目光最终使他感到很窘。她对他已没有一点感情了，只希望他尽快离开，——这跟她昔日的爱极不一样！他没跟她握手就走了出去，他以为她会喊他，招呼他回去，可是传来的依然是琴声，他慢腾腾地走下楼梯，他明白他对她来说，已是陌生人了。

过了三天后，亚尔采夫到他那里和他一起消磨黄昏。

"我有一个消息要告诉您。"他笑着说，"波林娜·尼古拉耶芙娜彻底地搬到我这里来了。"——他有点难为情，接着就低声地说，"那怎么呢？当然啦，我们相互之间没有爱情，可是我想，这……这反正都一样。我感到高兴的是，我能给她一个休息的地方和安静的环境，万一她害了病，可以不去工作，她认为她来跟我一块儿住，会使我的生活有规律，在她的影响下，我会成为一个大学者。她是这么想的。就让她去想好了。南方人有一句俗话：‘幻想使得傻瓜变成富翁。’哈——哈——哈！”

拉普捷夫默不作声。亚尔采夫在书房里踱来踱去，瞧着他过去看过许多回的画，叹口气说：

“对了，我的朋友，我比您大三岁，我这年纪再想真正的爱情为时已晚，实际上，波林娜·尼古拉耶芙娜这样的女人，对我来说，已是天赐良缘，当然，我会跟她好好地相处到老，可是天晓得，总还有点歉意，仍然在盼望着什么，我总觉得自己仿佛躺在达吉斯坦的山谷里，梦见舞会似的。总之，人对自己有的东西，总归是不知足的。”

他走进客厅，好像根本没有发生什么事似的唱起了抒情歌曲，而拉普捷夫坐在自己的书房里，闭着眼睛，竭力想弄明白拉苏金娜为什么要跟亚尔采夫同居。然后他为没有持久的、永恒的感情而悲哀，他为波林娜·尼古拉耶芙娜和亚尔采夫同居而感到遗憾，他为自己对妻子的感情跟往日完全不同而恼恨自己。

15

拉普捷夫坐在圈椅上看书，身子摇来摆去；尤利娅也在书房里看书。仿佛没有什么话可谈，两人从早晨起就开始默默无语。有时他把眼光移开书去看她，他在想：由于强烈的爱情而结婚，还是完全没有爱情而结婚，是否反正一样？当初他常常吃醋、激动、烦恼的那些时刻，现在，对他来说，已是遥远的事了。他已经到国外去了一趟，现在归来后在休息，还打算来春再去一趟英国，他是非常喜欢英国的。

尤利娅·谢尔盖耶芙娜已经习惯了自己的悲伤，已经不再去对面的房子里哭了。今冬，她不再坐车去商店买东西，也不再上剧院或参加音乐会，而只待在家里。她不喜欢大房间，经常在丈夫的书房里或在自己的房间里，在她自己的房间里有神龛，这神龛是作为嫁妆带来的，墙上还挂着一幅风景画，这就是她参观画展时很喜欢的那张。她为自己几乎不花什么钱，现在她花钱跟从前在娘家时同样的少。

冬天过得不令人高兴。在莫斯科到处在打牌，要是有人想出别的娱乐替代打牌的话，那就是唱歌、朗诵、绘画，其结果更枯燥无味。因此在莫斯科就很少有有才气的人，在所有的晚会上参加的总是那些歌手和朗诵者，艺术享受的本身渐趋消失，对许多人来说，变成了枯燥单调的社交责任。

况且拉普捷夫家里没有一天不发生不愉快的事。费奥多尔·斯捷潘内奇老人的视力大大衰退了，已不再上货栈去，眼科医生说，他不久眼睛就要瞎了。费奥多尔不知何故也不再上货栈去，成天坐在家里，在写什么东西。帕纳乌罗夫已获准迁往其他城市，并在那里找到了差事，为四等文官，现在住在德国的德勒斯登城，他几乎每天都写信给拉普捷夫，向他要钱。吉什终于大学毕业了，目前还在等待拉普捷夫一家人替他谋事，成天在他们家里，讲些冗长无味的故事。这一切惹得人无精打采，使日常生活过得不愉快。

彼得走进书房，通报一位陌生女客来了。他送进来的名片上印着："约瑟菲娜·约瑟福芙娜·米兰。"

尤利娅·谢尔盖耶芙娜懒洋洋地站起来，腿有点瘸地走出去，因为她的脚坐麻了。门口出现一个面色苍白的瘦女人。长着黑眉毛，穿着一身黑衣服。她把双手在胸前握紧，恳求地说：

"拉普捷夫先生，救救我的孩子！"

手镯的叮当声和香粉擦得斑斑点点的脸，拉普捷夫好像很熟识；他知道这个女人，在他结婚前他不合时宜地在她那里一块儿吃过饭。她是帕纳乌罗夫的第二个妻子。

"救救我的孩子！"她又说了一遍，她的脸在颤抖，突然间脸部的表情既苍老又可怜，眼睛也发红了，"只有您能救我们，我到莫斯科来找您花完了所有的钱！我的孩子快饿死了！"

她做出仿佛要跪下来的样子。拉普捷夫惊慌起来，抓住她的胳臂。

“请坐，请坐……”他喃喃地说，叫她坐下来，“我求您坐下来。”

“我们现在连买面包的钱也没有，”她说，“格里戈里·尼古拉伊奇就要去上任了，可是他不想把我和孩子带去，您慷慨地汇给我们的那些钱，他全都花在自己身上。那我们怎么办呢？怎么办呢？我那些苦命的不幸的孩子！”

“请您放心好了。我会吩咐账房把钱汇到您的名下。”

她痛哭起来，后来安静了些，他发现眼泪从她那抹过粉的脸上流成双行痕迹，她还长着胡须。

“您真是无限的慷慨，拉普捷夫先生。您将成为我们的保护神，我们的好神仙，请您劝劝格里戈里·尼古拉伊奇别抛弃我，带我一块儿去。要知道，我多么爱他，爱得要发疯了，他是我的慰藉。”

拉普捷夫给了她一百卢布，答应跟帕纳乌罗夫谈谈，他送她到前厅，生怕她哭起来或跪下来。

她走后，吉什来了。然后科斯佳拿着照相机也来了。近来他迷上照相，一天要给这家子人照好几回相，这个新行业多次使他失望，他甚至变瘦了。

在饮晚茶前，费奥多尔来了。坐在书房的一个角落里，他翻开一本书，对着一页书看了很久，看样子不是在看书。然后他喝很久的茶；他的脸红扑扑的。有他在场，拉普捷夫总觉得心里有点不舒服；就连他的沉默，拉普捷夫也觉得讨厌。

“应该祝贺俄罗斯出了一个新的政论作家，”费奥多尔说，“不过，不是开玩笑，而是有结果了，弟弟，我的一篇小文章，说起来，是初次写作，我带来给你看看。看一看，我的老弟，告诉我你的意见。不过要坦率地告诉我。”

他从口袋里拿出一份稿纸，把它递给弟弟。文章的题目是：《俄罗斯的灵魂》；文章写得很枯燥，平淡的文体，通常没有才气，暗地里自尊心很强的人才写出这样的文章。文章的主要思想是这样：知识分子有权利不相信超自然的东西，不过他应该瞒着这种不相信，为了不产生诱惑，动摇别人的信仰；没有信仰就不是理想主义，理想主义注定要拯救欧洲，并引导人类走上正路。

“可是文章中你没有写出，由于什么原因需要拯救欧洲。”拉普捷夫说。

“这是不说自明的道理。”

“不见得会明白吧，”拉普捷夫说，他激动得在房间里走来走去，“你为什么写这种文章，我就不明白。不过，这是你的事。”

“我想印成小册子发表。”

“这是你的事。”

他们沉默了片刻，费奥多尔叹口气说：

“深深地遗憾，无限地遗憾，我们的想法居然不一样。唉，阿廖沙，阿廖沙，我亲爱的弟弟！我们都是俄罗斯人，信奉东正教的人，胸襟宽大的人；那些德国人的、犹太人的思想能否合我们的胃口？要知道，我们不是卑贱的人，我们是一个商人世系的代表。”

“这里的商人世系是什么意思？”拉普捷夫说，克制着自己的怒火，“商人世系！地主老爷打我们的祖父，任何一个低级的小官吏都可以打他的脸。我们的祖父打我们的父亲，父亲打我和你。你说的商人世系给了我们些什么？我们所继承的是什么样的精神，什么样的血统？近三年来，你几乎跟教堂执事那样在谈论，说些胡说八道的话，你写的尽是奴隶的呓语！而我，而我呢！请看看我……既没有灵气，也没有勇气和坚强的意志；我每走一步路都害怕，仿佛一走就会挨打似的，我站在那些智力和道德方面都比我低得多的渺小的人、白痴、牲畜面前，我也胆怯；我怕那些扫院子的人、看门的人、警察、宪兵，我什么人都怕，因为我是由一个胆战心惊的母亲生下来的，从小就挨打，受惊吓！……我们还是不要生孩子的好。啊，如果上帝允许的话，我们就结束这高贵的商人世系吧！”

尤利娅·谢尔盖耶芙娜走进书房，坐在桌旁。

“你们在争论些什么？”她说，“我不会妨碍你们吧？”

“不会，小妹妹，”费奥多尔答道，“我们谈论的问题是原则性的问题。你说什么没出息的世系，”他转过身对着弟弟，“不过，这个世系创造了一百万卢布的事业。这得花什么代价啊！”

“没有什么了不起——一百万卢布的事业！一个没有特别智慧，缺乏才能的人偶尔成为一个商人，然后成为富翁，日复一日地经商，没有任何计划，没有目的。甚至没有贪钱的心，机械地在经商，钱自动地到他这里来了，而不是他去找钱。他一辈子坐着做生意，他之所以喜欢他的事业，只因为他可以指使他的伙计们，可以赚顾客的钱。他是教堂的长者，因为他可以指使唱诗班的歌手，折服他们；他是学校的督学，因为他喜欢把教员看成他的部下，可以在他们的面前扮演领导。商人喜欢的不是经商，而是当官，你们的货栈不是商业机关，而是刑讯室！对，为了你们这样的经商，需要没有个性的和备受压迫的伙计，你们亲自为自己准备这样的伙计，强制他们为了混口饭吃，从小向你们跪拜，自幼养成把你们看成他们的恩人的习惯。怪不得你不请大学生到货栈来工作！”

“大学生对我们的事业来说，用不上。”

“不是真情！”拉普捷夫喊道，“说谎！”

“对不起，我觉得你往你喝水的井里吐痰，”费奥多尔说，站了起来，“你讨厌我们的事业，可是你却使用经商赚来的钱。”

“哈哈哈！我们已经谈妥了！”拉普捷夫说，笑了起来，气愤地瞧着哥哥，“对了，我不属于你们上流的商人世系，要是我有一丁点意志和勇气的话，我早就抛开这种收入，出去挣钱养活自己。可是你们在自己的货栈里，从小就把我的个性毁掉了！我是你们造就的！”

费奥多尔看了一看表，便匆匆地告辞了。他吻了尤利娅的手，出去了，可是他想去前厅，却走到客厅，然后进了卧室。

“我忘了这些房间的布局，”他慌慌张张地说，“古怪的房子。

不是这样吗，古怪的房子。”

当他穿好毛皮大衣，他仿佛非常惊慌似的，脸上露出痛苦的表情。拉普捷夫已不再感到气愤；他害怕，同时又觉得对不起费奥多尔，他对哥哥那种真诚的爱的火焰，三年来在他的心里似乎熄灭了，现在复燃起来，他产生了表达这种爱的强烈愿望。

“费佳，你明天到我这里来吃饭，”他说着，抚摸着他的肩膀，“你来不来？”

“好，好吧，给我一点水喝。”

拉普捷夫亲自跑到饭厅里，随手从食橱里捞到一样东西，这是高脚的啤酒杯，倒了水，拿去递给哥哥。费奥多尔贪婪地喝着，突然间咬碎了杯子，听到了咯咯声，然后是哭泣的声音。水从他的毛皮大衣和上衣流下来，拉普捷夫过去从来没有见过男人哭，他惊慌而害怕地呆站在那里，不知怎么办才好。他张皇失措地看着，尤利娅和用人把费奥多尔的毛皮大衣脱掉，搀着他回到房间，拉普捷夫跟在后面，觉得自己有罪。

尤利娅照顾费奥多尔躺下，跪在他的身旁。

“这不要紧，”她安慰他说，“这是你的神经……”

“小妹妹，我好难过啊！”他说，“我真不幸，真不幸……可是我始终瞒着，瞒着！”

他搂住她的脖子，凑到她耳边低声地说：

“我每天夜里都看见尼娜姐姐。她来，坐在我床边的一张圈椅上……”

一个小时后，他又在前厅穿上毛皮大衣，他又笑了起来，见到用人他有点难为情。拉普捷夫送他去皮亚特尼茨基街。

“你明天来跟我们一块儿吃饭，”他在路上说，拉住他的胳臂，“到复活节，我们一块儿到国外去。你必须要改变现状，要不然你就会变得完全病态了。”

“对，对。我去，我一定去……把小妹妹一块儿带去。”

拉普捷夫回到家，发现妻子处在神经极度兴奋的状态下。费奥多尔刚发生的那件事使她震惊，她怎么也不能镇静下来。她没有哭，可是脸色苍白，一个劲地在床上翻来覆去，用冰凉的手指抓住被子、枕头以及她丈夫的手。她的眼睛张得很大，露出惊慌的神态。

“别离开我，别离开我，”她对丈夫说，“告诉我，阿廖沙，为什么我停止向上帝作祷告了？我的信念怎么啦？唉，为什么你们老是在我面前谈宗教呢？你和你的朋友，你们动摇了我的信仰。我现在已经不祷告了。”

他在她头上放一块湿毛巾，揉搓着她的手，使她增加热量，给她茶喝，她恐慌得蜷缩着贴近他……

到天快亮时，她累了，睡着了，拉普捷夫坐在她旁边，握住她的手，因此他不能睡觉。然后，一整天他觉得萎靡不振，头昏脑涨，什么事也不考虑，懒洋洋地在各个房间兜来兜去。

16

大夫们都说费奥多尔患了精神病。拉普捷夫不知道在皮亚特尼茨基街的父亲家里他该做些什么，父亲也好，费奥多尔也好，都已不在货栈出现了，阴暗的货栈给他的印象像个墓穴。当他妻子对他说，他必须每天去货栈和到皮亚特尼茨基街的父亲家去的时候，他要么不做声，要么就开始忿忿地讲起他的童年，说他不能原谅他父亲过去对他的虐待，说皮亚特尼茨基街的家和货栈只能引起他的憎恨等等。

有一个星期天的早晨，尤利娅独自上皮亚特尼茨基街去。她在以前她初到时做祈祷的那个大客厅里遇见费奥多尔·斯捷潘内奇老人。他穿着帆布上衣，没系领结，趿着拖鞋，一动不动地坐在圈椅里，眨着他那看不见东西的眼睛。

“是我，您的儿媳妇，”她说，走到他面前，“我来看望您。”

他兴奋得气喘吁吁的。他的不幸和孤独引起她的怜悯，她吻他的手，当他摸她的脸和头，确定了她，就在她的头上画个十字。

“谢谢，谢谢你，”他说，“你看，我已丧失视力，什么也看不见……我只能稍微感到一点窗子和火的亮光，可是人和物就看不见了。真的，我的双眼要失明了，费奥多尔在生病，货栈现在没有主人的照管很不好。如果出现一些混乱，那就没有谁可以找了；伙计们就会变坏。为什么费奥多尔会害病？是着凉了吗？我可一辈子也没生过病，从没吃过药，也不认识任何大夫。”

老人照常在吹牛。这时，用人急急忙忙地开饭，在大厅里摆桌子，端上了冷拼盘，拿来了葡萄酒。桌上放了十个瓶子，其中有一只瓶子像巴黎的埃菲尔铁塔的形状，端上了满满的一盘馅饼，冒出煮的米饭和鱼的香味。

“我请贵客吃饭。”老人说。

她拉住他的胳臂，扶他到桌旁，给他斟了一杯伏特加酒。

“明天我再来看您，”她说，“我把您的外孙女萨沙和莉达带来。她们会怜悯您，跟您亲热。”

“不必要，不要带她们来。她们是私生女。”

“她们怎么会是私生的？她们的父母是举行过结婚仪式的。”

“没有得到我的许可。我没为他们祝福，我不想认识她们。随她们去吧。”

“您说的话真奇怪，费奥多尔·斯捷潘内奇。”尤利娅说，叹了口气。

“福音书上写着：儿女应该敬畏自己的双亲。”

“完全不对。福音书上写的是，我们应该宽恕一切人，甚至我们的仇人。”

“在我们的事实上，谁也不能宽恕。要是你宽恕一切人，那么再过三年就会破产。”

“可是宽恕，对人说一句温存的、亲切的话，甚至对罪人也这样，这要超过事业，超过财富。”

尤利娅一心想叫老人心肠放软，唤起他的怜悯感，使他感到后悔，可他却像俯就似的听她说的话，这跟大人听孩子说话一样。

“费奥多尔·斯捷潘内奇，”尤利娅果断地说，“您是个老人了，上帝不久就会把您召去；上帝不会问您生意做得怎样，您的事业进行得怎样，而是问您待人是否仁慈；对比您弱的人，例如对用人，对伙计是否刻薄。”

“对那些替我做事的人，我素来是他们的恩人，他们应该永远为我祈祷，”老人坚信地说，但他被尤利娅的诚恳语气所感动，很想使她感到满意，他说，“好吧，明天你就把我的外孙女带来吧。我要吩咐他们买点小礼物送给她们。”

老人衣冠不整，胸前和膝盖上满是烟灰，看样子没有人替他擦鞋，刷衣服。馅饼里的米饭烧得半生不熟，桌布有肥皂的气味，用人走起路来脚步声挺响。无论老人，还是整个这所房子，全都没人管的样子，尤利娅看在眼里，不由得为自己和自己的丈夫感到羞愧。

“明天我一定来看您。”她说。

她走遍各个房间，吩咐用人打扫老人的卧室，把卧室里的圣灯点起来。费奥多尔坐在自己的房间里，呆望着一本打开的书，却没有看；尤利娅跟他谈了一阵话，又吩咐用人收拾他的房间，然后她下楼去看那些伙计。在伙计用餐的那个房间中央有一根没涂漆的木柱撑着天花板，免得塌下来。这里的天花板很低，墙上糊着廉价的壁纸，这里有一股煤油气和厨房的气味。那天是假日，所有的伙计都在家，坐在床上等着开饭。当尤利娅进去时，他们从座位上跳了起来，胆怯地回答她的问话，皱着眉头朝她看，跟犯人一样。

“天哪，你们这房间好糟啊！”她扬起手来说，“你们这里不嫌挤吗？”

“挤倒是挤的，不过还可以将就，”马克伊切夫说，“我们托您的福，我们祷告时一定要替您向仁慈的上帝求福。”

“这里的生活适合人的自尊心。”波恰特金说。

马克伊切夫看出尤利娅没有听懂波恰特金的话后，就连忙解释道：

“我们是些渺小的人，应当按照我们的身份生活。”

她视察学徒的宿舍和厨房，她向女管家了解了情况后，她非常不满意。

回到家后，她就对丈夫说：

“我们应该尽快地搬到皮亚特尼茨基街的家去住。你每天上货栈去。”

然后，他们两人并排坐在书房里，没有讲话。他的心很沉重，不想搬到皮亚特尼茨基街去，也不愿去货栈，但他推测得出他妻子在想什么，也不好意思反驳她。他摸她的脸蛋儿，说：

“我有这样的感觉，仿佛我们的生活到此已结束了，我们就要开始过一种半生半死的灰色生活似的。当我得知我哥哥费奥多尔得了无法医治的病后，我流过泪；我们一块儿度过青少年时代，那时我全身心地爱过他，现在灾难临头了，我觉得一失去他，我就彻底割断了与自己的过去的联系。如今，当你说我们得搬到皮亚特尼茨基街去，搬到这监狱里去时，那我却感到我的前途也就此断送了。”

他站起来，走到窗口。

“不管怎样，不得不抛弃幸福的念头，”他说，望着窗外的大街，“没有幸福了。我从来也没有得到过幸福，大概它根本不存在。不过话又说回来，我这一辈子也倒幸福过一回，那就是那天晚上打着你的伞坐在那里的时候。记得吗，你把你的伞忘记在尼娜姐姐家？”他转过身来问妻子，“那时我爱着你，记得我整夜打着伞坐着，体验着幸福的心情。”

在书房里的书架旁边，放着一口镶铜的红木柜子，在里面拉普捷夫放着各式各样没用的东西，其中也包括那把伞。他拿出伞来，递给妻子。

“这就是那把伞。”

尤利娅朝伞看了一眼，认出了它，就凄凉地微微一笑。

“我想起来了，”她说，“当初你向我求婚的时候，你的手里就拿着这把伞，”看见他准备出门，她说，“要是行的话，请你早点回来。你不在家，我太寂寞了。”

然后，她回到自己的房间，久久地望着那把伞。

17

尽管生意繁杂，资金的周转额大，可是在货栈里却没有会计，办事员记的账册，怎么也看不明白。每天来货栈的代理商，有德国人和英国人，伙计们跟他们谈的却是政治和宗教；货栈里来了一个成为酒鬼的贵族，他是患病的人，可怜的样子，他在办公室里翻译国外信件；伙计们管他叫“矮子”，在他茶里放盐。总之，整个这个商号，在拉普捷夫看来，是一种大规模的古怪行为。

他每天都在货栈里，极力要建立一个新的制度；他禁止打学徒，禁止嘲弄顾客，当伙计们得意地把存放得久的和不合格的商品冒充新鲜的、最时髦的产品发到内地去时，他就大生其气。现在他是货栈里的头面人物，不过他还是和从前一样的不知道他的资产有多大，生意经营得是否好，老伙计拿多少薪水等等。波恰特金和马克伊切夫认为他年轻，没有经验，有许多事瞒着他，他们每天傍晚跟盲老人鬼鬼祟祟地咬耳朵。

六月初，有一回，拉普捷夫和波恰特金去布勃诺夫斯基饭店吃早饭，随便谈谈生意上的事，波恰特金在拉普捷夫家里做过多年事，八岁就来做学徒。老板把他当自己人看，对他充分信任；每当他离开货栈时，他把现金柜里的全部进款收起来，往自己的口袋里一塞，从来也不会引起别人的怀疑。他是货栈和家里的主要人物，在教会里也一样，他在教会里代表老主人履行头头的职责。由于他虐待他手下的伙计和学徒，所以他们给他起了个外号叫刽子手头目马柳塔·斯库拉托夫。

当他们走进饭店时，他对饭店跑堂的点点头，说：

“好小子，给我们拿半瓶奇怪的东西和二十四小碟不开胃的东西。”

跑堂一会儿就在托盘上端来了半瓶伏特加酒和几碟不同品种的冷盘。

“喂，殷勤的人，”波恰特金对他说，“给我们一碟带土豆泥的诽谤和讲坏话的主要能手。”

跑堂不理解，有点窘了，想说点什么，可是波恰特金严峻地朝他看着说：

“除此以外。”

跑堂紧张地思考了一番，然后去跟同事们商量，最后终于猜中了，就端了一碟牛舌头来。他们各自喝了两杯，吃了点小菜，拉普捷夫问：

“告诉我，伊万·瓦西里奇，近年来，我们的生意是真的蚀了本吗？”

“一点也没有赔本。”

“坦率而老实地告诉我，以前和现在我们的收入究竟有多少，我们的财产有多大？我们不能在黑暗中乱闯。最近我们货栈里算了账，可是，原谅我直说，我不相信那本账；您认为您应该瞒住我点什么，而只能把真情告诉我父亲。您从小就习惯于耍手腕，现在不耍手腕已不行了。那有什么好处？因此，我求您，做个坦率的人。我们的生意到底做得怎样？”

“那全得由信贷的波动而定。”波恰特金思考后，回答说。

“您指的信贷波动，含义是什么？”

波恰特金开始解释，可是拉普捷夫却弄不明白，就派人去请马克伊切夫来。他立即就来了，吃了点东西，祈祷了一阵，用庄重的沉厚男低音首先说到伙计们有义务昼夜为自己的恩人祈祷上帝。

“很好，只是请您答应我，别把我看做你们的恩人。”拉普捷夫说。

“人人应该牢记，自己是什么人，明白自己的身份。由于上帝的旨意，您做了我们的父亲和恩人，我们是您的奴才。”

“所有这些话，我简直是听厌了！”拉普捷夫生着气说，“请您现在做我的恩人，请您说明一下，我们生意的景况。别再拿我当个小孩子看待，要不然我明天就把货栈关门。我父亲瞎了，哥哥进了疯人院，我的外甥女还年幼；我讨厌这项事业，我恨不得走掉才好，你们知道，谁也不会来接替我。看在上帝的面上，别再耍手腕啦！”

他们到货栈去算账了。然后晚上又在家里算账，并且老父亲也亲自帮着算；他还把经商的秘诀传授给他的儿子，他用这样的腔调说话，仿佛他不是经商的人，而是一个变戏法的人。原来收入逐年增加一成，拉普捷夫家的财产，光拿现金和有价证券来说，已达到六百万卢布。

算完账后，已是半夜十二点多钟，拉普捷夫走出户外，他感到满脑子的数字。夜是那样的寂静，月光皎洁，可是闷热得憋气；莫斯科河对岸房子的白色墙壁，上了锁的沉重铁门的外貌，夜阑人静，黑色影子，总而言之，给人留下了堡垒的印象，但只缺一个扛着枪的哨兵。拉普捷夫走进小花园，在靠近篱墙的一张凳子上坐下来，那道篱墙把他们和邻居的院子隔开，那边也有一个小花园。稠李正在盛开。拉普捷夫回忆起那棵稠李跟他小的时候一样盘根错节，一样的高大，从那时起直到现在根本没有一点改变。花园和院子的每个角落都使人回想起遥远的过去。在他童年时，也跟现在一样，沐浴在月光下的整个院子，隔着稀疏的树木，可以看得清清楚楚，那些阴影原本也是又神秘，又阴森，院子中央原本也躺着一条黑狗，伙计们房间的窗子原来也这么敞开着。这一切全都是黯淡无欢的回忆。

篱墙的那一边，在邻居的院子里传来了轻轻的脚步声。

“我亲爱的，我可爱的……”在那边的篱墙旁，有一个男人的低语声，甚至拉普捷夫能够听到他们的呼吸声。

这时，他们在接吻。拉普捷夫相信他那几百万家产和那跟他无缘的事业毁掉了他的生活，使他彻底地成为奴隶；他在想象，他是怎样渐渐地习惯于自己的环境，渐渐地习惯于自己的地位，渐渐地进入自己商号的头头角色，从此开始不痛快，衰老，到最终像所有的庸人一样，难堪而沮丧地死去，引起周围人的忧愁思念。可是什么东西阻碍他，使他不能放弃那几百万家产和企业，离开从小就令他憎恨的小花园和院子呢?

篱墙那边的喁语声和接吻声使他心烦。他走到院子中央，他敞开胸前的衬衫，望着月亮，他真想立即吩咐用人打开便门，走出去，从此就再也不回来了；自由的预感使得他的心甜滋滋地在收缩，他快活地笑起来，想象怎样才能使生活有可能成为美妙的、富有诗意的，甚至是神圣的……

可是他仍然站在那里，没有走动，只是在自问："什么东西强制我留在此地?"他为自己感到苦恼，也为那只黑狗而苦恼，它只会伸展四肢躺在院子的石头上，而不跑到田野上，森林里去，在那里它会既自由又高兴的。无论是他，还是狗，明显是同一样东西妨碍着离开院子，这同一样东西就是：习惯于奴隶地位，习惯于屈从状态……

第二天中午他去看妻子，为了免得寂寞起见，他请亚尔采夫同行。这时尤利娅·谢尔盖耶芙娜住在布托沃的别墅里，他已经有五天没有去看她了。两个朋友从火车上下来后，坐了一辆马车，一路上亚尔采夫唱歌，赞叹着好天气。别墅位于离火车站不远的一个大花园里。大门进去，是一条主要林荫路，离大门大约二十步远的地方，在一棵枝叶茂盛的老杨树底下是尤利娅·谢尔盖耶芙娜，她在等待客人的到来。她穿着一身轻便素雅的连衣裙，镶着花边，连衣裙是淡奶油色的，手里仍然拿着那把熟识的旧伞。亚尔采夫跟她打了个招呼，便往别墅走去，从那里传来萨沙和莉达的声音，但拉普捷夫和尤利娅并排坐在那里谈事业上的事。

"为什么你这么久不来?"她问，没有放开他的双手，"我整天整天地坐在这里，看着：你来了没有。你不在，我就感到寂寞。"

她站起来，伸手去摸他的头发，好奇地看他的脸，他的肩膀和他的帽子。

“你知道，我爱你，”她说，涨红了脸，“你是我亲爱的。你终于来了，我见到你，有说不出的高兴。来，我们好好谈谈。随便告诉我点什么。”

她向他表达了爱，而他却有这样的感觉，仿佛他跟她结婚已经有近十年了，现在他想吃早饭。她搂住他的脖子，她的连衣裙绸子搔痒他的脸；他却轻轻地推开她的手，站起来，一句话也没说，往别墅走去。两个小女孩跑来迎接他。

“她们个子长高了！”他想，“三年里起了多大变化……说不定我还会再活上十三年，三十年，未来等待我们的将是些什么！等着瞧吧，结果如何，慢慢自会知道的。”

他拥抱萨沙和莉达，她们两人吊在他的脖子上，他说：

“外公问你们好……费佳舅舅快要死了，科斯佳舅舅从美国写信来，信上也问你们好。他在万国博览会上觉得闷得慌，不久就要回来了。阿廖沙舅舅想吃饭了。”

后来，他在凉台上坐下来，他的妻子顺着林荫路悄悄地走向别墅来。她在想点什么，在她的脸上有一种凄凉而迷人的表情，她的眼睛里含着眼泪。她已经不是从前的那种苗条、瘦弱，脸色苍白的姑娘，而是一个成熟的、漂亮的、精力旺盛的女人。拉普捷夫发现亚尔采夫见到她迎面而来是多么高兴，她的这种新的娇美的神情反映在他的脸上，他那张脸也显得忧郁而痴迷了。仿佛他生平第一回见到她。当大家在凉台上吃早饭时，亚尔采夫不知何故喜悦而腼腆地微笑着，总是看着尤利娅，看着她那漂亮的脖子。拉普捷夫不由自主地注视着他们，并思考着也许他还要生活十三年，三十年……在这段时间里将会经受些什么？未来什么在等待着我们？

他思考着：

“只要我们活下去——我们就能见到。”

《三年》

廖鸿钧　译

凶杀

1

普罗岗娜娅车站里正在举行东正教的彻夜祈祷。绘制在金色底子上的大圣像光彩夺目，在圣像前站着一大群人，其中有铁路职工和他们的妻子儿女，还有在铁路沿线附近做生意的木商和锯木匠。尽管是“御告节[①]”的前夜，暴风雪却不管不顾地在庭院里嬉戏，人们被圣像耀眼的光芒和暴风雪的呼啸声震慑住了，一声不响地站在那里。从维捷尼亚平村来的老神甫领着众人做礼拜，圣器监守人和马特维·杰列霍夫领着唱圣歌。

马特维的脸由于兴奋而容光焕发。他伸长了脖子唱着，仿佛想要飞上去。他唱中音，也用委婉动听的、充满快意的中音吟诵着赞美诗。他唱《大天使礼赞》圣诗时，甚至像乐队指挥那样挥动起手臂，极力用他的中音与圣器监守人那洪亮浑厚的男低音相配合，唱完一段极复杂的曲子。人们从他脸上看出，他感到了极大的愉快和满足。

礼拜做完了，所有人都默默散去，车站里又变得黑暗而空旷，接着是一片沉寂。这种沉寂只有在孤零零地坐落在空旷田野或树林的车站里，当除了咆哮的风声什么也听不到的时候，当人们感到周围空空荡荡，对缓慢的生活节奏感到厌倦时，才能体会到这种孤寂、沉静。

马特维住在他堂兄的酒店里，离车站不远。可是他不想回家。他在小吃店里坐下，跟茶房小声攀谈起来：

“当初在制瓦厂里，我们有自己的唱诗班。我得告诉你，我们虽然都是普通的工匠，可是唱起歌来棒极了，说真的，可算数一数二的了。我们常被人邀请去城里唱，每逢副主教伊万神甫在‘三圣’②教堂做礼拜，主教的歌手总是站在唱诗班席位的右侧，我们则站在左侧唱，不过城里人抱怨我们唱得太长。他们说：‘工厂的唱诗班拖时间太久。’不错，我们从下午六至七点钟开始唱《圣安德业》的祷文和赞美歌，唱完总要过十一点钟，因此，我们往回家走，回到工厂常常要到后半夜。那时该多好！”他接着又感叹地说，“可以说，真是太棒了，谢尔盖·尼卡诺雷奇！然而，这里，在我亲戚家里，一点乐趣也没有，最近的教堂也在十里地以外呢，我的身子骨弱，走不了那么远的路，那边又没有歌手。而在我们这个家里一天到晚吵吵嚷嚷，从来没有安宁过。家里脏得很，大家用一个钵头吃东西，跟乡下佬一样；有时，菜汤里还有甲虫……谢尔盖·尼卡诺雷奇，上帝没给我个结实的身体，要不然我早就走了。”

马特维·杰列霍夫是个中年男子，四十五岁上下，可是从他那起皱的脸皮、稀疏灰白的长须和满脸的病容，一眼看上去显得比他实际年龄要老许多。他讲起话来有气无力、哆哆嗦嗦，一咳嗽就按住胸口，这时他的眼神现出惊恐和不安，一般只有胆子很小的人才会有这种表情。他从来没有清清楚楚说明白他害的是什么病，不过他倒喜欢喋喋不休地讲述当初在制瓦厂时他怎样举起一个沉重的箱子，使他闪了腰，此后他常常“肚子痛”，迫使他只好丢掉制瓦厂里的差使，回到本乡来；然而，他一直没说清楚他所谓的“肚子痛”到底是什么病症。

“我得承认我不喜欢我的堂哥，”他一边为自己斟了点茶，一边接着说，“他比我年长，我又是个敬畏上帝的人，所以对他的指责简

---

① 是俄历每年 3 月 25 日，据说那天上帝派天使下来报喜，告诉圣母马利亚，耶稣即将诞生。

②“三圣”，指的是圣父、圣子、圣灵。

直是罪过，然而我实在忍不住了。他是个性格怪诞、傲慢、爱骂街的人，总是发脾气，使他的亲戚和干活的人备受折磨。上个礼拜天，我亲亲热热地约他，‘哥哥，咱们去巴霍莫沃做弥撒吧！’可是他却说：‘我不去，那儿的神甫是个赌徒。’今天他也不肯上这儿来，他说维捷尼亚平的神甫又抽烟又喝酒。总之，他不喜欢教士！他自己做弥撒、做早祷和晚祷，他妹妹充当圣器监守人。每当他说：‘我们向上帝祷告！’她就用雌火鸡那样尖细的嗓音说：‘主啊，怜悯我们！……’这是违背教规的，只能说是罪过。我天天劝他说：‘想想看，好哥哥，你做的是什么事啊！哥哥，忏悔吧！’可他根本不去理会。”

茶房谢尔盖·尼卡诺雷奇斟了五杯茶，拿一个盘子托着，送进雅座。他刚一进去，就听有人嚷道：

“送茶是照这样送法吗，你是个猪猡？你连个茶房也不会当！”

那是站长的声音。接着有人低声地嘟囔着，然后又是粗暴而气愤的一声大叫：

“滚你的！”

茶房垂头丧气地走了。

“从前有一段时间我伺候过大公爵和亲王，把他们伺候得挺满意呢，”他低声说，“可是现在怎么连茶也不会送了……他当着神甫和太太们的面辱骂了我！”

茶房谢尔盖·尼卡诺雷奇本是个有钱的人，他曾在省城的头等火车站开过一家饮食店。那时他穿过燕尾服，戴过金链表。然而他时运不佳，他把钱全花在添置豪华的家具摆设和扩充店铺上，大量现金又被雇用的伙计拐走，使他的处境越来越糟，不得不搬到另外一个不那么热闹的车站去，在那里，他的妻子却离他而去，席卷了家里的全部银器。他只好再降一格，搬到三等车站去开店。这回，他的小吃店已不供应热菜。后来又搬到第四个车站。他不断更换地方，条件越降越低，最后来到普罗岗娜娅；在这儿，他只卖茶水、便宜的烧酒并备有熟鸡蛋和带有煤焦油气味的干腊肠当下酒菜。他自己常不无讽刺地说，这腊肠只配给乐队的乐师们吃。

他的头谢顶光秃，他长着暴突的蓝眼睛，又厚又密的络腮胡子。他常常照着小镜子梳理它，过去的回忆常使他忍受折磨，他再也看不惯那“乐师腊肠”，听不惯站长的粗鲁训斥和农民的讨价还价。依他看，在小吃店里讨价还价就跟在药店里讲价钱那样不合时宜。他一想到自己的贫穷和落到这副田地就难为情，而这种羞辱感竟成了他生活中的主要基调。

“今年春天来得迟，”马特维一边说，一边想听听对方的反应，他自己接过话茬说，“那倒是件好事，其实我不喜欢春天。春天，路又脏又滑，谢尔盖·尼卡诺雷奇，你看书上写的什么春天，鸟儿唱歌、太阳落山，这有什么意思呢？鸟儿嘛，就是个鸟儿，又不是什么别的，我喜欢跟好人做伴儿，听人谈谈家常，讲讲宗教或在唱诗班里唱点中听的曲子；至于什么夜莺和花朵之类的东西，让它见上帝去吧！”

说完，他又讲起制瓦厂、唱诗班，可是谢尔盖·尼卡诺雷奇一声不吭，仍憋着一肚子气，不断地耸着肩膀，喃喃地说着什么。马特维就告辞回家去了。

天不太冷，虽然还下着大雪，房顶上的积雪却在融化。刚下来的雪片在空中很快地打转儿，好像和白色的云雾沿着铁路线互相追逐着。月亮躲在高高的云层里，在微弱的月光下，大风摇撼着铁路两旁的橡树枝，不断发出可怕的飒飒声。马特维沿铁路边的石子路走着，他拿衣服蒙着脸、盖住手。任风吹打他的后背，忽然，出现了一匹小马，好像浑身涂满了白雪，拉着一辆雪橇沿着石子路奔跑，一个周身雪白的乡下人，包着头，挥动着鞭子。马特维回头定神去看，可是仿佛幻影似的，雪橇、乡下人立刻都不见了，他忽然心慌起来，自己也不知为什么，他马上加快了脚步。

走到十字路口，那里有一个阴暗的小房子，里面住着管铁路道口信号的人。拦路的木栏杆打开着，四周的雪堆积如山，雪片仍旧在天空中打转儿。铁路线在这儿跟一条年代久远的大道交叉，那条大道仍叫“驿道”。右边，离十字路口不远的大道边上立着“杰列霍夫酒店”的牌子，那酒店原是一家驿店。那儿，晚上老是闪着一点灯光。

马特维到了家，房间各处都散发着强烈的熏香气味，就连门道里都有。他的堂兄仍在做着晚祷。在做晚祷的祷告室里，面对房门的墙角处立着一个神龛，那里面是旧式的，祖先传下来的镀了金的圣像。神龛左右两边的墙上装饰着旧式的、新式的圣像，有的有神龛，有的没有神龛。一张桌子铺着桌布，桌布垂到地板上，桌上立着一尊御告节的圣像，旁边是个楠木十字架和香炉，点着蜡烛。桌子旁边是一个书案。马特维走过那个房间，站住，从房门往里看一眼，那时雅可夫·伊万内奇正在书案处吟诵，他妹妹阿格拉娅，一个又高又瘦的老太婆，穿着深蓝色衣服，戴着白头巾，她正跟他一块做祈祷。雅可夫·伊万内奇的女儿达苏特卡，一个十八岁、满脸雀斑的丑姑娘，也在那儿。她照例光着脚，穿着黄昏时上牛棚送水去所穿的那件衣裳。

“光荣归于您，您给了我们光明！”雅可夫·伊万内奇吟诵后，深深地鞠躬。

阿格拉娅用手托着下巴，以尖细的、懒洋洋的声调唱着。而楼上，天花板上面，也发出莫名其妙的声音，仿佛含着不祥，预示着危险。自从许久以前发生过一场火灾以后，楼上就没住过人。那里窗子钉死了，地板上堆着木料，还零乱地摆着一些空瓶子。这时那里又出现了敲击声、呜呜的风声和像有人奔跑，被木料绊倒的声音。

楼下的房间里有一半做酒店用，杰列霍夫一家住在另外一半里。每当酒店里有喝醉酒的客人在吵闹，这边房间里就可听得一清二楚。马特维住在厨房隔壁的一个房间里，有一个大火炉，从前这地方是驿站的时候，炉子里天天烤面包。达苏特卡没有自己的房间，也住在这个房间的炉子后面。到晚上，屋子里老鼠跑来跑去，蟋蟀也在那里唧唧地叫。

马特维点亮一根蜡烛，开始阅读一本刚从车站警察那儿借来的书。他坐在那儿看书的时候，礼拜做完了，大家全去睡了。达苏特卡也躺下来，开始打起鼾来，可是不久就醒来，打着呵欠说：

“马特维叔叔，您不该白白点掉一根蜡烛。”

“这是我的蜡烛，”马特维回答说，“我用自己的钱买来的。”

达苏特卡稍稍翻了翻身，又睡熟了。马特维坐着又看了很久，他还不想睡，等到看完最后一页，他从一个盒子里取出一支铅笔，在书上写道：

“我，马特维·杰列霍夫读毕此书，感到此书是我所读过许多书中最好的一本，因此，特向此珍贵书籍的主人铁路局警务处低级警官库兹玛·尼古拉耶夫·茹科夫致以谢意。”

他认为在别人的书上题写这样的字句是一件出于礼貌非做不可的事。

2

在御告节那天，邮车开过去以后，马特维坐在小吃店里，一面喝着柠檬茶，一面讲着话。茶房和警官茹科夫在听着他讲。

“我得告诉你们，”马特维说，“我从很小的时候起就跟宗教结了缘，只不过十二岁吧，我就到教堂里念《使徒行传》①，为此，我的双亲很自豪。每年夏天我常随家母去朝山拜庙。别的孩子一般都在去唱歌啦，捉虾啦的时候，而我这时却总是在家母身边。长辈们夸奖我，是的，就连我本人也对自己的规矩本分感到满意。长辈们像慈母一样为我祝福，把我送进了工厂。从那以后，我常在做工之余参加我们的唱诗班唱中音。没有什么比唱诗更能使我感到快乐，我既不抽烟又不喝酒，自己恪守着肉体的纯洁，可是我们都知道，这种本分的生活方式是仇视人类的人所不喜欢的。罪大恶极的他，有一次想毁掉我，开始蒙蔽我的灵魂，让我就跟现在我的堂兄那

---

①《圣经·新约》中的一卷。

样。我起誓要抗争，并想出很多办法。首先，每逢礼拜一要持斋，而且从此不再吃肉，在四旬斋[1]的第一个礼拜，从礼拜一起到礼拜天止，神甫规定只准吃干粮。不过那些体弱者或工作劳累的人，即使喝点茶也算不得罪过，然而我呢，在礼拜天以前却是一点面包没进嘴，此后，在四旬斋里，我没让自己吃过一滴油，每逢礼拜三和礼拜五，我连一点面包也不沾。就是逢到小斋，也还是这样。有时，遇上圣彼得斋期，我们工厂里的那些小伙子们喝鱼汤，我却坐到一边去，啃干面包。当然，各人的精力不同，我呢，可以说我自己并不觉得持斋苦，甚至感到，心越诚持斋越容易。只是斋期的最初几天想吃东西，随后就惯了，等到熬过一个礼拜，就满不在乎啦，只是双腿有点发木，走起路来仿佛不是踩在地上，倒像是在腾云驾雾。此外，为修行我还为自己增加种种苦行：半夜起床跪在地下祷告；把很重的石头从一个地方搬到另一个地方；光着脚在雪地里走来走去，甚至还戴上镣铐。

"时间一天天过去，只是有一天在神甫面前做忏悔时，我的心头却突然涌出这样的想法：呶，我想，这位神甫总是结过婚的，他一定还吃肉抽烟——既然他的罪过比我多，他怎么能让我向他忏悔，他有什么力量解除我的罪过呢？我连四旬斋食用的油都禁忌着，可他呢，我敢说，却在吃鲟鱼。于是我走到另一个神甫面前。好像故意和我作对，这人长得肥胖，身穿一件丝绸法衣，走起路来沙沙作响，像女人一样，他身上也有一股烟草味。我又去修道院里持斋、忏悔，可是即便在那里，我心里也不安稳，总觉得那些修道士不守道规。打那以后，我怎么也找不到对我合适的地方了：有的礼拜做得太快；有的祷告词都念错了；有的圣器监守人吐字不清。有时——求上帝宽恕我这个罪人——我站在教堂里，竟气得心脏怦怦直跳。在这样心境下，我怎么还能祈祷呢？我觉得教堂里那些人在胸前画十字的时候，画得不像样，而且不好好听讲道；我再往周围一

① 在复活节前的 40 天，为纪念耶稣在荒野绝食。

看，觉得那些人全是酒徒，他们破了斋、打牌、抽烟，过着放荡的生活。而只有我，才是按着十诫生活着。那狡猾的恶魔不肯罢休，它一天紧似一天地在作祟。从此我不再去唱诗班唱歌，不再进教堂；我自认为自己是个遵守教规的人，而教堂毛病多，不适合我——就是说，我啊，简直像下凡的天使不可一世，我高傲得目空一切。

“这以后，我开始忙碌地张罗着，想建造一个自己的教堂。我在离城很远，靠近墓园处的一个聋女人那里租到一间小房。我把那房间改装成我堂兄家那样的祷告室，只是我的烛台大一点，而且有真正的香炉。在自己这个祷告室里，我遵守着圣阿丰山①的规矩——那就是，每天午夜，我一定开始晨祷；在十二个大节日的前夜，我的午夜礼拜总要持续十个钟头，有时甚至十二个钟头。按规矩，唱诗篇和念圣经的时候，修道士可以坐着；可是我要做得比修道士更有诚心，所以我往往一直站到底。我慢慢地念经和唱歌，含着眼泪，长吁短叹，举起我的手，直到祷告完毕。之后，不去睡觉，立刻就动手做事，就是做事时心里也在祷告。就这样，全城纷纷传说起来：‘马特维是个圣徒；马特维治好了病人和疯子。’当然，我从来没有给人看过病，不过你们也知道，只要谣言或邪说传起来，女人们就会着了魔。她们真的就像苍蝇见了蜜糖一样。老处女、各式各样的女人都来找我，扑伏在我的脚下，吻我的手，并叫喊着，说我是神徒等等，有人甚至说看到了我头上的晕光。祷告室里变得很拥挤。我又租了另外一个宽敞一点的房间，于是那里又乱成一片。恶魔完全控制了我，用它那龌龊的蹄子遮住我的眼睛，使我完全见不着光亮。我们的举止完全像发了狂。我念着经，那些老处女和别的女人们唱着歌，后来她们直挺挺地站立着，既不吃东西，也不喝什么，站上二十四小时或更长时间。然后，她们猛然发起抖来，仿佛患了热病；这以后，就有人哭起来，接着别人也跟着哭起来，那情景真叫可怕！我也周身打战，就像犹太人下油锅一样。我自己也

① 东正教的圣山，位于希腊。

搞不清到底是什么原因，我们的腿开始蹦跳起来。说实在的，那真是怪事，你并不想跳，可是你却蹦跳着，还摇摆着你的胳臂。这以后，哭啊叫啊，我们一齐跳跳蹦蹦，彼此追逐着，一直跑到摔倒为止，就是这样，在疯狂中，我竟干出通奸这种事来。”

警官听罢笑了，可是他注意到别人都没笑，于是就严肃地说：

“那是莫罗勘教派[1]，我读过书，说高加索那里的人全是这样。”

“可我总算没有被一阵雷电击死，”马特维面对圣像，在胸前画着十字，时而动一动嘴唇，又接着说，“我过世的母亲肯定在另一个世界里为我祈祷过。那时候，在城里，人人把我看作是圣徒，连上流人家的老爷太太也悄悄上我这来寻求安慰。可是有一回我上我们的房东奥西普·瓦尔拉梅奇家去请求宽恕——那天是神恩节[2]——他呢，关上门，扣上门闩，只剩我们两个人单独地面对面地坐在房间里，他开始责备我。我得向你们说明一下，奥西普·瓦尔拉梅奇虽然没受过教育，却是个很有头脑的人。他敬畏上帝，过着严谨的生活，办事勤恳认真，人们都爱戴他，敬畏他。他曾长年担任本城的长官，当过二十来年的教堂保护人，做过不少好事：他给那条新莫斯科路铺过沙子，油漆过教堂，还把柱子装饰得像孔雀石一样。这样，他把门关好以后，就对我说了：

“‘我很久以来就想找你谈谈，好不容易才找到机会，你这个没出息的……’他说，‘你自以为是个圣徒，不对，你不是什么圣徒，而是上帝的叛徒，是异教徒，是作恶的人！……’他接着还说了许许多多，我没法告诉你们他是怎样说的，总之，讲得又透彻又近情理，仿佛像写在书本上那样，而且还非常感人。他讲了足足有两个钟头。他的话穿透了我的灵魂，擦亮了我的双眼。我听啊，听啊，不由得哭起来了！做一个平凡的人吧！他说，‘同别人一样吃

---

① 18 世纪出现在俄国，是否定一切宗教仪式的一个教派。
② 神恩惠及罪人的日子。

喝、穿戴、祷告。凡是超乎平凡的事，都是恶魔干出来的，那是你的镣铐，’他说，‘是恶魔的镣铐，你的持斋是恶魔的持斋，你的祷告室是恶魔的祷告室。这全是虚荣心在作怪。’

“第二天，在圣周[1]的礼拜一，上帝有意叫我生了病。我害了肠脱出症，被人送进了医院。我心烦意乱，极端苦恼，痛哭，发抖。我以为我眼前有一条笔直的道路，由医院通向地狱，我差点死掉。我在病榻上足足受折磨六个月才出院。我出院后做的第一件事就是去忏悔，照正规的仪式领圣餐，再去做一个普通人。奥西普·瓦尔拉梅奇送我回的家，又开导我说：‘记住，马特维，凡是超出平凡的事，都是恶魔干的事。’现在，我跟旁人一样地吃喝、祈祷了……要是这会儿我偶尔闻到神甫身上有烟草和烧酒的气味，我不敢再抱怨了，因为神甫当然也是个普通人啊。要是现在，只要我听说城里或乡下出了什么圣徒，自己定出种种规矩来，一连几个礼拜不吃东西，我心里就明白那是谁干的事。这就是我过去的所作所为。诸位先生，现在我像奥西普·瓦尔拉梅奇那样，不断地在劝我的堂兄和堂妹，责怪他们的做法，但是上帝没有赐给我那份天赋，我的话像在荒野呐喊一样随风而去。”

看来，马特维的故事并没有产生任何影响和深刻印象。谢尔盖·尼卡诺雷奇没说什么，并动手收拾柜台上的饭食，而警官却开始把话题拉到马特维的堂兄是多么的有钱上去。

“他至少有三万卢布的家当吧。”他说。

警官茹科夫，一个壮实的、保养得很好的红头发汉子。他生着一张丰满的脸，走起路来，他的脸蛋儿一步一哆嗦，遇到长官不在面前时，他总是懒散地坐在椅子上，一条腿搭在另一条腿上。他讲话的时候身子总是摇摇晃晃，随随便便地打唿哨，显得很安详，脸上那种满足的神情，仿佛刚刚吃饱了饭似的。他总是带着鉴赏家的口气谈到钱。他正在想法子赚钱、兼干着掮客的事，谁要想买卖田

---

① 复活节前的一个礼拜。

产、马匹、马车等总是托请他来办。

“对了，三万卢布，我看差不多是这个数。”谢尔盖·尼卡诺雷奇随声附和着，“你祖父有很大的家当，”他对马特维说，“那份家产大得很，后来都传给了你父亲和你叔叔了。可是你父亲年纪轻轻就过世了，你叔叔就将财产一把抓在手里，后来，趁你跟你妈去朝山拜庙，接着又去工厂唱诗不在的时候，他们利用这个机会，把财产全部列在你堂兄雅可夫·伊万内奇的名下。”

“你应该分得一万五千卢布，”警官摇晃着身子说，“酒馆归你俩平分，当然钱财也该平分了。是的，要是换了我处在你那个位置，我早就告到法院了。我一面告法院，而且一面不等案子审理完，就先把他打得鼻青脸肿。”

人们不欢迎这位雅可夫·伊万内奇，因为无论什么人只要与众人的信仰不同，哪怕平时对宗教淡漠的人，也会激起对他的反感。警官之所以厌恶他，更是由于他也代客买卖马匹和马车等。

“你情愿吃亏，不去跟你堂兄打官司，说明你自己已经很有钱了，”茶房用羡慕的眼光望着马特维，接着对他说，“人要是有了财产，那该有多好，我呢，我想，恐怕就要这样穷困潦倒地混到死啰……”

马特维声明说，他根本没有钱，可是谢尔盖·尼卡诺雷奇已经不理会他，往事和自己每天遭受到的侮辱一齐涌上心头。他的秃头冒汗，他涨红着脸，眨巴着眼睛。

“该诅咒的生活！”他烦恼地说，拿起一根腊肠往地板上使劲一摔。

3

据说那个大车店是在亚历山大一世[①]的时代由那么一个寡妇盖起

① 亚历山大一世（1777—1825），俄国沙皇，1801—1825 年在位。

来的，那个名叫阿芙朵吉亚·杰列霍娃的女人，带着儿子在那里住下来。那座搭了顶棚的阴暗院落和总是紧闭的街门，使得乘坐驿站车的过路人，感到心中郁闷和难以言状的不安，尤其在月夜，好像院子里住着巫师或强盗。车夫每次经过那院落，都要回头看上一眼，然后再快马加鞭。旅客不大情愿在这儿过夜，因为这家店主待人不客气，而且敲竹杠。院子里，哪怕是夏天，也非常肮脏、泥泞；常有大肥猪躺在院子的泥地里。杰列霍夫家买卖马匹，他们没把马拴在马棚里，让它们到处游荡，马往往跑出院子，在大道上奔跑，像发了疯的牲畜，吓坏了进香的女人。当年，这条驿道上，长列的载货大车一辆辆走过去，紧张而繁忙，且常有种种奇事发生。例如，三十年前，几个大车夫跟过路商人吵起架来，结果打死了那商人。于是在离酒店一两里路以外的一块地方为他立了个十字架，至今那十字架还斜歪着立在那里。系着铃铛的邮车和乡绅的沉甸甸的轿式马车常通过那里，而牛羊群走过，就哞哞地叫，卷起滚滚的烟尘。

等到修上铁路，这地方起初只有一个月台，只能叫过路站罢了，十年后才修好了现在这个普罗岗娜娅的车站。老驿路的交通差不多都停止了，现在只有本地的地主和农民还坐车在那条路上走，不过春秋两季，成群结队的工人也从那里通过。后来大车店改成酒馆；上面的一层楼被火烧掉，房顶锈成了黄色，院子的顶棚也渐渐坍下来，只有让人恶心的粉红色的大肥猪，仍旧在院子里的泥地上打滚儿。跟先前一样，马儿有时跑出去，摇着尾巴，顺着大路疯狂地奔跑。店子里卖茶、面粉、燕麦、干草，还卖烧酒和啤酒。他们的酒不仅卖给在店里喝的，也外卖，但是买卖都鬼鬼祟祟地进行，因为店主没有售酒的执照。

杰列霍夫一家素来以笃信宗教而出名，甚至得了个绰号，叫做“活神仙”。不过也许是他们像熊一样离群索居，躲避着人们，为自己想出种种花头的缘故吧，他们喜欢幻想，喜欢怀疑和改变信仰。差不多每一代都有每一代独特的信仰。建造那个大车店的老祖母阿芙朵吉亚，是个旧教的信徒，她的儿子和她的两个孙子（马特维的父亲和雅可夫的父亲）却改信了正教，接受了神甫，在新圣像面前，就跟在旧圣像面前一样虔诚地膜拜。她儿子到老年时不肯吃肉，而且让自己遵守沉默的规则，认为一切的谈话全是罪过。她孙子们的不同之处，在于不肯老老实实地解释《圣经》，却在那里去找隐秘的含义，说什么每个神圣字眼的背后都包含着一种神秘。

阿芙朵吉亚的曾孙马特维从童年起就跟种种梦想、幻想纠缠不清，而差点被它们给毁掉。另一个曾孙雅可夫·伊万内奇是个正教教徒；但是自从妻子死后，他突然不再去教堂，却在家里祷告。他妹妹阿格拉娅学他的榜样，自己不再去教堂，也不让达苏特卡去。讲到阿格拉娅，据说她年轻的时候，常在维捷尼亚平参加“鞭身派”①的集会，又说她现在暗中仍做“鞭身派”的信徒，这就是为什么她总戴白头巾的缘故。

雅可夫·伊万内奇比马特维大十岁，他是一个高高个头的有风度的老人，一把白白的大胡子差不多一直飘到腰间。他生着又长又浓的眉毛，这给他的脸上增添了严厉的，甚至是乖戾的表情。他穿一件细布料长衫或黑色羊皮上衣，总之，极注重仪表，穿得干净整齐；纵然在干燥的天气，他也还是穿着套鞋。他不上教堂去，因为依他看，那里礼拜做得不够得体，还因为神甫在不合规矩的时间抽烟、喝酒。他每天在家里跟阿格拉娅一块儿念经、唱诗。在维捷尼亚平，他们做晨祷的时候不唱“赞美诗”，即使在大节日也不做晚礼拜，不过凡是规定好每天必念的东西，他总是不慌不忙地念完，一行也不放过；遇到空闲的时候，他就大声念圣徒的传记。在日常的生活中，他严格地遵守教会的规则，因此，要是在四旬斋中的某一天，“为了守夜的缘故，”应该喝点酒，那他即使不爱喝酒，也一定要喝上一点。

他念经、唱诗、点香、持斋，不是为了接受上帝的某种祝福，

---

① 一种教派，相信鞭笞自己是一种功德。

而是为了使得生活过得有秩序。人没有宗教就活不下去，而且宗教应当年复一年、日复一日地照固定的方式表现出来，好让人们在每日的清晨和傍晚用适合于那时那刻的思想和语言面对上帝。人得生存，那就是说要按上帝的意愿去祷告，正因为如此，每一天得念和唱上帝爱听的东西，也就是教会章程里规定的要念、要唱的东西。由于这个原因，《约翰福音》的第一章只可以在复活节那天念；从复活节起，到升天节[①]止，万万不可以唱“那是最适宜”等等，这种秩序，这种隆重的场面，雅可夫·伊万内奇清清楚楚地领悟到，并从宗教仪式中使他得到很大的满足。每当他万不得已破坏了这种秩序——比如说，乘车进城或到银行去办事——他的心里难受，良心总感到不安。

后来，他堂弟马特维出人意料地从工厂回来，到酒店住下，仿佛到了他自己的家。马特维进门的第一天就打乱了他们那种一成不变的生活秩序。他不想跟他们一块儿祷告，他在不合规矩的时候吃肉、喝茶。他起得很迟，借口身体衰弱，在礼拜三和礼拜五喝牛奶。差不多每一天在他们祷告的时候，他总是走进祷告室来，叫道：“想想看，你干的是什么事，哥哥，忏悔吧，哥哥！”这些话气得雅可夫面色铁青，阿格拉娅也忍不住和他吵起来。要不然在晚上，马特维又悄悄走进祷告室来，轻声地说：“你的祷告是上帝不爱听的，哥哥！因为《圣经》上写着：‘就把礼物留在坛前，先去同兄弟和好，然后来献礼物。’[②]你放贷，你买卖烧酒……忏悔吧！”

雅可夫感到，在马特维的话里，他只听出头脑空洞、无所用心的人们的那种通常的借口，那种人喜欢讲什么爱你的邻居啦，跟你的同胞们和和气气地相处啦等等，只不过为了回避祷告、持斋、念圣书罢了。他们轻蔑地谈到利润和利息钱，那也只不过因为他们不愿意工作罢了。当然了，做个穷光蛋，也不要节省钱，也不要存

① 在复活节后的第 40 日，祝耶稣升天。

② 出自《圣经·新约·马太福音》第五章第二十四节。

钱，那比起有钱人可要舒服多了。

不过，他开始心烦意乱，再也不能像先前那样祷告下去了。他一走进祷告室，翻开书本，就担心他堂弟会进来打扰他，果然，马特维不久就又进来了。他用颤抖的声音叫道："想想看，你干的是什么事，哥哥，忏悔吧！"阿格拉娅对他破口大骂，雅可夫也大发脾气，嚷道："滚出这所房子去！"马特维却回答说："这房子是咱们俩共有的！"

雅可夫又开始读经、唱诗，可是他再也无法恢复平静，他不自觉地呆呆看着书本发愣。虽说他把他堂弟的话看成小事一桩，可是不知为什么，他的头脑里常常涌起这样的念头：富人要进天国，是很难的；前年他做了一笔很好的生意，买了一匹偷来的马；有一天，那时他妻子还在世，一个酒徒在他的酒店里酗酒致死……

现在，他晚上睡不好觉，常常惊醒，他听得见马特维也醒着，还不断地叹气，想念他的瓦厂。每逢夜里，雅可夫翻来覆去地睡不着，他总是想到那匹偷来的马，想到那酒徒，想到福音书上那句关于骆驼的话[①]。

看起来，他的胡思乱想好像又回到他的心中。虽然已是三月末，可是仿佛老天故意和人们作对似的，却一个劲儿地天天下雪，森林也像冬季那样呼啸着，谁也不相信春天还会来临。天气弄得人心里烦闷、想吵架，一肚子的仇恨。到晚上，风在屋顶上呜呜地吼叫，好像楼上有什么人似的，幻觉越来越重地压在他的心头，他头脑发热，怎么也没有睡意。

4

在圣礼拜五[②]前的那个礼拜一早上，马特维从自己房间里听见外

---

① 此处指《圣经》上说：富人要进入天堂，比骆驼钻针眼还难。

② 复活节的前一个礼拜五，即耶稣受难日。

面达苏特卡对阿格拉娅说：

“马特维叔叔前一天告诉我，他说，用不着持斋。”

马特维想起前一天晚上跟达苏特卡所讲过的那一番话，立刻感到她的话刺伤了他的心。

“姑娘，别胡扯！”他像病人一样用有气无力的声调说，“我们的主还持斋四十天呢，不持斋是不允许的。我只说过这样的话，对于坏人，持斋，也无济于事。”

“你只要听信厂里那些工人的话就行，他们会往好里教你的哟，”阿格拉娅一面擦着地板（她通常在工作日总要擦地板；一擦地板就要跟别人发脾气），一面不无讽刺地说，“人们知道，在工厂里他们是怎样持斋的。你最好去问一问你那个叔叔——问问他：他那个‘宝贝儿’是怎么回事。在持斋的日子里，他怎样跟她，那条蛇，一块儿大喝牛奶。他还有脸教别人哪；他忘了他那条蛇啰。不过，去问问他看：他把自己的钱给了谁了，是谁？”

马特维有一件事，他素来小心翼翼地瞒着大家，仿佛那是脓疮似的：当年老婆子和没结过婚的姑娘们在祷告时围绕着他跳跳蹦蹦，跑来跑去的那段时期，他跟一个女工发生了关系，那女工给他生了一个孩子。在他回家乡的时候，他把在工厂里干活的所有积蓄统统交给那女人，自己向房东借一笔钱做盘缠，眼下他身上只剩一点点卢布，只够买茶叶和蜡烛了。后来那位“宝贝儿”写信通知他说孩子去世了，信上还问他，那笔钱该怎样处置才好。这封信由工人从车站带来，被阿格拉娅截住，拆开看过。从那以后，她天天拿那位“宝贝儿”的事嘲骂马特维。

“想想看，九百卢布，”阿格拉娅接着说，“你拿九百卢布给了一条蛇，不给亲戚，却给了工厂里个骚娘们儿，你真是瞎了眼了！”这时她的脾气越发上来了，她尖叫道：“难道你不会说话啦，我会把你撕得粉碎，可恶的东西！九百卢布，好像一个铜板似的！你原本可以送给达苏特卡——她不是外人，是你的侄女啊！不然你送到别列夫那儿去接济玛利亚那个不幸的孤儿也好。你的蛇怎么没有被活活地闷死，我三次地诅咒她，这个母夜叉，让她永远见不了天日。”

雅可夫·伊万内奇喊她，该开始祈祷了。阿格拉娅洗个脸，戴上白头巾，这时的她显得平和温顺，走进祷告室去找她所爱的哥哥。每逢她对马特维讲话或在酒店里为农民端茶，她就成了一个瘦削的、目光咄咄逼人、脾气不好的老婆子；在祷告室里，她的脸部表情却沉静温柔，看上去年轻了许多。她装腔作势地行屈膝礼，甚至努起她的嘴唇。

雅可夫·伊万内奇用悲戚的声调开始低声念经，他在四旬斋期间，总是这样的。他念一会儿，就停住口，仔细地去听，这所房子里是怎样的寂静，然后又接着念下去，这使他感到一种满足。他两只手交叉着，恳求着，转动着眼珠，摇着头、叹息。可是突然传来了说话声，是警官和谢尔盖·尼卡诺雷奇他们来看马特维来了。雅可夫·伊万内奇见家里来了外人，不好意思大声念经和唱诗，于是他就小声地慢慢念起来。他在祷告室里可以听见那边说话的声音。那茶房说：

“那个鞑靼人在斯切波佛正在拍卖他的店铺，要价是一千五百卢布。他同意先给五百现款，其余的写借据。所以，马特维·瓦西里伊奇，请劳驾先借给我五百卢布，我给你出一个月百分之二的利息。”

“我哪里有钱啊！”马特维吃惊地喊起来，“我哪儿来的钱啊！”

“一个月两分的利息，这在你等于是上帝的恩赐啰，”警官解释说，“你的钱闲放着，还不是等着让蛀虫蛀坏了，别的什么好处也没有。”

后来，客人们走了，重新沉静下来。可是等雅可夫·伊万内奇刚刚又开始念经、唱诗时，从门外传来一个声音：

“哥哥，让我用一匹马，去一趟维捷尼亚平。”

那是马特维，这一来，雅可夫的心里又开始烦躁了。

“哪儿有马给你骑呢？”他一边想着一边说，“那匹栗色马，工人骑上运猪去了；我做完礼拜马上要用那匹小马上苏切基诺去。”

“哥哥，为什么你能用马，我就不能？”马特维生气地问。

“因为我用马是去办正事，不是去闲逛。”

“我们的财产是大家有份的，你要明白，我们的马也是大家有份的，哥哥。”

随着是沉默，雅可夫没有继续祷告，等着马特维从门边走开。

“哥哥，”马特维又说，“我是个病人，我并不要求什么所有权，谁要，谁就可以拿去，把它们都归你就是，不过容我在病中稍稍分享一点吧。给我一匹马用，那我就走。”

雅可夫没说话。他原有心叫马特维离开他家，可是他不能给他钱，因为他的钱全用到生意上了；况且，在杰列霍夫这家人的家史中，兄弟还从来没有分过家。要真分家就等于破产。

雅可夫没说话，不过他仍旧等着马特维走开，而且不断拿眼睛盯住他妹妹，生怕她来管闲事，结果弄得跟早晨一样，又是大骂一通。等到后来，马特维总算走了，雅可夫就又接着去念经，可是再也没有兴致了。由于连续在地上跪得太久，他的头脑发沉，眼前一片漆黑；他也听腻了自己那种低沉的、无精打采的声音。这种精神的郁闷，若是晚上来到他心上，他会把它解释为失眠的缘故，在白天这样，就使他惊慌了，仿佛觉得有恶魔坐在他的头上和双肩上。

他好歹总算做完了礼拜，心里不满意，脾气也坏起来，他动身上苏切基诺去了。去年秋天，一伙苦力在普罗岗娜娅附近掘了一道划界的深沟，他们欠了酒店十八卢布的账，现在他得上苏切基诺去找他们的工头，问他要钱。道路已经给融化的雪水和大风雪破坏了，满是坑洼不平，现出暗黑的颜色，有些地方简直是坍下去了。雪堆已经在大道两旁的低地上积起来，因此他只好在一条仿佛是栈道那样的路上赶着车，万一迎面来了什么东西，很难叫车子让开路。从早晨起，天色阴沉沉的，刮着潮湿的风……

一长串雪橇迎面走来，村妇在运砖。雅可夫只好让路。他的马儿陷进雪里，雪一直没到它的肚皮上；雪橇从右边爬过去，他怕从车上栽下来，就伛下身子扶左边，雪橇慢慢经过他面前，他始终那么坐着。透过风声，他听见雪橇的辕杆发出吱吱嘎嘎的声音，听见瘦马的鼻息声和婆娘们在讲他："活神仙来了。"其中一个女人带着怜悯的表情凝望他那匹马，快言快语地说：

"看样子，这雪要到叶戈里节[1]才会化似的，这个雪真够马儿受的了！"

雅可夫蜷曲着身子坐在那儿很不舒服，风刮得他眯细了眼睛，而且忽而马匹，忽而红砖不断地在他面前闪过。就这样，或许由于坐得不舒服，弄得腰酸背痛的缘故，突然，他感到心烦意乱，甚至他觉得他要办的那件事显得不那么重要了，心想他本可以第二天打发工人去苏切基诺走一趟啊。跟过去那个失眠的夜晚的情景一样，他又想起那句关于骆驼的话，接着各式各样的回忆爬进了他的头脑：他想起了那个卖马给他的农民，想起那个酒徒、想起带着茶炊上他这儿来押钱的村妇。当然啦，每个商人都想尽量多赚些钱，可是雅可夫想到自己也在做生意，不由得心里烦闷；他恨不得跑得远远的，躲开这个行当，不管到什么地方。他想起今天晚上还要做礼拜，就觉着无聊。风直吹到他脸上来，飕飕地灌进他的衣领里去，仿佛风从那辽阔雪白的原野上带来那些思想，凑近他的耳边，悄悄对他讲述似的……雅可夫眼望着他从小就熟悉的原野，想起在他年轻的时候，梦想和幻想涌上心头，他的信仰动摇起来，那时也有过这样的烦恼、这样的思想。

在空旷的乡野上，孤单单的剩下他一个，他觉得可怕，于是，把车子调转头来，慢慢地跟在那些雪橇的后面走着，那些村妇笑起来并说："活神仙调头回来啦。"

家里，又是因为持斋的缘故，饭菜都没做，连茶炊也没烧，这就使得白昼显得很长。雅可夫·伊万内奇这时候早已把马牵到马房里，早已打发人把面粉送到车站去，甚至有两回拿起赞美诗来要

---

① 纪念殉教徒叶戈里，这个节日是俄历4月23日。

读，可是离黄昏还远着呢。阿格拉娅已经擦完地板，由于无事可做，正收拾她的箱子，箱盖内侧贴满了酒瓶上的商标纸。又饥饿又忧郁的马特维，坐在那儿看书，要不然就到犹太式的火炉旁，久久地打量着那些使他联想他的工厂的炉瓦。达苏特卡在睡觉，后来醒了，便去给牲口饮水。她正在井上打水时，绳子断了，水桶掉进井里。工人到处找船钩，好钩起那个铁桶。达苏特卡光着脚，大腿冻得跟鹅腿那么红，在泥泞的雪地里跟着他走，并一再说："远得很哪！"她的意思是说井太深，船钩够不到井底，可是工人听不懂她的话，而且她明明碍他的事，弄得他毫无办法，忽然回过头来，骂了她一句难听的话。这时，雅可夫·伊万内奇正巧走进院子，听到达苏特卡一口气讲出一长串不堪入耳的骂人话，来回敬工人的那句话。这话肯定是从酒店里那些喝得醉醺醺的农民那里学来的。

"你说的是什么，不要脸的女孩子！"他向她叫道，并且简直是惊呆了，"你讲的这是些什么话？"

她呢，迷惑不解地、呆呆地瞧着她的父亲，不明白她为什么不该用这些字眼。他原想教训她一顿，可是他看见她是那么粗野、愚昧，他这才醒悟到，一直在他身边的她，没有任何信仰。他这一生，在树林里、在冰天雪地里度过，跟醉醺醺的农民相处，跟粗野的咒骂相伴——依他看来，他自己这一生也跟这个女孩子一样野蛮、愚昧。想到这，他不但没有对她讲一套大道理，反而只是无可奈何地摆一摆手，回到房间里去了。

这时，警官和谢尔盖·尼卡诺雷奇又走进来，找马特维。雅可夫·伊万内奇想起了，他们这些人也没有任何信仰，而这没给他们带来一点儿烦恼，于是生活对于他，变得古怪、无意义，甚至跟狗一样浑浑噩噩。他光着头，在院子里走来走去，然后他走出大门，到大路上，一边走，一边手紧握着拳头。此时，大大的雪片落下来。他的胡须被风吹动着。他不断地摇头，好像有什么东西压在他的脑袋和肩头上，像是魔鬼坐在上面似的。他仿佛觉得这个走着的不是他自己，而是一头硕大的、狰狞可怕的野兽；要是他大叫一声，他的声音将会是一声吼叫，将传遍原野、森林，令世人恐惧……

5

他回到家里时，警官不在那里了，只有茶房还跟马特维坐在一块儿，正在拿算盘算着什么。茶房已经养成习惯，过去常常到酒店来，几乎天天都来。从前他是来看雅可夫·伊万内奇，而现在呢，他是来看马特维了。他总是打着算盘计算着什么，这时他看上去神情紧张，脸上冒着汗。不然，他或是张口借钱，或是一面摸着他的络腮胡子，一面讲述他从前如何在头等车站里做事，为军官调制香槟和杂酒掺混起来的一种酒，如何在大宴会上亲手烹制鲟鱼汤。这个世界上，除了酒吧间以外，再没有什么东西能叫他感兴趣。他只会谈吃的东西、谈酒、谈餐桌上的用具。有一回，他送一杯茶给一位正在给孩子喂奶的年轻女子，他想说一句她听着受用的话，就说：

“母亲的胸膛是孩子的酒吧间。”

这时，他在马特维的房间里拨着算盘珠子，开口借钱，说是他再也不能在普罗岗娜娅生活下去了，并有好几次用一种好像马上就要哭出来的声调反复地说：

“我上哪儿去才好？现在我该上哪儿去呢？劳驾，请告诉我吧。”

后来，马特维进了厨房，开始剥一个煮熟的土豆，可能，那土豆是昨天他藏起来的。四周很安静，雅可夫·伊万内奇估计，茶房大概是走了。这时早已过了平时开始做礼拜的时间。他叫来阿格拉娅，心想，屋子里既没有了外人，就毫无顾忌地大声念起来。他念着、唱着，心里却在念叨着别的话：“主啊，宽恕我！主啊，拯救我！”他一刻不停地连连叩头，想弄得自己疲惫不堪。他还不断地摇头，使得阿格拉娅莫名其妙地瞧着他。他生怕马特维会走进来，而且料定他会走进来，于是感到了对他的一种愤恨，哪怕是祷告，不断地叩头，也压不下那种愤恨。

马特维很轻地开了门，走进祷告室来。

“这是罪过，简直是罪过！”

他用责备的口吻说，接着叹了一口气。

“忏悔吧！想想看你干的那些事，哥哥！”

雅可夫·伊万内奇捏紧拳头，没看他一眼，很快就走出了房间，生怕自己会动手打他。就跟刚才在大路上一样，他觉得自己是一头巨大的、狰狞可怕的野兽，他穿过过道，走进肮脏的灰色房间，那里充满烟雾，通常农民们常坐在里面喝茶。他进屋，在房间里从这一头走到那一头，走了很久。脚步沉重，弄得架子上的陶瓷器皿叮当山响，桌子也在摇动。现在他才意识到，他自己也不满意自己的宗教信仰，再也不能像往常那样祈祷了。他得忏悔，他得把事情细细想一想，重新考虑，得换个方式生活和祷告才行。可是怎样祷告呢？也许这一切都是恶魔的诱惑，什么全不必要吧？……如何是好？到底他该怎么办？谁能引导他呢，多么孤立无援啊！他停住脚，抱着头，思索起来。然而，马特维在他近旁，妨碍他思索，使他不能平心静气地思考问题。于是他快步走回房间。

马特维坐在厨房里，吃着面前的一盘土豆。近旁，靠近火炉阿格拉娅和达苏特卡面对面坐着，在那儿缠线。在火炉和马特维坐着的那个桌子中间，铺着一块熨衣服用的木板，上面立着一个冷了的熨斗。

“姐姐，”马特维恳求着，“让我吃点油吧！”

“在这样的日子里，谁可以吃油呀？”阿格拉娅问。

“我不是修士，姐姐！我是俗人。我的身子弱，我不但可以吃油，还可以喝牛奶呢。”

“对了，在工厂里，你可以随便乱吃。”

阿格拉娅从架子上拿下一瓶四旬斋食用的油来，气冲冲的，砰的一声放到马特维面前，现出恶意的微笑，显然，她心里得意，想到他将是这样一个罪人。

“可是，我对你说，你不能吃油！”雅可夫嚷道。

阿格拉娅和达苏特卡吃了一惊，然而马特维偏把油倒进盘子里，接着吃下去，好像什么也没听见似的。

“我告诉你啦，你不能吃油！”雅可夫用更大的声音喊道，他满脸涨红，突然抓起盘子来，举过头顶，用尽气力往地上一摔，那盘子摔得粉碎，“不准说话！”他用愤怒的声音叫道，其实马特维并没有说一句话，“不准说！”他拿拳头捶着桌子并重复地说。

马特维脸色变白并站起来。

“哥哥！”他说着，嘴里仍嚼着东西，“哥哥，你这是干什么，冷静下来吧！”

“马上给我从这所房子里滚出去！”雅可夫嚷道。他讨厌马特维的那张皱脸、他的声音、他唇髭上的面包屑和他那副咀嚼东西的样子，“哎，跟你说呢，给我出去！”

“哥哥，你消消火气吧，魔鬼的傲气支配着你的头脑！”

“闭嘴！(雅可夫顿着脚）滚开，你这个魔鬼！”

“要是你愿意知道的话，”马特维接着大声说，因为他也生起气来，“你是上帝的叛徒，是邪教徒。那些该诅咒的恶魔遮盖了真实的世界，不让你看见；你的祷告是上帝所不能接受的。趁着时机不算太迟，赶快忏悔吧！罪人在临终的床榻上是可怕的！忏悔吧，哥哥！”

雅可夫抓住他的肩头，把他从桌子后面拉出来，这时，马特维的脸色变得更白了，他又惊恐，又迷惑不解，结结巴巴地说：“怎么啦，这是怎么回事啊？”他挣扎着，想极力从雅可夫的手里挣脱出来，无意中抓住雅可夫的脖领子，撕破了衣领；在阿格拉娅看来，他好像要动手打雅可夫，于是她尖叫一声，抓起四旬斋食用油的瓶子，用尽力气朝着她所憎恨的堂弟的脑壳上打过去。马特维昏厥了，只是晃晃悠悠没有倒下，刹那间，他的脸变得平静而淡漠。雅可夫喘吁吁的，兴奋地听见瓶子打在脑袋上的时候，油喷出来，跟活东西那样发出咕咕的声音，觉得很痛快。他有好几回用手指指着那熨斗，向阿格拉娅示意（这个，他记得清清楚楚）。血从马特维手上流淌下来，听到达苏特卡放声痛哭、熨衣服的木板咔嚓倒下来，他堂弟沉甸甸的身体从那上面滚下来，直到这时，雅可夫才平息火气，明白出了什么事。

“让他烂掉才好，这个工厂的下流坯！”阿格拉娅厌恶地脱口而出，手里仍旧拿着那个熨斗。血迹斑斑的白头巾滑下来，落到她的肩上，她的白头发凌乱地散开着，“他这是罪有应得！”

一切都那么可怕。达苏特卡手里还拿着线，坐在火炉旁的地板上，呜呜咽咽地哭着，不住地伛腰，每一伛腰就发出喘气的声音。然而对雅可夫来说，没有一样东西比血泊中的土豆泥更令他恐惧，他生怕用脚踩到它，此外还有一件更可怕的事重重地压着他。像做噩梦一样，是他最初无论如何也没有料到的最可怕、最危险的事，就是茶房谢尔盖·尼卡诺雷奇那天手里拿着算盘，脸色苍白地站在门口，惊恐万状地瞧着厨房里发生的事。直到他扭转身，很快经过道走到外面去时，雅可夫才明白过来他是什么人，就跟踪追出去。

他一边走一边用雪洗干净手，并思索着。他猛然产生了这样的念头：他的工人们早已出门，他们已经请假回村子的家里过夜去了；昨天他们宰了一头猪，雪地和雪橇上有大摊的血迹，就连墙顶的一边也染着血，因此哪怕我雅可夫一家人身上都有血，也不见得会引起别人的疑心。掩盖凶杀案，总是叫人受折磨，可是想到警察会打着唿哨，讥讽地微笑着从车站走过来；想到乡里人会结结实实地捆他和阿格拉娅的手，不留情面地把他们押送到本区法院，从那儿再押进城去，路上人人都会指点着他们，笑嘻嘻地说：“他们押着活神仙哪！”——这情景，雅可夫觉得比任何什么事情都令他更痛苦，他希望拖延时间，拖到将来的任何时候都行，免得让他现在就遭此羞辱。

“我可以借给你一千卢布……”他追上谢尔盖·尼卡诺雷奇时说，“要是你告诉别人。那不会有你什么好处……不管怎样，那个人也没法起死回生了。”茶房呢，头也不回，走得更快了。他吃力地跟着茶房走，接着说，“我可以给你一千五百卢布。……”

他停住脚，因为他已透不过气来了；谢尔盖·尼卡诺雷奇走得跟先前一样的快，大概生怕自己也被打死。直到走过铁路的十字路口，走到十字路口和火车站的中间，他才偷偷地回头看上一眼，逐渐放慢了脚步。在车站和铁路线上灯已经亮了，红灯和绿灯闪烁着。风停了，可是依旧落着雪片，大路又变白了。可是马上就要走到这个车站的时候，谢尔盖·尼卡诺雷奇却站住了，想了想，坚定地转身向回走。那时天色已经擦黑了。

“给我一千五百卢布，雅可夫·伊万内奇，”他浑身发抖地小声说，“我答应就是。”

6

雅可夫·伊万内奇的钱，一部分存到市内银行里，另一部分放债，他只留一点在家里，做必要的开支。走进厨房，他摸索到火柴盒；火柴的磷头燃起来，发出蓝光，他趁这机会看清了马特维的身子。那身子仍旧躺在桌子旁边的地板上，可是现在那上面盖着一个白单子，除了靴子之外，什么也看不见了。一只蟋蟀在唧唧地叫。阿格拉娅和达苏特卡都不在房间里，她俩坐在茶室的柜台后面，在默默地缠线。雅可夫·伊万内奇回到自己的房间，手里端着一盏小灯，从床底下抽出一只小箱子来，那里面装着钱。这一回，箱子里总共只有四百二十一卢布的钞票和三十五卢布的银币。雅可夫·伊万内奇用帽子兜着钱，走出去，进了院子，然后走出大门。他走着，看看这边，瞧瞧那边，可是没见茶房的影子。

“嘿！”雅可夫叫道。

一个黑影从铁道十字路口的栏杆那儿走了出来，迟疑不定地朝他走来。

“为什么你四处乱跑？”雅可夫看清了来人是茶房，就不愉快地说，“给你钱，这儿是五百来个卢布……我家里没有多的了。”

“好……很感激你，”谢尔盖·尼卡诺雷奇喃喃地说，贪婪地接过钱，塞进衣袋里，他周身发抖，尽管天黑，也还能看得出来，“你别担心，雅可夫·伊万内奇……我何苦去张扬？我来了，走了，别的全不知道，俗话说得好：既然不知道，当然没话可说……”他立刻叹一口气，接着补充一句，“该诅咒的生活！”

他们默默地呆站一会儿，谁也不敢看谁。

“话说回来，你们这事的起因竟是一件小事，上帝才知道这是怎么发生的……”茶房哆嗦着说道，“我原坐在那儿算账，忽然听见嘈杂声……我隔着门往里一看，你们就为四旬斋食用油这点事，就……现在他在哪儿？”

“在厨房里躺着呢。”

“你应当把他搬到别处去才对……还等什么呢？”

雅可夫默默地把他送到车站，然后回到家来，套好马，把马特维送到里玛罗沃去。他已经决定把他搬到里玛罗沃的树林里去，再把他丢在那儿的大路上，然后将对大伙说马特维出门到维捷尼亚平去了，还没回来，于是人们就会认为他是路上被人暗害的。他也知道，这样做未必能瞒过人，然而走动走动，做点事，张罗一阵，总比坐在那里，干等着要好受一些。他叫上达苏特卡跟他一块儿把马特维抬出去，而阿格拉娅留在家里把厨房收拾干净。

当雅可夫和达苏特卡返回来的时候，他们在铁道的十字路口处，被那放下来的栏杆挡住了去路。一列很长的货车开过去，由两个火车头拉着，沉重地喘息着，从烟筒里喷出赤红的火焰。在快到十字路口即将进站时，前边那个车头就发出刺耳的尖叫声。

“它拉汽笛了……”达苏特卡说。

火车终于过去了，道口信号员不慌不忙地将栏杆抬起来。

“是你吗，雅可夫·伊万内奇？”他说道，“差点儿没认出来，那么你要发财①了。”

---

① 俄国有这样的迷信，若是一个人与熟人见面，第一眼没认出来，那人就会发财。

后来，当他们赶车回到家里时，就该睡觉了。阿格拉娅和达苏特卡在茶室里搭个地铺，两人并排躺下了，雅可夫则躺在柜台上。他们躺下之前，既没向上帝祷告，也没有点亮神像前的灯。他们三个人躺在那里一言不发，睁着眼睛直到天明，并且他们总觉得楼上的空房子好像通宵有人来回走动似的。

两天以后，从城里来了一个警长和一个检察官，先在马特维的房间里，后来在整个酒店里搜寻了一通。他们先盘问雅可夫，他供道："在礼拜一傍晚，马特维上维捷尼亚平去忏悔，他一定是被在铁路沿线上做工的锯木工人们给打死了。"

检察官问他：马特维在路上，他的帽子怎么会在家里——难道他会不戴帽子，走到维捷尼亚平去？另外，虽然他的头被砸瘪了，他的脸和胸让血染黑了，为什么大路上和他身旁的雪地里，不见一滴血迹？雅可夫慌了神，脑子里如同一团乱麻，就回答说：

"我也说不上。"

雅可夫最害怕的事情，偏偏发生了：警察来了，本区的警长在祷告室里抽烟，阿格拉娅对他破口大骂，连对区警察局局长也不客气。后来，当雅可夫和阿格拉娅被人押出院子，农民们拥挤在门口，说："他们在逮活神仙啦！"并好像都显得很快活。

在审讯时，警官一口咬定是雅可夫和阿格拉娅杀害了马特维，因为他们不肯平分他们的家产，又认定马特维自己有钱，要是搜不出来，那就明摆着是被雅可夫和阿格拉娅私吞了。他们也审问了达苏特卡。她说，马特维叔叔和阿格拉娅姑妈两个人差不多天天为钱争吵，又说马特维叔叔有钱，而且钱很多，甚至给过一个人——他的宝贝儿九百卢布呢。

只剩下达苏特卡一个人留在酒店里。现在，谁也不来酒店喝茶或喝酒了。她一会儿打扫房间，一会儿喝蜜酒、吃面包圈，这样打发着时间。可是几天以后，他们审问铁路道口信号员时，他说曾在礼拜一很浓的暮色下，看见雅可夫和达苏特卡坐车从里玛罗沃来。达苏特卡也就被捕，押进城去，下了监狱。不久又从阿格拉娅的供词中证实说：谢尔盖·尼卡诺雷奇在命案发生时也在现场。因此对谢尔盖的家进行了搜查，并在一个隐蔽的地方找到了那笔钱。他把钱藏在火炉底下的他的雪靴里。那笔钱全是小票子，有三百张一个卢布的票子。他起誓这钱是他自己赚来的，又说他有一年没到酒店去了。可是证人却供出他天天上酒店，由于他穷，最近又十分需要钱用，所以总找马特维借钱。警官也证实在命案发生的当天，他自己怎样陪着茶房到酒店去过两次，帮他向马特维借钱。在这当中，人们也回忆起那个礼拜一傍晚谢尔盖·尼卡诺雷奇并没有乘坐那趟客货车，而不知到哪里去了。于是他也被捕，给押进城里去了。

十一个月后，举行公审。

雅可夫·伊万内奇显得老多了，瘦多了。说话声音很低，像个病人。他感到自己衰弱、可怜，整个矮人一头。由于良心的责备和在监狱中时时刻刻离不开他头脑的种种遐想和幻想，仿佛他的灵魂也同他的肉体一样衰老憔悴了。当法官审讯到他不去教堂的原由时，法庭的审判长问道：

"你是不信国教[①]吗？"

"我也说不清。"他回答。

这时他已经没有任何信仰，他什么也不知道，什么也不理解；他旧的信仰，现在反而让他憎恶，依他看来，那原本又愚蠢又黑暗。阿格拉娅依然故我，毫无改变。她痛骂那个死去的马特维，把他们的所有不幸都归罪在他一个人的头上。谢尔盖·尼卡诺雷奇不光是有络腮胡子，现在是满脸的大胡子了。在公审时，他红着脸，出着汗，显然，他为自己那身囚衣难为情，而且由于自己跟那些卑贱的农民坐在一条凳子上，也觉得挂不住脸。他很不精明地替自己开脱，极力想证明他有整整一年没上酒店去过，结果跟每个证人都吵架，让旁听的人都取笑他。达苏特卡在监狱里发胖了。审问时，她听不懂他们提出的问题，只是说在马特维叔叔被打死的时候，她

---

① 俄国国教即东正教。

特别害怕，可是过后也就无所谓了。

所有四个人都给判定有图财害命的罪行。雅可夫·伊万内奇被判做二十年苦役，阿格拉娅十三年半，谢尔盖·尼卡诺雷奇十年，达苏特卡六年。

7

在一天傍晚的浓浓暮色中，一条外国轮船在库页岛[1]杜艾斯克碇泊场停下来，需要上煤。岛上的人请求船长等到明天早晨再上煤，可是他连一个小时也不想多等，说是如果夜里天气变坏，那他就得冒险不上煤也得把船开走。在鞑靼海峡[2]，天气变化多端，往往半个小时内就会发生骤变，那时库页岛的海岸将会变得很危险。现在已经开始变天，海上正在掀起大浪。

一伙犯人从沃耶沃德斯克监狱出来，被押解到蓄煤场去。那监狱是库页岛上所有监狱中最阴森、最严酷的一所。煤装到驳船上，再由小汽艇拖到离岸一里以外抛了锚的轮船那边去，然后卸煤，再返回去装煤。这是一种繁重的、折磨人的工作，当驳船撞着轮船不断地摇晃，干活的犯人由于晕船，两条腿打战，简直站不稳。苦役犯们从睡梦中被喊醒，刚起床就拖着疲惫的身体，沿着海边行走，在黑暗中趺趺绊绊，镣铐声在他们脚下哗啷啷地响着。在左边，隐约可见一个高耸陡峭的绝壁、阴森可怖，右边是一片肉眼看不透的浓雾，在浓雾里，大海拖长了单调的“唉！……唉！……唉……”的声音在叹息。只有监工在点烟斗时，闪出那瞬间即逝的一道亮光能照着拿枪士兵的身影和两三个靠近的犯人那粗糙的脸，或者当监工提着灯走近海边时，那就能看清楚前边海浪的白色浪尖。

---

① 亚洲东北部的一个海岛，原为中国领土，俄国称该岛为萨哈林岛。

② 即库页岛和亚洲大陆中间的海峡。

雅可夫·伊万内奇就在这伙犯人中间，因为他胡子长，给他起个绰号叫“刷子”，现在，犯人中谁也不称呼他的名字和父名，都叫他雅希卡。

他是委委屈屈地在这儿住着，因为他来到这里服苦役三个月左右以后，他就产生了强烈的、不可抗拒的思乡之情。他就顺从这种诱惑，私自逃跑了；不过很快就被逮住，挨了四十大鞭，还改判为终身苦役。后来又挨过两次打，因他丢了囚衣，其实每一次都是被别人偷走的。回家的欲望是从他被押解到敖德萨，火车半夜停在普罗岗娜娅的时候开始的。雅可夫把脸贴着窗户，极力想看到他亲爱的家，可是在黑暗中，他却什么也看不见。

他找不到一个人可以向他谈谈自己的家乡。他妹妹阿格拉娅经过西伯利亚，被解到什么地方服苦役去了，至今不知她在何处。达苏特卡在库页岛，她被指派跟一个刑满释放的人同居，并奉命到很远的新开拓地定居。他得不到她的消息，只有一回，一个开拓土地的人入了沃耶沃德斯克监狱，向雅可夫讲到达苏特卡，好像她已经有了三个孩子，谢尔盖·尼卡诺雷奇在杜艾斯克泊船场一个政府官员家当仆人，离得不远。可是雅可夫休想跟他见面，因为他认为跟一个普通农民出身的犯人相识很不光彩。

这伙人来到储煤场，并在码头上会齐。据说用不着装煤了，因为天气越变越坏，好像轮船就打算开走。他们看见三个亮光。其中一个正在移动；那是小汽艇，它开向轮船，并且现在好像已经往回开，以便通知他们煤要不要装。雅可夫·伊万内奇站在那里，潮湿的海风和深秋的凉意使他冷得发抖，他用那破旧的短上衣紧裹着自己的身体，目不转睛地朝他家乡的方向望着。自从他同那些从世界各地被驱逐到这儿来的人——俄罗斯人、乌克兰人、鞑靼人、乔治亚人、中国人、吉卜赛人、犹太人住进一个监狱时起，听他们的交谈，看到他们受苦的情景，他又开始推崇上帝了。依他看，从他曾祖母阿芙朵吉亚起，他家几代人所渴望的真实信仰，他们寻求那么久，始终没能找到，而如今总算被他找到了。现在他完全理解那个信仰，知道上帝在哪儿，应该如何去侍奉他。不过只有一件事他还没弄明白，那就是为什么人的命运如此不同，为什么这么个简单的信仰，别人一生下来就毫不费力地从上帝那里得到，而他却要忍受痛苦和折磨，付出那么高昂的代价？当他想到将要不间断地继续忍受这一切，直到生命结束时，他就像个醉汉一样手脚发抖。他全神贯注地投视着黑暗，他觉得仿佛透过几千里的大雾看到了家，看到了他的乡土、他那个区，普罗岗娜娅；看到了黑暗、野蛮、无情，以及他相别很久的那里人们的麻木、阴沉、粗鲁和淡漠。他的眼睛被泪水弄模糊了，可是他依旧凝视着远方，那儿，轮船模糊的灯光微弱地闪亮着。他的心由于思乡而痛苦，他渴望生活，想返回家园，在那里讲述自己新的信仰，一心想把人们从死亡中拯救出来，哪怕是救出一个人也好；希望过上无忧无虑的日子，哪怕过上一天也好。

小汽艇到了，监工大声宣布说，煤不用装了。

“返回去！”他下着命令，“立正！”

人们听到像轮船起锚拉锚链的声音。刮起一阵呼啸的大风，这时在陡峭岸边上方的一片树林里发出沙沙的声响。大概，风暴即将来临。

《凶杀》

温家琦　译

脖子上的安娜

1

婚礼之后就连爽口的甜食也没见到，新郎新娘只是喝了杯香槟酒，就换了衣服乘坐马车到火车站去了。他们没有举行欢乐的结婚舞会和晚宴，音乐和跳舞也就免了，取而代之的是，乘火车到二百俄里以外的地方去朝圣。许多人都认为这个主意好，说莫德斯特·阿列克谢伊奇是身居要职，已不年轻，婚礼操办得热闹也许并不见得十分体面，况且，一个五十二岁的官员跟一位刚满十八岁的姑娘结婚，音乐倒可能让人听起来感到乏味。人们还说，莫德斯特·阿列克谢伊奇是个守规矩的人，他想出了朝拜修道院的这次旅行，其实，是特意要让自己那年轻的妻子明白，即使是在婚姻中他也把宗教和道德放在首要地位。

人们到车站去为这对新婚夫妇送行。一群亲朋好友手里端着高脚酒杯等候，一俟火车启动就喊“乌拉”[1]，彼得·列昂季伊奇，新娘的父亲，头戴高筒礼帽，身着教员燕尾服，已经醉意蒙胧，脸色煞白，一个劲儿地向车窗里探头，手里端着酒杯，恳求似的说道：

“阿纽塔[2]！阿尼亚[3]！阿尼亚，只跟你说一句话！”

阿尼亚从车窗里探出身来，弯下腰凑近他，他对她悄声说着什么，把满嘴的酒臭喷了出来，吹进她的耳朵，还对着她面部、胸前、手臂直画十字，可她什么也弄不明白；与此同时，他呼吸急促，盈眶的泪水闪着亮光。而阿尼亚的兄弟，彼佳和安德留沙，两个中学生，都在他的背后拉他的燕尾服，局促不安地悄声说：

“爸爸，车快要开了……爸爸，别说了……”

火车开走的时候，阿尼亚看见她父亲怎样随着车厢的移动跑了几步，踉踉跄跄，酒溅了出来，看到他的面容是多么可怜、善良、悔恨。

“乌拉——拉！”他喊了起来。

现在只剩下新婚夫妇在一起了。莫德斯特·阿列克谢伊奇环视了一下车厢包房四周，把东西放到架子上去，一边微笑一边坐到自己那年轻的妻子的对面。此人是个中等身材的官员，脑满肠肥，有点虚胖，蓄着长长的络腮胡子，嘴唇上下剃得光光的，圆圆的下巴酷似脚后跟。他脸上最突出的一点是没有唇髭，那块刚刚刮过的、光溜溜的地方渐渐过渡到肉乎乎、颤巍巍像果酱一样的面颊。他彬彬有礼，动作迟缓有致，风度文雅。

“这会儿我禁不住想起一件事情，”他微笑着说，“五年前科索罗托夫获得二级圣安娜勋章的时候，前去感谢大人阁下，大人这样对他说：‘这就是说，现在您有三个安娜了：一个别在您的胸襟上，

① 俄国欢呼时常喊的口号。

② 系安娜的昵称。

③ 同上。

两个在您脖子上。'[1]这得说明一下，当时科索罗托夫的妻子，一个爱吵嘴的轻佻女人，刚刚回到他的身边，她的名字就叫安娜。我相信，等我荣获二级圣安娜勋章的时候，大人阁下便不会有什么口实对我说这样的话。"

他眯着自己的那双小眼睛微笑着。她也微笑了起来，可她担心眼前的这个人随时会用他那湿漉漉的厚嘴唇吻她，而她又无权在这一方面拒绝他。他那虚胖躯体的软绵绵的动作使她感到害怕，她是既害怕又厌恶。他站起身来，不慌不忙地从脖子上摘下勋章，脱了燕尾服和坎肩，换上了睡袍。

"这样也就随便一点。"他边说边在阿尼亚身旁坐下。

安娜想起婚礼上自己是多么痛苦，那时候她觉得教堂里所有的人，神甫也好，来宾也罢，都悲哀地望着她想道：为什么，这么可爱的一位漂亮姑娘，她为什么要嫁给这个年纪不轻的古板先生？今天早晨她还为一切都安排得挺好而感到高兴，可是举行婚礼时，以及此刻坐在车厢里的时候，她却觉得自己受了骗，犯了罪和荒唐可笑了。你瞧，她嫁给了一个有钱的人，可她自己还是没有钱花，结婚的衣服是赊账做的，而今天上午，她的父亲和两个弟弟到车站上来送她的时候，她从他们的脸上便看了出来他们分文没有。他们今天有晚饭吃吗？明天又怎么过？不知为什么，她仿佛觉得她父亲和弟弟今天晚上坐在家里，少了她，正饥肠辘辘，正如她母亲下葬的当天晚上所感到的那么悲戚。

"我是多么不幸啊！"她想道，"为什么我是如此不幸呢？"

莫德斯特·阿列克谢伊奇是个有绅士风度的人，不善于跟女人打交道，此时他局促不安地搂着阿尼亚的腰，还轻轻拍拍她的肩头，可阿尼亚还在想钱的事，想着她的母亲和母亲的死。母亲去世

---

① 俄国的圣安娜勋章分为三级，三级勋章别在胸前，二级勋章挂在脖子上。而在俄语中"妻子挂在脖子上"也有"成为累赘"之意，所以才有上面这句玩笑话。

以后，她的父亲，彼得·列昂季伊奇，一个中学的习字和绘画老师，就借酒浇愁，日子也就捉襟见肘；两个弟弟没有靴子和雨鞋穿，父亲被拉到了法院去，法警则来把家具列了清单……那是多么丢脸！阿尼亚得照顾醉酒的父亲，给弟弟补袜子，去市场，遇到有人夸她漂亮、年轻、姿态优美的时候，她仿佛觉得所有的人都瞧见她那廉价的帽子和皮鞋上用墨水涂抹过的裂口。而每到晚上泪水便夺眶而出，一个不安的想法缠绕着她，老是担心父亲不久便会由于酗酒这一弱点而被学校解聘，她的父亲会受不了这种打击，也会像她母亲那样死去。可就在这时，一些熟悉的太太们忙活着张罗起来，要给安娜找一个好的对象。很快就找到了这个莫德斯特·阿列克谢伊奇，一个年纪不轻也不漂亮但却有钱的人。他在银行里大约存有十万卢布，还有一座世袭的庄园租给了别人。这是一个守规矩的人，跟大人阁下关系很好；正如人们对安娜所说的那样，只要大人阁下写个条子给校长或者督学，别把彼得·列昂季伊奇解聘就行了，此事对他来说是很容易办到的……

她正在回想这些细节的时候，忽然听到音乐声，同众人的嘈杂声混在一起，涌进了窗口。这是火车在中途车站上停车。在站台对面的人群里，有人在熟练地拉手风琴和演奏一把吱嘎作响的、不值钱的小提琴，而从高大的白桦树和白杨树丛后面，从洒满了月光的别墅后面，传来了军乐队演奏的乐声：那边可能是在举行跳舞晚会。逢好天气来这里呼吸新鲜空气的城里人和到别墅度假的人，正在站台上漫步。这当中也有阿尔丁诺夫，整个别墅区的主人，一个高大肥胖的黑发阔佬，脸型像亚美尼亚人，眼睛凸出，穿一身稀奇古怪的服装。他衬衣领口敞开，露出了胸脯，高筒靴子带有马刺，黑色的斗篷从肩头垂下，直拖到地上，像长长的后襟。跟在他后面的是两条猎犬，它们那灵敏的鼻子正嗅着地面。

安娜的眼睛里还是泪花闪闪，但她此刻已不再去想她母亲，不再去想金钱，也不再去想自己的婚姻，而是跟认识的中学生和军官们握手，一边愉快地微笑，一边匆匆地说：

“您好！过得好吗？”

她走到两个车厢之间的小站台上，沐浴着月光，好让大家看见身着新的漂亮时装和头戴帽子的整个的她。

“我们的车为什么在这儿停呢？”她问。

“这是个中转站。”有人回答说，“在这里等邮车。”

她发现阿尔丁诺夫在打量她，就轻佻地眯缝起眼睛，开始大声讲法语，一方面是由于她的声音是那么好听，再加上听到了音乐声和看见了池塘里倒映的月亮；另一方面是由于阿尔丁诺夫这个出了名的唐璜式的人物和幸运宠儿，正怀着好奇之心贪婪地望着她，此外，还由于所有的人都很愉快，她突然受到喜悦气氛的感染，等到火车启动了，她所认识的军官们向她敬礼送别的时候，她竟然伴着从树木那边飘过来的军乐队演奏的波尔卡舞曲低声唱了起来；她带着这样一种感觉回到车厢包房，似乎在中途停车站上所见到的一切都足以使她相信，将来不管怎样她都必定是幸福的。

新婚夫妇在修道院里逗留了两天，然后就返回城里。他们住在机关住宅里。莫德斯特·阿列克谢伊奇去上班的时候，阿尼亚就弹钢琴，否则就由于寂寞而掉眼泪，或者躺在躺椅上看小说，翻阅时装杂志。就餐的时候，莫德斯特·阿列克谢伊奇吃得很多，不停地谈论政治、任命、调职和勋章，谈论兢兢业业地工作的必要性，认为家庭生活并非指享乐，而是指责任，说戈比积少成多而变为卢布，还说他把宗教和道德看得高于世上的一切。他像握着一把剑似的，紧紧地攥住手中的餐刀说道：

“每个人都应当有自己应尽的义务！”

而阿尼亚听着他的话感到害怕，吃不下东西，通常从桌旁站起身来的时候总是饿着肚子。饭后，丈夫睡午觉，鼾打得很响，而她就去看望自己的亲人。父亲和弟弟似乎带着奇异的神情打量着她，仿佛在她到来之前，刚刚还议论过她，说她为了金钱而出嫁，嫁给了一个她所不爱的、枯燥无味的人；她的窸窸窣窣的衣服，她的手镯，她那整个贵妇式的外表，都使他们感到拘束别扭，使他们厌烦；她的到来使他们感到有点窘迫，不知道该跟她说什么；然而不管怎样他们还是像原来那样爱她，吃饭的时候她不在座就感到很不习惯。她坐下来跟他们一起喝酸菜汤和喝粥，吃带膻味的羊板油炸的土豆块。彼得·列昂季伊奇那颤抖的手拿起长颈玻璃瓶为自己倒满了一杯酒，随即带着贪婪而又厌恶的神情匆匆饮尽，之后又喝第二杯，第三杯……彼佳和安德留沙，两个瘦瘦的、脸色苍白、眼睛很大的男孩，把酒瓶拿过去，不知所措地连声说道：

"别喝了，爸爸……够了，爸爸……"

就连阿尼亚此时也不安起来，恳求他不要再喝了，可他突然发起了脾气，用拳头直敲桌子。

"我不许别人管我的闲事！"他叫嚷了起来，"讨厌的孩子！可恶的丫头！我要把你们都赶出去！"

可从他的声音里听得出一种软弱和善意的口气，所以谁也不怕他。午饭之后他通常总是着装打扮；脸色苍白、由于刮胡子而使下巴留有一道口子的他，抻着自己的瘦脖颈，面对着镜子整整半个钟头站在那里修饰，一会儿梳理头发，一会儿弯一弯自己的黑胡子，时而喷香水，时而在脖子上打蝴蝶结，之后是戴上手套和高筒礼帽，走出家门前去教书。如果是放假的日子，那他就呆在家里，画水彩画或者按那咝咝响、发出哭泣声的簧风琴；他极力让风琴发出有规律的谐音，边弹边唱，要么就冲着两个男孩叫嚷：

"真可恶！坏东西！你们把乐器弄坏啦！"

每天晚上，阿尼亚的丈夫都跟住在同一座机关宿舍楼里的同事们打牌。打牌的时候，那些牌友的太太也来了，都是些长相难看、穿着俗气、像厨娘一样的粗鲁女人，于是她们就相互传递各种风言风语，那些话跟这些太太们本身一样俗不可耐，下流得很。有时候，莫德斯特·阿列克谢伊奇带阿尼亚去剧院。在演出休息的中间，他从不放她离开自己一步，而总是挽着她的胳膊在走廊里或者休息厅里走来走去。同什么人点头致意之后，他总是马上就悄声对阿尼亚说："五等文官……大人阁下接见过他……"或者，"此人很有家底儿……有自己的住宅……”他们走过小卖部的时候，阿尼亚很想吃点甜食；她喜欢巧克力糖和苹果馅饼，可她没有钱，又不好意思跟丈夫要。莫德斯特拿起一只梨，握了握，犹豫不决地问：

“多少钱？”

“二十五戈比。”

“哎呀！”他惊叹了一声，随即把梨放在原来的位置，不过，什么也不买就离开小卖部似乎又不合适，于是他就要了瓶矿泉水，自己把它全喝了下去，喝得眼眶里涌满了泪水，在这种时刻阿尼亚就非常恨他。

要不然他就突然涨红了脸，迫不及待地对她说：

“向这位老夫人点头致意！”

“可我跟她不认识呀。”

“那也没有关系。这是本省税务局长的夫人！我跟你说了，你倒是弯身哪！”他嘟嘟哝哝地坚持说，“你的脑袋不会掉下来的。”

于是阿尼亚也就弯身致意，她的头的确没有掉下来，可她心里难受。丈夫要她做的一切，她都照办，心里却恨自己被当成一个十足的傻瓜，受他任意愚弄。她只是为了钱才嫁给他的，然而，没想到她现在比出嫁前还缺钱。先前，父亲有时还给她二十戈比，可现在她手里一个小钱也没有。偷偷地拿，或者跟他要，她都不愿意，她怕丈夫，见了他简直就发抖。她仿佛觉得，自己的内心早就对这个人有了恐惧感似的。当初，在童年的时候，她总是觉得学校校长是最威严可怕的一种力量，像乌云或者火车头似的渐渐倾压过来，要把人压在下面；另一种力量同样威严可怕，那就是家里经常谈起，而且不知为什么人人都敬畏的“大人阁下”；还有其他十来种可怕程度较小的力量，其中包括中学老师，都是些胡子刮得光光的，十分严厉而又顽固不化的人，再就是现在这个终于提到的莫德斯特·阿列克谢伊奇，一个守规矩的人，连长相都酷似当年那个校长。在阿尼亚的想象中，所有这些力量都汇集在一起，以一个庞大的可怕的白熊的面目出现，扑向像她父亲那样的弱者和不无过错的人，所以她总是不敢说出什么反对意见，还得始终赔着笑脸，每逢她受到鲁莽的抚爱，被那种使她感到恐惧的拥抱所玷污的时候，还要装作十分快活。

只有一次，彼得·列昂季伊奇冒昧地向他借五十卢布，为的是偿还一笔令人十分不快的债，可这口是多么难开啊！

“好吧，我借给您，”莫德斯特·阿列克谢伊奇想了想，说道，“不过我要警告您，只要您不戒酒，我就再也不会帮您的忙了。对一个在国家机关工作的人来说，有这样的毛病是很丢人的。我不得不向您提醒一个人人皆知的事实，就是说这种嗜好毁掉了不少聪明能干的人，而他们如果能够自我克制的话，也许，随着时间的推移便会造就成身居要职的大人物。”

在这之后，他滔滔不绝地说了很久：“由此可见……”“根据上述情况……”“由于刚才说过的原因……”而可怜的彼得·列昂季伊奇由于屈辱此时此刻就有了饮酒的强烈愿望。

两个弟弟来看望阿尼亚，通常总是穿着破靴子和旧裤子，他们也得耐心地听种种训导。

“每个人应有每个人的责任！”莫德斯特·阿列克谢伊奇对他们说。

他没有给过他们钱。然而他给阿尼亚戒指、手镯和胸针，说什么这些东西在艰难的日子里能派上用场。他还常常开她的抽屉检查：所有的东西是否全在。

2

在那个时候，正值冬天到来。早在圣诞节之前，当地的报纸就发布了消息，声称12月29日在贵族聚会厅举行通常的那种“盛大的”冬季舞会。每天晚上打完了牌之后，心情激动的莫德斯特·阿列克谢伊奇总是跟同事的太太们悄声商量什么，时不时关注地打量阿尼亚，然后就一边思考着什么，一边久久地踱来踱去。终于，似乎是在深夜，他在阿尼亚面前停住，对她说：

“你应当给自己做一身跳舞的衣裳。你知道吗？只是，请你跟玛利亚·格里戈利耶芙娜和娜达丽亚·库兹敏尼娜商量商量。”

于是他给了她一百卢布。她收下了钱，不过定做跳舞衣裳的时候她跟谁也没商量过，而只是跟父亲说了一下，并且极力想象她母亲会穿什么衣服去参加舞会。她那过世的母亲，当年总是打扮得十分时髦，也肯为阿尼亚忙活，把她打扮得像洋娃娃似的漂漂亮亮，教她说法语和熟练而优美地跳玛祖尔卡舞（结婚之前她当过五年家庭教师）。像她母亲，阿尼亚也会把旧衣服改成新的，用汽油擦洗手套，租用首饰，同样，也像她母亲，会眯缝眼睛，说话时吐字不清，故作优美的姿势，必要时还会装出高兴的样子，看人时眼神忧郁、难以捉摸。而从父亲那里，她继承了头发和眼睛的黑色、神经过敏和总是认真打扮的这种习惯。

在动身去参加舞会的半小时之前，莫德斯特·阿列克谢伊奇走进阿尼亚的房间，尚未穿常礼服的他是为了面对她的穿衣镜照一照自己，把勋章挂在脖子上。此时，被阿尼亚的美和她那飘然自如的新衣的闪光惊呆了的他，得意地捋了捋自己的络腮胡子，说道：

“哟，我的太太可真漂亮啊……瞧，你是多么美呀！阿纽塔！”他接着说，然而语气却突然变得郑重其事，“我使你得到了幸福，而今天，你有机会使我也得到幸福。我希望你跟大人阁下的夫人拉拉关系！看在上帝的分上！有她帮忙我便可以谋到高级禀报官的职务！”

他们乘车去参加舞会了。瞧，眼前就是贵族聚会厅，高高的台阶上有看门人守着。门厅里有衣帽架，皮大衣，听差忙前忙后，穿袒胸露背衣服的女人用扇子挡挡穿堂风；洋溢着灯用煤气和大兵身上的气味。当阿尼亚挽着丈夫的胳膊沿着梯级上楼的时候，她听到了音乐声，在庞大的镜子里看到了自己那被无数灯火映照着的整个身影，内心里由衷地感到高兴，并且出现了像她在月光下站在两截车厢之间的小站台上所感受到的那种幸福预感。她骄傲地、颇具自信心地走着，第一次感到自己并非姑娘，而是一位夫人，情不自禁地仿效她那已经过世的母亲的步态和姿势。也是她第一次感到自己是富贵阶层和自由独立的女性。甚至丈夫在场她也没觉得碍事，因为在跨进大厅门口的时候，她就本能地猜到，身旁的老丈夫一点也不会使她减色，而且相反，倒会使她平添一层撩拨人心的神秘色彩和吸引男士的魅力。大厅里乐队正在演奏，跳舞已经开始了。从机关宿舍来到这里，笼罩在敞亮、色彩缤纷、音乐声、交谈声的氛围里，阿尼亚环视了一下大厅，暗自想道："啊，多好！"立刻从人群中认出了自己所有的熟人，所有她以前在晚会上抑或在野餐会上见到过的人，其中包括那些军官、教员、律师、官吏、庄园主及大人阁下，还有阿尔丁诺夫和上流社会的夫人们，她们打扮得花枝招展，袒胸露背得厉害，有的漂亮，有的十分刺眼，已经在义卖亭和义卖柜台那里各就各位，准备出售商品，为穷人募捐。佩戴着带穗肩章的一位魁伟的军官（她上中学的时候，曾在旧基辅街上与他相识，可现在已记不起他的姓名了）仿佛从地底下钻了出来，请她跳华尔兹舞，她也就飘然地离开丈夫，前去跳舞，此时她觉得自己好像乘坐在扬帆的小舟上，冒着强劲的暴风雨前行，丈夫则远远地留在岸上……她激情满怀、全神贯注地跳了华尔兹舞，又跳了波尔卡和卡德里尔舞，从一个舞伴手中转到另一个舞伴手里，依次旋转，音乐声和嘈杂声使她头昏脑涨，她吐字不清地讲着俄语，并穿插着法语，不时地笑出声来，脑子里没有去想自己的丈夫，没有去想任何人，也没有去想任何事情。她成为男人们注意的中心，这是明摆着的，不可能不是这样，她激动得透不过气来，觉得口渴，用力用手中的扇子压住胸口。她的父亲，彼得·列昂季伊奇，穿一件散发着汽油味的燕尾服，走到她跟前，递上一盘雪糕。

"今天你真迷人，"他兴奋地望着她说，"我还从没这样后悔过，你匆匆忙忙嫁了人……为了什么呢？我知道，你这样做是为了我们，可是……"他那颤抖的两手掏出了一沓钞票，说道，"今天学校里发了薪水，我可以把欠债还给你丈夫了。"

她把盘子还给他，递到他手上，此时她立刻被人挽着胳膊带到远处去了，她从舞伴的肩头上望过去，看见父亲怎样搂着一位夫人，在地板上滑动着脚步，同她一起在大厅里跳舞。

“他清醒的时候是多么可爱啊！”她想。

她还是跟那个魁伟的军官在跳玛祖尔卡舞;他表情严肃，动作沉重，像穿着制服的死尸，肩膀和胸脯随着脚步一起移动，顿脚时几乎看不出来——他简直是不想跳了，可她仍在他身边翩翩起舞，用自己的美，自己那袒露的脖颈撩拨着他。她的眼睛燃烧着挑逗的火焰，动作激情洋溢，而他却越来越冷淡，像国王那样大发慈悲似的把手伸给她。

“好，好！……”旁观的人们欢呼。

然而，那魁伟的军官倒是渐渐有了兴致；他活跃了起来，心情十分激动，此时他已被她迷住，神魂颠倒，舞步轻松了起来，躯体也轻盈了，而她只是耸耸肩膀，调皮地注视着他，仿佛她已成为皇后，而他是个奴仆，此时此刻她觉得，整个大厅里的人都在望着他们，瞠目结舌，羡慕不已。魁伟的军官刚刚来得及对她表示道谢，人们忽然都纷纷后退，男士们不知为什么都奇异地站得笔挺，两手紧贴着裤缝……原来胸前挂有两枚星章的大人阁下向她走来。的确，大人阁下正是向她走去，因为他目不斜视地盯着她，脸上堆着甜蜜的媚笑，与此同时还不停地咀嚼着自己的嘴唇，就像平时他见到颇具姿色的女人那样。

“我非常高兴，非常高兴……”他拉开了话匣子，“我可要下令关您丈夫的禁闭，因为他直到现在还把这样的宝贝藏起来，不让我们知道。我是受我妻子的委托前来见您，”他继续说，把手伸给她，“您可得帮帮我们……嗯，是那么回事……我们应当为您的美而给您颁奖……就像美国那样……嗯，是那么回事……美国人……我妻子迫不及待地要见您。”

他把她带到一个售货亭那里，介绍给一位已过中年的妇人，那人的下巴颏特别大，让人觉得她嘴里似乎含着一块大石头。

“您就帮帮我们吧，”她冲着对方的鼻子拖声拖气地说，“所有的善良妇女都在为募捐义卖活动尽力，不知为什么惟有您独自在逍遥。您何不帮我们一把呢？”

她走了，阿尼亚代替她守着一个银光闪闪的茶炊和一些茶杯。此时，生意马上便兴隆起来。每杯茶阿尼亚收费不少于一个卢布，而且还硬逼那魁伟的军官喝了三杯。眼睛凸出、害气喘病的阔佬阿尔丁诺夫走了过来，不过他不像夏天阿尼亚看见的那样身穿稀奇古怪的服装，而是穿燕尾服，跟大家一样。他目不转睛地望着阿尼亚，一口气喝下一杯香槟酒，付了一百卢布，之后喝了点茶水，又给了一百卢布——自始至终默然不语，忍受着气喘的折磨……阿尼亚招徕顾客，收取他们掏出的钞票，此时她已深信，她的微笑和眼神不会给这些人带来任何别的东西，只能是巨大的满足。她已经明白了，她来到这个世上，就是为了过这种充满了欢声笑语、有音乐、舞蹈和崇拜者的美好生活，她觉得对往昔的那种向她进逼和倾压下来的力量的恐惧感是十分可笑的；如今她不怕任何人了，只是为母亲已不在世，无法与她同享成功的喜悦而感到遗憾。

此时已脸色苍白但两腿还能站得稳的彼得·列昂季伊奇走到售货亭跟前，要了一杯白兰地酒。阿尼亚脸红了，意料他会说出什么不得体的话（她本来就为有这样一个寒酸而又普通的父亲感到难为情了），然而他喝了那杯酒，从自己的一沓钞票里甩出十卢布，傲然地走了，一句话也没说。过了一会儿，她看见他怎样在一大圈双人舞的队伍中起步，此时他已经踉踉跄跄，嘴里还嚷嚷什么，弄得他的舞伴狼狈不堪，于是阿尼亚想起，三年前的那次舞会上他也是这样脚步不稳，不停地叫嚷，结果是警察分局长把他押回家睡觉，第二天校长就威胁说要开除他的公职。此时此刻也许不该想起那件往事！

等到一个个售货亭里的茶炊都熄了火，参加募捐义卖活动的疲劳的妇女把进款交给了那位仿佛嘴里含着石头的中年夫人，阿尔丁诺夫便挽着阿尼亚的胳膊，带她到饭厅去，那里已为所有参加募捐义卖活动的人准备好了晚饭。就餐的人数不超过二十，可是气氛十分热闹。大人阁下提议举杯："在这豪华的餐厅里，应当以今天的义卖活动为榜样，为廉价食堂的繁荣而干上一杯。"陆军准将提议，"为那种就连大炮也甘拜下风的威力"而干上一杯，于是大家纷纷跟夫人们碰杯。那真是非常非常快活！

把阿尼亚送回家的时候，天色已经亮了，厨娘们已经去市场了。兴奋而又醉意蒙眬的她，满腔新鲜感触而又疲惫不堪，脱了衣服就倒在床上，即刻便入睡了……

下午一点多钟的时候，女仆把她叫醒了，告诉她阿尔丁诺夫先生来访。她很快穿好了衣服，去到客厅。继阿尔丁诺夫之后，大人阁下很快就乘车前来，对她参加募捐义卖活动表示感谢。他嘴里咀嚼着什么，色眯眯地望着她，吻了她的手，请她答应再去，随后也就告辞了，而惊讶不已的她，中了魔法似的，依然站在客厅中央，不敢相信她的生活中的变化，这奇妙的变化发生得实在是太快了；正在这时，她的丈夫，莫德斯特·阿列克谢伊奇走了进来……此时他站在她面前，同样现出那种阿谀奉承、谦卑而恭敬的表情，她已经习惯于看到他在有权有势的大人物面前的这种神态；此时她既快活，又愤怒，同时蔑视，一字一板地说出料他也不敢把她怎么样的话：

"给我滚出去，您这蠢货！"

从此以后阿尼亚就没有一天是空闲的，因为她不是去参加野餐，就是去远足，要么就去演戏。她每天都是拂晓之前才回家，躺在客厅的地板上睡觉，过后又令人感动地告诉大家，说她怎样在鲜花覆盖之下过夜。她需要用很多钱，不过她已经不怕莫德斯特·阿列克谢伊奇了，挥霍他的钱就像用自己的一样；她不再是开口要钱，而只是给他送去账单或者字条："交给来人二百卢布"，或者"立刻付给一百卢布"。

复活节的时候莫德斯特·阿列克谢伊奇被授予二级圣安娜勋章。他前去表示感谢的时候，大人阁下把手中的报纸放到一边，向太师椅的后背靠紧一些。

“这就是说，现在您有三个安娜了，”他一边欣赏自己那带有粉红色指甲的手，一边说，“一个别在您胸前，两个在您脖子上。”

莫德斯特·阿列克谢伊奇为了谨慎起见，把两个手指放在嘴唇上，以免笑声太响，他说：

“现在只盼望小弗拉基米尔早日来到世上了。我冒昧地请阁下大人做教父。”

他暗指的是四级弗拉基米尔勋章，他已经在想象，将来怎样到处去讲自己的这个大胆、及时而又独出心裁的双关语，他本想再说点诸如此类的妙语，然而大人阁下又埋头看报，而且只是点了点头……

阿尼亚还是那么乘坐着三套马车东奔西走，有时跟阿尔丁诺夫一起去打猎，有时去演独幕剧，或是出去吃晚餐，跟自己的家人在一起的时候越来越少了。他们现在吃饭已经不再见到她在座了。彼得·列昂季伊奇喝酒比以前更厉害，手里却没有钱，簧风琴早就卖掉抵债了。两个男孩现在不再让他一个人上街，总是照料着他，惟恐他跌倒；每当他们遇见阿尼亚坐着双马拉边套的马车、而阿尔丁诺夫代替车夫坐在驭手座上，在旧基辅街飞驰的时候，彼得·列昂季伊奇便摘下高筒礼帽，想对她喊一声，说点什么，可彼佳和安德留沙总是拉回他的胳膊，恳求地说道：

“不必了，爸爸……她会来的，爸爸……”

带阁楼的房子

一个画家的故事

1

这是六七年前的往事了，当时是在下省的一个县里，我住在年轻地主白洛库罗夫的庄园里。那人习惯于很早就起床，总是穿一件紧腰身长外衣，晚饭时喝啤酒，唠唠叨叨地对我抱怨个没完，说他在任何地方也没得到过别人的同情。他住在花园里的厢房里，我则住在庄园主老房的一个圆柱大厅里，那里没有任何家具。只有一个很宽的长沙发，我在上面睡觉，再就是我用来玩纸牌卦的一张桌子。那里，即使在无风的天气，不知为什么阿莫索夫式的旧壁炉也总是嗡嗡作响，而遇到暴风雨的时候，整个房子都在颤抖，仿佛摇摇欲坠，要坍塌似的，尤其是夜间，当十个大窗户倏然被闪电照亮，可真有点令人胆战心惊。

我命中注定无所事事，可说当真什么也没有做。我会一连好几个小时地眺望窗外的天空、飞鸟、林荫路，阅读邮差给我送来的所有邮件，抑或睡觉。有时我会走出房子，漫无目的地在哪儿溜达，直到深夜才会回来。

有一次，在回家的时候，我无意中走进一座我所不熟悉的庄园。太阳已经落下去了，黄昏时分的晦暗阴影覆盖着繁茂的黑麦。两排栽得很密、长得很高的老枞树耸立在那里，有如两面连绵不断的墙壁，构成了一条幽静晦暗而又迷人的林荫路。我轻易就穿过篱栅沿着这条林荫路走，脚在铺有一俄寸厚枞针的路面上打滑。四周静悄悄、昏暗，只有在高高的树梢上个别地方有金色的光亮熠熠闪闪，把蛛网闪变出虹霓般的各种彩色。空中弥漫着浓烈的枞针气味，令人透不过气来，后来我拐向一条长长的椴树林荫路。此处也是一片荒凉和陈迹；去年的落叶在脚下悲戚地沙沙作响，暮色里树木与树木之间躲藏着阴影。右边的老果树园里有一只金黄鹂在勉强歌唱，声音微弱，大概她也上了岁数。不过，眼前就是树木的尽头，我来到一所带露台和带阁楼的白房子跟前，面前忽然展现出庄园主的院子和开阔的池塘，边上有浴棚和柳丛，池塘对岸是个村庄，那里有一个高而窄小的钟楼，钟楼上的十字架映着落日的余晖，仿佛在燃烧。瞬间，我的心里浮现出一种亲切的、十分熟悉的东西的迷人之魅力，仿佛我童年所见到过的正是这种景致。

通往田野的大院有一座白色的石头大门，那是一道历史悠久的、雕着狮子的牢固石门，而门口站着两个姑娘。其中一个大些，脸色有点苍白，腰身苗条，倒很漂亮，满头蓬松浓密的栗色头发，还有一张显得固执的小嘴，表情严肃，对我几乎一点儿也不在意；另一个呢，可说还十分年轻——大约不会超过十七八岁，也是脸色苍白、腰身苗条，却生着大嘴、大眼睛，我走过的时候，她惊奇地看了看我，用英语说了句什么，很难为情。我仿佛觉得，这两个可爱的脸蛋儿很早以前就熟悉。于是，在返回家去的时候我有这样一种感觉，仿佛自己做了一个美妙的梦。

在这之后不久，有一天中午，我和白洛库罗夫在房子附近散步的时候，出乎意料，一辆带弹簧座的马车沙沙地碾过青草，驶进了大院，车上坐着的正是那两位姑娘之中的一个。这是那个大一点的姑娘。她是来为遭受火灾的人募捐的，随身带着认捐登记表格。她讲话时眼睛并不看着我们，非常认真而又十分有据地告诉我们，西亚诺沃村烧毁了多少房屋，有多少男女村民和孩子无家可归，而她作为成员之一的赈灾委员会，最初准备采取哪些措施。等我们登记签名之后，她便收起了表格，并即刻向我们告别。

“您已经完全忘了我们，彼得·彼特罗维奇，”她对白洛库罗夫说，把手伸给他，“到我们那里走走吧，要是N先生（她提到我的姓名）想看一看那些崇拜他天才的人怎样生活，也请光临，家母和我将会十分高兴。”

我向她弯了弯腰，表示致意。

她离开以后，彼得·彼特罗维奇便对我谈起她。他说这姑娘出身于好人家，姓名是丽吉雅·沃尔恰尼诺娃，跟母亲和妹妹住在庄园里，而那庄园就像池塘对岸的村子一样，也叫做舍尔科夫卡。当年她的父亲在莫斯科颇有地位，去世的时候是三级文官。沃尔恰尼诺夫一家，虽然颇有家产，却总是住在农村，夏天和冬天哪儿也不去，丽吉雅就在舍尔科夫卡当地小学里当老师，每月有二十五卢布的收入。她自食其力，只花这笔钱，并为此而感到自豪。

“这个家庭很有意思，”白洛库罗夫说，“哪天我们真的顺路去看看。她们一定会使您感到很高兴的。”

有一个假日，午饭之后，我们想起了沃尔恰尼诺夫一家，于是就去舍尔科夫卡拜访她们。正好，母亲和两个女儿，她们都在家。母亲叶卡捷琳娜·帕夫洛芙娜，看来，当年一定很美，可是现在呢，虽然岁数不算太大，身体却已经虚胖，害着气喘病，一副忧郁和恍惚的神情，她尽量用有关绘画的话题来引起我的兴趣。自从她

从女儿那里得知，我有可能来舍尔科夫卡，她就匆匆回想起在莫斯科画展上看到过我的两三幅风景画，此刻她便问起，我想在那些画里表现什么。丽吉雅，或者像她们在家里习惯对她的称呼莉达，更多是跟白洛库罗夫谈话，很少跟我说什么。她一本正经，没有一点笑容地问他，为什么不在地方自治机构供职，为什么在这之前地方上开会的时候他从未出席。

“这不合适，彼得·彼特罗维奇，”她责备地说，“这样不好。说不过去。”

“说得对，莉达，你说得对，”母亲表示同意，“那的确很不应该。”

“我们这整个一个县，都掌握在巴拉金手里，”莉达转向我，继续说，“他是自治会主席，把全县所有的职位都分配给自己的子侄和女婿们，而且为所欲为。应当跟他斗争。青年人应当组织起来，形成一个坚强的团体，可是您瞧，我们这儿的青年人是什么表现。说不过去啊，彼得·彼特罗维奇！”

妹妹热尼亚，在他们谈论地方自治会的时候，默然不语。对于严肃的谈话，她不参与，在家里她还未被认为是成年人，而且还把她看作是个小姑娘，叫她米修司[1]，因为她小的时候就是那么把她的家庭教师叫做小姐的。她一直是好奇地望着我，而在我翻看相册的时候，她便向我解释：“这是叔叔……这是教父。”并用手指在一张张相片上指着，此时她像孩子那样，把自己的肩膀靠着我，于是我便就近看见她那微微的、尚未发育起来的胸脯，瘦削的肩头，发辫和束紧了腰带的纤弱身躯。

我们打槌球和网球，在花园里散步、喝茶，后来，晚饭吃的时间很长。对我来说，从那个空空荡荡、耸立着一些圆柱的大厅来到这里，来到这个不算太大但却舒适的房子里，墙上没挂油画石印画，对用人讲话也以“您”相称，似乎一点也不感到拘束，有莉达

---

① 此系小小姐之意。下文中的小姐是英语单词的俄语发音读作“米司”。

和米修司在场，我感到一切都那么纯洁，富有朝气，一切都井然有序。吃晚饭的时候，莉达又跟白洛库罗夫谈起地方自治会，谈起巴拉金和学校的图书馆。这是一位活泼、诚挚、颇有信心的姑娘，听她谈话你会觉得很有意思，尽管她话说得太多，嗓门偏高——也许这是由于她在学校里养成了大声说话的习惯。而我的朋友彼得·彼特罗维奇，从上大学的时候起，就养成了把任何谈话都变成辩论的习惯，讲起话来枯燥乏味，没精打采而又冗长，带有表现自己是个聪明的先进人物的明显愿望。他做着手势，衣袖碰倒了一只调味小瓶，桌布上出现了一摊湿印，不过，除了我之外，似乎谁也没有注意到这一点。

我们返回家去的时候，路上晦暗而寂静。

"修养不是表现在你有没有把调味汁洒到桌布上，而在于别人有了这种过失你能视而不见。"白洛库罗夫说，叹了口气，"是的，这是一个美好的知识分子家庭。可说我跟有修养的人失去了联系，啊，落后一大截啦！成天总是忙于工作，工作！除了工作还是工作！"

他谈到，人要是想成为一个出色的农业经营者，那就不得不辛辛苦苦地工作。而我暗自想道：这是一个多么令人难以忍受的、懒散的家伙！此人每逢认真地谈到什么事情，就必会用力拖长声调说"这——这——这——这"，办起事情来跟他说话的腔调一样——一拖再拖，总是迟误，错过期限。我对他的办事能力已经不大相信了，那是因为我曾托他把我的几封信带到邮局去发走，他却一连好几个礼拜把信随身放在衣袋里。

"最令人难过的是，"他一边跟我并排走着，一边唠叨，"最令人难过的是，你辛辛苦苦地工作，却得不到任何人的同情。得不到一点点同情！"

2

此后我便经常到沃尔恰尼诺夫庄园去。每次去我照例坐在露台的最低一层台阶上。我不满意于自己，忍受着这种折磨的痛苦；我为自己的人生流逝得如此之快和枯燥乏味而感到惋惜。我总是在想，要是能够从自己的胸膛里把那颗变得如此沉重的心挖出来，该有多好。而这种时刻，总是听得见露台上的谈话声，衣服的窸窣声和翻动书页的声音。不久，我对这样一种生活便习以为常了：白天，莉达给病人看病，给别人送书，还经常是不戴帽子、打着把伞到村子里去，晚上则嗓门很大地谈论地方自治会和学校。这个纤弱的、俊秀的、生有轮廓十分匀称好看的小嘴的姑娘，总是一本正经，每次谈到实际问题的时候，她就非常冷淡地对我说：

“这对您来说，不会有什么意思。”

对她来说，我不讨人喜欢。她之所以不喜欢我，是因为我是个风景画家，而且，在我的绘画作品里没有表现人民的疾苦，在她看来，似乎我对她所坚信不疑的事持漠不关心的态度。我记得，当年路过贝加尔湖滨的时候，曾遇见过一位布里亚特族姑娘，她身穿衬衫和蓝粗布裤子，跨在马背上。我问她，想不想把她的小喇叭卖给我，她自始至终带着一种轻蔑的眼神望着我这欧洲人的脸型和我的帽子，没多大工夫她就厌烦跟我谈话，于是对马吆喝一声，飞驰而去。莉达也是这样讨厌我，把我看作格格不入的人。表面上她从未流露出对我的反感，但是我感觉到这一点，所以坐在露台最低一层台阶上，我真抑制不住自己内心的气愤，脱口便说：自己本不是医生，却给农民治病，这岂不是欺骗他们，况且，家有两千俄亩地，当个慈善家自然是轻而易举的事。

她的妹妹米修司，倒是无忧无虑，成天像我那样在完全的悠闲中消磨时光。早晨一起床，她就拿着一本书，坐在露台上一把很深的扶手椅子上细心地看，两只小脚几乎挨不着地；要么她就拿着书躲到椴树的林荫路上，抑或走出大门口到野外去。她成天看书，眼睛一刻也不离开书本，不过根据她那有时变很疲乏和呆滞的眼神，以及变得极其苍白的脸色，便可以猜测出，这种阅读会使她的大脑多么疲劳。每逢我来的时候，只要一看见我，她的脸便微微一红，放下书本，一面以她那双大眼睛直望着我，一面兴致勃勃地把周围所发生的事告诉我，例如，关于用人住的下房里烟囱烧红了的事，或者某个工人在池塘里捉到一条大鱼。平时，她总是穿一件浅色的上衣和深蓝色的裙子。我们一起散步，一起为做果酱而采摘樱桃，一起划船，当她跳起来采摘樱桃的时候，或者划着船桨的时候，她那纤细稚嫩的胳膊便透过肥肥的衣袖显露出来。要么我在画画的时候，她便站在我旁边欣赏。

七月底的一个星期日，大约早晨九点钟，我来到沃尔恰尼诺夫庄园。我在花园里信步走走，尽量离房子远点，找白蘑菇。那年夏天这种蘑菇挺多，我还在蘑菇较多的地方留下了标记，以便以后跟热尼亚一起来捡拾。温暖的风吹拂着。我看见热尼亚和她的母亲怎样从教堂返回，她俩都身穿淡色的节日服装，热尼亚迎着和风微微拉着帽檐儿。后来我听见她们怎样在露台上喝茶。

对我这样一个无所牵挂、为自己成天无所事事寻找辩护理由的人来说，夏天这类庄园里的假日早晨，总是具有非同一般的魅力的。当绿色的花园还露水晶莹，到处都闪耀着太阳的光辉，一切似乎都是那么美好的时候；当房子附近洋溢着木樨草和夹竹桃的清馨，年轻人刚从教堂回来并在花园里喝茶的时候；当大家都打扮得如此美好、心情愉快，而且你也准知所有这些健康的、吃饱了的体面的人，在整个漫长的一天之中什么事情也不做的时候；内心便会情不自禁地希望所有人的生活都是这样的。此时此刻我就是这么想的，在花园里漫步，而且打算就这么无所事事、漫无目的地游荡一整天，游荡整个夏天。

热尼亚提着篮子走来。她脸上的表情仿佛说明，她知道或者预感到会在花园里找到我。我们一边交谈一边采蘑菇，每逢她要问我什么的时候，总要走到我的前面，望着我的脸。

“昨天我们村里出现了奇迹，”她说，“彼拉盖娅是个瘸腿的女人，病了整整一年，无论什么医生看，吃什么药，都不起作用，可昨天来了个老太婆，嘴里念叨了一阵，病就好了。”

“这倒算不了什么，”我说，“没有必要光围着病人和老太婆找什么奇迹。难道健康本身不是奇迹？而生活本身岂不也是奇迹？凡是不能理解的东西，就都是奇迹。”

“可您不觉得不能理解的东西可怕吗？”

“不觉得。我对我所不了解的现象，总是大胆地迎上前去，而不会屈服于它。我高于它们。人应当意识到自己高于狮子、老虎、星星，高于自然界的一切，甚至高于他所不理解的、似乎是奇迹的事物，否则他就不称其为人了，而是看见什么都害怕的老鼠。”

热尼亚认为，我作为一个画家，必定知道很多事情，即使对不知道的事情，也能做出正确的判断。她渴望我能把她带进永恒的和美好的领域，带进上流社会，在她看来，我必定是那上流社会的成员。她跟我经常谈起上帝，谈起永恒的生活，谈起奇迹般的事物。就自己来说，我从来都不相信我和我的幻想在我死后会永远消逝，所以回答说：“是的，人是不朽的，是的，等待着我们的是永恒的生活。”对我说的话，她总是洗耳恭听，深信不疑，也不要求我提出证据。

在回家的路上，她突然停住脚步，说道：“我们的莉达是个特别好的人。您说是吗？我非常爱她，为了她我随时都能献出自己的生命。不过您得告诉我，”热尼亚的手指碰了碰我的衣袖，“请对我说，您为什么老是跟她辩论？为什么您总是非常激动？”

“因为她的话毫无道理。”

热尼亚摇了摇头，表示不同意，泪水盈满了眼眶。

“这多么不可思议！”她脱口而出。

此时，莉达刚刚从什么地方回来，手里拿着鞭子站在门口台阶那儿，在阳光的照射下显得十分匀称、漂亮，她正在向一个工人吩咐什么。接着她接见了两三个病人，说话匆匆忙忙，声音很响亮，接着面带全神贯注的、十分着急和担忧的神情在房间里走来走去，时而打开这个立柜，时而打开那个立柜，还去了趟阁楼。我们不停地找她，叫她吃午饭，等到我们喝完了汤菜，她才来吃。所有这些小小的细节，不知为什么，至今我还记忆犹新，喜在心头，那一整天尽管没有任何引人注目的事情，却栩栩如生地浮现在我的眼前。午饭后热尼亚卧在那深深的圈椅里看书，我则坐在露台最低一层台阶上。我们都默不作声。整个天空都被积云遮住，开始落下稀疏的细雨。风早就停了，闷热，令人觉得，这样的日子永远不会结束似的。睡眼惺忪的叶卡捷琳娜·帕夫洛芙娜手里拿着扇子走出房间，来到露台上。

“噢，妈妈，”热尼亚一边吻她的手一边说，“白天睡觉对你的身体可是有害的。”

她们彼此深深相爱。只要其中之一走进花园，另一个必定站在露台上盯着前面的那些树木连声呼唤：“喂，热尼亚！”或者：“妈妈，你在哪儿？”她们总是一起祈祷，两人有共同的信仰，即使默然不语，也相互十分了解。对待别人，可说她俩也态度一样。叶卡捷琳娜·帕夫洛芙娜很快也就习惯跟我在一起了，喜欢我的来访，要是我有两三天没有露面，她就会打发人去问我身体是否不适。她也热心于欣赏我画画儿，而且也像米修司那样，把周围所发生的事滔滔不绝地、毫无掩饰地讲给我听，有时还非常信任地把自己家里的隐私告诉我。

对自己的大女儿，她怀着崇敬之意。莉达从不表示亲热，说话也只谈严肃的事；她沉浸在自己那独特的生活里，对母亲和妹妹来说，她是那么神圣而又有点像谜一样的人物，就像水兵看待总是坐在舰长室里的海军将军似的。

“我们的莉达可真了不起，”母亲常说，“您说是不是？”

这会儿正是如此，天下着稀疏的细雨，我们谈论着莉达。

“她是个特别好的姑娘，”叶卡捷琳娜说，接着便胆怯而机警地向四周瞄了瞄，像搞阴谋诡计似的，压低了嗓门悄声补充道，“这样的姑娘即使白天打着灯笼也是找不到的，不过，您知道吗，我开始有点担心了。学校、药房、书本——这一切都很好，可是何必走极端呢？要知道，她虚岁已经二十四了，也该认真考虑一下自己的事情了。老是那么关心书本和给人看病，生命却在不知不觉地流逝，自己还一点也不知道……她该出嫁了。”

看书看得脸色苍白的热尼亚，头发蓬乱，她抬起头来，眼睛望着母亲，似乎是在自言自语地说：

“妈妈，一切都在于上帝的旨意！”

说完就又埋头于看书。

白洛库罗夫来了，身穿紧腰长外衣和绣花衬衫。我们打槌球和网球，后来，暮色四合的时候，就长时间地用晚餐，这期间莉达又谈起学校，谈起那个把全县都控制在自己手中的巴拉金。这天晚上，我离开沃尔恰尼诺夫家时，虽然带着这悠闲的一天很长很长的印象，却也忧郁地意识到，这世界上的一切，不管它有多长，最终还是有个结束的。热尼亚把我们送到大门口，也许是由于这一整天，从早晨到晚上，她始终跟我一起度过，我才感觉到，离开她我似乎十分寂寞，而这个可爱的家庭使我觉得相当亲近。在整个夏天的时间里，可说我头一次想动笔画画了。

“请告诉我，您的生活为什么如此枯燥，如此没有特色呢？”在回家的路上我问白洛库罗夫，“我的生活枯燥、艰难、单调，是因为我是个画家，是个到处漫游的人，从少年时代起我就由于嫉妒而心绪不好，不满意自己，对事业缺乏信心，是因为我一向很穷，到处流浪，可您呢，您是健康的正常人啊，您是个地主、绅士啊，您的生活为什么如此枯燥乏味呢，您从生活中所索取的为什么如此之少呢？比如说，为什么您至今还没有爱上莉达或者热尼亚呢？”

“您大概忘记了我爱另一个女人。”白洛库罗夫答道。

这里他指的是女友柳博芙·伊万诺芙娜，此人跟他一起住在侧屋里。这是一个丰满、有点虚胖的女人，颇为严肃，有如一只养肥的鹅，我每天都看到她怎样在花园里散步，身穿俄式服装，戴着项链，总是打着阳伞，正因为如此，女仆忙前忙后，一会儿叫她吃东西，一会儿叫她喝茶。三年前她租下了一间侧屋，作为别墅，从此就在白洛库罗夫这里住下了，看来要永久住下去了。她比他大十岁，把他管得很严，因此，哪怕他要出门，也得征得她的允许。她常常扯着粗嗓子号哭，遇到这种时刻，我便打发人去告诉她，如果她不就此打住，我马上就搬走，她真的不哭了。

我们回到家以后，白洛库罗夫随即坐到了沙发上，皱起眉头，陷入了沉思，我则在大厅里走来走去，有如一个钟情的恋人，感到内心的微微激动。有关沃尔恰尼诺夫一家，我还真想谈一谈。

“莉达有可能爱的，只会是跟她一样迷上医院和学校的地方自治工作者，”我说，“噢，为了那样的姑娘，不仅应该成为地方自治会的一员，而且应该像童话里那样踏破铁鞋也心甘情愿。而米修司？这米修司是多么迷人啊！”

白洛库罗夫拖长了声调，“这——这——这——这”地好一阵子，谈起了时代的通病——悲观主义。他充满了自信，语气咄咄逼人，仿佛我在跟他辩论似的。要是一个人坐在那里，没完没了地讲啊讲啊，谁也不知道他什么时候离去，那么，即使面对几百俄丈荒凉的、清一色的、烧得光秃秃的草原，也不会如此令人沮丧。

“问题不在于悲观主义，也不在于乐观主义，”我激动地说，“而在于一百个人当中九十九个没有头脑。”

白洛库罗夫认为这话是针对他的，所以生气了，拂袖而去。

3

“公爵在马洛焦莫沃做客，他向你问好，”莉达对妈妈说，她刚从外面回来，正在脱手套，“他讲了很多有意思的事情……他答应在省级会议上再次提出在马洛焦莫沃设医疗点的问题，不过他说：把握很小。”此时她转向我，说道，“对不起，我总是忘记，您对这种事是不会有什么兴趣的。”

我感觉到自己恼火了。

“为什么说不会有什么兴趣？”我问，耸了耸肩膀，“只是您不愿意知道我的看法罢了，不过我还是请您相信，我对这个问题是十分感兴趣的。”

“是吗？”

“是的。在我看来，根本没有必要在马洛焦莫沃设立医疗点。”

我的情绪的激动也感染了她，她瞥了我一眼，接着便眯缝着眼睛问道：

“那什么有必要呢？风景画吗？”

“风景画也是不需要的。那里什么都不需要。”

她脱完了手套，翻开用人刚刚从邮局取来的报纸，过了一会儿，很明显，她抑制着自己，平心静气地说道：

“上个礼拜安娜死了，由于难产，要是附近有个医疗点的话，那她也许至今还活着。我觉得，即使是风景画家，对这一点也应该有明确的看法。”

“请相信，对这样的事情我的观点是十分明确的，”我回答说，可她用报纸挡住自己的脸，使我看不见，好像不愿意听下去似的，“在我看来，什么医疗点、学校、图书馆、药房，在现存的社会条件下，统统是为奴役制度服务的。人民被沉重的锁链捆住了，您不但不去砍断这条锁链，反而去增添新的环节——您瞧，这就是我的看法。”

她抬起眼睛看了看我，冷冷一笑，我则继续说下去，尽量抓住自己的主要思想：

“重要的并不是安娜死于难产，而是所有这些个安娜、玛芙拉、佩拉盖娅成天从早到晚弯着个腰干活，由于超负荷的劳动而累得生病，一辈子都在为饥肠辘辘的病儿病女担心，一辈子都面对疾病和死亡而提心吊胆，一辈子都在治病，年纪轻轻，却未老先衰，死在垃圾堆旁或者臭水沟里。她们的孩子，在成长过程中，依然旧调重弹，就这样，几百年延续下来，无数人的生活还不如牲畜——光为了糊口的一小块面包，就得成天提心吊胆。她们处境的整个凄惨在于她们顾不上考虑灵魂，顾不上想到自己的形象和面貌；饥饿、寒冷、本能的恐惧、繁重的劳动，恰似雪崩一样，把她们通往精神活动的所有道路都给堵住了，而人与动物的区别，以及使人值得生存下去的惟一因素，恰恰是精神活动。您去接近她们，用建医院、办学校去帮助她们，但是这样做并未能使她们摆脱羁绊，恰恰相反，您使她们更沦为奴隶了，因为在把新的偏见注入她们生活的同时，您使她们的要求增多了，且不说为了买药膏和买书本她们得向地方自治会交钱，可见，她们的脊背要弯得更低了。”

“我不想跟您辩论，”莉达放下手中的报纸说，“这样的话，我已经听人说过。我只想对您说明一点：人不可以无所事事，袖手旁观。不错，我们不是在拯救全人类，也许，在很多方面我们还犯过错误，但是我们在做力所能及的事情，所以说，我们是对的。对一个有文化的人来说，最高尚和最神圣的任务，就是为周围的同胞们服务，我们正是在尽自己的所能，试着为他们服务。这您是不喜欢的，然而，做任何事都一样，不可能使每个人都满意。”

“是这样，莉达，的确是这样。”她母亲说。

有莉达在场，她总是小心翼翼，讲话的时候也惴惴不安地望着莉达，惟恐说了多余的话或者不得当的话；她从不反驳莉达，而总是表示同意：是这样，莉达，的确是这样。

“教农民学文化，那些有关‘人之初’和俏皮话的小书，以及医疗点，既不能减轻他们的愚昧，也不能减少他们的死亡率，这就像从您的窗户里透出的光无法把这大花园照亮是一样的，”我说，“您没给他们什么，您干预这些人的生活，只是给他们创造了新的需求，从事劳动的新的理由。”

“哎呀，天哪，可是人总得做点什么事情啊！”莉达烦恼地说，从她的语气里能够明显感觉出，她认为我的议论不值一提，令她厌恶。

“应当把人从沉重的体力劳动中解脱出来，”我说，“应当松一松他们的羁绊，给他们以喘息的机会，好让他们不那么一辈子围着炉灶、洗衣盆、田野转，而是有工夫思考灵魂、上帝，有可能广泛施展精神活动的才能。对任何人来说，使命在于精神活动——对真理和生活意义的孜孜以求。让粗野的、牲畜般的劳动不再成为他们所必要的，让他们感觉到自己是自由的，那时您便可以看到，这些书本和医疗点，就实质来说，是多么荒唐可笑。人一旦认清自己的真正使命，能够满足于他的只有宗教、科学、艺术，而不是这些区区小事。”

“摆脱劳动！”莉达冷冷一笑，“难道这可能吗？”

“当然。您也得分担一份他们的劳动。如果我们大家，城里的人和农村的人，概不例外，都能达成分担劳动的协议，那么我们之中的每一个人，为满足人类生存之所需而要付出的劳动，也许每天不超过两三个小时。请想想看，我们大家，富人和穷人，每天只工作三个小时，而其余的时间都由我们自由支配。再想想看，为了更少地依靠体力，少从事体力劳动，我们发明机器，让机器去操作，我们尽量把我们的需要减少到最低限度。我们锻炼自己，锻炼我们的孩子，好让他们不怕饥饿和寒冷，那我们就不会成天为他们的健康而提心吊胆，像安娜、玛芙拉和佩拉盖娅那样发抖了。想想看，我们不再三天两头看病，没有必要开设药房、烟草工厂、酿酒厂——到头来会有多少自由的时间留给我们！我们大家就会一起把空闲的时间献给科学和艺术。就像村民们有时齐心协力修路那样，我们大家也会齐心协力共同探求真理和生活意义，而且真理很快便会被揭示出来，从此人也就会摆脱这种始终痛苦的、令人压抑的死亡恐惧，这我深信不疑，说不定还能摆脱死亡本身。”

“可是，您岂不自我矛盾，”莉达说，“您口口声声科学科学，可自己又反对普及识字。”

“所谓的普及识字，只是在挂有酒馆招牌以及难得有几本看不懂的小书的情况下进行的——这样的普及识字，在我们国家从留里克[1]时代就开始了，果戈理笔下的人物彼得鲁希加[2]早已在读书了，

① 9 世纪俄罗斯的建国者。

② 小说《死魂灵》里的小人物。

可是农村的情况，留里克时代什么样，现在仍然是什么样。现在所需要的不是普及识字，而是精神才能得以广泛施展的自由。需要的不是小学，而是大学。”

“您对医学大概也持否定态度。”

“是的。医学只有在这种情况下才是需要的，如果它是把疾病当作自然现象进行研究，而不是为了治疗疾病。即使是治疗，也不是治疗疾病本身，而是疾病产生的原因。排除主要原因——体力劳动的消耗，疾病就不会产生。我不承认治病的科学，”我激动地继续说，“真正的科学和艺术，所追求的不是暂时的、局部的目标，而是永恒的和具有普遍意义的东西，——它们探求真理和生活意义，探索上帝和灵魂，可一旦把它们同日常生活中的贫困和怨恨纠缠在一起，同药房和图书馆联系起来，那它们只会使生活变得复杂，只会阻碍生活。我们有许多医学家、药剂师、法律顾问，该说是许多有文化的人，然而生物学家、数学家、哲学家和诗人却根本没有。所有的智慧，所有的精神力量，全都消耗在满足暂时的、过渡性的需要方面了……在学者、作家和画家那里，工作热火朝天，由于他们的奉献，生活的种种舒适方便一天天多起来，身体的需要不断增加，然而离真理仍然很远，人还像先前那样，是最凶恶、最卑鄙的动物，这一切也就导致人类的大多数在退化，永远丧失生活能力。在这种情况下，画家的生活也就毫无意义，而且，他越有才能，他的作用也就越是离经叛道，越是不可思议，因为事实证明，他的工作只不过是为凶恶而卑鄙的动物插科打诨，支持现存的社会制度罢了。所以说我不想工作，将来也不……什么都无济于事，就让地球掉进地狱里好了！”

“米修司卡[①]，你出去。”莉达对妹妹说，显然认为我的话对这个年轻姑娘是有害无益的。

热尼亚神情忧郁地看了看姐姐和母亲，随即走了出去。

---

① 米修司的昵称。

“想为自己的漠不关心辩解的人，总是说这类好听的话，”莉达说，“否定医院和学校，总是比给人治病和教人读书容易得多。”

“是这样，莉达，的确是这样。”母亲表示同意。

“您口口声声说，您不再工作，”莉达接着说，“可是很明显，您对您的工作评价很高。那我们就停止争论好了，永远也不要再争论了，因为您刚才如此轻蔑地谈到的那些图书馆和药房，尽管极其简陋，对我来说，却都高于世上的任何风景画。”此时她立即转向母亲，以完全另一种语调说：“跟上次到我们家里来的时候相比，公爵瘦多了，样子变得厉害。他被送到维希[①]去了。”

她对母亲谈起公爵的事，为的是不再跟我谈下去。她的脸发烧，而为了掩饰激动，她像近视眼似的俯下身子，脸凑近桌面，佯装看报纸。我再在场已是不愉快的了。我起身告辞，回家去了。

4

院子里寂静；池塘对岸的村庄已进入梦乡，见不到一点灯光，只有池塘的水面上微微泛起苍白的星光。在雕有双狮的大门门口，热尼亚站在那里动也不动，她正在等我，为的是送一送我。

“村子里所有的人都进入了梦乡，”我对她说，极力要在晦暗的夜色中看清她的面孔，却发现她那忧伤的黑眼睛直盯着我。“酒店的老板也好，偷马贼也罢，都平静地睡了，可我们这些体面人却在相互刺激，争论不休。”

那是八月的一个令人忧郁的夜晚，之所以说令人忧郁，是因为已经洋溢着秋意。月亮从暗红色的云朵后面升起，勉强照亮了大路及其两旁晦暗的秋播地，偶尔有星星划破天空。热尼亚跟我肩并着肩，沿着大路往前走，她极力不看天空，以免瞧见陨落的星星，不知为什么流星使她感到害怕。

---

① 法国中部的疗养胜地。

“我觉得您是对的，”她说，由于夜晚的湿气而有点发抖。“如果所有的人，能够共同献身于精神活动的话，大家很快就会了解一切。”

“当然。我们是高级生物，假若我们的确能够认识到人类天才的全部力量，而且只为崇高的目标而生活，那么最终我们也就会成为神。然而，这永远也不会成为事实——人类正在退化，天才连踪迹也不会留下。”

回头望不见大门的时候，热尼亚停住了脚步，匆匆握了握我的手。

“晚安，”她说，身子有点发抖，她肩头只裹着衬衫，冷得缩了起来，“请明天再来。”

一想到我马上就要独自一人，便恼怒不已，不满意自己也不满意别人，心里很不是滋味。此时我自己也尽量不去看天上的流星了。

“请您跟我在一起再稍待会儿，”我说，“这是我求您。”

我爱热尼亚。应该说，我之所以爱上了她，是由于她对我的迎送，是由于她总是那么温柔和带着欣赏的目光望着我。她那有点苍白的脸蛋，细腻的脖颈，修长的手臂，她的娇弱和悠闲的模样，她对书的痴情，是多么美好而又动人啊。而智慧吗？我不相信她有超人的智慧，但是她那眼界的开阔使我非常欣赏，也许因为她的思维方式不同于长相很美却又严厉的莉达，而莉达对我持有反感。作为一位画家，热尼亚喜欢我，我以我的才能征服了她的心，我渴望只为她一个人画画，我在幻觉中想象着她，把她看作是自己那娇小的皇后，同我一起主宰着这些树木、田野、云雾、霞光，主宰着这无限美妙和迷人的大自然，然而在这之前，我虽然也身在其中，却感到自己命中注定要孤独一辈子，是个多余的人。

“再待一会儿，”我对她说，“我求您呢。”

我脱下自己的大衣，披在她那觉得冷的肩头上；而她，担心披着男式大衣显得可笑和不美，便从肩头上掀掉大衣，笑了起来，此时我拥抱了她，连连吻着她的脸蛋、肩头、手臂。

“明天见！”她悄声说，仿佛担心会打破夜晚的寂静，小心翼翼地拥抱了我，“我和妈妈、姐姐之间没有任何秘密彼此隐瞒，我现在就去告诉她们一切……这可真是可怕！妈妈那里倒还好说，她喜欢您，可是莉达呢！”

她往大门口那儿跑去了。

“再见啦！”她喊道。

在这之后，大约有两分钟的光景，我听见她怎样在跑。我不想回到家里去，而且回去也没什么必要。我在沉思中站了一会儿，随后便身不由己地慢慢走了回去，想再看一看她居住的那座房子，那是一座令人感到亲切的、质朴的老房子，似乎总是以它阁楼上的窗户作为眼睛望着我，而且什么事情都看得明白。我从露台跟前走过，坐在靠近网球场的一条长凳上，这是在一棵老榆树底下的阴影里，从这里我望着那座房子。米修司住的那个阁楼，窗户里闪着亮光，后来这亮光变成柔和的绿色——这意味着在灯上罩了个灯罩。人影在里面移动……我内心充满了温情和宁静，我对自己感到满意，之所以满意是因为我总算有了追求和爱，不过与此同时，想到离我只有几步远的一个房间里，此时此刻正住着根本不喜欢我，说不定还仇视我的莉达，我便感到多有不便。我坐在那里一直等待着，热尼亚会不会出来呢，我悉心倾听，似乎听见阁楼里有人在谈话。

大约过去了一个钟头。绿色的灯光熄了，人影也看不见了。月亮已经高高地悬在房子的上空，照耀着沉睡的花园和小径；房前花坛里的天竺牡丹和玫瑰清晰可见，似乎什么都是同一种颜色。此时已经让人觉得很冷了。我走出花园，在路上捡起我的大衣，慢悠悠地晃回家去。

第二天午饭之后，我来到沃尔恰尼诺夫家的时候，通往花园的玻璃门敞开着。我在露台上坐了一会儿，等待着，总觉得热尼亚马上就会从花圃后面走出来或者从某处林荫下出现，要么她的声音就会从房间里传来，后来我走进客厅，走进餐厅。一个人也没有。从餐厅我穿过长廊，来到前厅，后来又返回去。那条长廊上有好几个门，从其中的一扇门里传出莉达的声音。

“在那里……上帝……赐给乌鸦……”她拖长了声调响亮地说，大概是在让学生默写，“上帝赐给……乌鸦……一块奶酪……在那里……是谁在那儿？”听到我的脚步声，她突然大声问道。

“是我。”

“噢！请原谅，这会儿我不能出来见您，我正在跟达莎做功课。”

“叶卡捷琳娜·帕夫洛芙娜在花园里吗？”

“不，她和我妹妹今天早晨坐车走了，到奔萨省我姨妈那儿去了。而冬天，大概她们要到国外去……”她沉默一会儿之后，补充了这么一句，“在那里……上……上帝赐给……乌鸦……一块……奶酪……写完了吗？”

我离开那里，来到前厅，站在那儿什么也不想，从那儿凝视池塘和村子，可是声音却传到我的耳朵里：

“一块奶酪……在那里……上帝赐给乌鸦……一块奶酪……”

于是我离开了庄园，走的还是第一次来这里的那条路，只是方向相反罢了：一开始是从院子走进花园，再经过那座房子跟前，然后沿着椴树林荫路……就在这时有个男孩追上了我，递给我一个字条，“我把一切都讲给姐姐听了，她硬要我跟您分开，”我在这个字条上读到，“如果不按她的旨意办，使她伤心，我简直是做不到的。上帝保佑您幸福，请原谅我。假若您能知道，我和母亲怎样痛哭了一场也就好了！”

再过去便是那条晦暗的枞树林荫路，坍倒的篱栅……当初黑麦开花、秧鸡鸣叫的田野上，现在只有牧牛和蹄子上带着套索的马在走来走去。丘岗上，这里那里显现出鲜绿的秋播物。一种清醒的、无聊的情绪控制着我，最使我感到羞愧的是我在沃尔恰尼诺夫家里说的那些话，我像先前那样觉得生活无聊。回家之后我便收拾行李，当天晚上便乘车去彼得堡了。

此后我没再见到过沃尔恰尼诺夫家人。前不久我去克里米亚的时候，在火车上与白洛库罗夫偶然相遇。他跟过去一样，还是身穿紧腰长外衣和绣花衬衫，我问他健康如何，他回答说："托您的福。"我们交谈起来。他卖掉了自己的庄园，又以柳博芙·伊万诺芙娜的名义买了一处较小一点的庄园。关于沃尔恰尼诺夫一家人，他能告诉我的很少。按他的说法，莉达还像先前那样住在舍尔科夫卡，在学校里教书；她逐渐在自己周围形成了一派志同道合的人，组织起强有力的团体，在最近一次竞选活动中，他们使在这之前一直把持全县的巴拉金"落了选"。关于热尼亚，白洛库罗夫只告诉我说，她不住在家里，不知道她在哪儿。

对于带阁楼的房子，我已经开始淡忘了，只是偶尔在我画画或者看书的时候，会无缘无故地想起那窗户里绿色的灯光，想起那个夜晚田野上响起的我的脚步声，当时，热恋中的我正走在回家的路上，冷得直搓两手。而在更为少见的情况下，当孤独折磨着我、我的心情忧郁的时候，我会朦朦胧胧地回忆起往事，这种时刻不知为什么，我便逐渐觉得，她们也在回想起我，等我，并且相信我们总有一天会见面的……

米修司，你在哪里？

《脖子上的安娜》——《带阁楼的房子》

姜明河　译

我的一生

一个城里人的故事

1

主任对我说："我留用您，纯粹是看在令尊大人的面上，要不然早就请您另求'高就'了。"我回答他说："大人，您看我还能'高就'，实在是过奖了。"这以后我就听见他说："快把这位先生弄走，他使我很生气！"

大约两天以后，我就被解雇了。自从我被人看作成人以来，我就照这样更换了九次工作，这使我父亲——一个城市建筑师十分伤心。

我在各种机关部门里做过事，所干过的九种工作它们彼此都相像，就跟两滴水珠相像一样。我总是坐在那里抄抄写写，听着各种愚蠢或粗鲁的训斥，等待着解雇的通知。

我去见我父亲的时候，他正坐在一个深深的安乐椅里，闭着眼睛。他的脸是干瘪而憔悴的，剃过胡子的地方颜色发青，看上去活像一个天主教的老琴师，脸上现出一种虔诚和听天由命的神情。他没有理睬我的问候，也没有睁开眼睛，只是说：

"要是我亲爱的妻子——你的母亲如今还活在世上，那你的生活就会使她经常苦恼。我看她死这样早，倒是上帝对她发了慈悲呢。"他睁开眼睛接着说，"请你告诉我，你这个倒霉的家伙，让我拿你怎么办才好呢？"

过去，在我年纪小的时候，我的亲人和朋友都知道拿我怎么办：有的劝我去从军，有的说我应该进药房，还有人主张我去电报局。可是等我过了二十五岁，鬓角渐渐出现了白发，我已经从过军，进过药房，去过电报局以后，天下再也没有什么工作可以容我再去尝试了。人们对我再也没什么忠告了，只是摇头或叹息了。

“你将来还打算干什么呢？”父亲问，“一般年轻人到了你这种年纪，早有固定的社会地位了。可是你看看你自己，至今没家没业，一个穷叫花子，还得靠老子来养活你。”

照例，他接着又是一番说教，说如今的青年自己都毁掉了自己，因为他们过分的自高自大，不相信宗教，只相信唯物主义。他说，那些业余演出早该严令禁止，因为那些玩意儿使青年人背离宗教和忘掉自己的责任。

“明天我们一块去，你必须向主任赔礼道歉，答应他今后勤恳地工作。”他下结论，“你一天没有社会地位也不行。”

“请您听我说，”我固执地说，因为我认为这种谈话没有一点裨益，“您的所谓‘社会地位’是金钱和教育换来的特权。没有金钱和没有受过教育的人只能靠体力劳动赚钱谋生。我不理解，为什么我就应当例外。”

“你一讲到靠体力劳动谋生，我听起来总感到荒唐而下贱，”父亲愤怒地回答，“你要记住，你这个蠢材，你这个没脑筋的傻瓜，难道你不知道除了粗笨的体力劳动外还有圣灵和圣火，使你比驴子和爬虫高出一等吗？使你更接近神灵吗？几千年来人类优秀的子孙都争得了这种圣火。你的曾祖父波罗兹涅夫将军参加过博罗季诺战役，你的祖父是诗人、演说家、贵族里的领袖；你的伯父是位教员，最后讲到我——你的父亲，也不弱，总算是个建筑师啊！莫非波罗兹涅夫家族历代传下来的那种圣火就叫你给扑灭？”

“说句公道话，”我说，“千百万人不都是干着体力劳动吗？”

“让他们干去！那跟我们有什么相干！他们又干不了别的呀。体力劳动是任谁都能做的。就连最愚蠢的蠢货和犯人也都能干。那种劳动是给奴隶和野人去干的，况且，我们当中也只有少数人才能享用那种圣火。”

再争执下去也是无益的。父亲只欣赏他自己那一套，也只有他自己那一套思想，才能叫他自己信服。况且，我心里也很明白，他这种对待体力劳动的态度并不是完全出于对圣火的尊崇，其实是生怕我当工人，弄得满城风雨，沦为笑柄。我的同龄人都早已念完书，一路顺风地成家立业。国立银行董事长的儿子已做了八品文官，可我这个独生子呢，却一事无成。再谈下去也无益了，而且都很不愉快。可是我仍旧坐在那儿，无力地反驳他的话，指望他能理解我。本来嘛，这个问题其实很简单，说白了，只不过是怎样学会赚钱维持生计罢了。可是我父亲没弄明白，反倒对我讲什么博罗季诺啊，圣火啊，早已被人忘掉的诗人啊——其实那位诗人在许多年以前写过一些蹩脚的和剽窃的词句。当我殷切期望他能理解我的时候，却受他一顿痛骂，说我是呆头呆脑的傻子，又是不通情理没有脑筋的傻瓜。尽管这样，我仍旧热爱我的父亲和妹妹；我从小就养成事事问他们主意的习惯。这习惯历久不变，根深蒂固，以致我无法根除它。对也罢，错也罢，总之，我生怕惹得他们着急。我生怕气得父亲脸红脖子粗，怕他气成中风。

“叫我坐在一间不通风的房间里，”我开口说，“整天抄抄写写，干这种打字的勾当，对我这个年纪来说，是不光彩和可悲的。这谈不上什么圣火吧？！”

“不管怎么说，这毕竟是脑力劳动啊！”我父亲说，“可是算了。咱们别再吵下去了。不过，我要郑重地警告你，要是你不肯回到你的工作上去，一味放纵你那种我行我素的恶劣行为，那就别怪我和我的女儿对你绝情。我就要取消你的继承权！苍天在上，我可是说到做到的。”

我为了表达我这一生中所遵循的纯朴的生活准则，便非常诚恳地说：

“关于继承权的问题，我从来没有放在心上。我可以预先声明，什么东西我都不要！”

我真不知为什么，这些话竟深深地激怒了我的父亲。这使我感到格外惊奇。

“你居然敢跟我说这样的话，你这个混账东西！”他用尖细的声音狂叫起来，“你这个流氓，真没有记性！”于是，他用敏捷而熟练的习惯动作照我的脸打了两记响亮的耳光。

小时候，父亲打我的时候，我只能直挺挺地站在那里瞧着他的脸。现在呢，他一打我，我却不知所措。我觉得自己仍旧像小孩子一样，僵直地站在那儿，竭力直盯着他的眼睛。我父亲虽然又老又瘦，但是，他的肌肉还是很发达的，他的巴掌打下来，像皮带抽打似的，痛得很。

我踉跄地后退，进了过道。可是，在那儿他捞起一把雨伞又朝我的头上和肩膀上打了好几下。我妹妹打开客厅门探头看看外边发生了什么事情，可是她只用惊恐和怜悯的目光瞧了我一眼，就连忙缩回去，没替我说一句求情的话。

我横下了一条心，另找工作，决不回到原来的地方去。这个决定一直没有动摇。但是问题在于该决定干什么事才好。这问题是不大困难的。因为我觉得自己身强力壮，再繁重的体力劳动也干得来。现在我的面前是相当单调的工人生活，半饥半饱，周边环境粗俗，散发着一种恶臭，要天天为工资和糊口谋生而奔波。而且，谁又知道呢？日后我下工回家，顺着大贵族街走去，我也许会不止一次地妒忌那位干脑力劳动的托尔希科夫工程师。可现在我一想起那些可能带给我的烦恼，就感到轻松愉快。原想从事精神方面的事业，一会儿想当一个教员，一会儿又想做一名医生、作家。可是那些梦想终归是梦想罢了。我曾十分热衷于脑力劳动的娱乐，例如听戏啦，看书啦，可是我不敢断定我自己的才能宜于从事脑力劳动。在学校里我对学希腊文就格外厌恶，我念到四年级，我父亲只好把我从学校里领出来。后来有很长一段时间，家里请些家庭教师替我准备功课，好考五年级，打这以后，我就在不少政府机关里混日子，大部分时间都无所事事。人家告诉我说，这就叫做脑力劳动。

在学校念书也好，在政府机关里做事也好，其实都不需要什么脑力的紧张、天才或什么特别的才干，也用不着发挥什么创造力，工作是纯粹机械的。这样的脑力劳动，依我看比体力劳动还差。我实在看不起那种脑力劳动，认为那种脑力劳动不该成为人们过懒散生活的借口，因为那种脑力劳动不是别的，其实正是骗人的东西，只不过是懒散的一种形式罢了。总之，我素来不懂真正的脑力劳动是什么东西。

我们住在大贵族街上。这是本城惟一的一条大街。因为这里没有公园，每当傍晚，我们城里的上流社会的仕女们就常到这儿来散步。这条高贵美妙的街道其实代替了公园。大街两旁栽种着参天白杨，放出一阵阵清香，特别是雨后；另外还有栽种在临街花园里的洋槐树，高高的紫丁香丛，大樱桃树，苹果树探出篱笆和围墙，弯下腰来。每当五月的黄昏，周围是一片柔和的新绿，花影颤动，紫丁香冒出幽香，小金虫在飞鸣。一片寂静、温馨，纵然是一年一度又春风，可是这一切仍旧显得那么新奇而美妙啊！我常常站在便门的门口，观看着路过的散步的人群。他们当中大多数人是跟我一块儿长大的，我跟他们一块儿玩耍过。可是现在我站在他们面前，却会使他们发窘不快，因为我衣着寒酸，又不入时。他们会责怪我裤腿绷得太紧，靴子又大又笨，说这很像把两根通心粉插在两只轮船上似的。况且我在城里名声又不好，因为在社会上没有地位，常常到下等小酒馆里打台球。此外，我有两次在大庭广众之下被警察押走，他们也许都看到了。其实那两回都是误会，我一点也没有错。

街对面工程师托尔希科夫住宅里，有人在弹钢琴。夜幕降临了，星星在天空中闪动着眼睛。我看见父亲在路上一面慢慢走着，一面跟遇到的熟人打招呼，他戴着一顶宽边高筒的旧礼帽，挽着妹妹的胳膊。

“你看！”他对妹妹说，拿起那把曾用来打我的雨伞指着天空，“看天上！那些星星各成一个世界，就连其中最小的星星也一样。人跟宇宙相比显得多么渺小啊！”

他说话所使用的腔调，仿佛觉得自己渺小，倒是一桩很开心和很惬意的事，并且为这想法得意而快活似的。他是一个多么庸碌没有才干的人哪！很遗憾，他是本城里惟一的建筑师。可惜，就我的记忆来说，过去十五年或二十年来，城里从来没有建造过一所像样的房子。每逢请他设计图纸，他总是先设计前堂和客厅，如同往日那些女学生只会围着壁炉边跳舞一样，他也只会先画前堂和客厅，再变花样。然后他画餐厅、婴儿室、吸烟室，用通连的门再把那些房间连成一片。结果那些房间不免都变成了过道，每个房间都有两三道多余的门。设计思想是莫名其妙的，因此，整个图纸是乱七八糟、糊里糊涂的。后来，他仿佛渐渐明白那图纸不合适，就拆东墙补西墙，胡拼乱凑。现在我看见那些房子了：墙壁又矮小又单薄；过道窄小楼梯弯曲，楼梯的尽头是阁楼，矮得连腰都伸不起来，里边有三层台阶代替了地板，仿佛俄国的浴室似的。厨房在地下室，拱顶是天花板，砖头铺地。房子的正面，是一幅难看的、粗糙的图案，房顶是平的。烟筒上罩一个铁丝网的高帽，粗矮的烟囱上支着一个吱吱作响的、黑色的鸡形风信标。这些由父亲设计建筑的房子，都是一个模样，不知怎的，叫我联想起他的高筒礼帽和他那粗笨而顽强的脖子。时间一久，城里的人也就习惯了父亲的这些毫无匠心的杰作。这种杰作居然变成了本城的标准模式，一直延续到现在，都是一成不变。

我父亲把这种模式还带进了我妹妹的生活里来。最早应从他给她起名开始，起的名字叫做克丽奥佩特拉①，就跟给我起的名字叫密沙尔②一样。妹妹小时候，父亲常讲些星星的故事啦，古时圣贤的故事啦，我们祖先的故事啦，使她听得战战兢兢。他往往没完没了地向她灌输有关生活的意义，要不然他就宣讲什么是责任。现在她有二十六岁啦，他依旧讲他的那一套。他绝不容许她与除他以外的别

---

① 克丽奥佩特拉（前69—前39年），埃及女王的名字。

② 密沙尔，埃及国王的名字。

人挽臂同行。不知什么缘故，他认为早晚有一天，会有一个体面青年走上门来，纯粹由于尊重他的为人和他的品德，而向我妹妹求婚。妹妹崇拜父亲，怕父亲，敬仰他那非凡的智慧。

等到天色更黑，街上就渐渐空了。街对面的乐声也停了。然后大门开了，一辆马车在我们的大街上出现，铃声悦耳而清脆。这是工程师带女儿坐车出来兜风了。我也到了该上床睡觉的时候了。

在我们家正房里，虽然有我一间房，可我却住在院子里的一个小厢房里。和隔壁的砖库房同用一个屋顶。我这个小屋是不久前才搭起来的。当初大概打算放马具，墙上安了些钩子就为的是挂马具用。现在这房子没用处，父亲只用来保存过去三十年中积累下来的旧报纸。不知什么缘故，把这些旧报纸每半年合订一册。不准别人乱动。住在那儿，我就可以避免跟他或他的客人见面。此外，我有一种感觉，我既不在那幢房子里占一个房间，也不天天在那儿吃饭，那么父亲骂我靠他养活的那些话，听起来就不那么难堪了。

我妹妹正在等我。她避开父亲偷偷地给我送来了晚饭：一小片冷牛肉，一小块面包。人们三番五次地说："用钱要精打细算！""要节省每一个铜板！"等等，我妹妹屈服于这些陈腔滥调，总是千方百计地节省开支。因此，我们的吃食很坏。她把碟子放在桌上，坐在我的床上便哭起来。

"密沙尔，"她说，"你怎能这样对待我们啊？"

她没有拿手去捂脸，她的眼泪流到她的手上和胸脯上。看上去她的表情十分凄苦。末了，她把脸埋在枕头里，放声痛哭起来，她哭得周身抽搐发抖。

"你又放弃了工作，"她说，"噢，这简直太可怕啦！"

"妹妹，你务必要理解我！"我回答她，被她的哭声弄得心里着急和不知所措。

这当儿灯里的煤油烧干了，仿佛故意捣蛋似的，灯芯冒出黑油烟子来，快要灭了。墙上的旧钩子，样子骇人，它们的影子在摇摇欲熄的灯光里跳动着。

“你该体谅体谅我们，”妹妹坐起来说，“父亲特别痛苦，我心里也不好受，简直要发疯了。你将来变成什么样？”她边哭边说，并朝我伸出双手来，“看在我们死去母亲的面上，我求你快回去好好工作吧。”

“我不会回去的，克丽奥佩特拉！”我回答，觉着自己马上就会屈服，“我不会回去。”

“那为什么呀？”她接着问道，“究竟为什么不行呢？要是你跟你的上司处不来，不妨另外找差使呀！为什么不上铁路局去谋一个位置呢？我刚才已经跟安纽塔·布拉戈沃谈过，她说他们一定肯用你，她甚至答应替你去疏通。看在上帝的分上，密沙尔，好好想一想吧！我求求你，好好想一想！”

我们又谈了一会儿，末了我屈服了。我说我从没有考虑在新修的铁路上找一个差使，我不妨试一试也好。

她含着泪，高兴地微笑起来。握住我的手，眼泪仍在流着，因为连她自己也无法止住这眼泪。然后，我就上厨房去取煤油了。

2

居住在大贵族街上、有一幢自己住宅的阿日金一家，素来以热衷业余排戏、组织慈善性音乐会和搞人物造型而出名。她们总把她们自己的房子提供给演奏人使用，而她们自己承担一切劳务和开支费用。这个阔绰的地主家在本区拥有三千来俄亩地产和一所豪华的庄园。不过，她们不喜欢田园生活，冬夏两季都住在城里。这家里有一个母亲，挺瘦、模样秀气、短发，平时只穿一件短外套和一条普通的英国式平板裙子；还有三个女儿，据说家人都不称呼她们的名字，光叫做大姑娘、二姑娘和老姑娘。这三个姑娘个个都长着难看的尖下巴，她们又都是近视眼、溜肩膀。她们的装束跟母亲一模一样。她们讲起话来口齿不清，令人听了不舒服。尽管有这些缺点，她们还是参加每次业余演出。遇到办慈善性募捐时，她们也总愿帮助出点力——弹琴啦，朗诵啦和唱歌啦。她们都非常严肃，从来不露笑容，甚至在滑稽歌剧里伴歌，也不露一丝笑容，她们的脸相总是一本正经，真像会计算账似的。

我很喜欢我们的演出，特别是彩排，每场都要彩排，总是乱哄哄，吵吵嚷嚷的。彩排后，总要犒劳大家一顿晚餐。挑选脚本和分配角色我是没有份的。我的工作在后台：设计布景，抄写台词，给演员提词、化妆，制作舞台效果：做出打雷的隆隆声或夜莺的歌声等等。正因为我在社会上没有地位，又没有体面的衣服可穿，因此每逢彩排上演时，我只好站在舞台的侧面、一声不响地、羞怯地看戏。

我常在阿日金家做布景，有时在她们的马车房里；有时在院子里。在这方面，我有个助手，是油漆工安德烈·伊万诺夫，他自称是装饰专家，他年龄在五十上下，高个子，消瘦，面色苍白，没有胸脯，两鬓凹陷，带有黑眼圈，看上去相貌有些吓人。他害着一种极度消耗体力的重病。据说每年到春天和秋天，人们总担心，怕他不辞而别，一命归天，可是他总能挺过来，对大家说：“我又活了！”

本城的人管他叫列基卡①。据说，这才是他的真名字。他跟我一样，酷爱戏剧。每逢听人说要上新戏，他就马上丢开手头的工作，跑到阿日金家画布景。

我跟妹妹谈过话后，第二天我从早到晚一直呆在阿日金家。晚七点钟彩排，所有演员都提前一个钟头聚集到客厅里。大姑娘、二姑娘和老姑娘手里拿着台词脚本，在台上走来走去。列基卡穿着他那件长长的栗色大衣，脖子上围着一条围巾，站在那儿，脸颊抵着墙，神情严肃地察看着台上的布景。

阿日金母亲从这个客人身边走到另一位客人身边，穿梭在客人中间，和大家应酬着。她有一种脾气，喜欢注视着你的脸，同时小

① 俄文原意是“萝卜头”。——译者注

声小气同你说话，仿佛要向你透露什么秘密似的。

“我看，画布景太不容易了。”她走到我跟前小声说，“刚才我看你走进来时，我正在跟莫甫基太太讨论迷信呢。我这一辈子从来都反对迷信。为了让我的用人明白他们的迷信是多么荒唐，我偏要点三根蜡烛，偏要在每月 13 号做那些要紧的事情。”

托尔希科夫的女儿来了。她是个丰满而漂亮的金发女郎。而且，照本地的说法，她从头到脚都是巴黎式的入时打扮。她不参加彩排，但台上总得为她准备好一把椅子，一直要等她在第一排椅子上坐好，让她那身漂亮衣服弄得人人眼花缭乱，不住地赞叹，大家才能开排。她是从京城来的人，当然享有特权，可以在观看彩排时评头品足，批评我们。她总是笑嘻嘻地，而且宽容得很，谁都明白她把我们演的戏看做是小孩子的游戏。据说，她在圣彼得堡音乐学院里学过声乐，而且这一冬天，她在一个私人经营的歌剧团里演唱过。她给我留下了很深的印象。在排戏过程中，我的眼睛简直没有离开过她。

当我拿出台词脚本，刚要开始提词的时候，不料我妹妹突然出现了。她连帽子和大衣都没有脱就走到我跟前说：

“请你跟我一块走吧！”

我跟她走出来。安纽塔 · 布拉戈沃戴着帽子和黑面纱站在后台的门口。她是法院副院长的千金。那位副院长是很久以前就奉派到我们城里来的，差不多是在高等法院成立的时候就来了。安纽塔 · 布拉戈沃身材修长而匀称，因此，她在人物造型里担任角色，似乎是天经地义的事，非她莫属。可是每逢她答应扮演一个女神或仙女，她的脸总羞得发烧。她从来不演正戏。在彩排时，她也是无事不来的，即使来了，也是呆一会儿就走，并且不肯进门。现在看来，她是刚来一会儿。

“家父替您说过了。”她轻轻地说一句，脸涨得通红，眼睛也不看我，“托尔希科夫已经答应在铁路上给您谋一个差使，明天去找他好了。他在家。”

我向她鞠躬致敬，感谢她为我费心。

“您把这东西留给他们好了！”她指着我的台词脚本说。

她和我妹妹走到阿日金太太那儿，一边瞧着我，一边跟她耳语了一两分钟。她们好像在商量什么事情。

“真的，”阿日金太太走到我面前，注意地望着我的眼睛，“若是这种事使您分心，影响到您的正业，那您还是把它交给别人的好。别难过，我的朋友，现在就走吧，愿上帝保佑您！”说完这话，她就从我手里把台词脚本接过去了。

我向她告辞后就走开了，心里觉得很难为情。下楼时，我瞧见我妹妹和安纽塔·布拉戈沃也走出这所房子。她们正在热烈地谈论着什么，大概谈的就是我在铁路局里的差使吧。她们匆匆地走出去了。我妹妹从前从不到这里来看彩排。这一回，她一定吓得胆战心惊，因为她怕父亲日后一旦知道了，她没有得到他的许可就到阿日金家来了，定会责备她。

第二天下午一点钟，我去拜访托尔希科夫。门房领我走进一个很漂亮的房间，那是他的客厅又是他的书房。那里的摆设样样都很柔和、别致。对我这样从没有看过那些东西的人，显得格外离奇古怪。那儿有华贵的地毯；巨大的镜子；各种铜器；镶嵌在烫金镜框里的名画；姿态优美、落落大方的可爱女人的照片，面容清秀而聪颖。客厅里有一道门，打开了就是一个阳台，直对着花园。望去可见一片紫丁香花丛，摆好了早餐的餐桌，许多酒瓶和一束玫瑰，空气里弥漫着春天的气息和一股高等雪茄的香味——这儿洋溢着一种幸福的空气，仿佛样样东西都急切地表明，住在这儿的主人奋斗了一生，临了争取到了人间可能有的一切幸福似的。工程师的女儿坐在桌子那边看报。

“您是来找家父的吗？”她问，“他在淋浴，马上就出来，请坐下等一会儿吧。”

我坐下来。

“您大概就住在我们对门吧？”过了一会儿她问道。

“是的。”

“我常常感到很无聊，因此我一打开窗户就朝对面观望，请原谅，”她边看报边说，“我常看到您和令妹。她的表情总是那样和蔼、庄重。”

托尔希科夫进来了，用一块毛巾擦着脖子。

“爸爸，这位是波罗兹涅夫先生。”他女儿说。

“是的，是的，我知道，布拉戈沃副院长跟我讲过，”他很快地转过身来对着我，但并没有跟我握手，“可是，怎么样，我能给你找个什么差使呢？我这里有什么差使可让你做呢？先生们，你们可真是一些怪人，”他大声说，他的口气仿佛在责怪我似的，“每天总有二十来号人来找我，他们都认定我办的不是铁路，倒是铁路局。老兄，我这里有的都是些苦差使。我们需要铁匠、钳工、土工、木工、焊工、掘井工。你们只会坐在那里抄抄写写，别的什么也干不来，你们啊都是些耍笔杆的！”

我发现在他身上洋溢着一种幸福气氛，如同在我刚进屋时看到地毯和镜子的感觉一样。他粗壮，满面红光，肩膀宽阔，穿着粗布衬衫和肥大的裤子。他那样干净利落，就跟用搪瓷烧制的马车夫玩偶似的。他长着一大把络腮胡子，没有一根白发。他的鼻子稍稍钩着，两只乌黑的眼睛明亮而坦率。

“你能干些什么工作？”他接着问，“什么事你也做不来！我是工程师，家境很好，不愁吃不愁穿。可是我在修铁路以前也吃过不少苦，当过火车司机。我在比利时做过普通的油工。年轻人，你自己想想看，我该给你找个什么差使才好？”

“当然，您讲得有道理……”我发窘地喃喃说，抵不住他那双明亮而直率眼睛的盯视。

“你至少也会摆弄电报机吧？”过一会儿他问。

“是的，在电报局里当过差。”

“好，那就这么办吧。你就去杜别契尼亚吧，在那儿我已经用了一个人。不过，那个人是一个十足的废物。”

“那我去干些什么呢？”我问。

“你到了那儿就会知道的。你先去好了，我会给他们下个命令的。不过有一件事要牢记：不准酗酒，也别提什么要求，别向我啰唆，要不然我就辞掉你！”

他走了，连个头也没有点。我对他和他的那个仍旧在看报的女儿深深地鞠了一躬，走了。我的心情很沉重，以致妹妹问起我工程师接见我的情况，我竟一句话也说不出来。

为了去杜别契尼亚，第二天一大早，太阳刚升起，我就起床了。大贵族街上一个人影也没有，大家都在沉睡中。我走在街上，发出又响亮又孤单的脚步声，沾着露水的白杨散发着一种温柔的清香。我觉得很难过，舍不得离开这座小城。我爱这座小城，在我眼中它显得那样美丽而温暖。我爱这里绿树成荫、安静晴朗的清晨和教堂里阵阵悠扬的钟声，可是，我又觉得跟我一块住在这城里的人却令人厌恶，我跟他们生疏得很，有时我觉得他们实在叫人乏味。大体说来，我不喜欢他们，也不了解他们。

我不知道在这儿居住的六万人为什么生活和靠什么生活。我知道基木拉①人靠做鞋过日子；图拉②人靠做茶炊和枪炮赚钱，我还知道敖德萨③是港口城市，可是我们这座城市是个什么东西呢，究竟为什么而存在呢，我却一无所知。居住在大贵族街和另外两条漂亮住宅街上的人们，要么靠放债得来的利息活着，要么是在财政局做职员，靠收入的薪水过日子。而其余的八条平行的大街，伸延八九里长，街的尽头隐没在山背后——在这些街上住着的人在干些什么事，怎样活下去，这对我素来是个捉摸不透的秘密。总之，一谈到这里的人在怎样过活，简直令人难于启齿。这里没有公园，没有戏院，也没有一个像样的乐队。公立图书馆和俱乐部图书馆只有年轻

① 伏尔加河上的一个城市，18 世纪以来，是俄国制鞋业中心。

② 俄国钢铁基地之一，生产武器和民用茶炊。

③ 黑海滨的一个重要港口，大商埠。

的犹太人才去，因此周刊和书籍有时都原封不动地摆在那里，一连几个月也没人去拆封。就连受过高等教育的人，既阔气又有学问的人也睡在那密不通风的小小卧室里，也睡在满是臭虫的木床上。他们的子女也被关在肮脏的所谓幼儿园里，那些用人，甚至连那些已经成为家庭成员的老仆人也只好睡在厨房的地板上，盖着破被子。他们的房间里经常充溢着肉汤的气味，到了四旬斋，还添上用葵花子油炸出来的鲟鱼的气味。他们的吃食没有一点滋味，他们喝的水都是臭的。在议会里也好，在总督府也好，在主教家里也好，许多年来他们一直在谈论这个城市有必要装置便宜而清洁的自来水，他们谈到可以不可以向财政局借二十万卢布贷款来兴修。城里有钱的富翁不下三十余位，他们玩牌赌钱，一场就可以输光全部家产，却也情愿喝这种脏水。一辈子都空谈那笔贷款。我实在不明白，我想若是他们肯自己掏腰包拿出钱来，投入几万卢布，那问题不早解决了？！

在这座城里我没见过一个正直的人。我父亲收受贿赂，心安理得，认为这是对他品德的尊重；小学校的学生想要升班，就得去请他们老师补课，可老师就趁机大敲竹杠，收一大笔费用；本地卫戍部队司令官的太太在征募新兵期间，向新兵讨贿赂，讨吃请。有一回她喝得酩酊大醉，在教堂里做祈祷，跪下以后，怎么也站不起来了；医生也向新兵要贿赂。市府的医官和兽医向肉铺和酒馆大征其税。在本地的学校里发卖着三等文官证书。高级的教士收低级牧师和教会庶务的钱。凡是到市议会、医务局和政府其他机关办事的人，那些官员都会朝他们喊叫："你们得表示表示啊！"那些求职的人就只好回转身来，至少也得奉献上三十或四十个戈比。不收贿赂的有没有呢？有是有的，比方拿司法部门的高级官吏来说吧。他们傲慢无礼，不肯同一般人握手，光是伸出两个手指头。他们素以冷酷和小气出名，可是，他们常常打牌、酗酒，只想娶富有的女人为妻，这无疑对于他们周围的人造成有害的影响。这里只有一些女孩子还有点生气，她们心地纯洁，大半都有高尚的理想和纯洁而诚实的心灵。可是她们不通世故，轻信贿赂纯粹是出于对高尚品德的尊重。等到她们结了婚，很快也就衰老堕落，自暴自弃了。到头来，她们也就无望地陷入小市民的生活——那庸俗生活的泥潭里去了。

3

在我们这个地区修了一条铁路。每逢节假日的前夕，我们这个城里的街道上总是挤满了衣衫褴褛的人群，城里人管他们叫做“铁黑子”，人人都怕他们。我时常看到这些褴褛的人当中，有的头上没有帽子、满脸血污地被押送到警察局去，在他的身后有人拿着一个茶炊或几件刚洗的还湿着的衣服作为犯罪的证物。这群“铁黑子”在酒馆和市场上游来荡去，吃喝的东西又少又差。他们满嘴脏话。若是有个把轻浮的女人挑逗他们，他们便会吹起口哨跑上前去打招呼。为了给那群褴褛而饥饿的人们开一开心，店家老板往往捉一只狗或抓一只猫，用酒将它们灌醉，而后在狗尾巴上拴一个煤油桶。狗就顺着大街跑下去，身后跟来了他们的大声喊叫和乒乒乓乓的桶声，狗吓得汪汪大叫，它大概以为身后有一个妖怪追上来了，于是狗就一直跑出城，进了田野，累得筋疲力尽，倒下了。我们城里有几只狗总是瑟瑟地发抖，两条腿夹着尾巴。据说它们因经受不住这种娱乐已经变疯了。

铁路车站修在离城五俄里远的地方。听说，当初工程师们索要五万卢布的贿赂，才肯把铁路车站修在城边上。可是市议会只肯出四万，因此这件事就因为一万卢布闹僵了。现在市里的人都很后悔。因为从城里到车站，非修一条铺石子的大路不可，据估计这条路修起来所花的钱还不止这点呢。铁路线上，已经铺好了枕木和铁轨，勤务车载着筑路材料和工人开来开去。只有托尔希科夫承担的桥梁和几个地方车站没有按时完工，有些误期。

杜别契尼亚——这是我们第一个车站的名字——在离城七十俄里以外。我是徒步走到那儿的。看上去，那越冬小麦和夏麦一片可爱的碧绿沐浴在平静的晨曦里。原野平坦而畅快。远处清晰可见那火车站的轮廓。此外还能看见一片坟茔和远方的庄园的轮廓。自由自在地走路，该多么痛快啊！我多么希望全身都浸透着自由的感觉。哪怕只有一个早晨也好啊，心里既不想城里的事，也不想我自己的困惑，更不感到饥饿。没有比饥饿的痛苦更使我感到生活难熬的了。因为每到挨饿的时候，我这些高尚的思想就会跟麦片粥啊，炸丸子和炸鱼什么的想法离奇古怪地纠缠在一起。瞧，如今，我独自一人站在原野上，抬头仰望天上的百灵鸟，听它们在纵情地歌唱，它们仿佛就悬挂在那里，发疯似的唱个不停，可此时此刻，我脑子里所想的是“现在若是能吃上一片夹奶油的面包该多好啊！”或者，要是我在路边坐下来闭上眼睛养神，听着五月的各种美妙动听的声音，可我却不由想起了热山芋的香味来。我的身体又高又壮，可我吃到的东西却少得可怜，因此，我的主要感觉就是饥饿。这就说明了我深深地理解，为什么许多人光是为了吃饭而操劳奔波，谈起话来总离不开吃食的缘故。

刷浆工人正在粉刷杜别契尼亚车站内部，有的工人正在安装水塔的上部木板。天气闷热，空气里弥漫着一股石灰浆的气味。工人们在木屑刨花中慢腾腾地走动着，可老扳道员却在他的小屋里边睡着了，阳光照着他的脸。这里一棵树也没有。电线发出轻微的嗡嗡声，那上面落着一群鹞鹰。我在刨花木屑中间走动着，不知道该做什么才好。想起了先前我问工程师我该做什么的时候他所说的那句话：“你到那儿就会明白了。”可是在这荒凉的地方我能明白什么呢！刷浆工人们在议论一个工头和一个姓费多特·华西列夫的人。我听不懂他们讲的是什么意思。不久，我心中就产生一种痛苦——生理上的痛苦。每当你感到自己既不缺胳膊少腿，又有健全的头脑，却不知道该做什么事才好，又该怎样对待这一切时，心里就会产生一种痛苦的感觉。

我在路上足足走了两个多小时。我发现从车站向右有许多电线杆子一路伸延向远处去，在一俄里半或两俄里以外一道白白的石墙那儿排到了尽头。工人说那儿有一个办公处，直到这时我才明白那就是我应该去的地方。

那是一座很古老的、早已荒芜的庄园。白白的石墙年久失修，看样子早已风化疏松，而且有些地方也已经坍塌了；门房的房顶已经生锈，有些地方补了一块块的白铁皮，它们在闪闪发光。门房那没有窗子的墙壁面朝着田野。从大门向里望去，我看见一个宽敞的院子，杂草丛生；还看见一幢地主的宅院，窗口却下了百叶窗，高高的屋顶，已经锈得发红。这幢宅子的左右两侧各有一个厢房耳屋，建造得一模一样，只不过其中有一个小屋的窗上钉上了木板；另外一个厢房的外面，在一条绳子上晾晒着一些布衣裳。房屋的正面有扇窗子，窗前有几头小牛正在吃草。最后一根电线杆子就矗立在院子中央，电线通到一个小屋的窗子里面去。那小屋有一面墙是光秃秃的，那面墙壁朝着空荡荡的田野。房门开着，我走进去，一位满头黑色鬈发的先生穿一件帆布上衣坐在电报机旁。他满脸阴沉地皱起眉头看我一眼，然后微微一笑说：

“噢！你不是那个小利钱吗？”

这个人就是伊万·契普拉柯夫，我的中学同学。他念到二年级因为抽烟被校方开除。当初每到秋天，我们常常一块儿去捉金翅鸟、金雀、蜡嘴鸟。一清早趁父母还在睡觉的时候，我们就把捉到的鸟儿拿到市场上去卖。我们就在那守候着成群飞向南方去的欧椋鸟，拿小石子袭击它们，然后把打伤的鸟捡回来。有些鸟就惨痛地被打死了（我至今还记得它们关在鸟笼里怎样地惨叫）。有些伤鸟养好了就给卖掉。我们甚至厚着脸皮诅咒说那些鸟全是公的。有一回我在市场上只剩一只没有出手，向顾客兜售了许久，才总算卖了一个铜子儿。“不过，总算盈了一点小利。”我自我解嘲说。打这以后，我就被街上的顽童起了一个外号，叫做“小利钱”，直到现在，小孩子啦，小店的老板啦，也还是叫我这个外号，捉弄我。其实，除我以外，谁也不记得这个外号的由来了。

契普拉柯夫身体单薄，胸脯很窄，伛着背，但腿很长。他系的领带窄得像条绳子，他没穿马甲，他的鞋后跟已经磨没有了，看样子比我的鞋还差。他的眼睛从来眨都不眨。他的表情总是那么紧张，仿佛老想抓住什么东西似的，总是心神不定。

"呶，等一等，"他慌慌张张地说，"你听我说，我刚才说什么来着？"

我们谈了一阵，我才弄清楚，这房产不久前还属于契普拉柯夫的，直到去年秋天才卖给工程师托尔希科夫。托尔希科夫认定在土地上投资比买股票赚钱，因此，以抵押的办法买了三块相当大的地产。契普拉柯夫的母亲签约时加了一条，约定她可以在厢房里再住两年。她还向工程师疏通，好歹替她儿子在机关里找一个差使。

"他当然有的是钱来买呀！"契普拉柯夫说，指的是工程师，"他不仅敲工头的竹杠啊，事实上，他对谁都敲竹杠。"

然后，他带我去吃午饭，硬是决定让我跟他们住在一块，在他母亲那儿搭伙吃。

"她有点小气！"他说，"不过她不会管你要很多钱。"

他母亲住的房间很小，就连靠墙和前厅都堆满了家具。那些家具是卖掉住宅时从屋子里搬出来的。所有家具都是红木做的老古董。契普拉柯夫的母亲是一位体态丰满的老太婆，长着一双中国人似的眯缝眼，坐在窗旁一张大圈椅里，织着袜子。她很客气地接见了我。

"妈，这是波罗兹涅夫。"他介绍说，"他到这儿来做事。"

"您是贵族吗？"她用一种刺耳的声音，提出这样一个古怪的问题。我觉得她喉咙里好像有块肥油堵在那里。

"是的。"我说。

"请坐。"

午饭很糟，只上了一道油煎酸奶酪饼和一碗奶油汤。艾里娜·尼基佛罗芙娜，我的女主人老是在那里挤眉弄眼，不是挤右眼，就是挤左眼。她边说边吃。可是，她的全身上下散发出一股近似死人的气味，仿佛嗅到一种死尸的恶臭。生命之火在她身上已经奄奄一息，她只模糊地记得她原先是一位贵妇人，有过农奴。她自己是一位将军的未亡人，用人们素来称呼她为“将军夫人”。每当这些凄凉的生活陈迹在她心头闪闪发亮的时候，她就对她儿子说：

“让[①]拿好你的叉子！”

要不然，她就沉重地喘着粗气，摆出女主人好客的那种装腔作势的神态：

“您是知道的，我们的产业卖掉了，当然了，叫人叹息；我们已经住惯那幢住宅。不过，托尔希科夫已经答应让约翰当杜别契尼亚火车站的站长，所以我们也就用不着搬走了。将来我们还要搬进火车站里呢，那不就跟住在这所住宅里一样啦。那位工程师是一位心地善良的人。您没有发现吗，他可是长得挺帅的。”

不久前，契普拉柯夫家还是挺富有的，可是自从将军去世以后，一切都变了。艾里娜·尼基佛罗芙娜常跟四邻街坊吵架，一直告到法院里去。她又总不按时支付管家的薪水和工人的工钱。她老是怕他们抢劫她的钱财。还不到十年的光景，杜别契尼亚就变得面目全非了。

那幢住宅后面有个老果树园，完全荒芜了。遍地是杂草和灌木丛。我走到住宅的阳台上去，那个阳台总算还结实、稳固，隔着玻璃门可以看见里面的房间，里面有细木镶嵌的地板，那原来可能是客厅。房里还有一架旧式钢琴，墙上挂着用红木镜框装饰的版画，除此之外什么也没有。在从前的花坛里只有牡丹和罂粟花还活着。它们从杂草中探出白色和绛红色的花苞。花园的幽径上长着小榆树和小槭树，叶子虽然被小牛啃光，仍不停地上长，又密又挤。失修的花坛荆棘丛生，似乎难以通行。不过，只在住宅附近是这样，在旧日的林荫路两旁生长着白杨、松树和老椴树。花园的后边是果树园。那儿已经开辟出一块空地做堆积干草用。那儿空气新鲜，蜘蛛

---

① 俄语中的伊万对应法语中的约翰。

网不会蒙住你的眼睛和嘴，从这里会吹来阵阵微风。越往里边走，就越感到宽阔，樱桃树和李子树自由自在地生长；老苹果树给棍子支撑着，树皮被虫子咬得斑斑驳驳；梨树长得十分高大，你简直弄不清它是不是梨树。那一部分果园已经租给城里商人。为了防止偷盗和欧椋鸟的糟蹋，他们雇了一个呆头呆脑的乡下人看守着。他住在附近一间草屋里。

果树园越往里走越稀疏，到远处简直变成了一片草场。坡下是一条河。河里长满了芦苇和柳条草，靠近磨坊的水闸有一个给水车占据的塘。那一湾深水里满是鱼；这个茅草顶的小磨坊整天都在忙碌着，水车掀起一片哗啦啦的水声。青蛙在那里拼命地哇哇叫。水上不时溅起一片片涟漪。河面上平静得像一面镜子一样。河上的莲花给水底的鱼儿嬉戏弄得颤巍巍地摇来摆去。河对面就是杜别契尼亚村。这条蔚蓝而平静的河水有着诱人的魅力，使人感到它是那样清凉而安静。如今，这河水、磨坊和静悠悠的河岸——这一切全归工程师所有了。

我的新工作就这样在这里开始了。我整天接发电报、写各种报表、替不识字的工头和工人书写呈文、作报告。可是，一天当中的大部分时间，我什么事也没有。我在房间里走来走去，等电报来，要不然就叫一个孩子帮我守在屋里，自己去公园里散步，直到那孩子跑来，告诉我说电报机响了我才回去。我在契普拉柯夫母亲那儿搭伙吃饭。我们很少吃肉，大半是吃奶制品。每星期三、五还要吃斋，就只吃麦片粥。契普拉柯夫母亲老是挤眉弄眼的——这是她的毛病。在她面前，我心里总感到不自在。

在这小屋里，工作少到不够一个人做的。契普拉柯夫是什么事也不做。他成天睡觉，要不然就下河去打水鸭子。到晚上，他在村子里或车站上喝得醉醺醺的。上床睡觉前，他总要照照镜子，自言自语地说：

“你好啊，伊万·契普拉柯夫！”

每逢喝醉酒，他的脸色苍白，搓着手，不停地狂笑：“哈——

哈——哈哈！”有时他还故意恶作剧，脱掉衣服，光着身子，裸体在田野里跑来跑去，还吃苍蝇，说这种东西味道有点酸。

4

一天午饭后，他气喘吁吁地跑进房里对我说：

“快走，你妹妹来了！”

我跑出去，看见那幢住宅的门廊外面停着一辆马车。我妹妹来了，陪她来的还有安纽塔·布拉戈沃和一个穿单排扣军装的男子。我走近才认出那男子是安纽塔的哥哥，是位医生。

“我们是上你这儿来野餐的。”他说，“你欢迎不？”

我妹妹和安纽塔明明想问我过得怎么样，可是她俩只是默默地瞧着我。我自己呢，也没话可说。她们看出我在这儿干得不顺心，我妹妹就哭起来了，安纽塔·布拉戈沃眼圈也红了。我们信步向花园走去。医生走在我们最前头，兴奋地说：

“好新鲜的空气！圣母啊，这是多么新鲜的空气啊！”从外表来看，他完全是一个大学生。他的言谈举止都使人联想到学生。他那双灰色的眼睛流露出的眼神也是那样充满生机、坦率和诚恳。跟他那位身材修长和漂亮的妹妹相比，他显得瘦弱，胡须长得也稀疏不浓密；嗓音也比较细弱，但是听起来却相当悦耳。他在某地的团队中服役，这次是请假回来省亲的。他告诉我们今年秋天要去圣彼得堡参加医学博士考试。他早已成家。他早在读大学二年级时就娶了妻子。现在他有三个子女。不过城里都在传说他婚后生活并不美满，已经同妻子分居了。

“现在几点了！”我妹妹不安地问，“咱们该早点回去才好，爸爸让我在这里最晚呆到六点钟。”

“唉，你爸爸也管得太严啦！”医生叹了一口气。

我摆好了茶炊，我们在正房住宅的阳台前铺的地毯上坐下来喝茶。医生单腿跪在那里，用小茶碟喝茶，他说今天特别高兴。后来，契普拉柯夫取来钥匙，打开那扇玻璃大门，我们都走进住宅。那是一个阴森而神秘的地方，屋内散发着一股霉气味，我们的脚步踏出一种空谷回响的声音，仿佛在地板下面是一个地窖似的。医生站在钢琴旁，按动一下琴键，钢琴就发出轻微的悠远的声音，不过也很清脆，他吊了吊嗓子，唱了一支什么情歌，每当有的琴键按上去不响的时候，他就紧锁起眉头，不慌不忙地用一只脚跺起地板来。

我妹妹再不提回家的事了。她兴奋地在屋里走来走去，不停地说：

"我高兴极了！我感到非常、非常快乐！"

她这番话使人听来感到惊讶，她居然在心里也会感受到快乐，未免使人感到异乎寻常。我生平第一次看见她如此快活，她甚至满脸生辉，本来她的侧面并不好看，她的鼻子和嘴都翘得厉害，看样子真像在吹什么东西似的。不过她那双眼睛却是乌黑动人的，她的脸儿是白皙而秀气的。她面容上最动人的地方，就是她那无限亲切和哀婉的表情，她一说起话来，就容光焕发和动情迷人。我和她，都长得很像妈妈：宽宽的肩膀，性格坚强而有耐力。不过我妹妹脸色苍白，疾病缠身，不够健康。她时常咳嗽。在她的眼神里时常流露出一种表情，那是患重病的病人常有的一种表情。但不知为什么她竟有意掩饰着它。今天她的快乐带有儿童的天真，好像在我们的儿童时代被严格家教压抑和绞杀的欢乐，突然在她灵魂深处苏醒过来，挣脱出来，呼吸起自由的空气。

可是当黄昏到来，准备乘车离开这里的时候，她的情绪又低沉下去了，脸也显得憔悴了，坐在敞篷马车里的那副表情，真像坐在被告席上受审一样。

他们就要走了，欢声笑语也消失了……我猛然想到安纽塔·布拉戈沃始终还没有跟我讲一句话。

"真是一个奇怪的女孩子，"我心想，"简直莫名其妙！"

圣彼得斋日到来了，我们天天吃斋饭。由于过节和工作没有定下来，心情苦闷和身体也感到不舒服，又饿又烦，对自己不满意，在庄园里逛来逛去，等待着适当时机离开这里。

有一天傍晚，列基卡正在我们厢房里坐着，托尔希科夫突然走进来了。他被太阳晒得黑黑的，风尘仆仆。他在这个地段上已经呆了三天啦，坐火车来杜别契尼亚，然后从火车站走到这里来的。他在等城里派马车来接他回去，顺便到这个庄园里来转转，身边还带一名主管房地产的总管。托尔希科夫大声疾呼地发号施令。他在我们这间厢房小屋里足足逗留了一个小时，他坐在那儿写了几封信。就在这段时间里，来了几封电报，是发给他的，他就亲自在电报机上回了电报。我们三个人都笔直地守立在那里，一声不响。

“简直乱七八糟！”他用目光扫视了一下各种文件报表，生气地说，“再过半个月我就将办公室搬到车站里去，我简直不知道，该怎样对待你们这几位先生才好！”

“我是尽力干了，大人。”契普拉柯夫说。

“是啊，是啊，看得出来你是怎样尽力干的。你只会拿薪水。”工程师瞧着我，接着说，“你总想一鸣惊人，总想往上爬，哼，你应该知道我可不是靠别人提拔起来的人，谁也没有伸手提拔过我。先生，人们叫我修铁路以前我当过机车司机，还在比利时当过普通的油工，还有你，潘台莱，你在这里干了些什么事？”他转过身去，对着列基卡说：“你跟他们一块酗酒吧？”

不知为什么他管每个普通人都叫“潘台莱”。像对我和契普拉柯夫这样的人，他讥讽挖苦，甚至当面骂我们是醉鬼、畜生和坏蛋。总之，他对待小人物从来是冷酷无情和随便惩罚的，无理地解雇，而且不解释原由。

马车终于来了。临别时他表示两周内把我们统统解雇，骂那个总管是个糊涂虫，然后舒舒服服地坐上马车，进城去了。

“安德烈·伊万内奇。”我对列基卡说，“你收留我做个工人吧。”

“啵，那好吧。”

于是，我们一块儿进城去了。当我们远离火车站和庄园以后，我问他：“安德烈·伊万内奇，告诉我，你上杜别契尼亚来有什么事吗？”

“首先是因为我那些工人在这段路线上做工，其次因为我要向那位将军夫人支付利息。去年我向她借了五十卢布，说定每月付她一个卢布的利息。”

讲到这儿，这位油漆工停下脚步，抓住我的手。

“密沙尔·阿列克谢伊奇，你简直是我们的天使，”他继续说，“依我看来，放债牟利的人，哪怕索要利再小，也无异于强盗。这种人身上丝毫没有正气可言。”

满脸凶相，又白又瘦的列基卡闭着眼睛，摇头晃脑，用哲学家的腔调有板有眼地说：

“蚜虫吃青草，锈吃铁，而虚伪吃灵魂。让上帝来拯救我们这些罪人吧！”

5

列基卡为人并不精明，也不善于核算。他总招揽很多工作，到头来又力不从心，自己干不完。在结算时，他总是提心吊胆和惊慌失措，因此，几乎笔笔都亏损。他会画招牌、装玻璃、糊壁纸，甚至会在房顶上铺瓦。记得，从前有一回他足足花费了三天的工夫去找砖瓦工，来做一件小小的盖房顶的差使。其实他自己就是一位能工巧匠。要不是他一心想当工头和叫人称他为包工，那他早就发财了，一天赚十个卢布，不在话下。

他自己包工固然能挣到钱，但他给其他一些工人每天都要支付七十戈比到一个卢布的工钱。在天气十分干热的情况下，我们干着户外的各种工作，主要是漆房盖，开始我的脚很不习惯，感到非常热，简直像在烧红的铁板上行走一样，穿上一双毡鞋，两脚又焐得难受。可是过了不久，我也就习惯了。再干起来，也就得心应手了。现在我生活在这样一群人中间。对他们来说，是必须做工的，谁也逃脱不了，他们像驾辕的马一样卖力气，他们往往连“做工”这两个字的精神价值也不懂，这两个字他们在谈话中从来不使用。在他们身边，我感到自己也像驾辕的马一样，越来越深切地体会到，我应该卖力气，不能逃避的。这种想法使我的生活变得轻松，摆脱了那些疑虑。

起初，这里的一切都使我感到新奇，我好像降生到另外一个世界了，我可以睡在地上，光着脚在地上走来走去——这使我感到非常痛快，我能毫无拘束地同这些朴实的人相处。每当我听说街上拉车的马累倒了，我就不顾一切地跑过去，用力帮着把它扶起，不怕弄脏自己的衣服。最主要的是，我靠我自己生活，再不给任何人增加负担。

油漆房盖，特别是用我们自己搅拌的干油和油漆来做这件工作，是特别赚钱的生意。因此，这种粗笨而单调的生意，就连列基卡那样的能工巧匠也不肯放弃。他穿着一条短裤，露出晒得紫红的大腿，在房顶上走来走去，跟仙鹤一样。我常听见他一边刷油漆，一边喘着粗气说：

“痛苦啊，痛苦啊！我们这些罪人真苦啊！”他在房顶上走来走去，轻松自如，仿佛走平地一样。尽管他有病，面色像死人一样苍白，但他那种麻利劲儿却令人吃惊，简直像年轻小伙子一样。他在教堂的拱顶和尖顶上涂油漆的时候，用不着给他搭脚手木架，只用一个梯子和一条绳子就够了。每逢他悬吊起来，离地面那么高，挺直了身子站在房顶上，他在那里自言自语地叨咕着令人莫名其妙的口头禅：

“虫吃草，锈吃铁，虚伪吃灵魂！”

说罢，他又若有所思的，仿佛在回答他自己的问题：

“一切都会发生！一切都会发生！”

每当我收工回到家里，就见那些坐在小卖店门口的小职员、小店主及其子女们叽叽喳喳地议论、讥讽和挖苦我，起初我听起来十分气愤，而且简直叫人不能容忍。

“看，小利钱来了！”我听见四面八方的叫喊声，“这是个油漆匠！油刷子！”

不知为什么，那些不久前还是普通老百姓，自己也靠卖苦力赚钱糊口的人对我比别人更不友好。当我在市场两排货摊中间走过，走近铁器店的时候，有人朝我身上泼了一桶水，仿佛是不小心泼来的一样，有人甚至往我身上打了一棒子。一个头发花白的鱼贩子挡住我的去路，不怀好意地看着我：

“对你这个混蛋，我并不可怜！我只替你爸爸难过！”

不知为什么，我的朋友和熟人遇到我，也显得很尴尬，有人把我看成是怪人和傻子；有人挺可怜我；另外还有一些人不知如何对待我才好。他们的心态真令我难以捉摸。有一天，我在大贵族街的一条小巷子里遇见了安纽塔·布拉戈沃。我正好去上工，手里拿着两把大长刷子和提着一个油漆桶。她一认出我，就劈头盖脸地生气地说：

“我希望你在街上不要再同我打招呼……”她用颤抖的声音、神经质地冷冷地说，也没有伸出手来，在她眼眶里突然涌现出泪花，“若是，你认为这一切都是需要的话，那只好由你……由你了，但是，请你今后别再跟我来往！”

这时候，我已不住在大贵族街上了，搬到城郊马卡利哈保姆家，同我的保姆卡尔波芙娜住在一块儿。她是一个心地善良但又郁郁寡欢的老太婆，她老是觉得要出什么坏事，做什么梦她都非常害怕，甚至看蜜蜂和黄蜂飞进她的屋里，她也认为这是不祥之兆，至于我当了工人，她也觉得不是好事。

“你这辈子算完了！”她痛苦地摇着头说，“完了！”

她的养子普罗柯菲同她住在这间小屋里。养子是一个卖肉的，年龄在三十上下，身材魁梧，膀大腰圆，满头红发，长一脸刷子式的硬胡茬。每当他在过道上遇见我，总是一声不响地恭恭敬敬地给我让路，若是他喝醉了，总要把手伸向帽檐处，向我行一个直挺挺的军礼。要是他在隔壁房间里一杯接一杯地喝酒，我就能隔着薄板听见他吧嗒嘴唇的声音和他哼的歌。

“妈！”他低声地呼叫着。

“干什么？”卡尔波芙娜回答，她非常疼爱她这个干儿子，“啥事儿，小儿子？”

“妈，我要好好地孝敬你老人家！我一定给你养老送终！拿出钱来替你安葬。我是说话算数的，说到就一定做到！”

我每天都是天亮就起床，起得早，睡得也早。我们这些油漆工吃得饱，睡得香，但不知为什么每天夜里我的心跳得非常厉害。我和伙伴们从来不吵架。在这里咒骂和起誓，以及咒人家倒霉的话，比方叫人瞎眼啦，叫人得霍乱啦，成天不断。可是我们在一块过得倒挺友好快乐。工人们怀疑我是虔诚的宗教信徒，总爱善意地和我开玩笑，说什么亲生父亲都不认我这个儿子啦。同时他们又说，他们很少去教堂；他们中间大部分人十年来都没有去作忏悔了。他们说油漆工在人们当中没有地位，如同乌鸦在鸟中一样，他们就拿这些话来给他们自己的疏懒辩解。

这些工人喜欢我，尊敬我。他们之所以对我满意，可能是由于我既不喝酒，也不抽烟，过一种安静平稳的生活。只有一件事惹得他们不高兴，那就是我不愿跟他们一块去偷干油和不同他们一道去向客户讨赏钱。在这里，偷主人的干油和偷拿主人的油漆，对油漆工来说，早已习以为常，司空见惯，已经不认为是偷了。甚至像列基卡那样体面的人，在下工时居然也会顺手牵羊，每次捞走一些白铅粉和干油，这也无伤大雅。就连那些在马卡利哈有私人住宅的老工人，也一点不怕难为情地伸手向客户讨赏钱。工人们在上工前或下工后，成帮结伙地去向没什么了不起的顾客献殷勤，说些阿谀奉承的话，一旦从那些人手里得到十个戈比的赏钱，就千恩万谢。我看到这种情况，真叫人不痛快，觉得丢脸。

他们像沙皇宫廷里的宦官巴结沙皇那样，巴结他们的客户。看到这种情景，使我不由联想起莎士比亚笔下的人物波罗涅斯[1]。

“我看天要下雨了！”一位客户抬头看着天空说。

“对了，真的快要下雨了！”油漆工们立刻随声附和道。

“其实，那些云并不是积雨云，下不成雨！”

“是的，老爷，那些云确实不是积雨云。”

背后，他们对待客户极尽挖苦讽刺之能事。要是看到有一位房主坐在阳台上看报，他们便会议论说：

“别看他在看报，我敢断定他肚子里是没有食儿的。”

家，我是从来不回去的。可是每当我下工回到我自己的住所，时常会看到我妹妹由于等不及我回来而留下的令人焦急的便条。告诉我关于父亲的情况：有一天他在吃午饭的时候，显得心事重重，一口饭也没有吃下去；有一次他摔了一跤，就回到他自己房子里，关上门，很长时间没有出屋。这些消息也使我感到不安，睡不着觉。有一次我甚至深夜里到大贵族街我家住宅周围，走来走去，抬头看着那黑沉沉的窗口，尽力猜测住宅里的一切是否都平安无事。每逢星期天，我妹妹都来看我，并且推托说不是看我，是来看老奶妈的。她每次来，面色都十分苍白，两眼哭得红肿，一见面又马上哭起来。

“爸爸再也忍受不了啦！”她说，“万一他有个三长两短，出一个好歹（但愿不会），那你的良心就会折磨你一辈子！想起来，真可怕！密沙尔！看在母亲的面上，我求求你，快改邪归正吧！”

“妹妹，我的好妹妹，”我说，“我既然深信我的所作所为是完全正确的，是对得起良心的，要知道，这就不存在改邪归正的问题！”

“我知道，你对得起良心，不过，是否尽量变换一下方式，不至于伤别人的心。”

---

① 是莎士比亚《哈姆雷特》剧中的老臣（奥菲丽雅的父亲），他天天奉承国王。

“唉，我的上帝呀！”老奶妈在门后发出一声深沉的叹息，“你这一辈子算完了！你们要倒霉的，我的孩子们，你们要倒霉的！”

6

一个星期天，布拉戈沃医生出乎意外地来到我这里。他身穿一套单排扣的军装，里边有一件俄国式的绸衬衣，脚蹬一双高筒漆皮皮靴。

“我是来找您的！”他开口说道，接着像大学生似的，紧紧握住我的手，“我天天听人说起您，一直想来找您讨教。在城里简直闷死人，找不到一个可以谈心的人。天哪，太闷热啦！”他继续说，脱掉军装，露出里边的绸衬衫，“老兄，让我们好好聊聊吧！”

我自己也感到寂寞无聊，早就指望涉足于油漆工以外的人群中去。他一来，我打心眼里感到高兴。

“咱们从哪儿谈起呢？”他坐到我的床铺上开口说道，“就从我衷心同情您的遭遇和深刻尊重您的这种生活方式谈起吧！在这座城里，他们都不理解您，再说，也没有一个人能够理解您。说来也难怪，因为除了少数例外，他们都是果戈理笔下的那群猪猡，这点您是很清楚的，不过，那天咱们在一块野餐，我立刻就猜透了您的心思，您是一个心胸开阔、品格高尚的人。我认为能跟您握手是最大的荣幸。”他兴致勃勃地继续说着，“像您这样能如此坚决而果断地改变自己的生活，那是需要在精神上经历一段复杂过程的；要想继续坚持这种生活方式，一成不变地坚持自己高尚的信仰，您必须日复一日地绞尽脑汁，费尽心血。现在，让我们开始我们的交谈吧！请您告诉我，如果您要把您的意志力量、全副精力和毕生心血全部倾注在某个事业上，比如去做一名伟大的学者或一名艺术家，如果那样的话，难道您不认为您的生活会更丰富、更深刻和在各方面会更有收获吗？”

我们继续谈下去。当我们谈到体力劳动的时候，我发表了这样一种思想："强者不应奴役弱者，少数人不应吸食多数人的膏脂成为寄生虫。无论强者，还是弱者，无论少数人还是多数人，要毫无例外地平等参与为自我生存而进行的斗争。在这方面的体力劳动作为每人的共同义务是最能使人们处于平等地位的手段。"

"依您看，是不是人人都必须从事体力劳动，而且无一例外呢？"医生问道。

"是的。"

"要是每个人，连最优秀的思想家、科学家们都去参加为自我生存的斗争，把自己的时间都耗费在敲石头和漆房盖上，难道您不认为，这势必要严重危害人类进步吗？"

"这有什么危害呢？"我问道，"所谓进步，就是指的博爱和贯彻道德法则而言。如果您不去奴役任何人，也不压迫任何人，除此以外，您还需要什么样的进步呢？"

"不过，恕我直言，"布拉戈沃站起身来，气冲冲地说，"恕我直言。要是一只蜗牛在自己的壳里修行、完善自我功德和探索出精神道德法则，那么您是否也称之为进步呢？"

"这叫什么探索呢？"我很气愤，"如果您不强迫你的亲人供养你，解决你的衣食住行，为了保卫您而去与敌人作战，那么，在这建立在奴隶制基础上的生活里，难道您不认为这就是进步吗？依我看，这才是最真实的，恐怕可以说是惟一可行的，也是对人最需要的进步。"

"本来，世界范围内的全人类的进步是无止境的，不该加以限定。可您所说的，是为我们的需要和权宜的理论观点所限定的'可能的'的进步，使我感到莫名其妙。"

"如果像您所说的，进步是无止境的，那么，这就是说，它是没有限定目标的。"我说，"生活若没有固定目标，那么你生活就失去了意义！"

"就算是这样，不过，这个所谓'不知道'并不比您的'知道'更乏味。我是沿着一个称谓为进步、文明和文化的阶梯向上攀登的，不停地攀登，虽然并不了解走向的目标，不过，说实在的，只是为了这一个美妙的阶梯而活着，也是值得的。可您呢，固然知道为什么而活着，为了不让一部分人奴役另一部分人，为了让艺术家和给他调颜料的人有同样的食物吃，等等。不过，要知道，这是庸俗的、小市民的、厨房里灰暗生活的一面，如果单单为此而生活，那岂不是令人厌腻？如果一批昆虫要奴役另一批昆虫，管它呢，让它们去互相残杀好了，我们何苦替它们操心呢？！要知道，反正它们活不长，会腐朽灭亡的，不管您怎样将它们从奴役中拯救出来，也是无济于事的。应该多想想在遥远的未来，整个人类在等待的那个大同世界。”

布拉戈沃同我争吵得面红耳赤，不过，当时可以感到，明明有另外一种思想使他心神不定。

“令妹肯定不会来了，”他看一看表以后说，“昨天她到我们那里来说她要去看你。您一个劲儿地谈论奴役问题，翻来覆去，没完没了。”他接着说，“可是，要知道，这个问题和其他一切类似的问题，人类都在逐步地加以解决，这是必然的。”

我们谈到了所谓逐步解决的问题。我说，关于解决善与恶的问题，人人都应该正视这个问题并加以解决，不该等待人类通过循序渐进的途径来加以解决。况且，这种循序渐进像棍子一样要抓两头。随着人道主义思想逐渐发展的同时，另外一种思想也在不断增长。没有了农奴制，资本主义就必然发展起来。在自由思想发展的鼎盛时期，如同在巴契时代一样，多数人要保证供应少数人的吃穿，替他们打仗送命，而多数人自己却忍饥挨饿，无衣遮体和处于无人保护的地位。这样一种社会制度居然能容纳这些新潮流和新思想，那是因为给奴役的艺术也渐渐地加上一层文明雅致的色彩。我们不再将用人吊在马棚里毒打，却在奴役方面采用了种种用心险恶的花招，而且每次搞这种名堂，我们都能找到为自己辩白的理由。对我们来说，思想终归是思想，实际上，到了 19 世纪末，总还是把那些粗俗的体力劳动加在劳动者的身上，而我们又理所当然地替自己振振有词地辩白说，如果要让那些杰出的人才，诸如思想家和艺术家等人把他们的宝贵时光都耗费在这类粗俗劳动上，那对于人类的进步将构成严重的威胁。

正当我们讲到这里，我的妹妹来了。一见到医生，她就忸怩起来，慌张得不知所措，立刻表示，她现在该回家看爸爸去了。

“克丽奥佩特拉·阿列克谢叶芙娜，”布拉戈沃把双手压在胸口上恳求说，“若是您陪令兄和我坐上半个钟头，那对您父亲不会妨碍吧？”

他是诚心诚意的，而且他善于用自己的快乐情绪感染别人。我的妹妹想一想后便咯咯地笑起来，竟然兴奋起来，就跟那次野餐的情形一样。于是，我们走到田野里，在草地上坐下来，接着谈下去，同时眺望着那座小城。城内所有朝西边开的窗子此时都被夕阳的光辉照得金光闪闪。

从此以后，每逢我妹妹来看我，布拉戈沃也总来。看他俩见面打招呼的神情，仿佛是偶然邂逅似的。妹妹在一边静听着我和医生的争论，她流露出一种快活、关注的表情，在心灵深处涌动着一种情感。我觉得有一个微妙的崭新世界在她面前展开了——那是她连做梦都没有想过的世界，可是她却热切地追求着这一切。每逢医生不在这儿，她就一筹莫展，忧心忡忡，甚至坐在我床上流泪，至于为什么哭，谁也弄不清楚。

八月间，列基卡下令让我们全都搬到铁路上去。大约是在我们“被赶走”的前两天，我父亲来看我。他坐下来，眼睛也不看我，慢慢地擦他的红脸，然后他从口袋里拿出一份当地的通讯快报，慢条斯理、逐字逐句、有板有眼地读起来，说我的一个同学、国立银行办公处主任的儿子最近被委任为税务局的科长了。

“现在看看你吧，”他折好快报接着说，“简直是一个叫花子！一个废物。就连小市民和农民也受了教育，都出人头地，成为有用的公民，可是你呢，一个堂堂的波罗兹涅夫，出身高贵，是名门的后代，却同他们同流合污！这次来我并不想说服你，对你我早就失望了。”他放低嗓门，站起来，接着说，“我是来问你，你这个混账东西，你妹妹到底在哪里？今天她在家吃过午饭后就出门去了，现在已经八点钟了，她还没有回来。她近来常常出门，也不跟我讲一声，她对我的态度，越来越不恭敬了。在这方面我明白，她是受了你的坏影响。她在哪儿？”

他拿起那把我所熟悉的雨伞，我慌张起来，像小学生一样笔直地站在那儿，等着父亲打我。可是他瞧见我在看那把伞，大概他心软了，才止住了他的手。

“随你便吧！”他说，“反正我也不认你这个儿子了！”

“老天爷啊！”老奶妈在门后喃喃地说，“这个小子可怜啊！你真是不幸啊！噢，我真为你难过啊，难过。”

我在铁路上做工。整个八月里，都是阴雨天，不断地下雨。天气又潮湿又阴冷，麦子没能收仓，在那一大片土地上都是用机器割的麦子，没有来得及扎成捆，一直堆在地里。我眼看着那些悲惨的麦堆一天天地发霉变黑，麦子也发芽了。工作艰苦极了。我们做好的活儿全被倾盆大雨给冲毁了。人家不准我们睡在车站的站房里，我们只好在那些“铁黑子们”夏天住过的草房里挤着睡在一起。寒冷弄得我每天晚上都睡不着觉，小潮虫在我的脸上和手上爬来爬去。我们在桥上施工的那些日子，“铁黑子们”在夜间常常成群结队地来袭击我们，目的只是想揍我们一顿，开开心，在他们看来，这是一种运动。他们揍我们，偷走我们的油漆刷子，成心想激怒我们，让我们同他们打起架来。他们还捣毁我们的工作，比如他们把我们涂好的岗亭又给涂上绿漆。他们造成的更坏的后果是，列基卡不能再付我们工钱了。包工头有权分配油漆工作，他通常把工作分给别人，再由那人转一道手发给列基卡，这样一来，从中间就可以扣去两成的佣金。这本来就不是获利很大的生意，况且，天还在下雨，日子一天天过去，我们没法做工，而列基卡却得天天付工人工钱。饿着肚子的油漆工们差点要揍他，骂他是骗子，是吸血鬼，是出卖耶稣的犹大，他呢，也挺可怜，整天唉声叹气，绝望地看着苍天，无计可施，到头来，他只好找契普拉柯娃太太借钱去。

7

阴霾、多雨而泥泞的秋天来临了。我开始失业了，一个礼拜大约有三天要待在家里，无事可做，或者干些刷油漆以外的杂活，比方说，去干推土垫地基之类的活儿。干这种活儿，一天下来，我只能赚二十个戈比。布拉戈沃医生回彼得堡去了。我妹妹没来看我。列基卡在家里生病，天天等待着死亡的降临。

我的心绪像秋天一样。也许因为我做了工人，才使我看清了我们城市生活的真相，使我天天发现一些让我感到绝望的事情。那些跟我同住在一个城市的人，原先我对他们并没有抱任何成见，从外表上看去他们似乎都很正派，可是现在看来，他们都是很卑鄙的、残忍的，干尽了一切坏事。我们这些纯朴的人们受尽他们的欺骗和蒙哄，迫使我们一连几个小时地呆在寒冷的穿堂里或在厨房里等待。我们受尽侮辱和粗暴的待遇。秋季，在我们的俱乐部里，我为阅览室和其余两个房间裱糊墙纸，糊一卷纸只支付我七个戈比，可是却叫我在收条上写十二个戈比。我不肯这样做，就有一位戴金边眼镜、衣冠楚楚的先生，大概是俱乐部的头面人物吧，走过来对我说：

“若是你敢再说一个不字，你这个该死的东西，我就打你个鼻青脸肿！”

当他的仆人低声对他说，我是本城建筑师波罗兹涅夫的儿子，他才感到不好意思，脸也红起来了，可是过了一会儿，他又恢复了常态，说道：

“让他见鬼去吧！”

在店铺里，店主卖给我们的肉是臭的，面粉是发霉的，茶叶是泡过的；在教堂里，警察推搡我们；在医院里，我们还要受那些医士和助理护士的勒索，由于我们贫穷，给不起贿赂，他们就用脏碟子盛食品给我们吃，以此来报复我们；在邮局里，就连那些最低级的小职员也认为自己有资格把我们看作牛马，用最粗鲁和傲慢的口吻训斥我们："你们靠边等着！想往哪里蹿啊！"就连院里的看家狗也对我们极不友好，非常凶狠地咬我们。但是，最使我吃惊的是，连我现在的新处境也使我感到人间根本没有什么公道可言。老百姓面对这种情形总是说："他们忘掉了上帝！"几乎天天发生这种欺骗的事情：卖干油和油漆的商人在欺骗我们；那些包工头，我们的同行油漆工和顾客本人也都在欺骗我们。诚然，我们根本谈不上有什么权利，甚至我们去要我们该得的工钱，也得站在后门台阶旁，脱掉帽子，苦苦哀求，仿佛在祈求施舍似的。

在俱乐部里，我在阅览室隔壁房间里裱糊墙纸。一天傍晚，我刚想出门，工程师托尔希科夫的女儿走进来了，手里还拿着一包书。

我向她鞠躬。

"啊，您好！"她立刻认出我来，就对我伸过手来说，"看见您我很高兴。"

她微微一笑，并怀着一种好奇和困惑的心情环视了一下我的工作服、糨糊罐和铺在地板上的壁纸。我自己感到很难为情，而她也感到不自在起来。

"请原谅我这样瞧着您，"她说，"关于您我听过许多议论，特别是布拉戈沃医生，他简直迷上您了。我已经认识令妹了，她是一个和蔼可亲和招人喜欢的女孩子，但我怎样也无法让她认识到您做平民并没什么可怕的。刚好相反，您如今已成为城里最引人注目的人物。"

她又瞧了瞧糨糊罐和壁纸，接着说：

"我原本请布拉戈沃医生早些让我们相识，可是他，大概不是忘了，就是没有来得及。不管怎样我们总算相识了。如果您不嫌弃，愿意到我家里来玩，那我将会格外高兴。我真想同您谈一谈。我是一个普通的人，"她向我伸出手来，说，"我相信，您在我家里不会拘束的。我父亲不在家，他到彼得堡去了。”

她走进阅览室去，裙子发出沙沙的响声，而我回到家以后，久久不能入睡。

在这个缺少欢乐的秋天，竟有一个好心人，想减轻我生活的负担，时而给我送来茶叶和柠檬；时而送来饼干；时而又送来炸松鸡。卡尔波芙娜说，这些东西都是由一个士兵送来的，但究竟是谁派他来的，就不知道了。那位士兵来后，老是询问我的身体是否健康，我每天的伙食好不好，我有没有暖和的衣服御寒。天冷的时候，那个人照旧趁我不在，派那个士兵给我送来一条柔软的毛线围巾，围巾上散发着一种淡淡的、几乎难以闻到的香水气味，但我立刻就猜到，我的好心的仙女是谁了。围巾上铃兰的香气，这正是安纽塔·布拉戈沃所喜爱的香水气味。

到冬天，活儿多起来，大家都高兴。列基卡又活了，我们一块在墓地的教堂里做工，刮平圣像壁，除去一层油灰腻子，以便烫金。这是一种又干净又清静的活儿，拿我们的行话来说，这是一个顺溜活儿。一天中间我们可以出不少活儿，同时感到时间过得很快，不知不觉就过去了。在这里既不吵闹，也不嬉笑，甚至都不大声说话，单是这个地方就使我们肃然起敬，保持庄重，令人们产生一种虔诚严肃的思想，我们不论站着或是坐着，都全神贯注地工作，跟圣像一样庄严肃穆，四周是一片死一般的寂静，像在坟墓里一样，因此，若是有什么工具掉到地上，或长明灯的火苗发出的爆声，这些声音听起来又沉闷又刺耳，使我们不得不回过头去看一眼。经过一段长久的寂静以后，往往听见简直像蜜蜂飞过一般的嗡嗡声，这是教士在圣坛上为去世的孩子做安魂祈祷，声音很低，不慌不忙；要不然，就是一个画工在拱顶上画鸽子和它周围的星星，得意地轻轻吹起口哨来，忽然醒悟过来，立刻就不出声了；要不然就是列基卡回答自己的思想，叹气地说：“什么事都会有的！什么事都会有的！”或者在我们头顶上飘过一阵缓慢凄凉的钟声，油漆工人就会看到一个有钱的死者被抬进来了……

白天，我都是在这寂静的幽暗的教堂里度过的，而在那漫长的夜晚，我总是去打台球，或者到剧院的雅座上去看戏，穿一身用工钱买的斜纹布衣服。阿日金家已经开始演戏，举办音乐会了。现在只有列基卡一个人在那里画布景了。他给我讲在阿日金家看到的戏和活生生的人物造型画面，我怀着一种羡慕的心情听他的讲述，我很想去看彩排，可是要我到阿日金家去，我又下不了这个决心。

在圣诞节的前一个星期，布拉戈沃医生来了，我们又开始争论起来。每到傍晚，我们就去打台球。打台球时，我们都脱掉上衣，解开衬衫的胸前扣子，不知什么缘故总是极力做出嗜酒如命的样子。他喝酒并不多，可是一喝起来就吵吵闹闹，而且在“伏尔加”这样便宜的下等酒馆里一个晚上竟耗费掉二十个卢布。

妹妹又来看我了。他俩一见面总是显得很惊讶，可是从妹妹脸上流露出的那种快乐和自咎的表情，看得出来这种相逢并不是出于偶然。有一天傍晚，我们在打台球时，医生对我说：

“您听我说，为什么您不去找托尔希科娃呢？您并不了解玛利亚·维克多罗芙娜。她是一个聪明的姑娘，美丽动人，是一个心地纯朴而善良的好人。”

我对他讲起了春天那位工程师是怎样接待我的。

“这是废话！”医生大笑起来，“工程师是工程师，她是她。真的，老兄，别惹她生气了，抽空去看看她吧，比方说，咱们明天傍晚就去找她。您肯去不？”

他总算说服了我。第二天傍晚我穿上那身新买的斜纹布衣服，心情激动地去拜访托尔希科娃了。我觉得仆人好像不那么傲慢和凶恶了，那些家具也不像那天早晨我上这儿求差使的时候那样豪华耀眼了。玛利亚·维克多罗芙娜正在等我，像老朋友那样出来迎接我，友好地紧紧地握住我的手。她身穿一件灰色的厚连衣裙，衣袖宽松肥大；她的头发梳成了“狗耳朵”的那种款式。一年后这种发式在我们城里成为时髦的流行发式。她的头发从两鬓起一直盖到耳朵上，这样一来就使她的脸显得宽了一些。这次我看上去，她长得很像她父亲，脸面宽而且绯红，表情神态有点像马车夫。她美丽而优雅，但显得并不年轻，看上去有三十来岁，其实她至多不过二十五岁。

“亲爱的医生，我多么感激他呀！”她给我让座说，“要不是他，您是不会到我这里来的。我苦闷得要死！父亲走了，丢下我一个人，我简直不知道在城里该怎么办才好。”

然后她问我目前在哪儿工作，挣多少钱，住在哪儿。

“您只花您做工挣来的钱吗？”她问。

“是的。”

“幸福的人。”她叹口气地说，“依我看，生活里的一切坏事都是由懒散、无聊和心灵的空虚带来的。只要人们习惯依靠别人来过活，这一切就是不可避免的。别当我是在装腔作势，我老老实实告诉您：有钱人并不幸福也不愉快。俗话说得对，‘人不得外财不发’，因为一般说来，外财就是不义之财。”

她用严肃而冷漠的目光扫视一下周围的家具，仿佛要准确清点一下似的。她接着说：

“舒适和安乐有一种魔力。甚至那些意志坚强的人也经不住它们那种潜移默化的吸引。以前，家父和我过得并不富裕，生活很清苦，现在呢，您看看我们是怎样生活的，说起来令人难以置信，”她耸耸肩膀说，“我们一年要花两万卢布，而且还是在乡下啊！”

“我们只能把舒适和安乐看作资本和教育产生的必然特权。”我说，“我觉得，这种生活的安乐可以同任何东西，哪怕是最繁重和最肮脏的劳动结合起来。您的父亲很有钱，可是照他说来，他也干过机车司机和当过普通的加油工人。”

她微微一笑，怀疑地摇摇头。

“爸爸有时吃面包只泡泡克瓦斯，”她说，“这简直是滑稽、胡来！”

这时传来一阵门铃声，她站起身来。

“受过教育的人和有钱的人应该跟别人一样做工才对，”她接着说，“若是有安乐的话，那应该人人有份。不应当有任何特权。啵，算了吧，别谈哲学了，请您给我讲点有趣的东西吧，请您谈谈油漆工人。他们是什么样的人？是可笑的人吗？”

医生来了。我开始讲起油漆工人。可是我由于不习惯而觉得很拘束，像一个道貌岸然的人种学者似的讲得枯燥乏味。医生也讲了几个有关作坊工人的笑话故事。他学醉汉的样子，身子摇摇晃晃，一会儿哭，一会儿又跪下来，甚至直挺挺地躺在地板上。这简直像演员一样在表演，使玛利亚·维克多罗芙娜笑出了眼泪。后来，他坐下来弹钢琴，边弹边唱，用男中音唱得十分动听。玛利亚·维克多罗芙娜站在他身边，给他挑选歌曲。他唱错了，她就纠正他。

“我听说您也会唱歌？”我问。

“当然会了！”医生吃惊地说，“她是个了不起的歌唱家，演员，而您却说——也会！您可真是！”

“从前我认真干过这一行，”她回答了我的问题，“可是现在我放弃了。”

她在一小矮凳上坐下来，向我们讲起了她在彼得堡的一段生活经历，模仿一些著名歌唱家的表情，学她们的声调和唱歌时的姿态；她在画册上画医生的肖像，然后又画我的肖像，画得并不好，但把我们两个画得倒很像一个人。她笑着，显得很调皮，做出可爱的鬼脸。她做起这些事来比谈起不义之财要自然得多，我觉得她刚才对我们讲财富和安乐的时候仿佛并不是认真讲的，而是在模仿什么人的话似的。她是一个出色的喜剧演员。我暗自将她跟我们的小姐们相比，看来，就连美丽端庄的安纽塔·布拉戈沃也比不上她。她俩有很大差别，好比是一朵人工精心培育起来的上等玫瑰和野玫瑰之间的区别一样。

我们三个人一块吃晚饭。医生和玛利亚·维克多罗芙娜喝红葡萄酒、香槟和加白兰地的咖啡。他们碰杯，为友谊，为智慧，为进步，为自由频频干杯，但他们并没有喝醉，只是脸红了，并时常无缘无故地哈哈大笑起来，一直笑出了眼泪。为了不扫他们的兴，我也陪他们喝了一些红葡萄酒。

“那些有才能的、天资聪慧的人，”托尔希科娃说，“知道该怎样生活，该怎样走自己的路。至于那些庸夫俗子，比方拿我来说吧，就什么也不知道，自己什么也办不成。他们没有别的办法，只好眼望着那股深刻的社会潮流，随它把他们带到什么地方去。”

“难道人们能瞧见那种根本不存在的东西？”医生问道。

“不对。这是因为我们没有看见。”

“是这样吗？所谓社会潮流，这是新文学虚构出来的东西。我们这里并没有这种东西。”

争论开始了。

“任何深刻的社会潮流，我们这里现在没有，过去也没有过。”医生大声疾呼地说，“新文学虚构出来的东西还少吗？！它过去虚构过一个在乡村工作的知识分子，您就是在我们这里找遍所有村落，恐怕也只能找到一个身穿短上衣或者穿黑套衫的蒙二先生，写起‘也’字来还要错三笔。文明的生活在我们这里还没有开始呢。那种野蛮，那种十足的鲁莽，那种微不足道，跟五百年前一模一样。潮流啦，思潮啦，有倒是有过，可是话说回来了，那些东西都十分浅薄渺小，都是为那些低级庸俗，一钱不值的利益服务的。在我们这儿能看到什么严肃的东西吗？若是您以为您真的发现了那股深刻的社会潮流，并为了追随这股潮流，而决心把您这一生都奉献给诸如把昆虫从奴役中解放出来或者从此不再杀生、不再吃牛肉饼之类的合乎当代风气的事业，那么我应该向您表示祝贺，小姐。我们应该学习，学习再学习。至于深刻的社会潮流，我们得等一等，目前我们还不够成熟，还谈不上什么潮流，说句良心话，这种东西，其实我们一点也不懂。”

“您不懂，我却懂。”玛利亚·维克多罗芙娜说，“今天上帝才知道您是一个多么乏味的人。”

“我们的任务是学习再学习，竭力积累更多的知识，因为只有有知识的地方，才会有严肃的社会思潮，人类的幸福寓于知识之中。让我为科学干一杯！”

“有一点是毫无疑问的，不管怎么样必须给自己安排另外一种生活了。”玛利亚·维克多罗芙娜沉默片刻，深思熟虑后说，“像这种一直过到现在的生活是一钱不值的！我们别再议论它了！”

当我们走出她家门的时候，教堂里已敲响了两点的钟声。

“您喜欢她吗？”医生问，“她挺好，不是吗？”

圣诞节头一天我们在玛利亚·维克多罗芙娜家里吃饭，后来，在接连着过的所有节日里，我们几乎天天到她家里去。她家里除了我们以外，没有外人。她说得对，她在这个城里除了认识我和医生以外，连一个朋友也没有。我们大部分时间是在聊天，有时医生随身带来一本书或一本杂志，他大声读给我们听，事实上，他是我一生中遇到的第一个有学问的人。我无法判断他的知识是否渊博，不过他经常表达自己的知识，希望别人也能掌握那些知识。每当他讲到有关医学的事，他的话总是跟我们城里任何一个医生都不相同，给人留下一种新颖而独特的印象。我觉得，只要他有愿望，就一定会成为名副其实的科学家。他也许是当时惟一对我有重大影响的人。经常同他见面，不断地阅读他拿给我的书，使我渐渐开始感到掌握知识的必要性，知识使我那种乏味的劳动充满了高尚的精神。我开始感到奇怪，过去我竟不知道，全世界是由六十种简单的实体构成的，不知道干油是什么，油漆是什么，奇怪在缺乏这些知识的情况我居然也活得下去。结识医生也提高了我的精神素质。我常常跟他争论，而且我总爱保留自己的看法，可是正是由于他的启发，我才渐渐地明白我自己的许多主张连我自己也没有弄清楚，但我却竭力在心里形成尽量明确的信念，好让自己具有明确的良知，没有一点含糊的地方。不过，这位城里最有学问和最善良的人也并不是十全十美的完人。在他的举止中，在他那喜欢争论的言谈中，甚至在他那种动听的男中音嗓门里，有时也流露出一种略带粗鲁和咄咄逼人的气势；每逢他脱掉上衣、只穿一件绸衬衫，或者在小酒馆里丢给仆人一点赏钱的时候，我总觉得学问归学问，在他身上依然表露出鞑靼人那种气质。

到主显节①，他又到彼得堡去了。他是早晨走的，午饭后我妹妹就来看我了。她没有脱掉皮大衣和帽子，她默默地坐在那里，脸色苍白，眼睛看着一个地方发呆，她在打着冷战，看得出来，她在强忍着病痛。

“你大概着凉感冒了。”我说。

她两眼里满含着泪水，站起身来，去找卡尔波芙娜，对我没有说一句话，倒像我得罪了她似的。过一会儿我听见她用一种沉重的责备口气说：

“唉，奶妈，这些年来我是为什么活着？告诉我，莫非我虚度了青春年华？我把我一生中最好的岁月都耗费在记账、倒茶、算钱和招待客人上了，以为世界上再没有比这些更高尚的事！奶妈，你要明白，我也有人的要求啊！我要生活，可是人家却把我变成了一个带钥匙的女管家，这真可怕！真可怕！”

她把一串钥匙往门里一丢，当啷一声掉在我的房间里。这些是食品橱上的钥匙、厨房柜子上的钥匙、地窖的钥匙、茶箱上的钥匙，也就是当年我母亲曾带过的那串钥匙。

“啊，上帝呀！”老太婆害怕地说，“圣徒啊！”

妹妹回家去的时候，到我的房间拾起那串钥匙，对我说：

“请你原谅我吧！近来我心里总有一种东西在作怪。”

8

有一天晚上，我从玛利亚·维克多罗芙娜家出来已是深夜了。在家里碰见了一个年轻的巡警分局局长。他穿着一身新警服，正坐在我的桌旁，翻着我的书。

“总算等到了，”他站起身来，伸个懒腰说，“我已经来找过你

① 基督教的节日，时间在1月6日。

三次了。省长吩咐您明天早晨九点钟去见他。务必要去！”

他要我给他写一个字据，说明我一定准确执行省长大人的命令。然后他拿着字据就走了。这位巡警分局局长的夜访和省长大人的突如其来的召见，使我感到提心吊胆。我从很小的时候，就怕宪兵、警察和法官。目前，我心里简直六神无主，好像我真犯了什么罪似的。我怎么也睡不着觉。奶妈和普罗柯菲也心神不定，睡不着觉。况且，奶妈的耳朵有病，痛得直哼唧，有几次痛得哭起来。普罗柯菲听到我没睡着，便悄悄地走进来，手里拿着一支小蜡烛，在桌旁坐下来。

“您该喝点胡椒酒……”他沉思一会儿后说，“喝上一点酒，在人世的苦海里就会畅快一些。若往耳朵里倒点胡椒酒，那也会好受一些。”

凌晨三点钟他要去屠宰场取肉。我知道这一夜到天亮反正也睡不着了，为了消磨九点钟以前这段时间，就跟他一块去了。我们提着马灯出去了。他的小伙计尼科尔卡，年龄在十三岁左右，冻得脸上到处是青斑，那种神情简直像个小强盗。他坐在雪橇上跟着我们走，用嘶哑的声音吆喝着马。

“您在省长那儿大概要受到惩罚的，”亲爱的普罗柯菲对我说，“省长有省长的规矩，主教有主教的规矩，军官有军官的章法，医生有医生的章法，各行各业都有一套自己的规矩，您没有按您的章法行事，人家就会不饶您了。”

屠宰场坐落在墓地后面。这以前我只是远远地看见过它。屠宰场里有三间阴暗的小房间，四周有一道灰色的篱笆围墙。夏天逢到炎热的日子有风吹过，就从那里传出一股令人窒息的臭气。现在我走进院子，周围一片阴暗，我看不清那些小屋，使我总是碰撞着马和那些空的和装满了肉的雪橇。人们提着马灯走来走去，用下流的话对骂着。普罗柯菲在骂，尼科尔卡也在骂，而且骂得十分难听。空中弥漫着不间断的叫骂声、咳嗽声和马嘶鸣的嘈杂声。

到处散发着腐尸和畜粪的气味。这正是解冻的时节，雪和泥土混成一片泥泞。在黑暗里我觉着好像在血泊里行走似的。

我们把肉装满雪橇后就动身到市场肉店里去。天亮了，手提菜筐的厨娘和上了年纪的老太太一个接一个地来了。普罗柯菲手里拿着一把刀斧，身上围着一个白色的、溅满了血迹的围裙，嘴里恶狠狠地咒骂着，面对着教堂在他自己的胸前画十字，并大声叫喊，响得整个市场都听得见。他说明码实价，甚至亏本也卖，可实际他却克扣分量，少找零钱。那些厨娘看出了这些毛病，由于他的喊声震耳欲聋，都没有同他计较，只骂他一声刽子手就走开了。他举起他那把刀斧砍下来，表现出的姿态十分好看，每一次都带着凶狠的神情发出“呔”的吆喝声，我实在担心，怕他一刀下去真砍掉人的脑袋和手臂。

这个早晨我是在肉店里消磨过去的。等我终于去见省长的时候，我的皮大衣上也有了肉和血的腥气味。我的精神状态好像是奉了什么人的命令，手持长矛去猎熊似的。我依然记得那道高高的阶梯，楼梯上铺着一条长长的地毯，有一个年轻的军官，身穿礼服，纽扣擦得锃亮，一句话也没说，用两只手向我一指大门，便跑去报告了。我走进布置得十分豪华的大厅，但周围冷冰冰，引不起一点美感，特别是那些在窗子中间墙壁上悬挂的高矮不等的各种镜子和那些刺眼的黄色窗帘，使人看了感到很不舒服。看得出来，尽管省长换来换去，这儿的摆设却是依然如故。那个年轻人又用两只手向门口一指，我就向一张大绿桌那儿走去。桌子后面站着一位将军，脖子上佩挂着弗拉基米尔勋章。

“波罗兹涅夫先生，我请您来，”他开口了，手里拿着一封什么信，把嘴张得又大又圆，像俄文字母的“О”，“我请您来，想向您说明一件事。您那受人尊敬的父亲以书面和口头的方式向本省贵族会会长提出要求，请会长召见您，向您当面指出您的行为跟您所荣幸地具有的贵族称号互相抵触。亚历山大·巴甫洛维奇大人公正地认为您的行为可能诱惑别人犯罪，觉得光他本人出面来劝告您已经不够了，而须要进行严肃的行政干预才行。因此，他在这封信里陈述了他对您的看法。我赞同他的观点。”

他说话的声音很低，彬彬有礼，站得笔直，倒是我像是他的首长似的，他瞧我的眼光也不是咄咄逼人的。他的脸色是憔悴的，皮肉是松弛的，满脸皱纹，眼皮底下挂着小肉囊，头发是染过的，总之从他外貌上很难断定他究竟是四十岁还是六十岁。

“我相信，”他接着说，“您会重视受人尊敬的亚历山大·巴甫洛维奇的良苦用心的，他不是正式地，而是用私人身份向我提出请求的。我也不是正式地请您来，我跟您谈话也不是用省长的身份，而是作为对您父亲的真诚崇拜者来跟您谈话的。因此，我请求您，或者改变您的行为，回到跟您的称号相称的职务上去；或者为了避免诱惑别人犯罪，迁居到人们不认识您的地方去，到那里您愿意做什么就做什么。否则，我只好采取极端措施了。”

他默默地站了半分钟，张着嘴看着我。

“您是素食主义者吗？”

“不，大人，我吃肉。”

他坐下来，把一份文件拉到自己面前。我向他鞠了一躬就退出来了。

在吃午饭之前犯不上再去上工了。我就回家去睡觉。但是怎么也睡不着，由于屠宰场和同省长的谈话在我心里引起了不愉快和病态的感觉，到了傍晚我的心情依然是恍恍惚惚，闷闷不乐，我去找玛利亚·维克多罗芙娜。我告诉她我见到了省长，她开始用怀疑的目光看着我，简直不敢相信，后来，突然哈哈大笑起来，那么快活，声音那么响亮，情绪那么饱满，只有心地善良和性格开朗的人才会这样大笑。

“要把这件事拿到彼得堡去讲一讲才好呢！”她笑得几乎跌倒，赶紧倚伏在桌子上说，“拿到彼得堡去讲一讲才好呢！”

9

现在我们经常见面了，差不多一天能见两次面。她几乎每天吃过午饭后都乘车到墓地来，一边等我，一边看十字架和墓碑上的题词，有时她走进教堂里来，站在我身边，看我做工。这里安安静静，画工和塑金工做着朴实的工作。列基卡讲着各种明明白白的道理。可我呢，在外貌上跟别的工人没有什么区别，像他们一样只穿着背心和破鞋做工，人们对我讲话都称作“你”。这一切对她来说都感到很新奇，而使她很受感动。有一次，她在场，在上面画鸽子的画工向我喊了一声：

“密沙尔，你把白漆递给我！”

我立刻把白漆递给他，当我顺着一块窄木板上走下来的时候，她瞧着我，两眼满含着泪水，对我微微笑着。

“您多么可爱呀！”她说。

我从小就记得一件事：我们有位富翁家里养着一只绿色的鹦鹉。它从笼子里飞出来了。这只美丽的鸟后来在我们城里整整飞了一个月，懒散地从一个花园飞到另一个花园，孤单单的，找不到家。玛利亚·维克多罗芙娜使我联想起了那只鹦鹉。

“除了墓地以外，现在我真也没地方可去啦。”有一次她笑着对我说，“这座城市简直烦闷得令人窒息。人们在阿日金家读书、唱歌和矫揉造作地讲话，近来她们简直叫我受不了。您妹妹性格太孤僻。布拉戈沃小姐也不知什么缘故恨上了我。我又不喜欢看戏。您看我该怎么办呢？”

我到她家里，身上还散发着一股油漆和松节油的气味，两手是黑的。这倒使她喜欢。她正希望我穿着普通工人服装、不更换衣服去找她。可是，这身装束在她客厅里使我感到难为情，有些别扭，仿佛着一身军装似的。因此，我每次去看她，总要换上那件新的斜纹布衣服。这反倒使她不高兴。

“您得承认，您还没有完全掌握您的新的角色。”有一回她对我说，“穿工人服装使您感到拘束，您穿着它还嫌别扭。请您说说看，这是不是因为您缺乏自信和您对此并不满意？这种工作是您自己选定的。莫非您并不满意您的这种油漆工作？”她笑着说道，“我知道，油漆能使各种东西更美观更结实，然而要知道，这些东西都是属于市民和有钱人的，归根结蒂构成的是一种奢华。况且，您常常对我说，每个人都应当用自己的双手为自己挣面包。可是您挣的是钱，而不是面包。为什么您不照您那些话的真正含意去行事呢？应当挣的是粮食，那就是说应当去耕种、播种、收割、脱谷或者做这一类跟农业直接有关的事情，比方说放养奶牛、开垦荒地、建造农舍……”

她打开她写字台旁的一个漂亮的柜子，说：

“我跟您讲这些话，是想让您了解一下我的秘密。都在这了！这里是我的农业书库。这里有田地，有菜园，有果园，有牲口棚，有养蜂场。我贪婪地阅读过这些书籍，从理论上已经研究透了这一切。我的理想，我的美好的幻想是，三月份一到，我就乘车去我们的杜别契尼亚。那儿真好，实在妙极了！难道不是吗？头一年我要仔细地观察，进入情况，熟悉一下环境，第二年我自己就要动手干起来，像俗话所说的，拼命地干。父亲答应把杜别契尼亚送给我，我要在那里按照我的想法大干一场！”

她涨红着脸，兴奋得流出眼泪。笑着，讲述着她的理想，她大声疾呼地说她要在杜别契尼亚安家落户，认为那里的生活将会十分有趣的。我羡慕她。三月份快到了，白昼越来越长，在晴朗的日子里，中午时分，房檐上就向下滴水珠，使人感到一股春天的气息。我自己也想到乡下去。

当听她说要到杜别契尼亚安家的时候，我就痛苦地感到我将要一个人留在城里了。我觉得我对她热爱她的书库以及那种热衷于从事农业产生了一种妒嫉的心理。我不懂农业，也不喜欢农业，本想对她说农业是奴隶的差使，可是当我想到这类话我父亲说过不止一次，就没有说出口来。

大斋节到了。工程师维克多·伊万内奇从彼得堡回来了。我已经把这个人忘记了。他出人意料地突然回来，甚至事先没有发一封电报，通知一声。那天傍晚当我照例到他家去的时候，他刚洗过脸，刮过胡子，显得年轻了十来岁，在客厅里走来走去。他女儿跪在那儿，从皮箱里往外拿出许多小盒、小瓶和一些书籍，并把这些东西都交给了仆人巴维尔。我一看见工程师，就不由自主地向后倒退一步，可他却向我伸出两只手，露出又白又结实的、像马车夫一样的牙齿，笑着对我说：

“这不正是他吗，正是他！看见您，我很高兴，油漆工先生！玛莎都对我讲了，她说了您许多好话。我完全理解您，并赞同您的看法！”他挽住我的胳膊，接着说，“做一个正派的工人，比蹲在机关里消耗公家的纸张和比头顶一个帽徽，要正直得多和高明得多。我自己就是用这两只手在比利时做过工，后来又当了两年机车司机……”

他穿着一件短上衣，按着家常打扮脚上穿着一双拖鞋，走来走去，像患了痛风病似的，身子摇摇晃晃，两手不停地搓着。嘴里小声哼着歌，鼻子轻声地呜呜作响，高兴得缩起脖子，因为他终于回到了自己家，可以洗他那心爱的淋浴了。

“这是没有争议的，”他在吃晚饭的时候对我说，“这是没有争议的。你们都是可爱的、招人喜欢的人，可是，不知为什么，只要你们一从事体力劳动或着手去拯救农民，到头来，你们总要把这一切都弄到教派活动上去，难道您不是一个教派信徒吗？瞧，您不喝伏特加。这就足以说明您是搞教派的，不是吗？”

为了使他满意，我喝起了伏特加，还喝了葡萄酒。我们品尝了工程师带回来的奶酪、香肠、馅饼、酸辣菜和各种下酒的凉菜，另外还有工程师不在家时从国外寄来的葡萄酒。葡萄酒是上等的。不知为什么工程师常常能收到从外国免税寄给他的葡萄酒和雪茄烟；不知什么人还常常赠送给他鱼子酱和鱼干。他住房子也不花钱，因为房主向铁路上供应煤油。总之他和他女儿给我留下这样一种印象：仿佛世界上一切好东西都是供他们享用的，他们不必花一分钱就完全可以拿到这一切。

我依旧常到他们那里去，但心里已经不是那么情愿了。工程师使我感到拘束，当他在场的时候，我感到手脚都被束缚住了。我经受不住他那两只明亮坦率的眼睛；他那些论调也使我厌烦了，甚至反感。我一想起不久前我还在这个吃得肥胖、满脸绯红的人手下当差，想起他待我那样粗暴，心里就厌烦了。不错，他搂过我的腰，亲热地拍过我的肩膀，称赞过我的生活，但我还感觉他依旧鄙视我的卑微，只为取得女儿的欢心才这样敷衍我。于是，我再也不能随心所欲地同他们说说、笑笑。我心里老是暗暗盘算，他随时都会管我叫“潘台莱”，像把他的仆人巴维尔叫做“潘台莱”一样。我那乡土的、庸俗的自尊心使我感到愤愤不平！我是一个穷光蛋、油漆工，每天来找这些同我格格不入的有钱人，而且是全城都把他们看做外国人的富豪，每天在他们家里喝贵重的葡萄酒，吃珍奇的食品。我的良心不能容忍我这种行为！每当我到她家去，我总要极力躲避开熟人，心情沉重，皱着眉头，倒好像我真是一个教派信徒似的。每当我从工程师家走出来的时候，总为捞到这一顿饱饭而感到羞耻。

最主要的是我担心自己沉醉进去，不可自拔。不管我是在街上走路也好，在工作也好，在跟小伙子们谈话也好，我时时刻刻都在想，傍晚怎样去同玛利亚·维克多罗芙娜约会，总是在琢磨她的声音、笑貌和举止动作。每次我准备去找她前，总要站在奶妈那面凸凹不平的镜子前面站上很长时间，系好领带，我那件斜纹布衣服怎么看也不顺眼了；我既难过，又看不起自己，觉得自己太浅薄了。若是她在另一个房间向我打招呼，说她没有穿好衣服，要我等一等，那我会听她换衣服的声音，这使我激动，仿佛我脚下的地板要陷下去似的。在街上哪怕远远看到一个女人的身影，我也一定要比一比，我感觉我们所有的女人和姑娘都很俗气，穿戴都很可笑，都不善于约束自己。这种比较在我心里往往能激发起一种自豪感，觉得玛利亚·维克多罗芙娜比所有的人都好！每天晚上我总要梦见她，和她在一起。

有一天吃晚饭，我和工程师两个人就吃了一只大龙虾。后来在我回家的时候，回忆起在吃晚饭时工程师有两次管我叫“最可爱的人”，我心里暗自想着：在这个家里他们待我很亲热，好像对待一只跟主人失散的不幸的猎狗似的，其实他们是拿我取乐，将来一旦厌倦了，就会把我像一只猎狗似的撵出去。我感到又羞耻又难过，难过得流出了眼泪，这简直是对我的侮辱。于是，我抬头眼望苍天，宣誓从此和他们一刀两断。

第二天我没有到托尔希科夫家去。等到夜深了，天色完全漆黑又下起了雨，我沿着大贵族街走着，瞧着窗户。阿日金家人都睡了。只有边上的一个窗户里还有亮光，那是阿日金家的老太太在自己的房间里，在三支蜡烛的光亮里织着东西。点三根蜡烛的目的，是同迷信进行着斗争。我家的灯已经熄灭了，对门托尔希科夫家的窗子里还有光亮，可是隔着花和窗帘什么也看不清。我一直在街上走来走去。三月的凉雨浇在我身上。我听见父亲从俱乐部回来了，他敲大门，过一分钟窗子亮了，我看见妹妹举着灯急急忙忙地走出来，一边走一边用一只手梳理她那浓密的秀发。后来父亲在客厅里走来走去，一边搓手一边在讲什么，妹妹坐在安乐椅里，一动不动，在思考一些什么，并没有听爸爸讲的话。

后来他们走出客厅，灯就熄了……我回头看工程师的家，也立刻黑了。在黑暗中，在雨地里，我感到自己孤苦伶仃、无依无靠，只好听凭命运的摆布。觉得如果跟我个人的孤独相比，跟我现在忍受的痛苦和我将来还会遭受的痛苦相比，那么我所干的这一切、愿望和在这以前我所说过的和想过的一切，就显得那么渺小和微不足道了。唉！活人的行为和思想远不及他的痛苦沉重。连我自己都不知道我究竟干了什么，竟用尽全力去拉托尔希科夫家的门铃，一直把它拉断，然后沿着马路跑去，像小孩子一样担惊受怕，好像有人会马上出来，立刻认出我似的。等我跑到大街的尽头，停下脚步喘气的时候，却只听到了下雨的哗哗声和更夫在远处什么地方敲打铁板的响声。

我整整一个星期没有到托尔希科夫家里去。那套斜纹布衣服也被卖掉了。没有油漆活儿，我只好到处去找那种又繁重又不愉快的工作，一天只能赚十到二十个戈比，过着半饥半饱的生活。我整天在没膝的冰冷的脏水里蹚来蹚去，累得胸腔疼痛难忍，我想用这种办法冲淡我在工程师家受款待、吃奶酪和罐头的回忆，并以此来惩罚自己。可是话虽这么说，等到我这个又饥饿又潮湿的身体刚一躺下睡觉，我的那充满罪恶的幻想就立刻开始为我勾画出一幅美妙诱人的画面，我只好暗暗地供认说，我爱她，强烈地热爱着她。随后我就甜美地熟睡了，觉得我的身体在这苦役般的生活里反倒变得更坚强和更年轻了。

有一天傍晚，一反常态，天下雪了，而且又刮起了北风，简直像冬天又来了。这天傍晚我收工回家时，碰到玛利亚·维克多罗芙娜在我的房间里。她坐在那里，身穿一件裘皮大衣。两手插在袖笼里。

"为什么您不到我家来了？"她抬起她那双聪明而炯炯有神的眼睛问道。我高兴极了，弄得窘态百出，直挺挺地站在她面前，就跟我父亲要教训我时站着的姿势一样。她盯视着我的脸，从她的眼神里可以看出，她猜透了我为什么这样心慌意乱。

"为什么您不到我家来了？"她又问一遍，"既然您不肯去，那我就自己来了。"

她站起身来，走近我跟前。

"不要丢弃我！"她两眼满含泪水说，"我孤单，我太孤单了！"

她哭了，用手捂着脸说。

"我孤孤单单！我活得太累了，生活太沉重了！在这个世界上除了您我没有第二个人了。您不要丢弃我！"

她找手绢，擦干眼泪，微微一笑。我们默默地站了一会儿，尔后我就搂住她，吻她，这时她帽子上别的别针把我的脸都划出了血。

我们谈起话来。谈得那么亲亲热热，仿佛我们彼此早已亲密无间……

10

大约在两天以后，她打发我上杜别契尼亚去了。我心中有说不出来的高兴。当我去车站的时候，后来在我坐进车厢里以后，我老是无缘无故地笑出声来，人们瞧着我，以为我喝醉了呢。天下雪了，早晨很冷，但是道路已经变黑了，一群乌鸦在道上飞来飞去，呱呱直叫。

起初我想在契普拉柯娃太太家对面那个厢房里给我们两个——我和玛莎布置住处，可惜那里早就养了许多鸽子和鸭子，若不拆除许多鸽子笼，就无法打扫干净。我们出于无奈只好搬进那幢带百叶窗的不太舒适的大房子。农民们管这幢大房子叫做宫殿。那幢房子里有二十多个房间，但是家具却只有一架钢琴和一把给孩子坐的、如今丢在阁楼上的小圈椅。即使玛莎把城里的全部家具都搬来，我们也无法排除这些房间里的阴森的空虚和冷漠的印象。我从中挑选了三个房间，窗户都对着花园。我从一大早到深夜一直在收拾这些房间，都安上了新玻璃，糊好了壁纸，堵塞地板上的缝隙和一个个小洞。这是轻松愉快的劳动。我还抽空，不止一次地跑到河边，看浮冰流走没有，我总觉得好像椋鸟已经该飞来了。夜里，我带有无法言表的甜蜜感觉和洋溢着快乐的心情，想着玛莎，静听着耗子的吵闹，听着风吹打着天花板发出的沙沙声，好像有位老家神在阁楼里咳嗽似的。

雪很深，到三月底还下了这么一场大雪。不过，这场雪很快就融化了，简直像施展魔术一样，春天的潮水汹涌而来，到四月初，椋鸟就嘁喳地叫起来，黄色的蝴蝶也在花园里飞舞起来。天气好极了。每天傍晚前我总要回城去会玛莎。在已经晒干但仍松软的道路上光着脚走来走去该多么惬意呀！我走到半路上就坐下来，瞧着那座城市，犹豫起来，不想走近它。看到它就使我心慌意乱。我一直在想：我的熟人听说我在谈恋爱以后将会怎样对待我呢？我父亲会说什么呢？特别使我发愁的是，想到我的生活从此复杂起来，我完全失去了控制它的能力，它简直像气球一样，上帝知道它会把我带到什么地方去。我已经不再去想我该怎样挣钱糊口谋生，我该怎样生活。说真的，我也想不起来该想什么了。

玛莎坐着马车来了。我在她身旁坐下，一块儿高高兴兴地、自由自在地驱车前往杜别契尼亚。或者，我一直等到太阳落山以后，我一个人闷闷不乐地、孤独无聊地走回家来，疑虑不解地想玛莎为什么没有来呢，不料在庄园的门口或在花园里出人意外地有一倩影迎着我走来，那正是她！原来她是乘火车来的，她是从车站徒步走回来的。这简直使我喜出望外！她穿着一身非常得体的毛料连衣裙，围一条围巾，拿一把普通的阳伞，她紧束腰身，显出优美的线条，脚上穿一双进口的高档皮靴——这是一位天才的女演员在扮演着一位村姑。我们巡视了一番我们的家产并商讨谁的房子应该在什么地方，我们的林荫路、菜园、养蜂场应该安排在哪里。我们这里已经有了鸡、鸭、鹅。我们之所以喜欢它们，因为它们都是属于我们的。我们为了播种燕麦、三叶草、猫尾草、荞麦已经备好了种子，菜园用的菜籽也备足了，我们每一回都要仔细检查一遍这些东西，花很多时间来讨论会有多大收成。我觉得玛莎每次对我说的话都格外地明智和令人信服。这是我一生中最幸福的时期。

圣多马周①过后不久，我们就在距杜别契尼亚三俄里远的库利洛甫卡村的教区教堂里举行了婚礼。玛莎要求一切从简。按照她的心意，我们请村里的青年做我们的傧相，唱歌的只有教堂里的一位下级职员。我们从教堂回来只坐一辆不大的、颠簸的马车，由她亲自赶。城里来的客人只有我妹妹克丽奥佩特拉一个人，大约在举行婚礼的前三天玛莎才写信通知她。妹妹穿着一身白色连衣裙，戴着手套。在举行婚礼的时候，她由于激动和快乐默默地流出了眼泪。她

① 这是基督教的节日，从复活节后第一个星期日算起的一周。

的脸部表露出一种母爱，无限地善良。她陶醉在我们的幸福之中，微笑着，仿佛在吮吸着那甜美的空气似的。在我们举行婚礼的时候，我看着她才明白，对她来说没有比世界上的爱情、人间的爱情更高尚的东西，她向往着这种爱情，这种向往是暗藏在心底的、难于启齿的，但它却是永恒的，而且是炽烈的。她拥抱着玛莎亲吻着，不知该怎样来表达自己的欢乐才好，就对她讲到我：

“他是好人！他心地非常善良！”

在她向我们辞别以前，她又换上了那套平时穿的普通连衣裙，叫我去花园，想单独和我一个人说几句话。

“爸爸很伤心，因为你没有写信告诉他。”她说，“你本应当请求他向你祝福婚礼才对。不过，实际上他是非常满意的。他说这个婚姻会抬高你在整个社会舆论中的身价，而且在玛利亚·维克多罗芙娜的影响下你也开始比较严肃地对待生活了。现在一到晚上，我们就谈论你，昨天他甚至这样说：‘咱们的密沙尔。’这真叫我高兴。看来，他心里好像想着什么，我觉着他仿佛打算做出宽容和解的高姿态，先跟你和解。他很可能在近几天内来到这儿看你。”

她在我胸前匆忙地画了好几回十字，说：

“啵，愿上帝保佑你！祝你幸福！安纽塔·布拉戈沃那个非常聪明的姑娘，她谈到你的婚事时，说这是上帝赐给你的一次新的考验！怎么说呢，要知道在家庭里不光有快乐，也有痛苦。想没有痛苦是办不到的。”

我和玛莎陪她走了大约三俄里左右，然后我们信步往回走，默默地，仿佛在休息。玛莎挽住我的胳膊，我们心情非常轻松愉快，已经不想再谈情说爱了。结婚以后我们彼此的关系更亲近和更密切了。我们觉得再没有什么东西能够把我们拆散。

“你妹妹是一个招人喜爱的人，”玛莎说，“不过看起来，她像长期受折磨似的，你父亲一定是个可怕的人。”

我对她讲起我和妹妹受的是什么教育，我们的童年该多么痛苦，多么愚蠢。当她听到不久前我父亲还打过我的时候，不由打了一个冷战，紧紧倚靠在我的身上。

“别再讲下去了，”她说，“这太可怕。”

现在她再不离开我了。我们住在那幢大宅子里，占了三间房子，每到傍晚我们就把那个通向这幢房子无人居住的地方的门紧紧关起来，好像那边住着一个不相识的和令人害怕的人似的。我起得很早，天一亮就出去找点什么活儿干起来。我修理大车，在花园里铺铺小路、挖挖苗床、漆漆房顶。到了播种燕麦的时节，我试着再把地耕一遍，松一松土，撒下种子。这些活儿我干得也挺上心，一点不比雇工差。我感到挺累。由于雨淋和刺骨寒风的吹打，我的脸和两脚都长久地发烧。每天夜里我都梦见这片耙松的土地。不管怎样，田间的农活无法吸引住我。我不懂农业，也不爱这一行。这可能因为我的祖先无人务农的缘故，血管里流淌的都是城里人的血液。我对大自然充满着柔情，我喜爱田野，喜爱牧场，也喜爱菜园，可是衣服褴褛、浑身汗水、伸长着脖子的农民，吆喝着他那匹骨瘦如柴的马，用犁耙耕种土地，在我看来，那是一种愚昧、野蛮和丑恶势力的表现。每当看到他们那种笨拙的动作，我总要不由自主地想起那个人们还不懂得使用火的早已消逝的传奇式的生活年代。走在农民牲畜群中的凶猛公牛和那些蹄声四起，在乡村里奔驰的马匹都使我感到恐惧，大凡那些稍微比较大一些、强壮一些和凶猛一些的东西，不管它是长着犄角的公羊也好，公鹅也好还是带着链子的狗也好，给我的印象，它们都是一种愚昧和野蛮力量的表现。遇到恶劣天气，每当那些沉重的乌云悬挂在耕耘过的黑土地上空的时候，我心里产生的这种成见就更显得强烈。特别当我耕种或播种的时候，总有两三个人在一旁观看我的活儿，我那时体会不到这种劳动是回避不了的，是必须干的，我好像是在玩似的。我喜欢干院子里的活，而且再没有比油漆房顶的活儿更使我喜欢的了。

我常常穿过花园和穿过牧场到我们磨坊那边去。这个磨坊已经由库利洛甫卡村的一个农民租下来了，小伙子长得很漂亮，黝黑的皮肤，留一把浓密的黑胡子，看上去像个大力士。磨坊的活儿他不喜欢干，认为这里太枯燥乏味又无利可图。他只是为了避开家才搬到磨坊来住。他是马具工，他身上总散发着一种松香和皮革的好闻气味，他不喜欢谈话，精神总萎靡不振，不爱活动，总是坐在岸边或门槛上，嘴里哼着“呜——溜——溜——溜”。有时候他妻子和岳母从库利洛甫卡村来找他。她们俩都有一副白净净的脸，身材修长，性情温顺。她们对他毕恭毕敬，称呼他“您，斯捷潘·彼得罗维奇”。可他呢，对她们的虔诚，既没有什么行动表示，也不说一句话，只是坐在岸上那一边，低声地哼着：“呜——溜——溜——溜。”就这样在沉默无言中度过一两个小时，他岳母和他妻子耳语后，站起身来，对他看一阵，等他回过头来，然后她们向他深深地鞠一躬，用一种甜美、唱歌似的声音说：

“再见，斯捷潘·彼得罗维奇！”

她们就这样走了。走后，斯捷潘才去收拾她们留下的包有小面包圈或衬衣的包裹，向她们走去的方向挤一挤眼，喘口粗气说：

“娘们儿！”

这个拥有两盘磨的磨坊昼夜不停地工作。我时常帮助斯捷潘干活。我喜欢这种活儿。每当他有事外出，我心甘情愿地留下来替他干活。

11

温暖晴朗的天气过后，来了道路泥泞的季节。五月里一直下雨，天很冷。磨盘的喧闹声夹杂着雨声使人发懒和犯困。磨坊地板抖动着，空气中散发着面粉的气味，这也使人想打瞌睡。我的妻子身穿一件短皮上衣，脚蹬一双男式的高筒雨靴，一天来两次，总唠叨着那一句话：

“这也叫做夏天！比十月还差！”

我们一块喝茶，一块煮粥，或者一连几个钟头默默地坐在那里，等着雨停下来。有一次斯捷潘去赶集，玛莎在磨坊里住了一宿。我们起床时，也无法知道是几点钟了，因为乌云遮蔽了整个天空，只有睡意惺忪的公鸡在杜别契尼亚啼鸣，牧场里有些秧鸡在咕噜咕噜地叫，天还很早很早……我和妻子顺坡走到河边，把昨晚斯捷潘安设在河里的捕鱼篓子拖上来。那里边有一条大鲈鱼，还有一只螃蟹，向上张着螯子，直立起来。

“放了它们吧，”玛莎说，“让它们也获得幸福吧！”

今天由于我们起得很早，又没有事可做，日子就显得挺长，成了我一生中最长的一天。将近傍晚，斯捷潘才回来。于是，我就回家，到庄园去了。

“你父亲坐车来了。”玛莎对我说。

“他在哪儿？”我问。

“他走了。我没有接待他。”

她看我呆呆地站在那里，一句话也不说，看出我为父亲感到难过，就说：

“为人应该表里如一。我没有接待他，并派人递话给他说，从今以后对我们不必担心，也不必再来看望我们。”

一分钟以后我就走出大门，向城里走去，想跟父亲解释一下。路上又脏又滑又冷。这是结婚后我头一次心情感到忧郁难过。在我那个被这漫长的灰色的一天弄得疲惫不堪的脑子里，忽然闪过一个念头：我的生活也许不会称心如意，我有些厌倦了，渐渐地发懒，无精打采，懒得动手脚和动脑筋了，我走了一阵子，把手一摆，又转过头来，回去了。

工程师站在院子中央。他穿一件带风帽的皮大衣，在大声叫喊：

“家具给我弄哪去了？本来这里是有那种帝国式漂亮家具的。还有油画和花瓶呢？可是现在怎么一样也没有？！我买这个庄园明明是带家具的，简直活见鬼！”

将军夫人的雇工莫伊塞站在他身旁，两手不住地揉搓着自己的鸭舌帽。这是个二十五岁上下的小伙子，身材瘦小，脸上有不少麻点，长了一对玩世不恭的小眼睛，脸腮一高一低，仿佛他脸被人压扁了似的。

“老爷，您买下庄园的时候并不带家具，”他吞吞吐吐地说，“我记得很清楚。”

“住嘴！”工程师急得满脸涨红，浑身发抖，大吼一声。花园里四处回荡着他叫喊的声音。

12

每逢我在花园里或在院子里忙着什么活儿，莫伊塞往往都站在我身旁。他背着两只手，用他那对小眼睛懒洋洋地、轻蔑地瞧着我。这总惹得我心里不痛快，到头来只好丢开工作，一走了事。

从斯捷潘那里我们听说这个莫伊塞是将军夫人的情夫。我发现凡是来向夫人借钱的人，总得先去见莫伊塞。有一次我看见一个乡下人，浑身黑灰，大概是运煤工人，跪在他面前；有时他悄声说几句耳语后，自己又掏出一些钱来，并没有去禀告夫人，因此，我断定他一有机会也拿自己钱做点生意。

他时常在我们窗下的花园里开枪打鸟；从我们地窖里拿走食品；不经允许就擅自牵走我们的马。我们十分气愤，不再相信杜别契尼亚是我们的了。玛莎脸色苍白地说：

“难道我们该跟这些混蛋再住上一年半吗？！”

将军夫人的儿子伊万·契普拉柯夫在我们铁路上当乘务员。这年冬天，他变得瘦多了，体质也弱多了，喝一小杯酒就能醉倒，不在太阳底下就浑身发抖。他穿着乘务员制服感到很不舒服，而且很丢脸。不过他认为他这个差使还是有油水的，因为他可以偷蜡烛去卖。我的新地位在他心里激发出一种混杂的感觉，既惊奇又羡慕，而且产生一种模糊的希望，但愿他也能碰上类似我的运气才好。他用痴迷的眼睛追随着玛莎。他问我现在午饭吃些什么，在他那清癯的难看的脸上流露出一种阴郁而又甜蜜的神情，他的手指头也微微地动起来，简直像触摸到我的幸福一样。

“听我说，小利钱，”他手忙脚乱地说，一直不停地划火柴点烟。他站着的地方总是弄得挺脏，因为他抽一支烟要划几十根火柴，“听我说，我现在的生活简直糟透了。最叫人难以忍受的，就是那些小小的军士也朝我大喊大叫：‘你这个乘务员！你！’老兄，我在车厢里听够了各式各样的话。你要知道，我现在才明白：生活是肮脏的，我母亲毁了我。火车上有位医生对我说：如果父母放荡，那么他们的子女必然成为醉鬼或者罪犯。这话果然不错！”

有一回他摇摇晃晃地走进院子里来。他的眼睛呆痴地移动着，呼吸急促，又哭又笑，嘴里还唠叨些什么，像发高烧说胡话似的。在他那些乱糟糟的话里我只听懂了这样几句话：“要我妈！我妈在哪儿呢？”他哭喊着说这些话，好像一个孩子在人群中同妈妈走散了似的。我把他领到我们的花园里，安顿在树荫下，然后我和玛莎轮流守护在他身旁，整整度过了一天一夜。他病了，而玛莎怀着一种厌恶的心情看着他那苍白而渗着虚汗的脸说：

“难道这些混蛋在我们的院子里还要住上一年半吗？这太可怕啦！太可怕！”

那些农民简直使我们太伤心了，在春天那些月份里，在我们那么期盼幸福的时刻，可我们一开头就遭到了沉重的打击！我妻子本想创办一所学校，我为那学校画了一个校舍草图，能容纳六十个孩子念书。地方当局也表示赞同，并建议她在库利洛甫卡村办学校，那是一个大村镇，离我们有三俄里远。要知道，库利洛甫卡原有一所学校，周围四个村子的孩子都在那里读书，包括我们杜别契尼亚的孩子在内，可是那所学校的校舍又破旧又窄小，在朽烂的地板上走路已经有危险了。三月末，根据玛莎的愿望，她被指定为该校的监督。四月初我们召开三次会议，使农民认识到原来的学校又窄小又破旧，非重建新校舍不可，地方当局也派人到会，国民学校的督学也来了，他们也劝告农民。每次开完会以后，农民们总把我们团团围住，管我们要一桶伏特加喝。我们被围在中间，觉得闷热。我们不久就感到筋疲力尽，回家的时候，心里很不满意，有点心灰意冷。最后农民总算给学校让出一块地皮，然后他们答应要用自己的马从城里把全部建筑材料运回来。他们忙完春播以后，在头一个星期日，他们就用大车从库利洛甫卡和杜别契尼亚将砖运回来垫地基。天刚蒙蒙亮他们就动身了，直到深夜才回来。那些农民一个个都喝得醉醺醺的，说他们累坏了。

仿佛成心捣乱似的，五月下了一个月的雨，天又冷，道路也弄坏了，泥泞不堪。从城里回来的大车通常都要开进我们院子里来。瞧，那该是多么可怕的场面啊！大门口出现了一匹马，前腿叉开，绷紧肚子，把车拉进院里来以前，马头深深低下去。车上装着一根十二俄尺长的原木，外表又湿又滑。有一个农民跟在车旁走着，因为有雨，他把衣服紧裹在腰带里，眼睛也不看脚下，也不绕过泥塘，蹚着水大步流星往前走着……大车一辆接一辆地接踵而来，有的拉薄板，有的装原木……不一会儿，正房前的空地上渐渐挤满了马匹、原木和木板。有些农民和包着头、将连衣裙裙襟掖起来的村妇，怒气冲冲地瞧着我们的窗子，大吵大闹，叫女主人出来，不时听到难听的叫骂声。莫伊塞站在一旁，我们感到他在幸灾乐祸。

“我们再也不拉了！”农民们叫喊道，“简直累死人了，让她自己去拉吧！”

玛莎吓得脸色苍白，惊慌失措，仿佛他们马上就要闯进屋子来揪她似的。她立刻打发人给他们送去半桶酒，这才平息下来。长长的原木一根连一根一直摆到院外去了。

我打算到工地去，妻子担心地对我说：

“农民凶得很，可别让他们对你闹出什么事儿来。不，稍等一下，还是让我跟你一块去吧！”

我们一块坐车到库利洛甫卡去了。在那里，木工们伸手管我们要小费。脚手架已经搭好了，该到奠基的时候了。可是泥瓦工没有按时来，结果只好停工，木工们抱怨起来。后来瓦工总算来了，不料又发现这里没备沙料，不知为什么大家都忘了需要沙土。农民利用我们这种停工待料的困境，运一车沙土索要三十戈比，其实从工地到河边去装运沙土不到四俄里远。运五百车才够用。什么误会啦，谩骂啦，纠缠啦，闹得没完没了，不可开交。我妻子非常生气，瓦工的包工头奇特·彼得罗夫是一个七十岁的老人。他挽住玛莎的胳膊，劝她说：

“你往这边瞧瞧！再瞧瞧这边！只要沙土一运到，我能一下子给你找十个人来，保证两天就把活儿干完，你往这边瞧瞧！”

可是沙土运齐了。过了两天，又过了四天。过了一个星期了，在准备奠基的那个地方依旧张开着一条空荡荡的沟。

“这简直气死人！”我妻子被激怒了，“这是什么人哪！是什么人哪！”

正当这种混乱的时候，工程师维克多·伊万内奇来找我们，他随身带来纸包纸裹的葡萄酒瓶和各种凉菜，吃了很久，然后在阳台上躺下来睡觉，打起呼噜来。工人们听到鼾声后摇头说：

“岂有此理！”

他来了，玛莎并不高兴。她虽然不信任他，同时却又得同他商量。他饭后睡一觉醒来，心情不好，粗暴地指责我们的农活，后悔当初不该买杜别契尼亚，因为它给他造成严重亏损，玛莎听到这些，脸上就现出难过的神情。她向他诉苦。他打着呵欠说：“这些乡下人就是欠揍。”

他说我们的婚事和我们的生活是一场喜剧，他说那是矫揉造作和任性胡闹。

“她已经干过一次类似的事了。”他对我讲到玛莎，“她俨然自认为是歌剧演员，就离家出走了。我这位娇小姐，叫我好找，足足找了两个月，光电报费我就花了一千卢布。”

他既不管我叫教派信徒，也不叫油漆工先生了，而且也不像过去那样称赞我的工人生活了，只是说：

“您是个古怪的人！您是个不正常的人！我不敢预言，不过您不会有好下场！”

玛莎夜里睡不好觉。她总是坐在我们卧室的窗前想些什么。吃晚饭时再也听不到欢笑声，也看不到她做的可爱的鬼脸儿了。我心里很难受，天下雨的时候，每颗雨珠都像枪子弹一样射进我的心里。我宁愿跪在玛莎面前，替天气赔罪。农民们在院子里大吵大闹，我也感到自己有罪。有时，我一连几个钟头坐在一个地方不动，心想玛莎真是个出色的人，是个了不起的人。我热烈地爱着她，她所做的一切和所说的一切都使我敬佩陶醉。她倾向于在书房安静工作；她喜欢长时间地读书，研究点什么；她只凭书本了解农业管理，但她的渊博知识使我感到惊奇，她出的主意全部实用，没有一个在农业管理上白费落空。另外她为人高尚、颇有风雅又让人倍感温存。只有受过良好教育的人才具有这种风度。

对这位具有健康活跃思想的聪明女人来说，我们现在生活中的杂乱无章和整天为鸡毛蒜皮的琐事争吵不休，为不足挂齿的小事烦恼操心，简直是苦刑。我也看到了这一点。我自己晚上也睡不着觉，我的脑子也在思索，喉咙里哽塞着，恨不得痛哭一场。我辗转反侧，真不知该怎么办才好。

我搭车进城，给玛莎买回来各种画报、糖果、花卉。我还跟斯捷潘一块去捕鱼，一连几个钟头冒着雨浸在没脖子深的凉水里，蹚来蹚去，为的是捉几条山鲇鱼，使我们的菜饭变换点花样。我低声下气地去恳求农民们别吵闹，请他们喝伏特加酒，拉拢他们，向他们作出各种许诺。我不知还做了多少蠢事！

最后，雨总算停了，土地也干了。你要早晨四点钟左右起床，走进花园，你便会看见，晶莹的露珠在鲜花上闪光，鸟儿和昆虫在喧闹歌唱，天上万里无云，花园、牧场和河流都那样美丽。于是，我想起了农民，想起了大车，也想起了工程师！我和玛莎乘坐一辆轻便的快车到田地里去看燕麦。她赶车，我坐在她身后，她的肩膀在起伏耸动着，风儿在戏弄着她的秀发。

"靠右边走！"她对迎面走的行人嚷道。

"你很像一个车夫。"我好像对她这样说过。

“是很像！我祖父，也就是工程师的父亲原本就是一个车夫。这你不知道吗？”她转过身来问我，而且立刻向我演示，车夫怎样吆喝，怎样唱歌。

“谢天谢地！”我听着她的声音暗想，“谢天谢地！”

我又想起了农民，想起了大车，想起了工程师。

13

布拉戈沃医生骑自行车来了。我妹妹也常来。我们又谈起了体力劳动，谈论进步，谈论人类遥远未来的奥秘。医生并不喜欢我们干的农活，因为这种活儿妨碍我们的争论，他说耕种、收割和放牧之类的劳动跟自由人是不相称的。随着时间的推移，人类会把所有这些为生存斗争的粗笨的劳动让牲畜和机器去代替，他们自己将专心从事科研工作。妹妹一直恳求大家让她早点回家去，若将她留到深夜，或留她在这里过夜，她总感到心神不定。

“我的天哪，难道您还是一个小孩子吗？！”玛莎责备她说，“这简直太可笑啦。”

“不错，这是可笑的，”妹妹同意说，“我承认这是可笑的。既然我无力克制自己，那又有什么办法呢？我总觉得好像我做什么都不对似的。”

到了除草季节，我由于没干惯这种活，累得浑身酸痛。有时我同家人坐在露台上聊天，我忽然睡着了，大家就大声地嘲笑我，把我叫醒，将我安顿到桌旁吃晚饭，可是，我还是在昏昏沉沉地打瞌睡，我好像在梦中似的，看见那些灯光、人脸和菜盘，听人们讲话，可是什么也听不懂。第二天一大早起床后，立刻拿起镰刀下地或到工地去，一干就是一整天。

过节我留在家里，发现我妻子和妹妹有事瞒着我，甚至仿佛要避开我。妻子待我虽依旧温存，不过她自己有些心事却不肯告诉我。毫无疑问，她对农民的反感情绪正在增长，对她来说生活变得越来越沉重了，但她在我面前却不再抱怨什么。如今她乐意和医生交谈，却不大愿意同我谈话了。我想不明白，为什么会这样。

我们省里有这样一个风俗习惯：在割草和收获粮食的季节里，每天傍晚工人们都集聚到院子里来，主人要请他们喝伏特加酒，就连年轻的姑娘也要喝上一杯。我们没有按照这个风俗做。那些割草人和村妇就在我们院子里一直站到深夜，等着喝酒，然后一边咒骂一边离去。在这种时候，玛莎往往是严肃地皱起眉头，或者一言不发，或者带着反感的情绪低声对医生说：

"一群野人！简直是佩彻涅格人①！"

在乡村里，新来的人总是受到无礼的，甚至敌意的对待，和在学校里一样欺生。我们也受到了这种待遇。起初他们把我们看成是一些饱食终日无所用心的蠢人，认为我们买下这座庄园是因为我们有钱不知怎么用罢了。他们嘲笑我们。农民们把自己的牲畜赶进我们的树林，甚至赶进我们的花园来放牧，而把我们的奶牛和马匹故意赶到他们的村子里，然后走过来要求赔偿，硬说踏坏了他们的庄稼。他们甚至成群结伙地冲到我们院子里，吵吵嚷嚷地声明说，我们好像越过了不属于我们的谢耶甫卡村或谢苗尼哈村的地界，割了他们的庄稼。我们自己也弄不清我们自己的地界，只好信以为真，支付了罚款。可是事后弄清了，其实我们的收割并没有越过地界。我们树林里的小椴树被人拔掉了。杜别契尼亚有一个富农没有专卖营业执照，私卖伏特加，他买通了我们的工人，用最卑鄙的手段合伙欺骗我们，把大车上的新轮子换成旧轮子，把我们耕田用的马轭买去，然后再转手卖给我们，等等。然而最令人气愤的，是库利洛甫卡工地上发生的一件事。在那儿村妇们晚上常常偷木板、砖头、花砖、钢筋，村长带着知情人到她们家里搜查。村社罚她们每人两个卢布，然后把这些罚款都拿去喝酒花光了。

玛莎知道这件事以后，愤慨地对医生或我妹妹说：

---

① 是土耳其的古代民族，曾经多次入侵俄罗斯。

“简直是一帮畜生！这真可怕！太可怕啦！”

我不止一次听她说，悔不该搞创建学校这件事。

“您要明白，”医生劝她说，“您要明白，若是您创建学校或者做一件好事，不是为了农民，而是为了文化，为了未来，那么这些农民越坏，您创办学校的理由就越充分了。您要弄明白这一点！”

从他的声调里可以听出他缺乏信心。我觉得他跟玛莎一样都是憎恨农民的。

玛莎常到磨坊去，而且带我妹妹一块去。她俩笑着说，她们去看看斯捷潘，那个小伙子长得真漂亮。原来斯捷潘只是跟男人在一起才显得迟钝，沉闷寡言。他跟女人在一块就显得挺潇洒，说起话来滔滔不绝。有一次，我到河里洗澡，无意中听到了他们的谈话。玛莎和克丽奥佩特拉两人都穿着白色连衣裙，坐在岸边一棵柳树的宽大树荫下面，斯捷潘站在她们旁边，两手背在身后说：

“难道农民还算是人吗？他们不是人，请恕我直言，他们是野兽，是骗子。农民过的是什么生活呢？只讲究吃喝，只求伙食便宜点就好，到小酒馆里拼命往肚子里灌酒。不会对你讲一句好话，不懂待人接物，连仪表都不懂，真是太愚蠢啦！他自己满身污垢，他老婆和孩子都是浑身肮脏气味难闻。只要有个地方，他躺下就可以睡，菜汤里有土豆，他伸进手指就去捞，克瓦斯里有蟑螂，他也不肯把它吹掉，就连蟑螂一起喝进去！”

“要知道这是穷啊！”妹妹说。

“穷！不错，他们苦是苦，但是苦与苦不同，小姐。若是有人坐牢，比方说瞎了眼睛，瘸了腿，那么说实在的，恳求上帝别让人落到这种地步，别受这种苦。可是他又没有被关起来，自由自在，又有头脑，有眼睛，有手，有力气，有上帝，那他还缺什么呢？这是胡作非为，小姐，这是胡闹，并不是穷。比方说，要是您，善良的小姐，凭您的教养和一片好心，想周济他们，可他们就会卑鄙无耻地把您救助的钱拿去喝酒，要不然就更糟。他用您的钱开一家小酒馆，去勒索抢劫别人的钱。您刚才提到了穷。难道富裕的农民就过得好一些吗？请恕我直言，也跟猪差不多。粗野、吵闹、愚蠢，膀大腰圆，一脸横肉，脸膛血红，一看上去，你恨不得抡起胳膊打他一记耳光，骂他一声混蛋。比方说，有个叫拉里昂的，他就是咱们杜别契尼亚的富裕农民，恐怕他在你们树林里拔小椴树，一点不比穷农民差。他爱骂人，他孩子也爱骂人，他要是多喝了几杯，就滚进泥塘，睡过去。小姐，他们都是些坏东西。跟他们一块住在村子里，简直就跟下地狱一样。对这个村子，我简直恨得咬牙切齿。多亏主的恩典，上天皇帝的恩赐，我能吃得饱，穿得暖，在龙骑兵团里服过役，当过三年村长，现在我是一个自由的哥萨克，想到哪，就可以在哪安家落户。我不愿意在村子里生活，谁也没有权力硬逼我住在那里。人家说，你有老婆呀，人家又说，你应跟老婆一块儿住在一个窝窝里。为什么非这样不可呢？我又不是她雇的。”

“请您告诉我，斯捷潘，您是恋爱结婚吗？”玛莎问。

“我们乡村里有什么爱情呢？”斯捷潘回答后微微一笑，“太太，若是您真有意想知道的话，我可以坦诚地告诉您，我这是二婚了。我并不是库利洛甫卡村的人，而是扎列果夏村人，后来我是入赘到库利洛甫卡村来的，就是说，父母不愿我们兄弟五个闹分家，单独过，我就向他们鞠个躬，去到别的村人赘了。我的第一个老婆年纪轻轻就死了。”

“她是怎么死的？”

“因为她太蠢啦。她整天无缘无故地哭天抹泪的，一哭起来就没完没了。后来身体也虚弱了。为了图漂亮，她老是服用各种药片药水，结果损伤了内脏。我的第二个老婆是库利洛甫卡村的人。她有什么可取的地方？她是一个村姑，乡下的娘们儿，别的什么也没有。当初人们为她来找我提亲的时候，我表示中意，因为她年纪轻，长的又白白净净，家里又收拾得挺干净。她妈像鞭身派教徒一样，爱喝咖啡，我最看中的是她们过日子干干净净。就这样我们成了亲。可是结婚第二天我们坐下来吃饭，我叫丈母娘递我一个汤勺，她就去给我拿，我看见她用手指头去擦那个汤勺呢。好家伙，我心想，她们就这样干净啊！我同她们一块住了一年就走了。也许我该娶个城里人才对，”他沉默一会儿，接着说，“人们说，妻子应该是丈夫的内助。我不需要什么内助，我自己可以帮助自己。我要一个能跟我谈得来的姑娘，而不是光嘻嘻傻笑，应该懂得事理，善解人意。缺少这种畅快的对话，在一块生活还有什么意思呢！”

斯捷潘忽然闭住嘴，我立刻听到他又哼起那单调的“呜——溜——溜——溜”来，这是说他发现我了。

玛莎常去磨坊。很明显她在同斯捷潘的谈话中找到了乐趣。斯捷潘那样毫不掩饰地痛骂农民，这就把她吸引到他那一边去了。每当她从磨坊回来，看守花园的那个呆子农民每次都对她喊叫：

“巴拉希卡，小妞儿！你好啊，巴拉希卡小妞儿！”他又学狗向她叫，“汪——汪！”

一听到叫声，她就停下脚步注意地看着呆子，仿佛她在呆子学狗叫声中寻找她自己思想的答案似的。大概，这个呆子也像斯捷潘痛骂农民那样吸引住了她。家里总有一些什么消息要告诉她：诸如村里的鹅钻进我们的菜园，啄坏了几棵白菜，或者拉里昂盗窃了缰绳。听后，她总是耸耸肩膀，冷冷一笑说：

“对这些人还能指望什么呢？”

她气愤，心头积满了怨恨。可是我却跟农民们处熟了，越来越跟他们亲近了。他们大多数人是神经质的，火暴脾气，是受尽侮辱的。这些人的想象力已经被扑灭，他们愚昧无知、目光短浅、认识模糊，对灰色的世界、灰色的日子和黑色的面包等看法都一模一样。这些人也有心眼，然而跟鸟那样单纯只会把头藏到树后面，他们从来不会算计别人。他们不肯为二十个卢布上您这儿来割草，可是您只要出一桶伏特加，他们就来了，其实二十卢布足可以买四桶伏特加。他们确实肮脏、酗酒、愚昧、骗人，不过尽管这样，使人觉得，一般说来，农民生活里贯穿着一条坚固而健康的主线。不管农民扶犁走路的样子笨拙得活像一头野兽，也不管农民怎样酗酒，喝得醉倒，可是只要你走近去仔细观察一下，就会发现农民有一种难得的、宝贵的东西，比方说玛莎和医生恰恰缺少这种东西，那就是农民深信世间最重要的东西是真理，他和所有人民的得救也都只在于真理，因此，人间万物当中他最喜爱的莫过于公正。我曾经对妻子说过，她只看见了玻璃上的斑点，却没有看见玻璃本身。对我的话，她往往用沉默来回答，或者像斯捷潘那样哼着："呜——溜——溜——溜。"……每逢这个善良聪明的女人跟医生讲起酗酒和欺骗时，就气得脸色惨白，嗓音发颤。我实在无法理解，而且为她的健忘感到吃惊。她不该忘记她父亲，那位工程师，也喝酒，而且喝得很凶；他用来买杜别契尼亚的钱不也是靠耍弄各种没廉耻、昧良心的欺骗得来的吗？她怎么能忘了这些呢？

14

我妹妹也过着她自己的独特生活，想方设法地瞒着我。她常和玛莎交头接耳地说话。每当我一走到她跟前，她总是显得精神压抑，目光里也流露出负疚和哀求的神情。显然她心里产生了一些什么想法，有一种恐惧或者羞愧。为了避免在花园里遇到我，或者单独和我在一块儿，她总是和玛莎形影不离，弄得我很少有机会同她谈话，只能在吃饭时候见面。

有一次我从工地回来，轻轻地走过花园。天已经黑下来了，我妹妹没有看见我，也没有听到我的脚步声，自顾在一棵枝叶茂密的老苹果树旁走来走去，没有一点声音，简直像一个幽灵。她穿一身黑衣服，脚步很急促，但总是顺着一条线走来走去，眼睛瞧着地下。这时树上掉下一个苹果来，这个响声吓她一跳，她停住脚步，用两手紧压着太阳穴。这时我走到了她的跟前。

一种温柔的爱的激情涌上我的心头。不知什么缘故我含着热泪想起了我们的母亲，也想起了我们的童年，我搂住她的肩膀，吻她。

"你怎么了？"我问，"你心里难过，我早就看出来了。告诉我，你怎么啦？”

“我感到害怕……”她说，浑身发抖。

“你到底怎么了？”我追问，“看在上帝的面上，你老老实实地说出来吧！”

“我说，我要老老实实说出来，我把实情都告诉你。瞒着你，我心情太沉重了，太难受了。密沙尔，我在恋爱……”她接着小声说起来，“我在恋爱，我在恋爱……我很幸福。可是不知什么缘故我又那样害怕！”

传来一阵脚步声。树木之间出现了布拉戈沃医生的身影。他上身穿着绸衬衫，脚上穿着一双高筒靴。看来，这儿在这棵苹果树旁正是他们指定的幽会地点。她一看见他，就充满激情地向他扑去，痛苦地喊叫着，好像有人要从她身边把他夺走似的。

“弗拉基米尔！弗拉基米尔！”

她依偎在他身旁，贪婪地望着他的脸。一直到这个时候，我才发现她近来消瘦多了，脸色也苍白多了。这从她那绣花衣领上特别容易看出来。这个衣领我早就见过，现在看起来比以前任何时候都显得肥大，包不严她那个又瘦又长的脖子了。医生开始有点紧张，不过很快就镇定下来，抚摩着她的头发说：

“啾，算了，算了……何必这样激动呢？你瞧，我不是来了吗！”

我们不好意思地相互看看，沉默无言。随后，我们三个人一块走着，我听医生对我说：

“我们的文化生活还没有开始。老人们安慰自己说，要是说现在什么成绩也没有，那么应该说40年代或者60年代却是有过成绩的。这是老人，至于我们都还年轻，衰老①还没有损害我们的脑子，我们还不会用这类幻想来安慰自己。俄罗斯开国是在862年，而有文化的俄罗斯依我看还没有开始呢。”

---

① 原文为拉丁语。

不过，我没有理会医生的论调，不知为什么我感到奇怪，我不能相信我妹妹会爱上什么人，更不敢相信她会挽住一个陌生人的胳膊走着，还温情脉脉地瞧着那个人。她竟爱上一个已婚的、有了孩子的男人！我真感到惋惜，但是究竟惋惜什么呢？连我自己也不知道，弄不清什么缘故。反正医生在场我就不愉快，而且我怎样也无法理解他们这种爱情会有什么好结果。

15

我和玛莎乘车去库利洛甫卡参加学校落成典礼。

“秋天，秋天，秋天……”玛莎瞧着路旁的景色小声说，“夏天过去了。鸟儿没有了，只有柳条还是绿的。”

是的，夏天已经过去了。晴朗温和的日子来了。可是早晨很凉。放牧人都穿上了羊皮袄，我们花园里翠菊上的露珠一整天都没有风干。天空中一直回荡着凄凉的声音，不知这是护窗板的合叶在哀鸣呢，还是一群仙鹤飞过，总之人的心里感到很畅快，对生活充满着希望。

“夏天过去了……”玛莎说，“现在我们可以总结一下了。我们做了许多工作，也思考了许多，因此，我们也好多了，我们有了荣誉，也增添了光彩，我们在个人修养上也取得了很大成就，可是我们的这些成就对周边的生活究竟有多大的影响呢？又带给人们什么益处呢？没有。愚昧无知、生理上的污秽、酗酒、令人吃惊的高儿童死亡率，一切照旧。你耕地和下种，我花钱、读书，可是谁也没有因此受益。显然，我们只在为自己工作，我们想入非非也只是为了自己罢了。”

类似这种论调使我感到困惑，也不知道该怎么想才好。

“我们自始至终都是诚心诚意的。”我说，“谁真诚，谁就正确！”

“谁会争论呢？我们是对的，可是我们在做我们认为对的事情的时候，采用的方式是不对的。首先就我们对外采用的那些手段来说，难道不是错的吗？你一心想对人们有益，可你只就买下庄园这件事而论，你一开始就堵塞了你为他们做任何好事的可能。其次，你若像农民一样做工、穿衣和吃饭，那你就是用自己的威望把他们这些笨重的服装、可怕的草舍、那些粗野的争斗都合法化了……从另一面来说，假定说你长期在这里工作，坚持很久，甚至干一辈子，到头来也可能取得某些实际效果，可是它们，你取得的那些实际效果又怎能抵挡住那些自然形成的愚昧、饥饿、寒冷、退化之类的自发力量呢！这只不过是向汪洋大海里投入一滴水罢了。这儿需要的另一种斗争方式，即是更坚强、更勇敢、更快捷的斗争方式！如果你真想使他们受益，那你就得走出日常活动的狭隘圈子，要竭力去直接影响广大的群众！这儿首先需要大张旗鼓的全神贯注的宣传。为什么艺术，比方说音乐吧，为什么那样有生命力，那样普及，实际又那么强大呢？这就是因为音乐家或歌唱家一下子就能影响成千上万的人。可爱的艺术啊，可爱的艺术啊！”她接着说，怀着憧憬的心情望着天空，“艺术能给你翅膀，把你带到遥远遥远的地方！凡是厌恶污秽和反对追求分厘小利的人，凡是被激怒、被屈辱和愤懑不平的人，只有在美好的东西中才能找到安宁和满足。”

当我们乘车来到库利洛甫卡的时候，天空晴朗，令人欢快。院子里有的地方正在打谷子，空气里散发着黑麦的麦秆香气。围墙里面的花楸树果一片鲜红。放眼望去，周围的树木都披上了金黄色或绛红色的盛装。钟楼上响起了钟声，人们抬着圣像到学校里来，同时还听到他们唱《热心的女保护神[①]》。空气该多么清新啊！鸽子飞得多么高啊！

人们在课堂里举行礼拜仪式。然后，库利洛甫卡的农民把一个圣像送给玛莎。杜别契尼亚的农民把一个大面包和一个镀金的盐瓶送给玛莎。玛莎抽搭地痛哭起来。

---

① 指基督教中的圣母。

“若是有人说过多余的话或者做了使您不痛快的事，那就请您原谅他们吧！”一个老人向她和向我深深地鞠一躬说。

我们坐车回家，玛莎总是回过头去看那所学校。由我漆成的绿色房顶在阳光底下闪闪发亮。我们走出很远还能看到它。现在玛莎投过去的目光，依我看，是告别的目光。

16

傍晚她进城去了。

近来她常常乘车进城，并在那里过夜。她不在，我也没心思做工，我的两只手软绵绵地搭拉下来。我们的大院子也显得寂寞无聊，空虚得乏味。花园也弥漫着一种愤怒的喧闹声。缺了她，这房子、乡村、马，对我来说，就不再是“我们的”了。

我总是守在家里，哪儿也不去，老是坐在她的书桌旁，挨近那个满装着农业书籍的书柜，那些往日备受宠爱的书籍如今已经不需要了，它们那么困窘地看着我。我一连几个小时地呆呆地看着她的旧手套，看着她平时写字用的钢笔或者她那把小剪刀，听着钟声敲打七下，八下，九下，窗外降临了秋天的夜幕，周围像煤烟一样漆黑。我没心思做任何事情，这时才清楚地意识到：如果说我早先做过什么事，如果说我耕过地、割过草、砍过柴，那也只因为她希望这样我才干的罢了。哪怕她打发我去收拾一口深井，我也会爬进井去，情愿站在齐腰深的水里，不管是否有必要这样做。如今她不在我身边，杜别契尼亚，这一片脏乱的废墟，那些被风吹打得砰砰响的百叶窗，那些白天晚上经常光顾的盗贼，在我眼前出现了一片混乱。在这种情况下做什么工作也毫无益处了。再说，既然我觉得支撑我的土壤已经不存在，我在这儿，在杜别契尼亚扮演的角色已经演完，总之既然等待着我的是和那些书籍所遭受的同样命运，那我又何苦再在这儿做工呢？又何苦为未来操心和忧虑呢？啊，夜晚我有多少思念啊，在我孤独一人的时候。我时刻都在心神不定地听着，仿佛马上就会有什么人来对我大喊一声，命令我立刻走开似的。我并不是舍不得杜别契尼亚，我惋惜的是我的爱情，显然这种爱情已经到了它的秋天。爱着别人又被别人爱那该是多么大的幸福啊！可是，当感到从这座高塔上摔下来的时候又该是多么可怕啊。

第二天临近傍晚时玛莎才从城里回来。不知是件什么事惹她不高兴，但她瞒着我没说什么，只说，为什么把冬天用的外层窗子现在就都装上了，这真要闷死人啦。于是，我立刻就拆下了两扇窗子。我们虽然都不饿，还是坐下来吃了晚饭。

"别忙，你先去洗洗手，"妻子说，"你身上有一股油腻子气味。"

她从城里带回来几本新出版的画报。吃过晚饭以后我们就一块看画报。画报副刊上登了不少时装模特图片和衣服的式样。玛莎粗略浏览一遍后，就放到一边了，回头她准备再仔细研究。不过有一件连衣裙，底摆宽大得像一口大钟似的平滑裙子，上边配两个肥大宽松的衣袖，却引起了她的兴趣，她聚精会神地足足看了一分钟。

"这个样子不错。"她说。

"是的，这件连衣裙你穿很合身，"我说，"非常合身！"

我怀着满腔温情看着那件连衣裙，欣赏那上面的灰色花点。因为她喜欢它，我就温柔地说：

"这件连衣裙太漂亮了！玛莎该多么美丽，多么光彩照人哪！我的亲爱的玛莎！"

眼泪滴落在图片上。

"光彩夺目的玛莎……"我喃喃地说，"秀丽的、可爱的玛莎……"

她去睡觉了，我仍旧坐在那儿，又看了一个钟头画报。

"你不该拆下那两扇窗子，"玛莎在卧室里说，"恐怕这样会冷的。你瞧，风多大呀！"

我读了《综合栏》里几段小文。那里面既有介绍怎样炮制廉价墨水的内容，也有谈世界上最大钻石的文章。我又翻到她喜欢的那件新连衣裙的图片，顿时我仿佛看到，她在舞会上，手里摇着扇子，赤裸着肩膀，一身华装耀眼，满头珠宝闪光，她对音乐、绘画和文学样样精通，无所不知。在她面前，我所扮演的这个角色显得多么渺小可怜！

看来，我们的相逢，我们的结合只不过是一个插曲而已。像这样的插曲，今后在这位性格活泼、天资聪颖的女人的一生中是不会很少的。正像我从前说过的那样，世界上一切最好的东西都供她享用，她完全可以不用分文就垂手可得，就连那些思想和顺乎潮流的智力运动也在为她效劳取乐，不过给她的生活增添一些花样罢了。可我呢，只不过是她的一个马车夫，把她从这项消遣送到另项消遣上去罢了。而现在她不需要我了，要展翅高飞了，那就只剩下我孤单单的一个人了。

仿佛是在回答我的思想似的，院子里传来绝望的喊声：

“救——命——啊！”

这是一个女人尖细的叫声。好像有意嘲弄她似的，风也吹着烟筒发出尖细的呼啸声。过了半分钟，在风声里又传来那绝望的喊声，不过这一回好像是从院子另一头传来的。

“救——命——啊！”

“密沙尔，你听见没有？”妻子轻声问道，“你听见没有？”

她从卧室里向我走来，身上只穿一件衬衫，头发披散着。她瞧着漆黑的窗口，仔细地听着。

“是在要勒死什么人吧？！”她说，“这简直太糟糕了。”

我拿着枪走出去。院子里漆黑一团，天刮着大风。吹得人站都站不住。我走到大门口，一听，树被吹得沙沙作响，风在花园里吼叫着，那个呆子农民的狗在懒洋洋地吠叫。在去年做办公室的那个厢房附近，忽然又传出一个压抑的喊叫声：

“救——命——啊！”

“那是谁呀？”我问。

有两个人在打架。这个在推那个；那一个又不肯动。他们俩都在呼哧呼哧地喘着粗气。

“放开我！”那一个说，我听出这是伊万·契普拉柯夫的声音，用女人的尖细声喊叫的就是他，“放开我，该死的，要不然我就咬你的手啦！”

我认出另一个就是莫伊塞。我把他们拉开，同时我没有克制住自己，朝莫伊塞的脸打了两拳。他被打倒在地，随后他又站起来，我又打他一拳。

“他们想杀死我，”他嘟嘟哝哝地说，“他们想偷开他妈的柜子……为了保险起见，我才把他们关在这间屋子里……”

契普拉柯夫喝醉了，没有认出我来，不住地深呼吸，仿佛要多吸些气好再喊救命似的。

我放下他们，回到家里。妻子已躺在床上，但衣服已经穿好。我向她讲述院子里发生的事件，就连我打莫伊塞的这件事也没有瞒她。

“住在乡下真可怕，”她说，“夜怎么这么漫长啊，我的天！”

“救命啊！”过了一会儿又传来一阵喊叫声。

“我去把他们劝开！”我说。

“别管了！让他们彼此咬断喉咙吧！”她带着一种厌弃的神情说。

她瞧着天花板，静听着，我坐在她身旁，却不敢跟她说话，心里觉得院子里喊“救命”和夜晚这么漫长都好像是我的罪过似的。

我们沉默着，而我却焦急地等待窗口现出曙光。玛莎的神态，好像如梦方醒，如今她正暗自惊奇地思考，像她这样一个聪明而有教养的女人，她这样一个洁净如玉的女人，怎么会跑到这塞外荒凉的沙漠里来，怎么会跑到这群渺小、浅薄的人们当中来，怎么会忘记自己的身份地位，迷上了这群人中的一个，做了他半年的妻子。我觉着，依她看来，不管是我也好，莫伊塞也好，契普拉柯夫也好，反正都是一个样。对她来说，无论是我，还是我们的婚姻，还有我们的农活、秋天的泥泞，都化作了那醉醺醺的、粗野的“救命”声。每当她叹口气，动一动身子想躺得更舒服点，我就发现她脸上的这种表情：“啊，天快亮吧！”

天一亮她就走了。

我为了等她在杜别契尼亚又多住了三天，然后，就把我们的东西收拾收拾，放到一个房间里，锁上门，就进城去了。我赶到工程师家拉门铃时，已经是黄昏了。我们大贵族街上的路灯都亮起来了。巴维尔告诉我说，家里没人，维克多·伊万内奇到彼得堡去了。玛利亚·维克多罗芙娜大概在阿日金家里排戏。我至今还记得，后来我多么兴奋地向阿日金家走去。我的心当时是何等的激动，甚至屏息；我是怎样走上楼梯，在楼梯口站了许久，不敢走进这座缪斯的殿堂！大厅里桌子上、钢琴上、舞台上都点着蜡烛，都是一排三支。第一次公演规定在13日，第一次彩排定在今天，星期一——一个不吉利的日子。这是对迷信的挑战！所有戏剧爱好者都聚齐了。那个大姑娘、二姑娘和老姑娘在舞台上走来走去，拿着脚本念着自己的台词。列基卡独自站在一边，一动也不动，脸颊抵着墙，用虔诚的目光看着舞台，静等开始彩排。一切都跟从前一样！

我朝女主人走去，觉得问候一声才好。可是忽然听到大家对我“嘘嘘”地吹，向我摇手示意，让我别踩响地板，周围一片寂静。钢琴盖也掀起来了，有位夫人挨着钢琴坐下，眯缝起近视眼看着乐谱，我的玛莎向钢琴那边走去，她衣着华丽，打扮得风流潇洒，今夜美得特别，令人耳目一新，完全不像春天到磨坊里找我的那个玛莎了。她唱起来：

> 我为什么爱你呀，明亮的夜晚？

自从我认识她以来，这是我第一次听她唱歌。她的歌喉甜美、圆润和有力；听她唱歌，给我的感觉仿佛在吃一个香甜熟透的香瓜似的。她一唱完，大家向她鼓掌，她满意地微微笑着，闪动着两眼，翻看着音乐谱，整理她身上的连衣裙，她简直像一只终于冲出牢笼的鸟儿，在自由中展翅飞翔。她的头发梳到耳朵上，脸上显露出一种不善的挑逗神情，简直要向我们大家挑战，或者像吆喝马似的向我们喊了一声："喂，你们这些漂亮的马儿！"

此时此刻她的表现，真像她当年做马车夫的祖父。

"怎么，你也在这儿？"她问，向我伸出手来，"你听见我唱歌没有？你觉得我唱得怎么样？"她没等我回答就接着说，"你来得正好。今天晚上我要乘车去彼得堡，在那里不会呆多久。你让我去吗？"

午夜，我把她送上车站。她温柔地拥抱我，大概是为了感激我没有向她提出什么多余的问题。她答应给我写信。我紧紧握住她的手，吻了很久，强忍住眼泪，没有对她说一句话。

她走了。我站在那儿看着越来越远的灯光，在内心里爱抚着她，小声说：

"我心爱的玛莎，光彩照人的玛莎……"

这天晚上，我是在老保姆马卡利哈·卡尔波芙娜的家过的夜。第二天一早，我就和列基卡一块儿到一个富商家，给他的家具涂漆上油。这个富商正要把女儿嫁给一位医生。

17

一个星期日，吃过午饭后，妹妹到我这儿来，跟我一块喝茶。

"这些天来我看了很多书，"她说着，把书拿给我看。这是她到我这来时顺路从图书馆借来的，"谢谢你的妻子和弗拉基米尔，是他们唤起了我的自觉。他们救了我，使我现在感觉到自己是一个人了。以前，我往往为那些操心事弄得整夜睡不着觉：'哎呀，这个星期咱们怎么吃掉那么多糖啊！哎呀，黄瓜也别腌得太咸啦！'现在我也睡不着觉，但我想的完全是另外一回事啦。我难过，因为我这么愚蠢而胆怯地活了半辈子。我痛恨我的过去，并为它感到羞耻。现在我把父亲看做敌人一样。啊，我多么感激你的妻子！还有弗拉基米尔，他是一个出色的人。是他们擦亮了我的眼睛。”

“你晚上睡不着觉，这可不好。”我说。

“你以为我病了！我一点病也没有。弗拉基米尔给我诊察过，说我十分健康。其实，问题不在于身体，健康不健康并不那么要紧……你告诉我，我说得对吗?”

她需要精神上的支持，这是很清楚的。玛莎走了，弗拉基米尔在彼得堡，城里除我以外她再也找不到第二个人能够回答她说，她是对的。她定睛看着我的脸，竭力想猜到我的隐秘的想法。若是我在她面前沉思不答，她就会把这揽到自己身上，认为是自己的错而感到难过。我随时得当心，只要她问我她对不对，我总是连忙回答她，说她是对的，我深深地尊敬她。

“你知道吗?阿日金家也给我安排一个角色，”她接着说，“我也想登台了。我想生活，一句话，我想喝干这满满的一杯酒。我什么才能也没有，我的台词总共只有十行字，不过这总比一天倒五次茶，监视厨娘别让她多吃一块面包不知高明多少倍，高尚多少倍呢。要紧的是终于让父亲看到，我也能反抗。”

喝过茶，她躺在我床上，闭目养神，呆了一会儿，但脸色很苍白。

“多么软弱啊！”她坐起身来说道，“弗拉基米尔说，城里的所有女人和姑娘都因为没有工作而患了贫血症。弗拉基米尔是个多么聪明的人！他说得对，对极了，应当工作！”

过了两天她就到阿日金家里去了，带着脚本参加彩排。她身穿一件黑色连衣裙，脖子上佩戴一条珊瑚珠项链，胸前还别着一个远远看去像块小千层饼似的胸针，耳朵上带着两个大耳环，那上嵌的钻石在闪闪发光。我一看到她，就感到不舒服，她这样不会打扮使我感到吃惊。她戴的耳环和钻石很不得体，装束也很古怪。别人也注意到了，我发现人们的脸上都露出了笑容，我听到有人带着嘲笑的口吻议论说：

“这位是埃及的公主克丽奥佩特拉。”

她极力做出善于交际、潇洒自如、心地坦然的样子，结果给人一种矫揉造作，怪里怪气的感觉，失去她固有的朴实和温存。

“刚才我向父亲声明，我去参加彩排，”她走到我跟前说，“他大声喊叫起来，说不认我这个女儿啦，差点打我一顿。你想想看，我还没背会台词呢，”她看一眼脚本说，“我非演砸了不可。听天由命吧！”她十分激动地说，“听天由命吧！……”

她觉得大家好像都在看她，都好像为她决定迈出这重大的一步而感到惊喜；大家都期待她能做出点不寻常的事似的。谁也无法让她相信，像我和她这样无足轻重的小人物，别人都是不屑一顾的。

在第二幕以前没有她的戏。她扮演一个客人，一个土里土气的饶舌的女人。她的戏只有一点点，让她侍立在门外，装出偷听的样子，然后说几句简单的独白。这时离她出场足足还有一个半小时，别人正在舞台上走来走去，有的念台词，有的喝茶，有的在争论，她却寸步不离地呆在我身边，嘴里不断地嘟哝着她那几句台词，心情烦躁地用心揉搓着她的脚本。她以为大家都在看她，都在等她出场，就用颤抖的手指梳理着她的头发，对我说：

“我非演砸不可。……我的心多么沉重啊，要是你能理解就好了！我心里那么害怕，仿佛马上要把我拉出去判死刑似的。”

终于轮到她出场了。

“克丽奥佩特拉·阿列克谢叶芙娜，该您出场了！”导演说。

她走到舞台中央，脸上带着恐惧的神情，样子难看，手脚都不听使唤，呆站了半分钟，仿佛像个木头柱子似的，一动不动地竖在那里。只有她那两个大耳环在耳朵下面抖动着。

“头一回彩排可以看脚本。”有人说。

我清楚地看到她在发抖，抖得甚至说不出话来，翻不开脚本。她根本不会演她的角色。我刚走到她跟前，想对她说些什么，她突然在舞台中央跪下来，嚎啕大哭起来。

台下骚动起来，四下里一片喧哗。只有我一个人站在那儿，身子靠着侧面的布景，被眼前发生的事情吓呆了。我不明白也不知道我该做些什么才好。我看见人们把她抬走了。我看见安纽塔·布拉戈沃走到我的跟前，过去在大厅里我从来没有见过她，今天她好像从地里钻出来似的。她戴着帽子，蒙着面纱，照例作出她到这儿来只呆一会儿，马上就要走的样子。

“我跟她说过，叫她不要演戏，”她生气地说，断断续续地吐着字，满脸涨红，“这简直是胡闹！我本来应该拦住她才对！”

阿日金家的母亲很快走过来。她身材瘦小而干瘪，穿一件短袖上衣，胸脯上挂着烟灰。

“我的朋友，这真可怕，”她叉着手说，照例盯视着我的脸，“这真可怕！您妹妹……她怀孕啦！我求您把她带走吧……”

她兴奋地喘着粗气。她的三个女儿，长得和她一模一样，都那么瘦小而干瘪。她们惊慌地相互紧挨着。她们惊恐失色，都吓呆了，倒好像在她们家里刚刚抓到一个罪犯似的。多么丢脸！多么可怕！要知道，这个受人尊敬的家庭这一辈子都是反对迷信的，显然，她们所谓的迷信和偏见只限于三支蜡烛、每月 13 日，那不吉利的日子——星期一罢了！

“求求您……求……”阿日金太太反复地说着，她故意把“求”字说成“救”的音，“救救您，把她快带回家去吧！”

18

过了一会儿，我和妹妹就上街了。我拉开我的大衣的一边，包住她的身子。我们匆匆忙忙地走着，专挑没有路灯的小巷，躲开行人。这真像是在逃跑似的。她不再哭泣了，用流干眼泪的眼睛看着我，我要把她带到马卡利哈去。这段路徒步要走二十分钟左右。说来奇怪，在这么短的时间里，我们竟来得及回忆我们的生活经历，我们谈论到了一切，也考虑了我们的处境，思考着未来……

我们决定再也不能在这个城里住下去，等我们挣一点钱，就搬到别的什么地方去。有些家里人们已经睡觉了，有些家里人们正在玩纸牌。我们憎恨这些家里的人，害怕他们，谈到他们的残暴、愚蠢的心灵和那些被我们吓坏了的可尊敬的戏剧爱好者，我们不禁要问，这些愚蠢、残忍、懒惰、狡猾的人究竟在哪方面比库利洛甫卡酗酒和迷信的农民高明呢，或者，这些人究竟在哪方面比畜生强呢，要知道那些畜生遇到什么意外的事件侵犯它们那种受本能限制的单调生活，也会弄得惊慌失措的。要是现在就让妹妹回家去住，那她会怎么样呢？若是让她去跟爸爸谈话，天天去见熟人，那她精神上要忍受多大的痛苦呢？我想着这些，不由得回忆起我熟悉的那些人怎样被他们的亲人和熟人虐待，最后被排挤出这个世界，简直就像被虐待得发了疯的狗似的，也像那些活生生的麻雀被顽童拔光了毛丢进水里一样，想起我从童年起在城里亲眼看到那许许多多愚蠢而麻木了的苦难。我无法理解这六万居民到底为什么活着，为什么读福音书，为什么作祈祷，为什么要阅读书籍和杂志。既然他们精神上依然是一片黑暗，既然他们对自由依然心存厌恶，就跟一百年前、三百年前一样，那么古往今来，时至今日人们所写的和所说的一切究竟给他们带来什么益处了呢？木工头在城里盖了一辈子房屋，可是一直到死都把“画廊”说成“花廊”，同样这六万居民世世代代都谈论真理，阅读真理书籍，读仁爱和自由，谈仁爱和自由，却一直到死，从早到晚都在弄虚作假，互相折磨。他们害怕自由，痛恨自由像痛恨敌人一样。

“那么，我们命运决定了，”我们回到老保姆家以后，妹妹说，“出了这件事以后，我再也不能回到那边去了。天哪，这简直太好了！我心里轻松极了！”

她立刻上床躺下来。她睫毛上闪动着泪花。然而她脸上流露出幸福的表情，睡得又香又甜，看得出来她心里是轻松的，她真的休息了。她好久没有像这样安稳地睡觉了。

我们就这样开始一块生活了。她老是唱歌，说她心情非常好。我把从图书馆里借来的书都原封不动没读就送还回去。因为她没心思读，现在她一心憧憬着未来和谈论着未来。她一边给我补内衣或一边帮卡尔波芙娜在炉边做饭，一边唱歌，一边谈她的弗拉基米尔，说他非常聪明，仪表堂堂，举止文雅，说他学识渊博。我虽然已经不喜欢那位医生，但我也同意她的说法。她想工作，独立谋生，自食其力。她说要去当一名女教师或者当一名助理医生，只要身体一好，她就自己拖地板和洗衣服。她已经热烈地爱上了自己的小东西。虽然他还没有出世，可是她已经知道孩子会长什么样的眼睛，会长什么样的小手，他笑起来是什么样儿。她喜欢谈孩子的教育。既然她认为世界上最好的人是弗拉基米尔，她关于教育的全部目的就是使她那个男孩能像他爸爸那样迷人。她一说起来就没完没了。她一谈论这一切，她就会无比的快乐。有时我也很兴奋，连我自己也说不清，究竟是为什么。

多半是她使我也沾染上了幻想的热情。我也什么书都不读了。整天在幻想。每到傍晚，尽管我已经很累，可我依旧把手插进衣袋里，从这个墙角走到那个墙角，走来走去，嘴里一直讲着玛莎。

“你怎么想的?”我问妹妹，“她什么时候能回来? 我总觉得她会在圣诞节前回来的，不会再晚。她在那会干什么呢?”

“既然她没有给你写信来，这说明她很快就会回来。”

“这话对。”我表示同意。其实我非常清楚玛莎再不会回到我们城里来了。

我非常想念她，我不能再欺骗自己，只好尽力让别人来哄骗我吧。妹妹在等待她的医生，而我在等玛莎。我们俩谈起来没完没了、有说有笑，却没有注意到我们影响了卡尔波芙娜睡觉。她躺在她屋里的炉台①上，嘴里不断地嘀嘀咕咕说：

“那个茶炊呀一大早就呜呜地叫? 唉，这可不是一个好兆头啊! 亲爱的，这可不是好兆头啊!”

谁也不会到我们这儿来，邮递员除外，他把医生写给妹妹的信送过来。有时候普罗柯菲傍晚也过来看看我们。他一句话也不说只

---

① 俄国的炉台有如中国的北方火炕，宽大可以睡人。

是看看妹妹就走。在厨房里他说：

“各行各业都有自己的章法，谁要是逞强好胜不理睬这种章法，那他一定会坠入苦海之中。”

他喜欢“苦海”这个词儿。有一天，那是在圣诞周期间，我走过集市场，他叫我到他的肉铺里去，没有同我握手，只是申明，要同我谈一件要紧的事情。天冷，再加上喝了伏特加，他满脸通红。他身旁柜台旁边站着那个满脸凶相的尼科尔卡，手里还拿着一把沾满血迹的屠刀。

“我想跟您说几句心里话，”普罗柯菲开口说，“眼下这情形不能再维持下去了。您自己心里也明白，为了这种坠入苦海的人，人们既不会夸奖我们，也不会称赞你们。我妈心肠软，当然不会开口说些不中听的话，因为你妹妹这种情况，不能撵她搬到别的地方去住。我却不愿意再这样过下去，因为我不赞成她的行为。”

我明白他的意思，走出了肉铺。当天我就跟妹妹搬到列基卡那儿去了。我们没钱雇马车，我们徒步走去的。我把东西打成一个包裹，我背起来，妹妹手里没拿什么东西，可是她一直在喘气、咳嗽，老问我什么时候才能走到。

19

玛莎的信终于来了。

“亲爱的，善良的密·阿，”她写道，“善良的、温柔的‘我们的天使’，记得那个老油漆工就这样称您，再见吧，我要和父亲一块到美国参观博览会去了。过几天我就要看到海洋了！要远离杜别契尼亚了，想着都可怕！它是那样遥远、那样宽广无边，像天空一样，我多想到那里去，投入广阔的天地；我十分得意，我简直要放纵发狂，您看，我的信写得简直语无伦次。亲爱的、善良的，您给我自由吧！您赶快把那根至今还连接着我们的线扯断吧。至于当初我同您邂逅和相识，那就像一道从天上射下来的光，照亮了我的生活；至于，后来我成为您的妻子，那是一个错误，这点您应该明白，犯错误的感觉如今重压在我的心头，我跪下来向您祈求，我的宽宏大量的朋友，在我动身奔向大海以前，尽快，尽快给我拍个电报来，说您同意纠正我们的共同错误，从我的翅膀上搬掉这块惟一的石头，我父亲愿意把这件事办妥，他答应我说不会用繁琐的手续来麻烦您。那么，现在我自由了，可以飞向四面八方了？对吗？

“祝您幸福，愿上帝保佑您，请原谅我这有罪的人。

“我活得很好，很健康，我挥霍金钱，做了不少蠢事。我时刻都在感激上帝，幸好像我这样的坏女人没有生孩子。我唱歌，获得了成功，但这并不是我的爱好，不是的，这是我的避风港，我的修道室，我在那里可以求得安宁。大卫王①有一个戒指，上面刻着几个字：‘一切都会过去’。人难过的时候，看到这几个字就会高兴起来；人高兴的时候，看到它就会感到难过。我给自己做了这样一个戒指，上面刻着几个希伯来文字，这个护身符可以使我脱俗入化。一切都会过去。就连生命也会过去的，这就是说，一切无所求，而需要的只是自由的感觉，因为人在自由的时候，就什么也不需要，什么也不需要，什么也不需要了。快扯断那条线吧！紧紧地拥抱您和您的妹妹，请您原谅并忘掉您的玛。”

妹妹躺在一个房间里，列基卡躺在另外一个房间里，他又闹了一场病，现在正在康复中。我接到这封信的时候，妹妹正巧悄悄地走到油漆工那儿去，坐在他的身旁，开始读起书来。她每天给他读奥斯特洛夫斯基或果戈理的作品。他听她念，眼睛瞧着一个地方，并不发笑，摇着头，有时暗自嘟囔说：

“什么事儿都会有啊，什么事儿都会有！”

若是剧本里描写到什么丑恶、不成体统的事情，他就用手指头戳一下那书本，仿佛幸灾乐祸地说：

“正是它，欺骗！您瞧，这一切都是由欺骗造成的！”

---

① 《圣经》中以色列的国王。

剧本的内容、含意和曲折的艺术构思都吸引着他。他赞叹作者的本领，但他从来不提作者的姓名。

“他怎么把这些事儿描写得这么恰到好处啊！”

现在妹妹只能轻声给他读一页，因为嗓子不好，再也读不下去了。列基卡拉住她的手，嚅动着干裂的嘴唇，用沙哑的、几乎让人听不到的低低的声音说：

“正派人的灵魂是雪白光滑的，跟白灰一样；罪人的灵魂活像一块轻石，正人君子的灵魂是清亮的干油，而罪人的灵魂则是煤黑油。一个人要工作，就会痛苦，也会生病。”他接着说，“凡是不劳动，没有经历过痛苦的人，是不会进天堂的。该倒霉的，是那些脑满肠肥的人；该倒霉的，是那些横行霸道的人；该倒霉的，是那些有钱的人；该倒霉的，是那些放高利贷的人！他们永远也看不到天堂。蚜虫吃草，锈吃铁……”

“而且虚伪吃灵魂。”妹妹接着说，笑了。我又把信看一遍。这时有个当兵的来到厨房。不知是谁派他来的，每星期来两次，给我们送来茶、法国面包和松鸡。那些东西上有香水的气味。我没有活儿可做，只好整天呆在家里。给我们送面包的人大概了解我们目前的困境。

我听到妹妹跟那个士兵谈话，有说有笑，很快活。随后她躺着吃面包，并对我说：

“当初你辞掉工作，去做油漆工的时候，我和安纽塔·布拉戈沃从一开头就认为你是对的，可是我们不敢说出来。告诉我，妨碍人们承认自己思想的究竟是什么力量？比方拿安纽塔·布拉戈沃来说吧。她爱你、崇拜你，她知道你做得对，她像爱自己的姐妹一样爱着我，也知道我做得对，恐怕心里还羡慕我呢，可不知是什么力量妨碍她来找我们，使她躲避我们和怕我们？”

妹妹把双手放在胸前，热情地说：

“她多么爱你呀，要是你知道就好了！这种爱情她只对我一个人表白过，而且是悄悄的，在暗地里。她把我带到花园的林荫路上，小声对我说，你在她的眼里该是多么珍贵。你看，她始终没有出嫁，就是因为爱你，难道你对她不感到歉疚吗？”

“是的。”

“面包是她派人送来的。不错，这是有点可笑，何必瞒着呢？从前我也可笑、愚蠢，现在我已经摆脱了那些，已经什么也不怕了。愿意怎么想就怎么想，愿意说什么就放声说什么，成了幸福的人，当初在家的时候，我根本不知道什么是幸福，现在就是让我做皇后我也不干了。”

布拉戈沃医生来了。他已经获得了博士学位。现在他住在我们城里，在他父亲那里休息，说很快就又要到彼得堡去。他打算研究抗伤寒的疫苗以及抗霍乱的疫苗，还打算出国深造，回来主持一个教研室的工作。他已经不在军队服役了。穿着一身宽松的哔叽毛料上衣和肥大的裤子，扎着漂亮的领带。妹妹欢欢喜喜地欣赏他的领带别针、袖扣和那为了漂亮才插在上衣胸前衣袋里的红绸手帕。有一回，我和妹妹闲着没事，就凭着记忆默算了一下他有多少套衣服，结果断定他至少不下十套。他依旧爱着我的妹妹，可是他甚至在开玩笑的时候也没有说过一次要带她到彼得堡或国外去。我简直无法设想，若是她活下去，她该怎么办，她的孩子又该怎么办。她总是在无休止地幻想，从不认真地考虑未来。她说随他爱上哪去就上哪去好了，就是把她丢了也没关系，只要他自己幸福就好，至于她，有过以往那段生活也就心满意足了。

他来看我们的时候，每次都要非常认真地给她听诊，要求她当他的面把药水和牛奶一齐喝下去。这一回也是这样。他给她听诊，强迫她喝下一杯牛奶。过后，我们房间里弥漫着一股杂酚油的气味。

“这才是好姑娘呢！”他说，从她手里接过杯子来，“你不该说很多的话，近来你像喜鹊一样说起来没完没了。请你要静养。”

她笑起来。然后他走进列基卡的房间，我正好坐在那里。他亲热地拍了拍我的肩膀。

“你怎么啦，老头子？”他哈下腰去问病人。

“先生大人……”列基卡轻轻地颤动着嘴唇说，“先生大人，恕我大胆地说一句……我们都在上帝手下活着，我们都会死去的……容我说句老实话，……先生大人，您是不会升天堂的！”

“那有什么办法呢，”医生开玩笑地说，“也总得有人下地狱呀！”

不知为什么，这时我突然产生了一种幻觉，仿佛在梦里似的，好像是一个冬天的晚上，我站在屠宰场的院里，普罗柯菲就站在我的身旁，他身上满是胡椒酒的气味。我使劲地定一定神，揉揉眼睛，这回我又出现在省长面前听他的训斥。这种奇怪的幻觉过去从未发生过。我认为这可能是神经疲劳过度造成的。我厌倦屠宰场，厌倦省长的训斥，同时我又模模糊糊地意识到实际上并没有这种事。

等我清醒过来，却看见我已经不在家里，而是在街上，跟医生一块站在路灯旁边。

“难过，真叫人难过，”他说着，眼泪流下他的脸腮，“她高兴，经常发笑，抱着希望，可是她的病已经没有希望啦。老兄，您的列基卡恨我，一个劲地让我明白我待她不好。按他的想法他是对的，可是我也有自己的观点，我对已经发生的事情一点也不后悔。人应当爱，我们大家都应该爱。不是吗？没有爱就没有生活，谁怕爱，谁逃避爱，谁就不会自由。”

他渐渐把话题转到别的上去了。他谈到科学，谈到自己的论文。那篇论文在彼得堡很受好评。他谈得津津有味，再也没有提我妹妹啦，不去想他的难过事，也不去想我了。生活在吸引他。我暗自在想：那一个有美国，有刻着字的戒指；这一个有博士学位，有学者的前程。只有我和我妹妹还是老样子。

我同他告别以后，我走到路灯底下，把玛莎的信又看了一遍。于是我生动地想起今年春天的一个早晨，她怎样到磨坊来看我，躺下来，用短皮袄盖在身上，她想装扮成普通的村妇；另外有一回，也是在一天早晨，我们从河里拉出捞鱼的篓子，从河边柳树上抖落的一颗颗大露珠洒在我们身上，我们俩就哈哈地笑起来……

大贵族街上我们的家已经一片漆黑了。我像过去那样爬过围墙，想从后门进厨房去拿一个灯泡。厨房里没有人。火炉旁边有一个茶炊在咝咝地冒着热气，在等我父亲。“现在，”我想，“谁给我父亲倒茶呢？”我拿了灯泡以后，就回到我那个小屋去了，在那儿用旧报纸，好歹给自己铺了床，躺下来。墙上那些钩钉依旧那样严厉地看着我，它们的影子在闪动着。天很冷，我觉得好像妹妹立刻就要来，给我送来晚饭，但我立刻又想起她在生病，躺在列基卡家里。我觉得奇怪，我怎么会爬过围墙，躺在这没有生火的小屋里。随着我的神态混乱起来，我看见了种种荒唐的事情。

门铃响了。这是我从小就熟悉的声音。开始是一根铁丝擦着墙沙沙地响，后来厨房里就传出一阵短促颤抖的叮当声。这是父亲从俱乐部回来了。我站起身来，朝厨房走去。厨娘阿克辛尼雅一看见我，就两手合十地一拍，不知为什么哭起来。

“我的亲人！”她小声说，“亲爱的，啊，我的上帝啊！”

她由于兴奋，用两只手不住地揉搓起她的围裙来，窗台上有四瓶果汁饮料和伏特加。我给自己倒了一杯茶，一饮而尽，我太渴了。阿克辛尼雅刚刚擦过桌子和凳子，厨房里散发着一种气味，那是在麻利的厨娘掌管的明亮舒适的厨房里经常可以嗅到的一种气味。这种气味和蟋蟀的叫声，从前在童年的时候总会把我们这些孩子引诱到厨房里来，听讲神话故事，玩抓“国王”的游戏……

“克丽奥佩特拉在哪儿呢？”阿克辛尼雅小声地，屏着气急急忙忙地问，“你的帽子在哪儿？听说，你媳妇去彼得堡了？”

她在我母亲生前就来我家做事了。从前给我和克丽奥佩特拉在木盆里洗过澡，现在依她看，我们依旧是需要开导的孩子。利用这一刻钟的时间，她跟我谈了很多想法，这是这位老仆人在我们没露面的这段时间，在静静的厨房里，经过深思熟虑想出来并积压在心里的一些主意。她告诉我应该想办法逼医生跟克丽奥佩特拉成亲，只要吓唬他一下就成；又说如果好好写一份呈文，主教就会解除他的第一次婚约，她还劝我最好瞒着我的妻子悄悄地把杜别契尼亚卖掉，然后把钱送进银行存在我的名下。她还说若是我和妹妹在父亲面前跪下来好好求情，他也许会原谅我们，还说应该向圣母作一次祈祷……

“呶，去吧，少爷，跟他去谈一谈，”她听见父亲的咳嗽声以后说，“去吧，去谈一谈，鞠个躬，不会要你脑袋的。”

我去了。父亲已经在书桌旁坐下，正在画一张别墅的草图，那别墅有哥特式的窗子和类似消防队瞭望台似的高塔。这是一张平庸无奇、缺乏新意的草图。我走进书房，在能看到他那张草图的地方停住了脚步。我不知道我为什么要来找父亲，可是至今我还记得当我看见他那清癯的脸，他那红脖子，他那映在墙上的身影，我恨不得立刻扑过去，搂住他的脖子，像阿克辛尼雅教我的那样跪在他的面前，可是当我一看见那座有哥特式窗子和高塔的别墅图纸时，我就收敛起来了。

“晚上好！”我说。

他看我一眼，就立刻低下头看他的草图。

“你有什么事？”过一会儿他问。

“我来告诉您，妹妹病得很厉害，她快要死了！”我加了这句令人悲哀的话。

“那有什么办法呢？”父亲感叹着，摘掉眼镜，放在桌上，“种瓜得瓜，种豆得豆，你们这叫做，”他又说一遍，离开椅子站起身来，“自作自受！我希望你回忆一下两年前你到我这儿来，就是在这个地方，我让你别再执迷不悟，要记住自己的责任、荣誉和我们为虔诚保持祖先光荣传统而应尽的义务。那时你听进去我的话没有？你不听我的忠告，固执地继续坚持自己的错误观点。这还不够，你又把你妹妹引上了歧途，使她失去了道德和廉耻，现在你们两个都倒霉了。有什么办法呢？这叫做种瓜得瓜，种豆得豆，自作自受啊！”

他在书房里一面走来走去，一面说这番话。他大概以为我是来认罪的，等着我替自己和妹妹来祈求他宽恕。我浑身发冷，直打寒战，好像患瘟病似的，我用嘶哑的声音吃力地说：

“我也请您回想一下，”我说，“也就在这个地方我请求您，要了解我，要您仔细想一想，共同来解决这个问题：我们应该怎样生活，为了什么生活。您在回答的时候，却谈祖先，谈那位写诗的祖父。刚才我对您说，您的惟一的女儿已经没有希望了，您又谈祖先，谈传统……您已经这么大年纪了，离死不会相隔万水千山了，在世的时间，也差不多就只五年、十年了，为什么还这样轻率呢！”

“你到这儿来想干什么？”父亲厉声问道，显然是因为我责备他轻率而动怒了。

“我不知道。我爱您。我们彼此之间有这么大的隔阂，我感到有说不出的难过，所以我来了。我依然是爱您的，不过，妹妹已经同您彻底决裂了。她不会原谅您的，而且今后她永远也不会祈求您的宽恕的。一提起您的名字就会勾引起她对过去、对生活的憎恨。”

“这是谁的过错呢？”父亲大声喊叫起来，“这是你的错，混账东西！”

“好，就算我的错，”我说，“我承认我在许多方面都有错误，然而为什么您的生活，是如此的乏味，又如此的庸俗？您极力让我们必须照那样生活，为什么在您三十年来设计建造的房屋里生活的人，就没有一个人能教导我们，该怎样生活才不会犯错误呢？全城没有一个正直的人！在您这些房子、这些该诅咒的窝窝里，人们把自己的母亲和女儿从这个世界上排挤出去，折磨子女……我那可怜的母亲啊！”我绝望地接着说，“可怜的妹妹啊！人们必须用伏特加，用纸牌，用诽谤来麻醉自己，必须干那些下流的勾当，虚情假意，或者在几十年里不住地画、画，才把暗藏在这些房子里的恐怖掩盖起来。我们这座城已经存在几百年了。在这几百年里它没有向祖国奉献出一个有用的人才——一个也没有！所有那些稍有一点生气，稍能发出点光亮的东西，在它们的萌芽时期就被你们给扼杀和窒息了。这座城只培养小店主、小酒馆的老板、小办事员和伪君子，这是一座毫无益处的废城，即使天崩地裂，把它陷进去，也没有人会惋惜。”

“我不愿听你的话，混账东西！”父亲说着从桌子上拿起一把尺子，“你是一个醉鬼，你竟敢喝得这样酩酊大醉来见你的父亲！我最后一次告诉你，希望你转达给你那个不要脸的妹妹：你们休想在我这儿拿到什么东西！我已经把你们这些不听话的儿女从我心中抹掉了。由于你们一意孤行而吃苦受罪，我一点都不怜惜！你从哪来，就回哪去吧！无论上帝怎样用你们来惩罚我，我只好虔诚地容忍这些考验，我只好像约伯①一样，在痛苦和不断的工作中寻求安慰。在你没有改邪归正以前，今后不准你再跨进我的家门！我是公正的，我苦口婆心的忠告，都是为你好，你要想学好，就要一辈子记住我以前说的话和今天说的这些话。”

我摆一摆手就出去了。我记不得那天晚上和第二天是怎样度过的了。

后来听人说我一直在街上逛荡，身子摇摇晃晃，没戴帽子，放声唱歌，身后跟着一群小孩子。他们嚷着：

“小利钱！小利钱！”

20

若是我想给自己定做一个戒指，那我就要选这样一句话刻在那上面：“一切都不会过去。”我深信一切事情都不会不留痕迹地过去。我们走的每一小步都对现在和未来的生活有意义。

我所经历的一切不会白白过去。我的巨大的不幸和我的容忍精神感动了市民们的心。他们再不管我叫小利钱，也不嘲笑我啦。当

① 《圣经·旧约·约伯记》中的人物，曾经受种种磨难来证明他笃信上帝。

我走过市场两旁商贸摊位的时候再没有人向我身上泼水啦，关于我当工人这件事，他们已经习以为常。虽然我这个出自贵族世家的子弟今天提着油漆筒，给人安装玻璃，他们也觉得没什么大惊小怪的，相反，他们乐意给我活干。我已被看作继列基卡之后，最优秀的行家里手和最好的包工头了。列基卡病好后虽然依旧能不用脚手架就可以油漆钟楼的圆顶，可是他再没有精力去管理那些工人的事了。我就代替他在城里到处奔波找活儿干，我招雇工人，支付工资，解雇工人，我也借高利贷。现在我当上了包工头，才理解那些人，他们为了找到挣不到多少钱的小活，有时要在城里足足跑上三天还得找会疏通的工人。大家对我都挺客气，对我也称呼“您”了；在我做工的房子里，房主还请我喝茶，打发人来问我想不想在那儿吃饭。孩子们和姑娘们常常到我这儿来，带着一种猎奇和忧虑的心情瞧着我。

有一天我在省长的花园里做工，把那儿的一座凉亭漆成大理石颜色。省长出来散步，走进了凉亭，由于闲着没事就同我聊起天来，我提醒他说，从前有一天他怎样把我请到他这里来听他的训斥。他仔细地观望了一会儿我的脸，然后把嘴努成一个俄文字母的“O”字，扬起手来说：

“我不记得！”

我老了，变得不爱说话。严肃起来，甚至严厉起来，很少露出笑脸。据说我变得很像列基卡，像他那样时常给工人们规定一些毫无价值的清规戒律，工人们感到十分无聊。

我原来的妻子玛利亚·维克多罗芙娜如今在国外生活。她的父亲，那个工程师在东部省份一个什么地方修筑铁路。在那儿他又买了一座庄园。布拉戈沃医生也在国外。杜别契尼亚也转到契普拉柯娃太太手里。她从工程师那里以八折的房价买回去了。莫伊塞已经戴上圆顶高筒礼帽，常常乘坐轻便马车进城办事，把车停放在银行附近。据说他自己也买了一块被抵押过的田产，在银行里经常打听关于杜别契尼亚的情况，那份田产他也打算买下来。可怜的伊万·契普拉柯夫在城里流浪很久，整天无所事事，酗酒作乐。我把他拉过来干了一阵子我们这种活儿。他和我们一块漆房顶，安玻璃，干了一段时间，有了兴趣，真像一个油漆工似的，偷干油、要赏钱和拼命喝酒。可是这工作他很快就干腻了，他厌倦，他想家，就回杜别契尼亚去了。后来工人们告诉我说，他曾经煽动他们，挑选一个夜晚和他一块去杀死莫伊塞，抢劫将军夫人的财产。

父亲老多了，背也驼了。每逢傍晚他就在自己家周围散步。我再没有到他那儿去过。

在霍乱流行期间，普罗柯菲靠用胡椒酒和黑油给小店主们看病赚钱。我看报了解到，他坐在肉铺里，信口开河胡骂医生们，被法院判决，鞭笞一顿桦枝条。他的徒弟尼科尔卡患霍乱死了。卡尔波芙娜还健在，她依旧很爱她的普罗柯菲，怕她的普罗柯菲。每逢见到我，她总是痛苦地摇摇头说：

“你这个孩子算完了！”

在工作日，我总是从早忙到晚。遇到节假日，若是天气好，我就抱着我那个小不点的外甥女（妹妹原来想是男孩，结果生下一个女孩）不慌不忙地走到墓地去。到了那儿我站着或坐着，久久地看着那个我所珍爱的坟墓，并对小女孩说：你母亲就安眠在那里。

在这座坟墓旁有时会碰到安纽塔·布拉戈沃。我们打过招呼，就默默地站在那儿，或者谈起克丽奥佩特拉，谈起她的女儿，谈起在这个世界上生活该多么痛苦。后来我们走出墓地，默默地走着，她故意放慢脚步，想跟我并排多走一会儿。那个小女孩很高兴、很幸福，由于光线太强眯缝起小眼睛，嘎嘎地笑着，把小手伸给了安纽塔。我们停住脚步，一块儿来逗这个可爱的小女孩。

等我们进了城，安纽塔·布拉戈沃心情激动，满脸绯红地和我告别，她一个人又继续走下去。她潇洒而稳重。路上的行人看见她，谁也想不到刚才她跟我并排走过，更不会想到她喜爱孩子。

《我的一生》

孙维韬　译

乡下人

1

莫斯科一家旅馆“斯拉夫商场”的用人，尼古拉·齐基利捷耶夫病了。他双腿麻木，走路摇摇晃晃的，因此，有一天他沿着过道走着走着，绊了一下就摔倒了，手里端着的一盘配有豆子的火腿也撒在地上。他只好离开那里不干了。他把自己和妻子的钱都花光了，没法在那过下去，他开始感到生活枯燥乏味，于是决定还是回到乡下，回到自己的家里去。在家里病会好一些，开销也要小一些。难怪人们都说“在家里，连墙壁都能帮你一把”。

他回到自己的故乡茹科沃时，天已快黑了。在童年的记忆里，故乡的那个窝是那么明亮、舒适、方便，可现在当他走进木屋时，却感到大吃一惊：它是那么昏暗、窄小和肮脏。和他一起回来的妻子奥尔加和女儿莎霞，呆呆地看着那又大又脏的炉子，它几乎占了半间屋子，被烟灰和苍蝇弄得污黑。苍蝇真多啊！炉子已经歪斜了，墙上的原木弯曲了，好像这木屋随时都会倒塌似的。在前面墙角，替代画片贴在那里的是，从瓶子上揭下来的商标和剪下来的报纸。贫穷，真是贫穷啊！大人一个都不在家，都收庄稼去了。在炉台上坐着一个八岁大的小姑娘，淡黄的头发，没有洗脸，神态漠然，对走进屋里来的人她看都不看一眼。在炉台下，一只白猫正靠着一把火钳蹭痒痒呢。

“猫咪，猫咪！”莎霞招呼它，“猫咪！”

“它听不见你喊它。”那小姑娘说道，“它聋了。”

“怎么会聋了呢？”

“他们打的。”

尼古拉和奥尔加看一眼就知道了，这里过的是什么样的日子，但是他们彼此什么都没有说。他们默默地把行李放下，然后出屋走到街上，还是默不作声。他们这幢木屋从头数是第三幢，已年久失修，显得非常寒酸；第二幢也好不了多少；可是，尽头那幢房子却是铁皮屋顶，窗户上还挂着窗帘。那幢木屋没有用篱笆围起来，在那里显得与众不同，那是一家小酒馆。那些木屋排成一行，柳树、接骨木和花楸树的枝叶从庭院里伸展出来，幽静的小村庄像是在沉思着什么，现出招人喜欢的样子。

在农民的园地后面，陡峭、险峻的坡地一直通到河边，散布在泥土里的大石头一块块露了出来。沿着斜坡，靠近这些石头和陶工挖的土坑，一条人行小路伸展过去，打碎的陶器碎片，有褐色的、红色的，一堆堆地堆放在那里。再往下去，是一片宽阔平坦、光艳的绿草地，草已割过了，农民的牲口正在那溜放。小河距村子约一俄里，从那迷人的河岸间弯弯曲曲地流过。河对岸也是一片宽阔的草地，一群牲口，还有不少排成一串串的白鹅，再往后跟河这边一样，陡坡上面是个小山包，在小山顶上有个村庄，村里有一座五个圆拱顶的教堂，距村庄不远是地主的庄园。

“这是多么好啊！”奥尔加说，面对教堂在胸前画个十字，“主啊，多么敞亮啊！”

这时候响起了召唤人们去晚祷的钟声（正是礼拜六的黄昏）。在坡下面有两个提着水桶的小姑娘，转过脸去望着教堂，倾听着钟声。

“这个时候，‘斯拉夫商场’该开饭了……”尼古拉心驰神往地说。

尼古拉和奥尔加在陡坡边上坐下来看着落日，看着金黄的、深红的天空，怎样映照在河面上、教堂的窗户上和天地间的空气中，那空气是那么柔和、宁静，说不出的纯净，这在莫斯科是从来不曾有过的。当太阳落山的时候，成群的牲口咩咩地、呜呜地叫着走过去，鹅从对岸飞跑过来。周围沉寂下来，光线悄悄地在空气中消融，很快夜幕就降临了。

这时，尼古拉的父母亲回来了，这两个老人身体瘦削，驼背弯腰，牙齿也脱落了，他们两人个头一般高。两个婆娘——儿媳妇玛利亚和菲克拉也回来了，他们在河对岸的地主家里干活。玛利亚是哥哥基里亚克的妻子，有六个孩子；菲克拉是弟弟丹尼斯的妻子，有两个孩子，丹尼斯当兵去了。当尼古拉走进屋时，看到全家人，或大或小的身体在大木床上、在摇篮里和在各个角落里动弹。当他看到两个老人和两个婆娘，饥不择食地吃着蘸水的黑面包时，就想到了，他这个没有钱的病人，还带着一家人回到这里来是徒劳无益的，真是白回来啦！

“基里亚克大哥到哪去了？”大家互相问候以后，他问道。

“他在一个商人那里当看守，”他父亲回答说，“住在那边树林里。他倒是个像样的庄稼汉，就是酒喝得太多了。”

“他可不是个赚钱养家的人啊！”老太婆伤心地说道，“这些‘庄稼汉’可苦了我们了，他们从不带点什么回家来，却要往外拿东西。基里亚克喝酒，老头子也是这样，这用不着瞒谁，去小酒馆的那条路他熟得很。这都是因为我们惹怒了圣母。”

因为有客人来，他们把茶炊烧了起来。那茶叶有股鱼腥味，糖块是灰色的，已被人咬过，蟑螂在面包和碗盘上爬来爬去。喝这茶让人觉得恶心，谈的话也让人感到厌烦，说来说去，离不开贫穷和疾病。可是还没等喝完一杯茶，就从院子里传来了响亮的、醉醺醺的喊声，音调拖得挺长：

“玛——利亚！”

“好像是基里亚克回来了。”老头子说，“说到他，他就来了。”

大家都不吭声。过一会儿，喊叫声又响起来了，那粗鲁的喊叫声拖着长音，好像是从地底下冒出来似的：

“玛——利亚！”

大儿媳玛利亚脸色发白，缩到炉子那边去了，在这个宽肩膀、结实、不好看的女人的脸上，会现出惊吓的神情，令人感到有点奇怪。她的女儿、坐在炉台上神情淡漠的小姑娘，忽然大声哭起来。

“你这个短命鬼，嚎什么？！”菲克拉对她喊道，她是一个漂亮女人，长得也很结实，也是宽肩膀，“你怕什么，他不会打死你的。”

尼古拉从老头子那里得知，玛利亚不敢跟基里亚克一起到树林里去住。每当他喝醉了酒，都要回来找她，大吵大闹，毫不心痛地死打她一顿。

“玛——利亚！”喊叫声从门口传来。

“看在基督的面上，帮帮我吧，亲人们。”玛利亚喘着气结结巴巴地说，好像谁把她浸到冰凉的水里似的，“帮帮我吧，亲人们……”

屋里的孩子们一下子都哭起来，看到他们哭，莎霞也哭起来了。先是听到醉醺醺的咳嗽声，随后一个身材高大、满脸黑胡子的庄稼汉走进屋子里来，他头戴棉帽，在昏暗的灯光下看不清他的面孔，显得很吓人。这人就是基里亚克。他走到妻子跟前，抡起胳膊，一拳打在她的脸上，还没等她发出惊骇的呼喊声，便又被一击打倒在地上，鲜血立刻从鼻子里淌出来。

“真不害臊，不害臊，”老头子嘟哝着，爬到炉台上去，“竟当着客人的面！真是罪过呀！”

老太婆弯着腰，默不作声地坐在那里，在想着什么心事；菲克拉摇着摇篮……显然，基里亚克为自己这么吓人而得意起来，他拽着玛利亚的手，把她往门口拖去，并像野兽那样吼叫起来，这样就能显得更可怕一些。这时，他忽然发现有客人在场，就住了手。

“哦，你们回来了……”他说着，把妻子放了，“亲兄弟带着家里的人……”

他在圣像前祷告后，摇摇晃晃，睁大着他那布满血丝的醉眼说道：

“亲兄弟一家人回到爹娘家来了……就是说，从莫斯科回来了。莫斯科这古老的京城，就是说，所有城市的母亲……对不起了……”

他在靠近茶炊的一张长凳上坐下来，开始喝茶，他凑近小碟子大声地喝着，周围是一片沉寂……他一气喝了十几碗，然后躺在长凳上，打起鼾来。

大家分头睡下了。尼古拉因为有病，就跟老头子睡在炉台上；莎霞睡在地板上；奥尔加跟婆娘们到草棚去了。

“算了，算了，亲人儿，”奥尔加说着，挨近玛利亚在干草堆上躺下，“光淌伤心的眼泪也没有用！忍一忍就过去了。《圣经》上说了：若是谁打了你的右脸，你就把左脸也让他打……算了，算了，亲人儿！”

然后，她压低嗓音，拖长音调，谈起了莫斯科，谈起自己的生活，谈起她怎样在有钱人摆满家具的家里做女佣。

“莫斯科的房子挺大，是用石头砌的。”她说道，“有许多许多教堂，四十个都不止。亲人儿，在那房子里住的都是上等人，他们长得多么漂亮，多么体面啊！”

玛利亚说，她不仅从来没有去过莫斯科，就连家乡的县城都没有去过。她不识字，祈祷文一句都不认识，就连“我们的父”[①]也不认识。她和弟媳菲克拉（她正坐在不远的地方听她们说话）都非常迟钝，什么都不懂。她俩都不喜欢自己的丈夫，玛利亚害怕基里亚克，当他跟她呆在一起的时候，她就怕得发抖，每次一挨近他，浓烈的酒气和烟气就熏得她头痛。当菲克拉听到人家问她，丈夫不在身边是否感到寂寞时，就烦恼地回答说：

“去他妈的吧！”

她们谈了一会儿就不做声了……

天气很凉爽，靠近草棚，一只公鸡高嗓门地啼叫起来，搅扰了

---

① 祈祷文的开头几个字。

人们的睡眠。当淡蓝色的晨光穿过草棚每个缝隙照射进来的时候，菲克拉悄悄地起来，出门后不知跑到哪去了，只听到她光脚落地的响声。

2

奥尔加带着玛利亚一起到教堂去。当她们沿小路下坡向草地走去时，她们两人心情都是很愉快的。奥尔加喜欢辽阔的乡野，玛利亚觉得这个妯娌是个贴心的亲人。太阳升起来了。一只无精打采的鹰在草地上空低低地飞着，河面上幽暗无光，有些地方晨雾飘散着，可是从河对岸的山坡顶上，一条光带已扩散开来，教堂在阳光下发亮，在地主的庄园里，一群白嘴鸦正在那死劲地叫着。

“老头子倒没什么，”玛利亚说道，“可是老太婆却很凶，什么都不放手。我们的粮食只够吃到狂欢节，我们得到小酒馆去买面粉，你瞧，她就发脾气了，说我们吃多了。”

“算了，算了，亲人儿！凡事都忍耐一点吧。经书上写着：‘所有劳苦的人，都到我这儿来吧。’”

奥尔加一边平静地用拖长的语调说话，一边像一般参拜圣地的女人那样快步疾走着。她每天都念福音书，就像教堂执事那样，她大声念着，有很多地方她看不懂，可是那些神圣的句子却能把她感动得落泪。当她念到“看”和“谁”一类字眼时，由于感到甜丝丝的，心跳都要停止了。她信仰上帝，信仰圣母，信仰圣徒；人生在世，不应该伤害什么人，就连普通人、德国人、吉卜赛人、犹太人都不应该伤害，这是她的信仰，她相信凡是不怜惜动物的人都是要倒霉的。她之所以相信这些，是因为这些都是写在《圣经》上的，因此，当她念到《圣经》上写的这些字句时，哪怕是没有弄懂的地方，她都会容光焕发，面容现出怜悯、慈祥的神情。

“你是哪里人？”玛利亚问她。

“我是弗拉基米尔人。只是我到莫斯科已经很久了，那时我才八岁。”

她们走到河边时，看到河对岸有个女人站在水边，正在那脱衣服。

“这是咱们家的菲克拉。”玛利亚认出来了，“她刚才过河，是到老爷的庄园去找那个男仆的。她无法无天，爱骂人，简直不得了！”

黑眉毛、披头散发的菲克拉还很年轻，像姑娘那样，浑身的肌肉都是紧绷绷的。她从岸坡上跳入水中，用双腿击水，浪花向四周扩散开来。

“无法无天，简直不得了！”玛利亚又说了一遍。

跨河有一座摇摇晃晃的木桥，桥下河水清澈见底，成群的宽脑袋鲦鱼在水中游动。碧绿的灌木丛倒映在水面上，树叶上缀满了闪亮的露珠。天气暖和起来，使人觉得很畅快。多么美好的早晨啊！如果没有那种使人无法逃脱、无法躲避的赤贫，大概人世间的生活也会是那样美好吧！这时，只要回过头去看一看那村庄，就会使人清晰地想起昨天发生的事情，那从周围的景色中感受到的迷人的幸福，在转瞬间就消逝得无影无踪了。

她们走到教堂。玛利亚站在门口不敢再往前走了。虽然要到八点钟以后教堂才打钟作弥撒，她却不敢进去坐下，就那样在门口站着。

在念福音书的时候，人群忽然闪开，给地主一家人让出一条路来。走过来两位穿白连衣裙、戴宽边帽子的姑娘，她们身后是一个胖胖的、脸色红润的男孩，身穿海军服。奥尔加看到他们感到很激动，她一眼望去，就认定他们是体面的、有教养的、高雅的人。玛利亚却皱起眉头，扫兴地用阴沉的目光打量着他们，仿佛走过来的不是人，而是妖怪，要是不让路，也许会把她踩死似的。

每当教堂执事用浊重的低音念什么的时候，她总觉得是在喊叫：“玛——利亚！”这时她就会发抖。

3

关于有客人回来的消息全村都知道了，作完弥撒以后，许多人都聚集到他们家里去了。辽尼切夫、马特维切夫、伊里乔夫家里都有人去打听他们在莫斯科做事的亲戚的情况。茹科沃的孩子们，只要是识字的，就都送他们到莫斯科的饭馆里当茶房或旅馆里当服务员（就像河对岸那个村子里的孩子，都把他们送到面包房里做事一样）。像这样做已经很久了，那还是在农奴时代，茹科沃村有个叫卢卡·伊万内奇的庄稼汉，现在他可是个传奇人物了，在莫斯科一个俱乐部里管小食堂。他只肯介绍乡亲到他那去做事，当这些乡亲站住脚之后，他们照样把自己的亲戚介绍到小酒馆或大饭店里做事。从那时起，附近一带的外村村民，就不叫茹科沃村了，他们把这个村子叫下贱村或者叫奴才村。尼古拉是十一岁那年被送到莫斯科去的，是马特维切夫家的伊万·马卡雷奇为他谋的差事。那时，伊万·马卡雷奇在“埃尔米塔日”花园饭店当差。眼下，尼古拉一本正经地对马特维切夫家的人说：

“伊万·马卡雷奇是我的恩人，我一定要不分白天黑夜地为他向上帝祈祷。全靠他了，我才成为一个有出息的人。”

“求上帝赐福给你！”伊万·马卡雷奇的姐姐是一个高个老太婆，她含着眼泪说：“这个兄弟——我那亲人的消息我们一点都不知道。”

“冬天他还在奥蒙那当差，听说这一季他到城外一个什么花园……他老了！往年夏天，他回来时总能带十来个卢布回家，可是现在到处生意都很清淡，老人家可就苦了。”

老太婆和婆娘们看着尼古拉穿着毡靴的脚和他那苍白的脸，伤心地说：

“你不是赚钱的人了，尼古拉·奥西贝奇，不是赚钱的人了，真是不行了！”

他们都疼爱莎霞。她快满十一岁了，可是身材瘦小，看上去只不过七岁的样子。别的小姑娘都晒得黑黑的、满头剪得难看的短发、穿着褪了色的长衫，她在她们中间，苍白的脸蛋，又大又黑的眼睛，头发上系着红丝带，显得挺可笑，她活像是一只小野兽，在田野里被人捉到后带到这屋里来似的。

“她会念书。”奥尔加目光柔和地看着自己的女儿，称赞地说道：“念念书，孩子！”她说着，顺手从墙角把福音书拿过来，“你念吧，让基督徒们听一听。”

那本福音书又旧又重，皮封面的边缘已经摸脏了，那书有股味道，好像修士们走进屋里似的。莎霞皱起眉头，开始拖起音调大声念起来：

“‘他们去后，有主的使者……梦中在约瑟面前显现，说：起来吧，带着孩子同他的母亲……’”

“孩子同他的母亲，”奥尔加重复念了一遍，由于激动涨红了脸。

“‘逃往埃及……住在那里，要消灭他……’”①

当念到“消灭”这两个字时，奥尔加再也忍不住，就哭了起来。玛利亚看她那样子，也啜泣起来，随后，伊万·马卡雷奇的姐姐也跟着哭了。老头子一边咳嗽着，一边为给孙女找一件礼物忙活着，可是什么都找不到，只好无奈地把手一摊。念完了经书，邻居们就各自回家了，他们都深受感动，对奥尔加和莎霞非常满意。

因为过节，一家人整天都在家。那老太婆，不论是她丈夫，还是儿媳妇，或是孙子孙女，都叫她老奶奶。什么事她都要亲自做，她亲自生炉子、烧茶炊，甚至连给在田里干活的人送午饭，都得她亲自去，做完了事她又要唠叨，说干活累得要死。什么事她都要操心，操心谁可别吃得太多啦，操心老头子和儿媳妇可别闲坐在那不干活啦。一会儿，她好像听到小酒馆老板养的鹅从后面溜进了她的

---

① 引自《圣经·新约·马太福音》第二章第十三节。

菜园，就拿根长棍子跑出屋子，然后就站在白菜地旁，在那尖声吆喝半个多钟头，那些白菜长得就像她那样瘦弱干枯；一会儿，她又觉得有乌鸦来叼她的小鸡仔，于是就一边骂着，一边去对付乌鸦。她从早到晚总是发火，总是唠叨，她常常高声叫骂，引得街上的行人停下了脚步。

她对自己的老头子一点也不温和，骂他是懒骨头，是短命鬼。老头子是个没有主见、办事靠不住的庄稼人，若不是她经常催促他，说不定他真的什么活都不干，光是坐在炉台上闲扯呢。他跟儿子没完没了地谈到他的一些仇人，他还抱怨邻居欺负他，似乎他每天都得忍受着，听他说话是很乏味的。

“是啊，”他开始说起来，手叉着腰，“是啊……在圣十字架节后一个礼拜，我把干草按一普特①三十戈比的价钱卖了，是我自愿卖的……是啊……挺好的事……可是，你瞧，一天早上，当我自己拿主意把干草搬出去的时候，谁也没有招惹，这可不是个好时候，我看见村长安契普·谢杰里尼柯夫从小酒馆走出来，‘你把它弄哪去，你这混账东西？’他说着还给我一耳光。”

基里亚克由于害酒后头痛，正感到很难受，他不好意思跟弟弟打照面。

“都是伏特加酒干的好事。啊，我的上帝呀！”他嘟哝着，摇着他那痛得厉害的脑袋，“看在基督的分上，亲兄弟和亲姐妹原谅我吧，我自己也不愿意这样啊！”

因为这天过节，他们就在小酒馆里买了一条青鱼，用鱼头烧了一钵汤。中午，大家坐下来喝茶，喝了很久，大家都出了汗，好像大家都喝胀了，然后大家又都从一个汤钵里舀汤喝。老奶奶把剩下的青鱼藏了起来。

晚上，制陶器的工人在斜坡上烧制陶器。在坡下草地上，姑娘们围成一圈在那跳舞、唱歌。有人拉起了手风琴。在河对岸，也有

---

① 1 普特等于 16.38 公斤。

一个窑在烧着，也有姑娘们在唱歌，在远处听来，歌声显得和谐而悠扬。在小酒馆里里外外，有一群庄稼人在那吵闹，他们用醉醺醺的嗓音，乱七八糟地唱着，互相粗鲁地对骂着，奥尔加吓得直发抖，嘴里念道：

“啊，圣徒啊！……”

使她感到吃惊的是，那咒骂声持续不断，久久高声叫骂不停的反倒是那些快要入土的老头子。小孩子们和姑娘们听到他们这样咒骂，一点也不感到惶惑不安，可见，从他们躺在摇篮里的时候起，对这些就已经习以为常了。

已经过了午夜，河两岸的窑火已经熄灭，在坡下草地上和小酒馆里，人们还在玩乐。老头子和基里亚克都喝醉了，他们手挽着手，肩膀挨着肩膀，向奥尔加和玛利亚睡觉的那个草棚子走去。

“别去了，”老头子劝说道，“别去了……她是个挺老实的婆娘……罪过……”

“玛——利亚！”基里亚克嚷道。

“别去了……罪过……她是个挺不错的婆娘。”

他们父子俩在草棚旁站了片刻后，就走了。

“我爱——野地——里的花！”老头子忽然用又高又刺耳的男高音唱起来，“我爱——到草地上去采它！”

然后他吐了一口痰，骂了一句难听话，就走进屋子里去了。

4

老奶奶让莎霞待在自己的菜园附近，并吩咐她在那看着，别让鹅钻进来。那正是炎热的八月天。小酒馆老板养的鹅从后面能钻到菜园里去，可是当时它们正忙着干自己的事——一边在小酒馆附近啄食地上的燕麦粒，一边平静地谈着什么，只有一只公鹅高高地抬起头，好像它想看看，是否老奶奶拿着棍子走过来了。另外一些鹅会从坡下面跑上来吧，可是它们正远远地跑到河对岸去找食，它们散布在草地上，像是一个长长的白色花环。莎霞在那站了一会儿，感到很无聊，她看到鹅群在那待着没有到哪去，就跑到陡坡边上去了。

在那她看到了玛利亚的大女儿莫契卡，她一动不动地站在一块大石头上望着教堂。玛利亚生过十三个孩子，可是只养活六个，全都是女孩，一个男孩都没有，最大的才八岁。莫契卡光着脚，穿一件长衫，站在阳光下，太阳直晒着她的脑袋，可是她不在意这些，简直像变成了一块石头似的。莎霞走过去同她站在一起，望着教堂说道：

“上帝就住在教堂里。人们点燃的是油灯和蜡烛，可上帝有许多红的、绿的、蓝的小神灯，就像小眼睛似的。夜里啊，上帝就在教堂里走来走去，最神圣的圣母和圣尼古拉陪着他——咚！咚！咚……这时守夜的人吓坏了，吓坏了！算了，算了，亲人儿，”她学她母亲说话的样子，又加了这两句话，“到了世界的末日，所有的教堂都要飞到天上去了。”

“带着钟——楼——一——起——飞——吗？”莫契卡声音低沉地问道，每个字的字音都拖长了。

“是带着钟楼一起飞。到了世界的末日，好人都上了天堂，那些爱发脾气的人，就要在永不熄灭的火堆里烧掉，亲人儿。上帝会对我妈，还有玛利亚说：你们没有欺负过谁，那就往右走，上天堂去吧；可是对基里亚克和老奶奶，他就会说：你们往左走，到火堆里去吧。那些在斋戒日子里吃了荤腥东西的人，也得到火堆里去。”

她抬头看着天空，睁大着眼睛说：

“看着天空，别眨眼睛，就能看见天使。”

莫契卡也开始看着天空，在静默中过了片刻。

“你看见了吗？”莎霞问道。

“没有看见。”莫契卡声音低沉地说。

“可是我看见了。一些小天使在天空中飞翔，扇动着小翅膀，忽扇忽扇的，就像小蚊子似的。”

“老奶奶也会遭火烧吗？”

“是的，亲人儿。”

从这块石头到下面，是一段平滑的斜坡，上面覆盖着柔嫩的绿草，见到它人们都不禁会去用手摸摸或在上面躺一躺。莎霞躺在上面，一直滑到下面去了。莫契卡脸上现出庄重紧张的样子，喘着气，也在那躺下往下滑，这时她的长衫就翻到她肩膀上去了。

“多么好玩啊！”莎霞兴奋地说道。

当她们俩走到坡顶，准备再滑下去的时候，听到了那熟悉的尖嗓音。啊呀，这太吓人了！那老奶奶，牙掉了，骨瘦如柴，驼背弯腰，斑白的短发在风中飘动，她一边用长棍子把鹅从菜园中赶出去，一边在那嚷嚷：

“该死的东西，白菜都让你们糟蹋了，叫你们死了才好，该诅咒三次的恶鬼，害人精，为什么你们不死哟！”

她看到两个小姑娘，就丢掉棍子，捡起一根枯树枝，伸出又干枯又发硬、像小钩子似的手指，一把掐住莎霞的脖子，就开始抽打她。莎霞又痛又怕，哭了起来，这时候那只公鹅却大摇大摆地、伸长着脖子、一步一步地向老太婆走去，叫了一阵后，才回到鹅群里去，引得那些母鹅都赞许地欢迎它：嘎——嘎——嘎！随后，老奶奶又去抽打莫契卡，这一打，莫契卡的长衫又翻上去了。伤心透顶的莎霞大声哭喊着跑进屋里去告状；莫契卡也声音低沉地哭着跟她进了屋，眼泪也不擦一下，满脸水淋淋的，就像在水里浸泡过似的。

“圣父啊！”奥尔加看到她们俩走进屋里来，惊慌地叫道，“圣母啊！”

莎霞刚开始说她的事，老奶奶就走进来了，还尖声地叫骂着，菲克拉也生气了，屋子里一片吵闹声。

“没关系，没关系！”奥尔加虽然脸色发白，心烦意乱，还是抚摸着莎霞的脑袋，安慰她说，“她是你的奶奶，生她的气是有罪过的。没什么，孩子。”

尼古拉已被没完没了的吵闹、饥饿、烟气和怪味道弄得疲惫不堪，他本来就厌恶、蔑视贫穷，这时他在妻子和女儿面前更为自己的爹妈感到羞愧。他的两条腿从炉台上搭拉下来，用恼怒的哭腔对母亲说道：

“您不应该打她！您根本就没权打她！”

“去你的，你就死在炉台上吧，你这病鬼！”菲克拉恶狠狠地冲他喊着，“是鬼把你们弄到这里来的，你们这些吃闲饭的东西！”

莎霞、莫契卡和所有的小姑娘，都躲到炉台上的角落里，在尼古拉的背后，一声不吭、恐惧地听着大人说话，可以听到她们幼小的心脏在怦怦地跳动。当家里有久病不愈、没有希望的病人时，那是一个艰难的时刻。那时，他身边的人，往往不好意思讲出来，只是悄悄地在心底里希望他死去；只有小孩子害怕亲人死去，只要一想到这些就会感到惊惧。这时，小姑娘们屏住呼吸，脸上现出悲伤的神情，看着尼古拉，心里想到他快要死了，她们想哭，很想对他说些什么亲切的、怜悯的话。

他好像寻求保护似的紧贴着奥尔加，用颤抖的声音轻声地对她说：

“奥尔加，亲爱的，我不能再待在这里了。我没有力气了。看在上帝的面上，看在天上基督的面上，给你的妹妹克拉芙嘉·阿波拉莫芙娜写封信吧，让她把所有的东西都卖掉、当掉吧，让她把钱给我们寄来，我们好离开这儿。啊，主啊，”他忧伤地接着说，“哪怕让我再看莫斯科一眼也好！就是在梦中能见到这座母亲城也好啊！”

当夜幕降临时，屋子里黑了，大家心里都感到苦闷，很难说出一句话。没好气的老奶奶把黑面包的碎皮泡到碗里，吮吸着吃了很久，足有一个钟头。玛利亚给奶牛挤完奶，把一桶牛奶提进屋来，放在长凳上，然后，老奶奶不急不忙地把牛奶从桶里倒到罐子里，倒了很长时间，很显然，她感到很满意，因为眼看就要到圣母升天节了，谁都不能喝牛奶，这些牛奶就可以都留起来了。她只在盘子里倒一点点，留给菲克拉的婴孩喝。当老奶奶和玛利亚把奶罐送到地窖去的时候，莫契卡忽然跳起来，从炉台上爬下去，走到长凳跟前，看到盛面包皮的木碗摆在那里，就把盘子里的牛奶往碗里泼了一点。

老奶奶回到屋里，又去吃她的面包皮，这时，莎霞和莫契卡坐在炉台上看着她，心中暗暗地感到高兴，因为她现在已经吃了荤腥，她肯定是要下地狱了。她们心里得到了安慰，就躺下睡觉了，莎霞一面迷迷糊糊地睡着，一面想象着可怕的最后审判：大炉子里烈火在燃烧，那炉子就像是烧陶器的窑，像牛那样长着犄角的魔鬼，周身漆黑，用一根长棍子把老奶奶赶进了火堆里，就像以前她自己赶鹅那样。

5

在圣母升天节那天夜里十一点钟，姑娘和小伙子们正在坡底草地上游玩，忽然有一些人尖声喊叫着向村庄那边跑去，起初坐在陡坡边上的人还不知道发生了什么事。

“失火了！失火了！”急切的喊叫声从下面传上来，“那里烧起来了！”

坐在坡顶上的人回头一看，展现在他们眼前的是异乎寻常的可怕景象。靠村边上的几幢木屋中，有一幢的草顶蹿出的火舌有一俄丈[1]多高，火焰翻卷着，火星向四面撒开，就像喷泉喷水那样。猛然间，整个屋顶上都燃起了明亮的大火，从那里传出来火烧的噼啪声。

月光黯淡，整个村庄都被颤抖的红色火光映照着；黑影在地上来回移动着；烧焦的气味在空气中弥漫着。那些从坡下边跑上来的人还在喘息，由于发抖连话都说不出来，他们挤成一堆，有的跌倒了，眼睛一时不适应耀眼的光亮，什么都看不清楚，彼此都认不清

---

① 1 俄丈等于 2.13 米。

了。太可怕了，特别吓人的是在火焰的上空，在烟雾中，还有一些鸽子在飞着。小酒馆里的人们还不知道失火的事，还在那唱着，拉着手风琴，好像什么事都没有似的。

“谢苗大叔家失火了！”有人用沙哑的嗓音高声喊道。

虽然大火离玛利亚家还很远，是在村子另一头，她却在自家的房子跟前跑来跑去，吓得哭哭啼啼，绞着手、牙齿直打战。尼古拉穿着毡靴走出屋来，小孩子们穿着小衬衣到处乱跑。村长家木屋旁的一块铁板敲响了，当、当、当……的响声从空中传出去，这急促的、连续不断的响声，搅得人心发慌，浑身发凉。一些老太婆举着圣像站在一旁。人们从院子里把母羊、小牛和奶牛赶到街上去，把大木箱、羊皮袄和木桶也都搬出来了。一匹黑雄马，因为在马群里它总是踢其它的马，弄伤它们，所以一直把它与马群分开，这时却给它解开了缰绳，一放开它，它就用蹄子刨土，嘶鸣着在村子里跑一两个来回，然后突然在一辆马车旁站住了，尥起后蹄去踢那车子。

河对岸教堂的钟声响起来了。

起火的木屋旁边热烘烘的，火光通亮，长在地上的每棵草都能看得清楚。谢苗坐在那些好不容易才搬出来的大木箱中的一个木箱上，他是一个红头发庄稼汉，长着一只大鼻子，头戴一顶无檐帽，一直压到耳朵上，身穿一件短上衣；他的妻子脸朝下，神志不清地趴在地上呻吟。一个八十来岁的矮个老头，留着一把大胡子，他没戴帽子，手里拿着个白色包袱，像个地精似的，在火场旁走来走去。他不是这个村的人，但很显然，他跟这场大火有什么关系。火光映照在他的秃头顶上。村长安契普·谢杰里尼柯夫像个黑头发、皮肤黝黑的吉卜赛人一样，拿着一把斧头到木屋跟前去，把窗子一个个地砍坏——谁都不知道他为什么要这样干，然后他又开始砍门口的台阶。

“婆娘们，拿水来！”他喊道，“把抽水机弄来！快回去拿！”

刚才还在小酒馆里饮酒作乐的庄稼汉们把灭火机搬来了。他们全都喝得醉醺醺的，走起路来东倒西歪，脸上现出束手无策的神情，两眼泪水汪汪。

“姑娘们，拿水来！”村长喊道，他也是醉醺醺的，“快点去，姑娘们！”

婆娘和姑娘们跑到坡下边去，那里有泉水，她们大桶、小桶地装满水提上坡来，把水倒到灭火机里之后，又跑到坡下去提水。奥尔加、玛利亚、莎霞、莫契卡也都跑去了。几个婆娘和男孩子在用唧筒抽水，水龙带发出吱吱的声响，村长时而把水龙头对着门，时而对着窗户，当他用手指挡住水流时，水龙带发出的吱吱声越发刺耳了。

“安契普真是个好汉！”这时能听到一片赞赏声，“再加把劲！”

这时，安契普钻进起火的门道里，在那喊叫道：

“快抽水啊！在这惨遭不幸的时刻，教徒们，劳驾你们使把劲啦！”

庄稼汉们在四周围成一堆站在那里，看着大火发呆，这时虽然周围都是粮垛、干草、草棚和干柴堆，可谁都不知道该干什么，谁都不会干什么。基里亚克和他的父亲奥西普老头，他们爷俩都喝醉了，也站在那里。好像要为自己袖手旁观辩解似的，老头转过身去对躺在地上的婆娘说道：

“干吗要用脑袋撞地呢！这房子是保了险的——那还操什么心！”

谢苗一会儿对这个，一会儿对那个讲起这火是怎样烧起来的：

“就是那个拿着包袱的老头子，他是茹科夫将军家的……求上帝保佑将军的灵魂安息，他是个厨子。今天晚上，他到我家来，说道：‘让我在这过个夜吧……’呶，我们就喝了一杯，都知道……老婆忙着烧茶炊——我们想请老头子喝茶，她真不该在这个倒霉的时候把茶炊塞到门道里去，火星从烟囱里飞出去，那就是说，火星飞到屋顶上，飞到干草上，大火就这样烧起来了。我自己差点没烧死。老头子的帽子烧掉了，真是罪过。”

这时有人还不停地敲着那块铁板，河对岸教堂的钟声一直没有间断。奥尔加全身都被火光照亮了，气都透不过来，惊恐地看着现出红色的羊和在烟雾中飞翔的粉红色的鸽子，她一会儿跑下去，一会儿又提着水桶跑上来。她觉得那敲击声像尖刺一样戳进了她的灵魂，觉得那大火永远都不会熄灭，觉得失去了莎霞……当木屋的顶棚轰隆一声塌下来的时候，她心中闪过一个念头，现在肯定全村都要起火了，这时她感到浑身无力，已经不能再提水了，就在陡坡上坐下，把水桶放在自己身边；婆娘们靠近她身旁和身后坐下就边数落着边哭，仿佛在为死者守灵哭泣。

这时，从河对岸地主的庄园驶来两辆大马车，车上坐着地主家的用人和工人，他们还带来了一部灭火机。还有一个很年轻的大学生，穿着白色上衣，敞着怀，也骑马赶来了。在斧头劈砍声中，人们把梯子移近燃烧着的屋架，有五个人爬上去了，那个脸色红润的大学生最先上去，他用刺耳的嘶哑音调高喊着，看那口气，就像救火是他习以为常的事似的。他们把那木屋上的木头一根根地拆下来，把粮垛、篱笆和附近的干草堆挪开。

“不能让他们损坏东西！”人群里有人恶狠狠地喊着，“不准搞！”

基里亚克以态度坚决的样子走进木屋，好像要阻拦外来的人搞破坏似的，可是一个工人把他拉了回来，还在他脖子上打了一拳。在引起的一片笑声中，那个工人又给了他一下子，把基里亚克打倒了，他就在地上往后爬到人群里去了。

从河对岸来的还有两位戴着帽子的漂亮姑娘，大概是大学生的姊妹吧。她们站在远处看着那大火。拆下来的木头已不再燃烧，可是还冒着浓烟，那个大学生先是用水龙头冲这些冒烟的木头，然后去冲那些庄稼汉，再后又用水冲那些提水的婆娘。

“若尔日①！”两个姑娘不安地大声责备他，“若尔日！”

---

① 这里指混账之意。

火扑灭了。当人们散去的时候，才注意到这时天已经亮了，大家的脸色苍白，还有些暗淡发黑，每天清晨，当天空中的星光消失后，人的脸总是这样的。庄稼汉们在散去的时候，笑着拿茹科夫将军家的厨子和他那顶烧掉的帽子开心，他们有意把这场火灾当成笑料，对这场大火这样快就被扑灭了，甚至还有点可惜似的。

"老爷，看来您救火还很在行，"奥尔加对那个大学生说，"您应该到我们莫斯科去，那里几乎每天都要失火，您去了可以露一手。"

"您真是从莫斯科来的吗？"一位小姐问道。

"正是这样。我的丈夫在'斯拉夫商场'做事。这是我的女儿，"她指着莎霞说道，因为觉得冷，她正倚偎在母亲身边，"她也是莫斯科的小姑娘。"

两位小姐用法语跟大学生说了些什么，他就给了莎霞二十戈比。奥西普老头看到这情景，面上立刻现出了希望之光。

"感谢上帝，尊贵的老爷，幸好没刮风，"他转身对大学生说，"不然不用一个时辰就烧光了。老爷，好心的先生，"他又压低嗓音难为情地补充说道，"天亮了，真冷，能暖暖身子才好……托您的福，请赏几个钱买半瓶酒吧。"

人家什么也没给他，他就咂咂嘴，慢慢腾腾走回家去了。后来，奥尔加站在陡坡的边上，看着那两辆大车涉水过河，看着那富贵人穿过草地，在河对岸有一辆马车在等他们。她走进屋里，用赞扬的口气对丈夫说道：

"那几个人多么好啊！长得那么漂亮！那两位小姐就像天仙一样！"

"让他们见鬼去吧！"蒙眬欲睡的菲克拉恶毒地说。

6

玛利亚认为自己很不幸，常常说她非常想死；菲克拉却刚好相反，她觉得生活里的一切，不管是贫穷、肮脏，还是没完没了的咒骂，都很有滋味。别人给她什么吃的，她不分好歹，拿来就吃；不管在哪，倒头就能睡着；她把脏水随手就倒在门道里，或者从门槛上泼出去；她还光着脚从那泥水洼里走过。她打从第一天起，就讨厌奥尔加和尼古拉，因为他们不喜欢这种生活。

“我倒要看看，你们在这里吃什么，莫斯科的贵族老爷！”她幸灾乐祸地说道，“我倒要看一看！”

九月初的一天早上，菲克拉从坡下担回两桶水，由于天气冷，她面颊绯红，显得又健康又漂亮。这时玛利亚和奥尔加正坐在桌旁喝茶。

“还喝放了糖的茶！”菲克拉讥讽地说，“看看这两位贵妇人。”她把水桶放下，又加了一句，“赶时髦，每天都喝起茶来了。小心点，别让茶把你们胀死啦！”她接着说，厌恶地看着奥尔加，“看你那在莫斯科游手好闲养得圆鼓鼓的嘴脸，你这肥婆！”

她操起扁担，一下子打到奥尔加的肩膀上，那两个婆娘只能合手说道：

“啊，圣徒啊。”

然后，菲克拉走下坡到河边去洗衣服，一路上还高声叫骂，在屋里都能听得见。

白天过去了，漫长的秋夜来临了。人们坐在屋里缫丝，除了菲克拉，大家都做，她过河去了。丝是从附近工厂拿回来的，全家人都干这活也赚不了几个钱——一个礼拜只有二十来个戈比的工钱。

“那时在主人家里干活，日子好过得多。”老头子一面缫丝，一面说道，“干活、吃饭、睡觉，每天都是这样。中午饭有菜汤和粥，晚饭还是菜汤和粥。黄瓜和白菜管够吃，想吃多少就可以吃多少。那时候管得很严，人人都懂得规矩。”

屋里只点燃一盏小油灯，灯光昏暗，灯芯冒着烟，要是哪个人挡住了灯光，一个大黑影就会落在窗户上，那时就能看到明亮的月光。奥西普老头不慌不忙地讲着，讲到农奴解放前人们怎样生活，说他们这个地方，现在的生活是又乏味又贫穷了，可是当年出去打猎时，都带着猎狗，带着快腿狗和受过特别训练的狗，在围捕野兽的时候，庄稼汉们都喝伏特加酒，讲到怎样像在莫斯科那样，车队载着打到的飞禽给年轻的主人送去，他还讲到，为教训表现不好的农奴，就用桦树枝抽打一顿，或把他们流放到特维尔世袭领地去，那些表现好的农奴会得到奖赏。老奶奶也讲起来了，她什么都记得，过去的事她都牢牢地记在心里。她讲起自己的女主人，说她是个心善的信神的女人，她的丈夫却是个酒鬼，是个放荡的人。他们的三个女儿，天知道是怎么嫁的：一个嫁给了酒鬼，另一个嫁给了庸人，还有一个跟人私奔了（那时候老奶奶还是个年轻姑娘，还帮助她私奔）。不久，她们三个就像她们的母亲那样，因为痛苦而死去了。想起这些往事，老奶奶甚至还掉下了眼泪。

忽然听到有人敲门，大家都感到一惊。

“奥西普大叔，让我在你家过个夜吧！”

走进来的是个矮小的秃顶老头，是茹科夫将军家的厨子，就是烧掉帽子的那个人。他坐下来听别人讲话，然后也开始回忆过去，并讲了其他一些故事。尼古拉坐在炉台上，双腿搭拉下来，在那听着，还提出一些像给贵族老爷烧些什么菜之类关于烹调的问题。他们谈到做肉丸子、肉饼、各种汤和调料汁，那厨子什么都记得很清楚，他能举出现在已经失传的一些菜，比如说，用牛眼睛做的菜，菜名叫“早上醒”。

“你们那时候烧‘元帅肉饼’吗？”尼古拉问道。

“不烧。”

尼古拉责怪地摇摇头说：

“唉，你们这些可怜的厨子啊！”

小姑娘在炉台上有的坐着，有的趴着，不眨眼地往下望着，炉台上好像有很多孩子，她们就像云端的小天使一样。她们喜欢听故事，她们时而感到欢乐，时而感到恐惧，她们叹气，她们发抖，脸色苍白。老奶奶讲的故事最有意思，她们屏住呼吸听着，动都不敢动。

大家睡下以后都不做声了。老人们被那些故事搅得心神不宁，他们感到兴奋，想到年轻时，该有多么好啊，青春逝去以后，不管它是怎样的，留在记忆中的都是活泼、欢快、动人的印象，而那么可怕的、冷酷的是死亡，它已经快要来临了——最好还是不去想它！小油灯熄灭了。眼前的黑暗，月光照得发亮的两个小窗户，寂静，还有摇篮的吱嘎声，不知什么缘故，都使人想起，生活已经过去了，无论如何不会再回来了……刚打个盹，昏然入睡，忽然不知是谁碰了碰肩膀，往脸上吹口气——睡意就没有了，身体感到发麻，钻到脑子里来的都是关于死亡的念头。翻了一个身，倒是把死亡忘掉了，一些过去的、苦闷乏味的念头又在头脑中转来转去，什么贫穷啦、饲料啦、面粉涨价啦，一会儿又想起来，生活已经过去了，它不会再回来了……

“噢，主啊！”厨子叹了一口气说。

不知是谁轻轻地、轻轻地敲着小窗子。肯定是菲克拉回来了。奥尔加起来，打个哈欠，小声祷告几句，把房门打开，然后拉开门道里的门闩。可是没有人进来，只有冷风吹进来，门道一下子被月光照亮了。从敞开的门口可以看到寂静而空荡的街道，月亮在天空中慢慢移动。

“谁在这里？”奥尔加喊道。

“我，”传来了回答声，“是我。”

靠近门，菲克拉全身赤裸地贴墙站着。她冻得发抖，牙齿磕着牙齿，在明亮的月光下，她显得很白很漂亮，又有点古怪。她身上的阴影和月光在皮肤上的闪光，是那样鲜明地映入眼中，她那黑眉毛和那丰满、结实的乳房，特别清晰地显现出来。

“河对岸那些胡闹的家伙把我的衣服扒光了，就这样把我赶回来了……”她说，“我只好没穿衣服走回家来了……就这样赤身裸体地回来了。给我拿件衣服穿吧。”

“你进屋里来呀！”奥尔加小声说着，她也开始打冷战了。

“不要让老头子看到才好。”

实际上，老奶奶已经在动弹了，在唠叨了，老头子问道：“是谁啊？”奥尔加把自己的衬衣和裙子拿出来，菲克拉穿好衣服后，她们两人悄悄地、尽量不出声地把门关上，然后走进屋里。

“是你吗，野东西？”老奶奶猜出是谁了，生气地抱怨道，“你这个夜游神……你怎么不去死哟！”

“没关系，没关系，”奥尔加小声说着，帮菲克拉把衣服穿好，“没关系，亲人儿。”

一切又都沉寂下来。屋里的人总是睡不好，每个人都被什么东西纠缠、搅扰得睡不实在：老头子背痛，老奶奶满心忧虑和恶意，玛利亚在为孩子身上的疥癣和肚饿担惊受怕。现在他们谁也不能安眠，辗转反侧，说梦话，起来喝水。

菲克拉忽然粗声粗气地大哭起来，可是马上就忍住了，只是不时地抽抽搭搭，哭声渐渐小了，变得模糊不清，后来就完全静下来了。从河对岸传来了报时的钟声，可是那钟敲得很怪：先是敲五下，然后是三下。

“噢，主啊！”那厨子发出叹息声。

瞧着窗外，谁都很难弄清楚，是月光还在照耀呢，还是已经天亮了。玛利亚起床后走出去，能听到她在院子里挤牛奶时说道：“站好了！”老奶奶也走出去了。屋子里还很昏暗，但是所有的东西都能看得见了。

尼古拉一夜未睡，他从炉台上下来了，从一个绿色的大箱子里拿出自己的燕尾服，把衣服穿上走到窗前，用手抚摸着衣袖，又把那燕尾拿在手里——微笑起来。然后他小心地把燕尾服放到箱子里收藏起来，就又回去躺下了。

玛利亚回到屋里开始生炉子。看来她一开始还没有完全醒来，走动一会儿才醒过来。也许她梦见了什么，也许她又想起昨晚讲的故事，在炉台前她心满意足地伸个懒腰，说道：

“不，自由要好一些！”

7

老爷来了——村里的人都这样称呼警官。他在什么时候、为什么来，一个礼拜前大家就都知道了。茹科沃村只有四十家农户，可是他们欠下官府和地方议会的税款已累计超过两千卢布了。

警官在小酒馆里待了一会儿，在那“吃了”两杯茶，然后步行到村长家里去了，那里已经有一群欠缴税款的人在等着。村长安契普·谢杰里尼柯夫，别看他年轻，不过三十岁刚过，人却很凶，总是替当官的说话，虽然他自己也很穷，也总是不能按时缴税。看来，当村长使他觉得开心，喜欢掌权的味道，除了严厉，他不知还有什么别的炫耀权力的办法。在全村开会的时候，大家都怕他，都听他的话。偶尔在街上或小酒馆附近，他会突然把醉汉抓住，把手反绑上，然后让他去坐班房。有一回甚至把老奶奶都抓去关起来，那是因为她替奥西普出席村里的会议时，她在那骂起街来，结果被关了整整一天一夜。他没在城里住过，从来都没读过书，可是不知他从哪学来的各式各样深奥的字眼，他还喜欢在长篇大论的训话中时不时用上几句。因此大家更敬重他了，虽然总是听不懂他说的是什么。

当奥西普带着他的缴税簿走进村长家的木屋时，那个警官，一个长着长长灰白络腮胡子的瘦老头，穿着灰色军装，正坐在靠墙角的桌旁写着什么。屋子里干干净净的，墙上贴满了从杂志上剪下来的花里胡哨的画片，在靠近圣像最显眼的地方，挂着一幅以前的保加利亚大公巴特杰别尔格的肖像。安契普·谢杰里尼柯夫把胳膊交叉在胸前，在桌旁站着。

“他欠一百一十九个卢布，大人。”当轮到奥西普时，村长说，“复活节前他缴了一个卢布，从那以后一个戈比都未缴过。”

警官抬头望着奥西普，问道：

“这是为什么啊，兄弟？”

“发发慈悲吧，大人，”奥西普发慌地说，“请让我禀报，去年从留托列兹克来的一位老爷说：‘奥西普，把你的干草卖了吧……你把它卖了吧？’那有什么不行呢？我有一百普特要卖呢，是婆娘们在草地上割来的……我们讲好了价钱……这事办得很好，是自愿的……”

他埋怨村长，还一个劲地回过头去看那些庄稼人，好像要请他们来作证似的，他脸上发红、汗津津的，目光变得锐利凶狠起来。

“我不明白，你说这些干什么。”警官打断他的话头说，“我问你……我要问你的是，你为什么不缴欠款？你们全都不缴，难道这要我来负责吗？”

“我缴不出来嘛！”

“这些话真是岂有此理，大人，”村长说，“固然，齐基利捷耶夫家道贫寒，不过请您问问别人好了，所有的症结都在伏特加酒上，他们是一伙胡作非为之徒。全都是糊涂虫。”

警官写了点什么，然后就像要一杯水喝似的，语气平和地对奥西普说：

“滚出去！”

不久他就乘车走了，当他坐上自己那辆不值钱的马车连声咳嗽的时候，仅凭他那又长又瘦的背影就可以看出来，他已经记不得不管是奥西普，还是村长，还是茹科沃村欠税款的事了，想着的只是自己的什么心事了。他还没有走出一俄里路，安契普·谢杰里尼柯夫已经从齐基利捷耶夫家的木屋里拿着茶炊走出来，老奶奶紧跟在他身后，用尽气力尖声叫喊着：

“不许你拿走！我不许你拿走，该死的东西！”

他迈着大步，走得很快，老奶奶驼着背，气呼呼地在后面追赶。她气喘吁吁，差点跌倒了，她的头巾滑落到肩上，散出来的有点发绿的灰白头发在风中飘动着。忽然，她站住了，像个真正的捣乱分子那样，握着拳头捶着胸，用比平时响亮得多的声音，拖长音调地嚷着，好像是在哀号：

"基督徒啊，信仰上帝的人啊！乡亲们啊，他们欺侮我！好人啊，他们逼我啊！哎呀，哎呀，好人啊，你们要替我说话啊！"

"老奶奶，老奶奶，"村长厉声地说，"你的头脑要有理智！"

齐基利捷耶夫家的屋子里没有了茶炊显得非常沉闷。夺走了茶炊本身就让人觉得是一种侮辱，这屈辱简直就像忽然之间从屋子里把这家人的荣誉也夺走了似的。还不如让村长把桌子、所有的凳子、所有的盆盆罐罐都拿走呢，那样这屋子就不会显得这么空荡。老奶奶还在叫嚷，玛利亚在哭泣，小姑娘们看到她这样，也都哭起来了。老头子自知有错，垂头丧气地坐在角落里不吭声。尼古拉也不吭声。老奶奶爱他、可怜他，可是现在却忘了怜惜，忽然对着他又是吵骂又是斥责，对着他的脸挥舞着拳头。她叫嚷着，说这全怪他不好，是真的，他自己在信中夸口说，在"斯拉夫商场"每月能赚五十卢布，那他为什么寄回来那么一点钱呢？为什么他回到这里来，还把一家人都带来了？要是他死了，哪有钱来埋葬他？……尼古拉、奥尔加和莎霞那个样子，看起来让人难过。

老头子咂咂嘴，拿起帽子走出去找村长去了。天已经黑了，安契普·谢杰里尼柯夫正在炉台旁焊什么东西，正鼓起腮帮吹什么，满屋都是烟气。他的几个孩子都挺瘦，手脸都没有洗，不比齐基利捷耶夫家的孩子强多少，他们正在地上爬着玩。他的妻子是个长得不好看、泼辣的女人，挺着个大肚子正在那缫丝。这是一个不幸的贫穷家庭，只有安契普看上去还显得年轻英俊。在一条长凳上并排摆着五个茶炊。老头子对着巴特杰别尔格的肖像祷告后，说道：

"安契普，发发慈悲，把茶炊还给我吧！看在基督的面上！"

"拿三个卢布来，你就可以拿走。"

"我实在是拿不出来啊！"

安契普鼓起腮帮子吹气，火焰呼呼地响、嗞嗞地叫着，火光映照在茶炊上。老头子揉搓着帽子，想了一下，然后说：

"把它还给我！"

皮肤黝黑的村长这时好像全身都变得漆黑，像个魔术师似的，扭头对奥西普凶狠地把话飞快地说出来：

“这得由地方法官决定。到本月 26 号，你可以到行政会议去，口头或书面申诉你不满的理由。”

奥西普一句都没听懂，可是这也使他觉得满意了，就回家去了。

过了十多天，警官又来了一次，待了一个钟头后，就坐车走了。那些天，刮着风，很寒冷，河老早就封冻了，只是还没有下雪，人们无路可走，出门办事感到寸步难行。在一个节日的前夜，有几个邻居到奥西普家坐着闲谈。因为这样做是违背教规的，他们没有点灯，就在黑屋里说话。他们谈到好几个消息，不过都是令人不痛快的。有两三家的母鸡被捉去抵欠款，送到乡政府后，因为谁都不去喂，它们在那都死掉了；羊也被捉去了，把它们绑在一起运送的时候，每到一个村子就要换一回车子，有一只死掉了。现在有一个问题要回答：这该怪谁呢?

“地方议会！”奥西普说，“不怪它还怪谁呢?”

“当然该怪地方议会。”

他们什么都责怪地方议会，什么欠款啦，欺压啦，歉收啦，虽然他们谁都不知道，地方议会到底是什么东西。像这样怪罪地方议会那是很早以前就开始了，那时一些有钱的庄稼汉们有了自己的工厂、店铺和客栈，当上了地方议会的议员，却对地方议会不满，就在自己的工厂和酒馆里骂它。

他们谈到由于上帝不下雪：该运送木柴了，可是沿着山丘沼泽，无论拉车还是走路都很艰难。原先，十五年至二十年以前，在茹科沃村大家谈的话有趣得多。那年月在每个老人的心中，好像都藏着什么秘密似的，好像他知道什么，在等待什么似的。他们谈起加盖金印的文书，谈起土地的划分，谈起新分的土地，谈起埋藏的财宝，他们在谈话中常常暗示着什么；现在的茹科沃人没有什么秘密了，他们全部生活都像当着众人面摆在手掌上一样，他们能谈的只有贫穷和饲料，还有什么天不下雪啦……

大家沉默了一会儿。然后又想起了母鸡和羊，又开始争论到底该怪罪谁。

“该怪地方议会！”奥西普无精打采地说，“还能怪别人吗！”

8

教区的教堂在六俄里以外的考索高洛夫村，大家只是在必要的时候才到那里去，比如给孩子行洗礼啊，举行结婚啊或下葬啊，才去一趟，做礼拜通常是到河对岸的教堂去。节日里若遇到好天气，姑娘们就打扮起来，成群结伙地去做弥撒。当她们穿着红色的、黄色的、绿色的连衣裙走过草地时，看上去显得喜气洋洋的。如遇天气不好，她们就都在家待着。复活节前夕，人们一般都在教区里作斋戒祈祷。到复活节时，神甫便举着十字架走遍每个农舍，向那些在大斋期间没能作斋戒祈祷的人收取十五个戈比。

老头子不相信上帝，因为他几乎从来都没有想到过上帝；他承认那些无法解释的超自然的东西，不过他想，这可能只跟婆娘们有关系。当人们在他面前谈起宗教和一些怪事，并向他提出一些问题时，他就会搔搔脑袋勉强地回答说：

“那谁知道呢！”

老奶奶只是朦朦胧胧地相信，每当她刚刚开始在脑海里想到罪恶、死亡，想到拯救灵魂时，贫穷和忧虑立刻扰乱了她的思想，并在她的脑海中盘踞，使她马上就忘了刚才她在想些什么。祷告词她记不住，一般都是在晚上睡觉前，她站在圣像前小声说道：

“喀山的圣母，斯摩棱斯克的圣母，三臂圣母……”

玛利亚和菲克拉经常在胸前画十字，每年都要持斋，可是什么都不理解。孩子们没有学过祷告，没有人跟她们谈起上帝，也没有人向她们传导训诫，只是不许她们在斋期吃荤腥东西罢了。别的家庭也差不多，很少有人相信，也很少有人能理解。虽然如此，大家却都喜欢《圣经》，大家怀着温柔、崇敬的心情喜爱它，可是大家都没有经书，没有谁能念《圣经》，能讲解《圣经》，因为奥尔加有时给他们念福音书，大家都很尊敬她，大家对她和莎霞都恭敬地称呼“您”。

在教堂的祭礼日和特别的礼拜日，奥尔加常到邻村或到县城去，县城里有两个修道院和二十七个教堂。只要一上路去膜拜上帝，她就心不在焉，把家庭完全忘了，只是在回家的路上，她才忽然高兴地想起来，自己有丈夫和女儿，这时她就会容光焕发地微笑着说：

“上帝赐福给我了！”

村子里发生的一些事情，她觉得是很丑恶的，她感到很痛苦。到了圣伊利亚节他们喝酒，到了圣母升天节他们喝酒，到了圣十字架节他们还是喝酒。圣母节是茹科沃教区的节日，庄稼汉们乘这个机会大喝三天，他们喝光了村里的五十卢布公积金，然后就挨家挨户地敛钱去买伏特加酒。头一天，齐基利捷耶夫家宰了一头公羊，他们早、中、晚三餐都吃羊肉，到了夜里，孩子们还要起来再吃一点。基里亚克在那三天里喝得酩酊大醉，他把所有的东西，甚至连帽子和靴子都拿去换酒喝了，还把玛利亚往死里打，得往她身上泼水才能使她苏醒过来。事后大家都感到不好意思，觉得非常厌恶。

虽然如此，就是在茹科沃，在这个“奴才村”，每年也总有一次真正的宗教盛典。那是在八月里，人们带着圣母像从这个村走到那个村，走遍全县。到了茹科沃人盼望的那一天，没有刮风，天气阴沉。姑娘们穿着艳丽的服装，一大早起来就出去迎接圣像，直到晚上才把圣像迎进村里，人们排成严肃的行进行列，唱着颂歌，这时河对岸教堂的钟声也响起来了。本村和外村的一大群人堵在街道上，喧闹声不断，尘土飞扬，人们挤在一起……老头子、老奶奶、基里亚克，都把手向圣像伸去，热切地望着它，哭着说道：

“保佑我们，圣母啊！保佑我们！”

大家好像忽然间都明白了，人间和天堂之间并没有被一片空旷的空间隔开，有钱有势的人还不能把一切都强占去，在他们遭受欺凌、被奴役、遭受沉重得无法忍受的贫困、受到可怕的伏特加酒祸害的时候，还有圣母在保佑他们。

“保佑我们，圣母啊！”玛利亚哀号着说，“圣母啊！”

可是当礼拜做完了，圣像拿走了，一切又恢复了老样子，又能听到从小酒馆传出来的粗鲁的、醉醺醺的嗓音。

只有富裕的庄稼人才怕死，他们越阔气，就越不怎么相信上帝和拯救灵魂那一套，只是因为害怕在人世间的寿命完结，只要有机会，他们就点起蜡烛并做弥撒。贫穷的庄稼人却不怕死。人们常常当着老头子、老奶奶的面，说他们活得太久了，到该死的时候了，他们感到无所谓。人们毫无顾忌地当着尼古拉的面，对菲克拉说，等尼古拉死了，那好处就来了——她的丈夫丹尼斯就可以退伍回家了。玛利亚呢，她一点也不怕死，甚至抱怨死亡怎么总是不来，当她的孩子死掉时，她倒感到高兴。

他们不害怕死，可是对于各种疾病却过于害怕。只要得了一点小病——肠胃有点不消化啦，轻微着点凉啦，老奶奶就会在炉台上躺下来，盖得厚厚的，开始不停地大声呻吟：“我要死——啦！”老头子赶忙去请神甫，老奶奶就领神餐，受临终涂油礼。他们经常谈着凉，谈蛔虫，谈到瘤子，说长在肚子里的瘤子会蹿到心脏里去。他们最怕着凉，因此就是在夏天也都穿得暖暖的，还在炉台上取暖。老奶奶喜欢去看病，常坐车到医院去，在那里她总是不说她已七十岁，而是说五十八岁。她认为如果医生知道了她的真实岁数，就不会给她治病了，反而会说，她到该死的时候了，不用再治了。她通常一大早就动身到医院去，随身带两三个小姑娘，到晚上才能回来，肚子饿了，心里也不顺气，带回来了自己用的药水和小姑娘用的药膏。有一次，她还把尼古拉也带去了，回来后他喝了两个礼拜的药水，他说觉得好了一点。

老奶奶认识方圆三十俄里以内所有的医师、助理医师和巫医，没有一个是她喜欢的。在圣母节那天，神甫举着十字架走遍了各家各户，教堂执事对她说，在城里靠近监狱住着一个老头儿，他当过助理军医，医术很高明，劝她去请他。老奶奶听从了他的劝告。当降下第一场雪后，她就坐车到城里去了，带回来一个身穿长上衣、留着大胡子的小老头，他是一个皈依正教的犹太人，脸上布满了蓝色的微细血管。正巧，那时有几个短工在屋里干活，一个裁缝老头戴着一副吓人的眼镜，正在一块破破烂烂的布上裁背心，还有两个年轻人，正在用羊毛做毡靴。基里亚克因为酗酒而丢了差事，那时正在家里，跟裁缝并排坐着，在那修理套包。屋子里又拥挤又憋闷，臭烘烘的。那个皈依正教的犹太人给尼古拉诊察后说，必须给病人放血才行。

他放上了吸血杯，裁缝老头、基里亚克和小姑娘们站在跟前瞧着，他们觉得，仿佛看见疾病从尼古拉身上出来了似的。尼古拉也看到放在他胸膛上吸血的杯子，渐渐地充满了浓浓的血，他觉得好像真的有什么东西从他身体里出来了似的，就满意地微笑了。

“这很好，”裁缝说，“上帝保佑，这对你有好处。”

那个皈依正教的犹太人放了十二杯血，然后又放了十二杯，喝完茶就坐车走了。尼古拉开始发抖，脸瘦下去，像婆娘们说的那样，缩成一个小拳头了；他手指头已发青了。他盖上一条被子和一件羊皮袄，可还是觉得越来越冷。傍晚，他觉得难过起来，要求把他放在地板上，请裁缝不要抽烟，然后他就在羊皮袄下面静静地躺着，将近早上，他死了。

9

啊，多么严酷、多么漫长的冬天啊！

到了圣诞节，自己家的粮食已吃光了，只好去买面粉了。基里亚克这时住在家里，每天晚上都吵闹，大家都害怕他，到了早上他又因头痛和羞愧而难过，他那样子看上去很是可怜。从畜栏那边一天到晚都传来母牛饥饿的叫声，老奶奶和玛利亚的心都被它撕碎了。好像故意作对似的，天气一直非常寒冷，雪堆得高高的，冬天在拖延下去：到御告节，来了一场真正的冬季暴风雪，到了复活节，又下了一场雪。

可是，不管怎么说，冬季还是要过去的。到四月初，白天已经暖和了，夜里仍然寒冷，冬天还不肯退让。可是温暖的天气终于战胜了冬天，小河的水在潺潺流淌，鸟儿在鸣叫，河边的草地和灌木全都被春水淹没了，茹科沃和对岸之间出现了一片像海湾似的宽阔水域，在水面上，这一群那一群的野鸭子时起时落。火红的春天的晚霞，配上那华丽的云朵，每天傍晚都能现出罕见的、新颖的、令人难以置信的美景，如果人们在画上看到这样的色彩、这样的云朵时，他不会相信真有这样的美景。

仙鹤飞得很快很快，发出愁闷的叫声，好像在呼唤着同伴随自已飞去。站在陡坡边上，奥尔加久久地看着那泛滥的洪水，看着阳光，看着闪亮的像是焕发了青春似的教堂，她流下了眼泪，感到喘不过气来，因为她想到要尽快离开这里，随便到哪里去，哪怕是到天边去也好。家里后来还是决定了，让她仍旧回莫斯科去，去当女佣，让基里亚克跟她一道去，谋个守门人或别的什么差事。啊，快点走才好！

当天气变得干燥温暖的时候，他们就收拾好上路了，奥尔加和莎霞，背上背着包袱，脚上穿着树皮鞋，天刚亮就动身了。玛利亚也出去送他们一程。基里亚克因身体不好，只好在家里再待一个礼拜。奥尔加最后一次面对教堂祷告了一阵，她想起了自己的丈夫，可是没有哭，只是脸皱起来，变得像个老太婆那样难看了。这一冬，她瘦多了，也变丑了，头发有点花白，以前的风韵和愉快的微笑消失了，她的脸上现出由于经历了哀痛而留下的听天由命的悲伤神情，她的目光显得有些迟钝呆滞，好像听不见声音似的。她舍不得离开这个村子和乡亲们。她想起他们怎样抬走尼古拉的尸体，附近每一家怎样为他做弥撒，大家怎样同情她的痛苦，同她一起哭泣。在夏天和冬天那段时间里，有些时日，这些人的生活比牲口还糟，和他们在一起生活真是可怕。他们粗野、诡诈、令人厌恶、总是醉醺醺的，他们生活不和睦，总是吵架，那是因为他们互相不尊重，互相之间总是害怕和怀疑。是谁开的酒馆把人们灌醉了？是庄稼人。是谁把村里的、学校的、教堂的公积金浪费了，喝光了？是庄稼人。是谁偷邻居的东西，放火烧东西，为了一瓶伏特加酒到法庭上作假证？是谁在地方议会和别的会议上第一个出头跟庄稼人作对？还是庄稼人。不错，跟他们在一起生活是可怕的，可是，他们也是人啊，他们跟别人一样，也要受苦、流泪，在他们生活中没有哪一件事，是找不出辩护理由的。劳动是沉重的，使人一到夜晚就周身酸痛，冬天严寒，收成微薄，住处拥挤，他们得不到帮助，也没有地方可以寻求帮助。那些比他们富裕有实力的庄稼人不会去帮助别人，因为他们自己就是粗野、诡诈、醉醺醺的人，骂起人来也是那么难听。那些不起眼的小官和地主的管事，把庄稼人当作叫花子，即使对村长和教会的主持也无礼地称呼“你”，他们自以为有权利这样做。那些爱财的、贪婪的、放荡的、懒惰的人到村子里来，只是为了欺压庄稼人、掠夺庄稼人、恐吓庄稼人罢了，哪里还谈得上给予什么帮助，或做个好榜样？奥尔加想起，冬天基里亚克被押去挨打时，两位老人可怜的、屈辱的神情……现在她可怜所有那些人，为他们难过，她一边走着，一边回过头去望着那些木屋。

送出三俄里后，玛利亚和她们告别了，然后她跪下来把脸贴近地上，哭起来：

“又丢下我孤单单的一个人了，我这可怜的人啊，我这可怜——不幸的人啊……”

她那样哭喊了很久，过了好久奥尔加和莎霞还看到她跪在地上，用手抱着头，一个劲地向一边给谁在叩头，白嘴鸦在她头上飞来飞去。

太阳已高高地升起，天热起来。茹科沃村已远远地落在后面了。走路是很痛快的，奥尔加和莎霞很快就把村子忘了，把玛利亚也忘了，她们感到很愉快，周围的一切都使她们感到开心。那里是小山岗，那里是一排电线杆，它们一根挨着一根，不知延伸到哪里，在地平线它们消失了，电线神秘地嗡嗡响着。在远处可以看到掩映在翠绿之中的农舍，从那里飘过来潮湿和苎麻的气味，不知为什么，总觉得有一些幸福的人在那居住似的。在那边，一匹马的骸骨，孤零零地在田野上现出白色。云雀在不停地唱着，鹌鹑也在相互呼应；长腿秧鸡也在叫着，那叫声真像有人往外拔旧铁钉子时发出的声响。

到了中午，奥尔加和莎霞来到了一个大村落。在那儿宽阔的街道上，她们遇到了茹科夫将军家的厨子，就是那个小老头。一定是热了，他那冒着汗的红红的秃顶在阳光下发亮。起初，他和奥尔加互相都没有认出来，后来正好他们同时互相望着，这才认出来，却没有说一句话，各人走各人的路。有一幢木屋显得阔气一点、新一点，她们就在那站住了，在敞开的窗前，奥尔加鞠了一躬，提高了嗓门，用尖细而动听的嗓音说道：

“东正教的教徒啊，看在基督的分上，尽您的心，可怜可怜我们吧，祝您的爹娘在天国得到永久的安息。”

“东正教的教徒啊，”莎霞唱起来，“看在基督的分上，尽您的心，可怜可怜我们吧，祝您的爹娘在天国……”

《乡下人》

温致雨　译

在故乡

1

眼前是顿涅茨铁路线。一座泛着白色的、安安静静、死气沉沉的火车站，孤零零地坐落在草原上，墙壁被炎阳晒着，没有一点儿阴影，仿佛没有人似的。火车已经开走了，把您留在这里，起初还隐隐听得见它的声响，最终便寂静无声了……车站的周围呈现着荒凉景象。除了您的马，见不到别的马匹。您可以坐上马车——乘了一路火车之后换乘马车，是十分惬意的——沿着草原的大路驶去，于是在您的眼前便会渐渐展现出在莫斯科附近所见不到的景色——广阔无垠、一望无际的草原，以其纯净而令人欣悦迷恋。除了草原还是草原，其它什么也没有；远处有一座古冢或者风车；几辆牛车上运的是煤炭……鸟儿在平原上空独自低飞，其翅膀的有节奏的扇动看得人昏昏欲睡。天气炎热。又过了一个钟头，却依然是草原，草原，远处也还是那座古冢。您的车夫滔滔不绝地讲着什么，常常用鞭子往旁边指着，故事讲得很长，没什么意思，此时宁静便会占据您的心灵，使您不愿再回想往事了……

有一辆三套马车来接薇拉·伊万诺芙娜·卡尔金娜。车夫放好了东西，又开始整理马具。

“一切都跟过去一样，”薇拉一边打量着四周，一边说道，“上一次我到这儿来的时候，还是个小姑娘，大约是十年以前。我记得，当时是鲍里斯老头来接我的。大概他还健在吧？”

车夫没有应声，只是板着脸、用乌克兰人那种眼神望了她一眼，随即爬上了驭手的座位。

离开车站还要驶行三十俄里的路，草原的景色同样使薇拉心旷神怡，使她忘记了过去，只想到这里是多么辽阔，多么自由；她只有二十三岁，年轻、漂亮、聪明、健康，迄今为止，她生活中所缺少的，惟有这种广阔和自由。

草原，还是草原……马儿奔跑着，太阳越升越高，仿佛在她童年的那个时候，草原在六月里从未这般富丽，这般繁茂；青草花开——绿色的、黄色的、淡紫色的、白色的，从花草里，从晒热的泥土里，散发着芳香；一路上还会遇到一些奇异的蓝色飞鸟……薇拉早已不习惯祷告了，可是此时她却一边抑制住困顿，一边小声念叨：

“主啊，让我在这儿一切都顺心如意吧。”

她的内心是那么宁静和惬意，看来，她会情愿这样一辈子坐车和观赏大草原的。突然，一棵小橡树和赤杨树密布的深谷出现在眼前；飘来了潮湿的水汽——谷底该有一条溪流。在紧靠深谷边沿的这一面，扑棱棱地飞起一群鹧鸪。薇拉想起了过去，当年常常在黄昏的时候到这峡谷来散步，这就是说，已经离庄园不远了！果然，远处的白杨树和堆放禾捆的棚子已经看得见了；旁边冒着黑烟：正在烧去年的麦秆。你瞧，达莎姑姑迎了上来，晃动着手中的手绢；祖父站在凉台上。天哪，多么高兴啊！

“亲爱的！我亲爱的！”姑姑连声说道，声音发尖，像歇斯底里，“我们真正的女主人来啦！你要明白，你可是我们的女主人，我们的皇后啊！这里的一切都是你的！亲爱的，美人儿，我不是你的姑姑，而是你俯首听命的奴仆！”

除了祖父和姑姑，薇拉没有别的亲人，母亲早就去世了。父亲是个工程师，三个月前在从西伯利亚回来的路上，死在喀山。祖父是个花白大胡须的胖子，红脸膛，气喘，走路挺着个肚子，离不开拐杖。姑姑是个四十二岁的女人，穿一身时髦的衣服，两个肩头那儿衣袖高耸，腰身绷得很紧，看得出，极力打扮得年轻一些，还想讨人喜欢；她走起路来迈着细步，所以脊背总是一扭一扭的。

“你会爱我们吗？”她搂着薇拉说道，“你不会鼻孔朝天吧？”

按照祖父的意愿，都做了感恩祈祷，然后便是持续很长时间的吃午饭——对薇拉来说，她的新的生活也就开始了。给她准备了一个最好的房间，家里最好的地毯也都拿来铺在这里，还摆了许多鲜花，到了晚上，当她躺到那舒适、宽大、松软的床上，盖上那散发着衣物久藏气味的绸被子的时候，竟然满意地笑了起来。达莎姑姑走了进来，只待一会儿，为的是祝她晚安。

“瞧，你总算来了，感谢上帝，”她说，坐到了床边上，“正像你所看到的，我们过得很好，更好的生活也没有什么必要了。只有一件事不称心：你爷爷的身体不好！真让人担心！他气喘，记性也越来越差了。可是过去他是多么结实，多么有力气啊！这你还记得吧？当年他可是个说一不二的人……从前，每当仆人违背他的意志，做错了什么事。他就立刻暴跳如雷，嚷什么‘抽二十五下！狠狠地打！’而现在呢，他没什么脾气了，听不见他嚷嚷什么。再说，时代不同了，宝贝儿，现在可不能打人了。当然，打是不应该打的，可也不能不管。”

“姑姑，如今别的人还打他们吗？”薇拉问道。

“管家有的时候还打，我可从来不打。上帝保佑他们！你爷爷偶尔还是按老习惯晃晃拐杖，不过打倒是没打他们。”

达莎姑姑打了个呵欠，她马上在嘴和右耳那里接连画了十字。

“住在这里不寂寞吗？”薇拉问道。

“怎么对你说呢？地主都换地方了，现在不住在这里；不过，周围建起了不少工厂，宝贝儿，不消说，什么工程师啦，医生啦，采矿技师啦——多极了！当然，戏剧演出、音乐会都有，不过多半是玩牌。他们也常来我们这里做客。工厂里的涅什阿波夫医生常来，他很漂亮，很风趣！面对着你的照片他就流露出一片痴情。于是我就打定了主意：好吧，我心想，这是薇罗奇卡命中注定的了。他年轻、英俊又有钱——一句话，挺般配。不用说，你也是百里挑一的未婚妻呀。论出身，你是上流人家，论田产，不错，是抵押了，但那有什么关系？岂不安排得挺好，没有任其荒芜呀，那田产也有我的一份，但都会留给你的；我是你的俯首听命的奴仆呀。至于我那已经去世的哥哥，你的亲爸爸，则给你留下了一万五千……可这会儿，我看你的眼睛几乎睁不开了。睡吧，孩子。”

第二天薇拉在房子的周围久久地散步。花园久未整修，失去了模样，连条小路也没有，位置也不方便，是在个斜坡上，可说完全荒芜了：也许认为它毫无经济价值。有许多游蛇出没。鸡冠鸟在树下飞穿，“呜——吐——吐”地叫着！仿佛要以这种声调去唤起人们的回忆似的。最下面是一条小溪，长满了高高的芦苇，而小溪的对面，大约半俄里以外便是林子。薇拉从花园里走出，来到田野；她凝视着远方，陷入对自己在家乡的新生活的沉思，她一心想弄明白，等待自己的将是什么。这开阔的原野，这美好草原的恬静都对她说明，幸福已近在眼前，也可以说是有了；就实质来说，成千上万的人说不定都会如此赞叹：作为一个年轻、健康、受过良好教育的女子，住在自己的庄园里，是多么幸福啊！然而，与此同时，这一望无际而又单调的平原，没有一个活人，却又使她害怕，她偶尔似乎清楚地意识到，这个安静的绿色怪物会完全吞掉她的生活，将其化为乌有。她年轻、漂亮、热爱生活；她大学毕业，学会了三种语言，读了很多书，跟父亲一起周游了不少地方，然而这一切难道只是为了最终到草原的偏僻庄园里住下来，一天一天地无所事事，从花园走到田野，从田野走到花园，之后坐在家里听祖父怎样气喘？可是她又能做什么呢？又能去什么地方呢？她怎么也找不到答案。在她走回家去的时候，她脑子里在想，住在这个地方她未必会幸福，倒是从火车站往这儿来的时候更有意思一些。

医生涅什阿波夫从工厂坐车来了。他本是个专职医生，可是三年前他买了工厂的股票，从此就成为股东之一，如今他虽然也给人看病。但已不再认为接诊是他的主要事业。看外表，他是一个脸色苍白、身材匀称的黑发男子，穿一件白色坎肩；可是他的内心深处究竟想的什么，那就很难猜测了。他向达莎姑姑打招呼，吻了一下她的手，然后就是常常站起身来，给别人搬椅子或者让座位，总是十分严肃和沉默不语，要是他开口讲话的话，那他的第一句话，不知为什么，是很难被别人听见和弄明白是什么意思的，尽管他讲的是标准的口语，声音也不是太低。

“您何不弹弹钢琴呢？”他问薇拉，而且突然离开了座位，因为薇拉的手绢落在地板上。

他从中午直坐到半夜十二点钟，不说什么话，薇拉很不喜欢他；她觉得在乡下穿白坎肩——格调俗不可耐，而他那无微不至的殷勤，一举一动，以及那张眉毛浓黑、严肃而苍白的脸，都令人腻味；她觉得他之所以一直保持沉默，大概是因为他智力有限。他走了以后，她姑姑倒是高兴地问道：

“怎么样，嗯？是不是真的挺有魅力？”

2

达莎姑姑掌管家务。衣服紧绷在身、两手戴着手镯的她，一会儿去厨房，一会儿去谷仓，一会儿去牲口棚，脚步细碎，脊背不停地扭动；每逢她跟管家或者农民说话，不知为什么总要戴上夹鼻眼镜。祖父总是坐在老地方玩纸牌卦或者打盹儿。他午饭和晚饭吃得很多，饭量大得吓人；他能把当天新做的菜和头天做的菜，以及礼拜天剩下的凉馅饼乃至仆人吃的腌肉，统统狼吞虎咽地吃下去，所以他每次吃饭都给薇拉留下这样一种印象：以后要是她看见人们怎样赶着绵羊，怎样把面粉从磨坊运出来，她也就会立刻想道：“这些东西，爷爷也会吃下去。”大部分时间他都默默不语，专心致志地吃饭或者摆纸牌卦；不过偶尔在吃饭的时候，当他看见薇拉，也就会深受感动，并且温柔地说：

“我惟一的孙女啊！薇罗奇卡！”

此时他就会热泪盈眶、闪亮。然而，有时他的脸会突然涨红，脖子变粗，恶狠狠地盯着仆人，敲着拐杖质问：

“为什么还不把洋姜汤端来？”

冬天的时候，他过的是一种完全不活动的生活，哪儿也不去；到了夏天，他有时候乘马车到田野上去看一眼燕麦和青草，回来之后他总是一面用手杖指指点点，一面说他不在场的话，就什么都乱七八糟。

“你爷爷心情不好，”达莎姑姑悄声说，“不过，现在不要紧了，要是在过去，岂不就会又说：‘抽二十五下！狠狠地打！’”

姑姑抱怨说，所有的人都变懒了，谁都不做事，庄园什么收入也没有。的确，谈不上任何农业经营；只是出于习惯才多少耕耕地，播播种，实际上什么也没做，闲散地过日子。然而，整天都是人来人往，数这算那，忙得不亦乐乎；从早晨五点钟家里就开始忙活，而且总是会听见“递过来”“拿来”“去一趟”之类的叫喊，通常，一到傍晚，仆人也就疲惫不堪了。姑姑每周都要调换厨娘和使女，有时候因为她们品德不端而辞退她们；有时候是她们自己不干了，声称累得受不了。本村里的人都不愿意到这儿来当仆人，只好到远处去雇。自己村子里只有阿辽娜这个姑娘来了没有走，那是因为她的工钱要养活全家——老太太们和孩子们。这个阿辽娜是个脸色苍白、个子矮小、傻头傻脑的姑娘，成天收拾房间、围着饭桌转、生炉子、缝补、洗衣服，可总是让人觉得她在瞎忙，皮靴踩得响个不停，只给家里添了麻烦。她整天提心吊胆，惟恐被辞退、打发回家，手上的器皿常常掉在地上打碎，于是就被扣发工钱，事后她的母亲和祖母就来求情，跪在达莎姑姑面前。

客人们大约是每周来一次，可有时候也来得频繁。姑姑会来找薇拉，对她说：

“你得去陪客人们坐一坐，否则他们会以为你架子大呢。”

薇拉去见客人，跟他们久久地玩文特牌戏或者弹钢琴，客人们则跳舞；姑姑兴致勃勃，跳舞跳得气喘吁吁，走到她跟前悄声说：

“你得跟玛利亚·尼基福罗芙娜亲热一些。”

12月6日，尼古拉节那天，一下子来了很多客人，大约有三十个，大家玩文特牌，直到深夜才算收场，不少客人留下来过夜。第二天上午他们又坐下来玩牌，然后是吃午饭，及至饭后薇拉回到自己房间，想避开应酬谈话和弥漫的烟雾独自休息一下，不料那里也有客人，绝望的心情使她差点儿哭了。直到黄昏来临他们才开始准备回家，此时她总算看到客人们真的要走了，便高兴地说：

“你们何不再坐一会儿！”

应酬客人使她疲惫不堪又觉得拘束；然而与此同时，差不多每天暮色四合的时候，就仿佛有一种神秘的东西吸引她出门，她也就坐上马车到工厂或者到邻家地主那里去做客；在那里打牌、跳舞、玩抽签游戏、吃晚饭……在工厂里和矿场上做事的年轻人，有时候会唱起小俄罗斯歌曲来。而且唱得很有水平。他们唱歌的时候，心情总是变得忧伤。有时候他们就聚在一个房间里，在昏暗中谈论矿井，谈论从前埋藏在草原上的财宝，谈论萨乌尔基古墓……在谈话过程中，有时时间很晚，会突然传来喊声“救命啊！”这就是说路上有一个醉汉或者附近矿井那边有人遭到抢劫。要么风在炉道里呼啸，百叶窗哗啦啦地响，之后过不了多久便会听到教堂里传来的报警的钟声，这就意味着暴风雪已经来临。

在所有的晚会、野餐和宴会上，达莎姑姑必然是最引人注意的女人，涅什阿波夫医生则是最引人注意的男人。工厂里和庄园里的人很少看书，演奏也只会进行曲和波尔卡舞曲，年轻人总是争论着他们所不懂的事，而且争论激烈，嗓门很大，显得十分粗野。然而奇怪的是，薇拉在任何其他地方也未见过像本地的这些如此冷漠和无忧无虑的人。似乎他们没有祖国，没有信仰，对社会上的一切都不感兴趣。一旦他们谈起文学，或者解答什么抽象问题，那么根据涅什阿波夫的脸色便可看出，他对这样的问题一点兴趣也没有，他已经很久很久没有看过书了，而且根本不想看。他板着个脸，毫无表情，好像一幅画得拙劣的肖像，身上总是穿着白坎肩，一如既往地默然不语，令人猜测不透；可是太太小姐们却认为他是个很有意思的人，对他的风度颇感兴趣，而且嫉妒薇拉，看来，无非是由于他很喜欢她。薇拉呢，每次做客回来都感到懊恼，暗下决心待在家里不再出去，可是白天过去了，黄昏时分一到，她就又匆匆赶往工厂，几乎整个冬天都是这么度过的。

她订了一些书和杂志，独自在卧室里阅读。通常是夜里，躺在床上看。每当走廊里的挂钟敲了两下或者三下的时候，每当看书看得太阳穴开始涨痛的时候，她就从被窝里坐起来，在床上冥思苦想。做什么呢？到哪儿去呢？回答这类该死的、纠缠不休的问题，可说已有现成的答案许许多多，可是就实质来说却一个也没有。

比如说，为民众服务，减轻他们的痛苦，向他们传授文化知识，这必定属于高尚、神圣、美好的事业。但是薇拉，她不了解民众。再说，怎样去接近民众呢？她与民众格格不入，毫无共同语言；她忍受不了茅草屋里令人窒息的气味、小酒馆里的咒骂声、村童那肮脏的脸和村妇有关疾病的唠叨。让她徒步走过一座座雪丘，浑身冻得发抖，之后坐在透不过气来的茅屋里，教她所不喜欢的孩子们念书——那怎么行，还不如去死了的好！况且，在教农民子弟读书认字的同时，达莎姑姑却去收取小饭馆的租金，罚农民钱——这该是多么可笑的事！关于学校和农村图书馆，关于普及教育，发过多少议论啊，然而假如她所认识的那些工程师、工厂主和女士们当真不是虚伪的人，而是真正相信教育的必要性，那他们就不会像现在这样一个月付给教员十五卢布的薪水，不会让他们为温饱问题所困扰。所有那些关于学校和关于愚昧的空谈，无非是为了减轻自己良心上的折磨罢了，因为他们既然有了五千或者上万俄亩土地，却又对民众漠不关心，就会自己也感到可耻。你瞧，那些女士们一提起涅什阿波夫医生，就说他心肠好，开办了一所工厂附属学校。是啊，学校是用工厂的旧砖瓦块建起来的，总共花了那么八百卢布，每当学校纪念活动开始时，就为他唱《长寿》歌祝福，可是你瞧，不消说，他决不会把自己的股份分给他们，更不用说，他脑子里根本没有想过，农民们跟他一样，同样是人，他们也需要在大学里深造，而不仅仅是在这种可怜的工厂学校里念书。

此时薇拉感到，心头涌上了对自己也对所有人的愤恨。她又拿起一本书，想看下去，可是没过多久便又坐起来，沉思默想。做医生如何？可为此得先通过拉丁文考试才行，更何况她对尸体和疾病有一种无法克服的厌恶。要是能做一名机械师、审判员、船长、学者，要是能做一种可以使出自己的全部体力和精力的事情，让自己累得筋疲力尽，到了夜晚便可沉睡入梦，倒也不错；要是能把自己的生活贡献给某种事业，使自己成为一个有生存价值的人，并使有生存价值的人们喜欢，心有所爱，拥有自己的一个真正的家，该有多好……可是做什么呢？从哪儿开始呢？

那是在大斋期间的一个礼拜天，达莎姑姑一清早就走进她的房间，为的是取一把伞。薇拉正双手抱头坐在床上，陷入了沉思。

“宝贝儿，你倒是应该坐车上教堂去，”姑姑说，“否则人家会以为你不信教呢。”

薇拉没有应声。

“我看你是闷得慌，可怜的孩子，”姑姑一面在床前跪下，一面说；她疼爱薇拉，“说实话，你是不是感到寂寞？”

“是的，闷得慌。”

“美人儿，我的皇后，我是你最听话的奴隶，我只希望你幸福，什么都好……你说说，你为什么不愿意嫁给涅什阿波夫？孩子，你还要挑个什么样的人呢？对不起，亲爱的，可不能这么挑来挑去的，我们毕竟不是公爵啊……日子一天天过去，你也不是只有十七岁……我可真不明白！他爱你，把你当作神来崇拜！”

“唉，天哪，”薇拉懊恼地说，“可我怎么会知道呢？他总是默不作声，从不开口。”

“他怕难为情，宝贝儿……担心你会回绝他！”

后来，她姑姑已经离开了，薇拉站在自己房间里拿不定主意，不知自己是该穿衣服还是再躺下。老躺在床上的确腻味得很，可看看窗外——那里尽是光秃秃的树，灰白的雪，讨厌的寒鸦，再就是迟早会被爷爷吃掉的猪……

“的确，”她想，“或许应该嫁人！”

3

两天来姑姑总是心神不定地走来走去，眼泪汪汪，脸上扑了浓粉，吃饭的时候总是叹气，时不时看一眼圣像。她的苦楚到底是由于什么，那就闹不清了。不过最终她还是下决心走进薇拉的房间，仿佛是随便聊天似的说道：

“说起来是这么回事，孩子，该去银行付贷款利息了，可佃户至今还没缴租子。让我从你爸爸留给你的一万五里取出点来垫上好了。”

之后姑姑一整天都在花园里熬樱桃果酱。脸腮热得绯红的阿辽娜忙个不停，一会儿跑进花园，一会儿跑回屋里，一会儿跑到地窖里去。姑姑熬果酱的时候，脸色总是十分严肃，仿佛她在举行宗教仪式，短袖子露出她那结实有力、独断专行的小胳膊，女仆则总是忙得跑来跑去，围着这永远也吃不到嘴的果酱打转转，每当这种时刻，内心便会感到一种痛苦的折磨……

花园里洋溢着热樱桃果酱的香味。太阳已经落了下去，火炉已被搬走，而空气中依然滞留着这种好闻的甜香气味。薇拉坐在凳子上，看一个新雇来的工人怎样干活，那工人是个过路的年轻士兵，此时他正在按照她的吩咐修一条小径。他用铁锹铲草根，将其甩到手推车上。

“你当兵的那个部队是驻扎在什么地方？”薇拉问他。

“在别尔江斯克。”

“现在你这是要去哪儿？回家吗？”

“不，不是，”工人回答说，“我没有家。”

“那你是生在什么地方，在哪儿长大的？”

“在奥廖尔省。当兵之前，我跟妈妈在一起，住在后爹家里，妈妈是家庭主妇，大家都尊重她，也有我吃的饭。可是我在部队里的时候，收到了一封信：母亲去世了……现在我也不怎么想回家。爹不是亲的，不消说，家也是别人的。”

“而你的亲爹死了吗？”

“这我可不知道。我是私生子。”

就在这时，姑姑从窗口探出头来说：

“不要跟雇来的下人交谈……你就到厨房去吧，伙计，”她对士兵说，“你在那儿讲好了。”

而在这之后，像昨天和往常一样，吃晚饭，看书，失眠之夜，再就是没完没了反复思考的老问题。到三点钟的时候，太阳升起，阿辽娜已经在走廊里忙活起来，薇拉却还没有睡觉，一门心思在看书。传来了手推车的吱嘎声：这是新雇来的工人去到了花园里……薇拉拿着一本书坐在敞开的窗口那里，睡眼蒙眬地瞧着士兵怎样为她铲修小径，这使她颇感兴趣。小径平坦，像皮带似的光光溜溜，她欣悦地想象小径铺上黄沙之后会是什么样子。

大约五点多钟的时候，她姑姑从房子里走出来，身上穿着玫瑰色的睡袍，头发上夹着一些卷发纸。她在台阶上默默地站着，大约有三分钟，然后便对士兵说：

“上帝保佑你，带上自己的护照，走吧。我这里不可能留用什么私生的人。”

一种沉重的、折磨人的感觉像石头一样压在薇拉胸口上。她愤怒满腔，恨透了姑姑，她姑姑简直使她感到心烦，让她觉得讨厌……然而，她能怎么办呢？打断她的话吗？顶撞她几句吗？可那有什么用呢？试想，当真跟她斗一场，让她靠边站了，没法再做坏事，就算能够做到这样，让爷爷不再晃动着手杖威胁别人，可那又有什么用呢？这无异于像是在一望无际的草原上打死了一只土鼠或者一条蛇。辽阔无垠的原野，漫长的冬天，单调而又无聊的生活，仿佛都令人意识到自身的无能为力，局面让人觉得毫无希望，所以什么事情都不想去做，——一切都毫无意义。

阿辽娜走进来，向薇拉深深地鞠了一躬之后，便开始往外面搬扶手椅，打算拍掉椅子上的灰尘。

“你倒是找了个合适的时间来收拾屋子，”薇拉恼火地说，“离开这儿！”

阿辽娜不知所措，吓得弄不明白到底要她做什么，于是她就匆匆地收拾五斗橱顶上的东西。

“是让你离开这儿！”薇拉喊道，手脚变得冰凉了；以前她可从未感受到这种无名之火，“出去！”

阿辽娜发出一声像鸟语似的呻吟，而且把橱柜上的金表掉到了地毯上。

“滚出去！”薇拉吼了起来，嗓音都变了，全身发抖地站起来，“赶她出去，她简直是在折磨我！”薇拉接着说，紧追在阿辽娜后边，在走廊里跺脚，“滚！抽她！揍她！”

可是后来她突然清醒了过来，就头也不梳，脸也不洗，还像刚才那样穿着睡衣和拖鞋，慌忙从房子里飞奔出去。她跑到自己所熟悉的那个峡谷，藏在那儿的荆棘丛中，为的是不看见任何人，也免得别人看见自己。她动也不动地躺在那里的草地上，既没有哭，也没感到恐惧，而只是凝视着天空，眼睛眨也不眨，冷静而清醒地思忖着刚才所发生的那件她一辈子也不能原谅自己和不应忘记的事。

“这可不行，够了，够了！”她想，“该是自己拿定主意的时候了，否则会没完没了……够了！”

涅什阿波夫医生坐车到庄园里去，中午的时候经过峡谷。她看见了他，马上就作出了决定，要开始过新的生活，要迫使自己去这样做，而且，这一决定使她的心安了下来。在目送着医生那匀称的身影的同时，她似乎是想缓和一下自己那项决定的严厉性，随即说道：

“他是个仪表堂堂的人……跟他在一起总还能过日子。”

她返回家中。正当她在穿衣服的时候，达莎姑姑走进房间，说道：

“阿辽娜打扰了你，宝贝儿，我已经打发她回去了。回到村里，她母亲狠狠地打了她一顿，还到这里来过，哭了一场……”

“姑姑，”薇拉急忙说，“我要嫁给涅什阿波夫医生。只是得您去跟他说……我自己不能……”

于是，她又去到田野上了。她漫无目的地走着，下定了决心，等到出嫁之后便开始管理家里的一切，也给人治病和教书，凡是周围别的女人所做的事情自己也都去做；而这种对自己和对别人的经常性的不满，这只要回顾自己的过去眼前便会浮现出那堆积如山的一系列粗暴的过错，她将看作是自己命中注定的真正的生活，而且不再奢望更优越的……要知道，更优越的生活也不会有！无限美好的大自然、幻想和音乐是一回事，而现实生活则是另一回事。显然，幸福与真理存在于生活之外……人本不应该生活，而应该跟这富饶的、像永恒一样广阔无垠而又淡漠的草原及其鲜花、丘冈和远方融合在一起，那么一来也就诸事如意了……

一个月以后薇拉便住在工厂里了。

佩彻涅格人

退休的哥萨克军官伊万·阿勃拉梅奇·日木欣，当年在高加索军中服役，而现在住在自己村庄里，当年是个又结实又有力气的小伙子，可如今是个腰弯背驼的干瘪老头子，眉毛很浓，灰胡子有点泛绿，——此时他似乎是在炎热的夏天从城里返回自己的村庄。在城里他已经斋戒过，并且在公证人那里写好了遗嘱（大约两个礼拜以前他有过一次轻微的中风），现在他身在火车车厢里，一路上脑海里无时不翻腾着有关死期已近、尘世空虚和世间万物易逝这样一些严肃而又令人伤感的思绪。车到普罗瓦利耶站时（顿涅茨铁路线上的确有这么一个车站），一位胖乎乎的、浅棕色头发的中年绅士，提着自己那破旧的手提包走进车厢，在对面的座位上坐下。于是他们就攀谈起来。

“是的，先生，”伊万·阿勃拉梅奇说，若有所思地望着车窗外面，“什么时候结婚都不会算是太晚。我本人是在四十八岁时结婚的，人们说——太晚了，可事实上既不算太晚，也不算太早，只不过还是根本不结婚为最好。可说任何人都会很快就厌倦自己的老婆，只不过并非每个人都肯实说，因为，您知道不，家庭生活的不幸会使人感到丢脸，所以尽量加以掩盖。有的人在老婆身边的时候，口口声声‘玛尼亚，玛尼亚’，可就其内心来说，他巴不得把这个玛尼亚装进麻袋沉到水里去。跟老婆呆在一起会乏味得很，可说是愚蠢透顶。我还敢冒昧地对您说，跟子女在一起也好不了多少。我有两个孩子，都是混蛋。在这草原上，没有地方可以让他们去受教育，要送他们去新车尔卡斯克上学吧——我又没有钱，所以他们就那么无法无天地活着，简直像两条狼崽子。照这样下去，他们还真会拦路杀人呢。”

浅棕色头发的绅士洗耳恭听，答话时声音较低也很简短，看样子他是一个沉静、性情谦虚的人。他说他是人家的代理人，这回是去纠耶夫卡村办点事。

“可这离我那儿有十俄里远呢，我的老天爷呀！”日木欣说，那语气仿佛是在跟他辩论，“您听我说，这会儿您在车站上甭想还能雇到马车。依我看，对您来说最好的办法是，您知道不，先到我那儿去，在我家住一宿，您知道不，第二天早上您坐我的马车，顺顺当当地上路。”

那代理人想了想，表示同意。

他们到站的时候，草原上空的太阳已经很低了。从车站到村庄的一路上他们都默默不语：马车颠簸，妨碍说话。四轮马车蹦上跳下，吱吱嘎嘎，似乎这蹦跳使它疼痛难忍，因而嚎啕大哭。那代理人坐在那里很不舒服，心情忧郁地望着前方：巴望看得见村庄。他们的马车大约驶过八俄里，远处的一座低矮的房屋和院落依稀可辨，院子的四周是由黑糊糊的石板构成的围墙；房屋的顶盖是绿色的，灰泥已经剥落，窗子则十分狭小，酷似眯缝起来的眼睛。村庄坐落在阳光中，周围既不见有水，也不见有树木。邻村的地主和农民管它叫做“佩彻涅格村”。多年以前，一位土地测量员路过这里，在村里住了一宿，跟伊万·阿勃拉梅奇聊了个通宵，得出的印象不怎么样，第二天早晨临上车的时候板着个脸对他说：“您，先生，是个佩彻涅格人！”从那时起，“佩彻涅格村”便由此而得名并流传开来，打从日木欣的孩子们长大了，开始到邻居家的菜园和果园偷瓜摸果的时候，这个绰号便更深地扎在人们的记忆里了。伊万·阿勃拉梅奇本人则被叫做“您知道不”，因为他通常总是唠叨个没完，翻来覆去地说“您知道不”这个词。

在院子里，日木欣的两个儿子站在板棚旁边：一个大约十九岁，另一个是个半大小子，两个都赤着脚，光着头；马车驶进院子的时候，正碰上这样一幕——小的那个把一只母鸡往空中高高地抛起，母鸡咕嗒咕嗒地叫着，飞着，在空中画着弧线；大的那个朝它放了一枪，于是，被打死的这个鸡便掉到了地上。

“这是我的儿子在练习打飞禽。”日木欣说。

在住处，一个脸色苍白、还算年轻漂亮的瘦小女人迎接了他们；根据衣着来看，她倒使人觉得像个仆人。

“让我介绍一下，这是——”日木欣说，“我的小崽子的母亲。喂，柳博芙·奥西波芙娜，”他转向她，“孩子他娘，快去弄点吃的来，款待一下我们的客人。权作吃晚饭吧！快点！”

这所房子由两半边组成：左半边是“客厅”，它的旁边是老日木欣的卧室——两个房间都通风不好，天花板很低，有许多苍蝇和黄蜂；另半边则是厨房，做饭、洗衣服、工人吃饭都在这里；母鹅和吐绶鸡就是在这里的长凳底下孵蛋，而柳博芙·奥西波芙娜和她两个儿子的床也在这里。客厅里的家具没上油漆，不消说，那是木匠粗制滥造的；墙上挂着猎枪、猎物袋、马鞭子，所有这些破烂玩意儿早就锈蚀不堪，而且由于陈年积垢，显得灰不溜秋。见不到一张画，屋角那里有一块颜色灰暗的木头板儿，过去它曾经被作为圣像摆着。

一个年轻的乌克兰女人铺好了饭桌，送上火腿肉，然后是红甜菜汤。客人谢绝了伏特加酒，只吃面包和腌酸黄瓜。

“吃点火腿肉怎么样？”日木欣问道。

“谢谢，我不吃，”客人回答说，“肉，我一点也不吃。”

“那是为什么呢？”

“我是个素食主义者。杀害动物——这完全违背我的信仰。”

日木欣想了一会儿，之后叹了口气，慢吞吞地说：

“是的……是这么回事……我在城里也曾见到过一个不吃肉的人。现在时兴这样的信仰。怎么啦？这挺好。不能老是那么打猎，杀害动物，您知道不，总该有那么一天安静下来，让野畜也不再提心吊胆。杀生简直是罪孽，有什么好说的呢，那是罪孽啊。有时打到一只野兔，伤了它的腿，而它就叫唤起来，跟孩子哭似的。这就是说，它疼得受不了！”

“当然会感到疼痛。动物跟人一样，都会有痛苦的感觉。”

“这话很对，”日木欣表示同意，“这我完全了解，”他若有所思地继续说，“只有一点，坦白地说，我怎么也弄不明白：比如说，您知道不，要是人们都不吃肉了，那么所有的家禽家畜，例如鸡啦鹅啦，又有什么用呢？”

“鸡也好，鹅也好，都会像野禽一样自由自在地活着。”

“现在我开窍了。的确，乌鸦和寒鸦岂不用不着我们来管？是的……鸡也罢，鹅也罢，兔子啦，绵羊啦，全都会自由自在地生活着，十分开心，您知道不，它们还会赞美上帝，用不着害怕我们。和谐与安宁便会到来。只是，您知道不，有一点我怎么也弄不明白，”日木欣瞧了瞧火腿肉，继续说，“养的猪怎么办呢？怎么处理呢？”

“猪也跟所有的家畜一样，就是说，它们也将自由自在地生活着。”

“不错。原来如此。不过，请允许我说，要是不宰杀它们，那它们就会越来越多地繁殖起来，您知道不，那时草场也好，菜园子也罢，全都要遭殃了。要知道，猪这种东西，要是给它们自由，一点也不管，那么，只要一天的工夫，就会把您的一切都给毁了。猪就是猪，管它叫猪不是没缘由的……”

他们吃完了晚饭。日木欣从桌旁站起来，在房间里踱来踱去，唠唠叨叨地说了很久……他喜欢谈点重要的和严肃的事情，喜欢思考问题；而且渴望晚年能有个依靠，安安稳稳，不至于死时那么凄惨。他希望自己性情温和、内心平静、充满信心，就像这位客人那样——瞧他，用面包和酸黄瓜填饱了肚皮，而且认为这样也就心满意足了；瞧他坐在大木箱上，胖乎乎的，挺健康，不声不响、很有耐性地度着无聊的时光，不消说，要是在昏暗中有人从门口看他一眼，必会认为他像一块大石头，甭想把他从座位上推开。人要是在生活中能有个依靠，那他必定会感到心里踏实。

日木欣走出了门口，来到台阶上，随后可以听得见他的叹气声和自言自语“是啊……是这么回事”。已是暮色四合，天空中这儿那儿出现了星星。房间里也都还没有点灯。有人像影子似的无声无息地走进客厅，在门边停住了脚步。此人便是柳博芙·奥西波芙娜，日木欣的妻子。

“您是从城里来的吧？”她怯生生地问道，眼睛没有望着客人。

“是的，我住在城里。”

“兴许您是个有学问的人，先生，劳您的驾，教我们想想办法吧。照理我们该递个呈子上去。”

“递到哪儿？”客人问。

“我们有两个儿子，先生，早就应该送他们去上学了，可是我们这里没有人来，连个商量的人也没有。而我呢，又什么也不懂。要是不叫他们去念书，那就会像普通哥萨克人那样，被征去当兵。这可不好，先生！孩子没有文化，还不如庄稼人，就连伊万·阿勃拉梅奇也看不惯他们，不让他们进出房间。难道说那是他们的过错吗？哪怕把那个小的送去念书也好，真的，否则太可惜了！”她慢条斯理地说，声音有点发颤；一个如此娇小而又年轻的女人竟然有了成年的孩子，似乎让人不敢相信，“唉，真是太可惜了！”

“你什么也不懂，孩子他娘，这也不关你什么事，”日木欣出现在门口，说道，“别拿自己的那些愚昧的想法去纠缠我们的客人。出去吧，孩子他娘！”

柳博芙·奥西波芙娜往外走，在门口又声音很尖地说了一遍：

“唉，真是太可惜了！”

在客厅的沙发上铺了被褥，作为客人的床，而且，为了不使客人摸黑，主人点起了圣像前的油灯。日木欣躺在自己的卧室里。此时，躺在床上的他，想到了自己的灵魂、暮年和前不久的那次中风，这病可真使他受惊不小，至今都使他想到死亡。每逢独自呆着，安安静静的时候，他总喜欢推究一些哲理，此时也就会觉得自己是个堂堂正正的、思想深刻的人，而且，在这个世界上只有很重要的问题才能引起他的兴趣。此刻他正是一直在想，渴望思索出一个与众不同的、颇有意义的思想，以便让它作为生活中的指导原则，也一心要为自己想出一些原则来，以便让自己的生活有如他本人那样堂堂正正和思想深刻。能戒绝肉食和各种多余的吃食，对他这样一个老头子来说，岂不很好。世人不互相残杀，也不杀害动物的时代，迟早会到来的，必然会到来，他暗自想象着这样的时代，栩栩如生地看到自己跟所有的动物和睦相处，正在这时，他忽然又想起了猪，于是头脑里的一切都混淆在一起了。

“说来话长啊，上帝保佑。”他喃喃地说，深深地叹气，“您睡着啦？”他问。

“没有。”

日木欣从被窝里爬起来，下了床，身上只穿一件衬衫站在房门口，把自己那青筋凸起、有如木棒似的两条干枯的腿露出来给客人看。

“就拿现在来说吧，您知道不，”他拉开了话匣子，“什么电报啦，电话啦，五花八门，一句话，各种各样的奇迹都出现了，可是人却不见得比过去好。都说三四十年以前，在我们那个时代，人们粗鲁、残忍；可现在岂不还是那样？的确，在我们那个时代没那么多礼貌。我记得，那是在高加索，我们驻扎在一条小河旁边，整整四个月无所事事，——当时我还只是一个军士，——其间发生过一段故事，还真跟爱情有点关系。就在那条小河的河岸上，您知道不，在我们扎营的那个地方，葬着不久以前被我们杀死的一个小部落的头头。每天晚上，您知道不，一个寡妇——那头头的老婆都到他的坟头上来哭。她那尖声尖气的哭声，她那拖声拖气的叹息，搅得我们郁闷得很，怎么也睡不着觉。一整夜我们睡不着，第二夜也睡不着；这么一来，我们心烦了。按正常的思维来说，事实上不睡觉是不行的，况且鬼才知道睡不着的原因是什么（恕我这样说话）。我们把那个头头的老婆抓来了，用鞭子狠狠地抽了一顿，从此她就不再去哭坟了。您瞧瞧。如今呢，不消说，人们跟过去不一样了，不再用鞭子抽人，日子过得不那么肮脏，科学有了更多的发展，可是，您知道不，灵魂深处还是那样，一点儿没变。就说这里吧，不知您看见了没有，我们这地方住着一个地主。他有不少矿场，您知道不。各种各样无处安身的流浪汉、没有护照的人在他那里做工。每到礼拜六就应该结账，付钱给工人们，可他根本不想给钱，您知道不，舍不得给钱。于是他就雇了个管家，那人也是流浪汉出身，尽管头上戴了顶帽子。'你听着，别给他们钱，一个戈比也别给；他们将会打你，你就让他们打好了，听着，你就忍着点，为挨打我每个礼拜六付给你十个卢布。'就这样，到了礼拜六的晚上，工人们照例来算工钱;管家对他们说：'没钱！'果然，主人的话一点也不错，开始骂起来，动起了拳头……他们打他，打得挺狠，拳脚交加，您知道不，人们似乎由于饥饿而变得野蛮得很，把他打得不省人事，之后也就各走各的了。主人吩咐给管家头上泼凉水，之后把十个卢布塞在他牙缝里，而他就那么收下了，还挺高兴，因为实际上甭说是十卢布，即使是为了三个卢布他也肯去受刑。您瞧……而到礼拜一就会有一帮新的工人来干活；他们来了，因为在别处也根本找不到工作……到了礼拜六，故技重演，又来一遍……"

客人翻了个身，侧身面向沙发靠背躺着，嘴里含含糊糊地说了句什么。

"可是您瞧，还有另一个例子，"日木欣继续说，"这地方不知为什么还闹过西伯利亚瘟疫，您知道不；这么对您说吧，牲口像苍蝇那样纷纷死去，兽医也来检查过，下达过严格的命令，叫把死牲口深埋在远处的地里，上面撒上石灰等等，您知道不，这依据的是科学道理。我的马也死了。我极其小心地把它埋了，盖在死马身上的石灰就有十普特。后来您猜怎么了？我的那两条好汉，您知道不，两个可爱的小崽子，夜里把死马挖了出来，剥了皮，拿去卖了三个卢布。您瞧瞧。这就是说，人并没变好，也就是说，不管你怎样给狼东西吃，它还是向往森林。您瞧，就是这么回事。这岂不发人深思！您说呢？是不是这样？”

在房间有窗户的那面，透过百叶窗的缝隙闪电发出耀眼的光亮。暴风雨到来之前令人感到窒息，蚊子叮人，日木欣躺在那里思考问题，唉声叹气，自言自语：“是的……是这么回事。”可怎么也无法入睡。很远很远的地方传来隆隆的雷声。

“您睡着了吗？”

“没有。”客人回答。

日木欣起来，穿过客厅走出房门，到厨房里去喝水，脚跟把地板踩得咚咚直响。

“世上最糟糕的，您知道不，莫过于愚蠢。”没过多久，他端着个长柄勺回来时说道，“我的柳博芙·奥西波芙娜会双腿跪在那里祷告上帝呢。每天晚上她都祷告，您知道不，扑通一声跪下，首先祷告的是，要让儿子能够上学；她担心两个儿子会像普通哥萨克青年那样去当兵，那他们在战场上脊背横竖要遭马刀劈砍。可要去上学，就得有钱，而钱从哪儿来呢？哪怕叩头，脑门子把地板碰破，没钱仍然还是没钱。其次，她之所以祷告是因为，您知道不，每个女人都认为世上没有比她本人再不幸的人了。我为人坦率，什么事情都不想对您隐瞒。她出身于穷苦人家，是神甫的女儿，可说属于僧侣阶层；她十七岁的时候我娶她过门，他们之所以让她嫁给我，主要是因为她家里揭不开锅，穷得叮当响，而我呢，不管怎么说，您瞧，有点地，有点产业，唉，说起来毕竟是个军官；对她来说，嫁给我是令人羡慕的，您知道不。嫁过来的头一天她就哭，后来的二十年中也一直哭——总是泪眼汪汪的。她成天坐在那里想啊想心事。可她究竟想什么呢？女人能想什么呢？可说什么也没想。坦白地说，我根本不把女人当人看。”

客人猛然翻身，坐了起来。

“对不起，我感到心里堵得慌，”他说，“我得出去一下。”

日木欣还在谈论女人，在门口他拉开门闩，于是两个人一起走了出去。此时正好院子的上空有一轮明月在浮游，月光下房屋、木棚似乎都显得比白天时更白；草地上黑影中伸展着几条鲜明的光带，也是白色的。右边，看得见远处是草原，星星在草原上空静静地闪烁——一切都是那么神秘，那么遥远，望过去酷似一个无底深渊；而左边，草原的上空，像煤烟那么黑的乌云一层叠一层地倾压下来；乌云的边沿被月光照亮，仿佛那边是白雪覆盖着巅峰的群山，还有晦暗的森林和海洋；电光闪闪，传来微微的雷声，仿佛深山里正在进行激战……

庄园边上有一只小小的猫头鹰在单调地叫着：“我正睡觉！我正睡觉！”

“现在几点钟啦？”客人问道。

“一点多一点。”

“离天亮可真还远着哪！”

他们回到屋子里，又躺了下来。按说该睡觉了，通常在下雨之前人们会睡得十分香甜，然而这老头子却一味地要思考严肃而重要的问题；他不只是一般地想想事，而且要广泛深入地联想和思考。此时他正在想，临死之前，为了自己的灵魂得到慰藉，能够中止这种不知不觉和不留痕迹地吞食一天又一天、一年又一年的闲散该有多好；何不为自己想出一件能够创造功勋的事情来，比如说，哪怕徒步去到很远很远的什么地方，就像这个年轻人那样戒绝肉食也好。他又想象着动物不被宰杀的那个时代，想象得清清楚楚，栩栩如生，仿佛他本人就经历过那个时代；可猛然间，头脑里的一切又乱作一团了，一切都模糊不清了。

雷雨已经过去，然而乌云还拖着尾巴，雨在下，轻轻地敲着房顶。日木欣坐起来，哎哟哎哟地伸了伸腰，这老头子瞧了瞧客厅。

发现客人还没睡着，他便说道：

“当年我们在高加索的时候，您知道不，有一位上校也是素食主义者。他不吃肉，从未打过猎，连自己的部下钓鱼他都不允许。当然，我能理解。所有的动物都应该自由自在地生活，拥有生的权利；只是我不明白，猪怎么能随便乱闯，不被人管束……”

客人起来了，坐在那里。他那憔悴而又苍白的脸反映出他的疲劳和烦恼，显而易见，他已疲惫不堪，只是因为性情温和、心地宽容，他才没有直接说出自己的烦恼。

“天已经蒙蒙亮了，”他温和地说，“请您吩咐人给我备马吧。”

“那怎么行？等一等吧，雨会停的。”

“不，我请求您，”客人恳求地说，有点惶恐，“我必须马上就动身。”

于是他就急匆匆地穿衣服。

给他把马备好了的时候，太阳已经升起来了。雨刚刚停，云块飞快地跑，天空中蔚蓝的间隙越来越大。天底下的水洼上怯生生地映射着初生的阳光。客人提着自己的手提包走出房门去上车，可正在这时，日木欣那眼泪汪汪、脸色似乎比昨天更为苍白的妻子，聚精会神地望着他，眼睛眨也不眨，一副纯洁少女的表情，从她那痛苦的面孔上可以看出，她羡慕他的自由，——啊，如果她本人能离开这个地方，那她该会多么高兴！——她还想对他说点什么，大概是关于孩子的事，求他出出主意吧。一个多么可怜的女人！这哪是妻子，哪是女主人，甚至连女仆也称不上，倒更像是个寄人篱下的人，乞妇，谁也不愿来往的穷亲戚，没人看在眼里的人……她的丈夫，无事瞎忙，话说个没完，总是跑到前面去送客人，而她呢，一直是怯生生地、有什么过错似的畏缩在墙边，等候合适的时刻好说说话。

“下次我们请您再来！”老头子反反复复地说，“我们有什么，就请您吃什么，您知道不！”

客人匆匆地上了马车，看得出，总算是舒了口气，可又十分担心，仿佛马上又会被留住似的。马车像昨天那样颠簸，吱吱嘎嘎，拴在车后的那个水桶发出了声嘶力竭的碰撞声响。客人带着一种特殊的表情回过头去看了看日木欣；似乎是他要像当初那个土地测量员那样叫他一声佩彻涅格人或者别的什么绰号，然而，温和的性情使他控制住了自己，结果什么也没有说。可是到了大门口，他忽然忍不住了，踮了踮脚尖，怒冲冲地喊道：

"您可真让我厌烦！"

说完，他便消逝在大门外了。

日木欣的两个儿子站在板棚的旁边：大的那个手里端着枪，小的则两手抓着一只冠子鲜红的灰色公鸡。这小儿子竭尽全力把公鸡抛起来，那鸡飞得比房顶还高，接着就像鸽子那样在空中翻了个身；大儿子放了一枪，于是公鸡就像石头似的掉了下来。

老头儿十分尴尬，不知该怎样解释客人那奇异的、出乎意料的话，他迈着迟缓的步子走进房子里去。他在桌旁坐下之后，就久久地思考当代智慧发展的倾向，思考普遍的道德堕落，思考有关电报、电话、自行车，思考这些东西是多么没有必要的问题，想着想着便渐渐平静了下来，随后还不慌不忙地吃了点东西，喝了五杯茶，躺下睡觉了。

乘坐在大车上

上午八点半钟的时候，他们坐车出了城。

大道已经干了，四月的艳阳照得暖融融的，可是水沟里和森林里依然留有积雪。晦暗、严酷而又漫长的冬天仿佛前几天还没有离去，春天却突然来了，但对此刻坐在大车上的玛利亚·瓦西里耶芙娜来说，却感觉不出任何新鲜而有趣的地方，无论是和煦的天气，还是受春天气息的温暖而变得睡眼惺忪的透明的树林，无论是在田野上湖泊似的那些大水洼的上空飞过的黑压压的鸟群，还是这深邃、美妙，似乎令人欣然遨游的天空。算来她已经当了十三年女教师了，在这些年中她从乡下坐车进城去取过多少回薪水，那是数不清了；无论是像现在这样的春天，还是秋雨绵绵的黄昏，或者冬天，对她来说全都无所谓，她所渴望的总是只有一点：尽快到达自己所要去的地方。

她有这样一种感觉，似乎在这穷乡僻壤住了很久很久，上百年了，她觉得从城里到自己所任教的学校，那一路上的每块石头、每一棵树，她都熟悉。这里既包括她的过去，也意味着她的现在，至于将来，她也想象不出还会有什么改变，无非是学校、进城的路、归程，之后又是学校，又是赶路……

关于她做女教师以前的往事，她已经不习惯于回忆了——差不多全都忘记了。当年她的父亲和母亲都还健在，住在莫斯科，靠近大红门地段的一所宽敞的住宅里，然而，那一时期的全部生活在记忆里留存下来的只是一种朦朦胧胧、飘忽不定的东西，像梦一样。她十岁的时候，父亲死了，随后，母亲很快也去世了……她哥哥是个军官，起初他们还相互通信，后来她哥哥不再给她回信，渐渐失去了联系。过去的东西，只有母亲的一张照片保存了下来，可是由于校舍潮湿，照片变暗淡了，如今除了眉毛和头发，什么也看不清楚了。

他们的大车驶出约三俄里的时候，赶车的老汉谢苗转过脸来说：

"城里嘛，有一个官儿被抓起来啦。把他押走了。传说他在莫斯科跟几个德国人一起杀害过市长阿列克谢耶夫。"

"这是谁对你说的？"

"在伊万·约诺夫的小饭馆里，人们从报纸上看到的。"

于是他们又沉默了很久。玛利亚·瓦西里耶芙娜在想她的学校，在想即将到来的考试，而她要推荐四个男生和一个女生去应试。正在她想有关考试的时候，一辆四套马车从后面追了上来，车上坐着地主哈诺夫，正是去年在她学校里主持过考试的那个人。两车驶到并排的时候，他认出了她，并且点头致意。

"您好！"他说，"您可能是坐车回家吧？"

这个哈诺夫是个四十岁左右的男子，面部表情没精打采，十分憔悴，他已经明显开始变得老相，但依然颇有风度，讨女人喜欢。他住在自己那规模挺大的庄园里，独自一人，没在任何地方就职。人们谈起他的时候，总说他在家里什么事情也不做，而只是在房间里走来走去，踱着方步，打着口哨，要不就是跟自己的老仆人下棋。人们还说他喝好多酒。事实的确如此，去年考试的时候，甚至他随身带来的那些试卷也散发着酒味和香水味。当时，他浑身上下都是挺新的衣服，玛利亚·瓦西里耶芙娜觉得他很可爱，而且，坐在他旁边的那一时刻，她一直手足无措，感到窘迫。她习惯于看到的是威严的、审慎的主考人，可这个人连一句祈祷词也记不起来，也不知道该提问什么问题，客气和斯文到了极点，判起卷子来一律给打五分。

"而我是要到巴克维斯特那里去，"他继续对玛利亚·瓦西里耶芙娜说，"可是，听说他不在家吧？"

他们离开大道，拐到通往村子的一条小路上去：哈诺夫在前，谢苗跟在后面。四匹马顺着路走，走得很慢，用力把马车拖出泥泞。谢苗躲闪着走，一会儿把大车赶到路的这边凸起来的地方，一会儿把大车赶到水洼那里，还常常跳下大车帮马拉车。玛利亚·瓦西里耶芙娜还是在沉思，想着学校里的事，想着考试时主考人会提什么问题——是比较难答的题还是比较容易答的。还使她烦恼的是地方管理局，昨天她到那里去了一趟，可是一个人也没找到。可真够混乱的了！已经有两年的时间了，她一直请求解雇那个看守人，因为他什么事也不做，态度粗暴蛮横，还打学生，可谁也不听她的，没人理。到管理局去很难找到主席，即使找到了，他也总是眼泪汪汪地诉说，他一点时间也抽不出来；学监到学校里来，那也是三年来一趟，而且对学校的事他一窍不通，因为先前他是在消费税局任职，后来托了人情才谋得学监的位置；校务会议呢，更是难得召开，而且谁也不清楚，究竟在什么地方召开；督学则是一个认不了几个大字的农民，皮革作坊的主人，笨头笨脑又很粗暴，跟看守人有莫逆之交。——所以说，天知道该找谁去诉说，该向谁去请示……

"他的确算得上是漂亮。"她瞧了哈诺夫一眼，心想。

路泥泞不堪，越来越难走……他们的车子驶进了树林。这会儿车子转不开身了，轮子陷下去很深，溅起污泥浊水，发出微声。带刺的枝条抽打着他们的脸。

“这哪叫路啊？”哈诺夫说，并且笑了起来。

女教师望着他，心里纳闷：这个怪人为什么要住在这地方呢？在这泥泞不堪、烦闷无聊的穷乡僻壤里，他的金钱也好，讨人喜欢的仪表也罢，还有温文尔雅的风度，能给他带来什么呢？在生活中他并没得到任何好处，瞧瞧，还不是跟谢苗一样，赶着马车在这令人讨厌的路上艰难地往前行驶，忍受着同样的困窘和难堪。既然他有条件住在彼得堡，或者到国外去，那又何必住在这地方呢？按理说，像他这样一个有钱的阔人，本该使这条难走的路变成一条好路，免得如此受罪，免得看到堆在他的车夫和谢苗脸上的那种绝望的神情；可是他只是笑笑，而且看来，他一点也不在乎，他不需要什么好的生活。他心地善良，温和而又天真，他不了解这种粗陋的生活，跟他主考时不知道祈祷词是一样的。他为学校所做的事，只是捐了些地球仪，而且真的以为自己作出了贡献，在民众教育方面是个有名人物。然而，谁还需要他的那些地球仪呢！

“抓紧车子，瓦西里耶芙娜！”谢苗说。

大车倾斜得厉害，眼看就要翻了；一包沉甸甸的东西滚到玛利亚·瓦西里耶芙娜的腿上——原来是她自己买的东西。有一道泥土形成的陡坡直通到山顶；一道道弯曲的水沟里，溪流淙淙有声，路好像已被水侵蚀坏了——这怎么还能赶路呢！马匹正喘着粗气。哈诺夫下了马车，沿着路边走，还是那么身穿长大衣。他觉得浑身热燥燥的。

“这算什么路啊？”他说，又笑了起来，“这样下去要不了多久马车就会散了架了。”

“可谁让您在这样的天气坐车出门来着！”谢苗脸色阴沉地说，“就该呆在家里，哪儿也别去。”

“在家里闷得慌，老爷子。我不喜欢没事儿呆在家里。”

在老谢苗身旁，他似乎还身材匀称、精力充沛，但在他的步态

里却有一种不易觉察的东西，暴露出他是一个走下坡路的衰弱的，乃至接近老朽的人了。的确，树林里忽然洋溢着酒的气味。玛利亚·瓦西里耶芙娜害怕了起来，同时也开始可怜起这个莫名其妙地走向老朽的人了，她暗自想道：假如她是他的妻子或者姐妹，那她必定会献出自己的整个人生，为的是把他从毁灭中拯救出来。做他的妻子？可生活竟是这样安排的，你瞧，他一个人住在自己那宽敞的庄园里，她则独自住在僻远的农村，然而不知为什么，哪怕闪过一种念头——想到他跟她会成为亲近的人，平起平坐，似乎也是不近人情的，十分荒唐的。就实质来说，整个生活的安排以及人与人的关系的复杂化，竟然不可思议到如此程度，使你一想到这儿，就会觉得难受，心都快要停止跳动了。

“这真让人纳闷，”她想，“上帝为什么要把美丽、热诚和忧郁而可爱的眼睛赐给软弱、不幸、没用的人呢？为什么它们竟会那么讨人喜欢？”

“我们要在这儿往右拐了，”哈诺夫一边说，一边坐到马车上去，“再见吧！祝你们万事如意！”

于是，她又想起自己教的那些学生，想起考试，想起看守人，想起校务会议；当风儿从右面把渐渐远去的马车的声响送来时，这些思想便同别的思绪交混在一起了。她的心儿渴望静静地想一想美丽的眼睛，想一想爱情，想一想那永远也不会有的幸福……

怎能成为妻子呢？早晨很冷，没有人来生炉子，看守人不知到哪儿去了；天刚亮，学生们就陆陆续续地来了，把雪和污泥也带了进来，闹哄哄的，一切都那么不方便，不舒适。所谓住宅，只有一个小小的房间，同时也是她的厨房。每天，上完了课她就头疼，吃过饭后胃就犯毛病。看守人的工钱以及劈柴钱得她亲自去收，然后把钱交给督学，请求这个脑满肠肥、厚颜无耻的农夫看在上帝的分上给学校送劈柴来。而夜里，她总是梦见考试、农民、雪堆。正是由于这样的生活，她变得苍老了，粗俗了，成为一个不起眼的、消瘦的、动作迟缓的女人，仿佛她是用铅浇铸的；她什么都怕，只要管理局的人或者学校的督学在场，她总是站着，不敢坐下来，哪怕是背后讲到其中的某人时，她也总是用词恭敬，表示尊重。没有谁觉得她可爱，生活就那么寂然流逝，没有温情，没有交谊，没有趣味相投的熟人。在她这种处境里，要是还会爱上了谁，那该是多么可怕啊！

“抓紧车子，瓦西里耶芙娜！”

又是上山的陡坡……

她是因为贫困才去当了女教师的，谈不上什么使命感；的确，她从未想过使命，也未想过为教育事业作贡献，她总是觉得在她的工作中最重要的不是学生本身，也不是教育，而是考试。再说，哪里还有时间去想使命，去想为教育事业作贡献呢？教师也好，勉强糊口的医生、医士也罢，都成天忙忙碌碌，可说根本没有那份闲心去想，他们在为什么理想和民众服务，因为他们的头脑无时无刻不被有关一小块面包、劈柴、泥泞的路、疾病的思绪塞得满满的。生活是艰苦的，枯燥乏味的，只有像玛利亚·瓦西里耶芙娜这样默然不语，像拉大车的马似的才能长久地忍受下去；至于口口声声谈自己的使命，谈为理想服务的那些活跃的、容易冲动的、易受感动的人，很快就会感到厌倦，抛弃自己所从事的事业。

谢苗赶着大车，似乎总想选近路走，选干一些的路，有时走草场，有时走村边房后；可是你瞧，有的地方农民不让通过，有的地方则是神甫的地，没有道儿，那边还有伊万·约诺夫从地主手里买到的一块地，周围已经挖了水沟。这就不得不经常走回头路。

他们到了下戈罗季舍村。在靠近小饭馆、积雪地上留有牲口粪便的地方停着几辆大车：运来了大瓶的浓硫酸。小饭馆里人满为患，全是赶车的马车夫，处处散发着伏特加酒味、烟草味和羊皮袄味。人声嘈杂，带滑轮的门一会儿开一会儿关，砰砰作响。隔壁的小铺子里有人在拉手风琴，声音一刻也不停。玛利亚·瓦西里耶芙娜坐了下来，喝了点茶，而围坐在旁边桌前的是些由于喝茶和饭馆里空气窒闷而直冒热汗的农民，此时他们正在喝伏特加酒和啤酒。

“听我说，库兹玛！”声音嘈杂，七嘴八舌，“那有什么！求上帝保佑吧！伊万·杰缅季耶夫，这我可敢向你保证！亲家，你瞧！”

一个身材矮小、黑胡须的麻子，可说早就喝醉了，忽然因为什么事而惊奇不已，吐字不清地说了些不干不净的话。

“喂，那边在骂什么呀？说你哪！”谢苗怒冲冲地质问，他坐在远处靠边的地方，“难道你没看见这里还有一位小姐！？”

“小姐……”另一个角落里有人油腔滑调地模仿说。

“真是没有脸皮！”

“我们没什么别的意思……”矮子窘迫地说，“对不起。不消说，我们花的是我们的钱，小姐呢，花的是自已的钱……您好！”

“你好！”女教师答道。

“我们的确是打心眼儿里感激您。”

玛利亚·瓦西里耶芙娜尽情地喝茶，她也开始变得像农民那样满脸通红了，此时她又陷入了沉思，想起劈柴，想起看守人……

“别说了，亲家！”从旁边饭桌上传来说话声，“这就是维亚卓夫耶村的女老师……我们认得她！是个好小姐。”

“是位高贵的小姐！”

带滑轮的门总是砰砰作响，一些人进来，一些人出去。玛利亚·瓦西里耶芙娜坐在那里，脑子里还是在想那些事情，隔壁拉手风琴的那人依然在拉，拉个不停。阳光的光点本来投在地板上，后来移到柜台上，移到墙上，乃至完全消逝了；这就是说，从太阳的倾斜来看，早已是下午了。邻桌的农民们准备上路了。矮子有点摇摇晃晃地走到玛利亚·瓦西里耶芙娜面前，友好地向她伸出了手；看他这样做，别的人也相继把手伸给她握别，那带滑轮的门吱嘎作响地开关了九次。

“瓦西里耶芙娜，准备走吧！”谢苗打了个招呼说。

他们上路了。大车还是那么缓缓地前进。

“还是不久以前，在这儿，在下戈罗季舍村，他们建了学校，”谢苗转过脸来说，“真是罪过啊！”

"到底怎么了？"

"听说管理局的头头往腰包里揣了一千卢布，督学也揣了一千，还有个老师揣了五百。"

"可整所学校才值一千。背后说人家坏话可不好，老爹。这全都是胡说。"

"我不知道……外面那么传的，我说说罢了。"

不过，显而易见，谢苗并不相信女教师的话。农民们不相信她；他们总是觉得她的薪水数目很大——每月有二十一个卢布之多（有五个卢布也就够了），而且，她向学生们所收取的劈柴钱和看守人的工钱，大概大部分都自己留下了。督学也跟农民们的想法一样，他自己就常常从劈柴钱里捞点好处，而且瞒着上司以督学的身份向农民们要赏钱。

谢天谢地，总算走完了林中之路，现在，直到维亚卓夫耶村都净是平原了。剩下的路也不远了：过一条河，然后再穿过铁路，再往前便是维亚卓夫耶村了。

"你这是把车赶到哪儿去呀？"玛利亚·瓦西里耶芙娜问谢苗，"往右面走，过桥才行。"

"您说什么呀？从这边我们就可以过去。水并不怎么深。"

"当心点，可别淹死了马。"

"什么？"

"你瞧，就连哈诺夫的马车都从桥上走，"玛利亚·瓦西里耶芙娜说，看到右边远处有一辆四套马车，"大概，那就是他的车吧？"

"噢，是他。看来巴克维斯特不在家，没见到。真是死脑筋，上帝保佑，他干吗从那边走呢？打这头走至少近三俄里。"

他们的大车到了河边。夏天的时候，通常这是一条小河，到了八月，河水也就自然而然地干涸了，很容易蹚水过去，可是在现在这种时刻，正值春汛之后，这条河便有六俄丈宽，水流湍急、浑浊、冰凉。然而，从河岸直到水边都有新的车辙，这就是说，已经有车子从这里渡过去。

“往前走！”谢苗板着脸、惴惴不安地赶着马，使劲抖着缰绳，胳膊肘上下扇忽，有如鸟儿展翅飞翔，“往前走！”

马踏进水里，水没到马肚，于是马停住了，不过它马上积聚了力气又往前拉，此时玛利亚·瓦西里耶芙娜感到一阵刺骨的凉意直透腿部。

“往前走！”她也喊着，站起身来，“往前走啊！”

大车驶到了岸上。

“真不像话，天哪，”谢苗一边理着马具，一边嘟哝，“都是地方管理局的罪过……”

她的套鞋和皮鞋都灌进了水，下身衣服、小皮袄的下襟和一只衣袖也湿了，直往下滴水；白糖和面粉也被水泡过——这最令人难受不过了，所以，玛利亚·瓦西里耶芙娜出于绝望，只是拍了拍巴掌，无可奈何地说：

“哎呀呀，谢苗，谢苗！……你可真行，实在是！……”

铁道岔口的拦路杆已经放下来了：一列特别快车正从车站开出来。玛利亚·瓦西里耶芙娜站在岔道口旁边，等火车开过去，冷得浑身发抖。已经望得见维亚卓夫耶村了——无论是带绿色房顶的学校，还是在夕阳中十字架闪亮的教堂；这边，火车站的窗子也在闪亮，玫瑰色的煤烟从火车头上喷出……她仿佛觉得，一切都冷得发抖。

火车正向这边驶来，车窗就像教堂上的十字架那样，仿佛灌满了强光，望上去刺得人的眼睛疼痛。有一位夫人站在两节头等车厢中间的小站台上，玛利亚·瓦西里耶芙娜瞬间看了她一眼：妈妈！多像她的妈妈啊！她的母亲也曾是这样满头蓬松的秀发，一模一样的前额，还有头部的倾斜。在整个十三年的时间里，她母亲的形象如此栩栩如生、以令人惊异的清晰程度浮现在她的眼前，还有她父亲和她哥哥的形象，以及在莫斯科的住宅、养着小鱼的鱼缸乃至极小的每一件摆设和玩物，都历历在目；她突然听到钢琴演奏声，听到她父亲的声音；她感到自己就像当年一样，年轻、漂亮、服饰讲究，处在敞亮舒适的房间里，同亲人在一起；一种快活与幸福之感突然涌在心头，她兴奋得两手抱住了自己的头，紧紧按着太阳穴，温情地、祈祷似的呼喊了一声：

“妈妈！”

她哭了起来，自己也不知道是由于什么。正在此时，哈诺夫乘坐的那辆四套马车驶了过来，于是，在看到他的同时，她仿佛看到想象中从未有过的幸福，她微微一笑，向他点了点头，就像她是他的同辈和亲近的人似的，她觉得她的幸福、她的喜悦，在整个天空，在窗户上，在树梢上闪耀着光芒。而且，她的父亲和母亲根本就没有去世，她也从未当过什么教师，那都不过是一场漫长、沉痛而又奇怪的梦，而现在她已醒来了……

“瓦西里耶芙娜，上车吧！”

顷刻间一切都消失不见了。拦路杆缓缓地升了起来。冷得有点发僵的玛利亚·瓦西里耶芙娜，浑身发抖地坐到了大车上去。那辆四套马车已经越过铁道，谢苗跟着赶车过去。道岔口的看守人摘下了帽子。

“瞧吧，这就是维亚卓夫耶村。我们到了。”

《在故乡》——《乘坐在火车上》

王守仁　译

1898—1903

在友人家

故事

早晨来了一封信。

亲爱的米沙，您完全忘记我们了，您快来吧，我们要见您。我们俩跪着恳求您，今天就来吧，让我们看看您明亮的眼睛。我们焦急地等待着。

塔和瓦

六月七日于库兹明吉

信是塔吉雅娜·阿列克谢耶芙娜·洛塞娃写的，约莫在十至十二年前，波德果林住在库兹明吉的那些年里，大家都简称她“塔”。而“瓦”又是谁呢？波德果林回忆起了长长的交谈、欢乐的笑声、抒情的歌曲、傍晚的散步、一群服饰华丽的姑娘和少妇，她们当初就住在库兹明吉及其附近。于是他想起了一张普通、活泼和聪明的脸，脸上有一些雀斑，它们同深棕色的头发很相配，这就是塔吉雅娜的女友瓦丽亚，或者叫做瓦尔瓦拉·巴甫洛芙娜。她在医科训练班毕业后，在图拉城外的一个工厂里供职。显然，她现在是到库兹明吉来做客的。

“可爱的瓦呀！”沉浸在回忆里的波德果林想道，“她多么招人喜欢呀！”

塔吉雅娜和瓦丽亚的年纪同他相仿；不过，他那时候是个大学生，而她们却已经是待字闺中的成年姑娘，都把他看做孩子。甚至现在，尽管他已经当上了律师，头发开始斑白，她们仍然叫他米沙，认为他年轻,说他还不懂生活的甜酸苦辣。

他很喜欢她们,不过更多的似乎是在回忆中喜欢她们,目前的情况他并不熟悉,不理解,很生疏。就连这封调皮的短信也是生疏的,她们大概写了很长时间,很费力,而且在塔吉雅娜写信的时候,她的丈夫谢尔盖·谢尔盖伊奇多半站在她的背后。……库兹明吉庄园作为陪嫁还不过是六年前的事,可是它已经被这位谢尔盖·谢尔盖伊奇糟蹋掉了,所以现在每逢必须向银行付款或者必须为抵押契约付款的时候,他们总要来找波德果林商量,就像找律师出主意一样,而且还不只是这样,他们已经向他借过两次钱了。显然,目前他们也是要他出主意或者是要借钱。

库兹明吉庄园已经不像从前那样吸引人了。现在那儿凄凄凉凉。没有笑声,没有喧闹,没有欢乐和无忧无虑的面容,没有在宁静月夜的幽会,而主要的是已经没有青春;再说,所有这一切大概也只是在回忆中才令人神往。……除了塔和瓦以外,那儿还有一个娜,她是塔吉雅娜的妹妹娜杰日达,大家不论是说笑或者当真,总把她叫做他的未婚妻,他亲眼看着她长大,都指望他会跟她结婚,他一度也真是爱上了她,打算向她求婚,可是现在她已经二十四岁,而他依然没有结婚。……

"哎,这一切都是怎么回事?"现在他一面困惑地反复读信,一面想:"不能不去一趟,他们会生气的。……"

他已经多时不到洛塞夫家去了,这总像一块石头似的压在他的良心上。他在房间里来回走了一阵,想了一会儿,就克制了自己,决定到他们家里去住上三天,尽一尽这个义不容辞的责任,然后至少到明年夏天都可以自由自在,心安理得。早饭后他动身上勃烈斯特斯基火车站去的时候对仆人说,过三天他就回来。

从莫斯科到库兹明吉要乘两个钟头火车,然后从火车站再乘二十分钟左右马车。从车站上就可以看见塔吉雅娜的树林和三座又高又窄的别墅,它们是洛塞夫在婚后头几年干各种投机生意时开始建造而又没造成的别墅。使他破产的因素中有这些别墅,有经营方面的各种问题，还有频繁的莫斯科之行；到了莫斯科，他就在斯拉维扬斯基商场吃早饭，在隐庐饭店[1]进午餐，而后总是在小勃朗纳亚[2]或者席沃杰尔卡[3]的茨冈人那里结束一天的生活（他把这叫做“散散心”）。波德果林自己也爱喝酒，有时喝得很多，他也不加选择地在女人们那儿混，然而他总是懒散而又冷淡，不感到什么欢乐，每逢他在场时，亲眼看到别人热心地干这种事，他总感到嫌恶，他不理解有些人，这种人在席沃杰尔卡竟会觉得比在家里跟正正派派女人在一起自在，因而他不喜欢这种人；他感到，种种不干不净的东西总像牛蒡似的缠着他。洛塞夫他也不喜欢，认之为乏味的人，什么事也不会做的懒汉，同他在一起波德果林不止一次地感到嫌恶。……

谢尔盖·谢尔盖伊奇和娜杰日达在树林那边迎接他。

“我亲爱的，您这是怎么的，把我们给忘了？”谢尔盖·谢尔盖伊奇同他亲吻了三下，然后两只手搂住他的腰说，“您彻底厌倦我们了，好朋友。”

他的脸是粗线条型的，肥大的鼻子，稀疏的淡褐色胡子。他照商人的样子把头发梳向一边，为了使人觉得他像个普通的、纯粹的俄罗斯人。他讲话的时候直朝对话者脸上吐气，不说话的时候，他的鼻子直喘气。他那肥胖的身体和过度的饱食挤压着他，所以为了呼吸得畅快点，他老是挺着胸，而这就使他增添了傲慢的样子。站在他身旁的他的妻妹娜杰日达则显得很轻盈。她是一个长着淡黄色头发的女人，她脸色苍白，眼睛善良而亲切，身材匀称。波德果林弄不清楚她是否漂亮，因为他在她童年时代就认得她，对她的容貌已经看腻了。此刻她身穿一件袒胸的白色连衣裙，她的裸露的白皙长脖给他的印象是崭新的，而且是不很舒服的。

“我和姐姐一早就在等您了，”她说，“瓦丽亚在我们家里，她

① 莫斯科的一个高级饭店。

② 莫斯科郊外类似夜总会的饭店。

③ 同上。

也在等您。”

她挽住他的胳膊，突然间她无缘无故笑了起来，发出轻松愉快的喊叫声，仿佛有一个什么思想突然使她着迷了似的。田里长着开花的黑麦，它们在恬静的空气里一动不动，阳光照耀着树林，这一切都很美。好像是直到现在，当娜杰日达走在波德果林身旁时，她才发现这一点似的。

“我这次到你们家来呆三天，”他说，“请原谅，早些日子我无论如何抽不出工夫离开莫斯科。”

“不好，不好，您完全把我们忘了，”谢尔盖·谢尔盖伊奇忠厚地责备说，“在我一生中从未有过！”他突然说了一句，同时还弹了一下指头，发出吧嗒的响声。

他有这么一个习癖：在谈话的时候出乎对方的意料，用惊叹的形式说出一句与谈话的内容毫无关系的话，同时还弹指出声。他老是模仿别人；如果他转动眼珠，或者满不在乎地朝后甩头发，或者慷慨陈词，那就是说，前一夜他看了戏或者是参加了有人发表演说的宴会。此刻他踩着碎步走路，不弯动膝盖，像个痛风病患者，大概他也是在模仿着什么人吧。

“您要知道，塔尼雅①不相信您会来，”娜杰日达说，“可是我和瓦丽亚都预感到您会来。不知是为什么，我知道您准会乘这班火车来。”

“在我一生中从未有过！”谢尔盖·谢尔盖伊奇又重复了这句话。

女人们在花园里露台上等候着。十年前，波德果林还是一个穷大学生，他教娜杰日达学算术和历史，报酬是为他提供伙食和住宿；当时瓦丽亚是短训班的学生，顺便向他学习拉丁语。塔尼雅呢，当时她已经是一个漂亮的大姑娘，除了恋爱以外她什么事都不想，一心企求的是爱情和幸福，热烈地企求着，期待着她日夜梦见

① 塔吉雅娜的爱称。

的求婚者。即使是现在，已经三十多岁的她仍像以前一样漂亮、体面，她穿着一件宽大的罩衫，两条胳膊白白胖胖，她只关心自己的丈夫和两个小姑娘。她脸上有着这样一种表情：虽然她有说有笑，可是她心里很清楚，她在保卫着她的爱情和她对这种爱情的权利，而且随时会扑向那个打算夺走她丈夫和孩子的敌人。她热爱丈夫，而且她觉得自己同样被热爱着，可是忌妒心和替孩子担忧这两件事经常折磨着她，不让她感到幸福。

在露台上热闹地会晤之后，除去谢尔盖·谢尔盖伊奇，所有的人都到塔吉雅娜的房间里去了。隔着垂下的窗帘阳光射不进来，房间里光线昏暗，以至一大束玫瑰花都好像是一种颜色的了。她们请波德果林在窗边一张旧圈椅上坐下，娜杰日达坐在他脚旁的一张矮凳上。他知道，除了他现在听到的而且使他回忆起往事的亲热的责备、打趣和笑声外，还会有关于期票和典契的不愉快的谈话，这是免不了的，所以他想，也许还是现在及时谈谈正经事为好；尽快地敷衍搪塞过去，然后就上花园去，到户外去……

"是不是让我们先谈谈正经事？"他说，"你们库兹明吉这儿有什么新闻？在丹麦王国是否天下太平？①"

"我们的库兹明吉情况不妙，"塔吉雅娜回答说，她悲伤地叹了一口气，"唉，我们的情况糟透了，糟透了，似乎是不能再糟了，"她说着激动地在房间里来回走动，"我们的庄园要变卖了，拍卖预定在8月7日举行，已经到处张贴了广告，买主纷纷到这儿来，想看各个房间，……现在随便什么人都有权走进来观看我的房间。这种做法在法律上也许是公平的，但它却使我深受屈辱。我们没有东西可以偿付债务，也没有地方可以借到钱。一句话，可怕，可怕呀！我向您起誓，"她站在房间中央接着说，她的声音在发颤，眼眶里已经迸出泪水，"我凭一切神圣的东西、凭我两个孩子的幸福向您起誓，没有库兹明吉庄园我就活不下去！我在这儿出生，这儿是我的窝，

① 借用莎士比亚名剧《哈姆雷特》中的一句话。

如果有人从我手里把它夺走，那我会受不了，我会绝望得死掉。”

“我觉得您把事情看得一团漆黑了，”波德果林说，“一切都会顺利解决。您的丈夫会找到工作，你们会走上新的轨道，重新过日子的。”

“您怎么能说这种话！”塔吉雅娜叫道；这时候她显得很漂亮，很有力量，她随时准备扑向打算夺走她丈夫、孩子和家园的敌人的心态，现在特别清楚地表现在她的脸上和整个体态上。“什么新的生活！谢尔盖正在奔走张罗，人家答应在乌法省或者彼尔姆省的什么地方给他一个税务督察官的位置，我呢，我什么地方都乐意去，哪怕是上西伯利亚去，我准备在那儿住上十年，二十年，不过，我得知道，或迟或早我仍旧要回到库兹明吉来。没有库兹明吉我就不能生活。不能，而且也不愿意。不愿意！”她顿了一下脚叫道。

“您，米沙，是个律师，”瓦丽亚说，“是个会出点子的人。您出个主意，该怎么办？”

只有一个真实和合乎道理的回答：“什么办法也没有。”可是波德果林下不了决心直说，他犹豫不决地嘟哝道：

“是得考虑一下……我要想一想。”

在他身上有两个人。作为一个律师，他有时承办粗鲁的案子，在法庭上也好，对待当事人也好，他态度傲慢，总是直率而尖锐地表达自己的见解，同朋友们在一起他也粗鲁地饮酒作乐；然而在他个人的私生活里，在亲近的或者早已熟识的人们身边，他却表现出异常的温存体贴，他腼腆多情，不会直截了当地说话。只消一滴眼泪，一个白眼，一句谎话，或者甚至是一个难看的手势，就会使他感到懊闷，张皇失措。现在娜杰日达坐在他的脚旁，而他又不喜欢她那裸露的脖子，这就使他感到困窘，他甚至非常想回家去。一年前，有一次他在勃朗纳亚街的一位太太那儿遇见了谢尔盖·谢尔盖伊奇，现在他在塔吉雅娜面前觉得难为情，好像是他自己参与了背叛似的。眼前这场关于库兹明吉的谈话使他十分为难。他已经习惯于让法官们，或者陪审员们，或者干脆由法律的某个条文去解决一切棘手的、令人不快的问题；而当别人向他本人提出问题，要他加以解决时，他就会茫然无措。

"米沙，您是我们的朋友，我们大家都喜欢您，把您看成自己人，"塔吉雅娜接着说，"我坦率地告诉您：全部希望都寄托在您身上了。请看在上帝面上，请您指教我们该怎么办？也许，该递个呈文上去？也许，还来得及把庄园转到娜佳[1]或者瓦丽亚名下？……该怎么办呢？"

"您救救她吧，米沙，救救她吧，"瓦丽亚点上烟说，"您一向是个聪明人。您涉世不深，什么都还没有经历过，不过您的两个肩膀上长着一个聪明的脑袋。……您能帮助塔尼雅的，我知道。"

"该想一想。……也许，我会想出个办法来。"

大家都到花园里去散步了，后来又走到了田野上。谢尔盖·谢尔盖伊奇也在。他挽着波德果林的胳膊，老是带着他走在前头，显然是有什么事要同他谈，大概是谈一些糟糕的事情。然而同谢尔盖·谢尔盖伊奇走在一块儿，同他一起谈话却是一件令人苦恼的事。他不时地要跟你接吻，而且总要吻上三下，拉你的胳膊，搂你的腰，朝着你的脸呼吸，你会觉得，仿佛他满身都是甜胶，马上就要粘到你身上来似的；他的眼神表明他有所求于波德果林，而且马上就要提出要求，这使波德果林感到难堪，就好像有一支手枪的枪口瞄准着他似的。

太阳落了，天色黑了。沿铁路线上处处亮起了灯，绿灯，红灯……瓦丽亚停住脚步，瞧着这些灯火，她开始朗诵：

这条路笔直向前：
窄窄的路堤、电杆、铁轨、桥梁，
两旁都是俄国人的白骨，……

① 娜杰日达的爱称。

没有穷尽！……①

“下文呢？唉，我的上帝，我都忘光了！”

我们拼命干活，不分寒暑，
永远弯着脊背。……

她用悦耳的低沉洪亮的声音朗诵，富有感情；她脸上突现出生气勃勃的红晕，眼睛里涌上了泪水。这是从前的瓦丽亚，训练班的学生瓦丽亚。波德果林听着她的朗诵，想起了往事，想起他自己上大学时也背得出许多好诗，而且喜欢朗诵这些诗。

他现在还没有伸直伛偻的脊背，
他闷声不响，默默无言。……

再下去瓦丽亚记不得了……她不做声了，软弱无力地淡淡一笑。在她朗诵以后，那些绿灯和红灯似乎也开始显得凄凉了……

“唉，我忘啦！”

可是波德果林忽然记起来了——不知怎的这首诗从大学生时代起就偶然保存在他的记忆里了——他就缓慢地低声念道：

俄罗斯人民经受住了种种苦难，
也经受住了建造这条铁路的痛苦，
他们能经受住一切，
用胸膛为自己开辟出一条宽阔明亮的道路，……
可惜的只是……

---

① 引自俄国诗人涅克拉索夫的诗《铁路》。下同。

“可惜的只是，”瓦丽亚记起来了，就把他的朗诵打断，“可惜的只是，不论是我还是你，都不会有生活在这美好时代的机会！”

她笑了起来，伸手拍了一下他的肩膀。

大家回到了家里，坐下吃晚饭。谢尔盖·谢尔盖伊奇又在模仿一个什么人，漫不经心地把餐巾的一角塞进衣领。

“让我们来干一杯，”他说，给自己和波德果林斟上白酒。“我们这些老大学生当年既喝酒，又健谈，又会做事情。现在我为您的健康干杯，好朋友，您呢，您就为这个又老又傻的理想主义者干一杯，祝他一直到死也是个理想主义者。禀性难移嘛！”

吃晚饭时塔吉雅娜一直温柔地瞧着她的丈夫，她关怀，她不安，生怕他吃了或者喝了什么有害的东西。她觉得，他被女人们宠坏了，疲乏了，她喜欢他这一点，但同时她又觉得痛苦。瓦丽亚和娜佳待他也很温柔，她们不安地瞧着他，仿佛生怕他会站起来一走了事似的。他想给自己再倒上一杯酒，瓦丽亚就做出气愤的脸色说：

“您在毒害自己，谢尔盖·谢尔盖伊奇。您是个神经过敏、易受感动的人，很容易酒精中毒。塔尼雅，你叫人把白酒拿走。”

一般说来，谢尔盖·谢尔盖伊奇很受女人的欢迎。她们喜欢他的身材、体格、粗线条的脸盘，喜欢他的闲散和他的不幸。她们说他十分善良，因而才挥霍无度；说他是理想主义者，因而才不讲求实利；他诚实，心灵纯洁，不善于适应人们和环境，因而才一无所有，才找不到固定的工作。她们都深深地相信他，爱慕他，他被她们的崇敬惯坏了，因而他自己也开始相信他是个理想主义者，不讲求实利，诚实，心灵纯洁，比这些女人高一头，比她们好得多。

“您怎么不称赞两句我的小姑娘呢？”塔吉雅娜心爱地看着她的两个小女孩说。她们长得挺健康，胖乎乎的，就像两个椭圆形的白面包，她给她们盛上满满两盘米饭，“您仔仔细细地看看她们！都这么说，做母亲的都夸自己的孩子好，可是我向您担保，我没有偏心，我这两个小姑娘确实与众不同。特别是大的那个。”

波德果林朝她和两个小姑娘微笑，但他觉得奇怪：这个健康、年轻、相当聪明的女人,实质上是一个巨大而复杂的机体,竟把她的全部精力,把生命的全部力量都消耗在这种简单琐碎的事情上,比如说建立这个家园,其实这个家园本来就已经建成了。

“也许,这是必要的,”他暗想,“不过,这没有意思,也不明智。”

“他还没有来得及喊一声‘哎呀’,熊已经扑上了他的身。①”谢尔盖·谢尔盖伊奇说,同时又弹响了两个手指头。

晚餐用过了。塔吉雅娜和瓦丽亚让波德果林在客厅里的一张沙发上坐下,开始跟他低声谈话,又是谈那些正经事。

“我们应该救救谢尔盖·谢尔盖伊奇,”瓦丽亚说,“这是我们道义上的责任。他有弱点,他不节约,不考虑会有倒霉的日子,不过这是由于他太善良和太慷慨。他有一颗孩子般纯洁的心。如果给他一百万,过上一个月他手中就会一钱不剩,全部分发掉。”

“真的,真的,”塔吉雅娜说,眼泪顺着她的脸颊淌下,“为了他我真受够了苦头,不过我也得承认,他是个非常好的人。”

她们俩,塔吉雅娜和瓦丽亚,却又抑制不住那一丁点儿的狠心,她们责备波德果林说:

“你们这一代人啊,米沙,可就不行啦!”

“这同一代人有什么关系?”波德果林想道,“可不是,洛塞夫大我六岁,不过如此。……”

“在这个世界上生活真不容易啊,”瓦丽亚叹气说,“总有什么损失在威胁着人。一会儿人家要来夺走你的庄园,一会儿亲人中有什么人病了,你就会担心,生怕他会死掉,——天天都是这样。可是又有什么办法呢,朋友们。必须毫无怨言地顺从最高意旨②,必须记住,在这个世界上什么事都不是偶然发生的,什么事都有它深远的目的。您,米沙,您还涉世不深,吃苦不多,所以您会嘲笑我,那您就嘲笑吧,不过我还是要说: 在我感到最难受和担心的时候,

---

① 见克雷洛夫的寓言《农民和工人》,引文不完全确切。

② 指上帝。

我有过几次大彻大悟，而这在我的心灵上引起了转折，所以我现在知道，什么事都不是偶然的，而我们生活中所发生的一切都是势所必然的。”

这个头发已经斑白、身穿紧身胸衣和袖子隆起的时髦连衣裙的瓦丽亚，这个用细长的不知为什么老是颤抖的手指头转动着纸烟的瓦丽亚，这个容易陷入神秘主义，说话十分无精打采、单调乏味的瓦丽亚，多么不像那个长着一头火红色头发、兴高采烈、谈笑风生、勇敢大胆的训练班学员瓦丽亚啊！……

“以往的这一切都到哪儿去了？”波德果林倦怠地听着她讲，边听边想道。

“瓦，您唱点儿什么吧，”他对她说，以便结束这场关于大彻大悟的谈话，“从前您歌唱得挺好。”

“哎，米沙，一切都已经事过境迁了。”

“那么，您就朗诵涅克拉索夫的诗吧。”

“我全都忘记了。刚才我是无意中念出来的。”

尽管她穿着紧身胸衣和袖子隆起的衣服，还是可以看得出她很贫苦，在图拉城外自己那家工厂里过着穷困的日子，而且十分明显，她工作过度。繁重单调的劳动以及她经常干预别人的事情和对别人的操心，使她过度疲劳，变得衰老了。此刻波德果林看着她那张悲伤的、已经憔悴的脸想道，其实应该帮助的不是她十分惦念的库兹明吉和谢尔盖·谢尔盖伊奇，倒是她自己。

看来，高等教育和医师工作并未触及她身上的女人本性。她也像塔吉雅娜一样喜欢婚礼、分娩、洗礼宴，关于孩子的长谈，喜欢可怕而又有圆满结局的长篇小说。她在报纸上只看有关火灾、水灾和盛大典礼的新闻。她十分希望波德果林向娜杰日达求婚，如果真的发生了这件事，那她会感动得大哭一场。

他不知道，是偶然发生的呢，还是瓦丽亚作了这种安排，——只留下他一个人和娜杰日达在一起了。可是，他怀疑有人在窥视他，怀疑她们对他有所企求，单单这种怀疑就使他感到拘束和惶惑。所以他感到，待在娜杰日达身旁就好像和她一起被人关进了同一只笼子里。

“我们上花园去吧。”她说。

他们走进了花园。他不开心，心情懊恼，不知道该跟她谈些什么。她呢，高高兴兴，因他同她亲近而自豪，显然她也因他将在这里住上三天而感到满意，也许她还充满了甜蜜的幻想和希望。他并不知道，她是不是爱他，然而他知道，她早已习惯于他，依恋他，至今还把他看作自己的老师；他也知道，此刻她的内心活动和当年她姐姐塔吉雅娜的内心活动完全一样，那就是，她只想着爱情，只想着快些出嫁，有个丈夫，生儿育女，有自己的住处。那种在孩子们身上常常十分强烈的友情她一直保留到现在，很可能，她不过是尊敬波德果林，把他作为一个朋友来喜欢，而她所爱的并不是他，而是她自己的那些关于丈夫和子女的幻想。

“天黑了。”他说。

“对，现在月亮出得晚了。”

他们在房子附近的林荫路上走来走去。波德果林不愿意走向花园深处，因为那儿黑黝黝的，他得挽住娜杰日达的胳膊，跟她挨得很近。露台上有些人影在移动，他觉着像是塔吉雅娜和瓦丽亚在窥视他。

“我要跟您商量一下，”娜杰日达停住脚步说，“如果他们把库兹明吉卖掉，那么谢尔盖·谢尔盖伊奇就要出去工作，到那时候我们的生活将完全变样。我不跟姐姐一起走，我们一定会分手，因为我不想成为她家的累赘。应该工作。我要在莫斯科找个什么工作，要自己挣钱，帮助我的姐姐和她的丈夫。您一定会帮我出个主意，是吗？”

根本不知道劳动的她，现在受到了过独立劳动生活的想法的鼓舞，构思着未来的计划，这可以从她的脸上看出来。她觉得，那种她将自己劳动并且帮助别人的生活是美妙的、富有诗意的生活。他看到，她那张苍白的脸和黝黑的眉毛就在他身旁，他想起了，当初她是一个十分聪明机灵的女学生，有很好的素质，给她上课是非常愉快的。即使现在，她大概也不只是一个想要未婚夫的小姐，而且是一个聪明高尚、非凡善良的姑娘，具有温顺柔和的心灵，这心灵就像蜡似的什么都可以塑造，如果她落到一个合适的环境里，她会成为一个出色的女人。

“为什么不娶她为妻呢，真的？”波德果林想道，但他立刻不知为什么害怕起这个想法来，于是他向正房走去。

在客厅里，塔吉雅娜正在弹钢琴，她的演奏生动得使人回想起过去，那时也是在这个客厅里，人们弹琴、唱歌、跳舞，直到深夜，窗户是敞开着的，园里和河上的鸟儿也在歌唱。波德果林高兴起来了，他闹着玩，同娜杰日达跳舞，又同瓦丽亚跳舞，后来还唱歌。他脚上的鸡眼使他难受，他就请求允许他穿上谢尔盖·谢尔盖伊奇的便鞋。说也奇怪，穿着这双便鞋，他觉得他就是他们家的自己人，亲人（“恰如妹夫一样……”他脑子里闪现了一下这个想法），所以他变得更加高兴了。看着他，大家也都活跃起来，高兴起来，好像都变得年轻了似的。一张张脸上都闪现出希望的神情：库兹明吉有救了！可不是么，这是很容易办到的：只要想出一个什么办法，翻翻法律书，要不就让娜佳嫁给波德果林。……显然，事情已经在顺利进行。娜佳脸色白里透红，一副称心如意的样子，眼里饱含泪水，期待着发生一件不平常的事，她旋转着，白色的衣裙鼓了起来，露出她那双美丽的、穿着肉色袜子的小脚。……十分满意的瓦丽亚挽着波德果林的胳膊，意味深长地低声对他说：

“米沙，您不要回避自己的幸福。它自己送到您手里来了，您就抓住它，不然的话，过后您自己也会去追求它，但为时已晚，您追不上了。”

波德果林想许愿，想给他们以希望，而且就连他自己也已经相信，库兹明吉有救了，这事情十分容易办到。

“‘您将成为世界的女皇……’”他做出一种姿势唱了起来，但他忽然想到，他帮不了这些人，一点忙也帮不上，于是他就不做声了，好像是自觉有罪似的。

后来他盘起穿着别人的便鞋的双脚坐在角落里，默不作声。

看他这副样子，别人也就明白了，已经毫无办法，于是也都不再做声了。钢琴盖子关上了。这时大家才发现，时间已经很晚，该睡了，塔吉雅娜熄灭了客厅里的大灯。

在波德果林一度住过的那个厢房里为他准备好了床铺。谢尔盖·谢尔盖伊奇送他去厢房，把蜡烛举得高高的，高过了头顶，虽说这时月亮已经升起，周围亮堂堂的。他们走在一条两旁长着丁香花丛的林荫路上，砂砾在他们脚下沙沙作响。

“他还没来得及喊一声‘哎呀’，熊已经扑上了他的身。”谢尔盖·谢尔盖伊奇说。

波德果林觉得，这句话他好像已经听见过一千次了。他对这句话讨厌极了！他们进了厢房，谢尔盖·谢尔盖伊奇从他肥大的上衣里取出一瓶酒和两个杯子，放在桌子上。

“这是白兰地，”他说，“是名牌货。在那边正房里瓦丽亚马上就要讲什么酒精中毒了，在她面前是不可以喝酒的，在这儿我们就自由自在。这白兰地好极了。”

他们坐下来。果真是好酒。

“今天让我们痛痛快快地喝吧，”谢尔盖·谢尔盖伊奇吃了一口柠檬接着说，“我是个老青年，有时候喜欢消遣消遣。这是必不可少的。”

他的眼睛里仍然是那种神情：他对波德果林有所企求，马上就要开口恳求什么了。

“喝吧，我的心肝，”他叹着气说，“要不然，太苦闷了。我们这号古怪人的末日到了，完蛋了。如今理想主义不时髦了。现在是卢布的天下，如果你要别人不挤掉你，那你就趴在卢布面前顶礼膜拜吧！可是我办不到。令人作呕！”

“拍卖定在哪一天？”波德果林问道，他想换一个话题。

“8月7日。可是。我亲爱的，我根本不指望挽救库兹明吉，欠款太多了，庄园又没有什么收入，年年亏损。不合算。……当然，塔尼雅舍不得，这是她的祖产，而我，老实说，我甚至还有几分高兴。我根本不是乡村居民。我的活动阵地是热闹的大城市，我的擅长之处是斗争！”

他还讲了些什么，但完全不是他所要讲的话。他机警地盯着波德果林，好像在等待一个合适的机会。忽然，波德果林就在近处看见了他的眼睛，而且在自己脸上感觉到了他的呼吸。……

“我亲爱的，您救救我吧！”谢尔盖·谢尔盖伊奇喘着气说，“您借给我两百卢布吧！我恳求您！”

波德果林想说他自己手头也很紧，他心想，还不如把这两百卢布送给一个穷人，不然索性打牌输掉也可以，然而他十分局促不安，他觉得自己呆在这个点着一支蜡烛的小房间里就好像是处在一个陷阱中似的。他想尽快摆脱这种对着他的脸的呼吸，摆脱那两只搂着他的腰而且似乎已经粘住了的软绵绵的手，他就赶快在自己的口袋里寻找放钱的札记本。

“喏……”他抽出一百卢布，喃喃地说，“另外一百卢布以后再说吧。我身边没有多的了。您要明白，我不会拒绝别人的请求，”他忿忿地接着说，他开始生气了，“我有一种讨厌的女人脾气。不过，这笔钱请您日后一定还给我。我自己也缺少钱用。”

“谢谢您。谢谢，好朋友！”

“看在上帝面上，您别再自以为是个理想主义者。您若是理想主义者的话，我就是火鸡了。不，您不过是一个轻浮的懒人，如此而已。”

谢尔盖·谢尔盖伊奇深深地叹了一口气，在沙发上坐下。

“我亲爱的，您生气了，”他说，“不过，如果您能知道我有多么痛苦，那就好了！现在我正处在一个非常时期。我亲爱的，我起誓，我决不是怜惜自己，不是！我是怜惜妻子和儿女。如果我没有儿女和妻子，那我早已自杀了。”

忽然间他的肩膀和脑袋颤动起来，他开始哀号。

“岂有此理！”波德果林说，他激动地在房间里走来走去，觉得非常气恼，“是啊，请问，一个做了大量坏事的人竟然痛哭流涕，你拿他怎么办呢？您这些泪水使人无法反驳，我没有什么话能跟您说了。您在哭，意思是说，您是对的。”

“我做了大量坏事？”谢尔盖·谢尔盖伊奇站起来问道。他惊讶地瞧着波德果林，“我亲爱的，是您说这种话吗？我做了大量坏事？！啊，您完全不熟悉我！您完全不理解我！您完全不理解我！”

“太好啦，就算我不理解您吧，不过，请您别痛哭流涕。这叫人讨厌。”

“啊，您对我完全不熟悉啊！”洛塞夫十分诚恳地又说一遍，“您对我完全不熟悉！”

“请您照一照镜子吧，”波德果林接着说，“您已经不年轻了，很快就要老了，终归该醒悟了，该看清楚您究竟是个什么人了。一辈子什么事也不做，一辈子空洞而幼稚地胡说八道，扭扭捏捏，装腔作势，难道您自己还没有头晕目眩，难道您还没有讨厌这种生活？跟您在一起真难过！跟您在一起会乏味得变傻的！”

说完这几句话，波德果林走出厢房，砰的一声把门关上。这兴许是他有生以来第一次真心诚意，第一次说了他要说的话。

过了一会儿，他为自己如此严厉而感到后悔。如果一个人经常作假，大事吃喝，乱花别人的钱财，同时又深信自己是个理想主义者和受难者，那么跟这种人认真谈话或者发生争论会有什么益处？这儿你是在同愚蠢打交道，或者是在同多年的陋习打交道，而这种陋习就像疾病似的深深地侵蚀了人的机体，已经不可救药。总之，愤慨和苛责在这儿是无益的，所需要的倒是嘲笑。一次恰到好处的嘲笑会比十次说教更有用！

“不过，更简单的是干脆不理睬他，”波德果林想，“主要的是不该给他钱。”

又过了一会儿，他已经不再想谢尔盖·谢尔盖伊奇，也不再想那一百卢布了。这是一个安静的、似乎在沉思的夜晚，十分明亮。

每当波德果林在月夜仰望天空的时候，他总觉得不睡觉的只有他和月亮，其他的一切都睡熟了，或者在打盹儿。这时候，他既不想到人，也不想到钱，他的心情也渐渐变得平静和安宁起来。他觉得，在这个世界上他是孤独的，在夜阑人静中他感到自己的脚步声显得十分凄凉。

花园围上了白色的石墙。在朝向田野的那一面的右角上有一个塔楼，那是在很久以前，还在农奴制的时代造的。塔楼底部是石砌的，上部用木头搭成，有一个小平台、一个圆锥形的塔顶、一个长长的塔尖，塔尖上安着一个黑色的风向标。下面有两道门，可以从花园里穿向田野。从下面到上面的小平台有一道楼梯，人在上面走动，它就嘎吱嘎吱地响。楼梯下边堆着几把损坏了的旧圈椅，月光穿过房门，照亮这些圈椅，它们跷起弯弯的脚，好像是它们到了夜间就活跃起来，在寂静中窥视着什么人似的。

波德果林顺着楼梯走上小平台，他坐下身来。围墙外就是一道标明地界的沟和土堤，再过去是浸沉在月光里的辽阔田野。波德果林知道，从这儿一直向前，在离庄园约莫三俄里的地方有一片树林，而现在他觉得，他看到的是远处有一块乌黑的田地。鹌鹑和长脚秧鸡在鸣叫，偶尔从树林那边传来杜鹃的叫声，它也没有睡觉。

响起了一阵脚步声。有人在花园里走动，走近这个塔楼。

一条狗吠叫起来。

“茹克！”一个女人的声音轻轻地招呼道，“茹克，回来！”

可以听见，下面有人走进了塔楼；过了一会儿，土堤上出现了一条黑狗，它是波德果林的老相识。它站住脚往上看，朝着波德果林坐着的方向看，亲热地摇动尾巴。随后，过了一会儿，从那道黑沟里像幽灵似的站起一个穿白色衣服的人，也在土坡上站住。这人是娜杰日达。

“你在那儿看见了什么？”她问狗，说着自己也开始向上方看。

她没有看见波德果林，可是她大约感到他就在近处，因为她微笑着，而且她那张苍白的被月光照亮的脸显得很幸福。沿着地面伸向远处田野的塔楼的黑影，苍白的脸上露出幸福笑容的一动不动的白色人影、一条黑狗、人和狗的阴影，——所有这一切合在一起好像是个梦境……

“那儿有人吧……”娜杰日达轻声说。

她站着等他走下楼来或者招呼她上去、终于向她吐露爱情，于是他们俩在这安静美丽之夜都将感到幸福。穿着白色衣服、面色白皙、身材纤细、在月光下显得十分美丽的她在期待着爱抚；她对幸福和爱情的夙愿已使她心力交瘁，她已无力掩饰她的感情。她的整个身形、两只眼睛的闪光、凝结在脸上的幸福笑容，——这一切都泄露了她的隐秘心思。而他呢，他感到局促，他蜷缩着身子，一声不发，因为他不知道该开口说话并像往常那样说句玩笑话把一切敷衍过去还是该沉默。他感到烦恼，而且只思忖着一点：在这儿，在庄园里，在月夜，在美丽钟情又好幻想的姑娘身旁，他像在小勃朗纳亚街上一样冷漠；所以对他来说，这儿的富有诗意的境遇显然同那里的平淡单调的生活一样已经过时。同样已经过时的还有月夜的幽会、苗条的白色身形、神秘的阴影、塔楼、庄园，还有谢尔盖·谢尔盖伊奇那样的“一种人”。就连像他波德果林自己这样的人，这种老是觉得淡漠烦闷、常常感到惆怅，不适应现实生活，不会从中索取它所能给与的东西，却苦苦哀愁地渴求着人世间所没有的也不可能有的东西的人也过时了。所以此时此刻他坐在这儿，坐在这个塔楼上，宁愿看一场好看的烟火或者月光下的一个什么行列，要不就听听瓦丽亚再朗诵一次《铁路》，或者听听另一个女人站在眼前娜杰日达站着的土堤上讲一些有趣而新鲜的事情，同爱情和幸福都没有关系的事情。如果她也讲到了爱情，那么这该是对高尚而合理的新型生活方式的召唤，我们现在已经生活在它的前夜，也许，我们有时还预感到它……

“没有人。”娜杰日达说。

她又站了一会儿，就低下头慢慢地走向树林。狗跑在她前头。过了很久波德果林还看到了一个白色的斑点。

“哎，这一切是怎么回事？……”他在回厢房去的路上重又这么想道。

他不能想象，明天他将对谢尔盖·谢尔盖伊奇和塔吉雅娜说些什么，他将怎样对待娜杰日达，而且后天也将是这样，所以他预先就感到了狼狈、恐惧和烦闷。以什么来充实他答应在这儿盘桓的漫长的三天呢？他想到关于大彻大悟的谈话，想到谢尔盖·谢尔盖伊奇说的那句话：“他还没来得及喊一声‘哎呀’，熊已经扑上了他的身”，他还想到明天为了讨好塔吉雅娜而不得不对她的两个胖乎乎的小姑娘微笑，——于是他决定离开这个地方。

五点半钟，谢尔盖·谢尔盖伊奇出现在大房子的露台上，他身穿一件乌兹别克地方的布哈拉式长袍，头戴一顶带缨子的圆锥台形帽。波德果林不失时机地走到他跟前，向他告辞。

“我必须在十点钟以前赶到莫斯科去，”他眼睛并不看着对方说，“我完全忘记了有人将在公证人家里等我。您放我走吧。您家里人起来后，请转告她们，说我向她们道歉，说我非常遗憾。……”

他没有听见谢尔盖·谢尔盖伊奇对他说了些什么话，急匆匆地走了，而且老是回头张望正房的窗户，因为他害怕，那些女人千万别醒过来，千万别留住他。他为自己的神经过敏感到害臊。他感到，这是他最后一次到库兹明吉来，以后他再也不会到这儿来了。他临离开前，好几次回头张望他从前在那儿度过了许多美好时光的厢房，然而他的内心却是冷冷的，他并不觉得忧郁。……

在自己家里的桌子上他首先看到的是他昨天收到的那封便信，“亲爱的米沙，”他读道，“您完全忘记我们了，您快来吧，……”不知为什么，他想起了娜杰日达在舞台中旋转，她的连衣裙鼓了起来，露出穿着肉色袜子的双脚。……

十分钟后，他已经端坐在桌旁工作了，他已经不想库兹明吉了。

姚尼奇

1

每逢外来人在这个省城里埋怨生活枯燥、单调的时候，当地人就仿佛替自己辩护似的说，正好相反，这个省城很好，这儿有图书馆、剧院、俱乐部，常常举行舞会，此外这儿还有聪明有趣、令人欣慰的、尽可与之结识往来的一些人家。当地人还会指出屠尔金一家，说这是最有教养和最多才多艺的人家。

这一家人住在大街上，住在省长官邸近旁的私人房子里。伊万·彼得罗维奇·屠尔金本人是一个丰满的黑发美男子，他留着络腮胡子。为了慈善目的他常常请一些票友举行义演，他本人扮演老将军，咳起嗽来真逗趣。他知道许多趣闻、字谜、俚谚，喜欢开玩笑和说俏皮话，而且脸上总是这么一副表情：弄不清他是在开玩笑还是在说正经话。他的妻子薇拉·姚西佛芙娜是一个纤弱美丽的女人，戴着一副夹鼻眼镜，写长篇和中篇小说，而且喜欢把那些小说朗诵给客人们听。女儿叶卡捷丽娜·伊万诺芙娜是一个年轻的姑娘，会弹钢琴。总之，这个家庭的每个成员都各有其才。屠尔金一家人殷勤好客，他们兴致勃勃、真诚纯朴地向客人们显示各自的才能。他们的砖砌房子很宽敞，夏天很凉快，一半窗户朝向绿荫如盖的古老花园，一到春天夜莺就在花园里唱歌。每逢家里有客，厨房里就刀声叮当，院子里散发着油煎洋葱的气味，而这总是一顿丰盛可口的晚餐的预告。

当德米特里·姚尼奇·斯达尔采夫大夫刚被指派来做地方自治局医师并定居在离省城九俄里的嘉里日时，当地人也对他说，作为一个有学识的人，他一定要同屠尔金家结识交往。冬季的一天，有人在大街上把他介绍给伊万·彼得罗维奇。他们谈到了天气、戏剧、霍乱，接下来就是伊万·彼得罗维奇对他的邀请。到了春天，在一个节日里，那是在耶稣升天节，斯达尔采夫在接诊病人之后，动身到城里去散散心，顺便也买一点东西。他不慌不忙地走着去（他还没有私人马车），一路上低声唱歌：

在我还没有喝生活之杯中的泪水的时候……

他在城里吃了午饭，在公园里散了一会儿步，后来不知怎么想起了伊万·彼得罗维奇的邀请，于是他就决定上屠尔金家去，看看这是一些什么样的人。

"您好哇请！"[1]伊万·彼得罗维奇在台阶上欢迎他说，"我非常非常高兴看到这么一位可爱的客人。我们进去吧。我要把您介绍给我的贤妻。薇罗琪卡[2]，我跟您说过，"他把大夫介绍给他妻子时说，"我对他说，他没有任何罗马法[3]呆在自己医院里，他应该把空闲时间用在社交上。不是吗，亲爱的？"

---

① 屠尔金喜欢说一些怪里怪气的话，"您好哇请！"就是一例。
② 薇拉的爱称。
③ 这也是屠尔金说话怪里怪气的一个例子，把"没有任何权利"说成"没有任何罗马法"。这个文字游戏的根据是，在俄语中"权利"和"法律"是一个词"право"。

“请您坐在这儿，”薇拉·姚西佛芙娜说，叫客人坐在她身旁，“您可以向我献殷勤。我丈夫爱吃醋，这是个奥赛罗①，不过我们尽量做得叫他什么也看不出来。”

“哎，你呀，小母鸡，你这受宠的女人，……”伊万·彼得罗维奇温柔地喃喃说道，吻了吻她的额头，“您来得非常及时，”他又对客人说，“我的贤妻写好了一部伟乎其大的②长篇小说，今天她将朗诵这部小说。”

“让契克，”③薇拉·姚西佛芙娜对丈夫说，“叫人给我们送茶。”

他们把叶卡捷丽娜·伊万诺芙娜介绍给斯达尔采夫了。这是一个十八岁的姑娘，长得很像母亲，也纤弱、美丽。她的表情有孩子气，身腰苗条而柔软。她那已经发育起来的处女胸脯健康而又美丽，令人想到了春天，真正的春天。接着他们喝茶，有果酱、蜂蜜、糖果和十分可口的饼干，这饼干一送进嘴里就融化。随着黄昏的来临，客人们渐渐地聚集起来，伊万·彼得罗维奇用含笑的眼睛看着每一个客人，说：

“您好哇请！”

然后，大家都在客厅里坐下，一张张脸都很严肃。薇拉·姚西佛芙娜就朗诵她的长篇小说。她是这样开头的：“寒气渐渐凛冽……”窗子都敞开着，听得见厨房里菜刀的叮当声，传来了煎洋葱的气味……人们坐在深深的软圈椅里，感到挺舒服。在昏暗的客厅里，闪烁着温柔的灯光。眼前，在这夏日的黄昏，从街头传来阵阵谈笑声，从院子里飘来丁香花的芳香，在这种情况下难于理解寒气凛冽，难于理解冷冰冰的夕阳怎样照着积雪的平原和独自赶路的行人。薇拉·姚西佛芙娜念到了一个年轻美丽的伯爵小姐怎样在村

① 莎士比亚的同名剧作《奥赛罗》中的男主人公，他怀疑妻子不贞，杀死了她。

② 又是一种怪里怪气的说法：“伟乎其大。”

③ 法语名字让对应俄语中的伊万，这里混用了俄语中的指小表爱形式。

子里办起学校、医院和图书馆，怎样爱上一个流浪画家。她念的是生活里从来不会有的故事，不过听起来还是很惬意，很舒服，而且头脑里尽出现一些宁静的念头，以至不想站起身来……

"真不赖……"伊万·彼得罗维奇轻声说。

来宾中有一个人，他听着听着思想飞到了遥远的一个什么地方，他用低得勉强能听见的声音说：

"嗯……真是……"

一个钟头过去了，第二个钟头过去了。在邻近的市立公园里，乐队在奏乐，歌咏队在唱歌。薇拉·姚西佛芙娜合上了她的稿本，大家沉默了大约五分钟，听歌咏队唱《松明》，正是这支歌道出了在女主人写的小说里所没有的、而在现实生活里却是有的东西。

"在杂志上发表您的作品吗？"斯达尔采夫问薇拉·姚西佛芙娜。

"不，"她回答，"我不在任何地方发表。我写好了就藏进柜子里。为什么要发表呢？"她解释道，"要知道，我们有钱花。"

不知为什么大家都叹了一口气。

"现在，考契克①，你来弹一个曲子吧。"伊万·彼得罗维奇对女儿说。

钢琴盖掀开了，原先准备好的乐谱翻开了。叶卡捷丽娜·伊万诺芙娜坐下来用双手敲打琴键，紧接着又全力敲打一下，敲了又敲，她的肩膀和胸脯颤抖了，她一个劲地敲打同一个地方，使人感到她不把那几个琴键敲进琴里就不罢休似的。客厅里充满了轰鸣声，听有的东西，地板啦，天花板啦，家具啦，……都发出巨响。叶卡捷丽娜·伊万诺芙娜正在弹一段难奏的曲子，一段正因为它难所以才有趣的、又长又单调的乐曲。斯达尔采夫听着，他想象着许多石头怎样从高山上散落下来，一个劲地落个不停，他巴望着那些石头快停止散落，同时他很喜欢叶卡捷丽娜·伊万诺芙娜的模样，

① 叶卡捷丽娜的爱称。

她紧张得脸儿绯红、她坚毅刚强、她精力充沛，一绺鬈发披在额头上。斯达尔采夫在嘉里日在病人和农民中度过了一个冬天，现在坐在这个客厅里，看着这个年轻、雅致，而且想必是纯洁的人，听着这热闹、恼人，但毕竟是文雅的声音，他感到十分愉快和新奇……

“嗯，考契克，你从来没有弹得像今天这样好，”当女儿弹完乐曲站起身来的时候，伊万·彼得罗维奇眼里噙着泪水说，“你去死吧，丹尼斯，你写不出更好的作品了。”

大家把她团团围住，向她祝贺，表示惊讶，肯定地说他们已经好久没有听到这种音乐了。而她默默地听着，微笑着，一副得意洋洋的神态。

“美极了！妙极了！”

“美极了！”斯达尔采夫受到了众人的陶醉心情的感染，他也说，“您是在哪儿学的音乐？”他问叶卡捷丽娜·伊万诺芙娜，“是在音乐学院吗？”

“不，我还只是在准备进音乐学院，眼下我在家里学，跟扎甫洛芙斯卡雅太太学。”

“您在这儿的中学毕业啦？”

“不！”薇拉·姚西佛芙娜替她回答，“我们请了家庭教师。您会同意我的说法的，在普通中学或者寄宿女子中学里念书可能受到不良影响。姑娘在成长的时候只应该接受母亲的影响。”

“可是我还要上音乐学院，”叶卡捷丽娜·伊万诺芙娜说。

“不，考契克爱妈妈。考契克不会使爸爸妈妈伤心的。”

“不，我一定要去！一定要去！”叶卡捷丽娜·伊万诺芙娜逗乐地说，要小孩脾气，还跺了跺脚。

吃晚饭的时候已经轮到伊万·彼得罗维奇表演他的才能了。他只用眼睛在笑，他讲趣闻，说俏皮话，出一些荒谬可笑的题目，又由他本人来回答。他一直用他的不寻常语言说话，这种语言是他长期操练讲俏皮话的过程中磨炼而成的，显然，这早已成了他的习惯用语：什么“伟乎其大”啦，“真不赖”啦，“一百二十万分地感谢您”啦，等等。

可是还远不止这些。当酒足饭饱、心满意足的客人们聚集在前厅各自拿自己的大衣和手杖的时候，他们身旁奔忙着仆人巴甫鲁沙，或者像这家人所叫他的那样：“巴瓦”，这是一个头发剪得短短的、脸颊饱满的十四岁男孩。

“喂，巴瓦，你来表演一下！”伊万·彼得罗维奇对他说。

巴瓦就装出一种姿势，向上举起一只手，用演悲剧的声调说：“你给我去死，苦命的女人！”

所有的人就哈哈大笑起来。

“有趣。”斯达尔采夫走到街上时想道。

他又走进一家酒店，喝了点啤酒，然后就步行回嘉里日。一路上他低声唱歌：

在我听来，你的声音温柔，娇慵，……

走了九俄里路后，他上床就寝时没有丝毫倦意，恰恰相反，他觉得，他会乐意再走上二十俄里。

“真不赖……”入睡时他想起了这个说法，他笑了。

2

斯达尔采夫一直盘算着去屠尔金家，但医院里工作很多，他怎么也抽不出空闲时间来。就这样，在辛劳和孤独中过去了一年多时间。可是有一天，从城里捎来了一封装在淡蓝色信封里的信。

薇拉·姚西佛芙娜害偏头痛已经很久，可是最近一段时间里，由于考契克每天都以要上音乐学院的想法来吓她，这病就发作得越发频繁了。城里所有的医师一个个都给请到屠尔金家去过，最后就轮到了地方自治局的大夫。薇拉·姚西佛芙娜给他写了一封动人的信，求他去一趟，减轻她的痛苦，斯达尔采夫去了，从此以后他便常常出入于屠尔金家。……他也真给薇拉·姚西佛芙娜帮了一点儿忙，她已经告诉所有的客人，说他是一个罕见的好大夫。不过，现在他已经不是为了医治她的偏头痛而去屠尔金家了。……

那是一个节日。叶卡捷丽娜·伊万诺芙娜结束了冗长烦人的钢琴练习曲。接着大家在饭厅里坐了很长时间，一起喝茶，而伊万·彼得罗维奇讲了一件好笑的事情。突然，门铃响了，伊万·彼得罗维奇得去前厅迎客。斯达尔采夫利用短暂的忙乱，十分激动地对叶卡捷丽娜·伊万诺芙娜低声说：

“我求求您，看在上帝面上，别折磨我，我们一起到花园里去吧！”

她耸耸肩膀，似乎感到困惑，不明白他找她有什么事。不过，她还是站起身来去了。

“您弹钢琴，一弹就是三四个钟头，”他走在她后面说，“接着您就陪您母亲坐着，所以根本不可能跟您谈谈。哪怕给我一刻钟也好，我求求您。”

秋天已临近，古老的花园里宁静、忧郁，林荫路上覆盖着深色的树叶。天黑得早了。

“整整一个星期我没有看见您了，”斯达尔采夫接下去说，“您要知道，这有多么痛苦啊！让我们坐下来吧。请您听我说。”

在花园里，有一个他们俩喜爱的地方：一张放在枝叶繁茂的老枫树下的长凳。此刻他们就在这张长凳上坐了下来。

“您有什么事？”叶卡捷丽娜·伊万诺芙娜用干巴巴的一本正经的腔调问道。

“我整整一个星期没有看见您了，已经这么长时间我没有听见您的声音。我热切地希望、渴望听到您的声音。您说话吧。”

她的娇嫩、她的眼睛和脸颊的天真神情都使他神往。她穿着一件连衫裙，即使在这一点上他也看到了一种与众不同的妩媚，看到了由于真挚和诚朴的优雅而动人的东西。同时，尽管她天真纯朴，他又觉得她有头脑，智力上早熟。他能同她谈文学，谈艺术，随便谈什么，还能向她诉苦，抱怨生活和人们，虽说在进行严肃的谈话时，她有时会突然不适当地笑起来，或者跑进房去。同这个城里几乎所有的姑娘一样，她书读得很多(一般说来，这个城里的人是很少看书的，本地图书馆里的人说，如果没有这些姑娘和年轻的犹太人，那么图书馆尽可以关门)。这引起斯达尔采夫无限爱慕，每次见面时，他总要激动地问她最近几天读了些什么书，而且神魂颠倒地听她讲。

“在我们没有见面的这个星期里您读了什么书？”他此刻问道，“请您说说吧。”

“我读了皮谢姆斯基[1]写的书。”

“哪一本书呢？”

“《一千个农奴》，”考契克回答道，“皮谢姆斯基的名字十分可笑：阿列克谢·菲奥菲拉克地奇！”

“您上哪儿去？”见她忽然站起身来朝房子走去，斯达尔采夫大吃一惊，“我必须跟您谈一谈，我有话要说。……哪怕再陪我坐上五分钟也好，我恳求您！”

她停住脚步，好像要说什么话似的，接着难为情地把一张字条塞到他手中，跑到正房，又在钢琴旁坐下。

“今晚十一时，”斯达尔采夫念道，“请您上墓地，在杰美契纪念碑旁。”

“哼，这太不高明了，”他醒悟过来后想道，“这同墓地有什么关系？为什么要上墓地？”

很清楚，这是考契克在胡闹。说真的，既然可以不费劲地在大街上、在市立公园安排相会，那么又有谁会正经八百地想到把约会放在深更半夜，到远在城外的墓地去？再说，他身为地方自治局的一个医师，一个有头脑的体面人，却唉声叹气、接受字条、徘徊在墓地上，做那种现在连中学生都会觉得可笑的傻事，岂不丢脸？这

① 阿·菲·皮谢姆斯基（1821—1881），俄国批判现实主义作家。

种谈情说爱会导致什么结果？同事们知道后又会说些什么？斯达尔采夫这样思忖着，在俱乐部的桌子旁踱来踱去，可是在十点半钟左右他却突然动身去墓地了。

他已经有了两匹马，有了一个名叫潘捷列依蒙，身穿一件丝绒坎肩的车夫。月光皎洁。四周静悄悄，天气挺暖和，但这是秋天的那种暖和。在郊外的屠宰场旁有狗在吠叫。斯达尔采夫把马车留在城边的一条巷子里，他本人步行去墓地，“每个人都有自己的怪脾气，”他想道，“考契克也是个古怪人，谁知道，也许她并不是开玩笑，她会来的。”他醉心于这种无效空虚的希望，这希望使他陶醉。

他在田野上走了约莫半俄里路。远处显现出墓地的轮廓，黑黑的一长条，像是树林，也像是大花园。显出了白石砌的围墙，大门……月光下可以看出写在大门上的字：“时候到了……”斯达尔采夫走进小门，他首先看到的是宽阔的林荫路两边的白色十字架、墓碑以及它们的和白杨的阴影。四外远处可以看到白白的和黑黑的东西，沉睡中的树木在白白的东西的上方垂下它们的枝杈。好像是这儿比田野上亮堂一点；活像兽爪的枫树叶轮廓分明地印在林荫路的黄色沙土上，印在墓板上、墓碑上的题铭都清清楚楚。开始时使斯达尔采夫大为惊愕的是他有生以来第一次看到了的东西，他今后大概也不会再看见的东西：这是一个同任何别的东西都不相似的世界，在这个世界月光美妙、柔和，就好像这儿是它的摇篮似的，在这个世界没有生命，没有，完全没有，不过在每棵昏暗的白杨上、在每个墓穴中，都可以感到一种奥秘，它允诺着一种生活，宁静、美妙和永恒的生活。墓板、残花，连同秋叶的清香都泛荡着宽容、悲伤和静谧的意味。

四周一片静寂。星星极其温顺地从天空俯视。斯达尔采夫的脚步声响得刺耳和不合时宜。直到教堂里响起了钟声，而他想象自己已经死去并永远埋在这里的时候，他才觉得仿佛有个什么人在看着他，于是刹那间他想到这不是安宁和恬静，而是一种生于虚无的无法消除的忧郁和勉强忍住的绝望。……

杰美契纪念碑的形状像个小礼拜堂，它顶上立着一个天使。从前有一个意大利歌剧团路过这个省城，一个女歌手死了，把她葬在这儿，立了这个纪念碑。城里已经没有人记得她了，但入口处上方的那盏灯映着月光，好像是在燃烧似的。

周围一个人也没有。谁会在深更半夜上这儿来呢？可是斯达尔采夫等待着，好像是月光在刺激他的热情似的，他热切地等待着，而且想象着拥抱和亲吻的情景。他在纪念碑旁坐了约莫半个钟头，之后在侧面的林荫路上散散步，手里拿着帽子，他等着，想着，想着在这些坟墓里埋葬着许多妇女和姑娘，她们原先美丽迷人，她们爱过，每到夜间便情欲燃烧，浸沉在抚爱之中。大自然母亲可也真是不怀好意地耍弄人！意识到这一点有多难过！斯达尔采夫这样思忖着，同时真想大声叫喊，说他需要爱情，说他不惜一切代价地期待着爱情。在他面前呈现白色的已不是一方方大理石，而是美丽的胴体。他看见了羞怯地躲在树阴里的人体轮廓，感到了她们身上的温暖。这种折磨使人难过。……

好像是落下帷幕似的，月亮钻到云层后面去了，忽然间四周一切都变得暗淡无光了。斯达尔采夫好不容易找到了大门（天色已经漆黑，而秋夜总是这么黑的）。之后，他又为寻找那个停车的巷子走了约莫一个半钟头。

“我累了。我几乎都站不稳了。”他对潘捷列依蒙说。

他舒服地坐上四轮弹簧马车时想道：

“唉，可别发胖啊！”

3

第二天黄昏他去屠尔金家求婚。但是事不凑巧，一个理发师正在叶卡捷丽娜·伊万诺芙娜的房间里为她理发。她准备到俱乐部去参加舞会。

他只好久坐在饭厅里喝茶。伊万·彼得罗维奇发现客人有心事，觉着无聊，他就从坎肩口袋里掏出一封可笑的信来读，那是由一个管理田庄的日耳曼人写来的，信中说，庄园上全部锁闭用具①都坏了，粘在墙上的东西②掉落了。

“他们大概会给一份丰厚的嫁妆。”斯达尔采夫思忖着，他漫不经心地听着主人读信。

一夜失眠之后，他处于一种昏昏沉沉的状态之中，好像是有人给他灌了许多甜的催眠饮料似的。他心里迷迷糊糊，可是他感到高兴、温暖；而头脑里似乎还有一小块冰冷而沉重的东西在议论着：

“您罢手吧，还来得及！她与你相配吗？她娇生惯养，任性调皮，每天睡到下午两点钟才起床；而你呢，你是一个教堂执事的儿子，是一个地方自治局的医生。……”

“那有什么关系？”他想，“我不在乎。”

“况且，要是你娶了她，”头脑里那一小块接着说，“那么她的亲人会强使你丢下地方自治局的工作，住到城里去。”

“那有什么关系？”他想，“要住在城里，就住在城里。他们给了嫁妆，我们就挺好地安置个家。……”

叶卡捷丽娜·伊万诺芙娜终于来了，穿着袒胸露背的舞会服装，漂亮，利落。斯达尔采夫看得出了神，喜不自胜，竟然连话也不会说了，光是瞧着她笑。

她开始辞行。他也站起身来（现在他已经没有必要再待下去），说是他该回家了，病人在等着他。

“那没法留您了，”伊万·彼得罗维奇说，“去吧，请您顺便把考契克送到俱乐部。”

外面在下小雨，天很暗，只好凭着潘捷列依蒙的嘶哑的咳嗽声才猜到了马车停在什么地方。车篷已经支起。

“我在地毯上走，你在说假话的时候走，……”伊万·彼得罗

---

① 指门锁。

② 指涂料。这个管理庄园的日耳曼人说不好俄语。

维奇一面帮女儿上车，一面说，“他在说假话的时候走……动身吧！请再见！”

他们坐着车走了。

“昨天我去了墓地，”斯达尔采夫开口说，“您啊，您多么狠心，多么无情……”

“您真到墓地去了？”

“是啊，我去了，等您差不多等到两点钟才走。我好苦哟……”

“您连玩笑话也不懂，活该吃苦。”

叶卡捷丽娜·伊万诺芙娜很得意，因为她十分巧妙地捉弄了爱上她的人，还因为有人很热烈地爱着她。她哈哈大笑起来，可是她突然惊恐地大叫一声，原来是这时马车急转弯驶进了俱乐部的大门，车身倾斜了一下。斯达尔采夫一把搂住了叶卡捷丽娜·伊万诺芙娜的腰。惊慌的她紧偎着他，他情不自禁，热烈地吻了她的嘴唇和下巴，把她抱得更紧了。

“够了。”她冷淡地说。

刹那间她已经不在马车里了。警察在灯光辉煌的俱乐部大门边极难听地对潘捷列依蒙叫嚷道：

“怎么停在这儿，傻子？把车赶远一点！”

斯达尔采夫坐车回家，可是，他很快又回到了俱乐部。他穿着一件别人的礼服，戴着一个白色硬领结，那领结不知为什么总向上翘，要从领子上滑开。已经是午夜了，他坐在俱乐部的休息室里，津津有味地对叶卡捷丽娜·伊万诺芙娜说：

“噢，从来没有恋爱过的人知道的东西太少啦！我觉得，还没有一个人真实地描写过爱情，这种温柔、欢悦和痛苦的感情未必能描写得出来。谁领略过这种感情，哪怕是只领略过一次，谁就绝不会用语言来表达。不过，何必要这种开场白和叙述？何必要这种无用的辞令？我的爱是无限的……我请求您，我恳求您，”斯达尔采夫终于吐露了真心话，“做我的妻子吧！”

“德米特里·姚尼奇，”叶卡捷丽娜·伊万诺芙娜想了一想，神情非常严肃地说，“德米特里 · 姚尼奇，承蒙青睐，我十分感激。我尊敬您，不过……”她站起身来，立着继续说，“不过，请原谅我，我不能做您的妻子。让我们认真地谈一次吧。德米特里 · 姚尼奇，您知道，在生活中我最爱的是艺术，我万分喜爱音乐，达到了崇拜的程度，我已把自己的一生献给它。我要做一个艺术家，我要荣誉，要声望，要自由。而您呢，您要我继续住在这个城市里，继续过这种空洞无益的我已经难于忍受的生活。做一个妻子，啊，办不到，请您原谅！一个人应该追求崇高光辉的目标，而家庭生活则会永远束缚住我的手脚。德米特里 · 姚尼奇（她微微一笑，因为在说他这个名字时，她想起了“阿列克谢 · 菲奥菲拉克地奇”[①]），德米特里 · 姚尼奇，您是一个高尚聪明的人，您比谁都好，……”眼泪涌上了她的眼眶，“我对您深怀好感，不过，……不过您会明白的，……”

她转身走出了休息室，免得自己哭出来。

斯达尔采夫的心不再不安地悸跳。他走出俱乐部，来到街上，首先扯下那个硬领结，接着深深地叹了一口气。他有点害臊，他的自尊心受到了损害（他没有料到会遭拒绝），他不相信，他的一切梦想、烦恼和希望竟会导致这么一个荒唐结局，就像是在业余演出的小戏里一样。他为自己的感情难过，为自己的爱情难过，真是难过极了，好像他马上会痛哭一场，或者会拿起伞来使劲敲打潘捷列依蒙宽阔的背脊似的。

一连三天他都无精打采，吃不下，睡不着。可是，一有消息说叶卡捷丽娜 · 伊万诺芙娜到莫斯科去考音乐学院了，他反而安心了，又开始过从前那样的生活了。

后来他偶尔会想起他怎样在墓地上徘徊，怎样坐着马车跑遍全城找一套礼服，每回想到这些时他就会懒洋洋地伸个懒腰说：

---

① 参见前文：“皮谢姆斯基的名字十分可笑：阿列克谢 · 菲奥菲拉克地奇”。

“唉，多麻烦啊！”

4

四年过去了，在城里向斯达尔采夫求诊的人已经很多。每天早晨他匆匆忙忙在嘉里日自己家里接诊病人，接着就坐车去给城里的病人看病。现在他坐的已经不是两套马的马车了，而是一辆三套马的系着小铃铛的马车。每天他要到深夜才回家。他越来越胖，不愿意步行，因为他害上了气喘病。潘捷列依蒙也胖了，他越是朝横向发展，就越悲伤地叹息，抱怨自己命苦：赶马车！

斯达尔采夫出入于各种不同的人家，接触许多人，可是跟谁都不亲近。城里居民们的种种谈话，他们对生活的种种看法，甚至他们的外表都惹他生气。经验渐渐教会了他：在他同城市居民一起玩牌或者吃饭的时候，这是一个和气的、善意的，甚至是一个并不糊涂的人，但只消同他一谈起什么与食用无关的东西，比方说，谈及政治或者科学，那么，这个人就会不知所措，或者会发上一通愚蠢和凶恶的议论，使得你只好摆摆手，一走了事。斯达尔采夫甚至尝试过同具有自由思想的城里人聊天，例如谈到了人类，他说，谢天谢地，人类在进步，将来可以取消公民证和死刑，这时城里人就会狐疑地斜视他并问道：“就是说，到那时候任何人可以在大街上随意杀人？”斯达尔采夫在社交场合或者吃晚饭喝茶时说到了需要劳动和不劳动就不能生活时，在场的每个人都会把这些话当做责备，会生气并纠缠不已地争论。尽管是这样，那些城里人还是什么事也不干，根本不干，他们对什么都不感兴趣，因此简直想不出该同他们谈什么。于是斯达尔采夫就回避交谈，只限于吃饭或者玩“文特”；如果他遇上谁家有喜事，请他吃饭，他就坐下一声不响地吃，两眼盯着盘子。人们在席间谈的一切都没意思、不公道、无聊，使他生气、激动，可是他一言不发。由于总是盯着盘子，保持严肃的沉默，在城里人们给他起了个绰号：“妄自尊大的波兰人”，尽管他根本不是波兰人。

像看戏剧和听音乐一类的娱乐他全都回避，不过他每天晚上津津有味地玩三个钟头的“文特”。他还有一种不知不觉地习惯了的娱乐：每天晚上，他总要从衣袋里取出接诊赚到的钞票，这些黄的和绿的钞票中有的发香水味，有的发香醋味，有的发鱼油味，有时它们塞满所有的衣袋，约莫有七十卢布。等到凑满数百卢布时，他就拿到信用合作社去作为活期存款存上。

在叶卡捷丽娜·伊万诺芙娜离开后的四年中，他去过屠尔金家两次，都是应薇拉·姚西佛芙娜的邀请，她仍旧在治偏头痛。每年夏天叶卡捷丽娜·伊万诺芙娜都要来父母处小作盘桓，可是他一次也没有见过她，不知何故没有赶上。

不过现在四年过去了。在一个平静温暖的早晨，有人送一封信到医院里来。薇拉·姚西佛芙娜在信中对德米特里·姚尼奇说，她很惦记他，请他一定去看她，解除她的痛苦，顺便还提到今天是她的生日。信纸的下方还有附笔：“我附和妈妈的邀请。考。”

斯达尔采夫想了想，晚上他就去屠尔金家了。

“啊，您好哇请！”伊万·彼得罗维奇迎接他，只用眼睛在笑，“Бонжурте①”。

薇拉·姚西佛芙娜已经老多了，有了白头发，她握了握斯达尔采夫的手，做作地叹气说：

“大夫，您不愿意向我献殷勤了，从未到我们这儿来过。我已经老了，配不上您了。不过现在来了个年轻的，也许，她会幸运一些。”

考契克呢？她瘦了，脸变得苍白了，更漂亮，更苗条了，不过这已经是叶卡捷丽娜·伊万诺芙娜，而不是考契克了，已经没有了往日的朝气和天真烂漫的神情。在她的目光和举止中有了一种新东

① 这是屠尔金在玩文字游戏，把法语 bonjour（您好）一词音译成俄语，而且又故意加上俄语的词尾。

西，一种胆怯和愧悔的味儿，仿佛在这里，在屠尔金家她已经不觉得自己是在家里。

“我们多年没有见面了！”她说，并向斯达尔采夫伸出手去。看得出来，她的心在惊慌地跳动；她聚精会神地好奇地看着他的脸继续说：“您胖多了！您晒黑了，男子气概更足了，不过总的说来您变化不大。”

即使是现在，他仍喜欢她，非常喜欢，但她已经缺了点什么，或者是多了点什么，他自己也说不清楚究竟是什么，可是有一种东西在妨碍他产生从前那种感情。他不喜欢她那苍白的脸色、新有的表情、淡淡的笑容、说话的声音，再过了一会儿，就连她的衣服、她坐的圈椅他也不喜欢了。他想起了过去差一点儿娶她的时候所发生的一些事情，他也不喜欢。他想起了四年以前使他激动的爱情、梦想和希望，他开始觉得不舒服了。

大家喝茶，吃甜馅饼。接着薇拉·姚西佛芙娜朗诵小说，她朗诵的是生活里从来没有的事，斯达尔采夫听着，瞧着她美丽的白发，等着她念完。

“平庸的人不是不会写小说的人，”他想，“而是那些写小说而又不善瞒住这件事的人。”

“真不赖。”伊万·彼得罗维奇说。

接着是叶卡捷丽娜·伊万诺芙娜弹钢琴，她弹了很久，声音很响。她弹完后大家向她道谢，对她赞美不止。

“我没有娶她倒是一桩好事。”斯达尔采夫想道。

她瞧着他，显然，她在期待着他约请她去花园，可是他却默不作声。

“让我们来谈谈吧，”她走近他说，“您好吗？您在做什么？境况怎样？这些日子我一直想到您，”她冲动地说下去，“我本想给您写信，想自己上嘉里日去看您。我已经决定要动身了，可是后来改变了主意，天知道您现在对我怎么看。我今天非常激动地等您来。看在上帝的面上，我们一起到花园里去吧。”

他们走进花园，像四年前一样，在老枫树下的那条长凳上坐了下来。天黑下来了。

“您近况如何？”叶卡捷丽娜·伊万诺芙娜问。

“没什么，平平常常过日子。”斯达尔采夫回答。

他想不出什么别的话来。他们沉默了一会儿。

“我心情不安，”叶卡捷丽娜·伊万诺芙娜双手蒙住脸说，“不过您别在意。在家里我觉得很好。看到大家我非常高兴，我还没有习惯。这么多的回忆！我觉得我们会谈个不停，直到天明。”

现在他在她身边，看到了她的脸和她那发亮的眼睛，在这儿，在昏暗中，她比在房间里显得年轻一些，甚至她昔日那种天真的神情好像又出现在她脸上了。实际上，她也确实满怀天真的好奇心瞧着他，好像是她要更近一点考察和了解这个一度十分热烈、十分温柔，同时又十分不幸的男子似的，为了这种热爱，她的眼睛正在向他道谢。而他呢，他也想起了以前的一切，想起了最小的细节：他怎样在墓地上徘徊，后来又怎样在凌晨筋疲力尽地回家。他忽然间感到一阵忧伤，为往事惆怅起来了。他心中闪起了星火。

“您还记得那天傍晚我送您上俱乐部去的情景吗？”他说，“当时下着雨，天黑黑的。……”

他心头的星火渐渐炽烈起来了，他要说话了，他要抱怨生活。……

“唉！”他叹道，“刚才您问我，日子过得怎么样。我们在这儿过的是什么生活哟？哼，简直算不得生活。我们老了，发胖了，邋遢了。做一天和尚撞一天钟，生命惨淡地流逝，没有印象，没有思想。……白天赚钞票，傍晚上俱乐部。一伙赌徒、酒鬼、哑嗓子，这伙人我不能容忍。这种生活有什么好呢？”

“可是您有工作，有崇高的生活目标。以前您总是非常喜欢谈您的医院。那时候我有点儿古怪，自以为是一个了不起的钢琴家。其实，现在所有的小姐都弹钢琴，我以前也不过是跟别人一样弹弹，并没有什么与众不同的地方，我弹钢琴的本事就跟我母亲写小说的本事一样。当然，那时候我并不了解您，不过后来在莫斯科我却常常想到您。我只想念您一个人。做一个地方自治局的医生，帮助受苦的人，为民众服务，这真幸福啊！真幸福啊！”叶卡捷丽娜·伊万诺芙娜兴奋地反复说着，“我在莫斯科想到您的时候，您在我心目中显得非常完美，非常崇高。……”

这时斯达尔采夫想到了钞票，想到了每天晚上高高兴兴地从衣袋里掏出来的那些钞票，他心中的星火就熄灭了。

他站起身来，要回正房去。她挽住了他的胳膊。

“在我平生所认识的人当中，您是最好的一个，”她接着说，“我们还会常常见面和交谈，是吧？请您答应我。我不是什么钢琴家，关于我自己我不会再迷惘了。我不会再在您面前弹钢琴或者谈音乐了。”

他们回到了正房，斯达尔采夫在晚灯照耀下看到了她的脸，她那对忧伤的、感激地审视着他的眼睛，他觉得不安，他又一次想道：“当初我没有娶她倒是一桩好事。”

他开始告辞了。

“您可没有任何罗马法不吃晚饭就走，”伊万·彼得罗维奇一面送行一面说，“您非常垂直[1]。喂，你来表演一下！”在前厅里他对巴瓦说。

巴瓦已经不是个小男孩，而是个长了胡髭的青年人。他摆出架势，向上举起一只手，用演悲剧的声调说：

“你给我去死，苦命的女人！”

这一切都惹斯达尔采夫生气。他坐上马车，瞧着黑暗中的房子和花园（这房子和花园一度曾是他所珍爱的），一下子回忆起了所有的情景：薇拉·姚西佛芙娜的长篇小说、考契克的热闹的琴声、伊万·彼得罗维奇的俏皮话、巴瓦的悲剧姿势——于是他心想：全城中最多才多艺的人尚且是如此平庸，那么，这座城市又会是怎样

---

① 这也是屠尔金说的一句怪话，意思是：“毫无回旋的余地”。

的呢?

三天后，巴瓦送来了一封叶卡捷丽娜·伊万诺芙娜写的信。信中说：

> 您不来我们家。为什么？我担心，您对我们变心了。我担心，而且我一想到这个就感到害怕。请您让我安心吧，您来吧，告诉我说：一切都好。
>
> 我必须同您谈一次。您的叶·屠。

他读完了这封信,想了一下后对巴瓦说：

“伙计,你回去说一声,我很忙,今天我不能去。你就说,过上那么两三天我会去的。”

可是,三天过去了,一个星期过去了,他却一直没有去。有一天,他坐着车子路过屠尔金家,记起来他该去坐上一会儿,可是想了一想,……还是没有进去。

从此以后,他再也没有去过屠尔金家。

5

又过了几年。斯达尔采夫更加肥胖了，脂肪增多了，发喘了，走起路来脑袋已经向后仰了。每逢身体肥胖、满面红光的他坐在挂着小铃铛的三套马车上，而那个同样身体肥胖、满面红光、后脑勺丰润的潘捷列依蒙坐在赶车人的位置上，向前伸出两条仿佛是木头做的胳膊，对迎面走来的行人大声叫嚷：“靠右……右边走！”——这情景给人很深的印象，使人家觉得，坐在车上的不是一个人，而是一个异教神。在城里，向斯达尔采夫求诊的人非常之多，他连喘息的工夫也没有。他已经有一个庄园，在城里还有两所房子，而且正在物色着第三所房子，要合算一些的。每逢他在信用合作社听说有什么房子打算拍卖，他会毫不客气地走进那所房子，走遍各个房间，根本不管那些没穿好衣服的妇女和孩子在非常惊讶和恐惧地瞧着他，他用手杖戳着各处的房门说：

“这是书房？这是卧室？这儿是什么房间？”

他一面说一面气喘吁吁，拭着额头上的汗珠。

他很忙碌，但他仍不放弃地方自治局的职位：钱财迷住了他的心窍，他想鱼和熊掌兼而得之。在嘉里日也好，在城里也好，人家都已经直呼他“姚尼奇”：“这个姚尼奇上哪儿去？”或者：“要不要请姚尼奇来会诊？”

大概是他的喉咙也肥胖起来了的缘故吧，他的声音变了，变成了尖细尖细的。他的性格也变了，变得难以相处和易于发怒。他接诊时总是发脾气，不耐烦地用手杖敲击地板，用他那难听的声音叫嚷道：

“请您只回答我的问话！别说废话！”

他独身一人，过着枯燥无味的生活，对什么事都不感兴趣。

在他生活在嘉里日的全部岁月里，对考契克的爱情是他惟一的欢乐，恐怕也是他最后的欢乐。一到晚上，他就在俱乐部玩“文特”，然后就独自坐在一张大桌旁吃晚饭。伺候他的是侍者中年龄最大、最老练的伊万，给他喝的是“第十七号拉斐特”酒。俱乐部里所有的人，主任也好，厨师也好，侍者也好，都知道他喜欢的是什么，不喜欢的又是什么，大家都极力讨好他，不然的话，弄不好他会突然大发脾气，用手杖来敲击地板。

他吃晚饭的时候，偶尔会回转身去，对别人的谈话插嘴：

“你们这是在说什么？啊？在说谁？”

遇到邻桌上谈起屠尔金一家人的时候，他就问：

“你们这是说的哪个屠尔金家？是说有个弹钢琴的女儿的那一家吗？”

关于他可以说的就是这一些了。

屠尔金一家子的近况呢？伊万·彼得罗维奇没有老，他一丁点儿都没有变，仍像过去那样爱说俏皮话，讲趣闻。薇拉·姚西佛芙娜仍像过去那样兴致勃勃地朗诵她的小说给客人们听，十分率直。考契克呢，她天天弹钢琴，一弹就是四个钟头左右。她明显地见老了，常生病，年年秋天跟母亲一块儿去克里米亚。伊万·彼得罗维奇送她们上车站，车子一开动，他就擦着眼泪嚷道：

“再会了请！[①]”

还挥动着他的手帕。

---

① 屠尔金的一句怪话，就像前文中他常爱说的“您好哇请！”一样。

套中人

在米罗诺西茨果耶村的村头儿，在村长普罗科菲的板棚房里，两个误了时间的猎人住下来过夜，他们是：兽医伊万·伊万内奇和中学教师布尔金。伊万·伊万内奇的姓相当古怪，有一个双姓：契木沙·希马拉依斯基，这个姓跟他完全不相称，因此在省里就简称他的本名和父名：伊万·伊万内奇。他住在城郊的一个种马场上，现在是为了呼吸新鲜空气来打猎的。中学教师布尔金则是每年夏天在彼得罗夫伯爵家里做客，因此在这一带他早就不算是外人了。

他们俩没有睡。伊万·伊万内奇，一个高瘦个儿、留着长唇髭的老头，坐在门口，脸朝外，吸着烟斗，月光照着他。布尔金躺在板棚里的干草上，他在暗处，谁也看不见他。

他们讲着各式各样的事情。顺便也谈到了村长的妻子玛芙拉。

她是一个健康而不愚蠢的女人，这一辈子除了她土生土长的村子外，任何地方也没有去过，从未见过城市和铁路，而近十年来她一直守着炉灶，只是在夜间才走出屋外。

“这有什么奇怪！”布尔金说，“性情孤僻、像寄生虾或蜗牛那样极力闭塞在自己小圈子里的人在这个世界上并不少。也许这是一种返祖现象，返回到人类祖先还不是社会动物并单独生活在洞穴里的那个时代，不过，也有可能，这不过是人的性格的一种变态，谁弄得清楚！我不是自然科学家，类似的问题与我无关。我只想说，像玛芙拉这样的人并不是稀有的现象。是啊，不说远的，两个月前我们城里死了一个姓别里科夫的人，他是一个希腊语教师，是我的同事。无疑，您听说过这个人。他之所以出名，是因为他出门总要穿套鞋，带雨伞，而且一定要穿暖和的棉大衣，总是这样，就连天气好的时候也是这样。他的伞装在套子里，表也装在灰色的麂皮套子里，如果他取出小折刀来削铅笔，那么他的刀也装在一个小套子里，就连他的脸好像也装在套子里，因为他总是把脸藏在竖起的衣领里。他戴黑眼镜，穿绒衣，用棉花塞住耳朵，他雇用马车时，总吩咐车夫支起车篷。总之，在这个人身上可以看到一种经常不变的意向：力图给自己围上一层外壳，给自己制造一个可以使他同人世隔绝、免受外界种种影响的套子。现实生活惹他生气，使他惊骇和心神不安。所以也许是为了替自己的胆怯和憎恶现实的特性辩护，他总是夸奖过去，称赞从未有过的事物。对他来说，就连他所教的古代语言，实质上也是那种套鞋和雨伞，他藏进去借以逃避现实生活。

“‘啊，希腊语多么动听，多么美妙！’他露出甜滋滋的表情说，而且仿佛是为了证明他的说法似的，他眯缝上一只眼睛，举起一个手指念道：‘антропос①。’

“别里科夫极力把他的思想也装进套子。在他的心目中，只有

① 希腊语“人”的俄语拼音。

明文禁止什么事情的政府通告和报纸文章才是一清二楚的。如果通告中禁止中学生在晚上九点钟以后上街，或者在某一篇文章里谈到不准性爱，那他就觉得清楚明确：已经禁止，不许多说。在批准和许可的事情中，他总是觉得有可疑的成分，有某种模糊而没说透的东西。如果城里批准成立一个戏剧小组，或者批准开一个阅览室或茶馆，那他就会摇着头轻声说：

“‘当然，是这样，这一切都挺好，不过，可别出什么事啊。’

“各种破坏、规避或偏离规章的行为都会使他垂头丧气，尽管这一切似乎同他并没有什么关系。如果有个同事做祈祷时迟到，或是传来又有什么中学生恶作剧的消息，或者是有人在晚间看见班级女训导员同一个军官在一起，他就会激动不安，老是说，可别出什么事啊。在教务会议上，他的谨慎、多疑和十分庸俗守旧的想法简直使我们难受，他说男子中学和女子中学里的青年人都行为不端，说教室里十分吵闹，‘哎呀，可别传到上司的耳朵里去！哎呀，可别出什么事啊’，他还说，如果把二年级的彼得罗夫和四年级的叶戈罗夫开除，那就太好了。结果呢？结果是我们让步了，降低了彼得罗夫和叶戈罗夫的操行等级，把他们禁闭起来，直到把他们开除。他凭着长吁短叹和一副架在苍白的小脸上的黑眼镜（您要知道，那张脸小得像黄鼠狼的脸）使我们感到压抑。他这个人有一种古怪的习惯：时常上我们住处来。他一到教师家里就坐下，一言不发，仿佛在暗中侦察着什么似的。他这么默默地坐上一两个钟头后就走了。他把这叫做‘和同事们保持友好关系’。显然，上我们家来坐，这在他并不是好受的事情，他之所以上我们家来，只是因为他把这看作是他尽同事的义务。我们这些做教师的都怕他，甚至校长也怕他。您瞧，我们的教师都是些有思想的、极其正派的人，读的是屠格涅夫和谢德林的书，然而，这个一直穿着套鞋和打着雨伞的人却拘束了整个中学，足足达十五年之久！其实受拘束的何止一个中学？整个城市都受拘束！星期六我们的太太们不举行业余演出，因为她们担心，可别让他知道了。他在场时神职人员不好意思吃荤和玩牌。

在别里科夫这样的人的影响下，近十年到十五年以来，我们城里的人开始害怕一切：害怕大声说话，害怕寄信和交朋友，害怕读书，害怕周济穷人和教人识字。……”

伊万·伊万内奇打算说些什么，他咳了一声，但他先吸了一口烟，看了一眼月亮，然后才一板一眼地说：

“是啊。一些有思想和正派的人，读的是屠格涅夫和谢德林的书，还有巴克尔[①]等人的书，可他们就是屈服了，容忍了。……问题就在这里。”

“别里科夫就住在我所住的那幢房子里，”布尔金继续说，“而且同住在一层楼上，房门对着房门。我们常常见面，所以我知道他在家里的生活。他在家里也还是那一套：睡衣、睡帽、百叶窗、门闩，一系列各种各样的清规戒律，还有‘哎呀，可别出什么事啊！’吃素对健康有害，荤的又不能吃，因为人家会说别里科夫不遵守斋戒，于是他就吃油煎鲈鱼，这食物不是素的，但也不能说它是斋戒中不可吃的菜。他不用女仆，因为他怕别人会对他有不好的想法。他雇的是一个六十岁上下的厨师阿法纳西，这是一个傻头傻脑、成日里醉醺醺的老头。从前做过勤务兵，好歹会做一点菜。这个阿法纳西通常总站在门旁，把双手交叉在胸前，老是深深地叹着气嘟哝那么一句话：

“他们[②]这种人如今滋生出许许多多！”

“别里科夫的卧室小小的，活像一口箱子，床上挂着帐子。他睡觉盖被子总要连头盖上。房间里又热又闷，外面的风叩着紧关的房门，火炉里嗡嗡作响，从厨房里传来一阵一阵不祥的叹息声。……

“他睡在被窝里感到害怕。他担心：可别出什么事，阿法纳西可别把他杀了，小偷可别潜进来，接着他就通宵做梦，令人不安的

① 巴克尔（1821—1862），英国历史学家、社会学家、哲学家。

② 着重点是原文中就有的。

梦，到了第二天早晨我同他一块儿去中学，他闷闷不乐，面色苍白。可见，他前去的那个人数众多的中学使他整个身心感到害怕和厌恶，而与我同行则使他这个性情孤僻的人感到苦闷。

“‘我们的教室里吵闹得很厉害，真是岂有此理。’他说，好像是在极力为他的沉重心情寻找解释似的。

“后来，您猜怎么着，这个希腊语教师，这个套中人，居然差一点儿娶了老婆。”

伊万·伊万内奇朝板棚里迅速瞥了一眼，说：

“您是在开玩笑吧！”

“真的，不管这有多么奇怪，他差一点儿结了婚。一名新的史地教师派到我们学校来，他名叫米哈伊尔·萨维奇·柯瓦连柯，是一个小俄罗斯人①。他不是单独一个人来的，还带了姐姐瓦莲卡一起来。他年轻，高个儿，皮肤黝黑，有一双大手，从他的脸相可以看得出他说话的声音是低音，果然，他的嗓音好像是从一只大桶里发出来的：卜、卜、卜……她呢，年纪已经不轻，大约三十岁上下，身材颀长匀称，黑眉毛，红脸蛋，一句话，她不是一般的女郎，而是像水果软糖一般甜美，她活泼，爱热闹，总是唱着小俄罗斯的抒情歌曲，总是哈哈笑。她动不动就高声大笑：哈哈哈！我记得，我们第一次真正认识柯瓦连柯姐弟是在校长家里，在命名日宴会上。在一些严峻的、十分枯燥无味的、把赴命名日宴会也看作是不得不尽的职责似的教师中间，我们突然看见：从浪花里出现了一个崭新的阿佛洛狄忒②，她双手叉腰走来走去，她哈哈大笑，她唱歌跳舞……她感情充沛地唱了一首《风在吹》，接着又唱了一支抒情歌曲，随后又再唱一支，她把我们大家都迷住了，大家，甚至把别里科夫也迷住了。他在她身旁坐下，甜滋滋地微笑着说：

“‘小俄罗斯语言柔和，动听，这使人联想到了古希腊语。’

---

① 乌克兰人的旧称。

② 希腊神话中爱和美的女神，她是从大海浪花里出生的。

“这话使她感到心满意足，她亲切而又使人信服地告诉他，在加佳奇县她有一个田庄，妈妈就住在田庄上，那儿有真好吃的梨，真好吃的甜瓜，真好吃的卡巴克①！小俄罗斯人把南瓜叫做卡巴克，而把酒馆叫做希诺克，他们用红甜菜和茄子熬的甜菜汤‘可好吃啦，可好吃啦，好吃得要命！’

“我们听啊听的，忽然大家生出了一个同样的想法。

“‘要能撮合他们结婚倒是一件好事。’校长夫人轻声对我说。

“不知为什么我们大家都想到了我们的别里科夫尚未结婚。现在我们感到奇怪：我们竟一直没有注意并完全忽略了他生活中这么重要的细节。他对女人究竟抱什么态度？他怎样为自己解决这个要紧问题？对此我们从前完全不感兴趣，也许，我们甚至未曾想过，一个不管天气好坏总是穿着套鞋和睡在帐子里的人会恋爱。

“‘他早已四十开外，而她呢，也三十了……’校长夫人解释她的想法说，‘我觉得她会嫁给他的。’

“在我们地方上出于无聊，什么事都做得出来，其中有多少毫无益处的荒诞的事啊！而这又都是因为根本不必要做的事情。不是吗，我们为什么突然要使这个别里科夫娶妻呢？甚至不能想象，他会成家。但是，校长夫人、学监夫人、我们中学里所有的女士全都活跃起来了，她们甚至变得比原来好了，好像是忽然发现了生活的目标。校长夫人在剧院里定了一个包厢，我们一看，在她的包厢里坐着瓦莲卡，她手中拿着一把扇子，容光焕发，讨人喜欢。她身旁坐着别里科夫，他矮小、佝偻，倒像是被人用钳子从家里拉来似的。我在家里举办晚会，太太们就提出要求，要我一定把别里科夫和瓦莲卡请来。一句话，机器运转起来了。后来发现，瓦莲卡倒是同意出嫁的。她住在弟弟家里并不很愉快，他们成天争吵和对骂。比方说，有过这样一次吵架：柯瓦连柯在街上走，健壮的傻大个，身穿一件绣花衬衫，一绺头发从帽子里钻出来垂在他额头上。他一

① 在俄语中，“卡巴克（Кабак）”这个词有两个意思：“南瓜”和“酒馆”。

只手拿着一捆书，另一只手拿着一根多节疤的粗手杖。姐姐走在他后面，她也拿着书。

“‘这本书你一定没看过，米哈伊尔里克[①]！’她大声争辩道，‘我跟你说，我赌咒，你根本没有看过这本书！’

“‘我告诉你，我看过！’柯瓦连柯嚷道，用手杖敲打着人行道，敲得咚咚响。

“‘哎呀，我的上帝，米哈伊尔里克！你发什么脾气，我们谈的可是一个原则问题。’

“‘可我要对你说，我看过！’柯瓦连柯嚷嚷的声音更高了。

“在家里，要是有外人在座，他们就互相争吵。这种生活她大概过厌了，她巴望有自己的栖身之所，再说年纪也是该注意的，到这种年纪已经顾不上选择对象了，嫁给谁都行，哪怕是嫁给希腊语教师。何况我们的大多数小姐都不问嫁给谁，只求嫁出去。总之，瓦莲卡开始对我们的别里科夫表示明显的好感了。

“别里科夫呢？他到柯瓦连柯家去就像到我们家来一样：一到他家就闷坐，一言不发。他默不作声，而瓦莲卡却唱《风在吹》给他听，要不就用她那双沉思的黑眼睛瞧着他，或者是突然间大笑起来：

“‘哈哈哈！’

“在恋爱这种事情上，特别是在婚姻上，提示的作用很大。大伙儿，同事们和太太们，都要使别里科夫确信他该结婚了，确信他在生活中除了娶个妻子以外什么都不缺了。我们大家向他祝贺，一本正经地讲一些俗套话，说什么婚姻是终身大事，瓦莲卡长得不错，招人喜欢，她又是五品文官的女儿，有一个庄园，而主要是，她是第一个对他亲热诚恳的女人。他开始晕头转向了，认为他真的该结婚了。”

“这时该拿掉他的套鞋和雨伞了。”伊万·伊万内奇说。

---

① 米哈伊尔的小名。

“可是您瞧，这居然是一件不可能做到的事情。他把瓦莲卡的照片放在房里的桌子上，常常到我这儿来谈瓦莲卡，谈家庭生活，谈婚姻是终身大事，他也常常到柯瓦连柯姊弟家去，但他丝毫没有改变他的生活方式。甚至恰恰相反，成家的决定不知何故对他起了一种不正常的作用，他瘦了，脸色苍白了，似乎更深地钻进了他的套子。

“‘我是喜欢瓦尔瓦拉·萨维希娜①的，’他淡淡地苦笑一下对我说，‘我知道，每个人都得结婚，然而……现在这一切，您要知道，来得有点突然。……该想一想才是。’

“‘这有什么可想的？’我对他说，‘您结您的婚就是啦。’

“‘不，婚姻是终身大事，事先该权衡一下面临的义务和责任，……免得以后闹出什么事情。这件事使我心神不宁，夜不能寐。说老实话，我害怕：他们姐弟俩的思想方式有点古怪，他们议论起事情来，您知道，有点古怪，他们的性情也太活泼。你结了婚，以后很可能会卷进什么不幸的事故。’

“因而他没有求婚，一味拖延，惹得校长夫人和我们学校里所有的太太十分烦恼。他一直在衡量面临的义务和责任，可同时他又几乎每天都同瓦莲卡一起散步，也许，他认为，处在他的地位他该这么做。他常来找我谈家庭生活。如果不是突然发生了一件大丑事②，最终十之八九他会求婚，一桩不必要的、愚蠢的婚事也就会办成了，这类婚事在我们这儿成千上万，都是出于烦恼和无所事事。该说明的是，瓦莲卡的弟弟柯瓦连柯从认识别里科夫的头一天起就憎恶他，不能容忍他。

“‘我不明白，’他耸耸肩膀对我们说，‘我不明白，你们怎么能忍受这个告密的家伙，这个卑劣的东西。哎，诸位先生，你们怎么能在这种地方生活！你们这儿的气氛坏极了，令人窒息。你们难

① 瓦尔瓦拉是瓦莲卡的正名，萨维希娜是瓦莲卡的父名。
② 原文为德语。

道算是教育工作者？算是老师？你们是些官僚。你们这儿不是科学殿堂，而是城市警察局，有一股子酸气，像在警察亭子里一样。不行，诸位老兄，我同你们在一起稍微再生活一段时间，就回到我的田庄上去，捉捉虾，教教小俄罗斯的孩子。我是要走的，你们就同你们的犹大留在这儿吧，他这该死的！'

"有时候他哈哈大笑，笑得流出眼泪，声音时而低沉，时而尖细。他两手一摊问我：

"'他到我家来坐在那里干啥？他想要啥？坐在那儿看着。'

"他甚至给了别里科夫一个外号：'吸血鬼或蜘蛛'[①]。因此，很自然，我们回避同他谈他姐姐瓦莲卡准备嫁给'蜘蛛'[②]的事。有一天校长夫人暗示他说，安排他的姐姐嫁给像别里科夫这么一个德高望重的人倒会是一桩好事，他一听就皱起眉头嘟哝说：

"'这事不归我管。随她去，哪怕是嫁给一条毒蛇也由她，我不喜欢干预别人的事情。'

"现在请您听下去。有个人恶作剧，他画了一幅漫画：别里科夫穿着套鞋、卷起裤腿、打着雨伞在走，瓦莲卡挽着他的手走在一起，漫画下端的题词是：'热恋着的 антропос'。那神态，您可知道，画得极妙。那画家大概画了不止一夜，因为男子中学和女子中学的全部教师、宗教学校的一些教师和一些文官都收到了这张漫画，人手一张。就连别里科夫也收到了一张。这张漫画使他沉痛和难过。

"恰好是5月1日那天，星期日，我们全体教师和学生约好在学校里集合，然后一同步行去郊外的小树林。我同他一起走出房子，他脸色铁青，满面愁容。

"'有的人多不好，多恶毒！'他说，他的嘴唇在发抖。

"我甚至开始可怜他了。我们走着，突然，您猜怎么着，柯瓦

---

① 原文为乌克兰语。

② 同上。

连柯骑着自行车来了，瓦莲卡跟在他后面，也骑着自行车，她满脸通红，疲惫不堪，但兴高采烈，欢天喜地。

“‘我们先走！’她大声嚷道，‘天气多好啊！多么好！好得要命！’

“他们两个人消失了。别里科夫的脸色由青变白，他的确呆住了。他定下步来瞧着我。……

“‘对不起，这是怎么回事？’他问，‘也许，莫非是我的眼睛骗了我？中学教师和女人骑自行车，这难道体面吗？’

“‘这有什么不体面的？’我说，‘让他们随便骑吧！’

“‘可是这怎么行？’他叫了一声。我的安然态度使他惊讶。‘您在说什么呀？！’

“他感到十分惊讶，以致不愿再走下去。他回家了。

“第二天他老是烦恼地搓手，不住地哆嗦，从他的脸色可以看出他身体不舒服。没等到下班他就走了，这是他有生以来第一次。他午饭也不吃。将近傍晚时分，他穿得暖暖的（虽然户外已是盛夏天气），拖着沉重的脚步向柯瓦连柯家走去。瓦莲卡不在家，他只见到了她弟弟。

“‘谨请坐下。’柯瓦连柯眉头一皱冷冰冰地说。他饭后刚打了一个盹儿，睡眼惺忪，心绪十分不佳。

“别里科夫默默坐了十来分钟光景，然后开口说：

“‘我来找您，是为了缓和一下心情。我觉得非常难过。有个诬蔑人的家伙把我和一个女子画成可笑的样子，这女子对我们俩是亲近的。……我认为我有责任使您确信，这事跟我无关。……我没为这种嘲笑提供任何口实，恰恰相反，我的言行一直是正正派派的。’

“柯瓦连柯绷起脸坐着，一言不发。别里科夫稍稍等了一下继续说，声调悲伤：

“‘我还有些话要对您讲。我已经任职多年，而您才开始工作，所以，作为年长的同事，我认为有责任预先警告您。您骑自行

车，而这种游戏对青少年的培育者来说是十分有失体面的。’

“‘为什么呢？’柯瓦连柯用低沉的声音问。

“‘米哈伊尔·萨维奇，难道这还需要解释？难道这还不明白？如果教师骑自行车，那么学生会怎么样呢？他们会脚底朝天用头走路了！既然政府没有通告说准许做这种事，那就不能做。昨天我大吃一惊！我一看到您的姐姐，我就眼花缭乱了。一个女人或者说一个姑娘骑自行车，这太糟糕了！’

“‘您究竟要怎么样？’

“‘我要做的只是预先警告您，米哈伊尔·萨维奇。您年轻，有前途，一言一行都得谨慎小心，可是您呢，您随随便便，啊，太随便了！您穿着绣花衬衫，手里总拿着些书在街上走，现在又来了部什么自行车。关于您和您姐姐骑自行车的事，校长一定会知道，然后又一定会传到督学的耳朵里。……这样做有什么好处呢？’

“‘我和我姐姐骑自行车，这不关别人的事！’柯瓦连柯满脸通红地说，‘谁要来管我家的事，我就叫他见鬼去。’

“别里科夫脸色煞白，站起身来。

“‘如果您用这种口气跟我讲话，那我就谈不下去了，’他说，‘我请求您，当着我的面提到上司时千万别这么说话。对当局您应当尊敬。’

“‘难道我说了当局什么坏话吗？’柯瓦连柯恶狠狠地瞧着他，问道，‘劳驾，请您让我安静一下。我是个正直的人，不愿意同您这样的先生谈话。我不喜欢告密的家伙。’

“别里科夫急剧地忙乱起来，动作很快地穿上衣服，脸上露出恐惧的神情。可不是，他生平第一次听到这种粗暴的话。

“‘您想说什么随您说，’在从前堂走到楼梯口时他说，‘只是我有责任预先警告您：我们的谈话也许已经有人听见，我应该把我们谈话的主要内容……报告校长先生，以免有人曲解我们的谈话，以免出什么事情。我有责任这么做。’

“‘报告？去吧，去报告吧！’

“柯瓦连柯从背后抓住他的衣领，猛推一下，别里科夫就滚下楼去，他的套鞋发出咯噔咯噔的响声，楼梯既高又陡，但他滚到楼下却安然无恙，站起身来摸摸鼻子：眼镜是否碎了？可是，偏巧在他滚下楼的时候，瓦莲卡走了进来，和她一起进来的还有两位太太。她们站在楼下看，对别里科夫来说这是最最可怕的。他似乎宁可摔断脖子，摔断两腿，也不愿成为笑柄；可不是吗，现在全城都会知道，一定会传到校长和督学的耳朵里。‘哎呀，千万别出了什么事啊！’人家会再画出一张漫画，到那时这一切就将以命令他辞职而告终。……

“他站起来时，瓦莲卡认出是他，她瞧着他那张可笑的脸、揉皱的大衣和套鞋，弄不明白出了什么事，还以为他是偶然摔倒的，她忍不住放声大笑，笑得全屋子的人都听见了：

“‘哈哈哈！’

“这一阵爽朗的笑声结束了一切：说媒以及别里科夫在人间的生活全都到此结束。他已经听不见瓦莲卡说了些什么，而且什么也看不见了。一回到家里，他首先从桌子上拿走瓦莲卡的照片，然后就躺下，这一躺就再也没有起来。

“过了三天光景，阿法纳西来找我，问我是否该去请医生，据他说，他的主人有点不对头。我就到别里科夫的屋里去。他躺在帐子里，盖着被子，一声不响。你问他，他只回答你一声‘是’或者‘不’，听不到别的什么话。他躺在那儿，阿法纳西在一旁走来走去，脸色阴沉，皱着眉头深深叹气，从他身上散发出一股白酒气味，像从酒馆里发出来的一样。

“一个月后别里科夫死了。我们大家，也就是两个中学和一个宗教学校的人全都为他送葬。如今，当他躺在棺材里的时候，他神情温和、愉快，甚至欢乐，仿佛他在庆幸：终于将他装进了一个他永远不再从其中出来的套子。是啊，经过努力他获得了他的理想！在他下葬的时候，天色阴沉，下着雨，似乎是向他表示敬意，我们大家也都穿着套鞋，打着雨伞。瓦莲卡也去为他送丧，在把棺材放进墓穴里的时候，她哭了几声。我发现，小俄罗斯女人要么哭，要么笑，对她们来说寻常的心情是没有的。

“老实说，埋葬别里科夫这样的人，是一件十分高兴的事。从墓地回去的路上，我们的脸一张张都是端庄持重、怏怏不乐的，谁也不愿意显露高兴的心情，这心情像是很久前我们在童年时体验过的心情，当时每逢大人出门，我们就在花园里跑上一两个钟头，享受充分自由的欢乐。啊，自由呀，自由！哪怕有一点儿类似自由的东西，哪怕有可能自由的一线希望，就会使人的心灵生出翅膀来。难道不是这样吗？

“我们从墓园回来后心绪畅快。但是一个星期还没有完，生活就又像老样子了：严酷、无聊、混乱。这是一种未经政府通告禁止，但也未获得充分许可的生活，情况未有好转。确实，别里科夫已被埋葬，可是这类套中人还有多少啊！将来也还会有许多！”

“问题就在这里。”伊万·伊万内奇说着吸了一口烟。

“这样的人将来还会有许多啊！”布尔金重复了一句。

中学教师走出板棚。这是一个身材不高的胖子，头顶完全光秃，长长的黑胡子几乎齐腰。跟着他一块儿出来的还有两条狗。

“月色多好啊！多好！”他看着天空说。

已经是午夜了。往右边瞧，整个村子可以看得清清楚楚。一条长长的路伸向远方，大约有五俄里光景。一切都沉浸在安静而深沉的梦乡之中，没有动静，没有声响，甚至难以置信，自然界竟能如此安静。在月夜见到宽阔的村路和村里的小木屋、干草垛、熟睡中的杨柳，人心里就会宁静。在这种宁静之中，在朦胧的夜色之中，人的心灵避开了困难、忧虑和哀痛，它显得温和、凄凉和美好，觉得好像星星也在亲切而动情地瞧着他，好像世上已经没有邪恶，一切都平安圆满。朝左边看，村旁便是田野，它一望无际，直到地平线，在辽阔的沉浸在月光里的田野上同样没有动静，没有声响。

“问题就在这里，”伊万·伊万内奇重复了一句，“我们住在闷气、拥挤的城里，写写无用的公文，玩玩‘文特’，难道这不也是套子吗？还有，我们在无所事事的二流子、图谋私利而爱打官司的家伙和愚蠢闲散的女人圈子中间消磨我们的一生，我们自己说、也听别人说各式各样的废话，难道这不也是套子？好，如果您乐意听，我就讲一个很有教益的故事给您听。”

“不，该睡了，”布尔金说，“明天再讲吧。”

他们俩走进板棚，在干草上躺下。两个人都已盖好被子，正微微入睡的时候，忽然间响起了轻轻的脚步声：吧嗒，吧嗒。……有个什么人在离板棚不远的地方走动，走了不多几步就停下，可是过一分钟后又走动了：吧嗒，吧嗒。……狗吠叫起来了。

“这是玛芙拉在走。”布尔金说。

脚步声渐渐停息了。

“看着别人作假，听着别人说谎，”伊万·伊万内奇翻一个身说，“别人呢，因为你容忍这种虚伪而骂你傻瓜；忍受委屈和侮辱，不敢公开声明你是站在正直和自由的人们一边，反而自己也撒谎造谣，面带微笑，而且这么做又都是为了有一口饭吃，为了有一个温暖的住处，为了有一个不值钱的官衔，——不行，不能再这样生活下去啦！”

“哦，您扯到别的话题上去了，伊万·伊万内奇，”教师说，“我们睡吧！”

过了十分钟左右，布尔金睡着了，而伊万·伊万内奇却不住地翻身和叹气，后来他站起身来，重新走出板棚，坐在门口吸起烟来。

醋栗

从一大清早起雨云就布满了整个天空，没有风，不热，气闷。每逢天气阴暗，乌云早就低垂在田野上空，要下雨了，可它就是下不来，每逢这种天气往往就有这种情况。兽医伊万·伊万内奇和中学教师布尔金已经走累了，他们只觉得田野好像走不完似的。前面远处，米罗诺西茨果耶村的风车隐约可见，右边伸展着一排土冈，以后就消失在离村子远远的地方。他们俩都知道这是河岸，那儿有草场，有绿色的柳树，有庄园。如果站在土冈上眺望，就可以看见同样辽阔的田野、电报线和火车，这列车从远处看活像是一条在爬动着的毛虫。在天气晴朗的日子里，从土冈上可以看见城市。今天风和日丽，整个自然界显得温和而沉静，伊万·伊万内奇和布尔金充满了对这片田野的热爱，他们俩都在想：这地方多么辽阔，多么美丽！

“上一次，我们住在村长普罗科菲的板棚里时，”布尔金说，“您打算讲一个故事的。”

“对，当时我是想讲一讲我的弟弟。”

伊万·伊万内奇深深地叹了一口气，吸了一口烟，打算开口讲故事，可是正好在这个时候下起雨来了。过了大约五分钟，雨下大了。乌云密布，雨久降不止，很难预测它什么时候才会停。伊万·伊万内奇和布尔金停住脚步，考虑起来。他们的猎狗已经淋得湿透，夹着尾巴站在那儿，含情脉脉地瞧着他们。

“我们得找个地方避避雨，”布尔金说，“上阿列兴家去吧，就在附近。”

"好，去吧。"

他们就向一旁转弯，一直沿着已经收割过的田地走，一会儿笔直走，一会儿往右拐，最后走上了一条大路。很快出现了杨树，花园，接下来是红屋顶的谷仓；河流闪闪发光，顿时眼前出现一个广阔的水域，一个磨坊和一个白色的浴棚。这就是索菲诺村，阿列兴就住在这儿。

磨坊正在开工，响声压过了雨声，水坝在震颤。这儿，在大车旁有几匹湿淋淋的马，它们都垂着头。人们披着麻袋在走来走去。这个地方潮湿、泥泞、不舒适，河水的样子是凉冰冰的，凶险的。伊万·伊万内奇和布尔金已经感到周身潮乎乎的、脏兮兮的、很不适意，他们沾满烂泥的脚变得沉沉的。他们走过水坝朝地主家的谷仓走去的时候都不说话，好像是在互相怄气。

在一个谷仓里，簸扬车轰轰地响着。仓门敞开着，从门里冒出一股股尘土。阿列兴本人站在门槛上，这是个四十岁左右的男子，身材高大、丰满，长长的头发，他不像地主，更像教授或者画家。他身穿一件长期不洗的白衬衫，腰间系着一根绳子以代替腰带，一条长衬裤代替了西装裤，靴子上沾满了泥浆和麦秸。尘土使他的鼻子和眼睛都变得黑黑的。他认出来人是伊万·伊万内奇和布尔金，显然十分高兴。

"请到屋里去吧，两位先生，"他笑着说，"我马上就来，马上。"

这是一所两层楼的大房子。阿列兴住在楼下的两个有拱顶的窗户很小的房间里，从前管家们就住在这里。屋里陈设简单，散发着黑面包、廉价白酒和马具的气味。他很少到楼上的正房里去，只是在有客人的时候他才去那里。在房子里迎接伊万·伊万内奇和布尔金的是一个使女，一个年轻的女人，长得十分美，致使他们俩都立时停住了脚步，互相看了一眼。

"你们不能想象，两位先生，我看见你们有多高兴，"阿列兴说，他随着他们走进前厅，"真没想到啊！彼拉盖雅，"他对使女说，“让客人们换换衣服吧。我顺便也换一下。只是我该先去洗一个澡，好像是打春天起我没有洗过澡。两位先生，你们去浴棚吧，让他们趁这个工夫把这地方收拾收拾。”

美丽的彼拉盖雅十分客气，样儿十分温柔。她送来了毛巾和肥皂。阿列兴和客人们一起到浴棚里去了。

“是啊，我已经很长时间没有洗澡了，”他一面脱衣服一面说，“你们看得出来，我的浴棚挺好，还是我父亲修建的，可是不知怎的，我总没有工夫洗澡。”

他在台阶上坐下，给他的长头发和脖子擦上肥皂，他四周的水变成棕色的了。

“是啊，老实说……”伊万·伊万内奇瞧着他的头，意味深长地说。

“我已经很长时间没有洗澡了……”阿列兴害臊地又说了一遍，再一次给自己擦上肥皂，他身旁的水变成蓝黑色的，像墨水一样。

伊万·伊万内奇走出浴棚，扑通一声跳进水里，抡开胳膊冒着雨游起泳来。他身旁掀起了波浪，白莲在水波上摇晃。他游到河中央，扎了一个猛子，一分钟后他又在另一个地方出现，朝远处游去。他老是扎猛子，想触到河底。“哎呀，我的上帝啊……”他反复说着，“哎呀，我的上帝啊……”他游得很痛快。他游近磨坊，在那里同几个农民谈了一阵，接着又往回游，游到了河的中部，他就平躺在水面上，听凭雨水浇淋他的脸。布尔金和阿列兴已经穿好衣服，打算离开，可是他还在一个劲儿地游，一个劲儿地扎猛子。

“哎呀，我的上帝啊……”他说，“哎呀，上帝饶恕我吧。”

“别再游啦！”布尔金向他喊道。

他们回到了屋里。楼上的大客厅里点上了灯，穿上了绸长袍、暖和便鞋的布尔金和伊万·伊万内奇坐在圈椅上；洗过了脸、梳好头的阿列兴本人穿着新礼服，在客厅里来回走动，显然，他适意地感受着温暖、洁净、干燥的衣服和轻便的鞋子；美丽的彼拉盖雅静悄悄地在地毯上走着，她温柔地微笑着，用托盘送来了茶和果酱。只是在这个时候伊万·伊万内奇才开始讲故事，而且仿佛不只是布尔金和阿列兴在听他讲，连那些挂在墙上的金边画框里平静而又严厉地看着他们的年老的和年轻的太太和军人也在听。

“我们哥儿两个，”他开始讲故事，“我，伊万·伊万内奇，另一个叫尼古拉·伊万内奇，他比我小两岁。我上学，成了一名兽医，尼古拉呢，他从十九岁起就在税务局干事。我们的父亲契木沙-希马拉依斯基本是一个世袭兵[①]，但他后来当上了军官，留给我们一个世袭贵族的身份和一小份领地。他死后，这份领地判给了人家抵了债，可是，不管怎么说，我们是在乡下自由自在地度过了童年。我们就同农家孩子一样，白天晚上都待在田野上或树林里，我们看守马匹，剥树皮，钓鱼以及做诸如此类的其他活动。……你们都知道，谁一生中哪怕只抓到过一次鲈鱼或者秋天见过一次鸫鸟南飞，看着它们怎样在晴朗凉爽的秋日成群飞过乡村，谁就不再是城里人，而且一直到死他都会向往那种自由的生活。我弟弟在税务局总是痛苦烦恼。岁月一年又一年地逝去，他老是在一个地方工作，写千篇一律的公文，老是想着一件事：假如能到农村去生活就好了。他的这种苦恼心情渐渐变成一种明确的愿望，一种梦想：在河边或者在湖畔的一个什么地方购置一个小庄园。

“他是个善良温和的人，我喜欢他，但我从未赞成过他要一辈子幽居在自家庄园里的愿望。通常说，人只需要三个阿尔申土地[②]。可是要知道，死尸才需要三个阿尔申土地，可不是活人需要。现在还有一些人在说什么，如果我们的知识分子向往土地，渴望有个庄园，那是好事。可是，要知道，这些庄园同那三个阿尔申土地是一样的。离开城市，离开斗争，离开多事的人生，躲进自己的庄园

---

① 在19世纪初，俄国兵士的儿子出生后即被指定将来入军校受训者叫世袭兵。

② 旧俄长度单位，1个阿尔申相当于0.711米。这里说的是一口棺材的长度。

里，这不是生活，这是利己主义，是懒惰，是一种特殊的修道生活，一种没有献身精神的修道生活。人需要有的不是三个阿尔申土地，不是一个庄园，而是整个地球、整个自然界，在那里人可以自由自在地展现他的自由精神的全部本性和特点。

“我弟弟尼古拉坐在他的办公室里幻想，幻想他吃自家的白菜汤的情景，那香味充满整个院子，幻想他坐在绿草地上吃饭，在阳光下睡觉，坐在大门外的长凳上眺望田野和树林，一坐就是好几个钟头。读农艺书以及了解日历上提出的有关农艺的各种忠告是他的生活乐趣，是他心爱的精神食粮。他还喜欢看报，但他看的只是报纸上的一些广告：什么地方有多少俄亩耕地出售，随同出售的还有草场、庄园、小河、花园、磨坊和活水池塘。他的头脑里呈现出园子里的小径、花卉、水果、椋鸟笼和游着鲫鱼的池塘以及诸如此类的东西。这些想象中的画面随着他所见到的广告不同而各式各样，但是，不知为什么，在每一张想象的画面上都一定有醋栗。他不能想象一个庄园、一个饶有诗意的住处是可以没有醋栗的。

“‘乡村生活自有它舒适的地方，’他常常说，‘你坐在露台上，喝喝茶，你养的小鸭子在池塘里游动，空中弥漫着令人感到舒服的气味，还有……还有醋栗在成长。’

“他常常画他的田庄的草图，而且他的每一张草图上总有以下几样东西：（一）主人的正房；（二）仆人的下房；（三）菜园；（四）醋栗。在生活上他很吝啬，不吃饱，不喝足，天知道他穿的是什么，活像一个乞丐；他一味攒钱存银行。他贪得无厌。看着他我感到痛心，因此我常常给他一些东西，在节日里也总给他寄一点什么去，可是他就连这些东西也藏起来。也真是，如果一个人打定了主意，那你对他就毫无办法了。

“时光一年又一年过去，把他调到了另一个省里，他已经四十开外了，可是仍旧在读报上的广告，仍旧在攒钱。我听说，后来他结婚了，但他结婚也是为了同一目的：买一个有醋栗的庄园。他娶的是一个年老难看的寡妇，他对她毫无感情，只因为她有几个钱。

他同她在一起生活仍然十分吝啬，叫她过半饥半饱的生活，把她的钱以他的名义存入银行。她的前夫是个邮政局长，在他那儿她吃惯了馅饼，喝惯了果子酒，可是在第二个丈夫家里她连黑面包也吃不饱。过着这样的生活她变得憔悴了，过了三年光景干脆把灵魂交给了上帝。我弟弟当然压根儿没有想过，她的死归咎于他。金钱同白酒一样，它把人变成怪物。我们城里有过一个病危的病人，他临终前叫人给他一盘蜂蜜，把他的全部钞票和彩票拌同蜂蜜都吃了下去，不让任何人得到。有一次我在火车站检查畜群，就在这时有一个马贩子跌倒在火车头底下，他的一条腿被轧断了。我们抬他到急诊室，血不停地流着，真可怕。可是他却一味要求把他那条断腿找到，老是放心不下，原来在那条轧断了的腿所穿的靴子里放着二十个卢布，千万别丢失才好。”

“您扯到别的话题上去了。”布尔金说。

“妻子死后，”伊万·伊万内奇想了半分钟后继续说，“我弟弟就着手为自己物色一个庄园。很自然，哪怕你物色上五年，到头来还是会出错，你会买下不是你想望的东西。我弟弟尼古拉通过经纪人买下了一个抵押过的占地一百一十二俄亩的庄园，有主人的正房，有仆人的下房，有花园，可就是没有果园和醋栗，也没有池塘和小鸭。河倒是有一条，但河里的水是咖啡色的，因为庄园的一边是造砖厂，另一边是烧骨场。可是我的尼古拉·伊万内奇并不太伤心，他订购了二十墩醋栗，把它们栽下后就过起地主生活来了。

“去年我去探望他。我想，我去一下看看那儿的情况。我弟弟在信中把他的庄园叫做‘楚木巴罗克洛夫荒野’，又名‘希马拉依斯科耶。’我到达那个又名‘希马拉依斯科耶’的时候是午后，天气热烘烘的。处处是沟渠、围墙、篱笆，杉树栽成一行又一行，使你弄不清楚，怎样才能走进院子，马又应该拴在哪儿。我向正房走去，迎着我走来一条毛色棕红的狗，它肥胖得像一头猪。它想吠叫，可是又懒得张嘴。从厨房里走出一个厨娘，光着脚，胖胖的，也像一头猪。她说主人正在午睡。我走进弟弟的房间，他坐在床上，被子盖着双膝。他老了，胖了，有些浮肿，他的脸颊、鼻子和嘴唇都向前伸展，像伸懒腰似的，眼看他要像猪那样呼噜呼噜地叫起来朝被子里钻。

"我们相互拥抱，流了泪。流泪既是出于高兴，同时也是由于一种忧郁的想法：我们从前年纪轻轻，现在都已白发苍苍，行将就木。他穿好衣服，领我去看他的庄园。

"'你在这儿日子过得怎么样？'我问。

"'还不错，感谢上帝，我过得挺好。'

"这已经不是以前那个怯懦的可怜虫小官吏，而是一个地地道道的地主老爷。他对这儿的生活已经习惯，而且感到津津有味。他吃得很多，常到澡堂洗澡，身子发胖，已经同村社和两个工厂打过官司，每当农民不尊称他为'老爷'时，他就会深感受屈。他庄重地关心自己的灵魂得救，像个老爷的样子，他不是朴朴实实地行善，总要装腔作势。那么，他行了些什么善呢？他用苏打和蓖麻子油给农民治各种疾病；在他的命名日里，他在村子中央举行感恩祈祷仪式，过后摆出半维德罗①白酒请农民喝，他认为这么做是应该的。哎，这可怕的半维德罗酒啊！今天胖地主拖着几个农民去见地方行政长官，因为他们的牲畜踩坏了他的庄稼，明天遇上一个什么隆重的节日，胖地主又摆出半维德罗白酒，农民们就一面喝酒，一面喊'乌拉'，喝醉了的人就向他叩头。生活好转、餍足、闲散，——这一切都会使一个俄国人变得自命不凡，而且是最厚颜无耻的自命不凡。尼古拉·伊万内奇从前在税务局里甚至对他本人都不敢有自己的观点，可是现在他所讲的却全是至理名言，而且他说话的口气同大臣一样：'教育是必需的，然而对老百姓来说还为时过早，一般说，体罚是有害的，不过在某些场合体罚却是有益的，是不可替代的。'

"'我了解老百姓，我有本事对付他们，'他说，'老百姓都喜

① 1 维德罗等于 12.3 升。

欢我。我只消动一动手指头，他们就会为我做好我所要办的一切事情。’

“你们二位请注意，他说这话时面带聪明而善良的笑容。他把‘我们，贵族们’，‘我，作为一名贵族’这类话反反复复说了二十来遍，显然，他已经不记得我们的祖父是个庄稼汉，而父亲是个大兵。甚至我们的姓，契木沙-希马拉依斯基，实际上是一个荒诞不经的姓，甚至连这样的一个姓，现在他也觉得是响亮、高贵和给人以快感的了。

“但问题不在于他，而在于我自己。我想对你们讲的是，我自己在他的庄园里呆了几个钟头后起了什么样的变化。傍晚我们在一起喝茶，厨娘端来了满满一盘醋栗放在桌上。这醋栗不是买来的，而是他自己家里种的，是自从那些灌木栽下后头一回采摘下来的。尼古拉·伊万内奇笑了，他默默地瞧了瞧醋栗，眼泪汪汪，激动得连话也说不出来，接着他放了一个果子到嘴里，洋洋得意地看了我一眼（只有小孩子在终于得到了心爱的玩具后才会有这种得意劲儿），他说：

“‘多好吃！’

“他贪婪地吃着，不住地重复道：

“‘嘿，多好吃！您尝尝！’

“这醋栗是既硬又酸，可是，正如普希金所说的，‘我们喜爱抬举我们的谎言，胜过喜爱许许多多的真理’①。我眼前是一个幸福的人，这个人的夙愿显然已经得偿，他的生活目标已经达到，他想要的东西已经到手，他对他的命运和他本人感到心满意足。不知为什么，在我关于人生的幸福的想法中总掺混有某种忧郁的东西，如今我眼看着一个幸福的人，一种沉重的近似绝望的心情困扰着我。夜里我心头特别难过。我的床铺在我弟弟的卧室的隔壁房间里，所以

① 引自俄国诗人普希金的《英雄》一诗，但引文不确切。——俄文版编者注

我听得见，他没有睡着，他不时起床，走到那盘醋栗前一个又一个地取果子吃。我心想：确实有许许多多满足而又幸福的人！而这是一种十分大的压抑人的力量；请你们看一看我们周围的生活：强者骄横而又闲散，弱者愚昧得像牲畜一般，周围是令人难受的贫困、拥挤、堕落、酗酒、伪善、撒谎……然而，在所有的房子里和所有的街道上却是一片祥和和安宁。在城里的五万居民中竟没有一个人大叫一声，没有一个人高声表示愤慨。我们看见的是一些上市场买食品的人，他们白天吃喝，晚上睡觉，他们胡言乱语，他们结婚、衰老，他们平静地把已故的亲人拉上墓地，可是，我们却看不见那些受苦受难的人，听不到他们的声音，生活中的骇人听闻的事情在一个什么地方暗中进行着。一切都太太平平，在提出抗议的只有无声的统计数字：多少人发疯了，多少维德罗白酒被喝掉了，多少儿童由于饮食不足而死亡。……显然，这种社会秩序是必要的：幸福者感到舒坦，只是因为不幸者默默地忍受着压迫，所以，没有这种沉默的话，一些人想要幸福就会是不可能的事。这是普遍的麻木状态。应该做到这样：在每一个满足而又幸福的人的房门背后有一个手里拿着小锤子的人，他经常敲门提醒幸福者说：天下还有许多不幸的人，不管他多么幸福，生活迟早会向他伸出魔爪，灾难一定会降临，如疾病、贫穷、损失等等，到时候谁也不会看见他，谁也不会听见他的声音，就同他现在看不见和听不见别人一样。但是，拿着小锤子的人却不存在，幸福者生活得十分自在，尘世的烦恼不过稍微使他有所不安，像风儿轻拂白杨一样，因此是万事大吉。

“这天晚上我才明白，我自己也是满足和幸福的，”伊万·伊万内奇站起身来继续说，“我也在吃饭和打猎的时候教训别人该怎样生活，该怎样信仰，该怎样管理百姓。我也说，学问是光明，教育是必需的，但是对普通人来说，眼下能识上几个字就足够了。我说，自由是幸福，缺了它不行，就像没有了空气一样，但是，暂且别忙，得等待一段时间。是的，从前我常这么说，可是现在我要问：为了什么等？”伊万·伊万内奇气恼地瞧着布尔金问道，“我问你们：为了什么等？为了何种意图？有人对我说，不是一下子样样事情都办成的，任何理想在生活里都是逐步地实现的，要等候时机。然而这话是谁说的？证明这话的正确性的证据在哪里？你们借口说，事物有其合乎情理的秩序，说各种现象有其合理性，可是我，一个有思想的活人，站在一道沟前等着，等它自动封口，或者等淤泥把它填满，而本来我也许可以跳过这条沟，或者可以架个桥走过去。难道在这种等待里也有什么合乎情理的秩序和合理性？再说，又是为了什么等？连活下去的力量也没有了，还要等？其实，人不可不活，而且也渴望活！

"第二天清早我离开了弟弟家，从那时候起，进城对我来说成了难于忍受的事。平静而又安宁的气氛使我感到压抑。我害怕朝窗子看，因为现在我心目中没有什么比幸福的一家坐在桌子周围喝茶的情景更令人难受。我老了，要进行斗争已经不中用了，我甚至不会憎恨。我只是在内心悲痛，我生气，我恼恨，每到夜里，由于各种思想涌现，我十分兴奋，不能入睡。……唉，如果我年轻，那就好了！"

伊万·伊万内奇很激动，他在室内走来走去，又说了一句：

"如果我年轻，那就好了！"

突然他走到阿列兴跟前，握他的手，先握这一只，后来又握另一只手。

"巴维尔·康斯坦丁内奇！"他用恳求的声调说，"您别自安自慰，别让人使您麻痹！趁您还年轻、强壮、朝气蓬勃，别厌倦做好事！幸福是没有的，也不应当有。如果说生活中还有意义和目标，那么，这意义和目标决不是我们的幸福，而是某种更合理和更伟大的东西。做好事吧！"

伊万·伊万内奇说这些话时面带一种可怜的、恳求的笑容，好像他是为了他自己在求人。

后来这三个人坐在三把圈椅上，在客厅里各据一方，而且都不说话。伊万·伊万内奇讲的故事未能使布尔金和阿列兴满意。在黄昏时分，金边画框里的将军们和太太们都像活人一般，看着坐在那里的人，在这种时候听关于一个可怜的、吃醋栗的官员的故事是会感到枯燥乏味的，不知为什么，很想谈一谈或者听一听关于优雅的人和女人的故事。他们坐在客厅里，这里的一切东西，不论是蒙着套子的枝形挂灯架，是圈椅，还是脚下的地毯，——这一切东西都在说，从前在这儿走过，坐过，喝过茶的正是现在从镜框里往外看的那些人，再加上美丽的彼拉盖雅眼下在这儿悄悄地走来走去——这一切比任何故事都美好。

阿列兴非常想睡觉。为了料理家业他清早两点多钟就起床了，现在他眼睛要睁不开了，但他没有走，因为他生怕他不在的时候两位客人会讲一些什么有趣的事。刚才伊万·伊万内奇所讲的那一切是否合理，是否正确，他并未细想。两位客人谈的不是麦粒，不是干草，不是焦油，而是一些同他的生活没有直接关系的事情，他很高兴，还希望他们继续谈下去。……

“不过该睡觉了，”布尔金站起来说，“请允许我祝你们夜安。”

阿列兴告辞后回到楼下他自己的房间去了。两位客人留在楼上。为他们安排了一个大房间过夜，那儿摆着两张旧式的雕花木床，房角上挂着象牙刻的耶稣蒙难像。美丽的彼拉盖雅已经给他们那两张凉快的大床铺好了被褥，新洗过的床单散发出令人愉快的气味。

伊万·伊万内奇不声不响地脱衣睡下。

“主啊，饶恕我们这些罪人吧！”他说。他蒙上被子，把头也蒙了起来。

他那个放在桌上的烟斗冒出浓重的烟草味，以致布尔金好久都睡不着，他怎么也弄不明白，这股冲鼻难闻的气味是从哪儿来的。

雨彻夜敲打着窗子。

谈谈爱情

第二天吃早饭时上的菜是可口的小馅饼、龙虾和羊肉饼，正在吃的时候，厨师尼卡诺尔上楼来询问，客人们中饭想吃什么菜。这个人中等身材，脸胖胖的，眼睛小小的，胡子刮得光光的，看上去好像他的胡髭不是剃掉的，而是拔掉的。

阿列兴说，美丽的彼拉盖雅爱上了这个厨师。但他是个酒鬼，性情粗暴，她就不愿意嫁给他，只同意就这么过日子。他呢，他是个虔诚信神的人，宗教信念不允许他就这么一起过，他要求她嫁给他，否则他就不干；在他喝醉的时候，他骂她，甚至还打她。在他喝醉的时候，她就躲在楼上哭，在这种情况下阿列兴和仆人们就不出门，以便在必要时保护她。

主客三人就开始谈论爱情了。

“爱情是怎么产生的？”阿列兴说，“为什么彼拉盖雅不爱上另一个在心灵和外貌方面同她更相配的人，却偏偏爱上尼卡诺尔这个丑八怪（我们这儿大家都叫他丑八怪）？在爱情中个人幸福问题重要到什么程度？——这一切都不得而知，而且可以随便解释这一切。到目前为止关于爱情只说过一句实在话，那就是：‘爱情是个极大的秘密’，至于人们关于爱情所写的和所说的其他一切，那都不是什么答案，它们只是提出一些至今仍未解决的问题。一种解释看来似乎适合于一种情况，但它却不适合于另外十种情况，依我看，最好是分别解释每种情况，不力求作出概括。应该做到像医师们所说的那样：每个个别情况个别处理。”

“完全正确。”布尔金同意道。

“我们，正正派派的俄国人，对这些至今仍未解决的问题有着一种偏爱。通常人们总是诗化爱情，用玫瑰和夜莺之类的词美化它。而我们俄国人呢，我们却用一些不幸的问题来点缀它，而且总是选择其中一些最最乏味的问题。当年我在莫斯科上大学的时候有过一个生活伴侣，一个可爱的女人，每次我把她搂在怀里的时候，她心里想的是我一个月会给她多少钱，而买一磅牛肉要多少钱。我们也是这样，我们在恋爱的时候，也不断地向自己提问：这样是否正派？是聪明还是愚蠢？这样恋爱会导致什么结果？一连串诸如此类的问题。我不知道这么做是否好，不过，我知道这么做叫人败兴，使人不满，惹人生气。”

看样子他像是要讲一件什么事情。举凡单身汉，心里总有一些他们乐于讲一讲的事情。在城里，单身汉们往往特意跑澡堂或者上饭馆，目的只在于聊聊天，有时他们会把一些十分有趣的事情讲给澡堂的擦背工或者饭馆的招待员听，而在乡下呢，单身汉们常常在自己的客人面前倾吐心曲。此时此刻，窗外只看得见灰蒙蒙的天空和被雨水淋湿的树木，在这种天气无处可去，除了讲讲和听听以外没有别的事情可做。

“我住在索菲诺村并从事经营已有很长时间，”阿列兴开始讲故事，“大学一毕业就干到现在。就我所受的教育来说，我是个四体不勤、娇生惯养的人，而按我的癖性来说，我是个书呆子。不过，当我来到这儿的时候，庄园已经欠了一大笔债，由于我父亲借债的部分原因是为供我求学而花了许多钱，所以我就决定不离开这个地方，留下来工作，直到还清债务为止。我这么决定了就开始在这里工作起来，不过，说老实话，我心中也感到有点儿厌恶。这儿的土地不肥，要使农业经营不赔钱，就得利用农奴或者雇农的劳动，而这两者几乎是一样的，否则，就得按农民的方式经营我的家业，就是说亲自同家人一起下地干活，中间道路是没有的。不过当时我没有仔细考虑。每一小块土地我都利用上了，我把邻村子的全部农民和村妇都找来，我这儿的活也就热火朝天地干开了；我自己也耕地，播种，收割，同时我又觉得乏味枯燥，厌恶地皱眉头，像一只乡下的猫一样，它由于饥饿在菜园里吃黄瓜。我浑身酸痛，走路也会打瞌睡。起初我觉得我能够不费力地把这种劳动生活和我的文明习惯一致起来；我以为，要做到这一点只消在生活里保持某种表面秩序就行。我住进楼上的正房，安排仆人在早饭和午饭后给我送加了蜜酒的咖啡，晚间我上床睡觉时看《欧洲通报》①。可是，有一天我们的神甫伊万大叔来了，他一下子把我的蜜酒全都喝光了；《欧洲通报》呢，也到了神甫女儿们的手中，因为在夏天，特别是在割草的季节，我来不及回家上床睡觉，往往在板棚里的雪橇上或者在某个守林人的小屋里就睡着了，哪儿还谈得上看书呢？我渐渐地搬到楼下住了，开始在仆人的厨房里吃饭，从我以前的奢侈生活中保留下来的只有当年伺候过我父亲的这些仆人，我不忍心辞退他们。

“我在头几年里就被选为这里的荣誉调解法官。有时候我得进城去参加调解法官会审法庭会议和地区法庭的会议，这倒能使我散一下心。是么，你在这个地方连住两三个月不动，特别是在冬天，你就会思念黑色礼服了。在地区法院里有穿礼服的，有穿制服的，还有穿燕尾服的，大家都是法律工作人员，受过共同的教育，要想聊聊有的是人。在过了睡雪橇和在仆人厨房里吃饭的生活之后，坐在圈椅里，穿着干净的衬衣和轻便的皮鞋，胸前挂着表链，这真惬意啊！

“在城里人们热情地接待我，我也乐于结交。在所有的熟人当中，最正经的，说实话，最合我口味的是地区法庭的副庭长卢加诺维奇。你们两位都认识他，他是一个极其和蔼可亲的人。正好是在连续进行了两天审讯的著名的纵火案之后，我们都疲倦了。卢加诺维奇看了我一眼说：

“‘怎么样，上我家去吃饭吧。’

“这是没有预料到的，因为我同卢加诺维奇的交情不深，只是

① 当年在彼得堡出版的俄国自由主义派的文学与政治月刊。

因公相识，而且我从未到过他家。我回到旅馆换了一身衣服，就去吃饭。在那儿我有幸认识了卢加诺维奇的妻子安娜·阿列克谢耶芙娜，当时她很年轻，最多二十二岁，半年前生了头一个孩子。事情已经过去，现在要我说明她究竟有什么非凡的、惹我喜欢的地方，我倒有点儿为难。可是当时在吃饭的时候我却十分清楚：我看到了一个年轻、漂亮、善良、有学识而又迷人的女人，一个我以前从未遇见过的女人；我立刻感觉到，她是一个亲近的、早已熟识的人，好像是我小时候就在我母亲的五屉柜上放着的那本照相簿上已经见过这张脸，见过这双殷勤而聪明的眼睛。

“在那件纵火案里被指控的是四个犹太人，人们认定他们是同伙，而依我看来，这是完全没有根据的。吃饭时我很激动，心情沉重，我已经记不得我讲了一些什么话，只见安娜·阿列克谢耶芙娜不住地摇头，她对丈夫说：

“‘德米特里，怎么会是这样的呢？’

“卢加诺维奇是个朴实的老好人，这种人坚持一种看法：如果一个人受到了审判，那他必定是有罪的，而如果要对判决的公正性表示怀疑，那只能按照法定程序用书面提出，无论如何不是在吃饭的时候和在私人闲谈的时候。

“‘我和您没有放过火，’他温和地说，‘所以您瞧，没有审判我们，也没有把我们关进监狱。’

“夫妇俩极力要我多吃一点，多喝一点。从一些小事情上看，比方说，从他们俩一起烧咖啡，从他们彼此只要一开口就能互相理解的情形看，我能够断定他们生活得融洽、安乐，喜欢招待客人。饭后，他们俩一起弹钢琴，后来天黑了，我就回家了。这是在早春时节。接下来我在索菲诺村度过了整个夏天，不曾外出，我连想一想城里的生活的工夫都没有，然而在那些日子里，我心中却留下了对身材匀称的金发女人的回忆，我并没有想她，但她那轻盈的身影好像已印在我的心坎上。

“晚秋期间城里举行了一次以慈善救济为目的的戏剧演出。我走进省长的包厢(是在幕间休息时邀请我到那儿去的)，一看，安娜·阿列克谢耶芙娜坐在省长夫人一旁，于是美丽的模样和亲切可爱的眼睛又对我产生了同前次一样的不可抗拒的、震撼人心的印象，产生了同样亲近的感觉。

“我们并排坐着，后来走进了休息室。

“‘您瘦了，’她说，‘您生过病了吧?’

“‘是的，我的肩膀受了寒，一到雨天我就睡不好。’

“‘您气色不好。春天，您来吃饭的那天，您更年轻和更精神一些。那天您很兴奋，讲了许多话，您很招人喜欢，老实说，我简直有点迷恋上您了。不知什么缘故，在夏天我常常会想起您，今天我动身来剧院的时候，我觉得，我一定会见到您。’

“她说着笑了起来。

“‘可是今天您气色不好，’她又说一遍，‘这使您显得老了。’

“第二天我在卢加诺维奇家里吃了早饭，早饭后他们上别墅去，要料理在那儿过冬的事情，我也同他们一起去了。我又同他们一起回到城里，午夜在他们那儿，在安静的家庭环境里喝茶，这时壁炉燃烧着，年轻的母亲动不动就走出去看看她的女儿睡得可好。打这以后，我每次进城都一定要去看看卢加诺维奇夫妇。他们同我处熟了，我也同他们处熟了。通常我不需报告就进去，像是自己人一样。

“‘是谁啊?’从远处房间里传来一个拖长了的声音，我觉得这声音很好听。

“‘是巴维尔·康斯坦丁内奇。’女仆或者奶妈回答说。

“安娜·阿列克谢耶芙娜出来见我时总面露忧虑的神色，而且每一次都问：

“‘为什么您这么长时间没有来?出什么事了吗?’

“她的目光、她伸给我的优美高贵的手、她那件家里穿的连衣裙、她的发型、她的说话声、她的脚步声，每次都让我产生一种崭新的、在我的生活里不同寻常的、了不起的印象。我们常常交谈得很久，也常常长时间地沉默不语，各想各的心事，要不她就弹钢琴给我听。如果他俩都不在家，那我就留下来等，我同奶妈闲谈，逗孩子玩，或者是到书房去躺在一张土耳其式的长沙发上看报；如果是安娜·阿列克谢耶芙娜回来了，我就在前厅里迎接她，接过她买来的种种东西，不知为什么，每一次我都是亲热地得意洋洋地拿着那些东西，活像一个小孩子。

“有一句俗话：花钱买麻烦，自寻苦恼。卢加诺维奇夫妇本来没有什么操心事，他们就同我交上了朋友。如果我好久不进城，那就是我生病了，或者是我出了什么事，他们俩就会十分不安。使他们老是感到不安的是，像我这样一个有学识的人，通晓几国语言，不从事科学工作或者写作，却住在乡下，像松鼠踩着轮子似的忙个不停，干很多的活，却穷得一文不名。他们觉得我在苦恼和难过，如果说我还有说有笑、吃得下东西的话，那也只是为了掩盖我的痛苦，甚至在我快活的时候，在我心情良好的时候，我也感觉得到他们的探询的目光。每逢我确实心情沉重，某个债主欺我太甚，或者是我没有足够的钱支付到期的欠款时，他们总是特别令人感动。夫妇俩在窗口低声细语地商量一阵，接着他走到我面前，表情严肃地说：

“‘如果您，巴维尔·康斯坦丁内奇，眼前缺钱用，那么我和我妻子请求您别客气，在我们这儿拿吧。’

“由于激动他的耳朵都涨红了。有时，他也像上面所说的那样，在窗口和妻子低声细语地商量一阵之后，走到我跟前来，两只耳朵涨得红红地说：

“‘我和妻子一起恳求您收下我们的这点礼物。’

“说着他就给我一副袖扣，一个烟盒，或者一盏灯；我为此也常从乡下给他们送去打死的飞禽、牛油和花束。顺便提一句，他们俩都很富裕。起初一段时间里我常常向别人借钱，而且不很注意选择对象，哪儿能借就在哪儿借，但是没有任何力量能促使我向卢加诺维奇借钱。不过这有什么好谈的呢！

“我很不幸。我总是想着她，在家里想，在田野上想，在板棚里也想，我极力要了解这个年轻、美丽而又聪明的女人的秘密，她嫁给了一个乏味的人，一个几乎是老头子的人（她丈夫已经四十多岁了），还同他生了孩子；我也极力要了解这个乏味的人，这个朴实的老好人的秘密，他喜欢议论，他的健全的思想枯燥乏味，在舞会和晚会上总是站在一些体面的人的近旁，精神萎靡，显得是个多余的人，脸上现出恭顺、冷漠的神情，仿佛是人家把他带到这儿来卖掉他似的，然而，他相信他有权成为一个幸福的人，有权同她生孩子；我还竭力要了解，为什么她恰恰遇见了他而不是我，为什么我们的生活里必须发生这种可怕的错误。

“每一次进城我总能从她的眼神看出她是在等着我；她自己也向我承认说，她一早就有一种特别的感觉，她猜测着我会到他们家来。我们交谈了很久，也长时间地沉默，可是我们彼此并不承认相爱，而是羞怯地、嫉妒地掩盖这种爱。我们害怕一切会向我们自己揭开我们的秘密的东西。我爱得温柔而又深切，可是我思考，我自问，如果我们没有足够的力量同我们的爱情斗争的话，那么它会导致什么后果。我觉得难以置信的是，我这种温柔、忧郁的爱情会突然粗暴地中断她丈夫、她孩子、她全家的生活的幸福进程，而在这个家里人们是十分爱我和信任我的。这么做正派吗？她会跟我走，可是走向何方？我又能把她带到何处？如果我的生活美好、有趣，比方说，如果我在为祖国的解放战斗，或者如果我是个著名的学者、演员、画家，那就会是另一回事，可是现在只好把她从一个普通而平庸的环境里引到另一个同样平庸或者更为平庸的环境。再说，我们的幸福又能维持多久？如果我病了，死了，或者是我们干脆不相爱了，那她又会怎么样呢？

“显然，她也在这样思考着。她想到丈夫，想到孩子，想到她那爱婿如同爱子的母亲。如果她向她的感情投降，那她就得撒谎或者说实话，然而处在她的地位上这两种办法会是同样可怕的，不恰当的。折磨着她的还有一个问题：她的爱情是否会给我带来幸福？

她是否会使我的本已沉重不堪、充满种种不幸的生活更加复杂？她觉得：对我来说她已经不够年轻，而要开始一种新生活，她又不够刻苦和刚毅，所以她常对她丈夫说我需要娶一个聪明的匹配的会做我的好主妇和助手的姑娘。不过她又立刻补充说，在整个城里未必能找到一个这样的姑娘。

“时光在一年又一年地过去。安娜·阿列克谢耶芙娜已经有了两个孩子。在我来到卢加诺维奇家里的时候，女仆殷勤地微笑，孩子们叫嚷着巴维尔·康斯坦丁内奇叔叔来了，他们向我撒娇，所有的人都高高兴兴。他们不明白我的心情，以为我也感到高兴。大家认为我是一个高尚的人。大人和孩子们都感到，有一个高尚的人在房间里走动，这就在他们对我的关系上增添了一种特别的魅力，仿佛我在场的时候，连他们的生活也更加纯洁和美丽了似的。我和安娜·阿列克谢耶芙娜常常一起去剧院，每一次都是步行；我们并排坐在正厅，肩挨着肩，我默默地从她手里拿望远镜，这时我感觉到她对我是亲密的，她是我的，我们不能分离；可是，由于一种古怪的误会，我们一走出剧院就互相道别和分手，像陌生人一样。城里人在讲到我们时天知道他们尽说了些什么，不过，他们所说的话没有一句是真的。

“以后的几年里，安娜·阿列克谢耶芙娜常常离家外出，有时候去她母亲那儿，有时候去她妹妹那儿；她常常心绪不佳，产生了对生活不满的想法，觉得她的生活已经败坏，在这种时刻她就不愿意看到丈夫和孩子。她已经在治疗神经衰弱的毛病了。

“我们沉默着，一直沉默着，有外人在场时，她会对我有一种奇怪的反感，不管我说什么，她总是不同意，如果我在争论，她就倾向于我的反对者。如果我无心弄掉或碰倒了什么东西，她就冷冷地说：

“‘我祝贺您。’

“如果我不带望远镜同她一起上剧院，过后她就会说：

“‘我知道您准会忘记拿。’

“幸运的事，也许是不幸，在我们的生活里没有什么迟早结束不了的事情。分离的时刻到了，因为卢加诺维奇被任命为西部一个省的法庭庭长。家具、马车、别墅——一切都要卖掉。我们坐车上别墅，在回家途中我们不时回头，以便最后再看上几眼花园和绿色的屋顶。大家都感到凄凉，而我心里明白：不仅仅是同别墅告别。大家决定：在八月底先把安娜·阿列克谢耶芙娜送到医生要她去的地方——克里米亚，再稍过些时候卢加诺维奇就带领孩子们去西部的那个省。

“给安娜·阿列克谢耶芙娜送行的人有一大群。在月台上，她已经同丈夫和孩子们告过别，离第三遍铃响还有一刹那时间，我奔进她的包房，要把一个她差点忘了拿的筐子放上行李架，同时也需要告别。就在这个时候，在这个火车包房里，我们的眼光相遇了，我们失去了精神力量，我搂住了她，她把脸贴在我的胸口，泪水从她的眼睛里流出；我吻她的脸、她的肩膀、她的被泪水弄湿了的双手，啊，我和她多么不幸！我向她坦白了我对她的爱情。我心里感到火灼一般的痛，我明白了：一切妨碍了我们相爱的东西是十分多余、十分渺小和十分虚假的。我明白了：如果你在恋爱，你在考虑到这爱情时就应当以一种比平常意义上的幸福或不幸福、罪孽或美德更高、更重要的东西为出发点，不然的话就根本不必考虑。

“我又吻了她最后一次，握了握她的手，我们就永别了。火车已经在行走了。我坐进隔壁一个包房（它是空着的，没有人坐），我坐在那儿哭泣，一直坐到下一站。然后我就步行回索菲诺村。……”

在阿列兴讲话的时候，雨不下了，太阳露出来了。布尔金和伊万·伊万内奇走上阳台，看到了花园和河水的美景，河水在阳光下发光，像一面镜子。他们欣赏着，同时又为这个眼睛善良而又聪明的人感到惋惜。这个人十分诚恳地向他们讲了一件过去的事情，这个人在这里，在这个巨大的庄园里忙忙碌碌，就像松鼠踩轮子一样忙碌着，却不去做学问或者别的什么工作，让他的生活变得愉快一些。他们还想到，当阿列兴在包房里同那个年轻的女人告别、亲吻她的脸和肩膀的时候，她的神情该是非常悲伤的。在城里他们俩都见过她，布尔金还认识她，认为她很美。

行医一例

教授收到了一封电报，是从李亚里科夫开的工厂发来的，请他赶快去。电报很长，但条理不清，能看懂的只有一点：某个李亚里科娃太太，显然，她是工厂的主人，她的女儿生病了。教授本人没有去，派了住院医生科罗廖夫代替他去了。

从莫斯科得乘两站路，然后得坐四俄里路左右的马车。有一辆三套马车来火车站接科罗廖夫。车夫戴着一顶插有孔雀毛的帽子，他像士兵一样高声回答一切问话："决不是！""正是这样！"那是周末的黄昏，太阳正落山。工人们一群一群地从工厂里走向火车站，他们向科罗廖夫乘坐的马车鞠躬。黄昏、庄园、道路两旁的别墅、白桦树和四周的恬静气氛都使科罗廖夫入迷，这时候，在假日的前夜，好像是田野、树木和太阳都打算同工人一起休息，也许，还打算做祷告……

科罗廖夫生在莫斯科，在那儿长大。对农村他不了解，对工厂呢，他从不感兴趣，也从没有去过。不过，他偶然也有机会读一些讲工厂的东西，有时也到工厂主们的家里做客，同他们交谈。所以在他看见远处或近处的什么工厂时，他总是想，从外面看，一切都平静和安详，而在工厂的内部，该是厂主的极端愚昧和麻木不仁的自私，还有工人们的枯燥无味、损害健康的劳动，无谓争吵，伏特加，虱子。此刻，在工人们恭敬而又胆怯地给四轮马车让路时，他在他们的脸上、便帽上、步态上猜度着他们不洁的性生活、酗酒狂、神经质和心情慌乱。

马车驶进了工厂大门。道路两旁闪现出工人们住的小屋、女人的脸、晾在门廊上的被子和衬衫。“留神！”车夫嚷道，但并不放慢马车的速度。眼前是个宽广的没有长草的场所，这里有五幢竖着大烟囱的彼此相距不远的大厂房，还有一些货栈和板棚，到处蒙上一层薄薄的灰白色的东西，好像是灰尘。像是沙漠中的绿洲似的，这儿那儿有一些可怜巴巴的小园子和管理人员住房的红色或绿色的屋顶，在这些房子里住着工厂的负责人。车夫忽然勒住了马，马车就停在一所重新粉刷过的灰色房子前面。这儿有一个小庭园，园里有几棵丁香，花叶上覆盖着尘土；黄色的门廊散发出一股浓重的油漆味。

“请进，大夫先生，”好几个女人在过道里和前厅里说，同时传来了一阵阵叹息和低语声，“请进，等得可心焦了……真可怜。请您走这边。”

李亚里科娃太太是一个胖胖的上了岁数的女人，她穿一件袖子式样时髦的黑绸衣裙，不过，从她的面容看，她是一个普通的、没受过多少教育的女人。她忧虑地瞧着大夫，下不了向他伸手的决心，不敢冒昧。她身边站着一个女人，短头发，戴着夹鼻眼镜，穿一件色彩斑驳的短上衣，她清瘦，年纪已经不轻。女仆称呼她为赫莉斯契娜·德米特里耶芙娜，科罗廖夫猜到了这人是家庭女教师。多半是委托她这位家里最有学问的人来接待大夫，因为她马上急急忙忙地说起病的原因来，讲了许多琐碎的惹人厌烦的细节，但是她没有说是谁病了，是怎么一回事。

医生和家庭女教师坐着谈，女主人一动也不动地站在门口等着。科罗廖夫从谈话里知道，病人是丽扎，她是李亚里科娃太太的独生女和继承人，一个二十岁上下的姑娘，她生病已经很久，受过各式各样的医生治疗，而在昨天夜里，从黄昏到今天早晨，她心跳过速，弄得一家人都没睡，惟恐她会死去。

“她在我们家，可以说，从小虚弱多病，”赫莉斯契娜·德米特里耶芙娜说话的声音嘹亮。她不住地用手擦嘴唇，“医生们说她神经有毛病，她小时候淋巴结发了炎，医生们把这病逼进她身子里去了，因此，我想，也许毛病就在这里。”

他们一起去看病人。她已经完全是个成人，身材高大，可是长得不漂亮，像她的母亲，眼睛小小的，脸的下半部过大。她躺着，头发蓬乱，被子盖到下巴上。她一开始就给了科罗廖夫一个不幸的受苦人的印象，是这里的人出于怜悯心才给了她一个安身之地。他不敢相信她就是五幢大厂房的继承人。

“我们是来看您的，”科罗廖夫开口说，“来给您治病。您好。”

他说了自己的姓名，握了握她的手，那是一只不美的冰冰凉的大手。她坐起来，显然，她对医生们早已习惯，满不在乎地袒露着双肩和胸脯，让医生诊听她的心脏。

“我心跳过速，”她说，“整夜这样，可怕极了……我几乎吓死了！请您给点什么药吃吧。”

“我会给的！会给的！您放心罢。”

科罗廖夫诊察了病人后，耸耸肩膀说：

“心脏，挺好，”他说，“一切正常，没有毛病。想必是神经有点不大好，不过这没有什么了不得的。应该说，毛病已经发过，您躺下睡吧。”

这时有人送灯进卧室来。病人向灯光眯缝起眼睛，突然，她双手抱住头嚎啕大哭起来。这么一来，一个难看的受苦人的印象忽然消失了，科罗廖夫已经不再觉得她眼睛小和下半个脸大得不雅观了，他看到了一种柔和的痛苦表情，一种十分聪明的动人的表情，他觉得，她匀称、温柔、质朴，他想使她安心，不过不是用药物，也不是靠医生的忠告，而是同她说几句普普通通的表示关切的话。她母亲搂住她的头，紧贴自己的身子。这位老妇脸上的神情是多么失望和悲伤！她，做母亲的，抚养女儿，把她拉扯成人，不惜一切，把自己的一生都用在她身上，让她学法语、学跳舞、学音乐，为她请过十个教师，请过顶好的医生，还请了一名家庭女教师，所以现在她弄不明白，这些泪水由何而来，这许多痛苦又是为什么，她弄不明白，她茫然无措，脸上现出负疚、不安和绝望的表情，就好像是她忽略了什么十分重要的东西，还有什么该做而没有做，还有个什么人该请而没有请，不过，没有请的人究竟是谁，——她却不知道。

“丽扎卡[1]，你又哭了……又哭了，”她搂住女儿贴紧自己说，“我的亲爱的，我的心肝，我的好孩子，告诉我，你怎么啦？你可怜可怜我，告诉我吧。”

两个人都哭得很伤心。科罗廖夫坐在床沿上，拿起丽扎的手。

“别再哭了，犯不上！”他亲切地说，“真的，这世界上没有一件事值得你掉这么多眼泪。好啦，不哭了，这没有用。……”

他心中却在想：

“她该出嫁了……”

“我们工厂里的大夫给她吃氧化钾-溴酸盐，”家庭女教师说，“可是，我发觉，她吃了这个药更糟。照我的意思，如果给治心脏的药，那就给一些药水……我忘了那药水是怎么叫的了，是……铃兰滴剂吧，是不是？”

随后她又讲了许许多多的细节。她常常把医生的话打断，妨碍他讲话。她脸上显出一副努力的样子，好像是她，作为全家最有学问的人，她有责任同医生不断地谈下去，而且谈的一定是医学。

科罗廖夫觉得枯燥无味。

“我没有发现什么特别的情况，”走出卧室时他对母亲说，“既然厂医给您女儿看过病，那就让他继续治吧。到目前为止治疗的方法是对头的，我不认为有必要换医生。为什么要换呢？十分普通的病，没有重病……”

他一边戴手套，一边不慌不忙地讲着，可是李亚里科娃太太一动不动地站着，两只泪汪汪的眼睛瞧着他。

“离十点钟那班火车还有半个钟头，”他说，“我希望我不会误车。”

---

① 丽扎的爱称。

"您不能留在我们这儿吗？"她问，泪水又在她的脸颊上朝下流，"很不好意思麻烦您，不过还请您行个好……看在上帝面上，"她回头看了一下门，继续小声说，"在我们这儿过夜吧。她是我的独生女儿……独生女……昨天晚上她可把我吓坏了，到现在我都没能清醒过来……看在上帝面上，您别走！"

他想告诉她，说他在莫斯科还有许多工作，说他的家里人在等他回去。毫无必要地在陌生人家里消磨一个黄昏和一整夜时间，对他来说是件难事，可是他看了看她的脸，叹了一口气，就默默地把手套脱去。

为了他，客厅和休息室里的灯和蜡烛全点亮了。他在钢琴前坐下，翻翻乐谱，看看挂在墙上的画和肖像。那些画是油画，镶着金边框子，画的是克里米亚的景色，狂风巨浪中的一条小船，拿着酒杯的一个天主教教士——一切都是干巴巴的，过分雕琢的，平庸无才的……肖像画上没有一张好看的，引人注目的面孔，尽是一些高高的颧骨和惊讶的眼睛。丽扎的父亲李亚里科夫额头很低，一张沾沾自喜的脸，一件制服像口袋似的套在他粗大的非贵族血统的身子上，胸前戴着一枚纪念章和一枚红十字章。房间里的布置缺乏文化素养，华丽的陈设是拼凑的，未经思考的，令人感到不快的，就好比那件制服一样；地板亮得刺眼，枝形吊灯也刺眼，因此他不知为什么想起了一则故事，讲的是一个脖子上挂着纪念章上澡堂洗澡的商人。……

从前厅里传来低语声，还有人在轻声打鼾。突然间院子里传来一阵阵刺耳的、断断续续的金属声，以前科罗廖夫从没听到过这种声音，现在他也弄不清楚这是什么声音。这声音在他心里引起了奇怪的不愉快的反应。

"看样子，我怎么也不会留在这儿生活的……"他想了想又翻阅起乐谱来。

"大夫，吃一点东西吧！"家庭女教师低声地招呼他。

他去吃晚饭。菜肴很多，有许许多多凉菜和酒，可是吃晚饭的只有两个人：他和赫莉斯契娜·德米特里耶芙娜。她喝马德拉酒[①]，吃得很快，她透过夹鼻眼镜看着他说：

“工人对我们很满意。在我们工厂里每年冬天都演戏，工人们自己演；还有配幻灯片的朗读会，极好的茶室，似乎是什么都有。他们信赖我们，当他们知道丽扎卡病得严重时，为她举行了祷告仪式。瞧，他们是一些没有知识的人，倒也有感情呢。”

“好像是你们家里没有一个男人。”科罗廖夫说。

“一个也没有。一年半以前彼得·尼卡诺雷奇去世，剩下来的就只有我们了。我们三个人就这么生活。夏天我们住在这儿，冬天呢，我们住在莫斯科波梁卡大街。我在她们这儿已有十一年了，像自己人一样。”

晚饭时上的菜有鲟鱼、鸡肉饼、糖渍水果，酒是名贵的法国酒。

“大夫，您吃吧，别客气，”赫莉斯契娜·德米特里耶芙娜边吃边说，同时用小拳头擦嘴。看得出，她在这儿过得十分舒服，“请吧，请吃。”

饭后医生被领到一个房间里，那儿已经为他准备好了床铺，可是他没有睡意。天气很闷，而且房间里有油漆气味，他穿上大衣，走了出去。

外面天气凉爽，东方已经破晓，在潮湿的空气里清楚地显出五幢竖着高烟囱的厂房、板棚、货栈的轮廓。由于过节工人不做工，窗子里黑黑的，只有一幢厂房里炉子还燃烧着，两个窗户火红火红的，火偶尔同烟一起从烟囱里冒出。在院子后面，在远处，青蛙在喧哗，夜莺在歌唱。

看着那些厂房和工人睡觉用的板棚，他又想起每逢他看见工厂时总会想到的东西。尽管为工人演戏，让他们看幻灯片，为他们配备厂医，还有各式各样的改良措施，但他今天从火车站出来后一路

---

① 一种优质红葡萄酒，以大西洋马德拉岛命名。

上所遇见的工人，看上去同很久前他小时候见到过的工人并没有什么区别，而那年代还没有工厂戏剧和各种改良措施。他，作为一个医生，一个能正确判断那些根本病因不明和无法医治的慢性病痛的医生，他把工厂也看做是一种原因不清楚，而且无法消除的误会。因此，他虽不认为一切改善工人生活的措施是多余的，但也把它们同治疗不治之症看成一码事。

“当然，这里有一种误会……”他瞧着火红的窗户想道，“一千五百到两千个工人在有害于健康的环境里做工，没有休息，制造蹩脚的印花布，过着半饥不饱的生活，偶尔才进小酒店从这种噩梦中醒来。上百个人监督着工人干活，这上百个人一生所干的就是登记罚金、骂人和做不公正的事，只有那么两三个人，所谓的主人享受着各种利益，尽管他们什么事儿也不干，而且看不起蹩脚的印花布。可是，这又是一些什么样的利益呢？他们又是怎样在享受的呢？李亚里科娃和她的女儿都不幸福，瞧着她们都会觉得可怜，生活得舒舒服服的只有赫莉斯契娜·德米特里耶芙娜一个人，那上了岁数的戴夹鼻眼镜的、傻乎乎的老处女，就是说，这五幢厂房里的人在干活，东方市场上在销售蹩脚花布，其结果只是让赫莉斯契娜·德米特里耶芙娜可以吃鲟鱼和喝红葡萄酒。”

突然间响起一阵古怪的声音，就是晚饭前科罗廖夫听到过的那种声音。在一幢厂房附近有一个人在敲着金属板。他敲一下就马上将声音遏止，因此听到的就是一种短促而刺耳的、不纯正的声音，好像是“得儿……得儿……得儿……”接下来是半分钟安宁，而另一幢厂房附近也响起了同样不连贯、不好听的声音，但更加低沉：“德雷恩……德雷恩……德雷恩……”十一下。显然，这是守夜人在打更：十一点钟了。

在第三幢厂房旁也有类似的声音：“扎克……扎克……扎克……”就这样，在所有的厂房附近，接着是在板棚后和大门外都发出了响声，这情景好像是，在夜深人静的时刻，长着两只火红眼睛的怪物自己发出了这些声音，是魔鬼自己，他在这儿既统治着厂主，也统治着工人，同时也欺骗着他们双方。

科罗廖夫从院子向空旷的田野走去。

“谁在走动？”有人粗声粗气地在门口向他叫喊。

“好像是在监狱里……”他想，但不作回答。

在这儿夜莺的歌声和青蛙的叫声听得更清楚一些，感觉得到这是五月之夜。从车站那边传来火车的轰隆声，几只昏昏欲睡的公鸡在一个什么地方喔喔地啼叫；但夜毕竟是静静的，周围的一切在宁睡。离工厂不远的场地上有一个房架子，堆着一些建筑材料。科罗廖夫在木板上坐下，继续进行思考：

“在这儿觉得自在的只有女家庭教师一个人，工人干活是为了她得到欢乐。不过，这只是表面现象，她在这儿只是作个幌子。主要的角色是魔鬼，这里的一切事都是为他做的。”

于是，他想到了他不信的魔鬼，他回头去看那两个发着火光的窗户。他觉得，魔鬼自己正在用两只火红火红的眼睛瞧着他，魔鬼就是那种不可知的力量，是它在强者和弱者之间建立了关系，是它造成了这个现在根本纠正不了的大错误。强者一定要妨害弱者生活下去，大自然法则就是如此，可是这种话只有在报刊的文章里或者在教科书上才是可以理解和容易被人接受的；而在纷扰混乱的日常生活中，在编起人类关系的种种错综复杂的琐事细节中，那条法则就不是一条法则，而是一种逻辑上的荒谬，因为强者也好，弱者也好，同样成了他们相互关系的受害者，都不由自主地屈服于某种来历不明的、处在生活之外的、与人不相干的支配力量。科罗廖夫就这么坐在木板上想着，渐渐地一种心情制服了他，似乎那个来历不明的神秘力量当真就在他附近瞧着他。这当儿，东方越来越白，时间很快地过去。周围没有一个人影，仿佛一切都死绝了似的，这时，在黎明的灰白色背景上，五幢厂房和它们的烟囱就有了一种特别的同白天不一般的样子。这时已经完全忘记了那里面有蒸汽发动机，有电气设备，有电话，而是不知怎么的老是想着水上建筑[1]，想着石器时代，同时还感到冥冥之中存在着一种粗暴的无意识力量。……

又有声音了：

“得儿……得儿……得儿……得儿……”

十二下。接着是沉寂，沉寂了约半分钟，在院子的另一头又响起来：

“德雷恩……德雷恩……德雷恩……”

“讨厌极了！”科罗廖夫想。

“扎克……扎克……”在第三个地方又不连贯地、刺耳地、仿佛有点沮丧地响了起来，“扎克……扎克……”

为了打出十二点钟，花去了将近四分钟工夫。接着声音平息了，又给人那样的印象，似乎四周一切都死绝了。

科罗廖夫又坐了一会儿就回到正房，可是他又坐了好久没上床，邻近几个房间里有人在低声说话，可以听到穿拖鞋走路和光脚走路发出的啪哒啪哒的声音。

“莫非她又发病了？”科罗廖夫想。

他走出房间去看病人。许多房间里已经亮堂堂了，在客厅的墙上和地板上有一道射透晨雾的微弱阳光在颤抖。丽扎的房门开着，她本人坐在床边一张安乐椅上，穿着长袍，裹着披巾，没有梳头，窗帘都放下了。

“您觉得怎么样？”

“谢谢您。”

他摸了摸脉搏，接着理一理披在她额上的头发。

“您不睡觉，”他说，“外面天气美妙极了，是春天了，夜莺在歌唱，您却坐在暗中想什么心事。”

她听着，瞧着他的脸，她的眼神忧郁而又伶俐。可以看得出来，她想告诉他一些什么。

---

① 古代人在湖上生活时期钉木桩于湖水中而造的房屋。

“您常常会这样吗？”他问。

她动动嘴唇回答说：

“常常这样。我几乎每夜都感到难受。”

这时打更人在院子里打了两下：两点钟了。听得见“得儿……得儿……”的声音，她哆嗦了一下。

“这些打更的声音搅乱您吗？”他问。

“我不知道。这儿什么都搅得我心不定，”她回答说。她沉思起来，“什么都搅乱我。在您的说话声音里我听到了同情。不知为什么，我头一眼看到您，就觉得同您可以无话不谈。”

“您谈谈吧，我请求您。”

“我要把我自己的看法告诉您。我觉得，我不是生病，我只是心不定，我害怕，因为应该是这样，不可能是另一样。甚至一个十分健康的人也不会不忧虑，如果，比方说，在他窗下有个强盗在走动的话。常常请医生给我治病，”她接着说，眼睛瞧着自己的双膝，羞答答地微微一笑，“当然，我心里很感激，我也不否认治病有好处，但我很盼望的不是同大夫谈话，而是同一个亲近的人、同朋友谈谈心，他能了解我，能开导我，使我相信我是对还是不对。”

“难道您没有朋友？”科罗廖夫问。

“我孤独。我有母亲，我爱她，但我仍旧孤独。生活就是这个样子。……孤独的人看书看得多，但说得少，听得也少，在他们心目中生活是神秘的。他们是一些神秘主义者，常常在没有魔鬼的地方看见魔鬼。莱蒙托夫笔下的塔玛拉[①]孤孤单单，所以她看见了魔鬼。”

“您读很多书？”

“很多。您要知道，我的全部时间都是闲着的，从早到晚。我白天看书，到了夜间头脑空空洞洞，没有思想，只有一个阴影。”

“夜间您看见一些什么吗？”科罗廖夫问。

---

① 俄国诗人莱蒙托夫的长诗《恶魔》中的女主人公。

“没有看见什么，可是我感觉到……”

她又微微一笑，抬起眼睛来看医生，眼神是那么忧郁，那么伶俐。他觉得，她相信他，要同他诚恳地谈谈，他还觉得，她的想法同他一样。她不过是沉默着，也许，她在等待：他会不会先说。

他知道该对她说些什么。在他看来是清楚的，她必须快些丢下五幢厂房和百万家产，如果她有的话。快些离开那个在夜间眺望的魔鬼；他同样清楚的是，她本人也是这么想的，只是在等着一个她相信的人来肯定这一点。

可是，他不知道该怎么来说。怎么说呢？一般说，人们不好意思去问已遭判决的人，为什么他们被判罪；同样也不便去问一些很有钱的人，他们要那么多钱干什么，为什么他们把自己的财富处理得这么糟，为什么他们即使在看出财产是他们的不幸的时候不肯抛弃财产；如果是这么开始谈话，那这种谈话总会是不好意思的、难堪的、冗长的。

“该怎么说呢？”科罗廖夫踌躇不决，“再说，有必要谈吗？”

他说了他想说的话，但不是直截了当地，而是转弯抹角地说的：

“处在工厂主人和富有的继承人地位的您感到不满意，您不相信您有这种权利，以致现在您睡不好觉；比起您心满意足、睡得香甜并觉得一切都顺顺当当来，这当然要好一些。您这种失眠是可尊敬的，不管怎么说，这是个好兆头。真的，我们现在进行的谈话在我们的父母辈中是不可思议的；夜间他们不交谈，而是沉睡，我们呢，我们这一代，睡不好觉，感到苦闷，谈得很多，总想解答我们是对还是不对这个问题。而对我们的子孙辈来说，这个问题——他们是对还是不对——已将获得解决。他们会看得比我们清楚。再过上五十年光景，日子一定会好过，可惜的只是我们活不到那个时候。要是能够看上一眼，倒会是很有意思的。”

“我们的子子孙孙会做什么呢？”丽扎问。

“我不知道……大概他们会丢弃一切，一走了之。”

“走到哪儿去呢？”

“哪儿去？……咦，爱去哪儿就去哪儿，”科罗廖夫说，他笑起来了，“一个有头脑的好人可去的地方会少吗？”

他看了看表。

“太阳已经升起，不过，”他说，“您该睡觉。您就脱去衣服，好好睡一觉吧。认识您，我很高兴，”接着他握握她的手说，“您是一个很有意思的好人。祝您夜安！”

他回到自己的房间，上床睡觉。

第二天早晨，马车已经备好，大家都走到台阶上送他。丽扎像过节似的穿一件白色连衣裙，头发上插一朵小花，脸色苍白，形容困倦，跟昨天一样，她看着他，眼神忧郁而又伶俐，她微笑着，说着话，总是那一副表情：仿佛她要告诉他什么特别的、要紧的事情似的，只告诉他一个人。可以听见：云雀在歌唱，教堂里的钟在鸣响。厂房的窗子发出愉快的光彩。科罗廖夫坐车出了院子，沿着大路向火车站驶去，这时他已经不想工人，不想水上建筑，也不想魔鬼，他只想着那个也许已经临近的时代，到那时候，生活会像这宁静的星期日早晨一样光明和欢悦。他还想着，在这样的春天早晨，坐一辆上好的三套四轮马车赶路，晒太阳取暖，可真是惬意！

一次公差

代理检察员和县医前去绥尔尼亚村验尸。途中他们遇上了暴风雪，迷了路，绕了许久，到达目的地时已近黄昏，天色已经发黑，而原先他们是想在中午到达的。他们在地方自治局的小木屋里住下过夜。正好就在这儿，在地方自治局的小木屋里，摆着一具尸体，地方自治局的保险代理人列斯尼茨基的尸体。三天前，这个人来到绥尔尼亚村，在地方自治局的小木屋里坐下后，叫人送茶炊，但完全出人意外地他开枪自杀了。他自杀得有点蹊跷，是在喝茶的时候，桌上放了一些凉菜，这情况使许多人有理由怀疑是凶杀，需要验尸。

医生和检察员在门厅里抖着身上的雪，顿着脚，村警伊利亚·洛沙津[①]站在他们身旁，这是个老头儿，手里拿着一盏小铁皮灯给他们照明。有一股浓重的煤油气味。

“你是谁？”医生问。

“寸警[②]……”村警回答说。

他就连在邮政局里也是这么签名的：寸警。

“见证人在哪儿？”

“该是喝茶去了吧，老爷。”

右边是一个干净的房间，是“客房”，或者说是老爷住的房间，左边是一间杂房，里面有一个大炉子和一张高板床。医生和检察员走进了那个干净的房间，跟在他们身后的是村警，他把那盏小灯举得高高的，高过了头。在房间里的地板上，在桌腿旁边，一动不动地躺着一具长长的尸体，上面盖着一块白布。在小灯的微弱光线下，除了白遮布外，可以清楚地看见的还有一双崭新的胶皮套鞋。这儿的一切都令人感到不舒服，令人恐惧：暗黑的墙壁、寂静的气氛、套鞋、纹丝不动的尸体。桌上放着一只早已冷却的茶炊，茶炊四周放着一些纸包，包里大概是一些凉菜。

“在地方自治局的小木屋里开枪自杀，真是不识分寸！”医生说，“有兴致向自己额头放上一枪，那满可以在自己家里干嘛，在一个什么堆房里。”

他像进房间时一样，戴着帽子，穿着皮大衣和毡靴，在一条长凳上坐了下来，他的旅伴——检察员——坐在他对面。

“这些歇斯底里患者和神经衰弱患者是一些十分自私自利的人，”医生用痛苦的声音继续说，“如果一个神经衰弱者同您住在一个房间里，他会把报纸翻得沙沙响；如果他跟您一起吃饭，他会同他的妻子吵架，不因为您在场而不好意思；如果他有兴致自杀，那他就在村子里，在地方自治局的小木屋里自杀，给大家多惹些麻烦。这些老爷在任何场合想到的都只是自己，只是自己！正因为这样，老人们才不喜欢我们这个‘神经紧张的时代’。”

“老人们不喜欢的事可多着呢，”检察员打着呵欠说，“您该向老人们指出，从前的自杀完全不同于现在的自杀。从前的所谓规矩人自杀是因为盗用了公款，现在的呢，却是因为活厌了，因为苦恼。……哪一种更好一些呢？”

“活厌啦，苦恼啦，不过，您得同意，完全可以不在地方自治局的小木屋里自杀。”

“真不幸，”村警说，“真不幸，活受罪。大家都安不下心来，老爷，已经两夜不睡觉了。孩子们哭哭啼啼。该给母牛挤奶了，可是女人们不去牛棚，她们害怕：老爷可别在黑暗中显灵。当然，娘

---

① 洛沙津这个姓的俄文词根是洛沙奇（Лошадь），这个词的意思是“马”。契诃夫给村警取这个姓，其用意是暗示村警的牛马一般的困厄生活。

② 洛沙津无文化，把“村警”说成了“寸警”。

儿们蠢，可是，有些男子汉也害怕。一到黄昏，他们就不单独在小木屋旁边走，总是成群结队地走。那些见证人也是这样……”

医生斯达尔倩科是一个中年男子，胡子黑黑的，戴一副眼镜；检察员雷仁长着一头淡黄色的头发，他还年轻，大学毕业才两年，与其说他像个官，不如说他像个大学生。他们俩默默坐在那儿，想出了神。他们感到懊恼，因为他们来晚了。现在可得等，等到天亮，在这儿过夜，可是，此刻才五点多钟，他们眼前出现了漫长的傍晚，接着又是漫长的黑夜，烦闷和无聊，他们想到了不适意的床、蟑螂和清晨的寒冷。听着在阁楼上和烟囱里哀号的暴风雪，他们俩想到这一切多么不像他们愿意过的生活以及从前梦想过的生活，想到他们俩和他们的同龄人相距有多远，那些人如今正走在城里灯火通明的街道上，根本不注意天气不好，或者这时候他们正打算到剧院去看戏，或者正坐在书房里看书。啊，现在医生和检察员真乐于付出昂贵的代价，只要能够在涅瓦大街或者在莫斯科的彼得罗夫卡散一会儿步，听一听悦耳的歌唱，在饭馆里坐上一两个钟头……

“呜——呜——呜！”暴风雪在阁楼上唱着；外面有样什么东西，也许是地方自治局的小木屋上挂着的招牌，在恶狠狠地发出乒乒乓乓的响声，“呜——呜——呜！”

“随您的便，我可不愿意留在这儿，”斯达尔倩科站起来说，“才五点多钟，睡觉太早，我要到什么地方去一趟。冯·达乌尼茨就住在这一带，不远，离绥尔尼亚村总共才三俄里路。我要上他家去，在那儿度过这个晚上，村警，你去，对马车夫说别卸马。您打算怎么样？”他问雷仁。

“我不知道。想必是躺下睡觉吧。”

医生用皮大衣裹紧身子，走出去了。听得见他同马车夫说话的声音，还有受冻了的马脖子上的铃铛颤动的声音。他走了。

“老爷，你在这儿过夜可不合适，”村警说，“你到那边的房间里去吧。那儿不干净，不过，只住一夜，没什么。我这就去，问庄稼人要一个茶炊来，给它生上火，这以后我给你多铺上一些干草，你睡觉就是了，老爷。”

过一会儿，检察员坐在杂房里，在桌边喝茶，村警洛沙津站在门口说着话。这是个六十开外的老头儿，个子不高，很瘦，腰弯背曲，白发苍苍，面露纯朴的笑容，两眼淌出泪水。他老是咂嘴，好像吃冰糖葫芦似的。他穿着一件短皮袄，脚上是一双毡靴，手里总捏着一根拐棍。显然，检察员的年轻引起了他的同情心，大概正是因为这个缘故，他讲话时才称他“你”①。

“乡长费奥多尔·马卡雷奇关照说，区警察局长或者检察员一到，我就得向他报告，”他说，“就是说，就这么一回事，我现在该走了。……到乡里有四俄里路，暴风雪，路上积了许多雪，大概，最早我也得半夜里才能到。听，呜呜地叫得好厉害。”

“我不找乡长，”雷仁说，“这儿没有他的事。”

他好奇地打量着老人，问道：

“告诉我，老大爷，你当村警有多少年了？”

“多少年？有三十年左右了。自由②后过了五年我就开始当差了，你算算。打那时起我就每天跑路。人家有休息日，我一直在奔忙。外面已经在过复活节了，教堂里响着钟声，基督复活了，可是我还背着个背包儿。我去地方国库，去邮局，去区警察局局长家，去地方书记那儿，去税务局督察官那儿，去管理局，去地主老爷家，去庄稼人那儿，去所有的正教徒家。我送邮包，送传票，送纳税通知书，送信件，送各种各样的单据表格。是啊，好老爷，如今时兴这些表格，有黄的、白的、红的，要填写数目字，每位老爷，或者神甫，或者有钱的农民，每年必须填上十来回：种了多少，收了多少，黑麦有多少石③或者多少普特，燕麦有多少，干草有多少，

① 在俄国同亲近的人和小辈们讲话时，称“你”，不称“您”。

② 指1861年俄国废除农奴制。

③ 1 俄石等于209.9升。

天气怎么样，还有，各式各样的虫子也都得填写上。当然是随你写，这只是一种形式，可是我就得奔忙，发表格，收表格。比方说，眼前这位老爷，不必剖开他的肚子，你自己心里明白，这是白费劲，只会把手弄脏罢了，可是你还得费心，老爷，跑到这儿来，因为有这个形式，你拿它没有办法。我为这形式走了三十年。夏天倒还可以，暖和、干燥，可是一到冬天或者秋天就不方便了。我遭过水淹，我挨过冻，什么事儿都有过。一些坏人在树林里抢过我的背包，一些人狠揍过我，我还受过审判。……”

“为什么受审判？”

“为了诈骗。”

“怎么为了诈骗？”

“是这么一回事。文书赫利桑甫·格里戈里耶夫把别人的木板卖给了包工头；他这是诈骗。我也给牵进这个案子了，因为他们打发我上饭铺去买酒；其实，文书没有分钱给我，连一杯酒都没有请我喝过，可是我穷，看外表是一个不可靠的人，无用的人，对我们俩都进行了审讯。他坐了牢，我呢，上帝保佑，依法宣布我无罪。法庭上念过这么一个公文。所有的人都穿着制服。我这是说的在法庭上。我跟你说吧，老爷，我们这份差事，上帝保佑，千万别叫没干惯的人去干，那简直是倒霉。可是我们这些人干起来，倒也没有什么。不走走的话，两只脚还会痛。呆在家里对我们来说更糟糕。呆在乡公所里不出去的话，就得给文书生火，给文书送水，给文书擦皮靴。”

“你薪水有多少？”雷仁问。

“一年八十四个卢布。”

“恐怕总还有一些外快。不会没有吧？”

“有一些什么外快呀！现在的老爷们很少赏酒钱。现在这年头老爷们都很凶，老是生气。你送公文给他，他生气，你在他面前脱下帽子，他生气。他说‘你走错了门’，他说‘酒鬼，你有一股葱臭味，笨蛋’，他说‘狗崽子’。不错，也有一些和气的老爷，可是你从他们那儿又能拿到什么呢？他们只是开开玩笑，给你起各式各样的绰号。就拿阿尔土兴老爷来说吧，人挺和气，看上去他不酗酒，正正常常的，可是他一见着我，就会大声叫嚷，他自己也不知道叫些什么。他给了我这么一个外号。他说，你这个……”

村警说了一个什么字，可是声音很轻，弄不清是个什么字。

“什么？”雷仁问，“你再说一遍。”

“行政当局！”村警大声重复了一遍，“他早就这么叫我了，快六年了。‘你好，行政当局！’不过我倒无所谓，随他去吧，求上帝保佑他。偶尔会遇上个太太，她吩咐人给我一小杯酒和一块馅饼，我呢，我就为她的健康干杯。庄稼人给东西给得多一些，庄稼人是厚道一些，敬畏上帝：有的人给一些面包，有的人给点白菜汤喝，有的人还会请你喝上一盅。乡长们总是在饭铺里请客喝茶。刚才证人们也都去喝茶了，临走时他们说：‘洛沙津，你代我们在这儿呆一会儿，看守一会儿。他们每个人都给了我一个戈比。他们感到害怕，因为不习惯。昨天他们给了我十五个戈比，还请我喝了一杯酒。”

“难道你不感到害怕？”

“害怕，老爷，不过，这就是我们的工作，差事嘛，躲避不了的。今年夏天，我押着一个犯人进城去，他狠狠地揍了我一顿！揍了再揍！四下里尽是田野和树林，你躲避得了吗？眼下这件事也是这样。这位列斯尼茨基老爷，我还好生记着他呢！他父亲我也认识，还有他母亲。我是涅多肖托瓦村人，列斯尼茨基老爷家离我们不超过一俄里路，甚至还要近一些，就在眼前。列斯尼茨基老爷有个未出嫁的姐姐，她敬神，她心地仁慈。主啊，让你的奴隶尤利娅的灵魂安息吧，让它永生吧！她没有出嫁，临死前她把家产全部都分了，送给修道院一百俄亩土地，送给我们，涅多肖托瓦村的农民村社二百俄亩，追荐她的亡灵，可是她的弟弟，就是这位老爷，他把文书藏起来了，据说是他放在火炉里烧掉的。他把所有的土地都占为己有。他以为，这对他有好处，可是，不行，别高兴得太早，在世上是不能靠诈骗生活的。后来这位老爷二十来年没有忏悔，他不上教堂了，就这样，他没有忏悔就死了，他垮台了。他太胖了，胀破皮了。后来，从少东家手里，也就是从谢廖沙[1]手里，人家把全部家产拿走抵债，一点也没剩下。他呢，书没有读好，什么事都干不了。于是他舅舅，地方自治局执行处的主席，心里寻思：'我把他，把谢廖沙弄来当代理人，就让他做保险工作，这事情挺容易做。'可是，少东家挺高傲，他想过得阔绰些，神气些，自由些，所以，要他坐在一辆破板车上在县里奔波，跟庄稼人交谈，他感到委屈，他走路时老瞧着地面，一句话也不说；如果你凑着他耳朵叫一声：'谢尔盖·谢尔盖伊奇！'他就这么回过头来说一声：'啊？'接着就又瞧他的地面了。现在，你瞧，他竟自杀了。这不合适，老爷，不对头。简直弄不懂这世道是怎么一回事，慈悲的主啊。不错，你父亲有钱，你穷，你感到委屈，不过，那又有什么呢，你得慢慢习惯起来才对。从前我也生活得挺好，老爷，我有过两匹马，三头奶牛，养过二十来只羊，可是到头来只剩下了一个小背包，而且就连这个小背包也不是我的，是公家的。如今在我们涅多肖托瓦村里，说实在话，我的房子是最糟的。这就是人们经常说的：当初莫凯伊有过四个仆人，可现在莫凯伊自己成了仆人；彼特拉克本来有过四个雇农，现在呢，彼特拉克本人是个雇农。"

"你怎么会穷下来的呢？"检察员问。

"我几个儿子喝酒太凶，就那么喝呀喝的，没法说，你不会相信。"

雷仁听着村警讲，心里却在想：他雷仁迟早要回莫斯科，而这个老头儿却要永远留在这里，永远奔忙。他雷仁在这一生中还将遇见许多这种穿着破衣烂衫、多年不梳头发的、"无用的"老头儿，在这种人的心里，一枚十五戈比的钱币、一小杯酒、深信在世上靠诈骗是不能生活的信念——这一切都以某种方式牢牢地联系在一起。

---

① 即自杀的列斯尼茨基的小名，正名是谢尔盖。

过一会儿雷仁听腻了，就吩咐拿干草来铺床。客房里有一张铁床，上面放着枕头和被子，本来可以把这张床从客房里搬过来，可是死人在床边已经躺了差不多三天了，他临死前可能还在床上坐过，所以现在要睡这张床就会感到不快。……

“现在还只有七点半，”雷仁看了一下表后想道，“太糟糕了！”

他没有睡意，可是又没有什么可以消磨时间的事情做，他就躺在干草上，盖上毯子。洛沙津收拾茶具，出出进进了好几次，他咂着嘴，唉声叹气，在桌子旁来回转，后来他终于拿着那盏小灯走出去了，雷仁在后面看着他长长的白发和伛偻的身体，想道：“好像是歌剧里的魔法师。”

天黑了。云彩后面大概藏着月亮，因为可以清清楚楚地看到窗子和窗框上的雪。

“呜——呜——呜！”暴风雪在歌唱，“呜——呜——呜！”

“老——天——爷啊！”阁楼上有个女人在哀叫，要不就是听来觉得如此，“我——的——老——天——爷啊！”

“砰！”外面有个什么东西打到了墙上，“吧嚓！”

检察员仔细听了听：没有什么女人在哀叫，是风。他感到阴凉，就在毛毯上再盖了一件皮大衣暖暖身体，他想道，这一切：暴风雪、小木屋、老头儿、隔壁房间里的尸体——这一切同他希望中的生活相距太远了，这一切对他来说太格格不入了，太渺小，太没有意思。如果这个人在莫斯科或者莫斯科郊区的某处自杀而必须进行侦查的话，那就会是一件有意思和重大的事情了，也许，和尸体比邻而睡甚至会骇人听闻。可是，在这儿，在这个远离莫斯科一千俄里的地方，这一切就好像有另一种解说，这不是生活，不是人，而只是一种像洛沙津所说的“按形式”而存在的什么东西，这一切在雷仁的记忆里不会留下一丁点儿的痕迹，他一坐车走出绥尔尼亚村，这一切马上就会忘光。祖国，真正的俄罗斯——这是莫斯科，是彼得堡，而这里是内地，是移民区。每逢你渴望起作用和成为一个有声望的人，比如说，做一个承办特别重大案件的检察员或者地方法院的检察长，做一个社交界的名士，你一定会想到莫斯科。如果要生活，那就得在莫斯科，而在这儿什么也休想要，容容易易地安于做一个不显眼的角色，而期待于生活的也只有一件事，那就是尽快离开。此刻雷仁在想象中驰骋在莫斯科的大街，出入于友人的门庭，会见亲人和同学。他想到，他现在二十六岁，如果他能挣脱这个地方，过上个五年或者十年，到莫斯科去，那也并不算迟，留在前面的是整整一辈子的生活，一想到这些他的心就舒适地紧缩了。他陷入了昏昏欲睡的境界，思想开始紊乱，他想象起莫斯科法院的长廊，想象到他自己正在发表演说，想象到他的姐妹，乐队，但这乐队不知为什么老是发出一种低沉单调的声音：

“呜——呜——呜！呜——呜——呜！”

“砰！吧嚓！”又响起了这种声音，“砰！”

他忽然想起，有一次在地方自治管理局他正在同一个会计员讲话，一个黑眼黑发的、瘦瘦的、脸色苍白的先生走近办公桌来。这人的眼神令人不快，一些午睡过久的人都有这种眼神，它使他那张清秀而聪颖的脸破相了。他穿的那双高筒靴也跟他不相称，显得粗糙。会计员介绍说：“这是我们地方自治局的保险代理人。”

“原来他就是列斯尼茨基……就是他……”雷仁现在明白了。

他回想起列斯尼茨基轻轻的说话声，想象他走路的样子，这时他觉得，在他身旁眼下正有一个人在走动，就像列斯尼茨基的步态一样。

突然他感到害怕，他禁不住打了寒噤。

“是谁？”他惊慌地问道。

“是我，寸警。”

“你有什么事？”

“老爷，我是来请教。您刚才说您不找乡长，可我担心他会生气。他吩咐过我去一趟。莫非该去一趟？”

“去你的吧！讨厌……”雷仁懊恼地说，他重又盖好毛毯。

“你可别生气啊……我去了，老爷，祝您平安。”

洛沙津走了。前堂里有人在咳嗽和低声说话。想必是证人们回来了。

“明天早一点儿放这些可怜的人走……”检察员想道，“天一亮，我们就验尸。”

他刚开始入睡，忽然又响起了什么人的脚步声，不过这不是畏畏缩缩的脚步声，而是急促的，过于吵闹的。房门砰地一响，接着是说话的声音，划火柴的声音……

“您睡了？您睡了？”医生斯达尔倩科急忙而又气恼地问道，他一根又一根地划着火柴。他全身是雪，冒出一股寒气，“您睡了？起来，我们一起到冯·达乌尼茨家去。他派了马车来接您了。去吧，在那儿您至少可以像个人一样地吃顿晚饭，睡上一觉。您瞧，我亲自来接您了。全是骏马，花二十分钟我们就可以到达。”

“现在几点钟？”

“十点一刻。”

昏昏欲睡的雷仁心感不满，但他穿上了毡靴和皮大衣，戴上皮帽和围巾，跟医生一起走出户外。并不寒冷，但刮着刺骨的大风。风沿着马路卷起一股股雪花，好像是这些雪花惊吓得正在逃跑。围墙边和门廊旁已经积起了高高的雪堆。医生和检察员坐上雪橇，周身雪白的车夫向他们弯下腰去扣上盖膝盖的绒毡。他们两个人都感到热乎乎的。

“赶车吧！”

他们坐着雪橇穿过村子。“‘翻起一条条松软的犁沟，’①……”检察员懒洋洋地想道，他看着拉边套的马迈动四腿。全部小木屋里都点着灯，就像是在大节期的前夕似的，实际上是农民们都没有睡，他们害怕那个死人。车夫闷闷不乐，一言不发，想必是他刚才在地方自治局的小木屋旁等得厌烦了，而现在他也在想着那个

① 引自普希金的诗体小说《叶甫盖尼·奥涅金》，第五章，第二节。

死人。

“达乌尼茨一家人，”斯达尔倩科说，“知道您留在小木屋里过夜，就冲着我问，为什么我不带您一块儿去。”

在村口转弯的地方，车夫忽然拼命大叫一声：

“让路！”

有个人一闪而过，走下路面后他站在齐膝深的雪中，瞧着这辆三套马的雪橇，检察员看到了一根弯柄拐棍、一个挂在腰间的包，他觉得，这人是洛沙津，甚至觉得，他在微笑。这个人闪现一下就消失了。

他们的雪橇先是沿着树林的边沿走，后来就沿着一条宽阔的伐树辟出的通道走。他们眼前闪过一些古老的松树，一片小白桦树林，一些高高的多节的新橡树，它们孤单单地耸立在一片不久前才砍掉树林的空地上，可是转眼间一切都在空中和在雪雾中混成了一片。车夫说他看得见树林，检察员呢，他什么也看不见，只看见那匹拉边套的马。风朝着他们的背脊吹。

马突然停住了。

“喂，怎么啦？”斯达尔倩科怒冲冲地问。

车夫默默地从座位上爬下，开始绕着雪橇快跑起来，他跑的圈子越来越大，离雪橇也越来越远，很像他是在跳舞似的，他终于跑回来了，坐上雪橇，朝右转弯。

“迷路了，是吗？”斯达尔倩科问。

“没——什——么。……”

出现了一个小村子，村里没有一点儿灯火。接着又是树林，田野；又迷路了，车夫又从赶车人的座位上爬下，跳舞。这辆三套马的雪橇在一条黑暗的林荫路上跑着，跑得很快，那匹烈性的拉边套的马不住碰着雪橇的前部。在这儿，树木喧嚣着，很可怕，四周黑得什么也看不见，好像是他们正在向一个深渊飞去。突然间，入口处和窗子里的明亮灯光袭人眼睛，听到了善意的、忽高忽低的狗叫声和人的说话声……总算到了。

他们在楼下前厅里脱皮大衣和毡靴，楼上在弹钢琴，弹的是《一小杯柯里科香槟酒》，还听得见孩子们的顿脚声。古老奢华的内室里常有的那种温和与气息立刻向客人们扑来，不管外面是什么样的天气，在这种地方总是温暖宜人，干干净净，舒舒服服。

“太好了。”冯·达乌尼茨握着检察员的手说，这是一个脖子异常粗壮的胖子，他留着一把络腮胡子，“太好了。欢迎欢迎，很高兴认识您。可不是嘛，我们多少还是同行呢。从前我做过助理检察长，然而工作时间不长，总共才两年，后来我上这儿来管家，也就在这里渐渐衰老起来。总之，我是一个糟老头子。欢迎欢迎。”他接着说，显然他在压低嗓门，免得说话声太响；他和客人们一起上楼，“我没有妻子，她过世了。现在我来介绍一下，这是我的几个女儿。”说完，他转过身去朝楼下大声嚷道：“吩咐伊格纳特，明天早晨八点钟以前把雪橇准备好！”

他的四个女儿都在大厅里，她们都是妙龄少女，相貌俊俏，穿的都是灰色衣裙，发式也都是一样的；她们的表姐也年轻，招人喜欢，带着几个孩子。斯达尔倩科已经认识她们，他立刻请她们唱歌，有两位小姐再三说明她们不会唱歌，也没有乐谱，后来那位表姐在钢琴旁坐下，她们就用颤动的嗓音唱了《黑桃皇后》里的二重唱。又弹奏起《一小杯柯里科香槟酒》，孩子们都跳起来，顿脚打拍子。连斯达尔倩科也跳了起来。大家哈哈大笑。

后来孩子们告辞了，他们去睡觉了。代理检察员有说有笑，跳着卡德里尔舞，巴结着小姐们，然而他心里却在想着：这一切莫非是梦？原先是地方自治局小木屋里的一间杂房，墙角里堆着一堆干草，蟑螂发出的沙沙声，令人厌恶的极其贫苦的环境，见证人说话的声音、风、暴风雪，迷路的危险，而现在突然间出现了这些豪华敞亮的房间、钢琴声、美女、鬈发的孩子，幸福的欢笑声——他觉得，这种变化像是神话，而且难以置信的是这种变化竟在三俄里和一个小时之内发生。于是一些枯燥乏味的想法不让他寻欢作乐，他一个劲儿地想：这全然不是生活，而只是生活的零星片断，这里的一切全是偶然的，不能从中作出任何结论；他甚至惋惜起这些姑娘来，她们生活在这个穷乡僻壤，在远离文化中心的内地，在这里了结她们的一生，而在文化中心没有什么事是偶然的，一切都是有理性的，合乎人情的，比如说，任何自杀都是明明白白的！它为什么会发生，它在总的生活进程中具有什么意义——一切都可以说明。他认为，如果在这里，在穷乡僻壤，他不理解周围的生活，也看不见生活，那就是说：这里压根儿就没有生活。

吃晚饭时谈到了列斯尼茨基。

“他抛下了妻子和孩子，”斯达尔倩科说，“如果我做得了主，我会禁止神经衰弱患者和神经系统不正常的人结婚，我会剥夺他们繁殖他们这类人的权利和机会。把一些神经有病的儿童生下世来是一种犯罪行为。”

“不幸的年轻人，”冯·达乌尼茨轻声地叹着气和摇着头说，“一个人要最后下决心结束自己的生命……年轻的生命，他事先得怎样地反复考虑和体验怎样的痛苦啊！每个家庭里都可能发生这样的不幸，这是可怕的。这是难于忍受的，难于忍受的……”

所有的姑娘都默默地神情严肃地听着，瞧着她们的父亲。雷仁感到，他也该从自己的角度说一些什么，可是他又想不出什么话来，只说了一句：

“是的，有些自杀是一种不堪饶恕的现象。”

他睡在一个温暖的房间里，在一张软和的床上，盖着被子，下面铺着一条新洗干净的细布床单，可是他不知为什么并不感到舒适；也许，这是因为医生和冯·达乌尼茨长时间地在隔壁房间里谈话，而在上方，在天花板上面和在烟囱里，暴风雪同样在喧嚣和哀叫，如同在地方自治局的小木屋里一样：

“呜——呜——呜！”

达乌尼茨两年前丧偶，一直到现在他还不能适应这个现实；不管说到什么，他每次都要想起他的妻子，因而在他身上已经丝毫没有检察官的影子了。

“难道有朝一日我也会到这种地步？”昏昏睡去的雷仁隔墙听着他委婉的孤儿般的声调想道。

检察员睡得不安宁。很热，不舒服，因此他在睡梦中觉得自己不是在达乌尼茨家里，不是睡在一张软和干净的床上，而是仍旧睡在地方自治局的小木屋里的干草上，听得到证人们低声说话。他觉得列斯尼茨基好像就在附近离他十五步远的地方。他在睡梦中又想起那个黑发、脸色苍白、穿着一双布满灰尘的高筒靴的地方自治局的保险代理人，想起他怎样走到会计员的办公桌边，“这是我们地方自治局的保险代理人。……”接着他眼前又出现一种情景：仿佛是列斯尼茨基和村警洛沙津肩并肩地走在田野上，走在雪地里，互相搀扶着，暴风雪在他们头上飞舞，风吹打着他们的背脊，他们俩边走边唱：

“我们走啊，我们走，我们走。”

老头儿像歌剧里的魔法师，他们两个人确实在唱，像在剧院里似的：

“我们走啊，我们走，我们走……你们养尊处优，你们那儿亮堂，你们那儿温和，我们迎着严寒，迎着暴风雪，在深雪中走……我们没有安宁，没有欢乐……我们承担着这生活的全部痛苦，我们的和你们的……呜——呜——呜！我们走啊，我们走，我们走……”

雷仁醒了，他坐在床上，一个多么纷乱的噩梦！为什么保险代理人和村警会一起被梦见！真荒唐！雷仁的心跳得很厉害，他双手抱头坐在床上，他觉得，在生活中在这个保险代理人和这个村警之间确实有着某种共同的东西。在生活中他们是不是也互相搀扶着肩并肩地走？在这两个人之间存在着一种肉眼看不见的，然而是重要的、必然的联系，甚至在他们和达乌尼茨之间，在所有的人们之间，也存在着这种联系。在这个生活之中，甚至在最偏僻的地方，什么事情都不是偶然的，什么都充满着一个总的观念，什么都具有同一个灵魂、同一个目标，而要理解这一点，只思考和单议论是不行的，想必还需要有一种洞察生活的能力，但这种能力显然并非人人都具备。只有认为自己的生存是偶然的人，才会认为那个不幸的、伤心断肠的、自杀的、医生称之为“神经衰弱者”和那个毕生每天为别人奔走的农民老头都是偶然的，是生活的零星片断；而对那个认为自己的生活是整个有机体的一部分并且理解这一点的人来说，他们则是这个奇妙而合理的整体的组成部分。雷仁这么想着，这是一个早已隐藏在他内心的思想，现在它不过是在他的意识里充分而又清楚地展示出来罢了。

他躺了下去，开始入睡；忽然，他们又走在一块儿，他们唱着：

“我们走啊，我们走，我们走……我们从生活中拿取的是最艰难最痛苦的东西，而把轻松和欢乐留给你们，因此你们在吃晚饭的时候才可以冷淡和合理地议论，我们为什么受苦和死亡，我们为什么不像你们一样健康和满足。”

他们唱的东西以前他也是想到过的，不过这想法在他的头脑里不知为什么总是藏在别的想法后面，像大雾天气里远方的灯火一般，畏缩地忽隐忽现。他感到，这自杀和农民的痛苦也使他耿耿于心。这些人屈从命运，承担着生活中最艰难最黑暗的一切。容忍这种状况是多么可怕呀！容忍这种状况，同时又巴望自己能在幸福而满足的人们中过光明而热闹的生活，不断地巴望这种生活，那就意味着巴望新的自杀，巴望那些被劳动和忧虑压得喘不过气来的人或者那些软弱的被遗忘的人一次次自杀。关于这些人，人们只是偶尔在吃晚饭时谈起，有时恼恨，有时讥诮，可是并不帮助他们……接着，又是：

“我们走啊，我们走，我们走……”

仿佛有人在用小锤子敲打着他的太阳穴。

他一清早就给嘈杂声惊醒了，头胀痛；隔壁房间里冯·达乌尼茨在大声对医生说：

“现在您不能走。您看看，外面是什么天气！您别争了，您最好去问问车夫：在这种天气给他一百万他也不会赶车送您。”

“可是只有三俄里路啊。”医生恳求说。

“哪怕半俄里也不行。不行就是不行。您的车子刚出大门，就是一片漆黑，就会立刻迷路。随您怎么样，我决不放您走。”

“到傍晚这场暴风雪想必会停了。”一个正在生炉子的农民说。

医生在隔壁房间里开始讲起严峻的影响俄罗斯人性格的自然环境，讲到漫长的限制活动自由的冬季，说它们阻碍人们的智力发展。雷仁听着这些议论感到烦躁，他瞧着窗外围墙边积起的雪堆，瞧着那布满了整个肉眼可见的空间的白色雪尘，瞧着那些绝望地时而向右、时而向左弯的树木，听着风的呼啸声和碰击声，他气闷地想道：

“哎，由此可以引出什么寓意来呢？一场暴风雪，不过如此……”

中午他们吃了早饭，接着就在屋里无目的地来回踱步。他们走近窗户。

“列斯尼茨基还躺着呢，”雷仁暗想，他看着在雪堆上狂乱打转的风绞雪，“列斯尼茨基还躺着，证人们都在等着……”

大家谈到了天气，谈到暴风雪一般只持续两昼夜时间，很少会更长。六点钟大家吃了午饭，接着是打牌，唱歌，跳舞，最后又在一起吃了晚饭。一天过去了，大家躺下睡觉。

夜间，在拂晓时分，风雪停息了。人们起身后看看窗外，光秃的枝儿稍微下垂的柳树纹丝不动，天色阴沉，四周寂静，仿佛大自然现在在为自己的肆虐横行感到羞愧，在为自己疯狂了两夜、放纵了自己感情而感到羞愧似的。从早晨五点钟起，已经套上车的马儿就排成纵列等在台阶边了。天色大亮的时候，医生和检察员穿上皮大衣和毡靴，告别了主人，走出屋来。

在台阶旁边，已经认识的“寸警”伊利亚·洛沙津同车夫并排站着，他没有戴帽子，肩上挂着一个旧皮包，身上沾满了雪。汗水满面的脸红红的。一个听差走出来扶客人上雪橇并给他们盖腿，他严厉地看了看洛沙津，说：

“老鬼，你站在这儿干什么？”

“老爷，大伙儿心里不踏实……”洛沙津说，满脸洋溢着纯朴的笑容，他显然很满意，他终于看到了他久等的客人，“大伙儿心里很不安，孩子们在啼哭……老爷，都以为你们回城了……发发慈悲吧，我们的恩人……”

医生和检察员一句话都没说，坐上雪橇，到绥尔尼亚村去了。

心肝儿

奥莲卡[1]是八品退休文官普列勉尼科夫的女儿。她坐在院里的台阶上想心事。天气炎热，讨厌的苍蝇缠人不休。想到黄昏将临，心中就感到愉快。黑沉沉的雨云从东方迫近过来，湿气间或从那儿袭来。

院子中心站着剧团经理人、“季沃里”游乐场场主库金，他借这个院里的一个厢房住。他看着天空。

“又要下雨了！”他悲观失望地说，“又要下了！天天下，天天下，好像是故意的！简直是要我命！要我破产！天天赔大本！”

他两手一拍，转向奥莲卡继续说：

“瞧！奥尔加·谢苗诺芙娜，这就是我们过的日子。简直想哭！你在尽心竭力地干，煞费苦心，夜里不睡觉，老在想怎么干得好一些，可是结果呢？首先，观众是粗鲁和野蛮的。我给他们看最好的小歌剧、梦幻剧，请顶好的讽刺小曲演唱家，可是他们要看的是这些吗？他们能欣赏得了吗？他们要看的是粗俗的噱头！给他们看低级趣味的东西就行！其次，您瞧这天气。几乎每天晚上下雨。这雨从 5 月 10 日下开了头，接着是整个五月和整个六月都下雨。简直不得了！没有人来看戏，可是租金我得付，演员的工钱我得付！”

第二天傍晚，阴云又迫近过来，库金歇斯底里般地狂笑着说：

“有什么了不起呢？下吧！把花园淹了吧，把我淹了吧！叫我永生永世倒霉吧！让演员上法院告我吧！法院算什么？可以打发到西伯利亚去做苦工吗！可以送上断头台吗！哈哈哈！”

到第三天又是老样子……

奥莲卡听着库金讲，默默地、认真地听，有时候眼泪还涌上了她的眼眶。临了，库金的不幸打动了她的心，她爱上了他。他个子瘦小，脸色黄黄的，头发朝两边梳，说话声音尖细，他说话时总轻蔑地撇嘴，脸上老带着绝望的神情，可是他终究在她心中唤起了一种真挚的深情。她总得爱一个什么人，不能不这样。以前她爱她的好爸爸，现在他有病在身，坐在一个黑暗的房间里的一把圈椅上，气喘吁吁；她还爱过她的姑妈，往常她姑妈每隔两年总要从布良斯克来一回；再早一些时候，在她上初级中学的时候，她爱过她的法语教师。她是一个文静、善良、富有怜悯心的姑娘，她目光温存、柔和，身体十分健康。看到她丰满、红润的脸颊，看到她柔软白净长着一颗黑痣的脖子，看到她在听到什么愉快的事时脸上出现的善良天真的笑容，男人们就会暗想：“是啊，挺不错……”女人们呢，在谈话中间往往会忍不住突然抓住她的手满心喜爱地说：

“心肝儿！”

这所房子坐落在城郊的茨冈居民区，离“季沃里”游乐场不远。她一生下来就住在其中的这所房子里。她父亲在遗嘱里已经写明这所房子归她继承。在傍晚和夜间她听得见游乐场里的音乐，听

① 奥尔加的爱称。

得见鞭炮劈劈啪啪的爆响，她觉得这是库金在同他的命运斗争，在猛攻他的大敌——淡漠的观众。她的心甜蜜地缩紧，没有丝毫睡意。待到拂晓他回家时，她就轻轻地敲打自己卧室的小窗子，隔着窗帘向他单单露出一张脸和一个肩膀，温存地微笑……

他向她求婚，他们就举行了婚礼。在好好地看清了她的脖子和丰满结实的肩膀时他两手一拍说：

"心肝儿！"

他是幸福的，可是因为结婚的那一天昼夜下雨，绝望的神情没有从他脸上消失。

婚后他们日子过得很好。她掌管他的票房，照料游乐场的内务，记账，发工钱。她红润的脸颊，可爱、天真、光彩一般的笑容到处闪现，一会在票房的小窗口，一会儿在饮食部，一会儿在后台。她已经常常对她的熟人们说，世界上最美妙、最重要、最必需的东西是戏剧，只有在剧院中人方才能获得真正的享受，方才会变得有教养和通达人情。

"可是观众难道懂得这层道理？"她说，"他们只要看粗俗的噱头！昨天我们演出《颠倒了的浮士德》，但场里的包厢几乎全都空着；但如果万尼奇卡[1]和我演出一部低级趣味的戏剧，那请您相信，剧院准会爆满。明天万尼奇卡和我准备上演《俄耳甫斯在地狱》。请您光临。"

库金关于戏剧和演员讲了些什么，她就重复说什么。她同库金一样，因观众对艺术的冷漠和无知而瞧不起他们。她干预彩排，纠正演员们的动作，监视乐师们的行为。如果当地报纸上发表了不赞成剧团的评论，她就流泪，接着就跑到报馆编辑部去解释清楚。

演员们都喜欢她，管她叫"万尼奇卡和我"和"心肝儿"。她怜惜他们，借给他们少量的钱。有过这种事：他们骗了她，她只不过偷偷哭泣，不向丈夫诉苦。

---

① 库金的名字是伊万，万尼奇卡是这名字的爱称。

冬天他们的日子也过得挺好。他们把本城的剧院承租了整个冬天，将它短期出租给小俄罗斯剧团、魔术师或者本地的业余演员。奥莲卡胖起来了，她心满意足，容光焕发。库金却瘦下去，脸色发黄，老抱怨亏损太大，虽说那年冬天生意不错。他夜里常常咳嗽，她给他喝覆盆子花汁和椴树花汁，用花露水擦他的身体，给他包上软和的披巾。

“你真可爱！”她抚平着他的头发，十分诚恳地说，“你真好！”

在大斋①期间他去莫斯科招募剧团。他不在家她就睡不着觉，一直坐在窗前看星星。这时候她就把自己比做母鸡。公鸡不在窠里，母鸡就通宵不睡，心不定。库金在莫斯科耽搁了，他写信回来说，要在复活节周才能回来，他还在信中交代了几件有关“季沃里”游乐场的事。可是在受难周②前的星期一的深夜突然响起一阵不祥的敲门声：有人在敲便门，像是在捶大桶似的——嘭嘭嘭！半睡不醒的厨娘赤脚踩着水洼跑去开门。

“劳驾，请开门！”门外有人用沉闷的男低音说，“你们家有电报！”

以前奥莲卡也接到过丈夫发来的电报，可是这一次不知为什么她吓呆了。两只颤抖的手拆开电报，她读到了如下电文：

伊万·彼得罗维奇今日猝死我们此克等候吩咐星期二出并

电报上写的可真是:“出并”③，还有那个令人费解的字眼儿“此克”④。电报上是小歌剧剧团导演署的名。

---

① 复活节前40天的斋戒。

② 基督教节日，在复活节前的一周，纪念耶稣受难。

③ 该是“出殡”。

④ 该是“此刻”。

“我的亲人！”奥莲卡嚎啕大哭起来，“我可爱的万尼奇卡呀，我的亲人！为什么我同你相遇？为什么我认识你，爱上你？你把你可怜的奥莲卡，可怜的、不幸的人儿丢给谁哟？……”

星期二把库金安葬了，在莫斯科的瓦冈科沃墓地；星期三奥莲卡回到家里，她一走进房间就倒在床上放声大哭，哭声非常响，左右邻里和街上全都听得见。

“心肝儿！”女邻人们在自己胸前画着十字说，“奥尔加·谢苗诺芙娜，心肝儿，大娘，多伤心！”

三个月后的一天，奥莲卡做完弥撒回家，她悲悲切切，十分哀伤。正赶上她的邻居瓦西里·安德烈伊奇·普斯托瓦洛夫也从教堂回家，走在她的一旁。他是商人巴巴卡耶夫木材场的经理。他戴着草帽，穿着白坎肩，系着金表链，与其说他像生意人，不如说他像地主。

“万事都由天定，奥尔加·谢苗诺芙娜，”他庄重地说，声音里包含着同情，“如果我们亲人中有人死了，那准是上帝的旨意，在这种情况下我们应当控制住自己，顺从地忍受。”

他把奥莲卡送到便门口，与她告辞后朝前走去。从此之后她整天都听到他庄重的声音，她刚一闭眼就仿佛看到他的黑胡子。她非常喜欢他。她显然也给他留下一个好印象，因为过了不多久就有一位她并不熟悉的岁数不小的太太来她家喝咖啡，来人刚在桌旁坐定，就立刻谈起普斯托瓦洛夫，说他是一个殷实可靠的好人，说任何一个妙龄女郎都会乐于嫁给他。三天后，普斯托瓦洛夫本人也来拜访了。他坐的时间不长，大约十分钟左右，说话也不多，可是奥莲卡已经爱上了他，而且爱得很深，她一夜没有合眼，浑身热辣辣的，像是害了热病，第二天早晨她就差人去请那位岁数不小的太太。婚事很快讲定，接着就举行了婚礼。

普斯托瓦洛夫和奥莲卡结婚后日子过得挺好。午饭前他总是在木材场里工作，饭后他外出接洽生意，这时奥莲卡就代他坐办公室，记账，卖货，一直忙到黄昏时分才离开。

“现在木材价格每年涨两成，”她对买主和熟人们说，“求主怜恤我们吧，从前我们是买卖本地木材，现在瓦西奇卡[1]得每年到莫吉廖夫省去采购木材。运费好大呀！”她现出害怕的神情、双手捂住脸说，“运费真大呀！”

她觉得，木材生意她已经做了很长很长时间，而生活中最重要和最必要的东西就是木材。什么“梁木”啦，“原木”啦，“薄板”啦，“护墙板”啦，“箱子板”啦，“板条”啦，“木块”啦，“板皮”啦等等，在这些词儿中她仿佛听到某种亲切动人的意思……夜里睡觉的时候，她梦见堆积如山的木板和薄板，长得看不到尽头的载着木材的车队开出城去，驶向远方。她还梦见，许许多多十二俄尺长、五俄寸[2]粗的原木直立着冲向木材场，于是原木、梁木、毛板互相碰撞，发出干木头的轰隆声，忽而倒下，忽而又竖立起来，重叠在一起。奥莲卡常常在睡梦中叫出声来，普斯托瓦洛夫就温柔地对她说：

“奥莲卡，你怎么啦，亲爱的？画个十字[3]吧。”

丈夫有什么想法，她也就有什么想法。如果他认为房间里热，或者他认为现在生意清淡，她也就这么想。她丈夫不喜欢任何娱乐，在节日里他总是呆在家里，她也就照样做。

“你们总是在家里或办公室里，”熟人们说，“你们可以去看看戏嘛，心肝儿，不然，去看看杂技也好。”

“瓦西奇卡和我没有时间上剧院，”她庄重地回答说，“我们是干活的人，我们顾不上这些无谓的小事。看这些戏有什么好处？”

每星期六普斯托瓦洛夫和她总去参加彻夜祈祷，在节日里他们总去做晨祷。他们从教堂回家时并排走在一起，脸上现出深受感动的神情。他们俩散发出一股好闻的香气，她的绸衣裙发出好听的沙沙声。在家里，他们喝茶，吃奶油面包和各种果酱，然后又吃馅饼。每天中午，在他们院子里和大门外的街道上总散发着红甜菜

① 瓦西里的爱称。

② 1 俄寸等于 4.4 厘米。

③ 旧教徒画十字以护身。

汤、煎羊肉或者烤鸭子的可口香味，遇到斋戒日就有鱼的味道，所以谁走过他们家的大门口，谁就犯馋。办公室里的茶炊总是烧开的，他们请顾客们喝茶，吃面包圈。夫妇俩每星期上一次澡堂，回家时并肩走在一起，脸红通通的。

“不错，我们日子过得挺好，谢谢上帝，”奥莲卡常常对熟人说，“但愿上帝让人人都能过上像瓦西奇卡和我这样的日子。”

每逢普斯托瓦洛夫去莫吉廖夫省采购木材，她就非常思念他，夜间睡不着觉，流泪。有时军团兽医斯米尔宁在傍晚来看她，这是一个租住她家厢房的年轻人。他来谈天，打牌，这就使她散心和解闷。特别有趣的是听他谈他自己的家庭生活。他结过婚，有一个儿子，可是他已同妻子离婚，因为她对他变了心，现在他还在恨她，他每月汇给她四十卢布抚养儿子。听着这一切，奥莲卡叹气，摇头，她同情他。

“唉，求上帝保佑您，”分手时她举着蜡烛送他到楼梯口说，“谢谢您给我解了闷，求上帝保佑您健康，圣母……”

她学丈夫的样，说话总是十分端庄，慎重。兽医的身影已经消失在楼下的门外，她把他叫住说：

“弗拉基米尔·普拉托内奇，您同您的妻子和好吧。为了儿子您就原谅她吧！……小家伙大概什么都明白。”

普斯托瓦洛夫回来后，她低声地把兽医和他的不幸家庭生活讲给他听，两个人都叹息摇头，他们谈到那个男孩，说那个男孩多半在想念父亲，接着由于想法上的某种奇特联系，他们俩双双在圣像前跪下叩头，向上帝求子。

普斯托瓦洛夫夫妇就这样平静安分地在一起生活了六年，他们相亲相爱，和睦融洽。可是，有一年冬天，瓦西里·安德烈伊奇在场里喝足了热茶后不戴帽子就走出门去发售木材，着了凉，生病了。给他治病的是一些最好的医生，可是他病入膏肓，四个月后他就死了。奥莲卡又守寡了。

“你把我丢给谁啊，我的亲人？”安葬了丈夫后她痛哭道，“没有你，现在我这个苦命人怎么生活？善良的人们，可怜可怜我吧，可怜可怜我这个无依无靠的人吧……”

她穿上缝了白丧章的黑色衣裙，从此不戴帽子和手套。她很少出门，只是上上教堂或者丈夫的坟地，在家里的生活跟修女一样。只是在过了六个月后她才取下丧章，打开百叶窗，偶尔已经可以看见她早晨同她的厨娘一起上市场上去买食品，至于现在她在家里怎么生活，她家里的情况又怎样，关于这些就只能猜测猜测了。大家也真是在根据一些情况猜测，比如，看见她在自家的小花园里同兽医一块儿喝茶，由他出声对她读报，又如，她在邮政局遇到了一个熟识的女人后说：

“我们城里缺乏兽医的正确监督，因而有许多疾病。常常听说有些人喝牛奶得了病或者从牛马身上染上了疾病。实际上，应该像关心人的健康一样关心家畜的健康。”

她重复着兽医的讲法，现在她对一切事情的看法都同他一样。很清楚，要是没有一个依恋不舍的人，她一年也活不下去。她在她家的厢房里找到了新的幸福。别人这么做的话会受到指摘，不过关于奥莲卡却没有一个人会往坏处想，她生活中的一切都是可以理解的。她和兽医没有向任何人讲起他们俩的关系中发生的变化，他们极力隐瞒着，可是这是办不到的，因为奥莲卡不会有秘密。每逢有客人（他团里的同行）来看他，她就给他们斟茶，或者给他们张罗晚饭，她谈牛瘟，谈家畜结核病，谈本市的屠宰场，而他非常局促不安，因而在客人们走后他就抓住她的手生气地轻声说：

“我要你不谈你不懂的事情！在我们兽医谈话的时候你别插嘴。这简直无聊！”

她惊讶而惶恐地瞧着他问：

“瓦洛杰奇卡[①]，那我该谈什么呢？”

她泪汪汪地搂住他，求他别生气，于是他们俩又都幸福了。

---

① 弗拉基米尔的爱称。

不过，这幸福持续的时间不长。兽医随军团一起离开了，一去不复返了，因为军团被调到一个很远的地方，几乎是到了西伯利亚。奥莲卡一个人孤单单地留了下来。

现在她是只身一人。父亲早已去世，他的那把圈椅弃置在阁楼上，布满灰尘，缺了一条腿。她瘦了，丑了，在街上遇到她的人已经不像往常那样看她了，也不对她微笑了。显然，美好的岁月已经一去不复返了。现在一种新的、不熟悉的生活开始了，关于这种生活最好还是不要去想。傍晚，奥莲卡坐在台阶上，她听得见“季沃里”的奏乐声，鞭炮的炸裂声，可是这一切已经不能引起任何回忆。她冷漠地瞧着她的空荡荡的院子，什么都不想，什么都不盼望，过后黑夜降临，她就去睡觉，在梦中见到她的空荡荡的院子。现在她就连吃和喝也好像是迫不得已才吃和喝的。

主要的是，她已经没有任何见解了，而这是最糟糕的。她看见她周围的事物，也明白周围发生的一切，可是对那些事她却没有一个主见，而且她不知道该说什么。没有任何主见——这多么可怕呀！比方说，看见一个瓶子，或者看见天在下雨，或者看见一个农民坐在大车上，可是说不出那瓶子、那雨、那农民为什么存在，他们有什么意义，甚至给上一千卢布也说不出什么东西来。当初，在库金或普斯托瓦洛夫在世时，后来跟兽医在一块儿的时候，奥莲卡样样事情都能解释，而且说得出自己的见解，可是现在呢，她脑子里和她心里空荡荡的，就跟那个院子一样。真感到可怕，又觉得苦涩，仿佛多吃了艾蒿一样。

城市渐渐地向四周扩展。茨冈居民区已经叫做大街，在“季沃里”游乐场和木材场的原址，已经造起了一座座新房子，出现了一条条小巷。时光跑得真快！奥莲卡的房子的颜色变暗了，屋顶生锈了，板棚歪斜了，院子里长满了杂草和荆棘。奥莲卡本人也老了，丑了。夏天，她坐在台阶上，她仍然感到空虚和无聊，有苦艾的味道。冬天，她坐在窗前看雪。在春意荡漾的日子，在清风送来叮当的教堂钟声的时候，会突然涌现对往事的回忆，她的心会甜蜜地收紧，滚滚泪水会夺眶而出，可是这不过是一瞬间的事情，接着心里仍然是空荡荡的，不知道活着是为了什么。黑猫布雷斯卡向她表示亲热，柔声地咪咪叫，可是这种猫儿的温存并不能感动奥莲卡。她需要的难道是这个？她需要的是一种能够迷恋住她整个人、整个灵魂、整个理性的爱，一种会给她思想、给她生活方向，会温暖她衰老中的心灵的爱。她把黑猫从裙子上抖掉，懊恼地对它说：

"走开，走开！……不必呆在这儿！"

日子就这样过去了，日复一日，年复一年，没有丝毫欢乐，也没有任何见解。厨娘玛芙拉说什么，什么就是好。

七月里炎热的一天，黄昏时分，街上赶着城里的牲口，院里灰尘飞扬，像云雾一样，突然间有人敲门。奥莲卡亲自去开门，她一看惊呆了：门外站着的是兽医斯米尔宁，头发已经斑白，身穿一身便服。她忽然回想起了一切，忍不住嚎啕大哭起来，把头偎在他的胸口，一句话没说。激动中她竟没有注意到他们俩后来是怎样走进房子、怎样坐下来喝茶的。

"我的亲人！"快活得发抖的她嘟哝着说，"弗拉基米尔·普拉托内奇！上帝从哪儿把你送来的？"

"我想在此地定居，"他说，"我已经退伍，上这儿来试试不在职的运气，过过安居的生活。再说，也该让儿子上中学了。他长大了。您可知道，我已经同妻子和好啦。"

"她在哪儿呢？"奥莲卡问。

"她和儿子在旅馆里，我这是出来找房子的。"

"主啊，老爷子，就住我的房子吧！不是好好的住宅吗？啊，主啊，我不会收你们一个房钱，"奥莲卡着急地说，她又哭了，"你们住在这儿，我住一个厢房就足够了。主啊，我真高兴！"

第二天，屋顶就上漆，墙壁刷白粉，奥莲卡双手叉腰在院子里走来走去，发号施令。她脸上显露出昔日的笑容，她充满生气，容光焕发，好像是从久梦中清醒过来了。兽医的妻子来到了，这是一个又瘦又丑的女人，头发剪得短短的，现出任性的神情。同她一起来的是小男孩萨沙，他已经十岁了，但身材矮得同他的年龄不相称，他胖乎乎的，生着亮晶晶的蓝眼睛，两个脸颊上都有酒窝。孩子刚刚走进院子就去追猫，立刻传来了他快活而欢畅的笑声。

“大妈，这是您的猫吗？”他问奥莲卡，“等它生了小猫，请您送给我们一只。妈妈特别怕耗子。”

奥莲卡同他谈了一阵，给他喝茶。她胸膛里忽然暖和起来，心甜蜜地收紧，仿佛这男孩是她的亲生儿子。晚上他在饭厅里温习功课时，她怀着温情和怜悯看着他，低声说：

“我的宝贝儿，漂亮的孩子。……我的小乖乖，长得多么聪明，多么白净。”

“‘四面被水围着的一部分陆地称为岛’。”他念道。

“四面被水围着的一部分陆地……”她重复着说，在经历了多年的沉默和思想空虚之后，这还是她信心十足地说出的第一个意见。

现在她已经有自己的意见了。晚饭时候，她跟萨沙的爹娘谈天，说现在孩子们在中学里功课难，不过古典教育比实科教育强，因为中学毕业后到处有出路，想当医生可以，想做工程师也可以。

萨沙开始上中学。他母亲去哈尔科夫看望她妹妹，从此没有回来。他父亲每天外出给畜群看病，往往一连三天不住在家里。奥莲卡觉得，萨沙完全被撇下不管了，他在家里成了多余的人，他会饿死的，于是她就让他住进自己的厢房，把他安排在小房间里。

萨沙住在她厢房里已经半年了。每天早晨奥莲卡走进他房间，他睡得正香，手放在脸颊底下，一点儿声息也没有。她不得不把他叫醒。

“萨宪卡[1]，”她难过地说，“起来吧，好孩子！该上学去啦。”

他起床，穿衣服，祷告上帝，接着就坐下喝早茶。他喝下三杯茶，吃完两个大面包圈和半个法国奶油面包。他没有睡醒，因此心

---

① 萨沙和萨宪卡都是亚历山大的爱称。

绪不好。

“萨宪卡，那个寓言你还没有背熟，”奥莲卡说，她瞧着他，仿佛送他出远门似的，“我可真为你操心。你要用功读书，好孩子。……要听老师的话。”

“嗨，请您别啰唆！”萨沙说。

接着他就顺着大街上学去了。他身材矮小，却戴着一顶大制帽，背着一个书包。奥莲卡静悄悄地跟在他后面。

“萨宪卡！”她叫道。

他回过头看，她把一个海枣或者一块糖塞进他手中。他们弯进学校所在的那条胡同，他感到害臊，因为身后面跟随着一个高高的胖女人。他回过头来说：

“您回去吧，大妈。现在我自己走得到学校。”

她停住脚步，不眨眼地瞧着他的背影，直到他的身影消失在学校入口处。啊，她多么爱他！她昔日的爱恋从来没有这么深，她的心从来没有这么忘我、无私和愉快地接受过支配，现在她的母性的感情越燃越旺了。为这个别人家的男孩，为他脸颊上的酒窝，为他的制帽，她甘愿献出她的整个生命，而且是愿意含着温柔的眼泪愉快地献出来。这是为什么？又有谁知道这是为什么？

把萨沙送到学校后，她慢慢地走回家去，那么满足、安静和富有爱心。她那张在近半年来变得年轻了的脸在微笑，在发光，遇见她的人瞧着她都感到愉快，对她说：

“您好，亲爱的奥尔加·谢苗诺芙娜！您生活得怎么样，心肝儿？”

“现在读中学可真难啊，”她在市场上说，“可不是闹着玩的，昨天一年级的老师布置的作业是：背熟一则寓言，翻译一篇拉丁文，还有习题……唉，小孩子哪儿来得及？”

她开始讲到老师，讲到功课，讲到课本，她讲的正是萨沙讲过的那些话。

两点多钟他们在一起吃午饭，晚上在一起做功课和一起哭泣。

她安顿他睡觉时，久久地为他祝福，小声祷告，接着她自己上床睡觉，她幻想遥远而朦胧的未来，到那时候萨沙大学毕业，当上医生或者工程师，有了自己的大房子，买了马和马车，结了婚，生了孩子……她昏昏入睡时还在想着这些，眼泪从她紧闭的眼睛里流到她的脸颊上。那只黑猫躺在她身旁叫着：

“喵——喵——喵。”

突然，一阵挺响的敲打便门的声音。奥莲卡醒了，她害怕得透不过气来，心跳得十分厉害。半分钟后敲门声又响了。

“这是哈尔科夫的电报来了，”她想，她全身发抖，“母亲要萨沙到哈尔科夫她自己身边去……哎，主啊！”

她绝望了，她的头、手、脚都发冷；似乎全世界再没有比她更不幸的人了。可是又过了一分钟，听得见说话的声音，原来是兽医从俱乐部回家来了。

“唉，谢天谢地。”她想。

她心头的郁闷慢慢地消除了，她又觉得轻松自在了。她躺下睡觉，心中想着萨沙，而萨沙呢，他在隔壁房间里睡得正香，有时他说梦话：

“你等着瞧！滚开！别打人！”

新别墅

1

离奥勃鲁恰诺沃村三俄里的地方正在建造一座大桥。从这个高高地位于陡峭河岸上的村子可以看到有格子的桥架。无论是在有雾的天气还是在宁静的冬日，当桥的细长的铁桁架和四周的脚手架都披着重霜时，它构成一幅优美的几乎是神奇的画面。大桥的建造者库切罗夫工程师有时乘着一辆轻便马车或者四轮马车穿过村子。这是一个肥胖、肩宽、蓄有胡子的男人，戴着一顶揉皱了的软制帽。遇上节日，在桥上干活的流浪汉们有时会到村子里来，他们乞求布施，调笑村妇，有时他们还拿走一些什么东西。不过，这种情形是少有的，平常总是安安静静、平平稳稳地过日子的，仿佛根本就没有造桥这件事，只是在傍晚，当桥旁燃起一堆堆篝火时，风才微微送来流浪汉们的歌声。白天有时还能听到凄惨的金属声：铛……铛……铛……

有一天工程师库切罗夫的妻子来看他。她喜欢这里的河岸，喜欢绿油油的谷地的景色，有村庄，有教堂，还有畜群，所以她要丈夫买一小块土地，修建一座别墅。她的丈夫依从了她。他们买下了二十俄亩土地，在陡峭的河岸上，在从前是奥勃鲁恰诺沃村的乳牛徜徉的林间空地上盖了一座漂亮的两层楼房，有露台，有阳台，有塔楼，有尖顶，每逢星期日旗子就在尖顶上飘扬。花了差不多三个月的工夫盖成了这座房子，之后又栽了整整一个冬天的大树，所以在春天来临，四周的一切透绿的时候，新庄园上已经有了林荫路，有一个花匠和两个系着白围裙的工人在房子附近挖土，有一个小喷水池在喷水，有一个镜面圆球在发出明亮的光彩，看着它都刺人眼痛。已经给这个庄园起了个名字："新别墅"。

五月末，一个晴朗暖和的早晨，有人牵了两匹马来到奥勃鲁恰诺沃村，到本村铁匠罗季昂·彼得罗夫家换马掌。是从新别墅来的。两匹马毛色雪白，体格匀称，膘势良好，而且它们显著地相似。

"一对十十足足的天鹅！"罗季昂崇敬地瞧两匹马说。

他的妻子斯捷潘尼达、他的女儿和孙子孙女们都上街来看马。渐渐地围起了一群人。雷奇科夫父子俩来了，他们天生没有胡子，脸孔浮肿，不戴帽子。柯左夫也来了，这是一个瘦高个儿的老头子，留着一把狭长的胡子，拿着一根弯柄手杖，他总眨着两只狡黠的眼睛，讥诮地微笑，好像他知道什么秘密。

"不过是两匹白马，有什么了不起的？"他说，"如果给我的马喂燕麦的话，它们也会是这么光溜溜的。该给这两匹马套上犁，该用鞭子抽它们……"

车夫不过轻蔑地看了他一眼，一句话也不说。后来在铁匠铺里生火的时候，车夫才一边吸烟一边讲起来。从他嘴里农民们知道了许多细节：他的老爷很富，女东家叶莲娜·伊万诺芙娜出嫁前在莫斯科当家庭教师，过的是贫苦的生活；她为人心地慈善，喜欢帮助穷人。车夫说，不会在这个新庄园里耕地和播种，他们上这儿来住不过是为了过一过无忧无虑的生活，呼吸呼吸新鲜空气。他讲完牵着马走回去，在他身后跟着一群小男孩，狗汪汪地叫着。柯左夫瞧着他的背影，讥诮地眨眼睛。

"也算是地主！"他说，"盖上了房子，养起了马，可是自己也许连吃的东西都没有。也算是地主！"

不知为什么，柯左夫打一开始就恨上了新庄园，恨上了白马和肥胖漂亮的车夫。柯左夫是个单身汉，老婆已经死了。他活得枯燥乏味（有一种什么病使他不能干活，他有时把这病叫做疝气，有时又说是闹蛔虫），他的生活费来自在哈尔科夫一家糖果点心店里工作的儿子。他从早到晚在河岸上或者在村子里闲闲散散地遛弯儿，如果他看见了，比方说，农民在运木头或者在钓鱼，他会说："这是枯木，朽了。"或者说："鱼在这种天气不上钩。"遇上天旱，他会说："在严寒来到之前不会有雨。"在雨水多的时候，他会说："现在全完了，庄稼都要烂在地里了。"他说话时老眨眼睛，好像他知道什么秘密。

庄园里每天晚上放焰火，放爆竹，一条挂着许多小红灯的小船扬帆驶过奥勃鲁恰诺沃村。一天早晨，工程师的妻子叶莲娜·伊万诺芙娜带着小女儿到村里来，她们坐的是一辆黄色车轮的由一对深栗色的矮马拉着的马车。母女俩都戴着宽边草帽，帽边压到耳朵上。

正好是送粪肥的时令。铁匠罗季昂是一个又高又瘦的老头子，他没戴帽子，光着脚，肩膀上扛着一把大叉，站在他那辆肮脏难看的板车旁，他仓皇失措地瞧着那些矮马，从他的脸色可以看出来，从前他未曾见过这种小马。

"库切里哈[①]来了！"四下里响起一阵低语声，"瞧，库切里哈来了！"

叶莲娜·伊万诺芙娜打量着那些小木房，她好像是在进行选择，后来她让马车停在一所最贫寒的小木房前，在这所房子的窗户里有许多小孩头：有淡黄色头发的，有黑头发的，有火红色头发的。斯捷潘尼达，罗季昂的妻子，是一个胖老太婆，她从小木房里跑出来，头巾从花白的头发上滑下，她对着太阳看马车，脸上现出微笑，皱着眉，好像她是个瞎子似的。

"这是给你的孩子们的。"叶莲娜·伊万诺芙娜说着递给她三个

---

① 工程师的姓是库切罗夫，其词根是"库切尔"（Кучер）意思是"马车夫"，而"库切里哈"则是由"库切尔"（Кучер）一词构成的新词，意思是"女车夫"或"车夫的妻子"，农民如此称呼工程师的妻子带有戏谑的意味。

卢布。

斯捷潘尼达突然哭了，她深深地鞠了一躬；罗季昂也扑倒在地下，露出褐色的大秃顶，他这么做时差一点儿把大叉钩住了他妻子的肋部。叶莲娜·伊万诺芙娜感到局促不安，坐上马车回去了。

2

雷奇科夫父子在他们家的草地上逮住两匹干活的马、一匹矮马、一头大鼻面的阿尔加乌兹种牛犊，他们同铁匠罗季昂的儿子、长着一头火红色头发的沃洛德卡一起把这几头牲口赶进村子。他们叫来村长，招集了几个证人，去查看踏坏了的草地。

“好啊，瞧着吧！”柯左夫眨着眼睛说，“瞧着吧，看他们现在怎么办，这些工程师。你以为是没有法庭了？好啊，去叫巡官，写张文书！……”

“写张文书！”沃洛德卡再说了一遍。

“我不赞成这事就这么了结！”小雷奇科夫嚷道，嗓门越拉越高，以致他那张没有胡子的脸似乎肿得更加厉害了，“养成了什么风气！随他们的性儿干的话，他们会把所有的草地都糟蹋掉！你们没有权利欺压老百姓！农奴现在没有了！”

“农奴现在没有了！”沃洛德卡也说了一遍。

“从前咱们过日子并没有桥，”老雷奇科夫阴沉地说，“咱们没有要求造桥，咱们要桥干什么！咱们不要！”

“弟兄们，正教徒们！这事不能就这么了结！”

“好啊，瞧着吧！”柯左夫眨着眼睛说，“看他们现在怎么办？也算是地主！”

他们走回村去，在路上小雷奇科夫不住地用拳头捶打胸膛和喊叫，沃洛德卡也跟着喊叫，重复着小雷奇科夫说的话。这时在村子里，在那头良种牛犊和三匹马的周围聚集了一大群人。局促不安的牛犊皱着眉头看望，突然间它把嘴凑近地面，扬起后腿跑了。柯左夫吓了一跳，朝它挥舞手杖，大伙儿都哈哈大笑起来。后来他们关住牲口，开始等待。

傍晚工程师为赔偿踩坏了的草地送来了五个卢布，于是又饿又渴的两匹供干活用的马，一匹矮马和一头牛犊就回去了，它们像罪人似的耷拉着脑袋，仿佛是要把它们拽往刑场去似的。

雷奇科夫父子、村长和沃洛德卡在五个卢布到手后就坐船过河，到对岸有酒店的克里亚科沃村去了，在那儿他们开怀畅饮了很长时间，听得见他们的唱歌声和小雷奇科夫的喊叫声。村里的妇女们整夜没合眼，她们都在担心。罗季昂也没有睡。

“事情不妙，”他说，不住地翻身和叹气，“老爷一生气，你就打官司吧！……他们把老爷给得罪了……唉，得罪了，不妙啊……”

一天包括罗季昂在内的庄稼汉们去本村的树林里划分割草场，在回家途中他们遇上了工程师。他穿着红布衬衫和高筒皮靴，一条猎狗吐出很长的舌头跟在他身后。

“你们好，弟兄们！”他说。

庄稼汉们停住脚步，脱下帽子。

“我早就想同你们谈谈了，弟兄们，”他接着说，“是这么一回事情。今年一开春，你们的牲口每天进入我的花园和树林，把什么都踩坏了，猪挖遍了整块草地，菜园给糟蹋了，林中的小树全部给毁了。你们那伙牧人可真难对付，你求他们，他们却出口伤人。我天天有草地给踩坏，我并不说什么，不罚你们钱，也不控告你们，可是你们却扣住了我的马和牛犊，拿了我五个卢布。这么做好吗？难道这么做像邻居吗？”他接着说，声调柔和而又恳切，目光并不严厉，“难道正派人是这么做的吗？一星期前你们中有人在我的树林里砍了两棵小橡树。你们把通到叶烈斯涅沃村去的一条路掘坏了，我现在不得不绕道，多走三俄里弯路。为什么你们处处伤害我？看在上帝面上，你们倒说说，我对你们使过什么坏？我和妻子尽量要同你们和睦相处，我们在尽可能帮助农民。我妻子是个善良和诚恳的女人，要她帮忙的话，她从不拒绝，她的心愿就是要做一些对你们和你们的孩子有好处的事情。你们呢，你们却以怨报德。你们这么做不公平，弟兄们。好好想一想吧。我诚恳地请求你们：好好想一想。我们像人一样地对待你们，你们对我们也该这么还报才对。”

说完他便转身走了。农民们起先还站了一会儿，后来他们戴上帽子也走了。罗季昂理解别人对他说的话时从来不按该有的意思去理解，他总按他自己的方式去理解，现在他叹口气说：

“该还了，他说，弟兄们，你们该还钱了①。……”

在回村子的路上他们都默不作声。罗季昂回家后祷告了一下，脱去靴子，就在一条长凳上和妻子并排坐下。他和斯捷潘尼达在家里总是并排坐的，上了街总是并排走，他们吃喝睡总在一起，而且他们年事越高，相爱得却越深。在他们的小木屋里又挤又热，到处都有小孩：地板上，窗台上，炉坑上——到处都有。……虽说斯捷潘尼达已经上了年纪，她却还在生育，所以现在看着这群小孩，很难分清哪些孩子是罗季昂的，哪些孩子是沃洛德卡的。沃洛德卡的妻子叫卢凯丽雅，这是一个年轻难看的村妇，长着一对蛤蟆眼和一个鸟喙鼻。她正在木桶里揉面，沃洛德卡本人坐在炉台上，搭拉着两条腿。

“在大路上，在尼基达荞麦地附近……工程师带着一条小狗……”罗季昂歇了歇开口说，他搔着两肋和胳臂肘，“工程师说，该还……该还钱，他说……有钱没钱，每户人家都得交一个十戈比银币。我们可真把老爷给得罪了。我感到难过……”

“过去咱们过日子并没有桥，”沃洛德卡谁也不看地说，“现在咱们也不要。”

“那又有啥？桥是公家造的。”

“咱们不要。”

---

① 俄文中的“一报还一报”，“报以同样的态度”这个说法中有“Монета”（钱币，金钱）一词。

"人家不会来问你要不要。你多什么嘴！"

"人家不会来问你……"沃洛德卡装出怪腔摹仿说，"我们没有什么地方是非坐车子去不可的，我们要桥干什么？需要过河的话，坐小船也行嘛！"

有人在使劲敲窗子，好像整个小木房都颤动了。

"沃洛德卡在家吗？"是小雷奇科夫的声音，"沃洛德卡，你出来，咱们一块儿去！"

沃洛德卡从炉台上跳下，寻找起他的无檐帽来。

"你别去，沃洛德卡，"罗季昂胆怯地说，"别跟他们一块儿去，儿子。你傻乎乎的，像个小孩，他们不会教你干好事的。你别去！"

"别去了，儿子！"斯捷潘尼达恳求说，她眨着眼睛要哭了，"他们也许是叫你上酒馆。"

"上酒馆，……"沃洛德卡装出怪腔学着她的话说。

"又要喝得烂醉回来，狗东西！"卢凯丽雅说，恶狠狠地瞧着他，"你去，你去，让酒把你烧死了才好，没有尾巴的魔鬼！"

"哎，你闭嘴！"沃洛德卡叫了一声。

"把我嫁给了蠢货，断送了我这苦命的孤儿，红头发酒鬼，……"卢凯丽雅大哭起来，用一只沾满了生面的手擦着脸，"我真不想看见你！"

沃洛德卡给了她一记耳光走了。

3

叶莲娜·伊万诺芙娜和她的小女儿步行来到村里。她们在散步。正巧是星期日，穿着花花绿绿的连衣裙的村妇和村姑们三三两两地上街来了。并排坐在台阶上的罗季昂和斯捷潘尼达向叶莲娜·伊万诺芙娜及她的女孩鞠躬和微笑，仿佛见了熟人一样。十几个孩子从窗口瞧着她们，一张张孩子脸都现出困惑和好奇的神情。传来一阵低声细语：

“库切里哈来了！库切里哈！”

“你们好。”叶莲娜·伊万诺芙娜站定下来说。她沉默了一会后问道：“哦，你们生活得怎么样？”

“谢天谢地，我们过得还可以，”罗季昂回答道，他话说得很快，“自然，我们这是将就着过。”

“我们过的是什么日子呀！”斯捷潘尼达笑了笑说，“你自己看得见，女东家，好人儿，穷啊！一家十四口，挣钱的只有两个人。铁匠，这不过是个空名，人家牵马来钉马掌，这儿却没有煤，买吧，又没有钱。真活得累死了，太太，”她接着笑起来说，“嘿，真累死了！”

叶莲娜·伊万诺芙娜在台阶上坐下，搂住她的小女孩想起心思来；从小女孩的脸色看，她头脑里也有一些不愉快的想法。在沉思中她玩着一把从母亲手里拿来的漂亮的镶花边的伞。

“穷啊！”罗季昂说，“操心事很多，干不完的活。瞧，上帝又不下雨。……我们的日子过得不顺心啊，有啥可说的！”

“在这个世界里你们艰苦，”叶莲娜·伊万诺芙娜说，“不过，在来世你们会幸福的。”

罗季昂没有听懂她的话，他对着拳头咳了一声作为回答。斯捷潘尼达说：

“好太太，有钱人就是到来世也会过得挺顺心。有钱人点蜡烛，做礼拜，布施叫花子，可是庄稼人能做啥？连在脑门上画个十字的工夫也没有，自己比叫花子更叫花子，哪儿说得上乞求超升。再说，人穷，罪多，心里有苦恼就像狗似的尽骂街，嘴里说不出一句好话来，什么事都干得出，我的好太太，求上帝保佑。大概是这样：在这个世上好，在来世也会好。我们都不幸福，所有的幸福都落到富人手里去了。”

她是高高兴兴地说的，显然，她早已讲惯了她的艰苦生活。罗季昂微微地笑着，他心里乐滋滋的：他的老伴这么聪明、健谈。

“有钱人舒心——这只是旁人觉得如此罢了，”叶莲娜·伊万诺芙娜说，“其实，各人有各人的苦恼。就拿我们来说吧，我和我丈夫并不穷，我们有产业，但我们难道是幸福的吗？我还年轻，已经有了四个孩子；孩子们老是生病，我也有病，不时地看病吃药。”

“你有什么病？”罗季昂问。

“妇女病。我睡不好，头痛老是纠缠着我。比方说，现在我坐在这儿聊天，可是我脑袋不舒服，全身无力，我愿意，与其这副样子，我倒愿意干最重的活儿。我的心也不踏实。我一直在为孩子们和丈夫担心。每家有每家的苦恼，我们家也有苦恼。我不是贵族。我祖父是个普通农民，我父亲在莫斯科做买卖，他也是个普通人。我丈夫的父母既富有又显贵。他们不赞成他同我结婚，可是他不服从，跟他们吵了一架，因此他们直到现在也不原谅我们。这使我丈夫为难，使他激动，总感到惶恐不安，他爱他的母亲，非常爱。这样连我也不安心，真伤心啊！”

在罗季昂的小木房旁边已经站着许多农民和村妇，听着他们讲话。柯左夫也走过来了，他站住了，不时抖动着他的狭长胡子。雷奇科夫父子也走了过来。

“事情很清楚，如果一个人不觉得他自己是处在合适的地位上，他就不可能是幸福和满意的，”叶莲娜·伊万诺芙娜继续讲下去，“你们各人有各自的一块地，你们中每个人都劳动，而且知道为什么劳动；我的丈夫造桥，总而言之，每个人都有自己的位置。我呢？我只是走来走去，我没有自己的一块地，我不劳动，我觉得自己像是个局外人。我之所以说了这一切，是因为我要你们别从表面来判断。如果一个人穿着阔气，有家产，那还不能说他对自己的生活感到满意。”

她站起身来打算走，拉住了女儿的手。

“我很喜欢你们这个地方。”她说着微微一笑，从她淡淡的羞怯的笑容可以看出，她确实有病。她还那么年轻，那么漂亮，有一张苍白消瘦的脸、两道黑眉毛、一头淡黄色的头发。那女孩长得像母亲：头发淡黄，脸庞消瘦，模样清秀。她们身上有一股香水味。

“这条河，这个树林，这个村子——我都喜欢……”叶莲娜·伊万诺芙娜接着说，“我本可以在这里住上一辈子，我还觉得，在这里我的身体会好起来，我会找到我的位置。我想帮助你们，一心一意想成为一个对你们有益的亲近的人。我知道你们生活困苦，至于那些我不知道的情形，我的心也能感觉到和揣摩到。我有病，身体弱，也许我已不能按自己的心愿改变我的生活，不过我有儿女，我要尽力教育他们，要他们惯于同你们相处，喜爱你们。我要常常开导他们，他们的生命不是属于他们自己的，而是属于你们的。不过，我恳求你们，我央告你们，你们要信任我们，同我们友好相处。我丈夫是个心地善良的好人，你们别使他不安，别惹他生气。他对什么小事都敏感，比方说，昨天你们的一群牲口进入了我们的菜园，你们中有人拆毁了我们养蜂场的篱笆，这种态度使我丈夫悲观和失望。我请求你们，”她用央告的声调继续说，将两只手放在胸前，“我请求你们，像好邻居一般地对待我们吧！让我们和睦相处吧！俗话说：勉强维持的和睦总比出于好心的争吵强；俗话还说：别置田产，要买邻居。我再说一遍，我丈夫是个心地善良的好人，如果一切都顺顺当当，我就答应你们：只要是我们力所能及的事情，我们都做。我们会修路，我们会给你们的孩子造学校。我答应你们。”

“我们当然太感谢您了，太太，”老雷奇科夫眼睛看着地面说，“您受过教育，您更清楚。不过，比方说，在叶烈斯涅沃村有个姓沃罗诺夫的有钱人，他答应过造一所学校，他也说过，‘我给你们，我给你们’，可是只搭了个房子框架就不管了，后来硬逼乡里人盖上房顶把房子造完，花了上千个卢布。沃罗诺夫啥事没有，只管抚摸他的胡子，可是乡里人却感到委屈！”

“那是一只乌鸦[1]，现在猛扑过来的是一只白嘴鸦，”柯左夫眨

① 俄语中组成沃罗诺夫（Вороновъ）这个姓的词根是“ворона”，意为“乌鸦”。

了一下眼睛说。

响起了一阵笑声。

“我们不需要学校，”沃洛德卡阴沉地说，“我们的孩子上彼得罗夫斯科耶村的学校，就让他们去上吧。我们不要办什么学校。”

不知怎么的，叶莲娜·伊万诺芙娜忽然害怕起来。她脸色发白，一下子消瘦了，整个身子蜷缩起来，仿佛有人用什么粗硬的东西碰了她一下似的，她什么话也不再说就走了。她头也不回，越走越快。

“太太！”罗季昂跟在她后面叫道，“太太，等一等，我有话要对你说。”

他走在她后面，没有戴帽子，轻声地说着，仿佛是在乞讨似的：

“太太！等一等，我有话要对你说。”

他们走出村子，叶莲娜·伊万诺芙娜在一棵老山梨树的树荫里停住脚步，站在一辆不知什么人的板车旁边。

“你别生气，太太，”罗季昂说，“这没什么！你忍一忍吧。忍上它两年。你在这儿住上一阵子，忍一忍，一切都会顺利解决。我们这儿的老百姓是好的，安分的……老百姓是挺不错的，我对你说的全是真话。你别睬柯左夫和雷奇科夫父子俩。你也别理沃洛德卡，他是我的傻小子：谁第一个开腔，他就信谁。其他一些人都很本分，一声不响……有的人，你知道吗，很想说句良心话，很想打抱不平，可是没能做到。这种人有灵魂，有良心，只缺一根舌头①。你别生气……你忍一忍……这没什么！”

叶莲娜·伊万诺芙娜看着宽阔、平静的河流，呆呆地想着什么，泪水顺着她的脸颊淌下。这眼泪使罗季昂惶惑不安起来，他自己也差一点儿哭了。

---

① 俄语中，“舌头”和“语言”是一个词，“缺一根舌头”这句话的意思就是“不会说话”。

“你别放在心上……”他嘟哝，“忍上它两年吧。可以造学校，也可以修路，不过别一下子什么都做……比方说，你打算在这个高坡上种粮食，你就先得除草拔根，搬开一块又一块石头，然后才耕田，反复照料。就是说，对老百姓也得这样……反复照料，直到他们服你为止。”

有一群人离开了罗季昂的小木屋，在街上朝着山梨树这边走。他们唱起歌来，拉起了手风琴。他们越走越近，越走越近……

“妈妈，我们离开这儿吧！”小女孩说。她脸色苍白，依偎着母亲，全身颤抖，“走吧，妈妈！”

“到哪儿去？”

“到莫斯科去。……我们走吧，妈妈！”

小女孩哭了。罗季昂慌了手脚，满头大汗。他从口袋里拿出一条小黄瓜，小小弯弯的、像月牙似的、沾满了黑麦面包渣的小黄瓜，把它塞到小女孩手里。

“得了，得了……”他嘟哝，严厉地皱着眉头，“把这小黄瓜拿去吃吧……别哭啊，妈妈会打你的……到了家里她会告诉爸爸的……好啦，好啦……”

她们朝前走去，他还走在她们后面，想对她们说上几句亲热恳切的话。后来他发现她们在忙着想自己的心事和苦恼，并不注意他，他就停下脚步，用手遮挡阳光，久久地瞧着她们的背影，一直到她们消失在她们的树林里为止。

4

工程师显然变了：他容易生气，计较小事，把每件微不足道的小事都看成盗窃或侵占。他家的大门即使在大白天也上锁，夜间有两个更夫在花园里巡逻敲更，他已经不雇用奥勃鲁恰诺沃村的人打短工。有人（不知是农民还是流浪汉）像是故意地把大车上新的轮子卸下，换上了旧的，过不多久又有人拿走了两副马勒和一把钳子。甚至在村里也出现了不满的怨言，有人说应该搜查一下雷奇科夫家和沃洛德卡，于是钳子和马勒在工程师家的花园篱笆下找到了：有人偷偷把东西丢在那儿了。

有一天，一群庄稼汉走出树林，在大道上遇见了工程师。他停下脚步，不向大伙儿打招呼，气冲冲地瞧瞧这个，看看那个。他说：

“我请求过你们，别在我家花园里或院子附近采蘑菇，把它们留给我妻子和孩子们采，可是你们的女孩子们天一亮就来采，到头来连一个蘑菇也没有剩下。请求你们呢还是不请求你们，反正一样。依我看，请求、亲热或劝告全都无用。”

他愤怒地盯着罗季昂说：

“我和我妻子把你们当作人，平等看待，可是你们呢？哎，有什么可说的！大概是要弄到我们看不起你们才了事。别的结果不会有！”

他控制自己，压住怒火，为了不说什么废话他朝前走了。

回到家里，罗季昂祷告了一下，脱去靴子，在一条长凳上挨着妻子坐了下来。

“是啊……”他休息一下后说，“刚才我们正走着，迎面来了老爷库切罗夫……是啊……天蒙蒙亮的时候他看见了一些女孩子……他说：‘为什么不送蘑菇给我的妻子和孩子？’后来他又看着我说：‘我和我妻子要救济①你们。’我想向他叩头，可是我害怕了……求上帝赐给他们健康……求主赐给他们幸福……”

斯捷潘尼达在胸前画了一个十字，叹了一口气。

“这是个善良的心眼儿不多的老爷……”罗季昂接着说。“‘我们救济你们’，他这是当着大伙儿的面答应的……我们俩老了……这倒真不错……我要永远为他们祷告上帝……求圣母赐给他们幸福……”

9月14日的圣十字节是本地教堂的祭礼日。雷奇科夫父子一清

---

① 俄语中，“看不起”（презцрать）和“救济”（призцрать）两词的读音相似。

早就去河对岸了，回来吃午饭时已经酩酊大醉。他们在村里游荡了很长时间，一会儿唱歌，一会儿用脏话相骂，后来还动手打起架来。他们上老爷的庄园去告状。老雷奇科夫先走进院子，手里拿着一根长长的山杨木棍子。他犹豫不决地站住了，脱下帽子。这时工程师和家里人正坐在凉台上喝茶。

“你有什么事？”工程师叫了一声。

“老爷，大人……”老雷奇科夫一张口就哭了起来，“求您发发慈悲，保护保护我吧……儿子不让我活了……他花光了钱，还打人……大人……”

小雷奇科夫也走了进来。他没有戴帽子，手中也拿着一根木棍。他停住脚步，两只茫茫然的醉眼盯着凉台。

“化解你们的争吵不是我管的事，”工程师说，“你们去找地方自治局的长官或者县警察局局长。”

“我到处都去过，也递过状子……”老雷奇科夫说着放声大哭起来，“现在我还能上哪儿去？那么，现在他可以随便把我打死？那么，他什么事都可以干？能这么对待自己的父亲吗？自己的父亲？”

他举起木棍打他儿子的头，那一个也举起木棒照着老人的秃顶狠打，连木棒都跳将起来了。老雷奇科夫的身子毫不摇晃，他又打了儿子一下，又打头。他们就这么站在那儿敲打彼此的脑袋。这与其说是打架，倒不如说是一场游戏。大门外围着不少农民和村妇，他们默默地朝院子里看，一张张脸都是挺严肃的。这是一些前来祝贺节日的农民，可是他们看到雷奇科夫父子后就觉得难为情，就不走进院里来。

第二天早晨叶莲娜·伊万诺芙娜领了孩子们去莫斯科。有一种传说：工程师要卖掉他的庄园。

5

对桥大家都已习以为常了，已经很难想象这地方的河上没有桥。一堆堆建筑垃圾上早已长起青草，人们已把那些流浪汉忘却，现在大家听到的已不是《船夫曲》，而是几乎每小时都能听到的过路火车的轰隆轰隆的响声。

新别墅早已卖掉，它现在是一个文官的财产。这文官在假日里带着一家人到这儿来，在凉台上喝茶，节日过后就又回城去。他的帽子上有一个帽徽，虽说他的官职不过是十品文官，但他讲话和咳嗽起来却俨然是个大官，所以每逢农民们向他鞠躬，他都不予理睬。

奥勃鲁恰诺沃村里的人都老了。柯左夫已经死了，在罗季昂的小木屋里小孩子更多了，沃洛德卡蓄了一把火红色的长胡子。村里人的生活像先前一般苦。

这年早春季节奥勃鲁恰诺沃村的人在火车站附近锯木头。现时他们正好下班回家，不慌不忙地一个跟着一个走。宽阔的锯子在他们的肩膀上弯成了弓形，在阳光下闪闪发光。夜莺在沿岸的矮树丛里歌唱，云雀在天空中发出抑扬婉转的歌声。新别墅里静悄悄的，没有一个人，只有一些被阳光照耀而显出金黄色的鸽子在房子上空飞翔。大伙儿，包括罗季昂、雷奇科夫父子和沃洛德卡，都想起了那些白马、矮马、焰火和挂着灯的小船，想起了工程师的妻子——一个相貌漂亮、装束讲究的女人——到村里来的情景，她同他们十分亲切地谈话。所有这一切都像是一场梦或者一个故事，都像是未曾发生过似的。

疲惫的他们慢吞吞地走着，都在想着心事。

他们在想：村里人是好的，是安分的，他们通情达理，敬畏上帝；叶莲娜·伊万诺芙娜也是安分、善良和温柔的人，看着她的样子都会觉得可怜。但是，他们为什么不能和睦共处，以致像仇敌似的分手了呢？这究竟是一种什么样的烟雾？它遮蔽了最重要的东西，使他们只看见踩坏了的草地，只看见马勒、钳子以及一切现在回想起来显得荒谬的无谓琐事。为什么他们同别墅的新主人能和睦相处，而跟工程师却未能感情融洽呢？

大家不知道，该怎么回答自己的这些问题，所以大家都默不作声，只有沃洛德卡在喃喃自语。

“你在说什么？”罗季昂问。

“过去我们没有桥……”沃洛德卡阴沉地说，“过去我们过日子并没有桥，我们没有要求造桥……我们用不着桥。”

谁都不搭理他，大家都默默地、沮丧地朝前走去。

带小狗的女人

1

大家都在讲，海滨街上出现了一张新面孔：一个带小狗的女人。在雅尔塔已经生活了两个星期，对这个地方已经熟悉的德米特里·德米特里奇·古罗夫也开始对新来的人产生兴趣。他坐在韦尔奈的售货亭里，看见一个年轻女人在海滨街上走过，这是一个身材不高的金发女郎，戴着一顶无檐软帽。一条白色的长毛小狗跟着她在后面跑。

后来他又在本城的公园里和在街心小花园里遇见过她，一天遇上好几次。她一个人散步，总戴着那顶无檐软帽，带着那条白色的长毛小狗。没有人知道她是谁，于是就随便称她为“带小狗的女人”。

“如果她没有丈夫和熟人住在这儿，”古罗夫暗自斟酌着，“倒不妨认识她一下。”

他四十岁还不到，可是已经有一个十二岁的女儿和两个上中学的儿子。很早，在他还只是大学二年级的学生时，他就娶了一个妻子。现在他妻子看起来比他的年纪要大上一倍半。这个女人身材高高的，长着两道黑眉毛。她直率、尊严、庄重，而且按她自己的说法，有思想。她读过很多书，在信上不写硬音符号“ъ”①，叫丈夫时不叫德米特里而叫吉米特里；可是他私下里却认为她浅薄、狭隘、不优雅。他怕她，不喜欢呆在家里。他对她早已变心，而且不止一次，也许正是因为这个缘故他对女人的评论几乎总是不好的，每逢他在场谈及女人时，他总把女人叫做：

“下等人种！”

他觉得，他已经吃足苦头，他可以任意称呼她们，可是话虽如此，如果没有了“下等人种”，他就会连两天也活不下去。同男人在一起他觉得不自在，觉得枯燥无味；同他们在一起他沉默寡言，冷冷淡淡。可是，一到了女人中间，他就觉得自由自在，知道该同她们谈些什么，该有什么样的举止和态度；同她们在一起即使不讲话他也觉得轻松自在。在他的相貌、性格和资质中，有一种迷人的、不可捉摸的东西，它使女人对他产生好感，吸引她们；这一点他是清楚的，同时也有一种力量在引诱着他到她们那儿去。

多次的确实是沉痛的经验早已使他懂得：对一些规矩人来说，尤其是对一些行动缓慢、犹豫不决的莫斯科人来说，同女人相好这种事情起初可以愉快地使生活多样化，显得是一种轻松可爱的猎奇，但到头来它必然会变为一个十分复杂的大问题，而情况会变得令人难以忍受。尽管这样，每逢他遇到了新的漂亮的女人，不知何故他就会忘记这种经验：他想玩一玩，于是一切又都显得十分简单和趣味盎然。

一天傍晚他在公园里吃饭，那个戴无檐软帽的女人不慌不忙地

① 旧俄语中词尾常用的符号。

走过来，要在他的邻桌坐下。她的神情、步态、衣着和发型都告诉他：她来自上流社会，已婚，初次来雅尔塔，独自一人，在这儿感到寂寞。……关于本地的风气败坏有许多不真实的闲话，古罗夫不理会这些闲话，他知道，大部分闲话是一些人编造的，这些人只要自己有办法也会乐于作孽的。可是当那个戴无檐软帽的女人在离他才三步远的邻桌坐下时，他不由得想起了那些关于轻易得手和登山旅行的传闻，于是一个诱人的念头突然控制了他：来上一次昙花一现的同居，跟一个陌生的连姓名都不知的女人干一次风流韵事。

他亲热地招呼长毛小狗到自己这边来，但在它走近时，他又摇摇手指威吓它。长毛小狗吠叫起来，古罗夫又摇手指威吓它。

女人瞟了他一眼就马上垂下眼帘。

“它不咬人。”说着她脸红了。

“可以给它吃骨头吗？”待她肯定地点了点头后他和颜悦色地问道，“您来雅尔塔有多久了？”

“将近五天了。”

“我已经在这儿呆上第二个星期了。”

他们沉默了一会儿。

“时间过得真快，而这儿又非常无聊沉闷！”她并不看着他说。

“这儿无聊沉闷，这不过是通常说说罢了。一个市侩住在他的什么别廖夫或日兹德拉，他倒不觉得无聊沉闷，可是一到这儿他就说：‘唉，无聊！哎，尘土！’你还会以为他是从格林纳达[①]来的呢。”

她笑了。接着他们又继续吃饭，不说话，像两个互不相识的人一样。可是饭后他们却并排走在一起了。开始了一场快活轻松的谈话，这是在一些自由满足的、对于去哪儿和谈什么都无所谓的人之间进行的谈话。他们散着步，谈到了海面上的奇怪光照、海水显出紫藤般的颜色，柔和、温暖，由于月光的照射水面上有一条金黄色

① 西印度群岛国家，位于格林纳达岛和格林纳丁斯群岛南部。

的长带。他们也谈到，在炎炎的白昼过去后天气非常闷热。古罗夫说他是莫斯科人，在学校里学的是语文学，然而却在一家银行里工作；他一度打算在私人剧团里演唱，但后来没有去；他在莫斯科有两幢房子。……而从她口中他了解到，她在彼得堡长大，但嫁到了斯城，已经在那里生活了两年，在雅尔塔她还将住上个把月，有可能她丈夫会来接她，他也想休养休养。但她怎么也说不清楚她丈夫在哪里工作，是在省政府呢还是在省地方自治局执行处，这使她自己也觉得好笑。古罗夫还了解到，她的名字叫安娜·谢尔盖耶芙娜。

分手后他在旅馆的房间里想她，他想，明天她一定会同他见面，一定。他躺下睡觉时，想到她不久前还是一个寄宿女子中学的学生，还在读书，就同他女儿现在在读书一样；他想到，在她的笑声里和在她同生人的交谈中还有不少胆怯和生硬的东西，大概这还是她生平初次孤身一人处在这种环境里，有些人心怀一种她不会猜不到的秘密目的在跟踪她、在注意她并同她谈话；他还想到她的瘦弱的脖子和美丽的灰色眼睛。

“她身上毕竟有一点儿可怜的样子。”他想了想就昏昏入睡了。

2

他们相识已经有一个星期了。这一天是节日。房间里闷热，街道上飞舞着旋风似的尘土，行人的帽子不时被风吹落。人整天想喝水，古罗夫不时去售货亭，有时请安娜·谢尔盖耶芙娜喝果子露冲的水，有时请她吃冰淇淋。没有什么地方可去。

傍晚风稍稍静息，他们去防水堤观看轮船抵达的情景。码头上有许多人在散步，他们聚集在这里接人，手中拿着花束。在这里穿着讲究的雅尔塔人的两个特点分外惹人注目：一个特点是上了岁数的太太们穿得同年轻妇女一样，另一个特点是有许多将军。

轮船在海上遇到了风浪，到达时太阳已经下山，而在靠拢防水提前轮船又花了很长时间掉头。安娜·谢尔盖耶芙娜手执长柄眼镜瞧着轮船和乘客，好像是在寻找熟人似的；在她向古罗夫转过身来时，她的眼睛在闪闪发光。她话很多，提出许多不连贯的问题，以致她本人一转眼就忘了她问的是什么。后来她的一把长柄眼镜丢失在人群中了。

装束讲究的人群散了，已经看不见什么人了，风已经完全停息，而古罗夫和安娜·谢尔盖耶芙娜还站在那里，好像在等着还有没有人从轮船上下来。安娜·谢尔盖耶芙娜闻着鲜花，她已经不再说话，也不看着古罗夫。

傍晚天气有所好转，“我们现在上哪儿去？”他问，“要不要坐车去兜兜风？”

她不回答。

他凝视着她，突然间他将她搂住，吻了吻她的嘴唇，一阵鲜花的香味和水汽向他袭来，他立刻胆怯地环顾四周：是不是有人已经看见。

“让我们到您那儿去吧……”他轻声说。

两个人迅速走了。

她住的旅馆房间里既闷又热，弥漫着一股香水味，这香水是她在一家日本商店里买的。瞧着她，古罗夫不禁想道：“在生活里真是什么人你都会碰到！”从以往的岁月里留下了他对一些善良的乐天的女人的回忆，爱情使她们高兴，她们感激他带来了幸福，尽管这只是一种十分短暂的幸福；还保留着对另一些女人的回忆，举例说像他妻子一样的女人，她们的爱不真诚，她们说许多不必要的话，不自然，狂热，她们的神情表明，好像她们不是在爱，不是在表露情欲，而是在做着某种更重要的事情似的；另外他还记着两三个女人，她们美丽、冷淡，她们的脸上会突然掠过一种凶狠的神情和固执的愿望，想从生活中获得和夺取比生活所能给予的多得多的东西，她们的年纪都已不轻，任性，不善判断，不明达，好发号施令，因此在古罗夫对她们失却兴趣的时候，她们的美貌就在他心中唤起憎恶，而她们衬衣上的花边他却觉着像鱼鳞。

可是眼前他接触到的是一个涉世不深的年轻妇女的胆怯、生硬和拘束。她还给人一种茫然若失的印象，好像是有人突然敲门似的。安娜·谢尔盖耶芙娜，这个“带小狗的女人”，对待已经发生的事情的态度有些特别，她看得十分严重，好像这是她道德上的堕落——她给人的感觉就是这样，而这却是古怪的、不适时宜的。她沮丧、萎靡，长长的头发忧伤地挂在她脸庞的两侧。她凄凉地沉湎于冥想之中，犹如古画上那个犯了教规的女人①。

“这样不好，”她说，“现在第一个会不尊重我的人就是您。”

房间里桌子上放着一个西瓜。古罗夫给自己切了一块，不慌不忙地吃了起来。至少有半个小时就这么在沉默中过去了。

安娜·谢尔盖耶芙娜神态动人，从她身上散发出一个正派、纯朴、处世不深的女人的纯洁气息。桌上一支孤零零的蜡烛微微照着她的脸，但可以看出来她心绪不好。

“为什么我会不再尊重你呢？”古罗夫问，“你自己都不知道你在说些什么。”

“上帝饶恕我吧！”她泪水盈眶说，“这可怕。”

“你好像是在替自己开脱。”

“我怎能开脱得了？我是个糟糕下流的女人，我看不起自己，我也不想开脱自己。我不是欺骗了丈夫，而是欺骗了我自己。不光是现在，我早就在欺骗了。也许，我丈夫是个诚实的好人，可是他是个奴才！我不知道他在那儿干什么和怎样干，我知道他是个奴才。嫁给他时我才二十岁，一种好奇心使我焦躁不安，我想过得好一点，我对自己说：‘不是有着另一种生活吗？’我很想过逍遥快乐的生活！过一过这种生活……好奇心刺激着我……这一点您是不懂的，可是我，我向上帝发誓，我已经控制不住自己，我变了，已经

---

① 指的是《圣经》中的“抹大拉的马利亚”，一个因受耶稣感化而忏悔了的妓女。

拦阻不住我了，我对丈夫说我病了，我就到这个地方来了……在这里我走来走去，像是着了魔、发了疯……就这样我变成了一个庸俗下贱、被谁都瞧不起的女人。”

古罗夫听着觉得烦闷，这天真的口气、这意外的不合时宜的忏悔惹他生气。如果不是她热泪盈眶，那人家真会认为她是在开玩笑或者是在装腔作势。

“我不明白，”他轻声说，“你到底要什么？”

她把她的脸埋在他的前胸，紧贴着他。

“请您相信我的话，请您相信，我求求您……”她说，“我喜欢正派、纯洁的生活，我厌恶罪孽的生活，我自己都不知道我在干什么。老百姓常说：鬼迷心窍。现在我也可以这么说我自己：鬼迷住了我的心窍。”

“够啦，别说了……”他嘟哝说。

他瞧着她两只呆板、惊恐的眼睛，吻她，亲热地轻声说话。她的心情逐渐平静，重又兴致勃勃起来。两个人都笑了。

后来他们走出旅馆，海滨街上已经没有一个人影，这座城市连同那些柏树都寂静无声，但海水仍在喧闹和拍击着海岸。一条小汽艇在海浪上颠簸，一只小挂灯在船上懒洋洋地闪烁着。

他们登上马车去奥列安达①。

“刚才我在楼下前厅里知道了你的姓，在一块牌子上写着：冯·季杰利茨，”古罗夫说，“你丈夫是德国人？”

“不，他祖父好像是德国人，然而他自己是一个正教信徒。”

在奥列安达他们坐在一条长凳上，离教堂不远。他们默默地看着下方的大海。透过晨雾可以隐隐约约地看到雅尔塔，白云一动不动地停留在山顶上。树上的叶子纹风不动，知了在鸣叫，从下方传来的大海的单调低沉的喧哗象征着安谧，象征着那正在等候我们的长眠。想当初在雅尔塔和奥列安达都还不存在的时候，海水就在下

① 一个在雅尔塔附近、濒临黑海的城镇，是旅游胜地。

方这么喧哗了，如今它也在喧哗，将来在我们去世后它仍将如此冷漠地喧哗。也许，在这种永恒性中，在这种对我们每个人的生与死所持的绝对冷漠态度中，正包藏着一种保证：我们会永恒超度的保证，大地上的生命会不断运行、不断完善的保证。同一个在晨曦中显得十分美丽的年轻妇女坐在一起的古罗夫，面对着这神话般的环境，面对着海洋、山岳、云彩和辽阔天空而感到心旷神怡的古罗夫想道：实际上，如果想得深一点的话，世上的一切都是十分美好的，除了我们自己在忘却了生活的最高目标和人的尊严时所想和所做的事情之外，一切都是十分美好的。

有一个人，大概是个更夫，走近过来，看了他们一眼走开了。就连这件小事也显得非常神秘和美好。可以看见，一条从费奥多西亚开来的轮船到了，船上的灯火已经熄灭，朝霞照亮着船身。

“草上有露水。”安娜·谢尔盖耶芙娜打破沉默说。

“是的，该回去啦。”

他们回到了城里。

后来他们每天晌午在海滨街见面，一起吃早饭、吃午饭，一起散步，一起欣赏海洋。她抱怨睡眠欠佳，心神不宁；她忽而因嫉妒而激动，忽而又怕他不十分尊重她，老是向他提出一些同样的问题。在街心花园里或者在大公园里，每逢附近没有人的时候，他常常突然把她拉向自己，热烈地亲吻。十足闲逸的生活，左顾右盼、生怕有人看见的光天化日之下的接吻，炎热的天气，海水的气息，不时在眼前闪过的闲散、盛装和饱腹的人们——所有这一切都仿佛根本地改造了他，他对安娜·谢尔盖耶芙娜说，她十分美丽，非常迷人；他的情欲强烈难忍，对她可说是寸步不离。她却常常沉湎于冥想之中，总求他承认他对她并不尊重，丝毫也不爱她，不过是把她看成一个下流的女人。几乎每天夜晚他们都要驱车出城，或去奥列安达，或去瀑布所在地。这种闲游总是成功的，每次的印象总是美好和庄重的。

他们在等她的丈夫来到。可是从他那儿来了一封信，他在信中通知她说他害了眼病，他恳求妻子尽快回家。安娜·谢尔盖耶芙娜就着忙起来。

“我走了倒好，”她对古罗夫说，“这是命运的安排。”

她坐马车走，他送她。他们赶了一整天路。当她坐进特别快车的车厢、第二遍铃声响起的时候，她说：

“好，让我再看一看您……再看一眼。好，就这样。”

她并没有哭，但神情忧郁，像是有病，而且她的脸在颤抖。

“我会想念您的……会回忆您的，”她说，“上帝保佑您，祝您幸福留下。别念我旧恶。我们永别了，应该是这样，因为我们本来就不该相遇。好，上帝保佑您。”

火车快速地开走了，车上的灯火很快消失，再过一会儿已经听不见轰隆轰隆的声音了，好像是一切都故意商妥了似的，要尽快结束这种甜蜜诱人的忘乎所以的愚蠢行为。古罗夫只身一人留在月台上，他瞧着黑洞洞的远方，听着螽斯的鸣叫和电报线的呜呜声，他觉得自己像是刚醒来似的。他想：在他的一生中又多了一次猎奇或冒险，而且就连这件事情也已经结束，只剩下了回忆。……他感动，忧伤，感到一层淡淡的悔悟心意：可不是么，这个他再也见不到的年轻女人同他在一起并不感到幸福；他对她温和、亲切，但在他对她的态度里、在他的口气和抚爱里，毕竟隐隐露出一种轻微的讥诮，露出一个年龄比她差不多大上一倍的幸福的男子的略略粗野的倨傲。她一直说他善良、非凡、高尚，显然，在她心目中的他不是实际上的他，就是说，他无意中骗了她……

在这里，在车站上，已经有了秋意，傍晚已经令人感到凉丝丝的。

“我也该去北方了，”古罗夫离开站台时想道，“是时候了！”

3

在莫斯科家里的一切已经具有了冬天的样子：生上了炉子，早晨孩子们准备上学和喝早茶的时候天还是黑黑的，保姆还要点上一会儿灯。严冬已经开始。下了头一场雪，第一天坐上雪橇，看到白茫茫的大地和白皑皑的屋顶，觉得舒服，呼吸起来感到轻松和惬意。在这种时候会回忆起青年时代。蒙上了重霜而变白的老椴树和桦树有一种温和的样子，比起柏树和棕榈树来它们更加贴心。有它们在近处，就没有心思去想山峦和海洋了。

古罗夫是莫斯科人，在一个晴朗寒冷的日子他回到了莫斯科。在他穿着皮大衣、戴着暖和的手套沿彼得罗夫卡大街散步的时候，在星期六傍晚他听到教堂钟声的时候，不久前的那次旅行以及他所到过的那些地方对他都失去了全部魅力。他逐渐沉浸于莫斯科的生活之中了，他已经每天贪婪地读三份报纸，可是他还说他原则上不读莫斯科的报纸。他已经倾心于饭馆、俱乐部，倾心于宴会、纪念会，常有著名的律师和演员上他家做客，他常在医师俱乐部同教授一起玩牌，这使他感到挺得意。他已经能够一次就吃完一份——一小煎锅——酸白菜炖肉了……

他以为，再过上个把月，在他的记忆中安娜·谢尔盖耶芙娜就会模模糊糊，她只会偶尔含着动人的笑容出现在他的梦中，就像他梦见其他一些女人一样。可是，一个多月过去了，隆冬已经来临，而在他的记忆里一切都清清楚楚，仿佛他只是在昨天才同安娜·谢尔盖耶芙娜分手似的。这种回忆越来越强烈，无论是他在寂静的傍晚在书房里听到了孩子们准备功课的声音，还是他在饭馆里听着抒情歌曲或大风琴，还是他听到了风雪在壁炉里的哀叫，一切都会顿时在他的记忆中复苏：在防水堤上的情景，清晨山间的迷雾，从费奥多西亚开来的轮船，亲吻，等等……他久久地在房间里来回走动，回忆着，面带微微笑容，而后回忆转化为幻想，并在想象中同将会发生的事混在一起。安娜·谢尔盖耶芙娜并非出现在他的梦境中，而是像影子似的处处跟随着他，观察着他的一举一动。他一闭上眼睛就看见她活生生地站在他面前，而且似乎比过去更加美丽、年轻和温柔，就连他本人似乎也比在雅尔塔时更好一些。每天晚上她从书柜里、从壁炉里和从墙角里瞅他，他听见她的呼吸声，听见她的衣服发出的亲切的沙沙声。走在街上，他常常目送来来往往的女人，寻找着有没有长得同她相像的……

他非常想同一个什么人述说所回忆到的一切，这个强烈愿望折磨着他。然而在家里他是不能谈他的爱情的，而在外面又没有人可以谈心，总不该同房客们谈吧，也不该在银行里谈，再说，又谈什么呢？难道当初他真爱她了吗？难道在他同安娜·谢尔盖耶芙娜的关系中有什么优美的富有诗意的东西？有什么富于教育意义的或者干脆是有趣的东西？他常常只好含含糊糊地谈谈爱情，谈谈女人，因此谁也觉察不出是怎么一回事，只有他的妻子扬扬黑眉毛说：

"你，吉米特里，花花公子这角色同你不相配。"

有一天夜间他同一个朋友——文官一起走出医师俱乐部，他忍不住说：

"您不会知道我在雅尔塔结识了一个多么迷人的女人！"

文官坐上雪橇走了，可是他突然又回头招呼一声：

"德米特里·德米特里奇！"

"什么事？"

"您刚才说得对：那鲟鱼肉啊……是臭烘烘的！"

平平常常、普普通通的两句话，可是不知为什么却激怒了古罗夫，他觉得这话是侮辱性的，是龌龊的。粗野的习气，粗野的人！乱七八糟的夜晚，没有意思的、平平庸庸的白天！狂赌，贪食，酗酒，一套套老生常谈！无用的事和老生常谈占用了一个人最好的时光、最好的精力，到头来只有一种狭隘平庸的生活，一种荒唐无聊的东西，好像是呆在疯人院或犯人劳动队里似的，想走走不开、想逃逃不脱！

古罗夫一夜没有合眼，他气愤，头整整痛了一天。以后几夜他也睡不好，老是坐在床上想心事，要不就在房间里踱步。孩子使他生厌，银行使他厌烦，什么地方都不想去，什么话也不想谈。

在十二月的节日期间，他做好了出门的准备，对妻子说的是要去彼得堡为一个年轻人张罗一件事，实际上他是到斯城去了。去干什么？他本人也不太清楚。他想同安娜·谢尔盖耶芙娜见面，谈谈话，如果可能的话约她相会。

他在早晨到达斯城，在旅馆里租下一个最好的房间。这房间里的地板全都铺上了灰色军用呢，桌上有一只墨水壶，尘土使这壶成了灰灰的，壶上刻有一个骑着马的骑士，他举起的一只手里拿着帽子，但他的头已经被打掉了。看门人向他提供了必要的信息：冯·季杰利茨住在老冈察尔纳亚街上的私人住宅里，离旅馆并不远，他生活优裕阔绰，有私人马车，城里人都认识他。看门人把他的姓念成了“德雷迪利茨”。

古罗夫慢慢地朝老冈察尔纳亚街走去，找到了那幢房子。在房子的对面有一道围墙：灰灰的，长长的，墙顶上竖着钉子。

“看到这种围墙真会逃走的。”古罗夫暗想，他一会儿看看窗子，一会儿看看围墙。

他斟酌着：今天是不上班的日子，她丈夫大概在家里。再说，他就这么去，会使人家难堪，是不懂礼节。如果送一张便条去，它也许会落到她丈夫手中，那就可能败坏全局。最好还是去碰碰巧吧。于是他就一直在街上和在围墙旁走来走去，等待着巧遇。他看见一个乞丐走进了大门，几条狗向乞丐扑去。后来，过了个把小时，他听见了弹钢琴的声音，传来一阵阵微弱含混的琴声。这该是安娜·谢尔盖耶芙娜在弹琴。突然间正门敞开了，走出来一个老太婆，她身后跟着那条熟悉的长毛小白狗。古罗夫想叫住那条狗，可是他的心突然剧烈地跳了，由于兴奋他竟想不起那条长毛小狗的名字。

他走来走去，越来越恨那堵灰色的围墙，他已经生气地想到：安娜·谢尔盖耶芙娜已经把他忘记，她也许已经在同别的男人相好，这种事在一个年轻妇女的处境里是十分自然的，她从早到晚迫不得已要看到这堵该死的围墙。古罗夫回到了他租住的房间里，在一张沙发上坐了很长时间，不知道该做什么才好。后来他进了午餐，饭后他睡了很长时间。

“这一切真愚蠢！真令人不快！”他醒来后想道，两眼瞧着黑黑的窗子，已经是黄昏时分，“我不知怎的睡够了，现在夜间我该做什么呢？”

他坐在床上，床上铺着一条廉价的像是医院里用的灰色被子。他懊恼地嘲弄自己说：

“瞧你，要找带小狗儿的女人！瞧你，要猎奇！……现在你就给我坐在这儿吧！”

还是早晨的事情：他在火车站上看到一张用很大很大的字写的海报，首次公演《盖伊霞》①。他想起了这张海报，就坐车上剧院。

“很有可能，她常常看首次公演的戏。”他想。

剧院里满座。同所有的内地剧院一样，在这儿枝形吊灯的上方也是烟雾腾腾，顶层楼座的观众喧喧嚷嚷；开演前，当地的一些花花公子站在第一排，双手抄在背后；在省长包厢里坐在首席的是省长的女儿，她围着一条毛皮围巾，省长本人谦虚地藏在门帘后面，能看见的只是他的双手；幕布在舞台上晃动着，乐队花了很长时间在调音。观众们进入大厅纷纷坐下，古罗夫的两只眼睛在贪婪地搜索着。

安娜·谢尔盖耶芙娜走进来了。她在第三排坐下。古罗夫瞧了她一眼，他的心抽紧了，他清清楚楚地体会到：现在对他来说在世界上她是最亲近、最宝贵、最要紧的人。她，这个娇小的在成群的内地人里不受注意的女人，手里拿着一副俗气的长柄眼镜，她现在竟占据了他的全副身心，成了他的悲哀和欢乐，成了他现在所指望的惟一幸福。听着糟糕的乐队和拙劣的小提琴声，古罗夫想道：“她多美啊！”他思忖着，幻想着。

同安娜·谢尔盖耶芙娜一起进来，而且并排坐下的是一个年轻人，他留着小小的络腮胡子，身材很高，微微驼背；他每走一步路

---

① 一个在当时俄国流行的轻歌剧。

就摇一下头，好像是一直在向人点头致意似的。这个人想必就是她的丈夫，就是当初在雅尔塔时她在心情痛苦的冲动时骂之为奴才的那个人。果然，他的细长身材、络腮胡子和一小片秃顶都确实反映出一种奴才般谦恭的习气，他笑起来像谄媚，他的纽扣眼上有个令人费解的徽章在发光，像是奴仆的一块号牌。

第一次幕间休息时，她丈夫出去吸烟，她留在位置上。也坐在正厅里的古罗夫走到她跟前强笑着说，他的声音在发颤：

“您好！”

她瞧了他一眼，脸色顿时发白，她不信自己的眼睛，又惊恐地瞧了他一眼，双手紧紧地握住扇子和长柄眼镜，显然，她这是在克制自己，以免昏厥过去。两个人都不说话。她坐着，他站着，她的困惑使他失措，不敢在她旁边坐下。几把小提琴和一管长笛开始调音，他突然感到可怕，似乎所有包厢里的人都在看着他们。这时候，她站起身来，快步朝出口处走去，他跟在她后面。两个人瞎走着：一会儿在走廊里，一会儿在楼梯上，一会儿上楼，一会儿下楼。他们眼前闪过一些穿着法官制服、教师制服、皇室制服的人，这些人全都佩戴着徽章。也闪过一些女人和挂在衣架上的皮大衣，穿堂风迎面吹来，传来一阵烟味。古罗夫心跳得厉害，他想：“主啊！干吗要这些人，要这个乐队！……”

就在这时他突然想起，那天晚上他在火车站上送走安娜·谢尔盖耶芙娜后对自己说：一切就此结束，他们永远也不会再见面。可是，实际上离结束还远着呢！

在一条标有“通向梯形楼座”字样的狭窄阴暗的楼梯上她站住了。

“您真把我吓坏了！”她脸色苍白，神态惊愕，气喘吁吁地说，“哎，您真把我吓坏了！我差点儿死过去了。您来干什么？干什么呀？”

“可是，请您谅解，安娜，请您谅解……”他匆忙地低声说，“我求您，请您谅解……”

她看着他，脸上现出恐惧、哀求和热爱的神情，她凝视着他，要把他的相貌更牢固地留在记忆之中。

“我真苦啊！”她不听他的话继续说，“我一直在想您，只想您一个人，我的全部精力都用在对您的思念上。我一心想把您忘记，忘记，可是，您干什么，干什么要到这儿来？”

在他们的上方，在梯台上有两个中学生在吸烟，他们在朝下面看，可是古罗夫全不在意，他把安娜·谢尔盖耶芙娜拉到身边，开始吻她的额间、双颊和双手。

“您干什么呀！干什么呀！”她惊恐地说，把他从身边推开，“我们两个都疯了。您今天就离开，马上离开……我凭一切神圣的东西恳求您，央求您……有人来了！”

有个人正在走上楼来。

“您一定得离开……”安娜·谢尔盖耶芙娜接着小声说，“您听见了吗？德米特里·德米特里奇？我会到莫斯科去找您的。我从来没有幸福过，我现在不幸福，我永远不会幸福，永远不会，永远不会！别让我更加痛苦了！我赌咒，我一定会到莫斯科去的。现在我们就分手吧，我的宝贝，我的好人，我的亲爱的！我们分手吧！”

她握了握他的手，开始快步走下楼去。她不住地回头看他，从她的眼神可以看出，她确实不幸福……古罗夫站了一会儿，留神听了一会儿，后来，在一切都静息下来时，他找到了他那件挂在衣帽架上的大衣，离开了剧院。

4

安娜·谢尔盖耶芙娜开始到莫斯科去看他。她两三个月离开斯城一次，她对丈夫说她这是为妇女病去请教一位教授，她丈夫是既相信又不相信。到了莫斯科，她住在斯拉维扬斯基商场，而且立刻派一个戴红帽子的人去找古罗夫。古罗夫常去看她，在莫斯科任何人都不知道这件事。

有一次，他在一个冬天的早晨去看她，因为隔夜传信人来他家时没有找着他。女儿和他一起走，他想送她上学，正好是顺路。大片大片的湿雪纷纷扬扬。

“现在是零上三摄氏度，却在下雪，”古罗夫对女儿说，“要知道，这只是在地面上暖和，在大气的上层就完全是另一种气温。”

“爸爸，为什么冬天不打雷？”

他对这个问题也作了解释。他边说边想：他现在去赴幽会，这件事没有人知道，大概永远也不会有人知道。他有两种生活：一种生活是公开的，它是所有需要看看并知道这种生活的人都看见和都知道的，它充满了虚假的真实和虚伪的欺瞒，它同他的熟人和朋友们所过的生活一模一样；另一种生活是在暗中进行的。由于许多情况的奇怪和偶然（也许是偶然）的凑合，所有在他心目中是重大的、有意思的、不可或缺的东西，所有他真诚地做了而又不欺骗自己的事情，所有构成他生活的核心的事情——所有这一切都是背着其他人发生的；所有他的不诚实行为，还有他借以隐藏自己来掩蔽真相的外形，比如说，他在银行里工作、他在俱乐部里争论、他说的“下等人种”、他同妻子一起参加庆祝会等等——所有这一切都是公开地进行的。他依据本人的情况判断别人，他不相信他看到的事情，而且他总认为，可能是在秘幕下，就像在夜幕的掩护下一样，每个人都过着他真正的最有意思的生活。每个人的私生活都得靠秘密来维持，所以，也许，多多少少是由于这一点文明人才会十分焦急地谋求对个人隐私的尊重。

把女儿送到学校后古罗夫就去斯拉维扬斯基商场。他在楼下脱去皮大衣，上了楼，轻轻敲门。安娜·谢尔盖耶芙娜从昨天傍晚起就在等候他了，她穿着一件他所喜爱的灰色连衣裙。旅行和期待使她感到疲惫，她脸色苍白，看着他并不笑，他刚进门，她就扑在他的胸脯上。他们的亲吻又久又长，好像是他们两年未见面了。

“哦，你说说，在那儿日子过得怎样？”他问，“有什么新闻？”

“你等一等，我这就说……我说不出来。”

她哭了，所以她说不出话来。她把脸扭向一旁，将手绢紧贴住眼睛。

“好，就让她哭哭吧，我先坐一会儿。”他想了想就在一张圈椅上坐下。

他按了一下铃，吩咐给他送茶。在他喝茶的时候，她一直站着，脸向着窗。……她哭，是由于激动，由于悲痛地意识到他们的生活十分凄惨，只能悄悄见面，背着人家，像窃贼似的。难道他们的生活不是给毁了吗？

“得啦，别哭了！”他说。

在他心目中事情是明显的：他们这场恋爱还不会很快结束，也不知道在什么时候才会结束。安娜·谢尔盖耶芙娜对他的依恋越来越深，她崇拜他，所以要告诉她说这一切迟早都该结束，那会是简直不可能做到的事，更何况说了她也不会相信。

他向她走近，抚爱着她的肩膀，想表示一下对她的关切，说几句笑话，此时他在镜子里看见了自己。

他的头发已经开始变白。他甚至感到奇怪：近几年来他会老得这么厉害，会这么难看。而他两手正抚摸的那双肩暖暖的，它们正在颤动。面对这个生命，这个非常温柔和美好的，但想必也将像他的生命一样开始凋谢和枯萎的生命，他感到怜悯。为什么她如此爱他？在女人的心目中，他一直不是他本来的那个人，在他身上她们爱的并不是他本人，而是一个由她们的想象创造出来的人，是一个她们在生活中所热切寻求的人，所以她们在发现了自己的错误时仍然爱他。同他在一起，她们中没有一个人是幸福的。时光在流逝，他同一些女人认识、相好而后又分手，然而他从来没有爱过一次；什么都曾有过，惟独不是爱情。

只是到了现在，到了他的头发开始变白的时候，他才爱上了：认真地、真正地、有生以来第一次。

安娜·谢尔盖耶芙娜和他相亲相爱，像两个十分贴近的人，像亲戚，像夫妻，像情投意合的朋友。他们觉得是命运本身预先安排了他们相遇，令人费解的倒是为什么他已经娶了妻子，而她已经嫁了丈夫，仿佛这是两只候鸟，一雌一雄，把它们捉住后硬拆散它们，它们分别生活在两只单独的笼子里似的。他们互相原谅了他们过去各自感到惭愧的事情，原谅了目前做着的一切，而且感到他们的相爱使他们两人都变了。

从前古罗夫在忧伤的时候，他总用他所想出的各种各样的推理来安慰自己，现在他已顾不上进行什么推理，他感到的是深切的同情，他一心想使自己不矫饰和有柔情……

“别哭了，亲爱的，”他说，“哭过了也就够了……现在我们还是来谈谈，想想办法。”

他们商量了很久，讲到了怎样使自己摆脱目前的处境，这种不得不躲避、欺骗、分居在不同的城市和久久不能见面的处境；也讲到了怎样才能摆脱这些不堪忍受的桎梏。

“怎样？怎样？”他抱住自己的头问，“怎样？”

似乎是再过上一会儿就能找到问题的答案，而且一种崭新的美好生活就会开始，不过，他们两人都清楚：离结局还很远很远，而最复杂和最困难的事情才刚刚开始。

在峡谷里

1

乌克列耶沃村坐落在峡谷里，从公路上和从火车站上可以看见的只是一个钟楼和几家棉布印花厂的烟囱。过路人若是问起这是个什么村子，人家就会告诉他们说：

“这就是在一次葬礼上教堂执事吃光了所有鱼子的村子。”

有一天厂主柯斯丘科夫家追悼亡人，在丧宴上，年老的教堂执事在许多凉菜中间一眼看见了大粒上等鱼子，他就狼吞虎咽地吃了起来；有人轻轻地推他，拉他的衣袖，可是吃得乐滋滋的他好像麻木了：他什么都感觉不到，只是一个劲儿地吃，把酒席上的鱼子全部吃光，而罐子里约莫有四磅鱼子。许多年过去了，那个教堂执事早已故世，可是关于鱼子的事大家都依然记得。也许是这儿的生活太贫乏，要不就是人们除了这件发生在十年前的不足道的事情以外不善于发现任何别的东西，他们在谈及乌克列耶沃村时就是不讲别的什么事情。

在这个村子里热病没有绝迹，甚至在夏天也到处是水洼泥泞，尤其是在围墙和栅栏的下面，因为一些老柳树在它们的上方下弯时造成了大片树阴。在这一带无论何时都散发着工厂废物的气味，还有供花布加工用的醋酸气味。四家工厂——三个棉布印花厂加上一个制革厂——并不坐落在村子里，而是在村子的边边上和离村子稍稍远一些的地方。这是一些小工厂，四个厂子合起来才有四百来个工人，不会更多些。制革厂使小河里的水常常发出恶臭，工厂废物污染了草地，农民的牲口害了炭疽病，于是下命令关闭了制革厂。这厂子算是关闭了，但它得到了县警察局长和县医师的同意仍在秘密开工。厂主给他们每人每月十个卢布。全村只有两幢像样的房子：铁皮铺顶的砖房。一幢是乡公所所在地，另一幢两层楼房正对着教堂，里面住着一个从叶比凡迁来的小市民格里戈里·彼得罗维奇·崔布金。

格里戈里开一个小小的杂货铺，但这不过是做做样子，实际上他贩卖白酒、牲口、皮革、原粮和猪，碰上什么他就贩卖什么，比方说，外国需要做女帽用的喜鹊毛，他就买卖喜鹊，每两只喜鹊他赚三十个戈比。他大量收购树林供砍伐，他放款生利。总之，这是一个善于趁机牟利的老头。

他有两个儿子。大儿子阿尼西姆在警察局侦缉队供职，很少在家。小儿子斯捷潘帮助父亲做买卖，可是并不期待他帮什么大忙，因为他体弱耳聋；他的妻子阿克辛尼雅是个相貌俊俏、身材匀称的女人，她在节日里总要戴帽打伞。她起早贪黑，整天提着裙子跑来跑去，忽而上谷仓，忽而下地窖，忽而去小铺，身上带着的钥匙叮当作响。老崔布金瞧着她就高兴，两眼闪闪发光。在这种时候他会感到遗憾：娶她做妻子的不是大儿子，而是耳聋的小儿子，而这小儿子显然是领会不了女人的美色的。

老头子一向热爱家庭生活，他爱家庭胜过了世上的一切，尤其喜爱做暗探的大儿子和小儿媳妇。阿克辛尼雅一嫁给聋子就显出她十分精明和能干，就已经知道对谁可以赊账，对谁则不可以；她把钥匙放在身边，连丈夫也信不过；她会打算盘，会像庄稼人那样观察马的牙齿。她老是发笑或者大声喊叫。不管她干什么或者说什么，老头子总是深深感动，喃喃地说：

“嘿，好媳妇！嘿，美人儿，亲爱的！……”

他是个鳏夫，但儿子结婚后一年他忍不住了，他自己也结了婚。在离乌克列耶沃村三十俄里开外的地方给他找到了一位姑娘，名叫瓦尔瓦拉·尼古拉耶芙娜，好人家出身，岁数不小了，但美丽大方。她一住进楼上的小房间，屋里的一切就都清朗起来，仿佛是全部窗户都安上了新玻璃。圣像前的长明灯亮了，桌子铺上了雪白的台布；窗台上和庭园里出现了花，结着红苞；吃饭时不用公钵了，而是每人面前都放有一个盘子。瓦尔瓦拉·尼古拉耶芙娜笑得舒服而亲切，以至屋里的一切仿佛都在微笑。乞丐、男女香客开始进入院里来了，而这种事在过去是未曾有过的。窗下传来村妇们的凄婉而又悦耳的说话声，还有因酗酒而被工厂开除的、枯瘦虚弱的庄稼汉们的负疚的咳嗽声。瓦尔瓦拉用金钱、面包和旧衣服进行救济，后来她在新地方住惯了，就开始从铺子里往外拿东西。有一次聋子看见她拿了两包各八分之一磅的茶叶，这惹得他惊慌了。

“妈在这儿拿了两包八分之一磅的茶叶，”事后他告诉父亲说，“这笔账该记在哪儿？”

老头子一言不答，他站了一会儿，想了一想，微微动弹了一下眉毛，然后就上楼去看妻子。

“瓦尔瓦鲁希卡[1]，亲爱的，如果你要铺子里的什么东西，”他亲切地说，“你就拿吧！随便拿，别犹豫。”

第二天聋子跑过院子时对她喊道：

“妈，如果您需要什么，您就拿吧！”

她进行布施的做法有点儿新鲜，有点儿轻松愉快的意味，就同那圣像前的长明灯和结红苞的花儿一样。在斋期前的最后一个食肉日或者一连三天的守护神节里，商店把腐臭的腌肉卖给农民，浓重的臭气叫你在肉桶旁边都站不住，店里人从醉汉手里收下镰刀、帽子、老婆的头巾作为抵押品；或者是在喝了劣酒而神志昏迷的工人们在泥地里打滚的时候，罪恶凝结起来，像雾一般停在空中，在这种时候，一想到那边屋里有一个文静整洁、同腌肉和白酒毫不沾边的女人，心头不知何故就会轻松一些。在这难堪、渺茫的日子里她的布施起着作用，好像是机器中的一个安全阀。

---

① 瓦尔瓦拉的爱称。

崔布金家的日子一天又一天地在忙碌中过去。太阳尚未升起，阿克辛尼雅就已经在外屋洗脸，鼻子里发出嗤嗤的声音，茶炊在厨房里已经烧开，呜呜地响着，好像是在预报一件什么不吉利的事。格里戈里·彼得罗维奇老头身穿一件长长的黑上衣和一条印花布裤子，脚上是一双亮光光的高筒靴，他干干净净，身材矮小，不慌不忙地在几个房间里来回走动，皮靴后跟轻轻地踩着，像一首著名歌曲中的老公公。商店门开了。天色大亮的时候，一辆赛马用的二轮马车停在台阶边，老头子潇洒地坐上车，把一顶大便帽拉到耳边，瞧着他谁都不会说他已经五十六岁。送他上车的有妻子和小儿媳妇。老头子身穿讲究干净的礼服，车上套着一匹价值三百卢布的铁青色大种马。在这种时候，老头子不喜欢庄稼汉们走近他来请求和诉苦，他憎恶庄稼汉，嫌恶他们，如果他看见有个农民等候在门口的话，他会愤怒地大声叫嚷：

"为什么站在那儿？走远点儿！"

如果那是一个乞丐，他就吆喝道：

"上帝会给的！"

他坐着车子办事去了。他妻子穿着一身黑衣服，系着一条黑围裙在打扫房间或者在厨房里帮忙。阿克辛尼雅在店里做买卖，在院子里就可以听到酒瓶和钱币的叮当声，听到她的笑声和喊叫，听到被她得罪了的顾客在生气；同时还可以看出，白酒的私下买卖已经在店里进行。聋子也坐在店里，要不他就光着头、双手插进口袋，在街上走来走去，漫不经心地时而看看农民的小木屋，时而看看天空。在他们家一天大约要喝上六次茶、吃四顿饭。晚上他们计算一天的收入和记账，接着大家就酣畅地睡觉。

乌克列耶沃的所有三家棉布印花厂和厂主们（老赫雷明一家，小赫雷明一家和柯斯丘科夫）的住宅都有电话联系。电话线还接到了乡公所，可是那里的电话很快就不能用了：话筒里繁殖了许许多多臭虫和蟑螂。乡长是个识字不多的人，他写公文时每个字的第一个字母都要大写，然而在电话机坏后他却说：

“是啊，如今我们没有了电话可真有点儿难啦！”

老赫雷明一家常同小赫雷明一家打官司，小赫雷明一家有时还内讧、打官司。这样他们的工厂就会停工一两个月，直到他们重新和解为止。这种事使乌克列耶沃村的居民获得消遣，因为关于每次争吵总有许多流言蜚语。在节日里，柯斯丘科夫和小赫雷明一家常常坐车兜风，在乌克列耶沃村里奔驰，轧死不少小牛。阿克辛尼雅一身盛装，在街上在商店附近溜达，那上了浆的裙子沙沙作响，小赫雷明一家人就拉她上车，仿佛是把她绑架走似的。这时老崔布金也坐车外出，炫耀炫耀他的新马。他总是和瓦尔瓦拉在一块儿。

晚上，兜风回来，在人们躺下睡觉的时候，有人在小赫雷明家的院子里玩贵重的手风琴。如果这时天上有月亮，听着这乐声心里头会觉得激动和喜悦，而乌克列耶沃村也就不像是一个坑洼了。

2

大儿子阿尼西姆很少回家，只是在大节日里他才回来，不过他常托同乡捎带点心糖果和家信。信是托人代写的，字迹优美，每次都是以呈文的样子写在书写用纸上的，信文中充满一些阿尼西姆在日常谈吐里从不使用的词语：“可爱的父亲和母亲，给你们寄上一磅花茶，以满足你们的生理需要。”

每封信的下端都草率地写着：“阿尼西姆 · 崔布金”像是用坏笔写的。底下又是那优美的字迹：“侦缉队队员”。

那些信总要朗诵上好几遍，深受感动的老头子兴奋得红着脸说：

“瞧，他不愿呆在家里，去干上了有学问的人的事情。好，随他去干吧！各人有各人的行当！”

谢肉节[①]节前，有一天下了一场夹雪子的大雨，老头子和瓦尔瓦

① 大斋前的一周，这期间可吃荤食。

拉走近窗前看雨，忽然看见阿尼西姆坐着雪橇从车站方向过来。他的来到使人感到十分意外。他走进房间时神情不安，好像有什么事使他惊恐担忧，后来他就一直是这副样子，同时他的举止又有点儿随便。他不急于离家，好像是解除了他的职务似的。他回家使瓦尔瓦拉高兴，她时时狡黠地瞅他，摇头叹气。

“这是怎么一回事？我的爹！”她说，“哎呀，小伙子已经二十八岁，可他还过着单身汉生活。哎呀呀……”

从隔壁房间听来，她轻柔、平稳的话语就像是“哎呀呀”的声音。她开始同老头子和阿克辛尼雅低声私语，就连他们的脸上，好像在一些阴谋家的脸上一样，也出现了狡黠和神秘的表情。

决定了要给阿尼西姆娶亲。

“哎呀呀！早就给弟弟娶了妻子，”瓦尔瓦拉说，“而你还是没有配偶，就像集市上的公鸡一样。这成什么话？哎呀呀，求上帝保佑，结婚吧，以后的事随你便，你出去干事，让老婆留在家里做个帮手。小伙子，你过日子没有一点章法，我看你把一切章法都忘了。哎呀呀，同你们这些城里人在一起呀，真作孽！”

如果崔布金家的人结婚，那就得给他们这些有钱人挑选最美的新娘。给阿尼西姆也找到了一个俊俏的姑娘。他本人相貌不扬，不招人喜欢，身体单薄有病，个子矮小，面颊却丰满而松软，好像是他把腮帮子吹胀似的。他不眨眼，而且目光锐利，长着稀疏的棕黄色胡子，他一想心事，就把胡子塞进嘴里嚼。他还常常喝酒，这可以从他的脸容和步姿看出来。当告诉他说已经为他找到了一个很漂亮的新娘时，他说：

“哦，其实我也不是独眼龙。应当说，咱们崔布金家的人长得都漂亮。”

在城的近郊有一个托尔古耶沃村。不久前这个村子的一半并入了城区，另一半仍旧是乡村。在并出去的那一半里面，有一个寡妇住在她的小屋里，她有一个妹妹。这妹妹很穷，外出打零工，她有个名叫丽巴的女儿，这个姑娘也出去做短工。丽巴的美貌在托尔古耶沃村人人称道，可是她赤贫如洗的家境却使人难堪。人们都在议论说，只有什么上了年纪的人或者鳏夫才会不顾她贫穷而同她结婚，或者“就这么”把她带回家去，跟着她连母亲也会有吃有喝的了。瓦尔瓦拉从媒婆处了解到丽巴，她就坐车去托尔古耶沃了。

后来在姑娘的姨妈家里像样地举行了相亲的仪式，有凉菜，有葡萄酒。丽巴穿了一件特地为相亲做的粉红色新连衣裙，一条绯红的缎带像一团火焰在头发间发光。她又瘦又弱，面色苍白，脸型细长优雅，由于在露天工作她皮肤黝黑，羞怯而忧郁的笑容一直挂在她的脸上，看人时眼睛里充满稚气：轻信、好奇。

她年轻，还是个小姑娘，胸部几乎不显，不过结婚已经是可以的了，因为年龄已到。她长得确实美，但招人不喜欢的只有一点，这就是她的两只大大的男人手，现在这两只手闲垂着，好比两只大螯。

“没有嫁妆，我们并不在乎，”老头子对姨妈说，“我们给儿子斯捷潘娶的也是一个穷人家的姑娘，现在我们对她真是赞不胜赞。不论是在家里，还是在店里，她都是能干的好手。”

丽巴站在门口，她好像在说：“你们要怎么摆布我都可以，我相信你们。”她母亲普拉斯科维雅，一个打零工的女人，躲在厨房里，胆怯得屏息不动。还是在她年轻的时候，有一天她在商人家擦地板，生气的商人向她直跺脚，她十分害怕，吓呆了，这害怕的感觉就这么一辈子留在她心底里了。她一害怕，她的胳膊和腿就会发抖，脸颊就会抽搐。眼前她坐在厨房里，在努力偷听客人们说些什么。她把手指按住额头，瞧着圣像，不断地在胸前画十字。微有醉意的阿尼西姆推开厨房门，随便地说：

“您为什么坐在这儿？亲爱的妈妈，没有您，我们感到寂寞。”

普拉斯科维雅害怕了，把手按在干瘪的胸脯上回答说：

“您说什么呀，哪能呢，老爷……对您都很满意，老爷。”

相亲后指定了举行婚礼的日子。这以后阿尼西姆老是在家中一些房间里走来走去，吹着口哨，要不他突然回忆起什么事来后就开始沉思默想，一动也不动地逼视着地板，仿佛是要靠目光深深地钻到地下去似的。他要结婚了，很快就要结婚，在复活节后的第一个星期，对此他并不表示高兴，他也不打算同新娘见面，只是一个劲儿地吹口哨。显然，他之所以结婚，只因为是父亲和后妈要这么做，也因为村里有这种习俗：儿子结婚是为了让家里有个帮手。他离家时并不匆忙，他的一举一动都不同于前几次回家来的情形：他有点儿特别随便，说一些不该说的话。

3

在希卡洛沃村住着两个女裁缝，她们是姊妹俩，是鞭身派教徒。婚礼上用的新衣服交给她们定做，所以她们常来量尺寸，喝很长时间的茶。给瓦尔瓦拉做一件棕色连衣裙，镶黑色花边和玻璃珠；给阿克辛尼雅做了一件淡绿色的连衣裙，配上黄色前胸和长后襟。裁缝做完活计，崔布金付给她们的不是工钱，而是从他铺子里拿的货物。两个心情抑郁的裁缝离开他家，手里提着几包她们根本不需要的硬脂蜡烛和沙丁鱼。她们走出村子，来到野外，坐在一个土坡上哭了起来。

婚礼前三天阿尼西姆回家。他全身衣着都是新的：锃亮的胶皮套鞋，一根挂着小珠子的红色细带替代了领结，一件崭新的大衣披在肩上，胳膊没有伸进衣袖里。

他庄重地在圣像前祈祷了一阵后向父亲请安，送给他十个银卢布和十个面值半卢布的银币，给瓦尔瓦拉也送了这么多，送给阿克辛尼雅的是二十枚面值四分之一卢布的银币。这份礼物的主要魅力是全部钱币像是经过精选的，一个个全是簇新的，在阳光下闪闪发亮。阿尼西姆极力要显出庄重和严肃，绷紧了脸，鼓起腮帮子。他身上有一股子酒味，大概是他每到一个火车站就上小吃部。他仍然有点儿随便，有一种不得体的气派。阿尼西姆和老头子一起喝茶吃点心，瓦尔瓦拉则在手心上检看那些簇新的卢布。她打听起一些住在城里的老乡的消息来。

“不错，谢谢上帝，他们都过得挺好，”阿尼西姆说，“只是伊万·叶戈罗夫家出了点事：他的老婆子索菲雅·尼基佛罗芙娜死了。是生痨病死的。为她安灵他们在包办婚丧酒席的人那儿定了丧宴，每客两个半卢布。上席的是真正的葡萄酒。我们的老乡也去了，是几个庄稼汉。叶戈罗夫也为他们每个人付了两个半卢布。他们什么也不吃，庄稼汉不识货！”

“两个半卢布！”老头子摇摇头说。

“可不是吗！那儿不是农村。比方说，你进一家饭馆吃东西，点了几样菜，约上三四个朋友，一块儿喝上几杯酒，一眨眼天已经大亮。就请你替每个人付三四个卢布吧！如果是同萨莫罗多夫在一起，他喜欢饭后喝上一杯掺白兰地酒的咖啡，可是，一小杯白兰地酒要六十戈比银币。”

“他这是在胡扯，”老头子惊叹地说，“他这是在胡扯！”

“现在我一直和萨莫罗多夫在一起，就是那个替我给你们写信的萨莫罗多夫。他字写得可真漂亮。妈，”阿尼西姆高兴地转向瓦尔瓦拉说，“如果我告诉您萨莫罗多夫是个什么样的人，您准会不信。我们大家都叫他穆赫达尔，因为他长得像亚美尼亚人，整个身子是黑的。我把他看透了。妈，他干的事儿我了如指掌，他知道这一点，所以他总跟着我，不给我安静。现在我们真是亲热得棒打不散了。他好像有点儿怕，可是离了我又活不下去。我上哪儿他也上哪儿。妈，我的眼光真准哪！在旧货市场上我一眼看见一个农民在卖衬衫，我说，‘慢着，这衬衫是偷来的！’完全正确，就是那么一回事：衬衫是偷来的。”

“你怎么知道的呢？”瓦尔瓦拉问。

“没什么可说的，我就是长着一副这样的眼睛。我并不知道那是件什么样的衬衫，可是，不知为什么它吸引着我去：这衬衫是偷来的，就是这么一回事。我们侦缉队里的人都这么说：‘嘿，阿尼西姆打山鹬去了！’那就是说去找贼赃了。对了。谁都会偷，可是还得藏好贼赃！天地大得很，可就是没有可以藏贼赃的地方。”

“上星期我们村的龚托列夫家给偷走了一只公羊和两只小母羊，”瓦尔瓦拉叹了口气说，“可是没有人能把它们找回来……哎呀呀……”

“那有什么？我可以找回来。这不算什么，我办得到。”

结婚的日子到了。这是四月里一个凉快、晴朗、快活的日子。一清早两套马或者三套马的马车就在乌克列耶沃村里来来往往，铃子叮叮当当地响，车轭和马鬃上挂着五颜六色的彩带。来来往往的马车声惊动了白嘴鸦，它们在柳树林里呱呱叫，白头翁也使劲不停地高声唱，好像它们都在为崔布金家办喜事而感到高兴。

屋里许多桌子上已经摆满了长条的鱼，整只火腿、填馅的家禽、一盒盒的熏鲱鱼、各种各样盐腌和醋渍的食品、许许多多瓶装的伏特加和葡萄酒，空气里弥漫着熏腊肠和酸龙虾的气味。老崔布金在桌旁走来走去，皮靴后跟嘎吱嘎吱地响，手里拿着两把刀子，用刀磨着刀。大家动不动就喊瓦尔瓦拉，问她要这要那，而她慌慌张张、气喘吁吁地跑进厨房，厨房里柯斯丘科夫家的厨师和小赫雷明家专给老爷做饭的厨娘天一亮就在干活了。烫过头发的阿克辛尼雅没有穿连衣裙，只穿着一件紧身胸衣，脚上是一双嘎吱嘎吱作响的新皮鞋，她像风似的在院里奔跑，光光的膝头和胸脯一闪而过。屋里热热闹闹，可以听见骂人和赌咒的声音，行人在敞开着的大门口站住。一切都使人感到：一件不平常的事情正在酝酿之中。

“接新娘子去啦！”

车铃发出响亮的声音，这声音在村外很远的地方消失。……到了两点多钟，人们又奔跑起来：车铃声又响了，新娘接来了！教堂里挤满了人，圣像前的枝形烛台在发光，唱诗班在按老崔布金的意思瞧着乐谱唱歌。辉煌的灯火和艳丽的衣服使丽巴眼花缭乱。她觉得，歌手们在用响亮的声音敲打她的脑袋，就像是许多把榔头似的。她有生以来第一次穿紧身胸衣和皮鞋，只觉挤得疼痛。她脸上的表情像是昏厥后刚清醒过来的样子：她看着，但什么也不明白。阿尼西姆穿着黑色大礼服，一条红色细带替代了领结。他心事重重，凝视着一个地方，每逢歌手高声歌唱的时候，他就迅速地在胸前画十字。他心里感动非凡，他想哭。他从小就熟悉这个教堂，已故的母亲常常带他来这里举行领圣餐仪式，他曾在儿童唱诗班里唱过歌，每个角落和每个圣像他都记得清清楚楚。现在呢，现在要按教会仪式为他举行婚礼，为了规矩必须叫他娶妻。可是，他不想这些，不知什么缘故他不记得而且完全忘记了他的婚事。泪水使他看不清圣像，他感到心口憋闷。他祈祷，他祈求上帝，帮助他躲避一场在劫难逃的、不在今天就在明天会在他身上爆发的灾难，就像旱天里雨云绕过村子、不降点滴雨水一样。然而，过去已经胡乱积下了那么多的罪孽，那么多，以致没法摆脱、无可挽回，就连祈求宽恕都不合情理，但他仍在恳求宽恕，甚至大声啜泣起来，不过对此谁都没有注意，因为大家以为他这是喝醉了。

有一个孩子惊慌地哭着说：

“好妈妈，把我抱走吧，亲妈妈！”

“安静些！”司祭叫道。

在新婚夫妇回家途中人们跟随在后面跑。小铺旁、大门边、院子里的窗户下也都是人群。村妇们来唱喜歌。合唱队早已拿着乐谱站在前堂，新婚夫妇刚跨过门槛，他们就使劲齐声高唱起来。特意从城里聘来的乐队也开始奏乐。已经送上盛在高脚杯里的顿河香槟酒。木匠包工头叶里扎洛夫，一个又高又瘦、两道浓眉几乎把眼睛都盖没了的老头儿对新婚夫妇说：

“阿尼西姆和你，我的孩子，你们要相亲相爱，要照上帝的意思过日子，孩子们，求圣母不抛弃你们。”说着他伏在老崔布金肩膀上啜泣起来，“格里戈里·彼得罗维奇，咱们哭吧，高兴地哭吧，”他的声音又尖又细，接着他又突然哈哈大笑，用男低音高声说，“哈哈哈，你这个儿媳妇也很好！她身上一切都合格，处处都光光滑滑，她不会有什么杂音，整部机器正常良好，螺丝钉儿很多。”①

他出生在叶戈列夫县，但从年轻时候起就在乌克列耶沃的工厂和县里干活，在这一带已经扎下了根。大家知道他，已有多年，一直是这么老，这么又瘦又高，大家管他叫“拐杖”也已经有好久了。也许是因为他四十多年来在工厂里专门做修理工作吧，他判断每个人和每样东西总是从坚固性这个角度出发的：需要不需要修理。他在坐下吃饭前，先试了试几把椅子，看它们是否坚固，就连鲑鱼他也摸了摸。

喝过顿河香槟酒后，大家开始入席。客人们在移动椅子时谈天。歌手在前堂唱歌，乐队在奏乐，同时村妇们在院里齐声唱喜歌，结果是形成了一种可怕的怪声，它叫人头昏脑涨。

“拐杖”在椅子上旋转，他的胳膊碰着了坐在他两旁的人，妨碍人家谈话，而他一会儿哭，一会儿笑。

“孩子们，孩子们，孩子们……”他急促地嘟哝着，“阿克辛尼雅宝贝儿，瓦尔瓦拉宝贝儿，咱们大伙儿太太平平、和和睦睦地过日子吧，我亲爱的小斧头们②……”

他很少喝酒，此刻他只喝了一小杯英国白酒就醉了。这可憎的不知是用什么原料做成的白酒使所有喝了它的人昏醉，仿佛一闷棍把人打死了似的。大家都已口齿不清。

在座的有本地的教士、带着妻子来的工厂职员、商人和从几个邻村来的饭铺老板。乡长和乡里的文书并排坐在一起。他们已经共事了十四年，在整个这段时间里他们没有签署过任何公文，而在放人走出乡公所前他们总要诈骗或侮辱人家一下。此刻这两个人并排坐着，脑满肠肥，好像他们是浸透了虚伪，就连脸皮都是一种特殊的骗人的皮肤。文书的老婆是一个斜眼的瘦女人，她带来了她家的全部孩子，她像一只猛禽似的斜视着菜盘，抓取一切落到她手头的

---

① 叶里扎洛夫是个木匠，他说话富有职业特征。
② 同上。

东西，藏进她自己的或孩子们的口袋。

丽巴呆板地坐着，脸上还是在教堂时的那副表情。阿尼西姆自从认识她以来没有同她谈过一句话，因此直到现在他还不知道她的声音是什么样的；现在他虽然同她并排坐着，却始终一言不发，闷喝他的英国白酒，而在兴奋时他对坐在丽巴对面的姨妈说：

"我有个朋友，他姓萨莫罗多夫，是一个特别的人，一个非世袭荣誉公民[①]，能说会道。不过我可把他看透了，姨妈，他也知道这一点。请允许我同您一起为萨莫罗多夫的健康干杯，姨妈！"

瓦尔瓦拉绕着桌子走来走去招待着客人，她筋疲力尽，慌慌张张，但她大概是挺满意的：有那么多菜，一切都那么丰富，现在谁也不会再非难了。太阳落山了，酒宴还在继续，客人们已经不清楚他们自己在吃什么和喝什么了，也听不清楚在讲些什么话。只是间或在乐队停止演奏的时候可以清楚地听到，外面有一个村妇在叫嚷：

"吸饱了我们的血，恶棍们，叫你们不得好死！"

晚上大家在音乐伴奏下跳舞。小赫雷明家一家子带着葡萄酒光临了。他们中有一个人在大家跳卡德里尔舞的时候，两只手各拿一个酒瓶，嘴里还衔着一只酒杯，逗得大家发笑了。卡德里尔舞跳到一半时，突然蹲下身子跳了起来。穿绿衣服的阿克辛尼雅忽隐忽现，她的长后襟扇起一阵阵风来。有人踩坏了她衣服后襟下面的皱边，"拐杖"叫嚷起来：

"喂，把下面的墙脚板[②]扯掉了！孩子们！"

阿克辛尼雅有一对天真的灰眼睛，它们难得眨巴，她脸上一直挂着天真的微笑。在这一对难得眨巴的眼睛里，在长脖子上的小脑瓜里，在她苗条的身材里都有着某种蛇的特性。她一身碧绿，加上黄色的前胸，还有她那微笑，她在瞧着，活像一条毒蛇在春天挺直

---

① 旧俄时代因功勋或某种原因而授予商人等非贵族出身的人以世袭荣誉公民的称号，而不能世袭者被称为非世袭荣誉公民。

② "拐杖"作为一个木匠，说话具有职业特征。

身子昂起头从鲜嫩的黑麦田中瞧着行人。赫雷明一家子对她的态度是不加检点的，十分明显的是，她同他们中的老大早已关系密切。而聋子什么也不明白，他也不看她。他跷起二郎腿坐着，吃着胡桃，咬胡桃的声音响得好像是在打枪。

看哪，老崔布金本人走到了房间的中央，他挥一下手绢，表示他也要跳一个俄罗斯舞，于是一片嘈杂的赞许声迅速传遍了整个屋子和院子中的人群。

“主人登场了！主人！”

瓦尔瓦拉跳着，老头子只是挥动手绢，用皮靴后跟跺地。院子里的人你推我搡地朝窗子里头看，他们全都兴高采烈。一时间他们对他的一切都宽恕了，宽恕了他的富足以及他对他们的欺凌。

“真棒，格里戈里·彼得罗维奇！”人群中叫喊道，“好，加油啊！你还行哪！哈哈！”

一直到深夜一点多钟这一切才结束。阿尼西姆踉踉跄跄地同歌手和乐师们一一告别，还给每人送一个新的半卢布面值的银币。老头子身子并不摇摇晃晃，但他走路时一条腿有点儿跛。他送客时对每个人说：

“这场婚礼花了两千卢布。”

在客人们走散的时候，有人用一件旧外衣换走了希卡洛沃村的小饭铺老板的一件好外衣。阿尼西姆突然发怒了，他叫嚷道：

“别忙！我马上就会找到！我知道是谁偷的！别忙！”

他跑上街去追一个人，可是人家把他拦住了，挽着手领他回家，把这个醉醺醺的、气得脸红红的、满头大汗的家伙推进房间，姨妈已经在那里给丽巴脱衣服，把他推进去后就把门锁上了。

4

五天过去了。准备好动身的阿尼西姆上楼向瓦尔瓦拉告别。她房里所有圣像前的灯全都亮着，有一股神香的味道。她坐在窗口用红毛线结着袜子。

“你和我们在一起的日子不多，”她说，“你大概感到寂寞了吧？哎呀呀……我们的日子过得挺好，样样东西有的是。你的婚事办得也挺像样，挺正规，老头子说花了两千卢布。总之，我们的日子过得像个商人的样子，只是在我们这儿很枯燥。我们把老百姓欺侮得过狠了，我都心痛了，亲爱的。欺侮得太厉害啦，我的上帝！我们做马生意也好，买什么东西也好，雇工人也好，无论干什么都要骗人，骗了再骗。铺子里卖的素油是苦的，有臭味，人家的焦油都比它好。你倒说说，难道我们不能卖好油吗？”

“妈，各人有各人的行当。”

“可是人总有一死的吧？哎呀呀，说真的，你应该同爸爸谈谈吧！……”

“您自己可以同他谈谈嘛！”

“算了吧！我同他谈我的想法，可是他谈他的，就像你说的一样，老一套：各人有各人的行当。什么各人有各人的行当，到了阴间会给清理的。上帝的裁判是公道的。”

“当然，不会有人来清理的，”阿尼西姆叹口气说，“上帝嘛，反正是没有的，妈妈！有什么好清理的！”

瓦尔瓦拉惊奇地看了他一眼，扬声大笑，两手举起轻轻一拍。由于她真诚地对他的说法感到惊奇并且像看怪人似的看着他，他感到困窘。

“也许，上帝是有的，不过信仰是没有的，”他说，“在教堂里给我举行结婚仪式时，我觉得不自在。就好像从母鸡身子底下拿到一个里面有只小鸡在叽叽叫的鸡蛋一样，我的良心也突然叽叽叽地叫将起来。在举行我的结婚仪式时，我一直在想：‘上帝是有的！’可是我一走出教堂就什么都没有了。再说，我又从哪儿知道：有没有上帝？我们从小受的不是这样的教育。娃娃还在吸娘奶的时候就只教他一点：各人有各人的行当。要知道，爸爸也不信上帝。有一次您说过，有人偷了龚托列夫家的羊……我已经找到了，是希卡洛沃村的一个农民偷的。是他偷的羊，可是羊皮却在爸爸那儿……您看，这就是信仰！”

阿尼西姆眨了眨眼睛，摇了摇头。

“乡长也不信上帝，”他接着说，“文书也不信，就连教堂执事也一样不信。至于说到他们上教堂，吃素食，那只是为了免得人家说他们坏话，而且也是为了防备万一；也许真会有‘最后的审判’。如今都在说似乎世界末日来临了，因为人变得软弱了，因为不尊敬双亲了，等等。这都算不了什么。妈妈，依我的看法，真正糟糕的是人们昧了良心。我看透了，妈妈，我清楚。如果一个人的衬衫是偷来的，我看得出来。又如，有个人坐在小饭铺里，您以为他是在喝茶，没有什么别的，但我呢，他喝茶管喝茶，我还看到，他没有良心。就这样，你可以走上一整天，碰不到一个有良心的人。全部原因就在于人们不知道有没有上帝……好了，再见，妈妈。愿您平平安安，身体健康，请您别念我的旧恶。”

阿尼西姆向瓦尔瓦拉叩头。

“我们感激您为我们做的一切，妈妈，”他说，“有了您我们家得益很大。您是一个十分好的女人，我对您非常满意。”

深受感动的阿尼西姆走出房间后又折回来说：

“萨莫罗多夫把我牵连进了一桩事情：我要么发财，要么完蛋。如果出了什么意外，妈妈，求您为父亲解忧。”

“瞧你说到哪里去了！哎呀呀……上帝是仁慈的。你呀，阿尼西姆，哎呀呀，你对老婆温存一些吧，可是现在你们俩见面都绷着脸，你笑一笑也好嘛。”

“她是一个怪物……”阿尼西姆叹口气说，“她什么都不懂，老是不做声。她太嫩啦，让她慢慢长吧。”

台阶旁停着一匹高大壮实的已经套上了一辆二轮马车的白毛公马。

老崔布金跑了几步，矫健地跳上了车。他拿起缰绳。阿尼西姆吻了吻瓦尔瓦拉、阿克辛尼雅和弟弟。丽巴站在台阶上，一动也不动地看着别处，仿佛她出来不是为了送行，而是无缘无故地凑巧来到此地。阿尼西姆走近她，嘴唇轻轻地碰了碰她的脸颊。

“再见。”他说。

她没有看他，古怪地笑了一笑。她的脸颤抖起来，大家不知怎的感到她可怜。阿尼西姆也一跳上了马车，他坐下，两手叉腰，因为他自以为是美的。

他们的车出了峡谷驶上小坡，阿尼西姆老是回头张望，看看村子。那天温暖而又晴朗，第一次把牲口赶出户外，在牲口群旁走着一些穿节日服装的村姑和村妇，一头褐色公牛在哞哞地叫，用前蹄刨着地面，它在为自由自在感到高兴。四面八方，上上下下，都有百灵鸟在歌唱。阿尼西姆回头看望端庄的白色教堂（它不久前才粉刷过），想起了五天前他在教堂里祈祷的情景；他还看了一眼绿色屋顶的学校，看一眼他一度在那里游过泳和钓过鱼的小河，欢乐之情不由得在他胸中激荡起来，他真希望地下突然生出一堵墙来，不放他朝前走，这样他就可以同逝去的岁月在一起了。

在火车站上父子俩走进小吃部，各人喝了一杯烈性白葡萄酒。老头子打算付钱，伸手到口袋里取钱包。

“我请客！”阿尼西姆说。

老头子感动地拍拍他的肩膀，向小吃部服务员眨眨眼，好像是在说：“瞧，我的儿子有多好！”

“你留在家里做生意就好了，阿尼西姆，”他说，“对我来说，你会是个无价之宝！我会使你发上大财的，好儿子。”

“这办不到，爸爸。”

这白葡萄酒酸溜溜的，有一股子火漆味，但他们又每人喝了一杯。

老崔布金从火车站回到家里，一下子没有认出大儿媳妇来。丈夫的车子刚驶出院子，丽巴就变了样儿，她忽然高兴起来。她光着脚，穿着一条穿旧了的裙子，把袖子卷到了肩膀上，在前堂里擦洗楼梯，用银铃般尖细的声音在唱歌。当她把一大盆脏水端出去，露出孩子气的笑容看着太阳的时候，那样子好像她也是一只百灵鸟似的。

一个正好路过台阶的老工人摇摇头嗽嗽喉咙说：

“是啊，格里戈里·彼得罗维奇，你两个儿媳妇都真是好样的！是上帝给你送来的！她们可不是娘们儿，而是地地道道的宝贝！”

5

7月8日，星期五，绰号叫“拐杖”的叶里扎洛夫和丽巴一起从喀山村回来，正好逢上当地教堂举行纪念喀山圣母节，他们上那儿去做了祈祷。丽巴的母亲普拉斯科维雅在离他们很远的地方走着，她有病，气喘吁吁，总落在后面。这时已近黄昏时分。

“啊，啊，啊！……”“拐杖”一面听丽巴讲，一面惊奇地说，“啊，啊！……真的吗？”

“我非常爱吃果酱，伊利亚·马卡雷奇，”丽巴说，“我管我坐在一个舒适的地方喝茶，吃果酱，有时我也同瓦尔瓦拉·尼古拉耶芙娜一块儿喝茶，她常常讲一些惹人伤心的事情。他们家有许多果酱，四罐子。‘吃吧，丽巴，’她说，‘别犹豫。’”

“啊，啊，啊！……四罐子！”

“他们的生活真富裕。喝茶时吃白面包，牛肉要吃多少就有多少。真富裕！不过，在他们家我老感到害怕，伊利亚·马卡雷奇。唉，真可怕！”

“你怕什么，孩子？”“拐杖”问，他回头看，看看普拉斯科维雅是不是掉在后面太远了。

“结婚后，我起初是怕阿尼西姆·格里戈里奇。他人倒不坏，不欺侮我，不过，只要他一走近，我就会打寒噤，会脊梁骨冒凉气。我没有好好睡过一夜，老是发抖，一直祈祷上帝。现在呢，现在我怕阿克辛尼雅，伊利亚·马卡雷奇。她人倒也并不怎么坏，老是笑嘻嘻的，不过，有时候她朝窗外瞧上一眼，那眼神怒冲冲的，射出绿光，像畜栏里的羊的眼睛一样。小赫雷明家一家子常常怂恿她说：‘你家老头子在布乔基诺有一块地，大约有四十俄亩。那儿有沙土，有水，所以，阿克秀霞[1]，你自己出面在那儿盖一个砖厂，我们同你合伙。’现在砖价是二十卢布一千块。是赚钱的生意。昨天吃午饭时阿克辛尼雅对老头子说‘我要在布乔基诺盖个砖厂，自己做点买卖。’她边说边笑。格里戈里·彼得罗维奇的脸色沉了下来，显然，他不喜欢她的想法，‘只要我还活着，’他说，‘不可以分家，应该大家在一起。’她眼中冒火了，牙齿咯咯响。……油煎饼端上桌来，但她不吃！”

“啊，啊，啊！……”“拐杖”惊奇地说，“她不吃！”

“还有，您倒说说，她什么时候睡觉？”丽巴接着说，“她才睡下半个钟头，就跳将起来，走来走去，东张西望：庄稼汉们可别纵火烧了什么，可别偷了什么。……同她在一起真可怕，伊利亚·马卡雷奇！小赫雷明一家子喝过喜酒后并没有回家睡觉，他们进城打官司去了。大伙儿在闲谈中说，这好像都是为了阿克辛尼雅，老大老二答应了给她盖厂，可是老三生气了，工厂停工一个月了，我叔叔普罗霍尔由于没活儿干在讨饭了。‘叔叔，你满可以去种地，或者去锯木，’我对他说，‘何必丢脸呢？’‘庄稼活我已经丢生了，’他说，‘我干不了啦，丽宾卡[2]。’……”

在一片新生的山杨小树林旁他们停下来了，歇歇气，也等等普拉斯科维雅。叶里扎洛夫早就当包工头了，可是他没有养马，他在县里总是到处步行，带一个里头装着面包和洋葱的小口袋，摆动双臂大踏步地走。同他一块儿走路是挺累的。

小树林入口处立着一个界桩，叶里扎洛夫碰碰它，看它坚固不坚固。普拉斯科维雅气喘吁吁地向他们走近。她那张皱纹密布、一

① 阿克辛尼雅的爱称。

② 丽巴的爱称。

直神色惊恐的脸上现在喜气洋洋：她今天同其他人一样上了教堂，又赶了集，在集市上还喝了点梨汁克瓦斯。这在她是少有的，以至她现在甚至觉得，今天是她有生以来第一次过得津津有味的一天。休息一下后他们三人并排走了。太阳正在落下去，夕阳射进树林，树干亮光光的。从前面传来嘈杂的人声。乌克列耶沃的村姑们早就走在他们前头了，但她们在树林里耽搁下来了，显然，她们在采蘑菇。

“喂，姑娘们！”叶里扎洛夫叫道，“喂，美女们！”

回答他的是一片笑声。

“‘拐杖’来了！‘拐杖’！糟老头子！”

林中的回声也在笑。小树林落在后面了。可以看到工厂烟囱的顶部了，钟楼上的十字架在发亮：这就是那个“在一次葬礼上教堂执事吃光了所有鱼子”的村子。他们快到家了，只消下坡走进大峡谷就到了。光着脚走路的丽巴和普拉斯科维雅在草地上坐下，要穿上鞋子；包工头叶里扎洛夫也和她们一起坐下来。如果从上面往下看，乌克列耶沃村连同它的那些柳树、白色的教堂和一条小河似乎是美丽和平静的，碍事的只是那几个工厂的屋顶，为了省钱它们被涂成了一种暗淡古怪的颜色。在对面的山坡上可以看见有黑麦，一垛垛一捆捆的到处都是，仿佛是暴风将它们铺撒在那里的；还有一些新割下来的黑麦，它们还一排排地放在那儿。燕麦也熟了，在太阳光下像珍珠母一样闪闪发光。这当口儿正是农忙季节。今天是过节，明天是星期六，要收割黑麦，运走干草，接着是星期日，又是假日。每天可以听见远处的雷声隆隆。暑气蒸人，像是要下雨，因此现在瞧着这片田野每个人都在想，求上帝保佑我们及时收割好粮食，大家的心情是既高兴欢畅，又着急不安。

“现在割麦人的工钱真贵，”普拉斯科维雅说，“一天一个卢布四十个戈比！”

人们纷纷从喀山村的集市上回来：村妇、戴新帽子的工人、乞丐、小孩……时而一辆大车扬起尘土驶将过去，车后跑着一匹没有卖掉的马，它仿佛在为没有把它卖掉而高兴；时而有一头发着牛脾气的母牛由人牵着犄角走；时而又驶过一辆大车，车上坐着些醉醺醺的农民，把腿搭拉下来。一个老太婆搀着一个戴大帽、穿大靴的男孩，炎热的天气和沉甸甸的、不容膝头弯曲的靴子使男孩疲惫不堪，但他还在不断地使劲吹一个玩具喇叭。他们已经走下斜坡，拐弯上了大街，但仍然可以听到他的喇叭声。

“我们的老板好像失去了常态……”叶里扎洛夫说，“糟糕！柯斯丘科夫生我的气，他说，‘飞檐上薄板用得太多。’‘怎么太多？’我说，‘瓦西里·丹尼雷奇，该用多少我就用了多少。我又没拿它们，没拿这些薄板下稀饭吃。’‘你怎么可以跟我这样说话？’他说，‘你这傻瓜！没出息的！别忘乎所以！工头是我叫你做的！’他嚷着说。‘真出奇！’我说，‘在没做包工头的时候我照样天天有茶喝。’‘你们全是些无赖……’他说。我没有做声，我在心里想：‘在这个世界上我们是无赖，到了阴间，你们就会是无赖。’哈哈哈！到了第二天他软啦！‘你别为我的话生气，马卡雷奇，’他说，‘要是我说了什么不必要的话，那又有什么呢，我毕竟是一个一等商人，我比你长，你不该做声。’‘您是个一等商人，我是个木匠，’我说，‘这话不错，可是圣徒约瑟也是木匠啊。我们这个行当是遵守教规的，是上帝所喜欢的，要是您高兴比我长，那随您便，瓦西里·丹尼雷奇。’后来，我这是说在这次谈话以后，我想：‘究竟是谁长？是一等商人呢还是木匠？’这么说来，是木匠长，孩子们！”

“拐杖”想了想又补充说：

“是这样，孩子们。谁劳动，谁容忍，谁就长。”

太阳已经下山，在河面上，在教堂的围墙里，在工厂四周的空地上升起了浓雾，白白的，像牛奶一样。黑暗很快地降临了，下方已经有灯火闪烁，看起来这片浓雾好像掩盖住了一个无底深渊。在这种时刻，丽巴和她的母亲，这两个生来穷苦而且准备这么过上一辈子的女人，除了受惊的灵魂外把一切都献给了别人的女人，也许，刹那间她们隐隐约约地感到了：在这个广大神秘的世界里，在无穷无尽的生命系列中，她们也是一种力量，而且还比有的人长一些。坐在这个地方，坐在高处，她们幸福地微笑着，忘记了她们还得下坡走回去。

她们终于回到了家。小铺附近和大门外面有一些割麦子的人坐在地上。乌克列耶沃村的农民通常不肯为崔布金家干活，所以他们只好雇用外地人。此刻在黑暗中感觉到，坐着的是一些长着长长的黑胡子的人。小铺子的门开着，从门口可以看见聋子在跟一个男孩玩跳棋。割麦人在轻声唱歌，声音低得刚刚可以听见，要不他们就大声要求把昨天的工钱付给他们，可是雇主不付，生怕他们明天走掉。老崔布金没穿上衣，只穿一件坎肩，和阿克辛尼雅一起坐在台阶旁的一棵桦树下喝茶。桌上亮着灯。

"老大爷！"割麦人在大门外叫道，好像是在嘲弄似的，"哪怕是先付一半吧！老大爷！"

立刻传来了笑声。接着又唱起歌来，声音低得刚刚可以听见。……"拐杖"也坐下来喝茶。

"我们去赶集了，"他说，"我们寻欢作乐，玩得十分痛快，孩子们，赞美主吧。可是，发生了一件不好的事：铁匠萨希卡买烟叶，给了店老板半卢布银币。不料那银币是假的，"“拐杖”朝四周看了一眼继续说。他本想小声细语，可是他说话的声音却是低沉的嘶哑的，以至大家都听见了。"就是说，那半卢布银币是假的。问他这钱是从哪儿来的，他说：'是阿尼西姆·崔布金给我的，是在我吃他喜酒的时候给的。'叫来警察把他带走了……注意啊，格里戈里·彼得罗维奇，可别出什么事啊，可别惹出什么闲话来……"

"老大——爷！"依然是那个声音在大门外嘲弄地叫道，"老大——爷！"

一阵沉默。

"啊，孩子们，孩子们，孩子们……""拐杖"很快地嘟哝着，他站起身来，他感到困了。"好啦，喝了茶、吃了糖，谢谢你们，孩子们。该睡觉了。我身体垮了，我身上的梁①的下端都腐了。哈哈哈！”

他边走边说：

“大概是我该死了！”

他啜泣了。老崔布金没有把茶喝完，但他还是坐了一会儿，想了一会儿，他脸上的表情像是他在听着已经走远了的“拐杖”的脚步声。

“铁匠萨希卡想必是胡说。”阿克辛尼雅说，她猜中了他的心事。

他走进屋去。过不多久他又走回来，手中拿着一卷东西。他一打开，只见许许多多卢布闪闪发亮，全是簇新的。他随便拿起一个，用牙齿检验了一下就丢进托盘，接着又丢一个……

“这些卢布果然是假的……”他瞧着阿克辛尼雅说，样子有点儿困惑莫解似的，“这就是那一些，是当初阿尼西姆带来的礼物。你拿去，孩子，”他小声说着把一卷假币塞进她手里，“拿去，丢到井里去……去它们的！小心，别让人家说闲话。千万别出什么岔子……把茶炊拿走，把灯熄掉……”

丽巴和普拉斯科维雅坐在板棚里，她们看到：灯火一个接着一个熄灭了，只有在楼上瓦尔瓦拉的房间里圣像前的油灯还在闪出蓝色的和红色的亮光。从那里散发出一种宁静、满足和不明内情的气息。普拉斯科维雅怎么也适应不了她女儿嫁给了有钱人这件事。她每次来到这里，就怯生生地蜷缩在前堂，一脸哀求人的笑容，茶水和糖给她送到前堂。丽巴也习惯不了，丈夫离开后她就不在自己床上睡觉，随便什么地方她都睡：在厨房里或者在板棚里，而且她每天擦地板、洗衣服，她觉得自己像是在打短工。现在她们做完祈祷回来后坐在厨房里同厨娘一起喝茶，过后她们走进板棚在地板上躺下，就躺在雪橇和矮墙的中间。这儿黑黑的，有一股子马颈轭的气

① 又是木匠的职业用语，把人的“骨骼”叫做“梁”。

味。正屋四周的灯全都熄了，待会儿她们听到聋子关店门，听到割麦人在院子里安置睡觉。在远处，在小赫雷明的家里有人在玩贵重的手风琴……丽巴和普拉斯科维雅开始昏昏入睡。

有一个人的脚步声把她们惊醒了，这时月光正亮。阿克辛尼雅站在板棚门口，手里抱着被褥。

"这儿也许凉快一些……"她说着就走了进来，在门口躺下，月光把她全身照亮。

她睡不着，深深地叹气，热得摊开四肢，身上的衣服已经几乎全部脱掉。在魅人的月光下，这是一头多么美丽、多么威风的动物！过不了多久，又听到了一阵脚步声：老头子出现在板棚门口，他穿着一身白色内衣。

"阿克辛尼雅！"他叫道，"你在这儿，是不是？"

"怎么？"她生气地回答。

"刚才我叫你把钱扔到井里去，你扔掉了没有？"

"瞧他说的，把财产抛进水里去！我付给割麦人了。……"

"啊呀，我的上帝！"老头儿叫道，他既惊讶又害怕，"你这个胡作非为的娘们儿……唉，我的上帝！"

他举起双手一拍就走了，他一边走一边还说着些什么。过了一会儿阿克辛尼雅坐将起来，烦恼地叹了一口气，接着她就站起来，把铺盖两手一抱走出了前堂。

"你为什么把我嫁到这儿来啊，妈！"丽巴说。

"出嫁是应该的，女儿。那不是由我们做主的。"

一种无可慰藉的悲痛几乎抓住了她们的心，可是，她们又觉得，好像是有个什么人从高空、从蓝色的星空朝下看，看见了发生在乌克列耶沃的一切事情，在监视着。不管罪孽有多么深重，夜阑是宁静和美好的，在上帝创造的这个世界里毕竟是有真理的，现在有，将来也会有，这真理是同样地宁静和美好。人间万物只期待着同真理汇合，就像月光同黑夜融为一体一样。

于是，安了心的母女俩互相依偎着睡熟了。

6

消息早已传来：因伪造和销售假币阿尼西姆被关进了监狱。几个月过去了，半年多过去了，漫长的冬天过去了，春天来临了，家里人也好，村上人也好，大家对阿尼西姆坐牢房这件事已经习惯。如果有人晚上经过这所房子或者这个小铺，他就会想到阿尼西姆坐牢；甚至在乡村墓地上打钟的时候，不知为什么也会想起他坐在牢房里，在等候审判。

仿佛是这所庭院落上了一层阴影，房子暗淡了，屋顶生锈了，那扇沉重的包着铁皮的上了绿漆的店门也失去了光泽，或者像聋子所说的那样，它"翘棱儿"了。就连老崔布金本人也似乎变得忧郁了，他已经很久没有理发和剪胡子了，头发和胡子都长长了。他上马车时已经不再纵身一跳了，也不再吆喝乞丐，说什么"上帝会给的"。从各方面都看得出来，他精力衰退了，人们已经不太怕他，警官写了一张关于铺子违规的记录，尽管仍像过去一样按规矩收受他给的钱财。已经三次把老头子传叫到城里，为了审讯他卖私酒，只因为证人没有出庭，这案子就不断地拖下去，可把老头子累坏了。

他常常去探望儿子，他雇律师，递呈文，给教堂献神幡，给囚禁阿尼西姆的那个监狱的看守送了一个银质茶杯托，上面的珐琅题词是"灵魂知分寸"，外加一把长柄小茶匙。

"没有人能替我们斡旋斡旋，好好地斡旋一下，"瓦尔瓦拉说，"哎呀呀……你去求求哪一位老爷吧，求他给主要的长官们写封信……让他们在审判前就放了他吧！干吗要折磨小伙子？"

她也伤心，不过她发胖了，变白了。同从前一样，她在自己房间里点亮圣像前的油灯，把屋里的一切都照管得干干净净，她仍用果酱和苹果软糕款待宾客。聋子和阿克辛尼雅在铺子里做买卖。阿克辛尼雅着手干一项新的事业，那就是在布乔基诺办砖厂。她几乎每天都坐着马车去那里。她亲自赶车，在遇见熟人时，她像鲜嫩的黑麦中间的一条蛇似的伸出脖子，天真而神秘地微笑。丽巴在大斋前生了个孩子，她现在一直逗着娃娃玩。这是个小小的、瘦瘦的可怜的娃娃，奇怪的是他居然会哭，会看，居然还认为他是个人，甚至给他起了一个名字：尼基福尔。他躺在摇篮里，丽巴向房门口退上几步，鞠着躬对他说：

“您好，尼基福尔·阿尼西梅奇！”

接着她就急速地向他奔去，吻他。然后她又向门口退几步，又鞠着躬说：

“您好，尼基福尔·阿尼西梅奇！”

他呢，他举起两只红红的小脚。他的哭声和笑声混在一起，就像木匠叶里扎洛夫那个样子。

审判的日子终于确定了。崔布金提前五天就出发了。后来又听说赶去了几个农民作证，一个老工人也去了，他也接到了传票。

审判是在星期四举行的。可是星期日已经过去，老崔布金却没回来，而且没有任何关于他的消息。星期二的傍晚，瓦尔瓦拉坐在开着的窗户旁倾听着：老头子有没有回来。在隔壁房间里丽巴在逗她的娃娃。她在手中将他朝上投，欣喜地说：

“你会长大，长得大大的！将来成个男子汉，咱们一起去打短工！一起去打短工！”

“得了，得了！”瓦尔瓦拉生气说，“亏你想得出，打短工，傻孩子！他将来要做商人！”丽巴轻声唱着，可是过不了多少时间她就忘了，又说：

“你会长大，长得大大的！将来成个男子汉，咱们一起去打短工！”

“瞧，你又来这一套了！”

丽巴手中抱着尼基福尔，站在门口问道：

“妈妈，为什么我这么爱他？为什么我这么怜惜他？”泪水在她的眼睛里闪闪发光，她声音颤抖地接着说，“他是什么？他会是个怎么样的人？他轻得像一片羽毛，像一小片面包，可是我爱他，像爱个真正的人那样爱他。瞧，瞧，他什么也不会，话也不会说，可是我一切都明白，他的两只小眼睛在说明他要什么。”

瓦尔瓦拉细细听：传来了到达火车站的晚班车的声音。老头子是不是来了？她已经听不见丽巴的话，也不明白她说的是什么，她不知道时间是怎么过去的。她全身发抖，但这并非因为害怕，而是出于强烈的好奇心。她看见，一辆大车咯咚咯咚地迅速驶过，车上坐满了农民。这是证人们从火车站回来了。大车经过小铺时，老工人从车上跳下，走进院子。可以听到，院子里有人同他打招呼，向他打听一些事情。

“剥夺权利，没收全部财产，”他大声说，“流放西伯利亚，服苦役六年。”

瓦尔瓦拉看见，阿克辛尼雅从后门走出小铺，刚才她在那儿卖煤油，所以她一只手里拿着瓶子，一只手里拿着漏斗，嘴里衔着几枚银币。

“爸爸在哪儿？”她发音不清地问道。

“在火车站，”工人回答，“‘等天黑一点，’他说，‘我会回去的。’”

院里的人都知道了：阿尼西姆被判服苦役，厨娘在厨房里突然间大声边哭边诉起来，像恸哭亡人似的。她以为，礼节要求她这么做。

“阿尼西姆·格里戈雷奇啊，好男儿啊，你把我们遗留给谁呀……”

受惊的狗吠叫起来。瓦尔瓦拉焦急地走来走去，她跑到窗口，用尽气力提高了嗓音向厨娘喊道：

“你够了，斯捷潘尼达，够了！看在基督面上，别折磨人了！”

忘了烧茶炊，已经什么都顾不上了。只有丽巴一个人不清楚这是怎么一回事，她仍旧醉心于她的娃娃。

老头子从火车站回来了，大家都已经不向他打听什么了。他打过招呼后就默默地在各个房间里走了走，连晚饭也不吃。

“没有人能斡旋一下……”瓦尔瓦拉在房间里只剩下他们两人时说，“我讲过要你去求求老爷们，当时你不听我的话……递一个呈子上去吧……”

“我是张罗过的！”老头子将手一摆说，“给阿尼西姆判刑后，我找过那位为他进行辩护的老爷，‘现在没有任何法子了，’他说，‘晚了。’阿尼西姆自己也这么说：晚了。但是我离开法庭后还是雇了一个律师，付给了他一笔定金。我再等一个星期，到时候再去。听任上帝安排吧。”

老头子又默默地在各个房间里走了一遍。他在回到瓦尔瓦拉身边时说：

“我该是病了。我的头有点儿……发昏。我头脑不清。”

他把门关上，免得让丽巴听见，又轻声接着说：

“我的钱情况不妙。你还记得吗，阿尼西姆在结婚前，在复活节后第一个星期里，带给我一些簇新的面值一卢布和半卢布的银币。我当时藏起了一卷，其余的钱我把它都同自己的钱混在一起……当初我叔父德米特里·菲拉狄奇，但愿他进了天国，当初我这个叔父在世的时候，他有时去莫斯科办货，有时去克里米亚办货。他有一个妻子，她趁他外出就同另一些男人私通。他们有六个孩子。叔叔有时喝醉了就笑着说：‘我怎么也分不清哪个是我的孩子，哪个是别人的孩子。’可见，他的性格是温和的。现在我就是这样：分不清我的钱中哪些是真的，哪些是假的，以至我觉得，好像它们全是假的。”

“别说了，求上帝保佑你！”

“我在火车站买票，付了三个卢布，我觉得，好像是假钱，于是我感到害怕。我该是生病了。”

“有什么可说的，我们大家都祸福难测……哎呀呀……”瓦尔瓦拉摇摇头说，“关于这件事倒该想一想，彼得罗维奇……万一出了什么事，你年纪不轻了。你去世后说不定还会欺侮你的孙子。

啊，我真担心，他们会欺侮尼基福尔，会欺侮他！父亲他已经没有了，你就这么认为吧，母亲呢，她年轻，傻呵呵的。你立个字据吧，留一点什么给他，给这个小男孩，哪怕是留块地给他也好，把布乔基诺给他吧。真的，彼得罗维奇！你想一想吧！”瓦尔瓦拉继续劝他，“这孩子挺可爱，真可怜！你明天就去，立个字据。等什么呢？”

“我把孙子给忘了……”崔布金说，“该去看看他。那么你是说这孩子不错？嗯，好，让他长大吧。求上帝保佑！”

他推开门，弯起手指头，把丽巴招呼到自己跟前。丽巴抱着孩子走到他身边。

“你，丽宾卡，你需要什么，你就要吧。”他说，“想吃什么，你就吃，我们不会舍不得的，只要你身体好就行……”他在娃娃胸前画了个十字，“好好照应我的孙子。儿子没有了，总算留下了一个孙子。”

泪水顺着他的面颊淌下。他低声哭泣着走了。过不了多久他上了床，在过了七个不眠之夜后他沉酣地睡着了。

7

老头子暂时离家进城去了一次。有人告诉阿克辛尼雅，说他是去找公证人立遗嘱的，说他已经把布乔基诺，就是她阿克辛尼雅在那儿烧砖的地方，遗赠给孙子尼基福尔了。是在早晨把这个消息告诉她的，当时老头子和瓦尔瓦拉正坐在台阶附近的一棵白桦树下喝茶。她关上了铺子的正门和后门，收集起全部钥匙，把它们用力一扔，扔到老头子的脚跟前。

“我再也不为你们干了！”她大声叫嚷，而且突然放声痛哭起来，“可见，我在你们家不是儿媳妇，是个女工！大家都要笑我：‘瞧，崔布金找了个多好的女工！’我不是你们雇来的！我既不是叫花子，也不是什么下贱货，我有爹有娘。”

她不擦眼泪，两只噙满泪水的、凶狠的、因气愤而歪斜的眼睛盯着老头子，她的脸和脖子都涨得红红的，绷得很紧，因为她声嘶力竭地大喊大叫。

“我不愿意再尽力了！”她接着说，“我累死了！要干活，要成天坐在店里，要深更半夜悄悄出去搞白酒——这全都叫我去干；可是要赠地时，却只把地送给苦役犯的老婆和她的小鬼！她在这儿是女主人，女东家，而我是她的女佣！你们把一切都给她吧，给这个囚犯的老婆，让她活活噎死！我回自己家去！你们另找傻瓜吧，该死的恶人！”

老头子生平从未骂过、也从未责罚过子女，他连想都没有想到过会有家里人对他说粗话或者举动不恭，所以此时此刻他十分吃惊，他跑进屋去躲在立柜后面。瓦尔瓦拉呢，她简直茫然无措，连站都站不起来了，只会挥动双手，就像是在防御蜜蜂似的。

“哎呀呀我的爹！这算是什么呀！”她害怕地嘟哝着，“她在嚷嚷什么呀？哎呀呀……人家会听见的！小声点吧……唉，小声点吧！”

“你们把布乔基诺给了苦役犯的老婆，”阿克辛尼雅仍在大叫大嚷，“现在就把一切都给她吧！你们的东西我一样都不要！你们都滚开！你们全是一个匪帮里的人！我看够了，够了！你们掠夺来来往往的过路人，掠夺老老少少，你们这伙强盗！没有执照就卖酒的是谁？还有那许多假钱呢？你们的箱子里装满了假钱，所以现在就用不着我了！”

在敞开着的大门旁已经聚集了一群人，他们在朝院子里看。

“随大家看吧！”阿克辛尼雅嚷道，“我要使你们名誉扫地！我要叫你们羞死！我要叫你们低三下四地乞求！喂！斯捷潘！”她招呼聋子说，“咱们马上回家去！到我爹娘家去，我不愿意同囚犯们生活在一起！快去收拾一下！”

拉在院里的几根绳子上都晒着衣服，她拉下她的那些都还是湿乎乎的裙子和短上衣，丢到聋子的手上，接着怒气冲冲的她在院子里晾着衣服的地方乱跑，扯下所有的衣服，就连不是她的东西也扯下，丢在地上用脚踩脏。

"哎呀，我的爹啊，制止她吧！"瓦尔瓦拉哼叫着，"她究竟是个什么人？把布乔基诺给她吧！给她吧！看在基督的面上！"

"嘿！好一个娘们儿！"站在门旁的人说，"居然有这样的娘们儿！她大发雷霆了，可怕！"

阿克辛尼雅跑进厨房，这时那儿正在洗衣服。只有丽巴一个人在洗，厨娘上河边去洗内衣了。洗衣槽里和炉旁的锅子里冒着热气。水汽使得厨房里闷热和混混沌沌。地板上有一堆脏衣服，尼基福尔就躺在这堆衣服旁的一张长凳上，抬起他两条红红的小腿，这样他即使从凳上摔下也不会碰伤。正好在阿克辛尼雅走进来的时候，丽巴从那堆衣服里取出阿克辛尼雅的衬衣放进洗衣槽，而且已经伸手去拿一只摆在桌上的盛满开水的长柄勺……

"拿过来！"阿克辛尼雅仇恨地瞧着她说，并从洗衣槽里抢出衬衣，"用不着你碰我的内衣！你是囚犯的老婆，应该有自知之明，你是个什么东西！"

丽巴瞧着她，不知所措，她弄不明白是怎么回事，可是她无意中察觉到了阿克辛尼雅投向孩子身上的目光，就蓦地明白过来，她的脸色像死人一般苍白了……

"你抢走了我的地，这个你也拿去吧！"

说完这句话阿克辛尼雅抓起一大水勺开水朝尼基福尔身上泼去。

紧接着响起了一声尖叫，这种尖叫声是乌克列耶沃村从来没有听见过的。简直不敢相信，像丽巴这样一个弱小的人竟会发出如此叫喊。突然间，院子里一片寂静。阿克辛尼雅默默走进屋去，面露她原先的天真微笑。聋子抱着许多衬衣在院子里走来走去，接着他默默地不慌不忙地又把衣服一件一件晾起来。在厨娘从河边回来前没有一个人敢走进厨房去看一看那里的情景。

8

把尼基福尔送进了地方自治局的医院。将近黄昏时分他死了，死在医院里。丽巴不打算让人来接她，她把遗骸包进一条小被子就抱着回家去了。

不久前建成的这座新医院高高地坐落在一座山上，窗户很大，在夕阳照耀下整幢房子在闪闪发亮，好像是它的内部在燃烧似的。山下是一个居住区。丽巴顺着一条大路走下山去，还没走到居住区她就在一个小池塘边坐下。有一个女人牵着一匹马来饮水，马不肯喝。

“你还要什么呢？”女人困惑地轻声说，“你要什么呢？”

水边有一个穿红衬衫的男孩在洗父亲的靴子。此外，居民区里也好，山上也好，再也看不见一个人影。

“它不喝。”丽巴瞧着马说。

后来女人和拿着一双靴子的男孩都离去了，已经看不见什么人了。太阳裹上了一片火红色和金黄色的锦缎，落山睡觉了。长条的云，红的、紫的，在天空中绵延，护卫着太阳的安宁。在远处的一个什么地方有一只麻鹇在叫，声音凄怆而低沉，就像是一头被关在板棚里的母牛在叫似的。每年春天都听见这只神秘的鸟的叫声，可是谁也不知道这鸟是什么样儿，它又住在什么地方。在山顶上的医院里，在池塘边的灌木丛里，在居民区的后面和在四周的田野里夜莺在高声歌唱，杜鹃在计数着一个什么人的年龄，它老是数错了又从头数起。池塘里的青蛙气冲冲地拼命叫着，彼此呼应着，甚至可以从中辨别出这样的话来：“你就是这样的！你就是这样的[①]！”真是热闹啊！好像是这些生物这么叫啊唱啊，其目的是要所有的人在

---

① 俄语中“你就是这样的！”这句话的读音很像青蛙的叫声：“伊斗塔科娃！伊斗塔科娃！”

这春夜里不睡觉，要大家，连气冲冲的青蛙也包括在内，都来珍惜和享受每一分钟。不是么，生命可只有一次啊！

一弯银白色的新月在空中照耀，还有许许多多星星。丽巴已不记得她在池塘边坐了多久，可是在她站起身来朝前走的时候，整个居民区里的人都已经睡了，灯火全都熄了。离家大约还有十二俄里，可是她已精疲力竭，而且已经搞不清楚该怎么走了。月亮有时在前面照，有时在右边照。还是那只杜鹃在不停地叫，它的声音已经嘶哑，略带一点儿笑音，仿佛是在嘲弄她似的："喂，要注意，别迷路啊！"丽巴走得很快，连头巾都丢失了。她瞧着天空想道：她孩子的灵魂现在在哪儿？是跟着她在走呢还是在繁星周围的高空飘荡而且不再想念他的母亲？夜间呆在田野上会感到多么孤单，特别是在这种时候：身处歌声之中而自己唱不出来，身处不断的欢乐声中而自己又高兴不起来，那同样孤零零的月亮在从天空观望，对这月亮来说，现在是春天还是冬天、人们是活着还是死了横竖都一样……心里痛苦的时候，没有人做伴是难受的。如果她母亲普拉斯科维雅同她在一起，那就好了！要不有个"拐杖"、或者有个厨娘、或者有个什么庄稼人同她在一起，那也就好了。

"布——布！"麻鸻在鸣叫。"布——布！"

忽然清楚地听到有人在说话：

"套车，瓦维拉！"

在前方，应在路边，燃烧着一堆篝火：已经没有了火焰，在发亮的只是一堆红炭。可以听见马儿在嚼草的声音。黑暗中显现出两辆大车，一辆车上有一个大桶，另一辆较低的车上有一些麻袋。另外还显现出两个人影来，一个人牵着马去套车，另一个人将双手抄在背后一动不动地站在篝火旁。一条狗在大车附近猖猖狂吠起来。那个牵着马的人站住说：

"好像有人在大路上走过来。"

"沙利克，别叫！"另一个人向狗吆喝一声。

从说话的声音可以听出来，这另一个人是个老头子。丽巴站住说：

“求上帝保佑你！”

老人向她走近，停了一会儿才回答说：

“你好！”

“你们的狗不咬人吧，老爷爷？”

“没什么，你走吧。它不会碰你的。”

“我从医院来，”丽巴沉默了一会儿说，“我的小儿子死在那儿了。现在我把他抱回家去。”

大概是老人听到这些话不高兴，他走开了，匆匆地说：

“这没什么，亲爱的朋友。上帝的旨意。你在磨蹭什么，小伙子！”他转身对旅伴说，“你上紧些吧！”

“你的马轭没有了，”小伙子说，“找不到。”

“你可真是直挺挺的，瓦维拉！”

老人拾起一小块炭，吹了吹，只照亮了他的鼻子和眼睛。后来，在他们找到了马轭后，他凭着这一点儿亮光走近丽巴，看了她一眼，他的目光表达了怜悯和温情。

“你是母亲，”他说，“每个母亲都心疼自己的孩子。”

他说这话时叹了口气，摇了摇头。瓦维拉朝火上丢了一点什么东西，踩了踩，顿时四周变得一片漆黑。眼前的景象消失了。跟先前一样，只有田野、繁星点点的天空和鸟儿那种干扰彼此睡眠的鸣叫声。秧鸡也在叫，好像就在烧篝火的那个地方叫。

一分钟后，又可以看到那两辆大车、老人和高高的瓦维拉了。车子走上了大路，发出吱嘎吱嘎的响声。

“你们是圣徒吧？”丽巴问老人。

“不是的，我们是菲尔萨诺沃村的。”

“刚才你看了我一眼，我的心就缓和了。小伙子也挺斯文。我就以为你们想必是圣徒。”

“你路远吗？”

“到乌克列耶沃村去。”

“你上车吧，我们把你送到库兹敏基。到了那里你就一直走，我们就向左拐。”

瓦维拉坐上了那辆载着桶子的大车，老头子和丽巴坐上了另外一辆。车子缓慢地走着，瓦维拉的车子走在前面。

“我的小儿子受了一天折磨，”丽巴说，“他用两只小眼睛看着，但一言不发。他想说话，可又说不出。上帝啊！圣母啊！我痛苦得老是跌倒在地上。我站着站着突然就倒在床边了。你告诉我，老爷爷，为什么要一个小孩子在临死前受罪？如果大人受痛苦，不管是男人还是女人，受过了苦，那么他或她的罪孽就得到了宽恕，可是为什么一个小孩子要受苦，如果他并没有什么罪孽？为什么？”

“又有谁知道呢！”老人回答说。

他们默默地坐了差不多半小时车。

“要什么都知道：为什么？怎么样？——这是不可能的。”老人说，“鸟儿应分有的不是四个翅膀，而是两个，因为有了两个翅膀它就能飞。所以，人理应知道的也不是一切事情，而只能是一半或者是四份里的一份。为了生存人该当知道多少，他就知道多少。”

“老爷爷，我还是步行轻松一些。现在我的心颤得很。”

“没什么。你坐着。”

老人打了一个呵欠，在嘴上画了一下十字。

“没什么……”他又说了一遍，“你的痛苦还算不了什么。人生是漫长的，好的事情还会有，坏的事情也会有，什么都会有。亲爱的俄罗斯大着呢！”他说完朝左右两边看了一看，“我整个俄罗斯都走遍了，什么都见识过，你相信我说的吧，亲爱的朋友。好事情将来会有，坏事情也会有。我去过西伯利亚，到过黑龙江，也到过阿尔泰山。我在西伯利亚定居过，在那儿垦过地，后来我非常想念亲爱的俄罗斯，就又回到了家乡。我们是步行回俄罗斯的。我还记得，有一回我们坐船摆渡，我瘦削瘦削的，一身破破烂烂，光着脚，人都冻僵了，啃着面包皮。这时渡船上有一位过路老爷，如果他已经去世了，那我祝他升入天堂，这位老爷怜悯地看着我，泪水直流。‘唉，’他说，‘你吃的面包是黑的，你过的日子也是黑[1]的。’……我回到了家，正如常言所说的那样，一贫如洗。我有过一个老婆，可是她永远留在西伯利亚了，把她葬在那儿了。就这么回事，现在我做长工过日子。这又有什么呢？我要告诉你：打那时候起，有过坏事，也有过好事。瞧，我现在还不想死，亲爱的朋友，还想活上个二十来年。就是说，好事情更多一些。亲爱的俄罗斯可真大啊！”说完他又看了看两边，而且还回头看了一眼。

“老爷爷，”丽巴问，“人死了，他的灵魂还要在世上留多少天？”

“又有谁知道呢！让我们来问问瓦维拉，他上过学。现在学校里什么都教。瓦维拉！”老人招呼了一声。

“啊！”

“瓦维拉，人死了，他的灵魂还要在人世留多少天？”

瓦维拉把马勒住后答道：

“九天。我叔叔基里拉死后，他的灵魂在我们的小木屋里还呆了十三天呢！”

“你怎么知道？”

“炉子里敲敲打打地响了十三天。”

“哦，行了。赶车吧！”老人说。显然，他对这一切丝毫不信。

在库兹敏基附近大车拐弯，上了公路，而丽巴一直朝前走。天已经亮了。她下坡走进峡谷时乌克列耶沃村的小木屋和教堂都藏在雾里。很冷，她觉得，还是那只杜鹃在啼叫。

丽巴到家时还没有把牲口赶到野外去，大家都在睡觉。她坐在台阶上等。第一个走出来的是老头子，他看一眼就立刻明白发生了什么事情，好久说不出话来，光是吧嗒着嘴唇。

“唉，丽巴，”他说，“你没有把我的孙子保护好。……”

把瓦尔瓦拉叫醒了。她举起双手一拍，嚎啕大哭起来。她马上动手给孩子洗身穿衣。

---

① 俄语中“黑的”这个词有“艰难的”和“沉重的”的意思。

“是一个可爱的孩子啊……”她说，“哎呀呀……只有一个孩子，你都没有保护好，你这个不懂事的家伙……”

早晨和晚间都进行了超度，第二天落葬。葬礼后客人们和神甫们吃了许多东西，狼吞虎咽，好像是许久没有吃东西了似的。丽巴侍候着大家吃饭，神甫举起叉着一只腌蘑菇的叉子对她说：

“别为娃娃伤心，这样的娃娃会上天堂的。”

一直到客人们全都走了后丽巴才真正明白：尼基福尔已经不存在了，将来也不会再有了。她明白了，就嚎啕大哭起来。她不知道该上哪个房间去哭，因为她觉得，孩子一死，在这幢屋子里就没有了她待的地方，她在这里是个毫无关系的人，是个多余的人；就连别人也有这种感觉。

“喂，你在那儿嚎什么？”阿克辛尼雅突然出现在门口，大声喊叫，为参加葬礼，她穿着一新，还扑了粉，“闭嘴！”

丽巴想停止哭泣，可是做不到，她哭得更响了。

“你听见没有？”阿克辛尼雅狂怒地跺跺脚喊道，“我在同谁说话？你给我滚，不要你再来，苦役犯的老婆！滚出去！”

“算了，算了，算了！……”老头子慌张起来，“阿克秀塔①，你安静些，我的好人……她哭，是人之常情……她的孩子死了……”

“人之常情……”阿克辛尼雅不满地模仿着说，“让她在这儿再过一夜，明天她就给我滚蛋！人之常情！……”她又不满地模仿着说了一句，接着哈哈笑一阵后就向小铺走去。

第二天一清早，丽巴就到托尔古耶沃村上母亲家去了。

9

现在小铺的屋顶和门都已经漆过，闪闪发亮，跟新的一样，窗

① 阿克辛尼雅的小名。

台上同从前一样开着鲜艳的天竺葵。三年前发生在崔布金家里和院子里的事情已经给忘记得差不多了。

像当初一样，老头子格里戈里·彼得罗维奇还算是个主人，不过实际上一切事情都已转到了阿克辛尼雅手中：卖东西是她，买东西也是她，不得到她的同意什么事都不能做。砖厂运转得不错，由于修铁路需要砖，砖价已经涨到二十四卢布一千块。村妇和村姑把砖运到火车站，装上火车，为此她们一天可以赚得二十五个戈比。

阿克辛尼雅同小赫雷明家合伙经营，他们的工厂现在叫做小赫雷明股份公司。在火车站附近开了一家饭铺，已经不是在院子里而是在这个饭铺里演奏那架贵重的手风琴了。邮政局长常常到饭铺来，他也在做一种什么生意，火车站站长也是这样。小赫雷明家送了一块金表给聋子斯捷潘，他动不动就从口袋里掏出表来放到耳旁听听。

村里人讲到阿克辛尼雅时都说她抓取了大权。的确，无论是在面露天真笑容、漂亮、幸福的她坐车去她的砖厂时，还是在她到了砖厂后在那儿发号施令时，都可以感到她有很大权力。大家都怕她，家里是如此，村里是如此，砖厂里也是如此。如果她上邮政局，邮政局长就会一跃而起说：

“恭请坐下，克塞尼雅·阿勃拉莫芙娜！”

有一回，一个上了年纪好打扮的地主，穿一件薄呢长外衣和一双高统漆皮靴，在把一匹马卖给她时同她谈入了迷，竟向她让了价，她要让多少就让给了她多少。他久久握住她的手，看着她那双快活、狡猾、天真的眼睛说：

“对像您这样的女人，克塞尼雅·阿勃拉莫芙娜，我始终愿意使您感到满足。不过，请您告诉我：我们在什么时候可以相会，不让任何人来妨碍我们？”

“随便您什么时候！”

从此这个上了年纪的花花公子几乎每天都要顺便到小铺来喝啤酒。这啤酒太糟糕，苦得跟艾草一样，这地主直摇头，可他还是照样喝。

老崔布金已经不干预生意上的事情。他身边不带钱了，因为他无论如何分不清真钱和假钱，但他一声不响，不向任何人谈他的这个弱点。他有点儿健忘了，如果不给他东西吃，他自己不会张口要。家里人已经习惯于不同他一起吃饭了。瓦尔瓦拉常常说："昨天我们的老头子又不吃东西就躺下了。"

她说话的语气很淡漠，因为她已经习惯了。不知为什么老头子总穿着一件皮大衣，不分冬夏，只是在十分炎热的日子里他才不外出，呆在家里。通常他穿着皮大衣，竖起衣领，掩上衣襟，在村里溜达，在通向火车站的大路上散步，要不他就从早到晚坐在教堂大门附近的一条长凳上。他坐着，一动也不动。行人们向他鞠躬，可是他不还礼，因为他仍然不喜欢庄稼汉。如果有人问他一些什么，他就合情合理、客客气气地回答，但简单而又扼要。

村里在议论，似乎是儿媳妇把他赶出了家门，不给他东西吃，似乎他是靠布施才活着的。对此一些人高兴，一些人怜悯。

瓦尔瓦拉更胖更白了。她依然在行善，连阿克辛尼雅也不来妨碍她。现在，果酱多得很，新果子上来了，他们还没吃完，果酱就凝成糖渍块，瓦尔瓦拉差点儿哭出来，因为她不知道怎么打发这果酱。

关于阿尼西姆的事大家开始淡漠了。有一天来了一封他的信，是用诗写成的，写在一张大纸上，像呈文似的，还是原先的那一笔好字。显然，他的朋友萨莫罗多夫在同他一起服刑。诗句下面有一行难看而又不清楚的字："我在这儿一直生病。我很痛苦，看在上帝面上帮帮我吧。"

有一天，那是一个晴朗的秋日，在黄昏前，老崔布金坐在教堂大门附近，翻起大衣领子，可以看得见的只有鼻子和帽檐。在长凳的另一头坐着包工头叶里扎洛夫，同他并排坐在一起的是学校看守人亚科夫，这是一个掉了牙的七十岁上下的老头儿。"拐杖"和看守正在聊天。

“孩子应当供老人吃、喝……应当尊敬父母，”亚科夫气愤地说，“她呢，这个做媳妇的，她把公公从他自己的家里赶了出来。老头子没吃的没喝的，上哪儿去呢？他三天没吃东西了。”

“一连三天啊！”“拐杖”感到惊奇。

“他就这么坐着，一声不响。他衰弱了。何必沉默呢？应该起诉，法庭上可不会有人称赞她。”

“法庭上称赞了谁？”“拐杖”没有听清楚，他问道。

“什么？”

“那娘们儿不错，挺卖力。干他们那行，不这么办是不行的……我这是说不作孽是不行的……”

“从他自己家里……”亚科夫气愤地说下去，“你该先自己攒钱买房，然后才赶人走！嘿，你想想看，真有这样的娘们儿！害人精！”

崔布金听着他说，一动也不动。

“不管是自己的房子还是别人的房子，只要暖暖和和，娘们儿不吵吵骂骂就行……”“拐杖”说着笑了，“我年轻时候很疼我的娜斯达霞。她是个文静的女人。她老爱说：‘买幢房子吧，马卡雷奇！买幢房子吧，马卡雷奇！买匹马吧，马卡雷奇！’临死时她还是一个劲儿地说：‘你买一辆轻便马车吧，马卡雷奇，免得走路。’可是我只买过一些糖饼给她吃，别的什么也没有买。”

“她的丈夫是个聋子，又不懂事，”亚科夫不听“拐杖”的话接着说下去，“是个大傻瓜，活像一头蠢鹅。他能懂什么？你就是用棍子打鹅的脑袋瓜，它还是不会懂啊。”

“拐杖”站起身来，他该回厂去了。亚科夫也站起来，两个人一块儿走，边走边谈。待他们走出五十来步时，老崔布金也站起来，踽踽跚跚地跟着他们，他步子不稳，像是走在光滑的冰上似的。

村子已经隐没在薄暮的微明之中，太阳只照着那条像蛇一般地蜿蜒爬上山坡的大路的高处。一群老太婆从树林里走回村去，手中提着放乳菇的篮子，一群小孩同她们走在一起。村妇和村姑们成群结队地从火车站走来，她们在车站上把砖装进车厢。她们的鼻子和眼睛下面的脸颊上布满了火色的砖灰。她们唱着歌。走在最前面的是丽巴，她用尖细的嗓子在唱歌，眼睛望着天空愉快地唱着，好像是她在庆幸和高兴：谢天谢地，一天过去了；可以休息了。她的母亲普拉斯科维雅，打短工的女人，也走在这一群人中间，手里拿着一个小包袱。同平常一样，她边走边喘气。

“你好，马卡雷奇！”丽巴一看见“拐杖”就说，“你好，亲爱的！”

“你好，丽宾卡，”“拐杖”十分高兴，“娘们儿，姑娘们，你们喜欢这个阔绰的木匠吧！哈哈！我的孩子们，孩子们！（“拐杖”抽抽搭搭地哭了。）我亲爱的一把把小斧头啊！”

“拐杖”和亚科夫朝前走去，可以听到他们在谈话的声音。他们走后这群人遇上了老崔布金，突然间变得寂静无声了。丽巴和普拉斯科维雅稍稍落在众人的后面走。当老头子同她们走齐时，丽巴深深鞠个躬说：

“您好，格里戈里·彼得罗维奇！”

她母亲也鞠了躬。老头儿不走了，他什么话也不说，瞧着母女俩。他的嘴唇在颤动，眼眶里满是泪水。丽巴从母亲的包袱里取出一块米馅烤饼，递给了他，老头子接过去就吃。

太阳已经全部落下，大路高处的阳光也消失了。天黑了，凉丝丝的。丽巴和普拉斯科维雅继续赶路，后来她们在胸前画了很长时间十字。

在基督降诞节期间①

1

“写什么呢？”叶戈尔把钢笔蘸了蘸墨水问道。

瓦西丽萨同女儿不见面已经有四年了。女儿叶菲米雅结婚后随丈夫去了彼得堡，寄来过两封信，之后她就好像石沉大海，音讯全无。老太婆无论是在黎明时分给母牛挤奶，在生炉子，还是在夜间打盹儿，她总是惦记着一件事：叶菲米雅在那儿怎么样？是否平安无事？该写封信去，可是她老头子不会写，求人写吧又求不到。

可是现在是基督降诞节期间，瓦西丽萨再也憋不住了，就到饭铺里去找老板的弟弟叶戈尔；这个人退役回来后一直呆在家里，呆在饭铺里啥事都不干。大家都说，如果给他付足了钱，他会把信写好。瓦西丽萨在饭铺里同厨娘谈了一阵，随后又同老板娘谈了一阵，接着就同叶戈尔本人谈。讲妥了写一封信的代价：十五个戈比。

现在（这是在节期的第二天，在饭铺的厨房里）叶戈尔坐在桌旁，手里拿着钢笔。瓦西丽萨站在他前面，她在思索着，脸上现出忧虑和苦恼的神情。她的老头子彼得也同她一起来了，他瘦瘦高高的个儿，头上有一块棕色的秃顶；他站在那儿，眼睛一动不动地直看前方，像是一个瞎子。炉灶上的一口平底锅里正在炖猪肉，时而嗞嗞作响，时而发出噗嗤噗嗤的声音，它甚至像是在说话："沸了——沸了——沸了。"屋里闷热。

"写什么呢？"叶戈尔又问了一句。

"什么！"瓦西丽萨说，她又生气又猜疑地瞧着他，"别催我！你又不是白写的，你拿钱的！你写！我们亲爱的女婿安德烈·赫利桑菲奇和我们心爱的独生女儿叶菲米雅·彼得罗芙娜，我们满怀爱心向你们表示深切问候和双亲对你们的永恒的祝福。"

"写好了。再说下去。"

"再祝贺你们过一个幸福的基督降诞节，我们平平安安，祝愿你们也能这样，求主……上帝保佑。"

瓦西丽萨想了想，同老头子互使一个眼色。

"祝愿你们也能这样，求主……上帝保佑……"她重复了一遍，哭起来了。

别的话她说不出来了。先前她在夜间想心思的时候，总觉得她所有的想说的话连十封信都装不下。打从女儿随丈夫离去之后已经过去了许多岁月，老夫妻俩过着孤儿般的生活，每天晚上总要苦痛地唉声叹气，就像是埋葬了女儿似的。而在这段时间里，村上发生了多少各式各样的事情！多少人结了婚！多少人与世长辞！多么漫长的冬天，多么漫长的夜晚！

"热啊！"叶戈尔解开他的坎肩说，"该有七十摄氏度了。还写些什么？"他问。

老夫妻俩没有说话。

"你女婿在那儿干什么差使？"叶戈尔问。

---

① 指自圣诞节至主显节这段时间。

"他是当兵的出身，老弟，你是知道的，"老头子声音衰弱地回答说，"他是和你同时退役回来的。他过去是当兵的，现在呢，我是说，现在他在彼得堡一家水疗医院里做事。大夫用水给病人治病，他呢，我是说，他在大夫那儿看门。"

"这儿都写着呢……"老太婆说着从手绢里取出一封信来，"这是叶菲米雅寄来的，上帝才知道那是在什么时候写的了。也许，他们都已不在人世了。"

叶戈尔想了想就很快地写了起来。

"当前，"他写道，"既然您的命运指定您在军界工作，我们就劝您查阅一下《惩戒条令》和《军部刑法》，您会在这部刑法中看到军部官员之文明准则。"

他一边写一边把他写下的东西读出声来，而瓦西丽萨正在考虑的是最好能写一写去年的困苦生活，粮食不够吃到基督降诞节期，只得把母牛卖掉；最好能求他们寄一些钱来；最好能写一写老头子常常闹病，想必他不久就会把灵魂交给上帝。……可是怎么才能把这一切表达出来呢？该先说什么、后写什么？

"请注意，《军事法规》第五册。兵是一个普遍的显贵的名称，最高一级的将军和最低一级的战士都叫做兵……"

老头子嘴唇微微一动，小声说：

"能看一看外孙和外孙女倒不错。"

"什么外孙外孙女？"老太婆气鼓鼓地看了他一眼问道，"是啊，也许，根本就没有外孙和外孙女！"

"没有外孙外孙女？也许有呢！谁知道！"

"因此您可以判断，"叶戈尔匆匆写道，"外部的敌人是什么，内部的敌人是什么。我们的头号内部敌人是巴克科斯①。"

钢笔沙沙作响，在纸上描出一些好像是钓鱼用的钩子似的花体字。叶戈尔匆忙地写着，每一行字都要念上好几遍。他坐在一张方

① 希腊神话中的酒神。

凳上，两条腿在桌下大大叉开。他保养得很好，身体健壮，肥头大耳，还有一个红红的后脑勺。他就是庸俗本身：粗鄙、傲慢、不可一世，为他生长在饭铺里而自豪。瓦西丽萨很清楚：这个人庸俗，可是她表达不出来，只是用气愤和怀疑的目光瞅着他。他的声音，一些难解的字眼，还有屋里的闷热——这一切闹得她的头剧痛起来，她的思路乱了，她已经什么话也不说、什么也不再想了。她只等着他的钢笔发出的沙沙声停息。老头子却非常信任地看着。他信任把他领到这儿来的老太婆，也信任叶戈尔。刚才在讲到水疗医院时，可以从他的面部表情看出：他相信这个机构，也相信水的疗效。

写完后叶戈尔站起身来，把整封信通读了一遍。老头子没有听懂，可是他信任地点起头来。

"不错，通顺……"他说，"求主赐给你健康。不错……"

他们把三枚五戈比的硬币放在桌上，从饭铺里走了出去；老头子的眼睛一动不动地直视前方，像一个瞎子，他脸上流露出充分信任的神情，但瓦西丽萨在他们走出饭铺时向一条狗扬了扬手，气冲冲地说：

"哼，坏蛋！"

老婆子一夜没有合眼，种种念头使她心神不宁；天才蒙蒙亮她就起床，祷告了一下就上火车站去发信。

到火车站得走上十一俄里。

2

勃·奥·莫节尔韦依节尔医师的水疗医院在新年也照常工作，只是看门人安德烈·赫利桑菲奇换上了一件镶着新的金饰缘的制服，他的皮靴也格外闪亮。他向所有的来客祝贺新年，祝愿他们新年新禧。

早晨安德烈·赫利桑菲奇站在门旁看报。十点钟整，来了一位

将军，是熟人，是这儿的一位常客，紧随在他后面的是一个邮差。安德烈·赫利桑菲奇帮将军脱下大衣，他说：

“新年好，新年新禧，大人！”

“谢谢，小伙计。我也祝贺你。”

上楼时将军朝一个门扬扬头问道（他每天都问，可是每次问后就忘）：

“这房间里是什么？”

“按摩室，大人！”

将军的脚步声消失了，安德烈·赫利桑菲奇检查了一下收到的邮件，发现了一封寄给他的信。他拆开信读了几行就不慌不忙地向自已的房间走去，眼睛看着报纸。这房间就在这儿楼下，在过道的尽头。他妻子叶菲米雅正坐在床上给孩子喂奶；另一个孩子，最大的一个，站在她身旁，把头发卷曲的脑袋靠着她的双膝；第三个孩子在床上睡觉。

安德烈走进房间，把信递给妻子说：

“想必是从乡下来的。”

说完他就走出房间，目光并不离开报纸。他在过道上离房间不远的地方站住。他听见叶菲米雅颤抖的嗓音读完了头几行。她读了这几行就读不下去了，对她来说，光有这几行就够了。她泪如泉涌，搂着大儿子，亲吻他。她开始说话，闹不清她这是在哭还是在笑。

“这信是从外婆那儿寄来的，从外公那儿寄来的……”她说，“从乡下寄来的……圣母啊，圣徒啊！现在那儿该是大雪纷纷，下的雪已经齐了屋顶……树都是白白的，白白的。孩子们坐在小小的雪橇上……秃头老外公坐在炉台上……小黄狗也在炉台上……啊，我的亲人们啊！”

听着这些话，安德烈·赫利桑菲奇想起了他妻子曾给过他三四封信，求他寄到乡下去，但因一些重要的事情打了岔，结果是他没有把信发出，几封信就这么搁置在一个什么地方了。

“田野里有些小兔子在跑来跑去，”叶菲米雅哭诉着，她泪如雨下，吻着她的小男孩，“外公为人温和，心眼儿好，外婆的心眼儿也好，她疼人。村里人相处得亲亲热热，他们都敬畏上帝……村里头有个小教堂，庄稼汉们在唱诗班唱歌。圣母啊，我们的保护神，求求你，带我们离开这个地方吧！”

安德烈·赫利桑菲奇回到了自己的小房间里，他想趁着没有人来时吸一口烟。叶菲米雅忽然停止哭泣，一声不响，擦干了眼睛，但她的嘴唇在抖着。她非常怕他，哎，太怕他了！他的脚步声一响，他看上她一眼，她就会发抖，会胆战心惊。在他面前她什么话都不敢说。

安德烈·赫利桑菲奇抽起烟来，可是正好在这个时候楼上打铃了。他熄灭纸烟，做出一本正经的样子向大门口奔去。

将军从楼上走下来，洗过澡后的他脸色红润，精神抖擞。

“这房间里是什么？”他指着房门问。

安德烈·赫利桑菲奇挺直身体，两手下垂，大声说：

“夏科淋浴[1]室，大人！”

① 法国神经病理学家夏科（1825—1893）首创的一种淋浴疗法。

主　教

1

在棕榈主日[①]的前夜，老彼得罗甫斯基修道院里正在举行彻夜祈祷仪式。到分发柳枝[②]时，已经快十点钟了，烛火暗淡了，蜡烛烧得只剩烛心了，一切都好像在迷雾之中。在昏暗的教堂里人群浮动，好像海洋。身体不舒适已经三天的彼得主教觉得，所有的脸，老年人的脸，年轻人的脸，男人的脸，女人的脸，彼此都相像，而且所有走过来取柳枝的人的眼神也都是一样的。在迷雾中看不见门，人群一直在动，仿佛这人群是没完没了的，始终也走不完似的。女声合唱队在唱歌，一个修女在念赞美诗。

真闷，真热！这个彻夜祈祷仪式多长啊！彼得主教累了。他的呼吸沉重、急促，嗓子发干，两肩累得酸痛，两腿在颤抖。合唱队厢座那边偶尔会有疯修士[③]大声叫喊，这搅得他恼火。而且仿佛是在梦里或者是在昏迷中，主教突然觉得他那已经九年不见面的亲娘玛利亚·季莫菲耶芙娜好像夹在人群中向他走来，要不然那是一个像他母亲的老妇，她从他手中接过柳枝后就走开了，她的眼睛一直高兴地看着他，脸上现出亲热的令人欣慰的笑容，后来她消失在人群中了。不知为什么泪水从他脸上淌下。他内心平静，一切都顺顺当当，然而他目不转睛地看着左边正在朗诵的唱诗班，在昏暗的暮色中一个人也看不清，他哭了。泪水在他的脸上和胡子上闪亮。在他近旁还有个什么人哭了起来，接着是在远一些的地方有个人哭了，后来哭的人越来越多，以致教堂里渐渐充满了轻轻的涕泣声。可是过不多久，大约过了五分钟，修女合唱团唱起歌来，就不再有人哭了，一切又同原来一样。

很快祈祷仪式也结束了。主教坐上轿式马车准备回家，这时那些名贵、沉重的洪钟发出的欢快好听的声音在洒满月光的整个花园里荡漾。坟墓上白色的十字架，白色的桦树和黑色的阴影，还有遥远的、恰好挂在修道院上空的月亮——所有这一切现在仿佛过着一种它们自己的、为人所不理解但又是人所亲近的特殊生活。四月刚开始，在春天温暖的白昼过后有点凉，还有点寒意，而在柔和、清凉的空气里可以感到春天的气息。从修道院到城里是一条沙土路，马车只得一步一步地慢走；在轿式马车两旁，在明亮恬静的月光下，一些虔诚的祈祷者在沙土地上慢腾腾地走着，大家都不说话，都在思索着。周围的一切——树啊，天啊，甚至还有月亮，都显得和蔼、年轻，十分亲切，使人巴望永远能够这样。

轿式马车终于驶进了城，在大街上奔驰。店铺都已经关门，只有富商叶拉金的铺子里在试验电灯，灯光闪烁得厉害，周围有一群人在看。接着是宽阔昏暗的街道，一条接着一条，没有人影，再过去就是地方自治局修的那条城外大道，旷野，闻到了松树的清香味。忽然间眼前升起一道有雉堞的白墙，墙里边是一座高高的沉浸在月光里的钟楼，钟楼旁有五个金黄色的闪闪发光的大圆屋顶，这就是彼得主教居住的潘克拉契耶夫斯基修道院。在这儿，安静、沉寂的月亮同样高挂在修道院的上空。轿式马车驶进了大门，在沙土路上发出嘎吱嘎吱的响声，月光下在有些地方几个修士的黑色身影时隐时现，听得见有人在石板路上行走的脚步声……

“主教大人，刚才您不在的时候，您的妈妈来过。”侍从在主教

---

① 指基督人耶路撒冷的节日，即复活节前的礼拜日。

② 宗教仪式上以柳枝代替棕榈。

③ 这种疯修士往往被当成先知，也被称为圣愚。

走进住所时报告说。

“妈妈？她是什么时候来的？”

“在彻夜祈祷以前。她老人家先是打听您在哪儿，接着她就坐车到女修道院去了。”

“这么说来，刚才我在教堂里看见的就是她！主啊！”

主教高兴得笑了起来。

“她老人家吩咐我向您报告，主教大人，”修士接着说，“她明天来。有一个小姑娘和她在一起，大概是她的孙女吧。她老人家落脚在奥甫相尼科夫客店。”

“现在几点钟？”

“刚过十一点。”

“哎，遗憾！”

主教在客厅里稍稍坐了一会儿，他迟疑不定，仿佛不相信已经这么晚了。他的胳膊和腿有点酸，后脑壳在痛。他觉得发热和不舒服。他歇了一会儿就去了卧室，在这里他又坐了一阵，心里还想着母亲。他听见，侍从走了，修士司祭西索依神甫在隔壁咳嗽。修道院的钟敲了十一点一刻。

主教换了衣服，开始念就寝前的祈祷词。他专心地念这些古老的、熟悉透的祈祷词，同时又想着母亲。她有九个子女，有四十个左右的孙儿孙女。从前她跟着丈夫，一个助祭，住在一个穷苦的村子里，在那里住了很长时间，从十七岁起一直到六十岁。主教从幼小时起，大概是从三岁起就记得她是什么模样，而且非常爱她！可爱的、宝贵的、难忘的童年时代！为什么它，这段一去不复返的时光，为什么它似乎要比实际情形光明、快乐和丰富呢？在童年时代和少年时代他常常身体不舒服，母亲对他是多么温柔，多么体贴！此刻，他的祷告同他的回忆交织在一起了，他的回忆越来越炽烈，好像火焰，而祷告并不妨碍他想念母亲。

祷告完毕后，他脱衣服上床。四周刚刚黑下来，他眼前立刻出现了他已故的父亲、他的母亲和故乡列索波里耶村……吱嘎吱嘎的车轮声，咩咩咩的羊叫声，在晴朗的夏日清晨里的教堂钟声，窗户下的茨冈人——啊，想着这一切心里多么甜蜜！他想起了列索波里耶村的司祭西美昂神甫，这人柔和、安详、忠厚，他本人瘦瘦的，个子不高，可是他的儿子，一个宗教学校的学生，却身材魁伟，说起话来非常激烈，一口低音。有一天这位教士的儿子对厨娘发脾气，骂她说："哼，你，耶户①的母驴！"西美昂神甫听了这骂人话什么也没有说，只是暗自羞愧，因为他记不得《圣经》上在什么地方提到了这条母驴。他离职后，杰米扬神甫做了列索波里耶村的司祭，这人酒瘾大，有的时候喝得酩酊大醉，他甚至有一个外号："醉汉杰米扬"。列索波里耶村的教师是马特威·尼古拉伊奇，他本是宗教学校的学生，这人善良，相当聪明，但也是一个酒鬼。他从来不打学生，可是不知为什么他的墙上总是挂着一小束桦树枝子②，下面写着的是毫无意义的拉丁文题词：betula kinderbalsamica secuta③。他养一条毛茸茸的黑狗，给它起个名字叫辛达克西司④。

想起这些主教笑了。离列索波里耶村八俄里远有个奥勃尼诺村，那儿有一张有灵的圣像。夏天人们举着十字架，排成宗教行列，抬着这个圣像从奥勃尼诺村到邻村去，整天敲着钟，有时到这个村，有时到那个村，当初主教就觉得空气中荡漾着欢乐，他（当时都叫他巴甫鲁沙）不戴帽子，光着脚，跟在圣像后走来走去，怀着纯朴的信仰，露出纯朴的笑容，感到无限幸福。他现在回想起来，在奥勃尼诺村一直有许多人，那里的司祭阿列克谢神甫为了赶上做奉献祈祷，叫他的聋子侄儿伊拉利昂念圣饼上的"祈福"和"祈求灵魂安息"的名单。伊拉利昂就念，有时候还为做弥撒得到

---

① 公元前9世纪以色列国王，以驾车迅猛出名，见《圣经·旧约·列王纪下》。

② 在俄国常用这东西打人。

③ 这是用几个拉丁语和德语单词凑成的，大意是"诊治儿童的、鞭打用的桦树枝子"。

④ "辛达克西司"是俄语中"Синтаксис"一词的读音，意思是"句法学"。

五个戈比或者十个戈比，只是到了他头发白、头顶秃的时候，到他的一辈子已经过去的时候，他才忽然看到一小张纸上写着："你是个大傻瓜，伊拉利昂！"巴甫鲁沙至少在十五岁以前还不开窍，学习成绩不好，因此家里人甚至要把他从宗教学校里接出来，送到小铺里去当学徒。有一次，他到奥勃尼诺村邮局去取信，他看着邮局里的职员，看了很久后问道："容我打听一下，你们的薪水是怎样领的：是按月领还是按天领？"

主教在胸前画了个十字，翻了个身，不再去想，打算睡觉了。

"我的母亲来了……"他记起来了，又笑了。

月亮照进窗户，月光照亮了地板，地板上有一些阴影。一只蟋蟀在鸣叫。隔壁房间里西索依神甫在打鼾，在他苍老的鼾声中有一种孤单、无依无靠，甚至流浪的人的味道。西索依一度做过教区主教的管家，现在大家就管他叫"前任管家神甫"。他七十岁了，住在离城十六俄里的一个修道院里，有时候也住在城里，去到哪儿就住在哪儿。三天前他顺路来到潘克拉契耶夫斯基修道院，主教就留他住下，在空闲时可以同他谈谈公事和此地的情况……

一点半钟时修道院里敲钟做晨祷。传来了西索依神甫的咳嗽声，他在不满地嘟哝着什么，接着他就起床，光着脚在几个房间里走来走去。

"西索依神甫！"主教叫道。

西索依回到自己的房间里，过不久他穿着靴子，举着蜡烛来见主教。他的内衣上面罩着一件法衣，头上戴一顶褪了色的旧法冠。

"我睡不着，"主教坐起来说，"我该是病了。什么病，我不知道。我在发烧！"

"您大概是受凉了，大主教。最好是能给您抹上一些蜡烛油。"

西索依站了一会儿，打个呵欠说："啊，主，饶恕我这个罪人！"

"叶拉金的铺子里今天点上电灯了，"他说，"我不喜欢！"

西索依神甫苍老、瘦削、驼背，总有点不满意，两只眼睛气鼓鼓地突出着像虾眼一样。

“我不喜欢！”他离开时又说了一遍，“不喜欢，随他便吧！”

2

第二天是棕榈主日，主教在本城的大教堂里做了弥撒，后来他到了教区主教那儿，又到了一个年老多病的将军夫人家，最后就坐车回家。一点多钟有两位贵宾在他家里吃饭：他的老母亲和他的外甥女卡佳——一个七八岁的小姑娘。吃饭时，春天的艳阳从外面射进窗户，欢乐地照着白桌布和卡佳的棕红色头发。穿过双层窗传来了花园里白嘴鸦的聒噪和椋鸟的歌声。

“我们已经有九年没见面了，”老母亲说，“昨天我在修道院里一看到您，主啊！您一点没有变，只是人稍许瘦了些，胡子长了一点。圣母啊，圣母！昨天做彻夜祈祷时，没法忍住，大家都哭了。我瞧着您，突然间也哭起来了，为什么哭，我自己也弄不清楚。这是上帝的神圣意旨啊！”

虽说她讲话的口气很亲切，但她显然感到拘束，仿佛她不知道该称呼他什么，是称呼“你”还是“您”，该笑还是不该笑，她仿佛感到自己与其说是主教的母亲，不如说是一个助祭的妻子。卡佳目不转睛地看着舅舅，主教大人，似乎想看出他是个什么人。她的头发往上梳，插着一把小梳子，束着一根绿绒带，光彩夺目；她生着一个狮子鼻和一对调皮的眼睛。在坐下来吃饭前，她打碎了一个杯子，所以现在她外婆一面讲话，一面把茶杯或酒杯从她面前移开。主教听着他母亲讲话，他想到了从前，许多许多年以前，她带着他，带着他的兄弟姐妹去看她认为是阔绰的亲戚，那时候她为儿女们张罗，如今呢，又为孙儿孙女们忙碌，可不，她这就带着卡佳来了……

“您姐姐瓦莲卡有四个孩子，”她讲道，“这个卡佳是最大的。上帝才知道您姐夫伊万神甫怎么会得了病，在圣母升天节的前三天死了。我的瓦莲卡现在恐怕要讨饭了。”

“尼卡诺尔怎么样？”主教问起了他的大哥。

“还可以，谢天谢地。虽说并不怎么样，不过该谢谢上帝，总算还过得去。只是有一件事：他的儿子尼古拉沙，也就是我的孙子，不愿意在教会里做事，上了大学，当医生了。他认为这样好一些，可是有谁知道呢！这是上帝的神圣意旨啊。”

“尼古拉沙给死人开膛破肚。”卡佳说。她把水杯碰翻到自己的膝盖上了。

“好孩子，乖乖地坐好，”外婆平静地说，拿走她手里的玻璃杯，“祷告一下吃饭吧。”

“我们好久没见面了！”主教说，他温柔地摩挲母亲的肩膀和手，“妈妈，当初我在国外的时候想念您，非常想念您。”

“谢谢您。”

“常有这种情形：傍晚我坐在一扇敞开着的窗子旁，孤单单的，音乐声传来，我心中突然充满了对故乡的思念，我感到，我似乎什么都可以不要，只求能回家见见您……”

母亲微微一笑，容光焕发，可是她马上又脸色严肃地说：

“谢谢您。”

他的心情不知何故突然变了。他看着母亲，他不明白，她这副恭敬、胆怯的脸容和声调是从哪儿来的，她为什么要这样，他认不得她了。他心里感到忧闷和难过。再加上他的头跟昨天一样痛，两条腿剧烈酸痛，因此他觉得鱼烧得淡而无味，他老是想喝水……

午饭后来了两位阔太太，两个女地主，她们沉着脸，默默地坐了一个半钟头。沉默寡言、耳朵微聋的修士大司祭也来过，他是来接洽公务的。后来，召人做晚祷的钟声响了，太阳落到了树林的后面，一天过去了。主教从教堂里回来后，匆匆祷告一下就躺下睡觉，盖得暖和一些。

他想起午饭时吃的鱼就感到厌恶。月光搅得他心神不宁，后来他听到有人在谈话。在隔壁房间里，大概是在客厅里，西索依神甫正在谈政治。

“日本人现在在打仗，在厮杀。老太太，日本人同黑山人[①]一样，一个种。他们一起受过土耳其的压制。”

接着响起了玛利亚·季莫菲耶芙娜的声音：

“就是说，我们祷告了一阵后，喝够了茶，就到诺沃哈特诺耶村叶戈尔神甫那儿去了，就是说……”

动不动就是“喝够了茶”或者是“我们喝够了”，好像她一生中只知道喝茶似的。主教慢慢地、懒洋洋地想起了宗教学校和宗教学院。他在宗教学校当过三年希腊语教师，那时不戴眼镜他已经不能看书，后来他接受了剃度，奉派担任学监。接着他进行了论文答辩。他三十二岁那年就被任命为宗教学校的校长，授予了他修士大司祭职位，那时他日子过得十分轻松愉快，似乎这样还要过很久很久，没有一个尽头似的。可是，就在那时他开始生病，人瘦了许多，差一点儿失明，结果他只好遵照医生的嘱咐，放下一切到国外去了。

“后来怎么呢？”西索依在隔壁房间里问。

“后来就喝茶……”玛利亚·季莫菲耶芙娜回答说。

“神甫，您的胡子是绿的！”卡佳忽然惊奇地说着笑起来了。

主教想起了白发苍苍的西索依神甫的胡子真有点绿兮兮的，他也笑了。

“我的天啊，这个小姑娘可真磨人！”西索依大声说，他生气了，“娇生惯养的！坐好！”

主教回想起一座簇新的白色教堂，他在国外生活时就在那个教堂里做礼拜，他回想起温暖的海水的哗哗声。他的一套住宅有五个又高又亮的房间，书房里有一张新的书桌，有藏书。他书看得很多，常常写些东西。他还回想起他非常思念故乡，回想起一个双目失明的女乞丐每天在他窗户下唱情歌和弹吉他，听着她唱歌，他不知为什么总会想起往事。可是八年过去了，他被召回俄国，现在已

① 旧译为门的内哥罗人，南斯拉夫的一个民族。

经当了助理教务的主教，一切往事都退到了远处去，朦朦胧胧，像是梦境一般……

西索依神甫举着蜡烛走进卧室里来。

“哎呀，”他惊讶地说，“您已经睡了，主教？”

“怎么了？”

“还早着呢，才十点钟，或许还不到十点钟。我今天买了一支蜡烛，想用蜡烛油给您抹一抹。”

“我发烧……”主教说，他坐了起来，“真的，该想个什么办法。头里很不舒服……”

西索依脱下主教的衬衣，开始用蜡烛油擦他的胸脯和后背。

“就这样……就这样……”他说，“主耶稣基督啊……就这样。今天我到城里去了一趟，去看望了——他叫什么来着？——哦，去看望了司祭西冬斯基……我在他家喝了茶。……我不喜欢他！主耶稣基督啊……就这样……不喜欢！”

3

教区主教年纪老了，很胖，他害上了风湿病或者痛风病，已经有一个月不起床了。彼得主教几乎每天去探望他，代替他接见求助的人。现在他自己生病了，才惊奇地感到所有请求他帮助的事情和为之哭哭啼啼的事情都是空虚的渺小的，求助者的笨拙和胆怯惹他生气，这些大量的渺小和不必要的请求压抑了他的心情，使他觉得，现在他才理解教区主教，后者当初年轻时写过《论意志自由的学说》，现在却似乎整个儿陷进了鸡毛蒜皮的琐事中去了，把什么都忘掉了，也不再想上帝了。主教在国外大概对俄国的生活生疏了。这生活在他心目中是不轻松的，他觉得老百姓粗鄙，请托事情的女人愚蠢，令人生厌，而宗教学校的学生和他们的教师则没有知识，有时甚至很野蛮。收文和发文数计几万件，然而这又都是些什么样的公文呀！监督司祭在全教区给年老的和年轻的神甫们乃至他们的妻子儿女打品行分数，五分和四分的都有，有时也打三分，就连这种事他也必须说话、阅读和拟写严肃的公文。确实没有一分钟的空闲，成天战战兢兢，所以彼得主教只有到了教堂里才能安下心来。

尽管他性情温和谦虚，他在人们心中却引起对他的敬畏，而这是他本人所不情愿看到的，对这种敬畏他无论如何习惯不了。在这个省里，所有的人，当他看着他们的时候，都似乎是渺小的，受惊的，自觉有罪的样子。他在场时人人都胆怯，就连年老的司祭长们也不例外，大家都"扑通一声"向他跪下；不久前有一个求助的女人，这是一个乡村教士的妻子，她竟吓得一句话也说不出来，就这么一无所得地走了。他在布道时从来不忍心说人们的坏话，从来也不责备一句，因为他怜惜他们，可是在接见一些求助者时他却常常发怒，冒火，把他们的呈文丢到地上。他在此地的这段时间里，没有一个人诚恳、率直和如人一般地同他讲过话，就连他的老母亲似乎也已经跟以前不一样，完全是另一个人了！试问，为什么她同西索依说话时滔滔不绝，而且多次发笑，而同他，同儿子在一起时，她却显得严肃，通常都不说话，克制她自己，这完全不符合她的性格。为什么？他在场时举止自在、想说什么就说什么的人只有一个，就是西索依老头，这个人一辈子总跟主教们在一起，他的寿命比十一个主教长，因此，同他在一起倒也轻松，虽说他无疑是个难以对付的好口角的人。

星期二做完弥撒以后，主教到教区主教家里去，在那里接见一些求助的人，他激动，生气，后来坐车回家去了。他身体仍旧不舒服，老想上床，可是他刚到家里，就有人向他报告说年轻的商人——施主叶拉金来了，有极其重要的事情，只好接见他。叶拉金坐了将近一个钟头，他说话声音很大，差不多是在叫嚷，很难听懂他在说什么。

"求上帝保佑，要这样才行！"他临走时说，"千万千万要这样！看情况吧，主教大人！我希望这样！"

他走后，一个远方的女修道院的主持司祭来了。等她一走，做晚祷的钟敲响了，该到教堂去了。

晚上，修士们唱歌唱得和谐，充满灵感；主持晚祷的是一个年轻的、留着一把黑胡子的修士司祭，主教听着歌中唱到半夜里来的新郎和装饰华丽的殿堂，他感到的不是对罪恶的忏悔，不是悲哀，而是心灵的安稳和平静，他的思想飞到了遥远的过去，飞到童年时代和少年时代，那时人们也这么唱到新郎，唱到殿堂，现在这往日的生活显得生动、美好、欢乐，实际上大概从来未曾有过这样的往事。也许在另一个世界里，在死后的生活里，我们会怀着这样的感情回想遥远的过去，回想我们现在的俗世生活。谁知道呢！主教坐在祭坛旁，那儿很黑。眼泪在顺着他的脸颊流淌。他想，凡是像他这种地位的人所能得到的东西，如今他都得到了，他有信仰，但并非一切都很清楚，还缺少了一点什么，真不想死。而且他仍然觉得，他没有一种最为重要的东西，过去他朦胧地想望过这种东西，所以，现时使他激动的还是那个在童年、在教会学院和在国外时曾经有过的对未来的希望。

“今天他们唱得真好！”他留心听着歌声想道，“真好！”

4

星期四他在大教堂里主持弥撒，举行的是濯足仪式。教堂里礼拜结束，人们散去各自回家的时候，户外阳光普照，一派温暖和欢乐的景象，水沟里的水在潺潺流动，从城外田野里传来云雀的连续不断的歌唱声，声调温柔，呼吁着安宁。树木已经苏醒，在亲切地微笑，在树木的上方是深不可测、广袤千里的蔚蓝天空，上帝才知道它延伸到什么地方。

彼得主教回到家里后畅饮了茶水，然后换好衣服，躺下睡觉，他吩咐侍从关上了百叶窗。卧室里光线暗淡了。可是，他非常疲乏，两腿和背部痛得厉害，是一种令人难受的、阴冷的疼痛，耳朵里嗡嗡响。这时候他觉得，好像他很久没有睡觉了，很久很久了，而不让他熟睡的是一件什么小事，他刚闭上眼睛，它就在他的脑子里闪现。像昨天一样，从邻近的房间里穿墙传来说话的声音、玻璃杯和茶匙的声音。……玛利亚·季莫菲耶芙娜正在高兴地对西索依神甫讲一件什么事情，言谈中掺杂着许多俏皮话，西索依神甫却用阴郁不满的声调回答说："去它的吧！""哪能这样！""这怎么行！"主教又觉得懊恼起来，后来他甚至感到难过，因为老妈妈跟外人在一起时举止自在、随便，而同他，同儿子在一起时却怯生生的，很少说话，要不她说的也不是她要说的话，他甚至觉得，这些天里当他在场时她总是找借口站起身来，因为她不好意思坐着。那么父亲呢？如果他在世，有儿子在场时他想必会连一句话也说不出来……

隔壁房间里有一样什么东西落在地板上打碎了，大概是卡佳把一只茶杯或者茶碟掉在地上了，因为西索依神甫突然啐了一口唾沫，生气地说：

"带这个小姑娘真受罪，主啊，饶恕我这个罪人吧！东西储备得再多些也不够你摔的！"

接着就安静了，只有从院子里传来一些响声。在主教睁开眼睛时，他看见卡佳一动也不动地站在他的房间里瞧着他。她的往上梳的插着一把小梳子的棕红色头发光彩夺目。

"是你，卡佳？"他问，"谁在楼下不断开门关门？"

"我没听见。"卡佳回答说，她仔细听着。

"听，现在有个什么人走过去了。"

"那是您肚子里在响，舅舅！"

他笑起来，摩挲她的脑袋。

"你是说，尼古拉沙给死人开膛破肚吗？"他沉默了一会儿问道。

"是啊，他在学。"

"他好吗？"

"不错，他好。只是他伏特加喝得太多。"

"你父亲是生什么病死的？"

“爸爸身子弱，瘦得很，他的喉咙突然痛得厉害。那时我也病了，我弟弟费佳也病了，大家都是喉咙痛。爸爸死了，舅舅，我们的病好了。”

她的下巴抖了起来，眼睛里出现了泪水，顺着脸颊往下流。

“主教大人，”她尖声说，哭得很伤心，“好舅舅，我们跟妈妈成了可怜人了……给我们一点儿钱吧……行行好吧……亲爱的舅舅！……”

他也流泪了，激动得很久说不出一句话来，后来他摩挲着她的头，拍了拍她的肩膀说：

“好的，好的，小姑娘。光辉的基督复活节就要来了，到时候我们再商量……我会帮助……我会帮助的……”

母亲悄悄地、怯生生地走进房间，对着圣像祈祷了一阵。她看到他并没有睡，就问：

“您不要喝一点汤吗？”

“不，谢谢……”他回答说，“我不想喝。”

“好像是您不舒服……让我来看看。当然了，哪能不生病呀！整天忙，整天忙，我的上帝啊，看着您都心痛。嗯，复活节周快到了，您休息休息，求上帝保佑，到时候我们再谈吧，眼下我不打算同您谈，不想打搅您。咱们走吧，小卡佳，让主教睡一会儿。”

他想起来，很久以前，当时他还是个孩子，她正是这样，用这种滑稽、恭敬的口气同监督司祭说话的……只有凭她两只异常善良的眼睛、凭她走出房间时匆匆投来的胆怯而又充满忧虑的目光，才能猜出来她是他的母亲。他闭上了眼睛，好像是睡着了，但他两次听到了时钟敲响，还听到了西索依神甫在隔壁咳嗽。母亲又进来过一次，胆怯地看了他一会儿。有个什么人驱车来到了台阶前，听上去像是一辆轿式马车或者四轮马车。突然有敲门的声音，房门砰的一响，侍从走进卧室里来。

“主教大人！”他叫了一声。

“什么事？”

“马车备好了，该去做纪念基督受难的礼拜了。”

“几点钟了？”

“七点一刻了。”

他穿好衣服上大教堂去了。在念全部十二节福音的过程中，他应该一动不动地站在教堂中央，并亲自念了最长最优美的头一节福音。一种振奋和健康的情绪支配着他。头一节福音《现在人子受到尊崇》他背得出来，他念的时候间或抬起眼睛，看见两旁是一片灯火的海洋，听到蜡烛的吱吱声，但是同往年一样，他看不见人，只觉得这还是那些人，他在童年时代和少年时代在教堂里见到的那些人，还觉得以后每年来的也还是同样的那些人，至于到什么时候为止，那就只有上帝知道。

他父亲是助祭，祖父是神甫，曾祖父是助祭，也许，他的整个家族从俄国接受基督教的时候起就属于宗教界，所以他对教堂里做的礼拜，对宗教界和对教堂的钟声的爱是天生的、深厚的、难以根绝的。他在教堂里，尤其是在他参加礼拜的时候，他总感到自己精力充沛，朝气蓬勃，幸福美满。现在的情形也是这样。但在念完第八节福音时，他感到他嗓音弱了，连咳嗽声也听不见了，头痛得厉害，生怕自己会马上倒下去的意念使他不安。果然，他的两条腿完全麻木了，他渐渐不再感到它们的存在，他不明白的是自己怎么还会站着，又是靠了什么还站着，为什么没有倒下……

做完礼拜时已经是十一点三刻了。主教回到家里后立刻脱去衣服躺下，甚至也没对上帝祷告。他说不出话来，而且他觉得他已经站不住了。在他盖被子时，他突然间起意要到国外去，这种愿望到了难忍难熬的程度！似乎是他宁可不要性命，只求不看到这些寒伧的、廉价的百叶窗和低矮的天花板，不想闻到这难闻的修道院气味。能有一个人谈一谈、倾吐一下情愫就好了！

有一个什么人的脚步声在隔壁房间里响了很长时间，他怎么也想不起来这会是谁。房门终于打开了，西索依拿着一支蜡烛和一个茶碗走了进来。

“您已经躺下了啦，主教大人？”他问，“我来是想用和上了醋的白酒给您擦一擦身子。如果擦得透，就会大有好处。主耶稣基督啊……就这样……就这样……我刚才到了我们的修道院……我不喜欢！明天我就要离开这个地方，主教大人，我不愿意再待下去了。主耶稣基督啊……就这样……”

西索依不能久待在一个地方，他觉得，他住在潘克拉契耶夫斯基修道院似乎已整整一年。而主要的是，从他的话里难以弄懂他的家在哪儿，他是否爱什么人或爱什么东西，他是否信仰上帝……他自己也弄不懂为什么他会当上了修士，而且他压根儿没想过这个问题，至于他是在什么时候接受剃度的，这一点在他的记忆里早已磨灭了，好像他生来就是个修士。

“我明天就走。去它的吧，一切都随它去吧！”

“我很想同您谈一谈……就是一直下不了决心，”主教费力地小声说，“要知道，我对这里的人和事都不了解。”

“好吧，我住到星期天再走，就这么办吧，再待下去我是不愿意的了。去他们的！”

“我算得上什么主教呢？”主教小声地继续说，“我该做一个乡村教士，做个教堂执事……要不做一个普普通通的修士……现在的这一切使我感到压抑……感到压抑……”

“什么？主耶稣基督啊……就这样……好，您安心睡吧，主教大人！……那有什么！那哪儿行！祝您晚安！”

主教通宵没有合眼。早晨八点钟光景，他开始肠出血。侍从大吃一惊，他先跑去找修士大司祭，接着又跑去请住在城里的修道院医生伊万·安德烈伊奇。医生是一个胖胖的老头，蓄着长长的花白胡子，他为主教诊察了好久，不住地摇头和皱眉，后来他说：

“您知道吗，主教大人？您生的是伤寒病！”

由于大量出血，主教在差不多一个钟头里就瘦了许多，脸色苍白了，憔悴了，脸皮皱了，眼睛大了，好像是老了，身子缩小了，他已经觉得，他好像比所有的人都瘦些，都不足道些，他还觉得，以往的一切好像都已经逝去，到一个很远很远的地方去了，再也不会重现，再也不会延续下去。

“多好啊！”他想道，“多好啊！”

老母亲来了。一看见他布满皱纹的脸和大大的眼睛，她大吃一惊，跪在他的床前，吻起他的脸、肩膀和两只手来。她不知为什么也觉得，他好像比所有的人都瘦些，弱些，都不足道些。她已经忘记了他是个主教，她吻他，就像吻亲密的、亲生的孩子一样。

“巴甫鲁沙，亲爱的，”她开口说，“我的亲人！……我的好儿子！……你怎么变成这个样子啦？巴甫鲁沙，你回答我的话呀！”

卡佳脸色苍白、阴沉，她站在一旁，弄不清楚舅舅出了什么事，为什么外婆脸上的神情如此痛苦，为什么她说出这些动人的悲伤话来。他呢，他已经一句话也说不出来了，什么也弄不清楚了，他觉得，他，一个普普通通的人，迅速和高兴地走在田野上，用拐杖敲打着地面，头顶上是阳光普照的广阔天空，他现在自由自在，像只鸟一样可以想到哪儿去就去哪儿了！

“好儿子，巴甫鲁沙，你回答我呀！”老妈妈说，“你怎么啦？我的亲人！”

“别打搅主教大人了，”西索依穿过房间时气鼓鼓地说，“让他睡一会儿吧……不用说了……有什么可说的呢！……”

来了三位医生，交换了意见后走了。白昼长长的，长得难以置信，接着是黑夜来临，它过了很长很长时间才消逝，星期六凌晨，侍从走到躺在客厅里一张沙发上的老妈妈跟前，请她到卧室去：主教长眠了。

第二天是复活节。城里有四十二座教堂和六个修道院，洪亮的、令人喜悦的钟声从早到晚不停息地响彻城市上空，激荡着春日的空气；鸟儿在歌唱，灿烂的太阳在照耀。在巨大的集市广场上喧哗热闹，秋千在摆动，手摇风琴在演奏，手风琴在尖叫，不时可以听到醉汉们的说话声。在一条主要街道上，中午后，开始了骑着快马闲游的活动，总之，大家都高高兴兴，一切都如意圆满，完全同去年的情况一样，而且十之八九明年也会同这一样。

过了一个月，新的助理教务的主教奉命上任，已经没有人想起彼得主教了，后来就干脆把他忘记了。已作古者的母亲，那个老妈妈，现在住在当助祭的女婿家里，在一个偏僻的小县城里，只有她在傍晚出门去找她的奶牛的时候，在牧场上遇到别的女人的时候，才会讲起她的儿女和孙子孙女，才会讲到她有过一个当主教的儿子，而且她讲起话来畏畏缩缩，生怕人家会不相信她……

大家确实也不全都相信她。

未婚妻

1

已是晚上十点钟光景，一轮明月在花园上空照耀。在舒明家的房子里祖母玛尔法·米哈伊洛芙娜吩咐做的彻夜祈祷刚刚结束。娜佳到花园里去待一会儿，此刻她看见：大厅里桌子上正在摆冷盘，穿着华丽绸衣裙的祖母正在忙碌着。大教堂的司祭长安德烈神甫正在同娜佳的母亲尼娜·伊万诺芙娜谈着一件什么事情。这时候在晚间的灯光下隔着窗户望去，不知道因为什么，母亲显得很年轻。安德烈神甫的儿子安德烈·安德烈伊奇站在一旁，留心地听着。

花园里静悄悄的，天气挺凉爽，地面上铺着昏暗宁静的阴影。可以听到，在远处，在一个什么地方，大约是在城外，不少青蛙在鸣叫。感觉得到五月的气息，可爱的五月！可以深深地呼吸了，不禁会想：不是在这里，而是在别的地方，在天空之下，在树木之上，在城市的远郊，在田野上，在树林里，春天的生机正在蓬勃展开，神秘、美好、丰富和神圣的生机，脆弱而造孽的人所不能理解的生机。不知为什么真想哭它一场。

她，娜佳，已经二十三岁了。从十六岁起她就热望出嫁，现在她终于成了安德烈·安德烈伊奇的未婚妻，他正站在窗子后面。她喜欢他，已经定在7月7日举行婚礼，可是她并不感到高兴，夜间睡不好觉，快乐心情不知去向。……厨房是在正房的地下室那一层，从敞开的窗户里听得见那儿的人都在忙，笃笃笃地在用刀子剁着，单元屋的房门在嘭嘭作响，飘着一股烤鸡和醋渍樱桃的气味。不知为什么她觉得，似乎一生都将会这样下去，没有变化，没有结局！

这时有个什么人从屋里出来，在台阶上站住。这人叫亚历山大·季莫菲伊奇，或者，随便一些，叫萨沙，他是大约十天前从莫斯科来的客人。很久以前，祖母有个远亲玛利亚·彼得罗芙娜，她是个贵族出身的穷寡妇，个儿矮小，瘦弱多病，常来找祖母请求周济。萨沙就是她的儿子。不知为什么提到他时，大家都说他是个出色的画家。他母亲去世后，祖母为了拯救自己的灵魂把他送进莫斯科的柯米萨罗夫斯基学校去读书。两年左右后他转入绘画学校，在那儿呆了差不多十五年，勉勉强强在建筑系毕业，可是他并未从事建筑工作，却在莫斯科的一家石印厂里做事。他几乎每年夏天都到祖母这儿来，总是病得很重，在这里休息和调养。

此刻他穿的是一件扣上纽扣的常礼服和一条底边已经磨坏的旧帆布裤子，他的衬衫没有熨过，周身上下显出没精打采的样子。他很瘦，眼睛大大的，手指头又长又细，蓄着胡子，皮肤黝黑，但仍旧挺漂亮。他已经惯于跟舒明一家人相处，就像跟亲人在一起似的，在他们家里他觉得像在自己家里一样。他在这儿所住的一个房间早已叫做“萨沙的房间”。

他站在台阶上，看见了娜佳，就向她走去。

“你们这儿真好。”他说。

“当然好啦。您该在这儿住到秋天。”

“是的，大概会这样。也许，我在你们这儿要住到九月份。”

他莫名其妙地笑起来，在她旁边坐下。

“我坐在这儿看妈妈，”娜佳说，“从这儿看去，她显得多年轻！不错，我妈妈有许多弱点，”她沉默一会儿后补充说，“但她毕竟是一个不寻常的女人。”

“是的，是一个挺好的女人……”萨沙同意说，“您的母亲，当然，就她自己的特点来说，还是一个善良的、很可爱的女人，可是……该怎么对您说呢？今天一清早我偶然走进你们的厨房，四个女仆在那儿干脆就睡在地板上，床也没有一张，没有被褥，只有一些破烂，气味难闻，还有臭虫、蟑螂……还是二十年前那种情形，没有丝毫变化。讲到祖母嘛，求上帝保佑她，她总归是祖母。可是您的妈妈，她恐怕还会讲法国话，还参加演戏。看来，她似乎是总该明白的。”

萨沙在讲话的时候，常常在听话人的面前伸出两根瘦长的手指头。

“由于不习惯，这儿的一切我总觉得奇怪，”他接着说，“鬼知道，这儿任何人都不干事。妈妈整天玩，像个公爵夫人似的，祖母也是什么事都不做，您呢，您也是这样。您的未婚夫安德烈·安德烈伊奇，也是啥事都不干。”

娜佳去年就听到过这些话，似乎前年也听到过，她知道萨沙不会议论别的东西。以前这些话使她感到好笑，现在呢，不知为什么，她听着却觉得烦恼。

“这一切都是老话，早就让人听厌了。”她说着站起身来，“您该想出一些比较新鲜的东西来。”

他笑了，也站了起来，两个人一起走向正房。她高高的个儿，美丽、匀称，现在同他并排站着就显得非常健康和华丽。这一点她感到了，她可怜他，而且不知为什么感到不自在。

“您说了许多废话，”她说，“喏，刚才您讲到了我的安德烈，可是要知道，您对他并不了解。”

Кукрыниксы 53

“‘我的安德烈’……去他的吧，您的安德烈。我为您的青春感到惋惜。”

他们走入大厅时，那儿已经就席吃晚饭了。祖母，或者按家里人对她的称呼，奶奶，胖墩墩的，不漂亮，两道眉毛浓浓的，还有唇髭，说话声音很响，只凭她说话的声调和口气就可以看出，在这里她是一家之长。集市上好几排商店和一幢古老的、有圆柱和花园的房屋都是属于她的，可是她每天早晨要祷告，求上帝保佑她别破产，祷告时她还流眼泪。她的媳妇，娜佳的母亲尼娜·伊万诺芙娜，是一个长着金黄色头发的女人，她总是腰带束得紧紧的，戴着一副夹鼻眼镜，每个手指上都戴着钻石戒指；安德烈神甫是个掉了牙的瘦老头，他脸上总有着那样一种表情，似乎他打算说一件很有趣的事情；他的儿子安德烈·安德烈伊奇是娜佳的未婚夫，他丰满、漂亮，一头鬈发，像个演员或者画家——这三个人在谈着催眠术。

“你在这儿住上一个星期就准会复元，”奶奶转向萨沙说，“不过你得多吃点。瞧你像个什么啦！”她叹口气说，“你面色可怕！真的，你真成了一个浪子了。”

“把父亲赠予的资财挥霍一尽后，”安德烈神甫两眼含着笑意慢慢地说，“该死的他就同一些无头脑的牲口一块儿放牧①……”

“我喜欢我的爸爸，”安德烈·安德烈伊奇说，“他是个可爱的老人。善良的老人。”他碰了碰父亲的肩膀。

大家沉默了一阵。萨沙突然笑将起来，他用餐巾捂住了嘴。

“这么说来，您相信催眠术？”安德烈神甫问尼娜·伊万诺芙娜。

“当然，我不能肯定说我相信，”尼娜·伊万诺芙娜作出一种十分严肃、甚至严厉的样子回答说，“可是我必须承认，自然界有许多神秘的不可解的东西。”

---

① 见《圣经·新约·路加福音》。

“我完全同意您的说法，不过我还该加上一句：宗教信仰为我们大大缩小了神秘事物的范围。”

这时端上来了一只肥大的火鸡。安德烈神甫和尼娜·伊万诺芙娜继续谈着。钻石在尼娜·伊万诺芙娜的手指上闪光，后来泪水在她眼睛里发亮，她激动起来了。

“虽然我不敢跟您争论，”她说，“不过您会同意，生活里有许许多多解决不了的谜！”

“一个也没有，请您相信。”

晚饭后，安德烈·安德烈伊奇拉小提琴，尼娜·伊万诺芙娜弹钢琴为他伴奏。十年前他在大学语文学系毕业，可是没有在任何地方做过事，不曾有过固定的工作，只是偶尔参加一些具有慈善性质的音乐会，因此城里人就称他为演员。

安德烈·安德烈伊奇在演奏，大家默默地听着。桌上的茶炊在轻轻地沸滚着，只有萨沙一个人在喝茶。后来时钟敲了十二下，小提琴上有一根弦突然断了，大家笑了，一个个都忙乱起来，开始告辞。

娜佳送走未婚夫后回到了楼上自己的房间。她同母亲都住在楼上（祖母占用着底层）。楼下大厅里的灯火开始熄灭，而萨沙还坐在那儿喝茶。他喝起茶来时间很长，像莫斯科人一样，一喝就要喝上七大杯。娜佳脱衣上床后，好久还听见楼下女仆们在收拾房间，听见奶奶在发脾气。终于一切都静下来了，只是偶尔可以听见萨沙在楼下他自己的房间里低沉地咳嗽。

2

娜佳醒来时大概是两点钟光景，天开始破晓。守夜人在远处一个什么地方打更。她不想睡了，躺在床上觉得软绵绵的，不舒服。她就像在过去的五月之夜那样坐在床上思忖起来。可是她想到的还是昨夜想到过的那些事，单调、没意思、令人腻烦，想到了安德烈·安德烈伊奇追求她、向她求婚的情景，想到了她怎样同意，后来她又怎样渐渐看清了这个善良而又聪明的人的优点。可是现在，离举行婚礼的日子不过一个月的现在，不知为什么她却开始感到恐惧和不安，像是有什么模糊的艰难的东西在等着她似的。

“滴克——笃克，滴克——笃克……”守夜人懒洋洋地敲着，“滴克——笃克……”

从古老的大窗户里望出去，可以看见花园和远处盛开的丁香丛，由于寒冷花显得萎靡和无生气，白白浓浓的迷雾缓缓地向丁香花丛飘去，要把它盖没。远处的树上有几只昏昏欲睡的白嘴鸦在啼叫。

“我的上帝啊，为什么我这么难过！”

也许，每个未婚妻在结婚前都有这种心情。谁知道呢！莫非这是受了萨沙的影响？可是萨沙几年来一直说这几句话呀，就像背书一样，而且他说话时让人觉得他幼稚和古怪。可是为什么萨沙仍然萦回在她脑际？为什么？

守夜人早已不打更了。鸟雀开始在窗下和在花园里喧闹，迷雾已从花园里消散。四周的一切都被春天的阳光照亮，好像洋溢着微笑似的。很快整个花园苏醒过来了，太阳照暖了它，阳光抚爱着它，钻石般的露珠在树叶上闪光。古老的、荒芜已久的花园在这个早晨显得十分年轻和华丽。

奶奶已经醒了。萨沙粗声粗气地咳起嗽来。可以听见楼下已经备好了茶炊，还听见搬动椅子的声音。

钟走得很慢。娜佳早已起床，已在花园里散步好久，然而早晨还在慢慢地延续。

尼娜·伊万诺芙娜出现了，她泪痕斑斑，手里拿着一杯矿泉水。她在研究招魂术①和顺势疗法②，读了很多书，喜欢谈她易于产

---

① 一种迷信活动，同阴魂“交往”的特殊仪式。

② 用极微量药物来治疗疾病的方法，18 世纪末 19 世纪初由德国医生哈内曼创立。

生的种种怀疑。在娜佳看来，所有这一切似乎都含有深刻而又神秘的意义。此刻娜佳吻了吻母亲，同她并排一起走。

“你哭什么，妈妈?”她问。

“昨晚临睡前我开始看一部中篇小说，它写一个老人和他的女儿。老人在某个地方工作，上司爱上了他的女儿。我没有读完，但小说中有这么一个地方，读了它难以忍得住眼泪，”尼娜·伊万诺芙娜说，从杯子里呷了一口水，“今天早晨我想起了这一段描写，又哭了。”

“这些天我心里很闷，”娜佳沉默了一会儿说，“为什么我夜里睡不着觉呢?”

“我不知道，亲爱的。而我每逢晚上睡不着觉时，我就把眼睛闭得紧而又紧，喏，就是这个样子，想象安娜·卡列尼娜[①]，想象她怎么走动，怎么说话，或者想象古代史上的某一件事情……”

娜佳感到，母亲不理解她，也不能理解她。这是她有生以来第一次有这种感觉，她甚至感到害怕，想躲起来，于是她就回自己的房间里去了。

下午两点钟，他们坐下来吃午饭。那是星期三，是斋日，因此端给祖母的是素的红菜汤和鳊鱼粥。

为了揶揄祖母，萨沙既吃他自己的荤汤，也吃素的红菜汤。吃饭的时候他一直说笑话，可是他的笑话显得笨拙，总打算劝人为善，所以结果完全不可笑了。每当他要说俏皮话前举起他的细长的死人般的手指时，每当想到他病得很重、也许不久于人世时，人们就会为他难过得流泪。

饭后，祖母回自己房间休息。尼娜·伊万诺芙娜稍稍弹了一会儿钢琴后也走了。

“啊，亲爱的娜佳，”萨沙开始了例行的饭后闲谈，“如果您能听我的话，那就好了！那就好了！”

---

① 列夫·托尔斯泰的同名长篇小说中的女主人公。

她坐在一把古老的深圈椅里，闭上了眼睛。他在房间里慢慢地踱步。

“如果您出去学习，那就好了！”他说，“只有文明的人、崇高的人才是有意思的，需要的正是这种人。要知道，这种人越多，天国就会越快地来到人间。到那时，你们的城市就会慢慢地彻底毁灭，一切都会底儿朝天，一切都会变样，像是施了魔法似的。到那时这儿就会有宏大华美的房屋，有奇妙的花园，有罕见的喷泉，有卓越的人……然而这并不是主要的。主要的是，我们所指的芸芸众生，像现在这个样子的芸芸众生——这一不幸现象，到那时将不会有了，因为每个人都会有信仰，每个人都会知道他为什么而活着，而且不会有一个人到芸芸众生中去寻找支柱。亲爱的，好姑娘，您走吧！您该向大家表示，这种一潭死水似的、灰溜溜的造孽生活您已经厌恶了。至少您该向自己表明这一点！”

“不行，萨沙。我要出嫁了。”

“哎，算了吧！根本没有必要！”

他们走进了花园，在一起溜达了一会儿。

“不管怎么样，我亲爱的，应该好好想一想，应该明白，你们这种游手好闲的生活非常不干净，非常不道德，”萨沙继续说，“您要了解我的意思，就打一个比方来说吧，如果您、您的母亲和您的好奶奶什么事情都不做，那就意味着有别人在为你们干活，你们在吞食着别人的生命，这难道干净吗？难道不肮脏吗？”

娜佳想说：“是的，这是实在话。”她想说，她明白这一点；可是，她的眼睛里涌出了泪水，她突然默不作声，整个身子瑟缩起来，她回自己的房间去了。

傍晚时分，安德烈·安德烈伊奇来了，他像平常一样拉了很长时间的小提琴。一般说他并不健谈，也许，他之所以喜欢拉小提琴，是因为在演奏时可以不说话。十点多钟了，他离去时，已经穿上了大衣，抱住了娜佳，开始贪婪地吻她的脸、肩膀和手。

“宝贝儿，我亲爱的，我的美人！……”他喃喃地说，“啊，我多么幸福！我高兴得发疯了！”

她觉得，这种话她早已听见过，很早就听见过，要不就是在书里读到过……在一部旧的、撕破了的、早就被遗忘的长篇小说里读到过。

萨沙在大厅里坐在桌旁喝茶，五只长长的手指托着茶碟。奶奶在用纸牌占卦，尼娜·伊万诺芙娜在看书。火苗在圣像前的长明灯里爆响，一切似乎都宁静、平安。娜佳告辞后上楼回到自己的房间里，她一躺下就睡着了。可是如同昨天夜里一样，天刚破晓，她已经醒了。她不想睡觉，感到心里不安和难过。她坐着，把头放在两个膝盖上，想着未婚夫，想着婚礼……不知为什么她想起，她母亲并不爱已故的丈夫，现在她一无所有，生活上完全依赖她的婆婆，也就是奶奶。娜佳左思右想，怎么也弄不懂，为什么她一直到现在总认为她母亲有什么特别的、非凡的地方。为什么没有看出她是一个普普通通的、平平常常的不幸的女人。

楼下的萨沙也不在睡觉。可以听见他的咳嗽声。娜佳暗想，他是个古怪和天真的人，在他的幻想里，在所有这些奇妙的花园和罕见的喷泉里，都使人觉得有一种荒唐的东西；然而不知为什么，他的天真，甚至他的这种荒唐却又非常美好，以致她一想到该不该出去学习，就有一股凉爽之气沁透她的整个心胸，使她感到欢悦和兴奋。

“不过还是不想好，还是不想好……”她小声说，“不该想这种事。”

“滴克——笃克……”守夜人在一个远远的地方打更，“滴克——笃克……滴克——笃克……”

3

萨沙六月中旬突然感到无聊起来，他准备回莫斯科去。

“我不能住在这个城里，”他阴郁地说，“没有自来水，也没有下水道！我吃饭时感到腻味，厨房里脏得令人不能忍受……”

“再住一阵吧，浪子！”祖母不知为什么小声劝道，“婚期就在七号！”

“我不想再等了。”

“你本来打算在我们家住到九月份呢！”

“可是现在我不想再住下去了。我要工作！”

这年的夏天潮湿和阴冷，树都是潮乎乎的，花园里的一切都显得无精打采，单调凄凉，人确实不由得想工作。楼上和楼下的房间里响起了好几个陌生女人的说话声，祖母的房间里有人在踏缝纫机，这是在赶制嫁妆。光是皮大衣就准备了六件，据祖母说，其中最便宜的一件也值三百卢布！这种忙乱惹萨沙生气，他坐在自己的房间里发怒；可是大家仍然劝说他留下，他答应在7月1日走，不会提前。

时间过得真快，圣彼得节[1]那天吃过午饭后，安德烈·安德烈伊奇同娜佳一起上莫斯科大街去，再去细看一次租下来准备供新婚夫妇用的房子。这是一幢两层楼房，可是目前还只装修好了二楼。大厅里有明亮的地板，漆成了细木精镶的样子，有几把维也纳式的椅子，有一架钢琴，有一个小提琴乐谱架。房内弥漫着油漆的气味。墙上挂着一张装在金边镜框里的大油画，画面上是一个裸体女人，她身边有一个断了柄的淡紫色花瓶。

“一幅妙不可言的画，”安德烈·安德烈伊奇说，出于尊敬他还吁了一声，“这是画家希什玛切甫斯基的作品。”

大厅过去是客厅，厅内有一张圆桌子、一个长沙发和几把蒙着鲜蓝色套子的圈椅。长沙发上方挂着安德烈神甫的大照片，戴着法冠，胸佩勋章。接着他们走进放有餐柜的饭厅，而后又进入卧室，在这里，在薄暗之中并排放着两张床，好像是在布置卧室时人们就认定这儿将来会永远美满，不可能会是别的样子。安德烈·安德烈

---

① 基督教节日，在俄历6月29日。

伊奇领着娜佳看各个房间，他一直搂着她的腰；她呢，她感到虚弱、惭愧，她憎恨所有这些房间、床铺、圈椅，而那个裸体女人更使她恶心。对她来说，已经一清二楚的是，她不再爱安德烈·安德烈伊奇了，或者是她，也许，从来就没有爱过他，可是这话该怎么说出口，该向谁说，为了什么去说，对此她并不明白，而且也不可能明白，虽说她整天整夜想着的就是这件事情……他搂着她的腰，说话语气十分亲切、文雅，他在自己这个寓所里走来走去，感到十分幸福；可是她处处看到的却只是庸俗，愚蠢的、无知的、使人受不了的庸俗。就连他搂着她腰的那只手她也觉着像是一个铁箍，又硬又凉。她随时都可能逃跑、嚎啕大哭和从窗口跳出去。安德烈·安德烈伊奇把她领进了浴室，他在这里用手触动了一下安在墙上的水龙头，水突然就流出来了。

“怎么样？”他说着哈哈笑了起来，“依我的吩咐在阁楼上做了个水箱，可以装一百桶水，喏，我和你现在就有水用了。”

他们在院里散散步，然后走到街上，雇了一辆出租马车。路上尘土飞扬，就像浓重的乌云一样，看样子，一场雨就要下来了。

“你不觉得冷吗？”安德烈·安德烈伊奇问，尘土使他睁不开眼睛。

她不做声。

“你记得吧，昨天萨沙责备我，说我什么事也不做，”他沉默片刻后说，“是的，他说得对，极其对！我是什么事情也不做，我也没法做。我亲爱的，这是为什么？为什么我甚至在想到有朝一日我会戴上帽徽去机关当差时心里就会十分厌恶？为什么我一见到律师，或者拉丁语教师，或者市参议会委员就会非常不痛快？啊，亲爱的俄罗斯！啊，亲爱的俄罗斯，你背负着的游手好闲、一无用处的人太多啦！压在你身上的像我这样的人太多了，多灾多难的俄罗斯！”

他对他什么事也不做这一点作了概括，认为这是时代的特征。

“等我们结了婚，”他继续说，“我们一起到乡下去，亲爱的，我们将在那儿干活！我们买它一块不大的土地，要有花园和有河的，我们将一起劳动，一起观察生活……啊，这会有多好啊！”

他脱掉帽子，风把他的头发吹得飘动起来。她一边听他说话一边想：“上帝啊，我要回家！上帝啊！”就在快要到家的时候，他们赶上了安德烈神甫。

“瞧，我父亲来了！”安德烈·安德烈伊奇高兴地挥动起帽子来，“我喜欢我的爸爸，真的，”他一边付钱给车夫一边说，“他是个可爱的老人，善良的老人。”

娜佳走进了屋子，她气冲冲的，一脸病容，心中想着整个晚上会有客人，她得接待他们，得面露笑容，得听小提琴演奏，得听各种荒诞无稽的话，还得专门谈婚礼。祖母在茶炊旁边坐着，她自尊自大，穿着华丽的绸衣，目空一切，在客人面前她好像总是这样的。安德烈神甫走了进来，面露费解的微笑。

“看见您非常健康，我深感愉快和宽慰。”他对祖母说。很难弄明白他这是在开玩笑还是认真说的。

4

风敲打着窗子和屋顶。嗖嗖声不断地响着。家神在火炉里凄婉忧郁地唱歌。是夜里十二点多钟了。家里人们都已经躺下，可是谁也没有睡着。娜佳总觉得楼下似乎有人在拉小提琴。听到一下刺耳的响声，该是一块百叶窗脱落了。过了一会儿尼娜·伊万诺芙娜只穿着一件衬衫走了进来，她手里拿着一支蜡烛。

“是什么东西碰撞了一下，娜佳？”她问。

母亲把头发扎成了一根辫子，她神色怯懦，在这个风雨之夜显得苍老、难看、矮小。娜佳想起，不久前她还认为她母亲是个不寻常的女人，听她说话时还感到自豪。可是现在她却怎么也想不起母亲说过的话，而她还能记得的却又是一些非常无用和无力的话。

火炉里响起了好几个男低音的歌声，还仿佛听到了“唉，唉，我的上帝！”的声音。娜佳在床上坐起来，突然她牢牢抓住自己的头发嚎啕大哭起来。

“妈妈，妈妈，”她说，“我的亲妈，要是你知道我怎么啦，那就好了！我请求你，我恳求你，让我走吧！我恳求你！”

“到哪儿去？”尼娜·伊万诺芙娜莫名其妙地问。她在床上坐下，“到哪儿去？”

娜佳哭了很长时间，一句话也说不出来。

“让我离开这个城市吧！”她终于说，“不应该举行婚礼，也不会有这个婚礼，你得明白！我不喜欢这个人……我连谈都不愿谈到他。”

“不，我的亲人，不，”尼娜·伊万诺芙娜吓坏了，她急忙说，“你安静一下，这是由于你情绪不好。这会过去的。这种情形是常有的。大概是你跟安德烈吵嘴了吧，不过，相爱的人吵架只是开开心。”

“得了，你走吧，妈妈，你走吧！”娜佳痛哭起来。

“是啊，”尼娜·伊万诺芙娜沉默一会后说，“不久前你还是个孩子，是个小姑娘，可是现在已经是未婚妻了。在自然界新陈代谢是不间断的。你会不知不觉就成为母亲和老太婆，你也会像我一样有这么一个倔强的好女儿。”

“我亲爱的好妈妈，你聪明，你不幸，”娜佳说，“你很不幸。为什么你要说这些庸俗的话呢？求求你，告诉我，为什么要说呢？”

尼娜·伊万诺芙娜想说些什么，可是她未能说出一个字来，哽咽了一声就回自己房间去了。火炉里的那些男低音又呜呜呜响起来了，突然使人感到可怕。娜佳从床上跳下，迅速走到母亲房间里去。泪痕满面的尼娜·伊万诺芙娜躺在床上，盖着一条浅蓝色的被子，手里拿着一本书。

“妈妈，你听我说！”娜佳说，“我恳求你好好想一想，恳求你理解我！你得明白，我们的生活多么低级庸俗，多么有损尊严。我的眼睛亮了，我现在什么都看得清清楚楚了。你的安德烈·安德烈伊奇是哪号子人呢？要知道，他并不聪明，妈妈！主啊，我的上帝！你得明白，妈妈，他愚蠢！”

尼娜·伊万诺芙娜霍地坐起身来。

“你和你祖母都折磨我！”她红了红脸说，“我要生活！生活！”她说着，用小拳头捶了两下胸口，“给我自由吧！我还年轻，我要生活，而你们却使我成了一个老太婆！……”

她痛哭起来，躺下去在被子里蜷曲起身子，以致显得十分弱小、可怜、愚蠢。娜佳回到自己的房间里，穿好衣服，坐在窗旁等待早晨的来到。她坐着想了一整夜，外面有个什么人一直在敲打百叶窗和吹口哨。

早晨祖母发牢骚说，夜里大风吹落了花园里的全部苹果，折断了一棵老李树。天色灰蒙蒙，阴沉沉，令人觉得凄凉，只好点起灯来。大家都在抱怨天冷，雨点打着窗子。喝过早茶后，娜佳走进萨沙的房间，一句话也不说就在墙角里的圈椅旁跪下，双手蒙着脸。

“怎么啦？”萨沙问。

“我不行了……”她说，“从前我怎么能生活在这个地方，我不明白，我弄不懂！我现在看不起我的未婚夫，看不起我自己，看不起这游手好闲、空虚无谓的全部生活……”

“哦，哦……”萨沙说，他还不明白这是怎么回事，“这没什么……这挺好。”

“我憎恶这种生活，”娜佳继续说，“在这里我一天也待不下去了。我明天就离开这个地方。看在上帝的面上，您把我带走吧！”

萨沙惊讶地看了她一会儿。他终于明白了，像小孩子一样十分高兴。他挥动双手，用便鞋踏起拍子来，高兴得好像是在跳舞似的。

“好极了！”他搓着手说，“上帝啊，这太好了！”

她的两只大眼睛爱慕地看着他，一眨也不眨，像是着了魔似的，期待着他马上会对她说出一些意义无限重大的话来。他什么话都还没有说，但她已经觉得，在她面前展开着一种她从前不知道的崭新的远大的情景，她充满期望地看着他，决心面对一切，甚至不惜一死。

“我明天动身，”他想了一想说，“您上车站去送我……我把您的行李装进我的箱子，我替您买好车票，第三遍铃响时您就进车厢，我们就一起走了。您陪我到莫斯科，然后您一个人去彼得堡。您有身份证吗？”

“有。”

“我向您担保，您决不会遗憾，也决不会后悔，”萨沙津津有味地说，“您到了那里，您将进行学习，往后就听凭命运安排吧。如果您能把您的生活翻个底朝上，那就一切都会改变。主要的是把生活翻个底朝上，其余一切都无关紧要。那么，我们明天一起走？”

“啊，对！看在上帝面上！”

娜佳觉得，她十分激动，她心头从未这么沉重过，她觉得，现在在起程前她会一直难过，会痛苦地思忖；可是她刚上楼回到自己的房间里，刚在床上躺下，就立刻睡着了，而且睡得非常香，脸上带着泪痕和笑容，一觉直睡到傍晚。

5

派人去叫出租马车了。已经戴上帽子和穿好大衣的娜佳走上楼去，她要再看上一眼母亲，再看上一眼她自己的一切。在自己的房间里，她在还有余温的床铺旁站了一会儿，向四周环顾一番，接着就轻轻地走去看母亲。尼娜·伊万诺芙娜在睡觉，房间里静悄悄的。娜佳吻了一下母亲，理了理她的头发，站了两分钟光景……接着她不慌不忙地回到楼下。

外面下着大雨。支起车篷的出租马车停在门口，上下都湿淋淋的。

“你同他一起坐不下，娜佳，”女仆开始把箱子搬上车时，祖母说，“这种天气去送人，何苦呢！你留在家里吧！瞧，雨可真大呀！”

娜佳想说些什么，但没能说出口，这时候，萨沙把娜佳扶上车去，用车毯盖住她的腿。接着他自己在她一旁坐下。

“一路平安！求上帝保佑你！”祖母在台阶上喊道，“你呀，萨沙，从莫斯科给我们来信！”

“好啊。再见吧，奶奶！”

“求圣母保佑你们！”

“啊，这天气！”萨沙说。

只是在这时娜佳才哭起来。现在她已经清楚：她走定了，对这一点在她向祖母告辞和在她看母亲的时候，她还是不相信的。别了，这座城！突然间她想起了一切：想起了安德烈，他的父亲，新寓所，裸体女人和花瓶，所有这一切都已不再使她惊骇和苦恼了，而只显得幼稚和渺小，这一切都过去了，越离越远。当他们进了车厢坐好、火车开动的时候，过去的一切，原本是那么重大、那么严肃的过去，现在缩成了一个小团，而一直到现在还很不显眼的宏大宽广的未来却在她面前展示开来了。雨点打着车厢的窗子，眼前只看见绿油油的田野，电线杆和电线上的鸟儿都纷纷闪过。突然间一种欢悦的心情使得她喘不过气来：她想起了她是在走向自由，她是去学习，而这就同很久很久前人们所说的“出外去做自由的哥萨克”一样。她既笑，又哭，又祈祷。

“不——错！”萨沙得意地微笑着说，“不——错！”

6

秋天过去了，随它之后冬天也过去了。娜佳已经忧愁得厉害，她天天想念母亲，想念祖母，想念萨沙。家里的来信都是平静而和善的，似乎一切都已经得到宽恕，一切都已经被忘却。五月间考试完毕后健康而欢乐的她动身回家，中途她在莫斯科逗留了一下，去看了萨沙。他还是去年夏天那个样子，留着胡子，头发蓬乱，穿的还是那件常礼服和那条帆布裤子，眼睛仍然很美很大，可是他面色不健康，一副疲惫不堪的样子，又老又瘦，不时地咳嗽。不知为什么娜佳觉得他粗陋土气。

“我的上帝啊，娜佳来了！”他说着快活地大笑起来，“我的亲人，好朋友！”

他们在石印间里坐了一会儿，那里烟雾腾腾，而浓重的油墨和颜料气味使人气闷。接着他们到了他的房间里，那儿烟雾腾腾，痰迹斑斑，桌上有一个已经凉了的茶炊，旁边摆着一只破盆子，上面放着一小块黑纸，桌子上和地板上有许多死苍蝇。从这里的一切可以看出，萨沙把他的个人生活安排得十分马虎，他随随便便过日子，不讲究舒适。如果有人同他谈起他的个人幸福，谈起他的个人生活，谈起对他的爱，他就会一窍不通，只是一笑了之。

“没什么，一切顺利，”娜佳匆匆地说，“秋天妈妈到彼得堡看过我，她说祖母不再生气，不过常常到我的房间里去，向墙壁画十字。”

萨沙看上去挺高兴，但他不时地咳嗽，而且说起话来声音颤抖。娜佳一直仔细地察看着他，她弄不明白，他是真病得很厉害，还是仅仅她觉得是如此而已。

“萨沙，我亲爱的，”她说，“您该不是病了吧！”

“不，没什么。是有病，可是不太厉害……”

“啊，我的上帝，”娜佳焦急不安地说，“您为什么不就医，您为什么不保重身体呢？我宝贵的、亲爱的萨沙，”她说着泪珠簌簌落下。这时不知为什么在她的脑海里浮现出安德烈·安德烈伊奇、裸女和花瓶以及她的全部过去，而这过去现在看来似乎像童年时代一般遥远了。她哭了起来，因为她觉得萨沙已经不像去年那么新奇，那么有见识和有意思。“亲爱的萨沙，您病得很厉害。我不知道该怎么做能使您不这么苍白、消瘦。我太感激您啦！您简直想象不出来，您为我做了多少事情，我的好萨沙！实际上您现在是我最贴心、最亲近的人。”

他们在一起坐了一会儿，谈了一阵子。自从娜佳在彼得堡度过了一个冬天后，现在她觉得，萨沙本人、他说的话、他的笑容、他的整个形象——都有一种衰颓、陈腐的味道，他的美妙时光已经过去，或许它已经进了坟墓。

“后天我去伏尔加河沿岸旅行，”萨沙说，“嗯，过一阵后我去喝马乳酒[1]。我想喝点儿马乳酒。和我同行的还有一个朋友和他的妻子，他妻子是个极好的人，我一直在怂恿她，劝说她，要她出去学习。我要她把她的生活翻个底朝上。”

他们谈了一阵后就到火车站去。萨沙请她喝茶吃苹果。火车开动时，他笑吟吟地挥动手帕，甚至从他那双腿都看得出来，他病得很厉害，未必会活得长了。

娜佳中午到达故土。在她从车站回家的途中，她觉得街道很宽阔，房屋却又小又矮，街上没有人，只遇见了一个德国籍的钢琴调音师，他穿着一件棕黄色的大衣。所有的房屋都好像是蒙上了一层尘土似的。祖母已经衰老，像以前一样胖胖的，不好看，她伸出两条胳膊搂住娜佳，把脸靠在娜佳的肩膀上哭了好久，不能脱开。尼娜·伊万诺芙娜也老了许多，变丑了，好像消瘦了，可是她仍像从前那样束紧腰带，钻石戒指仍在手指上闪亮。

“我亲爱的！”她说话时全身颤抖，“我亲爱的！”

后来她们都坐着默默地哭泣。看得出来，祖母和母亲都感到过去的日子已经一去不复返了：已经没有了社会地位和昔日的荣誉，已经没有资格邀人做客。这情况就像在轻轻松松无忧无虑地过日子的时候，警察突然在夜间光临，搜查一通，原来这人家的主人盗用了公款，制造了伪币，于是就永别吧，轻松的无忧无虑的生活！

娜佳上了楼，看到了原来那张床，原来的那些挂着朴素的白窗帘的窗子，窗外还是那个花园，充满阳光，欢乐和喧闹，她摸了摸桌子，摸了摸床，坐下思忖了一会儿。她吃了一顿丰美的中饭，喝了加上可口多脂的凝乳的茶，但总觉得已经有所不足，在房间里觉

---

① 患肺结核病的人喝马乳酒有疗效。

得空虚，连天花板也低矮了。晚上她躺下睡觉，盖上被子，可是不知为什么她觉得躺在这暖和柔软的床上挺可笑。

尼娜·伊万诺芙娜走进来稍待一会儿。她畏畏缩缩、小心翼翼地坐下，就像有过错的人一样。

“怎么样，娜佳?”她沉默了一会儿问道，“你满意吗?很满意，是吗?”

“我满意，妈妈。”

尼娜·伊万诺芙娜站起身来，在娜佳胸前和在窗子上画十字。

“你瞧，我成了信教的了，”她说，“你知道，现在我在研究哲学，一直在思考，思考……现在对我来说，有许多事都变得清清楚楚，像白昼一样。我觉得，首先要让整个一生像透过三棱镜那样来度过。”

“告诉我，妈妈，奶奶身体怎么样?”

“似乎不错。那一回，你同萨沙一起走后，收到了你的电报，祖母一读完电报就倒下了，一动也不动地躺了三天。后来她一直祈祷上帝，老是哭哭啼啼。现在她还可以。”

她边说边在房间里走来走去。

“滴克——笃克……”守夜人在打更，“滴克——笃克，滴克——笃克……”

“首先应该让一生像透过三棱镜那样来度过，”她说，“换句话说，那就是应该让生活在意识中分成一些十分单纯的因素，就好像分成七种原色一样，应该对每种因素分别进行研究。”

尼娜·伊万诺芙娜还说了一些什么，她又是在什么时候离开的——娜佳都没有听见，因为她很快就睡着了。

五月过了，六月来临。娜佳在家里已经习惯了。祖母忙着张罗茶炊，深深地叹气；尼娜·伊万诺芙娜每到晚上就讲她的哲学，她在家里仍同从前一样，像寄人篱下者似的，每个二十戈比的银币都得向祖母讨。家里苍蝇很多，房间里的天花板似乎越来越低了。奶奶和尼娜·伊万诺芙娜不出门，为的是不要遇上安德烈神甫和安德烈·安德烈伊奇。娜佳在花园里散步，也上街去溜达，她看着房屋，看着灰色的围墙，觉得城里的一切东西都早已衰老，都不过是在等待着结局，或者是在等待着一种崭新的、充满活力的生活的开端。啊，让这光明的新生活快一些来吧，到那时人就可以勇敢地正视自己的命运，意识到自己是无辜的，做一个快快乐乐、自由自在的人！这样的生活迟早一定会到来！可不是么，总会有一天，到那时祖母家的房子会不留痕迹地消失，会被人忘掉，没有人会记起它来，而现在那里的情况却是：四个女仆只能住在地下室那一层，住在一个肮脏的房间里。只有邻院的几个小男孩能使娜佳开心，当她在花园里散步的时候，他们就敲打着板墙，笑着招惹她说：

"未婚妻！未婚妻！"

萨沙从萨拉托夫[①]寄来一封信。他用活泼的、歪歪扭扭的笔迹写道：他在伏尔加一带旅游很顺遂，可是在萨拉托夫他有点不舒服，嗓音变哑了，躺在医院里已经有两个星期。娜佳明白这些话的意思，一种近乎确信的预感困扰了她。但她感到不愉快，因为这预感以及有关萨沙的想法不像以前那样使她激动。她热切地想生活，热切地想去彼得堡，以至她觉得她和萨沙的交往是亲切的，但已是遥远的过去！她彻夜没有合眼，早晨她在窗旁坐下仔细倾听。楼下果真响起了说话的声音，不安的祖母开始焦急地打听着一件什么事情，又听见有人哭了起来……娜佳走到楼下时，泪痕满面的祖母正站在墙角里祈祷，桌子上放着一份电报。

娜佳在房间里来回走了好久，听着奶奶哭泣，后来她拿过电报来读了一遍。电报说的是，亚历山大·季莫菲伊奇，或者按小名称呼，萨沙，昨天早晨在萨拉托夫因患肺结核病去世。

奶奶和尼娜·伊万诺芙娜到教堂去安排做安魂祭。娜佳又在几个房间里走了好长时间，边走边想。她清清楚楚地意识到，她的生活已经翻了个底朝上，而这正是萨沙想看到的，现在她在这儿觉得

---

① 伏尔加河下游的一个城市。

孤独寂寞，格格不入，谁也不需要她，而她也不需要这儿的一切，以前的一切已经同她脱离，好像是烧毁了似的已经消失，连灰烬也随风飘散了。她走进萨沙的房间，在那儿站了一会儿。

“别了，亲爱的萨沙！”她想道。在她面前显现出一种崭新的宽广自由的生活，这种生活，尚模模糊糊、神秘玄妙的生活，在招引她，在诱惑她。

她上楼到自己的房间里收拾行李，第二天早晨她告辞了家里人，生气勃勃、高高兴兴地离开了，像她所认为的那样，永远地离开了这个城市。

《在友人家》——《未婚妻》

郑文樾、朱逸森　译

跋

这套八卷本契诃夫短篇小说全集，是根据苏联科学院出版社70年代出版的三十卷本《契诃夫全集》前十卷译出的，注释则采自苏联各种版本的契诃夫文集。小说的排列基本上跟原著一致，按照写作年代的次序。

参加《契诃夫短篇小说全集》工程的译者，都是我国俄罗斯语言文学研究和教学领域里的教授级专家、学者，在我国文学界享有一定的声誉。为了支持这一工程，他们先后在数年时间里孜孜不倦、精益求精，最终推出了这套精彩的新译，把包括我国过去没有翻译介绍过的契诃夫短篇小说全部翻译了过来，从而填补了这一领域的空白。

为配合中文版《契诃夫短篇小说全集》高质量地完成，出版社投入了大量的人力和物力。他们的审美眼光和开拓性的魄力，无疑应受到编者、译者以及读者的感激和赞许。在这套装帧高雅、印刷精美的八卷本《契诃夫短篇小说全集》出版之际，作为组织者，我们谨代表全体译者和广大读者向出版社的全体工作人员表示衷心的感谢！

王守仁

1998年岁末于北京

后　记

时光流逝，二十余年过去了，真可谓“弹指一挥间”。近来，译文出版社的责任编辑刘晨，准确地把握住时机，全方位地为当前阅读经典文学作品的新高潮调动助推之力，把这套俄文全译本《契诃夫中短篇小说全集》纳入上海译文出版社总体规划之内，并拟尽快精装出版，以满足广大读者的阅读与收藏需要。作为这套丛书的组织者，本人对此十分赞赏，欣喜之情溢于言表。请允许我代表几近九旬之年的这些老译者老朋友向贵社全体同志致谢！

王守仁

2018 年岁末于北京

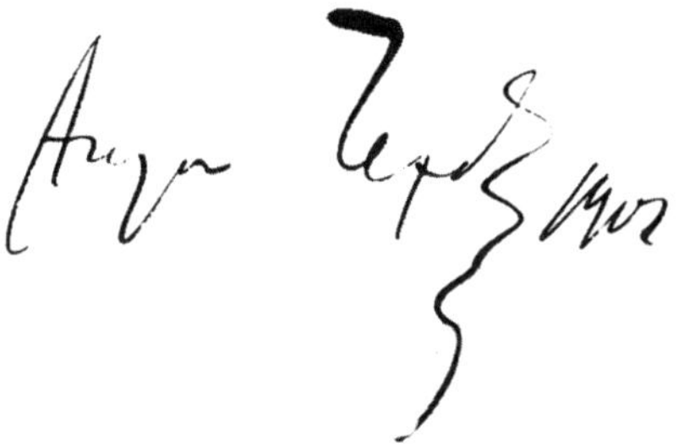

Антон Павлович Чехов

СОБРАНИЕ СОЧИНЕНИЙ

陈殿兴 王守仁——译

契诃夫中短篇小说全集 Ⅶ

上海译文出版社

目 录

1888—1891

1892—1894

1895—1897

1888—1891

决斗

1

这时是上午八点，正是军官、文吏和外来人通常在挨过闷热的一夜之后去洗海澡然后到小吃部喝咖啡喝茶的时间。拉耶夫斯基，一个二十八岁的年轻人，瘦削的身材，淡黄色的头发，戴着财政部制帽，趿拉着便鞋来洗海澡。他在海滨遇到了很多熟人，其中有一个是他的朋友军医萨莫伊连科。

这位萨莫伊连科，头发剪得短短的，大脑袋，短脖颈，红脸膛，大鼻子，眼眉又浓又黑，连鬓胡子花白，身材粗胖，而且说话嗓音如同一般军人那么低沉嘶哑，给初来的外地人的印象并不好，像个哑嗓子的丘八，可是结识两三天之后，他的脸便使人觉得非常善良可亲甚至漂亮了。他虽然外表拙笨，说话有些粗鲁，但是为人却和气，非常善良、热心，喜欢帮助人。他同镇里人都以“你”相称，谁向他借钱都借，谁有病请他治都治，常常为人做媒、劝和，举办野餐会烤羊肉串请大家吃，做很鲜美的鲻鱼汤给大家喝。他总是在为别人奔走、请托，总是为别人的成功高兴。人们普遍认为他是个十足的好人，只有两个毛病：一是他对自己的善良感到害羞，力求用威严的目光和假装的粗鲁加以遮掩；二是他喜欢医士和士兵们称呼他大人，虽然他不过是个五级文官。

拉耶夫斯基跟萨莫伊连科在海水里走到齐肩深的地方时对他说：

“萨莫伊连科，请回答我一个问题。假设你爱上了一个女人，跟她同居了。假设你跟她已生活了两年多，后来像常见的那样，你不爱她了，觉得她对你如同路人。在这种情况下，你会怎么办呢？”

“很简单，说声‘亲爱的，愿到哪儿去到哪儿去吧’，别的话不用说。”

“说倒容易！可是如果她无处可去呢？她孤身一人，没有亲属，没有钱，不会工作……”

“那有什么呢？一次性地给她五百或者每月给她二十五就行了呗。很简单嘛。”

“就算你可以一次性地拿出五百来或者每月拿出二十五来，可是我谈的这个女人是知识分子，很清高。难道你好意思给她钱吗？用什么方式给呢？”

萨莫伊连科正要回答，可这时一个巨浪劈头盖脑地打到他俩身上，然后冲到岸边，又在小石子上哗哗地退了回来。两个朋友回到岸上，开始穿衣服。

“当然，跟一个女人在一起生活很难，假如你不爱她的话。”萨莫伊连科倒着靴子里的沙子说，“可是，拉耶夫斯基，考虑问题要讲情义啊，要是我的话，我决不会让她看出来我不爱她了，我会跟她生活一辈子的。”

他突然为自己的话感到难为情，猛转话题说：

“照我看，干脆就不应该要婆娘，叫她们见鬼去吧！”

两个朋友穿好衣服进了小吃部。在小吃部里，萨莫伊连科被看作是自己人，甚至给他准备了一套专用餐具。每天早晨都给他用托盘端上一小碗咖啡、一玻璃杯冰水和一高脚杯白兰地。他先喝白兰地，接着喝热咖啡，最后喝冰水。大概味道很好吧？因为他喝完以后，两眼发亮嘛，还两手捋着连鬓胡子看着大海说：“多壮丽的景色啊！”

拉耶夫斯基把一个漫漫长夜全耗费到不愉快、无益处的思索上去了，这种思索妨碍他入睡，而且也增加了夜的闷热和黑暗；现在他疲惫不堪，洗海澡和喝咖啡之后，并没提起他的兴致，他说：

“萨莫伊连科，我们继续谈吧。我不隐瞒，我把你作为朋友坦白告诉你：我跟娜杰日达的情况不好……很不好！请原谅我把自己的隐私告诉你，我必须讲出来。”

萨莫伊连科已预感到他要谈什么，垂下眼皮，用手指敲起桌子来。

“我跟她生活了两年，不爱她了……”拉耶夫斯基继续说，“准确些说，是我明白了我们之间没有任何爱情……这两年是互相欺骗。”

拉耶夫斯基有个习惯：谈话时爱仔细端详自己那两只粉红色的手掌，爱咬指甲或用手指搓揉袖口。这时他也是在这么做着。

“我清楚地知道，你不能帮我任何忙。”他说，“可是我要告诉你，因为对我们这些失败者和多余的人来说，解救自己的办法全在谈话里。我应当综合自己的行为，我应当在什么人的理论里，在文学典型里，为自己所过的这种荒谬的生活找到解释和辩护，比方说，我们贵族在退化之类的论调。例如昨天夜里，我就因此得到了安慰。我夜里一直在想托尔斯泰多么正确啊，多么铁面无私地正确啊！这样想着，我就觉得轻松了一些。老兄，他真是个伟大作家啊！不管怎么说。”

萨莫伊连科从来没有读过托尔斯泰的作品，虽然每天都在准备读，他难为情地说：

“是啊，所有作家都根据想象写作，可他却直接描写现实……”

“天哪，”拉耶夫斯基叹了口气，“我们被文明毒害成什么样子啦！我爱上了一个有夫之妇，她也爱上了我……开始时，我们又是亲吻，又是宁静的夜晚，又是山盟海誓，又是斯宾塞[1]，又是理想，又是共同情趣……多么厉害的欺骗哪！实际上我们是在逃避她的丈夫，而我们却欺骗自己，说是逃避我们知识分子生活的空虚。我们

---

① 赫伯特·斯宾塞（1820—1903），英国社会学家、哲学家。

的未来被我们描绘成这样：到高加索以后，我们先熟悉环境，结交朋友，为此，我就穿上制服到官署去上班，然后我们就到旷野里置块地，汗流浃背地劳动，开辟葡萄园，种田，等等。如果把我换成你或者你的那位动物学家冯·科伦的话，你们也许能跟娜杰日达生活三十年，给自己的继承人留下一座富饶的葡萄园和一千俄亩玉米。我呢，从第一天开始，就感到自己破产了。在镇里无法忍受酷暑、无聊、荒凉，而到了野外呢，每一堆灌木、每一块石头下边都好像藏着避日虫、蝎子和蛇。田地的尽头是山和沙漠。陌生的人，陌生的自然界，可怜的文化——所有这一切呀，老兄，不像穿着裘皮大衣挽着娜杰日达的胳膊漫步在涅瓦大街[①]上幻想温暖的南国风光那么轻松。这里需要殊死的战斗，可我是什么战士呢？我是个可怜的神经衰弱者，公子哥儿……从第一天起我就明白了：我的关于过劳动生活、建立葡萄园的想法根本不能实行。至于爱情呢，我应当告诉你：跟一个读过斯宾塞、愿意跟你走遍天涯海角的女人一起生活同跟任何卑贱的婆娘一起生活一样没有意思，也一样散发着熨斗、香粉和各种药味，每天早晨也是卷发纸，也是自我欺骗……”

“过日子，没有熨斗不行。”萨莫伊连科说，听到拉耶夫斯基跟他那么坦率地谈女友而满脸通红，“拉耶夫斯基，你今天心情不好，我看出来了。娜杰日达是个极好的受过教育的女人。你呢，是个非常聪明的人……当然，你们没有举行婚礼。”萨莫伊连科环顾了一下旁边的餐桌，继续说，“这不是你们的过错嘛，况且……必须摒弃偏见，站到现代思想的高度上。我主张自由同居，是的……不过，我认为既然结合到一起了，那就应当在一起过一辈子。”

“在没有爱情的情况下？”

“我现在给你解释。”萨莫伊连科说，“大约八年前，有个小老头儿在我们这儿当代理人，人极聪明。他常说，在家庭生活里主要的是忍耐。拉耶夫斯基，听到了吧？不是爱情，而是忍耐。

---

① 彼得堡最繁华的大街。

爱情不能持久。你们在爱情里生活了两年。现在看来，你的家庭生活已进入了这样一个时期：为了保持所谓心理平衡，你应该尽量忍耐。”

“你相信你那个当代理人的小老头儿，可对我来说，他的劝告是废话。你的那个小老头儿能伪善，能锻炼自己的耐性，而且能把他不爱的人当作进行这种锻炼的工具；可我还没有堕落到这种程度。如果我想锻炼忍耐的话，我会去买哑铃或者买一匹劣马，决不用人来锻炼。”

萨莫伊连科要了两杯带冰的白葡萄酒。等两人把酒喝完以后，拉耶夫斯基突然问道：

“请告诉我，大脑软化是怎么回事？”

“这种病嘛，怎么给你解释呢？……这种病就是大脑变软……变稀了。”

“能治好吗？”

“能治好，如果病没有耽误的话。用冷水淋浴，贴斑蝥硬膏……再内服些药。”

“原来如此……你瞧我的处境吧。跟她生活在一起，我办不到。这是我力所不及的。瞧，跟你在一起我有说有笑。在家里，我却心灰意懒，我是那么难受，假如有人对我说我还必须跟她生活哪怕是一个月呢，我觉得我也会对着自己的脑袋来一枪。然而又无法跟她分手。她孤身一人，不会工作，我没有钱，她也没有……叫她上哪儿去呢？去投奔谁呢？想不出什么办法来……唉，请告诉我：怎么办？”

“嗯……”萨莫伊连科嗯了一声，不知道如何回答好，“她爱你吗？”

“是的，爱我。她这个年龄和这种气质需要一个男人哪。她也很难离开我，就像很难离开香粉或卷发纸那样。我对她来说是她的客厅里必不可少的装饰品。”

萨莫伊连科不知如何是好了，说：

“你今天心情不好，大概夜里没睡好吧？”

“是的，睡得不好……总之，老兄，我很不好受。头脑空虚，心灰意冷，四肢无力……必须逃走！”

“上哪儿去呢？”

“回北方去，那儿有松林，有蘑菇，有人才，有思想……要是现在能在莫斯科省或者图拉省什么地方的小河里洗一个澡，冻一冻，然后哪怕跟一个最差的大学生散散步，聊它三个来小时，我愿意舍出半条性命去。啊，那儿的干草多香啊！记得吧？傍晚漫步在花园里可以听到屋里的钢琴声，远处的火车奔驰声……”

拉耶夫斯基惬意地笑了起来，他的眼里出现了泪水，为了掩饰这泪水，他坐在那里探身去拿邻近餐桌上的火柴。

“我已经离开俄罗斯十八年了。”萨莫伊连科说，“忘了那里什么样儿啦。我看没有比高加索更壮丽的地方了。”

“韦列夏金[①]画过一幅画儿，画的是一些被判死刑的人在一口很深的井里受折磨。在我的观念里，你的壮丽的高加索就是这样一口深井。要是有人叫我选择到彼得堡去当烟囱清扫工还是留在高加索当大公的话，我会选择去当烟囱清扫工的。”

拉耶夫斯基沉思起来。他佝偻着身子，两眼呆呆地盯着一个地方出神，苍白的脸上冒着汗珠，太阳穴深陷下去，手指甲被咬得齿痕累累，一只便鞋趿拉着露出袜子上一块织补得不好的补丁。萨莫伊连科看着他这副模样，可怜起他来，可能是因为拉耶夫斯基很像一个无依无靠的孩子吧？他问道：

“你妈妈健在吗？”

“健在，但我们断绝来往了。她不肯宽恕我的行为。”

萨莫伊连科喜欢自己的这位朋友。他认为拉耶夫斯基是个好人，大学生，直爽，跟这种人可以一起喝酒，说笑，谈心里话。对

---

① 瓦西里·瓦西里耶维奇·韦列夏金（1842—1904），俄国军事写生画家。

拉耶夫斯基身上他已理解的东西，他非常不喜欢。拉耶夫斯基酒喝很多而且不看时间场合，玩牌，看不起自己的工作，不量入为出，谈话时常常使用不体面的字眼，穿便鞋上街，当外人面同娜杰日达吵架——所有这一切，萨莫伊连科都不喜欢。至于拉耶夫斯基当年读过大学语文系，现在订阅两种厚杂志，言论常常深奥得只有少数人能懂，跟一个知识女性同居——这一切萨莫伊连科不理解，所以喜欢，认为他比自己水平高而尊敬他。

“还有一件事，”拉耶夫斯基晃了一下头说，“这件事只能你我知道，我暂时还瞒着娜杰日达呢。你不要当她面说漏嘴。大前天我接到一封信，说她丈夫因大脑软化死了。”

“愿他早升天国……”萨莫伊连科叹了口气说，“为什么你要瞒她呢？”

“给她看到这封信，就必须到教堂去举行婚礼；必须首先解除我们的关系呀。等她相信我们不能继续生活在一起以后，我就把这封信交给她，那时这样做就没有危险了。”

“你知道吗，拉耶夫斯基？”萨莫伊连科说。他脸上突然呈现出忧虑和乞求的表情，好像他准备要一种很甜美的食品，生怕遭到拒绝，“结婚吧，亲爱的！”

“为什么？”

“履行自己对这位极好的女人的义务嘛！她的丈夫死了，这是上帝亲自指示你该怎么做的！”

“可是你要理解呀，怪人，这是不可能的。没有爱情而结婚就像不相信上帝而做日祷一样卑下可耻。”

“可是你应当这么做！”

“为什么？”拉耶夫斯基气恼地问道。

“因为你带着她离开了丈夫，对她承担了责任。”

“可是我明明白白地告诉你：我不爱她了！”

“不爱她就敬重她嘛……”

“敬重她……”拉耶夫斯基模仿着他的口吻气他说，“好像她是个女修士……你是一个蹩脚的心理学家和生理学家，假如你认为光靠着敬重就能够维持跟一个女人共同生活的话。女人首先需要卧室。”

“拉耶夫斯基呀，拉耶夫斯基……”萨莫伊连科念叨着，不知怎么劝他好了。

“你呢，是个老小孩、理论家；我呢，则是个小老头、实践家。我们永远也不能互相理解，最好结束这场谈话吧。穆斯塔法！”拉耶夫斯基朝侍者喊了一声，“我们该付多少钱？”

“不，不……”军医慌忙抓住拉耶夫斯基的手说，“我付，我点的嘛，记到我的账上！”他朝着穆斯塔法喊道。

两个朋友站起来，默默地沿着滨海路走了一会儿，在通往林荫路的出口处，他们站下来告别。

“你们这些先生被宠坏了！”萨莫伊连科叹了口气，“命运给你送来一个年轻漂亮、受过教育的女人，而你却不要。我呢，哪怕上帝给我一个弯腰驼背的老太婆，只要她温柔善良，我也就心满意足了！我会跟她住在自己的葡萄园里……”

萨莫伊连科猛然发觉话说得不对，便改口说：

“让老丑婆子在那里准备茶炊吧。”

跟拉耶夫斯基分手后，他走在林荫路上。他制服雪白、皮靴锃亮、胸前挂着有绶带的弗拉基米尔勋章、挺着胸膛、表情严肃、庄重威武地走在大街上。这时他对自己的仪表是很喜欢的。他觉得全世界都在满意地看着他。他不转动脖颈，用两眼的余光扫视了一下街道两侧。他认为这条街设施很好，幼嫩的柏树、桉树和枯槁难看的棕榈都很美，不久就会浓荫如盖；而切尔克斯人则是诚实好客的民族。他想：“奇怪，拉耶夫斯基竟不喜欢高加索，很奇怪。”迎面走来五名带枪的士兵，向他行了军礼。右侧人行道上有一位官吏太太领着念中学的儿子路过。

“玛利亚女士，早晨好！”萨莫伊连科愉快地微笑着喊道。

“去洗海澡了吧？哈，哈，哈……问尼科季姆好！”

他向前走着继续愉快地微笑着，可是当他看到医士迎面走来时，便猛然皱起眉头，叫他站下来问道：

“医院有人吗？”

“没有，大人。”

“啊？”

“没有，大人。”

“好啦，走吧……”

他威武地摆动着身子朝冷饮亭走去。那里柜台后边坐着一个冒充格鲁吉亚人的、胸部丰满的老犹太女人。他像对着全团喊口令似的高声说：

“劳驾，给我一杯苏打水！”

2

拉耶夫斯基不爱娜杰日达的主要表现是：凡是她所说的话和所做的事，他都觉得是欺骗或像是欺骗；凡是他所读到的反对妇女和爱情的言论，他都觉得用到他、娜杰日达和她丈夫身上再合适不过了。他回到家的时候，她已经穿好衣服，梳好头，带着一副煞有介事的神气在喝着咖啡翻弄一本厚杂志。他心想，喝咖啡不是什么了不起的大事，用不着装出煞有介事的样子来；梳时髦发型是白白浪费时间，因为这里找不到人喜欢，没有用处。他认为她翻弄杂志是欺骗。他想，她梳装打扮是为了叫人觉得她漂亮，翻弄杂志是为了叫人觉得她聪明。

“我今天去洗海澡不会有什么事吧？”她问道。

“会有什么事呢？不会因为你去不去洗海澡而发生地震，我认为。”

“不是这个意思。我是问医生会不会生气。”

“那就去问医生好啦，我又不是医生。”

这次拉耶夫斯基特别不喜欢娜杰日达袒露出来的白脖颈和缩在

后脑勺上的发髻。他想起来：安娜·卡列尼娜[1]不喜欢丈夫时首先是不喜欢他的耳朵。他心里说："观察得太准确啦！太准确啦！"他感到四肢无力、头脑空虚，便回到自己的书房去，躺到沙发上用手帕盖上脸，免得苍蝇来骚扰。思绪一个个地总是沿着一个方向懒洋洋、慢吞吞地移动着，像一列长长的货车在秋天阴霾的傍晚蹒跚在路上。他半睡半醒，心情郁闷。他觉得，自己在娜杰日达面前，在她的丈夫面前是有错误的；她的丈夫是因为他的过错而死的。他觉得，他在自己的生活面前是有错误的，是他自己破坏了自己的生活；他在崇高思想、知识与劳动的世界面前也是有错误的，他认为这个美妙世界不可能存在于到处有忍饥挨饿的土耳其人和懒散的阿布哈兹人流浪的南方海滨，而是存在于北方，那儿有歌剧院、话剧院、报纸和各种脑力劳动，只有在那里才能成为一个诚实、聪明、高尚而纯洁的人，在这里是不行的。他责备自己在生活中没有理想和指导思想，虽然他现在已模模糊糊地明白了这意味着什么。两年前，当他爱上娜杰日达时，他觉得只要得到娜杰日达，带她到高加索来，他就会摆脱生活的庸俗和空虚；现在他又相信，只要抛弃娜杰日达，回到彼得堡去，他就会得到他需要的东西。

"逃走！"他坐起来，咬着手指甲自言自语地说，"逃走！"

他在想象中描绘着：自己坐上了轮船，然后在轮船上吃早饭、喝凉啤酒，在甲板上同女士们聊天，然后在塞瓦斯托波尔换乘火车，一路奔驰而去。久违了，自由！车站一个个地闪过去，空气越来越冷峭；瞧，白桦和云杉；瞧，库尔斯克，莫斯科……餐车里出现了白菜汤、羊肉饭、鲟鱼肉、啤酒，一句话，这里已不是落后的边陲，是俄罗斯，真正的俄罗斯。车上的乘客在谈论着贸易、新歌手；议论着法俄亲善；到处都可以感到一种充满文明和知识分子气氛的朝气蓬勃的生活……快呀，快呀！瞧，终于来到了涅瓦大街，海洋大街；瞧，科文斯基胡同，他当年读大学时曾跟同学住过的地

① 托尔斯泰同名小说的主人公。

方；瞧，亲切的灰色天空，蒙蒙细雨，湿淋淋的马车……

“拉耶夫斯基先生！”隔壁房间里有人叫了他一声，“您在家吗？”

“我在这里！”拉耶夫斯基应了一声，“什么事？”

“公文！”

拉耶夫斯基懒洋洋地站起来，迷迷糊糊地打着呵欠，趿拉着便鞋走进了隔壁的房间。隔壁房间窗户敞开着，窗外站着他的一位年轻的同事，窗台上摆着一些公文。

“马上就来，亲爱的！”拉耶夫斯基客气地说完，便去找墨水瓶；回来以后看也没看就签了字，说，“真热！”

“是的，您今天到班儿上去吗？”

“大概不去了……有些不舒服。亲爱的，请告诉舍什科夫斯基，午饭后我去找他。”

同事走了。拉耶夫斯基又躺到沙发上考虑起来：

“这样，必须权衡和考虑各种情况。在离开这里之前，我必须还清债务。约欠两千卢布。我没有钱……这当然不要紧，一部分债务我现在可以设法还；一部分我可以以后从彼得堡汇钱来还。主要的是娜杰日达……首先必须解除我们的关系……是的。”

过了一会儿，他考虑是否找萨莫伊连科商量一下好些。

他想道：“去是可以去，可是能有什么用呢？我又会不着边际地谈什么客厅啦，女人啦，谈怎么做诚实还是不诚实啦。既然需要尽快拯救自己的生命，既然我在这可诅咒的羁绊之中已快窒息，快要自杀了，那还谈得上什么诚实不诚实呢？毕竟必须明白：继续过我这样的生活是卑鄙残忍的，在这种处境面前一切都微不足道。”他坐起来自言自语说：“逃走！逃走！”

荒凉的海岸，难熬的酷暑，永远相似、永远沉默、永远孤独单调的淡紫色远山——这一切都不断地使他感到寂寞无聊，好像要催他入睡以便把他偷个精光似的。可能，他很聪明，有天才，非常诚实；可能，如果不是山和海把他团团围住的话，他会成为地方自治局活动家、国务活动家、演说家、政论家、伟人。谁知道呢？既然如此，既然是一个有天赋的有用人才，例如音乐家或画家，为了要逃出牢笼而破坏樊篱、欺骗狱卒，那么，议论这样做诚实还是不诚实，难道不荒谬吗？在这样一个人的处境里怎么做都是诚实的。

下午两点，拉耶夫斯基和娜杰日达坐下吃午饭。厨娘给他们端上了番茄大米汤，拉耶夫斯基说：

“天天吃同样东西，为什么不做白菜汤呢？”

“没有白菜呀。”

“奇怪，萨莫伊连科家里做白菜汤，玛利亚家里也做白菜汤，偏偏我为什么非喝这种带甜味的泔水不可呢？这样不行啊，亲爱的。”

以前拉耶夫斯基和娜杰日达像大多数夫妇一样，没有一顿饭不使性子，耍脾气。可是拉耶夫斯基自从决定不再爱她以后，便事事都让着她，跟她说话温柔客气，称呼她“亲爱的”。

“这汤有些甘草味儿。”他笑着说，他努力使自己显得客气些，可是憋不住又说：“我们没有人关心家务……要是你病得那么厉害或者你读书没有空儿，那就让我来管厨房的事儿吧。”

以前她会说“你管吧”或者说“我看你是想把我变成厨娘啦”，可是现在她只是怯生生地看了他一眼，脸上泛出红晕。

“你今天觉得怎样？”他亲切地问道。

“今天没有什么，只是有点儿虚弱。”

“要保重啊，亲爱的，我真替你担心。”

娜杰日达得了一种什么病。萨莫伊连科说她得的是间歇热，叫她吃奎宁。另一个医生乌斯季莫维奇（他高个子，瘦瘦的，生性孤僻，白天呆在家里，傍晚出来散步，倒背着双手，从背后竖着手杖静静地走在滨海路上，咳嗽着）断定她得的是妇女病，叫她用保温压布。以前拉耶夫斯基爱她的时候，她的病使他感到可怜和担心。现在呢，他认为她的病是欺骗。娜杰日达热病发作后那困倦的黄脸、无精打采的眼神、昏昏欲睡的样子，以及她热病发作时盖着毛毯躺在床上，与其说像个女人，倒不如说像个小男孩。她的房间里不通风，气味难闻——所有这一切，在他看来，都打破了他的幻想，是他失去爱情、反对结婚的原因。

第二道菜是菠菜配煮老的鸡蛋。给娜杰日达的是病人吃的牛奶果汁羹。当她带着煞有介事的神态用羹匙触了触果羹，然后懒洋洋地喝着牛奶吃起果羹的时候，拉耶夫斯基听着她咽牛奶的声音感到厌恶得连头皮都发麻。他意识到，这种感情连对狗都是侮辱性的。可是他不怨自己，却怨娜杰日达，因为是她激起了他的这种感情；他明白了为什么情夫有时会杀死自己情妇的原因。当然，他自己不会去杀什么人，可是他如果是陪审员的话，他是会为杀人凶手开脱的。

“谢谢[1]亲爱的。”他吃过午饭，说完，吻了吻娜杰日达的前额。

回到书房，他用眼瞟着皮靴来回踱了五分来钟，然后坐到沙发上自言自语地说：

“逃走！逃走！断绝关系，逃走！”

他躺到沙发上又想起来娜杰日达的丈夫也许是因为他的过错而死的。

“指责爱上谁和不爱谁是荒谬的。”他躺在沙发上一边跷起脚来穿靴子，一边说服自己，“爱情和厌恶是不受我们控制的。至于她的丈夫呢，我也许是造成他死亡的原因之一。可是话又说回来啦，难道我爱上他的妻子，以及他的妻子爱我，是我的过错吗？”

然后他就站起来戴上制帽，找他的同事舍什科夫斯基去了。官吏们每天都聚到舍什科夫斯基家里玩儿文特牌、喝凉啤酒。

在路上，拉耶夫斯基想道：

“我的犹豫不决像哈姆雷特，莎士比亚观察得多么准确啊！啊，多么准确啊！”

---

① 原文中的外文，除特殊情况外，本书中均以楷体排印，此处为法语，以后法语不再注明，若遇法语外的其他文种，则一一注明。

3

镇里没有旅馆，外地来的单身汉无处吃饭；萨莫伊连科医生为了使自己不寂寞而且照顾外地来的单身汉的极端需要，实行对外包伙。在这段时期，只有两个人在他那儿包伙：一个是年轻的动物学家冯·科伦，他是夏天到黑海来研究海蜇胚胎学的；一个是助祭波别多夫，不久前刚从神学校毕业，本镇年老的助祭到外地治病去了，他是被派来代理老助祭工作的。他们俩每天一顿午饭一顿晚饭，每月各付十二卢布。萨莫伊连科得到他们保证：一定在下午两点准时来吃午饭。

通常是冯·科伦先到。他默默地坐在客厅里，从桌上拿起一本相簿来仔细翻看着一些不认识的、穿肥腿裤子戴大礼帽的男人和穿钟式裙戴包发帽的太太们的褪了色的照片。萨莫伊连科只记得几个人的姓；对那些忘记了姓什么的人，他就叹口气，说："一个很好的非常聪明的人！"看完照片之后，冯·科伦就从小书架上拿起一把手枪来，眯缝起左眼，对着墙上挂的沃隆佐夫公爵①画像瞄准，或者站在镜子前边端详自己黧黑的脸，宽阔的前额，像黑人似的卷曲的黑发，用像波斯地毯似的印着大花、褪了色的花布缝的衬衫和代替西装坎肩的宽皮腰带。自我欣赏使他得到的乐趣不亚于翻看照片或玩弄装潢华贵的手枪。对自己的脸，对自己修剪得漂漂亮亮的胡须，对可以证明自己身强力壮的宽阔肩膀，他很得意。对自己考究的穿戴，从根据衬衫颜色挑选的领带到黄皮鞋，他也很得意。

在他翻看相簿和站在镜子前边欣赏自己的时候，萨莫伊连科则不穿外衣和坎肩，袒露着胸膛，在厨房、厨房附近和门斗里心情焦躁，汗流浃背地围着桌子忙活着做色拉、准备调味汁或做杂拌汤用

---

① 沃隆佐夫(1782—1856)，俄国大地主，1844—1854 年间曾任高加索总督和高加索独立军总司令。

的肉、黄瓜、葱，凶狠地瞪着给他打下手的勤务兵，一会儿拿着菜刀，一会儿拿着勺子对他挥舞着。

“拿醋来！”他喊道，“不要醋，拿橄榄油来！”他跺着脚喊道，“你上哪儿去，畜生！”

“拿油去，大人！”惊慌失措的勤务兵用颤抖的男高音答道。

“快！油在柜橱里！告诉达丽亚，在装黄瓜的罐子里加些莳萝！莳萝！盖上酸奶油，马大哈，苍蝇要爬上去啦！”

由于他的喊叫，整座房子都被震得嗡嗡直响。差十分或十五分两点时，助祭来了。这是一个二十二岁左右的年轻人，瘦身材，长头发，没留胡须，唇髭隐约可见。他进到客厅，对着圣像画了个十字，笑了笑，向冯·科伦伸过手去。

“您好，”动物学家冷冷地说，“到哪儿去啦？”

“上码头捉鰕虎鱼去了。”

“当然咯……助祭，看样子您永远也不想工作咯。”

“为什么？工作又不是狗熊，不会跑到树林里去的。”助祭微笑着把两手插进法衣里面的白内长衣很深的衣袋里，说。

“没有人敲打您哪。”动物学家叹了口气。

又过了十五至二十分钟，还没有人招呼吃饭，仍然可以听到勤务兵在门斗和厨房之间来回跑着发出橐橐的皮靴声和萨莫伊连科的喊声：

“摆到桌子上！往哪儿塞！先洗洗！”

助祭和冯·科伦都饿了，便开始用鞋跟跺地板，以表达自己的不耐烦，像剧院顶层楼座的观众似的。门终于打开了。受尽折磨的勤务兵宣布：“饭好了。”在厨房里闷得汗流浃背、满脸通红、怒气冲冲的萨莫伊连科在餐厅里迎接他们，他恶狠狠地看着他们，带着提心吊胆的神情打开了汤盆的盖，给每人盛了一碗，直到他确信他们会贪馋地吃起来并且喜欢这种食物时，他才轻轻地嘘了口气，坐到自己那很深的圈椅上。他的脸上流露出疲惫得意的神色……他不慌不忙地给自己斟了一盅伏特加酒，说：

"为年轻一代的健康干杯！"

萨莫伊连科同拉耶夫斯基谈话之后，从早晨到吃午饭，虽然心情非常好，但内心深处总有些沉重的感觉：他可怜拉耶夫斯基，想帮助他。在喝菜汤以前喝完了盅里的伏特加以后，叹了口气，说：

"我今天看到拉耶夫斯基了。他日子过得很困难：物质方面不怎么样，主要的是心情不好。小伙子很可怜。"

"我才不可怜他呢。"冯·科伦说，"假如这位可爱的男士要淹死的话，我会用杆子再捅他一下：淹死吧，老兄，淹死吧……"

"不对，你不会这么做。"

"你为什么这么认为呢？"动物学家耸了耸肩膀，"我跟你一样也是能够做好事的。"

"难道淹死人是做好事吗？"助祭问完，笑了起来。

"淹死拉耶夫斯基吗？是好事。"

"杂拌汤里好像缺点儿什么？"萨莫伊连科想转换话题，说。

"拉耶夫斯基是绝对有害的。他对社会就像霍乱菌一样危险。"冯·科伦继续说，"淹死他是一大功劳。"

"你这样说自己的亲人，不会给你带来荣誉。告诉我：为什么你恨他？"

"医生，别瞎扯啦。痛恨细菌是荒谬的，把随便遇到的一个人，不加区别地一律看做是自己的亲人，多谢啦，这不叫善良，这叫放弃待人接物的正义原则，一句话，叫不负责任。我认为，你的拉耶夫斯基是坏蛋，我不掩饰这点，而且像对待坏蛋一样对待他。我是绝对认真的。可你呢，把他看做自己的亲人，跟他亲吻去好啦。认为他是亲人，这就是说，你对他像对我和助祭一样，也就是说，无所谓。你对所有的人都是冷漠的。"

"说人家是坏蛋！"萨莫伊连科不以为然地皱着眉头自言自语地说，"这太不好了，简直无法形容。"

"对人是根据他们的行为来评价的。"冯·科伦继续说，"助祭，现在请您来评评……助祭，我要跟您谈。拉耶夫斯基先生的活动，一览无余地展现在您面前，像长长的中国条幅似的，您可以一目了然。他住在这儿两年都干了些什么？我们掰着手指头算算。第一，他教会了本镇的居民玩文特牌。两年前这种牌戏这儿是不知道的；如今呢，这里所有的人都从早到晚玩文特牌，连妇女和半大孩子也玩。第二，他教会了居民喝啤酒，以前这儿也是不知道啤酒的。居民对各种伏特加酒的知识也应归功于他，现在他们蒙着眼睛也能区别出来科舍列夫牌和斯米尔诺夫——21牌之间的区别。第三，以前同别人的妻子同居是秘密的，就如同贼偷东西一样，是不公开的。通奸被认为是耻于暴露在大庭广众面前的事情。拉耶夫斯基在这方面是先驱者，公开跟别人妻子住在一起。第四……”

冯·科伦迅速地喝完杂拌汤，把碗递给了勤务兵。

“我跟他认识第一个月就了解了他。”他继续对助祭说，“我们是同时到这里的。他这种人很喜欢讲交情，套近乎，拉关系什么的，因为他们永远需要人陪着玩文特牌，陪着吃吃喝喝，而且因为他们爱发议论，那就需要有人听他们讲话。我们结识以后，他每天到我这里来大谈他的姘妇，妨碍我工作。起初，他那种罕见的虚伪就使我吃惊，恶心。作为朋友，我曾责备他：为什么喝那么多酒？为什么不量入为出而到处借债？为什么终日无所事事什么也不读？为什么那么没有文化，缺少知识？他苦笑着叹了口气，回答说‘我是个失败者，多余的人’或者‘老兄，您想要我们这些农奴制遗留下来的废物做什么呢？’再不就是‘我们在蜕变呀’，要不就是长篇大论地谈论奥涅金[①]，毕巧林[②]，拜伦的该隐，巴扎洛夫[③]，说这些人是‘我们肉体上和精神上的祖先’。这就是说，你们要明白：公文躺在那里一个星期一个星期地不启封，不仅自己喝酒也劝别人喝酒，都不是他的过错，是奥涅金、毕巧林的过错，是屠格涅夫的过

---

① 普希金诗体小说《叶甫盖尼·奥涅金》的主人公。

② 莱蒙托夫长篇小说《当代英雄》的主人公。

③ 屠格涅夫长篇小说《父与子》的主人公。

错，因为失败者和多余的人是他们虚构出来的。您瞧，放荡不羁，游手好闲，原因不在他自己身上，而在外界的什么地方，而且——手法非常狡猾！——放荡、虚伪和可恶的不是他一个人，而是我们……‘我们是八十年代的人’，‘我们是农奴制的颓废怯弱的余孽’，‘文明把我们毁啦’……一句话，我们应该明白：像拉耶夫斯基这样伟大人物在堕落中也是伟大的；他的放荡、没有教养和邋遢，是披着必然性神圣外衣的自然历史现象，其原因是世界性的，不以人的意志为转移；在拉耶夫斯基面前应当点起长明灯来，因为他是时代、思潮、遗传的可怕的牺牲品，诸如此类。所有的官员和女士们听着他的高论都发出长吁短叹的声音，而我则久久不能明白：自己面前的是个什么人物，是个厚颜无耻之徒，还是个手法巧妙的骗子？他这样的人，从外表看像个知识分子，受过一些教育，爱谈自己的高尚品德，能装出非常复杂的性格来。”

“住嘴！”萨莫伊连科发火了，“我不允许当着我的面儿说一个非常高尚的人的坏话。”

“别打断我的话，萨莫伊连科。”冯·科伦冷冷地说，“我现在就要讲完了。拉耶夫斯基并不是一个很复杂的机体。他的精神框架就是：早晨便鞋，洗海澡和喝咖啡；然后午饭前便鞋，散步和聊天；两点是便鞋，吃午饭和喝酒；五点是洗海澡，喝茶和酒，接着是打文特牌和说谎言；十点是晚饭和酒；午夜过后是睡眠和女人。他的生存完全可以容纳在这个紧凑的公式里，就像鸡蛋容纳在蛋壳里一样。不管他是行，是坐，是怒，是喜，是写——一切都可归纳为酒、牌、便鞋和女人。女人在他的生活中扮演着一种决定命运、压倒一切的角色。他自己说，他十三岁时就已经爱上了一个女人。念大学一年级时，他同一位太太同居；这位太太对他有良好的影响，他的音乐教育应该归功于她。念大学二年级时，他从妓院里赎出了一个妓女，把她提高到同自己平等的地位，也就是说，把她收为姘妇。这个妓女跟他过了半年，就又跑回老鸨那里去了。她的逃跑给他造成了不少精神痛苦。唉，当时他痛苦得只好离开大学，在家闲呆了两年。不过这引出了一个好的结果。在家里，他结识了一个寡妇，这个寡妇劝他离开法律系，去读语文系。他也这样做了。大学毕业，他爱上了现在这位……怎么称呼她好呢？……有夫之妇，他不得不带她逃到高加索来，据说是为了追求理想。过两天，不爱她了，又会逃回彼得堡去。这也是为了追求理想。”

“你怎么知道？”萨莫伊连科恶狠狠地瞪着动物学家说，“最好是吃饭吧。”

端上来加波兰调味汁的炖鲻鱼，萨莫伊连科给两位搭伙者各盛了一条，并亲手给浇上了调味汁。沉默了两分来钟。助祭说：

“女人在每个人的生活中都扮演着重要角色，没有办法。”

“是的。可是程度有差别呀。对我们每个人来说，女人是母亲、姊妹、妻子、朋友，可是对拉耶夫斯基来说呢，女人是一切，而且只是情妇。女人，也就是同女人同居，是他的幸福和生活目的所在。他快活、忧郁、无聊、失望——全是女人引起来的。生活厌倦了——是女人的过错；新生活的曙光升起来了，理想找到了——原因也在女人身上。文章和绘画，只有里面有女人，才会使他感到满意。他认为我们这个时代不好，不如四十年代和六十年代，只是因为我们不会忘我地投身于狂恋和情欲。这些色鬼的脑袋里一定是长了一种特别的附生物，像肿瘤似的，压迫着大脑，支配着全部心理活动。等拉耶夫斯基坐在大庭广众之中时，你们可以观察观察他。你们可以看到，当你提出一个一般性的问题时，例如谈细胞或本能问题，他坐在旁边沉默着，而且也不听。他无精打采，百无聊赖，毫无兴趣，一切都微不足道。可是当你谈到公母问题时，比方说谈到母蜘蛛受精后要把公蜘蛛吃掉时，他的两眼就会发出好奇的光芒来，脸上就会容光焕发，一句话，精神百倍。他的所有想法，不管是多么高尚、崇高或无所谓，都有一个共同点。你跟他走在街上，比方说，遇到一头驴……他就会问你：‘如果使驴和骆驼交配，会有什么结果呢？’再说他的梦吧。他给你们讲过他做的梦吗？有意思极了！他不是梦见在月球上结婚，就是梦见被叫到警察局去命令他跟吉他同居……”

助祭咯咯地笑了起来。萨莫伊连科皱起眉头，作出怒容，以便憋住不笑，可是没憋住，也笑了。他擦着眼泪说：

“他瞎编！真的，全是瞎编！”

4

助祭很爱笑。一件小事都会使他笑得前仰后合，直不起腰来。看起来，他喜欢跟人们相处，只是因为他们身上有可笑的地方，并且可以给他们起一些可笑的外号。他给萨莫伊连科起的外号是多毛蜘蛛，给他的勤务兵起的外号是公鸭。当冯·科伦把拉耶夫斯基和娜杰日达叫做猴子时，他竟欢呼起来。他贪婪地注视着冯·科伦的脸，不眨眼地听着。可以看得出来，他的两眼已蓄满笑意，他的脸正在紧张地期待着可以尽情放声大笑的时机。

“这是一个堕落乖僻的人。”动物学家继续说着；助祭则盯住他的脸，期待着可笑的字眼，“这种卑劣人物是很少见的。他颓废，虚弱，老气横秋，而智力则跟一个只知吃喝、睡鸭绒被、跟自己的车夫偷情的富商婆没有任何区别。”

助祭又笑起来。

“请别笑，助祭。”冯·科伦说，“这样实在不好。我可以不理睬他的卑劣行为，”他等助祭不笑了以后，接着说，“可以不理他，假如他不是那么有害而危险的话。他的危害首先在于：他善于讨得女人欢心。这样，他就可能留下后代，也就是说赐给世界十来个像他自己那样虚弱乖僻的子弟。第二，他具有高度的传染性。我已经对你们谈过文特牌和啤酒的事。再过一两年，他会占领全高加索的沿海地区。你们知道，群众，特别是其中间阶层多么相信知识分子，相信大学毕业的人，相信风度翩翩、谈吐文雅的人。不管这种人做出来的是什么卑鄙龌龊的勾当，人们相信都是好的，应当这么做，因为他是知识分子、自由主义者，受过大学教育嘛。况且他是个失败者、多余的人、神经衰弱者、时代的牺牲品。这就是说，他怎么做都可以。他和蔼可亲，由衷地体谅人的弱点；他好说话，善逢迎，随和，不傲气，可以跟他吃吃喝喝，说说下流话，闲聊……群众在宗教和道德方面总是倾向于‘神人同形同性论’，最喜欢那些跟他们具有同样弱点的神。你们看他可以传染的天地多么广阔！况且他还是一个不坏的演员和高明的伪君子，老谋深算呢。看看他玩的花招吧，哪怕是看看他对文明的态度呢。他连文明的味儿也没有闻过，可是却口口声声地说：‘啊，我们被文明戕害得多厉害呀！啊，我多么羡慕那些没有接触过文明的野人，自然之子啊！’瞧见了吧，我们必须承认他当年曾全心全意地投身文明，为文明服务过，了解透了文明，可是文明使他厌倦了，失望了，欺骗了他；瞧见了吧，他是浮士德[1]，第二个托尔斯泰……而他对待叔本华[2]和斯宾塞呢，就像对待小孩子一样，他像长辈似的拍着他们的肩膀：怎么样啊，斯宾塞老弟？他当然没有读过斯宾塞的著作，可是当他以轻松的漫不经心的讽刺口吻，说自己的女友‘她读过斯宾塞著作’时，那样子多么可爱啊。人们听着，谁也不想理会：这个骗子不仅没有权利用这种腔调谈论斯宾塞，甚至连给斯宾塞舔鞋底都不够资格！败坏文明的声誉，败坏权威的声誉，破坏别人的祭坛，对着他们泼脏水、做鬼脸，以便掩饰自己的虚弱和精神贫乏，只有虚荣心很强的、卑下可恶的动物才能做得出来。”

“冯·科伦，我不知道你想要他怎么样。”萨莫伊连科说。他看动物学家的眼神里已不是怒火而是歉疚了，“他这个人跟大家一样，当然不是没有弱点的。可是他站在现代思想的高度上，在政府工作，造福国家。十年前有个小老头在这儿当代理人，是个非常聪明的人……他常说……”

“够啦，够啦！”动物学家打断了他的话，“你说他工作。可是

① 德国诗人歌德所著同名诗剧的主人公。

② 叔本华（1788—1860），德国哲学家，唯意志论者。

他怎么工作的呢？难道因为他到了这里，这里的秩序变好些了吗？官吏变得勤恳、诚实、有礼貌了吗？相反，他只是用自己大学毕业知识分子的威信肯定了他们的放荡行为。只有二十号发薪俸那天，他才上班。其他日子他全在家里趿拉着便鞋优哉游哉地混日子，可是却装出一副了不起的神气来，好像他来高加索给俄国政府做了多大贡献似的。不，萨莫伊连科，不要替他辩解。你自始至终是真诚的。要是你真的喜欢他，认为他是自己的亲人，那你首先就不会对他的弱点漠不关心，听之任之了。为了他好，你就会努力去使他变得无害。”

“什么？”

“使他变得无害，因为他是不可救药的，所以使他变得无害只有一种方法……”

冯·科伦伸出一根手指在脖子附近划了一下。

“再不，就淹死他。”他补充说，“为了人类的利益，为了他们自身的利益，这种人应该被消灭，一定要这样。”

“你在说什么？！”萨莫伊连科站起来，看着动物学家平静的冷冰冰的脸嘟囔道，“助祭，他在说什么？难道你精神正常吗？”

“我不坚持死刑，”冯·科伦说，“要是已经证明死刑有害的话。那你们就想个别的办法吧。既然消灭他不行，那就孤立他，使他失去害人的伪装，叫他去从事公益劳动……”

“你说什么？”萨莫伊连科吃了一惊，“蘸胡椒粉，蘸胡椒粉！”他看到助祭吃填馅西葫芦没蘸胡椒粉便拼命喊道，“你是个非常聪明的人，你在说什么呀？！竟要把我们的朋友——一个高傲的知识分子送去从事公益劳动！！”

“要是他高傲，拒绝服从，就给他戴上镣铐！”

萨莫伊连科已经一句话也说不出来了，只是活动着手指。助祭瞥了他那惊愕的、的确很可笑的脸一下，便哈哈大笑起来。

“不谈这个啦。”动物学家说，“但要记住一点，萨莫伊连科，那就是原始人类是用生存竞争、自然选择的办法保护自己不受拉耶夫斯基这类人的危害的。现在我们的文化大大减弱了竞争和选择的力量，因此我们自己应当关心消灭瘦弱无用之辈。否则，让拉耶夫斯基们繁衍起来，文明就要毁灭，人类就会完全退化啦。我们是难辞其咎的。”

“要是需要淹死人、绞死人的话，”萨莫伊连科说，“那就让你的文明见鬼去吧，让人类见鬼去吧！见鬼去吧！我要对你说的是，你是个极有学问、非常聪明的人，是祖国的骄傲，可是德国人把你毒害了。是的，怨德国人！怨德国人！”

萨莫伊连科是在德尔普特①学的医术，离开那里以后很少见过德国人，一本德文书也没有读过。可是他却认为政界和科学界的一切坏现象都来源于德国人。这种见解是从哪儿来的，他自己也说不清，可是却极力坚持着。

“是的，怨德国人！”他重复了一遍，“喝茶去吧。”

三个人都站起来，戴上帽子，到庭院里去坐到苍白的槭树、梨树和栗树的阴影里。动物学家坐到小桌旁边的长凳上。萨莫伊连科则坐到宽靠背的藤躺椅上。勤务兵端来茶、果酱和一个装着糖浆的瓶子。

天很热，阴影里也有三十来度。炎热的空气像凝固了似的，一点儿风也没有。一个长长的蛛网从栗树上一直垂到地面，无力地垂在那里纹丝不动。

桌子旁边的地上总放着一把吉他，助祭拿起来调好弦用尖细的嗓音轻轻地唱了一句“神学校的学生站在酒馆旁”，便热得马上停了下来，擦去额头的汗，抬头看了一下灼热的蓝天。萨莫伊连科在打瞌睡。由于炎热、寂静和饭后甜美的睡意，萨莫伊连科很快就四肢发懒，浑身无力，沉入醉乡。他的两手垂下来，眼睛变小了，头耷拉到胸前。他动情地噙着眼泪看了看冯·科伦和助祭，自言自语

① 德尔普特，苏联爱沙尼亚共和国的城市塔尔图 1224—1893 年间的旧称，现在爱沙尼亚境内。德尔普特大学有医学系。

地说：

“年轻的一代……科学的巨星和教会的荣耀……瞧穿长襟衣服的哈利路亚要跳到都主教的宝座上去咯，说不定得吻他的小手儿呢……没什么……但愿……”

不一会儿就传来了他的鼾声。冯·科伦和助祭把茶喝完，就到街上来了。

“您还到码头去捉鰕虎鱼吗？”动物学家问道。

“不去了，有些热。”

“到我这儿来吧。帮我包装邮包，抄点儿东西，顺便聊聊您该做的工作。您应当工作，不工作不行啊。”

“您的话正确而且有理。”助祭说，“不过我的懒散在我现在的生活环境里可以找到谅解。您自己知道，工作不稳定会严重促使人们消沉。我被派到这里是临时呢还是长期，只有上帝知道。我在这里情况不明，妻子寄住在岳父家里，天天想我。而且应当承认，这里热得脑袋也不爱动了。”

“都无所谓。”动物学家说，“天热可以适应。妻子不在身边也可以适应。不要懒散。必须约束自己。”

5

娜杰日达早晨去洗海澡。她的厨娘奥尔加拿着罐子、铜盆、床单和海绵跟在后边。停泊场里停着两艘陌生的轮船，白烟囱脏得很，显然这是两艘外国货轮。有些穿白制服、白皮鞋的男人在码头上走着，用法语大声喊着，船上的人回应着。镇里的小教堂用力地撞着钟。娜杰日达高兴地想起来：

“今天是星期天！”

她觉得今天自己身体十分好，心里充满了节日的愉快情绪。她身穿做男装用的粗纺茧绸缝制的宽松的新连衣裙，头戴一顶大草帽，宽帽檐儿低低地耷拉到两只耳朵上，她的脸看上去好像是从小盒子里露出来似的：她觉得自己今天很好看。她心想，全镇只有一个年轻漂亮的知识女性，这就是她。只有她会花钱不多而打扮得雅致，有风度。比如说这件连衣裙吧，才花了二十二卢布，可是多好看哪！全镇只有她招人喜欢，而男人却很多，因此他们就要不由自主地羡慕拉耶夫斯基啦。

拉耶夫斯基近来对她冷淡，拘谨客气，有时甚至发火、粗鲁；对此，她感到高兴。对他的这些反常行为，对轻蔑、冷淡的或者奇怪、莫名其妙的目光，她从前是用眼泪、责难、威胁分手或不吃饭来回答的；而现在呢，她的回答只是红红脸，歉疚地看他几眼而已；他不爱抚她，她感到高兴。要是他骂她，威吓她，那就会更好，更使她高兴，因为她感到自己十分对不住他。她觉得自己的过错在于：第一，没有支持他去实现劳动生活理想。他撇下彼得堡，来到高加索这儿，就是为了这个理想嘛。她相信，他近来对她发火，正是为了这个原因。她在来高加索的路上觉得到来的第一天就会在海滨找到一个幽静的角落，找到一个绿荫如盖、飞鸟成群、溪流纵横的小花园；在小花园里可以种些花和菜，养些鸡鸭，招待邻居，医治得病的乡下人，发给他们一些小册子。可是结果呢，高加索原来是一些秃山、森林、大峡谷，需要长期清理，忙活，建设，什么邻居也没有，很热，而且可能遭到抢劫。拉耶夫斯基没有忙着去置买土地，她感到高兴。他们俩好像达成默契永远不提劳动生活似的。她以为他沉默是因为她沉默而生她的气。

第二，她这两年在阿奇米亚诺夫的商店里赊了三百多卢布的零七碎八的东西，没有告诉他。她一会儿赊点儿布，一会儿赊点儿丝绸，一会儿赊把雨伞，就这样不知不觉地欠下了这么一笔债。她决定今天就告诉他。可是她马上意识到：他现在这种心情告诉他债务是不合适的。

第三，她在拉耶夫斯基不在家的时候曾接待过警察局长季里林两次：一次是早晨拉耶夫斯基出去洗海澡的时候，另一次是半夜他出去玩牌的时候。想起了这点，她脸上泛起了红晕，回头看了厨娘一眼，好像怕她偷听了她的思想似的。炎热难熬、寂寞无聊的漫长白昼，令人陶醉的美丽傍晚，闷热的黑夜，还有这种从早到晚叫人不知道如何消磨那些无用时间的生活，以及那些经常萦绕在她头脑中的想法——她是本镇最漂亮的年轻女子，她的青春在白白流逝，还有拉耶夫斯基本人——他诚实、有思想，可是他单调，永远趿拉着便鞋、咬指甲、令人厌倦地任性：所有这一切使她渐渐地被一个愿望控制了。她像疯了似的日夜想着这个愿望。在自己的呼吸里，眼神里，声调里和步态里，她感受到的只是这个愿望。大海的喧嚣在对她说必须爱，傍晚的黑暗也对她这么说，山峦也对她这么说……于是当季里林开始追求她的时候，她便无力，而且不想，不能够抗拒，结果就投入了他的怀抱……

眼前这两艘外国货轮以及穿白制服的人们不知为什么使她想起了宽敞的舞厅。她的耳边除了法语之外，还响起了华尔兹舞曲。她的胸膛，由于无名的喜悦而震荡起来。她想跳舞，想说法语。

她感到欣慰的是，她的背叛里没有什么可怕的东西，因为心灵没有参与这种背叛。她继续爱着拉耶夫斯基，这由以下事实即可看出：拉耶夫斯基不在家的时候，她感到嫉妒、遗憾和无聊。季里林呢，不过尔耳，有些粗鲁，虽然漂亮。跟他已一刀两断，再也不会有任何来往了。过去的事已经过去了，跟谁也没有关系。拉耶夫斯基即使知道了，也不会相信。

在海滨洗海澡，只有一间浴室，供妇女用。男人们都在露天里洗。进到浴室以后，娜杰日达遇到了一位上年纪的女士——玛利亚，一个官吏的妻子和她的十五岁、读中学的女儿卡佳。她俩正坐在凳子上脱衣服。玛利亚是个善良、热情而文雅的女人，说话慢条斯理的，但热情洋溢。三十二岁以前，她当家庭教师，后来嫁给了尼科季姆。尼科季姆身材矮小，秃顶，头发往两边分梳，为人很温顺。直到现在，她仍像初恋时那么爱他，猜忌他，一听到“爱情”这个字眼，便满脸通红。她叫所有的人相信她很幸福。

“亲爱的！”她一看到娜杰日达，便热情地喊起来，并使脸带上了所有熟人都称之为甜蜜的表情，“亲爱的，您来多叫人高兴啊！我们来一起洗，这太美妙啦！”

奥尔加迅速地脱掉连衣裙和衬裙，开始给自己的主人脱衣服。

“今天不像昨天那么热，不是吗？”娜杰日达由于光着身子的厨娘的粗鲁触动而缩着身躯，“昨天我差一点儿没有闷死！”

“噢，是啊，亲爱的！我也差一点没有闷死，您信吗，我昨天洗了三遍澡……亲爱的，您想想看，三遍！连尼科季姆都替我担心起来。”

娜杰日达瞥了奥尔加和官太太一眼，心想：“哎，这么不好看，可怎么过活呢？”看了卡佳一眼，心里说，“小姑娘长得倒不错。”

“您的尼科季姆很，很可爱。”她说，“我简直爱上他啦。”

“哈，哈，哈！”玛利亚强作笑颜，说，“这太美妙啦！”

脱掉衣服，娜杰日达产生了一种想飞的感觉。她觉得，好像只要扇动双手，她就一定能飞起来。一丝不挂，她发现奥尔加在用蔑视的眼光看着她的白嫩肢体。奥尔加是个年轻士兵的妻子，跟合法丈夫住在一起，因此自视比她好，比她高。娜杰日达感到玛利亚和卡佳也看不起她，而且怕接触她。这是令人不快的。为了提高自己在她们心目中的地位，她说：

“在我们彼得堡，这时正是别墅生活的高潮。我和我的丈夫有那么多熟人，必须到处去参加聚会。”

“您的丈夫好像是工程师吧？”玛利亚小心地问道。

“我说的是拉耶夫斯基。他有很多熟人。可是遗憾，他妈妈是个傲慢的贵族夫人，愚昧……”

娜杰日达话没说完，便跳进了水里。玛利亚和卡佳也随后进了水。

“我们上流社会有很多偏见。”娜杰日达接着说，“生活也不像看上去那么轻松。”

玛利亚在贵族家里做过家庭教师，了解上流社会情况，说：

“是啊！您相信吗，亲爱的，加拉腾斯基家里吃早饭和午饭都要求化妆呢，因此我跟演员似的，除了薪金，还领服装费哪。”

她站在娜杰日达和卡佳之间，好像要挡住娜杰日达洗过的水，不要这水沾到女儿身上。浴室的门开着，直对海面。从里面可以看见离浴室一百步远的地方有人在游泳。

“妈，那是我们的科斯嘉！”卡佳说。

“啊呀，啊呀！”玛利亚吓得像母鸡似的叫起来，“啊呀，科斯嘉！”她喊道，“快回来，科斯嘉，快回来！”

科斯嘉是个十三四岁的男孩，为了在妈妈和姐姐面前逞能，便扎了个猛子向远处游去。但他觉得累了，便匆忙游了回来。从他那严肃紧张的神色可以看出来，他对自己的体力没有信心。

“跟这些男孩子操死心啦，亲爱的！”玛利亚放下心来，说，“一眼看不到，就会把脖子拧了。当妈妈多么愉快而又多么操心哪！整天提心吊胆。”

娜杰日达戴上草帽到海面上来了。她游了四俄丈左右，便仰卧起来。她看着一直伸延到天际的大海，轮船，岸上的人，镇。这一切同炎热的天气和透明温柔的海浪一起刺激着她，提醒她：莫要辜负青春，莫要辜负青春……一艘小帆船乘风破浪从她身边疾驰过去，掌航的男人看了她一眼；有人看她，她感到高兴……

女人们洗完澡，穿好衣服，一起往家走。

“我隔一天发一次烧，可就是瘦不下去。”娜杰日达舔着被海水洗得发咸的嘴唇，用微笑答谢着熟人的问候，“我一直胖，现在看起来更胖啦。”

“亲爱的，这跟体质有关系。要是没有发胖的体质，例如我，吃什么也胖不起来。不过，亲爱的，您把草帽弄湿了。”

“不要紧，会干的。”

娜杰日达又看到穿白制服的人在滨海路上走着，用法语交谈着。不知为什么，她的胸中又充满了喜悦，又模模糊糊地想起一座宽敞的大厅，她当年也可能曾真的在里面跳过舞，也可能是在梦中在里面跳过舞。心灵深处有一个什么声音在隐隐约约地低声对她说，她是个渺小、庸俗、下贱、卑微的女人……

玛利亚在自己家门前停下，请她进屋坐一会儿。

“进屋坐一会儿吧，亲爱的！”她用恳求的声调说完，带着怅惘和侥幸的心情看了娜杰日达一眼，心想：她也许不会进来！

“好吧。”娜杰日达同意了，“您知道，我多么喜欢到您家串门啊！”

她进了屋。玛利亚请她坐下，端来咖啡，招待她吃奶油鸡蛋面包，给她看自己昔日所教过、如今已相继出嫁的加拉腾斯基家的小姐们的照片，给她看卡佳和科斯嘉的考试分数，分数很好，可是为了使这些分数显得更好，她叹了口气，抱怨说如今中学课程太难……她招待着客人，同时又可怜这个客人，又怕这个客人的来访对科斯嘉和卡佳产生坏影响，又庆幸她的尼科季姆没在家，因为，在她看来，所有男人都喜欢“这样的”，所以娜杰日达也能对尼科季姆产生坏影响。

在跟客人谈话的时候，玛利亚一直记得今晚将举行野餐会，冯·科伦一再叮嘱不要告诉猴子们，即拉耶夫斯基和娜杰日达，可是她无意之中说走了嘴；她满脸通红，心情忐忑地说：

“我想，你们也会参加的！”

6

讲好出镇沿路往南走七俄里在一家小酒馆附近黑溪和黄溪会合的地方停下来熬鱼汤。下午五时出发。萨莫伊连科和拉耶夫斯基坐轻便二轮马车走在最前边。玛利亚、娜杰日达、卡佳和科斯嘉坐一辆三匹马拉的四轮马车随后跟着，车上放着一篮子食品和餐具。紧跟着的一辆轻便马车上坐的是警察局长季里林、年轻的阿奇米亚诺夫（就是娜杰日达欠其三百卢布的那个商人的儿子），他俩对面是身材矮小、穿戴整齐、头发往两边分梳的尼科季姆，他弯着身子、蜷着两腿坐在一个小凳子上。最后一辆马车坐的是冯·科伦和助祭，助祭的脚旁边是一筐鱼。

"靠右！"当对面过来一辆马车或一个骑驴的阿布哈兹人时萨莫伊连科就扯着嗓子喊道。

"再过两年，等我资金和人员准备好以后，我要出发去考察。"冯·科伦告诉助祭说，"我要从海参崴沿着海岸走到白令海峡，再从白令海峡走到叶尼塞河口。我们将绘制地图，研究动物群和植物群，认真进行地质学、人类学和民族学研究，跟不跟我一起去，取决于您。"

"我不可能去。"

"为什么？"

"我有家室啦。"

"太太会放您的。我们保障她的生活。要是您能说服她为了共同的利益削发为尼，那就更好，这使您自己也有可能削掉头发参加考察队当修士司祭，我可以替您安排此事。"

助祭未加可否。

"您对神学方面的事了解得很好吗？"动物学家问道。

"不很好。"

"嗯……我在这方面不能给您任何建议，因为我自己对神学也了解得很差。您需要什么书，给我开个单子，我冬天从彼得堡给您寄，您也需要读读神职人员写的游记，这种神职人员中间有一些是很好的民族学家和东方语文专家。您熟悉了他们的工作方法以后工作起来会容易些。暂时没有书，也不要白白浪费时间，您到我这里来，我们可以一起研究指南针，读读气象学。这都是必须做的。"

"行倒是行……"助祭沉吟了一下，笑了，"我已求人在俄罗斯中部找工作了，我叔叔是大司祭，答应替我想办法。要是我跟您去的话，那就白麻烦人啦。"

"我不懂您犹豫什么，助祭只有过节才有事情做，平日闲着没事；做个普通助祭，十年后您仍然是现在这个样子，大概只有胡须会长多一些，而从考察队回来呢，经过这十年您会变成另一个人，您会觉得自己已有所建树。”

从女士们的车上传来了惊叫声和欢呼声，马车在经过一条从陡立的悬崖上凿出来的路，大家觉得马车是奔驰在一块钉在高墙上的长木板上边，马上就要摔到万丈深渊里去了。右边是波涛汹涌的大海，左边是凸凹不平的褐色峭壁，上面布满了黑色斑点、红色的脉络和盘根错节的大树根，峭壁上方是一些蓊郁的松树探着身子、带着惊恐和好奇的眼神向下窥视着。过了一分钟，又传来了尖叫声和笑声：这是马车要从一块悬在头上的大岩石下边通过。

“我不明白跟你们到这个鬼地方来干什么。”拉耶夫斯基说，“多么蠢！多么庸俗！我需要回北方去，拯救自己，为什么要来参加这个混账野餐会呢。”

“你瞧瞧多么好的景色呀！”萨莫伊连科对他说，这时马车已拐到左边，眼前出现了黄溪河谷和波光闪烁、混浊发黄、像疯了似的黄溪……

“萨莫伊连科，我看不出来这有什么好的。”拉耶夫斯基答道，“经常赞叹自然风光，就是表明自己想象力贫乏。跟我的想象力所能够提供给我的一切相比，这些小河沟和岩石实在是不屑一顾。”

马车已沿着河岸行进。高山林立的两岸渐渐地合拢，河谷越来越窄，前面形成一条峡谷，路旁怪石嶙峋的高山是造物主用巨大的岩石堆成的，这些岩石用那么可怕的力量互相挤压着，使得萨莫伊连科每次看到都要不由自主地呻吟一声。阴森而美丽的山有些地方裂成深涧和峡谷，向行人喷散着潮湿神秘的气息；透过峡谷，可以看到别的山，那些山有褐色的，有玫瑰色的，有浅紫色的，有烟色的，有披着耀眼光辉的。经过峡谷时，偶尔可以听到山水从高处的跌落声和在石头上流动时发出的哗哗声。

“唉，可恶的山，”拉耶夫斯基叹了口气，“讨厌死了！”

在黑溪流入黄溪，像墨汁一样的黑水染污着黄水并同黄水争斗的地方，路旁有一家酒馆，这家酒馆是鞑靼人科尔巴莱开的，屋顶上挂着俄国国旗，招牌上用粉笔写着“如意酒馆”；房子旁边用篱笆围成一个小花园，里面摆着一些桌子和凳子，在一丛寒伧的多刺灌木中间孤零零地耸立着一棵漂亮而枝叶发黑的柏树。

科尔巴莱是个矮小机灵的鞑靼人，穿着蓝衬衫，系着白围裙，站在路中央，双手捧着肚子，朝着马车深深地鞠了一躬，咧嘴笑着，露出两排雪白闪亮的牙齿。

“你好，科尔巴莱！”萨莫伊连科对他喊道，“我们再往前走走，你拿一个茶炊、几把椅子来！快！”

科尔巴莱把剪得整整齐齐头发的头点了一下，低声说了句什么，只有坐在最后那辆马车上的人听清了他说的是：“有鲑鱼，大人！”

“带来，带来！”冯·科伦对他说。

从酒馆往前走了五百来步，马车停了下来。萨莫伊连科选中了一块小草地，这块小草地上散布着一些石头可以坐人，还有一棵被暴风雨击倒的树，纠结的树根翘在外边，树叶已经枯黄了。这里河上用原木马马虎虎搭了一座小桥，河对岸四根矮桩子上支着一座小小的玉米干燥房，很像童话里讲的老妖婆住的用鸡爪子支着的小房，小房门口放着一把梯子，供人出入用。

大家的第一个印象是他们永远也出不去了。重重叠叠的高山险峰从四面八方压过来，把他们团团围住；夜的黑影从酒馆和柏树那个方向飞快飞快地向这边袭来，因此狭窄弯曲的黑溪河谷显得更窄，而山则显得更高了。河水低声呜咽着，知了不停地喊叫着。

“太美妙啦！”玛利亚兴奋得大口大口地吸着气，说：“孩子们，瞧，多好！多静！”

“是的，真是不错。”拉耶夫斯基赞同地说，他喜欢上了这里的风景，可是不知为什么他看了看天空和酒馆烟囱里冒出来的蓝烟，突然感到一阵惆怅，“是不错！”他重复说。

“拉耶夫斯基先生，描写一下这个景色吧！”玛利亚噙着眼泪请求说。

“何必呢？”拉耶夫斯基说，“印象比任何描写都好。人们通过印象从自然界得到的丰富颜色和声音被作家糟蹋得一塌糊涂，面目全非。”

“真的吗？”冯·科伦冷冷地问道，他在靠水的地方找了一块大石头，努力要爬上去，坐到上边，“真的吗？”他眼睛盯着拉耶夫斯基重复了一句，“那么《罗密欧和朱丽叶》呢？还有，例如普希金的乌克兰之夜[①]呢？自然界也得甘拜下风啊。”

“大概是这样……”拉耶夫斯基同意了，他懒得动脑筋进行辩论，“不过，”他过了一会儿说，“《罗密欧和朱丽叶》实质是什么呢？美丽的诗意的神圣的爱情是人们想要用来掩藏腐烂东西的玫瑰，罗密欧也是动物，跟所有的人一样。”

“不管跟您谈什么，您都把它归结为……”

冯·科伦看了卡佳一眼，没有把话说完。

“归结为什么？”拉耶夫斯基问道。

“例如，对您说‘葡萄长得多好看哪！’您就会说‘是的，可是它在嘴里被咀嚼和在胃里被消化时却是难看的。’发这种议论有什么用呢？这种手法并不新鲜，而且……一般说来令人觉得奇怪。”

拉耶夫斯基知道冯·科伦不喜欢他，因此害怕冯·科伦，在冯·科伦旁边觉得局促不安，他什么话也没说，便退到旁边，后悔不该到这里来。

“先生们，捡柴火去！”萨莫伊连科指挥道。

人们都四散走开了，只有阿奇米亚诺夫、尼科季姆和季里林留在旁边。季里林是个身材魁梧、仪表堂堂的男人，不管什么天气都在制服外面套一件军大衣，举止傲慢，步态稳重，说话声音低沉，有些嘶哑，很像外省年轻的警察厅长。他脸上一副闷闷不乐、半睡不醒的样子，好像刚刚被人从睡梦中强行叫醒似的。科尔巴莱送来了椅子，在地上铺了地毯，放了几瓶葡萄酒。他慢腾腾地一顿一挫地问科尔巴莱：

---

① 指的是普希金长诗《波尔塔瓦》第二节。

“畜生，你拿来的是什么？我命令你拿克瓦列里酒来，可你拿来的是什么，嗯，鞑靼鬼？嗯？是什么？”

“我们自己的酒够多了，季里林先生。”尼科季姆小心而客气地指出。

“那有什么关系？可是我希望有我的酒。我参加野餐会，我认为我完全有权投入自己的一份，我——认——为！拿十瓶克瓦列里来！”

“干吗要那么多？”尼科季姆吃了一惊，他知道季里林没有钱。

“拿二十瓶来！三十瓶！”季里林喊道。

“没关系，让他拿好了。”阿奇米亚诺夫悄悄地对尼科季姆说，“我给钱。”

娜杰日达心情愉快，总想淘气。她想蹦跳，想放声大笑，想喊叫，想挑逗，想卖俏。她觉得，自己穿着这件用带蓝圈圈的印花布缝的便宜连衣裙、红色小鞋，戴着那顶草帽，显得娇小、淳朴、轻盈、飘逸，像一只小蝴蝶。她跑上小桥，凝视了水一会儿，想使自己头晕，然后咯咯地笑着朝干燥房那边跑去，她觉得所有的男人，连科尔巴莱都在欣赏她。当在迅速降临的夜幕里，树和山，马和车融合成一体，小酒馆的窗里射出灯光的时候，她沿着一条蜿蜒在岩石和有刺灌木之间的羊肠小道爬上山去，坐到一块石头上。山下篝火已燃烧起来。助祭挽着衣袖在火堆旁边走动着，他那又长又黑的影子像半径在火堆周围转动着；他往火堆里添着干树枝，用绑在长竿子上的勺子搅着锅里的鱼汤。萨莫伊连科脸色像红铜，跟在自己家的厨房里似的，在火堆旁边忙活着，凶狠地喊着：

“盐呢，先生们？大概忘带了吧？为什么都坐着，像地主，该我一个人挨累？”

拉耶夫斯基和尼科季姆并排坐在被暴风雨击倒的那棵枯树上，若有所思地看着篝火。玛利亚、卡佳和科斯嘉在从篮子里往外拿茶具和盘子。冯·科伦把两手交叉抱在胸前，一只脚蹬在石头上，站在紧靠河水的岸边，在想什么。篝火的红色光点伴着黑影在憧憧人影附近的地上爬动着，在山上、树上、桥上、干燥房上跳动着。对面陡峭的凸凹不平的岸壁被火光照得忽明忽暗地倒映在水里，湍急的河水把它的映像撕得粉碎。

科尔巴莱把鱼送来，在河边收拾着；助祭到河边取鱼，半路上停下来，看了一下四周，心想：

“天哪，多美！人、石、火、黄昏、怪树——再没有什么了，可是多美啊！”

对岸干燥房附近出现了一些陌生人。因为火光闪动而且烟往那边刮，所以不能马上看清这些人的全貌，只能一部分一部分地看到：一会儿看到一顶毛茸茸的帽子和一把白胡子，一会儿看到一件蓝衬衫，一会儿看到一件破衣服从肩膀耷拉到膝盖上，一把短剑横着挂在肚子上，一会儿看到一张黝黑的脸，眉毛那么黑，那么棱角分明，简直像用木炭画出来似的。他们五个人围坐在地上，五个人进了干燥房，一个人站在门口，背对着篝火，倒背着手，开始讲什么，讲的东西一定很有意思，因为当萨莫伊连科往火堆里扔了一根干树枝，火突然旺起来，迸着的火星把干燥房照亮的时候，可以看清楚，门里有两张面孔聚精会神地向外看着，那些围坐的人也都转过身去听讲。过了一会儿，围坐的人低声唱起了一首幽婉悦耳、很像大斋期间教堂里唱的什么歌……听着他们的歌声，助祭想像着十年后他从考察队回来以后的情景：那时他是一个年轻的修士司祭——传教士，一个具有光荣历史的著名作者；将授予他修士大司祭称号，然后提升他为高级僧侣；他在大教堂里作日祷：头戴金冠、胸前挂着饰有宝石的圣母小像，出现在读经台上用降福灯照着众信徒，高声宣读：“上帝啊求你来照顾你亲自种植的葡萄树……”孩子们则用天使般的声音唱道：“神圣的上帝……”

“助祭，鱼在哪儿？”传来了萨莫伊连科的声音。

回到火堆旁边，助祭想像出另一幅情景：炎热的七月，尘土飞扬的大道上走着一支求雨的队伍，前面是打着神幡的男人，接着是捧着圣像的婆娘和姑娘们，她们后边是唱诗班的孩子们和包着脸腮、头发上插着干草的执事，按次序接下去是他这个助祭，他后边是戴着法帽、捧着十字架的教士，最后是一群庄稼汉、婆娘、孩子们。教士太太和助祭太太也包着头巾走在人群里。唱诗班唱着，孩子们喊着，鹌鹑吵着，云雀在婉转抑扬地唱着……瞧，停了下来，往畜群洒了圣水……又接着往前走，然后跪下求雨。最后是吃东西、闲聊……

“这也不错……”助祭心想。

7

季里林和阿奇米亚诺夫在沿着小路往山上爬。阿奇米亚诺夫落到后边，停了下来，季里林走到娜杰日达跟前。

“晚上好！”他行了个举手礼，说。

“晚上好。”

“哼！”季里林看着天空若有所思地哼了一声。

“哼什么？”娜杰日达沉默了一会儿问道，她注意到阿奇米亚诺夫在看他俩。

“那么，这就是说，”季里林慢腾腾地说，“我们的爱情，像俗话说的，没来得及开花便凋谢了。请问此事应如何理解？您这是卖弄风情呢，还是您认为我是个窝囊废可以任意耍弄？”

“那是一场错误！请别纠缠我啦。”娜杰日达不客气地说。她在这个美妙的傍晚怀着恐惧的心情看着他，困惑地问自己：难道这个人真有过一刻曾使她感到喜欢和亲切吗？

“原来如此！”季里林说。他默默地站了一会儿，想了想又接着说，“怎么办呢？我们等等吧，等您心情好一些再谈。暂时我先告诉您：我是一个有地位的人，不允许任何人对这一点有怀疑。耍弄我是不行的。再见！”

他行了个举手礼，离开，在灌木丛中消失了。过了一会儿，阿奇米亚诺夫迟疑不决地走过来。

“今天的傍晚多好！”他带着轻微的亚美尼亚口音说。

他长相不错，衣着时髦，举止淳朴，像一个受过良好教养的青年，可是娜杰日达并不喜欢他，因为欠他父亲三百卢布；请小铺掌柜参加野餐会也使她感到不愉快；他偏偏在今晚当她心神那么恬然的时候过来找她，也使她感到不高兴。

“野餐还算成功。”他沉默了一会儿，说。

“是的，”她赞同地说，她好像刚刚想起来自己欠的债似的，漫不经心地说，“噢，请告诉贵店，拉耶夫斯基先生这两天去还你们三百……我记不清多少了。”

“我愿意再给您三百，只求您不要天天提这笔债。干吗谈这种无聊的事？”

娜杰日达笑了；她的脑海里出现了一个可笑的想法：如果她操守不严而且愿意的话，她只要一分钟就能把债结清。例如，只要撩拨这个年轻漂亮的傻瓜一下就可以！这会多么可笑、荒唐、开心哪！她突然想去勾引他，把他骗个精光，甩掉，然后看看结果会怎样。

“请允许我提醒您，”阿奇米亚诺夫小心翼翼地说，“请您留神季里林。他在到处讲关于您的一些骇人听闻的事情。”

“我不想知道任何混蛋在讲我什么。”娜杰日达冷冷地说。她心里产生了一种不安的感觉，要弄年轻漂亮的阿奇米亚诺夫的可笑想法失去了魅力。

“得下去了，”她说，“在叫我们呢。”

山下鱼汤已做好了。大家把它盛到盘子里郑重其事地吃着，这种郑重其事的态度只有野餐时才会有；所有的人都认为鱼汤很好吃，在家里从来没有吃过这么好吃的鱼汤。像任何野餐会一样，大家被许多餐巾、纸包及风吹得到处飘动的无用的油纸搅得晕头转向，弄不清谁的杯子、谁的面包在哪儿，把酒倒到地毯上，洒在自己的膝盖上，弄撒了盐；周围一片漆黑，火光已不那么明亮，可是谁也懒得起来给火堆添柴火。大家都喝啤酒，也给了科斯嘉和卡佳每人半杯。娜杰日达喝了一杯，又喝了一杯，醉了，已把季里林忘到了脑后。

“豪华的野餐，迷人的夜晚，”拉耶夫斯基喝了酒高兴起来，说，“可是我更爱美好的冬天。‘严寒之霜在他的海狸皮领上闪闪发白’①。”

“各有所好嘛。”冯·科伦指出说。

拉耶夫斯基感到尴尬：后背受着火烤，前胸和脸对着冯·科伦的厌恶目光；一个严肃的聪明人的厌恶大概是有充分根据的，他想到这里，便感到自卑和心虚，无力抗辩，只是结结巴巴地说：

“我非常喜爱自然界，遗憾不是自然科学家。我羡慕您。”

“可我不遗憾也不羡慕。”娜杰日达说，“我不明白，在人民受苦受难的时候怎么能安心认真研究小虫子。”

拉耶夫斯基赞同她的观点。他根本不懂自然科学，因此永远不能接受那些研究蚂蚁触须和蟑螂爪子的人的权威腔调和学者神态；这些人根据一些触须、爪子以及什么原生质（不知为什么他把原生质想象成牡蛎形状）便想解决囊括人类起源和生命的一些问题，可是在娜杰日达的话里，他听出了虚伪。只是为了顶她，他说：

“问题不在小虫子上，而在结论上。”

8

大家开始上马车，准备回家：时间已晚，十点多了。人都上了马车，只缺娜杰日达和阿奇米亚诺夫：他俩在河对岸互相追逐着，嘻嘻哈哈地笑着。

“先生们快些！”萨莫伊连科喊了他们一声。

“不该给女士们酒喝。”冯·科伦低声说。

拉耶夫斯基被野餐、冯·科伦的厌恶神情和自己的思绪弄得疲

---

① 普希金诗体小说《叶甫盖尼·奥涅金》第一章的诗句。

惫不堪，迎着娜杰日达走去。娜杰日达兴高采烈，觉得自己轻得像一根羽毛，气喘吁吁地哈哈大笑着抓住他的两手，把头靠在他胸上，他后退了一步，恶狠狠地说：

“你的所作所为像一个……高级娼妓。”

这话很粗鲁，因此他甚至可怜起她来。在他的生气的疲倦的脸上，她看出了厌恶、怜悯、内疚的神色。她突然泄了气。她明白了：她过分了，太放肆了。她心里感到愧恨，觉得自己重了，胖了，粗俗了，喝醉了，看到一辆空车，就同阿奇米亚诺夫坐了上去。拉耶夫斯基同季里林坐一辆，动物学家同萨莫伊连科坐一辆，助祭同女士们坐一辆，车队出发了。

“瞧这两个猴子吧……”冯·科伦把身子裹在风衣里，闭上眼睛，开始说，“你听到啦：她不愿意研究小虫子，因为人民在受苦受难。所有的猴子都这样评论我们弟兄。他们是一些祖祖辈辈被鞭子和拳头吓破了胆的狡猾的奴隶。他们只有在暴力面前才战战兢兢、老老实实、顶礼膜拜。如果放他们进入自由领域，没有人抓他们的袄领子，他们就会为所欲为，大显身手。瞧瞧他们在画展、剧院以及谈论科学时那种飞扬跋扈的样子吧：他们张牙舞爪，又是谩骂，又是指手画脚……他们一定要指手画脚——这是奴隶的特点！你要注意：自由职业者受到的谩骂比骗子多，这是因为我们的社会四分之三是由猴子这样的奴隶组成的。奴隶决不会伸出手来由衷地感谢你在工作。”

“我不知道你想要怎么样！”萨莫伊连科打着呵欠说，“可怜的她不过是想同你谈谈深奥的问题，而你却做出这种结论来。你对他生气有原因，而对她呢，不过是因为遇到了一起罢了。可她是个多好的女人哪！”

“得啦，她不过是一个普普通通的靠姘夫养活的堕落庸俗的女人罢了。听着，萨莫伊连科，当你遇到一个不跟丈夫生活在一起、终日无所事事、只知道嘻嘻哈哈的普通婆娘时，你总是对人家说：工作去吧！为什么对她你却表现怯懦，不敢讲真话呢？这不过是因为她靠的不是一个海员而是一个官吏罢了。”

“你要我对她怎么样呢?”萨莫伊连科火了,“打她吗?”

“不要阿谀罪孽就够了。我们是背后诅骂罪孽,只是在没人的地方嘀咕。我是动物学家或者说是社会学家,二者意思是一样的;你是医生;社会相信我们,我们应该向社会指出像娜杰日达·伊万诺芙娜这样的女士的存在对社会和子孙后代所带来的可怕危害。”

“她的父称是费奥多罗芙娜。”萨莫伊连科纠正他说,“那么,社会应当怎么做呢?”

“社会吗,这是它的事啦。我看最便捷最好的办法就是暴力,应当用武力[1]!把她遣送回她丈夫那里,如果她丈夫不要,就送她去服苦役或者劳动教养。”

“哎,”萨莫伊连科叹了口气,沉默了一会儿,低声问道,“前两天你说过,像拉耶夫斯基这样的人必须消灭,请告诉我:如果……假定说,国家或者社会委托你消灭他,那你……能下得了手吗?”

“手决不会抖。”

9

拉耶夫斯基和娜杰日达到了家,进了黑暗、闷气、寂寞的房间。两人都沉默着。拉耶夫斯基点着了蜡烛。娜杰日达坐了下来,没有脱大衣、摘草帽,抬起忧伤歉疚的两眼看着他。

他明白:她在等他解释。可是解释会是无聊、无益而且令人厌倦的。他心里感到沉重,因为他没能忍得住,对她说了粗话。他偶尔触到了衣袋里那封他每天都准备念给她听的信。他想现在给她看这封信,会把她的注意力转移到另外方面。他心里说:“该把话说明白了,给她,听天由命吧。”

---

① 原文为拉丁语。

他掏出信来，给了她：

“看看吧，这跟你有关系。”

他说完这话就到书房里去，摸黑躺到沙发上，没有枕枕头。娜杰日达读完了信，觉得天花板降低了，四壁向她推过来了。她突然感到挤，感到黑，感到害怕。她急忙画了三次十字，念叨说：

“主啊让他安息吧……主啊让他安息吧……”

她哭了。她喊道：

“亲爱的，拉耶夫斯基！”

没有回答。她以为拉耶夫斯基已进来，站在她的椅子后边。她像孩子似的放声大哭起来，说：

“为什么你早不告诉我他死了。那我就不会去参加野餐会了，不会那么可怕的嘻嘻哈哈了。男人们对我说了些下流话。罪孽啊，多大的罪孽啊！救救我吧，亲爱的，救救我吧！我失去理智啦……我完啦……”

拉耶夫斯基听到了她的哭声。他闷得难受，心脏跳得厉害。他惆怅难挨，起来在屋子中间站了一会儿，摸黑找到桌子旁边的椅子，坐了下来，心想：

“这简直是监狱……必须离开……不能……”

出去玩牌已经晚了，镇里没有餐馆。他又躺下，堵上耳朵以便听不到哭声。他忽然想起可以去找萨莫伊连科。为了不从娜杰日达身边过，他从窗户跳到小花园里，然后爬过篱笆，到了街上。外边很黑。刚刚开来一艘轮船，据船上灯火判断，那是一艘大客轮……锚链响起来了。岸边有一点红色灯火朝轮船的方向迅速移动着：这是海关的小船在划动。

拉耶夫斯基想到，“乘客在舱里睡自己的大觉呢……”便羡慕起别人的安宁来。

萨莫伊连科家的窗户全都开着。拉耶夫斯基朝一个窗户看了看，然后又朝另一个窗户看了看：屋里黑糊糊、静悄悄的。

“萨莫伊连科，你睡了吗？”他喊了一声，“萨莫伊连科！”

屋里传出了咳嗽声和吃惊的问话声：

“谁？什么事？”

“是我，萨莫伊连科。请原谅。”

等了一会儿，门开了。闪出了长明灯的柔和的光。身材魁梧的萨莫伊连科穿着白睡衣、戴着白睡帽出现了。

“你怎么啦？”他半睡不醒地吃力地喘着气，挠着痒痒问道，“等一会儿，我马上打开门锁。”

“别费事啦，我跳窗户……”

拉耶夫斯基从窗户跳进屋里，走到萨莫伊连科跟前，抓住他的手：

“萨莫伊连科，”他用颤抖的声音说，“救救我吧，恳求你啦，央告你啦！理解我吧！我实在受不了啦。这种处境哪怕再继续一两天，我也会勒死自己，像……像勒死一条狗！”

“等等……你究竟想说什么？”

“点上蜡烛吧。”

“唉……”萨莫伊连科叹了口气，点着了蜡烛，“我的上帝啊，我的上帝……已经一点多了，老弟。”

“请原谅，我在家里坐不住啊。”拉耶夫斯基看到光亮和萨莫伊连科，心里感到莫大的轻松，说，“你呀，萨莫伊连科，是我惟一的朋友，是我最好的朋友……全部希望都寄托在你身上啦。愿意不愿意，看在上帝分上，你都要救我。我无论如何都必须离开这里。你要借钱给我！”

“唉，我的上帝，我的上帝……”萨莫伊连科挠着痒痒，叹了口气，“我刚要睡着，就听到汽笛响：轮船到了。接着就是你……要许多钱吗？”

“起码三百。需要给她留一百，我路上得二百……我已经欠你四百左右，我一起汇给你……一起……”

萨莫伊连科用手抓住络腮胡子，叉开两脚，沉思起来。

“这样，”他沉思着自言自语地说，“三百……是的……可是我没有这么多。得跟谁借啦。”

“借吧，看在上帝分上！”拉耶夫斯基根据萨莫伊连科的表情看得出来：他想借给他钱而且一定能借给他，“去借吧，我一定还，我一到彼得堡就给你汇来。放心好啦，喂，萨莫伊连科，”他高兴起来，说，“让我们喝杯酒吧！”

“噢……可以喝一杯。”

他俩走进了餐厅。

“娜杰日达怎么办？”萨莫伊连科往桌上摆了三瓶酒一盘桃子，问道，“难道她留下来吗？”

“我一切都会安排好，一切都会安排好……”拉耶夫斯基突然感到一阵欢乐涌上心头，“我以后给她汇钱来。她来找我……那时我们再解除关系。为了你的健康干杯，老朋友。”

“等等！”萨莫伊连科说，“你先干这个……这是用我的葡萄园的葡萄做的。这瓶用的是纳瓦里泽葡萄园的葡萄。这瓶用的是阿哈图洛夫的……把这三种酒都尝尝，然后坦率地说出……我的好像带一点酸味。嗯？没喝出来？”

“不错。你给了我安慰，萨莫伊连科。谢谢……我有活路了。”

“带点酸味吗？”

“谁知道啊，我不知道，不过你是个少见的大好人！”

萨莫伊连科看着他那苍白的兴奋的善良的脸，想起了冯·科伦说的这种人应予以消灭的意见，觉得拉耶夫斯基是个任人欺侮和消灭的无人保护的软弱孩子。

“你回去以后，要跟妈妈和解。”他说，“这样不好。”

“是的，是的。一定。”

沉默了一会儿。喝完了第一瓶酒以后，萨莫伊连科说：

“你跟冯·科伦也和解吧。你俩都是非常好、非常聪明的人，可是却像恶狼一样互相仇视着。”

“是的。他是个非常好、非常聪明的人。”拉耶夫斯基赞同地说，他现在愿意夸奖任何人，宽恕任何人，“他是个出色的人，可是我没有办法接近他。没有办法！我们的个性差别太大了。我是个消沉、懒散、随和的人。也许有个适当时机，我会伸手给他，可是他会背过身去……表示蔑视。”

拉耶夫斯基喝了口酒，在屋里踱了一个来回，在屋子中央停下，继续说：

“我很了解冯·科伦，他是个坚韧不拔、专制独裁的人。你听到过他经常谈论考察队。这不是空话。他需要的是，荒原月夜，周围是一些帐篷，他的那些饥饿、患病、饱受艰苦跋涉折磨的哥萨克、向导、脚夫、医生、神甫都在帐篷里和露天地里睡着了，只有他一个人不睡，坐在折叠椅上，觉得自己是荒原之王，是这些人的主人，像斯坦利[①]似的。他不停地走啊，走啊，朝着什么地方走着。他的人一个接一个地呻吟着死去，可是他仍然不停地走着。终于他自己也死了，可是他仍然是荒原上的暴君和主宰，因为他坟前的十字架，商队在三四十英里以外都可以看见，仍在主宰着荒原。可惜此人不是在军队服役，否则他会成为一个杰出的天才统帅。他能把自己的骑兵队沉没到河水里，用他们的尸体做成前进的桥梁。在战争中，这种勇敢精神比任何筑城术和策略都有用。啊，我太了解他了！请告诉我：他呆在这里干什么？这儿对他有什么用？”

“他在研究海洋动物群。”

“他错了。错了，老兄，他错了。”拉耶夫斯基叹了口气，“在轮船上有位过路的学者对我说过，黑海动物群贫乏；黑海深处，因为有大量硫化氢，不可能存在有机生命。所有严肃的动物学家都在那不勒斯或者韦尔弗兰什[②]的生物研究站工作，可是冯·科伦自以为是，偏要在黑海进行研究，因为谁也不在这儿研究。他脱离了大学，不愿理睬其他学者和伙伴的见解，因为他首先是暴君，然后才

---

① 斯坦利（1841—1904），英国探险家，曾考察过非洲。
② 法国一小镇名。

是动物学家。你将看到，他会很有出息的。他现在就已经在幻想着，有朝一日考察回来，要从大学里清除阴谋倾轧、平庸无能之辈，把学者管得服服帖帖的。专制在科学研究里跟在战争中一样有力量。他住在这个臭气熏天的小镇已是第二个夏天了，因为在农村当第一比在城市当第二强。他在这里是国王，是雄鹰。他严厉地管束着全体居民，以自己的威信压迫着他们。他谁都管，什么事都过问。他什么都需要管，人人都怕他。我在摆脱他的魔爪，他觉察到这一点，因此恨我。他没有对你说，需要消灭我或者把我送去从事公益工程吗？”

“说过。”萨莫伊连科笑了。

拉耶夫斯基也笑了，把杯中酒喝光了。

“他的理想也是暴君式的。”他吃着桃子笑着说，“普通人如果为公共利益工作的话，那他们想到的是身边的人：我、你，一句话，具体的人。对冯·科伦来说，具体人是些狗崽子和小动物，太渺小了，不能成为他的生活目的。他工作，去考察以及在那儿丧命，都不是为了对具体人的爱，而是为了人类、子孙后代、理想的人种这样一些抽象目的。他在为改良人种操劳。在这方面，我们对他来说不过是奴隶、炮灰、力畜。对一些人，他会消灭掉或送去服苦役；对另一些人，他会像阿拉克切耶夫①那样用纪律加以束缚，强迫他们按着鼓点起床、就寝；派一些太监保护我们的贞操和品行，下令枪毙任何越出我们狭隘保守的道德规范的人。所有这一切都是为了改良人种……什么是人种？幻想、海市蜃楼……所有的暴君都是幻想主义者。我呀，老兄，很了解他。我看重他，不否认他的重要作用。世界是靠他这样的人来支撑的。如果世界交给我们来治理，那么，我们的仁慈和善良愿望就会把这个世界糟蹋得不像样子，就像苍蝇糟蹋这幅画似的。是这样的。”

拉耶夫斯基坐到了萨莫伊连科身边感情冲动地说：

① 阿拉克切耶夫，沙皇亚历山大一世时权势极大的专横残暴的大臣。

“我是个空虚、渺小、堕落的人！对我像空气一样不可缺少的东西就是酒、爱情，一句话，我到现在为止所过的生活就是欺骗、懒散、随遇而安。到现在为止，我一直在欺骗别人和欺骗自己，我因此感到痛苦，可是我的痛苦是廉价的，庸俗的。在冯·科伦的仇视面前，我温驯地弯下腰来，因为有时我自己也仇视自己，蔑视自己。”

拉耶夫斯基又激动地在屋里踱了一个来回，说：

“能清楚地看到、认识到自己的缺点，使我感到高兴。这能帮助我新生，成为另外一个人。亲爱的，要是你能知道我多么渴望新生就好啦。我对你发誓：我一定成为一个人！一定！我不知道是喝了酒的关系还是本来就是如此，反正我觉得好久没有体验像现在在你这里所体验的这种光明纯洁的时刻了。”

“老弟，该睡觉啦……”萨莫伊连科说。

“是，是……对不起。我马上走。”

拉耶夫斯基连忙站起来在家具和窗户旁边找帽子。他叹息着自言自语地说：

“谢谢……谢谢……爱护和良言比施舍强。你给了我生机。”

他找到了帽子，停下来，歉疚地看了看萨莫伊连科。

“萨莫伊连科！”他用祈求的声调叫了一声。

“什么事？”

“请允许我在你这儿过夜吧！”

“请便……这有什么呢？”

拉耶夫斯基躺到沙发上同医生又谈了好久。

10

野餐会三四天之后，玛利亚突然来找娜杰日达，见面没有寒暄，没有摘帽子，便抓住了她的两手，把她拽到胸前，拥抱起来，非常激动地说：

“亲爱的，我很激动，很震惊。我们可亲可爱的医生昨天告诉我丈夫尼科季姆说您的丈夫去世了。请告诉我，亲爱的……请告诉我，这是真的吗？”

“是真的，他死了。”娜杰日达答道。

“这真可怕，可怕，亲爱的！可是福祸是相倚的。您的丈夫大概是一个非常圣洁的好人。这种人天上比地上更需要。”

玛利亚脸上的所有点和线都颤动起来，好像脸皮下边有些小针在跳动。她甜蜜地笑了笑，兴奋地喘息着说：

“这么说，您自由啦，亲爱的。您现在可以高高地抬起头来勇敢地看别人的眼睛啦。今后上帝和人都要祝福您和拉耶夫斯基的结合啦。这美妙极啦。我高兴得浑身直抖，没法形容。亲爱的，我替您说媒……我和我丈夫那么喜欢你们，你们会允许我们祝福你们合法的纯洁的结合的。您想什么时候举行婚礼呢？”

“这个问题，我连想也没想过。”娜杰日达把手挣脱出来说。

“这是不可能的，亲爱的。您想啦，想啦！”

“真的，没有想过。”娜杰日达笑了，“我们为什么要举行婚礼呢？我看不出有任何必要。我们将跟过去一样生活。”

“您说什么呀！”玛利亚大吃一惊，“天哪，您说什么！”

“举行了婚礼，不会有好处，相反，倒会有害处。我们会失去各自的自由。”

“亲爱的！亲爱的，您说什么！”玛利亚向后退着拍着两手喊道，“你真怪！该省悟啦！该收收心啦！”

“怎么收心呢？我还没有生活呢，您却叫我收心！”

娜杰日达想起来：她实际上真还没有生活过。女子寄宿学校毕业后，嫁给了一个不喜欢的人，然后跟拉耶夫斯基同居，一直跟他住在这个寂寞荒凉的海滨，期待着情况会有所改善。难道这是生活吗？

她想，“也许该举行婚礼……”可是想起季里林和阿奇米亚诺夫来，脸就红了，说：

“不，这是不可能的。即使拉耶夫斯基跪下求我，我也会拒绝。”

玛利亚伤心严肃地在沙发上默默地用眼睛盯着一个地方，她坐了一会儿，站起来，冷冷地说：

“再见吧！亲爱的！请原谅我打搅您啦。虽然这对我也并不轻松，但是我应当对您说，从今天起，我们的关系就一刀两断啦。尽管我对拉耶夫斯基先生怀有深深的敬意，但是我家的门对你们关上了。”

她郑重地说完，自己也感受到了这郑重语调的压力；她的脸又颤动起来，带上了温柔甜蜜的表情，把两只手伸给了张皇失措、满面羞惭的娜杰日达，祈求说：

“亲爱的，让我做您的妈妈或者大姐吧，哪怕做一分钟呢！我要像妈妈那样对您直言不讳。”

娜杰日达胸中感到一阵温暖、欢乐和对自己的同情，真觉得是她妈妈复活了，站在她面前。她激动地把玛利亚抱在怀里，把头靠在她的肩上。两人都哭了。她们坐在沙发上抽噎了几分钟，谁也不看谁，一句话也说不出来。

“亲爱的，我的孩子，”玛利亚开始说，“我要跟你讲严酷的真话，不管你受得了受不了。”

“请讲，请讲！”

“相信我的话吧，亲爱的。您应当认识到：这里的太太们只有我一个人肯在家里接待您。第一天您就使我感到可怕，可是我不能像别人那样用蔑视的态度对待您，我可怜亲爱的善良的拉耶夫斯基先生，像可怜自己的儿子一样。一个年轻人，在人生地不熟的地方，没有生活经验，势单力薄，妈妈不在身边，我感到难受……我丈夫反对跟他结识，可是我劝他……说服了他……我们开始请他到家里来，请他当然也要请您，否则他会见怪的。我有女儿，儿子……您明白，孩子们头脑简单，心地单纯……要是有人诱惑两个孩子中间的一个……在家里接待你们，我一直担心孩子们哪。等您当妈妈的时候，您就会理解我提心吊胆的心情啦。我把您，请原谅，作为正经人接待，人们都感到奇怪，暗示我……哎，当然还有流言蜚语，无聊猜测……我在内心深处责难您，可是您也是不幸的、可怜的、古怪的。我因为可怜您而感到难受。”

“可是为什么呢？为什么呢？”娜杰日达全身颤抖着问道，“我把谁怎么啦？”

“您是可怕的罪人。您破坏了自己在神坛前对丈夫发下的誓言。您诱惑了一个极好的年轻人。他如果不遇见您，也许会娶一个门当户对的好人家的女儿作生活伴侣，现在就会跟大家一样。您把他的青春毁了。您不要说，不要说，亲爱的！我不相信在我们的罪孽中男人有过错。总是女人的过错。男人在家庭生活中是轻浮的，他们是靠头脑而不是靠心生活。许多事，他们不懂，可是女人全懂。一切都取决于女人。她的天赋多，对她的要求也多。啊，亲爱的，如果在这方面女人比男人蠢和差，那上帝就不会把教育子女的事情交给她去做啦。其次，亲爱的，您走上罪孽的道路以后，变得毫无羞耻之心啦，换了别人，早就躲开人们，关门坐在家里啦；人们只能在教堂里看到她脸色苍白，上下一身黑，不断哭泣。每个人由衷地感到悲痛，说：‘上帝啊，犯错误的天使又回到你身边来了……’可是，您呢，亲爱的，丝毫不知羞耻，公开地生活在一起，十分奇怪，对自己的罪孽，好像引以为荣似的。您蹦蹦跳跳、嘻嘻哈哈。我看着您，吓得浑身发抖。您坐在我家的时候，我怕雷击我家的房子。亲爱的，您不要说，不要说！”玛利亚喊道，她看到娜杰日达想要说什么，“相信我的话吧，我不欺骗您，也不对您心灵隐瞒任何真理。听我的话吧，亲爱的……上帝在记录着罪孽深重的人，您已经被记录下来了。您应当认识到您的衣着打扮总是吓人的！”

娜杰日达一直认为自己的衣着打扮最好，听到此话，停止了哭泣，惊奇地看着她。

“是的，可怕！”玛利亚继续说，“根据您衣着打扮的考究和鲜艳，任何人都能断定您的行为。人们看着您，讪笑、耸肩膀，可我却难受，难受……而且，请原谅，亲爱的，您不干净！我们在浴室相遇的那次，您叫我发抖。外面衣服还马马虎虎，可是裙子、衬衣，亲爱的，我脸红！可怜的拉耶夫斯基先生也没有人给他把领带系得像个样子。从可怜虫的衬衣和皮靴上可以看出来，在家里也没有人照管他。而且他到我们家时总是饿着肚子。事实上，如果家里没人关心茶炊和咖啡，势必无奈就要把一半薪金花在小吃部里啦。你们家里简直吓人！全镇谁家里都没有苍蝇，可是你们家却多得不得了，盘子碟子全是黑的，瞧瞧窗户和桌子吧，到处是灰尘、死苍蝇；玻璃杯，谈玻璃杯干什么？亲爱的，你们家的玻璃杯这时候还没从桌子上收拾掉呢。进你们的卧室叫人害臊：内衣到处扔，你们的各种橡胶用具挂满墙，一个什么器皿还摆在那里……亲爱的！丈夫什么都不应该知道，妻子在丈夫面前应当干干净净的，像个小天使。我每天早晨天一亮就起来用冷水洗脸，为的是不让我的尼科季姆看到我刚睡醒的样子。”

“这全是小毛病啊，”娜杰日达哭着说，“要是我幸福的话，都可以改，可是我多么不幸啊！”

“是的，是的，您很不幸！”玛利亚叹了口气，强忍着没哭起来，“您将来还会有可怕的痛苦呢！孤独的老年，疾病，然后是末日审判……可怕呀可怕！现在命运向您伸出了援助之手，而您却要不明智地推开它。举行婚礼吧，快举行婚礼吧！”

“是的，需要举行，需要举行。”娜杰日达说，“可是这不可能。”

“为什么呢？”

“不可能！要是您能知道就好啦！”

娜杰日达想讲讲跟季里林的关系，讲讲昨天傍晚在码头上遇到年轻漂亮的阿奇米亚诺夫时脑袋里出现了一个用疯狂可笑的办法还清三百卢布债务的念头，以及当时她觉得很可笑，可是很晚回到家的时候她觉得自己竟堕落到要出卖自己的地步了。她自己也不知道是怎么变成这样的。她想当着玛利亚的面儿发誓一定要用钱还清这笔债，可是抽噎和羞恶之心使她没能说出口来。

“我离开这里。”她说，“让拉耶夫斯基先生留下，我走。”

“上哪儿？”

“回俄罗斯去。”

“可是你在那里靠什么生活呢？因为你是一无所有啊。”

“我搞翻译，或者……开个小图书馆……”

“别幻想啦。亲爱的。开图书馆要有钱哪。好啦，我走啦，您冷静地想一想，明天高高兴兴地到我家来。这将是美妙的。好啦，再见吧，我的小天使。让我吻吻您。”

玛利亚吻了吻娜杰日达的额头，给她画了十字，静悄悄地走了。天已经黑了。奥尔加已在厨房里点上了灯。娜杰日达继续哭着，走进卧室，躺到床上。她的热病厉害地发作了。她躺着把衣裳脱下来，卷在一起，扔在脚下，盖着被，缩成一团。她想喝水可是没人给她拿。

“我给！”她对自己说。在昏迷中她觉得好像坐在一个病人旁边，认出来这个病人就是自己，“我给！那是荒谬的，如果认为我为了钱肯……我离开这里，从彼得堡寄钱还他。先寄一百……然后再寄一百……然后再寄一百……”

深夜拉耶夫斯基回来了。

“先寄一百……”娜杰日达对他说，“然后再寄一百……”

“你服些奎宁吧。”他说完，心想，“明天是星期三，客轮开走，我不能离开。这就是说，得在这里呆到星期六啦。”

娜杰日达在床上跪了起来。

“我方才什么也没说吗？”她被蜡烛光照得眯缝着眼睛，微笑着问道。

“没有。明天早晨得请医生啦。睡吧。”

他拿起枕头朝房门走去。自从他彻底决定留下她离开这里以后，她便开始在他心里激起一种怜悯和犯罪的感觉；在她身边，他感到有些歉疚，就像在病人或者一匹已决定屠宰的老马旁边似的。他在门口停下来，回头看了她一眼。

“野餐会上，我一时冲动，对你说了句粗话。请原谅，看在上帝分上。”

说完，他就到自己的书房里去了，躺下，久久未能入睡。

第二天早晨，因为是重要节日，萨莫伊连科穿上军礼服，佩戴着带穗肩章和勋章，来号了娜杰日达的脉，看完了她的舌头，从卧室里出来的时候，拉耶夫斯基站在门口担心地问道：

“喂，怎么样？怎么样？”

他的脸上表现着害怕、担心和期待。

“放心吧，没有什么危险。”萨莫伊连科说，“普通热病。”

“我问的不是这个。”拉耶夫斯基不耐烦地皱起了眉头，“弄到钱了吗？”

“亲爱的，请原谅。”萨莫伊连科朝房门看了一眼，不好意思地低声说，“请千万原谅。谁也没有多余的钱，暂时我只能五卢布十卢布地凑，一共凑了一百一十卢布。今天我再找人谈谈。耐心等等吧。”

“不过星期六是最后期限。”拉耶夫斯基急得浑身直哆嗦，“请务必在星期六以前。要是星期六不能走，那我就什么也不需要了……不需要了！我不理解为什么医生会没有钱！”

“那是你的问题。”萨莫伊连科迅速有力地低声说，有些话到了嘴边没说出来，“我的钱全被人家借走了，外边欠我七千卢布，可我自己还闹了一身债。难道怨我吗？”

“那么星期六以前可以弄到咯？对吗？”

“尽力而为吧。”

“求你啦，亲爱的！希望星期五早晨钱能到我手里。”

萨莫伊连科坐下开了药方：奎宁同溴化钾、大黄酊剂、龙胆健胃剂、茴香水溶液搅到一起，再加上玫瑰糖浆以便不苦，然后就走了。

11

“你的这身打扮，好像是来逮捕我似的。”冯·科伦看到萨莫伊连科穿着军礼服进来说。

“我路过这里，心想进去探究一下动物学吧。”萨莫伊连科坐到动物学家自己用普通木板钉的大桌子旁边说，“你好，神甫！”他向助祭点了一下头，助祭正坐在桌子旁边抄什么，“坐一会儿就回家去安排午饭。到时候了……我不妨碍你们吗？”

“丝毫不妨碍。”动物学家在桌子上排列着一些写满小字的纸片片说，“我们在抄写材料呢。”

“这样……啊哟，我的天哪，我的天哪……”萨莫伊连科叹了口气，小心翼翼地从桌子上拿起了一本落满灰尘的书。书上放着一只枯干的避日虫，“嘿，你想想，假如有一只绿色的小甲虫去办自己的事情，路上突然遇到一个这么可恶的家伙，多可怕啊！”

“是可怕。”

“它的毒是为了自卫吗？”

“是的，为了自卫，也为了进攻。”

“这样，这样，这样……亲爱的，自然界一切都有目的性，而且可以讲出道理来。”萨莫伊连科叹了口气，“只有一件事情，我不明白。请你这个非常聪明的人给我解释一下。你知道，有些小兽，没有家鼠大，长得漂漂亮亮的，可是却非常卑劣，不讲道德。这种小兽，比方说，走在树林里吧，它看到只小鸟，就捉住吃了。再往前走，看到一个鸟窝。里面的鸟蛋，它已不想吃了，饱了，可是它仍然咬破一个，剩下的，它也用爪子从窝里扒出来。后来碰到一个青蛙，就玩弄起青蛙来，把青蛙折磨死了。它一边往前走，一边舔着嘴唇。迎面来了个小甲虫。它一爪子就把甲虫……它一路上遇到什么破坏什么。它也往别的动物的洞里钻。无缘无故地扒毁蚂蚁窝，咬死蜗牛……遇到大老鼠，它就跟它打架；遇到小蛇或者小老鼠，它就窒息它们。整天干这种事。哎，请告诉我，要这种野兽干什么？它为什么被创造出来？”

“我不知道你谈的是什么动物。”冯·科伦说，“你大概谈的是食虫目里边的什么动物吧。那有什么呢？鸟落到它嘴里，是因为不小心。它破坏鸟窝，是因为鸟笨，窝造得不好，不会加以伪装。那只青蛙大概在保护色上有什么缺陷，否则小兽不会看到它，诸如此类，等等。你讲的小兽消灭的只是弱者、笨者、懈怠者，一句话，是有缺陷而自然界认为不需要把这些缺陷传给后代的这样一些动物。能生存的只是那些灵巧的、谨慎的、强壮的、发达的动物。这样，你讲的小兽便在不知不觉地服务于改良品种的伟大目的。”

“说的有理，有理，有理……老弟，顺便提提，”萨莫伊连科用随随便便的腔调说，“借给我一百来卢布吧。”

“可以。食虫目里有一些很有意思的动物。例如鼹鼠。据说它是益兽，因为它消灭害虫。传说有个德国人送给威廉一世皇帝一件鼹鼠皮大衣，威廉一世下令给他警告，因为他消灭了那么多益兽。然而鼹鼠在残忍程度上丝毫不亚于你讲的小兽，而且很有害，因为它对牧场的破坏很厉害。”

冯·科伦打开小箱子，拿出了一百卢布。

“鼹鼠的胸廓很强壮，像蝙蝠一样。”他关着小箱子继续着，“筋骨非常发达，牙齿锋利无比。要是身躯有象那么大的话，那它就会成为能摧毁一切的无敌动物啦。有趣的是，两只鼹鼠在地下相遇的时候，好像达成了协议似的，同时开始掘出一块小场地来。它们需要这块小场地是为了决斗方便。小场地掘好后，它们就开始血战，直到弱者倒下为止。拿一百卢布去吧。”冯·科伦降低声调说，“不过有个条件，就是你不是替拉耶夫斯基借的。”

“就算是替拉耶夫斯基借的吧！”萨莫伊连科火了，“关你什么事？”

“替拉耶夫斯基借的，我不借。我知道你爱借钱给别人。即使是江洋大盗科里姆跟你借，你也会借给他。可是，请原谅，在这方面，我不能帮你。”

“是的，我是替拉耶夫斯基借的！”萨莫伊连科站起来，挥舞着右手说，“不错！是替拉耶夫斯基借的！谁也没有权利教训我应当如何支配自己的钱。您不借吗？不借？”

助祭哈哈大笑起来。

“您别急嘛，好好想想。”动物学家说，“对拉耶夫斯基先生行善，我看，是不明智的，就像浇灌野草、喂养蝗虫一样。”

“我认为我们应当帮助别人。”萨莫伊连科喊道。

“那就帮助躺在篱笆旁边的那个饥饿的土耳其人吧！他能做工，比你的拉耶夫斯基有用。把这一百卢布给他，或者把这一百卢布捐献给我的考察队吧。”

“你借不借？我问你！”

“你坦白地告诉我：他要这些钱干什么？”

“这不是秘密。他需要星期六去彼得堡。”

“原来如此！”冯·科伦拖长腔调说，“啊……我们明白啦。她呢，跟他一起走，还是怎么的？”

“她暂时留在这里。他到彼得堡把自己的事情安排好，然后给她汇钱来。那时她再走。”

“好算盘！……”动物学家说完，发出短促的男高音般的笑声，“好算盘！想得太聪明啦。”

他迅速走到萨莫伊连科跟前，脸对脸地看着他的眼睛，问道：

“你坦白地回答：他不爱她了？对吧？你回答：他不爱她了？对吧？”

“对。”萨莫伊连科说完，脸上渗出了汗珠。

“这多么叫人恶心！”冯·科伦说。从他的脸上可以看出来他感到厌恶，“二者必居其一，萨莫伊连科：或者你跟他是同谋，或者你是个傻瓜。你真不明白，他在肆无忌惮地像骗一个小孩子似的骗你吗？再明显不过了：他想摆脱她，把她扔在这里。她要靠你养活。再明显不过了：你得用自己的钱把她打发回彼得堡去。难道你的挚友的高尚德行使得你那么眼花缭乱，竟看不清最普通的道理吗？”

“这暂时只是一些推测。”萨莫伊连科坐下说。

“推测？那为什么他一个人走，不跟她一起走？你问问他：为什么不让她先走，他后走？骗子！”

萨莫伊连科受到对自己朋友突如其来的怀疑的压抑，突然感到浑身无力，降低了声调。

“但是这不可能！”他想起了拉耶夫斯基那天在他家过夜的情形说，“他那么痛苦！”

“从这里能得出什么结论来呢？盗贼和纵火犯也痛苦呢。”

“退一步讲，即使你对……”萨莫伊连科沉思着说，“就算你对……可是他一个年轻人，在人生地不熟的地方……一个大学生，我们也是大学生，而且除了我们也没有人能给他帮助啦。”

“帮助他干无耻勾当，只是因为你和他在不同的时期都在大学呆过，而且两人在那里什么也没做。多么荒谬！”

“等等，让我们冷静地考虑一下。我想，可以这样安排……”萨莫伊连科活动着手指，思量着说，“我交给他钱的时候要他以人格保证一个星期之后给娜杰日达寄路费来。”

“他会给你保证的，甚至还会痛哭流涕呢，连他自己也会相信自己的话。可是这种保证有什么价值呢？他不会履行诺言的。等过一两年，你在涅瓦大街遇到他挽着新的情人的手时，他会辩解，说是文明毒害了他，他是罗亭[①]的残渣余孽。别管他啦！离开污泥浊水吧，别用两手在里面翻腾啦！”

萨莫伊连科想了一会儿，决定说：

“不过我还是要借钱给他。不管你愿不愿意，我不能只是根据一些推测就拒绝一个人的请求。”

“好极啦。跟他亲吻去吧。”

“那就把这一百卢布借给我吧。”萨莫伊连科小心翼翼地请

① 屠格涅夫同名小说的主人公。

求说。

“不借。”

一阵沉默。萨莫伊连科完全软下来了。他的脸上呈现出歉疚的害臊的巴结的表情。在一个身材魁梧、佩戴着带穗肩章和勋章的人的脸上看到这种可怜的孩子般的腼腆表情，令人觉得有些奇怪。

“本地主教巡视教区，不坐马车而是骑马。”助祭放下笔说，“他骑在马上的样子非常动人。他的朴素谦虚作风充满《圣经》故事中的伟大精神。”

“他是个好人吗？”冯·科伦问道，他高兴转换话题。

“怎么不是呢？要不是好人，能提升他当高级僧侣吗？”

“高级僧侣中间有一些很好的有才能的人。”冯·科伦说，“遗憾的是他们很多人有一个弱点，就是把自己想象成国家要人。有的人在推行同化少数民族的政策，有的在批判科学。这不是他们应该做的事情。他们最好常到宗教事务所看看。”

“世俗的人无权议论高级僧侣。”

“为什么呢，助祭？高级僧侣也是人，跟我一样。”

“一样，又不一样。”助祭不高兴了。他一边拿笔，一边说，“如果您也是那样的人，那您也会得到天惠，也会成为高级僧侣。既然您不是高级僧侣，那就是说，您不是那样的人。”

“不要打岔儿，助祭！”萨莫伊连科忧郁地说，“听着，我想出了一个办法。”他对冯·科伦说，“这一百卢布你不必借给我了。你在我这儿包伙要包到冬天，还有三个月。那你就预付三个月伙食费吧。”

“不付。”

萨莫伊连科直眨眼睛，脸涨得通红。他机械地把放着避日虫的那本书拽到跟前，看了看，然后站起来，拿起了帽子。冯·科伦可怜起他来。

“请你继续跟这种先生打交道吧！”动物学家说完，气得用脚把一张什么纸踢到墙角上，“你要明白，这不是善良，不是爱，而是姑息、放纵、毒害！理智做的一切，都被你的那颗软弱无用的心破坏了。我念中学时，得了伤寒。我姨可怜我，给我醋渍蘑菇吃，我差一点儿没有死了。你和我姨都应该明白：对人的爱，不应在心里，不应在囊匙里，也不应在腰里，而应在这里。”

冯·科伦拍了自己的前额一下。

“拿去吧！”他说完，把一张面额一百卢布的钞票扔了过去。

“你多余生气，冯·科伦。”萨莫伊连科收起纸币，温情地说，“我很理解你，可是……你也要替我想想。”

“你是个老婆子，事实如此。”

助祭哈哈大笑起来。

“听着，萨莫伊连科，最后的请求。”冯·科伦激动地说，“你给那个坏蛋钱的时候要对他提一个条件：要他跟自己的女友一起走，或者打发她先走；否则，别给他。跟他没有什么好客气的。你就这么对他说，你要是不说，我向你保证，我到他的办公室去，把他从楼梯上摔下去，同时跟你绝交。记住！”

“这有什么呢？他跟她一起走或者打发她先走，对他来说会方便些。”萨莫伊连科说，“他甚至会高兴的。好啦，再见。”

他和和气气地告了别，走了出来，可是在带门之前回头朝冯·科伦做了一个可怕的鬼脸说：

“老弟，这是德国人把你毁了！是的！是德国人！”

12

第二天星期四，玛利亚庆祝儿子科斯嘉的生日。人们受到邀请，中午来吃蛋糕，晚上来喝可可。晚上拉耶夫斯基和娜杰日达来的时候，动物学家已经坐在客厅里喝可可，问萨莫伊连科：

“你跟他谈过吗？”

“还没有。”

“留心哟。用不着客气。我不理解这两位为什么这么不知羞耻。他们清楚地知道这家人对他们同居有看法，可是仍然往这里钻。”

“要是理会每一种偏见的话，”萨莫伊连科说，“那就哪儿也不能去了。”

“难道群众对婚外恋和放荡行为的厌恶是偏见吗？”

“当然是偏见和敌视。士兵一看到轻佻女人就起哄，吹口哨。试问他们自己是什么人呢？”

“他们起哄是有原因的。荡妇窒息自己的非婚生子女去服苦役，安娜·卡列尼娜跳到火车下边自杀，农村用焦油涂大门，还有我们不知为什么喜欢卡佳的纯洁，还有每个人都模模糊糊地感到需要纯真的爱情，尽管知道这种爱情是没有的：难道这些都是偏见吗？老兄，这是自然选择所留下的惟一的东西。没有这种调整两性关系的不可捉摸的力量，拉耶夫斯基们就更会为所欲为了，人类两年之内就会退化。”

拉耶夫斯基进了客厅，同大家打招呼。握冯·科伦手的时候巴结地笑了笑。他等到了一个适当的时机，对萨莫伊连科说：

“请原谅，萨莫伊连科，我需要跟您说两句话。”

萨莫伊连科站起来扶着他的腰，两人进了尼科季姆的书房。

“明天星期五……”拉耶夫斯基咬着指甲说，“你答应的数搞到了吗？”

“只搞到了二百一。剩下的今天或明天搞到。放心吧。”

“谢天谢地！……”拉耶夫斯基嘘了口气，他的两手高兴得颤抖起来，“你救了我，萨莫伊连科，我用上帝的名义，用自己幸福的名义，用你希望的任何名义发誓：这笔钱，我一到一定马上寄来。旧债也一定寄还。”

“有个问题，拉耶夫斯基……”萨莫伊连科拽着他的一个纽扣红着脸说，“请原谅我干预你的家务事，可是……为什么你不带娜杰日达一起走呢？”

“怪人，难道可以这样吗？我们俩一定得留下一个，否则债权人就会大喊大叫嘛。我欠小铺七百呀，也许多些。等我给他们寄钱来，堵住他们的嘴，那时她再离开这里。”

“这样……那你为什么不打发她先走呢？”

“啊哟，我的上帝，难道这行吗？”拉耶夫斯基感到惊讶，“她是个女人哪。她一个人在那儿能做什么呢？她明白什么？这只会拖延时间，浪费金钱。”

“合理……”萨莫伊连科心里说，可是想起了跟冯·科伦的谈话，便垂下眼皮，阴沉地说：

“我不能赞同你的看法。你要么带她一起走，要么打发她先走，否则……否则我不能借给你钱。这是我的最后决定……”

他往后退了几步，后背把门顶开，回到了客厅，满脸通红，心情非常烦乱。

拉耶夫斯基回到客厅，心里一直想着：“星期五……星期五……星期五……”给他端来一杯可可。热可可把他的嘴唇和舌头烫了一下，他心里仍在念叨着：“星期五……星期五……”

“星期五”这个字眼不知为什么一直没有离开他的脑海。除了星期五，他什么也没想。对他来说，只有一点是清楚的——但这不是靠头脑，而是靠预感——那就是星期六他走不了啦。穿戴得整齐、头发往两边分梳的尼科季姆站在他面前说：

“请喝可可……”

玛利亚把卡佳的考试成绩单拿出来给客人看，拖着长腔说：

“现在念书，非常，非常难！要求那么多……”

“妈！”卡佳呻吟着，她对夸奖感到十分难为情，臊得不知藏到什么地方好。

拉耶夫斯基也看了看成绩单，夸奖了几句。神学课、俄语、操行，五分、四分在他的眼里跳动着。这一切再加上摆脱不掉的星期五、尼科季姆往两边分梳的头发和卡佳绯红的脸颊在他的脑袋里形成个无边无际的不可克服的愁闷海洋。他差一些没有绝望得喊起来。他问自己：“难道，难道我真走不了啦？”

并排摆了两张牌桌。大家坐下来玩传纸条游戏。拉耶夫斯基也坐下了。

“星期五……星期五……”他心里想着，脸上微笑着从衣袋里往外取铅笔，“星期五……”

他想考虑一下自己的处境，可是他害怕。他怕承认军医识破了他的骗局。这个骗局，他连对自己都长期严密地隐瞒着。他每次考虑自己未来的时候，都不曾给自己的思路充分自由。他坐进车厢，火车一开——他的问题就解决了。他不让思路再发展下去。像野地里若明若暗的远方灯光似的，有一个想法偶尔在他的脑海里闪烁着：那就是遥远的将来在彼得堡的一条胡同里，为了同娜杰日达分手并还清债务，还要求助于一个小小的谎言。他只欺骗一次，然后他的彻底新生就来临了。这样很好，用一个小的谎言作代价，他会得到一个大的诚实。

现在军医通过拒绝不客气地暗示识破了他的骗局：他明白了——欺骗，他不只是在遥远的将来需要，而且今天，明天，一个月以后，也许终生，他都需要。事实上，为了离开这里，他需要对娜杰日达，对债权人和上司撒谎，然后，为了在彼得堡弄到钱，必须对妈妈撒谎，说已跟娜杰日达分手，妈妈要是只给五百卢布，多了不肯给，那他就是对军医撒了谎，因为他无法尽快寄钱还他。最后，娜杰日达到了彼得堡，为了达到跟她分手的目的，还必须采取一系列大大小小的骗术，于是又是眼泪，无聊，厌倦的生活，忏悔，这就是说任何新生都不会有。全是骗局，别无其他。在拉耶夫斯基的想象中，骗局已堆积成一座高山，为了一次跨越这座高山，而不是零打碎敲地撒谎，他必须采取断然措施，例如一句话不说，拿起帽子抬腿就走，不借钱，一句话不说。可是拉耶夫斯基觉得这对他是不可能的。他心里想着：

“星期五，星期五，星期五……”

大家把纸条写好，对折起来，放进尼科季姆的一顶旧礼帽里。等纸条积累到一定数量的时候，扮演邮差的科斯嘉便绕着桌子分送。助祭、卡佳、科斯嘉收到了一些可笑的纸条，努力把自己的纸条写得更可笑，感到兴高采烈。

娜杰日达得到一张纸条，上边写着：“我们需要谈谈。”她跟玛利亚交换了一下眼色。玛利亚甜蜜地对她笑了笑，点了点头。

“谈什么呢？”娜杰日达心想，“要是不能全讲出来，那就没有必要谈。”

在出来做客之前，她给拉耶夫斯基打上了领带。这件微不足道的小事使她的心里充满了柔情和忧伤。拉耶夫斯基脸上的惊慌神色，心不在焉的眼神，苍白的脸色和近来莫名其妙的变化，以及她对他隐瞒着可怕的令人厌恶的秘密，以及她打领带时双手不停地颤抖——这一切不知为什么使她感到他俩共同生活的日子已经所剩无几了。她看着他，像看着圣像似的，心里充满了恐惧和忏悔，心里念叨着：“宽恕我吧，宽恕我吧……”阿奇米亚诺夫坐在她的对面，两只黑色的眼睛痴情地盯着她。情欲在她心里激荡。她感到害羞，并且担心甚至愁闷和忧伤也不能阻止她今天或明天向不洁的情欲让步，她像一个不可救药的酒鬼已经无力自拔了。

为了不再继续这种对她是可耻的、对拉耶夫斯基是侮辱的生活，她决定离开拉耶夫斯基。她将哭着恳求他放她走。要是他不答应，她就偷偷走。她不告诉他发生的一切，让他保留着关于她的纯洁的回忆。

“爱你，爱你，爱你。”她找到了一张纸条，这是阿奇米亚诺夫写的。

她要住在一个偏僻的地方做工，用“无名氏”的名义给拉耶夫斯基寄钱，寄绣花衬衫、香烟。只有拉耶夫斯基老年得了重病，需要人护理时，她才会回到他身边。当他老年知道了她为什么不肯做他的妻子而离开他时，鉴于她做出的牺牲，他会宽恕她的。

“您的鼻子长。”这张便条大概是助祭或者科斯嘉写的。

娜杰日达想象着：同拉耶夫斯基诀别时，紧紧拥抱着他，吻他的手，向他发誓至死爱他，然后住到一个偏僻地方，周围全是生人；她将每天想着在某个地方她有一个纯洁高尚崇高的朋友、爱人在保存着关于她的纯洁回忆。

“您如果今天不答应我见面，我将采取措施，绝非戏言。对有地位的人不许耍弄，必须了解这一点。”这是季里林写来的。

13

拉耶夫斯基得到了两张纸条。他打开一看，上边写的是：“别走，亲爱的。”

“这是谁写的呢？”他心里琢磨着，“当然不是萨莫伊连科，也不是助祭，因为他不知道我想走。莫非是冯·科伦？”

动物学家趴在桌子上在画金字塔。拉耶夫斯基觉得他的眼睛在笑。

“大概是萨莫伊连科说漏的……”拉耶夫斯基心想。

另一张纸条也是龙飞蛇舞的笔体，写的是：“某人星期六走不了啦。”

“愚蠢的嘲弄。”拉耶夫斯基心里说，“星期五，星期五……”

他觉得有什么东西堵到了喉咙里。他摸了摸衣领，咳嗽了一下，可是从喉咙里咳出来的不是痰而是笑声。

“哈，哈，哈！”他放声大笑起来，“哈，哈，哈！”

“我这是怎么啦？”他想，“哈，哈，哈！”

他想控制住自己，用手捂住嘴，可是笑压迫着他的胸膛和脖颈。手捂不住嘴。

“这多么蠢哪！”他前仰后合地笑着，想，“我是疯了吗？”

笑声越来越高，最后变得像哈巴狗的叫声。他想从桌子旁边站起来，可是两腿不听使唤。右手不知为什么奇怪地不由自主地在桌子上跳动起来，痉挛地抓住一些纸条攥在手里。他看到人们惊奇的目光、萨莫伊连科严肃惊讶的神色以及动物学家充满冷酷嘲笑和厌恶的表情，心里明白了：他这是歇斯底里发作了。

“多么难看，多么丢人。”他想，感到热泪在脸上流着……“啊呀，啊呀，太出丑啦！我从来没有发生过这种情况……”

人们搀着他的两臂，从后边扶着他的头，把他架到了一个地方。一个玻璃杯在他眼前闪了闪，碰了他的牙齿一下，水洒到了他的胸膛上。这是一个小房间，正中并排放着两张床，床上蒙着干净雪白的床罩。他倒在其中一张床上，嚎啕大哭起来。

“不要紧，不要紧……”萨莫伊连科说，“这种情况常有……常有……”

娜杰日达吓得浑身发冷，直打哆嗦，担心有什么可怕的事情要发生，站在床前问道：

“你怎么啦？怎么啦？求你啦，说啊……”

“季里林没有给他写什么吧？”她想。

“没有什么……”拉耶夫斯基又笑又哭地说，“走开……亲爱的。”

他的脸上既无怨恨又无厌恶，这就是说他什么也不知道。娜杰日达稍微放心，回到了客厅。

“别担心，亲爱的！”玛利亚坐到她旁边，握起她的一只手对她说，“会好的。男人也像我们这些罪人一样脆弱。你们俩现在正在经历一场危机……这是可以理解的！好吧，亲爱的，我等您答复。让我们谈谈吧。”

“不，别谈啦……”娜杰日达谛听着拉耶夫斯基的嚎啕声，说，“我心里很不好受……让我走吧。”

“不行，不行，亲爱的！”玛利亚吃了一惊，“难道您认为不吃晚饭我会放您吗？吃完饭随您便。”

“我心里不好受……”娜杰日达低声说。为了不摔倒，她用两手抓住圈椅的扶手。

“他是癫痫！”冯·科伦快活地走进客厅说，看到娜杰日达，感到不好意思，便出去了。

等歇斯底里发作完了，拉耶夫斯基坐在别人的床上想道：

“丢脸，我像一个小姑娘似的大哭了一场！我那样子一定很可笑，很难看。从后门溜走吧……不过这样就说明我是认真看待自己的歇斯底里的。应当用玩笑搪塞过去……”

他照了照镜子，坐了一会儿，就到客厅里去了。

“瞧，我好好的！”他微笑着说。他感到羞愧难当，觉得别人也替他害臊，“常有这样的情况。”他坐下说，“坐着坐着，突然觉得肋针扎似的痛得要命……忍受不了，神经承受不住，就……就出现了这种荒唐的情况。我们这个神经质的时代，毫无办法！”

吃晚饭时，他喝葡萄酒，跟别人闲聊，偶尔猛然抽一口气，用手摸摸肋，表明现在仍然感到痛。除了娜杰日达，谁也不相信他这一套。这一点，他看出来了。

九点多，大家到林荫路上散步。娜杰日达担心季里林会找她谈，总是跟玛利亚和孩子们走在一起。她被恐惧和忧虑折磨得筋疲力尽，感到热病要发作了。她觉得身上发懒，迈不动步，可是她不想回家，因为她相信季里林或者阿齐米亚诺夫或者他俩一起会跟她去。季里林跟尼科季姆并排走在后边，低声唱着：

“我不——允——许别人耍弄我！决——不——允——许！”

大家从林荫路拐到小吃部，沿着海岸走起来，久久地看着磷光闪闪的大海。冯·科伦开始解释为什么大海会发磷光。

14

“噢，我得去打文特牌啦……等着我呢。”拉耶夫斯基说，“再见吧，诸位。”

“我跟你一起走，等等。”娜杰日达说完，挽起了他的胳臂。

他们辞别了大家，走了。季里林也辞别了大家，说是同路，跟他们走了。

“爱怎么的就怎么的吧……”娜杰日达心想，“随他便……”

她觉得好像一切不好的回忆都从她脑袋里钻出来，在黑影里跟她并排走着，吃力地喘息着；她呢，则像一只掉进墨水瓶里的苍蝇，拼命地在马路上爬着，把拉耶夫斯基的肋和胳臂都染黑了。她想："要是季里林做出什么坏举动的话，那不怨他，而是怨自己，因为曾经有过一个时期，那时没有一个男人像季里林这样跟她讲话，是她自己把这个时期像一根线似的扯断并且永远毁掉了——这怨谁呢？被自己的情欲弄得迷迷糊糊的，她向一个根本不认识的陌生人卖俏，大概只是因为他身材匀称、高大吧。两次幽会之后，她厌倦了，就抛弃了他，难道因此他就有权利可以随意摆布她吗？"

"亲爱的，我在这儿跟你分手啦。"拉耶夫斯基站下说，"季里林先生送你。"

他向季里林鞠了一躬，便横穿马路，向舍什科夫斯基家走去。舍什科夫斯基家的灯亮着，不一会儿传来了他推篱笆门的声音。

"请允许我跟您说明。"季里林开始说，"我不是小孩子，不是什么阿奇卡索夫，拉奇卡索夫，扎奇卡索夫……我要求认真对待！"

娜杰日达的心剧烈地跳动起来。她什么也没有回答。

"您对我的态度的急剧转变，我开始认为是卖弄风情。"季里林继续说，"现在我看您是不会同有地位的人打交道。您不过想要弄我，像要弄这个亚美尼亚小孩子似的。可我是有地位的人，要求像对待有地位的人那样对待我。现在我听您吩咐……"

"我心里难受……"娜杰日达哭了，为了掩饰眼泪，她转过脸去了。

"我心里也不好受，可从这里能得出什么结论来呢？"

季里林沉默了一会儿，斩钉截铁地说：

"我重复一遍，太太。要是您今天不答应跟我幽会，我今天就大闹一场。"

"今天放了我吧。"娜杰日达说。她的声音那么可怜，那么细微，连她自己都听不出来是自己的声音了。

"我应当教训教训您……请原谅我说话粗鲁，但是我必须教训教训您。是的，遗憾，我应当教训教训您。我要求会见两次：今天一次，明天一次。以后您就完全自由了：愿意上哪儿上哪儿，愿意跟谁跟谁。今天和明天。”

娜杰日达走到自家篱笆门前停了下来。

“放了我吧！”她浑身哆嗦着低声说，在黑暗中，除了白制服，什么也看不见，“您说得正确，我是一个可怕的女人……我不对，放了我吧……我求您……”她碰了他的冰凉的手一下，打了一个冷战，“求求您啦……”

“唉！”季里林叹了口气，“唉！放您不在我的计划之内。我只是想教训教训您，让您明白明白，况且，太太，我太不相信女人啦。”

“我心里难受……”

娜杰日达听着节奏均匀的海浪声，看了看撒满星星的天空，想快些结束一切，摆脱可诅咒的生的感觉，摆脱海、星星、男人、热病……

“不过不能在我家里……”她冷冰冰地说，“把我带到随便什么地方去吧。”

“到米尤里科夫那里去吧。那里最好。”

“这在哪儿？”

“在旧土堤附近。”

她快步沿着大街走起来，然后拐进了一条通往山上去的胡同。夜很黑。街上有些地方撒落着窗户里射出来的暗淡的灯光。她觉得自己像一只苍蝇，一会儿掉进墨水瓶里，一会儿又从墨水瓶里爬出来。季里林跟在后边，在一个地方，绊了一下，险些摔倒，笑了起来。娜杰日达想：

“他喝醉了……反正一样……反正一样……随他便吧。”

阿奇米亚诺夫也很快跟大家告别了。他跟在娜杰日达后面，想请她划船。他走到她家前面，越过篱笆往屋里看了看：窗户开着，没有灯亮。

“娜杰日达！”他叫了一声。

过了一分钟。他又叫了一声。

“谁？”传来奥尔加的声音。

“娜杰日达在家吗？”

“不在。还没有回来。”

“奇怪……很奇怪。”阿奇米亚诺夫开始感到强烈不安，心想，“她是往家走的……”

他沿林荫路走了一会儿，然后拐到一条街上朝舍什科夫斯基家的窗户看了一眼：拉耶夫斯基没穿外衣，坐在桌子旁边聚精会神地看牌呢。

“奇怪，奇怪……”阿奇米亚诺夫自言自语地说着，他想起拉耶夫斯基歇斯底里发作的情形并替拉耶夫斯基感到害臊，“她要是不在家，能上哪儿去呢？”

他又回到了娜杰日达的住宅，看了看漆黑的窗户。

“这是欺骗，欺骗……”他想起来，今天中午在玛利亚家与娜杰日达见面的时候，她亲口答应今晚跟他一起划船，心里说。

季里林家的窗户是黑的，一个警士坐在大门旁边的板凳上睡觉。阿奇米亚诺夫看了看窗户和警士，便什么都明白了。他决定回家，走了一阵，又回到了娜杰日达的住宅附近。他坐到板凳上，摘掉了帽子，他觉得他的头由于嫉妒和气愤而热得慌。

镇里的教堂一昼夜敲钟报时两次：中午一次，半夜一次。半夜报时过后不久，传来了急促的脚步声。

“就是说，明晚仍在米尤里科夫那里。”阿奇米亚诺夫听出来是季里林的声音，“八点。再见！”

娜杰日达出现在篱笆旁边，没有看到阿奇米亚诺夫坐在板凳上，像影子一样从他身旁过去，打开篱笆门，没有带上，就进屋了。进到屋里，她点上蜡烛，迅速脱掉衣服，但没有上床，而在一把椅子前边跪下，抱着椅子，把前额贴到椅子上。

拉耶夫斯基回到家里的时候已是夜里两点多了。

15

拉耶夫斯基决定不撒一个大谎毕其功于一役，而是撒一些小谎零打碎敲地解决问题，第二天下午一点多去找萨莫伊连科借钱，以便星期六一定走。昨天歇斯底里的发作在他沉重的心境中又增加了强烈的羞耻感——继续呆在镇里已不可思议了。要是萨莫伊连科坚持自己的条件呢，他想，可以先接受这些条件把钱拿到手，明天起身的时候再告诉他娜杰日达拒绝走。今晚就开始说服她，叫她相信这一切都是为她好。要是萨莫伊连科为冯·科伦所左右，完全拒绝借钱或者提出新的条件，那么，他今天就坐货轮甚至坐帆船到新阿丰或者诺沃罗西斯克，在那儿给妈妈去一封乞怜的电报等妈妈寄路费来。

到了萨莫伊连科家里，他在客厅里遇到了冯·科伦。动物学家是来吃午饭的，刚到，照例打开相簿，在翻看戴大礼帽的男士和戴压发帽的女士们的照片。拉耶夫斯基看到他，心想："真不凑巧，他会碍事的。"

"您好！"

"您好。"冯·科伦答道，眼睛没有看他。

"萨莫伊连科在家吗？"

"在，在厨房。"

拉耶夫斯基走到厨房，在门口看到萨莫伊连科在做色拉，便回到客厅坐下了。在动物学家跟前，他总感到局促不安。现在他担心会谈到昨天歇斯底里发作的问题。沉默了一分多钟。冯·科伦突然抬起眼睛来问道：

"昨天的情况发生以后，您觉得怎样？"

"好极了。"拉耶夫斯基红着脸答道，"实际上没有什么特殊的……"

"到昨天为止，我一直认为歇斯底里只会发生在女士们身上。

因此起初我认为您是舞蹈病。”

拉耶夫斯基巴结地笑了笑，心想：“他太不礼貌啦，明知道我当时心情沉重……”

“是的，可笑。”他继续笑着说，“我今天早晨还一直笑来着。歇斯底里发作时很怪，你知道它很荒谬，在心里笑它，而同时在外表上却嚎啕大哭。在我们这个神经质时代，我们都是自己神经的奴隶。神经是我们的主人，任意支配我们。文明在这方面帮了我们倒忙……”

拉耶夫斯基一边说着，一边觉得不舒服：冯·科伦严肃认真地听着他的话，聚精会神、目不转睛地盯着他的脸，好像在研究他。他对自己感到愤懑，尽管他不喜欢冯·科伦，可是他却无论如何不能从脸上把巴结的微笑赶走。

“虽然必须承认，”他继续说，“发病有一些直接原因，而且这些原因是相当有根据的。近来我的身体很糟，再加上无聊，经常缺钱……没有交游，缺少情投意合的朋友……处境糟透了。”

“是的，您已陷入绝境。”冯·科伦说。

这句平静、冰冷的话又像是嘲弄，又像是强作解人的预言，使他感到受了侮辱。他想起了动物学家昨天充满嘲弄和厌恶的表情，沉默了一会儿，脸上笑容已经消失，问道：

“您是从哪儿了解到我的处境的？”

“您自己刚刚说过嘛，而且您的朋友们也那么热切地关心您，整天听到的都是您的事。”

“哪些朋友，是萨莫伊连科吗？”

“是的，也包括他。”

“我真想请萨莫伊连科先生和其他朋友们少关心我。”

“瞧，萨莫伊连科来了，请他少关心您吧。”

“我不理解您讲话的腔调。”拉耶夫斯基嘟囔道。他觉得，他好像现在才明白动物学家厌恶他，鄙视他，嘲弄他；动物学家是他最凶恶的不共戴天的敌人，“把这种腔调留着给别人用吧。”他低声说，因为他恨得已没有力量大声说了；仇恨像昨天笑的欲望一样，压迫着他的胸膛和脖颈。

萨莫伊连科进来了，没有穿外衣，在厨房里闷得汗流浃背，满脸通红。

“啊，你在这里？”他说，“你好，亲爱的，你吃午饭了吗？别客气，说，吃过没有？”

“萨莫伊连科先生。”拉耶夫斯基站起来，说，“如果我向你提出什么个人请求的话，这并不是说，我解除了你谦虚做人、尊重他人隐私的义务。”

“怎么回事？”萨莫伊连科惊奇地问道。

“要是你没有钱的话，”拉耶夫斯基提高嗓门继续说。他激动得两只脚不停地来回交替地站着，“就别借，拒绝好啦，干吗到大街小巷去宣扬我陷入绝境，等等？这种口惠而实不至的善行和帮助，我无法忍受。你愿意夸耀自己的善行，请便，但是谁也没有给你权利披露我的隐私！”

“什么隐私？”萨莫伊连科不解地问道，他开始生气了，“如果你是来骂街的，那就请走，以后再来！”

他想起了一条守则：当对人发火时要在心里数数，数到一百就会冷静下来。于是他就很快地数起来。

“请你别关心我！”拉耶夫斯基继续说，“别理睬我。我怎么样，我生活怎么样，关谁什么事？是的，我想走！是的，我借债，我喝酒，我跟别人的妻子生活在一起，我发过歇斯底里，我庸俗，我不像某些人那么稳重，但这关谁什么事？要尊重人格！”

“老弟，请原谅，”萨莫伊连科数到三十五时，说，“不过……”

“要尊重人格！”拉耶夫斯基打断他的话，说，“这种经常拿别人的隐私来议论，假仁假义，经常跟踪，偷听，这种友情……见鬼去吧！借钱给我提的条件像对小孩子似的！不把我当人看！我什么也不乞求！”拉耶夫斯基喊道。他激动得晃动着身子，担心歇斯底里再次发作，“这就是说，星期六走不了啦。”——他脑海里闪了一下，“我什么也不乞求！只是请你解除对我的监护。我不是小孩子，不是精神病患者。请你撤销这种监督！”

助祭从外边进来，看到拉耶夫斯基脸色煞白，挥舞着双手在对着沃隆佐夫公爵的画像发表奇怪的演讲，惊得目瞪口呆，停在门口。

“经常刺探我的秘密，”拉耶夫斯基继续说，“使我的人格受到侮辱。我请义务侦探停止其间谍活动！够啦！”

“你——你说什么？”萨莫伊连科数到一百，脸红脖子粗地走到拉耶夫斯基身旁，问道。

“够啦！”拉耶夫斯基呼哧呼哧地喘着粗气，拿起了帽子，重复了一遍。

“我是俄国军医、贵族、五级文官！”萨莫伊连科一顿一挫地说，“我从来没有进行过间谍活动，我不允许任何人侮辱我！”他用嘶哑的声音喊着，重点放在最后一句话上，“住嘴！”

助祭从来没有看到过医生这么威风凛凛、大发雷霆、脸红脖子粗的可怕模样，捂着嘴跑到门斗里放声大笑起来。拉耶夫斯基像在雾里似的看到冯·科伦站起来，两手插在裤袋里，摆出一副像等待事态进一步发展的架势。拉耶夫斯基觉得这种平静的姿态是非常无礼、带有侮辱性的。

“请把自己的话收回去！”萨莫伊连科喊道。

拉耶夫斯基已记不得说过什么话了，答道：

“别找我麻烦！我什么也不要！只要您和德国种犹太坏蛋别找我麻烦，否则我要采取措施！我要打架！”

“现在明白了，”冯·科伦从桌子后边走出来，说，“拉耶夫斯基先生在临走以前，想要玩玩决斗，我可以使他得到这种乐趣，拉耶夫斯基先生，我接受您的挑战。”

“挑战？”拉耶夫斯基凑到动物学家跟前，用充满仇恨的目光注视着他那黝黑的前额和卷曲的头发，低声反问道，“挑战？好吧！我恨您！恨您！”

“很高兴。明天早晨早些在科尔巴莱酒馆附近。一切细节全按您的口味安排。现在滚吧。”

“我恨您！”拉耶夫斯基吃力地喘着，低声说，“早就恨您！决斗！好吧！”

“赶他走，萨莫伊连科，否则我走。”冯·科伦说，“他会咬我的。”

冯·科伦平静的语调使医生冷静下来，他突然恢复了理智，用两手扶着拉耶夫斯基的腰，把他从冯·科伦身边拉开，用亲切的、激动得直颤的声音说：

“我的朋友们……都是好朋友……一时冲动，够啦……够啦……我的朋友们……”

听到柔和友好的声音，拉耶夫斯基感到他的生活里方才发生了一件从未有过的非常可怕的事情，好像火车险些没有把他压死，他差一点哭起来，挥了一下手，跑出了房间。

过了一会儿，他坐在小吃部里觉得由于刚才受到别人的仇恨身上像长了一层锈似的，心想：“承受他人的仇恨，以最可怜、可鄙、束手无策的姿态呈现在仇恨自己的人面前，天哪，令人多难堪哪！天哪，这多粗鲁！”

掺和白兰地的凉水使他振奋起来。他清楚地想象着冯·科伦平静傲慢的脸、他昨天的表情，像地毯似的衬衫、声音、白手；难忍的仇恨，如饥似渴的复仇愿望，在他胸中翻腾着，要求得到满足。在想象中他已把冯·科伦打翻在地，用脚践踏着。他把所发生的事详详细细地加以回忆，感到奇怪，他怎么能向一个微不足道的人巴结地微笑，怎么会重视一些无名小人物的见解——他们住的这个小镇，好像地图上都没有，彼得堡没有一个有地位的人知道它。假如这个小镇突然陷入地下或者化为灰烬，俄罗斯人读这则电讯时会像读出售旧家具的广告一样感到无聊。明天打死冯·科伦，还是留他一条命——都无所谓，反正都无益、无趣。朝他的脚或手开一枪，打伤他，然后耍笑他一番；他将像被扯掉一条腿的昆虫消失在草丛中一样，带着难言的痛苦消失在像他一样渺小的人们中间。

拉耶夫斯基去找舍什科夫斯基，把全部情况都告诉了他，并请他当决斗陪同。然后，他俩又一起去找邮电局长，请他也当决斗陪同，并且在他那里留下吃了午饭。吃午饭的时候，说说笑笑，甚是热闹。拉耶夫斯基拿自己几乎不会射击开玩笑，把自己叫做皇家射手威廉·退尔[①]。

"必须教训教训这位先生……"他说。

午饭后，坐下玩牌。拉耶夫斯基玩着牌，喝着啤酒，心想，决斗一般说来是愚蠢的，无益的，因为它什么问题也解决不了，而只能使问题复杂化；可是有时没有它还不行。例如当前的情况，无法向民事法官控告冯·科伦哪！面临的决斗还有一个好处，就是决斗之后他就不能留在镇里了。他微有醉意，玩牌消遣，感到心情很好。

可是，当太阳落山、天黑下来以后，他却感到不安了。这不是对死的恐惧，因为他吃午饭玩牌的时候，不知为什么相信决斗不会有什么结果。这是对明天早晨在他的生活中第一次要发生的那种未知事物的恐惧，以及对即将来临的夜的恐惧——他知道这将是一个漫长的不眠之夜：夜里他不仅需要考虑冯·科伦以及他的仇恨，而且需要考虑那座骗局大山，他必须通过它；而绕过去呢，他的力量和本领都不够。想到这里，他好像突如其来地病了，他对牌和人忽然都失去了兴趣。他匆匆忙忙地请求大家放他回家。他想快些躺到床上，一动不动，集中思想，准备过夜。舍什科夫斯基和邮电局长把他送走以后，就去找冯·科伦商讨决斗问题。

在家附近，拉耶夫斯基遇到了阿奇米亚诺夫。年轻人气喘吁吁的，很激动，说：

"我正在到处找您，拉耶夫斯基先生！请您，快走……"

"上哪儿？"

---

① 威廉·退尔，瑞士民族英雄，神箭手。见席勒同名诗剧。

“一位您不认识的先生想见您，他有很要紧的事。他恳求您务必去一趟。他需要跟您谈谈……这对他来说生死攸关……”

阿奇米亚诺夫心情激动，俄语语音里带了很重的亚美尼亚口音。

“他是谁？”拉耶夫斯基问道。

“他请求不说他的名字。”

“告诉他我忙。明天，如果他愿意……”

“那怎么行呢？”阿奇米亚诺夫吃了一惊，“他想告诉您的事情对您很重要……很重要！要是您不去，就会发生不幸。”

“奇怪……”拉耶夫斯基自言自语地说。他不明白，为什么阿奇米亚诺夫这么激动，而且在这个无聊的、谁也不需要的小镇里会有什么秘密呢。“奇怪。”他沉思着重复了一遍，“不过，走吧，反正一样。”

阿奇米亚诺夫快步走在前面，他跟着。他们先走大街，后走胡同。

“这太无聊啦。”

“马上，马上就到，很近。”

在旧土堤附近，他们穿过一条两边用挡着荒地的篱笆构成的窄胡同，走进一个大院，朝一座小房子走去……

“这是米尤里科夫的房子，对吧？”拉耶夫斯基问道。

“对。”

“那我们为什么走后面？我不明白。本来可以走大街嘛，那么走近……”

“没有关系，没有关系……”

使拉耶夫斯基还觉得奇怪的是，阿奇米亚诺夫领他走向后门并且向他挥手示意，好像叫他走路轻些，不要出声。

“这儿，这儿……”阿奇米亚诺夫说着，小心翼翼地打开门，踮着脚尖走进门斗，“轻些，轻些，请您……能听到。”

他侧耳听了听，重重地喘了一口气，低声说：

“打开这扇门，进去……别怕。”

拉耶夫斯基心里疑惑着打开门，进了一个房间。里面天花板很低，挂着窗帘，桌子上点着蜡烛。

“找谁？”隔壁房间有人问道，“是你吗，米尤里科夫？”

拉耶夫斯基拐进了这个房间，看到季里林，他身旁是娜杰日达。

他没有听见人家对他说了什么，便退了出来，迷迷糊糊地到了街上。对冯·科伦的仇恨和心里的不安都消失了。回家的路上，他尴尬地摆动着右手，仔细地瞧着脚下，努力走平路。回到家里，在书房里，他搓着两手，用力扭动着肩膀和脖颈，好像觉得外衣和衬衫太紧似的。在屋里踱了一会儿，然后点上蜡烛，坐到桌旁……

16

“您所谈的人文科学，只有在其发展中同精密科学会合并同精密科学并肩前进的时候，才能满足人类思想的要求。这两种科学是在显微镜下会合，还是在新哈姆雷特的独白中会合，还是在新宗教中会合，我不知道，但是我想这不会发生在地球被冰壳覆盖之前。所有这些人文知识中最强大、最有生命力的，当然是基督的学说，可是，您瞧，甚至对这种学说，理解也是不同的。一些诠释者教导我们要爱一切人，除了士兵、罪犯和精神病患者。对第一种人，他们允许在战争中被杀戮；对第二种人，允许隔离或处死；对第三种人，则禁止结婚。另一些诠释者则教导要毫无例外地爱一切人，不管是好人坏人。根据他们的教导，即使痨病鬼、杀人犯、癫痫患者来向您的女儿求婚，您也要答应他；如果痴呆病患者殴打身心健康的人，那健康人就应引颈受戮。这就像为艺术而艺术似的，是为爱而爱。这种说教如果得势，最终就会把人类引向完全绝种的地步，就会犯下地球上从未有过的滔天大罪。诠释很多，既然很多那就说明其中任何一种都不能满足严肃的思想家的要求，因而严肃的思想家在众多的诠释之外又提出自己的诠释。因此永远也不要像您说的那样，把问题提到哲学基础或基督教基础上来研究。这样您只会离开解决问题的办法。”

助祭注意听完动物学家的话，想了想，问道：

“每个人所赋有的道德法则是哲学家想出来的呢，还是上帝创造人的躯壳时一起创造出来的？”

“我不知道，但是这种法则对各个民族、各个时代来说，具有那么多的共性，所以我觉得，应当承认，它跟人是有有机联系的，它不是想出来的。现在有，将来也会有。我不能对您说将来有一天人们会在显微镜下看到它，可是它的有机联系已经被显然性证明了：据我所知，严重的脑病以及各种所谓精神病，首先表现在对道德法则的反常理解上。”

“好。这就是说，像胃想吃东西一样，道德感要求我们爱人。是这样吗？可是人的自私天性却违反良心和理智的要求。因此便产生了许多伤脑筋的难题。既然您不赞成把这些难题提到哲学基础上来解决，那我们应当如何解决这些难题呢？”

“依靠我们所有的、为数不多的精确科学知识。要相信事实的显然性和逻辑。的确，这办法简陋，但不像哲学那么含混、模糊。假定说，道德法则要求我们爱人，那怎么样呢？爱应当是排除当前和将来以某种方式危害人的一切事物。我们的知识和显然性告诉我们，人类的安全受到身心不正常者的威胁。既然如此，那就应当跟身心不正常者做斗争。要是您没有力量把他们提高到正常水平，那您有足够的力量和本领使他们变得无害，即消灭他们。”

“这就是说，爱就是强者战胜弱者咯？”

“毫无疑问。”

“可是强者曾在十字架上钉死了我们的主耶稣基督啊。”助祭热烈地争辩说。

“问题正是在于钉死他的不是强者而是弱者。人类的文化减弱了并且企图完全取消生存竞争和自然选择。因此弱者繁殖很快，数量压倒了强者。想象一下，假如我们成功地向蜜蜂灌输了未经加工的、原始的人道思想。结果会怎么样呢？本来应当被消灭的雄蜂存活下来了，它们要把蜂蜜吃掉，糟蹋工蜂，窒息它们。最后是弱者战胜强者，强者绝种。现在人类的情况也是这样：弱者压抑强者。在尚未接触到文明的野人那里，最强壮、最聪明、最有道德的人走在前面，他是领袖和君主。而我们文明人呢，却钉死基督，而且继续折磨他。这就是说，我们缺少什么。这'什么'，我们应当恢复；否则，这种误会将无止境。"

"可是您有什么标准区分强者和弱者呢？"

"知识和显然性。痨病患者和瘰疬患者，可根据其病情来判断：道德败坏者和精神病患者，可根据其行为来判断。"

"可是会出错误啊！"

"不错，不过当受到洪水威胁的时候是没有理由怕湿脚的。"

"这是哲学。"助祭笑了。

"丝毫不是。您被你们神学院的哲学毒害得太厉害了，以至您看什么都是一片雾。塞满您的年轻头脑的抽象科学之所以被称为抽象科学，就是因为它使你们的头脑离开显然性。正视魔鬼；如果它是魔鬼，就说它是魔鬼，用不着到康德[①]或黑格尔[②]那里找解释。"

动物学家沉默了一会儿，接着说：

"二乘二是四，石头就是石头，明天我们这儿要有一场决斗。我们会说，这愚蠢，荒谬，说决斗已经过时，说贵族决斗跟酒馆里醉鬼打架实质上没有什么区别。可是我们仍然不能自制。我们要去打一架。这就是说，有一种力量胜过我们的议论。我们喊：战争是强盗行径，是野蛮行为，是恐怖，是自相残杀。我们看到血就会晕倒。可是只要法国人或德国人一欺侮我们，我们马上就会斗志昂扬，用最真诚的感情喊着'前进'，扑向敌人。您将祈求上帝祝福我

① 康德（1724—1804），德国哲学家。

② 黑格尔（1770—1831），德国哲学家。

们的武器，我们的勇敢行为会引起普遍而发自肺腑的欢呼。这仍然是说，有一种力量，如果说不高于我们和我们的哲学的话，那也是强于我们和我们的哲学。我们无法遏制这种力量，就像无法遏制从海上升起的这朵乌云一样。别伪善，别暗地里辱骂它，别说：'啊，愚蠢啊！啊，过时了！跟《圣经》不合！'要正视它，承认它合乎理智的规律性；当它要消灭瘦弱的、患瘰疬的、堕落的人的时候，不要从一知半解的《圣经》里拿药丸和引文来妨碍它。列斯科夫写过一个有良心的丹尼拉①，说他在市郊遇到一个麻风病人，为了爱和基督而喂他，温暖他。如果这个丹尼拉真的爱人，那他就应当把这个麻风病患者拖到离市区远些的地方扔到沟里去，然后去为健康人服务。我想基督教导我们实行的是理智的、聪明的、有益的爱。"

"啊呀，您这个人哪！"助祭笑了，"您是不信基督的呀。干吗那么经常提到他？"

"不，我信。不过，当然是按自己的方式，而不是按您的方式。哎，助祭啊助祭！"动物学家笑了，他搂着助祭的腰快活地说，"怎么样？明天去看决斗吗？"

"职务不允许，要不就去啦。"

"职务是什么意思？"

"我是神职人员哪。我是受了天惠的。"

"哎，助祭啊助祭！"冯·科伦笑着重复说，"我喜欢跟您交谈。"

"您说您有信仰。"助祭说，"可这算什么信仰呢？我有个当教士的伯父，他那才叫信仰呢。大旱时节到野外求雨，他带着雨伞和雨衣，免得回来的路上被雨淋湿了，这才叫信仰呢！他讲基督的时候，身上放射着光芒，所有听讲的婆娘和庄稼汉都哭出声来，他大概能把这片乌云遏制住，使您说的一切力量退避三舍，是的……信

① 列斯科夫（1831—1895），俄国作家。这里指的是他的短篇小说《有良心的丹尼拉的传说》。

仰能够移山倒海。”

助祭笑了起来，拍了拍动物学家的肩膀，继续说：

“是这样……不过，您虽然在不停地教导别人，研究海洋秘密，区分弱者和强者，写书，找人决斗，而一切却依然如故；可是说不定一个瘦弱的长老只是随便冒出一句话来或者一个新穆罕默德持剑骑马从阿拉伯跑来，我们这里就会闹个底儿朝上，欧洲就会片瓦无存。”

“哎，助祭，这都是假想！”

“信仰没有行动，是死的；行动没有信仰——更糟，只是白白浪费时间。”

医生在滨海路上出现了。他看到了助祭和动物学家，走到了他们跟前，气喘吁吁地说：

“好像一切都就绪了。果沃罗夫斯基和博伊科将当决斗陪同，明早五点来。瞧天阴的！”他看了看天空，说，“什么也看不见，马上要下雨啦。”

“你会跟我们一起去吧？”冯·科伦问道。

“不，上帝保佑，我这就够受的啦。乌斯季莫维奇替我去。我已经跟他谈了。”

远处海的上空打了一个闪电，传来了隐隐的雷声。

“暴风雨前多么闷哪！”冯·科伦说，“我打赌，你一定到拉耶夫斯基那儿抱着他大哭了一场。”

“我为什么去找他呢？”医生难为情地辩解说，“哪儿会有这样的事！”

日落前，医生在林荫路上走了几个来回，希望在街上遇到拉耶夫斯基。他因自己发火以及发火后马上出现的友善冲动而感到不好意思。他想用开玩笑的口吻向他道歉，数落他几句，安慰安慰他，对他说：决斗是中世纪野蛮行为的残余，可是上帝指示他们把决斗作为和解的手段，明天他们这两个非常好、非常聪明的人各朝空放一枪，互相看重对方的高尚行为而会成为好朋友。可是拉耶夫斯基没有出现。

“为什么我要找他呢？”萨莫伊连科重复说，“不是我侮辱了他，而是他侮辱了我。劳驾，请告诉我，他为什么冲我发火？我做了什么对不起他的事啦？我一进客厅就挨了一闷棍，说我是间谍！岂有此理！你说，你们怎么开始的？你对他说什么啦？”

“我说他陷入了绝境。我这样说是对的。只有诚实人和骗子能从任何处境中找到出路。而一个同时既想当诚实人又想当骗子的人是没有出路的。不过，先生们，已经十一点了。明天我们还要早起呢。”

突然吹来一阵风，把滨海路上的尘土刮起来，旋转着，呼啸着。风声压过了海浪声。

“这是飓风。”助祭说，“快走，否则会迷眼的。”

他们开始往回走的时候，萨莫伊连科叹了口气，拉着自己的制帽，说：

“我大概睡不着了。”

“别激动嘛。”动物学家笑了，“你可以放心，决斗不会有什么结果。拉耶夫斯基将会宽宏大量地朝空开枪，他不会有另外的做法。我呢，可能根本不开枪。为了拉耶夫斯基去受审，浪费时间——划不来。顺便问问，决斗应受到什么处罚？”

“逮捕。如对方致死，则在要塞监禁三年以上。”

“在彼得保罗要塞吗？”

“在军事要塞。”

“不过，话说回来，应该教训教训这位好汉！”

身后海上又打了一个闪电，屋顶和山峦刹那间被照亮了一下。在林荫路附近三个朋友分了手。等医生消失在黑影里，已经听不到他的脚步声以后，冯·科伦朝他喊道：

“明天可别天公不作美！”

“没有准儿！上帝保佑吧！”

“晚安！”

“晚——什么？你说什么？”

风声、海浪声和雷声搅在一起，很难听清楚。

“没什么！”动物学家喊了一句，就匆忙往家赶了。

17

……我的心里愁肠百结，
伤痛的思绪千千万万；
回忆在我的眼前默默地打开
长长的，长长的画卷；
我厌恶地回顾着自己的生平，
战栗，诅咒，一刻不停；
我悲切地抱怨，痛哭流涕，
泪水洗不掉悲伤的痕迹。

——普希金①

不管明天是把他打死还是要笑他一番——即给他留下这条命，他都是完了。不管是由于绝望和羞愧而自杀还是苟且偷生，这个丢人现眼的女人也是完了。

拉耶夫斯基深夜坐在桌子旁边继续搓着两手这样想。窗户突然啪的一声开了，一阵狂风闯进屋里，桌子上的纸被吹掉了。拉耶夫斯基关上窗户，弯腰到地板上拣纸。他觉得自己动作笨了，这种笨的感觉是新的，是过去没有的。他认不出自己的动作来了。他走路胆怯，胳膊肘儿往旁边戳着，肩膀抽动着。坐到桌子旁边，他又开始搓两只手。他的动作失去了灵敏性。

临死前必须给亲人留下遗书。拉耶夫斯基记得这一点。他拿起

---

① 引自普希金1828年写的抒情诗《回忆》。

笔来哆哆嗦嗦地写道：

“妈妈！”

他想给妈妈写信，要她看在她所信仰的仁慈的上帝分上收留和爱护被他玷污的、不幸的、孤单的、贫困的弱女子，要她忘记和宽恕一切一切一切，用牺牲去赎儿子的可怕的罪孽，哪怕赎一部分也好。可是他想起了他妈妈——一个肥胖的老太婆——早晨戴着钩花包发帽从屋里出来、后面跟着一个女食客牵着哈巴狗到花园去的情景，想起了妈妈在花园里对园丁和用人颐指气使的神态，想起了她那张傲慢的脸——想起了这一切，便把写好的字勾掉了。

三扇窗户上同时闪了一下耀眼的电光，接着响起了雷声，起初是隐隐的，隆隆声越来越大，最后是震耳欲聋的霹雳声。声音那么大，震得窗户上的玻璃嗡嗡作响。拉耶夫斯基站起来，走到窗前把前额贴到玻璃上。外面是强劲美丽的暴风雨。天际闪电像一条条白色的缎带不停地从云端抛向大海，照亮远方辽阔海面上高大的黑色巨浪。左边右边都闪着电光，房子的上方一定也闪着。

“暴风雨！”拉耶夫斯基低声说了一句。他想向随便什么人或什么东西祈祷，哪怕向闪电或乌云也可以，“亲爱的暴风雨！”

他想起来，童年有一次暴风雨时他光着头跑到花园去。两个碧眼金发的小女孩跟着他跑。雨把他们浇透了。他们兴奋得嘻嘻哈哈地笑着。可是当响起一声巨雷的时候，女孩们信任地贴到他这个男孩身上，他画了十字，匆忙念道：“圣哉，圣哉，圣哉……”啊，美好纯洁生活的萌芽，你们到哪儿去啦？在哪个海洋里沉没了？他已经不怕暴风雨，不爱大自然，他没有上帝；他曾经认识的、轻信的女孩都被他和他的同龄人糟蹋了；在自家的花园里，他没有栽过一棵树，没有种过一茎草；生活在有生命的东西中间，却连一只苍蝇也没救过：他只是破坏，糟蹋，欺骗，欺骗……

“我过去做的哪件事不是罪孽呢？”他问自己，努力想抓住随便一桩美好的往事，像一个向深渊滑落的人想抓住一丛灌木似的。

中学呢？大学呢？这全是骗人的。他学习不好，已经把教给他的东西全忘了。为社会服务呢？这也是骗人的，因为在服务时，他什么也没有做，只是白领薪俸；他的服务实际是可恶的、不受法律追究的盗窃国库行为。

他不需要真理，他也没有追求过它；他的良心被罪孽和虚伪迷住，沉睡或沉默了。他像外国人或从另外星球雇来的人似的，不参加人们的共同生活，对人们的疾苦、思想、宗教、知识、探索、斗争漠不关心；没有对人们说过一句有用的话，没有写过一行有用的不庸俗的字；对人们毫无贡献，只是吃他们的面包，喝他们的葡萄酒，诱拐他们的妻子，靠拾取他们的牙慧炫耀自己；为了在人们和自己面前证明自己可耻的寄生虫生活是正当的，他总是努力摆出一副高于人们、优于人们的神态。欺骗，欺骗，欺骗……

他清楚地回忆起晚上在米尤里科夫那里看到的情景，他觉得厌恶而且怅惘得要命。季里林和阿奇米亚诺夫令人恶心，可是正是他们继续了他开了头的事情。他们是他的帮凶和学生。这个年轻的弱女子曾经信赖他胜过信赖亲兄弟，而他却使她失去了丈夫、朋友和祖国，把她带到这里来受炎热、热病和寂寞的折磨；她必须一天天像镜子一样反映他的空虚、罪孽和欺骗；她的柔弱、萎靡、可怜的生活就是靠这些东西来填充的，后来他玩腻了，嫌恶她了，但是没有勇气抛弃她，便努力用谎言把她缠住，越缠越紧，像蛛网似的……其余的事，这两个人完成了。

拉耶夫斯基一会儿坐到桌旁，一会儿走到窗前，一会儿把蜡烛吹灭，一会儿又把蜡烛点上。他出声地诅咒自己，哭泣，抱怨，请求宽恕；他有好几次绝望地跑到桌旁，写："妈妈！"

除了妈妈，他没有任何亲人，可是妈妈能怎么帮助他呢？她在哪儿？他想跑到娜杰日达身旁，跪在她的脚下，吻她的手和脚，祈求宽恕，可是，她是他的牺牲品，他怕她，好像她已经死了。

"生活完啦！"他搓着两手自言自语地说，"为什么我还活着，我的上帝！……"

他把自己那颗昏暗的星从天上捅掉了，它的踪迹同黑暗的夜空融合到一起了；它再也不会回到天上去了，因为生命只给人一次，是不会重复的。如果能够重度往昔岁月的话，他愿用诚实替换谎言，用劳动替换游荡，用欢乐替换无聊；他愿意把纯洁还给那些被他窃取的人；他要找到上帝和正义，但这也是不可能的，就像不可能使陨落的星重返天上一样，因为这种不可能，他感到了绝望。

暴风雨过后，他打开窗户，坐在窗前平静地考虑他会遇到什么情况。冯 · 科伦大概会把他打死。此人清晰冷酷的世界观允许消灭瘦弱无用的人。如果在关键时刻，冯 · 科伦改变主意的话，那是他拉耶夫斯基在冯 · 科伦心里激起的仇恨和厌恶感帮了自己的忙，如果冯 · 科伦没有打准，或者为了要笑仇恨的对手而只是打伤他或者朝空开枪，那怎么办呢？上哪儿去呢？

“回彼得堡？”拉耶夫斯基问自己，可这就是重新开始我方才诅咒的旧生活啊。谁像候鸟似的想通过更换地方来拯救自己，谁就必定一无所获，因为大地对他来说到处都是一样的。通过人来找拯救自己的办法呢？通过谁？如何找呢？萨莫伊连科的善良和大度，如同助祭的爱笑或冯 · 科伦的仇恨一样，是无济于事的。拯救办法只能在自己身上找。要是找不到，那就不必浪费时间，必须自杀，只有这样……

传来了马车声。天已蒙蒙亮了。马车从门口过去又倒回来，车轮压在潮湿的沙子上发出吱吱呀呀的响声，停在房子附近。车上坐着两个人。

“等等，我马上来。”拉耶夫斯基趴在窗口对他们说，“我没睡，难道已经到时候啦？”

“是的，四点啦，等赶到……”

拉耶夫斯基穿上外套，戴上帽子，兜里揣上烟，停在那里思索起来。他觉得还有件什么事情需要做。两个决斗陪同在街上轻声交谈着。马打着响鼻。这些声音，在人们尚在酣睡、天刚放亮的，绝早的，潮湿的清晨使拉耶夫斯基心里充满了忧伤，好像是一种不祥的预感。他站着思索了片刻，就到卧室里去了。

娜杰日达蒙着毯子直挺挺地躺在自己的床上，一动不动，很像埃及的木乃伊，特别是头。拉耶夫斯基默默地看着她，在心里请她宽恕，想道：如果天不是空的，真有个上帝在那儿，那么，上帝会保佑她的；如果没有上帝，那就让她毁灭吧。她没有必要活下去。

她突然跳起来，坐到床上，抬起苍白的脸，带着恐惧的神色看着拉耶夫斯基，问道：

“是你？暴风雨过去了吗？”

“过去了。”

她想起来发生的事，两手抱着头，全身打了一个冷战。

“我太难受了！”她说，“要是你知道我多难受就好啦！”她眯缝着眼继续说，“我在等着你打死我，或者把我撵出家去淋雨，可你总是迟迟不动……”

他冲动地紧紧抱住她，狂吻着她的膝盖和手臂，后来，当她喃喃地对他讲些什么和因为想起来什么而浑身哆嗦的时候，他抚摩着她的头发，注视着她的脸，这时，他明白了：这个不幸的荡妇是他惟一的、不可代替的亲人。

当离开家坐到马车上的时候，他产生了想活着回家的愿望。

18

助祭起来穿好衣服，拿上疤痕很多的粗手杖，静静地离开了家。外面很黑。初到街上的时候，他连自己的白色手杖都看不见。天上一颗星也没有。好像还要下雨似的，空气里散发着湿沙子和海的气息。

他听着手杖碰到马路上在寂静的夜空里发出清脆孤单的响声，心想：“大概不会受到车臣人的袭击吧。”

出了城，他才开始看见道路和手杖。黑色的天上出现了一些模模糊糊的斑点。不一会儿，一颗星星探出头来怯生生地眨着一只眼睛。他走在多石的高岸上，看不到海。海在下边酣睡呢。看不见的海浪懒洋洋、沉甸甸地拍打着岸边，好像在叹息，而且多么慢哪！一个海浪响过之后，他数了八步，第二个海浪才响，又数了六步，才是第三个海浪响。当上帝在一片混沌的上空运行的时候，大地也像现在这么黑；黑暗中，只能听到懒洋洋、昏沉沉的海浪声，听到无限遥远、无法想象的时间的声音。

他害怕起来，怕上帝因为他跟不信上帝的人交往甚至去看决斗而惩罚他。虽然决斗不会有严重后果，不会流血，而且会是可笑的，但是无论如何，它毕竟是异教的光景，神职人员是不应该去看的。他站下想了想：是不是该回去？可是强烈的烦扰人的好奇占了上风。他又继续前进了。

“他们虽然不信上帝，可是都是些好人，会得救的。”他在心里安慰自己，“一定会得救的！”他点着烟，出声地说了一句。

为了正确地评价人，应当用什么尺度衡量他们的优点呢？助祭想起他所痛恨的神学校学监来了。这个学监信上帝，没有跟谁决斗过，不拈花惹草，可是他曾经给助祭带沙子的面包吃，有一次险些没有把他的耳朵给揪下来。这个残忍狡猾的学监曾经偷过公家的面粉，在学校里人们却尊敬他，为他的健康和得救祈祷。既然生活如此是非不分，那么对于像冯·科伦和拉耶夫斯基这样的人，仅仅因为他们不信上帝就不能跟他们交往，这公平吗？助祭已开始考虑这个问题，可是突然想起萨莫伊连科昨天可笑的样子来。他的思路就被打断了。今天会有多少笑料啊！他想象着：他将藏到灌木丛里偷看，等今天吃午饭冯·科伦开始吹牛的时候，他就笑着把决斗的详情细节全讲出来。动物学家会问“你怎么知道的？”“事实如此，坐在家里就全知道啦。”

把决斗描写成可笑的样子也不错。他的岳父会读而且会笑的。岳父这个人，只要给他讲或者写信告诉他什么可笑的事情，不给他饭吃都可以。

黄溪河谷呈现在眼前了。雨后黄溪又宽又凶，已不是像从前那样絮叨，而是咆哮了。黎明开始了。灰色阴沉的早晨，奔向西方去追赶暴风雨的乌云，被雾环绕着的群山，湿漉漉的树木——助祭觉得都不美，都像气哼哼的。他在溪水里洗了洗脸，念完了晨祷词。他想起在岳父家每天早饭吃的茶和蘸酸奶油吃的热油饼。他想起了太太和她在钢琴上演奏的《一去不复返》。她是个什么样的女人呢？介绍，保媒和结婚一共才用了一个星期。他跟她生活不到一个月就被派到这里来了，因此他到现在也没有弄清她为人如何。可是没有她，仍然感到有些寂寞。他想："得给她写封信……"

酒馆上面挂的国旗被雨浇湿了，耷拉在那里。酒馆因为房盖湿了，也显得比从前更黑更矮。门口停着一辆四轮大车。科尔巴莱，两个阿布哈兹人和一个穿肥裤的年轻鞑靼女人——大概是科尔巴莱的妻子或女儿，从酒馆里搬出来一些装着什么东西的袋子，放到马车的玉米秸上。马车旁边低着头站着两匹驴。袋子放好以后，阿布哈兹人和鞑靼女人在上面盖了一些玉米秸。科尔巴莱匆匆忙忙开始套驴。助祭心里说："大概是走私。"

瞧，那棵被风暴击倒的枯树；瞧，篝火留下的黑灰。他想起了野餐会的全部细节，想起了篝火、阿布哈兹人的歌、对大主教职位的甜美幻想和求雨的行列。黑溪雨后显得更黑更宽了。浊浪的峰顶已够着那座摇摇晃晃的小桥了。助祭小心翼翼地过了桥，顺着梯子进了干燥房。他躺在玉米秸上伸着懒腰回想冯·科伦的为人，心里说：

"有头脑！头脑清楚，愿上帝赐给他健康。他只是残忍……"

他为什么要恨拉耶夫斯基，拉耶夫斯基为什么要恨他？他们为什么要决斗？要是他们从小就像助祭那么穷，要是他们是在愚昧无知、铁石心肠、只知发财、为给人家一块面包吃而数落人家、待人粗鲁、往地板上吐痰、吃饭和念祷词的时候打嗝的人们中间长大的；要是他们没有从小被良好的生活环境和上流社会娇生惯养的话，那他们就会互相拥抱，互相谅解彼此的缺点，珍视对方身上所有的一切，因为世界上连表面正派的人都很少啊！的确，拉耶夫斯基乖僻、放荡、古怪，可是他不偷，不大声往地板上吐痰，也不责难妻子好吃懒做，不用缰绳打孩子，不给仆人发臭的腌肉吃。难道这还不足以使人们对他宽容吗？而且是他首先受到自己缺点的折磨，就像病人受自己的伤痛折磨一样。与其由于无聊和误会而互相在对方身上寻找退化、绝种、遗传等不着边际的东西，不如屈尊俯就，把仇恨和愤怒集中到那些怨声载道的地方，帮助人们摆脱折磨他们的粗鲁、无知、贪婪、责难、肮脏、骂街、妇女尖叫……

马车声打断了助祭的思路。他朝门外看了一下，看到一辆马车，上面坐着三个人——拉耶夫斯基、舍什科夫斯基和邮电局长。

“停！”舍什科夫斯基说。

三个人下了车，互相看了看。

“他们还没有来。”舍什科夫斯基抖着身上的脏东西说，“怎么办呢？我们先去找个合适的地方吧，这儿转不开身。”

他们沿河往上游走去，一会儿就消失了。鞑靼人车夫坐在马车上，脑袋耷拉到肩膀上睡着了。等过了十来分钟，助祭从干燥房出来，摘掉黑礼帽——免得被人看见——哈着腰东张西望地沿着岸边在玉米地和灌木丛之间穿过。树和灌木往他身上洒着硕大的水滴，草和玉米都湿漉漉的。

“真丢脸！”他提着又湿又脏的衣襟说，“要知道这样，就不来了。”

不一会儿，他就听到说话声，看到人了。拉耶夫斯基抄着手，佝偻着身子在一块不大的林中空地上快速地来回踱着。他的决斗陪同站在河边卷烟。助祭认不出拉耶夫斯基的动作了，心想：“奇怪……像个老头儿。”

“他们太不礼貌啦！”邮电局长看着表说，“也许学者认为迟到好。可我认为这是坏毛病。”

舍什科夫斯基——一个留着黑胡子的胖子——侧着耳朵听了听，说：

“来啦！”

19

“有生以来第一次看到，太好啦！”冯·科伦出现在林间空地上，向东方张开双臂说，“瞧，绿光！”

东方从群山后面射出了两道绿光。这的确很美，朝阳在冉冉升起。

“你们好！”冯·科伦向拉耶夫斯基的决斗陪同点了一下头，说，“我没有迟到吧？”

他身后跟着他的决斗陪同——两个身材一般高，都穿着白制服的很年轻的军官——博伊科和果沃罗夫斯基以及瘦弱孤僻的医生乌斯季莫维奇。乌斯季莫维奇一手提着一包东西，一手倒背着，照例手杖竖在背后。他把东西放到地上，跟谁也没打招呼就把另一只手也背到身后，在林间空地上踱起步来。

拉耶夫斯基觉得自己是一个也许马上要死因而吸引着大家注意力的人，感到厌倦和尴尬。他希望快些把他打死或运回家去。日出，他是生平第一次看到：这清晨，绿光，潮湿和穿着湿靴子的人们，他觉得在他的生活中都是多余的，不需要的，使他感到拘束；这一切同昨夜的感受，同他的思绪，同他的内疚没有任何联系，因此他很愿意不等决斗就离开这里。

冯·科伦明显心情激动，他力求掩饰这一点，装作对绿光最感兴趣。决斗陪同们感到惶惑不安，面面相觑，好像在问为什么到这儿来，需要做什么。

“先生们，我认为我们不必往前走了。”舍什科夫斯基说，“这儿也不错嘛。”

“对，当然可以。”冯·科伦同意了。

一阵沉默，乌斯季莫维奇正在踱步，突然拐到拉耶夫斯基跟前，向他脸上喷着气低声对他说：

“人们大概还没来得及把我的条件告诉您，双方各付给我十五卢布。如有一方致死，三十卢布均由活着的一方付。”

此人，拉耶夫斯基以前就认识，但现在才第一次看清了他的无神的两眼，直撅撅的胡子和细瘦的痨病鬼似的脖子：这是一个高利贷者，不是医生！他呼出的气有一种难闻的牛肉味儿。拉耶夫斯基心里想：“世界上什么人没有啊。”嘴里答道：

“好。”

医生点了点头，又踱步去了，看得出来，他并不缺钱用，他要钱，不过是因为他感到厌恶而已。大家都觉得应该开始或结束已经开始的事情了，可是并没有开始，也没有结束，只是走着，站着，吸烟。年轻的军官生平第一次参加决斗，现在并不十分相信文职人员的、在他们看来无用的决斗；他们在仔细地观赏着自己的制服，摩挲着衣袖。舍什科夫斯基走到他们跟前低声说：

“先生们，我们应当尽一切努力使这场决斗不进行，使他们和解。”他脸红了红，继续说，“昨天季里林到我这儿来说拉耶夫斯基昨天撞见他跟娜杰日达在一起，等等。”

“是的，这件事我们也知道了。”博伊科说。

“那您瞧，拉耶夫斯基的手直颤，等等，他现在连手枪也端不起来。跟他决斗，同跟喝醉的人或得伤寒的人决斗一样，是不人道的。如和解不成，先生们，哪怕把决斗推迟一下也好。这种荒谬的事情，真不想看。”

“您跟冯·科伦谈谈吧。”

“我不懂决斗规则，叫它见鬼去吧，我也不想懂。也许他会以为拉耶夫斯基胆怯了，打发我去找他的，不过随他便吧。我去谈谈。”

舍什科夫斯基犹犹豫豫地像一只脚坐麻了似的微微瘸着朝冯·科伦走去；他一边走，喉咙里一边发着咯咯声，全身都显得懒洋洋的。

“先生，我想跟您谈一件事。”他仔细端详着动物学家衬衫上的大花，开始说，“这是私下……我不懂决斗规则，让它见鬼去吧，我也不想懂。我发表意见，不是作为决斗陪同，等等，而是作为人。”

“好，什么事呢？”

“当决斗陪同建议和解的时候，人们照例是不听他们的，认为这是一种仪式。全是自尊心作怪。可是我恳求您仔细看看拉耶夫斯基先生。他今天不正常，就是说精神失常，很可怜。他发生了一件不幸的事。我不喜欢传播流言蜚语。”舍什科夫斯基脸红了红，环顾了一下四周，“可是为了考虑决斗的问题，我应当告诉您，昨天晚上他在米尤里科夫那里撞见了他的夫人跟……一位先生在一起。”

“多么恶心。”动物学家嘟囔了一句，他脸色煞白，皱了皱眉头，大声唾了一口，“呸！”

他的下唇哆嗦起来，他离开了舍什科夫斯基，不想再听下去，好像无意中吃了一口苦的东西，又大声唾了一口，带着厌恶的心情看了拉耶夫斯基一眼，这是今天早晨第一次看他。拉耶夫斯基的激动和尴尬已经消失，只见他晃了晃头高声说：

“先生们，我们还等什么呢？为什么不开始？”

舍什科夫斯基跟军官们交换了一下眼神，耸了耸肩膀，对着两个决斗者大声说：

“先生们，我们建议你们和解！”

“快些结束仪式吧。”冯·科伦说，“关于和解，已经谈过了。下一项仪式是什么？先生们，快些吧，时间不早啦。”

“我们仍然主张和解。”舍什科夫斯基用歉疚的声调说，像一个被迫干预别人事情的人。他红着脸，把一只手放在心口上继续说，“先生们，我们看不出侮辱同决斗之间的因果联系。我们有时由于人类的弱点而互相使对方受一些委屈，这同决斗没有任何必然联系。你们都是大学毕业，有教养，当然，你们自己也能看到决斗只是一个陈旧的空洞的仪式，等等。我们就是这么看的，否则就不会来了，因为我们不能允许人们当我们的面儿互相开枪，就是这样。”舍什科夫斯基擦掉脸上的汗继续说，“先生们，结束你们的误解，把手伸给对方，回去喝和解酒吧。真的，先生们！”

冯·科伦沉默着，拉耶夫斯基看到大家都在看他，便说：

“我对冯·科伦先生没有恶意。如果他认为我有过错，我愿意向他道歉。”

冯·科伦生气了，说：

“先生们，很明显，你们想使拉耶夫斯基先生作为一个宽宏大量的骑士回家。可是我不能使你们和他得到这种快乐。为了喝酒、吃菜、听人家解释决斗是陈旧的仪式，用不着起早赶十俄里路到这里来。决斗就是决斗，不必把它弄得比实际更愚蠢更虚伪。我希望决斗！”

一阵沉默。博伊科从箱子里拿出两把手枪来：一把递给了冯·科伦，另一把递给了拉耶夫斯基。接着就不知干什么了。这使动物学家和决斗陪同们开了一会儿心。原来在场的人没有一个人见识过决斗，谁也不知道应当怎么站，陪同们应当说什么，做什么。不过后来博伊科想起来了，笑着对大家解释。

“先生们，谁记得莱蒙托夫是怎么描写的？”冯·科伦笑着问道，“屠格涅夫也写过巴扎洛夫跟谁决斗……”

“用不着记得那些。”乌斯季莫维奇站下来，不耐烦地说，“量出距离来就行了呗。”

于是他便迈了三步，好像在表明需要如何量距离似的。博伊科量出了步数，他的伙伴抽出腰刀来在两端划了记号，以便划出中间界线来。

敌对双方在一片沉默中站到了自己的位置上。

“两只鼹鼠。”助祭坐在灌木丛里想起了冯·科伦讲过的鼹鼠。

舍什科夫斯基讲了些什么，博伊科又解释了什么，可是拉耶夫斯基没有听到或者准确些说，听到了没有理解。他等时间到了就扳起枪机，枪口朝上举起沉重冰凉的手枪。他忘了解开大衣扣子。他觉得肩膀和胳肢窝很紧，抬胳膊费劲，好像衣袖是用铁皮缝的。他想起昨天是多么恨这黝黑的前额和卷曲的头发，心想即使昨天最恨最怒的时候他也不能对人开枪。他怕子弹无意中打到冯·科伦身上，便把枪越举越高，心里感到这种过于做作的宽宏大量不礼貌，并不是宽宏大量，可是另外的做法他不会也不能。看着冯·科伦（他显然从一开始就相信他的对手会朝空开枪）煞白的带着嘲笑的脸，拉耶夫斯基心想：谢天谢地，一切马上就结束了，只要用力钩一下扳机就……

肩膀被狠狠地震了一下，枪响了，山里传来了回音——啪——啊——啊——啊！

冯·科伦也扳起了扳机，朝乌斯季莫维奇的方向看了一眼；乌斯季莫维奇仍然在倒背手踱步，对什么也不注意。

“医生，”动物学家说，“劳驾，请别像钟摆那么来回走动吧。您把我的眼睛都走花了。”

医生停了下来。冯·科伦开始朝拉耶夫斯基瞄准。

“完啦！”拉耶夫斯基想。

直对着脸的枪口，冯·科伦厌恶和鄙视的神态，还有一个正派人光天化日在另一些正派人的见证下马上要完成的杀人行动，还有这寂静，还有这使拉耶夫斯基站在那里不跑的无名力量——所有这一切都是神秘的，既难懂，又可怕！冯·科伦瞄准的时候，拉耶夫斯基觉得那时间比一夜还长，他祈求地瞥了决斗陪同们一眼：他们一动不动，脸色煞白。

“快开枪吧！”拉耶夫斯基心里说，他觉得他那煞白、哆嗦、可怜的脸一定在冯·科伦心里激起了更大的厌恶。

“我这就把他打死。”冯·科伦瞄准前额、手指触着扳机，想，“是的。当然会打死……”

“他会打死他！”突然从很近的什么地方传来一声绝望的喊叫。

枪也同时响了。大家看到拉耶夫斯基站在那里没有倒下，便朝传来喊声的方向看去，结果看到了助祭。他脸色煞白，头发湿漉漉的贴在前额和两颊上，浑身上下又湿又脏，站在河对岸的玉米地里，不知为什么奇怪地微笑着，摇晃着湿漉漉的帽子。舍什科夫斯基高兴得笑了笑，又哭起来，躲到旁边……

20

过了不一会儿，冯·科伦和助祭就在小桥旁边相会了。助祭心情激动，吃力地喘着，回避看冯·科伦的眼睛。他为自己的恐惧和又脏又湿的衣服感到害臊。

“我觉得您想打死他。”他嘟囔道，“这多么违反人性啊！这多么不合天理啊！”

“您怎么到这儿来了？”动物学家问道。

“别问啦！”助祭挥了一下手，“鬼迷心窍，就这么来了。在玉米地里差一点儿没有吓死。可现在，谢天谢地，谢天谢地……我对您非常满意。我们的多毛蜘蛛爷爷也会满意的。多么可笑啊！我恳求你们对谁也不要说我来过这里，否则上司会给我的脖颈儿来一下子的。他们会说助祭当决斗陪同啦。”

“先生们，”冯·科伦说，“助祭请大家不要跟任何人说你们在这儿看到过他，否则会惹麻烦。”

“这多么违反人性啊！”助祭叹了一口气，“请原谅我，您脸上的那种表情，我以为您一定会打死他。”

“我实在想要这个坏蛋的命。”冯·科伦说，“可您那么一喊妨碍了我，使我打偏了。不过，助祭，这全部程序让人很不习惯，使我厌倦了。我疲乏得要命。一起坐车走吧……”

“不。让我步行走吧。我得晾一晾，我湿透了，冷。”

“那就请便吧。”疲乏的动物学家上了车，闭上眼睛，用懒洋洋的声音说，“请便……”

当人们聚在马车旁边上车的时候，科尔巴莱站在路旁，双手捧着肚子，深深地鞠着躬，显露着牙齿。他以为先生们是来欣赏风景喝茶的，因此不明白他们干吗上车。在沉默之中，马车上路了。酒馆旁边只剩下助祭一人。

“去啦，酒馆，喝茶。”他对科尔巴莱说，“要吃点东西。”

科尔巴莱俄语讲得很好，可是助祭认为跟他讲错误的俄语，他会理解得更快。

“鸡蛋煎，乳酪给……”

“进去吧，进去吧，神甫。”科尔巴莱鞠着躬，说，“什么都给，乳酪也有，酒也有……吃什么有什么。”

“鞑靼人管上帝叫什么？”助祭进到酒馆问道。

“你的上帝，我的上帝，是一样的。”科尔巴莱没有明白他的问题，“人不同，上帝是一个。有的是俄国人，有的是土耳其人，有的是英国人。人种很多，上帝只有一个。”

“好。既然各个民族都信仰一个上帝，那为什么你们穆斯林把基督徒看成自己的夙敌呢？”

“何必生气呢？”科尔巴莱双手捧着肚子说，“你是东正教神甫，我是穆斯林，你想吃什么，我就给……只有富人才分哪是你的上帝哪是我的上帝。对穷人来说，是一样的。请吃吧。”

在酒馆里进行这场神学谈话的时候，拉耶夫斯基正坐在马车上往家走。他回忆着黎明来的时候多么可怕。那时道路、悬崖、群山又湿又暗，未知的前景像无底深渊一样可怕；而现在呢，挂在草和石上的雨滴被阳光照得闪闪发亮，像一颗颗钻石，大自然在愉快地微笑着。可怕的前景已留在身后。他看了看舍什科夫斯基忧郁的刚刚哭过的脸，看了看冯·科伦、他的决斗陪同以及医生坐的前面那两辆马车，觉得他们好像刚刚埋葬了一个久病不愈、妨碍大家生活、令人无法忍受的人从墓地回来似的。

“一切都结束了。”他小心翼翼地用手指抚摩着脖子，想着自己的过去。

他脖子右侧靠衣领的地方出现了像小手指头大小的肿块，觉得痛，好像被谁用烙铁烫了一下似的。这是子弹擦伤的。

后来他回到家里，觉得这一天很长很怪，又甜美又朦胧，像做梦一般。他好像刚被从监狱或医院放出来似的，打量着早就熟识的器物，感到惊奇：桌子、窗户、椅子、阳光和大海都在他心里激起了生气勃勃的孩子般的欢乐；这种感情，他好久好久没有体验过了。脸色苍白、显著消瘦了的娜杰日达对他的温柔的声音和奇怪的步态感到莫名其妙。她急急忙忙地向他讲述她受到的一切……她觉得他大概没听清楚而且没有明白她讲的是什么，要是他知道了全部情况，他会诅咒她，打死她的。可是他听着她的话，却抚摩着她的脸和头发，看着她的眼睛说：

"除了你，我没有谁啦……"

后来他们坐在庭院里互相依偎着，沉默着或者出声地幻想着未来幸福生活而说一些断断续续的短句子。他觉得他从前什么时候也没有说过这么长这么漂亮的话。

21

过了三个多月。

冯·科伦预定离开的日子到了。一早就下着冰冷的大雨，刮着东北风。海上掀起大浪。据说这种天气轮船是不会进停泊场的。按时间表规定，它应当上午九点多到。可是冯·科伦中午和午饭后都到滨海路去了，在望远镜里除了灰色的海浪和一直伸延到地平线的雨幕以外，什么也看不到。

傍晚雨停了，风开始明显地减弱了。冯·科伦已经认定今天走不了了，坐下同萨莫伊连科玩起象棋来。可是天黑以后，勤务兵来报告，说海上出现了灯火并看到了信号弹。

冯·科伦急忙开始准备上路。他斜挎上背包，同萨莫伊连科和助祭吻别，毫无必要地到各个房间看了看。告别了勤务兵和厨娘。到了街上，心里觉得好像在军医那里或者在自己的住处落下了什么。在街上，他跟萨莫伊连科并肩走在前面，助祭提着小箱子跟着他俩。勤务兵拎着两个提包走在最后。只有萨莫伊连科和勤务兵能看出海上暗淡的灯光来。别人朝漆黑的海面上望着，什么也看不到。轮船停在离岸很远的地方。

“快些，快些，”冯·科伦催促着说，“我怕船会开走。”

路过拉耶夫斯基决斗后新租的三个窗户的小住宅时，冯·科伦忍不住朝窗户里看了一眼。拉耶夫斯基正后背对着窗户趴在桌子上写东西呢。

“我很惊奇，”动物学家轻声说，“他把自己管束得多好啊！”

“是的。值得惊奇。”萨莫伊连科叹了口气，“他从早到晚这么坐着，总坐着工作。想还清债务。老弟，他日子过得比乞丐还坏啊！”

沉默了半分钟。动物学家、医生和助祭站在窗户旁边看着拉耶夫斯基。

“可怜哪，他到底没离开这里。”萨莫伊连科说，“记得他当时为了这个费了多少心机吧？”

“是的，他管束自己很严。”冯·科伦重复了一句，“他举行了婚礼，为了一块面包而整天工作，还有他脸上的新表情乃至于他的步态——这一切都是那么不平常，以至使我不知如何形容才好。”动物学家拽着萨莫伊连科的衣袖声调激动地说，“请你转告他和他的夫人，说我临走的时候为他们的转变感到惊喜，祝他们万事如意……请他如有可能不要记恨我。他了解我，他知道，要是我那时能预见到这种变化，那我会成为他的最好的朋友的。”

“你进去跟他告别吧。”

“不。不合适。”

“为什么呢？上帝知道，今后也许永远也没有再跟他见面的机会了。”

动物学家想了想说：

“这倒是真的。”

萨莫伊连科用一根手指轻轻敲了敲窗户。拉耶夫斯基哆嗦了一下，回过头来。萨莫伊连科说：

“拉耶夫斯基，冯·科伦先生想跟你告别。他现在就要走啦。”

拉耶夫斯基从桌子旁边站起来，到门斗去开门。萨莫伊连科、冯·科伦和助祭进了屋。

“我马上就走。”动物学家在门斗脱套鞋的时候说；他已经后悔不该听任感情驱使不请自来了，心想，“我像不速之客，太蠢了。”“请原谅我打搅您。”他跟拉耶夫斯基进房间的时候说，“我马上要离开了，想来看看您。上帝知道我们还能不能再见着。”

“很高兴……非常欢迎。”拉耶夫斯基说完，笨手笨脚地给客人们摆椅子，好像要挡住客人的路似的，自己则站在屋子中间搓着两手。

冯·科伦想，“应当把这两个旁观者留在街上。”然后斩钉截铁地说：

“别记恨我，拉耶夫斯基先生。忘记过去当然是不可能的，它太忧郁啦。我不是来道歉或者使您相信我没错。我的所作所为是真诚的，从那以后并没有改变信仰……固然，现在我非常高兴地看到我对您的看法错了。人们在平路上也会摔倒的呀。人的命运就是这样：要是不在主要问题上犯错误，那就在枝节问题上犯错误。谁也不知道真正的真理。”

“是的，谁也不知道真正的真理……”拉耶夫斯基说。

“好吧，再见……愿上帝保佑您万事如意。”

冯·科伦把手伸给了拉耶夫斯基，拉耶夫斯基握了握他的手，鞠了一躬。

“别记恨哟。”冯·科伦说，“请向您的夫人致意，说我很遗憾没能跟她告别。”

“她在家。”

拉耶夫斯基走到门口对另一个房间说：

“娜杰日达，冯·科伦先生要跟你告别。”

娜杰日达进来，站在门旁，怯生生地看着客人们。她满脸羞惭，畏葸不前。她两手的姿势，像一个受批评的女中学生。

“我马上要离开了，娜杰日达女士。”冯·科伦说，“是来告别的。”

她犹犹豫豫地把手伸给了冯·科伦，拉耶夫斯基则鞠了一躬。

冯·科伦心想："他俩多可怜哪！为这种生活，他们付出的代价不小啊。"他问道：

"我要到莫斯科和彼得堡去。你们不需要从那儿寄些什么来吗？"

"寄什么呢？"她惶惑地同丈夫交换了一下眼色，"好像不需要什么……"

"是不需要什么……"拉耶夫斯基搓着双手说，"向大家问好吧。"

冯·科伦不知道还可以讲什么，需要讲什么。他刚才进来的时候还以为有很多友好的温暖的重要的话可讲呢。他默默地握了握拉耶夫斯基和他妻子的手，心情沉重地出来了。

"多好的人哪！"助祭走在后面低声说，"我的上帝，多好的人哪！这葡萄真是上帝亲手栽的。主啊，主啊，一个人战胜了千千，另一个人战胜了万万。①冯·科伦，"他激动地说，"您知道吗？你们今天战胜了人类最大的敌人——高傲！"

"得啦，助祭！我们算什么胜利者呢？胜利者都像雄鹰一样傲视一切。可是他呢，却可怜，怯懦，被折磨傻了，直点头哈腰，像中国做的不倒翁似的；我呢……我郁闷。"

身后传来了脚步声。这是拉耶夫斯基赶来送行的。勤务兵带着两个提包站在码头上。稍远站着四个桨手。

"怕要起风……唉！"萨莫伊连科说，"海上现在大概是大风暴。唉，唉，冯·科伦，你走得不是时候。"

"我不晕船。"

"问题不在这里……我是担心你别被这几个浑蛋翻到水里。应该坐轮船代理公司的小艇走。代理公司的小艇在哪儿？"他大声问桨手。

---

① 暗引《圣经·旧约·撒母耳记上》第二十一章第十一节。

“走啦，大人。”

“海关的小艇呢？”

“也走啦。”

“为什么不报告？”萨莫伊连科生气了，“浑蛋！”

“没有关系，别着急……”冯·科伦说，“好，再见吧，愿上帝保佑你们。”

萨莫伊连科抱了抱冯·科伦，对着他画了三次十字。

“别忘啦，冯·科伦……来信……明年春天等你来。”

“再见吧，助祭。”冯·科伦握着助祭的手说，“谢谢你的陪伴和长谈。关于考察队的问题，再想想。”

“哎呀，天哪，上天涯海角都可以。”助祭笑了，“难道我不同意吗？”

冯·科伦在黑影里认出了拉耶夫斯基，默默把手伸给他。桨手已站在下边拽住小船。小船不断撞击着桩子，虽然防波堤保护着它不受大浪的冲击。冯·科伦顺着船梯下去，跳到船上，坐到舵旁边。

“来信！”萨莫伊连科对着他喊道，“保重！”

“谁也不知道真正的真理。”拉耶夫斯基把大衣领子立起来，两手抄在衣袖里，想道。

小船勇敢地绕过码头，到了海面上，消失在波浪中间，马上又从深谷滑上高峰。这时可以看清人甚至桨。小船前进三俄丈，又被抛回两俄丈。

“来信！”萨莫伊连科喊道，“鬼叫你遇到了这种天气！”

“是的，谁也不知道真正的真理……”拉耶夫斯基怅惘地注视着黑暗中的不安的大海想道。

“小船被抛了回来，”他想，“它进两步退一步，但桨手是顽强的，他们不倦地划着桨，不怕狂涛巨浪。小船在前进，前进，已经看不到它了。再过半个来小时，桨手们就能清楚地看到轮船上的灯火啦。过一个小时，他们就会划到轮船的舷梯啦。生活中的情形也是如此：在探索真理的路上，人们进两步退一步。痛苦，错误，生活的无聊把他们抛向后面，可是对真理的渴望和顽强的意志驱赶着他们向前，向前。谁知道呢？也许会达到真正的真理……”

“再——见——见——！”萨莫伊连科喊道。

“看不见也听不见啦。”助祭说，“一路平安！”

开始落雨了。

妻

1

我收到了这样一封信：

阿索林先生台鉴：离您不远的地方即佩斯特罗沃村发生了一件极其悲惨的事情，鄙人认为有义务向您报告。该村农民变卖了房屋和家产，迁居到托木斯克省去，但未能到达目的地，便半道回来了。在这里，他们当然已一无所有，一切已尽归他人。他们三四家挤在一座农舍里，因此每座农舍至少要住男女十五口，这还不算小孩子，终于弄得无以糊口；饥饿，斑疹伤寒流行；所有的人都病倒了。医士说：进入农舍能看到什么呢？所有的人都病倒了，所有的人都在说胡话，有的在放声大笑，有的在发疯；屋里臭气熏天；没有人给病人端水喝，也没有人给他们运水来。食品只有冻土豆。医士和医生黑貂（我们地方自治局的医生）能做什么呢？饥民首先需要的是粮食，而他们并没有粮食。地方自治局拒绝赈济，理由是这些农民已迁出本地，属托木斯克省居民，而且也没有钱。专此布达。鉴于您为人仁慈，当不会拒绝给以紧急救济。

一个愿助您为善的人

显然这封信是医士自己写的，或者是以野兽名字当姓的医生写的。地方自治局的医生、医士们多年来天天都说他们对什么都无能为力，可是却从只能靠冻土豆充饥的人们那里领取薪俸，而且不知为什么仍然认为自己有权评判我是否仁慈。

匿名信，以及每天早晨都有些乡下人到下人厨房去下跪，以及夜里有人破墙而入，从粮仓里盗走了二十袋子黑麦，以及闲谈、读报和天气恶劣造成的心境不佳——这一切把我弄得焦虑不安，无心写作。我在写一部《铁路史》，需要阅读大量俄国和外国书籍论文，需要打算盘以计算数字，查对数表，需要思考和写作，然后需要再阅读、再计算和再思考。可是现在我一拿起书来或者一开始思考，我的思路就乱成一团，眼睛就眯缝起来。于是我便叹息着从桌子旁边站起来，在乡间住宅的空旷房间里踱步。踱腻了，就站在书房的窗前远眺；越过宽阔的庭院、池塘，一片光秃的小桦树林和一片辽阔的原野——那上面覆盖着刚下不久正在融化的白雪——我看到地平线的一个丘陵上挤着一堆褐色农舍，从这堆农舍旁边向下、在皑皑雪原上伸出一条不规则的黑带子——泥泞的路。那就是佩斯特罗沃即匿名信中提到的那个村子。要是没有预告雨天或雪天的乌鸦叫着掠过池塘和原野的话，要是没有木匠房里传出的敲击声，那个被人们谈论得那么多的小小天地很像死湖——那儿是那么寂静，冷清，没有生气，没有意思！

焦虑不安的心绪妨碍我专心致志地写作。我不知道这是一种什么心情，我想，也许是失望吧。事实如此，我放弃了交通部的职位，回到乡下来，目的就是安闲度日，从事社会问题的著述。这是我长期以来的夙愿。如今却必须告别安闲与著述，把一切事情全放下，全力以赴去解决饥民问题了。这是责无旁贷的，因为我深信，全县除我以外，没有人能帮助饥民。周围全是一些没有知识、不开化、冷漠的人，大多数不诚实或诚实而任性、不郑重，如我的妻子。这些人是不能信赖的，而让饥民听任命运摆布又不行，结果只好服从需要，自己来整顿饥民生活了。

我第一步决定捐给饥民五千银卢布。这不但没有使我安下心来，反而加重了我的不安心情。当我站在窗前或在屋里踱步的时候，有个以前未出现的问题折磨着我：怎么支配这笔钱呢？买粮挨户分发——这不是一个人的力量所能胜任的，而且匆忙之中会使饱汉或富农得到比饥民多一倍的救济。行政部门，我不相信。地方自治局的官吏和税务督察官是一些年轻人，我不信任他们——他们像当代所有的青年一样，是些唯物主义者，没有理想。地方自治局、乡政府以及县里的各种办公厅，我也丝毫不愿去求助。我知道，这些机关都在蚕食着地方自治局和国库这两块馅饼，每天都在张着大嘴等着吃第三块馅饼呢。

我想到邀请附近地主，商量在我家组建一个类似委员会或者中心的组织，集中并往全县分发所募到的捐献以及指导全面工作，这样的组织可以经常开会，接受广泛自由监督，完全符合我的心意；可是一想到这个人员庞杂的集会必然要带来冷餐、午餐、晚餐以及嘈杂、闲聊、空谈和俗气，我便急忙放弃了这个想法。

至于我家里人呢，我就更不能期待她们的帮助和支持了。我的第一个家即父亲的家，当年曾是个热闹的大家庭，如今只剩下一个家庭教师——玛利亚小姐（如今大家都叫她玛利亚·格拉西莫芙娜）了，她是一个无足轻重的人。这个身材娇小，穿戴整洁的老太婆七十岁了，穿一件浅灰色连衣裙，戴一顶缀有白带儿的压发帽，像一个瓷娃娃，总坐在客厅里看书。她知道我焦虑不安的原因，我每次从她身旁过的时候，她都说：

“您想怎样呢，巴维尔？我以前也说过会这样。您根据我们的仆人可以判断。”

我的第二个家即我和我的妻子娜塔莉娅，她住在楼下，占用了楼下所有的房间。她吃饭、睡觉、接待客人全在楼下；我吃什么、睡得如何、接待谁，她概不过问。我们的关系单纯，不紧张，但冷淡，空泛，乏味，像早就疏远的人似的，因此虽住上下楼，也不显得亲近。她从前在我心里激起的像艾蒿似的时苦时甜、热烈不安的爱情已经没有了，从前那种发火、争吵、责难、抱怨以及积怒爆发也都没有了——积怒爆发的通常结局是妻子出国或回娘家，我汇钱，故意每次少汇一点儿，多汇几次以便经常刺痛妻子的自尊心（我的高傲自尊的妻子以及她的亲属都是靠我养活的，妻子尽管满心想拒绝，但不能拒绝我的钱——这使我感到得意，是我痛苦时的惟一安慰）。现在我们偶尔在楼下走廊里或院子里相遇的时候，我就鞠一躬，她则亲切地笑一笑。我们谈天气，谈似乎该安防寒窗了，谈谁坐着带铃铛的马车驰过了大坝；这时我在她的脸上看出来："我对您是忠实的，没有玷污您那么看重的您的清白名声；您识趣，不要来打搅我——我们谁也不欠谁的。"

我努力使自己相信，爱情之火在我身上早已熄灭，写作那么深深地吸引着我，我无暇认真考虑对妻子的态度问题。可是——唉！——我只是心里那么想。当妻子在楼下高声谈话时，我侧耳倾听她的声音，尽管丝毫听不清她在说什么。她在楼下弹钢琴的时候，我站起来听。给她准备马车或马的时候，我就走到窗前去，等着她从屋里出来，看她上车或上马离开院子。我觉得心里不是滋味，怕眼神和表情会暴露我心中的秘密。我用眼睛送走了妻子，然后就等她回来，以便再从窗户上看到她的脸、肩膀、大衣、帽子，我感到寂寞、惆怅、无限惋惜什么。想趁她不在的时候到她房间里去走走，希望我和妻子因为性格不合而解决不了的问题尽快地自然而然地自行解决，也就是说希望这个二十七岁的漂亮女人快些老，希望我的头发快些白快些秃。

有一次吃早饭时我的管家向我报告，说佩斯特罗沃村的农民开始拽房盖上的草喂牲口，玛利亚·格拉西莫芙娜惊恐疑惑地看着我。

"我能有什么办法呢？"我对她说，"孤军难为战哪。我从来也没有感到像现在这么孤单。全县即使能找到一个可信赖的人也好嘛，我愿出高价聘请。"

"您找伊万·伊万内奇嘛！"玛利亚·格拉西莫芙娜说。

"真的！"我想起来高兴地说，"好主意！不错。"我唱着到书房去给伊万·伊万内奇写信。“不错，不错。……”

2

二十五至三十五年前盛装到我家来做客，吃喝，恋爱，结婚，令人厌烦地大谈骏马好狗的所有熟人中尚在人世的只有伊万·伊万内奇了。当年他很活跃，健谈，爱吵嚷，风流多情，思想激进，脸上有一种特殊表情，不仅使女人着迷，也令男人倾倒；如今他已老态龙钟，大腹便便，没有思想和表情了。接到我的信的第二天傍晚，他就来了；当时餐厅刚刚摆上茶炊，玛利亚·格拉西莫芙娜正在切柠檬。我欢迎他，快活地说：

“很高兴看到您，我的朋友。您在不断地发福！”

“我这不是胖，是肿的。”他答道，“被蜜蜂蜇了。”

他态度亲昵，自己取笑自己的肥胖，双手扶着我的腰，把像乌克兰人似的头发梳向前额、又大又软的脑袋靠在我的胸膛上，发出老人的尖细笑声。

“您却越来越年轻！”他透过笑声说，“不知道您用什么染的头发和胡子。给我一些呗。”他呼哧呼哧地喘着，抱着我吻了吻我的脸腮，“给我一些呗……”他重复了一句，“亲爱的，您有四十了吧。”

“哟，已经四十六啦！”我笑了起来。

伊万·伊万内奇身上有一股蜡烛油和厨房里的油烟味儿。这跟他的打扮是很相称的。他的臃肿笨重的庞大身躯裹在一件像车夫穿的短袍似的长上衣里——这件上衣上钉的不是纽扣，而是一些小钩子和扣环，腰缝得很高；要是他身上有别的味儿，例如香水味儿，那倒会令人感到奇怪。好久未刮、像苍耳似的酱紫色双下巴颏儿，呆呆地瞪着的两只眼睛，气喘，邋遢笨拙的仪态、声音、笑貌以及言谈都使人难以看出当年曾令全县的丈夫猜忌妻子、风流潇洒、语惊四座的美男子。

“我很需要您。”当我们坐在餐厅里喝茶的时候，我对他说，“我想组织对饥民的救济工作，但不知道如何着手。也许您肯提些建议。”

“嗯，嗯，嗯……”伊万·伊万内奇喘息着说，“噢，噢，噢……”

“我本不想惊动您，可是，除您以外，亲爱的，实在无人可找了。您知道这里全是些什么人。”

“噢，噢，噢……嗯……”

我想即将召开的会议是严肃的工作会议。任何人，不论住在哪里，个人关系如何，都可以参加，那么为什么不请娜塔莉娅参加呢?

“三人可组成委员会！①”我快活地说，“我们请娜塔莉娅来如何？您看怎样？费尼娅，”我对使女说，“去请娜塔莉娅到楼上来一趟，如有可能，马上来。说有很重要的事情。”

过了一会儿，娜塔莉娅就来了。我站起来迎接她说：

“请原谅娜塔莉娅，我们打搅您。我们在谈一件很重要的事情，幸运地想到应当听听您的宝贵意见，我想您不会拒绝。请坐。”

伊万·伊万内奇吻了吻娜塔莉娅的手，娜塔莉娅吻了吻他的头，大家都坐到桌旁以后，伊万·伊万内奇眼泪汪汪地陶醉地凝视着她，探过身去又吻了她的手一下。她穿一件黑连衣裙，头发仔细梳过，身上有一种新洒的香水味儿：显然，她是准备出门做客或等客人来访。进餐厅的时候，她友好随便地把手伸给我，像对伊万·伊万内奇一样，也对我亲切地微笑了一下——这我喜欢；可是她说话时活动手指，常常用力往椅背上靠，而且说话速度快，言谈举止粗俗，却使我气恼，令我想起她的故乡奥德萨来，那儿男女社交的粗俗格调曾使我感到厌烦。

“我想为饥民做些事情。”我开始讲起来，沉默了一会儿接着说，“钱，不言而喻，是大事，可是只捐款便认为万事大吉，那就是

① 原文为拉丁语。

放弃最主要的责任。救济应当表现在钱上，可是主要的却是正确认真的组织。诸位，让我们考虑一下，做点儿事情吧。”

娜塔莉娅疑惑地看了看我，好像想说：“我知道什么呢？”

“嗯，嗯，饥饿……”伊万·伊万内奇咕哝道，“的确，嗯……”

“情况严重。”我说，“急需救济。我认为，我们将要制定的条例第一条就应当是速度。像作战一样：目测，迅速，猛攻。”

“嗯，速度……”伊万·伊万内奇像要睡着了似的无精打采地咕哝道，“不过毫无办法。地里不长，能有什么办法……任何目测猛攻也无济于事……自然灾害……上帝和命运是无法反对的。”

“不过人长脑袋就是为了同自然灾害做斗争的。”

“啊？不错……是这样……不错。”

伊万·伊万内奇对着手帕打了个喷嚏，精神起来，好像刚睡醒似的，看了看我和妻子。

“我也是颗粒未收。”他尖声笑起来，并狡猾地挤了一下眼睛，好像这真是可笑似的，“没有钱，没有粮食，可是伙计满院子，像舍列梅捷夫伯爵家里似的。本想把他们赶走，可是好像可怜他们。”

娜塔莉娅笑起来，开始打听伊万·伊万内奇家业经营情况。她坐在这里使我感到愉快——我好久没有体验到这种感受了；我怕看她，担心目光会把我心里隐秘的感情暴露出来——我们目前的关系会使这种感情显得突兀而可笑。妻子同伊万·伊万内奇又说又笑，丝毫不因为在我这里我不笑而感到不好意思。

“怎么样，诸位，我们能做些什么呢？”我等他们谈笑一间断便问道，“我认为，我们首先应宣布募捐。我们呢，娜塔莉娅，给首都和奥德萨的熟人写信，吁请他们捐助。等我们募集到一些捐款时，我们就采购粮食和饲料；您呢，伊万·伊万内奇，就劳驾您从事分配工作。一切都要仰仗您的雄才大略啦。我们只是希望您在分发财物以前先详细了解当地情况，还有一个问题也很重要，那就是要进行监督，使粮食发到真正需要的人手里，决不能让酒鬼、懒虫和富农骗去。”

“噢，噢，噢……”伊万·伊万内奇咕哝道，“嗯，嗯，嗯……”

“唉，跟这个流口水的老糊涂干不成什么事。”我心里这么想着，便感到气恼。

“饥民使我厌烦死了，去他们的吧！总是不满，总是不满。”伊万·伊万内奇嘬着柠檬皮继续说，“饥民不满饱汉，饱汉不满饥民。嗯……饥饿能把人变疯，变傻，变野。饥饿不是土豆，饥民会说粗话，会偷，也许还会干更坏的事……必须明白。”

伊万·伊万内奇被茶水呛了一下，咳嗽起来；尖细的笑声憋得他浑身直抖。

“那是在波……波尔塔瓦附近！”笑和咳嗽使他说话困难，他挥舞着双手说，“那是在波尔塔瓦附近！当时刚废除农奴制三年，两个县发生了饥荒；已故的费奥多尔来请我到他那里做客。去吧，去吧——他总是缠着我，恨不得用刀逼到我的喉咙上。干吗不去？走吧，我说。唉，我们说走就走。天快黑了，下着小雪。到他的庄园附近时已是深夜，突然树林里啪的响了一枪，接着又响了一枪，娘的，遇上啦……我跳下雪橇一看——黑影里有个人朝我扑来，雪没到他的膝盖，我一只手抓住他的肩膀，就这么一下子把他的枪打掉了，接着另一个扑上来，我给了他后脑勺一下，他哼了一声，一个狗吃屎钻到雪里去了，——我当时身强力壮，手重。我收拾完两个，抬头一看，费奥多尔已骑在第三个家伙身上。我们抓住了三个强盗，把他们反剪双手绑起来，免得他们伤害我们或伤害自己；这三个浑蛋被带到厨房。真叫人又痛恨又羞愧：都是认识的庄稼汉，是些好人，叫人可怜。他们全都吓傻了。一个在哭着求宽恕；另一个像野兽似的瞪着眼睛破口大骂；第三个跪在那里祈祷上帝。我对费奥多尔说：别生气，把这三个坏蛋放了吧！他叫他们吃饱了饭，给了他们每人一普特面粉，说了声‘滚吧’，就把他们放了。瞧……愿他在天之灵永远安息！他明白，没有生气，可有些人生气了，坑害了多少人哪！嗯……为了克洛奇科夫酒店的一个案件，十一个人进了苦役连。嗯……眼下的情况也这样……星期四侦查员在我家借宿，他讲到一个地主……嗯……夜里有人破墙进入他家粮仓盗走了二十袋黑麦。早晨地主知道了，便马上给省长去电报，接着又给检察长、警察局长、侦查员去电报……官员们当然怕讼棍……官府惊动起来，忙成一团。已搜查了两个村子了。”

“请原谅，伊万·伊万内奇。”我说，“二十袋子黑麦是偷我家的，是我拍电报给省长的。我也往彼得堡拍过电报。但这并不是因为像您所说的那样，我喜欢诉讼，也不是因为我生气了。对任何事情，我都是首先从原则方面来看的。盗窃，无论是饱汉还是饥民干的，在法律上是没有区别的。”

“嗯，嗯……”伊万·伊万内奇尴尬地咕哝道，“当然……嗯，噢……”

娜塔莉娅脸红了一下。

“有一些人……”她刚张嘴说就停了下来，她想努力使自己显得心平气和，但忍不住用怨恨的目光看了我一眼——这种目光，我是熟悉的。“有些人，”她说，“饥荒和人类痛苦是为了使他们表现自己的微不足道的坏性格而存在的。”

我不满地耸了耸肩膀。

“我想谈谈一般情况。”她继续说，“有些人是十分冷漠的，毫无同情心，但是他们遇到人类痛苦不会不管，因为他们怕受到漠视，他们的虚荣心比什么都神圣。”

“有些人。”我温和地说，“具有天使的性格，但她们表述其宏伟思想的方式却令人很难看出天使同奥德萨市场上的小贩之间的区别来。”

我承认，我的这些话说得不成功。

妻子看了看我，那眼神表明，她好像费了很大力气才使自己没有还嘴。她突然发火，以及继之而来的对我救济饥民的愿望的嘲讽起码是不合适的。我请她到楼上来的时候期待的是她对我、对我的愿望会持截然相反的另一种态度。我具体说不出来期待的是什么，但这种期待曾使我喜悦地激动过。现在我看来，再继续谈饥民问题已很困难，而且大概也是不明智的。

“嗯……”伊万·伊万内奇不合时宜地咕哝道，“商人布罗夫有四十万，也许还要多些。我对他说：‘捐给饥民十万二十万吧。人反正早晚得死，你带不到那个世界去的。’他生气了。人都免不了死。死不是土豆嘛。”

又是一阵沉默。

“这么说，我只剩下一种选择啦：接受孤单。”我叹了一口气，“孤军难为战。有什么呢？孤军作战，我也要试试。战胜饥荒大概要比战胜冷漠容易些吧。”

“楼下有人等我。”娜塔莉娅说完，从桌旁站起来，对伊万·伊万内奇说，“您能到楼下我那儿坐一会儿吗？我就不跟您告别啦。”

说完就走了。

伊万·伊万内奇已在喝第七杯茶，喘着，咂着嘴，一会儿嘬嘬胡子，一会儿嘬嘬柠檬皮。他在瞌睡昏昏地咕哝着什么，我没有听，只在等着他离开。他终于带着专来喝茶似的神情站起身来向我告别。我送他的时候说：

“您什么建议也没提就这么走啦。”

“嗯？我孤陋寡闻，”他答道，“能提什么建议呢？您也是多余焦虑……真的，我不明白您干吗焦虑？用不着焦虑，亲爱的！真的，什么事也没有……”他亲切诚恳地低声安慰我，像安慰一个小孩子，“真的，没有什么要紧！”

“怎么没什么要紧？农民在拽房盖上的草喂牲口，据说什么地方已发生斑疹伤寒了。”

“唉，那有什么呢？来年收成好，就会有新房盖；假如我们得伤寒死了，别人还会照样活。反正得死，现在不死，将来死。不必焦虑，美男子！”

“我不能不焦虑啊。”我气恼地说。

我们站在灯光昏暗的前厅。伊万·伊万内奇猛然抓住我的臂肘，好像要对我讲一件很重要的事情似的，默默地看了我半分钟。

“巴维尔·安德烈伊奇！”他轻轻地叫了一声，他的肥胖冷漠的脸上和昏暗的眼睛里闪出使他当年名闻遐迩的那种的确迷人的神色，“巴维尔·安德烈伊奇，我作为朋友劝您一句：改改您的性格吧！您很难相处！亲爱的，很难相处！”

他聚精会神地看了看我的脸，美丽的神色熄灭了，目光暗淡下来，他无精打采地咕哝道：

“嗯，嗯……请原谅老人……胡说……嗯……”

他迈着沉重的步子下楼梯，张开两臂找着平衡，把肥大的后背和肉红的后脑勺展现在我面前，令人不愉快地觉得像一只螃蟹。

“离开这里吧。大人。”他咕哝道，“上彼得堡或国外去……干吗呆在这里浪费宝贵年华？您年轻、健壮、有钱……不错……唉，我要年轻一些，早就像兔子似的一溜烟儿跑啦！”

3

妻子的发火使我想起了我们的共同生活。从前每次发火之后，我们通常是不可遏制地要往一起凑，把心里多日积攒的怒火尽情发泄出来。现在也是这样，伊万·伊万内奇走后，我非常想找妻子去。我想到楼下去告诉她，说她喝茶时的行为侮辱了我，说她残忍，小肚鸡肠，她的小市民头脑永远也理解不了我说的话和我要做的事。我久久地在房间里踱着，考虑对她说什么，她会怎么答对我。

近来使我焦虑不安的心情，今晚伊万·伊万内奇走后，使我感到特别气恼。我坐立不安，只能踱步，不停地踱步，而且只是在有灯光的屋里，靠近妻子坐过的那个房间——这种心情很像我有一次在德国海[①]遇到暴风雨时所体验过的那种心情，当时船上既无货物，又无压舱物，人们认为船必翻无疑。今天晚上我明白了，我的焦虑

① 今称北海。

不安不是我以前所认为的失望，是另外一种心情，可是具体是什么，我不知道，而这就使我更加气恼。我决定：找她去。借口可以找到。说需要找伊万·伊万内奇就行。

我下了楼，踩着地毯，不慌不忙地穿过前厅和大厅。伊万·伊万内奇坐在客厅的沙发上，又在喝茶和咕哝。妻子站在他的对面，手扶着沙发的靠背，脸上是平静、甜蜜、温顺的神色，像在耐心地听一个疯疯癫癫的先知的预言似的，认为每一句无足轻重的话和每一声含混不清的咕哝里，都含着玄机。妻子的神色和姿势像一个精神变态者或修女；她的房间举架不高，灯光昏暗，很暖和，摆着一些古老的家具，挂着一些鸟笼子——鸟已入睡，而且屋里还散发着天竺葵味儿，使我想起女修道院长或虔诚信教的年迈的将军夫人的居室。

我进了客厅。妻子没有吃惊，也没有不安，只是严肃平静地看了看我，好像知道我会来。

“对不起，”我柔和地说，“伊万·伊万内奇，您没有走，我真高兴。在楼上时忘问您，您是否知道我们地方自治局主席的名字和父称？”

“安德烈·斯坦尼斯拉沃维奇。”

“谢谢。”我说完，从兜里掏出记事本记了下来。

他俩都沉默着，他们大概是在等我走。妻子不相信我是来打听地方自治局主席的名字和父名的，——这我从她的眼神里看出来了。

“那么，我走啦，美人。”我在客厅里踱了一两个来回坐到壁炉旁边以后，伊万·伊万内奇咕哝说。

“别走。”娜塔莉娅按了他的手一下，急忙说，“再等一刻钟……求您啦。”

显然，她不愿意单独跟我在一起。我心里想：“没有什么，我就等一刻钟。”

“嘿，下雪啦！”我站起来看着窗外说，“好雪！伊万·伊万内奇，”我踱着步继续说，“很遗憾我不会打猎。我想，在这样的雪里追兔子和狼该多么惬意呀！”

妻子站在那里，不肯回头，只是用眼睛瞟着我，监视着我的动作，那神情好像我兜里藏着尖刀或手枪似的。

“伊万·伊万内奇，设法带我去打猎吧。”我继续柔和地说，“我将非常非常感激您。”

这时一个客人进到客厅里。这位先生，我不认识，四十来岁，高个儿，健壮，秃顶，淡褐色大胡子，小眼睛。根据皱皱巴巴的肥大衣服和举止来判断，我把他当成了教堂执事或教师，妻子介绍说他是医生黑貂。

“非常非常高兴认识您！”医生用男高音大声对我说着，紧紧握着我的手，质朴地对我笑着，“非常高兴！”

他坐到桌旁拿起一杯茶大声说：

“有没有罗姆酒或白兰地？奥利亚，”他对使女说，“劳驾到酒柜里找找，我冻坏了。”

我又坐到壁炉旁边。看着他们，听他们谈话，偶尔插一句。妻子亲切地对客人微笑着，警惕地监视着我，像监视着一只野兽似的。我在这里使她感到压抑，这激起了我的嫉妒心、恼怒和一定要给她制造一些痛苦的愿望。我想，妻子、这些舒适的房间、壁炉旁边这块地方——是我的，早就是我的，为什么老糊涂伊万·伊万内奇或者黑貂拥有这一切的权利比我大。如今我看妻子，不是隔着窗户，而是在身边，在通常的家庭环境里，现在进入暮年，我需要的正是这个。尽管妻子恨我，但我仍然想她，像童年想妈妈和保姆似的；我觉得，如今垂暮之年我对她的爱比以前更纯洁、更高尚，因此我想走到她跟前狠狠踩她脚尖一下，使她疼，同时我要笑一笑。我对医生说：

“浣熊先生我们县有几座医院？”

“黑貂……”妻子纠正说。

“两座。”

“每座医院每年死多少人？”

“巴维尔·安德烈伊奇，我需要跟您谈谈。”妻子对我说。

她向客人道歉之后就往隔壁房间走去，我站起来跟着她出去。

“您马上回自己的楼上去。”她说。

“您缺乏教养。”我说。

“您马上回自己的楼上去。”她激烈地重复了一遍，恶狠狠地看了看我的脸。

她站得离我那么近，我稍稍一弯腰，胡子就能触到她的脸上。

“怎么回事？”我问，“我突然出了什么错？”

她下巴颏儿哆嗦起来，匆忙擦了一下眼睛，朝镜子里的自己瞥了一眼，嘟囔道：

“又是老一套，您当然不会走。好吧，随您便。我走，您留下。”

她一脸果决的神气，我耸着肩膀，尽力装出嘲弄的笑容，回到客厅。客厅里又来了两个新客人：一个上年纪的太太，另一个是戴眼镜的年轻人。我既没有跟新来的客人打招呼，也没有同先来的客人告别，便回到了楼上。

我清楚，在我这儿喝茶发生的事以及在楼下发生的事以后，我们两年来已淡忘的“家庭幸福”，由于一些鸡毛蒜皮的原因又要重演了；我和妻子都不能善罢甘休：根据往年的经验，我可以断定，明后天积怒爆发之后，必定会发生一连串令人厌恶的事情，把我们的生活闹个底儿朝上。我在房间里开始踱着想，这就是说，我们这两年并没有变得聪明冷静些。这就是说，又要出现眼泪，喊叫，诅咒，提包，出国以及随之而来的提心吊胆——担心她在国外同意大利或俄国花花公子一起辱骂我；又不得不拒绝给她护照[①]，写信，忍受孤独，思念她，而五年之后将是老年，白发……我踱着步，想象

① 当时俄国居民从事国内外旅行时必须持有护照；妻子的护照由丈夫保存，女儿的护照由父亲保存，丈夫和父亲有权不给妻子和女儿护照。

着不可能发生的事情：她漂亮、丰腴，跟我不认识的男子拥抱……我已经坚信必定会发生这样的事；我绝望地问自己：为什么过去争吵时我没有提出离婚，或者她为什么当时没有一去不回来？这样，如今就不会有对她的思念、恼恨和担心了，我就会专心致志地从事写作，无忧无虑地安度晚年……

院子里驰进了一辆四轮轿式马车，接着又驰进一辆三匹马拉的大雪橇，妻子那里看样子在举办晚会。

午夜前楼下是安静的，我什么也听不见，可是午夜我却听到挪动椅子的声音和餐具的撞击声。这就是说，是在吃夜餐。后来又是挪动椅子的声音，从地板下边传来了喧嚣声，好像有人喊“乌拉”。玛利亚·格拉西莫芙娜已经睡了，整个楼上只有我一个人；客厅里，我的祖先——一些渺小而残忍的人——的画像从墙上注视着我；书房里，油灯的映像在窗户玻璃上向我眨着眼睛，使我感到不愉快。对楼下正在进行的一切，我感到又羡慕又嫉妒；我倾听着，心想：“这儿的主人是我，要是我愿意，我一分钟就能把这些可敬的客人赶走。”不过我知道，这都是瞎扯，谁也不能赶走——“主人”这个词毫无意义。可以随便认为自己是主人，有妻子，有钱，是宫中低级侍从①，但却不知道这都意味着什么。

夜餐后，楼下有人用男高音唱起了什么。

我说服自己：“没有发生什么特别的事情！干吗那么担心？我明天不到楼下去找她——我们的争吵就结束了。”

一点一刻，我准备上床睡了。

“楼下客人都走了吗？”我问来服侍我脱衣服的仆人阿列克谢。

“是的，都走了。”

“为什么喊‘乌拉’？”

“马霍诺夫捐了一千普特面粉和一千卢布现款。有一位老太太——我不知道她的姓名——答应在自己庄园里开一个供一百五十

① 宫廷授予贵族的荣誉称号。

个饥民免费吃饭的食堂，谢天谢地……太太决定全体先生女士们每星期五聚会一次。”

“在楼下？”

“是的。夜餐前宣读了账目：从八月到今天太太除粮食以外募到了八千现款，谢天谢地……大人，我想，太太为了积德肯操劳的话，能募到许多钱。这儿有富户。”

放走了阿列克谢，我就熄了灯，用被子蒙上了头。我想：“真的，我干吗这么焦虑呢？什么力量像灯火吸引飞蛾似的吸引我去关心饥民？我并不认识他们，不了解他们，从来没有见过他们，也并不喜欢他们哪。怎么会这么焦虑呢？”

我猛然在被子下面画了个十字。我思考着妻子的作为，自言自语地说：“她是怎么回事？背着我在家里建立了一个不折不扣的委员会。为什么要背着我？为什么要搞密谋？我碍他们什么事？”

伊万·伊万内奇说得对：我应该离开！

第二天醒来时，我已坚决决定尽快离开。昨天发生的一切——茶桌旁边的谈话、妻子、黑貂、夜餐、我的担心——使我厌倦了，我高兴马上要离开使我想起这一切的环境，我喝咖啡时，管家长篇大论地向我报告各种事情。最令人愉快的事情，他留在最后。

“偷黑麦的贼已经找到了。”他微笑着报告说，“昨天侦查员在佩斯特罗沃逮捕了三个乡巴佬。”

“滚！”我可怕地发起火来，对他喊了一声，无缘无故地抓起装饼干的篮子摔到地板上。

4

早饭后，我搓着手想：必须找妻子去，向她宣布离开的事。为什么呢？谁需要呢？谁也不需要，我自己回答自己说，可是为什么不去宣布呢，何况这只会使她高兴？而且昨天吵完之后一句不说就走是不十分得体的：她会以为我怕她，而且她想到是她逼我离开自己的住宅会心里难受的。不妨同时向她宣布我捐五千卢布，再给她提几条组织工作方面的建议。提醒她，在这么复杂的、责任重大的工作中，她的缺乏经验可能会导致最可悲的后果。一句话，我想到妻子那里去，当我考虑各种借口的时候，我已坚信一定要这么做了。

我去找她的时候，天还不黑，没有点灯。她坐在客厅和卧室之间的书房里，身子低低地趴在桌子上在急速地写什么。看到我进来，她哆嗦了一下，离开书桌，那姿势像是要挡住我，不让我接触自己的文件似的。

"对不起，我打搅您一分钟。"我说完，不知为什么感到尴尬，"娜塔莉娅，我偶然听说您在组织对饥民的救济工作。"

"不错，我在组织，不过这是我的事情。"她答道。

"对，这是您的事情。"我柔和地说，"我很高兴，因为它完全符合我的想法。请您允许我参加。"

"请原谅，我不能允许。"她答完，眼睛往旁边看了看。

"为什么呢，娜塔莉娅？"我轻声问道，"为什么呢？我也有饭吃，也愿意帮助饥民嘛。"

"我不明白您干吗要往这里钻？"她蔑视地笑了笑，耸了耸一只肩膀，问道，"谁也没有请求您。"

"也没有人请求您哪，可是您却在我的家里组织了一个不折不扣的委员会！"我说。

"有人请求我，可是，您呢，请相信我的话，永远也不会有人请求您。到不了解您的地方去帮助吧。"

"看在上帝分上，请不要用这种腔调跟我讲话。"

我尽力使自己的态度温和，心里一再提醒自己千万不要失去冷静。在妻子身边的最初几分钟我觉得很好。我感到周围有一种柔和、温馨、青春、女性、高度雅致的气氛，这种气氛正是我住的楼上乃至于我的全部生活中所没有的。妻子身上穿一件粉红法兰绒便袍，这使她显得十分年轻，使她的迅速有时急剧的动作显得柔和。

她的漂亮的深色头发当年曾令我着迷，眼前因为她久久地趴在桌子上写东西，一些头发从所梳的发型中脱落出来，有些蓬乱，可是我觉得她的头发这样显得更茂密。不过这一切十分平庸。我面前是个普通女人，也许不漂亮，不文雅，但这是我的妻子，我跟她曾一起生活过，要不是她那种不幸的性格，今天仍然会在一起生活；这是我在这个世界上所爱的惟一的女人。如今，在离别前，当我知道连隔着窗户也将看不到她的时候，她，即使对我冷若冰霜，报以高傲轻蔑的讥笑，也使我觉得魅力无穷，引为自豪，我意识到：离开她是可怕的，不可能的。

“巴维尔·安德烈伊奇，”她沉默了一会儿说，“我们两年来谁也没妨碍谁，相安无事。您干吗突然那么需要回到过去呢？昨晚您来侮辱我，贬低我，”她提高嗓门继续说，脸红了，眼睛迸射出怨恨的光芒，“可是请控制自己，不要这么做，巴维尔·安德烈伊奇！明天我提出申请，给我护照，我就走！就走！就走！到修道院去，到寡妇院去，到孤老院去……”

“到疯人院去吧！”我忍不住喊道。

“甚至到疯人院去！更好！更好！”她眼睛闪亮，继续喊道，“今天我到佩斯特罗沃去来着，我羡慕那些饥饿有病的农妇，因为她们没有跟像您这样的人生活在一起。她们正直自由，而我却由于您的恩典而变成了寄生虫，无所事事，吃您的饭，花您的钱，付出自己的自由和谁也不需要的什么贞节。为了您不给我护照，我必须保持您本来没有的好名声。”

必须沉默，我咬紧牙关，迅速走到客厅里，可是马上转回身来说：

“我恳请，以后不要在我家开黑会，搞密谋，秘密接头！我家的大门只允许我认识的人进，您那些狐朋狗友要想搞慈善事业，请他们另找地方。我不能容许人们半夜三更在我家里喊‘乌拉’，庆祝得到一个剥削像您这样精神变态者的机会！”

妻子搓着手指，拖着长腔呻吟着，像牙痛似的，脸色煞白，在屋里来回急速踱着。我挥了一下手，到客厅里去了。我气得喘不上气来，同时又吓得浑身直哆嗦，怕忍耐不住，做出或说出使自己终生后悔的事或话来。我紧紧握住自己的手，以为这样可以控制住自己。

我喝完水，心情稍稍平静了一下，又回到妻子的房间。她仍然用原先的姿势站在那里。好像要挡住我，不让我触到桌子上的文件似的。她的冰冷煞白的脸上缓缓地流着泪水。我沉默了一会儿，心里已没有怒气，痛苦地对她说：

"您怎么不理解我！您对我太不公平啦！我以名誉向您发誓，我是怀着纯洁的动机和做好事的良好愿望来找您的！"

"巴维尔·安德烈伊奇，"她把双手贴在胸膛上，脸带上痛苦祈求的神色——像吓得直哭的孩子祈求不要处罚他们似的神色，说，"我清楚地知道您会拒绝，但我仍然要请求。迫使自己哪怕一生就做这一次好事吧。我请求您，到外地去吧！这是您能为饥民做的惟一一件事情。到外地去吧，我宽恕您一切，一切！"

"您多余侮辱我，娜塔莉娅。"我叹了一口气，感到一种特殊的温顺情感涌上心头，"我已决定走了，可是在为饥民做完某种事情之前我不能走。这是我的义务。"

"啊？"她轻轻惊叫了一声，不耐烦地皱起了眉头，"您可以建造出色的铁路和桥梁，可是您对饥民却什么也做不成，您要明白！"

"是吗？您昨天指责我冷漠，没有同情心，您对我太了解啦！"我苦笑了一下，"您相信上帝，那么，上帝可以作证：我日夜焦虑……"

"我看得出来您在焦虑，可是这跟饥荒和同情毫无关系。您焦虑是因为怕饥民越过您去，怕地方自治局和捐助者不需要您的领导。"

我沉默了一会儿，以便压下气恼的心情，然后说：

"我是来跟您谈事情的。请坐下。请您坐下。"

她没有坐。

“请您坐下！”我重复了一遍，指给她一把椅子。

她坐下了，我也坐下，想了想，说：

“请您认真对待我说的话，请听……您基于仁爱，承担起救济饥民的组织工作，对此我当然毫不反对，完全同情您，准备给您全力支持，不管我们的关系如何。尽管我十分敬佩您的智慧和心灵……和心灵。”我重复了一遍，“我不能让救济饥民这样艰巨复杂而且责任重大的工作只由您一个人来做，您是女人，您没有经验，不熟悉生活，过分轻信，容易冲动。您对身边的助手毫不了解，在这种情况下您的活动会导致以下两个可悲的后果，并非夸大其词。第一，我们县可能完全得不到救济；第二，对您自己的错误和助手的错误，您不得不自己掏腰包赔偿，而且还要搭上自己清白的名声。退一步说，损失和疏漏由我来补，可是谁来恢复您清白的名声呢？假如由于监督不力和工作疏漏而产生流言蜚语，说您从而还有我在这件事情上捞了二十万，难道您的助手能来帮您洗刷吗？”

她沉默着，我继续说：

“我并非像您说的是出于虚荣心；纯粹是为了避免使饥民得不到救济，使您不要失去清白名声，我认为自己有义务过问您的工作。”

“请说简短些。”妻子说。

“劳驾，”我接着说，“请告诉我，迄今为止你们共收到多少捐助，用去多少，以后要每天向我通报每一笔新收入和新支出。娜塔莉娅，还请您把您的助手名单给我，他们可能是一些十分正派的人，我不怀疑这一点，但仍然需要调查一下。”

她沉默着，我站起来，在屋里踱了一下。

“让我们现在就干吧。”我说完，就坐到她的书桌旁。

“您当真要插手？”她疑惑而吃惊地问道。

“娜塔莉娅，希望您慎重考虑！”我从她的脸上看出来她想反对，祈求地说，“请您完全相信我的经验和诚实！”

“我仍然不明白您想干什么！”

“让我看看您募集到多少，用去了多少。”

“我没有秘密，任何人都可以看。请看吧。”

桌子上放着五本学生笔记本，几页写满字的信纸，一张县的地图以及几张大小不一的纸片。天已黑了，我点上蜡烛。

“请原谅，我还什么也没看见呢。”我翻着笔记本说，“您的捐款收入明细表呢？”

“一切从捐款签名单上可以看出来。”

“不错，可是明细表也需要！”我为她的幼稚态度笑了笑，说，“捐助款物的信在哪里？对不起，娜塔莉娅，一个小小的实际工作建议：这些信必须保存。每封信要编号，要在专门明细表上登记。对自己发出的信件也应当这么做。不过，这一切我可以自己做。”

“做吧，做吧……”她说。

我感到怡然自得。生动有趣的工作，小小的书桌，简陋的笔记本以及在妻子身边工作的美好气氛吸引着我，我怕妻子突然变卦，用一个突如其来的行动把这一切破坏掉，因此我匆匆忙忙地做着，努力不去理会她的嘴唇哆嗦，她像一头被捉住的小兽在惊恐慌张地往四周看着。

“娜塔莉娅，这么办吧。”我看着她说，“让我把这些文件和笔记本拿回楼上去吧，我看看，熟悉一下，明天把意见告诉您。您再没有什么文件了吧？”我合上笔记本把纸片放到文件夹里，问道。

“拿去吧，全拿去吧！”她帮我把纸片放进文件夹里；说着，硕大的泪珠在脸上流下来，“全拿去吧！这是我生活中所剩下的一切……把最后的东西夺走吧。”

“唉，娜塔莉娅，娜塔莉娅！”我责难地叹了口气。

她有些忙乱，胳膊肘儿碰着我的胸膛，头发触到我的脸上，她拉开抽屉，把里面的纸片都给我扔到桌上，有些零钱落到我的膝盖上和地板上。

“全拿去吧……”她声音嘶哑地说。

她把抽屉里的纸片扔到桌上以后，就离开我，双手抱头倒在沙发上，我把地板上的零钱捡起来，放回抽屉里锁起来，免得引诱仆人产生邪念，然后就抱着全部文件回楼上去。经过妻子身边时，我停下来，看着她的后背和搐动的肩膀，说：

"您还多么像个孩子啊，娜塔莉娅！唉，唉，听着，娜塔莉娅：等您明白这份工作是多么责任重大的时候，您就会首先感激我啦，我向您发誓。"

回到自己的书房里，我不慌不忙地研究起文件来。笔记本没有装订，没有编页码，记录是用各种笔体写的，显然任何人，只要愿意，都可以在上面写。捐助实物的账上没有注明价钱，可是同样的黑麦，现在值一卢布十五戈比，两个月后就可能涨到二卢布十五戈比。怎么能这样呢？其次，"支付阿·姆·黑貂三十二卢布"。何时支付的？为何支付的？证明文件在哪儿？什么也没有，什么也弄不明白。一有诉讼，这种文件只能把问题弄得模糊不清。

"她多么幼稚！"我感到惊讶，"她还是个什么样的孩子啊！"

我觉得又可气又可笑。

5

妻子已募集到八千，再加上我的五千——共一万三。对开始来说，这已很好。使我那么感兴趣、那么焦虑不安的善举终于掌握在我的手里；我在做别人不想做、不能做的事情，我在履行自己的义务，组织正确认真的救济饥民的工作。

一切都似乎是在按着我的意图和愿望进行，可是我的不安心情为什么并未消失呢？我连续四个小时审阅了妻子的文件，弄清了其中的含义，改正了其中的错误，可是我并未感到安心，反而觉得如芒刺在背。我还有什么不满足的呢？救灾的组织工作已落在可靠的人手里，饥民将得到救济，——还需要什么呢？

四个小时的轻松工作不知为什么使我感到疲倦，我再不能弯腰坐在桌旁，也不想继续写字。楼下偶尔传来隐约的啜泣声——这是妻子在哭。我的仆人——总是温顺、老实，有些不直率的阿列克谢不断过来整理桌子上的蜡烛，常常看我，那目光有些奇怪。

“不，必须离开！”我已心力交瘁，终于下了决心，“离这些壮观的印象远些。明天就走。”

我把文件和笔记本收拾起来，拿着去找妻子。我双手抱着笔记本和文件，感到疲惫不堪，经过卧室看到自己的旅行提包时，从地板下面传来哭声……

“您是低级宫内侍从？”有人在我耳边说，“很高兴，可您讨人嫌。”

“这全是瞎扯，瞎扯，瞎扯……”我嘟囔着，下着楼梯，“瞎扯……说我是受自尊心或虚荣心支配也是瞎扯。毫无根据！难道为了救济饥民能给我勋章或者任命我当司长吗？瞎扯，瞎扯！而且在乡下向谁去炫耀呢？”

我疲倦了，疲倦得要命，耳边仍然有一种声音在说：“很高兴，可您讨人嫌。”我不知为什么想起了童年背会的一首古诗中的一句：“做一个好人多愉快！”

妻子仍然是用原先的姿势——脸朝下双手抱头——趴在沙发上，她在哭，使女惶惑地站在旁边，我支走使女，把文件放到桌上，想了想说：

“瞧，您的公文全在这里啦，娜塔莉娅。没有问题，都好极啦，我很满意。我明天就走。”

她继续哭。我到客厅，摸黑坐在那里。妻子的啜泣、叹息在指责我什么；为了给自己辩解，我回忆了我们争吵的全部过程，从不幸地想到请她参加会到笔记本，到这哭。这是通常的我们夫妻怨恨的发作，我们婚后这种不体面无意义的事情曾多次发生过。可是这跟饥民问题有什么关系呢？饥民问题怎么会火上加油呢？好像我们在互相追着，无意中跑进圣堂里，就在那儿交手了。

“娜塔莉娅，”我从客厅里轻声叫她，“别哭啦，别哭啦！”

要想叫她不哭，结束这种折磨人的状态，必须找她去，安慰她、爱抚她或向她道歉；可是怎么做才能让她相信我呢？我怎能说服这只生活在羁绊中敌视我的野小鸭相信我对她有好感、同情她的痛苦呢？对自己的妻子，我从来都不了解，因此从来都不知道需要跟她谈什么以及如何谈。她的外貌，我了解得很清楚，而且给以足够的评价，可是对她的内心、精神世界、头脑、世界观、情绪的多变、怨恨的眼神、高傲、有时令我惊讶的博学多识以及昨天脸上那种修女神色——对这一切，我却一无所知，毫不理解。当跟她发生冲突、试图确定她是个什么人的时候，我的思想没有超过这样一些概念，如任性啦，不稳重啦，不幸的性格啦，婆娘逻辑啦——这对我来说好像已足够了。但是眼前，她哭的时候，我却非常想了解得更多一些。

哭声停止了。我走进妻子的书房。她坐在沙发上，双手支着头若有所思地一动不动地看着灯火。

“我明天早晨走。”我说。

她没吱声，我在屋里踱了几步，叹了口气说：

“娜塔莉娅，您请求我离开的时候说过：宽恕您一切，一切……这就是说您认为我在您面前是有过错的。请您冷静而简短地把我在您面前的过错告诉我。

“我累了，以后再说吧……”妻子说。

“什么过错呢？”我继续说，“我做了什么错事了？您会说，您年轻漂亮，想要生活，我的岁数比您几乎大一倍，因此您恨我，可这难道是我的错吗？我并没有强迫您跟我结婚哪。唉，有什么呢，要是您愿意自由生活，您就走吧，我给您自由。走吧，您可以去爱任何人……我也可以同意离婚。”

“我并不需要这些。”她说，“您知道，从前我曾经爱过您，总认为自己比您年纪小。这都无所谓……您的过错不在于您老我年轻或者我获得自由后可以爱任何人，而在于您是个难相处的人，自私，厌恶一切人。”

“我不知道，也许是这样。”我说。

“请回去吧。您想今晚把问题搞清楚，可是我提醒您，我已精疲力尽，不能回答您的问题了。您答应离开，我很感激，我别无所求了。”

妻子希望我回去，可是做到这点并不容易。我已疲惫不堪，害怕自己那些不舒适的令人厌恶的大房间。记得童年有什么病痛的时候，我总是偎到妈妈或保姆身上；把脸藏到温暖的衣褶里，我就觉得病痛就找不到我了。眼前，我不知为什么觉得只有在这个小房间里在妻子身边，我才能躲开自己的焦虑不安的心情。我坐着，用手遮着刺眼的光线，屋里静悄悄的。

“什么样的罪过？”沉默了许久之后，妻子用通红的闪着泪花的眼睛看着我问道，“您受过极好的教育，很诚实，公正，有原则，可是这一切在您身上却产生了这样的结果：您到哪里，就会把令人感到窒息压抑的气氛带到哪里，使人觉得像受到莫大的侮辱和贬低似的。您有诚实的思维方式，因此您厌恶全世界。您厌恶信教者，认为信教是不开化、愚昧的表现；同时您又厌恶不信教者，认为他们没有信仰；您厌恶老人，认为他们落后保守；厌恶年轻人，认为他们主张自由思想。您看重人民和俄罗斯的利益，因此您厌恶人民，因为您怀疑每个人是小偷和强盗。您厌恶所有的人。您为人公正，总是依法办事，因此您总是跟农民和邻居打官司。偷了您二十袋黑麦，您为了维护秩序，向省长和所有官长告农民的状，往彼得堡告地方长官的状。依法办事！”妻子说完笑了，“根据法律，为了维护道德，您不给我护照，有这样的道德和这样的法律：一个年轻、健壮、自尊的女人必须在懒散、忧伤、经常的提心吊胆中过日子，因此她可以从一个她不爱的男人那里得到食宿的供应。您精通法律，很诚实公正，尊重婚姻和家庭基础，从这一切引出的结果是您一生没做过一件好事，人们都恨您，您跟所有的人都吵翻了，结婚七年，您跟妻子没住过七个月。您没有妻子，我没有丈夫。跟像您这样的人一起生活不可能，没有耐性了。最初几年跟您在一起，我感到害怕；现在感到可耻，最好的年华就这么丢掉了。在跟您作战的过程中，我把自己的性格搞坏了，变得急躁、粗鲁、胆小、多疑……唉，说什么呢！难道您想理解吗？快回去吧。”

妻子靠到沙发上沉思起来。

“我们会过得多么美好，令人羡慕啊！”妻子沉思地看着灯火轻声说，“那会是一种多好的日子啊！如今是无法挽回了。”

谁曾经冬天在乡下住过，知道这寂静的漫漫长夜有多么无聊，连狗都无聊得不想叫，钟都滴答滴答地响得厌烦了；谁在这样的长夜里受到苏醒的良心的惊扰，不安地来回踱着，一会儿想压下良心的冲动，一会儿想猜透良心冲动的原因，谁就能理解我在舒适的小房间里听着一个女人的声音说我是个个性不好的人而心里感到多么欢娱。我不知道我的良心需要什么，妻子像一个翻译，用女人的眼光向我清楚地说明我的良心不安的原因。正如我原先在非常焦虑不安时所猜想的那样，全部秘密不在于饥民，而在于我不是所需要的那种人。

妻子用力站起来，走到我跟前。

“巴维尔·安德烈伊奇。”她苦笑着说，“请原谅，我不相信您。您不会走。但是我再一次请求您。随便您怎么叫，”她指着自己的文件说，“叫它自我欺骗也好，婆娘逻辑也好，错误也好，愿叫什么叫什么，但请不要妨碍我。这是我在生活里剩下的一切啦。”她转过身去沉默了一会儿，“以前我什么也没有。我的青春都在跟您作战中浪费掉了。如今我抓住了这件事，我苏醒了，我幸福……我觉得我找到了不辜负此生的方式。”

“娜塔莉娅，您是个有思想的好女人。”我激动地看着妻子说，“您所做所说的一切都是美好的聪明的。”

为了掩饰我的激动，我在屋里踱了一会儿。

“娜塔莉娅，”过了一分钟，我说，“在临走以前，我求您给以特殊优遇，帮我为饥民做些什么！”

“我能帮什么忙呢？”妻子说完，耸了耸肩膀，“大概只有捐助啦？”

她在纸堆里翻了翻，找出一张捐款签名单。

“随便捐些钱吧。”她说，从她说话的声调里可以听出她对捐款签名单并不看重，“这件事情，您不能用别的方式参与。”

我拿起捐款签名单写下了：无名氏捐款五千卢布。

署名“无名氏”有些不好，显得虚伪高傲，我是看到妻子的脸突然一红，急忙把这张单子塞到纸堆里才意识到的。我们俩都感到害臊。我觉得，我无论如何都必须立即把这种尴尬心情消除掉，否则以后在火车上以及在彼得堡都会感到害臊，可是怎样消除呢？说什么呢？

“我祝福您的活动，娜塔莉娅。”我真诚地说，“祝您成功。不过，请允许我临别时给您一项忠告。娜塔莉娅，对黑貂以及您的其他助手要多加小心，不要信任他们。我不是说他们不诚实，但他们不是贵族，没有思想，没有理想和信仰，没有生活目的，没有一定原则；他们生活的全部目的都建立在金钱上，心里只有金钱，金钱，金钱！”我叹了一口气，“他们喜欢占便宜，在这个问题上教育程度越高越危险。”

妻子朝沙发走去，坐到沙发上，无精打采、强打精神说：“思想，思想性，理想，生活目的，原则……当您想贬低谁、侮辱谁或发泄不满时，嘴上说的都是这些字眼。您就是这样一个人！要是让您插手工作，您的这种观点、这种对人的态度，第一天就会把事情搞砸。您该明白这一点啦。”

她叹了口气，不吱声了。

“这是性格粗暴，巴维尔·安德烈伊奇。”她说，“您有知识有教养，可实质上您还是一个……斯基泰人[①]！这是因为您过的是一种封闭的、敌视一切的生活，跟谁也不来往，除了您的工程书以外，什么书也不读。有好人和好书嘛！是的……我疲倦了，说话吃力。

① 又译西徐亚人，约在公元前7世纪居住于黑海北岸的部落，喻指粗野不文明的人。

得睡啦。”

“这样，我就决定走啦，娜塔莉娅。”

“走吧，走吧……谢谢……”

我站了一会儿，就回到楼上。过了一个小时，半夜一点半，我拿着蜡烛又下楼去想找妻子谈谈。我不知道要对她说什么，可是觉得需要对她说一些重要而且必要的话。她已不在书房，通卧室的门关着。

“娜塔莉娅，您睡啦?”我轻声问道。

没有回答。我在门口站了一会儿，就进到客厅。在这儿，我坐到沙发上，熄灭蜡烛，在黑影里一直坐到天亮。

6

我上午十点坐雪橇去车站。天不冷，但下着大片的湿湿的雪，刮着令人不舒服的湿风。

过了池塘，穿过桦树林，沿着从我的窗户可以看到的那条路向山上爬去。我回头想最后一次看看自己的家，可是雪幕挡着，什么也看不见。过了一会儿，前方影影绰绰地出现了一些模糊的农舍。这就是佩斯特罗沃。我想：“假如我有一天精神失常的话，原因就是佩斯特罗沃，它使我到处不得安宁。”

我坐着雪橇进到村里，房盖都好好的，没有草被拽光的房盖。这就是说，我的管家撒谎了。一个男孩用小雪橇拉着一个小姑娘和一个婴儿；另一个小男孩三岁左右，头上像婆娘似的包着头巾，手上戴着大手套，想用舌头捕捉飞舞的雪花，在笑着。迎面来了一辆拉干树枝的马车，车旁边走着一个庄稼汉，他的胡须花白，无论如何看不清楚，是本来就白，还是上面的雪发白。他认出了我的车夫，对他微笑着在说什么，并在我面前机械地摘掉了帽子。狗从院子里跑出来，好奇地看着我的马。眼前是一片宁静祥和的日常景象。移民回来了，没有粮吃，农舍里“有的在放声大笑，有的在发疯”，周围那么祥和，甚至叫人不能相信这些话会是真的。看不到张皇失措的面孔，听不到凄惨呼救的声音，没有哭声，没有骂声；周围一片宁静，生活有条不紊，儿童、小雪橇、翘着尾巴的狗。孩子们，迎面来的庄稼汉都不焦虑，为什么我那么焦虑?

看着微笑的庄稼汉、戴大手套的小男孩、农舍，我想起了自己的妻子，现在我明白了没有一种灾难能战胜这些人；我觉得空气里已弥漫着胜利的气息，我感到自豪，想对他们喊我也跟他们在一起，可是雪橇已出了村子，到了旷野里；雪在飞舞，风在怒吼。我又是孤身对着自己的思绪。生活本身把我作为一个无用、无能、个性不好的人抛出从事人民事业的亿万人的行列。我是障碍，是人民灾难的一部分，被战胜了，抛开了，我在赶往车站，以便离开这里，藏到彼得堡海洋大街的一家旅社里去。

一个小时之后，我到了车站。一个戴着号牌的搬运工和我的车夫把提包搬到妇女候车室里。我的车夫衣襟掖在腰里，穿着毡靴，浑身被雪水浇得湿漉漉的，很高兴我要走，对我友好地笑了笑说：

“一路顺风，大人旅途平安。”

顺便说说：人们都称呼我大人，虽然照规矩四级文官才称大人，我只不过是个六级文官，低级宫内侍从。搬运工说火车还没从邻站开出来，必须等待。我走出室外，因为一夜未睡，头昏沉沉的，吃力地迈着疲倦的两腿，漫无目的地朝水塔走去。周围一个人也没有。

“我为什么走?”我问自己，“到那儿会怎么样?熟人，我已离开了；孤独，餐厅，喧闹，刺得我眼痛的电灯……我上哪儿去?为什么去?”

没有跟妻子谈谈就走，显得有些奇怪。我觉得这会使她无法了解我现在的想法。走的时候应该告诉她：她对，我的确是个个性不好的人。

我从水塔回来的时候，站长站在门口；我已向他的上司告过他两次状。他立起衣领，被风雪冻得缩着脖子，走到我跟前，把两个手指靠到帽檐上，带着茫然失措、强装尊敬、充满仇恨的神色，告诉我车晚点二十分钟，问我要不要到暖和屋子里去等，我答道：

“谢谢，我可能不走，请派人告诉我的车夫等一等。我再考虑一下。”

我在站台上来回踱着考虑走还是不走。火车进站后，我决定不走了。家里等着我的虽然是妻子的惶惑，大概还有嘲弄，以及阴郁的二楼和我的焦虑不安，可是这一切在我这个年纪承受起来毕竟容易些，会感到亲切些，强似跟一些陌生人一起坐两天两夜火车去彼得堡：在彼得堡我每时每刻都会感到我的生命无人需要，毫无用处，已日薄西山。不，还是回家好，不管那里情况如何……我从车站出来。家里的人都高兴我走，大白天回去不好意思。天黑以前这段时间可以在哪个邻居家里消磨掉。找谁去呢？一些人跟我关系紧张，另一些人，我根本不认识，我想了想，想起了伊万·伊万内奇。

“到伊万·伊万内奇家去！”我坐到雪橇上对车夫说：

“远哪。”车夫叹了口气，“大概有二十八俄里，也许三十俄里。”

“请走吧，亲爱的。”我说话的腔调好像他有权不听我的命令似的，“请走吧！”

车夫怀疑地摇摇头，慢腾腾地说实在不该叫“切尔克斯人”驾辕，应该叫“庄稼汉”或“小黄雀”驾辕，好像在等我改变主意似的犹犹豫豫地拿起缰绳，欠起身子，想了想，晃了一下鞭子。

“一连串半途而废的行动……”我把脸藏起来躲着雪，想，“我这是精神失常了。唉，随便……”

下一个又高又陡的山坡时，车夫小心翼翼地放马走到半山腰，马突然失去控制，以可怕的速度向山下冲去；车夫哆嗦了一下，抬起两肘，用我从来没有听到过的粗野疯狂的声音喊道：

“哎，我们给将军兜风哪！累死了，买新的，亲爱的！喂，小心，别压着！”

直到这时，当我被非常快的速度惊得屏住呼吸的时候，我才觉察到车夫醉得很厉害：他一定是在车站喝酒。到峪谷底下，冰碎裂了，发出咔嚓咔嚓的响声。路上一块带牲口粪便的雪进到我脸上，打得好痛，跑野了的马上山跟下山一样快，还没等我喊车夫，我的三套马雪橇已到了平地上，飞驰在一片老云杉林里；高高的云杉从四面八方向我伸出毛茸茸的白爪子。

“我精神失常，车夫喝醉……”我想，“好嘛！”

我们到时，伊万·伊万内奇正在家。他笑得咳嗽起来，把头贴在我的胸膛上，说着见到我总说的那句话：

“您越来越年轻，不知道是用什么染的头发和胡子，给我一些呗。”

“伊万·伊万内奇，我是专程来回访的。”我撒谎说，“请勿见怪。我是在首都住惯了的人，讲究礼尚往来，进行回访。”

“欢迎，亲爱的！我老糊涂啦，喜欢尊敬……不错。”

从他的声音和得意的笑容里可以看出来，我的来访使他感到是很大的荣幸。在前厅里两个婆娘给我脱掉皮大衣，一个穿红布衫的庄稼汉把它挂到衣钩上，我跟伊万·伊万内奇走进他的小小书房时，两个赤脚的小姑娘坐在地板上翻看一册装订了硬书皮的画报；看到我们进来，她们便跳起来跑了；马上进来一个戴眼镜的细高挑儿老太婆稳重地向我鞠了一躬，收起沙发上的枕头和地板上的画报，便出去了。隔壁房间里不断传来低语声和赤脚在地板上的走路声。

“我在等医生来吃午饭。”伊万·伊万内奇说，“他答应从医疗点来。不错。他每星期三在我这儿吃午饭，愿上帝给他健康。”他探过身来吻了吻我的脖颈，“亲爱的，来了就是没有生气。”他呼哧呼哧地喘着咕哝道，“亲爱的，别生气，不错，也许感到不痛快，但不要生气。我死以前只祈求上帝一件事：让我跟所有人都和睦坦诚相处。不错。”

“请原谅，伊万·伊万内奇，我要把脚放到椅子上。”我感到疲倦得不能自持，说。我往沙发深处坐了坐，把脚伸到椅子上。被风雪吹过以后，我的脸热乎乎的，好像全身都在吸收热量似的，因此觉得浑身酥软，“您家里真好。”我继续说，“温暖，柔和，舒适……还有鹅羽笔，”我瞥了写字台一眼，笑了起来，“古老的撒沙吸墨器……”

“嗯？不错，不错……写字台和这个红木小橱柜是茹科夫将军的农奴、自学成材的木匠布特加给先父做的。不错……是懂行的大艺术家。”

他用懒洋洋的像要睡着似的语调对我讲起了木匠布特加的故事。我听着，后来他领我到隔壁房间去看一口非常漂亮而便宜的红木抽屉柜。他用手指敲了敲抽屉柜，然后让我注意瓷砖砌的带图案的壁炉，如今这种图案在哪儿也见不到了。他也用手指敲了敲壁炉。抽屉柜，瓷砖壁炉，圈椅以及用兽毛和丝线绣出的画儿，结实而不漂亮的镜框，都散发着一种憨厚、殷实的气息。一想到这些东西在我小时跟妈妈来参加命名日庆典的时候就摆在这里，而且也是这种摆法，那就简直很难相信这些东西会有一天不存在。

我想：布特加和我之间存在着多么可怕的差别啊！布特加做东西首先力求结实耐用，认为这是主要的，似乎特别重视人的长寿，没有想到死，大概不怎么相信人会死；而我呢，建造铁路和桥梁的时候，虽然心里明知这些东西要存在几千年，但无论如何也不能不想：“这不会永远存在下去……毫无意义。”假如将来有个聪明的艺术史专家能够看到布特加的橱柜和我的桥梁的话，那他一定会说：“这是两个在本行里出色的人物：布特加爱人，不能允许自己相信人会死，因此他的家具是为永远不死的人做的；而阿索林工程师呢，不喜欢人、不喜欢生活；甚至在幸福的创造时刻，他也没有厌弃死亡、人生有限的思想，因此，请看，他建造的这些铁路显得多么渺小、脆弱、怯懦、可怜……”

“我只是在这几个房间里生火取暖。”伊万·伊万内奇领着我看房间时咕哝道，“自从妻子去世、儿子在战争中阵亡以后，我就把正式会客的房间关闭了。不错……瞧……”

他用钥匙打开一扇门，我看到一个有四根圆柱的大房间，里面摆着一架旧钢琴，地板上堆了一堆豌豆，散发着一种寒冷潮湿的气息。

“另一个房间里装着花园里的长凳……”伊万·伊万内奇咕哝道，“已经无人跳玛祖尔卡舞……锁上了。”

传来一阵嘈杂声。这是黑貂医生来了。在他冻得搓手、梳理湿淋淋的胡子的时候，我看出了两点：第一，他日子过得很寂寞，因此看到伊万·伊万内奇和我很高兴；第二，他是个纯朴天真的人。他瞧着我，从他的神情看，好像我很高兴看到他，而且对他很感兴趣似的。

“两宿没睡！”他天真地看着我，梳理着头发，说，“一宿是护理一个产妇；另一宿是被跳蚤咬的——我在一个农民家里借宿来着。困得要死，你们理解吧。”

他挽起我的手，领我上餐厅，那神气好像这样做，除了使我感到高兴，不会有别的似的。他的天真的眼神，揉皱的上衣，廉价的领带以及身上的碘酒味儿给我的印象是不愉快的；我觉得自己是在跟粗俗的人交往。入席后，他给我倒了一杯伏特加，我无可奈何地笑着喝了；他往我的盘子里放了一块火腿，我也温顺地吃了。

“*复习是学习之母*①。”他说完，急忙干了另一杯，“你们信吗，看到好人高兴得不困了。我是个乡巴佬，在穷乡僻壤变成土包子了，变粗鲁了，先生们，我毕竟还是个知识分子啊，老实告诉你们：没有人交往是很难受的。”

冷盘端上来的是辣根、酸奶油配白乳猪，接着是滚热的猪肉汤，热气腾腾的荞麦粥。医生在继续讲着，我很快就断定他是个软弱的不修边幅的不幸的人。喝了三盅，他就醉了，异常活跃起来，

① 原文为拉丁语。

打着饱嗝儿，咂着嘴唇，吃得很多，称呼我阁下①。天真地看着我，好像相信我很高兴看到他，喜欢听他讲似的，告诉我他跟妻子早已离婚，四分之三薪俸给她；她跟孩子——一个男孩一个女孩住在市里，他很喜欢这两个孩子，他爱着另一个女人，这女人是个寡居的地主，知识女性，可是很少到她那儿去，因为一天从早忙到晚，根本没有空闲时间。他说：

“整天不是在医院就是出诊，我起誓，阁下，不仅是看所爱的女人，连读本书的工夫都没有。十年什么也没有读过！十年哪，阁下！至于物质生活方面，您可以问伊万·伊万内奇：有时连买烟的钱都没有。”

“可是您精神方面得到满足啊。”我说。

“什么？”他问完，眯缝起一只眼睛，“别谈这个，最好还是干杯吧。”

我听着医生的讲述，根据自己的经常的习惯用唯物主义者、理想主义者、金钱、动物本能之类常用的标准去衡量他，但是没有一个标准适用，连大致适用的都没有。奇怪，当我只是听他说话，看他的时候，他是个什么人，我好像完全清楚，可是当我用自己的标准去衡量他的时候，尽管他非常坦率质朴，却变成了一个异常复杂不可理解的人物。我问自己，这个人会挥霍别人的钱吗，会滥用别人的信任吗，会愿意占便宜吗？这个原先曾是严肃重要的问题，如今却使我觉得幼稚、小气、粗鲁了。

端上来馅饼，记得，隔了很长时间——我们在这段时间里喝果子露酒——端来了鸽肉汤、什么内脏做的汤、烤乳猪、鸭子、山鹑、菜花、甜馅饺子、乳渣加牛奶、果汁羹，最后是油煎薄饼加果酱。开始的时候，特别是汤和粥，我吃得很香，后来只是机械地咀嚼和下咽了，无可奈何地微笑着，吃不出任何味道来。由于喝热汤而且屋里也很热，我的脸烧得厉害。伊万·伊万内奇和黑貂脸也是

① 意大利语：阁下。本文中“阁下”一词均为意大利语，不再注明。

红红的。

“为您夫人的健康干杯。”黑貂说，“她喜欢我。请告诉她，她的御医向她问好。”

“她真是幸运！”伊万·伊万内奇叹了口气，“没有奔走，没有焦虑，没有操劳，结果现在成了全县首要人物。几乎全部工作都掌握在她手里；医生，地方自治局官员以及一些太太们都围着她转。在真正的人那里一切都是自然形成的。不错……苹果树不用操心长苹果的事，苹果会自己长出来。”

“冷漠的人是不焦虑的。”我说。

“嗯？不错，不错……”伊万·伊万内奇没听清楚我说什么，自言自语地说，“说得对……必须做个冷漠的人。噢，噢……的确……不过在上帝和人们面前要公正，这样哪管它连草都不长呢。”

“阁下，”黑貂庄重地说，“您看看周围的自然界：鼻子或耳朵从大衣领子里一露出来，马上就会冻坏；在野外呆一小时，大雪就会把您埋起来。农村还是留立克[①]时代的样子，丝毫没有变，还是那些佩切涅格人和波洛夫齐人[②]。我们只知道我们火烧眉毛，在挨饿，千方百计同自然界作战，我想说什么来着？啊！您明白吗，要是好好想想，仔细看看，分析一下这一锅粥——请允许我这么形容，那么，这不是生活，是剧院里着火！在这种时候谁先跌倒，或者吓得喊起来，东逃西窜，谁就是破坏秩序的头号敌人。必须面对现实，十分当心——一点也马虎不得！这时已没有工夫哭鼻子、管小事啦。既然面对的是紧急情况，那就应采取相应态度，要坚强刚毅，像岩石一样。不是这样吗，老爷爷？”他问完伊万·伊万内奇，笑了起来，“我自己是个婆娘，窝囊废，脓包。因此也看不起脓包。我不喜欢浅薄的情感！有人忧郁，有人胆怯，有人现在会进来说：‘瞧，

① 留立克（？—879），诺夫哥罗德公爵（862—879）。

② 佩切涅格人，东南欧突厥系古民族；波洛夫齐人，11—13 世纪东南欧突厥系游牧民族。

你们吃了十个菜，开始大谈饥民啦！’这是浅薄愚蠢的！有人会责难阁下有钱，请原谅我，阁下，”他把一只手贴到心口上，大声继续说，“您交给侦查员的差事，让他日夜抓小偷，您的做法也是浅薄的。我喝了酒，因此说这话，您明白吗，浅薄！”

“谁请他操心啦，我不懂？”我站起来说。我突然觉得羞愧难堪，十分委屈，在桌子周围踱着。

“谁请他操心啦？我根本没有请……让他见鬼去吧！”

“抓了三个放了。原来不是那三个人偷的。如今在找新的。”黑貂笑了，“罪孽！”

“我根本没有请他操心。”我激动得要哭起来，“干吗，干吗火上加油！唉，退一步说，我不对，我的做法恶劣，退一步说，可他们为什么还要努力使我显得更加不对？”

“算啦，算啦！”黑貂安慰我说，“算啦！我喝了点儿酒，就说起来了。怨我多嘴。算啦。”他叹了口气，“吃饱喝足，现在去睡一觉。”

他站起来，吻了吻伊万·伊万内奇的头，摇摇晃晃地离开了餐厅。我和伊万·伊万内奇默默地吸着烟。

“亲爱的，我午饭后没有睡觉的习惯。”伊万·伊万内奇说，“您请到休息室去休息一会儿吧。”

我接受了建议。被称为休息室的这个烧得热烘烘的昏暗房间里，靠墙摆着布特加做的两张又宽又长、结实笨重的沙发；上面铺着厚厚的松软的白色被褥，大概是那个戴眼镜的老太婆铺的。黑貂脱掉上衣和靴子，脸朝里躺在一张沙发上。另一张沙发在等着我。我脱了上衣和靴子，顺从着倦意和在寂静的休息室里游荡的布特加幽灵的安排以及黑貂轻柔亲切的鼾声召唤，顺从地躺下了。

我马上就开始梦见妻子、她的房间、满脸仇恨的站长、雪堆、剧院里着火……梦见从粮仓里偷走二十袋子黑麦的庄稼汉……

“侦查员把他们放了，还算好。”我说。

我被自己的声音惊醒，惶惑地看着黑貂宽阔的后背、坎肩扣带和厚大的脚后跟，约摸看了一分钟，又躺下睡了。

第二次醒的时候，天色已暗。黑貂还在睡。我已心情平静，想要快些回家。我穿好衣服，离开休息室。伊万·伊万内奇在书房里，坐在一张大圈椅里一动不动，眼睛盯着一个地方。显然，我睡觉的时候，他都是这么呆呆地坐着的。

“好！”我打着呵欠说，“我觉得像开斋日后醒来过复活节似的。我今后要常到您这儿来啦。请告诉我。我妻子到您这儿吃过饭吗？”

“吃……过。”伊万·伊万内奇努力想动弹一下身子，咕哝道，“上星期六来吃过。不错……她喜欢我。”

沉默了一会儿，我说：

“记得吧，伊万·伊万内奇，您曾说过，我的个性不好，跟我相处困难？怎样做才能改变这种个性呢？”

“不知道啊，亲爱的……我孤陋寡闻，老啦，已提不出什么建议啦……噢……我当时对您那么说，是因为喜欢您，也喜欢您的妻子，也喜欢过您的父亲……不错，我快死啦，有什么必要对您有话不说或者说谎话呢？我可以这么说：非常喜欢您，但不敬重您。是的，不敬重您。”

他转过身来，呼哧呼哧地喘着，低声说：

“无法敬重您，亲爱的。从表面看，您也像个真正的人。您的仪表和风度很像法国总统卡尔诺——前几天我在画报上看见过……是的……您言谈高雅，头脑聪明，官位显赫，高不可攀，可是，亲爱的，您的心灵不是真正的心灵……您的心灵里没有力量……是的。”

“一句话，是个斯基泰人。”我笑了，“妻子怎样？请谈谈对我妻子的看法。您对她了解得更多些。”

我想谈谈妻子，可是黑貂进来，打断了。

“睡了一觉，洗了洗脸。”他天真地看着我说，“喝杯掺罗姆酒的茶就回家。”

7

已经是晚上七点多了。嘴里念叨着各种嘱咐和祝福由前厅往门口送我们的，除了伊万·伊万内奇以外，还有几个婆娘，戴眼镜的老太婆，两个小姑娘和一个庄稼汉，还有些人拿着风灯在黑影里在马旁边站着或走动着，告诉车夫怎样走以及走什么地方好些，并祝我们一路顺风。马、雪橇、人都是白的。

“他哪儿来的这么多人呢？”当我的三套马雪橇和医生的双套马雪橇离开院子的时候，我问道。

“这全是他的农奴。”黑貂说，“解放农奴的条例在他这儿还没落实。有些老仆人在这儿度晚年；还有些是无处可去的孤儿；还有些是强住在这里，赶不走。古怪的老人！”

又是飞驰，醉车夫反常的吆喝声，风，纠缠不休的雪——它不停地钻进眼睛里、嘴里、皮大衣的皱褶里……

“这么奔驰吧！”我想着，我的铃铛声和医生的铃铛声交织在一起，风呼啸着，两个车夫吆喝着——在这疯狂的喧嚣声中，我回忆着自己一生中惟一奇特的一天的详情细节；我觉得自己真是精神失常了，或者是变成了另一个人。好像对今天以前的我，我已感到格格不入。

医生走在后面，不断地高声跟自己的车夫闲聊。他偶尔赶上我，跟我并排走，向我递烟，跟我要火柴，那神情仍然是天真地相信这会使我很愉快。有一次赶上我之后，站直身子，挥舞着比他的胳臂长一倍的皮大衣袖子，喊道：

“加油，瓦西卡！赶过那些值几千卢布的骏马去！喂，猫崽子们，快跑啊！”

医生的猫崽子们在医生和他的瓦西卡的幸灾乐祸的欢笑声中跑到了前面。我的车夫不高兴，把马拽住，等听不到医生的铃铛声以后才抬起胳臂肘儿，吆喝了一声，我的三套马雪橇疯了似的向前追去。我们进了一座村子。灯火，农舍闪过去，有人喊："不要命啦！"我们跑了约莫有两俄里，这条街还在伸延着，看不见头。赶上医生以后，我们就放慢了速度，他跟我要完火柴，说：

"您养活这条街吧！这样的街这儿有五条呢，阁下。停下！停下！"他喊道，"往酒馆拐！得暖和暖和，马也得休息一下啦。"

我们在酒馆旁边停下。

"在我的教区里不止一个这样的村子。"医生推开装有滑车的吱呀响的沉重的门，让我先进去，"白天这样的街看不到头，另外还有些胡同呢，您只好挠后脑勺啦。要做出点儿成绩来很难。"

我们进了"雅"间，里面散发着浓重的桌布味儿；我们进去的时候，有个瞌睡昏昏的穿着坎肩、衬衫衣襟散在裤腰外面的庄稼汉从长凳上跳起来。黑貂要了啤酒，我要了茶。黑貂说：

"做出点儿成绩来很难。您的夫人有信心，我佩服她，尊敬她，但我自己并不坚信。当我们对人民的态度带着普通的慈善事业性质，如举办儿童收容院或残疾人收容院的时候，我们只是在耍心眼，玩花招，自己骗自己。我们的态度应当是切实的，建立在计算、知识、正义的基础上。比如我的瓦西卡一辈子给我干活；他颗粒未收，他挨饿，有病。如果说我现在一天给他十五戈比的话，我是想以此使他恢复到以前能干活的状态，也就是说我保护的首先是自己的利益，然而我却不知为什么把这十五戈比称为帮助、救济、善事。现在就这么说吧。按最低需要计算，每人一天七戈比，一家五口，要供养一千家，每天需要三百五十卢布。这个数字决定着我们对一千个家庭所应抱的切实态度。可是我们每天给的不是三百五十卢布，而只是十卢布，于是我们就说，这是救济，是帮助，因此您的夫人以及我们大家都是些少有的好人，人道主义万岁！事实如此，亲爱的！唉，要是我们少谈些人道主义，多计算，多思考，诚实地对待自己的责任的话，那该多好！我们中间有多少仁慈的人道主义者，拿着募捐簿挨家挨户认真奔波，却不肯付给自己的裁缝和厨娘工资。我们的生活里没有道理可讲！没有！"

我们沉默起来。我心里算了算，说：

“我要供养一千户人家的二百天生活。请您明天来谈谈。”

我很满意这么简单就做出了决定；我也高兴黑貂给我的回答更简单：

“好吧。”

我们结完账，离开了酒馆。

“我喜欢这么闲逛。”黑貂坐在雪橇上说，“阁下，借我火柴用用：我的忘在酒馆里了。”

一刻钟后，他的雪橇落到后面，在风雪的呼号声里已听不到他的铃铛声了。回到家里，我在自己房间里踱了一会儿，想好好思考一下，尽量明确地判定自己的处境。对妻子说什么，一句话、一个字也没有想好。脑袋不好使了。

什么也没有想出来，我就到楼下找妻子去了。她站在自己的房间里，仍然穿着那件粉红色便袍，那姿势仍然是像要挡住不让我接触她的文件似的。她的脸表现着疑惑和嘲弄的神色。显然，她知道我回来以后，已不准备像昨天那样哭泣，请求，自卫，而是准备嘲笑我，蔑视我，采取果断行动。她的脸在说：假如这样，那就再见吧。

“娜塔莉娅，我没有走。”我说，“可这不是欺骗。我精神失常，老了，病了，变成了另一个人——愿意怎么想，随便……我恐怖地，恐怖地离开了原先的我，我瞧不起他，为他害臊；昨天在我身上出现的新人不放我走。别赶我，娜塔莉娅！”

她凝视了我的脸一会儿，相信了，眼里闪出不安的光芒。她的存在使我陶醉着，她的房间温暖着我，我像在梦里似的向她伸出双手说：

“我跟您说：除了您，我再没有亲人啦。我没有一分钟不在思念您，只不过是执拗的自尊心不让我承认这一点罢了。过去我们像夫妻那样生活的日子，已无法挽回，而且也不必挽回；您把我当成自己的仆人好啦，把我的财产拿去散发吧，愿意给谁就给谁吧。我安心了，娜塔莉娅，我满足了……我安心了……”

妻子好奇地凝视着我的脸，突然轻轻地喊了一声，哭着跑进隔壁房间里去了。我回到了楼上。

一个小时以后，我已坐在桌旁写《铁路史》了，饥民问题已不妨碍我这么做了。如今我已没有焦虑不安的感觉。前几天同妻子和黑貂巡视佩斯特罗沃农舍时看到的混乱，不祥的流言，周围人的错误，以及老年的逼近——任何事情都不能使我不安了。像战争中子弹纷飞不妨碍士兵谈论私事、吃饭、修鞋一样，饥民问题也不妨碍我安静地睡觉、做自己的事情。我的家里、院里以及周围很远的地方都热火朝天地进行着被黑貂称为“慈善狂欢节”的工作；妻子常常到楼上来，不安地扫视我的房间，好像在寻找还有什么东西可以拿给饥民，以便“不辜负自己的一生”；我看到我们的家产已快被她折腾光了，我们马上就要变成穷人了，但这并不使我担心，我快活地向她微笑着。将来会怎样，我不知道。

在莫斯科

我是莫斯科的哈姆雷特。是的。我常常走访莫斯科的公馆、剧院、餐厅、编辑部，到处都说同样的话：

“天哪，多无聊！令人感到多么压抑的无聊！”

人们同情地答道：

“不错，的确无聊得可怕。”

这是白天和晚上。深夜回家，熄灯躺到床上，扪心自问为什么这么无聊得难受时，有一种沉重的感觉在我心里不安地翻腾——我想起来一周前在一个朋友家里我问如何对付无聊时，有一位不认识的先生——显然不是莫斯科人——猛然转身对我气恼地说：

“啊，您拿一根电线，随便找一根电线杆子上吊好啦！这样您就再也不必伤脑筋啦！”

是的。每次夜里我都觉得我开始明白自己为什么感到这么无聊了。为什么呢？为什么呢？我觉得原因是……

从我粗浅无知说起吧。我当年曾经马马虎虎地学过些什么东西，可是鬼知道是什么原因，是我把学过的东西全忘了呢，还是我的知识毫不管用，不过结果却是每一分钟我都重新发现美洲大陆。例如，有人对我说莫斯科需要排水系统或红莓苔子不是长在树上时，我就会惊讶地问道：

“真的吗？”

我生下来就住在莫斯科。可是我真不知道莫斯科怎么来的，为什么产生的，有什么作用，为什么，需要什么，在杜马的会议上，我跟别人一起讨论莫斯科经济问题，可是我不知道莫斯科有多大，有多少人口，有多少人出生，有多少人死去，我们收入多少，花费多少，跟什么地方做买卖，营业额多大……莫斯科和伦敦，哪个市富？要是伦敦富，为什么？鬼知道！杜马有人提出什么问题时，我就张牙舞爪地第一个开始喊：

“交专门委员会！交专门委员会研究！”

我跟商人念叨莫斯科应当跟中国和波斯建立贸易关系，可是我们不知道中国和波斯在什么地方，它们除了霉烂潮湿的半成品，还需要什么。我从早到晚在捷斯托夫餐厅大吃大嚼，却不知道为什么大吃大嚼。扮演某剧角色，却不知该剧内容。去听《黑桃皇后》，开幕以后才想起来好像没有读过普希金的这篇小说，或者读过忘了。我写的剧本上演，彻底失败以后，我才知道，这样的剧，亚历山大罗夫早就写过；亚历山大罗夫以前，费多托夫写过；费多托夫以前，什帕任斯基写过。我不善讲话，不善争论，不善闲聊。如果聚会时有人跟我谈我不懂的东西，我就干脆耍花招搪塞过去。我使脸带上有些忧郁嘲笑的神色，拽着对方的衣扣，说：“我的朋友，这老掉牙了”，或“您自相矛盾，亲爱的……有空儿我们再一起解决这个有趣的问题，取得共识，现在请告诉我，您看过《伊莫根》的演出吗？”在这方面，我从莫斯科的评论家那里学了几招儿。例如，当人们在我面前谈论剧院和当代戏剧时，我丝毫不懂。但当有人问我时，我却不费力地答道，“这么说倒也可以，诸位……假定说，这全对……可是思想在哪儿？理想在哪儿？”或者叹口气喊道，“啊，不朽的莫里哀[1]，你在哪儿？”然后伤感地挥一下手，离开这里，到另一个房间去。还有个叫什么维加[2]的，好像是丹麦剧作家。我有时也用他故作惊人之论，“我告诉您一个秘密，”我低声对邻座的人说，“卡尔德隆[3]这句话是借用维加的……”人们听信我……查考去吧！

---

① 莫里哀（1622—1673），法国剧作家。
② 维加（1562—1635），西班牙剧作家、作家。
③ 卡尔德隆（1600—1681），西班牙剧作家。

因为我毫无知识，所以我很不文明。固然，我穿戴时髦，在特奥多尔高级发廊理发，家里的摆设华贵，可我仍然是个邋遢的乡巴佬。我屋里摆着值四百卢布、带镶饰物的写字台，天鹅绒家具，油画，地毯，半身雕像，虎皮，可是瞧，炉子的通气孔却是用一件女人上衣堵的，再不就是没有痰盂，我跟客人都往地毯上吐痰。楼梯上有烤鹅味儿，仆人总是一副睡不醒的面孔，厨房里又脏又臭，床下面和柜子后面是尘土、蛛网，长了一层绿色霉菌的旧靴子和散发着猫尿味儿的废纸。我的家里总有问题：不是炉子倒烟，就是厕所冰冷，再不就是气窗关不上，往屋里飘雪，我就用枕头把它堵上。我也曾住过带家具的公寓。在自己房间里躺在沙发上思考关于无聊的问题。右边隔壁房间里一个德国女人在用煤油炉煎肉饼，左边房间一些姑娘在用啤酒瓶子敲桌子。我从自己房间里研究“生活”，从带家具的公寓的角度看一切，这时我就只写德国女人、姑娘、肮脏的餐巾，只扮演酒鬼和丧尽人性的理想主义者，认为无处过夜者收容所问题和脑力劳动无产阶级问题是最重要的问题。我什么也感觉不到，什么也觉察不到。我很容易接受低矮的天花板、蟑螂、潮湿以及穿着脏靴子就往床上躺的喝醉的朋友们。满是黄褐色泥浆的石铺马路，堆满垃圾的墙角，恶臭的大门，文理不通的牌匾，衣衫褴褛的乞丐——任何东西也不能使我心中的美学受到侮辱。在窄小的出租雪橇上我缩成一团，像个丑八怪，寒风刺骨，车夫的靴子在我头上晃着，长癞的瘦马几乎要站下不动了，但我觉察不到这些。我觉得一切都无所谓！有人对我说，莫斯科的建筑师把楼盖得像肥皂箱，破坏了莫斯科的面貌。可我不认为这些肥皂箱不好。有人对我说，我们的博物馆展品贫乏，陈列不科学，毫无用处。可我不到博物馆去。有人抱怨，说莫斯科只有一家像样的画廊，然而被特列季亚科夫①给关了。唉，关就关了吧……

不过，现在谈谈使我感到无聊的第二个原因吧：我觉得我很聪

① 特列季亚科夫（1832—1898），莫斯科特列季亚科夫画廊创建人。

明，而且异常稳重。不管是到哪里去，不管是讲话还是沉默，不管是在文学晚会上朗诵还是在捷斯托夫餐厅大吃大嚼，我都是一副煞有介事的稳重样子。没有一次争论是我不参与的。固然，我不会讲话，但我会讥讽地笑、耸肩膀、惊叹。我粗浅无知、不文明、邋遢，实际上对什么都心满意足，可是我却装作对什么都不满意，装得那么惟妙惟肖，有时连我自己都信以为真。当舞台上出现可笑的场面时，我很想笑。可是我急忙装出一副严肃的聚精会神的样子，万一笑了，邻座的人会说什么呢？身后有人笑，我回头严厉地看了一眼：可怜的中尉，是个跟我一样的哈姆雷特，他感到不好意思，好像为自己无意中的笑道歉似的说：

“多么庸俗！胡闹！”

幕间休息时，我在小吃部高声说：

“鬼知道这算什么剧！令人气愤！”

“不错，是胡闹，”有人回应说，“可是您知道，不无思想……”

“得啦！这个主题维加早就写过。当然不可相提并论！唉，多无聊！令人感到多么压抑的无聊。”

看《伊莫根》时，我为了抑制自己打瞌睡，下巴都要脱臼了，无聊得眼睛都要爬到额角上了，嘴里发干……可是脸上却挂着怡然自得的微笑。

“散发着一种欢乐的气氛。”我低声说，“我好久好久没有得到过这么高雅的享受啦！”

有时我想胡闹，在闹剧里演个角色，而且很愿意演，因为我知道在当前这个忧郁的时代会很受欢迎。可是……《演员》编辑部会说什么呢？

不，决不能演！

在画展上，我通常是眯缝着眼，意味深长地晃着头高声说：

“好像应有尽有：空气很多，有表现力，有色彩……可是主要的东西在哪儿？思想在哪儿？思想表现在什么地方？”

对杂志，我要求要具有正直的倾向，而主要的是文章的作者应当是教授或到过西伯利亚的人。不是教授、没到过西伯利亚的人，不可能是真正的天才。我要求叶尔莫洛娃[1]只演年龄不超过二十一岁的理想少女，我要求小剧院上演古典戏剧一定要由教授来导演……一定！我要求即使最不起眼的演员在表演角色以前都应当阅读有关莎士比亚的论著，以便在台上念台词时，例如说一句“贝尔南多，晚安！”就能叫大家觉得他读过八卷专著。

我常常发表文章。昨天我还到某厚杂志的编辑部去打听过我的长篇小说（五十六印张）能否刊登呢。编辑难为情地说：

“真是不知道怎么办好。实在太长，而且……枯燥。”

“不错。”我说，“不过却写得诚实？”

“不错，您说得对。”编辑更加难为情地赞同说，“当然，我要刊登……”

我认识的姑娘太太们异常聪慧稳重。她们都是一样的：一样的打扮，一样的言谈，一样的步态，差别只在于：有的嘴唇是心形，有的笑起来嘴咧得宽，像江鳕嘴。

“您读过普罗托波波夫最近发表的文章吗？”心形嘴唇问我，“真是发人深省！”

“您当然会赞同我的看法。”江鳕嘴说，“伊万诺夫的热情和说服力像别林斯基[2]。他是我心爱的作家。”

我悔恨曾经有过一个“她”……我清楚地记得我们表白爱情的情景。她坐在沙发上，嘴呈心形。打扮粗俗，毫无情趣，头发梳得蠢而又蠢；搂她的腰时——紧身胸衣沙沙直响；吻她的脸腮时——脸腮是咸的。她感到害羞，震惊，为难。请原谅，怎能把正直的倾向同爱情这种庸俗行为结合起来呢？要是普罗托波波夫看到，他会说什么呢？喔，永远别这样！放开我！我向您提供友谊！可我说只友谊不够——于是她便娇媚地用一根手指威吓我说：

---

① 叶尔莫洛娃（1853—1928），俄国女演员，先后扮演过三百多个角色。

② 别林斯基（1811—1848），俄国革命民主主义者，文艺评论家。

“好，我将爱您，但有一个条件，您要高举大旗。”

我把她抱在怀里的时候，她咕哝道：

“我们将一同战斗……”

后来跟她生活在一起，我得知，她家炉子的通气孔也是堵的女上衣，她床下的废纸也有猫尿味儿，她在争论中也是耍花腔，在画展上也是鹦鹉学舌，念叨空气和表现力。她也要求思想！她偷偷地喝伏特加，上床睡觉时用酸奶油搽脸，以便显得年轻些。她的厨房里也到处是蟑螂、脏抹布，臭气熏天；厨娘烤馅饼，往炉子里放以前，先从头上拔下梳子来在皮上扎一些虚线，她自己做蛋糕时，则把葡萄干儿吐上吐沫，以使葡萄干儿在面团上粘得牢一些。于是我就东藏西躲！到处躲她！我的风流韵事见鬼去了。她稳重、聪慧、蔑视一切地到处活动，写文章，说我：

“他背叛了自己的信念！”

无聊的第三个原因就是我的忌妒心特重。当有人对我说某某写了一篇有趣的文章，某某的剧受到欢迎，X 赢了二十万，N 的讲演引起强烈反响时，我的眼睛就开始斜，完全变成了斜眼，说：

“我真替他高兴，可是，您知道吗，1874 年他曾因盗窃被判过刑！”

我的心变成了铅块，我恨那个获得成就的人，打心眼里恨，我说：

“他虐待自己的妻子，有三个情妇，总请写书评的人吃饭，总之，是个十足的畜生……这篇小说不错，大概是从哪儿偷的。他毫无才气……而且坦率地说，我在这部小说里看不出任何特别好的地方……”

可是假如谁的剧失败了，我就高兴得要命，急忙站到作者一边。我喊：

“不对，先生们，不对！这出戏有优点，起码文笔不错嘛。”

您知道，莫斯科关于多少有些名气的人的恶毒卑鄙的流言蜚语，都是我散布的。让市长知道，他如果获得成功，比方说建造出一些好的石铺马路来的话，我就会恨他，造谣说他拦路抢劫！……要是有人告诉我某报已有五万订户，我就到处去散布该报主编接受了津贴。别人的成功是我的耻辱，是我的肉中刺……哪儿能谈得上什么社会感、公民感或政治感呢？假如说我曾经有过这种情感的话，那也早就被忌妒心吞噬了。

就这样，我粗浅无知，不文明，很聪明，异常稳重，因忌妒变成了斜眼，肝大，脸色黄中泛灰，秃顶，在莫斯科的座座公馆中出现，为生活定调子，到处扩散一种类似黄中泛灰的脸色、秃顶之类的东西……

“啊，多无聊！”我声音里带着绝望说，“令人感到多么压抑的无聊啊！”

我像流行性感冒一样具有传染性。我抱怨着无聊，摆着煞有介事的稳重架势，忌妒得诽谤亲朋好友，可一看——一个年轻大学生已经传染上了，他稳重地用手抚摸了一下头发，扔开书本说：

“空谈，空谈，空谈……天哪，多无聊啊！”

他的眼斜着——跟我一样，也是斜眼，说：

“我们的教授们现在在为饥民募捐讲演。可我担心一半钱要揣进他们自己的腰包。”

我像影子一样，到处游逛，无所事事，肝在不断地增大……而时间在不停地流逝，我日益衰老；说不定哪天就会得流行性感冒死去，人们将把我拖到瓦甘科沃墓地；朋友们会怀念我三两天，然后就忘掉，我的名字将提都无人提……生活不会重复，既然给了你生命，你没有好好生活，那就悔之晚矣……是的，悔之晚矣！

而我本来能够学习，博古通今，要是我能够摆脱掉无知陋习，我本来能够研究并喜欢欧洲文化、商业、手工业、农业、文学、音乐、绘画、建筑、卫生学；我本来能够给莫斯科修建出色的石铺马路，能够同中国和波斯进行贸易，能够降低死亡率，能够跟愚昧、堕落以及妨碍我们生活的各种坏现象作斗争；我本来能够做一个谦虚、热情、快活、殷勤的人；我本来可以为别人的成就感到由衷的高兴，因为任何成就，即使是微小的成就，都是向幸福和真理迈进的一步嘛。

不错，我能够！能够！可是我是块臭抹布、废物、窝囊废，我是莫斯科的哈姆雷特。把我拖到瓦甘科沃去吧！

我在被窝里辗转反侧，不能入睡，总在想我为什么感到无聊得要命；直到天亮，我的耳边还在响着：

“拿一根电线，找随便一根电线杆子吊死好啦！这样您就再也不必伤脑筋啦。”

1892—1894

跳来跳去的女人

1

奥尔加的婚礼，她的朋友熟人全来了。

“瞧，他身上有点儿看头儿吧？”她用头指着丈夫，对自己的朋友们说，好像想解释她为什么嫁给了一个很一般、毫不出色的普通人似的。

她的丈夫德莫夫是个医生，九级文官。在两个医院工作：在一个医院担任编外住院医师；在另一个医院担任病理解剖员。每天早九点到中午接待患者，在病房工作，午后骑马到另一个医院去解剖尸体。私人开业收入不多，一年有五百卢布。这就是全部情况。关于他还能有什么说的呢？而奥尔加和她的朋友们却是一些极不普通的人。他们每人都有引人注目的地方，或稍有名气，或已有名，被认为是名人，或尚未成名，但已崭露头角。他们中间有一个话剧院演员，是早已得到公认的大天才，为人文雅、聪明、谦虚，善于朗诵，教奥尔加朗诵。有一个歌剧院的歌唱家，是个憨厚的胖子，曾叹着气对奥尔加说她在毁灭自己：她要是不懒，肯下功夫，可以成为出色的歌唱家。还有几个画家，为首的里亚博夫斯基擅长风俗画、动物画和风景画，是个长着一头浅色头发、很漂亮的年轻人，二十四五岁，画展已获得成功，最后一幅画卖了五百卢布，他指导奥尔加素描，曾说过她可能会有出息。还有个大提琴演奏家，他的大提琴演奏起来如泣如诉，他曾坦率承认过，他认识的女人中只有奥尔加会伴奏。还有一个文学家，虽然年轻，但已成名，写中篇、剧本、短篇。还有谁呢？还有个瓦西里·瓦西里奇，一个地主，业余插图和小花饰画家，酷爱古老的俄罗斯风格、壮士歌、民间故事，在纸上、瓷器上和熏黑的盘子上能创造出真正的奇迹来。这是一帮自由自在、得天独厚的艺术家，他们固然谦恭有礼，可是只有生病的时候才能想起医生来，德莫夫的名字在他们听来跟西多罗夫或塔拉索夫一样毫无意义；德莫夫在这帮人中间显得像个外人，多余、渺小，尽管他身材高大、膀阔腰圆，好像他身上的燕尾服也是跟别人借的似的，胡子的样子像个伙计。不过，要是他是个作家或画家的话，人们就会说他像左拉啦。

演员对奥尔加说，她的亚麻色头发配上婚纱很像春天开满柔和白花的一棵亭亭玉立的小樱桃树。

“现在，您听我说！”奥尔加拽着演员的手对演员说，“我怎么会突然嫁给他呢？您听我说，听我说……我必须告诉您，我父亲跟德莫夫在同一家医院工作。可怜的父亲生病以后，德莫夫日夜守在他的病榻旁边。多少自我牺牲精神哪！听着，里亚博夫斯基……作家，您也听着，这很有意思，靠近一些，多少自我牺牲精神，多少真诚的同情啊！我那时夜里也不睡，坐在父亲身边，没想到，竟赢得了这小伙子的心！我的德莫夫神魂颠倒地爱上了我。真的，命运有时那么不可捉摸。父亲去世后，他有时到家来看我，有时在街上相遇，有一天傍晚，他突然向我求婚……像晴天霹雳……我哭了一宿，自己也没命地爱他呀。结果，你们看到了，成了他的妻子。他身上有一种强壮有力、狗熊似的神气，对吧？现在他的脸是四分之三对着我们，光线不好；等他转过身来，你们看看他的前额。里亚博夫斯基，您对这个前额有何评论？德莫夫，我们在谈你哪！”她对丈夫喊了一声，“过来。把你的诚实的手伸给里亚博夫斯基……就这样。你们做朋友吧。”

德莫夫憨厚质朴地笑着，把手伸给里亚博夫斯基，说：

“很高兴。跟我一起毕业的同学也有个姓里亚博夫斯基的，不是您的本家吗？”

2

奥尔加二十二岁，德莫夫三十一岁。他们婚后的小日子过得美极了。奥尔加把客厅的墙上挂满了自己的以及别人的素描，有带镜框的，有不带镜框的；在钢琴和家具旁边摆满了中国伞、画架、五颜六色的布头、短剑、半身小胸像、照片之类的东西，布置得极为漂亮。餐厅的墙上贴了一些民间木版画，挂了几双草鞋和几把镰刀，墙角立着一把钐刀和几把耙子，使得餐厅颇有俄罗斯情调。为了把卧室布置得像个岩洞，她在天花板和墙上挂了暗色的天鹅绒，床的上方挂了一盏威尼斯风灯，在门口放了一个持戟的武士雕像。大家都认为新婚夫妇的小窝很可爱。

奥尔加每天十一点起床，弹一会儿钢琴，或者，如果有阳光的话，用油画颜料画点儿什么。然后，十二点多钟到自己的裁缝那儿去。因为她跟德莫夫钱不多，刚刚够花，所以为了常有新衣服穿，能以新装令人惊羡，她和她的裁缝就不得不动些脑筋。一件重染过的旧衣裳，一块一文不值的透花纱、花边、长毛绒或绸子，常常能创造出令人倾倒的真正奇迹来，那简直不是衣裳，而是一个美的梦幻。离开裁缝之后，她通常去找一个认识的女演员打听剧院新闻，顺便弄一张新剧上演的首场票或者纪念演出的门票。离开女演员以后，她需要去画家的画室或者去看画展，然后去找名人——或邀请他来家做客，或回访，或随便聊聊，到处都快活而友好地欢迎她，说她好、可爱、罕见……那些被她称为名人和伟人的人都以平等身份接待她，异口同声地说，凭她的才华、眼光和头脑，要是精力不分散的话，会有很大出息。她又唱歌，又弹钢琴，又画画儿，又雕塑，又参加业余演出——所有这一切，她都能做得才华横溢，不同凡响；做个彩灯也好，穿衣打扮也好，给谁打领带也好——她都能做得非常艺术、雅致，叫人喜欢。可是无论干什么，她的才华都没有她在善于结交名人方面那么突出。不管是谁，只要稍一出名引起人们注意，她马上就能认识人家，当天就能结成友谊，请他到家里来做客。每次新结交一个名人，她都觉得像过节一样高兴。她崇拜名人，为他们自豪，每夜都梦见他们。她渴望结交名人，永远也不感到满足。旧的离开了，忘了，有新的来替代他们；对这些新的，她很快就看惯了，或者失望了，便如饥似渴地再去找新的，不断地找。为什么呢？

四点多，她在家里跟丈夫吃午饭。丈夫的质朴作风、切实见解和憨厚性格常常使她如获至宝。她不断跳起来抱住他的头狂吻。

“你呀，德莫夫，是个聪明高尚的人。”她说，“可是你有个很重要的缺陷。你对艺术毫无兴趣。你否定音乐和绘画。”

“我不懂嘛。”他温和地说，“我生平只研究自然科学和医学，没有时间关心艺术。”

“不过这是很可怕的，德莫夫！”

“为什么呢？你的朋友不懂自然科学和医学，可你并不责怪他们。各有本行嘛。我不懂风景画和歌剧，但我认为：既然一些聪明人终生献身于这种事业，另一些聪明人肯在他们身上花很多钱，那就是说这种事业是需要的。我不懂，但不懂并不等于否定。”

“让我握握你的诚实的手！”

午饭后，奥尔加出门去拜访朋友，然后去看剧或出席音乐会，过半夜以后回家。每天如此。

每星期三，她都举办晚会。在这晚会上，女主人和客人们不是打牌跳舞，而是以各种艺术自娱娱人。话剧演员朗诵，歌唱家唱歌，画家往纪念册上画画儿——奥尔加这种纪念册很多，大提琴家演奏大提琴，女主人自己也是又画画儿，又雕塑，又唱，又伴奏。朗诵、音乐和歌唱的间隙，大家就谈论文学、戏剧和绘画。晚会上没有女士，因为奥尔加认为女士们除了女演员和自己的裁缝以外都是庸俗无聊的。每次晚会上，女主人听到每一次门铃响都免不了要哆嗦一下，带着胜利的神情说一句：“这是他！”“他”指的是受到邀请的新的名人。德莫夫不在客厅里，也没有人想起他的存在。十一点半通餐厅的门准时打开，德莫夫带着憨厚亲切的微笑出现在大家面前，搓着手说：

“先生们，请吃点儿东西吧。”

于是大家就到餐厅里去，每次在餐桌上看到的都是同样的东西：一盘牡蛎、一块火腿或牛犊肉、沙丁鱼、奶酪、鱼子酱、蘑菇、伏特加、两玻璃坛子葡萄酒。

“亲爱的餐厅主任！”奥尔加高兴得拍着手说，“你真是迷人！先生们，请看看他的前额！德莫夫，把脸侧一些。先生们，请看：孟加拉虎的相貌，小鹿一样善良可爱的神情，啊，亲爱的！”

客人们吃着，看着德莫夫，心想：“这小伙子果真不错。”不过很快就把他忘到脑后去了，大家又继续谈起戏剧、音乐和绘画来。

年轻夫妇是幸福的，他们的生活甜蜜美满。不过他们蜜月的第三周过得并不十分美满，甚至有些悲伤。德莫夫在医院传染上丹毒，在床上躺了六天，而且必须把漂亮的黑头发剃光。奥尔加坐在他旁边心疼地哭着，等他好一些以后，她就给他的光头包上白手巾，照着他画贝陀因人[①]。两个人都很快活。痊愈三天后，他开始到医院上班，又发生一次新的事故。一天吃午饭的时候，他说：

“亲爱的，我不走运！今天解剖了四个尸体。我一下子割伤了两个手指，到家才发现。”

奥尔加吃了一惊。他笑了笑说这无所谓，解剖时他常常割伤手。

“我思想不集中，亲爱的，常常走神儿。”

奥尔加怕他被尸毒感染，夜里祈祷上帝保佑，结果平安无事。于是宁静的幸福生活又无忧无虑地继续下去。现在是美好的，眼前春天已遥遥在望，微笑着走来，允诺将带来无穷欢乐。幸福将无穷无尽！四、五、六月他们将到远离尘嚣的别墅，去散步、素描、钓

---

① 指阿拉伯半岛和北非地区的游牧及半游牧的阿拉伯人。

鱼、听夜莺歌唱，然后从七月到秋天画家要去伏尔加河旅行写生，奥尔加作为协会的当然会员，也将参加。她已用粗麻布缝了两套路上穿的服装，买了路上用的颜料、画笔、画布和新调色板。里亚博夫斯基几乎每天都来看她绘画进步情况。当她把自己的画儿拿给他看的时候，他双手深深地揣在衣袋里，双唇紧闭，鼻子呼哧呼哧地喘一阵气，然后说：

"嗯……您画的这片云在喊叫，照它的不是傍晚的光线。前景好像被吃掉了，有些不那个……您的农舍被什么东西压坏了，在可怜地吱吱叫着。这个角儿要暗一些。一般说来，不错……给予表扬。"

他的话说得越不可理解，奥尔加理解起来越容易。

3

圣灵降临节过后第二天吃完午饭，德莫夫买了些食品和糖果，到别墅去看妻子。他已两个星期没见到她，非常想她了。坐在火车上以及后来在一片大树林里找自家的别墅时，他都感到又饿又累，一直幻想着消消停停地跟妻子吃完晚饭倒下睡一觉。他快活地看着自己拿的纸包——里面包的是鱼子酱、奶酪和白北鲑鱼肉。

等他找到别墅的时候，太阳已经落了。年老的使女说太太不在，大概很快就会回来。别墅很不漂亮，天花板很低，糊着写字用纸，地板有裂缝，凸凹不平，共有三个房间，一个房间里摆了一张床，另一个房间里凳子和窗台上堆着画布、画笔、沾满油污的纸以及男人的大衣和帽子，在第三个房间里，德莫夫看到了三个陌生男子。有两个黑头发，留着稀疏的胡子，第三个人胡子刮得光光的，胖子，看样子是个演员。桌子上的茶炊已经开了。

"您有什么事？"演员冷淡地打量着德莫夫，用男低音问道，"找奥尔加吗？等等，她马上就来。"

德莫夫坐下，开始等起来。一个黑发男子无精打采地看了看他，给自己倒了一杯茶，问道：

“您也许想喝一杯吧？”

德莫夫又想喝又想吃，可是为了不破坏食欲，他拒绝了。不一会儿就传来了脚步声和熟悉的笑声，门啪的一声开了，奥尔加跑进了屋，她戴一顶宽檐礼帽，手里提着一个小箱子，身后跟着快活的脸腮红扑扑的里亚博夫斯基，他手里拿着一把大伞和一个折叠凳。

“德莫夫！”奥尔加喊了一声，脸高兴得通红，“德莫夫！”她把头和两手靠在他的胸膛上。又喊了一遍，“是你！为什么这么久没来？为什么？为什么？”

“哪儿有时间呢，亲爱的？总是忙，有空闲时间时，火车的班车又不合适。”

“看到你多高兴啊！我整宿整宿地梦到你，怕你病了。啊，你不知道你多可爱，来得多及时！你是我的救星，只有你能救我！明天这儿要举行一场极其独特的婚礼。”她笑着，给丈夫扎着领带，继续说，“车站有个年轻报务员要结婚。他是个很漂亮的年轻人，不蠢，他脸上，你知道，有一种强壮有力、狗熊似的神色……可以照着他画年轻的瓦里亚基人①。我们住在别墅的人都同情他，答应参加他的婚礼……他不富有，单身一人，怯懦，不同情他当然是罪过。你想想，日祷后举行婚礼，然后大家离开教堂，徒步走到新娘的家……懂吗，片片树林，啾啾鸟鸣，绿草地上阳光斑驳，我们穿着五颜六色的衣裳走在鲜绿的背景上——别致极了，颇有法国表现主义的情调。可是，德莫夫，我穿什么上教堂呢？”奥尔加说完，做出要哭的样子，“我这里什么也没有，实实在在什么也没有！没有衣裳，没有花儿，没有手套……你应当救我。你既然来了，那就是命运安排你救我。亲爱的，拿着钥匙，回家去，把衣橱里我那件粉红连衣裙取来。你记得它，挂在把头儿……然后，在储藏室地板上，靠右边你能看到两个硬纸盒子，打开上面那个，里面是透花纱和各

① 又译瓦兰吉亚人，是俄罗斯历史上对北欧诺曼人的称呼。

种布头，下面是花儿。把花儿全拿出来，亲爱的，小心，别揉皱了，拿来，我自己挑……再买一副手套。”

“好吧。”德莫夫说，“我明天回去给你寄来。”

“明天什么时候？”奥尔加问道，惊讶地看了看他，“明天你怎么能来得及？明天第一班火车是九点开，婚礼是十一点举行。不，亲爱的，必须今天，一定得今天回去！要是你明天自己不能来，就派人送来，那就走吧……客车马上要进站了。别晚了，亲爱的。”

“好吧。”

“啊，我多么舍不得放你走啊！”奥尔加说着，眼睛里涌出了泪水，“我这个糊涂虫干吗要答应报务员呢？”

德莫夫急忙喝了一杯茶，拿了一个面包圈儿，就温柔地笑着上车站去了。鱼子酱、奶酪和白北鲑全被两个黑发男子和胖演员吃了。

4

七月一个寂静的月夜，奥尔加站在伏尔加河轮船的甲板上，一会儿看看水面，一会儿看看两岸的美丽景色。里亚博夫斯基站在她身边，对她说水上的黑影不是黑影，而是梦，说面对着这闪烁着神奇色彩的迷人河水，面对着诉说着人生劳碌、昭示着永恒幸福天国的深邃天空和忧悒河岸，最好忘却一切，死去，成为记忆。过去庸俗无趣，未来渺不足道，而一生中惟一的一个美妙的夜即将结束，融入永恒——为什么活着呢？

奥尔加一会儿听着里亚博夫斯基的声音，一会儿听着静夜的天籁，心想她是长生不老的，永远不会死。从来未见过的碧绿色河水以及天空、河岸、黑影，充满心中的无名喜悦都在对她说，她将成为一个伟大画家；远方，在月夜之外，在无限的空间里，成功、荣誉、人民的爱在等待着她。当她久久地凝视着远方时，她眼前出现了人群、灯火、庄严隆重的音乐声、欢呼声，她身穿白色连衣裙，鲜花从四面八方向她撒来。她也在想，她身边两个胳臂肘支在船舷上站着一个真正的伟人，天才，天之骄子……他迄今为止创作的一切是壮丽、新颖、非凡的；今后，等他那罕见的天才成熟起来的时候，他将创作出令人震惊、空前绝后的东西来，这从他的神情、言谈和对自然界的态度上可以看出来。关于黑影、黄昏色调、闪烁的月光，他的谈吐别致，不同凡响，因此，不由得令人感到他对自然界有一种不可抗拒的魔力。他本人很漂亮，与众不同；放浪形骸，超然物外，像小鸟一样。

“有些凉了。”奥尔加说罢，哆嗦了一下。

里亚博夫斯基把自己的风衣披到她身上，悲伤地说：

“我觉得自己已匍匐在您的脚下，我是您的奴隶。为什么您今天这么迷人？”

他目不转睛地注视着她，眼神儿吓人，她怕看他。

“我发疯地爱您……”他咕哝着，嘴里喘出的气喷到她的脸腮上，“您的一句话，就可以使我结束生命，撇下艺术……”他咕哝着，非常激动，“爱我吧，爱我……”

“别这么说。”奥尔加闭上眼睛说，“怪吓人的。那德莫夫呢？”

“德莫夫有什么？干吗提德莫夫？德莫夫关我什么事？伏尔加、月夜、美景，我的爱情，我的欢乐，没有什么德莫夫……啊，我什么也不知道……我不需要过去，给我一瞬……一瞬！”

奥尔加心跳起来。她想考虑丈夫，可是结婚、德莫夫、晚会——种种往事，她都觉得渺小、暗淡，没有意义，已成遥远遥远的过去……的确，德莫夫有什么？干吗管德莫夫？关德莫夫什么事？天地间真存在一个德莫夫吗，他不过是一个梦吧？

她用两手捂着脸，心想：“对他一个普普通通的人来说，他所得到的幸福已足够了。让‘那儿’责难吧，诅咒吧，我要不顾一切去毁灭自己，不顾一切去毁灭自己……应当去体验生活中的一切。天哪，多么可怕又多么美好啊！”

“怎么样？怎么样？”里亚博夫斯基抱着她，她想用手轻轻推开，他贪婪地吻着她的手，“你爱我？是吗？是吗？啊，多好的夜啊！美妙的夜！”

“是的，多好的夜啊！”她凝视着他那泪光闪闪的两眼，说完，迅速回头张望了一下，便抱住他，用力吻了吻他的嘴唇。

“快到基涅什马啦！”另一侧甲板上有人说。

传来沉重的脚步声，这是小吃部的服务员从旁边过。

“劳驾，”奥尔加幸福得又哭又笑地对他说，“请给我们拿葡萄酒来。”

里亚博夫斯基激动得脸色煞白，坐到凳子上，用爱恋感激的眼神看了看奥尔加，然后闭上眼睛，陶醉地微笑着说：

“我疲倦了。”

于是就把头靠到船舷上。

5

九月二日，天气暖和无风，但阴沉沉的。清早，伏尔加河上便飘着薄雾，九点以后开始落雨。天已毫无希望晴了。喝茶时，里亚博夫斯基对奥尔加说绘画是最忘恩负义、最枯燥乏味的艺术，说他不是画家，只有糊涂虫才认为他有天才；突然无缘无故地拿刀把他最好的一幅素描划了。茶后，他闷闷不乐地坐在窗前看着伏尔加河。河面上已无闪光，暗淡混浊，看上去冰冷。一切，一切都在提示着忧郁阴沉的秋天逼近了。两岸的华丽绿毯，像宝石般闪烁的阳光，清澈透明的蔚蓝色远方以及其他一切美丽装饰都被大自然从伏尔加身上剥下来，收到箱子里等待来年春天再拿出来；乌鸦在伏尔加旁边飞着，嘲弄地喊道：“光啦，光啦！”里亚博夫斯基听着乌鸦的叫声，心想：他的才华已枯竭，世事如过眼烟云，无聊得很，不该把自己同这个女人拴在一起……一句话，他心情不好，感到忧郁。

奥尔加坐在屏风后面的床上，用手指摆弄着自己那漂亮的亚麻色头发，想象着自己已回到家里：一会儿在客厅里，一会儿在卧室里，一会儿在丈夫的书房里；幻想把她带到了剧院，带到了裁缝那里，带到了名人朋友那里。他们现在在干什么呢？是否常想起她来？交际季节已开始，该考虑考虑举办晚会的问题啦。德莫夫呢？可爱的德莫夫！他在信里曾多么温柔地孩子般可怜地央求她快些回家啊！他每月给她汇七十五卢布；当她去信说借了画家一百卢布的时候，他也给她汇来这一百卢布，多么善良宽厚的人哪！旅行已使奥尔加感到厌倦，她想快些离开这些乡下人，离开河滨潮湿的气味，摆脱身上肮脏的感觉——她住在农舍以及在乡间跋涉时总有这种感觉。要不是里亚博夫斯基已答应画家们跟他们一起在这儿住到九月二十号的话，今天就可以走。那该多好啊！

“天哪，”里亚博夫斯基呻吟说，“什么时候太阳才能出来呀？有太阳的风景，没有太阳，我无法继续画啊！……”

“你有一张天空布满云彩的素描嘛。”奥尔加从屏风后面走出来说，“记得吧，右边是树林，左边是牛群和鹅群。现在你可以把它画完嘛。”

“哼！”里亚博夫斯基皱起了眉头，“画完！莫非你真认为我蠢得连自己该干什么都不知道吗！”

“你对我的态度变了！”奥尔加叹了口气。

“这样也好嘛。”

奥尔加的脸颤抖起来，她走到炉边哭起来。

“唉，就缺眼泪啦。别哭啦！我有成千上万个理由哭，但我不哭。”

“成千上万个理由！”奥尔加哽咽着说，“最主要的理由就是您已厌烦我了。是的！”她说完又嚎啕大哭起来，“说实话，您认为我们的爱情见不得人。您总在掩饰，怕画家们看出来，尽管这是无法掩饰的，他们早就什么都知道了。”

“奥尔加，我只求您一件事。”里亚博夫斯基把一只手贴在心口上乞求说，“只求您别折磨我了！我对您再无所求了！”

“但您得起誓仍然爱我！”

“这太令人痛苦了！”里亚博夫斯基咬着牙说完，跳了起来，“非逼我跳河或者发疯不可！别缠我了！”

“啊，打死我吧！打死我吧！”奥尔加喊道，“打死我吧！”

她又大哭起来，回到屏风后面去了。农舍的茅草房顶上响起沙沙的雨声。里亚博夫斯基抱着头在屋里踱了一个来回，然后带着果决的神色，好像要向谁证明什么似的，戴上帽子，背上猎枪，走出农舍去了。

他走之后，奥尔加躺在床上哭了好久。起初她想服毒自杀，叫里亚博夫斯基回来看到她已死去，后来她在想象中回到了家里的客厅、丈夫的书房，想象着她同德莫夫一动不动地并排坐着享受安闲和洁净，晚上坐在剧院听马志尼①的演唱。对文明、对城市热闹生活以及对名人的思念，使她感到归心似箭。一个农妇进来，不慌不忙地生起炉子来，准备做午饭。屋里出现了焦烟味儿，空气里飘浮着蓝色的炊烟。画家们穿着肮脏的靴子，带着满脸雨水回来了。他们审视着素描，互相安慰说伏尔加即使天气恶劣的时候也有它自己的美。墙上挂的廉价钟嘀嗒嘀嗒地响着。一些怕冷的苍蝇聚在圣像附近的墙犄角嗡嗡地飞着。不时传来长凳下面一些厚纸夹里“钱串子”爬动的声音。

里亚博夫斯基回来的时候太阳已经落了。他把帽子扔到桌子上，脸色煞白，神情痛苦，穿着脏靴子，坐到凳子上，闭上了眼睛。

“我累了……”他蹙动着眉头，想张开眼皮。

为了抚爱他以表明自己不生气，奥尔加走到他跟前，默默地吻了吻他，用梳子在他的浅色头发上梳了一下。她想给他梳梳头。

“怎么回事？”像一个什么冰凉的东西触到他身上似的，他哆嗦

① 马志尼(1845—1926)，意大利歌剧演员。

了一下，问完，睁开了眼睛，“怎么回事？让我安静一会儿，求您啦。”

他用手推开她，躲到了旁边。她觉得他的脸上流露着厌恶和懊恼的神色。这时那个农妇小心翼翼地用两手端了一碗肉汤给他，奥尔加看到她的两个大拇指浸在肉汤里。束着肚子的肮脏农妇，里亚博夫斯基贪馋地喝着的肉汤，这座农舍，还有这全部生活——她起初曾喜欢它的简朴和散漫，现在她觉得这一切都是可怕的。她突然觉得自己受到了侮辱，冷冷地说：

“我们需要分开一段时间。要不，由于无聊，我们真可能认真地争吵起来。我腻烦了。我今天回去。”

“怎么走呢？骑着竹马走吗？”

“今天是星期四，就是说，九点半有客船。”

“嗯？对，对……有什么呢，走吧……”里亚博夫斯基用手巾当餐巾擦着嘴，说，“你在这儿寂寞，无事可干，只有特别自私的人才能挽留你，走吧，二十号以后再见。”

奥尔加快活地收拾着东西，甚至高兴得两腮泛起了潮红。她问自己：真是不久就要在自家的客厅里画画儿、在卧室里睡觉、在铺着桌布的餐桌上吃饭了吗？她感到心情轻松，不再生里亚博夫斯基的气了。

“颜料和画笔，留给你用，亲爱的。”她说，“我不带走的东西，你给我带回。留神哟，我不在这儿，可不许偷懒，不许闹情绪，要好好地工作。你是好样的，亲爱的。”

九点，里亚博夫斯基吻了吻她——她认为这是为了不在船上当着其他画家的面吻她——然后就送她上码头。轮船很快就来把她载走了。

跋涉了两天半之后，她到了家。她没有顾得摘帽子脱雨衣，便激动地喘着跑进了客厅，从客厅又跑进了餐厅。德莫夫没穿上衣，只穿坎肩，敞着怀儿坐在桌子旁边在叉子上磨餐刀。他面前盘子里摆了一只榛鸡。进屋的时候，奥尔加深信必须对丈夫隐瞒一切，她有足够的技巧和力量做到这一点。可是如今看着丈夫开心、温和、幸福的笑容和闪闪发亮的喜悦眼神，她感到，对这个人隐瞒如同偷他、诽谤他或杀害他一样，是卑鄙可耻的，是不可能、没有力量这么做的。刹那间，她下决心要把一切都告诉他。让他吻完，拥抱完之后，她跪到他面前，用手掩住了脸。

“怎么啦？怎么啦？亲爱的？”他温柔地问道，“想家啦？”

她抬起羞得通红的脸，愧疚地祈求地看了看他，然而恐惧和羞耻使她未能讲实话。

“没有什么……”她说，“我不过是……”

“坐下吧。”他把她扶起来，搀到桌旁，说，“这样……吃榛鸡吧。你饿啦，可怜见儿的。”

她贪婪地吸着家里亲切的空气，吃着榛鸡，他深情地看着她，喜悦地笑了。

6

看样子，德莫夫仲冬以后便开始猜到妻子在欺骗他。他好像心中有愧似的，已不能正视妻子的眼睛，遇见她的时候也不能喜悦地微笑了；为了尽量少跟她单独相处，他常把同事科罗斯捷列夫领到家里来吃午饭。科罗斯捷列夫身材矮小，头剪短发，脸上带着萎靡不振的神色，跟奥尔加闲聊的时候窘得一会儿把上衣扣儿解开，一会儿又扣上，然后就用右手捋左边的唇髭。吃午饭的时候，两个医生谈论横膈膜高的时候会出现心律不齐，或者谈论近来常常发现很多神经炎，或者谈论昨天德莫夫解剖一个被诊断为“恶性贫血”的尸体时发现了胰腺癌。他俩谈论医学问题，好像只是为了使奥尔加能够沉默，也就是能够不说谎。这天吃过午饭，科罗斯捷列夫坐到钢琴前面，德莫夫叹了口气，对他说：

“哎，老弟！怎么样！弹一首伤感的曲子吧。”

科罗斯捷列夫耸起肩膀，宽宽地张开手指奏了几个和弦，然后就唱起来“告诉我哪个地方俄罗斯百姓不呻吟”①。德莫夫又叹了口气，用拳头支着脑袋，沉思起来。

近来奥尔加的行为极不检点。每天早晨她醒来时都心情十分恶劣，心里想着她已不爱里亚博夫斯基，谢天谢地，一切都已结束。可是喝完咖啡，她却幻想着里亚博夫斯基夺去她的丈夫，如今她既失去了丈夫，又失去了里亚博夫斯基，后来她又想起来，熟人们说里亚博夫斯基准备以令人震惊的作品参展，那是一幅风景画与风俗画的混合体，具有波列诺夫②的情调，所有在他的画室见过这幅画儿的人都赞不绝口。她想，这是在她的影响下创作的呀，而且正是在她的影响下他才向好的方面转变。她的影响既然如此有益而且重要，假如她离开他的话，他大概会毁灭的。她还想起来，他最近一次到她家来，穿了一件灰底带花点的上衣，系了一条新领带，陶醉地问她：“我漂亮吗？”他的确风度优雅，卷曲的长发，深蓝的眼睛，很漂亮（也许是感觉如此），对她很亲热。

她想起了许多往事，考虑了一下，便穿戴停当，异常激动地动身到里亚博夫斯基的画室去了。她进屋的时候，他正在快活地欣赏自己那幅的确很好的画呢。他跳着，出着洋相，用玩笑回答着严肃的问题。奥尔加忌妒里亚博夫斯基对画的喜爱，恨那幅画儿，可是为了礼貌，她在画前默默站了五六分钟，像人们在圣物面前叹息一样，她叹息了一声，轻轻说：

“是的，你从来没有画出过这样好的画儿。知道吗，甚至叫人害怕。”

接着，她开始央求他爱她，别抛弃她，可怜可怜她这个不幸的女人，她哭着，吻着他的两手，要求他发誓爱她；向他证明，没有她的良好影响，他会误入歧途，毁灭自己。当她破坏了他的快活心

① 在革命家和知识分子中间流行的一首歌，是根据涅克拉索夫(1821—1878)《大门前的沉思》中的诗句谱写的。

② 瓦西里·德米特里耶维奇·波列诺夫（1844—1927），俄国画家。

情，感到她自己受了屈辱之后，她便动身去找裁缝，或找认识的女演员弄戏票去了。

要是在画室找不到里亚博夫斯基呢，她就给他留封信，赌咒发誓说，如果今天他不来看她，她就一定服毒自杀。他胆怯了，就去看她，并留下吃午饭。当着丈夫的面儿，他就对她出言不逊，她也用同样的话回答他。他俩都感到对方在束缚自己，对方是暴君，是仇敌；他们怒形于色，竟觉察不到已达到不顾体面的程度，连留着短发的科罗斯捷列夫也什么都明白了。午饭后，里亚博夫斯基急忙告辞。奥尔加送他到前厅，怨恨地看着他，问道：

"您上哪儿去？"

他皱着眉头，眯缝着眼睛说了一个他俩都认识的女士的名字；显然，他这是嘲笑她的醋意，想气气她。她回到卧室，躺到床上；由于嫉妒、气愤、屈辱和羞耻，她咬着枕头，放声大哭起来。德莫夫把科罗斯捷列夫留在客厅，进到卧室，难为情地茫然失措地低声说：

"别大声哭，亲爱的……为什么呢？这种事是不能张扬的……必须不露声色……你知道，事已如此，是无法挽回的。"

她嫉妒得连太阳穴都要爆裂了，她不知道如何消除这难以忍受的嫉妒，认为事情还可以挽回，便洗了洗脸，在刚哭过的脸上搽了粉，便朝认识的那位女士家奔去。在那儿没有找到里亚博夫斯基，她便到第二个第三个……认识的女士家里找。起初，她不好意思这么找，可是后来她习惯了，为了找到里亚博夫斯基，她一晚上能跑遍所有认识的女士的家；大家都明白了。

有一次，她对里亚博夫斯基说自己的丈夫：

"此人的宽容使我感到压抑！"

这句话，她非常喜欢，每次同了解她跟里亚博夫斯基罗曼史的画家在一起谈到丈夫时，她都要做着有力的手势，说：

"此人的宽容使我感到压抑！"

生活的方式还是跟去年一样。每逢星期三都举办晚会。演员朗诵，画家画画儿，大提琴家演奏大提琴，歌唱家唱歌，十一点半通餐厅的门一定打开，德莫夫一定微笑着说：

“先生们，请吃点儿东西吧。”

奥尔加仍然在寻找伟人，找到了，不满意，再去找新的。她仍然是每天深夜回家，不过德莫夫已不像去年那样在睡觉，而是坐在书房里，在做什么工作。他三点上床，八点起床。

一天晚上，她准备去剧院，站在镜子前面，德莫夫穿着燕尾服，打着白领结进来，他像从前一样，温和地微笑着，庆幸地看着妻子的眼睛，脸上容光焕发。

“我的博士论文刚答辩完。”他坐下抚摸着膝盖说。

“通过了吗？”

“当然！”他笑了，伸着脖子想看到镜子里的妻子的脸——妻子仍然背对着他在照着镜子梳理头发，“当然！”他重复了一遍，“知道吗，很可能要我担任普通病理学副教授呢，可以闻到这种味道。”

从他的幸福的容光焕发的脸上可以看出来：假如奥尔加能够跟他分享喜悦和胜利的话，他会宽恕她的一切，宽恕她的现在和未来，会把一切都忘掉，可是她不明白副教授和普通病理学是怎么回事，况且怕上剧院迟到，她一句话也没有说。

他坐了两分钟，歉疚地笑了笑，离开了卧室。

7

这是最不平静的一天。

德莫夫头痛得厉害；早晨没有喝茶，没有到医院去上班，一直躺在书房里的土耳其沙发上。奥尔加照常一点多去找里亚博夫斯基，给他看她画的一张静物写生素描，同时问问他为什么昨天没来。她觉得这张素描无关紧要，画它不过是为了多给找里亚博夫斯基制造一个借口而已。

她没有按门铃就进了屋。在前厅脱套鞋的时候，她觉得好像听到画室里有人轻轻跑动，发出女人衣服的窸窣声；她急忙朝画室里看去，只看到紫色裙裾的一角一闪便消失在一张大画儿的后面去了——这幅大画儿跟画架一起挂在一块黑布上，一直挡到地板上。毋庸怀疑，这里有一个女人藏起来了。奥尔加自己也常常藏到这幅画儿的后面！里亚博夫斯基看上去很尴尬，好像对她的到来感到惊讶似的，向她伸出两手，勉强微笑着说：

“啊啊啊！欢迎。有什么好消息？”

奥尔加的眼里溢满了泪水。她感到羞愧痛苦；给她一百万，她也不会在狡猾的竞争对手在场的情况下讲话——那个女人现在就藏在那幅画儿后面，可能正在幸灾乐祸地偷偷笑呢。

“我拿来一张素描……”她用尖细的声音羞怯地说。她的嘴唇哆嗦着，“静物写生。”

“啊！……素描？”

里亚博夫斯基接过素描，审视着，好像无意似的走进了另一个房间。

奥尔加顺从地跟着去了。

“静物写生……真行，”他咕哝着押韵的字眼，“生意经……热腾腾……”①

画室里传来急促的脚步声和衣服的窸窣声。也就是说“她”走了。奥尔加想大声喊叫，想用什么重东西给里亚博夫斯基的脑袋来一下子，然后离开，可是她却泪眼模糊，什么也没看见，羞愧难当，觉得自己已不是奥尔加，也不是画家，而是一只小小的甲虫。

“我累了……”里亚博夫斯基看着素描，晃着脑袋驱赶睡魔，懒洋洋地说，“这当然可爱，可是今天是素描，去年是素描，过一个月以后还是素描……您怎么不感到乏味呢？我要是您，就把绘画扔了，去认真地搞音乐或别的什么。您不是画家，是音乐家嘛。啊，

---

① 原文不是这句的意思，而是几个与法语词组“静物写生”发音相近的词，并无实际意思。下同。

您知道我多么累！我现在叫人拿茶来……好吗？”

他离开了房间，奥尔加听到他在吩咐仆人什么。为了不告别，不解释，而主要的是为了不嚎啕大哭，她趁着里亚博夫斯基没回来，急忙跑到前厅，穿上套鞋，走到街上。到了街上，她轻轻嘘了一口气，觉得自己永远摆脱了里亚博夫斯基，摆脱了绘画，摆脱了她在画室里感到的无地自容的耻辱。一切都结束了！

她去找了裁缝，然后去拜访了昨天刚来本市的巴尔奈[1]，离开了巴尔奈，去了乐谱商店。她一路上总在想要给里亚博夫斯基写一封冷酷无情、充满自尊的信，春天或夏天要同德莫夫到克里米亚去，彻底摆脱过去，开始新生活。

晚上她很晚回到家里，没换衣服，就坐在客厅里写信。里亚博夫斯基说她不是画家，她现在要在信里报复他，说他每年都画同样的东西，每天都说同样的话，说他已停顿，除了已有的成绩，不会再有任何成绩。她在信里还想说，他在许多方面应当感激她的良好影响；如果说他现在行为恶劣的话，那是因为她的影响被诸如今天藏到画儿后面的那个女人之类的不三不四的人抵销了。

“亲爱的！”德莫夫在书房里没有开门喊道，“亲爱的！”

“你怎么啦？”

“亲爱的，你不要进来，站在门口。是这么回事……前天我在医院传染上了白喉，现在……我觉得不好。快打发人去找科罗斯捷列夫。”

奥尔加称呼丈夫同称呼所有认识的男人一样，都是直呼其姓，而不叫名字：他的名字奥西普，她不喜欢，因为使她想起果戈理笔下的奥西普[2]，而且还有个顺口溜：“奥西普嗓子哑，阿尔西普得天花。”现在她顾不得这些，便喊道：

“奥西普，这不可能！”

---

① 路德维希·巴尔奈（1842—1924），德国话剧演员。

② 果戈理喜剧《钦差大臣》中的人物。

"打发人去吧！我觉得不好……"德莫夫在门里面说，她可以听到他走到沙发躺下了，"打发人去。"传出来他低沉的声音。

奥尔加吓得浑身发冷，心想："怎么回事？危险哪！"

她毫无必要地拿起蜡烛回到卧室，考虑怎么做的时候，无意中看了一下镜子。她看到自己吓得脸色煞白，穿着缝着高袖、胸前镶着黄荷叶边的小袄和条纹奇特的裙子，她觉得自己又可怕又下贱。她突然痛心地可怜起德莫夫来，可怜他对自己无限的爱，可怜他年轻的生命，甚至可怜他早已不进来睡的床铺。她想起他平时那种温和顺从的微笑。她痛心地哭起来，给科罗斯捷列夫写了一封求助的信。这时已是半夜两点了。

8

奥尔加一夜未睡，头昏沉沉的，没有梳头，邋里邋遢的，面带愧色早晨七点多钟从卧室出来，这时有一个留着黑胡子的绅士从她身边过去，到前厅去了，显然是个医生。屋里弥漫着药味儿。科罗斯捷列夫站在书房门口，右手捻着左边的唇髭。

"对不起，我不放您进去。"他忧郁地对奥尔加说，"这病会传染的。而且实际上您进去也没有什么用。他已昏迷不醒了。"

"他真的得了白喉吗？"奥尔加低声问道。

"冒险这样做的人实在应该交付法庭审判。"科罗斯捷列夫没有回答奥尔加的问题，咕哝道，"您知道他怎么传染的吗？星期二他用管子给一个小男孩往外吸过白喉假膜。干吗要这么做？愚蠢……胡来……"

"危险吗？很危险？"奥尔加问道。

"是的，据说情况严重。实际上必须打发人找施莱克去。"

来过一个小个儿，棕红色头发，长鼻子，说话带犹太人口音，又来过一个高个儿，驼背，头发蓬乱，像大辅祭似的，后来又来过一个年轻人，很胖，红脸膛，戴眼镜。这是医生们来轮流看护同事。科罗斯捷列夫值完班，没有回家，留了下来，像影子一样在各个房间里游荡着。使女给值班医生端茶，常常跑药房，没有人收拾屋子。屋里静悄悄的，气氛忧郁。

奥尔加坐在卧室里，想这是上帝为她欺骗丈夫而惩罚她。德莫夫这个默默忍受一切、温和得失去了个性、善良得近于软弱、令人无法理解的人，默默地躺在沙发上忍受着痛苦，没有抱怨什么。假如他抱怨的话，哪怕是在说胡话的时候呢，那么，值班医生就会知道死因不只是白喉病。他们会问科罗斯捷列夫：他了解一切情况；难怪他用那么一种眼神看朋友的妻子，好像她才是真正的罪魁祸首，白喉不过是她的帮凶罢了。伏尔加河上的月夜、爱的表白、农舍里的诗意生活，她已经通通不记得了；她只记得她出于空虚的欲望，出于放肆，连手带脚浑身掉进了黏腻肮脏的污水里，今后永远也洗不掉了。她想起跟里亚博夫斯基的惶惶不安的爱情，心想："哎呀，我撒了多么可怕的谎啊！这一切应当受到诅咒！……"

四点，她同科罗斯捷列夫一起吃午饭。科罗斯捷列夫什么也没有吃，只喝了红葡萄酒，皱着眉头。她也什么都没有吃。她一会儿在心里向上帝发誓，如果德莫夫能痊愈，她一定重新爱他，做他的忠贞的妻子。她一会儿胡思乱想，看着科罗斯捷列夫，心想："做一个毫不出色、毫无名气的人，而且一脸萎靡不振的神气，举止粗俗，难道不感到乏味吗？"她一会儿觉得，她怕传染还一次没到丈夫的书房去过，上帝会马上打死她。总之，她感到一种淡淡的忧伤，深信生活已遭破坏，无法弥补……

午饭后，天色已黑。奥尔加走进客厅的时候，科罗斯捷列夫睡在沙发上，枕着一个绣着金花的丝绸枕头，呼噜呼噜地打着鼾。

来来往往值班的医生没有觉察到这种混乱情况。一个外人在客厅睡觉打鼾也好，墙上挂的素描也好，奇怪的摆设也好，女主人没有梳头衣着邋遢也好，——这一切如今都没有引起丝毫注意。有一个医生无意中对什么笑了一声，这笑声有些奇怪而怯弱，令人听起来觉得毛骨悚然。

奥尔加第二次到客厅来的时候，科罗斯捷列夫已经不睡了，在坐着吸烟。他低声说：

“他的白喉已转移到鼻腔了。心脏功能已不正常。实际上情况不妙。”

“您派人去请施莱克吧。”奥尔加说。

“他已来过了。就是他发现白喉转移到鼻腔里了。唉，施莱克能有什么办法呢！实际上，施莱克也毫无办法。他姓施莱克，我姓科罗斯捷列夫，如此而已。”

时间慢得可怕。奥尔加和衣躺在从早晨就没有收拾的床上打瞌睡。她睡意蒙眬之中觉得家里从地板到天花板都被一块庞大的铁塞满了，只要把这块铁拿出去，大家立即就会感到轻松快活。醒后，她想起来，这不是铁，而是德莫夫的病。

“静物写生，生意经，热腾腾……”她又迷糊起来，脑袋里想着，“热腾腾，生意经……施莱克怎样？施莱克，是来客，来——客①……我的朋友们如今在哪儿？他们知道我们的痛苦吗？主啊，救救……施莱克，是来客……”

又是铁块……时间慢腾腾地拖着，一楼的钟经常打点，门铃不断地响。医生们来来往往……使女用托盘端着空杯进来，问：

“太太，铺床吗？”

没得到回答，她便出去了。楼下的钟又响了，伏尔加的雨进入了梦中，又是谁进到卧室里来了，好像是外人。奥尔加急忙从床上坐起来，认出是科罗斯捷列夫。

“几点了？”她问。

“三点左右。”

“怎么样？”

“怎么样！我是来告诉您：不行了……”

---

① 施莱克不是俄罗斯的姓氏，所以奥尔加胡乱联想了几个与施莱克发音相近的词，无实际意思。

他抽噎了一声，挨着她坐到床上，用衣袖擦去眼泪。她没有马上明白是怎么回事，可是觉得不寒而栗，慢慢地画起了十字。

“不行啦……”他用尖细的嗓音重复了一遍，又抽噎了一声，“他死是因为牺牲了自己……对科学是多大的损失啊！”他痛苦地说，“拿我们大家同他相比，他是个伟大非凡的人！多好的天赋！他使我们大家对他抱了多大的希望啊！”他搓揉着手指继续说，“主啊，像他这样的科学家如今是打着灯笼也找不到啊。德莫夫，德莫夫，你干的是什么傻事啊！唉，唉，我的上帝呀！”

科罗斯捷列夫绝望地用两手捂着脸，摇了摇头。

“多么坚强啊！”他继续说着，越说越生什么人的气，“多么善良、纯洁、仁爱啊——他不是普通人，是一块水晶！他为科学而生，为科学而死。他日以继夜地像牛一样地工作，可没有人可怜他，因此这个青年学者，未来的教授，不得不寻找为人治病的机会，夜里要进行翻译，为的是挣钱买这些……卑污的破烂儿！”

科罗斯捷列夫怨恨地看了看奥尔加，两手抓起床单怒冲冲地撕碎了，好像一切都怨床单似的。

“自己不可怜自己，别人也不可怜他。唉，实际上就是这样！”

“不错，是个罕见的人！”一个男低音在客厅里说。

奥尔加从头到尾详细回忆了跟他一起度过的日子，突然明白了他真是个非凡的罕见的人，跟她所认识的人相比，是个伟人。她想起已故的父亲和所有医学界同事对他的态度，明白了他们都把他看成未来的名人。墙壁、天花板、灯以及地毯都在嘲弄地向她挤眼，好像想说：“后悔吧！后悔吧！”她哭着奔出卧室，从一个生人身边穿过客厅，跑进书房，到了丈夫身边。他一动不动地躺在土耳其沙发上，用毯子盖着腰以下的部分。脸消瘦得可怕，脸色灰黄——活人脸上从来看不到这种颜色；只是根据前额、黑眉毛和熟悉的微笑可以认出这是德莫夫。奥尔加迅速摸了摸他的胸膛、前额和两手。胸膛尚有热气儿，前额和两手已令人不快地凉了。半睁的眼睛没有看奥尔加，在看着毯子。

“德莫夫！”她大声喊道，“德莫夫！”

她想向他解释，说那是错误，并非一切都已丧失，生活仍将是美好幸福的，说他是个罕见非凡的伟人，她将终生在他面前顶礼膜拜，感受神圣的敬畏……

“德莫夫！”她摇晃着他的肩膀叫他，不相信他永远也不会醒了，“德莫夫，德莫夫啊！”

客厅里，科罗斯捷列夫对使女说：

“问什么呢？您到教堂更房那儿打听一下孤老院的老太婆们住在什么地方。她们会来把尸体洗净，入殓——把一切需要做的事情都做好。”

看剧归来

娜佳跟妈妈看完《叶甫盖尼·奥涅金》[①]从剧院回来，进了自己的房间，甩掉连衣裙，解开辫子，只穿着衬裙和白紧身胸衣，匆匆忙忙地坐到桌子旁边，要像塔季扬娜那样写一封信。她写道：

"我爱您，可是您不爱我，不爱我！"

写完，笑了。

她才十六岁，还没有爱过谁。她知道军官戈尔内和大学生格鲁兹杰夫都爱她，可是现在看完歌剧以后，她想怀疑他们是否爱她，做一个不被人爱的不幸女人多有意思啊！一个人苦苦地爱着，另一个人却冷漠无情，这里面有一种美丽、动人、诗意的情调。奥涅金有意思，就是因为他根本不爱塔季扬娜；塔季扬娜迷人，正是因为她火热地爱着奥涅金。要是他俩同等程度地互相爱着，而且幸福，那大概会显得枯燥吧。

"别再叨叨不休地劝我相信您爱我啦。"娜佳继续写道，心里想的是军官戈尔内，"我不能相信您的话。您很聪明，有教养，举止庄重，才华横溢，也许一个灿烂光辉的未来在等着您；而我则不过是一个没有意思、不起眼的小姑娘，您自己清楚地知道，我在您的生活里将不过是个累赘，固然，您迷恋着我，以为我是您的理想化身，可这是个错误，现在您已经在绝望地问自己：我为什么遇见了这个姑娘？只是您的善良妨碍您承认这一点罢了。"

娜佳可怜起自己来，她哭了，继续写道：

"我不忍心撇下妈妈和弟弟，否则我就披上修女的衣袍离家出走了。那您就自由啦，可以去爱另一个姑娘。啊，我死了多好！"

泪眼模糊，看不清写的东西了。桌子、地板和天花板上跳动着一些短短的彩虹，娜佳好像是在透过棱镜看东西似的。写不下去了，她就仰到椅背上，开始回想戈尔内。

天哪，男人多有意思，多迷人哪！娜佳想起人们同戈尔内争论音乐问题时戈尔内满脸讨好、愧疚、温和的优美神情。他努力控制自己，不使自己的声音热烈。在一个认为冰冷的高傲和冷静是良好教养与高尚情操标志的社会里，必须把心中的热情掩藏起来。因此他努力掩藏，但掩藏不住，大家都知道他热爱音乐。关于音乐问题的无休止的争论，外行的大胆论断，使他经常处于紧张状态，他吃惊，胆怯，沉默着。他钢琴弹得极好，像个真正的钢琴家，他要是不当军官的话，一定会成为一个著名的音乐家。

她眼里的泪干了。娜佳想起来，戈尔内是在交响乐音乐会上以及后来在楼下从四面八方刮着穿堂风的存衣处向她表白自己的爱情的。

“我很高兴您终于认识了大学生格鲁兹杰夫。”她继续写道，“他是个很聪明的人，您大概会喜欢他。昨晚他到我家来，坐到半夜两点。我们都欣喜若狂，我感到遗憾，您没有来。他讲了许多出色的东西。”

娜佳两手放到桌子上，把头枕到上面，头发遮住了信。她想起来，大学生格鲁兹杰夫也爱她；他像戈尔内一样，也有权得到她的信。真的，给格鲁兹杰夫写信是否更好些？她的胸中毫无缘由地萌动了一种喜悦的情感：起初这种情感是微小的，像个皮球在胸中悠荡着，后来越来越宽、越来越大，像巨浪涌上心头，她已把戈尔内和格鲁兹杰夫忘了，她的思绪已乱。喜悦的情感在不断增长，从胸中传到手上，腿上，像一阵凉爽的微风吹到她的头上，拂弄着她的头发。由于轻声地笑，她的肩膀抖动起来，桌子、油灯的玻璃灯罩也抖动起来，她眼里的泪水溅湿了信纸。她已无力止住这种笑；为

---

① 柴可夫斯基根据普希金同名诗体小说改编的歌剧。

了向自己表明笑得不是没有原因，她急忙回忆可笑的事情。

“多可笑的卷毛狗！”她念叨着，觉得自己笑得要喘不上气来了，“多可笑的卷毛狗！”

她想起来，昨天喝完茶，格鲁兹杰夫逗卷毛狗马克西姆玩，然后讲一条很聪明的卷毛狗在院里追一只乌鸦，乌鸦回头看了看，说：

“哎呀，你这个骗子！”

卷毛狗不知道它是在跟一只有学问的乌鸦打交道，非常尴尬，疑惑地退走，然后叫起来。

“不，爱格鲁兹杰夫更好些。”娜佳决定以后就把信撕了。

她开始想大学生，想他的爱，想自己的爱，可是结果她的思路涣散，她开始什么都想起来：想妈妈，想大街，想铅笔，想钢琴……她高兴地想着，认为什么都好，而喜悦的情感则告诉她这还不是全部，稍等一下，还有更好的。不久就是春天、夏天，要跟妈妈到戈尔比基去。戈尔内会来休假，跟她在花园散步，追求她。格鲁兹杰夫也会来，将跟她玩槌球和九柱戏，给她讲些可笑或出奇的事情，她渴望着花园、夜幕、晴空、繁星。她的两肩又笑得抖动起来，她觉得屋里有艾蒿味儿，好像树枝在敲打着窗户。

她上了床，坐在那里不知如何处置使她陶醉的巨大喜悦，看着挂在床头的圣像，念叨着：

“主啊！主啊！主啊！”

残篇

四级文官科泽罗果夫退休以后买了一个小庄园，住了进去。在这儿，他半学辛辛那提乌斯[①]，半学凯戈罗多夫教授[②]，挥汗劳作，同时记录自己对自然界的观察。他死后，这些记录和其他财产一起都根据遗嘱归了他的管家婆玛尔法。大家都知道，这位可敬的老太婆把老爷的庄园推倒，盖了一座极好的酒馆，卖烈性饮料。这家酒馆为过往的地主和官员准备了一个特别的“雅”间，把死者的记录放在桌子上，供过往客人万一需要纸时拿用，这些记录有一张落到了我的手里，它记录的显然是死者开始从事农业活动的情形，原文如下：

三月三日。春天，候鸟已开始飞回来了，昨天看到了麻雀。你们好，长着羽毛的南国儿女们！在你们甜美的鸣声里，我好像听到了：“祝您幸福，大人！”

三月十四日。今天问玛尔法：“为什么公鸡那么经常歌唱？”她答：“因为它有喉咙。”我说：“我也有喉咙，可是我从来不唱！”自然界有多少神秘的东西啊！在彼得堡工作时，我不止一次吃过火鸡，可是直到昨天才第一次看到活的火鸡，极好的家禽。

三月二十二日。县警察局长来访。谈了好久美好的品德——我坐着，他站着。他顺便问我：“大人，您是否希望您的青年时代再回来？”我答道：“不希望，因为青年时代我没有这样的官衔。”他赞同我的看法，离开时看样子很感动。

四月十六日。我亲手在菜园里刨了两个垄沟，种上了麦蓼。此事，我谁也没有告诉，为的是给我的玛尔法一个惊喜——我一生中许多幸福时刻都是她给我的。昨天喝茶时，她痛苦地抱怨自己的身材，说她越来越胖，进仓库的门已有困难。我对她说："相反，亲爱的，您的丰腴使您更加美丽，我无比喜欢您。"她脸红了，我赶紧站起来，用两手抱着她，因为一只手抱不过来。

五月二十八日。一个老头儿看到我坐在女子浴场旁边，问我为什么坐在这里，我答："我在守卫着，免得年轻人来坐在这里。"他说："让我们一起来守卫吧。"说完，老头儿就坐到我身边，我们就开始谈起美好的品德。

---

① 辛辛那提乌斯（约前 519—？），古罗马国务活动家和统帅，征战之余躬耕自己的一小块土地，是古罗马美德的表率。

② 德米特里·尼基福罗维奇·凯戈罗多夫（1846—1924），教授，有物候学和森林工艺学方面著作多种。

某人经商的故事

安德烈从妈妈那里继承了四千卢布，决定用这笔钱开个书店。书店是极端需要的。全市都在愚昧无知和偏见中固步自封，老人只知道去澡堂洗澡，官吏们只知道打牌酗酒，女士们只知道嚼舌头，青年男子没有理想，年轻姑娘天天想嫁人、吃荞麦米，丈夫打妻子，猪在大街上乱窜。安德烈认为："需要思想，多一些思想，思想！"

租好铺面房以后，他就上莫斯科去办货，买回老作者和新作者的许多著作以及大量课本摆到货架上，最初三周干脆没有顾客上门。安德烈坐在柜台后面读米哈伊洛夫斯基[1]，努力用高尚的思想要求自己，比方说，他头脑中偶尔闪出一个念头：现在吃条欧鳊鱼不错，他马上抓住自己的这个念头，说："哎呀，多庸俗！"每天早晨都有个小姑娘系着头巾，赤脚穿着皮套鞋，冻得哆里哆嗦地闯进来说：

"给两戈比醋！"

安德烈蔑视地答道：

"走错门啦，小姐！"

当有朋友进来的时候，他就做出一副意味深长的神秘表情，从最远的货架上拿下一本《皮萨列夫[2]文集》第三卷来，吹掉上面的灰尘，那神情好像他店里还有别的什么书，但他怕拿出来，说：

"是的，老兄……这个东西呀，我跟您说，可不……是的，老兄，一句话，我必须指出，里面，您懂吗，您读完了，一定会惊讶……是的。"

“留神哟，老弟，可别捅娄子！”

三周以后，来了第一个顾客，他是一位胖先生，花白头发，络腮胡子，大檐帽上镶着红帽箍，看样子是个地主。他买了本《语文》第二册。

“没有石笔吗？”

“没有。”

“不该……遗憾，不想为了一点小事就上市场……”

顾客走后，安德烈想：“真的，不该不卖石笔，在这个偏僻的小地方不能过分专业化；凡跟教育有关、能以某种方式促进教育发展的东西都应该卖。”

他往莫斯科写信订货；没过一个月，书店橱窗里已摆出了钢笔尖、铅笔、钢笔、笔记本、石板以及其他学童用品。男孩和女孩们开始偶尔到他这里来了。有一天甚至挣了四十多卢布。有一次，穿皮套鞋的那个小姑娘又闯进来，他刚要张嘴轻蔑地告诉她走错了门，她喊道：

“给一戈比的信纸和一张七戈比的邮票！”

此后，安德烈就准备了邮票、印花，顺便也准备了票据用纸。八个月后（从开业算起），来了一位太太买钢笔尖，顺便问道：

“你们没有书包吗？”

“咳，太太，没有！”

“太遗憾啦！那么，把洋娃娃拿来看看，要贱一些的。”

“太太，洋娃娃也没有。”安德烈沮丧地说。

他没有考虑多久，就给莫斯科写了信，他的店里不久就出现了书包、洋娃娃、小鼓、马刀、口琴、皮球以及其他各种玩具。

“这都是小事！”他对自己的朋友说，“等着瞧吧，我还要进教

---

① 尼古拉·康斯坦丁诺维奇·米哈伊洛夫斯基（1842—1904），俄国社会学家、政论家，自由主义民粹派的主要代表。

② 德米特里·伊万维奇·皮萨列夫（1840—1868），俄国革命民主主义者，政治家、文艺评论家。

具和有教育意义的玩具呢！您懂吗，我的教育用品部将建立在所谓科学最精确的结论上，一句话……”

他订来了哑铃、槌球、跳棋、儿童台球、儿童园艺工具以及二十来种很精巧的有教育意义的玩具。后来，居民路过他的书店时极其满意地看到了两辆自行车：一辆大的，另一辆小一些的。生意兴隆起来了。圣诞节前，生意特别好——安德烈在窗上挂出了广告，说他卖圣诞枞树装饰品。

“我还要把卫生用品引进来，懂吗？”他踌躇满志地对自己的朋友说，“我只要上莫斯科去一趟就能办到。我的店里将要出现那么好的过滤器和各种最新科技产品，准叫您目瞪口呆，一句话。老兄，科学是忽视不得的，忽视不得！”

卖出了许多钱之后，他就到莫斯科去用现金和赊账买了五千来卢布的各种货。其中有过滤器，有台灯，有吉他，有儿童卫生裤，有奶嘴，有钱包，有成套的动物玩具。他顺便还买了五百卢布上等餐具，他买完很高兴，因为美的东西能发展人的高雅情趣，陶冶人的性情。从莫斯科回来，他就往货架和柜橱里摆新货。有一次他清理最上层的货架时，不知怎么震动了一下，十卷《米哈伊洛夫斯基文集》接二连三地全从架子上跌落下来，有一卷打在他的头上，其余几卷落到台灯上，打坏了两个灯泡。

“人们多能写啊！”安德烈挠着脑袋说。

他把书全收起来，用绳牢牢捆住，塞到柜台下面。过了两天，有人告诉他，隔壁食品杂货店老板因虐待侄子被送去做苦役，店铺要出让。安德烈很高兴，立即吩咐把店铺留给他，不久在墙上就开了个门，两家店铺连成一家，摆满了货物。因为那边的顾客常常打听茶叶、砂糖和煤油，所以安德烈没有考虑多久，就决定进食品杂货了。

现在他的店是我市最著名的商店之一，卖餐具、香烟、焦油、肥皂、面包圈儿、布匹、日用小百货、化学品杂货、枪支、皮革和火腿。他在市场上盘了一家葡萄酒店，据说准备改造成单间家庭浴室。曾经在货架上摆过的那些书，其中包括《皮萨列夫文集》第三卷，早就一普特[①]一卢布五戈比当废纸卖了。

在命名日和婚礼上，从前的朋友们——如今安德烈戏称他们为"美国人"——有时跟他谈起进步、文学以及其他高级话题时，问他：

"你读过最后一期《欧洲通报》[②]吗？"

"没有，没读过……"他眯缝着眼睛，玩弄着胸前的粗表链，说，"这跟我们不相干。我们在忙更有益的事呢。"

① 俄重量单位，约合 16.38 公斤。

② 自由资产阶级月刊，1866 年起在彼得堡出版。

某老教师手记摘抄

“人们认为家庭应当同学校携手前进。不错，但这家庭须是贵族家庭，而不是商人家庭或小市民家庭，因为同下等家庭靠近会使学校脱离完美的境地。不过从博爱精神出发，却不宜剥夺商人和富裕小市民的一种乐趣——那就是请教师吃饭。”

“一听到 предложение[1] 和 союз[2]，女生就持重地低下头，脸羞得通红；男生听到 прилагатетьное[3] 和 придагочное[4]，就对未来充满希望。”

“鉴于俄语中已几乎不用 θ[5]、ʋ[6] 和呼格[7]，持平而论，应当减少俄语教师薪俸，因为字母和格减少了，他们的工作量也减少了嘛。”

“我们的教师们劝学生不要浪费时间去读小说和报纸，因为这会妨碍他们集中精力学习，况且小说和报纸是无益的。可是学生怎能相信自己的指导者呢，假如后者自己却拿出很多时间去读报纸和杂志？医生，先治好自己的病吧！至于我呢，在这方面是完全无可指责的：我已三十年没读一本书一张报了。”

“给学生上课时，必须首先注意使学生把课本装订上硬书皮，因为只有装订上硬书皮的书，才能用书脊打脑壳。”

“孩子们，领退休金多幸福啊！”

---

① 在语法术语中是“句子”，在日常用语中是“求婚”。

② 在语法术语中是“连词”，在日常用语中是“结合”。

③ 在语法术语中是“形容词”，在日常用语中是“陪送的东西”。

④ 在语法术语中是“副句”，在日常用语中是“嫁妆”。

⑤ 古俄语字母，后被 ф 代替。

⑥ 古俄语字母，后被 и 代替。

⑦ 古俄语名词有呼格，后被主格代替。

在流放地

老谢苗，外号明白人，同一个谁也不知道其名字的年轻鞑靼人坐在河边烤火；其余三个艄公在屋里。谢苗是个六十上下的老人，瘦瘦的，没有牙齿，但肩膀很宽，看上去身体尚好，他已经醉了。他早就该进屋睡觉了，可是他兜里揣着一小瓶酒，怕屋里的小伙子们跟他要。年轻的鞑靼人病了，心情苦闷，裹在一些破布里，在讲着辛比尔斯克省如何好，撇在家里的妻子如何漂亮贤惠。他顶多二十五六岁，现在在火光照耀下，脸色苍白，神情悲戚，像一个小孩子。

"当然这儿不是天堂。"明白人说，"你自己也可以看到：河水，光秃的河岸，周围是一片黏土，再没有别的……复活节①早就过了，河上还漂着冰，今天早晨还下雪来着。"

"不好！不好！"鞑靼人说完，惊恐地环顾了一下四周。

黑暗冰冷的河水在十步开外的地方流着，呜咽着，哗哗地拍打着凸凹不平的黏土岸边，迅速奔向远方的海洋。靠岸停着一条黑糊糊的大驳船，艄公们管它叫"卡尔巴斯"②。远处，在对岸，一些火蛇在忽明忽暗地爬动着，这是人们在烧荒，火蛇过后又是一片黑暗，传来一些小冰块撞击驳船的声音，潮湿、阴冷……

鞑靼人抬头看了看天空，星星跟他的家乡一样多，周围也是那么黑，可是这儿好像缺少什么。家乡辛比尔斯克省完全不是这样的星星和这样的天空。

“不好！不好！”他重复说。

“你会习惯的！”明白人说完笑了，“现在你还年轻，糊涂，乳臭未干；因为糊涂，你觉得自己是全世界最不幸的人；有一天你自己会说：生活好极啦。你瞧瞧我，再过一个星期，河水落下去以后，这儿换上渡船，你们都到西伯利亚各地游逛去，我就留下来在两岸之间来回摆渡，我已这么摆了二十二年啦，不分白天黑夜，狗鱼和白北鲑在水下游，我在水上摆。谢天谢地。我什么也不需要。生活好极啦。”

鞑靼人往火堆里扔了一些干树枝，躺得离火堆近一些，说：

“我爸爸体弱多病。等他死后，妈妈和妻子就到这儿来。她们答应了。”

“你要妈妈和妻子干吗？”明白人问道，“纯粹是愚蠢，老弟。这是鬼在诱惑你，叫它滚，你别听它的，它该死。别让它得逞。它向你提起婆娘，你就偏对它说：不要！它对你提自由，你就偏对它说：不要！什么也不要！不要爸爸，不要妈妈，不要妻子，不要自由，不要家园，不要耕牛！什么都不要，叫它滚！”

明白人对着瓶嘴喝了一口，继续说：

“老弟，我过去不是普通庄稼汉，不是贫寒家庭出身，是教堂执事[③]的儿子。没被判刑以前，住在库尔斯克，穿常礼服呢，如今落到这个地步：可以光身躺在地上睡觉，能够嚼草充饥。生活好极

---

① 基督教规定，每年过春分月圆后第一个星期日（3月25日至4月25日之间）为复活节，东正教复活节的日期同天主教、新教常相差一二个星期。

② 音译，指西伯利亚河流上航行的五角形浮运船。

③ 东正教教堂中最低级工作人员。

啦，我什么也不要，谁也不怕；我认为世界上没有人比我更富有、更自由啦。从内地被押解到这里以后，从第一天起，我就下了决心：什么也不要！鬼跟我提妻子，提亲人，提自由，我都对它说：我什么也不要！坚持住了，你瞧见了，过得很好，没有什么可抱怨的。谁要是听了鬼的话，哪怕听一次呢，那他就完蛋了，没有救了，就像陷进烂泥坑里，烂泥没到了头顶，爬不出来了，别说你们这样的无知庄稼汉，就连那些有知识的老爷们也一样完蛋。十五年前从内地押解来一个老爷。他在家乡不愿分给弟兄们什么东西，在遗嘱上做了手脚，据说是个公爵或男爵，也许不过是个官吏——谁知道呢！他一来就在穆霍尔金斯科耶村买了房子和地。他说：'我要自食其力，挥汗劳动，因为我如今已不是老爷，而是移民流刑犯啦。'我说：有什么呢，上帝保佑，这是好事。他当时年轻，能干，肯操劳。有时自己又割草又捕鱼，骑马跑出去六十俄里办事。只是有一个倒霉的地方：从第一年起就往格里诺邮局跑。有时站在我的渡船上叹气：'唉，谢苗，家里不知为什么好久没给我寄钱来！'我说：瓦西里·谢尔盖伊奇，别要钱，要钱干吗？您把旧的扔掉吧，忘掉吧，就当根本就没有那么一些事，就当是一场梦，重新开始生活吧。我说：不要听鬼的话——它不会干好事，只会叫您上圈套。如今您想钱，过些日子您还会想别的，以后想要的东西会越来越多。您若想使自己幸福，最重要的就是什么也别想要。是的……我对他说，既然命运那么狠心地亏待了咱们，那就没有必要拜倒在它脚下，乞求它的恩典，要蔑视它，嘲笑它。否则它就会嘲笑咱们。我就是这样跟他说的。过了两年，我用渡船载他上这岸来，他搓着手笑着说：'我上格里诺接妻子去。她可怜我，来了。她可好，可善良啦。'他高兴得甚至喘起来。过了一天，他带妻子回来。这位女士年轻漂亮，戴着小礼帽，怀里抱着一个小女孩。各种行李很多，我的瓦西里·谢尔盖伊奇在她身边转着，看不够，夸不够。他说：'是的，谢苗老兄，在西伯利亚也可以生活！'好吧，我心里说，别高兴早啦，从那以后，他几乎每个星期都要到格里诺去问从内地汇钱来没有，他需要的钱无数，他说：‘她是为了我才在西伯利亚葬送自己的青春和美貌的，她是来分担我的悲惨命运的，因此我应当尽量使她高兴……’为了使太太快活，他结交了官吏和各种废物，自然，要供这帮人吃喝，还要买一架钢琴，沙发上还要有一只毛茸茸的巴儿狗——该死的狗……一句话，奢侈，娇惯。太太跟他没过多久，她哪儿能受得了呢？周围除了黏土就是河水，气候寒冷，没有蔬菜，没有水果，到处都是没有教养的粗人和酒鬼。没有交际，可她是个在京城过惯了的养尊处优的贵夫人哪，她当然寂寞难耐啦，而且丈夫呢，无论怎么说也不是个老爷，而是个移民流刑犯——不像往日那么荣耀啦，过了三年，记得是圣母升天节[①]的前一天夜里那岸有人喊船。我把渡船摆过去一看，是一位太太，浑身上下裹得严严实实的；跟她在一起的是一位年轻的绅士——一个官吏，坐的是一辆三套马车……我把他们摆到这岸，他们坐上马车就没有影儿啦！天快亮的时候瓦西里·谢尔盖伊奇坐着双套马车赶来。‘谢苗，我的妻子没有跟一位戴眼镜的先生过去吗？’我说，过去啦，早没有影儿啦！他赶着马车追去，追了五天五夜。我摆他回那岸的时候，他倒在渡船上，脑袋撞着船板噢噢地嚎起来。我说，不出所料吧。我笑着提醒他：‘西伯利亚也可以生活嘛！’他嚎得更厉害了。后来他就想得到自由。妻子回到内地去了，他也想回去，想看到妻子，使她离开情夫。于是他就几乎天天不是上邮局，就是进城去见长官。不断地递申请，寄信件，请求赦免，放他回去。他说光电报费就花了二百多卢布，地卖了，房子押给了犹太佬，他头发白了，腰弯了，脸色也黄了，像得了肺病似的，说起话来，直咳嗽，眼眶里满是泪水。这么申请了八年，如今又精神起来，有了笑容：找到了新的宠爱对象，瞧，女儿长大了，他看着自己的女儿，怎么也看不够，说实话，她的确长得不错：漂亮的小脸蛋儿，两道

---

① 基督教节日，天主教在公历 8 月 15 日举行，东正教因遵循儒略历一般在 8 月 27 日或 28 日举行。

黑眉毛，活泼机灵。每个星期天，他都带着她到格里诺上教堂去，他俩站在渡船上，她不停地笑，他则目不转睛地看着她。他说：‘谢苗，西伯利亚也可以生活嘛，西伯利亚也有幸福嘛，瞧我的女儿长得怎样！一千俄里以内大概找不到第二个，我说，姑娘长得不错，对，的确……我心里说：‘等着瞧吧……年轻姑娘，喜欢热闹，想要生活，这儿是什么生活呢？’老弟，她果然开始感到寂寞了。她一天天憔悴起来，终于得了病。如今已卧床不起。肺病。这就是西伯利亚的幸福，这就是西伯利亚也可以生活。他开始到处求医，请医生到家里来，只要听到哪儿有医生或郎中，哪怕二百俄里三百俄里呢，他也要前去求助。在医生身上花了多少钱哪，叫我看不如买酒喝，反正也治不好，她早晚得死。那他就彻底完了，要么愁得上吊，要么就是往内地跑——必定如此。往内地跑，被捉住就是加刑，苦役，皮鞭……”

“好，好。”鞑靼人冻得缩着身子咕哝道。

“什么好？”明白人问道。

“妻子，女儿……苦役不怕，忧愁不怕，可他见到了妻子，女儿……你说什么都不要。什么都不要——不好！妻子跟他过了三年——这是上帝赐给他的。什么都不要——不好，三年——好。你怎么不明白？”

鞑靼人冻得直哆嗦，他俄语单词知道得不多，紧张地挑着俄语单词，结结巴巴地说，上帝保佑，千万别病死在异国他乡，被埋在铁锈色冰冷的泥土里；说妻子哪怕来一天来一小时也好，为了这种幸福，他甘愿承受任何痛苦，愿意感激上帝。幸福一天也比什么都不要强。

接着他又讲起来他撇在家里的妻子多么漂亮贤惠，说完，便两手抱头痛哭起来，对老谢苗抱怨说，他是清白无辜的，在这儿受罪实在冤枉，他的两个哥哥和叔叔偷了一个农民的马并把那个农民打了个半死，村社判案不公，把他们兄弟三个判了流放西伯利亚。叔叔有钱，留在家里。

“你会——习——惯——的！”老谢苗说。

鞑靼人用泪眼凝视着火堆，脸上一副迷惑和惊恐的神情，好像他至今仍不明白自己为什么会出现在这黑暗潮湿的地方与一些陌生人为伍，而不是在辛比尔斯克省家乡。明白。人躺在火堆旁边，不知为什么冷笑了一声，轻轻唱起歌来。

“她跟父亲能有什么乐趣？”他过了一会儿说，“他喜欢她。靠她安慰自己，这倒是真的。可是，老弟，在他跟前也得小心：他是个严厉的老头子，脾气暴躁，年轻姑娘需要的可并不是严厉，她们需要的是爱抚，是嘻嘻嘻哈哈哈，是香水和口红，不错……唉，事情的实质就是这样！”他叹了口气，吃力地站了起来，“酒喝光了，也就是说该睡觉啰，怎样？我走了，老弟……”

鞑靼人剩下自己一个人，往火堆里添了些干树枝，凝视着火堆开始想故乡，想妻子。妻子能来多好，哪怕来一个月来一天呢，然后愿意回去再回去好啦！一个月，甚至一天都比什么没有强。可是妻子假如说话算数来了，可拿什么养活她呢？叫她住哪儿呢？

“要是什么吃的也没有，那怎么过呢？”鞑靼人出声地问自己。

他日夜划桨，一昼夜仅挣十戈比。固然，过往行人给小费，可是全被小伙子们自己分了，一分钱不给他，而且还要笑他，没有钱只好挨饿受冻。担惊受怕……现在全身痛，直哆嗦，该进屋去躺下睡觉，可是那儿没有盖的，比在河边还冷，这儿也没有盖的，但总可以生火……

再过一个星期，水完全落下去，换上渡船以后，除了谢苗，别的艄公全都不需要了，那时鞑靼人就逐村流浪，乞讨找活儿干。妻子才十七岁，美丽、娇气、腼腆，难道能叫她抛头露面沿村乞讨吗？不行，这想起来都可怕……

天已经亮了，可以清楚地看到驳船、水上的柳丛和涟漪，回头看了一下——那儿是黏土悬崖，悬崖下面是一座小房，褐色的茅草房盖；悬崖上边是一些农舍。村里的公鸡已经叫了。

赤褐色的黏土悬崖、驳船、河水、狠心的陌生人、饥饿、寒冷、疾病——也许这一切事实上并不存在。大概这一切不过是一场梦吧——鞑靼人想，他觉得自己在睡觉，听到自己的鼾声……当然，他是在辛比尔斯克省的家里，只要喊一声妻子的名字，妻子马上就会答应；妈妈睡在隔壁的房间里……梦有时多么可怕啊！做这么可怕的梦干吗？鞑靼人笑了一下，睁开了眼睛。这是什么河？伏尔加[①]吗？

落着雪。

“船！”对岸有人喊道，“卡——尔——巴——斯！”

鞑靼人醒了，去召唤同伴把船划到对岸。艄公们边走边穿着破皮袄，半睡半醒地用嘶哑的声音骂着，冻得缩着身子来到河岸上。他们刚刚睡醒，看来河水喷散着刺骨的寒气，使他们觉得讨厌可怕。他们不慌不忙地跳上船。鞑靼人和另外三个艄公划起桨来——桨柄很长，桨头宽宽的，在黑影里看上去像虾螯，谢苗肚子压在长舵上。对岸仍在继续喊着，并且放了两枪。大概以为艄公们睡着了或到村里酒馆喝酒去了。

“好啦，来得及的！”明白人说，那语气表明，他坚信在这个世界上没有必要着急——反正着急也不会有什么用。

笨重的驳船离开了岸，已经滑行在柳丛中间；只是根据柳丛在慢慢往后退可以看出来船不是停在一个地方，而是在移动。艄公们节奏一致地划着桨；明白人肚子压在舵上，在空中划着弧线，从一边船舷飞到另一边船舷。在黑影里看上去，好像一些人骑在一个长着长爪的远古怪兽身上在游向有时在噩梦中见到的寒冷阴郁的国度。

船出了柳丛，到了宽阔的水面。对岸已能听到均匀的桨声，喊道：“快些！快些！”又过了十来分钟，船终于沉重地靠到了码头上。

“总是下，总是下！”谢苗擦着脸上的雪嘟囔道，“哪儿来的这

① 俄国欧洲部分的一条大河。

么多雪呢！”

对岸等船的是一个瘦削的老头儿，身材不高，穿一件半截狐狸皮大衣，戴一顶白羊羔皮帽，他站在离马很远的地方，一动不动；脸上一副忧郁凝思的神色，好像在努力回忆什么，因为想不起来而恼恨不听使唤的记忆力。谢苗走到他旁边微笑着摘下帽子的时候，他说：

“我着急到阿纳斯塔西耶夫卡去，女儿的病又厉害了。据说阿纳斯塔西耶夫卡派来一个新医生。”

把马车推到船上以后，船就往回划，被谢苗叫做瓦西里·谢尔盖伊奇的人在船走的时候一动不动，厚嘴唇紧紧地闭着，两眼呆呆地盯着一个地方；车夫请他允许在他旁边吸烟的时候，他毫无反应，好像没有听到似的。谢苗肚子压在舵上，嘲弄地看着他，说：

“西伯利亚也可以生活嘛。也可以生活嘛！”

明白人脸上是一种胜利的神色，好像他证明了什么，好像因为一切正如他所预料的那样而感到高兴似的。这个穿半截狐狸皮大衣的人的不幸焦虑模样，看来使他得到了极大的快慰。

“如今道路泥泞不好走，瓦西里·谢尔盖伊奇。”在岸上套车的时候，他说，“再等两个星期，路干了走就好啦，要不就干脆别走……要是有用倒也罢了；您自己知道，人们从古以来就日夜奔波，徒劳无益。真的！”

瓦西里·谢尔盖伊奇默默地付了小费，坐到车上赶路去了。

“瞧，请医生去了！”明白人冻得缩着身子说，“去找神医去吧，去捕风捉影去吧！真是些怪人，主啊，饶恕我这个罪人吧！”

鞑靼人走到明白人跟前，愤恨厌恶地看着他，浑身哆嗦着，用半通不通的俄语夹杂着鞑靼语说：

“他好……好，你——不好！你不好！老爷心好，好人。你是野兽，你不好！老爷是活人，你是死人……上帝创造人，是叫他活，叫他有欢乐，有忧伤，有悲痛；你什么都不要，这就是说，你不是活人，是石头，是黏土！石头什么也不要，你也什么也不要……你是石头——上帝不爱你，上帝爱老爷。”

大家都笑了。鞑靼人轻蔑地皱起了眉头，挥了一下手，裹到破布里到火堆旁边去了。艄公和谢苗朝小房走去。

“好冷！”一个艄公躺到铺在潮湿的泥地上的干草上说。

“是的，不暖和！”另一个赞同地说，“苦役般的生活！……”

大家都躺下了。门被风吹开，雪刮进屋里来。谁也不愿意起来关门：又冷又懒。

“可我很舒服！”谢苗昏昏欲睡地说，“生活好极了。”

“谁都知道，你是个老油子。魔鬼都奈何你不得。”

外边传来一种像狗嚎似的声音。

“什么声？什么东西在叫。”

“这是鞑靼人在哭。”

“咦……怪人！”

“他会——习——惯——的！”谢苗说完就睡着了。

不久别人也都睡了。门一直没有关。

鱼之恋

不管多么奇怪，潘塔雷金将军别墅附近的池塘里惟一的一条鲫鱼却神魂颠倒地爱上了住在别墅的姑娘索尼亚。不过这有什么奇怪的呢？莱蒙托夫的恶魔[①]也爱上过塔玛拉。天鹅也爱上过勒达；难道办事员爱上上司女儿的例子没有吗？索尼亚每天早晨跟姑母一起来洗澡。堕入情网的鲫鱼游到岸边看。由于附近克兰戴尔父子公司铸造厂的污染，池水早已变成褐色的了，可是鲫鱼仍然什么都看得见。它看见蓝天上飘着白云，飞着小鸟；看见索尼亚和姑母脱衣服，年轻人在灌木丛中偷看；看见肥胖的姑母下水前总要在石头上坐五六分钟，得意地抚摸着自己的身子说："我这只大象像谁呢？看着都吓人。"索尼亚脱掉轻柔的衣衫，尖叫着跳到水里，游起来，冻得缩着身子，鲫鱼马上就游到她跟前，贪婪地吻她的脚、肩膀、脖颈……

洗完澡，索尼亚跟姑母回家去喝茶，吃香甜的白面包。鲫鱼就孤零零地在广阔的大池塘里游着，心想：

"当然，回报的可能性是谈不到的。她这么漂亮怎么能爱我这条鲫鱼呢？不能，绝对不能！不要痴心妄想，卑贱的鱼！你只有一条路，那就是死！可是怎么死法呢？手枪和磷头火柴，池塘里没有。我们鲫鱼只有一种死法——钻进狗鱼的血盆大口里去。可是上哪儿找狗鱼呢？这座池塘里曾经有过一条狗鱼，但由于寂寞死了。唉，我多么不幸啊！"

年轻的悲观主义者心里考虑着死的问题，钻到淤泥里写起日记来……

一天傍晚，索尼亚和姑母坐在池塘边上钓鱼。鲫鱼在浮萍附近游着，目不转睛地看着心爱的姑娘。突然，它脑袋里像电光似的闪过了一个想法。

“我要死在她手里！”它想，玩弄着浮萍，“喔，这将是多么美妙甜蜜的死啊！”

它下定决心，脸色稍稍一白，就游到索尼亚的鱼钩前面，把鱼钩含到嘴里。

“索尼亚，你那儿咬钩啦！”姑母尖声叫道，“亲爱的，你那儿咬钩啦！”

“啊，啊！”

索尼亚急忙站起来拼命拽。有一个金晃晃的东西在空中闪了一下，啪的一声掉到水里去了，水面上留下了一圈圈涟漪。

“脱钩了！”她俩脸色一白，说，“脱钩了！唉，亲爱的！”

她们看了看鱼钩，看到上面有一片鱼的嘴唇。

“唉，亲爱的，”姑母说，“不那么用力拽就好啦，如今这条可怜的鱼没有嘴唇了。”

我的主人公脱钩之后，大吃一惊，好久没能明白是怎么回事；后来明白过来之后，呻吟道：“又活了！又活了！啊，作弄人的命运！”

鲫鱼发觉缺了下颌以后，脸色一白，奇怪地哈哈大笑起来……它疯了。

使郑重的读者留意鲫鱼这样无足轻重、没有意思的动物，我担心这会使人们觉得奇怪，不过这有什么奇怪的呢？女士们不是在一些厚杂志上描写谁也不感兴趣的鲫鱼和蜗牛吗？我是模仿女士们，也许我本人就是一位女士，不过用男性的笔名打掩护罢了。

话说鲫鱼疯了，不幸的它迄今仍然活着。鲫鱼一般喜欢被用酸奶油煎了吃。而我的主人公现在对任何方式的死都喜欢。索尼亚已

---

① 莱蒙托夫（1814—1841），他有一首著名的长诗名为《恶魔》。

嫁给了一个药房老板，她的姑母到利佩茨克看出嫁的妹妹去了。这也没有什么奇怪的，因为出嫁的妹妹六个孩子，所有的孩子都喜欢姨妈。

闲言少叙。且说克雷辛工程师在克兰戴尔父子公司铸造厂当厂长。他有个侄子叫伊万。大家都知道伊万写诗，贪婪地在各种杂志报纸上发表。有一天中午很热，年轻的诗人从池塘旁边过，便想下去洗洗。他脱了衣服，就下了水。疯了的鲫鱼把他当成了索尼亚，游到他跟前，温柔地吻了吻他的后背。这吻产生了毁灭性的后果：鲫鱼把悲观主义传染给了诗人。诗人毫无察觉，从水里出来，奇怪地哈哈笑着回家去了。几天后，他动身去彼得堡。到了彼得堡。在编辑部，他把悲观主义又传染给了所有诗人。从此以后，我们的诗人就开始写阴沉忧郁的诗。

邻　居

彼得·伊瓦申心情很不好：他的妹妹，一个姑娘家，竟偷着跑到弗拉西奇——一个有妻室的男人——家里去了，无论在家里还是在地里，他的心情都是忧郁沉重的；为了摆脱这种心情，他求助于自己的正义感，求助于自己的诚实的良好信仰——他总是赞成自由恋爱的嘛！——可是无济于事。他跟愚蠢的保姆一样每次都不由自主地得出结论，认为妹妹行为恶劣，弗拉西奇诱拐了妹妹，这是令人痛苦的。

妈妈整天关在房间里不出来，保姆说话压低了声音，姨妈每天张罗着要走，一会儿把提包拿到前厅，一会儿又拿回房间。屋里、院里和花园里静悄悄的，好像家里停放着死人似的。伊瓦申觉得，姨妈、仆人乃至农夫们都在莫名其妙地疑惑地看着他，好像想说："你妹妹被人家拐走了，你怎么不采取行动呢？"于是他就责备自己没采取行动，尽管，说老实话，他并不知道应如何行动。

这么过了六天。第七天——这是星期天午饭后——有人骑马送来一封信，信封上是一个熟悉的女人笔体写的"面交伊瓦申夫人"。伊瓦申不知为什么觉得信封、笔体以及"夫人"这个称呼都有一种挑战性的放肆的自由主义味道。而女人的自由主义是执拗的，不讲情面的，残忍的……

他拿着信到妈妈房间的路上心想："她宁肯死也不会对不幸的妈妈让步、请妈妈宽恕。"

妈妈和衣躺在床上。看到儿子进来，她急忙起来，整理了一下从压发帽里脱落出来的白发，迅速问道：

“怎样？怎样？”

“送来了……”儿子把信递给她说。

季娜的名字甚至连“她”这个字眼家里都不说了；提到季娜时都省略主语，说“送来了”“走了”，等等。妈妈认出女儿的笔体，脸色马上变得难看了，头发又从压发帽里脱落出来。

“不！”她说，那手势好像信烫手似的，“不，不，永远不！无论如何也不！”

妈妈痛苦羞愧得放声大哭起来；显然她想看看信，可是骄矜的心态不让她这么做。伊瓦申明白，他应当自己把信打开，念给她听，可是他突然发起火来——这是他从来没有过的，跑到院里对送信的人喊道：

“带话回去，说没有回信！没有回信！就这么说，畜生！”

他喊完，把信撕得粉碎，接着眼里涌出了泪水，感到自己的做法残忍，心里觉得愧疚和不幸，然后就到地里去了。

他虚岁才二十八岁，可是已经发胖了，穿衣服像老人似的——什么都肥肥大大的，而且患气喘病，他身上已出现了单身老地主的一切征兆。他没有恋爱过，关于结婚想也没想，只爱妈妈、妹妹、保姆、花匠瓦西里奇；他喜欢吃好吃的东西，喜欢午饭后睡一觉，喜欢谈谈政治和高雅话题……他当年曾在大学里毕了业，可是如今他把念大学看成是十八岁至二十五岁之间的青年必须应付的差事；起码他现在脑袋里每天想的东西同大学以及学过的那些学科没有任何关系。

地里又热又静，像要下雨似的。树林里蒸发着潮气，有一股浓重的松树和腐叶味儿。伊瓦申常常停下来擦擦汗淋淋的前额。他察看了自己的秋播作物和春播作物，巡视了三叶草栽培地，在地边上两次惊飞了山鹑及其幼雏；他总在想：这种无法忍耐的状态不会永远继续下去，必须以某种方式结束。要用一种愚蠢粗野的方式结束，而且一定要结束。

“可是怎么办呢？采取什么行动呢？”他问自己，用祈求的目光看了看天空和树木，好像求它们帮助似的。

可是天空和树木却沉默着，诚实的信仰帮不上忙，而健康的思想则在提示着：痛苦的问题只能用愚蠢的方式解决，今天同送信人的场面不是这类场面中最后的一次。还会有什么场面——想起来可怕！

他往家走的时候，太阳已经落了。现在他觉得问题无法解决。同既成事实妥协不行，不妥协也不行，折中的办法没有。他摘掉帽子，挥舞着手帕走到离家两俄里地方的时候，听到身后有铃铛响。大小铃铛选配得独出心裁，很是成功，铃铛声清脆悦耳。只有县警察局长梅多夫斯基的铃铛才能发出这样的声音。梅多夫斯基从前是骠骑兵军官，把家产挥霍光了，身体糟蹋得虚弱不堪，病病歪歪的，是伊瓦申的远房亲戚，在伊瓦申家里跟自己家一样，对季娜像父亲般疼爱，十分喜欢。他赶上伊瓦申说：

“我上你家去。上来，我带你一起走。”

他微笑着，快活地看着；显然还不知道季娜跑到弗拉西奇家里去了；也许人们已经告诉他了，他不信。伊瓦申感到为难。

“欢迎。”他支支吾吾地说，脸涨得通红，眼睛里流出了泪水，不知道撒个什么谎好，“我很高兴，”他勉强笑了笑，继续说，“可是……季娜出门了，妈妈病了。”

“真遗憾！”县警察局长若有所思地看着伊瓦申，说，“我本想到你家坐一晚上。季娜上哪儿去啦？”

“到西尼茨基家里去了，好像想从那儿上修道院去。我不太清楚。”

县警察局长又说了几句话就掉转马头回去了。伊瓦申往家里走着，想到县警察局长知道真情以后会有何感想时心里觉得可怕。他设身处地地想象着这种感想，感受着这种感想，回到了家里，心里念叨着：

“保佑我们吧，主啊，保佑……”

餐厅里只有姨妈一个人坐在那里喝晚茶。她脸上仍然是往常的神色：她尽管软弱，无人保护，但决不允许任何人欺负自己。伊瓦申坐到桌子的另一头（他不喜欢姨妈），默默地喝起茶来。

“你妈今天又没有吃午饭。”姨妈说，“你应该留意才是，饿坏身体并不能减轻痛苦。”

姨妈干预别人家的事，并因为季娜出走而准备离开，伊瓦申觉得她的做法是愚蠢的，想对她说两句不中听的话，可是控制住了自己。控制自己的时候，他觉得采取行动的适当时机已到，再也无法忍耐下去了。要么马上行动，要么趴到地板上撞头喊叫。他想象着弗拉西奇和季娜这两个自由主义者如今在哪棵槭树底下得意接吻的情景，便把七天来积压在心中的难耐的怒火全都集中到弗拉西奇身上。他想：“一个人来拐走了妹妹，另一个人就会来杀妈妈，第三个人就会来烧房子或抢劫……全都戴着友谊、崇高思想、悲天悯人的假面具！”

“不，决不能允许这么做！”他突然喊了一声，用拳头敲了一下桌子。

他猛然站起来，跑出了餐厅。管家骑的那匹马已鞴好鞍鞯，拴在马厩里。他骑上就找弗拉西奇去了。

他怒不可遏。他觉得需要采取一种超出常规的激烈行动，即使终生后悔也在所不惜。骂弗拉西奇是坏蛋，给他一耳光，然后找他决斗？可是弗拉西奇并不是肯决斗的那种人；骂他坏蛋，打他耳光，只会使他更加可怜，更加与世隔绝。他这种可怜的怯懦的人是令人最难忍受的。他们的任何行为都不会受到惩罚。当一个可怜的人听到应有的责难、用深感愧疚的目光看着你、苦笑着把头伸到你跟前时，即使最铁面无私的法官也似乎下不了手惩罚他。

“不管它，我要当着她的面抽他一鞭子，骂他几句。”伊瓦申做出了决定。

他穿过自己的树林、荒地，想象着季娜为自己的行为辩解时将要大谈妇女权利、人身自由以及结婚与自由同居之间没有任何区别的情景。她将以女人的方式坚持她所不懂的东西。她最后大概会问："关你什么事？你有什么权利干涉？"

"是的，我没有权利。"伊瓦申咕哝道，"这更好……越粗鲁，越没有权利，越好。"

天气闷热，像朵朵乌云一样的蚊子低低地飞着。凤头麦鸡在荒地里哀怨地哭泣着。一切都预示着即将下雨，可是一片云彩也没有。伊瓦申越过了自己的地界，走在平坦的田野里。这条路他常走：每一丛灌木，每一个小坑，他都熟悉。如今在暮色中远远看上去像黑糊糊的悬崖的，那是红教堂。他能想象出这座教堂的最细微的地方，甚至能想象出大门上的油漆和院子里经常牧放的牛犊。教堂右侧一俄里远的地方有一片黑糊糊的小树林。那是科尔托维奇伯爵的。小树林过后，就是弗拉西奇家的地了。

从教堂和伯爵的小树林后面涌过来一大片黑云；黑云里闪着苍白的电光。伊瓦申心里说："糟糕！上帝保佑。"

马很快就跑累了，伊瓦申自己也累了。孕育着雷雨的乌云怒冲冲地看着他，好像在劝他回家似的。气氛有些吓人，他给自己打气说：

"我要向他们证明：他们不对！他们会说：这是自由恋爱，是人身自由；可是自由的前提是控制自己，而不是放纵情欲。他们是道德败坏，而不是自由！"

伯爵的大池塘到了，池水被乌云映衬得铁青阴暗，散发着潮湿和淤泥的气味。路边两棵柳树——一棵老的，一棵年轻的，温柔地偎在一起。两个星期前伊瓦申和弗拉西奇还在这个地方徒步走着低声唱大学生之歌："青春年少不恋爱，虚度年华负裙钗……"浅薄的歌！

伊瓦申穿过小树林的时候，雷响了，树喧嚣起来，被风吹弯了，得快走，从小树林到弗拉西奇的庄园，走草地还有不到一俄里路程。路两边是些老白桦，看上去跟它们的主人弗拉西奇一样悲惨可怜，也像他一样瘦弱细高。树上和草上沙沙地落着硕大的雨滴。风立即停了，出现了湿泥和白杨味儿。弗拉西奇的篱笆以及篱笆边上的锦鸡儿已遥遥在望，锦鸡儿也是瘦弱细高的；篱笆倒塌的地方可以看到一片荒芜的果园。

伊瓦申已不想打耳光抽鞭子的事了，他不知道到了弗拉西奇家里该干什么。他胆怯了。他替自己、替妹妹害怕；想到马上要见到妹妹，心里觉得忐忑不安。她会怎么对待哥哥呢？他们兄妹俩会说什么呢？还来得及，是否回去？他这么想着，已沿着椴树林荫路来到房子跟前，拐过宽阔的紫丁香丛，突然看到了弗拉西奇。

弗拉西奇没戴帽子，上身穿一件花布衬衫，脚上穿一双高靿靴子在雨里弯着腰从房角往门口走，身后跟着一个工人拿着锤子和钉子箱，大概护窗板被风刮坏，去修理护窗板来着。看到伊瓦申，弗拉西奇站下了。

“是你？”他说完笑了笑，“来了，好。”

“是的，来了，你瞧……”伊瓦申用两手抖落着身上的雨水低声说。

“好，来了，好。非常欢迎。”弗拉西奇嘴里这么说，可是没有伸手给他：显然他犹疑不定，等着人家伸手给他，“对燕麦好！”他说完看了看天。

“不错。”

他俩默默地进了屋。前厅往右有一道门通另一个前厅，从那个前厅可以到大厅；往左有一道门通一个小房间，冬天管家住在那儿。他们就进了这个房间。

“你在哪儿遇到雨的？”弗拉西奇问道。

“不远，几乎就在你家附近。”

伊瓦申坐在床上。他很高兴雨声嘈杂，而且室内昏暗。这样更好：不那么尴尬，而且用不着看讲话人的脸。他心里已没有怒火，有的是恐惧和对自己不满。他感到头儿开得不好，此行不会有任何成果。

两人都沉默了一会儿，做出听雨声的样子。

“谢谢你。”弗拉西奇咳嗽了一声，开始说，“我非常感激你来。这是你宽容和高尚的表现。我理解这一点，相信我，我给以高度评价。相信我。”

他往窗外看了看，站在房间中央继续说：

“一切似乎是秘密进行的，好像我们有意要瞒你似的。想到你也许会对我们不满，生我们的气，使我们这几天的幸福生活蒙上了一层阴影，不过请允许我解释一下。我们秘密行动，不是因为我们不够信任你。第一，一切都是突然发生的，好像灵机一动，连考虑的时间都没有。第二，这是男女私事，难以启齿……不便于让旁人介入，即使像你那么近的人。主要的是我们非常相信你会宽宏大量，你是最宽厚最高尚的人。我无限感激你。如果你什么时候用得着我的生命的话，尽管来拿走好啦。”

弗拉西奇说话声音低沉，一个调子，像什么东西在发着呜呜的响声。看来他很激动。伊瓦申觉得自己该讲话了，要是只听不说，那就真意味着他是来扮演一个最宽厚最高尚的傻瓜角色。他不是为这个来的。他急速站起来，呼哧呼哧地喘着低声说：

“听我说，弗拉西奇，你知道我喜欢你，妹妹找你这样一个丈夫再好不过了，可是发生的一切是吓人的！想想都可怕！”

“为什么可怕呢？”弗拉西奇声音颤抖了一下问道，“要是我们行为恶劣，那是可怕的，可实际情况并不是这样！”

“听我说，弗拉西奇，我是个没有偏见的人；不过请原谅我的坦率，在我看来，你们俩的行为是自私的。当然，我不会对季娜这么说，这会使她悲伤，可是你应当知道：妈妈痛苦得难以形容。”

“不错，这令人伤感。”弗拉西奇叹了口气，“我们预见到这一点了，可是我们能有什么办法呢？一种行为使某人悲伤，这还不等于说这种行为恶劣。有什么办法呢！你的任何严重步骤都不可避免地会使某个人悲伤。假如你去为自由作战，这也同样会使你妈妈痛苦。有什么办法呢！谁把亲人的安宁看得高于一切，谁就应当完全放弃有思想性的生活。”

窗外闪过一道耀眼的电光。好像这道电光改变了弗拉西奇的思路。他坐到伊瓦申身边，谈起了毫无必要的话题。

“我崇敬你妹妹。”他说，“我每次到你家去，都觉得像去朝圣一般，事实上我也是对着季娜祈祷，如今我的崇敬心情与日俱增。她对我来说高于妻子！高于！（弗拉西奇挥舞了一下两手。）她是我的圣母。自从她住进我家，我每次回家都像进到庙堂一样。她是个罕见的非凡的无比高尚的女人！”

伊瓦申心想：“唉，他又弹起老调来了！”他不喜欢“女人”这个字眼。

“干吗你俩不正式结婚呢？”他问，“你妻子想要多少才肯答应离婚？”

“七万五。”

“不少，要是讲讲价钱呢？”

“一分钱也不让。老弟，这是个可怕的女人！”弗拉西奇叹了口气，“我从来没有跟你谈过她，想起来就恶心；现在既然谈到这儿了，那就谈谈吧。我是一时感情冲动才跟她结婚的。详细情况是这样。我们团有个营长找了一个十八岁的姑娘，其实是骗来的；跟她过了两个月，就把她抛弃了。老弟，她的处境非常可怕。父母身边没有脸回去，而且他们也不要她，被情夫给甩了嘛；她简直得到兵营去出卖肉体啦。团里的同事们都感到愤慨，他们当然也不是圣贤，可是这种卑劣行为太叫人看不过去了。况且大家都不想让这个营长继续呆在团里。为了使他难堪，所有感到愤慨的少尉和准尉便决定捐款给这个不幸的姑娘。在我们这些下级尉官聚到一起开始有人五卢布有人十卢布捐款的时候，我突然头脑一热，觉得这是建立丰功伟绩最合适的机会。我匆忙跑到那个姑娘面前，热情冲动地向她表达了自己的同情。跑去找她以及向她表达同情的时候，我热爱她，因为她是个被侮辱被损害的人。不错……结果是过了一个星期我就向她求婚了。上级和同事们认为我的婚姻同军官的尊严不相称。这使我更加狂热起来。我写了一封长信，证明我的行为应当用金字写进团史里去，等等。原件交给了团长，副本分送给了同事们。唉，我当时心情激动，当然难免言辞激烈。人们请我离开团。底稿我收藏在什么地方，将来找给你看看，写得很有感情。你可以看到我当时的感情多么纯洁高尚，我提交了辞呈，带着妻子回到了此地。爸爸死后留下了一些债务，我当时手里没有钱，可妻子从第一天起就开始大交朋友，讲究穿戴，打牌赌博，我被迫典当家产。她生活糜烂，我的所有邻居中只有你不是她的情夫。两年前为了打发她离开，我付给她违约金，把当时手里所有的钱都给了她，她进了城。不错……现在我每年还要给她一千二，可怕的女人！老弟，有一种苍蝇把脸贴在蜘蛛的后背上，蜘蛛无论如何也甩不掉它，它长在蜘蛛身上，吸蜘蛛心里的血。这个女人也是长在我身上，吸我心里的血。她厌恶我，瞧不起我，因为我做了蠢事，也就是娶了她这么个女人。我的宽厚，她觉得一钱不值，她说：'聪明人把我抛弃了，傻瓜把我捡了起来。'在她看来，只有我这样可怜的傻瓜才会这么做。老弟，这使我感到痛苦难耐。顺便说说，总的说来，我的命不好，糟透了。"

伊瓦申听着弗拉西奇的讲述，疑惑地问自己：季娜喜欢上这个人的什么地方呢？不年轻——他已四十一岁了，瘦弱，干瘪，窄胸，长鼻子，胡子花白。说话像什么东西似的呜呜叫；笑起来面带痛苦的表情；说起话来，两手难看地挥舞着。既不健壮，又不潇洒，既无上流社会的风度，又无一般人的快活神态，从外表看，给人以暗淡模糊的感觉。他穿戴土气，家里摆设阴郁。他不承认诗歌和绘画，因为它们"没有回答时代的需要"，也就是说他不懂。音乐打动不了他的心。他不善经营。家业被他弄得混乱不堪，抵押了出去；第二份抵押契约，他付百分之十二的利息；此外，他还有一万多卢布期票债务。当需要支付利息或给妻子汇钱的时候，他到处告贷，急得那样子，像家里着火似的。这时他拼命变卖自己的东西：过冬的全部干树枝五卢布，干草一垛三卢布全卖了；然后吩咐家里人用果园的篱笆或暖房的旧框架烧炉子。草地被猪糟蹋得不像样子，树林里小树由农夫的牲畜随便践踏，大树每年冬天都减少；菜园和果园到处扔着蜂箱和锈铁桶。他既无天才，又无本领，甚至连像一般人那样生活的能力都没有，在实际生活中，他幼稚软弱，极容易受欺骗，极好欺负，因此农夫们说他“傻乎乎的”。

他是个自由主义者，在县里被认为是革命分子，可是他在这方面的表现也是枯燥的。他的自由主义既无特色，又无激情。愤怒、高兴都好像是一个调子，不生动，无精打采。连最激动的时候他也不肯抬起头来，仍然弯着腰。但最令人感到枯燥的是，自己的诚实的好主张他却表达得叫人听起来觉得是平庸落后的。他不管是带着意味深长的神态慢腾腾地回忆美好的冲动的感情、已逝韶华的时候，还是赞扬青年永远是社会先锋的时候或指责俄国人三十岁就穿上睡袍忘记母校教导的时候，都会使你觉得像许久以前读过的陈词滥调。你在他家过夜，他会在你的床头桌上放一本皮萨列夫①或达尔文②的著作。要是你说已经读过了，那他就会出去给你拿本杜勃罗留波夫③的著作来。

这在县里就被称为自由主义，许多人把这种自由主义看做是无伤大雅的怪癖。不过这种怪癖却把他弄得非常不幸。它就是他方才说的那个苍蝇：紧紧地附在他身上，吸他心里的血，过去是陀思妥耶夫斯基式的奇怪婚姻④，字迹潦草无法辨认但却慷慨激昂的长信及副本，无尽无休的误会、解释、失望，接着是债务，第二次典押契约，给妻子的赡养费，每月告贷——这一切于己于人都毫无益处。现在他仍然跟从前一样，匆匆忙忙地寻找着建立丰功伟绩的机会，过问别人的事；仍然一有适当场合就是长信和副本，就是千篇一律、令人厌烦的关于村社或发展手工业或建立干酪制造厂的谈

---

① 原文为拉丁语。

② 达尔文（1809—1882），英国博物学家，进化论的奠基人。

③ 杜勃罗留波夫（1836—1861），俄国革命民主主义者，哲学家、文艺评论家。

④ 契诃夫可能是指俄国作家陀思妥耶夫斯基的小说《鬼》里恶魔式主人公斯塔夫罗金同白痴姑娘玛利亚结婚的情节。

话——这些话次次雷同，好像不是活人脑子里想出来的，而是用机器成批生产的；最后是跟季娜闹的这次丑事——还不知道这件事会怎么结束呢！

妹妹季娜却年轻——她才二十二岁，漂亮、文雅、活泼；她爱笑，爱说，爱争论，喜欢音乐；她懂得打扮，会选书，会布置房间，在自己家里决不会允许房间弄得像这个房间这样：充满靴子和廉价伏特加味，她也是个自由主义者，可是在她的自由主义里却可以令人感到精力的充沛，一个年轻、健壮、勇敢的姑娘的虚荣心，标新立异、超过他人的渴望……她怎么会爱上弗拉西奇呢？伊瓦申心想："他是个堂吉诃德，执拗的狂热分子，而她跟我一样，意志薄弱，随和……我们马上就会投降，不会抵抗。她爱上他，可难道我不喜欢他吗，尽管……"

伊瓦申认为弗拉西奇是个好人，诚实，但狭隘、片面。在他的激动、痛苦乃至全部生活里，伊瓦申看不出近期或长远的崇高目标，只看到枯燥和不会生活。他的自我牺牲以及被他称为丰功伟绩或感情冲动的一切，在伊瓦申看来都是无益的浪费精力，是耗费很多火药的无用空炮。至于弗拉西奇狂热地相信自己思想的非凡诚实和完美无缺，他则觉得是天真的，甚至是病态的；弗拉西奇一生都把渺小和崇高混淆在一起，愚蠢地结了婚，并认为这是丰功伟绩，以及后来跟一些女人接近并认为是某种思想的胜利——这一切简直是无法理解的。

可是伊瓦申仍然喜欢他，感到他身上有一种力量，他不知为什么从来都没有勇气反对他。

弗拉西奇为了在雨声和黑暗中畅谈坐得很近，已咳嗽了一声，准备像讲结婚历史那样长篇大论地讲什么，可是伊瓦申没有耐心听了。他想着马上要见妹妹。

"是的，你在生活里不走运。"他柔和地说，"不过，请原谅，我们离开主题了。我们谈的不是应谈的话题。"

"不错，不错，真是这样。那就谈主题吧。"弗拉西奇说完，站了起来，“我对你说，伊瓦申：我们是问心无愧的。我们没有举行婚礼，但我们的婚姻是完全合法的。这不用我证明，也不用你来听，你跟我一样，也有自由思想，谢天谢地，在这个问题上我们不可能有分歧。至于我们的未来，那不应当使你担心。我要汗流浃背，废寝忘食——一句话，竭尽全力使季娜幸福。她的生活将是美满的，你会问我能否做到这点，我能，老弟！当一个人每一分钟都想着同一件事情时，他不难达到他想达到的目标。看季娜去吧，必须使她高兴一下。”

伊瓦申的心跳起来了。他站起来，跟着弗拉西奇到了前厅，从前厅到了大厅。这个阴沉的大房间里只有一架钢琴和一排镶着青铜饰物的从来没人坐的老式椅子。钢琴上点着一支蜡烛。他们默默地穿过大厅，进了餐厅。餐厅里也是空荡荡的，不舒适；房间中央摆着一张由两半拼成、六条腿的圆桌，也是只点着一支蜡烛。放在一个像神龛似的罩子里的座钟时针指着两点半。

“季娜，哥哥来啦！”

马上传来一阵急促的脚步声，季娜走进餐厅。她身材修长丰腴，脸色苍白，跟她最后一次在家见到她时一样，穿黑裙子，红上衣，腰间扣着一个大扣环。她一手抱着哥哥，吻了吻他的鬓角。

“多大的雷雨啊！”她说，“弗拉西奇不知到哪儿去了，全家只剩下我一个人。”

她没有难为情，看哥哥的眼神坦诚明澈，像在家里一样。伊瓦申看着她的神色，自己也不再感到忐忑不安了。

“你不是不怕雷雨吗？”他坐到桌子旁边说。

“不错，可是这儿这么些大房间、老房子，一打雷，像餐具柜似的咯吱咯吱乱响。一般说来，这座房子很可爱。”她坐到哥哥对面继续说，“每一个房间都有一段令人愉快的回忆，你瞧，我的房间是弗拉西奇的祖父用枪自杀的地方。”

“八月会有钱，我要修一下花园的厢房。”弗拉西奇说。

“不知为什么雷雨的时候想起了祖父来了。”季娜继续说，“在这个餐厅里当年曾打死过一个什么人。”

“这是真的。”弗拉西奇证实地说完，用大眼睛看了看伊瓦申，“四十年代，这座庄园曾出租给一个姓奥利韦尔的法国人。他的女儿的画像至今仍然扔在阁楼上。她很漂亮。据我爸爸讲，这个法国人瞧不起俄国人，认为他们愚昧，随心所欲地欺负他们。例如，他要求神甫从他门口过时，半俄里之外要摘掉帽子；再例如，奥利韦尔家族从村中穿过时，教堂要敲钟。对待农奴以及一般平民百姓当然就更不客气啦。一天有个像果戈理笔下的神学生霍马·布鲁特[1]的流浪汉从这儿路过，请求借宿，管家喜欢他，就把他留在账房里工作。有各种说法，有人说这个神学生煽动农民造反，有人说奥利韦尔的女儿爱上了他。我不知道哪种说法对，反正有一天傍晚奥利韦尔把他叫到这儿来审问，后来就吩咐人打他。瞧，奥利韦尔就坐在这张桌子后面喝葡萄酒，看着马夫们打神学生。大概是逼他招供来着。早晨神学生被折磨死了，尸体被藏到了什么地方。据说是扔到科尔托维奇的池塘里去了。事发以后，法国人花了几千卢布买通关节，躲到法国阿尔萨斯去了。恰好租期已满，事情就这么了结了。”

“多坏的人哪！”季娜说完哆嗦了一下。

“我爸爸既记得奥利韦尔，也记得他的女儿，说他女儿是个绝色美人，但性情古怪。我想神学生是两样全干了：既煽动了农民，又引诱了他的女儿。也许他根本就不是什么神学生，而是个微服私访的什么人。”

季娜沉思起来：看样子神学生和漂亮法国姑娘的故事把她的想象力引向了远方。伊瓦申觉得她的外貌这一个星期丝毫没有改变，只是脸色稍微苍白了些。她看上去安详随便，像跟哥哥到弗拉西奇家里来串门似的。伊瓦申觉得自己身上倒是发生了什么变化。真是这样，以前她在家的时候，他什么都能跟她讲，如今竟连“你生活怎样？”这么一个简单问题都难以提出。这个问题好像不便提，不用

① 果戈理小说《维》里的主人公。

提。大概她也发生了同样的变化。她没有急于谈妈妈，谈家里情况，谈跟弗拉西奇的恋爱史；她没有辩解，没有谈自由同居比正式结婚强；她没有激动，在平静地思考着奥利韦尔的故事……为什么突然谈起了奥利韦尔来?

“你们俩肩膀都叫雨浇湿了。”季娜说完，高兴地笑了笑；她被哥哥和弗拉西奇之间的这个小小的共同点打动了。

伊瓦申感到了自己处境的可悲和可怕。他想起了空荡荡的家，盖上了的钢琴和季娜明亮的房间——如今这个房间再也没有人进了；他想起了花园林荫路上已经没有小脚印了，喝晚茶前已没有人大声笑着去河里洗澡了。他从极小的时候就越来越眷恋的一切——坐在闷气的小学教室或大学课堂里喜欢想的一切——明丽、洁净、欢乐，使家里充满生气和光明的一切，都已一去不返了，消失了，同什么营长、大度的准尉、淫荡的婆娘、自杀的祖父等人的粗俗故事混到一起了。开始谈妈妈或者以为往事可以挽回，那就是意味着对昭然若揭的事情并不理解。

伊瓦申的眼里充满泪水，放在桌子上的手颤抖起来。季娜猜到了他在想什么，眼睛也红了，闪着光芒。

“格里戈里，来一下！”她叫了弗拉西奇一声。

他们俩走到窗前，开始低声谈起什么来。根据弗拉西奇弯腰对着季娜以及季娜看他的神色，伊瓦申再一次明白了：一切都已无可挽回地完了，什么都没有必要谈了。季娜出去了。

“唉，老弟。”弗拉西奇沉默了一会儿，搓着手微笑着说，“我方才说我们生活幸福，不过这是服从所谓文学要求。其实幸福的感觉还没有呢。季娜总是在想你，想妈妈，感到痛苦；看到她那痛苦的样子，我也感到痛苦。她是个自由、勇敢的人，可是，你知道，没有习惯是困难的，况且她还年轻；下人称呼她小姐，似乎无所谓，可是却使她激动。唉，老弟。”

季娜端来满满一盘子草莓。她身后跟进来一个小使女，看上去老老实实的，被折磨傻了。她往桌子上放了一坛子牛奶，低低地鞠了一躬。她跟古老的家具有一种共同的神色，那就是同样的麻木而乏味。

雨声已听不到了。伊瓦申吃着草莓，弗拉西奇和季娜默默地看着他。进行没有必要但又不可避免的谈话的时刻到了，三人都感到了它的压力。伊瓦申眼里又充满了泪水；他推开盘子，说他该回去了，要不，太晚了，而且还可能下雨。季娜出于礼貌该谈谈家人和自己的新生活了。

“家里怎样？”她急速问道，苍白的脸颤抖起来，“妈妈怎样？”

“你了解妈妈……”伊瓦申答道，眼睛没看她。

“彼得，你对发生的事情考虑很久，”她拽着哥哥的衣袖说，他明白了她说这话心情多么沉重，“你考虑很久，告诉我，能不能指望妈妈有一天会跟弗拉西奇和解……接受这种状况？”

她站得离哥哥很近，脸对着脸；他惊讶地发现她那么漂亮，他以前竟没有觉察这一点；脸长得像妈妈那么娇嫩文雅的妹妹竟会在弗拉西奇家里跟弗拉西奇住在一起，傍着神情麻木的小使女和六条腿桌子，生活在曾经打死过人的房子里，现在竟不跟他一起回家，而要留下过夜——他觉得这一切荒谬得叫人无法想象。

“你了解妈妈……”他说，没有回答她的问题，“我看，应该遵守……做些什么，请求她宽恕……”

“可是请求宽恕，这就是说要假装承认我们行为恶劣。为了安慰妈妈，我愿意说假话，可这不会有任何结果。我了解妈妈。唉，听天由命吧！”季娜高兴起来，因为最令人不快的话已说完了，“等五年十年再看上帝的安排吧，等得了。”

她挽起哥哥的手臂穿过昏暗前厅的时候，她靠到他的肩膀上。

到了门口，伊瓦申告辞后，骑到马上，缓缓走起来，季娜和弗拉西奇跟着去送他。寂静，温暖，空气里弥漫着美妙的干草味儿；天上云彩与云彩之间闪烁着亮晶晶的星星，曾经见过那么多悲惨故事的弗拉西奇家的古老花园如今裹在夜幕里睡着了，不知为什么从里面穿过时令人感到伤感。

“我今天午饭后跟季娜度过了几分钟真正愉快的时光！”弗拉西奇说，“我给她读了一篇关于移民问题的好文章。老弟，你读读，你必须读！文章在诚实方面很出色！我忍不住写了一封信通过编辑部转给作者。只写了一句话：‘谢谢，紧握您的诚实的手！’”

伊瓦申想说：“不是本行的事，不要多嘴！”但没有说。

弗拉西奇走在右马镫旁边，季娜走在左马镫旁边。他俩好像忘了需要回家了，天气潮湿，离科尔托维奇的树林已经不远。伊瓦申觉得他们在期待他什么，尽管他们自己也不知道期待什么，他感到非常可怜他们。现在他俩温顺地若有所思地走在马的两旁，他深信他们是不幸的，不可能幸福，他觉得他们的爱情是一个可悲的无法改正的错误。由于可怜他们以及意识到自己爱莫能助，便心软起来，为了表示同情，愿意做出任何牺牲。

“我以后要到你们这儿过夜。”他说。

但这像他在做出让步，他感到意犹未尽。当在科尔托维奇树林旁边停下告别的时候，他弯腰触了季娜的肩膀一下，说：

“季娜，你对，你做得好！”

为了不再说什么、不放声大哭起来，他打了马一下，跑进树林里去了。跑进黑影里以后，他回头看了一下，看见弗拉西奇和季娜在顺路往家走，弗拉西奇迈着大步，季娜在旁边连蹦带跳地紧跟着他——他们在热烈地谈着什么。伊瓦申心想：“我是个老太婆，来解决问题，却把问题搞得更复杂了。唉，管它呢！”

他心情沉重，出了树林，慢慢骑到池塘旁边停下马来。他想静静地坐下想想。月亮已升起来了，另一侧的池水里映出了一条红色的光柱。远处传来隐隐的雷声。伊瓦申目不转睛地凝视着池水，想象着妹妹的绝望神情、痛苦的苍白脸色和枯涩的眼睛——她将用这两只眼睛对人们掩饰自己的屈辱。他想象着她怀孕，妈妈去世，葬礼，季娜的恐惧……自负、迷信的老太婆的最后结果一定是死，未来的可怕情景在他面前的黑暗光滑的水面上描绘出来，在苍白的女人身影中间，他看到了自己——怯懦软弱，一脸愧色……

池塘右岸一百步远的地方立着一个黑糊糊的东西，不知是人还是高树墩子。伊瓦申想起神学生被打死扔进这个池塘里。

“奥利韦尔的行为是惨无人道的，但他总算用某种方式解决了问题，可我却什么问题也没有解决，只是把问题搞复杂化了。”他看着像幽灵似的黑影想道，“他说的和做的都是他想的。我说的和做的却不是我想的。说实话，我并不确切知道我在想什么……”

他走到黑影跟前：这原来是什么建筑物残留下的一根旧的烂木桩子。

科尔托维奇的树林和农庄散发着铃兰和蜜草的芬芳。伊瓦申骑马走在池塘边上，忧伤地凝视着水面，回忆着自己的生平，深信：迄今为止他说的和做的都不是他想的，人们对他也是这样，因此他现在觉得全部生活昏暗模糊，就像这倒映着夜空、长满水草的昏暗池水一样。他觉得这是无法改正的。

六号病房

1

医院院子里有一座小房，周围长满了茂密的牛蒡、荨麻和野生大麻。房盖生锈，烟囱半倒，门口的木头台阶已腐烂，长出了青草，墙上抹的灰只剩下了痕迹。这座小房的正面对着医院主楼，背后是野地，跟野地中间隔着一道医院的灰色板墙。板墙上钉着钉子，钉尖朝上竖着，因此这板墙以及这座小房便有一种特殊的阴森可怕的外表，这种外表只有医院和监狱才会有。

要是您不怕被荨麻扎伤的话，那我们就沿着狭窄的小路到小房去看看里面在干什么吧。打开第一道门，我们就进了门斗。这儿靠墙和炉子周围堆着医院扔的破烂儿。床垫、破旧的工作服、住院患者穿的裤子和带蓝条纹的上衣、毫无用处的破鞋——这些东西乱七八糟地堆在那里，盘绕在一起，腐烂着，发出令人窒息的气味。

看守尼基塔总叼着烟斗躺在这堆垃圾上，他是个退伍老兵，红色袖章已褪成了褐红色。他的脸严厉而枯瘦，两道浓眉低垂着，使他脸上的表情显得像草原牧羊犬似的，鼻子通红，个子不高，看上去瘦骨嶙峋的，可是举止却令人望而生畏，拳头很有力量。他是这么一种人，这种人头脑简单、忠实可靠、服从命令、麻木不仁，最喜欢秩序，因此深信必须揍“他们”。他打脸，打胸膛，打后背，碰到哪儿打哪儿，他相信：不这样，这儿就不会有秩序。

接着，您就进入一个宽敞的大房间——整座小房除了门斗就是这么个房间。墙上刷着灰暗的浅蓝色，天花板熏得黢黑，像没有烟囱的农舍似的，显然炉子冬天倒烟，有时煤气熏人。窗户因为安了铁栅，所以从里面看很难看。地板是灰色的，毛刺很多。屋里有酸白菜味儿、煤油烟味儿、跳蚤味儿和尿臊味儿。这种臭味给您一种印象，使您觉得好像是进了动物园似的。

屋里摆着一些床，床腿都是用螺丝拧在地板上的。床上有一些人坐着或躺着，他们穿着住院患者穿的蓝色睡袍，戴着老式睡帽。这是一些疯子。

他们一共五个人。只有一个出身贵族，其余都是小市民。紧靠房门的是一个又高又瘦的小市民，棕红色的胡子闪着亮光，眼睛刚刚哭过，双手支着头坐在那里，眼睛呆呆地盯着一个地方。他没日没夜地伤感，摇着头叹气苦笑，很少参加别人的谈话，对问题一般不回答。给东西吃或喝的时候，他木然地吃喝。根据使他痛苦得直哆嗦的咳嗽、瘦削和脸上的红晕可以断定，他开始患上了肺病。

他旁边是一个活泼爱动的小老头儿，长着稀疏的山羊胡子和黑人似的黑色鬈发。白天他在病房里从一个窗户到另一个窗户来回踱步，或者盘腿坐在床上像红腹灰雀似的不停地打口哨、低声唱歌和嘻嘻笑。他夜里起来向上帝祈祷——捶胸、挠门——的时候也表现出来孩子般的快活和活泼的性格。此人是个傻呵呵的犹太佬，叫莫伊谢卡，二十年前他的帽子厂着火的时候疯的。

住在六号病房里的所有患者只有他一个人可以离开房间，甚至离开医院的院子到街上去。这种特权，他享受好久了，大概是因为他是老患者、平和无害的傻子、全市的小丑吧——在街上被孩子和狗围着，市民们已看惯了。他穿着寒碜的睡袍，戴着可笑的睡帽，穿着便鞋，有时光着脚，不穿长裤，走在大街上，在大门口和店铺前面停下来要小钱儿。一个地方给他克瓦斯，第二个地方给他面包，第三个地方给他几个小钱，因此一般说来他回来的时候又饱又富，而带回来的东西都被尼基塔据为己有了。这个老兵做法很粗暴，气哼哼地把犹太佬的衣袋全翻过来，并且要上帝作证，说他以后永远不放犹太佬上街了，说世界上他最恨的就是没有秩序。

莫伊谢卡喜欢为别人做事。他给病友端水，病友睡着的时候给他们盖被，答应上街给每人带回来一个戈比，给每人缝一顶睡帽；他还用羹匙喂他左侧床上患瘫痪的病友吃饭。他这样做，不是出于同情心以及任何人道性考虑，而是不由自主地仿效右侧病友格罗莫夫。

格罗莫夫是个三十三岁的男子，贵族家庭出身，当过法警，曾是十二级文官，得的病是被害狂。他要么蜷着腿躺在床上，要么在地上来回踱步，好像为了运动；他很少坐着。他总是激动、不安、紧张，模模糊糊地担心什么。门斗里稍有动静，或者院里有人喊叫，他就会抬起头来谛听：是否是人们来抓他？是否是人们在搜捕他？这时他脸上的神情是极其不安而厌恶的。

我喜欢他那宽阔的高颧骨的脸膛儿。他的脸色总是苍白的，神情总是不幸的，这脸像镜子一样反映着他那饱受不安和惊恐折磨的心灵，脸上的表情是奇怪的、病态的，可是被深刻真诚的痛苦所笼罩的清秀面容却是聪明文雅的，两眼闪着温暖健康的光芒。我也喜欢他的为人——他有礼貌，殷勤，除了对尼基塔，对所有人都非常客气。不管是谁把纽扣或羹匙掉到地上，他都马上从床上跳起来去帮着捡。每天早晨，他都向病友道早安；睡觉时，他都祝大家安眠。

除了经常处于紧张状态和脸上总带着痛苦表情以外，他的疯还有以下表现：他有时晚上裹着睡袍，全身哆嗦着，牙齿上下敲击着，急速地在病房的墙角之间和病床之间来回走，像是得了厉害的热病。他有时猛然停下来，注视着病友，据此可以断定他有些很重要的话想说，可是显然他考虑到人们不会听他的，或者不会理解他，于是便不耐烦地晃一下头，继续走起来。不过不久想讲的愿望便会战胜各种顾虑，于是他就畅所欲言，激烈热情地讲起来。他讲的话语无伦次，十分激动，像梦呓，断断续续的，不是总能叫人听懂，可是他的话——在词句里和声调里却可以听出一种非常优美的东西。他讲话的时候，您可以看出他既是一个疯子又是一个人。很难在纸上把他的疯话表达出来。他讲的是人的卑劣，是践踏真理的暴力，是大地上终将出现的美好生活，是窗上的铁栅——这些铁栅时时刻刻使他想起暴力者的鲁钝和残忍。结果他的话就像一首由旧的但尚未过时的歌组成的杂乱无章的集成曲。

2

十二年至十五年前在本市最主要的大街上自己的住宅里住过一个姓格罗莫夫的官员。他是个体面富裕的人，有两个儿子，叫谢尔盖和伊万。念大学四年级的时候，谢尔盖得急性肺结核死了。他的死给格罗莫夫家突然遭遇的一连串不幸开了个头儿。葬礼举行了一周之后，他的父亲老格罗莫夫因伪造文件盗用公款被交付法庭审判，不久就得伤寒死在监狱医院里。住宅和全部动产都被拍卖，伊万和妈妈已落得一无所有。

原先父亲在世的时候，伊万在彼得堡念大学，每月收到六七十卢布，不知什么是贫困，如今他却必须彻底改变生活方式了。他从早到晚给人补习功课，抄写材料，仍然必须忍饥挨饿，因为全部收入要寄给妈妈糊口。伊万忍受不了这种生活，他心情消沉，身体衰弱，终于撇开大学学业，回到家里。在家乡这座小城里，他托人在县立小学里找到一个教师位置，但跟同事合不来，而且不受学生欢迎，不久便离开了。妈妈去世了。他有半年没有工作，靠吃面包喝凉水过日子，后来就当了法警。在这个职位上他一直干到因病被解雇为止。

他即使年轻念大学的时候也不像一个健壮的人，总是脸色苍白，瘦削，爱感冒，吃得少，睡得不好。喝一盅葡萄酒，头就会晕，歇斯底里病就会发作。他很愿意接近人，可是由于易怒多疑，跟谁也交不深，他没有朋友。他对本市居民是瞧不起的，说他觉得他们粗鲁无知、饱食终日无所用心是令人厌恶的。他说话音高，声大，热烈，不是义愤填膺，就是惊喜交集，而且总是真诚的。不管跟他谈什么，他都归结为一点： 在这个城市里生活苦闷无聊，社会没有高级情趣，过着一种暗淡空虚的生活，只有暴力、堕落和伪善行为打破它的单调；坏蛋吃得饱，穿得暖，而老实人却忍饥挨饿，因此社会需要创办学校和立论公正的地方报纸、剧院，举办报告会，加强知识界的团结，必须使社会醒悟、震惊。他在对人的论断中只用浓重的黑白两种颜色，不承认其他任何色调；他把人分为好坏两种，没有中间人物。女人和爱情，他谈起来总是兴高采烈，但从来也没有爱上过谁。

尽管他言论偏激，市里的人仍然喜欢他，背后亲切地称呼他：万尼亚[①]。他那种天生的文雅、殷勤、正派、高尚的品质以及他的旧外套、病病歪歪的样子和家门的不幸，都使人对他产生好感，为他惋惜，况且他受过良好教育，博览群书，市民们认为他是个万事通、活词典。

他读书很多。他有时坐在俱乐部里神经质地捻着胡子翻阅杂志和书籍；从他的脸上可以看出来，他不是在读，而是在贪婪地吞。大概可以认为阅读是他的一种病态习惯，因为他不论拿到什么，即使是陈年旧报和旧日历，他读起来都是同样的贪婪。他在家里读书的时候总是躺着。

3

秋天的一个早晨，伊万·格罗莫夫立着大衣领子，拿着执行票穿过泥泞的小街陋巷到一个小市民家里去催讨罚金。他心情忧郁，像每天早晨一样。在一条小巷子里，他遇到了四个拿枪的兵押送两个戴镣铐的犯人。以前他也常常遇到过被押送的犯人，心里不过是觉得同情和尴尬而已，可这次却使他产生了一种特殊的奇怪的想法，他突然不知为什么觉得他也可能被戴上镣铐在泥泞的路上这样被押往监狱。在那个小市民家里办完事，回家的路上在邮局附近，

---

① 万尼亚是伊万的小名，表亲近。

他遇见了一个熟悉的巡警跟他打了个招呼，同他在街上一起走了几步。不知为什么他觉得那巡警的神色可疑。回家后，他整天都在想着犯人和拿枪的兵，一种莫名其妙的惶恐心情使他不能安心看书或集中注意力做什么。晚上，他没有点灯，夜里没睡，一直在想人们可能逮捕他，给他戴上镣铐送进监狱。他知道自己什么罪也没有犯过，而且可以保证将来也永远不会去杀人、放火、盗窃，可是难道无意之中不知不觉地犯罪不可能吗？难道被栽赃诬陷不可能吗？最后，难道审判错误不可能吗？难怪人民千百年的经验教导说：乞讨坐监，谁也难保不沾边。目前这种审判程序，审判错误是很可能发生的，毫不奇怪。对别人的痛苦只有职务关系、工作关系的人，例如法官、警察、医生，日久天长就会习以为常、麻木不仁，对自己的工作对象采取敷衍塞责的态度，即使想不这样做也不可能。从这个角度看，他们跟在房后空地上杀羊宰牛而看不见血的庄稼汉毫无区别。法官要是对人抱着敷衍塞责、漠不关心的态度的话，为了剥夺一个无辜的人的财产权并判他苦役，只需要一种东西，那就是时间。只需要时间履行某些手续——法官是靠履行这种手续领薪俸的——然后就完事大吉。以后你就在这个离铁路线二百俄里的肮脏小镇寻求公道和保护吧！任何暴力，社会都作为明智适宜的必要措施而加以欢迎；任何慈悲行动，例如宣判无罪，都会引起不满、报复的浪潮。在这样的地方寻求公道不可笑吗？

早晨格罗莫夫起床时心惊胆战，前额上冷汗淋淋，已完全相信随时会有人来逮捕他了。他想，既然昨天那些忧虑这么久不肯消失，那就是说这些忧虑还是有些道理的。它实际上也是不可能无缘无故钻到脑袋里来的。

一个警察不慌不忙地从窗下过去，这不会是没有用意的。瞧那两个人在房子旁边停下，一声不吱。为什么一声不吱？

格罗莫夫痛苦的日日夜夜开始了。所有从窗下经过或进入院子的人都像特务暗探。警察局长每天中午都坐双套马车从街上过——他这是从郊区庄园上警察局去。可是格罗莫夫却每次都觉得他的车子跑得太快，脸上神情特别：显然他是急于去宣布市里出现了一个很重要的罪犯。格罗莫夫一听到门铃响或敲门声就打哆嗦；在女房东那儿遇到了生人就坐立不安；遇到警察和宪兵就微笑，吹口哨，装出泰然自若的样子。他夜里都通宵不睡，等着来人逮捕他，表面上他却高声打呼噜，喘气，做出睡着了的响声，以便使女房东觉得他是在睡觉，因为不睡觉，那就是受到良心谴责睡不着——这是多有力的罪证啊！事实和逻辑都在使他相信：所有这些恐惧都是胡扯，是心理变态，而且要是看得开一些的话，只要问心无愧，逮捕和进监狱其实也没有什么可怕的。可是他的思索越是聪明越有逻辑性，他的恐惧就越厉害，越使他痛苦。就像一个独居修士想在原始森林里砍出一块空地盖住处，越努力砍，树木长得越茂密越厉害一样。他终于看到，思索无用，干脆不思索，听任绝望和恐惧折磨自己。

他开始闭门谢客，避免见人。工作，他以前就讨厌，如今已干脆无法忍受了。他担心，有人会给他栽赃，偷偷把贿赂塞到他的衣袋里，然后来抓他，或者他无意中在公文里弄出个错误来，被当成作伪，或者丢失别人的钱。奇怪，他的头脑从来没有像现在这样灵活、想象丰富，现在他每天能想象出成千上万种理由来认真地为自己的自由和名誉担心。他对外界的兴趣，其中包括对书的兴趣大大减弱，记性也非常不好了。

春天雪化完以后，在墓地附近的河沟里发现了两具半腐烂的尸体——一个老太婆和一个小孩子——具有他杀的痕迹。市里人们到处都在谈论这两具尸体和逃匿的凶手。格罗莫夫为了不让人们认为他是凶手，走在街上时总是面带笑容；遇到熟人时脸色一红一白地证明说，没有比杀害无人保护的弱者更卑鄙的罪行了。这种言不由衷的表白使他厌倦了，他稍加考虑以后就断定他眼前的处境最好是藏到房东的地窖里。他在地窖里蹲了一天一夜，第二天冻得慌，等到天黑便偷偷地像贼似的溜回了自己的房间。他站在屋子中间一动不动地谛听着外面的动静，直到天亮。早晨，太阳还没有出来的时候，房东那里来了几个炉匠，他很清楚，他们是来改砌厨房炉子的，可是恐惧却提示他，说这是警察化装成炉匠的。他悄悄地溜出家门，心惊胆战地，没戴帽子，没穿外衣便在街上跑起来，几条狗叫着在后面追，身后有个庄稼汉喊什么，耳边呼呼风响，他觉得全世界的暴力都集中在背后追他。

人们把他拦住，送回家，并打发女房东去请医生。医生安德烈·叶菲梅奇（下文就要讲到他）吩咐给他冷敷脑袋，并服用桂樱叶滴剂。然后就伤感地摇了摇头走了，告诉女房东说再不来了，因为没有必要妨碍人发疯。由于家里没有钱维持生活、治病，所以格罗莫夫不久就被送进医院，起初安排他跟花柳病患者住在一起。他夜里不睡，耍脾气，闹得其他患者不得安宁，不久便根据安德烈·叶菲梅奇医生的安排转到了六号病房。

一年后市里已把格罗莫夫彻底忘了；他的书，女房东堆在门口的房檐下面，被孩子们拿光了。

4

格罗莫夫左边的邻居，我已说过，是犹太佬莫伊谢卡；右边的邻居是个几乎胖得滚圆、神情麻木不仁的庄稼汉。这个人不爱动，贪吃，肮脏，早已失去思考和感受的能力。他身上总有一种令人窒息的浓烈臭味。

尼基塔给他收拾的时候狠狠地打他，用尽全身力气，毫不吝惜自己的拳头，十分可怕。可怕的不是打他——这是可以看惯的，而是这个麻木不仁的动物对挨打竟毫无反应，既不出声，也不躲闪，连眼睛也不眨一眨，只是微微晃一晃，像很重的木桶似的。

六号病房的第五个即最后一个患者是个小市民，从前做过邮局的拣信员，是个瘦小的淡黄发男子，神情善良，但有些狡黠。他的眼睛聪明平静，闪着清澈快活的光芒，据此可以断定他是个城府很深的人，有一个很重要的惬意的秘密。他在枕头和褥子下面藏着一个什么东西不肯给人看，这倒不是怕人抢去或偷去，而是不好意思。有时他走到窗前，背对着病友，在胸前戴上什么，低头看看；这时假如有人走过去，他就会感到不好意思，把那东西从胸前扯下来。不过他的秘密并不难猜到。他常对格罗莫夫说：

“祝贺我吧，我得了带星的二级斯塔尼斯拉夫勋章。带星的二级斯塔尼斯拉夫勋章只授给外国人，不知为什么对我格外开恩。”他笑着，疑惑地耸着肩膀，“说老实话，没想到！”

“这方面我一无所知。”格罗莫夫闷闷不乐地说。

“可您知道我早晚要达到什么目的吗？”从前的拣信员狡黠地眯缝着眼睛说，“我一定要设法得到瑞典的北极星勋章。这种勋章值得操劳。白十字黑绶带，很漂亮。”

大概什么地方的生活也不像六号病房这么单调。早晨，除了瘫痪患者和胖庄稼汉以外，都在门斗用大水桶洗脸，用睡袍的下摆擦干，然后用锡杯喝茶——茶是尼基塔从主楼打来的，每人一杯。中午吃酸菜汤和大米饭，晚上吃中午的剩饭。各顿饭之间的空隙就躺着，睡觉，看窗户，踱步。天天如此。连从前的拣信员谈的都是同样的勋章。

六号病房里很少见到生人。医生早就不再接收精神病患者住院了，而爱好参观疯人院的人在这个世界上是不多的。理发师谢苗两个月来一次。关于他怎样给疯子理发，尼基塔如何帮助他以及醉醺醺笑嘻嘻的理发师的每次出现使病人慌乱成什么样子，我们就不提了。

除了理发师，没有人到六号病房来。这些病人命中注定只能天天看见尼基塔。

不过不久前医院里却传开了一条相当奇怪的传闻。

这传闻说医生开始访问六号病房了。

5

奇怪的传闻！

医生安德烈·叶菲梅奇是一个很出色的人。据说他少年时代笃信上帝，立志要当神职人员，可是1863年中学毕业要去进神学院的时候，他父亲——一个内科医生和外科专家——狠狠地嘲笑了他一番，斩钉截铁地声称，他要是去当神甫，就跟他断绝父子关系。这些话究竟可靠到什么程度，我不知道，但是安德烈·叶菲梅奇本人却不止一次地承认他对医学乃至于一般专门科学没有天赋。

不管怎么说，他医学系毕业后没有去当神甫。笃信上帝并无表现，初当医生时跟现在一样，很少像个神职人员。

他的长相笨拙粗鲁，像个庄稼汉；他的脸、胡子、服帖的头发和结实粗笨的身材像一个在大道边上开酒馆的吃得肥胖、放荡不羁、脾气暴躁的老板。他神情严肃，脸上青筋累累，眼睛小，鼻子红；身材高大，肩膀宽阔，手大，脚大；好像一拳能打死一个人似的。可是他的脚步却很轻，走路小心谨慎，在狭窄的走廊里总是先站下给对方让路，而且不是像你预期的那样用低沉的粗嗓门，而是用柔和的细高音调说："对不起！"他脖子上有个小瘤子，因此他不能穿浆过的硬领衬衫，总是穿柔软的麻布或花布衬衣。总之，他的穿着不像医生。一套衣服，他能穿十来年。新衣服，他一般都在犹太佬的小铺里买，穿到身上像已被人穿过、皱皱巴巴的，跟旧的一样。他接待患者也好，吃饭也好，做客也好，都穿这一套衣服。这倒也不是因为他吝啬，而是因为他对自己的仪表毫不在意。

他来本市医院就职的时候，这个"慈善机构"正处在可怕的状态。病房里、走廊里、院子里，到处臭气熏人。医院的勤杂人员、护士以及他们的孩子们在病房里跟患者睡在一起。患者抱怨蟑螂、跳蚤、老鼠太多，使他们不得安身。外科丹毒不断。全院只有两把手术刀，没有体温计；浴盆里放着土豆。总务主任、被服管理员和医士掠夺患者的钱财，而前任医生据说暗中出卖医院的酒精，诱迫护士和女患者供其淫乐，人数之多，堪与苏丹的后宫相比。市里对这种乌七八糟的情况非常清楚，甚至还加以夸大，可是却安之若素。一些人的理由是住院的都是小市民和庄稼人，他们不可能不满意，因为家里的居住条件远远赶不上医院，总不能给他们榛鸡吃吧！另一些人的理由则是：没有地方自治局的资助，本市无力维持一个好医院；尽管不好，总算有一个嘛。而年轻的地方自治局既没有在市里开医院，也没有在附近什么地方开，借口是市里已经有一个医院了。

安德烈·叶菲梅奇视察完医院后，得出结论，认为这个机构是不道德的，对居民的健康极为有害。在他看来，目前能采取的最明智的办法，就是放出患者，关闭医院。不过他认为，要做到这一点，只有他的愿望还是不够的，而且这样做也是徒劳无益的。身心的污秽，从一个地方被赶走，可以到另一个地方去。必须等它自行净化。况且人们既然开了医院并能容忍它，那就是说，他们需要它；偏见和生活中的污泥浊水也需要，因为它们逐渐会变成有用的东西，正像粪便会变成黑土一样。世界上没有一种好东西其原始形态是不肮脏的。

安德烈·叶菲梅奇就职后对秩序混乱显然是采取了相当漠视的态度。他只是请医院勤杂人员和护士不要在病房过夜，并安放了两个医疗器械柜。总务主任、被服管理员、医士和外科丹毒仍保持原状。

安德烈·叶菲梅奇非常喜欢智慧和诚实；可是要在自己周围建立一种有智慧的诚实的生活，他却缺乏魄力，也不相信自己有这种权利。命令、禁止、要求，他根本不会。好像他已立誓永远不提高嗓门说话，不使用命令式，说“给我”、“拿来”，他觉得难以启齿；想吃什么的时候，他先犹犹疑疑地咳嗽一声，才对厨娘说“请费神给我弄杯茶”或者“劳驾给我弄顿午饭吃”。告诉总务主任不要再偷，或者把他赶走，或者干脆废除这个无用的职位——对此他简直是无能为力的。当人们欺骗他、奉承他或者拿一张明显的假发票叫他审批的时候，他脸红得像龙虾，心里感到内疚，但他还是在假发票上签了字；当患者抱怨吃不饱或者护士态度粗鲁时，他感到难为情，惭愧地咕哝道：

“好，好，我一会儿处理……大概这里面有误会……”安德烈·叶菲梅奇起初工作是很努力的。他从早晨到吃午饭前接待病人，做手术，甚至接生。女士们说他很细心，极其善于猜测病症，特别是对儿科和妇科疾病。可是时间一长，工作的单调和明显无用却渐渐使他感到无聊了。今天接待了三十个患者，明天一瞧，却来了三十五个，后天则来了四十个。天天如此，年年如此，市内的死亡率并未下降，病人不断地来。从早晨到吃午饭前对四十个来院就诊的患者给予认真的诊治是力不从心的。这就是说，不得不进行欺骗。一个统计年度里接待了一万二千个患者，简单说，就是欺骗了一万二千人。收留重病患者住院按科学规则治疗，也办不到，因为有规则，但却没有科学。要是撇开哲学议论，像其他医生那样认真按规则治疗的话，那首先需要的是清洁和通风而不是肮脏，是健康饮食而不是发臭的酸白菜，是好助手而不是窃贼。

而且干吗去妨碍人们死呢，既然死是每个人正常的合乎规律的结局？一个小贩或官吏多活个五年十年又有什么用呢？如果说医学的目的在于用药物减轻病痛，那就不由得要问：干吗要减轻病痛？第一，据说病痛可以使人完善人格；第二，假如人类真的学会用药丸药水减轻自己病痛的话，那他就会完全抛开宗教和哲学——迄今为止人类在宗教和哲学里不仅找到了逃避各种灾难的庇护所，而且甚至找到了幸福。普希金[①]临死前遭受了可怕的痛苦，可怜的海涅[②]在床上瘫痪了好几年，为什么一个普通人不能病一病？——他们的生活本来就没有内容，要是没有病痛，他们的生活就会是一片空虚，像变形虫一样。

在这种想法的压抑下，安德烈·叶菲梅奇灰心丧气，就不每天到医院去了。

---

① 普希金（1799—1837），俄国大诗人，因决斗胸部受重伤，两天后死去。

② 海涅（1797—1856），德国大诗人，因脊髓病瘫痪在床八年，直至去世。

6

安德烈·叶菲梅奇的日常生活是这样的：通常八点起床，穿衣，吃早饭；然后坐在书房里读书或去医院。医院又窄又暗的小走廊里坐着一些门诊病人，等着看病。医院的勤杂人员和护士穿着皮靴在砖地上踏出橐橐的响声从他们身旁跑过去，穿着住院服的瘦弱的病人从这儿走过去——抬过去几个死人——端过去便盆——孩子在哭——刮着过堂风。安德烈·叶菲梅奇知道，这种环境对热病患者、肺病患者乃至于一般敏感患者都是难以忍受的，可是有什么办法呢？在诊室里迎接他的是他的助手谢尔盖·谢尔盖伊奇——一个小个儿胖子，脸胖乎乎的，刮得溜光，洗得干干净净的，举止文雅，穿一套肥大的新西装，与其说像个医士，不如说像个议员。市里找他私下看病的人很多；他打着白领带，认为自己比医生懂行，医生根本没有实践经验。诊室墙角神龛里供着一个很大的圣像，一盏笨重的长明灯，旁边放着一个用白罩罩着的高烛台；墙上挂着一些高级僧侣的画像、圣山修道院全景和用干矢车菊扎的刷子。谢尔盖·谢尔盖伊奇是虔诚教徒，喜欢隆重宗教仪式。圣像是他出钱安装的；礼拜日，他就吩咐一个患者在诊室里朗诵赞美歌，朗诵完后，他就亲自提着长链香炉到各个病房去摇炉散香。

病人多，时间少，因此诊治只能限于简短问问，给一点氨搽剂或蓖麻油之类的药物。安德烈·叶菲梅奇坐在那里，用一个拳头支着脸腮在想什么，机械地提着问题。医士坐在旁边，搓着手，偶尔插一句话：

“我们生病，受穷，都是因为我们没有好好地向慈悲的主祈祷。不错！”

接待患者的过程中，安德烈·叶菲梅奇不做任何手术；他早已不习惯做手术了。他看到血觉得心情不好。当他需要小孩张开嘴看看嗓子而小孩哭叫着用小手儿抵挡的时候，他就被吵得头晕起来，眼睛里流出泪水。他急忙开完药，挥手让婆娘快把孩子抱走。

病人的怯懦糊涂、医士的宗教插话、墙上的画像以及他已翻来覆去提了二十多年的问题，很快就使他厌倦了。于是他看完五六个病人就走开，剩下的就由医士来看。

安德烈·叶菲梅奇惬意地想道，谢天谢地，他早已不私下给人看病了，因此没有人来打搅他，回到家里，立即坐到书房桌子旁边读起书来。他读得很多，而且总是兴趣盎然。薪俸的一半用到买书上了，家里六个房间有三个堆满了书和旧杂志。他最喜欢读历史哲学书刊；医学方面，他只订了《医生》——这种杂志，他总是从后往前读。每次读起书来都是连续几个小时不休息，他并不感到疲倦。他读书不像当年格罗莫夫那么如饥似渴地，而是慢慢腾腾地，细心琢磨，常常在喜欢或不懂的地方停下来。书旁边总放着一个装着伏特加酒的小坛子和酸黄瓜或渍苹果——这些东西都不是放在盘子里，而是直接放在呢子桌布上。每隔半个小时，他就一边眼睛不离开书，一边给自己倒一盅伏特加酒，喝完以后眼睛看着书摸一根黄瓜咬一小口。

下午三点，他小心翼翼地走到厨房门口咳嗽一声，说：

"亲爱的达里娅，让我吃午饭吧……"

吃过做得相当马虎肮脏的午饭后，安德烈·叶菲梅奇就把双手交叉抱在胸前在屋里踱步沉思。钟打了四下，后来打了五下，他仍然在踱步沉思。厨房的门偶尔吱呀响一声，达里娅那张睡意蒙眬的红脸从门里探出来问道：

"安德烈·叶菲梅奇，该喝啤酒了吧？"

"不，还不到时候……"他答道，"等一等……等一等……"

傍晚一般是邮局局长米哈伊尔·阿韦里亚内奇来访。他是全市惟一一个使安德烈·叶菲梅奇不感到讨厌的人。他当年曾是一个很有钱的地主，在骑兵团里服役，后来破产，垂暮之年进了邮局。他神采奕奕，花白胡子茂密漂亮，举止文雅，说话声高悦耳。他为人和善热情，但脾气暴躁。当顾客在邮局提出抗议，不同意某种做法或者只不过是发表些看法时，他就会脸红脖子粗地全身哆嗦起来，大发雷霆，喊道：“住嘴！”因此邮局早就被人们看成一个令人望而生畏的衙门。邮局局长敬爱安德烈·叶菲梅奇有教养、人品高尚，而对其他市民则予以傲视，好像他们是他的下属似的。

“瞧，我来了！”他进门说，“您好，亲爱的！我大概使您厌烦了吧？”

“相反，非常欢迎！”医生答道，“永远欢迎您来。”

两个朋友坐到书房沙发上默默地吸了一会儿烟。

“亲爱的达里娅，给我们来点儿啤酒喝吧！”安德烈·叶菲梅奇说。

第一瓶啤酒也是默默喝完的。医生沉思着，邮局局长一副喜滋滋的神气，好像肚子里有什么很有趣的事情要讲似的。谈话总是医生先开始。他摇着头，不看交谈者的眼睛（他从来不看交谈者的眼睛），慢腾腾地低声说：

“遗憾，我深感遗憾，尊敬的米哈伊尔·阿韦里亚内奇，我们市里没有一个人善于并且喜欢进行有智慧有风趣的谈话。这对我们来说是个巨大的损失。甚至知识分子也摆脱不掉庸俗习气。我认为他们的品格丝毫不比下等人高。”

“完全正确。我赞成您的看法。”

“您清楚，”医生慢条斯理地说，“在这个世界上，除了人类智慧的崇高精神表现以外，任何事物都是藐小无趣的。智慧在动物与人之间划了一道明确的界线，暗示着人的神授天性，在某种程度上甚至代替了人的实际上并不存在的永生。因此，智慧是惟一可能的欢乐源泉。我们在自己周围看不到智慧，这就是说我们被剥夺了欢乐。的确，我们有书，但这跟生动的谈话和交往是完全不同的。要是打个不完全成功的比方的话，那书不过是歌谱，而谈话却是歌唱。”

“完全正确。”

一阵沉默。达里娅神色愁闷地从厨房里出来，用小拳头支着脸腮站在门口想听一听。

“唉！”邮局局长叹了口气，“怎么能期待现代人有智慧呢！”

于是他就讲起来从前生活多么好、多么快活有趣，那时的俄国知识分子多么有智慧，多么重视荣誉和友谊。借钱给人家不要借据，认为伙伴需要钱不伸手帮忙是可耻的。讨伐、冒险、战斗多有意思啊，伙伴多好，女人多好啊！高加索是个多么奇妙的地方啊！有个营长的妻子是个奇怪的女人，常穿上军官制服女扮男装傍晚单身骑马到山里去，不带向导。据说是去跟山村里的一个什么大公幽会。

“啊呀，圣母……”达里娅叹了一口气。

“啊，喝得多痛快！吃得多好！自由主义者多么大胆哪！”

安德烈·叶菲梅奇在听着，但什么也没有听进去；他抿了一口啤酒在想什么。他突然打断邮局局长的话，说：

“我常常梦见有智慧的人并同他们谈话。我父亲使我受了极好的教育，可是在六十年代思想影响下①却迫使我当了医生。我觉得，当时要是不听他的话，现在我一定处在思想运动的中心。我大概会是大学什么系的教授了。当然智慧也不是永恒的。不过您知道我为什么喜欢智慧。生活是个令人烦恼的陷阱。当一个有智慧的人达到成熟阶段，获得成熟的认识之后，他就会不由自主地觉得自己好像是在陷阱里，找不到出路。事实如此，他被某些偶然性违反自己的意愿从虚无中唤到世上来……为什么？他想知道自己生存的意义和目的，但人们不告诉他，或者告诉他一些胡话；他敲门，人们不给他开；死神来找他，也是违反他的意志的。正如在监狱里人们有着共同的不幸，聚在一起会感到轻松些；在生活里也是这样：喜欢分析和综合的人聚在一起交换清高自由思想时也会忘记陷阱。在这个意义上讲，智慧是不可代替的欢乐。”

---

① 19世纪60年代是俄国虚无主义兴起的时期，在这种思潮影响下，功利主义、唯物主义、自然科学极为流行。

“完全正确。”

安德烈·叶菲梅奇眼睛不看着交谈者的眼睛，断断续续地继续谈着有智慧的人以及跟他们的谈话，邮局局长注意地听着，不时赞成地说一句：“完全正确。”

“您不相信永生吗？”邮局局长突然问道。

“对，尊敬的米哈伊尔·阿韦里亚内奇，我不相信，没有理由相信。”

“说实话，我也怀疑。尽管我有一种感觉，好像我永远不会死。有时我想，喂，老家伙，该死啦！可是心里却有一种声音说：别信，你不会死！……”

九点一过，米哈伊尔·阿韦里亚内奇就起身告辞。在门斗穿大衣时，他叹着气说：

“命运把我们赶到一个多么偏僻的地方来啦！最令人不平的是还要死在这里。唉！……”

7

送走了朋友以后，安德烈·叶菲梅奇坐在桌子旁边又开始看起书来。宁静的夜晚万籁俱寂，时间似乎也停下来，同医生一起凝神看书；好像除了这书和带绿色灯罩的座灯之外已什么都不存在。医生的粗鲁的庄稼汉似的脸在人类智慧的运动面前渐渐浮现出陶醉欢欣的微笑，“啊，为什么人不能永生？”他想，“为什么要有大脑中枢、大脑回？为什么要有视觉、语言、自我感觉、天才呢，既然这些东西都注定要埋进土里最后同地壳一起冷却并跟地球一起毫无意义、毫无目的地围着太阳转千百万年？为了冷却并在太空中旋转，实在没有必要把具有崇高的几乎神一样智慧的人从虚无中唤到地球上来然后像嘲弄他似的又把他变成尘土。”

新陈代谢！可是用永生这种代用品来安慰自己是多么怯懦啊！自然界进行的无意识的过程还不如人的愚蠢，因为在人的愚蠢里毕竟还有意识和意志，而在自然界的过程里却什么也没有。只有在死亡面前失去尊严的懦夫才能安慰自己，说什么他的肉体将活在草里、石头里、蟾蜍里……在新陈代谢里看到永生也是奇怪的，正如名贵的提琴打碎了，毫无用处了，而去预言琴盒子将具有辉煌未来一样。

时钟打点的时候，安德烈·叶菲梅奇就仰到椅背上，闭上眼睛，以便稍微思考一下。有时在书中读到的好思想的影响下，他回顾一下过去，扫视一下现在。过去是令人厌恶的，最好是不回顾它。现在跟过去一样。他知道，当他的思想跟冷却的地球一起围着太阳转的时候，在医生住宅旁边的医院大楼里一些人正在受着疾病和肮脏环境的折磨；也许谁没有睡着，在同虫类作战；谁感染上丹毒或者因为绷带扎得太紧而呻吟；也许患者在跟护士玩牌喝酒。上一个统计年度里欺骗了一万二千人；医院的全部活动像二十年前一样，都建立在盗窃、倾轧、诽谤、后门、露骨的欺骗上，医院仍然是个不道德的、对居民健康极为有害的机构。他知道，在铁窗后面的六号病房里，尼基塔殴打患者，莫伊谢卡每天在街上乞讨。

另一方面，他也清楚，最近二十五年以来，医学有了童话般的进展。读大学的时候，他觉得医学马上要遭受同炼金术、形而上学一样的命运；如今在他夜读的时候，医学使他感动，使他惊讶甚至狂喜。事实如此，多么出人意料的闪光，多么深刻的革命！在抗菌剂的帮助下，人们在做着伟大的皮罗果夫[①]认为即使在将来[②]也不可能的手术。普通的地方自治局医生都敢进行膝关节切除术，剖腹术的死亡率只是百分之一，而结石病则被认为是小病，连文章都不值得写。梅毒已能根治。遗传说，催眠术，巴斯德[③]和科赫[④]的发现，

---

① 尼·伊·皮罗果夫（1810—1881），俄国著名外科医生。

② 原文为拉丁语。

③ 巴斯德（1822—1895），法国细菌学家、化学家，现代微生物学和传染病学说奠基人。

④ 科赫（1843—1910），德国细菌学家，发现结核杆菌、炭疽杆菌、霍乱弧菌。

卫生统计学，还有我们俄罗斯地方自治局医疗机构呢？精神病学以其现在的疾病分类法和诊断治疗法，同过去相比，简直不可同日而语。如今已不往精神病患者头上浇冷水，不给他们穿紧身衣；给他们人道待遇，据报纸上说，甚至还为他们组织演出和舞会呢。安德烈·叶菲梅奇知道，从目前的观点和要求来看，像六号病房这样卑污的病房只能存在于离铁路线二百俄里的小城市——这儿的市长和地方自治局委员都是无知的小市民，把医生看成祭司，毫无批判地盲目信任，即使医生往患者嘴里灌熔化的锡也决不过问；换个地方，公众和报纸早就把这个小小的巴士底狱①捣得粉碎了。

"那又怎么样呢？"安德烈·叶菲梅奇睁开眼睛问自己，"这产生了什么结果呢？抗菌剂也好，科赫和巴斯德也好，都没有改变事情的实质。发病率和死亡率仍跟原来一样。给精神病患者组织舞会和演出，可是并不放他们出去。这就是说，一切都是胡扯，瞎忙。维也纳最好的门诊医院跟我的医院之间没有任何本质差别。"

可是悲哀和一种类似嫉妒的情感使他不能处之泰然。这大概是疲倦的缘故吧。沉重的头向着书垂下去。他用两手托住脸腮以便轻松些，心想：

"我在为虎作伥，从被我欺骗的人手里领取薪俸；我不诚实。不过我自己什么也不是，无非是不可避免的社会罪恶的一个分子罢了。县里的官吏全都有害，白领薪俸……这就是说，我的不诚实，不怨我，而是怨时代……要是晚生二百年，我会成为另一种人。"

钟敲了三下，他熄了灯，走进卧室。他并不困。

8

两年前地方自治局慷慨解囊，决定每年拨款三百卢布以加强市

① 14—18 世纪法国巴黎的城堡和国家监狱。16 世纪起主要用来囚禁政治犯。1789 年 7 月 14 日巴黎人民起义，攻陷该狱，开始了法国大革命。

立医院医务人员配备，直至地方自治局医院开设为止。因此市里就聘请县医生霍博托夫来协助安德烈·叶菲梅奇。此人很年轻——还不到三十，高身材，黑头发，宽颧骨，小眼睛，大概他的祖先是少数民族。他来到本市时身上一分钱没有，拿着一个不大的破提包，带着一个不好看的年轻女人——他说是他的厨娘。这女人有个吃奶的孩子。霍博托夫戴大盖帽，穿高靿皮靴，冬天穿一件半截皮大衣。他跟医士谢尔盖·谢尔盖伊奇和财务主任混得很熟；不知为什么把其他官员叫做贵族而加以躲避。他家里只有一本书——《维也纳医院1881年度最新临床处方》。他看病时总带着这本书。他每晚在俱乐部打台球——不喜欢打牌，闲谈时最爱用的字眼是“拖延”“双料废话”“别蒙骗”，等等。

他一星期去两次医院，巡视病房，接待患者。医院里没有抗菌剂，放血使用拔血罐，使他愤慨，可是他并不采用新的办法，因为怕得罪安德烈·叶菲梅奇。他认为自己的同事安德烈·叶菲梅奇是个老骗子，怀疑他已贪了很多钱，暗暗地忌妒他。他很愿意取代他的位置。

9

三月末一个春天的傍晚，地上积雪已化净，椋鸟在医院花园里歌唱，医生到大门外面送邮局局长。恰在这时犹太佬莫伊谢卡上街乞讨回来进院。他没有戴帽子，赤脚穿一双小套鞋，手里拿着一个不大的乞讨袋。

“给一个戈比吧！”他冻得哆哆嗦嗦地微笑着对医生说。

安德烈·叶菲梅奇从来不会拒绝别人的请求，给了他一个十戈比银币。他看着犹太佬光着的脚和又红又瘦的踝骨，心想：“这不好。潮湿嘛！”

在一种类似怜悯和责怪的心情支配下，他跟着犹太佬朝六号病房走去，一会儿看看他的秃顶，一会儿看看他的踝骨。尼基塔看到医生进来，立即从垃圾堆上跳起来，立正站好。

“你好，尼基塔。”医生客气地说，“要设法给这个犹太人发一双靴子，要不，他会感冒的。”

“是，先生。我报告总务主任。”

“拜托啦。你用我的名义请求他。告诉他，是我请求他。”

门斗通病房的门开着。格罗莫夫躺在床上，用一个胳膊肘儿支着身子，惊慌地谛听着生人的声音，猛然认出来是医生。他气得浑身哆嗦，满脸通红，凶狠地瞪着两眼，跑到房间中央。

“医生来了！”他喊完，放声大笑起来，“终于来了！各位，祝贺你们，医生大驾光临啦！可恶的坏蛋！”他尖叫了一声——病友们从来没有见过他这么暴怒过，跺了一下脚，“打死这个坏蛋！不，打死便宜他了！在茅坑里淹死他！”

安德烈·叶菲梅奇听到这话，从门斗往病房里看了看，温和地问道：

“为什么呢？”

“为什么？”格罗莫夫喊了一声，威胁地朝他走过去，痉挛地掩着睡袍的衣襟，“为什么？窃贼！”他厌恶地说，嘴唇像要唾似的动了动，“骗子！刽子手！”

“请安静些。”安德烈·叶菲梅奇愧疚地微笑着说，“我向你保证，我从来也没有偷过任何东西；其他方面，您大概过分夸大了。我看，您是生我的气。安静些，如有可能，请冷静地告诉我，您为什么生气？”

“您为什么把我关在这里？”

“因为您有病。”

“是的，我有病。可是几十几百个疯子在外边自由游逛，因为您无知，无法把他们同健康人区分开。为什么我和这些不幸的病友要在这里代人受过，做替罪羊？您、医士、总务主任以及你们医院的全体坏蛋在道德方面比我们每个人都低得无法形容，为什么被关的是我们，而不是你们？逻辑在哪儿？”

“道德和逻辑与此无关。一切都取决于偶然性。关了谁，谁就被关在这里；没有关谁，谁就自由游逛，就是这样。我是医生，您是精神病患者，这跟道德和逻辑都没有关系，纯属偶然。”

“这种浑话我不懂……”格罗莫夫低声说完，就坐到了床上。

尼基塔当着医生的面儿没好意思搜查莫伊谢卡，于是莫伊谢卡就把讨来的面包块、纸币和小骨头摆到床上，冻得浑身仍在哆嗦，嘴里用犹太话唱歌似的很快地念叨着什么。大概他在想象自己开了一间小铺吧。

“放我出去吧。”格罗莫夫说，他的声音颤了一下。

“办不到。”

“为什么？为什么呢？”

“因为我没有权利。您想想，即使我放了您，您能得到什么好处呢？您出去了，市民或警察会把您抓住再送回来呀。”

“不错，不错，的确这样……”格罗莫夫说着擦了擦前额，“可怕！可我怎么办呢？怎么办？”

格罗莫夫的声音和年轻聪明的脸以及脸上的表情使安德烈·叶菲梅奇感到喜欢。他想爱抚爱抚这个年轻人，安慰安慰他。他靠着他坐到他床上，想了想，说：

“您问怎么办？您现在的处境最好的办法就是逃走。不过，遗憾，这也是徒劳无益的。您会被抓住的。社会要想隔离罪犯、精神病患者以及它不得意的人的时候，是不可战胜的。您只有一条出路：承认您留在这里是必需的。”

“可这对谁都没有用啊。”

“既然存在着监狱和疯人院，那就总得有人呆在里面哪。不是您，就是我，不是我，就是别的什么人。等着吧，在遥远的将来，监狱和疯人院会结束自己的存在的，那时候窗上就不会有铁栅，你们也不必穿这种精神病患者服了。当然，这个时代早晚总要来到的。”

格罗莫夫讥讽地笑了笑，眯缝着眼睛说：

“您开玩笑。像您和您的助手尼基塔这样一些先生们，根本不会关心未来。不过，尊敬的先生，您可以相信，美好的时代会到来的！尽管我言辞拙劣，您会见笑，但是新生活的曙光必将升起，真理必胜，我们也会有扬眉吐气的一天！我是等不到啦，会死的，可是谁的曾孙会等到这一天的。我衷心祝福他们，为他们高兴！前进！上帝保佑你们，我的朋友们！”

格罗莫夫眼里闪着光芒站起来，两手伸向窗户，用激动的声调继续说：

“我在铁栅里面祝福你们！真理万岁！我高兴！”

“我看不出有什么值得高兴的特别理由。”安德烈·叶菲梅奇说，他觉得格罗莫夫的动作像演戏，但他很喜欢这种动作，“监狱和疯人院将不会存在，真理，如您所说，必胜，可事情的实质并没有变。自然规律还是一样。人们生老病死将跟现在一样。无论如何壮丽的曙光照亮我们的生活，我们终将被钉进棺材，扔进土坑里。”

“那么永生呢？”

“唉，算了吧！”

“您不相信，可我相信。陀思妥耶夫斯基或者伏尔泰的作品里有谁说过，要是没有上帝的话，人们会虚构出一个来。①我深信，要是没有永生，伟大的人类智慧早晚会发明出一个来。”

“说得好。”安德烈·叶菲梅奇说，“您相信，这很好。怀着这种信仰的人，即使被砌进墙里也会唱着歌儿活下去。请问您是在哪儿受的教育？”

“我念过大学，但没有毕业。”

“您是个有智慧、肯思索的人。在任何环境里，您都会在自己身上找到安慰，进行自由深刻的思维以参透生活奥秘，彻底蔑视人

---

① 法国哲学家伏尔泰原话：“如果没有上帝，那就需要虚构出一个来。”（见《致关于三个僭主的新书作者的信》）在陀思妥耶夫斯基的小说《卡拉马佐夫兄弟》里，伊万·卡拉马佐夫引用此话时补充了一句：“的确，人虚构出了一个上帝。”（见该书第五卷第三章）

世的愚蠢空忙——这是人所知道的两种至高无上的幸福。您可以获得这两种幸福，尽管您生活在铁栅里面。第奥根尼生活在木桶里①，但他比世界上所有帝王都幸福。”

“您的第奥根尼是傻瓜。”格罗莫夫忧郁地说，“您对我提第奥根尼和参透什么生活奥秘干吗？”他突然生气，跳了起来，“我爱生活，热烈地爱生活！我患的是迫害狂，经常受到恐惧的折磨，可是在我受到渴望生活的心情支配的时候，我怕疯。我非常想生活，非常想！”

他激动地在病房里踱了一会儿，降低声调说：

“当我幻想时，有些幽灵来访问我。似乎有些人到我这儿来，我听到说话声、音乐声，我觉得像在森林、海滨散步，我那么渴望忙碌的生活，操劳……请告诉我外边有什么新鲜事儿？”格罗莫夫问道，“外边有什么新闻？”

“您想了解市里的情况还是一般情况？”

“请先讲讲市里的情况。然后再讲讲一般情况。”

“好吧。市里无聊得要命……无人可交谈，也听不到谁说句值得一听的话。没有新来的人。不过不久前来了个青年医生，姓霍博托夫。”

“我在外边的时候他就来了。怎么，他是个粗俗的家伙？”

“不错，是个没有文化修养的人。奇怪，您知道……根据各种情况判断，京城里思想并未停顿，仍在前进，就是说那儿应该有真正的人，可是不知为什么从那儿派到我们这儿来的却都是一些看都不想看的人。不幸的城市！”

“不错，我们这个城市是不幸的！”格罗莫夫叹了口气，笑了，“一般情况怎样？报章杂志上在说些什么？”

病房里已黑了。医生站了起来，站着讲起来国内外报章杂志上

① 第奥根尼（约前404—约前323），希腊哲学家。关于他的传说很多。据说他主张禁欲主义，住在木桶里。

有些什么文章，目前出现了什么思潮。格罗莫夫注意地听着，偶尔提提问题，可是突然像想起了什么可怕的事，抱着头倒到床上，背对着医生。

“您怎么啦？”医生问道。

“您再也听不到我说一句话啦！”格罗莫夫粗鲁地说，“别缠我！”

“为什么呢？”

“我对您说：别缠我！缠我有鬼用？”

医生耸了耸肩膀，叹了口气，出去了。经过门斗时，他说：

“这儿该收拾一下，尼基塔……气味太难闻！”

“是，先生。”

医生在回家的路上想：“一个多令人愉快的年轻人！我到本市以来，这好像是第一个可以谈谈的人。他会思考，关心的也是需要关心的问题。”

他看书以及后来躺到床上的时候，心里总在想着格罗莫夫，第二天早晨一醒便想起昨天结识了一个聪明有趣的人，决定一有机会再去找他。

10

格罗莫夫躺在床上，跟昨天的姿势一样，两手抱头，蜷缩着腿，脸看不到。

“您好，我的朋友。”安德烈·叶菲梅奇说，“没睡吧？”

“第一，我不是您的朋友。”格罗莫夫嘴对着枕头说，“第二，您白费心思：从我嘴里，您一句话也套不去。”

“奇怪……”安德烈·叶菲梅奇尴尬地咕哝道，“昨天我们谈得好好儿的，可是不知您为什么突然生起气来，一下子打断了……大概我哪句话说得不恰当，或者说的哪个思想不合乎您的信仰……”

“等我相信您的鬼话吧！”格罗莫夫说完，从床上爬起来，又是讥讽又是担心地看着医生；两眼通红，“您可以到别处去搞特务活动，套别人的话，在这儿您枉费心机。昨天我就知道您干什么来了。”

“古怪的想法！”医生苦笑了一下，“就是说，您认为我是特务咯？”

“不错，我认为……特务还是被派来套我话的医生反正是一样的。”

“哎呀，您真是个，请原谅……怪人！”

医生坐在他床前的小凳上责备地摇着头，说：

“不过，退一步说，就算您的判断正确，就算我是来搜集您的言论交给警察的，把您逮捕起来，然后判刑。可难道判刑蹲监狱对您来说会比在这儿更糟吗？判您流放乃至于服苦役，难道比关在这间小屋子里更糟吗？我认为不会更糟……干吗害怕呢？”

看来这些话对格罗莫夫起了作用，他安静地坐下了。

已是下午四点多了。这时安德烈·叶菲梅奇通常是在家里踱步，而达里娅则问他是否该喝啤酒了。窗外是晴朗无风的好天。

“我吃过午饭出来散步，顺便来看看。”医生说，“瞧，已经完全是春天啦。”

“现在是几月了？三月吧？”格罗莫夫问道。

“不错，是三月末。”

“外边泥泞吧？”

“不，不很泥泞，花园里已现出小路来了。”

“现在坐马车到郊外走走挺好。”格罗莫夫像刚睡醒似的揉着红眼睛说，“然后回到温暖舒适的书房……并找一个好医生治治头痛……我早已不过人的生活了。这儿龌龊！龌龊得无法忍受！”

昨天激动之后，他神色疲倦，无精打采，不爱说话。他的手指颤抖着，从脸上表情可以看出来，他的头痛得厉害。

“在温暖舒适的书房和这个病房之间，没有任何区别。”安德烈·叶菲梅奇说，“安宁与舒适不在人的身外，而在人的自身。”

“这话是什么意思？”

“普通人都从身外即从马车和书房期望得到安宁与舒适，而有思想的人则期望从自身得到这些。”

“到希腊去宣传这种哲学吧——那儿温暖，还有橙子的香味，这儿气候不适合这种哲学。我跟谁谈过第奥根尼来着？是跟您吧？”

“不错，是昨天跟我。”

“第奥根尼不需要书房和暖和房间；那儿在室外都热。他可以躺在木桶里吃橙子和李子。他要是在俄国，别说十二月，连五月他都会要求进屋。他会被冻得缩成一团。”

“不对，寒冷跟其他任何疼痛一样，可以感觉不到。马可·奥勒留说：‘疼痛是关于疼痛的生动观念：如果加强意志力改变这种观念，摒除这种观念，停止抱怨，那么，疼痛就会消失。’[①]这话是对的，智者或者一般有思想肯思索的人与众不同的地方就在于他蔑视痛苦，永远知足，对任何事情都不惊讶。”

“这就是说，我是白痴咯，因为我痛苦，不知足，对人的卑鄙感到惊讶。”

“您的生气是多余的，要是您肯常常思考，您就会理解使我们不安的身外一切多么微不足道。必须参透生活，只有参透生活才能得到真正幸福。”

“参透……”格罗莫夫皱起了眉头，“身外，身内……请原谅，我不理解这些，我只知道，”他站起来生气地看着医生，说，“我只知道上帝用热血和神经创造出了我！而机体，既然它是有生命力的，它就应当对任何刺激有所反应。我也有所反应！对疼痛，我的反应是喊叫和流泪；对卑劣行为，我的反应是愤慨；对下贱行为，我的反应是厌恶。我认为，这实际上就是所谓生命。机体越低级，就越不敏感，对外界刺激反应就越弱；越高级，就越敏感，对现实

---

① 马可·奥勒留（121—180），罗马皇帝，哲学家。语出其著作《马可·奥勒留·安东尼皇帝关于什么对自己是重要的思索》。

反应就越强烈。怎能不知道这一点呢？医生竟不知道这种粗浅常识！要想做到蔑视痛苦，永远知足，对什么都不惊讶，必须达到这种状态，”格罗莫夫指了指脑满肠肥的胖庄稼汉，“或者用痛苦把自己锻炼到对任何现实都没有反应的程度，也就是换句话说不再是活人。请原谅，我不是智者，也不是哲学家，”格罗莫夫继续激动地说，“对这种理论一窍不通。我不能发表什么看法。”

“相反，您的看法很精辟。”

“您所宣扬的斯多葛派①是些出色的人，可是他们的学说两千年前已经停滞，再没有丝毫进步，将来也不会进步，因为它脱离实际，没有生命力。它只受到少数在旧纸堆里讨生活的人欢迎，大多数人并不理解它。要人们鄙弃财富和舒适的生活、漠视痛苦和死亡的说教，大多数人是不理解的，因为他们从来也未曾有过财富和舒适生活；而漠视痛苦呢，这就是要他们漠视生命本身，因为人的生命就在于能感受饥饿、寒冷、怨恨、损失和像哈姆雷特似的对死的恐惧。生命就存在于这些感受里，你可以以它为负担，仇恨它，却不能漠视它。不错，我再重复一遍，斯多葛派的学说，永远不会有未来；而对疼痛的敏感，对刺激的反应能力……正如您所见到的那样，从古至今却在不断发展。”

格罗莫夫突然失去思路，停下来懊恼地擦了擦前额，说：

“有个重要的看法想说，可是想不起来了。我说什么来着？哦！我想说：有个斯多葛主义者为了舍己救人，竟肯卖身为奴。您瞧，这就是说，连斯多葛主义者对刺激都有所反应，因为要做出像舍己救人这样的慷慨行动来，非有一颗愤慨同情的心灵不可。我在这个监狱里把学过的东西全忘了，否则还能想起什么来。举基督作例子吗？基督对现实的反应是哭泣，微笑，悲伤，愤怒甚至忧愁；

① 古希腊罗马哲学学派。这里指的是晚期斯多葛派，存在于公元1—2世纪，马可·奥勒留是其主要代表之一。该派宣扬宿命论、神秘主义与禁欲主义，主张对神的旨意与不可避免的命运无条件地服从。

他去迎接苦难时脸上并没有带着微笑，没有漠视死亡，他在客西马尼花园祷告，求这苦杯离开他。”

格罗莫夫笑了，坐下继续说：

“就算是安宁和舒适不在人的身外，而在自身吧，就算需要漠视痛苦，需要对任何事情都不惊讶吧，可是您有什么理由来进行这种说教呢？您是智者？是哲学家？”

“不，我不是哲学家，但是每个人都应进行宣传，因为这种学说是明智的。”

“不，我想知道您为什么认为自己有资格劝别人参透生活、漠视痛苦，等等？难道您曾经痛苦过吗？您知道什么是痛苦吗？请问：您小时候挨过打吗？”

“没有，我的父母讨厌体罚。”

“而我父亲打我却很凶。我父亲是个脾气暴躁、有痔疮的官吏，长鼻子，黄脖颈。不过让我们谈谈您吧。您这一辈子没人碰您一指头，没人吓唬您，没人打您；您壮得像牛，您在父亲的羽翼下长大，靠他的钱读书，然后就一下子抓住一个肥缺。您在免费住宅里住了二十多年，有取暖设备、照明设备，有仆人，而且有权随意工作，不工作也无人管。您生性懒散，因此在生活的安排上力求不要任何事来打搅您，推动您。您把工作交给医士和其他坏蛋去做，自己坐在温暖安静的屋里攒钱，看书，思考各种高雅的无聊问题。”格罗莫夫看了看医生的红鼻子，“并且喝酒消遣，一句话，您没见过生活，根本不了解它。对现实只有理论上的认识。您漠视痛苦，对什么也不惊讶，原因很简单：万事皆空啦，身外身内啦，漠视生命、痛苦和死亡啦，参透啦，真正幸福啦——这一切对俄国懒汉来说是最合适不过的哲学。比方说，您看到庄稼汉打老婆。干吗去过问呢？让他打好了，反正他俩早晚都得死；况且打人的人以殴打这种方式侮辱的不是被打者，而是他自己。酗酒是愚蠢的，有失体面，可是酗酒是死，不酗酒也是死。来一个农妇看病——牙痛……怕什么？疼痛是关于疼痛的观念，况且人生在世没有不得病的，早晚都得死，因此，走开吧，农妇，别妨碍我思索、喝酒。年轻人来请教怎么办，如何生活。换个人回答之前要想一想，可您的答案是现成的：努力去参透或去追求真正的幸福。可是这个虚无缥缈的‘真正幸福’是什么？当然是没有答案的。我们被关在这铁窗里受尽折磨，这当然是美好、合理的，因为在这病房和温暖舒适的书房之间没有任何差别嘛，多可人意的哲学啊：既不用做什么，又可心安理得，还可以觉得自己是智者……不，先生，这不是哲学，不是思维，不是眼界开阔，而是懒惰，欺骗，麻醉……不错！”格罗莫夫又生气了，“您漠视痛苦，要是门挤您的手指一下，您会扯着嗓子大叫的！”

“也许不叫呢。”安德烈·叶菲梅奇温和地笑着说。

“不叫！要是您一下子得了瘫痪，或者有个坏蛋倚仗权势当众侮辱了您，您知道他将逍遥法外，那时您就明白该怎样教人去参透并追求真正的幸福啦。”

“颇有独到见解。”安德烈·叶菲梅奇满意地笑着，搓着手说，“您善于综合，令我敬佩。您方才给我做的鉴定简直是辉煌的。说实话，跟您交谈使我得到极大乐趣。我听完了您的高论，现在请听我说……”

11

这次谈话又持续了近一个小时，看来给安德烈·叶菲梅奇留下了深刻印象。他开始每天到这座小房里来，他用早晨和午饭的时间，后来，常常谈到天黑。起初，格罗莫夫不爱理他，怀疑他别有用心，公然对他表露出不欢迎的态度；后来，渐渐习惯了，把冷峻的态度换成了宽容讥讽的态度。

不久医院里就开始传说安德烈·叶菲梅奇医生开始访问六号病房。医士也好，尼基塔也好，护士们也好，谁也不明白：他去干什么，为什么一坐好几个小时，谈些什么，为什么不开处方。他的行为令人觉得奇怪。邮局局长常常在家里找不到他——以前从未有过这种情况。厨娘也感到很不放心，因为医生已不在固定时间喝啤酒，有时连吃午饭都回来晚了。

有一次——这已是六月末，霍博托夫医生有什么事找安德烈·叶菲梅奇，在家里没有找到，就到医院院子里找，人们告诉他，说老医生到精神病患者那儿去了。他进门停在门斗里，听到了这样的对话：

“我们永远也谈不到一起，您无法让我接受您的信仰。”格罗莫夫气恼地说，“对现实，您毫不了解，从来没有受过苦，不过是像水蛭一样靠吸别人的血过日子，而我却从生下来的那一天起一直到今天不断受苦，因此我坦率地说：我认为比您高明，在各方面更有发言权，您没有资格教训我。”

“我根本不想使您接受我的信仰。”安德烈·叶菲梅奇对格罗莫夫不愿理解他感到遗憾，轻轻地说，“问题不在这里，我的朋友。问题不在于您受过苦，我没有。痛苦和欢乐都是暂时的，别谈它们啦。问题在于我们俩都能思维，认为彼此都是善于思维、有见解的人。这一点使我们意气相投，不管我们的观点差别多大。我的朋友，您不知道普遍的无知、无才、鲁钝使我多么厌恶，每次跟您交谈使我感到多么高兴！您是有智慧的人，我欣赏您。”

霍博托夫开了一个门缝，往病房里瞧了瞧：戴着睡帽的格罗莫夫和安德烈·叶菲梅奇医生并排坐在床上，疯子皱着眉头，哆嗦着，掩着睡袍的衣襟；医生一动不动地低头坐在那里，脸通红，一脸无可奈何的忧伤神色。霍博托夫耸了耸肩膀，冷笑了一下，跟尼基塔交换了一下眼色。尼基塔也耸了耸肩膀。

第二天霍博托夫跟医士一起到小房里来了，两人在门斗里偷听了一会儿。从小房里出来以后，霍博托夫说：

“我们的老爷好像完全精神失常了。”

“主啊，怜悯我们这些罪人吧。”笃信上帝的医士说着，小心地绕过水洼，以免把擦得锃亮的皮靴弄脏，“亲爱的霍博托夫先生，老实说，我早就料到了！”

12

此后，安德烈·叶菲梅奇开始发现周围有一种神秘气氛。勤杂工、护士、患者遇到他时都疑惑地打量他一下，然后就低声议论起什么来。总务主任的女儿小玛莎——以前他就喜欢跟她在医院花园里相遇，如今他带着微笑凑过去想摸摸她的小脑瓜时，她却不知为什么跑开了。邮局局长听他说话时已不再说“完全正确”了，而是莫名其妙地感到尴尬，低声咕哝着“嗯，嗯，嗯……”看他的眼神里充满了忧虑；不知为什么开始劝他戒掉伏特加酒和啤酒，不过态度却是委婉的，没有直说，只是加以暗示，一会儿讲有个营长为人极好，一会儿讲有个团里的神甫是个好人，说他们喝酒得了病，可是戒酒以后就完全康复了。同事霍博托夫也来过两三次，劝他戒酒，无缘无故地劝他服用溴化钾。

八月，安德烈·叶菲梅奇接到市长一封信，请他前去商谈一个很重要的问题。他按时到了市政厅，看到驻军首长、县立小学督学、一个地方自治局委员、霍博托夫和一个胖胖的淡色头发绅士——对他介绍说是医生——已在那里了。这个医生姓一个波兰姓，很绕嘴，住在离市区三十俄里的育马场，是从市内路过。大家寒暄完围桌坐下以后，地方自治局委员对他说：

“这是关于贵院的一份申请书。霍博托夫先生说药局在主楼里太挤，需要挪到院子里一座平房里去。挪，当然没有什么，可以挪，可是主要的是平房需要修理。”

“不错，不修理不行。”安德烈·叶菲梅奇想了想说，“例如，要是把拐角的那座平房改成药局的话，我认为至少需要五百卢布，这是一笔非生产性开支。”

大家沉默了一会儿。

“十年前我已有幸报告过一次。”安德烈·叶菲梅奇低声继续说，“这座医院以其现在的样子对本市来说是不量入为出的奢侈品。它是四十年代盖的，当时经费不止这些。市里在修建无用建筑和设置无用职位上浪费钱太多了。我认为，在另外的制度下，这些钱可以够维持两个模范医院的开支。”

“那就让我们建立另外的制度吧！”自治局委员活跃地说。

“我已有幸报告过：把医院交给地方自治局管。”

“把钱交给自治局，地方自治局会偷的。”淡色头发的医生笑起来说。

“照例如此。”自治局委员赞同地说完也笑了。

安德烈·叶菲梅奇无精打采地看了看淡色头发的医生说：

“应当公平嘛。”

大家又沉默起来。端上茶来了。驻军首长不知为什么很尴尬，隔着桌子伸手触了一下安德烈·叶菲梅奇的手，说：

“您把我们全忘了，医生。不过您是个苦行僧：不打牌，也不喜欢女人。跟我们这帮人在一起，您感到无聊。”

大家谈起来一个正派人住在这个城市里会感到多么无聊。没有剧院，也没有音乐演出。俱乐部最近一次舞会上将近二十位女士，只有两个男舞伴。青年不跳舞，总聚在小吃部吃喝或者在一起打牌。安德烈·叶菲梅奇谁也不看，慢慢腾腾地低声说，多遗憾，多么深感遗憾，市民们把精力、心血和才智都浪费到打牌和散布流言蜚语上，而不去进行有趣的交谈和读书，不愿享受智慧给人的乐趣。只有智慧才有趣，值得注意：其他一切都是渺小的，低级的。霍博托夫注意听着同事的话，突然问道：

“安德烈·叶菲梅奇，今天几号？”

得到答复以后，他和长着淡色头发的医生用感到自己无能的考官的腔调开始问安德烈·叶菲梅奇今天星期几，一年有多少天，据说六号病房住着一个出色的先知，是否是真的。

回答最后这个问题时，安德烈·叶菲梅奇脸一红，说：

“不错，这是一个患病的然而有趣的青年。”

再没有向他提任何问题。

在前厅穿大衣的时候，驻军首长把手搭到他肩膀上，叹了口气，说：

“咱们老头子们该休息啦！”

出了市政厅，安德烈·叶菲梅奇明白了方才是组织了一个委员会来鉴定他的神志。他回忆起给他提的问题，脸红了一下，现在不知为什么生平第一次痛惜起医学来。他回忆着刚才两个医生考问他的情形，想道：

“天哪，他们刚刚听完精神病学的课程，刚通过考试，怎么这么无知呢？对精神病学连一点儿概念都没有！”

他生平第一次感到受了侮辱，被惹怒了。

当天晚上邮局局长来了，没有寒暄，便走到他跟前，抓住他的两手，用激动的声调说：

“亲爱的，我的朋友，请您证明您相信我的真诚友谊，认为我是您的朋友……我的朋友！”他不让安德烈·叶菲梅奇开口，继续激动地说，“我喜欢您，因为您有教养，人品高尚，听我说，亲爱的。科学的规则要求医生对您隐瞒实情，我要像军人那样对您直言不讳：您有病了！请原谅我，亲爱的，这是真的，周围的人早就看出来了。方才霍博托夫医生对我说，为了您的健康，您必须休息休息，散散心。完全正确！好极了！我这两天要休假，去嗅嗅别的地方的空气。您证明您是我的朋友，跟我一起去吧！我们一起去把身上的老古董抖掉吧！”

“我觉得自己完全健康。”安德烈·叶菲梅奇想了想说，“我不能跟您去。让我用另外的方法证明我对您的友谊吧。”

莫名其妙地到外地去，离开书，离开达里娅，离开啤酒，完全破坏二十年形成的生活规律——这个主张最初使他觉得是奇怪荒谬的。可是想起在市政厅的谈话以及从市政厅回家的路上所感受的沉重心情，而且离开这座城市并不久——何况这儿的蠢人还把他看成疯子，他便觉得这个主张不错。

“您想上哪儿去呢？”他问。

“上莫斯科，上彼得堡，上华沙……在华沙我度过了一生中最幸福的五年。这个城市绝妙！去吧，亲爱的！”

13

一周后，安德烈·叶菲梅奇收到一项建议。要他休息，即提出辞呈；他对此处之泰然；又过了一周，他同邮局局长已坐邮车去最近的火车站。秋高气爽，天穹蔚蓝，空气清新，远近景色，尽收眼底。到火车站二百俄里路程走了两天，在路上过了两夜，当邮站茶杯没洗干净或套车拖拉的时候，邮局局长就脸红脖子粗地浑身哆嗦着喊道：“住嘴！不许狡辩！”他坐在马车里一刻不停地讲自己在高加索和波兰王国的旅行。冒过多少次险，见过一些什么人物啊！他说话的声音很大，而且瞪着惊奇的眼睛，可以肯定他在瞎编。另外，他讲话的时候，对着安德烈·叶菲梅奇的脸呼气，对着他的耳朵大笑。这弄得医生很不好受，无法聚精会神沉思默想。

到了火车上，为了省钱，他们坐进了三等车一个禁止吸烟的车厢。乘客有一半是衣着整洁的。邮局局长不久就跟大家混熟了。在各个座位上窜着，高声发表着见解，说不该坐这种令人愤慨的火车。周围全是骗子。哪儿赶上骑马呢：一天骑它一百俄里，然后你会感到自己强壮有力，精神饱满。我国歉收是因为把平斯克沼泽地的水排干了。一般说来，混乱得可怕。他激动起来，高声说着，不容别人插嘴。这种无休止的空谈夹杂着高声大笑和生动的手势使安德烈·叶菲梅奇感到厌烦。他气恼地想：“我们俩究竟谁是疯子？是力求不以任何行动打搅乘客的我呢，还是自以为比这儿的人都聪明、有风趣因而不让任何人安宁的这个利己主义者？”

到了莫斯科，邮局局长换上不带肩章的军便服和缝着红绦的军裤。在街上，他戴着军官大盖帽，穿着军大衣，士兵们给他敬礼。安德烈·叶菲梅奇觉得，这个人把当年曾经有过的贵族优秀品质都挥霍光，只剩下坏习气了。他喜欢人家侍候他，甚至在毫无必要的时候。火柴就放在他面前的桌子上，他看到了，可是仍然喊人来递给他火柴；在使女跟前，他竟好意思只穿内衣；对仆人，即使对老人，也一律称“你”，生气时就叫他们笨伯、混蛋。安德烈·叶菲梅奇觉得这是老爷派头，但令人作呕。

邮局局长首先领朋友去了伊维尔教堂。他热烈地祈祷着，深深地鞠着躬，眼里含着眼泪，祈祷完以后，深深地叹了一口气，说：

“尽管不信，可是祈祷完了，心里觉得平静些。吻吻圣像吧，亲爱的。”

安德烈·叶菲梅奇不好意思，吻了吻圣像，邮局局长努起嘴唇，摇着头，低声祈祷起来，他的眼里又出现了眼泪。然后他们到克里姆林宫，看了看炮王和钟王，甚至用手摸了摸，欣赏了莫斯科河对岸的风光，逛了救世主寺和鲁缅采夫博物馆。

他们到捷斯托夫餐厅吃午饭，邮局局长捋着络腮胡子久久地看着菜谱，用惯于把餐厅当做家的美食家的口吻说：

“看看您今天给我们什么吃吧，亲爱的。”

14

医生走着，看着，吃着，喝着，可是却只有一种感受：那就是对邮局局长的不满。他想离开朋友休息一会儿，可朋友却认为自己有义务不放他离开一步，并尽量使他开心。没有什么可看的时候，他就用言谈给他消愁解闷。安德烈·叶菲梅奇忍耐了两天，第三天便对自己的朋友说他病了，想在家里休息一天。朋友说，既然如此，他也留在家里。其实也需要休息一下，要不两条腿受不了。安德烈·叶菲梅奇脸朝里躺在沙发上咬着牙听朋友的高谈阔论。朋友在热烈地向他证明，说法国早晚一定要粉碎德国，说莫斯科骗子很多，说不能根据外表判断马的优点。医生开始耳鸣心跳，可是出于礼貌不好意思请朋友走开或住嘴。幸亏邮局局长觉得在房间里坐着无聊，午饭后上街逛去了。

安德烈·叶菲梅奇剩下一个人就尽情休息起来，一动不动地躺在沙发上而且意识到房间里只有自己一个人，心里感到多舒服啊！没有孤独就不会有幸福。堕落的天使背叛上帝，大概就是因为他想孤独，而天使是不能孤独的。安德烈·叶菲梅奇想思考一下最近几天的见闻，可是邮局局长却不肯离开他的脑海。安德烈·叶菲梅奇懊恼地想：

"他休假同我一起出来是出于友谊、出于好心嘛。再也没有比这种友好的监护更糟的了。你的朋友又好心又慷慨又在使你开心，可你却觉得无聊。无聊得受不了。也有这样一种人，他们讲的总是一些聪明的好话，可你却觉得他们是一些鲁钝的人。"

以后几天，安德烈·叶菲梅奇托病没有出屋。他脸朝里躺在沙发上，要是朋友用言谈给他开心的话，他就忍受着折磨，要是朋友不在呢，他就休息。他恼恨自己出来旅行，恼恨朋友一天比一天话多，一天比一天放肆。他无法把思路集中在严肃崇高的问题上。他恼恨自己的猥琐，想道：

"这是格罗莫夫所说的现实在教训我。不过，无所谓……回到家里，一切都会照旧……"

到了彼得堡，情况也是如此：他整天不出房间，躺在沙发上，只有喝啤酒时才起来。

邮局局长总在催着上华沙去。

"亲爱的，我干吗要去呢？"安德烈·叶菲梅奇用祈求的声调说，"您自己去吧，让我回家吧！求求您啦！"

"无论如何不行！"邮局局长反对说，"那是一座绝妙的城市！我在那儿度过了一生最幸福的五年！"

安德烈·叶菲梅奇生性不会坚持己见，勉勉强强地跟着上了华沙。到了华沙，他仍然是足不出户，躺在沙发上，生自己的气，生朋友的气，生茶房的气——茶房们都顽固地说不懂俄语。邮局局长照样健壮、精神、快活，从早到晚在街上逛，寻找从前的熟人。有几次他没在旅馆过夜。有一次他不知在哪儿过了一夜，一大早回来，神情激动，脸通红，头发也没有梳。他在屋里来回踱着嘟囔了一阵什么，然后停下来说：

“名誉最重要？”

接着又踱了一会儿，抱住自己的头，用悲壮的语调说：

“不错，名誉最重要！让我开始想到上这个鬼地方来的那一刻受到诅咒吧！亲爱的，”他对医生说，“鄙视我吧：我输了！借给我五百卢布！”

安德烈·叶菲梅奇数出了五百卢布，默默地交给了他。他仍然又羞又气，满脸通红，断断续续地发了一阵无用的誓言，然后戴上大盖帽出去了。两个小时以后回来，坐到圈椅上，大声嘘了一口气，说：

“名誉挽回来了！走吧，我的朋友！一分钟我也不想在这个该死的地方呆了。全是骗子！奥地利间谍！”

两个朋友回到家乡的时候，已是十一月，街上铺满厚厚的积雪。安德烈·叶菲梅奇的位置由霍博托夫医生取代。霍博托夫医生仍然住在旧住宅里，等着安德烈·叶菲梅奇回来把医院的住宅倒给他。被他称为厨娘的那个不好看的女人已经住进医院院里一座平房里。

市里流行着医院的新的传闻。据说那个不好看的女人跟总务主任吵起来，总务主任跪在地上爬着求她宽恕。

安德烈·叶菲梅奇到家第一天就不得不开始找房子。

“我的朋友，”邮局局长小心翼翼地问道，“请原谅我提个不礼貌的问题。您手里有多少钱？”

安德烈·叶菲梅奇默默地算了算自己的钱，说：

“八十六卢布。”

“我问的不是这个意思。”邮局局长没明白医生的话，难为情地说，“我问您一共有多少钱？”

“我已经告诉您啦：八十六卢布……就是这些。”

邮局局长认为医生是个诚实高尚的人，但仍然怀疑他起码有两万积蓄。现在听说他一贫如洗，无以为生，不知为什么突然哭起来，抱住了自己的朋友。

15

安德烈·叶菲梅奇搬进了小市民彼洛娃的一座有着三个窗户的小房子里。这座小房共有三个房间，不算厨房。窗户临街的两个房间医生自己住。达里娅和女房东带着三个孩子住在剩下的那个房间和厨房里。女房东的情夫——一个醉醺醺的老粗——来过夜时，夜里大吵大闹，孩子和达里娅都害怕。他一来就坐到厨房里要酒喝，大家都觉得很不舒服，医生可怜孩子们，把吓得直哭的孩子安排到自己房间的地板上睡，这使他得到极大的快慰。

他照旧八点起床，早饭后坐下看旧书、旧杂志。他已经没有钱买新的了。也许因为书是旧的，也许因为环境变了：总之，阅读已不那么吸引他，他感到厌倦了。为了不虚度时光，他给自己的书编制详细目录，在书脊上贴小标签。这种机械繁琐的工作，他觉得比阅读有趣。单调繁琐的工作以某种不可理解的方式催着他的思绪入睡，使他什么也不想，时间过得很快。连坐在厨房里跟达里娅一起刮土豆皮或从荞麦米里挑秕糠，他也觉得有趣。星期六和星期天，他到教堂去，站在墙边，眯缝着眼，耳朵听着唱诗，心里想着父亲、母亲、大学、宗教，他感到心情恬静而忧伤。离开教堂的时候，他觉得祈祷结束得太快，感到遗憾。

他到医院去找过格罗莫夫两次，想跟他谈谈。不过这两次格罗莫夫都非常激动凶悍。他要医生别缠他，因为他早就讨厌空谈了，说他为自己受的苦难只求卑贱该死的人们给他一种奖赏——单人监禁。难道连这一点请求也要遭到拒绝吗？安德烈·叶菲梅奇两次向他告别，祝他晚安，他两次都大发雷霆，喊道：

“滚蛋！”

安德烈·叶菲梅奇现在不知道是否该去第三次。可是非常想去。

从前午饭后，安德烈·叶菲梅奇都是在屋里踱步，沉思默想；如今从午饭后到喝晚茶这段时间，他脸朝里躺在沙发上想一些琐事，无法不想。他感到不平的是，工作了二十多年，人们竟没有给他退休金，连一次性补助也没有给。固然，他工作得不认真，可是退休金是给所有工作人员的啊，并不管工作是否认真。当代的公平办法正是在于官衔、勋章和退休金不是奖励品德和才能，而是奖励工作的，不看工作如何。为什么只有他应该例外？他现在一分钱没有。他不好意思从小铺门口过，不好意思看女房东的眼睛。他欠啤酒钱三十二卢布，也欠女房东的钱。达里娅在悄悄地变卖旧衣服、旧书，并对女房东撒谎，说医生很快就会得到很多钱。

他生自己的气，不该把积攒的一千卢布花到旅游上。这一千卢布现在会多有用！他感到愤懑：人们仍然不肯让他安宁。霍博托夫认为自己有义务偶尔来看看生病的同事。安德烈·叶菲梅奇觉得他身上的一切——他那怡然自得的脸，屈尊俯就的卑劣腔调，他称呼的“同事”，他那双高靿靴子，都使人感到讨厌；而最讨厌的是他自认为有义务给安德烈·叶菲梅奇治病，而且认为真的在治。他每次来都带一瓶溴化钾和一些大黄药丸。

邮局局长也认为自己有义务来探望朋友，给他消愁解闷。他每次进屋都故意装出随随便便的样子，勉强高声笑着，说他今天气色好极了，谢天谢地，病情正在好转。从这里可以得出结论：他认为朋友的情况已没有希望了。在华沙借的钱还没有还，他深感愧疚，极为不安，因此就努力笑得声音大一些，笑话讲得更可笑一些。他的笑话和故事如今好像是永远讲不完了，这对安德烈·叶菲梅奇，对他本人都是一种折磨。

他来的时候，安德烈·叶菲梅奇通常是脸朝里躺在沙发上，咬紧牙关听着他讲，心里觉得像被土掩埋似的；朋友来一次，他就觉得埋了一层，好像已快埋到喉咙了。

为了排除这种猥琐的心情，他急忙去想：他自己、霍博托夫、邮局局长，早晚都得死，在天地间连一点痕迹也留不下。假如一百万年以后宇宙中有个什么精灵从地球旁边飞过的话，那他能看到的只是黏土和光秃的悬崖。文化、道德准则—— 一切都将消失，连牛蒡都不会长。在小铺老板面前的羞愧，渺小的霍博托夫，邮局局长令人难以忍受的友谊都算得了什么呢？都不过是些鸡毛蒜皮的小事罢了。

但这种看法已无济于事。他刚刚想象出来一百万年以后的地球，从光秃的悬崖后面就出现了穿着高靴皮靴的霍博托夫或勉强大声笑着的邮局局长，甚至听到邮局局长愧疚地低声说："华沙借的钱这几天还……一定。"

16

有一次，安德烈·叶菲梅奇午饭后躺在沙发上，邮局局长来访。恰在这时霍博托夫也拿着溴化钾来了。安德烈·叶菲梅奇吃力地爬起来，两手支着沙发坐在那里。邮局局长开始说：

"亲爱的，您今天的气色比昨天好多了。简直像个小伙子！真的，像个小伙子！"

"该好啦，同事，该好啦。"霍博托夫打着呵欠说，"大概您自己也拖得厌烦了。"

"我们要好啦！"邮局局长快活地说，"我们还要活一百年呢！是这样的！"

"一百倒不一定一百，二十年是可以保证的。"霍博托夫安慰说，"没有关系，没有关系，别灰心……不要再叫人担心咯。"

"我们还要大显身手呢。"邮局局长哈哈大笑起来，拍了拍朋友的膝盖，"我们还要露两下子呢！来年夏天，上帝保佑，我们上高加索去，骑马跑遍高加索——驾，驾，驾！从高加索回来，说不定还要结婚呢！"邮局局长狡黠地挤了挤眼睛，"可爱的朋友，我们要给您成家……成家……”

安德烈·叶菲梅奇突然觉得土已快埋到喉咙，心跳得吓人。

“下流！”他说完，急剧地站起来，向窗前走去，“难道你们不懂在说下流话吗？”

他想温和客气地继续说下去，可是却不由自主地攥起拳头，举得高过头顶。

“别缠我！”他满脸通红，浑身哆嗦着声嘶力竭地喊了一声，“滚！都滚！”

邮局局长和霍博托夫都站起来盯着他，眼睛里先是充满惶惑，后来是恐惧。

“都滚！”安德烈·叶菲梅奇继续喊道，“庸人！蠢人！我不需要友谊！也不需要你的药，庸人！庸俗，恶心！”

霍博托夫和邮局局长惊慌失措地面面相觑，向门口退去，进了门斗。安德烈·叶菲梅奇抓起溴化钾瓶子来，朝他们身后扔去。药瓶子在门槛上打碎，发出清脆的响声。

“滚！”他跑进门斗用号哭的声调喊道，“见鬼去！”

客人走后，安德烈·叶菲梅奇像得了寒热病似的浑身哆嗦着躺在沙发上，还久久地重复着：

“庸人！蠢人！”

等平静下来，他首先想到的是，可怜的邮局局长现在大概无比羞愧，非常难受。这是可怕的。以前从来没有发生过这种情况。智慧和分寸感哪儿去了？参透生活，哲学家的冷漠哪儿去了？

医生由于愧疚和懊恼一夜没睡，第二天上午十点便到邮局去向邮局局长道歉。邮局局长深受感动，紧紧地握着他的手，叹了口气说：

“别提过去的事啦。记仇的人没有出息。柳巴夫金！”他突然大声喊了一下，声音那么大，以致使得全体邮局职员和顾客都哆嗦了一下。“拿把椅子过来，你先等一等！”有个婆娘在通过栏杆向他递一封挂号信，他对她喊道。“难道没看见我有事吗？别提旧事啦。”

他接着对安德烈·叶菲梅奇温情地说，“请坐，亲爱的。”

他默默地抚摩了自己的膝盖一会儿，说：

“我连想也没想生您的气。有病是无可奈何的事，我明白。您昨天的发作可把我和医生吓坏了，我们后来久久地谈过您。亲爱的，您干吗不认真治治自己的病呢？难道可以这样吗？请原谅朋友的坦率。”他低声说，“您生活的条件极差：拥挤，不干净，没有人护理，没有钱治病……亲爱的朋友，我和医生衷心乞求您，听我们的劝告：住院吧！那儿有健康的饮食，有护理，有治疗。霍博托夫医生尽管为人粗俗——这话只能在咱俩之间谈，可是懂行，是完全可以信赖的。他向我保证说给您治。”

安德烈·叶菲梅奇被邮局局长的真诚关怀和脸腮上突然出现的泪水感动了。

“敬爱的朋友，别信他们的话。”他把一只手贴在心口上低声说，“别信他们的话！那是骗人的！我的病只是在于，我二十年来在全市只找到了一个有智慧的人，而这个人却是个疯子。我什么病也没有，不过是陷进了魔法圈里出不来罢了。我一切都无所谓，叫干什么都行。”

“住院吧，亲爱的。”

“我无所谓，跳进大坑里都可以。”

“亲爱的，您要保证一切听霍博托夫医生的安排。”

“好吧，我保证。可是，敬爱的朋友，我重复一句，我是陷进了魔法圈。如今一切，连朋友的真诚关怀都在促进我的死亡。我要死了，我有勇气认识这一点。”

“亲爱的，您会康复的。”

“干吗说这个呢。”安德烈·叶菲梅奇气恼地说，“很少有人在生命的末日不受到我这样的遭遇。当人们说您的肾不好和心大的时候，您开始治疗，但是当人们说您是疯子或罪犯，一句话，也就是说人们开始注意您的时候，那您就应知道，您陷进了魔法圈，再也出不来了，越挣扎越糟糕，因此只好束手待毙，因为任何人的努力也救不了您啦。我这样觉得。”

这时栏杆前面已积聚了不少顾客。安德烈·叶菲梅奇为了不妨碍他们的工作，便站起来告辞。邮局局长再一次取得了他的保证，然后把他送到了大门口。

当天傍晚，霍博托夫穿着半截皮大衣和高勒皮靴意外地来找安德烈·叶菲梅奇，像昨天什么也没发生过似的说：

“我来找您有事，同事，请您来啦：您不愿意跟我去会诊吗？”

安德烈·叶菲梅奇以为霍博托夫想找他出去散散心或者真是给他一个赚钱的机会，便穿好衣服跟他出来。他高兴有机会消除昨天的过失重修旧好，心里感激霍博托夫——他对昨天的事只字未提，看来是宽恕他了。这么一个没有文化修养的人很难有这种客气的态度。

“您的病人在哪儿？”安德烈·叶菲梅奇问。

“在医院里。我早就想给您看……极有趣的病例。”

他们进了医院的院子，绕过主楼，朝关着精神病患者的小平房走去。不知为什么一句话没有说。进了平房，尼基塔照例跳起来立正站好。

“这儿有个患者肺出了问题。”霍博托夫同安德烈·叶菲梅奇进病房时低声说，“您在这儿等一会儿，我马上回来，去取听诊器。”

说完就出去了。

17

天色已暗。格罗莫夫脸对着枕头趴在自己的床上，瘫痪患者一动不动地坐在那里，默默地哭着，翕动着嘴唇。胖庄稼汉和从前的拣信员睡了。屋里静悄悄的。

安德烈·叶菲梅奇坐在格罗莫夫床上等着。过了半个小时，霍博托夫没有来，尼基塔进来了，抱着睡袍、被褥和拖鞋。

“请换上吧，先生。”他轻声说，“这是您的被褥，请睡到这儿。”他指着一张显然刚搬进来不久的空床补充说，“没什么，上帝保佑，您会康复的。”

安德烈·叶菲梅奇什么都明白了。他一句话也没有说，走到尼基塔指给他的床前坐下，看到尼基塔站在那里等着，便脱光了衣服——他感到害臊。然后他换上医院的衣服；裤子很短，衬衫太长，睡袍上有熏鱼味儿。

尼基塔把安德烈·叶菲梅奇的衣服收拾起来抱着出去，随手关上了门。安德烈·叶菲梅奇羞怯地掩上睡袍的衣襟，觉得自己穿着这身新打扮像个囚犯，心想：“无所谓……无所谓……常礼服，制服，这件睡袍，都一样……”

可是表呢？侧面衣袋里的记事本呢？香烟呢？尼基塔把衣服拿到什么地方去了？如今大概到死也不能再穿制服裤子、西服坎肩和皮靴咯。起初这一切显得有些奇怪甚至不可理解。安德烈·叶菲梅奇现在也深信：小市民彼洛娃的房子和六号病房之间没有任何差别，在这个世界上一切都是胡扯，都是过眼烟云，然而他的手哆嗦起来，脚感到冷，想到一会儿格罗莫夫起来会看到他穿着睡袍在这里，觉得毛骨悚然。他站起来踱了一会儿，又坐下了。

已坐了半个小时，一个小时，他已腻烦得要命；难道能够跟这些人一样在这里呆一天吗？更不用说一周乃至几年了。他坐一会儿，踱一会儿，又坐下来。可以到窗前看看窗外景色，然后再来回踱步。可然后做什么呢？就像个木头人似的这么坐着沉思默想？不，这未必能受得了。

安德烈·叶菲梅奇躺下又马上爬起来，用衣袖擦去额头上的冷汗，觉得满脸是熏鱼味儿。他又踱起步来。他疑惑地摊着双手自言自语地说：

“这是一种误会……得解释一下，这儿有误会……”

这时格罗莫夫醒了。他坐起来，用拳头支着脸腮，吐了一口唾沫，然后懒洋洋地看着医生，显然，起初他没有明白是怎么回事，可是不一会儿他睡意蒙眬的脸就带上凶狠、嘲弄的神色。他眯缝起一只眼睛来，用睡得嘶哑的声音说：

“啊，把您也关进来啦，亲爱的！我很高兴。以前是您喝人们的血，现在人家要喝您的血咯。好极啦！”

“这是一种误会。”安德烈·叶菲梅奇听了格罗莫夫的话感到害怕，说。他耸了耸肩膀，又重复了一句：“一种误会……”

格罗莫夫又吐了一口唾沫，躺下了。他嘟囔道：

“该诅咒的生活！令人感到痛苦不平的是，这种生活的结尾不是因为你受苦而给你奖赏、颂扬，像在歌剧里那样，而是要你死。来几个勤杂工拽着死者的手脚拖到地下室去。呸！唉，没关系……在那个世界里我们将扬眉吐气……我的阴魂要从那个世界回来吓唬这些坏蛋。我要让他们头发变白。”

莫伊谢卡回来，看到医生，伸出手来说：

“给一个戈比！”

18

安德烈·叶菲梅奇走到窗前向窗外看去。天已经黑了，地平线上右边已升起了一轮冰冷血红的月亮。离医院板墙不远，至多一百俄丈，有一座围着石墙的高大的白房子。那是监狱。

“这就是现实！”安德烈·叶菲梅奇想到这里，心里感到可怕。

月亮、监狱、板墙上竖着的钉尖、远处炼骨厂[①]冒出的火焰——都可怕。身后传来喘气的声音。安德烈·叶菲梅奇一回头，看到一个胸前挂满闪闪发亮的勋章的人在微笑着，狡黠地挤着一只眼睛。他感到这也可怕。

安德烈·叶菲梅奇安慰自己，说月亮和监狱没有什么特别的，说心理健康的人也戴勋章，说一切都将烂掉，化为泥土，可是他突

---

① 当时俄国有这样一种工厂把骨头烧焦以后磨成粉做肥料。

然感到绝望，双手抓住铁栅，拼命摇撼起来。结实的铁栅纹丝未动。

后来，为了不感到那么可怕，他走过去，坐到格罗莫夫的床上。

“我绝望了，亲爱的。”他浑身哆嗦着，擦着冷汗，咕哝说，“绝望了。”

“您的哲学议论呢？”格罗莫夫讥讽地说。

“我的上帝，我的上帝……不错，不错……您曾经说过：俄国没有哲学，但所有人，连无名小卒都是哲学家。可是无名小卒的哲学议论对谁也没有害处啊。”安德烈·叶菲梅奇说话的声调像要哭、像希望博得同情似的，“亲爱的，您干吗要幸灾乐祸地笑呢？假如这个无名小卒胸中愤懑不平，他怎能不发哲学议论呢？一个有智慧、有教养、清高、爱自由的人，一个按着上帝形象创造出来的人，除了到这个肮脏愚昧的小镇来当庸医终生跟罐子、水蛭、芥末膏打交道以外别无出路嘛！欺骗，狭隘，庸俗！啊，我的上帝！”

“您胡说。要是讨厌当医生，可以去当大臣嘛。”

“哪儿也去不成。亲爱的，我们软弱……我以前曾对世事漠不关心，觉得自己的见解天衣无缝，可是生活一粗暴地对待我，我就绝望……灰心丧气……我们软弱无能……您也如此，亲爱的。您聪明，高尚，从小就养成了崇高的激情，可是一接触生活，您就苦恼，病了……我们软弱啊，软弱！”

除了恐惧和愤懑之外，天到傍晚以后，还有一种感觉在不断纠缠他。他终于意识到这是他想喝啤酒和吸烟。

“亲爱的，我出去一趟。”他说，“告诉他们拿个火亮儿来……不能这么……受不了……”

安德烈·叶菲梅奇走到门口，打开了门。可是尼基塔马上跳起来，挡住了他的去路，说：

“您上哪儿去？不行，不行！该睡觉啦！”

“我只是出去一会儿，在院子里走走！”安德烈·叶菲梅奇心慌地说。

“不行，不行！没有命令。您自己知道。”

尼基塔砰的一声把门关上，并用后背顶住。

“即使我离开这里，碍着谁什么啦？”安德烈·叶菲梅奇耸着肩膀问道，“莫名其妙！尼基塔，我必须出去！”他声音颤了一下说，“我需要出去！”

“别制造混乱，这样不好！”尼基塔用教训的口吻说。

“鬼知道是怎么回事！”格罗莫夫突然喊了一句，跳了起来，“他有什么权利不放？他们怎么敢把我们关在这里。法律上好像有明文规定，任何人非经审判都不能被剥夺自由！这是暴力！是胡作非为！”

“当然是胡作非为！”安德烈·叶菲梅奇受到格罗莫夫喊声的鼓舞，说，“我需要出去，必须出去，他没有权利！ 放我出去，跟你说呢！”

“听到没有，愚蠢的畜生？”格罗莫夫用拳头敲着门说，“开门，要不，我就把门砸坏啦！强盗！”

“开门！”安德烈·叶菲梅奇浑身哆嗦着喊道，“我要求！”

“再说一遍！”尼基塔在门外说，“再说一遍！”

“起码去把霍博托夫医生叫来嘛！说我请他来……一会儿。”

“他明天会来的。”

“永远也不会放我们出去咯！”格罗莫夫这时继续说，“要把我们囚死在这里啦。啊，主啊，难道那个世界真的没有地狱，这些坏蛋会不受惩罚？正义在哪儿？坏蛋，开门，我要憋死啦！”他用嘶哑的声音喊了一声，然后用身子去推门，“我要撞碎自己的脑袋！杀人犯！”

尼基塔迅速把门打开，用两手和一个膝盖粗暴地把安德烈·叶菲梅奇推开，然后挥起拳头打了他的脸一下。安德烈·叶菲梅奇觉得一个咸味的大浪劈头盖脑地扑到身上，把他拖到床上。他的嘴里真有咸味：大概是牙出血了。他像想从浪里挣扎出来似的挥舞着两手，抓住了谁的床，这时又觉得尼基塔打了他的后背两下。

格罗莫夫喊了一声，大概也打他了。

随后是一片寂静。暗淡的月光穿过铁栅照进屋来，地上是筛眼似的阴影。真可怕。安德烈·叶菲梅奇躺在那里，屏住呼吸；他在恐惧地等着再打他。好像有人拿着镰刀捅进他的胸膛绞了几下，他痛得咬枕头，咬牙。他的脑海里在一片混乱之中突然清晰地闪现出一个可怕的无法忍受的念头：这些如今在月光下像黑色影子似的人们一定是穷年累月地天天遭受这种痛苦。他怎么会二十多年竟不知道，而且不想知道？他不知道，不了解疼痛，因此他没有过错，然而良心却像尼基塔一样无情粗暴，迫使他从头到脚不寒而栗。他跳起来，想拼命呐喊，快些跑出去打死尼基塔，然后去打死霍博托夫、总务主任、医士，然后自杀，可是胸膛里什么声音也没有出来，腿脚也不听使唤；他喘着撕开了身上的睡袍和衬衣，失去知觉，倒到床上。

19

第二天早晨，他头疼，耳鸣，浑身不舒服。回忆自己昨天的软弱，他并不感到可耻。他昨天胆小，甚至怕月亮。他昨天真诚地吐露了一些从前连想也没有想到的情感和想法，例如他说无名小卒发哲学议论是因为对生活不满。不过如今他已觉得一切都无所谓了。

他不吃，不喝，躺着一动不动，一声不吱。当向他提问题时，他想："我一切都无所谓。不回答……一切都无所谓。"

午饭后，邮局局长来了，带来四分之一磅茶和一磅水果软糖。达里娅也来了，神色愁闷地在床前站了整整一个小时。霍博托夫医生也来了，他拿来一瓶溴化钾，并吩咐尼基塔用什么熏一熏病房。

傍晚，安德烈·叶菲梅奇患脑溢血死了。起初，他浑身寒颤，恶心：觉得有一种令人作呕的东西浸透他的全身，甚至手指，从胃向头涌来，灌满了眼睛和耳朵。眼里一团绿雾。他明白自己不行了，想起来格罗莫夫、邮局局长和千百万人都相信永生。万一真是有永生呢？他不希望永生。他只是刹那间想了一下。他昨天在书里读到的那些异常漂亮优美的鹿从眼前跑过去；接着一个婆娘伸手递给他一封挂号信……邮局局长说了句什么。后来一切都消失了，安德烈·叶菲梅奇永远失去了知觉。

来了几个勤杂工扯着他的手脚把他抬进一个小教堂。他停在一张桌子上，睁着眼睛。夜里月亮照着他，早晨医士来，对着十字架上的基督虔诚地祷告完，给从前的上司合上了眼皮。

隔了一天举行了安葬仪式。葬礼上只来了邮局局长和达里娅。

恐　惧

我的朋友的故事

德米特里大学毕业后在彼得堡做事，可是三十岁的时候却扔掉职位回乡经营起农业来，他农业经营得不坏，可是我总觉得他不该经营农业，最好再回彼得堡。当他晒得黝黑、满身尘土、累得疲惫不堪地在门口迎接我以及后来在晚餐桌上打瞌睡而他的妻子像对待孩子似的领他去睡觉的时候，或者当他战胜睡魔开始用柔和、诚恳、像乞求似的声调讲述自己的美好想法时，我看出来：他不是个管理家业的主人，不是农学家，只是一个疲惫不堪的人，他并不需要什么家业，而只是过一天算一天。

我喜欢到他家去做客，有时在他家里住个两三天，我喜欢他的住房，喜欢他的花园，喜欢他的大果园，喜欢他的小河，也喜欢他的议论——他的议论尽管慢慢腾腾、辞藻华丽，但总是清晰明白的，我一定也喜欢他这个人，尽管我不敢断言，因为迄今为止我还没有弄清楚自己当时的情感。他是一个聪明、善良、不枯燥、诚恳的人，可是我很清楚地记得，当他把自己的隐秘告诉我、称我们的关系为莫逆之交的时候，我感到不安，愧疚，在他对我的友情里有一种使我感到不舒服的沉重的意味，我很愿意把这种友情换成普通朋友关系。

问题是我非常喜欢他的妻子玛利亚。我并没有爱上她，但我喜欢她的面庞、眼睛、声音、步态，久不见面就想她。当时我的头脑最爱想象的就是这个年轻、漂亮、文雅的女人。对她，我没有任何明确的意图，不抱任何非分之想，可是不知为什么每次跟她单独相处想起她丈夫认为跟我是莫逆之交的时候，我便觉得不舒服。当她在钢琴上弹奏我喜欢的乐曲或者对我讲述什么有趣的事情的时候，我兴趣盎然地听着，同时脑袋里却不由自主地想到她爱自己的丈夫，她丈夫是我的朋友，她也认为我是她丈夫的朋友，于是我的情绪便被破坏，我便变得无精打采、怅然若失、神色枯燥。她觉察到这种变化后通常说：

“您的朋友不在，您感到寂寞，得派人到地里去把他叫回来啦。”

德米特里回来以后，她就说：

“现在您的朋友来了，高兴吧。”

这样继续了一年半。

七月的一个星期日，我和德米特里由于闲得无聊便到一个叫克卢什诺的大镇去买晚餐吃的食品，我们在店铺里逛的当口儿，太阳落了，黄昏降临——这个黄昏我大概永远也忘不了，我们买了像肥皂似的奶酪和有焦油味的坚硬的香肠以后就上酒馆去问问有没有啤酒。我们的车夫赶车上铁匠铺给马挂掌去了，我们说好在教堂附近等他。我们边走边谈，取笑着刚买的东西，我们身后默默地诡秘地像特务似的跟着一个人。此人在我们县里有一个相当奇特的绰号——人们叫他“多灾多难”，他的本名是加夫里拉·谢韦罗夫，简单就叫加夫留什卡，给我做过仆人，不久就因为酗酒被解雇了。他在德米特里家里也做过事，也因同样毛病被解雇了。他是一个不可救药的酒鬼，他的命运也像喝醉了似的，跟他本人一样不走正路。他的父亲是神甫，母亲是贵族，就是说他是特权阶层出身，可是无论如何审视他那瘦削、恭顺，总是冒汗的脸，无论如何审视他那棕红色的已开始发白的胡子，无论如何审视他那寒伧破烂的西服上衣和穿在裤腰外面的红衬衫，我都看不到在我们社会里被称为特权的那种表现的任何痕迹。他宣称自己受过教育，说读过神学校，没有毕业，因为吸烟被开除了；后来在主教合唱团唱歌，在修道院里住了两年，在那里也被开除了，原因已不是吸烟，而是因为“不够检点”。他徒步走遍两个省，不知为了什么问题向宗教事务所[①]和其他各种衙门递了许多申请书，四次受到审判。终于在我们县落下了脚。他当过仆人、看林人、猎犬饲养员、教堂更夫，跟一个寡居放荡的厨娘结了婚，完全陷进奴仆生活的泥淖，习惯了这种生活的龌龊和卑污，以致谈起自己的特权阶层出身时连他自己都带有一些迟疑的神色，像讲什么神话似的。在本文所描写的这个时期，他正无以为生，冒充兽医和猎人骗饭吃，他的妻子已不知跑到哪里去了，音信皆无。

我们离开酒馆到了教堂，坐在门前台阶上等车夫，多灾多难远远地站下，举起一只手来挡住嘴以免咳嗽时有失礼貌。天色已黑，傍晚的潮气很浓，月亮已要升起来。星光灿烂的晴朗夜空只有两朵云彩。这两朵云彩这时恰在我们的头顶上：一大一小，一前一后，像妈妈带着孩子，孤零零地朝晚霞燃烧的方向奔去。

“今天天气很好。”德米特里说。

“好极啦……”多灾多难附和地说了一句，然后有礼貌地对着拳头咳嗽了一声，“德米特里先生，您怎么想到上这儿来？”他用讨好的声调问道，显然他想攀谈。

德米特里没有搭理他，多灾多难深深地叹了口气，眼睛没看我们，自言自语地轻声说：

“我受苦受难只有一个原因：为了这个原因，我应当向全能的上帝交答案。当然啦，我是个落魄的人，一无所能，不过请相信良心：没有一口饭吃，不如一条狗……请原谅，德米特里先生！”

德米特里没有听，他在用两个拳头支着脑袋想什么。教堂坐落在街尽头的高高的河岸上，我们透过围墙的栏杆可以看到河、对岸的浸水草地、明亮通红的篝火以及在篝火旁边活动的黑色的人和马，篝火后面是点点灯火，那是一个小村子……那儿在唱歌。

河上以及草地上升起了雾。又浓又白像牛奶似的、细高的雾柱

① 旧俄时东正教主教教区管理宗教事务、婚事诉讼等问题的机构。

在河上飘荡着，遮住河水里星星的倒影，拂过河边的柳树。这些柱状的雾在一刻不停地变换着形态，有的像在拥抱，有的像在鞠躬，有的像神甫穿着法衣朝天上高举着两手，似乎在祈祷……大概这些千姿百态的雾使德米特里想到了幽灵和死人，因而他转过脸来忧郁地微笑着问我：

“亲爱的，请告诉我，为什么我们想讲什么神秘诡谲的可怕故事时不是从生活里取材，而一定要从幽灵和鬼魂的世界里取材呢？”

“因为不可理解的东西才可怕嘛。”

“难道生活可以理解吗？请告诉我：您对生活的理解超过对阴间的理解吗？”

德米特里坐到我身旁，离我很近，我的脸腮上能感觉到他的呼气。在昏暗的暮色之中，他的苍白瘦削的脸显得更加苍白，黑色的胡子比煤烟还黑。他的眼睛忧郁、诚挚而略带一些惊恐的神色，好像他准备给我讲一件什么可怕的事情似的。他看着我的眼睛，用他通常的乞求的声调继续说：

“我们的生活和阴间是同样不可理解而可怕的。谁怕幽灵，谁也应该怕我，怕这些灯火，怕这天空，因为要是好好想一想的话，这一切并不比阴间来客容易理解，较少诡谲。哈姆雷特王子之所以没有自杀，是因为害怕他死后可能见到的那些幽灵。①他的这段著名的独白，我很喜欢，但是说实话，它从来没有打动过我的心。您是我的朋友，我向您坦白，我在忧伤的时候有时想象自己死后的情景，我的想象力描绘了成千上万个最阴森可怕的幽灵，使自己达到痛苦的癫狂程度，简直像噩梦一样，请您相信，我觉得这并不比现实生活更可怕。有什么可说的呢，幽灵可怕，生活也可怕。亲爱的，我不理解生活，所以害怕生活。不知道，也许我病了，精神不正常。正常健康的人觉得他看到听到的什么都懂。我已把这种‘觉得’失去了，天天用恐惧毒害自己。有一种病叫怕空间，我得的这

① 见莎士比亚《哈姆雷特》第三幕第一场。

种病叫怕生活。当我躺在草地上久久地凝视着一只昨天刚刚诞生还什么都不懂的甲虫时，觉得它的生活是由一连串的恐怖构成的，我认为自己跟这个小甲虫一样。”

“您究竟怕什么呢？”我问。

“什么都怕。我生来是个不爱深刻思考的人，对死后的问题以及人类的命运问题很少关心，一般说来不怎么思考高深的问题。我主要的是怕我们谁也逃避不了的日常生活。我无法区分我的行为中的真假，这使我惶恐不安。我认识到：生活条件和教养把我禁锢在狭窄的虚伪圈子里，我的全部生活无非是天天自欺欺人而不察觉；想到至死也摆脱不了这种虚伪，我感到可怕。今天做一件事，明天就不明白为什么这么做。我到彼得堡去做事，感到害怕了就回来务农，结果又怕起来……我看到，我们知道得少，因此每天都在犯错误，不公平，中伤和坑害他人，把精力全耗费在我们不需要、妨碍我们生活的毫无意义的事情上。这也使我害怕，因为我不明白为什么以及谁需要这么做。亲爱的，我不理解人，因而怕人。我害怕看农夫，我不知道他们为了什么崇高的目的受苦，为什么活着。如果说生活是享受呢，那他们就是多余的无用的人；如果说生活的目的和意义在于忍受贫穷和无法克服的愚昧呢，那我就不明白谁以及为什么需要这种折磨。无论是人是事，我什么都不理解。您理解理解此人试试！”德米特里说完，指了指多灾多难，“好好想想！”

多灾多难觉察到我们看他，有礼貌地对着他的空拳头咳嗽了一声，说：

“在好主人家里我从来都是个忠实的仆人，不过主要的原因是酒。要是如今有人看得起我这个不幸的人，给我一个工作机会，我敢对上帝发誓，一定努力干。我是说到做到的！”

教堂更夫从我们身旁过去，疑惑地看了看我们，拽起撞钟的绳子来。钟声缓慢悠扬地划破夜晚的寂静，响了十下。

“噢，已经十点了！”德米特里说，“我们该走啦。啊，亲爱的，”他叹了一口气，“我多么怕日常生活啊——日常生活里的东西似乎不该有什么可怕的地方。为了不去想，我用工作分散注意力，力求累得筋疲力尽，以便夜里睡得死死的。孩子、老婆——在别人是常事，可对我来说却是沉重的负担！”

他用手搓了搓脸，干咳了一声，笑了。

“要是我能够告诉您我在生活里扮演了一个多么糊涂的角色，那该多好！”他说，“人们都对我说：您有温柔的妻子，可爱的孩子，您自己也是个极好的丈夫和父亲。人们以为我很幸福，羡慕我。好吧，话既然说到这儿了，那我就作为秘密告诉您：我的幸福的家庭生活只是一种可悲的误会，我怕它。”

他的苍白的脸由于强作笑容变得难看起来。他抱着我的腰继续低声说：

“我的挚友，我信任您，深深地敬重您。上苍赐给我们友情就是为了让我们能够倾谈，摆脱使我们感到压抑的隐秘。请允许我利用您对我的厚谊把全部实情都告诉您。使您感到那么令人神往的我的家庭生活是我的主要不幸，主要的恐惧对象。我的婚姻是奇怪而愚蠢的。必须对您说，结婚前我就疯狂地爱玛利亚，追了她两年。向她求过五次婚，她都拒绝了，因为她对我毫无感情。第六次，当我被爱情折磨得发疯、跪在地上像乞丐似的求她时，她答应了……她当时就对我说：‘我不爱您，但将忠实于您……’这个条件，我兴高采烈地接受了。我当时明白这意味着什么，可是现在——我向上帝发誓——却不明白了。‘我不爱您，但将忠实于您’——这是什么意思呢？这是迷雾，漆黑一团……我现在爱她的强烈程度跟新婚第一天一样，可她呢，我觉得，仍然对我没有感情，我离开家，她一定有时会感到高兴。我不准确地知道她爱我不爱，不知道，不知道，可是我们生活在一个屋檐下，互相称呼‘你’，一起睡，有儿女，有共同的财产……这意味着什么？有什么意义？您能理解些什么吗？残忍的折磨！由于对我们的关系，我什么也不理解，所以我有时恨她，有时恨自己，有时两个人都恨，我的脑袋里乱成一团，我痛苦，越来越愚笨，而她却像故意难为我似的一天比一天姣好，美得令人惊讶……我认为她的头发秀丽，她的微笑没有一个女人能够媲美。我爱她，知道这种爱是绝望的。对一个已经给我生了两个孩子的女人抱着绝望的爱！难道这可以理解而不可怕吗？难道这不比幽灵更可怕吗？”

从他的心情来看，他还想谈很久，幸而传来了我们车夫的声音。我们的马钉完掌回来了。我们上了车。多灾多难摘掉帽子，帮我们俩坐好，那神情好像早就在等机会接触一下我们高贵的身体似的。

“德米特里先生，允许我到您那儿去吧。”他使劲地眨巴着眼睛向侧面低着头说，“行行好吧！我要饿死啦！”

“嗯，好吧。”德米特里说，“来吧，先干三天看看。”

“是！”多灾多难高兴地说，“我今天就去。”

到家六俄里。德米特里因为终于有机会在朋友面前把心里的隐秘全部倾吐了出来，所以感到心满意足，一路上抱着我的腰，已没有痛苦惊恐的神色，快活地对我说，要是家里没有什么问题的话，他就回彼得堡去从事科学研究。他说，驱使那么多有才能的青年人走向农村的那种思潮是可悲的思潮。黑麦和小麦，我们俄国有的是；而有文化的人却根本没有。必须使有才能、年富力强的青年人去从事科学、艺术和政治活动；从事其他活动是欠考虑的。他愉快地议论着，并说明天一早要撇下我去木材行，他感到遗憾。

我心里感到愧疚惆怅，觉得好像在欺骗他，同时又感到惬意。我凝视着正在升起来的巨大血红的月亮，想象着一个身材修长苗条、面色白皙、总是衣着漂亮、身上散发着麝香似的一种特殊香水味的金发美人；想到她不爱自己的丈夫，我不知为什么感到快活。

回家以后，我们坐下吃晚饭。玛利亚笑着用我们买来的东西款待我们，我发现她的头发的确秀丽，她的微笑的确没有一个女人能媲美。我注视着她，想在她的每个动作、每个眼神里看出来她不爱丈夫，我觉得我看出来了。

德米特里不久就困得不行了。晚餐后跟我们坐了十来分钟，就说：

“你们请便，我明天需要三点起床。请原谅我失陪啦。”

他温柔地吻了吻妻子，紧紧地感激地握了握我的手，要我保证了下星期一定来。为了明天不睡过时间，他到厢房里睡去了。

玛利亚睡得晚，仍然保持着彼得堡的习惯，现在我不知为什么对此感到高兴。

“做什么呢？”当剩下我们两人的时候，我开口说，“请劳驾弹支什么曲子吧。”

我并不想听音乐，可是我不知道如何开始攀谈。她坐在钢琴前面弹了支什么曲子，我记不得了。我坐在旁边看着她洁白丰润的两手，力求在她冷漠的脸上读出什么来。可是她不知为什么微笑了一下，瞥了我一眼说：

“您的朋友不在，您感到寂寞啦。”

我笑了。

“为了友谊，一个月来一次就够了。我却一个星期不止来一次。”

我说完这话，站起来，激动得在屋里踱了一个来回。她也站起来，走到壁炉旁边。

“您想用这话说明什么呢？”她抬起明澈的大眼睛看着我问道。

我什么也没有回答。

“您说的不是实话。”她想了想，接着说，“您到这儿来只是为了德米特里。有什么呢，我很高兴。在我们这个时代，很少有人能看到这样的友情。”

“咳！”我想了想，不知道说什么好，便问，“愿意到花园里走走吗？”

“不。”

我走到凉台上。我头皮发麻，激动得身上觉得冷。我已深信，我们的谈话将是最没有内容的，我们谁也不能向对方说出任何特殊的话来，但是我连想也不敢想的事情今夜一定要发生。今夜一定发生，要么就永远也不会发生。

“多好的天气呀！”我大声说。

“对我毫无意义。”屋里传出了答话。

我回到了客厅。玛利亚仍然倒背着手站在壁炉旁边在想什么，眼睛看着别处。

“为什么对您毫无意义呢？”我问。

“因为我寂寞。您只有自己朋友不在的时候才寂寞，我却永远寂寞。不过……您对这个不感兴趣。”

我坐到钢琴前面弹了几个和弦，等着看她说什么。

“请不要客气。”她生气地看着我，好像气得要哭似的说，“您要是想睡就去睡吧。别以为您是德米特里的朋友就有义务陪他的妻子忍受寂寞。我不需要牺牲品。请走吧。”

我当然没有走，她走到凉台上，我留在客厅里翻弄了四五分钟乐谱，然后我也走到凉台上。我们并排站在窗帘的阴影里，脚下是洒满月光的台阶。花坛和林荫路的黄沙上布满了树的黑影。

“我明天也需要离开。”我说。

“当然啦，丈夫不在家，您是不可以留下来的。”她嘲笑地说，“我在想象，您要是爱上我，会多么不幸啊！等着瞧吧，什么时候我下决心搂到您的脖子上……我倒要看看您多么惊慌失措地躲我。这会很有趣的。”

她的话和苍白的脸是生气的。可她的眼睛里却充满了最温柔热烈的爱。我已把这个绝色美人看成自己的所有品，我第一次发现她的金色的美妙的眉毛——我以前从未注意到。想到我现在能够把她搂在怀里抚爱，触摸她那秀丽的金发，使我大喜过望，兴奋得笑了，闭上了眼睛。

“不过该睡啦……祝您晚安。”她说。

“我不要晚安……”我笑着跟她回客厅，说，“要是这个夜晚是安宁的，我就诅咒它。”

我握着她的手送她到门口，从她的脸上我看出来：她理解我的意思，并且高兴我也理解她的意思。

我回到自己的房间，桌子上在书旁边放着德米特里的帽子，这使我想起他对我的友情。我拿了手杖就出来上花园里去了。花园里已升起了雾，我方才在河上看到的那些细高的幽灵拂弄着树和灌木丛，在树和灌木丛附近游荡着。多遗憾，我不能跟它们交谈！

夜色异常清澈，可以清楚地看到每一片树叶、每一个露珠——这一切都在寂静中瞌睡昏昏地向我微笑；经过一些绿色长凳时，我想起了莎士比亚某个剧本中的一句话：月光在这儿的长凳上睡得多香啊！①

花园里有座小山，我爬到山顶上面坐下来。美妙的情感令我陶醉。我已确切知道马上就要拥抱她那靡颜腻理的肢体，亲吻那金色的眉毛，我不愿相信这一点，想要戏弄自己；遗憾，她竟没有多折磨我，那么快就默许了。

这时突然传来一阵沉重的脚步声。林荫路上出现了一个中等身材的男子，我马上就认出来是多灾多难。他坐到长凳上，深深地叹了一口气，画了三个十字就躺下了。过了一分钟，又起来翻身躺到另一侧。蚊子和潮湿使他不能安睡。

“咳，什么生活啊？”他念叨说，“不幸的痛苦生活！”

看着他那瘦弱蜷曲的身躯，听着他那沉重嘶哑的叹息，我想起了今天傍晚听到的另一种不幸的痛苦生活，我对自己的幸福境遇感到害怕。我下山回到了屋里。我想：“既然生活在他看来是可怕的，那就不必对它客气，破坏它，在它没有把你压垮以前，从它手里夺取一切可以夺取的东西。”

玛利亚站在凉台上。我默默地抱住她，贪婪地吻着她的眉毛、额角、脖颈……

在我的房间里，她对我说她早就爱上我了，一年多了。她发誓爱我，哭着，请求我把她带走。我不断把她领到窗前，想在月光下

---

① 见莎士比亚《威尼斯商人》第五幕第一场。

看看她的脸，她使我觉得像一个美丽的梦。我急忙用力抱她以便证实这不是梦。我早就没有这么兴奋过了。可是在心灵深处，我仍然隐隐约约感到有些愧疚，觉得不是滋味。她对我的爱情像德米特里对我的友情一样，使我有一种不舒服的沉重感。这是一种深沉、认真、含着眼泪和山盟海誓的爱情，而我想得到的却是毫不认真的欢娱——既不流泪，也不发誓、不谈未来。这个月夜如能像一颗明亮的流星在我们的生活中一闪而过——我就心满意足了。

三点整，她离开我的房间；当我站在门口目送她的时候，德米特里突然出现在走廊的尽头。遇到他，她哆嗦了一下，给他让了路，她的一举一动都表现着厌恶。他有些奇怪地笑了笑，咳嗽了一声，进了我的房间。

“昨天我把帽子忘在这里……”他说，眼睛没有看我。

他找到帽子，用两手把它戴到头上，然后看了看我的发窘的脸，看了看我的拖鞋，用一种非他原有的、有些奇怪的嘶哑声音说：

“我大概是命中注定什么也不能理解。要是您理解了什么，那……祝贺您。我两眼一团漆黑。”

他咳嗽着出去了。后来我从窗户上看到他自己在马厩旁边套马。他两手颤抖着，动作匆忙，有时回头瞧瞧正房：大概他感到可怕吧。随后他上了马车，神色奇怪地像怕有人追赶似的扬鞭抽了马几下子。

过了不久，我也离开了。太阳已升起来，昨夜的雾怯懦地躲在灌木和山丘旁边。多灾多难坐在车夫座上，他已来得及在什么地方喝醉了，在说着醉话。他对着马喊道：

“我是个贵族！喂，你们哪，亲爱的！我是血统荣誉公民，要是你们想知道的话！”

德米特里的恐惧还留在我脑袋里，也感染了我。我思考着已经发生的事情，什么也不理解。我看着白嘴鸦，觉得它们的飞翔奇怪可怕。

“我干吗做出这种事来？”我惶惑绝望地问自己，“为什么会有这种结果，而不是另一种结果？干吗她要认真地爱我？干吗他要进屋来拿帽子？这跟帽子有什么关系？”

当天我就去了彼得堡，再也没见过德米特里和他的妻子。据说他们仍然生活在一起。

匿名者的故事

1

由于一些目前不便详谈的原因，我必须到彼得堡一个姓奥尔洛夫的官吏家里去当仆人，这个奥尔洛夫三十五岁上下，名字叫格奥吉尔·伊万内奇。

我到他家当仆人是为了刺探他父亲的情况，他父亲是一个著名的国家要人，我认为是我的事业的重要敌人。我指望住在他儿子家里通过听到的谈话和在桌子上发现的文件信函详细研究他父亲的计划和意图。

通常上午十一点我住的仆人室的电铃就响起来，通知我老爷起来了。我拿着刷干净的衣服和皮靴进到卧室的时候，奥尔洛夫坐在床上一动不动，眼睛呆呆地盯着一个地方发愣——这不是因为没有睡够，而是因为睡得太多了。他丝毫没有表现出对睡醒的快感。我伺候他穿衣服，他勉勉强强服从着我的摆布，一声不吱，好像根本没有觉察到有我这个人似的。然后，他头发洗得湿乎乎的，身上散发着新洒的香水味，到餐厅喝咖啡。他坐在餐桌旁边喝咖啡边翻看报纸，我和使女波利娅恭敬地站在靠门的地方看着他。两个成年人必须全神贯注地看着第三个成年人喝咖啡嚼面包干，这大概是可笑奇怪的，可是我并不认为站在这里对自己有什么屈辱，虽然我跟他一样也是个贵族，也是个受过教育的人。

我当时刚开始得上肺病，同时大概还有比肺病更厉害的什么病。不知道是受病的影响还是受世界观改变的影响（我的世界观那时已开始改变，但我没有察觉），我日甚一日地渴望过普通的常人生活。我希望安宁、健康、良好的空气，充足的饭食。我成了一个幻想家；作为幻想家，我不知道自己究竟需要什么。一会儿想到修道院去终日坐在窗前凝视树木和田野；一会儿想象自己买了五俄亩土地，过上了地主生活；一会儿立志去研究科学，一定要当一个外省大学的教授。我是个退役的海军大尉；我常梦见大海、分舰队和我曾经乘坐着环游全球的轻巡洋舰。我很想再体验一下漫步在热带森林里或眺望孟加拉湾日落时兴奋得心脏停止跳动而同时又思念祖国的那种无法形容的情感。我梦见高山、女人、音乐，我像孩子一样好奇地端详着人们的脸，听着他们的说话声。当站在靠门的地方看着奥尔洛夫喝咖啡的时候，我觉得自己不是一个仆人，而是一个对世界上的一切甚至也对奥尔洛夫感兴趣的人。

奥尔洛夫的长相是彼得堡式的：狭窄的肩膀，细长的腰，下陷的太阳穴，颜色模糊的眼睛，染得暗淡的稀疏的头发和胡须。他的脸保养得极好，然而萎靡不振，给人以不舒服的感觉。他沉思或睡着时，那张脸尤其令人看了不舒服。描写普通的长相未必有必要；何况彼得堡又不是西班牙：男人的长相即使在男女情爱问题上也没有多大意义；长相只有对撑场面的仆人和车夫才有用。我谈到奥尔洛夫的脸和头发，只是因为在他的长相上有些特点值得提一提，具体说来就是：奥尔洛夫不管是拿起什么书或报的时候，不管是会见什么人的时候，他的眼睛都会开始讥讽地微笑，他的整个脸上都会带上轻微的没有恶意的讥讽神色。在读什么或听什么之前，他总是把讥讽准备好，像野人准备盾牌似的。这是一种习惯性的由来已久的讥讽，近来这种讥讽已丝毫无须意志参加就会自动出现，大概是反射作用吧。不过这是后话，下文再谈。

十二点多，他面带讥讽的神色拿起装满文件的皮包去上班，他不在家吃午饭，晚八点以后回家。我点着书房里的灯，他坐到圈椅里，把脚搭在凳子上，就这么半坐半躺地开始看起书来。几乎每天不是他自己带些新书回来，就是商店给他寄一些新书来。我住的仆人室里墙旮旯儿和床下面也堆了许多读过扔掉的书，这些书不算俄语的，还有三种外语的。他阅读速度极快。俗话说：你告诉我你读什么书，我就告诉你你是个什么人。此话也许是对的，可是根据其读过的书判断奥尔洛夫却是绝对不行的。他读的书是个大杂烩。里边既有哲学也有法国小说，既有政治经济学和财政学也有新诗集和"媒介"①出版的书籍，这些书他都读得同样快，全都是带着讥讽的神色读的。

晚上十点过后，他仔细打扮好——常穿燕尾服，很少穿低级宫内侍从制服——离开家，天快亮时回来。

我跟他相处得宁静平和，没有发生过任何误会。通常他眼里并没有我，跟我说话时脸上没有讥讽的神色，显然他并不把我看作一个人。

我只有一次看到他生气。那是我到他家当仆人一星期以后，有一天晚上九点钟他在什么地方吃完饭回来，脸上的神情是任性的，疲惫的。我跟在他后面到书房去点蜡烛，他对我说：

"我们房间里有一股什么臭味。"

"没有啊，空气是清新的。"我答道。

"我对你说：有臭味。"他恼怒地重复了一遍。

"我每天开小窗嘛。"

"不许狡辩，混蛋！"他喊了一声。

我生气了，要反驳；要不是波利娅干预，真不知道结果会怎样。波利娅对自己主人的了解比我强。她扬起眉毛说：

"真的，有一股臭味！这能是从哪儿来的呢？斯捷潘，把客厅的小窗打开，生着壁炉。"

她哎呀哎呀地喊着忙活起来，带着裙子的窸窣声和喷雾器的扑

---

① "媒介"是一家文教性质的出版社，1884年由切尔科夫在列夫·托尔斯泰参与下创办于莫斯科。

扑声在各个房间里走动着。奥尔洛夫仍然心情不好；显然他在控制自己免得大声发火，他坐在桌子旁边在匆匆地写信。写好了几行，气呼呼地用鼻子哼了一声，撕了又开始重写。

“妈的！”他嘟囔道，“都想让我有出奇的记性！”

信终于写好了，他从桌旁站起来对我说：

“你到旗帜广场去一趟，把这封信亲手交给季娜伊达·克拉斯诺夫斯基太太，先问问门房她丈夫也就是克拉斯诺夫斯基先生回来没有。要是他回来了，信就不要交，带回来。站住！要是她问我这里有客人没有，你就告诉她：从八点我这儿就坐着两位先生在写什么。”

我到了旗帜广场。门房告诉我：克拉斯诺夫斯基先生还没有回来。我上了三楼，给我开门的是一个又高又胖的仆人，褐色头发，黑色连鬓胡子，用只有仆人对仆人才能用的懒散、傲慢、粗鲁的语调问我干什么。还没有等我回答，就有一位穿黑连衣裙的夫人从大厅匆匆来到前厅。她眯缝起眼睛打量我。

“克拉斯诺夫斯基太太在家吗？”我问。

“我就是。”夫人说。

“奥尔洛夫先生的信。”

她迫不及待地打开信两手拿着读起来，向我显露着手指上的钻石戒指。我端详着她秀媚的白皙面庞、向前伸出的下巴和长长的黑色睫毛。从外表上看，我认为这位夫人不超过二十五岁。

“问他好，谢谢他。”她读完信说，“奥尔洛夫先生家里有客人吗？”她柔和快活地问道，好像对自己的怀疑感到羞愧似的。

“有两位先生。”我答道，“在写什么。”

“问他好，谢谢他。”她重复了一遍，歪着头，边走边读着信，静悄悄地出去了。

我当时很少接触女人，这位夫人，我只是匆匆看了一眼，却给我留下了深刻印象。我在徒步回家的路上回想着她的面庞和名贵的香水味儿，幻想了许多。我到家的时候，奥尔洛夫已经不在家了。

2

尽管我跟主人处得宁静平和，但我决定当仆人时极其担心的那种龌龊的令人感到屈辱的气氛毕竟出现了，而且每天都可以感觉到。我跟波利娅不和。波利娅是个养尊处优、被娇惯坏了的畜生，她尊敬奥尔洛夫，因为他是主人；蔑视我，因为我是仆人。大概从一个真正的仆人和厨子的眼光来看，她那红脸蛋、翘鼻子、眯缝着的眼睛和已经发胖的丰腴身体，是很有魅力的。她敷粉，描眉，施口红，穿紧身胸衣，用裙撑，戴铜钱做的手镯。她走路迈小步，一蹦一跳的，扭动着肩膀和臀部。早晨我跟她一起收拾房间的时候，她的裙子的窸窣声，紧身胸衣的沙沙声和手镯的丁零声以及从老爷那里偷来的口红、化妆用醋①和香水的卑贱气味使我觉得像在跟她一起干什么肮脏勾当似的。

也许是因为我没有跟她一起偷吧，也许是因为我没有表现出来想成为她的情夫的任何愿望使她感到受了侮辱吧，也许是因为她嗅出来我跟她不是一路人吧，反正她从第一天起就恨我。我的笨拙的动作，不像仆人的外表以及我的病都使她看不上眼，感到厌恶。我当时咳嗽得厉害，有时夜里妨碍她睡觉，因为她的房间和我的房间中间只隔着一层木板墙。她每天早晨都对我说：

“你又没有让我睡。你应当住院去，而不是出来当用人。”

她非常相信我不是人，而是一个比她低得无法衡量的什么东西，她像当着奴隶的面儿洗澡而不感到害臊的古罗马时代的贵夫人似的，有时在我面前只穿一件无袖衬衣。

有一次吃午饭的时候（我们每天从餐馆里叫一个汤和一个烧菜），我的心情极好，心血来潮，我问她：

“波利娅，您信上帝吗？”

---

① 一种加在洗手水里的香料。

“怎能不信呢？”

“那就是说，”我接着说，“您相信末日审判时我们在上帝面前应当对自己的每一个坏行为负责啰？”

她什么也没有回答，只是脸上表现出鄙夷的神色。这次看着她那冰冷得意的眼睛，我明白了：这个彻头彻尾坏透了的女人在心目里既没有上帝、良心，也没有法律，要是我需要杀人放火或盗窃的话，出钱雇帮凶，再没有比她更合适的人了。

环境特殊，而且我听不惯人家喊我“你”，再加上不会经常撒谎（主人明明在家，却要说“不在家”），第一个星期我在奥尔洛夫家里的生活是不轻松的。我穿着仆人制服觉得像穿着盔甲似的不自然，不过后来习惯了。像真正的仆人一样，我伺候人，收拾房间，跑腿儿。当奥尔洛夫不愿意去见季娜伊达或者他忘了答应过去见她的时候，我就到旗帜广场去把信亲手交给季娜伊达并对她撒谎。结果完全不像我决定来当仆人时所预期的那样：我的新生活的每一天对我个人和对我献身的事业来说都是白过了，因为奥尔洛夫从来不谈自己的父亲，他的客人也不谈。关于这个著名的国家要人的活动，我跟从前一样，只能从报纸上和同志们的来信中了解。我在书房中找到并读过的千百件信函和公文跟我的目标毫无关系。奥尔洛夫对父亲轰轰烈烈的活动毫不关心，那样子就像没听说或者就像他父亲早就死了似的。

3

每逢星期四，我们都有客人来。

我在餐馆订一块烤牛肉，打电话给叶利谢耶夫食品店，让他们送来鱼子酱、奶酪、牡蛎等食品。上街买几副扑克牌。波利娅从早晨就开始准备茶具和夜宵餐具。说老实话，这个小小的活动使我们的空虚单调的生活多少有些变化。星期四是我们最有趣的一天。

来的客人只有三位。最体面、最有趣的客人大概要算那位姓佩卡尔斯基的客人啦，他又高又瘦，四十五岁上下，长长的弯钩鼻子，黑色的大胡子，秃顶，眼睛很大，鼓鼓的，脸上的神色是严肃、沉思的，像个古希腊哲学家。他在铁路局和银行做事，是某个重要政府机关的法律顾问，跟许多私人都有业务关系，常充当监护人、债权人会议主席，等等。他的官衔不高，谦虚地自称是普通律师，但影响却很大。他的一张名片或一个便条就足以使某著名医生、铁路经理或重要官员优先接见你。据说靠他的后门甚至可以得到四级文官的职位，能把任何不愉快的麻烦压下去。他被认为是个很聪明的人，不过这种聪明有些特殊、奇怪。他能用心算，转眼之间计算出 213 * 373 是多少，能够不用铅笔和换算表把英镑换算成德国马克。他精通铁路和金融业务；政府行政工作，他了如指掌；在民事案件方面，他是最出色的辩护人，跟他打官司可不容易。可是这么一个非凡聪明的头脑却有时连一个蠢人所明白的事理都不明白。例如，他不明白为什么人们会寂寞、哭泣、自杀乃至杀人；为什么人们会为一些与己无关的事情而激动；为什么人们读果戈理或谢德林作品时会笑。一切抽象的、思想感情领域里的事物对他来说都是不可理解、枯燥的，像音乐对没有听觉的人似的。他只是从业务的角度看人，把人分成能干的和不能干的两种，没有另外的分法。诚实和正派只是才能的特征。纵酒、打牌、玩女人都可以，但不能影响工作。信上帝并不聪明，但宗教应受到保护，因为民众需要一种观念来控制，否则他们就不会好好做工，惩罚是为了以儆效尤。到别墅去没有必要，因为住在城里也不错，等等。他是个鳏夫，没有儿女，可是日子过得跟有家室一样铺张，房租每年要花三千卢布。

第二个客人姓库库什金，是个年轻的四级文官，身材矮小，肥胖的胴体和瘦小的面庞不相称，使他脸上的表情令人感到非常不愉快。嘴呈心形，剪短的小胡子像用胶水粘上似的。此人的动作像蜥蜴。他进门时迈着细碎的小步摇摇摆摆，像爬进来似的，嘻嘻地笑着——笑的时候总是露出牙来。他是某要员的执行特殊任务的官吏，什么事情也不做，但薪俸极高，夏天常找出各种借口叫他到各地出差。他是个追求名利地位的人，他追求名利地位的愿望不是像俗语说的深入到骨髓里，而是更深刻些，深入到每滴血液里，不过他的胃口并不大，不相信自己的力量，全靠别人施舍。为了得到外国的什么十字勋章或者让报纸上报导他跟一些高官显贵一起出席了追荐亡魂或祈祷仪式，他不惜低三下四地去央求、奉承、许诺。他由于怯懦而奉承奥尔洛夫和佩卡尔斯基，认为他们是强者；奉承波利娅和我，因为我们伺候有势力的人。我每次给他脱皮大衣的时候，他都嘻嘻地笑着问我："斯捷潘，有老婆没有？"接着就是一些猥亵的下流话——这是对我特殊关注的表示。他迎合奥尔洛夫的弱点，堕落和自满。为了赢得奥尔洛夫的欢心，他摆出一副凶狠的肆无忌惮的讥讽家的架势，跟奥尔洛夫一起指责他人，而在另一种场合他也会奴隶似的假意逢迎这些人。吃夜宵时谈起女人和情爱来的时候，他就俨然是一个精于此道、口味极高的花花公子。必须指出，彼得堡的渔色之徒喜欢谈自己的特殊口味。有的年轻的四级文官本来对从自己的厨娘身上或从在涅瓦大街上充当野鸡的不幸女人身上得到的爱抚已感到心满意足，而听他们的吹嘘呢，则他们好像把东西方的恶习全沾染上了，是整整十个应受指责的秘密团体的名誉会员，而且已受到警察的注意。库库什金信口胡吹，人们对他的话不仅不信，而且连听也不听。

第三个客人姓格鲁津，父亲是一个德高望重、学识渊博的将军。他跟奥尔洛夫同岁，留着淡色长发，视力不好，戴一副金丝框眼镜。我记得，他的手指苍白细长，像钢琴家的手指似的，而且他的整个长相也有些像演奏大师。有这种长相的人一般在乐团里担任第一小提琴手。他咳嗽，患偏头痛，看上去病恹恹的，身体虚弱。大概在家里脱衣、穿衣都靠别人，像个孩子似的。他法政学校毕业，先在司法机关工作，后来被调到参政院，离开那里以后托人进了国家财政部，不久又离开了。我见到他的时候，他在奥尔洛夫的科里当股长，他说不久还要回司法机关。对职位以及对调换工作，他是非常轻率的。当在他面前严肃地谈到官衔、勋章、薪俸级别时，他憨厚地笑着重复普鲁特科夫①的一个警句：“只有在官场上才能了解真理！”他有一个满脸皱纹、身材矮小、嫉妒心很重的妻子和五个瘦弱的孩子。他对妻子不忠，对孩子们只有看到的时候才喜欢。一般说来，他对家庭的态度是相当冷漠的，常拿家里人取笑。他靠借债过日子：不分地点，不问对象，一遇适当机会就借，甚至不放过自己的上司和门房。这是一个意志薄弱、懒散成性、随波逐流的人。往哪儿领他，他就上哪儿。领他上贼窝，他去；在他面前放一杯葡萄酒，他喝；不放，他就不喝。在他跟前骂老婆，他也骂，而且说她破坏了他的生活；当他的面夸老婆，他也夸，而且由衷地说：“我爱这个可怜的女人，很爱。”他没有皮大衣，常围着有儿童室味道的厚毛围巾。每逢吃夜宵，当他思考什么问题时就搓小面包球儿或者喝很多红葡萄酒，这时，说起来也奇怪，我几乎相信：他的身上有一种什么气质，他自己也模模糊糊有所感觉，但为俗务所累，没有来得及理解和珍惜。他会弹一些钢琴，有时坐到钢琴前面弹两三个和弦，然后轻轻唱一句“未来的一天给我准备了什么？”②像受到惊吓似的，马上站起来，离开钢琴。

客人通常是晚上十点前到齐。他们在奥尔洛夫的书房里打牌，我和波利娅给他们递茶。在这儿我才能真正体味当仆人的乐趣。连续四五个小时站在靠门的地方，留意不让杯子空着，换烟灰缸，看到粉笔或纸牌掉到地上跑过去捡，而主要的是站在那里聚精会神地等着，不能说话，不能咳嗽，不能笑。请您相信，这比最重的农活儿还重。我曾经在暴风雪的冬夜里连续值过四小时班儿，我认为值班轻松得不可比拟。

---

① 科济马·普鲁特科夫是诗人和剧作家A. K. 托尔斯泰同热姆丘日尼科夫兄弟1854—1884年间发表抨击俄国官场的杂文时的集体笔名。

② 柴可夫斯基根据普希金诗体小说《叶甫盖尼·奥涅金》改编的同名歌剧中林斯基的唱词。

打牌打到两点，有时打到三点，然后伸着懒腰到餐厅去吃夜宵，或者像奥尔洛夫说的，去垫补垫补。吃夜宵时是闲聊，通常开始是奥尔洛夫眼里含着讥笑谈某个熟人，某本刚读完的书，新的任命或什么方案。善于奉承的库库什金马上就帮腔，就我当时的心情来说，最令人讨厌的音乐就开始了。奥尔洛夫和他的朋友们的讥讽是没有限度的，无论对什么人，对什么事都不留情。谈宗教——讥讽；谈哲学，谈人生的意义和目的——讥讽；有人提到了人民——也是讥讽。彼得堡有一种特殊人物，他们专门取笑每一种生活现象，甚至从饥民或自杀者身旁过时都不能不说些庸俗的笑话。可是奥尔洛夫和他的朋友们不开玩笑，不说笑话，而是讥讽。他们说，没有上帝，人死后就完全消失了，永生的人只是在法国科学院里才会有[①]。真正的幸福是没有的，而且也不可能有，因为它的存在是以人的完善为条件的，而人的完善在逻辑上是荒谬的。俄罗斯跟波斯一样是个没有意思的穷国。知识界是没有希望的，因为在佩卡尔斯基看来，其绝大多数是些无能无用之辈。人民都是酒鬼、懒虫、惯窃，正在蜕化变质。我国没有科学，文学拙笨，商业靠欺骗维持："不骗人做不成买卖。"诸如此类，都可笑。

由于喝了酒，夜宵结尾的时候气氛快活一些，谈起了快活的话题。大家取笑格鲁津的家庭生活，取笑库库什金的胜利或者取笑佩卡尔斯基，据说他的开支账上一页上写着《慈善事业开支》，另一页上写着《生理需要开支》。他们说没有一个妻子是忠实的，任何一个人的妻子，只要你的手法熟练一些，都用不着离开客厅就可以得到她的爱抚，尽管她的丈夫这时坐在隔壁的书房里。少女已堕落不堪，什么都懂。奥尔洛夫保存着一个十四岁女中学生的信，她在放学回家的路上"在涅瓦大街看上了一个军官"，据说这个军官把她带到自己的住处，晚上很晚才放她出来，她急忙把这件事写信告诉女友，以便跟她分享心中的狂喜。他们说贞操从来未曾有过，现在也

① 法国文学艺术科学院院士称为immorte，直译为永生者。

没有，显然是无人需要它，没有它，人类迄今为止过得很好。所谓堕落的危害无疑是被夸大了。我国法律规定应受惩罚的某种变态行为并未妨碍第奥根尼①成为哲学家和导师；恺撒②和西塞罗③贪淫好色，但同时都是伟人。年老的加图④娶了一个年轻的妻子，但继续被认为是严厉的守斋者和道德维护者。

凌晨三四点的时候，客人各自回家，或一起到郊区去，或者到军官街的一个叫瓦尔瓦拉的女人家里去，我就回仆人室，因为头痛咳嗽，久久不能入睡。

4

我到奥尔洛夫家三个来星期以后，记得是星期日上午，有人按门铃。那是十点多，奥尔洛夫还在睡觉。我去开门。您可以想象出来我多么惊讶：门外楼梯口上站着一位戴面纱的女士。

“奥尔洛夫先生起来了吗？”她问。

听声音，我认出来是季娜伊达，我曾经往旗帜广场给她送过信。我不记得是否回答了她的问题——她的出现把我惊呆了。而且她也不需要我的回答。转眼之间她已从我身旁穿过去，在前厅留下了满屋子香水味——我现在仍然清楚地记得这馥郁的香味。进了房间以后，她的脚步声就消失了。后来起码有半个小时一点声音也没有。接着又有人按门铃。这次是一个打扮时髦的姑娘——看样子是富贵人家的使女——和我们的门房，两个人都气喘吁吁的，拿上来两个皮箱和一个柳条箱。

“把这交给克拉斯诺夫斯基夫人。”姑娘说。

说完，别的话一句没说就走了。这一切都叫人捉摸不透。波利

① 参见《六号病室》第 9 节注释。
② 恺撒（前 100—前 44），古罗马统帅，政治家和作家。
③ 西塞罗（前 106—前 43），古罗马政治家、雄辩家、哲学家。
④ 指大加图（前 234—前 149），古罗马国务活动家、作家、雄辩家。

娅喜欢老爷胡闹，脸上浮现出意味深长的讪笑，她好像想说：“瞧热闹吧！”她一直踮着脚尖走路。终于听到了脚步声。季娜伊达匆匆走进前厅，看到我站在仆人室门口，便对我说：

“斯捷潘，给奥尔洛夫先生穿衣服吧。”

当我拿着衣服和靴子进入卧室的时候，奥尔洛夫正坐在床沿上，脚搭在床边的熊皮上，他的全身都表现着尴尬的心情。他不把我看在眼里，对我这个仆人的意见毫无兴趣。显然，他这是在对着自己，对着自己的“内心的眼睛”感到尴尬和狼狈。穿衣，洗脸以及后来的梳头，都是默默地慢慢地进行的，好像要给自己一些时间考虑自己的处境和对策似的，甚至从后背上都可以看出来他感到狼狈，对自己不满。

他们一起喝咖啡。季娜伊达从咖啡壶里给自己和奥尔洛夫倒完咖啡，然后把胳臂肘儿放到桌子上，笑了。

“我仍然不能相信。”她说，“就像长期旅行之后来到旅馆，总不能相信已不用再走了一样。轻松地嘘一口气多舒服啊。”

她带着一个很想淘气的小姑娘的神情轻轻嘘了一口气，又笑了起来。

“请原谅。”奥尔洛夫用手指了一下报纸说，“喝咖啡时读报是我不可战胜的习惯。不过我可以同时做两件事情：又读又听。”

“读吧，读吧……您的习惯和您的自由仍然属于您。不过您为何愁眉不展呢？每天早晨都这样，还是只今天这样？您不高兴？”

“相反，不过说老实话，我有些震惊。”

“为什么呢？您有时间准备应付我的入侵嘛。我每天都在威胁您嘛。”

“不错。不过我没有料到您今天就把自己的威胁付诸实施啊。”

“我自己也没有料到。不过这样更好，更好。我的朋友，病牙一次拔掉就完了。”

“不错，当然。”

“啊，亲爱的！”她眯缝着眼睛说，“结果好，一切皆好。不过在取得好的结果以前，受了多少折磨啊！您别看我现在笑，我高兴，幸福，可是比起笑来，我更想哭，昨天我迎接了一场鏖战。”她继续用法语说，“只有上帝知道我当时多么吃力，不过我笑，因为我无法相信。我觉得跟您坐在一起喝咖啡不是真的，是在做梦。”

接着，她继续用法语讲昨天跟丈夫分手的情形。她的眼睛里一会儿涌出泪水；一会儿充满笑意，陶醉地看着奥尔洛夫。她说丈夫早就怀疑她了，但是总是避免摊牌。他们常常吵架，丈夫通常在吵得最厉害的时候，突然住嘴，走进自己的书房以免在气头上说出自己的怀疑来，同时也免得她摊牌。季娜伊达则觉得自己愧疚、渺小，不能采取严肃果敢的措施，因此便日甚一日地恨自己、恨丈夫，像在地狱里似的痛苦。可是昨天吵架，她丈夫用哭泣的声音喊了一句：“我的上帝，这一切什么时候是个头儿啊？”然后就走进书房去，她像猫追老鼠似的追上前去，不让他关门，说她从心眼里恨他。等他让她进了书房以后，她把什么都说了，承认爱着另一个人，说这另一个人是她真正的最合法的丈夫，她认为自己义不容辞地今天就应搬到他这儿来，无论受到什么阻挠，即使用炮轰她也不怕。

“您太浪漫了。”奥尔洛夫打断了她的话，眼睛没有离开报纸。

她笑起来，继续讲着，没有碰自己的咖啡，她的两腮红起来，这使她觉得有些难为情。她不好意思地看了看我和波利娅。从她随后的讲述里，我了解到，丈夫对她的回答是责难、威胁，最后是眼泪，准确些说，迎接鏖战的不是她，而是她的丈夫。

“啊，亲爱的，激动的时候一切都进行得好极啦。”她讲道，“可是一到夜里我就泄气了。乔治[①]，您不信上帝，可我有些信，我怕报应。上帝要求我们忍耐、宽容、自我牺牲，可我拒绝忍耐，要照自己的愿望安排生活。这好吗？万一在上帝看来这不好呢？夜里两点丈夫进我屋说：‘您不许走。我会不怕丢脸，通过警察局把您抓回来。’过了一会儿，我看到他像幽灵似的又出现在房门口。‘可怜

① 乔治是格奥吉尔对应的法语名字。

可怜我吧。您的私奔会危害我的前程。’这些话使我非常惊愕，觉得浑身像长了锈似的，我想这是上帝开始惩罚我了，吓得浑身打颤，大哭起来。我觉得天花板要塌下来压到我身上，我马上要被带到警察局去，您要不爱我了，一句话，可怕极啦！我想，到修道院去，或者到什么地方去当护士，放弃幸福，可是这时想起来您爱我，我无权不经您同意擅自处置自己，我心乱如麻，束手无策，不知道该想什么好做什么好。可是太阳出来了，我又快活起来。等到早晨，就坐车到您这儿来了。啊，亲爱的，我受了多少折磨啊，一连两宿没有睡！”

她又疲倦又兴奋，又想睡觉，又想无休止地说下去，又想笑，又想哭，又想到餐馆去吃早饭以感受一下自由。

“您的住宅很舒适，可是供两人用怕小一些。”她喝完咖啡迅速巡视了一下各个房间说，“您给我哪个房间呢？我喜欢这个，因为它挨着您的书房。”

下午一点多，她在挨着书房的房间里换了衣服（此后她便把这个房间叫做自己的房间），就跟奥尔洛夫出去吃早饭。午饭他们也是在餐馆里吃的。在早饭和午饭之间的很长的空闲时间里，他们去逛了商店。我直到晚上很晚还得不断开门，接收商店伙计送来的各种东西。其中有一个豪华的窗间镜，一个梳妆台，一张床，一套我们不需要的精美茶具，还买来一套铜锅。我们把这些大大小小的铜锅摆在我们寒冷空旷的厨房里的小架子上。我们摆弄茶具的时候，波利娅十分眼馋，又恨又怕地看了我三四次，怕我先把这些漂亮的茶杯偷走一个。还送来一个女用写字台，很贵，但不实用。看样子，季娜伊达有意在我们这里作为女主人牢牢地扎下根。

她跟奥尔洛夫晚上九点多才回来，自豪地意识到自己完成了一件勇敢而非凡的壮举，热烈地爱着而且觉得也热烈地被爱着，感到困倦，向往着香甜幸福的睡眠，她被新生活陶醉了。她幸福得紧紧握着自己的手说一切都好极了，发誓将永远爱奥尔洛夫；山盟海誓以及天真地几乎孩子般地相信别人也这么热烈地永远地爱她，使她年轻了五岁。她说着可爱的胡话，取笑着自己。

"没有比自由更高的幸福啦！"她想使自己说些严肃的有份量的话，"你想，多么荒谬啊！我们丝毫不重视自己的见解，即使这见解是聪明的，却在各种蠢人的意见面前发抖。我直到最后一分钟都怕别人的意见，可是听从了自己的见解，决定按自己的愿望生活以后，我的眼睛打开了，我战胜了愚蠢的恐惧。如今我得到了幸福，但愿人人都这么幸福。"

说到这里，她的思路就断了，她谈起了新住宅、壁纸、马、到瑞士和意大利的旅行。奥尔洛夫在餐馆和商店里逛累了，继续在自己的内心面前感到狼狈，像我上午看到的那样。他微笑着，但这微笑多半是出于礼貌，而不是发自内心。她谈到严肃的话题时，他就用讥讽的口吻附和说："嗯，不错！"

"斯捷潘，尽快找个好厨子来。"她对我说。

"厨房的事先不忙。"奥尔洛夫冷冷地瞥了我一眼说，"必须先搬家。"

他从来没有雇用过厨子，没有买过马，因为，用他自己的话来说，他不喜欢"家里弄得乌七八糟的"，他在住宅里能容忍我和波利娅，实在是出于无奈，有着通常的欢乐和口角的所谓家庭生活，他认为是庸俗，破坏他的情趣；怀孕，有孩子，以及谈论这些事情，他认为是格调低下，是小市民习气。现在我非常想看看这两个人怎么在一个住宅里生活：她要安置一个家，建立家业，买了铜锅，幻想着好厨子和马；而他呢，则常对自己的朋友说，一个干净体面的人的住宅里就像在军舰上一样，不应有任何多余的东西，不应有女人、孩子、抹布、炊具……

5

接着我给您讲讲最近的这个星期四发生的事情。这一天奥尔洛夫和季娜伊达出去到孔坦餐厅或多依餐厅吃午饭，只有奥尔洛夫回来了，我后来得知季娜伊达到旧市区去找自己年老的女家庭教师去了，为的是躲过客人来访的时间。奥尔洛夫不想让朋友们看到她。这，他们早晨喝咖啡的时候我就明白了；他当时曾说过，为了她的安宁，必须取消星期四的聚会。

客人像往常一样几乎是同时到的。

“太太在家吗？”库库什金低声问我。

“没有。”我答。

他进屋后，带着狡黠淫猥的目光和神秘的微笑，搓着冻僵的手指。

“恭喜恭喜。”他阿谀奉承地笑得浑身直哆嗦，对奥尔洛夫说，“祝您多生贵子，像黎巴嫩雪松那样枝繁叶茂，硕果累累。”

客人们到卧室里，看到女人拖鞋、两床之间的地毯和挂在床头上的灰色女衫，说了一阵俏皮话。使他们高兴的是，一个一贯顽固蔑视爱情生活中的普通事物的人竟会那么简单普通地突然落入女人的情网里。

“取笑之事物实乃吾等所崇拜之事物也。”库库什金一连重复了好几遍。顺便说说，库库什金非常愿意令人不快地卖弄自己的古文根底。“嘘！”当从卧室里出来走进书房隔壁的房间时，他把一根手指举到嘴边说，“嘘！玛格丽特①在这儿幻想自己的浮士德哪。”

说完，笑得前仰后合，好像说了句非常可笑的话似的。我看了看格鲁津，以为他的音乐心灵忍受不了这种笑声。结果我错了。他那善良瘦削的脸上洋溢着满意的笑容。等坐下玩牌的时候，他边笑边说，奥尔洛夫为了家庭幸福的美满只需要买一个樱桃木烟袋和一把吉他了。佩卡尔斯基只是稳重地笑笑，不过从他那凝神思索的表情上可以看出来，奥尔洛夫新的罗曼史使他感到不快。他不明白究竟发生了什么事。

“那么，她的丈夫怎么办呢？”牌打过三圈以后，他疑惑地问道。

---

① 德国诗人歌德诗剧《浮士德》中的人物。

"我不知道。"奥尔洛夫答道。

佩卡尔斯基用手指梳弄着自己的大胡子沉思起来，直到吃夜宵一句话没说。坐下吃夜宵的时候，他慢吞吞地一顿一挫地说：

"请原谅，一般说来，我不理解你们两位，你们可以互相爱，可以随意破坏十诫中的第七诫①。这我可以理解，是的，这我理解，可是为什么把自己的秘密告诉她的丈夫呢？难道可以这么做吗？"

"难道不是横竖一样吗？"

"嗯……"佩卡尔斯基沉思起来，"我的可爱的朋友，我要告诉你，"他显然在紧张地思索着，"要是我有一天第二次结婚，你想给我戴绿帽子的话，请做得不要让我觉察到。欺骗一个人比破坏他的生活秩序和名望更诚实得多。我理解，你们两位认为公开生活在一起的做法非常诚实，非常自由主义，可是这种——叫什么好呢？——这种浪漫主义，我是不能赞同的。"

奥尔洛夫什么话也没有说，他心情不好，不想说话。佩卡尔斯基继续表示不理解，用手指敲了一会儿桌子，想了想，说：

"我仍然不能理解你们两位。你不是大学生，她也不是裁缝，你们两位都是有钱的人。我认为你能够给她安排一座单独的住宅。"

"不，不能够。你读读屠格涅夫吧。"

"干吗读屠格涅夫？我读过。"

"屠格涅夫在其作品中教导所有高尚纯真的少女跟随心爱的男人到天涯海角去实现他的主张。"奥尔洛夫讥讽地眯缝着眼睛说，"天涯海角，这是诗人的浪漫②。全世界连同它的天涯海角都在心爱的男人的住宅里。因此不跟爱你的女人住在一座住宅里，就等于拒绝承认她的崇高使命，不赞同她的理想。是的，亲爱的，屠格涅夫这么写了，我现在就得替他受罪啰。"

---

① 见《圣经·旧约·出埃及记》第二十章第一至十七节。
② 原文为拉丁语。

“这跟屠格涅夫有什么关系，我不懂。”格鲁津低声说完，耸了耸肩膀，“记得吗，乔治，他在《三次巧遇》中说他晚上很晚在意大利什么地方走路，突然听到有人唱独自来吧，在心里偷偷地想着我！[①]”格鲁津唱了一句：“多好！”

“可她不是强行搬到你这里来的呀。”佩卡尔斯基说，“是你自己喜欢的嘛。”

“唉，没有的事！我不仅没有喜欢过，甚至没有想到有一天会发生这种事。她说要搬到我这儿来的时候，我以为她在说可爱的笑话呢。”

大家都笑了。

“我不可能喜欢这样。”奥尔洛夫继续说，那腔调好像人们迫使他辩解似的，“我不是屠格涅夫小说中的主人公，即使有一天需要解放保加利亚，我也不用女士陪伴。[②]我认为爱情首先是同心灵敌对的肉体的低级需要，对这种需要，要么应审慎地给以满足，要么就应完全放弃，否则这种需要会把一些像它自身一样不洁的成分带进你的生活里来。为了使满足这种需要成为一种享受而不是折磨，我努力给它穿上美的外衣，遮上许多幻觉。要是我事先不确信某个女人漂亮、有魅力，我就不去找她；要是我自己不是精力旺盛，我也不去找她。只有在这种条件下，我们才能达到互相欺骗的目的，才会觉得我们在相爱，我们幸福。我会喜欢大大小小的铜锅和没有梳理的头发吗？会喜欢别人看到我没有洗脸或心情不好的样子吗？季娜伊达心地单纯，想使我喜欢我终生逃避的东西。她想使我的住宅里充满厨房和抹布的气味；她想热热闹闹地搬进新居，驾着自己的马到处游逛；她需要查点我的内衣、关心我的健康；她需要时时刻刻干预我的私生活，注视我的每一步，同时又真诚地要我相信我的习惯

---

① 原文为意大利语，引自俄国作家屠格涅夫的小说《三次巧遇》，原文是一首意大利歌中的一句。

② 指屠格涅夫小说《前夜》的情节。

和自由仍属于我。她确信，我们作为新婚夫妇不久将出去旅行，也就是说她想坐车、住旅馆都寸步不离地跟着我，而我外出旅行时却喜欢看书，不喜欢人家跟我谈话。”

“你可以跟她谈谈嘛。”佩卡尔斯基说。

“谈谈？你以为她会理解我吗？得了吧，我们的想法差别太大啦！她认为离开爸爸妈妈或丈夫去投奔心爱的男人，是无比勇敢的公民行为，可我却认为这是孩子气。她认为，爱上一个男人，跟他同居，是新生活的开始，而我却认为无所谓。爱情和男人构成她的生活的主要实质。也许在这方面无意识论[①]在她身上起作用。很难使她相信，爱情不过是像吃饭穿衣一样的普通需要，丈夫或妻子不好并不会使天塌下来，一个玩弄女人的色鬼同时也可以是一个高尚的天才；从另一方面来说，一个不近女色的人也可以是一个愚蠢凶狠的畜生。现代的文明人，即使是下层的，例如法国工人，一天午饭花十个苏[②]，午饭的酒花五个苏，在女人身上花五到十个苏，然后就全心全意地去做工。季娜伊达付给爱情的不是苏，而是全部身心，我要是跟她谈的话，她一定会大喊大叫，说我害了她，说她生活中什么也没有了。”

“你什么也不必跟她谈。”佩卡尔斯基说，“给她租一套单独的住宅就算了。”

“这说起来容易……”

大家都沉默了一会儿。

“不过她很可爱，”库库什金说，“令人着迷。这种女人幻想着永恒的爱情，爱上谁就不顾一切。”

“可是需要肩膀上长脑袋呀。”奥尔洛夫说，“要思考啊。我们所知道的日常生活经验和无数小说戏剧都一致肯定：正派人之间的

---

① 可能指精神分析学派的理论。弗洛伊德认为无意识是心理活动的基本动力，它决定人的全部生活，是人的动机意图等的源泉。

② 法国 1947 年前的辅币，等于 1/20 法郎。

任何结合和同居，不管起初如何相爱，也不会长过两年，至多三年。她应当知道这些。因此搬家、铜锅、白头偕老的向往不过是想愚弄自己、愚弄我罢了。她又可爱又迷人，谁会争论呢？可是她把我的生活翻了个个儿：以前我认为无所谓的事情，她迫使我当成严肃问题来看待；我在对着一个从未被我看成上帝的木偶膜拜。她又可爱又迷人，可是如今我每次下班回家的时候，不知为什么我的心情都不好，觉得家里有什么不舒服在等着我，好像炉匠把炉子全拆了，堆了一屋子砖似的。一句话，为爱情我付出的已不是苏，而是一部分安宁和神经，这是很糟糕的。”

“她竟听不到这个坏蛋的话！”库库什金叹了口气，“敬爱的先生。”他像演戏似的说，“我解脱您爱这个美人的沉重义务，我要夺您的季娜伊达！”

“请便……”奥尔洛夫漫不经心地说。

库库什金全身晃动着尖声笑了半分钟，然后说：

“留神哟，我可不是说着玩的！以后可不要演奥赛罗[①]！”

大家便谈起库库什金追求女人不眠不休的精神，讲他对女人如何不可抗拒，对丈夫多么危险，说到了阴间小鬼一定要在火堆上烤他以惩罚他的放荡行为。他沉默着，眯缝着眼睛，只有提到熟悉的女人名字的时候，他才伸出小指威吓一下——那意思是说，不要暴露别人的秘密嘛。奥尔洛夫突然看了看表。

客人心领神会，开始准备走了。我记得，格鲁津有些醉意，这次穿大衣慢得烦人。他穿上大衣——他的大衣像不富裕的人家给孩子缝的那种不掐腰的大衣似的——立起了领子，开始没完没了地讲起什么来；后来看到没人听他啰唆，便把散发着儿童室气味的围巾搭在肩上，脸上带着愧疚乞求的神色请我给他找帽子。

“乔治，亲爱的。”他温情地说，“听我的话，一起到市外去吧。”

① 见莎士比亚的同名悲剧。

"你们自己去吧，我不行。我现在处在有家室的地位啦。"

"她很好，不会生气的。我的好上司，走吧！天气好极啦，暴风雪，严寒……真的，您需要散散心，要不您心情不好，鬼知道您……"

奥尔洛夫伸了伸懒腰，打了个呵欠，看了佩卡尔斯基一眼，犹豫地问道：

"你去吗？"

"不知道，大概去吧。"

"无非喝个够？好吧，我去。"奥尔洛夫犹豫了一阵之后决定了，"等等，我去拿钱。"

他进了书房，格鲁津拖着长围巾也跟了进去。一分钟后，两人回到了前厅。微有醉意的格鲁津很高兴地手里搓揉着一张十卢布的钞票。

"明天算吧。"他说，"她和善，不会生气……她是我小女儿的教母，我喜欢她这个可怜的女人。啊，好人！"他突然高兴地笑起来，把脸贴到佩卡尔斯基的后背上，"啊，佩卡尔斯基，我的心肝！大律师，尽管是面包干，大概也喜欢女人……"

"请加上个形容词：胖的。"奥尔洛夫往身上穿着皮大衣说，"不过走吧，要不，说不定在门口遇上哪。"

"独自来吧，在心里偷偷地想着我！"①格鲁津唱起来。

他们终于走了，奥尔洛夫没有在家过夜，第二天吃午饭时才回来。

6

季娜伊达把父亲当年送给她的金表丢了。丢表使她感到震惊和害怕。她在所有房间里转悠了半天，茫然失措地环视着桌子和窗

① 原文为意大利语。

户，可是表就像石沉大海一般。

不久，三四天之后，她从什么地方回来，把钱包忘在前厅。幸亏这次帮她脱大衣的不是我，而是波利娅。等她想起来的时候，前厅里已经没有了。

“奇怪！”她纳闷地说，“我清清楚楚地记得从兜里掏出来付车费……后来放在这镜子旁边。怪啦！”

我没有偷，但我觉得像我偷了被捉住了似的。我甚至流出了眼泪。坐下吃午饭的时候，她用法语对奥尔洛夫说：

“咱们家里闹鬼啦。我今天在前厅丢了钱包，方才一看却出现在我的桌子上。不过鬼变这个戏法并不是无私的。它为自己的表演拿走了一个金币和二十卢布。”

“您一会儿丢表，一会儿丢钱……”奥尔洛夫说，“为什么我一次也没发生过这种事呢？”

一分钟后，季娜伊达已经不记得鬼表演的戏法了，边笑边讲，说她上个星期在商店订了一些信笺，忘了留下新地址，商店把信笺按旧地址给丈夫送去了，丈夫不得不付十二卢布货款。她突然把目光停在波利娅身上凝视了一会儿。她满脸通红，怒火中烧，气得谈起了别的什么事。

我把咖啡端进书房时，奥尔洛夫站在壁炉前面，背对着火，她坐在他对面的圈椅上，用法语说：

“我的心情并不坏。但我现在已想象出来，我全明白了。我能对您讲出她偷表的日子甚至钟点来。那钱包呢？这儿不能有任何怀疑。喔！”她从我手里接过咖啡，笑起来说，“如今我明白了我为什么常丢手帕和手套。无论如何，我明天要把这个小偷赶走，打发斯捷潘去把我的索菲娅找来。她不是小偷，而且也不那么……讨厌。”

“您今天心情不好。明天心情变了，您会明白不能只是因为您怀疑什么就把一个人赶走。”

“我不是怀疑，是深信。”季娜伊达说，“怀疑这个满脸不幸神色的无产者——您的男仆的时候，我一句话也没有说。乔治，您不相信我的话，真叫人不高兴。”

“要是我们对某个问题看法不同，那并不就是说我不信您的话。即使您对，”奥尔洛夫转身把烟蒂扔进炉火里，“那也不值得激动。说老实话，我根本没有料到我这小小的家竟会给您带来那么多严重的忧虑和不安。丢了一个金币，有什么了不起，您到我那儿尽管拿一百个都可以，但是改变生活秩序，从街上找个新的使女来，等着她习惯——这要很长时间，很无聊，不合乎我的脾气。我们目前的使女的确胖，而且也许喜欢手套和手帕，可是她很懂礼貌，守规矩，库库什金捏她，她并没有喊叫。”

“一句话，您不能跟她分手……那就明说嘛。”

“您嫉妒？”

“不错，我嫉妒！”季娜伊达斩钉截铁地说。

“多谢。”

“不错，我嫉妒！”她重复了一遍，眼里闪着泪花，“不，这不是嫉妒，而是更坏的感觉……我叫不上来。”她按着太阳穴继续激动地说，“你们男人有的那么下贱！可怕！”

“我看不出有什么可怕的。”

“我没有看到过，不知道，可是据说你们男人童年就跟使女开始，后来习以为常并不觉得恶心。我不知道，不知道，可我甚至读到过……乔治，你当然对。”她走到奥尔洛夫身旁，换上爱抚乞求的语调说，“我的确今天心情不好。可是你要理解，我不能有另外的做法。我讨厌她，怕她。看到她心里难受。”

“难道不能超脱这些琐事吗？”奥尔洛夫疑惑地耸着肩膀离开壁炉说，“这再简单不过啦，不看她就不恶心了嘛，用不着把一件小事变成一出大戏。”

我离开了书房，不知道奥尔洛夫得到了什么答复。不管怎样，波利娅仍然留在我们这里。此后，季娜伊达无论有什么事都不找波利娅了，显然她在避免她的服侍。波利娅递给她什么，甚至连带着丁零的手镯声和窸窣的裙子摩擦声从她身旁经过的时候，她都浑身发抖。

我想，假如是格鲁津或佩卡尔斯基请奥尔洛夫解雇波利娅的话，他会毫不犹豫地去做，不会去费神做任何解释；他是个随和的人，跟所有冷漠的人一样。可是在对季娜伊达的态度上，他不知为什么连在一些小事上都表现固执，甚至固执到任性的程度。我早就知道，季娜伊达喜欢的东西，他一定不喜欢。当她从商店回来急着向他赞美新买的东西时，他只是匆匆瞥一眼，冷冷地说家里多余的东西越多，空气便越少。有一次他已穿好燕尾服，要到什么地方去，已跟季娜伊达告别过了，可是却突然赌气留了下来。我当时觉得他留在家里只是为了感受一下自己的不幸福。

“您为什么不出去了？”季娜伊达问道，她故意装出不快的样子而脸上却闪着惬意的光辉，“为什么呢？您习惯于晚上不坐在家里嘛，我不愿意您为了我改变自己的习惯。去吧，请吧，要是您不想让我感到内疚的话。”

“难道谁埋怨过您吗？”奥尔洛夫说。

他带着一副牺牲品的模样仰卧在书房的圈椅上，用一只手遮着眼睛拿起一本书来。可是不久书就从手里滑掉了，他笨重地在圈椅里翻个身，又用手像挡阳光似的遮着眼睛。现在他为自己没有出去而感到不快了。

“可以进来吗？”季娜伊达问完，犹犹豫豫地走进书房，“您在读书？我觉得寂寞，来一会儿……看看。”

我记得，有一个晚上她也是这样犹犹豫豫地进来，进来的不是时候；她蹲在奥尔洛夫的脚旁地毯上。从她那怯懦温柔的动作里可以看出她不理解他的心情，感到害怕。

“您总在读……”她讨好地说，看样子，她想奉承奉承他，“乔治，您知道您成功的秘密在哪儿吗？您很有学问，聪明。您这是什么书？”

奥尔洛夫回答了。沉默了几分钟，我觉得沉默的时间很长，我站在客厅里观察着他们俩，害怕咳嗽。

“我有些话想对您说……”季娜伊达轻轻说完，笑了，“说吗？您大概要笑我，说这是自我陶醉了。您瞧，我今天非常非常想认为您今天留在家里是为了我……为的是一起度过这个夜晚。对吗？可以这么想吗？”

“想吧。”奥尔洛夫用手遮着眼睛说，“真正幸福的人不仅想实际上有的事而且甚至想实际上没有的事。”

“您说了句很长的话，我没有全懂。您是想说幸福的人靠幻想生活？不错，是这样。我喜欢晚上坐在您的书房里在想象中驰向远方，远远地……幻想幻想很舒畅。乔治，让我们一起出声地幻想吧！”

“我没进过女子寄宿学校，没有学过这门科学。”

“您心情不好？”季娜伊达拿起奥尔洛夫一只手问道，“告诉我：为什么？看到您这个样子，我害怕。不知道您是头痛还是生我的气……”

在沉默中又过了漫长的几分钟。

“您为什么变了？”她轻轻地说，“为什么您已不像在旗帜广场时那么温柔快活了？我在您这儿住了快一个月了，可是我觉得我们还没有开始生活，还什么也没有认真谈过。您总是用玩笑搪塞或者像个教师似的说些又冷又长的话。您的玩笑里也有一种冰冷的什么……您为什么不肯跟我认真谈话了？”

“我谈话从来都是认真的。”

“那好。让我们谈谈吧。求您啦，乔治……谈吗？”

“谈吧。可谈什么呢？”

“谈我们的生活，谈未来……”季娜伊达幻想着说，“我在不断编制生活计划，在不断编制——我觉得好极啦！乔治，我先问一个问题：您什么时候离开您的职位？”

“这是为什么呢？”奥尔洛夫把手挪到前额问道。

“您的观点不宜担任官职。您在那里不合适。”

“我的观点？”奥尔洛夫问道，“我的观点？就信仰和本性说，我是个普通官吏，谢德林①笔下的人物。您把我当成另外一种什么人啦，请您相信我的话。”

“您又开玩笑，乔治！”

“丝毫没有。官场也许使我感到不满足，可它对我来说毕竟比其他别的地方强。我在这儿混惯了，这儿的人都跟我一样，在这儿我起码不是多余的人，我觉得自己还可以。”

“您恨官场，讨厌官场。”

“是吗？假如我辞掉官职，开始出声地幻想，驰入另一个世界，您以为我对这另一个世界恨得会比对官场轻吗？”

“为了反对我的意见，您不惜诽谤自己。”季娜伊达感到不快，站了起来，“我不该开始谈这个问题。”

“您生什么气呢？您不做事，我没有生气嘛。让每个人都按照自己的愿望生活好啦。”

“难道您是按照自己的愿望生活吗？难道您自由吗？终生写一些跟您的信仰相反的公文，”季娜伊达绝望地拍着手继续说，“唯命是从，给上司拜年，以及打牌，打牌，无尽无休地打牌，而主要的是为您不可能喜欢的制度服务，不，乔治，不！别开这么粗鲁的玩笑。这可怕。您是个有思想的人，只应为思想服务。”

“真的，您把我当成另外一种什么人了。”奥尔洛夫叹了口气。

“您干脆说不愿意跟我谈好啦。我使您感到讨厌，如此而已。”季娜伊达流着泪说。

“亲爱的，听我说。”奥尔洛夫在圈椅里坐直，用教训的口吻说，“您自己说我聪明，有学问，俗话说：有学问的人不用教，教他只会把他弄糊涂。您说我是个有思想的人的时候所指的那些渺小和伟大的思想，我都熟悉。因此，如果说我把官职和牌看得重于这些思想的话，那一定有原因，这是一。第二，据我所知，您从来没有

---

① 萨尔蒂可夫-谢德林（1826—1889），俄国作家。

做过事，您对官场的看法只能来自一些笑话和不好的小说。因此，我们不妨一劳永逸地讲定：永远不谈我们早已熟知的问题或我们没有研究的问题。”

“为什么您跟我这么讲话？”季娜伊达好像害怕似的向后退着说，“为什么？乔治，清醒清醒吧，乔治！”

她的声音颤了一下，话中断了；看来她想忍住眼泪，可是突然嚎啕大哭起来。

“乔治，亲爱的，我完了！”她用法语说完，迅速蹲在奥尔洛夫跟前，把头靠在他的膝盖上，“我受尽了折磨，厌倦了，再也受不了啦……童年是淫荡可恨的后娘，后来是丈夫，现在是您……您……我疯狂地爱您，而您的回报却是讥讽和冷淡……还有这个可怕的无耻使女！”她继续嚎啕着说，“是的，是的，我看得出来：我不是您的妻子，不是您的朋友，而是一个因为成了您的情妇而为您所不敬重的女人……我要杀死自己！”

我没有料到这一席话和这一场哭对奥尔洛夫会产生这么强烈的影响。他满脸通红，不安地在圈椅上扭动着身子，脸上讥讽神色不见了，出现了傻呵呵的孩子般的恐惧。

“亲爱的，您没有懂我的话，我起誓。”他茫然失措地咕哝着，抚摸着她的头发和肩膀，“原谅我，恳求您啦。我不对，我……恨自己。”

“我的抱怨和诉苦侮辱了您……您是个诚实、宽厚……少有的人，我每时每刻都意识到这一点，可是这些日子我寂寞得难受……”

季娜伊达冲动地抱住奥尔洛夫，吻了吻他的脸腮。

“请千万别哭。”他说。

“不哭，不哭……我已经哭够啦，现在轻松啦。”

“至于使女，明天她就不会在这儿啦。”他说完，仍然不安地在圈椅上扭动着身子。

“不，她应当留下，乔治！听到了吗？我已不怕她……必须超脱琐事，不想蠢事。您对，您是个少有的……非凡的人！”

她很快就不哭了。她睫毛上挂着没有干的泪珠，坐在奥尔洛夫的膝盖上低声给他讲一件动人的事情——好像是青少年时代的回忆，抚摸着他的脸，吻着端详着他的戴着戒指的手和表坠儿。她陶醉在自己的讲述和所爱的人的抚爱里、也许是方才的泪水洗净了她的心灵吧，她的声音听起来非常纯净、真诚。奥尔洛夫玩弄着她的深棕色秀发，无声地吻着她的手。

后来他们在书房里喝了咖啡，季娜伊达出声地读了一些信。十二点多，他们去睡了。

这一夜我的肋痛得厉害，而且觉得冷，直到早晨没能暖和过来睡着。我听到奥尔洛夫从卧室里出来进了书房。在那儿坐了一个来小时，按铃叫我。由于病痛和疲倦，我忘了上流社会的所有规矩和礼貌，只穿内衣赤脚到书房去。奥尔洛夫穿着睡袍戴着小睡帽站在门口等我。

“叫你的时候，你应当穿好衣服来。”他严厉地说，“把蜡烛换一换。”

我想道歉，可是突然厉害地咳嗽起来；为了不摔倒，我用一只手抓住门框。

“您病了？”奥尔洛夫问。

好像认识以来他第一次称呼我“您”。上帝知道他为什么这么称呼我。可能是我穿着内衣、脸被咳嗽扭曲得不像样子，没有演好自己的角色，不大像一个仆人吧。

“您既然有病，为什么要出来做事呢？”他说。

“为了不饿死啊。”我答。

“这一切多么龌龊啊。”他轻轻地念叨着朝写字台走去。

我穿上外衣换新蜡烛的时候，他坐在写字台旁边，把脚伸到圈椅上，裁开书读了起来①。

① 当时的书多为毛边本，须边裁边读。

我离开的时候，他已聚精会神地读起来，书没有像晚上那样从手里滑出来。

7

写到这里，一种从小养成的恐惧心理使我的笔不能挥洒自如——我怕显得多情、可笑。当我想表示爱抚、说些温情的话的时候，我无法做到诚恳坦率。正是由于这种恐惧和不习惯，我无论如何不能完全清楚地表明我当时的内心活动。

我没有爱上季娜伊达，可是在我对她的普通人的感情里青春、清新、欢乐的成分要比奥尔洛夫对她的爱情里多得多。

早晨刷鞋、扫地的时候，我屏住气息等着听她的说话声和脚步声。站在旁边看她喝咖啡以及吃早饭，在前厅里递给她皮大衣，往她的小脚上穿套鞋——这时她扶着我的肩膀，然后就是等楼下门房按铃通知我她回来，在门口接她，看到她冻得脸红扑扑的，身上披着雪花，听她断断续续地喊几句关于严寒或出租雪橇的什么话，——您不知道这一切对我多重要！我想恋爱，想有个家，希望我未来的妻子的面庞、声音像她一样。吃午饭的时候，派我上什么地方办事走在街上的时候，夜里睡不着觉的时候，我都在幻想着。奥尔洛夫轻蔑地扔开的女人衣衫、孩子、厨房、铜锅，我都在想象中细心地收藏起来加以爱护，请求命运赐给我；我的眼前出现了妻子、儿童室、花园里的小径、小房子……

我知道，即使我爱上她，我也不敢期望会出现奇迹——她也会爱我；可是这种想法并不使我不安。我的温顺卑怯的感情像通常的依恋，没有对奥尔洛夫的嫉妒，甚至连羡慕的意思也没有，因为我明白：对我这样的残废，个人幸福只能存在于幻想中。

当季娜伊达夜里为了等奥尔洛夫回来呆呆地盯着书出神或者当波利娅从她旁边经过、她浑身哆嗦脸色发白的时候，我跟她一起痛苦，我想快些把这个脓包切开，也就是说快些让她知道星期四吃夜宵时他们说的话，可是——怎么做呢？我越来越经常地看到她流泪了。开始几个星期，即使奥尔洛夫不在家，她也是又笑又唱的，可是刚过一个月，我们的住宅里就充满了沉闷的寂静，只有星期四才活跃起来。

她尽力讨奥尔洛夫欢心。为了博得他虚情假意的一笑或一吻，她跪在他面前抚爱他，像只小狗似的。经过镜子的时候，即使心情很沉重，她也忍不住要往镜子里看一眼，整整发型。使我感到奇怪的是，她仍然关心打扮，兴高采烈地买东西。这跟她的忧伤心情有些不协调。她追求时髦，缝制一些华贵的衣服。为谁、为什么打扮呢？我记得特别清楚，有一件新衣服值四百卢布。为了一件多余无用的衣服花四百卢布，而我们的女工像苦役犯似的干一天才挣二十戈比①，而且还要吃自己的，威尼斯和布鲁塞尔的花边女工一天只挣半个法郎，不足的部分她们只能靠堕落来补充。我奇怪，季娜伊达竟意识不到这一点，我感到不高兴。可是她一离开家，我马上就谅解她了，一切都找到了解释，一心等着楼下门房按铃通知我她回来。

她对待我像对待仆人、下等人一样。可以抚摸一只狗而看不着它；主人吩咐我，问我什么，却看不到我的存在。主人认为跟我讲话不能超出习以为常的限度；要是我伺候他们吃饭时参与他们的谈话或者笑起来，他们大概会认为我疯了而把我解雇。不过季娜伊达对我却有好感。当她打发我上什么地方办事或者给我解释如何使用新灯之类事情的时候，她的脸非常明朗、和善、亲切，眼睛直盯着我的脸。我每次都觉得她是感激我曾经往旗帜广场给她送过信。波利娅认为我是她的红人，因此恨我，她按铃叫人的时候，波利娅总是尖刻地嘲笑说：

“去吧，‘你的’叫你呢。”

季娜伊达认为我是下等人，没有想到：如果说家里有人受到屈辱的话，那就是她。她不知道，我这个仆人在替她难受，一天要问

---

① 100戈比等于1卢布。

自己二十次：她的未来如何，这一切会怎样结束。情况一天比一天坏。自从那晚谈职位问题以后，奥尔洛夫因为不喜欢看到眼泪而显然害怕起来，便避免交谈。当季娜伊达开始或是争论或是乞求或是准备哭的时候，他就找个冠冕堂皇的借口躲进自己的书房去或者干脆离开家。他在家过夜的次数越来越少，在家吃午饭的次数更少。星期四他自己请求朋友们把他带到别处去。季娜伊达仍然在幻想着有自家的厨房、搬进新住宅、到国外去旅行，可是幻想依然只是幻想。午饭依然是餐馆送，住宅问题，奥尔洛夫请求从国外回来以前不要提，而出国旅行呢，他说在他的头发长成长发以前不能去，因为在旅馆里游逛，为思想服务，没有长发是不行的。

此外，奥尔洛夫不在家的时候，库库什金晚上常来。他的行为没有任何特别的地方，可是我总不能忘记那天晚上他说要从奥尔洛夫手里夺走季娜伊达的话。招待他喝茶、喝红葡萄酒，他嘻嘻哈哈地笑着，想说些叫人高兴的话，说自由同居在各个方面都比在教堂举行婚礼高尚，其实现在所有正派人都应到季娜伊达面前来鞠躬致敬。

8

圣诞节后这一个星期过得很无聊，好像预感到有一种什么不祥的事情要发生似的。新年的前一天早晨喝咖啡的时候，奥尔洛夫突然宣布上司派他带着特别使命去会见一个在某省巡视的参政员。

“不想去，可是想不出借口来？”他不高兴地说，“必须去，没有办法。”

听到这个消息，季娜伊达的眼圈马上红了。

“去很久吗？”她问。

“五天左右。”

“说实话，我高兴您去。”她想了想说，“去开开心，路上爱上谁，回来跟我讲讲。”

她利用一切适当场合努力要奥尔洛夫明白：她丝毫不约束他，

他可以随意行动；这种并不狡猾的昭然若揭的策略谁也骗不了，只是再一次提醒奥尔洛夫：他并不自由。

“我今天晚上走。”他说完便读起报纸来。

季娜伊达准备上车站送他，他劝阻她，说他又不是上美国，又不是去五年，总共去五天，甚至更少一些。

七点多开始告别，他用一只手抱住她，吻了吻她的前额和嘴唇。

“要做个聪明人。我不在家，别寂寞。”他用爱抚体贴的语调说；这语调连我也被感动了，“上帝保佑你。”

她贪婪地凝视着他的脸，要把亲切的容貌牢牢地印在脑海里，然后用两手优美地搂住他的脖子，把头靠在他的胸前，用法语说：

“对于我们之间产生的一些误会，要原谅我。丈夫和妻子要是相爱就不能不吵。而我爱你爱到发疯的程度。别忘记……常来电报，写详细些。”

奥尔洛夫又吻了她一次，一句话没说，心情激动地出了家门。听到身后的门锁响了一下，他在楼梯中间犹豫地站下，朝上边看了一眼。我觉得，这时上面哪管有一点声音，他也会回去。可是上面静悄悄的。他正了正身上的大衣，犹犹豫豫地下楼去了。

门口早就有两辆出租雪橇在等着。奥尔洛夫坐一辆，我带着两个皮箱坐另一辆。天很冷。一些十字路口有火堆在冒烟。雪橇跑得快，寒风刺痛我的脸和手，呛得我喘不上气来，我闭着眼睛想：她是个多好的女人哪！她爱得多热烈啊！如今连无用的废物都有人收集起来义卖，碎玻璃都被看作好东西，而一个标致、年轻、不蠢、正派的女人的爱——这样珍贵的稀世之宝竟被弃之如敝屣。有个古代的社会学家认为，任何坏的情感如疏导得当都可以变成善的力量，而我们这个地方甚至高尚美丽的情感都是无声无息，自生自灭，无人疏导，无人理解，乃至遭到践踏。这是什么原因呢？

雪橇突然停下了。我睁眼一看，我们是停在谢尔吉耶夫斯卡亚大街佩卡尔斯基住的那座大楼旁边。奥尔洛夫从雪橇里出来，在大门里消失了。五六分钟以后，佩卡尔斯基的男仆出现在门口，他没戴帽子，冻得生气地喊道：

“你是聋子吗？把雪橇打发走，到楼上来，叫你！”

我什么也不明白，上了二楼。我以前也来过佩卡尔斯基的住宅，也就是说站在前厅往客厅里看过，每次从潮湿阴暗的街上进来，室内的画框、青铜美术品和华贵家具的闪光都使我震惊。这时在这闪光中我看到了格鲁津、库库什金，过了一会儿还看到了奥尔洛夫。他走到我跟前说：

“斯捷潘，是这么回事。我在这儿住到星期五或星期六。要是有信和电报的话，每天给我送到这里来。在家里你当然要说我走了，说我吩咐问候家里人。回去吧。”

我回到家里的时候，季娜伊达正躺在客厅的沙发上吃梨呢。只有一支插在烛架上的蜡烛在亮着。

“没有耽误火车吧？”季娜伊达问。

“丝毫没有。吩咐问您好。”

我回到仆人室，也躺下了。无事可做，也不想读书。我没有奇怪，没有愤慨，只是殚思竭虑地想弄明白这个骗局的用意何在。只有不懂事的少年才会这么欺骗自己的情妇。难道他一个读过很多书、颇有头脑的人想不出更聪明的办法来吗？说实话，我对他的头脑评价不差。我认为，他如果需要欺骗大臣或别的什么强者的话，他一定肯花费精力讲求点儿艺术；显然，他认为欺骗这个女人随便什么办法都可以：得逞了，很好；失败了，问题也不大，可以再撒谎，同样简单、现成，用不着伤脑筋。

半夜，我们的楼上迎接新年，传来挪动椅子和欢呼的声音。季娜伊达从书房隔壁的那个房间按铃叫我。她因为躺得太久懒洋洋的，坐在写字台旁边，在一张纸上写什么。

“得发一封电报。”她笑了一下说，“快到车站去一趟，请求马上发给他。”

我到了街上，看到纸上写的是：“祝新年快乐。速来电报，非常思念。一刻不见，恍如百年。遗憾，不能随电报把我的一千个吻和心寄去。祝快活，亲爱的。季娜伊达。”

我把电报发走，第二天给了她回执。

9

最糟糕的是奥尔洛夫竟未加考虑，把骗局的秘密也告诉了波利娅，让她把衬衣送到谢尔吉耶夫斯卡亚大街去。从此以后，她看季娜伊达的眼神里就充满了幸灾乐祸和我无法理解的厌恶神色，在自己的房间里和前厅里高兴得直用鼻子哼气。

“住得太久啦，该知趣啰！”她兴高采烈地说，“自己该明白……”

她已经嗅出来季娜伊达在我们这儿呆不长了，她不肯错过时机，香水、玳瑁发簪、头巾、皮鞋，什么顺手偷什么。元旦过后第二天，季娜伊达把我叫进自己的房间低声告诉我说她的黑连衣裙丢了，然后脸色煞白，又惊又气地在各房间里走着，自言自语地说：

“这还了得？这还了得？真是胆大包天！”

吃午饭时，她想给自己盛汤，可是不能盛——她的手哆嗦。嘴唇也哆嗦。她无可奈何地看着汤和馅饼等哆嗦平静下去，突然忍耐不住，看了波利娅一眼，说：

“波利娅，您可以离开啦。这里有一个斯捷潘就够了。”

“没关系，我站一会儿。”波利娅答道。

“您没有必要站在这里。您永远离开吧……永远！”季娜伊达激动得站起来说，“您可以另找一个地方。马上出去！”

“没有老爷的吩咐，我不能走。是他雇的我。他说怎样就怎样。”

“我也可以解雇您！我是这儿的女主人！”季娜伊达满脸通红说。

“可能您是女主人。可是只有老爷能解雇我。是他雇的我。”

“您在这里一分钟也不能呆！”季娜伊达喊完，用餐刀敲了一下盘子，“您是小偷！听懂啦？”

季娜伊达把餐巾扔在桌上，脸上带着可怜的痛苦表情急速离开了餐厅。波利娅大声嚎啕着，嘴里念叨着什么，也离开了餐厅。汤和榛鸡凉了。这些从餐馆叫来的奢侈美食不知为什么使我觉得寒伧、贼头贼脑的，像波利娅。小盘子里的两个馅饼样子最可怜，像犯了罪似的。它们好像在说：“今天把我们拿回餐馆，明天又会在吃午饭时端给一个什么官员或女歌星。”

“瞧，多了不起的太太！”波利娅房间里的声音传到了我的耳朵里，“我要是愿意早就当上这样的太太了，可我知道羞耻！看看我们谁先离开！瞧吧！”

季娜伊达按铃叫我，她坐在自己房间的墙旮旯里，那样子就像被罚坐在那里似的。

“没送电报来吗？”

“没有。”

“问问门房，也许有电报。您不要离开家。”她在我身后说，“我一个人害怕。”

后来我几乎每个小时都得到门房跑一趟，问问有电报没有。说实话，这段时间真是叫人难受！季娜伊达为了不看到波利娅，喝茶吃饭都在自己的房间里，睡觉也在那里的一张 э 字形的短沙发上，自己整理床铺。起初几天是我去发电报，可是收不到回电，她不再相信我，便自己到电报局去。看着她焦急的样子，我也心急火燎地盼起电报来。我希望他能想出一个什么花招来，比方说派人从哪个车站发封电报来。我想，即使他被牌迷住或者已经恋上了别的女人，格鲁津和库库什金当然也会提醒他想起我们来。我们白盼了。我一天进季娜伊达的房间五六次想把实情告诉她，可是看到她眼神像个羔羊，两肩低垂着，嘴唇直哆嗦，我一句话没说便退了出来。同情和怜悯把我的勇气全剥夺了。波利娅一副若无其事的样子，快活得意，每天收拾老爷的书房卧室，在餐具柜里翻腾着，撞碰着餐具发出叮当的响声，经过季娜伊达的房门时又唱歌又咳嗽。季娜伊达躲她，使她感到高兴。晚上她出去，半夜两三点钟回来按铃叫门，我必须给她开门并听她对我咳嗽的意见。接着我就听到另一个铃响。我跑到书房隔壁的房间去。季娜伊达把头探出门来问：谁按铃？眼睛则看我的手里是否拿着电报。

终于星期六楼下响起了门铃声，接着楼梯上传来熟悉的说话声，她高兴得大哭起来。她扑上去迎接他，抱他，吻他的胸膛和衣袖，说一些令人无法明白的话。门房把皮箱拿上来，传来波利娅快活的声音。好像谁来度假似的！

“为什么没来电报？”季娜伊达高兴得气喘吁吁地问道，“为什么？我受尽折磨，好不容易活过来……啊，我的上帝！”

“原因很简单？我跟参政员第一天就去了莫斯科，没有接到你的电报嘛。”奥尔洛夫说，“午饭后我向你详细报告，现在要睡觉，睡觉，睡觉……坐车坐累了。”

看样子他一宿没睡：大概是打牌来着，并且喝了许多酒。季娜伊达服侍他上了床，然后我们直到晚上都是踮着脚尖走路。午饭平静地过去了，可是在书房喝咖啡的时候他们就争论起来。季娜伊达低声快速地说着什么，她说的是法语，她的话像小溪潺潺地流淌着，后来听到奥尔洛夫大声叹了一口气，用法语说：

“我的上帝！难道您除了这关于坏使女的老调就没有更新的事可讲啦？”

“可是，亲爱的，她偷了我的东西，还说了许多无礼的话。”

“可她为什么不偷我的东西，不对我说无礼的话呢？为什么我从来没跟使女、扫院子的、仆人发生问题呢？亲爱的，您不过是任性罢了，不愿意约束自己……我甚至怀疑您是怀孕了。我提议您解雇她的时候，您要求留下她，现在又想要我把她撵走。我在这种场合也是固执的！用任性对付任性。您想要她走，我偏要让她留下来。这是医治您的神经的唯一办法。”

“唉，得啦，得啦！”季娜伊达吃惊地说，“不谈这个……明天再谈。现在给我讲讲莫斯科……莫斯科怎样？”

10

第二天一月七日，是圣徒约翰日，奥尔洛夫吃完早饭后穿上黑燕尾服、戴上勋章要去祝贺父亲的命名日。需要两点动身，他穿戴完才一点半。如何打发这半个小时呢？他在客厅里踱着，朗诵着他小时候向父亲母亲朗诵过的贺诗。季娜伊达准备去找裁缝或到商店去，坐在旁边含笑听他朗诵。我不知道他们是怎么谈起来的，我进来给奥尔洛夫送手套时，奥尔洛夫站在季娜伊达面前，脸上带着任性、乞求的神色说：

“请无论如何不要谈人人皆知的事情！我们的有头脑的聪明女士们竟能煞有介事地滔滔不绝地讲一些连小学生都听腻了的老生常谈，这是一种多么不幸的才能啊。唉，要是您能从我们的夫妻生活项目中把这些严肃问题删除，那该多好！该多么令人感激不尽哪！”

“我们女人不能有自己的观点。”

“我给您充分自由，您可以任意发表自由主义言论，随便引经据典，但请对我做一点让步，不要在我面前谈论上流社会的弊端和婚姻的不正常这两个问题。请终于能够理解。人们总是谩骂上流社会，目的是拿它同商人、神甫、小市民和乡巴佬的社会——各种阿狗阿猫的社会对比。两个社会我都讨厌，可是如果要我在两者之间凭良心选择一个的话，我会毫不犹豫地选择上流社会，而且这不是虚伪和做作，因为我的情趣全在它这边。咱们的社会尽管庸俗空虚，可是咱们总算能够把法语讲得像样，总算读点东西，即使争吵厉害的时候也不会动手，可是在阿狗阿猫以及他们的老板那里却是：当面说好话，背后下毒手，酗酒打架和偶像崇拜肆无忌惮。”

“乡下人和商人养活着我们哪。”

“这有什么呢？这不仅暴露了我的坏处，也暴露了他们的坏处。他们养活着我，却在我面前脱帽致敬，这就是说他们没有足够的智慧和勇气采取另外的做法。我谁也不骂，谁也不捧，只是想说，上流社会和下等社会两者都好，我的心和智慧对两者都反对，可是我的情趣在前者一边。至于说婚姻不正常呢，”奥尔洛夫看了一下表继续说，“那我们该理解啦，没有任何不正常现象，暂时只有对婚姻的不明确的要求。您想要求婚姻什么呢？合法和非法的同居，各种结合和同居，不管好坏，其实质都是一样的。你们女士们只是为这个实质活着，这实质对你们来说就是一切，没有了这个实质，你们的存在对你们来说就失去了意义。除了实质，你们什么也不需要，于是你们就拿去这个实质，可是读多了小说以后，你们就羞于去拿这实质啦。你们就东奔西窜，轻率地换男人。为了替这种彷徨辩解，就谈论婚姻的不正常。既然你们不能也不想排除实质——你们最主要的敌人、你们的撒旦，既然你们继续奴隶般地奉祀这个撒旦，那怎么能进行认真的谈话呢？不管你们对我说什么，都是瞎扯，都是违心之论。我不相信你们的话。”

我去问门房出租雪橇来了没有，回来时他们已吵起来了。正像海员说的，风力越来越大。

“我看，您今天是想用您的厚颜无耻使我吃惊。”季娜伊达非常激动地在客厅里踱着，“听您的话，我觉得恶心。我在上帝和人面前是问心无愧的，没有什么可后悔的。离开丈夫到您这儿来，我为此感到自豪。我自豪，我用自己的名誉向您发誓！”

“那好极啦。”

“如果您是一个诚实的正派人，您也应该为我的做法感到自豪。这个做法使我和您高出千千万万人——他们也想像我这样做，可是由于怯懦或渺小的盘算而没有决心这么做。可是您不是个正派人。您害怕自由，嘲笑诚实的激情，担心哪个蠢人怀疑您是个诚实的人。您害怕让自己的朋友看到我；对您来说，没有比跟我一起在街上走更厉害的惩罚了……怎么？难道不是这样吗？为什么您到现在没有把我介绍给您的父亲和堂妹呢？不，这一切实在使我厌烦了！”季娜伊达喊完，跺了一下脚，“我要求理应属于我的东西。请把我介绍给您的父亲！”

“您要是需要，可以自己去见他嘛。他每天上午十点到十点半接见来访者。”

“您多么卑下！”季娜伊达绝望地搓着手指说，“即使您不是心口如一，说的不是心里想说的话，只是为了这种残忍也该恨您。啊，您多么卑下啊？”

“我们说来说去，却无论如何说不到真正的实质上。问题的全部实质在于您错了而且不愿意说出来。您把我想象成一个英雄，以为我有非凡的思想和理想，可是检验的结果我却是个最平凡的官吏、牌迷，对任何思想都无偏爱。腐朽上流社会的空虚、庸俗使您义愤填膺，您逃了出来，而我却是这个腐朽上流社会的孝子贤孙。承认吧，要公平些，不要生我的气，而要生自己的气，因为错的是您，而不是我。”

“好，我承认：是我错了！”

“好极啦。谢天谢地，总算谈到主要问题上了。假如您愿意，请听我说下去。提高到您的水平，我办不到，因为我太卑劣了；降低到我的水平，您也不能够，因为您太清高了。从而剩下的只有……”

“只有什么？”季娜伊达问完，屏住气息，脸色白得像纸。

“只有求助于逻辑……”

“乔治，您为什么折磨我？”季娜伊达突然用俄语说，她的声音颤了一下，“为什么？请理解我的痛苦……”

奥尔洛夫看到眼泪大吃一惊，急速躲进书房。我不知道他这么做是为什么，是想多给她制造一些痛苦呢，还是想起来人们在类似场合的做法。他从里面锁上了门。季娜伊达喊了一声，快步追上前去，发出衣服摩擦的窸窣声。

“这是什么意思？”她敲门问道，“这……这是什么意思？”她气得上气不接下气地尖声重复道，“您竟这样？那您就听着吧，我恨您，鄙视您！我们之间已一切都结束了！一切！”

传来歇斯底里的哭声，哈哈大笑声。客厅里一个什么小东西从桌子掉到地上打碎了。奥尔洛夫通过另一个门从书房溜进前厅，提心吊胆地顾盼着迅速穿上大衣，戴上礼帽走了。

过了半个小时，一个小时，她仍然在哭。我想起来：她没有父母，没有亲人，她在这儿生活在一个厌恶她的男人和偷她东西的女仆之间，我想象得出来，她的生活将是多么无趣！我不知为什么进到客厅去看她。她柔弱，孤苦无依，一头秀发，我觉得是温柔标致的典范；她像病人一般痛苦，躺在沙发上，藏着脸，浑身颤动着。

“太太，不用去请医生吗？”我轻声问道。

“不，不用……不要紧。”她说完，用泪眼看了看我，“我有些头痛……谢谢。”

我出来了。晚上她不停地写信，写了一封又一封，一会儿打发我上佩卡尔斯基家去，一会儿打发我到库库什金家去，一会儿打发我到格鲁津家去，最后是我上哪儿去都可以，只要能尽快找到奥尔洛夫，把信交给他就行。我每次带着信回来，她都骂我，求我，往我手里塞钱——像得了热病似的。夜里，她不睡，坐在客厅里，自己跟自己说话。

第二天奥尔洛夫吃午饭时回来，他们和解了。

此事过后的第一个星期四，奥尔洛夫向自己的朋友抱怨苦日子没法过，不断地吸烟，气恼地说：

“这不是生活，是酷刑。眼泪，喊叫，聪明的高论，请求宽恕，又是眼泪和喊叫，结果我如今没有自己的住宅，我痛苦，也使她痛苦。难道还要这样生活一两个月吗？真会这样吗？可能这样啊！”

“你跟她谈谈嘛。”

“试过，不成。跟一个独立的有头脑的人无论如何直言不讳都可以，可是我面临的是一个既无意志和性格又不讲逻辑的人哪。我受不了眼泪，眼泪会解除我的武装。她哭的时候，我真想发誓永远爱她，自己也想哭。”

佩卡尔斯基不理解，挠着宽阔的前额想了想说：

“真的，你该给她租一套单独的住宅。这那么简单！”

“她需要的是我，而不是住宅。还说什么呢？”奥尔洛夫叹了口气，“我只听到无尽无休的空谈，看不到出路。真是无妄之灾！闭门家中坐，祸从天上来。我一生拒绝扮演英雄角色，从来受不了屠格涅夫的小说，好像故意叫我出丑似的，被人当成了最伟大的英雄。我一再肯定说我根本不是英雄，举出无可争辩的证据，可人家仍然不信。为什么不信呢？大概我的长相里真有些英雄的样子吧。”

“你到一些省份去巡视嘛。”库库什金笑着说。

“不错，只有这么办了。”

这次谈话一星期之后，奥尔洛夫宣布说又派他去找参政员去，当天晚上就带着皮箱到佩卡尔斯基家里去了。

11

门口站着一个六十岁上下的老人，穿着长得拖到地的皮大衣，戴着海龙皮帽。

“奥尔洛夫先生在家吗？”

起初我以为是个高利贷者，格鲁津的债权人。这些人有时也到奥尔洛夫这儿来催讨一些小额欠款，可是他进到前厅，敞开大衣之后，我看到了我在照片上曾仔细研究过的两道浓眉和紧闭的嘴唇以及礼服上的两排星章。我认出来：这是奥尔洛夫的父亲，那个著名国务活动家。

我回答说不在。老人紧紧地闭着嘴唇，向旁边看着想了想，把干瘦无牙的侧影展示在我面前。他说：

“我给他留个条儿。领我进去。”

他把套鞋脱在前厅，穿着又长又重的皮大衣进了书房。他马上坐到写字台前的圈椅里。拿笔以前，他先用手像挡阳光似的遮着眼睛——跟他儿子心情不好时的做法一模一样——想了两三分钟。他神色忧郁，一副若有所思的样子，脸上带着我只是在信教老人脸上看到过的那种温顺神情。我站在他身后看着他的秃顶和后脑勺儿上的小坑儿。我十分清楚：这个病弱的老人现在已落到我的手里。因为整座住宅里，除了我和我的敌人之外，再也没有别人了。只要稍稍用点儿力气就可以结果他的性命，然后把表拽下来以掩盖杀人目的，从后门一走了事，收获比我当初来当仆人时预期的要大得不可比拟。我心里想，未必会再遇到这么好的机会了。可是我没有行动，却在完全无动于衷地一会儿看看他的秃顶，一会儿看看他大衣的毛皮，平静地想着他对自己惟一的儿子的态度，想着沉溺在富贵荣华之中的人大概不愿死……

“你在我儿子这儿做事很久了吗？”他在纸上写着大字问道。

“三个月了，大人。”

他写完站了起来。我还有时间。我催促自己快下手，握紧拳头努力从心里挤出从前的仇恨来，即使一滴也好。我想起来，不久以前我还跟他不共戴天……可是在酥脆的石头上是划不着火柴的。衰老忧郁的脸以及星章的冷光只是在我心里激起了一些琐屑、廉价、无用的念头——人生短暂，行将就木……

“再见，老弟！”老人说完，戴上帽子走了。

不能再怀疑：我已发生变化，变成了另一种人了。为了检验自己，我开始回忆。我马上就感到不寒而栗，好像无意中向一个黑暗潮湿的角落里看了一眼似的。我回忆自己的同志和熟人，我的第一个想法是现在遇到他们任何一个人我都会脸红。我现在是个什么人呢？我应该想什么，做什么？上哪儿去？为什么生活？

我一无所知，只是清楚地认识到一点：必须尽快收拾行李离开。在老人来访前，当仆人还有意义，如今再干下去就可笑了。我的眼泪滴在打开的皮箱上，伤感得无法忍受，可是我多么渴望生活啊！我要拥有一个人所能拥有的一切，把这一切充实到我短暂的生命中去。我想说话，想读书，想在哪个工厂抡大锤，想值班，想耕种。我想到涅瓦大街去，到田野去，到海里去，到我能想到的任何地方去。季娜伊达回来的时候，我赶紧去给她开门，怀着特别的柔情给她脱掉大衣。这是最后一次了！

除了老人，这天还有两个人来过。傍晚，天已全黑以后，格鲁津突然来了，他是来给奥尔洛夫取什么文件的。他打开抽屉找到需要的文件，卷成一卷吩咐我放在前厅他的帽子旁边，自己找季娜伊达去了。季娜伊达枕着胳臂躺在客厅的沙发上。奥尔洛夫出外巡视已五六天了，谁也不知道他什么时候回来，不过她已不发电报、不等电报了。波利娅还留在我们这里，她似乎已熟视无睹了。我在她的麻木不仁的非常苍白的脸上看出她的意思："随便吧！"她也已经像奥尔洛夫似的赌气想做一个不幸的人；她故意跟自己、跟世界上的一切人作对，整天一动不动地躺在沙发上，只想倒霉，只期待着倒霉。她大概在想象着：等奥尔洛夫回来后不可避免地要跟他吵，接着是他的冷落，背叛，然后是分手。这些痛苦的想象可能使她感到惬意。可是要是突然获悉实情，她会说什么呢？

"干亲家，我喜欢您。"格鲁津吻着她的手问候她说，"您那么善良！乔治却扔下您出差去了。"他撒谎说，"出差去了，这个坏蛋！"

他叹了一口气坐下，温柔地摩挲了她的手一会儿。

"亲爱的，让我在您这儿坐一个来小时吧。"他说，"不想回家，可是到毕尔晓夫家去还早。今天毕尔晓夫家的卡佳过生日。这个小姑娘真好！"

我递给他一杯茶和一个装着白兰地的小玻璃杯子。他慢慢地喝着茶，明显地不想喝，喝完，还我杯子的时候，怯声怯气地问我：

"朋友，你们没有什么……吃的吗？我还没吃午饭哪。"

我们家里什么吃的也没有。我到餐馆去给他买来一卢布一份的普通午餐。

"为了您的健康！"他对季娜伊达说完，干了一杯伏特加，"我的小女儿——您的教女问候您。可怜的孩子，她得的是瘰疬病！啊，孩子们哪孩子们！"他叹了一口气，"不管怎么说，干亲家，做父亲还是令人愉快的。乔治不懂这种情感。”

他又干了一杯。瘦弱，苍白，胸前的餐巾像围裙，他贪婪地吃着，偶尔抬起眼来愧疚地一会儿看看季娜伊达，一会儿看看我，像个小孩子。好像要是我不给他榛鸡和果子冻他就会哭似的。吃饱以后，他快活了一些，笑着讲起毕尔晓夫家的什么事来，可是看到这枯燥乏味，季娜伊达不笑，便不讲了。好像突然感到有些无聊。饭后，坐在客厅里，他们沉默着，只点着一盏灯。他感到撒谎不好受，她想问他什么，却犹豫不决。这样过了半小时。格鲁津看了看表。

“大概我该走了。”

“别走，坐一会儿……我们需要谈谈。”

他们又沉默了一会儿。他坐到钢琴前边，触了一个键子一下，然后弹着轻轻唱起来“未来的一天给我准备了什么？”不过照例马上站起来，摇了一下头。

“干亲家，弹点儿什么吧。”季娜伊达请求说。

“弹什么呢？”他耸了一下肩膀问道，“全忘了，早就扔了。”

他看着天花板好像在回想似的表情优美地演奏了柴可夫斯基的两支曲子，演奏得那么温馨那么聪慧。面孔还跟平常一样，既不聪明也不愚蠢；我在卑劣龌龊的环境里看惯的这个人情感竟能升华到我无法企及的高度，变得这么纯净，我觉得简直是奇迹。季娜伊达兴奋得满脸绯红，激动地在客厅里踱着。

“等等，干亲家，要是能想起来，我再给您弹点儿什么。”他说，“我听到人家在大提琴上弹过。”

他起初是小心地尝试着后来则是信心十足地演奏了圣-桑[①]的《天鹅之歌》。弹完又重弹了一遍。

“好吧？”他问。

心情激动的季娜伊达在他身边停下来问道：

---

① 圣-桑（1835—1921），法国作曲家。

“干亲家，请作为朋友老实告诉我：您对我有什么看法？”

“有什么可说的呢？”他扬起眉毛说，“我喜欢您，对您只有好的看法。要是您想要我对您感兴趣的问题谈谈一般看法呢，”他摩挲着胳臂肘儿附近的衣袖皱着眉头继续说，“那么，亲爱的，您知道吗……听凭感情自由支配，并不总能使好人得到幸福。为了使自己感到自由而且幸福，我觉得必须看到：生活在其守旧的做法上是残忍、粗暴、无情的，因此自己在追求自由的过程中也应采取相应的态度，也就是说应当像它一样粗暴、无情。我这样想。”

“我哪儿能做得到呢？”季娜伊达伤感地笑了一下，“我已经厌倦了，干亲家。厌倦得连为了救自己一根手指也不想动了。”

“到修道院去吧，干亲家。”

他本来说的是句笑话，可是在这句话之后，季娜伊达的眼里以及后来他自己的眼里都闪起了泪花。

“算啦。”他说，“坐够了，该走啦。再见吧，亲爱的干亲家。祝愿您健康。”

他吻了吻她的两手，柔情地摩挲了它们一会儿，说过两天一定还来看她。在前厅穿那件像不掐腰的儿童外套似的大衣的时候，他在衣袋里摸了好久，想找点儿钱赏给我，可是一分钱没有找到。

“再见吧，老弟！”他忧郁地说完就走了。

我永远忘不了此人走后留下的那种心情。季娜伊达仍然激动地在客厅里踱着。不躺着，踱步——这就好。我想利用这种心情坦率地跟她谈谈然后立即离开，可是我刚送走了格鲁津，门铃就响了。这是库库什金来了。

“奥尔洛夫先生在家吗？”他问，“回来了？你说：没有？遗憾！那我去吻吻女主人的手就走。季娜伊达女士，可以吗？”他喊道，“我想吻吻您的手。这么晚了，请原谅。”

他在客厅里坐了不久，没超过十分钟，可是我却觉得他早就坐在那里，永远不走了。我气得咬嘴唇，而且已开始恨季娜伊达。我愤怒地想：“为什么她不赶他走？”尽管显然她跟他在一起感到无聊。

我给他递大衣的时候，他为了对我表示好感问我没有老婆怎么过的。

“不过，我想，你不会错过机会。”他笑着说，“你跟波利娅一定有秘密活动……淘气包！”

尽管我有生活经验，可是我当时对人了解很差，很可能是我常常夸大小地方，根本看不到大地方。我觉得库库什金嘻嘻哈哈地讨好我不是没有目的的：他大概是指望我这个仆人会到别人家的仆人室和厨房去胡扯，说晚上奥尔洛夫不在家时他常到我们家来同季娜伊达坐到深夜吧？当我的流言传到他的熟人耳朵里的时候，他将难为情地垂下眼睛伸出小指加以威胁。我注视着他那甜蜜的小脸，心想：难道他今天打牌时不会装出样子来暗示？大概还会故意放风，说他已把季娜伊达从奥尔洛夫手里夺过来了呢。

中午老奥尔洛夫来时缺少的仇恨现在充满了我的胸膛。库库什金终于出了门，我听着他的皮套鞋的橐橐声，非常想赶上去骂他一句粗话作为临别纪念，可是我控制住了自己。当楼梯上的脚步声消失以后，我回到了前厅，自己也不知道自己在干什么，抓起格鲁津忘拿的那卷文件撒腿向楼下跑去。没穿外套，没戴帽子，跑到了街上。街上不冷，但下着大雪，刮着风。我撵上库库什金，喊道：

“阁下！阁下！”

他在路灯下面停下，疑惑地回头看了一下。我上气不接下气地喊道：

“阁下！阁下！”

没想出来该说什么，我用纸卷打了他脸两下子。他什么都没明白，甚至没有奇怪——我使他震惊到这种程度，只是靠在路灯杆子上，两手捂着脸。这时有个军医路过，看到我打人，只是疑惑地看了看我们，便走过去了。

我感到羞愧，跑回屋里。

12

头发被雪弄得精湿，气喘吁吁地跑回仆人室，我马上脱掉仆人制服，换上西服，披上外套，提着皮箱上了前厅。逃跑！可是在离开以前，我匆匆坐下给奥尔洛夫写起信来。我开始写道：

“我把假护照留给您这个假人，请收下作个纪念吧，彼得堡的官员先生！

“化名潜入府上，戴着仆人的假面具观察您的私生活，无所不见，无所不闻以便以后不可饶恕地揭露您的虚伪——您会说，这一切类似盗窃行径。不错，可是现在我顾不上高尚了。我伺候您吃了几十顿晚餐和午餐；吃饭的时候，您愿说什么说什么，愿做什么做什么，我必须听，必须看，必须沉默——我不想用这种态度回敬您。况且既然您身边没有一个活灵魂可以给您讲真话而不奉承您，那就让仆人斯捷潘给您洗洗您那可观的面孔吧。”

这个开头，我不喜欢，可是并不想改。改不改又有什么关系呢？

挂着暗色窗帘的大窗户、床铺、团成一团扔在地板上的仆人制服以及我的潮湿脚印都在严厉而悲伤地看着我。这寂静显得有些特别。

大概是因为我上街时没戴帽子穿套鞋吧，我烧得厉害。脸滚烫，两腿隐隐作痛……头沉甸甸地向桌子上垂着，思绪好像分成了两个：似乎脑海里每个思想都有一个影子跟着移动。我继续写道：

“我有病，虚弱，心情抑郁，不能把这封信写得合乎自己的愿望。起初我想侮辱您，责骂您，但现在我不认为我有这个权利。您和我都倒下了，我们俩永远也站不起来了。我的这封信即使写得雄辩、有力而且可怕，但仍然不过像钉棺材盖的锤子声：不管怎么敲，也不会把里面的死人敲醒！任何努力也不能温暖您的可诅咒的冷血。这，您了解得比我清楚。那为什么要写呢？可是头脑和心在燃烧，我继续写，不知为什么感到兴奋，好像觉得这封信还能够拯救您和我似的。由于发烧，头脑里的思绪连不起来，笔好像毫无意义地在纸上沙沙地划着，可是我要向您提出的问题却清楚地摆在我面前，洞若观火。

“为什么我提早筋疲力尽倒下了，不难说明。我像《圣经》里的大力士，把迦萨的城门扛在肩上，要把这城门扛到山顶，①可是这时我已疲惫不堪，我的青春与健康已永远消失，我发现扛这城门是我力不胜任的，我欺骗了自己。况且我还忍受着连续不断的残忍的病痛。我经受过饥饿、寒冷、疾病、监禁；个人幸福，我过去没有，现在也没有；没有安身之地；我的回忆是沉重的，我的良心常常害怕回忆。可是您是为什么倒下的？是些什么可怕的恶魔般的原因妨碍您的生活像春天鲜花一般怒放，为什么您还没有来得及开始生活就匆匆忙忙地扔掉自己身上的上帝形象变成一个胆怯的动物汪汪地叫着，因为您自己害怕而吓唬别人？您害怕生活，像那整天坐在鸭绒褥子上吸水烟袋的亚洲人一样。不错，您读书很多，欧洲的燕尾服在您身上很合身，可是您却像亚洲皇帝那样细心地保护自己免受饥饿、寒冷、疼痛、不安的侵扰，您的心灵多么早地藏进了睡袍里，您在现实生活和自然界面前扮演了一个多么懦弱的角色啊——而每个健康的正常人却都在跟自然界作斗争。您家里多么柔和、舒适、温暖、称心如意啊，可是多么无聊！有时无聊得要命，令人窒息，像单人牢房，不过您也努力躲避着无聊这个敌人：您一天打八个小时牌。

“您的讥讽吗？噢，我对它理解得多透彻啊！生动自由、朝气蓬勃的思绪是爱追本穷源、令人服从的；对于懒惰空虚的头脑，它是无法忍受的。为了使它不扰乱您的安宁，您像您的成千上万的同龄人一样，从青年时代起就匆忙使它就范；您用对生活的讥讽态度——随便您叫它什么名称——做武器，被吓住的思绪不能越过您

① 见《圣经·旧约·士师记》第十六章第三节。

给它设置的藩篱；您嘲笑思想，说什么各种思想您都熟悉，这就像一个可耻地逃离战场的逃兵为了掩盖自己的羞愧而嘲笑战争、勇敢一样。这种犬儒主义可以掩盖疼痛。陀思妥耶夫斯基的一部小说里有个老人用脚践踏心爱女儿的画像，[①]因为他在她面前是不对的，而您卑鄙可耻地嘲笑善和美的思想，因为您已无力回到这种思想的身边了。对您堕落的任何诚挚、真实的暗示都会使您感到可怕，因此您故意找一些只能奉承您的弱点的人环绕在自己周围。无怪，无怪您那么害怕眼泪！

“顺便谈谈您对女人的态度。我们是连同血和肉继承了无耻，被用无耻的精神培养成人的，可是我们既然是人，我们就应当战胜自己身上的兽性，长大成人之后，您熟悉了各种思想，不可能不看到真理；您了解到了真理，但没有跟真理走，反而害怕真理。为了欺骗自己的良心，您大声说服自己：有过错的不是您，而是女人自身，她跟您对她的态度一样卑下。难道冷漠的淫秽笑话，禽兽的笑，您的关于实质、对婚姻的模糊要求，法国工人付给妇女十个苏的种种理论，您的婆娘逻辑、虚伪、弱点等无尽无休的借口——难道这一切不说明您想千方百计地贬低妇女，使她和您对她的态度处在一个水平线上吗？您是个软弱的不幸的令人讨厌的人。”

客厅里季娜伊达弹起钢琴来，她在努力回忆着格鲁津方才弹的圣-桑的那支曲子。我走到床边，躺下，可是想到该走了，又吃力地爬起来，带着沉重滚烫的脑袋又回到了桌子前面，继续写道：

“可是有个问题：我们为什么厌倦了？为什么开始的时候我们那么热情、勇敢、高尚，信仰坚定，而到了三十至三十五岁的时候就彻底垮了？为什么有的死于肺病，有的自杀身亡，有的在酒和牌里寻求忘却，有的为了压下心中的恐惧和忧愁而恬不知耻地用脚践踏自己纯洁美丽的青年时代的画像？为什么我们一朝倒下便再也不

① 见《被伤害与侮辱的人们》第一卷第十三章。

想爬起来？失去了一种东西，便不想寻找另一种东西？为什么？

“被钉在十字架上的凶犯尚且能为自己找回生的欢乐以及勇敢的可以实现的希望，尽管他也许活不过一个小时了。①您的前面还有悠长的岁月，我可能也不会死得像想象的那么快。假如现在竟奇迹般地是个梦，是个噩梦，我们一觉醒来，焕然一新，纯洁，强壮，为自己的真理感到自豪，那会怎样呢？……甜蜜的幻想在燃烧着我，我激动得几乎要喘不过气来。我非常渴望生活，但愿我们的生活像苍穹一样圣洁、崇高、庄严。我们要生活下去！太阳不会一天出两次，生命也不会有两次——抓紧剩下的时日吧，抢救这些时日……”

再一个字也写不出来了。头脑里想法很多，但都模糊不清，形成不了文字。信没写完，我就署上了自己的头衔和姓名，拿着到书房里去了。屋里很黑，我摸到写字台，把信放到上面。大概是我摸黑撞到家具上弄出了响声，客厅里传来季娜伊达惊恐的问话：

“谁在那儿？”

桌子上的座钟柔和地敲了半夜一点。

13

在黑暗中，我起码摸了半分钟才摸到门，慢慢地拉开，进了客厅，季娜伊达躺在沙发上，用一个胳臂肘儿支着身子迎面看着我，我没有下定决心讲话，慢慢从她身边走过，她用眼睛瞟着我。我在大厅里站了一会儿，又从她身边走回去，她认真地疑惑地看了看我，甚至带了恐惧的神色。我终于站下吃力地说：

“他不会回来了！”

她马上站起来看着我，没明白我的话。

“他不会回来了！”我重复了一遍，心跳得吓人，“他不会回

---

① 见《圣经·新约·路加福音》第二十三章第三十九至四十二节。

来，因为他没有离开彼得堡。他住在佩卡尔斯基家里。”

她听明白了，相信了我的话：这我从她脸色突然一白、带着恐惧和祈祷的神色双手猛然抱在胸前看出来的。过去不久的往事刹那间闪现在她的脑海里，她恍然大悟，看清了全部无情的事实。不过她同时也想起了：我是仆人，下等人……一个穿着破旧的大衣、头发蓬乱、脸烧得通红、也许是喝醉了的外人粗鲁地干预她的私生活，使她感到受了侮辱，她声色俱厉地对我说：

“没有人问您，请走开。”

“唉，请相信我！”我向她伸出双手激动地说，“我不是仆人，我跟您一样是个贵族。”

我报了自己的姓名，匆匆忙忙地——免得她打断我的话或走开——向她说明我是什么人，为什么来到这里。这新的发现比第一个发现更使她惊讶。方才她还抱有一线希望，认为也许是仆人说谎，弄错了或者是胡说八道；如今呢，在我公开了身份之后，她已没有任何怀疑了。根据她的悲苦的眼神和因为显得苍老、失去往日柔媚而变得难看的面孔，我看出来：她难受得要命，我不该开始这场谈话，可是我仍然激动地继续说：

“参政员和巡视是想出来骗您的。一月份跟现在一样，他也是哪儿也没有去，住在佩卡尔斯基家里，我每天跟他见面，参与了欺骗活动。他们认为您是累赘，厌恶您，嘲笑您……要是您能听到他和他的朋友们如何嘲笑您和您的爱情，那您一分钟也不会在这儿待！快离开这里吧！离开吧！”

“唉，有什么呢？”她用颤抖的声音说完，用一只手摩挲了一下头发，“唉，有什么呢？随他便吧。”

她眼里含着泪水，嘴唇哆嗦着，脸白得令人吃惊，怒气冲天。奥尔洛夫拙劣渺小的骗局令她愤懑，使她觉得卑鄙可笑。她微笑着，我不喜欢她的这种笑容。

“唉，有什么呢？”她重复了一遍，又用一只手摩挲了一下头发，“随他便吧，他以为我会被羞辱死，而我……却觉得可笑。他多余躲藏。”她离开钢琴，耸耸肩膀说，“多余……把话讲清楚比到别人家里东躲西藏简单得多。我有眼睛，我自己也早看出来……不过在等他回来彻底解决罢了。”

说完，她就坐在桌旁圈椅里，头靠在沙发的扶手上伤心地哭了。客厅里烛架上只点着一支蜡烛，她坐的圈椅附近黑糊糊的，可是我看到她的头和肩膀在抖动，她的头发从发型里脱落出来，盖到脖颈上，脸上，手上……她轻轻地平静地哭着，没有大喊大叫。在这普通的女人的哭声里可以听出她受到的侮辱、被伤害的自尊心以及对无法挽回但又不能习惯的一切无可奈何的绝望。她的哭像回声在我的激动痛苦的心里回荡着。我已经忘了自己的病，忘了世界上的一切，在客厅里踱着，茫然失措地咕哝着：

“这算什么生活？啊，不能这么生活！不能！这是发疯、犯罪，而不是生活！”

“多么令人屈辱！”她边哭边说，“在一起生活……一边对我微笑一边又觉得我是累赘，可笑……啊，多么令人屈辱。”

她抬起头来，用含泪的眼睛透过被泪水浸湿的头发，拨开影响她视线的头发，看着我问道：

“他们笑我了？”

“这些人认为您、您的爱情以及据说您爱读的屠格涅夫都可笑。假如我们俩现在绝望地愁死，那他们也会觉得可笑。他们会编出可笑的笑话来在您的追悼会上讲，谈他们干吗？”我不耐烦地说，“必须快离开这里，我在这里一分钟也不能再呆了。”

她又哭起来，我离开钢琴坐下，忧郁地问道：

“我们等什么呢？已经两点多啦。”

“什么也不等。”她说，“我完了。”

“干吗这么说？让我们最好一起想想该怎么做吧。您和我都不能再留在这里……您准备离开这里上哪儿去？”

突然前厅门铃响了。我心里一惊，莫非奥尔洛夫听了库库什金的抱怨回来了？跟他怎么相见呢？我去开门。原来是波利娅。她在前厅抖掉大衣上的雪，一句话也没有跟我说就到自己的房间去了。我回到客厅，季娜伊达脸色像死人一样白，站在客厅中央，瞪大眼睛迎面看着我，低声问道：

"是谁来了？"

"是波利娅。"我答道。

她用一只手摩挲了一下头发，疲倦地闭上了眼睛，说：

"我马上离开这里，劳驾把我送到旧市区。现在几点？"

"差一刻三点。"

14

我们过了一会儿就到了外面，街上黢黑，没有人影，飘着湿漉漉的雪，湿润的风抽打着脸。记得当时是三月初，已开始解冻，几天来街上已出现了马车。经历了黑暗楼梯、寒冷、黢黑的夜路以及穿光板皮袄的更夫——他是盘问完之后才放我们出大门的，季娜伊达已筋疲力尽，无精打采。我们坐上一辆双座敞篷四轮马车，支起车篷以后，她浑身哆嗦着，急忙说起来她多么感激我。

"我不怀疑您的好意，可是我感到惭愧，让您操心……"她咕哝道，"哦，我明白，明白……今天格鲁津来，我就感到他在说谎，在隐瞒什么。唉，有什么呢？随他便，但我总感到惭愧，让您这么操心。"

她还有些怀疑。为了彻底消除她的怀疑，我吩咐车夫走谢尔吉耶夫斯卡亚大街。在佩卡尔斯基家门口停下以后，我下车按了门铃。门房出来，我提高嗓门以便让季娜伊达听清楚，问奥尔洛夫先生是否在这里。

"在，"他答道，"半个小时前回来的，大概睡了，你有什么事？"

季娜伊达忍不住在车上探出头来问道：

"奥尔洛夫先生在这里住很久了吗？"

“已经住了两个多星期了。”

“没有到外地去过吗？”

“哪儿也没有去。”门房答完，奇怪地看了看我。

“请明天早些告诉他，”我说，“他妹妹从华沙来了。再见。”

接着我们就继续赶路。车上没有挂帘，鹅毛大雪纷纷扬扬地落到我们身上，风，特别是涅瓦河上的风，凛冽刺骨。我开始觉得好像我们早就坐着车赶路，早就在受罪，我早就在听着季娜伊达的呼吸在颤抖。我像睡着似的，在半昏迷状态瞥了我的奇怪愚蠢的生平一眼，不知为什么想起了童年看过两次的通俗喜剧《巴黎的乞丐》。当我想摆脱这种半昏迷状态从车篷下面往外看，看到黎明的时候，不知为什么种种往事的印象、种种模糊的意念突然形成一个清楚牢固的想法：我和季娜伊达已一蹶不振地毁灭了。这是一种信念，好像冰冷的蓝天包含着预言似的，可是过了一会儿我已在想别的，相信别的了。

“我现在怎么办呢？”季娜伊达说，她的嗓音因为寒冷、潮湿而变得嘶哑了，“我上哪儿去？做什么？格鲁津说上修道院。啊，我多么想去呀！换上衣服，改变容貌、姓名、思想……改变一切，永远隐居，可是修道院不会要我，我怀孕了。”

“我们明天到国外去吧。”我说。

“不行，丈夫不会给我护照。”

“我不用护照把您带出去。”

马车停在一座被刷成暗色的二层木楼前面。我按了一下门铃，季娜伊达从我手里接过一个又小又轻的柳条箱——这是我们带出来的惟一一件行李，苦笑了一下，说：

“这是我的宝物。”

可是她筋疲力尽，已拿不动这些宝物了。好久没有人来开门，按了三四遍门铃之后，窗户里才出现了灯光，传出了脚步声、咳嗽声、低语声。终于门锁响了一下，门开了，门里出现了一个红脸膛、满脸惊异神色的胖婆娘。她身后稍远些的地方站着一个瘦小的老太婆，花白的头发剪得短短的，穿着白色短衫，手里端着蜡烛。季娜伊达跑进门去，搂着小老太婆的脖子，大声哭着喊道：

"尼娜，我被骗了！被粗鲁卑鄙地骗了！尼娜！尼娜！"

我把柳条箱交给了那个婆娘。门关上了，但仍然可以听到季娜伊达在哭着喊"尼娜！"我坐上马车吩咐车夫慢慢地上涅瓦大街去。我也需要考虑一下自己的住处问题了。

第二天傍晚我去找季娜伊达。她发生了很大的变化。在她苍白瘦削的脸上已没有眼泪的痕迹，完全是另一种神情。我不知道是因为我如今在另一种远不豪华的环境里看到她，我们的关系已不比从前，还是剧烈的悲痛在她身上留下了自己的印记，反正我觉得她已不像往日那么衣着雅致华丽了；她的身材好像矮小了；在她的动作里，步态里，脸上，我发现了过分焦灼的表现，好像她要急于干什么；连她的微笑里也没有昔日的温柔了。我现在身上穿的是白天买的华贵套装。她首先打量了这身套装和我手里的礼帽，然后把急切探索的目光停留在我的脸上，好像在研究我的脸似的。

"您的变化仍然使我感到神奇。"她说，"请原谅我这么好奇地端详您，您是一个非凡的人嘛。"

我再一次跟她讲起我是个什么人，为什么住在奥尔洛夫家里，讲得比昨天时间长些、详细些。她很注意地听着，没等我讲完就说：

"我在那儿的一切都结束了，您知道吗，我忍不住，写了一封信，这是回信。"

她递给我的信是奥尔洛夫的笔体，上面写着：

"我不辩解，可是您会同意：错的是您，而不是我。

祝您幸福，请快些忘记尊敬您的乔·奥。

又及：派人送去您的东西。"

奥尔洛夫送来的皮箱和柳条箱就放在客厅里，其中也有我的那个寒伧的皮箱。

“也就是说……”季娜伊达开口说，但没有说下去。

我们都沉默着。她拿起那张纸条擎在眼前有两分钟；这时她脸上又出现了昨夜我们开始谈话时脸上出现的那种傲慢、蔑视、自豪、冷酷的表情；她的眼里涌出了泪水，但这不是怯懦、痛苦的眼泪，而是高傲、愤怒的眼泪。

“听着，”她猛地站起来，走到窗前，免得我看到她的脸，说，“我决定明天跟您到国外去。”

“好极啦，今天走都可以。”

“招募我去吧，您读过巴尔扎克的作品吗？”她突然转过身来问道，“他的小说《高老头》结尾时主人公站在山顶上看着巴黎，威胁巴黎说：‘现在我们算账吧！’然后就开始了新生活。我也要这样，等我从车厢里最后一次看彼得堡的时候，我要对它说：‘现在我们算账吧！’”

说完，她为自己讲的笑话笑了笑，不知为什么浑身哆嗦了一下。

15

到了威尼斯，我的胸膜开始疼起来。大概是我们傍晚从车站坐船上鲍尔[①]旅馆时感冒了。不得不从第一天起就躺到床上，一直躺了两个星期。在我生病期间，季娜伊达每天早晨都从自己的房间过来跟我一起喝咖啡，然后给我朗读法文和俄文小说——这种书我们在维也纳买了很多。书的内容不是我早就熟悉就是没有意思，可是一个亲切善良的声音在我耳边回荡着，因此这些书的内容就其实质来说对我可以归结为一个：我不孤单。她出去闲逛回来，穿着浅灰色连衣裙，戴着轻便的草帽，神情快活，被春天的太阳晒得乐融融

① 原文为英语。

的，坐到我的床前把头低低地垂到我的脸旁边，对我讲威尼斯的什么事或者给我读书——我感到很好。

夜里我感到又冷又疼又寂寞，可是白天我却陶醉在生活里——想不出更好的词来形容了。从敞开的窗户和阳台的门涌进来的灿烂灼热的阳光，楼下传来的嘈杂声、桨声、钟声，中午的隆隆炮声以及完全自由的感觉使我如临仙境；我觉得两肋像长出了宽阔有力的翅膀在带我飞向无人知晓的远方。想到如今有一个生命同我的生命在并肩前进，有一个年轻、漂亮、富有但柔弱、受到侮辱的单身女人需要跟我结伴同行，我是她的仆人、警卫、朋友——这有多美呀，有时多么令人欢快呀！当知道有人像盼过节似的盼着你康复时，甚至有病也是愉快的。有一次我听到她在门外同我的医生低声谈话，然后带着哭过的眼睛进了我的房间——这是不好的征兆，不过我被感动了，心里觉得非常轻松。

然后允许我上阳台了。阳光和轻柔的海风抚爱着我的病体。我看着楼下早已熟悉的游船，它们像女人一样姿态优美地划动着，稳重端庄，好像它们在感受着这诱人的独特文化的全部豪华。空气里有海的气息。什么地方传来琴声，有两个人在唱歌。多好啊！跟湿雪打脸的那个彼得堡之夜多么不同啊！越过水道极目远眺，可以看到海滨，看到阳光在辽阔的海面上直至天际闪烁着耀眼的光辉，亮得令人眼痛。心里渴望着到那亲切美好的大海上去——我曾把青春献给了它。非常想生活！生活——别无所求！

两个星期之后，我已可以到任何地方去了。我喜欢坐在阳光下听船夫闲聊——尽管不明白，喜欢一连几个小时凝视着据说苔丝德蒙娜[①]曾经住过的小房——这是一座质朴、忧郁，带着贞洁神色，像花边一样轻、轻得似乎可以用一只手推动的小房，我久久地站在卡诺瓦[②]的墓前凝视着悲伤的狮子。在元首宫里，挂着涂了黑色颜料的

① 莎士比亚悲剧《奥赛罗》里的女主人公。

② 卡诺瓦·安东尼奥（1757—1822），意大利雕塑家，故于威尼斯。

不幸的法利耶罗①画像的角落总是吸引着我。我想，做一个画家、诗人、剧作家是很好的，要是做不成，那搞搞神秘主义也好！唉，在这充满心灵的平和的安宁与满足里有任何一点信仰都好。

晚上我们吃牡蛎，喝啤酒，坐船游逛。记得，我们的黑色游船轻轻地在一个地方漂荡着，船下的水发出隐隐约约的哗哗声。水里处处颤动着星星和岸边灯火的倒影，离我们不远有一只游船，挂的彩灯倒映在水里，船上坐着一些人在唱歌。黑影里传来吉他、小提琴、曼陀铃的声音和男人女人的说话声。季娜伊达坐在我身边，脸色煞白，神情严肃，几乎有些冷酷，紧闭双唇，紧握两手。她在想什么，连眉毛也不动一动，没有听我在说什么。脸，姿势，毫无表情的呆滞眼神，异常忧郁可怕、像雪一样冰冷的回忆，而周围却是游船、灯火、音乐和夹杂着热烈有力的“Jam—mo！Jam—mo”喊叫的歌声——多么鲜明的生活对比！当她紧握双手、神色悲伤地木然坐着的时候，我觉得我们俩都像一本古色古香的小说中的人物，书名就可以叫《薄命女》《弃妇》之类名字。我们俩，她是被遗弃的薄命女子，我是她的忠实可靠的朋友、幻想家，或者，假如愿意，也可以叫做多余的人、失败者，除了咳嗽和幻想已一无所能，也许还能牺牲自己……可是如今谁、什么事需要我的牺牲呢？试问牺牲什么呢？

晚上游逛回来，我们每次都在她的房间里喝茶闲聊。我们不怕触动尚未痊愈的旧伤。相反，讲起在奥尔洛夫家的生活或者坦率涉及我所知道而且也不能不知道的她跟他的关系时，我甚至感到高兴。

“我有时恨您。”我说，“当他耍脾气、假装迁就您以及说谎的时候，我感到吃惊，一切都那么清楚，您怎么会什么也看不出来，什么也不明白呢？您吻他的手，跪在地上，讨好……”

---

① 马里诺·法利耶罗（1278—1355），威尼斯共和国元首，支持民众反对贵族，建立民主共和国，政变失败后被斩首，元首宫中画像被毁。

“当我……吻他的手，跪在地上的时候，我爱他……”她红着脸说。

“难道他真是那么难猜吗？好一个斯芬克司①！低级宫内侍从——斯芬克司！我不责难您什么，丝毫不。”我感到自己有些粗鲁，缺少上流社会风度和对待他人情感问题所极端需要的文雅态度；跟她结识以前，我没有发现自己的这个缺点，“可是您怎么会猜不透呢？”我重复了一遍，不过声音已小，语调也不那么自信了。

“您想说您蔑视我的过去，您是对的。”她极其激动地说，“您是特殊类型的人，不能用普通尺度衡量您，您的道德要求是非常严厉的。我理解，您不能宽恕我；我理解您，假如以后偶尔反驳您的话，那并不说明我跟您的观点不同。我提过去的破事，只是因为旧衣服没穿破，旧偏见没根除。我自己也恨自己的过去，恨奥尔洛夫，恨自己的爱……这算什么爱呢？现在这一切甚至显得可笑。”她走到窗前，看着楼下的水道说，“这种爱情只会使人糊涂，误入歧途。人生的意义只在于斗争。用脚后跟把可恶的蛇头踩住，喀嚓一声把它踩死！人生的意义就在这里。就在这里，或者根本就没有意义。”

我跟她讲了自己的漫长经历，描述了自己那些的确令人咋舌的惊险奇遇。可是关于我的转变却只字未提。她每次都聚精会神地听，当听到有趣的地方时搓着双手，好像感到遗憾：自己尚未能经历那种险境，未能体验那种恐惧和欢乐；可是她突然陷入沉思，呆然出神。从她脸上，我看出来，她已不在听我讲了。

我关上对着水道的窗户，问她是否要生上壁炉。

“不必，用不着。我不冷。”她无精打采地笑着说，“我不过是浑身无力罢了。您知道吗，我觉得近来我聪明多了。我现在常有一些非凡的独特的想法。比方说我想到过去，想到自己当时的生活……想到一些人的时候，所有这一切都汇成一体……汇成我的后

---

① 希腊神话里的人面狮身女怪，专叫过路人猜谜，猜不中就被她杀死。

娘的形象——粗暴、无耻、凶狠、虚伪、堕落而且有吗啡瘾。父亲是个软弱怯懦的人，为了钱跟我母亲结婚，然后累得她得了肺病；对第二个妻子也就是我的后娘他爱得要命，神魂颠倒……我却受尽了折磨！唉，说什么呢！我方才说，一切汇成了一个形象，我感到遗憾：我的后娘为什么死了？多么想现在见到她啊！"

"为什么？"

"不知道……"她漂亮地抖动着肩膀笑着答道，"晚安，快好吧。您一好，我们就动手做我们的事情……该动手了。"

当我已告别完抓住门把手的时候，她问我：

"您以为怎样？波利娅还会住在他那儿吗？"

"大概会住在那里。"

我回到了自己的房间。我们这样住了整整一个月。一个阴沉的中午，我们俩站在我的房间的窗前，默默地看着从海上涌来的乌云和泛着蓝色的水道，预感到马上就会有一场大雨；当一条狭窄浓密的雨幕遮住海滨的时候，我们俩突然感到寂寞。当天我们就动身到佛罗伦萨去了。

16

这件事发生的时候已是秋天在法国尼斯了。一天早晨我到她房间去，她正坐在圈椅里，一条腿架在另一条腿上，弯着腰，两手捂着脸在伤心地抽抽搭搭地哭着。她的没有梳理的长发散落在她的膝盖上。我刚看到奇美的海景，想对她谈谈印象，也没有心思了：我感到心疼。

"您怎么啦？"我问道。她从脸上拿下一只手，对我挥了一下，要我出去。"唉，您怎么啦？"我重复了一遍，我们结识以来第一次吻了吻她的手。

"没有什么，没有什么！"她连珠炮似的说着，"唉，没有什么，没有什么……瞧，我还没有穿好衣服呢。"

我出来了，感到非常不安。我长久以来所感受到的安宁和无忧无虑的心情被对她的同情破坏了。我很想跪在她的面前求她不要一个人哭，让我分担她的悲痛。均匀的海浪声好像在我耳边絮聒着忧郁的预言，我看到未来将有新的眼泪、新的悲伤和不幸。她为什么哭呢？为什么？——我回忆着她的脸和痛苦的眼神问自己。我想起来：她怀孕了。她对人对己都努力掩饰这一点。她在旅馆里穿着肥大的罩衫或者前胸带着很大华丽皱襞的短上衣，外出的时候胸束得那么紧，以致有两次散步时竟晕倒了。她从来没有跟我谈过怀孕的事；有一次我提到她不妨找医生商量一下，她满脸通红，一句话也没有说。

我后来走进她房间的时候，她已穿好衣服梳完头了。

“得啦，得啦！”看到她又要哭，我说，“让我们最好到海边去谈谈吧。”

“我不能说话。请原谅，我现在的心情就是想一个人呆一会儿。弗拉基米尔·伊万诺维奇，下次进来时请事先敲一下门。”

这个“事先”听起来有些特别，不像女人的口吻，我出来了。可诅咒的彼得堡时的心情又回来了。我的各种幻想像被骄阳晒蔫的叶子似的都蜷缩起来。我感到自己又是孤单的了。我跟她之间并没有真正的亲密关系，我对她就像蛛网对这棵棕榈似的，只是偶尔挂在上面，一阵风就可以把它刮走。我在一个演奏音乐的街心公园溜达了一会儿，然后进了赌场。在这儿，我看着一些服装华丽、香味浓烈的女人，她们每人也都看着我，好像想说：“你单身，好极……”然后我走到凉台上，久久地眺望着大海，远处地平线上一只帆船也没有，左岸淡紫色的雾霭里呈现着山峦、花园、塔楼、房屋；阳光在所有的东西上闪烁着，可是一切都显得无情、冷漠，乱糟糟的……

17

她仍然每天早晨到我这里来喝咖啡，可是我们已不在一起吃午饭了；据她自己说，她不想吃饭，只是喝咖啡、茶以及吃些橙子和糖块之类的零食充饥。

晚上也不闲聊了，不知为什么会这样。自从我看到她哭以后，她对我便有些疏远，有时有些怠慢甚至讥讽，不知为什么称呼我"先生"。以前使她感到可怕、惊讶、英勇、羡慕和赞叹的经历，如今已丝毫打动不了她了；听完之后，她通常是轻轻伸一下懒腰，说：

"'是的，发生过，那是在波尔塔瓦附近，'①先生！"

有时甚至几天见不着她。我偶尔胆怯、愧疚地敲敲她的门——没有回答，再敲仍然没有声音。站在门口听听。这时有个侍女从旁边经过，冷冷地说："夫人出去了。"接着我在走廊上踱啊踱……一些英国人、胸部丰满的女士、穿着制服的茶房走过。久久地凝视着铺满整条走廊的带条纹的长地毯，我不由得想到：我在这个女人的生活里扮演着一个奇怪的也许还是个虚幻的角色，改变这个角色已非我力所能及。我跑回自己房间，倒在床上想啊想啊，什么也想不出来；只有一点我是清楚的，那就是我渴望生活，她的面庞越不好看，越枯燥冰冷，她就离我越近，我就能越强烈越痛切地感到我们的亲近。称呼我"先生"也好，疏远怠慢的语调也好，随便怎么样都好，但是千万别离开我，我的宝贝，我现在怕剩下一个人。

然后我又到走廊上，担心地谛听着……我没有吃午饭，天色不知不觉地晚了。终于十点多听到了熟悉的脚步声，在楼梯附近拐角的地方出现了季娜伊达的身影。

"散步吗？"她从旁经过时问道，"您最好到外边……晚安！"

"难道我们今天不见面啦？"

"好像已经晚了，不过随您便。"

"请告诉我，您到哪儿去了？"我跟着她进了房间问道。

---

① 引自莫尔恰诺夫（1809—1881）的一首短诗的第一句，这首诗被谱成歌，当时极为流行。

"上哪儿？上蒙特卡洛去了。"她从衣袋里掏出十个金币来说，"瞧，先生，赢的，玩轮盘赌来着。"

"唉，您不会去玩。"

"为什么呢？我明天还去。"

我想象着：她怀着身孕、束紧腰身、带着病态的难看脸色站在赌桌旁边，挤在一堆高级娼妓和糊涂老太婆中间——这些人贪馋金钱像苍蝇贪馋蜂蜜似的；我回忆着：她不知为什么要背着我上蒙特卡洛……

"我不相信您的话。"我有一次说，"您不会到那里去。"

"不要担心，我不会输很多。"

"问题不在输钱。"我不高兴地说，"您在那里赌钱的时候，难道没有想到：金子的闪光，年老年轻的女人，坐庄的人以及这整个环境——这一切全都是对工人劳动，对辛苦的血汗的卑鄙无耻的嘲弄吗？"

"要不赌钱，在这儿干什么呢？"她问道，"什么工人劳动，什么血汗——这些高调都留着以后再唱吧。现在您既然开始了，那就让我继续下去。请允许我直截了当地提个问题：我现在在这儿做什么，将来做什么？"

"做什么？"我耸了耸肩膀说，"这个问题无法马上回答。"

"我请您凭良心回答，弗拉基米尔·伊万诺维奇。"她说完，脸上挂上了生气的神色，"我既然对您提出这个问题，那就不是为了听到一些浮泛的词句。我问您。"她像打拍子似的用手掌拍着桌子继续说，"我应当在这儿做什么？不仅是在尼斯这地方，在其他地方又怎样？"

我沉默着，看着窗外的大海，我的心剧烈地跳动起来。

"弗拉基米尔·伊万诺维奇，"她呼哧呼哧地喘着轻声说，她说话吃力，"弗拉基米尔·伊万诺维奇，既然您已不相信自己的事业，既然您已不想再去从事它，那为什么……为什么您把我从彼得堡拽到这里来？为什么许诺，为什么激起我的疯狂的希望？您的信仰变了，您成了另外一种人。在这个问题上谁也不指责您——信仰并不总是由我们说了算，可是……可是弗拉基米尔·伊万诺维奇，请问，您为什么不诚实？”她朝着我走着，继续轻声说，“这两个月，我一直地幻想着，像说胡话似的讲自己的打算，欣赏着自己的计划，改变自己的生活以适应新的需要，这种时候您为什么不跟我说实话？您默不作声或者用一些故事鼓励我，那态度好像完全同情我似的，为什么？为什么要这么做？”

“承认自己破产是困难的。”我转过身来，但没有看她，“不错，我不相信了，厌倦了，灰心了……说实话很难，难得可怕，所以我没有说。但愿任何人也不要像我这么难受。”

我觉得自己马上要哭，我停下不说了。

“弗拉基米尔·伊万诺维奇，”她抓住我的两手说，“您经历多，见识广，请认真想想告诉我：我该怎么办？指点我。既然您自己已不能前进，更不能领别人前进，那您起码告诉我往哪儿走。您会赞同我的意见，我是个有情感、有见解的活人嘛。陷入似是而非的境地，扮演荒谬的角色，我很难受。我不责难您，不怨您，只是请求您。”

茶房送来了茶。

“喂，怎样？”季娜伊达递给我一杯茶，问道，“您能对我说什么呢？”

“阳光不止是窗上射进来的那些。”我答道，“除了我，还有别人哪，季娜伊达。”

“那您就告诉我吧。”她兴奋地说，“我请求您的就是这个啊。”

“我还想说，”我接着说，“为思想服务不限于某一个阵地。要是一个阵地选错了，不相信了，可以选择另一个阵地嘛。思想的世界是辽阔无垠的。”

“思想的世界！”她说完，嘲弄地看了看我的脸，“那我们最好停止……还有什么……”

她的脸红了。

"思想的世界！"她重复了一遍，把餐巾扔到旁边，脸上呈现出愤怒厌恶的神色，"您这些美好的思想，我看只能归结为一个不可避免的必然的一步：我应当成为您的情妇。需要做的就是这个，怀着思想而不做一个最诚实、最有思想的人的情妇，那就是不懂思想。必须从这儿……也就是说从情妇开始，其余问题可迎刃而解。"

"您生气了，季娜伊达。"我说。

"不，我说的是实话！"她吃力地喘着喊道，"我说的是实话。"

"您也许说的是实话，可是您迷失方向了；听着您的话，我感到难受。"

"我迷失方向！"她笑了，"先生，这话谁说都可以，然而您却没有资格说。尽管您觉得我不文雅，粗鲁，但还勉强可以：您爱我吧？您爱我？"

我耸耸肩膀。

"是的，您耸肩膀吧！"她继续嘲笑地说，"您病的时候，我听到您在说胡话的时候说过，后来经常可以看到您的爱恋的目光，听到叹息，听到关于亲近、情投意合之类的充满好感的言论；可是，主要的，为什么直到现在您不肯对我讲实话？为什么您隐瞒实有的事情，而讲些没有的事情？要是您一开始就告诉我是些什么思想促使您把我从彼得堡拽到这儿来的，我当时要知道了多好。我当时就按自己的想法服毒自杀了，那就不会有现在这出无聊的喜剧……唉，还说什么呢！"她对我挥了一下手，坐下了。

"听您讲话的腔调好像怀疑我有什么不光彩的意图似的。"我生气了。

"唉，得啦。还有什么可说的呢。我怀疑的不是您有什么意图，而是您什么意图也没有。您要是有什么意图，我会知道的。除了思想和爱情以外，您什么也没有。现在是思想和爱情，远景是我做情妇。事情的逻辑就是这样，不管是在生活里，还是在小说里……您骂他。"她用手掌拍了一下桌子说，"可是不能不赞成他的看法。难怪他蔑视所有这些思想。"

“他不是蔑视，而是害怕这些思想。”我喊道，“他是个懦夫和谎言家。”

“唉，得啦！他是个懦夫、谎言家，骗了我，可您呢？请原谅我的坦率：您是什么人？他骗了我，把我扔在彼得堡听凭命运摆布；您把我骗了，扔在这里，可是他毕竟没有把思想编到骗局上，而您……”

“看在上帝分上，您干吗说这些？”我感到害怕，搓着手迅速朝她走过去，“别这样，季娜伊达，别这样，这是玩世不恭，不能这么绝望，请听我把话说完。”我的脑海里突然闪现出一个模糊想法，我觉得这个想法可以拯救我们俩，我抓住这个想法继续说，“听我说，我这一生经历了很多，多得现在想起来都头晕；我如今用头脑，用饱受痛苦的心灵清楚地明白了：人的使命，要么是无所作为，要么就只是忘我地爱人。这就是我们该走的方向，就是我们的使命之所在！这就是我的信仰！”

下面我还想谈慈善事业，谈宽恕一切，可是我的声音里突然显得虚伪，我感到尴尬。

“我渴望生活！”我诚实地说，“生活，生活！我渴望平和安宁，渴望温暖、眼前这大海、您的亲近，我多么想使您也有这种对生活的渴望啊！您刚才提到爱情，可是对我说来，只要在您身边，听您说话，看您表情……”

她的脸一红，为了打断我的话，马上说：

“您热爱生活，我仇恨生活。因此我们的路是不同的。”

她给自己倒了一杯茶，但没有碰一下就进卧室躺下了。

“我认为我们最好停止这场谈话。”她从卧室里说，“对我来说，一切都完了，我什么也不需要……还谈什么呢！”

“不，还没有一切都完！”

“唉，得啦！我知道！我腻烦了……够了。”

我站了一会儿，踱了几步，就到走廊上来了。后来深夜我又到她门口去听了听，清楚地听到了哭声。

第二天茶房来递给我衣服的时候含笑说，十三号房间的太太要生产了。我匆匆忙忙地穿上衣服，提心吊胆地赶到季娜伊达的房间。她的房间里有一个医生、一个助产士和一个从哈尔科夫来的叫达里娅·米哈伊洛芙娜的俄国老太太。房间里弥漫着乙醚气味。我一进门就听到从她的卧室里传出来轻微的呻吟声。这声音好像是风从俄国吹到我耳边的，我想起了奥尔洛夫、他的讥讽、波利娅、涅瓦河、鹅毛大雪以及没有挂帘的马车、在早晨冰冷的天空看到的预言和绝望的“尼娜！尼娜！”的喊叫。

“您去看看她吧。”俄国老太太说。

我进了季娜伊达的房间，觉得自己好像就是孩子的父亲似的。她闭眼躺在那里，消瘦，苍白，戴着白色带花边的包发帽。记得她脸上有两种表情：一种是漠然、冰冷、无精打采的，另一种是孩子般的无可奈何的——这后一种表情是白色包发帽赋予她的。她没有听到我进来，也许听到了不理我。我站着，看着她，等待着。

她的脸痛得抽搐了一下，她睁开眼睛看着天花板，好像在思考她怎么了……脸上呈现出厌恶的神色。

“卑劣。”她咕哝了一句。

“季娜伊达。”我轻轻叫了她一声。

她冷漠疲惫地看了看我，闭上了眼睛。我站了一会就出来了。

夜里达里娅·米哈伊洛芙娜通知我生了个女孩，但产妇危险，后来走廊上有人跑声，说话声。达里娅·米哈伊洛芙娜又来，绝望地搓着手说：

“可怕！医生怀疑她服了毒药！唉，俄国人在这儿的行为多不好啊！”

第二天中午季娜伊达咽气了。

18

过了两年，情况变了，我又到了彼得堡，可以公开住在那里，不必隐匿了。我已不怕流露感情了。我的全部身心都沉浸在做父亲的情感里，我爱季娜伊达的女儿索尼亚，把她视为掌上明珠。我自己抱着喂她，给她洗澡，服侍她睡觉，整夜整夜地不合眼看着她，觉得保姆要失手把她掉到地上时就会吓得喊起来。我渴望过普通的常人生活，这种心情越来越强烈，全部美好的理想都集中在索尼亚身上，好像在她身上我终于找到了我所需要的东西。我疯狂地爱着这个小姑娘。在她身上，我看到了自己生命的延续；我不是觉得，而是感受到，几乎相信：当我终于扔掉身上的这个瘦骨嶙峋的细高的长着大胡子的臭皮囊时，我将活在这双浅蓝色的小眼睛里，活在绸缎一样柔软的金黄色头发里和这胖乎乎的小手里——这双小手那么深情地抚摩着我的脸，搂着我的脖颈。

索尼亚的命运使我担心。她的父亲是奥尔洛夫，而出生证上写的却是克拉斯诺夫斯基，惟一知道她活在这个世界上并且关心她的是我，然而我已不久人世。必须认真考虑一下她的问题。

到彼得堡的第二天，我就去找奥尔洛夫。给我开门的是一个胖老头，棕红色的络腮胡子，没有留唇髭，看样子是德国人。波利娅在客厅里收拾房间，没有认出我来，可是奥尔洛夫却马上认出来了。

“啊，造反者先生！”他好奇地打量着我说，“什么风把您吹来的？”

他丝毫没有变：还是那张保养得很好的令人不愉快的脸，还是那副讥讽的神气。写字台上跟从前一样放着一本新书，中间夹着一把象牙裁纸刀。显然我来之前他看书来着。他让我坐下，递给我雪茄，以只有教养极好的人才会有的礼貌掩饰着我的脸和我的细瘦身材在他心里引起的不快。他顺便指出我丝毫没有变，即使留了大胡子，仍然极好认。我们谈了天气，谈了巴黎。为了尽快摆脱那个使他使我都受到折磨的不可避免的问题，他问我：

“季娜伊达死了？”

“不错，死了。”

“因为难产吗？”

“不错，因为难产。医生怀疑另有死因，可是对您对我来说认为她死于难产会感到更心安一些。”

他礼貌地叹了一口气，没有吱声。我们沉默了一会儿，他看到我打量书房，急忙说：

“瞧，我这里还是依然如故，没有任何特殊变化。家父，如您所知道的那样，已经退休，赋闲在家。我仍然在那儿，记得佩卡尔斯基吧，他仍是老样子。格鲁津去年得白喉死了。库库什金活着，常常想起您来。顺便说说，”奥尔洛夫不好意思地垂下了眼睛，继续说，“库库什金知道了您的来历以后，便到处讲您袭击他，想把他打死……他好不容易脱险。”

我没有吱声。

“旧仆人不忘主人……您很值得感谢。”奥尔洛夫开了一个玩笑，“不过您不想喝葡萄酒或者咖啡吗？我吩咐煮咖啡。”

“不，谢谢。我来找您是为了一件重要事情，奥尔洛夫先生。”

“我不爱过问重要事情，可是愿意听您吩咐。什么事？”

“是这么回事。”我激动地开始说，“已故季娜伊达的女儿在此地如今由我带着……到目前为止，我收养着她，可是您瞧，说不定哪天我就要一命呜呼了。我希望临死的时候能知道她已得到了安置。”

奥尔洛夫脸微微一红，皱起了眉头，严厉地瞥了我一眼，使他感到不快的与其说是“重要事情”，不如说是我说的“一命呜呼”。

“不错，这个问题需要考虑一下。”他用手像遮太阳似的遮着眼睛说，“谢谢您。您说是个女孩？”

“不错，是个女孩。极好的女孩！”

“这样，这当然不是一条小狗，是个人……不言而喻，必须认真考虑。我愿意参与而且……很感激您。”

他站起来，咬着指甲踱了几步，在一张画前面停下来。

“这个问题要考虑考虑。”他背对着我轻声说，“我今天就找佩卡尔斯基，请他去同克拉斯诺夫斯基谈。我想，克拉斯诺夫斯基不会过多推脱，会同意收养这个孩子的。”

“不过，请原谅，我不知道这跟克拉斯诺夫斯基有什么关系。”我说完，也站起来，朝书房另一端的一张画儿走去。

“可她姓的是他的姓，我想是这样！”奥尔洛夫说。

“不错，从法律上来说，他也许有义务来收养这个孩子，我不知道；可是，奥尔洛夫先生，我来找您，却不是为了谈法律问题。”

“是的，是的，您对。”他急忙说，“我说的不对。您不要激动。我们会讨论出一个双方满意的结果的。不是这样解决，就是那样解决；不是那样解决，就是第三种办法解决：无论如何，这个敏感问题是会得到解决的。佩卡尔斯基会把一切都安排好的。劳驾，请把您的地址留给我。我们一有决定，我马上通知您。您住在什么地方？”

奥尔洛夫记下我的地址，叹了口气，含笑说：

“‘造物主，做一个小姑娘的父亲多麻烦哪！’[1]可是佩卡尔斯基会把一切安排好的。他是个精明人，您在巴黎住了很久吗？”

“住了两个月。”

我们又沉默起来。奥尔洛夫显然怕我再提小姑娘，为了把我的注意力引到另一个方向，便说：

“您大概已把自己的信忘了。我保存着哪。您当时的心情，我理解，说老实话，我敬重这封信。‘可诅咒的冷血’，‘亚洲人’，‘禽兽的笑’——这些词都很可爱，而且一针见血。”他讥讽地笑着继续说，“基本思想大概是接近真实的，虽然可以无尽无休地争论下去。也就是说，”他踌躇了一下，“不是就思想本身争论，而是就您对问题的态度，您的所谓气质争论。不错，我的生活不正常，败坏了，一无是处；开始新生活又没有勇气，您说的完全对。可是您那么在意、那么激动和绝望却是没有道理的，您是完全不对的。”

① 引自格里鲍耶陀夫的喜剧《聪明误》，稍有改动。

“一个活人看到自己和周围的人在毁灭是不能不激动、不能不绝望的。”

“谁反对呢！我也不主张冷漠，我只是希望客观地对待生活。越客观，陷入错误的危险就越少。必须看根本，找出每个现象的各种原因的原因。我们衰弱，堕落，终于垮了；我们这一代人全是些神经衰弱者和无病呻吟者。我们只知道谈论疲劳厌倦，可是这不怨您，也不怨我：我们太渺小了，我们的放纵不会影响一代人的命运。必须看到，这里有更大更普遍的原因，从生物学角度来看具有其坚实意义的原因。我们是些神经衰弱者、灰心丧气者、变节者，可是对在我们以后生活的那一代人来说也许是需要的有益的。没有天父的旨意，一根头发也不会掉，换句话说，在自然界和人类社会里没有什么是随意发生的。一切都是有根据的，必然的。既然如此，那我们干吗要特别不安，写一些绝望的信呢？”

“道理倒是这样。”我想了想说，“我相信后代人会轻松些，看得清楚些；我们的经验可以帮助他们。可是我想这不仅仅是为后代着想，不只是为了他们而活下去。生命只给人一次，我想过得有朝气，有意义，漂亮潇洒。想扮演一个显著、独立、高尚的角色，想创造历史，以使后代没有权利说我们每个人渺小或者更坏的话……我相信周围发生的一切都具有目的性和必然性，可是这必然性跟我有什么关系，为什么我的‘我’要丧失？”

“唉，有什么办法呢！”奥尔洛夫叹了口气，站了起来，好像要我明白我们的谈话已结束了。

我拿起了帽子。

“只坐了半个小时，可解决了多少问题呀，了不起！”奥尔洛夫送我到前厅，说，“那我就关心一下……今天跟佩卡尔斯基见面，请放心。”

他站在旁边等我穿好大衣，看样子我马上走使他感到高兴。

“奥尔洛夫先生，请把信还给我吧。”

“好。”

他走进书房，一会儿就把信拿来了。我谢了谢，就走了。

第二天我收到他的一封短信。他祝贺我问题已圆满解决，他说佩卡尔斯基认识的一位太太开了一座提供膳食、类似幼儿园的寄宿学校，连很小的孩子都收。这位太太是完全可以信赖的，可是在跟她达成协议之前，不妨先跟克拉斯诺夫斯基谈谈——这是办事程序的要求。他建议我马上去找佩卡尔斯基，要是有出生证的话，带上出生证。结尾是:“请接受您的恭顺的仆人的诚挚敬意和忠诚……”

我读着这封信，索尼亚坐在桌子上注意地看着我，眼睛一眨不眨，好像知道在解决她的命运问题。

大瓦洛佳和小瓦洛佳

“放开我，我要自己赶马！我要坐在车夫旁边！”索菲娅大声喊着，“车夫，等等，我要坐到你旁边。”

她站在雪橇上，她的丈夫亚吉奇和她的童年好友瓦洛佳各扶着她的一只胳臂免得她摔倒。三匹马拉着雪橇飞快地奔驰着。

“我说过不该给她白兰地喝。”亚吉奇不满地低声对旁边的瓦洛佳嘟囔着，“唉，你呀，真不该！”

亚吉奇上校根据经验知道像妻子这样的女人微带醉意的狂欢之后通常是歇斯底里的大笑，然后是大哭。他担心如今回家以后不能睡觉，必须张罗敷布和药水了。

“停下！”索菲娅喊道，“我要赶马！”

她打心眼里快活高兴。从举行婚礼以后，两个月以来，她一直受到一个思想的折磨，即她嫁给亚吉奇上校是图钱和所谓赌气。今天在郊区餐馆里她才终于确信自己热烈地爱着他。他尽管已五十四岁，可是身材仍然那么匀称，动作仍然那么敏捷灵巧，仍然那么讨人喜欢地说笑并且还给吉卜赛女郎帮腔。真的，如今老头比青年有趣一千倍，好像老头和青年交换了角色似的。上校比她父亲大两岁，也许环境起了什么作用吧，凭良心说，他的精力、朝气比她自己还充沛，虽然她才二十三岁。她心里说：“啊，我的爱！多好的人！”

在餐馆里她还确信旧日的痴情一点儿也没有了。对童年好友瓦洛佳，直到昨天还爱得发疯，爱得神魂颠倒，如今已觉得无动于衷了。今天一晚上她都觉得他无精打采、昏昏欲睡、无趣、卑微，他通常逃避会账的那种冷漠神情今晚使她很生气，她好不容易才忍住没有对他说："要是没有钱就呆在家里呗。"账是上校一个人付的。

也许是因为树、电线杆子、雪堆不停地从她眼前闪过吧，各种各样的想法不断地钻到她的脑袋里。她想：在餐馆里照账单付了餐馆一百二十卢布，付了吉卜赛人一百卢布；假如明天愿意，她哪管是一千卢布也可以随便扔掉，而两个月以前，也就是结婚以前，她自己连三卢布也没有，一点小事都得找爸爸要钱。生活发生了多大的变化啊！

她的思绪乱了，她想起来，在她十岁的时候，亚吉奇上校，也就是她现在的丈夫，曾经追过她的姑姑，家里人都说他把她毁了，事实上姑姑出来吃饭的时候脸上也常常带着泪痕，而且常到什么地方去，大家都说她这个可怜的姑娘坐卧不安。他当时很漂亮，受到女人的特别喜欢，全市都认识他，说他每天奔走于女崇拜者之间，像医生走访患者似的。如今即使头发花白、满脸皱纹而且还戴着眼镜，他的瘦削的面庞有时仍然显得很美，尤其是侧影。

索菲娅的父亲是军医，曾跟亚吉奇在一个团服役过。瓦洛佳的父亲也是军医，也跟她父亲和亚吉奇在一个团里服役过。尽管猎艳奇遇常常很复杂很伤脑筋，但瓦洛佳学习很好。他以优异成绩大学毕业，如今选了外国文学作为他的专业，据说在写博士论文。他跟着父亲住在兵营的住宅里，自己没有钱，虽然已经三十了。小时候他同索菲娅住在一栋楼里，常找她玩，他们一起学的跳舞和法语；等他长成英俊的小伙子以后，她先是害羞见他，后来就疯狂地爱上了他，直到后来嫁给了亚吉奇。他也是受到女人的特别喜欢，几乎从十四岁起就跟女人来往。当时背着丈夫跟他来往的妇女为自己辩解的理由就是瓦洛佳还是个小孩子呢。不久前有人说他读大学时住在大学附近的公寓里，每次去敲他的门，都能听到他在屋里走动和随之而来的低声道歉："请原谅，不是一个人。"亚吉奇非常欣赏他，像杰尔查文祝福普希金[1]似的祝福他前途无量，显然亚吉奇也喜欢他。他俩能一连几个小时在一起默默地打台球或玩辟开牌[2]。亚吉奇要是坐三套马车上什么地方去的话，必定带着瓦洛佳，瓦洛佳博士论文的秘密也只告诉亚吉奇一个人。当初亚吉奇年轻一些的时候，他们常常会陷入互相竞争的境地，可是从来不互相嫉妒。在他们一起出现的社交场合，亚吉奇被叫做大瓦洛佳，他的朋友则被叫做小瓦洛佳。

雪橇上除了大瓦洛佳、小瓦洛佳、索菲娅以外，还有一位女士。她叫玛格丽特，大家都称呼她丽塔，是索菲娅的堂姐，一个年过三十的姑娘，脸色很苍白，长着两道黑眉，戴一副夹鼻眼镜，不停地吸烟，连在严寒的室外也吸。胸膛上和膝盖上总有烟灰。她说话带鼻音，每个词都拖得很长，待人冷淡，蜜酒和白兰地喝多少都不醉，语意双关的笑话讲得枯燥乏味。在家里，她从早到晚看一些厚杂志——杂志上总落一些烟灰，或者吃冻苹果。

"索菲娅，别疯啦。"她拖着长腔说，"真的，不雅观。"

看到城关卡以后，雪橇跑得慢些了，路旁出现了行人和房屋，索菲娅不闹了，靠在丈夫身上，沉思遐想起来。小瓦洛佳坐在对面。现在她的快活轻松的思想里也掺杂了一些阴沉的思想。她想，坐在对面的这个人知道她爱他，当然相信传言说的她嫁给上校是赌气。她还一次没有向他表示过爱他，不想让他知道，她掩饰着自己的感情，可是从他脸上可以看出来他对她的心情了解得很清楚——她的自尊心受到了伤害。可是在她的处境里最使她觉得屈辱的是结婚以后这个小瓦洛佳竟突然开始关注她——这种情况以前从未有过，跟她能一连坐好几个小时，有时一句话不说，有时闲聊；如今坐在雪橇上，没跟她说话，却轻轻地踩她的脚，握她的手。显然，

---

① 杰尔查文（1743—1861），俄国古典主义诗人，年轻的普希金1815年1月8日在皇村中学考试时朗诵自己诗作《皇村回忆》以后曾得到他的祝福。

② 一种二人玩的牌戏。

他所需要的就是她嫁人。显然，他瞧不起她，她在他心里激起的只是某种兴趣，像个不正经的坏女人似的。当她心里兴奋和对丈夫的爱里掺杂了屈辱以及自尊心受到伤害的心情时，她就想胡闹，想坐到驭手座上喊叫，吹口哨……

恰在他们经过女修道院时，女修道院的大钟敲响了。丽塔画了个十字。

“我们的奥利亚在这个修道院里。”索菲娅说完，也画了个十字，身上哆嗦了一下。

“她为什么进了修道院呢?”上校问。

“赌气。”丽塔气哼哼地答道，显然在暗示索菲娅同亚吉奇的婚姻，“现在这个赌气时髦。向全社会挑战。本来是个爱笑的姑娘，喜欢卖弄风情，只爱舞会和舞伴，可突然来了这么一招！叫人们大吃一惊！”

“不对。”小瓦洛佳放下皮大衣领子，露出漂亮的面庞说，“不是因为赌气，而是因为一连串可怕的原因，假如您想知道的话。她哥哥德米特里被送去服苦役，现在不知在哪儿。妈妈悲痛得去世了。”

他又立起了大衣领子。

“奥利亚做得好。”他低声补充说，“作为养女寄人篱下，而且旁边还有个索菲娅这样的金不换，——也是需要考虑的！”

索菲娅在他的话里听出来一种蔑视的味道，想顶他一句，但没有吱声，她又想胡闹；她站起来，用哭泣的声音喊道：

“我要参加晨祷！车夫，回去！我要看奥利亚！”

雪橇转回去了。修道院的钟声是沉郁的，索菲娅觉得这钟声好像在提醒人们想起奥利亚和她的遭遇来。其他教堂的钟声也响起来了。车夫把雪橇停下来以后，索菲娅跳下雪橇，没有叫人陪着就快步朝大门跑去。

“快些回来！”丈夫喊道，“时间已经太晚啦！”

她穿过昏暗的大门，然后沿着林荫路朝主教堂走去，积雪在脚下发出沙沙的响声，钟声已在头上回荡，好像穿透了她的全部身心。瞧，教堂的门，三级台阶，然后是两侧画着圣徒的门廊，空气里散发着刺柏和神香的味道，又是一道门，一个黑糊糊的人影给她开了门，朝她低低地鞠了一躬……教堂里的祈祷还没有开始。有一个修女在圣像壁旁边走动着，在点燃高烛台的蜡烛，另一个修女在点燃圣像前枝形烛台的蜡烛。靠近圆柱和侧祭坛的一些地方一动不动地站着一些黑色人影，“这就是说她们现在就站在这里，直到早晨也不会离开了。”——索菲娅心里想道；她觉得这里昏暗、寒冷、无聊，比在墓地还无聊，她怀着无聊的感觉看了看一动不动的身影，突然觉得心里一揪。不知为什么她认定一个身材不高、肩膀瘦削、包着黑头巾的修女是奥利亚，虽然奥利亚进修道院时身材是丰满的，个头儿也好像高些。索菲娅犹犹豫豫地、不知为什么非常激动地走到这个修女身边，从后边看了看她的脸，认出来是奥利亚。

“奥利亚！”她叫了一声，两手拍了一下，激动得再也说不出话来了，“奥利亚！”

这个修女也马上认出她来，惊讶地扬起眉毛，她那刚洗过的、洁净苍白的脸乃至于披肩下面露出来的白围巾都令人觉得泛出了喜悦的光芒。

“这是上帝送来的奇迹。”她说完，也拍了一下又瘦又白的两只小手。

索菲娅紧紧抱住她吻了吻，她担心自己嘴里有酒味。

“我们路过这里，想起你来。”她呼哧呼哧地喘着，像快步赶路累的似的，“天哪，你多苍白呀！我……我看到你很高兴，喂，怎样？寂寞吗？”

索菲娅看了看其他修女，压低声音继续说：

“我们发生了那么多变化……你知道，我嫁给了亚吉奇。你大概记得他……我跟他很幸福。”

“好啊，谢天谢地。你爸爸身体好吗？”

“好。他常常想起你来。奥利亚，节日期间到我们家来吧，听到啦？”

“一定去。”奥利亚说完笑了笑，“第二天去。”

索菲娅自己也不知道为什么哭了起来，默默哭了一会儿，然后擦干眼泪说：

“丽塔看不到你会很遗憾的。她也跟我们在一起。瓦洛佳也在。他们都在大门旁边。要是你能跟他们见见面，他们会多高兴啊！去看看他们吧，反正祈祷还没有开始。”

“走吧。”奥利亚同意了。

她画了三个十字，就同索菲娅朝门口走去。

“索菲娅，你说你幸福，是吗？”出了大门，她问道。

“很幸福。”

“好，谢天谢地。”

大瓦洛佳和小瓦洛佳看到修女来了便下了雪橇，恭恭敬敬地打招呼；他们俩看到她脸色苍白，穿着黑色修女服，甚为动容；她记得他们，出来跟他们打招呼，使他们俩都感到惬意。为了使她不冷，索菲娅给她披了一条厚毛围巾，并用自己皮大衣的一个衣襟裹着她。刚刚流过的泪水使索菲娅的心里感到轻松、明净；她很高兴，这个喧闹、不安，实质上不洁的一夜竟意外地这么洁净、温柔地结束了。为了使奥利亚在身边多呆一会儿，她提议说：

“我们带着她遛遛吧！奥利亚，上来，少遛一会儿。”

男人们以为修女会拒绝——圣徒是不坐三套马拉的雪橇游逛的，可是使他们惊讶的是她竟同意，上了雪橇。当雪橇向城关驰去的时候，大家都没有说话，只是努力使她感到舒适、暖和，每个人都在想着她以前的情形和现在的情形。她的脸现在是冷漠、苍白，极少表情的，好像她血管里流的是水，而不是血。而两三年前，她却曾经是个身材丰满、面颊红润的姑娘，满嘴说的是“未婚夫”，一点小事就哈哈大笑……

雪橇跑到城门关卡就掉头往回跑，十来分钟后在修道院附近停下来，奥利亚下了雪橇。钟楼上已在敲第二遍钟了。

“谢谢。”奥利亚说完，像其他修女那样低低地鞠了一躬。

“奥利亚，你一定要来。”

“一定，一定。”

她匆匆地走了，不久就消失在黑暗的大门里。随后雪橇继续跑起来的时候，不知为什么大家感到忧伤，都沉默着。索菲娅感到浑身无力，心绪不佳。她已觉得让修女坐雪橇跟一些醉醺醺的人一起兜风是愚蠢的，没有分寸，类似亵渎行为。欺骗自己的愿望也同醉意一起消失了，她已清楚：她不爱自己的丈夫，而且也不能爱，一切都是愚蠢的胡闹。她是有所贪图才嫁给他的，因为他，用寄宿女校同学的话来说，富得要命，因为她怕像丽塔那样嫁不出去当老处女，还因为在父亲家里住腻了，同时也想气气小瓦洛佳。要是她能预料到出嫁以后是这么难受、可怕和龌龊，无论为了什么好处也是不会嫁给他的。可是如今后悔已来不及，必须认啦。

到了家，躺到温暖柔软的床上，盖上被，索菲娅想起教堂的昏暗门廊、神香味和圆柱旁边站的人影；想到她睡觉的时候这些人将站在那里，便感到可怕。晨祷将很长很长，然后是读经，然后是日祷，祈祷……

“可是有上帝呀，一定有，我必然要死，就是说迟早需要考虑一下灵魂问题、永生问题啦，像奥利亚那样。奥利亚如今得救了，她为自己解决了所有问题……不过假如没有上帝呢？那么她的一生就白糟蹋了。怎么说白糟蹋了？为什么说白糟蹋了？”

过了一分钟，一个想法又钻到她脑袋里：

“上帝是有的，人一定会死，必须考虑灵魂问题。奥利亚要是现在看到死神的话，那她不会害怕。她已有准备。主要的是她已为自己解决了生的问题。有上帝……是的……可是难道除了进修道院就没有别的出路了吗？进修道院就是放弃生活、毁掉生活呀……”

索菲娅觉得有些害怕，把头藏到枕头下面，低声咕哝道：

“不要想这些，不要……”

亚吉奇在隔壁房间里在踱着步想什么，刺马针发出轻柔的响声。索菲娅想，此人只有在一点上使她感到亲切可爱，那就是他的名字也叫瓦洛佳。她坐起来温柔地叫了一声：

“瓦洛佳！”

“什么事？”

“没什么。”

她又躺下了。传来了钟声，可能是那个修道院的，她又想起来教堂的门廊和黑色人影，脑袋里又出现了上帝，出现了人难免一死的想法；她用被蒙上头以便听不到钟声。她想，在衰老和死亡到来以前，还有很长很长的日子要过，她天天要忍受一个不爱的人在自己身边——瞧，他现在就要进卧室上床睡觉啦，她必须扑灭自己心里对另一个年轻、迷人而且在她看来不平凡的人的绝望的爱情。她看了丈夫一眼，本想祝他晚安，可是却放声哭了起来。她恨自己。

“唉，音乐开始啦！”亚吉奇说。

她哭了很久，上午九点多才安静下来。她不哭了，也不浑身哆嗦了，可是头剧烈地痛起来。亚吉奇要赶着去参加晚日祷，在隔壁房间里训斥帮他穿衣服的勤务兵。他带着轻柔的刺马针声进了卧室一次，拿走了什么，后来又进来一次，这次已戴上了大肩章和勋章，腿因为有关节炎而微微瘸着。索菲娅不知为什么觉得他走路和看人的神气像一只猛兽。

她听到亚吉奇在打电话。

“劳驾，请接瓦西里耶夫斯基兵营！”他说；过了一分钟，又说：“瓦西里耶夫斯基兵营吗？请萨利莫维奇医生接电话……”又过了一分钟：“您是哪位？是你，小瓦洛佳？很高兴。亲爱的，请你父亲马上到我们这儿来一趟，我的太太昨天玩过以后病得很厉害。你是说不在家？嗯……谢谢，好极了……非常感激……谢谢。”

亚吉奇第三次进到卧室，对着妻子弯下腰去，画了一个十字，让她吻了吻自己的手（爱他的女人都吻他的手，他已习惯），说了一句吃午饭时回来，就走了。

十一点多，使女报告，说小瓦洛佳来了。索菲娅疲倦、头痛，摇摇晃晃地站起来，急忙穿上新的、令人惊羡的、镶毛皮边的淡紫色宽松式便袍，匆匆梳了梳头，心里充满了无法形容的柔情，高兴得浑身直哆嗦，又担心他走掉，哪管看他一眼也好。

小瓦洛佳来拜访，穿着燕尾服，打着白领带，打扮得一丝不苟。索菲娅走进客厅以后，他站起来吻了吻她的手，对她身体欠佳表示衷心遗憾，坐下以后，他就赞美她的便袍。

“昨天跟奥利亚见面使我很激动。”她说，“起初我觉得有些可怕，可现在我却羡慕她了。她是坚不可摧的岩石，休想撼动她分毫。可是，瓦洛佳，难道她没有别的出路了吗？难道活埋自己就是解决生的问题吗？这是死而不是生啊。”

谈起奥利亚，小瓦洛佳脸上流露出怜悯的神色。

“瓦洛佳，您是个聪明人，”索菲娅说，“教我怎样才能完全像她那样做吧。当然，我不信教，不想进修道院，可以采取效力相等的做法嘛。我的生活不轻松啊。”她沉默了一会儿继续说，“教我吧……说几句有说服力的话。哪怕说一句呢。”

“说一句？请听吧：乱弹琴。”

“瓦洛佳，您为什么瞧不起我？”她激动地问道，“您跟我讲话用的是一种特殊的——请原谅——花花公子的语言，跟朋友和正经女人是不这么讲话的。您学术上有成就，您喜欢学术，可您为什么从来不跟我谈学术呢？我不配吗？”

小瓦洛佳不满地皱起了眉头说：

“您怎么突然对学术感起兴趣来啦？也许您对宪法感兴趣吧？也许您对辣根配闪光鲟鱼肉感兴趣吧？”

“唉，好吧，我渺小、恶劣、没有原则、目光短浅……我有许多许多错误，我精神变态，不可救药，因此必须瞧不起我。可是您呢，瓦洛佳，比我大十岁，丈夫比我大三十岁。我是你们看着长大的。要是你们愿意，你们可以把我造就成你们喜欢的任何一种人，甚至能造就成天使。可是你们（她的声音颤了一下）对待我的态度是可怕的。亚吉奇等他已经老了才娶我，而您……”

“够啦，够啦。”小瓦洛佳坐得靠她近一些，吻着她的两手说，“让叔本华们去发哲学议论证明他们想证明的问题吧，我们且来吻吻这双小手。”

“您瞧不起我，这使我多痛苦啊！”她犹犹豫豫地说，她事先就知道他不会相信她的话，“我多么想改变自己，开始新生活呀！想到这一点，我就兴奋。”她说着说着真的兴奋得流出了眼泪来，“做一个美好、诚实、纯洁的人，不说谎，有生活目标。”

“唉，唉，唉，请别装腔作势啦！我不喜欢！”小瓦洛佳说完，脸上表现出任性的神色，“真的，像在台上演戏似的，让我们有点儿人情味吧。”

为了不使他生气走掉，她为自己辩解起来，勉强笑了笑以讨好他，又谈起了奥利亚，谈起了她想解决自己的生的问题，要做一个真正的人的问题。

“乱——弹——琴——”他低声唱着，“乱——弹——琴——！”

他突然搂住她的腰。她自己也不知道自己在做什么，把两手搭在他的肩膀上如醉如痴地看着他聪明的略带讥讽的脸，前额，眼睛，漂亮的胡子……

“你自己早就知道我爱你。”她对他表白说，难堪得满脸通红，她觉得连嘴唇也羞得痉挛地歪向一边，“我爱你。你为什么折磨我？”

她闭上眼睛，用力吻着他的嘴唇，许久许久——也许有一分钟——无法结束这个吻，虽然知道这是不体面的，他可能鄙视她，仆人也可能进来……

“啊，你折磨得我多苦啊！”她重复了一遍。

半个小时以后，他如愿以偿，得到了想得到的一切，坐在餐厅里吃东西，她跪在他面前，贪婪地看着他的脸，他说她像一条小狗儿在等着扔给她一块火腿，然后他让她坐到自己的一条腿上，像晃小孩子似的晃着她，嘴里唱道：

“乱——弹——琴，乱——弹——琴！”

他要走的时候，她用缠绵的声音问道：

“什么时候？今天？在哪儿？”

她把两手伸到他的嘴旁边，好像甚至想用手从他嘴里掏出答案似的。

“今天未必方便。”他想了想说，“只好明天吧。”

他们分手了，临吃午饭的时候，索菲娅到修道院去看奥利亚，那儿说奥利亚出去到什么地方追荐亡魂念经去了。从修道院出来，她回家看父亲，父亲也不在。然后换了出租雪橇毫无目的地在大街小巷乱跑起来，一直跑到晚上。她不知为什么在街上乱跑的时候想起了满脸泪痕、坐卧不安的姑姑来。

夜里又是坐着雪橇闲逛，到郊区餐馆听吉卜赛人唱歌。又路过修道院的时候，索菲娅想起了奥利亚，想到她这个圈子里的姑娘媳妇除了不停地坐雪橇闲逛、说谎或进修道院消灭自己的肉欲以外没有别的出路，不禁觉得可怕起来。第二天跟小瓦洛佳幽会过后，她又一个人坐着出租雪橇在街上闲逛，回忆着姑姑。

一个星期后，小瓦洛佳抛弃了她。此后，生活又像从前一样无趣、寂寞，有时甚至痛苦。上校和小瓦洛佳久久地在一起打台球，玩辟开牌，丽塔枯燥乏味地讲着笑话，索菲娅仍然坐着出租雪橇闲逛，并且要丈夫带着她坐三匹马拉的雪橇兜风。

她几乎每天到修道院，使得奥利亚厌烦了；她向奥利亚诉说自己无法忍受的痛苦，她哭着，仿佛觉得一种不洁的、可怜的、受到凌辱的什么东西也随她一起进了修道院，奥利亚机械地像背书似的对她说，这一切都没有关系，都会过去，上帝会宽恕她的。

黑衣修士

1

硕士安德烈·科夫林疲劳过度，神经功能紊乱。他没有治疗，只是喝酒的时候顺便跟一位当医生的朋友谈过。那位朋友建议他春天和夏天到农村去住住。恰在这时他从前的监护人和养父佩索茨基的女儿塔尼娅来了一封长信请他到他们鲍里索夫卡去做客。他认为自己也实在该出去散散心了。

那是四月，他先回自己的田庄科夫林卡去了一趟，在这里一个人独自住了三个星期，等路好走了，便驱车到佩索茨基家里去。佩索茨基是俄国有名的园艺专家。从科夫林卡到佩索茨基住的鲍里索夫卡至多七十俄里，乘坐平稳的带弹簧的四轮马车走在春天松软的大道上是一种真正的享受。

佩索茨基的住宅很大，房子正面有圆柱，大门前面摆着狮子——尽管狮子上的粉饰已剥落，门口有个穿制服的仆人值班。阴郁规整的古老的英式花园差不多有一俄里长，从住房一直伸延到河边，河边是陡峭的黏土峭壁，上边长了一些松树，树根露在外面，像一些毛茸茸的大爪子；下面是阴森的水光，鹬哀怨地尖叫着在空中飞着。人来到这里总感到心情凄凉，简直想坐下写一首悲歌。可是在住房附近，在院子里和果园里——果园和苗圃占地有三十多俄亩——即使天气恶劣的时候心情也是快活高兴的。这里珍奇的玫瑰、百合、山茶、各种颜色的郁金香——从雪白的到墨黑的，总之，这些绚丽多彩的花卉，除了在佩索茨基这里，科夫林在任何地方也没有见过。春天才刚刚开始，真正华美的花卉还藏在暖房里呢，但是即使目前在林荫路两侧和座座花坛里开的鲜花也足以使人在花园散步时觉得是置身于色彩绮丽的王国，尤其是清晨片片花瓣上闪着晶莹露水的时候。

果园里的观赏部分，佩索茨基本人轻蔑地认为是雕虫小技，却给童年的科夫林留下了多么神奇的印象啊。这里真是无奇不有，巧夺天工！有果树组成的树墙，有样子像角锥形白杨的梨树，有球形的橡树和椴树，有苹果树长成的伞，有树木组成的拱门、花字、枝形烛架，甚至还有用李树组成的“1862”——这是佩索茨基开始从事园艺的一年。这里也可以看到一些漂亮匀称的小树，树干笔直坚固得像棕榈似的，只有细看，才能认出来是刺李或醋栗。可是最令人赏心悦目并给果园增添生气的却是经常有人来来往往地劳动。果树下面、灌木旁边、林荫路上、花坛里面经常有人像蚂蚁似的在蠕蠕而动，或推车，或持镐，或拿喷壶……

科夫林到佩索茨基家里时是晚上九点多。塔尼娅和爸爸都非常紧张。晴朗的星空和温度计都在预示着早晨将有霜冻，而园艺师伊万·卡尔雷奇进城去了，没有谁可信赖。吃晚饭的时候谈的只是早晨的霜冻；当即决定：塔尼娅不上床睡觉，十二点多到果园里走一趟，看看是否一切都没有问题，佩索茨基则三点起床，甚至会更早些。

科夫林跟塔尼娅坐了一晚上，半夜过后陪塔尼娅动身去果园。天很冷，院子里已闻到浓烈的烟味。被称为营业性的大果园每年能给佩索茨基几千卢布纯收入。此刻果园地上弥漫着一层浓厚呛人的黑烟；黑烟遮盖着果树，以免霜冻夺走这几千卢布纯收入。果树排列得整整齐齐，像一排排士兵。这种一丝不苟的整齐排列，再加上果树高矮相同，树冠、树干都一样，便使画面显得单调甚至枯燥。科夫林和塔尼娅在树行中间走着，牲畜粪、干草和各种垃圾在慢慢燃烧着，偶尔遇到几个工人——他们像幽灵似的在烟里出没着。只有樱桃、李子和某几种苹果开了花，整个果园都沉浸在浓烟里，直等到了苗圃附近，科夫林才舒畅地吸了一口气。

“我从小就在这里挨烟呛，”他耸着肩膀说，“可是直到现在也不明白烟怎么能防止霜冻。”

“没有云的时候烟能代替云……”塔尼娅答道。

“要云干什么？”

“阴天或有云的时候早晨没有霜冻嘛。”

“原来如此！”

他笑起来，握住了她的手。她那被冻僵的、神色很严肃的宽脸盘，两道细细的黑眉毛，妨碍她随意转动脑袋的、立起来的衣领以及瘦削苗条的身材和因怕沾上露水而提着连衣裙衣襟的姿势使他产生了爱怜的情感。

“天哪，她已经长大了！”他说，“五年前我离开这里的时候，您还完全是个小孩子。您当时干瘦，两腿细长，不戴帽子，穿着一件短连衣裙，我叫您鹭鸶……时间做了多少事啊！”

“是的，五年啦！”塔尼娅叹了一口气，“世事发生了多少变化啊。安德烈，老实告诉我，”她看着他的脸急切地说，“您已跟我们生分了吧？不过，我还问什么呢？您是个男人，已有自己的有趣的生活，您是大人物……疏远是必然的！可是，无论如何，安德烈，我希望您把我们当成亲人。我们有这个权利。”

“我是把你们当成亲人的，塔尼娅。”

“真心话？”

“不错，是真心话。”

“您今天感到惊讶，我们竟有您的那么多照片。您知道我爸爸非常喜欢您，我有时觉得他喜欢您胜过喜欢我。他以您为自豪。您是学者，不一般，您给自己开辟了光辉的前程。他相信，您出息成今天这个样子是他教育的结果。我不去妨碍他这样想。随他便吧。”

天已开始亮了；这从烟雾和树冠的轮廓越来越清楚可以看得特别明显。夜莺在歌唱，田野里传来鹌鹑的叫声。

“该睡了。”塔尼娅说，“而且也冷了。”她挽起了他的胳臂，“安德烈，谢谢您肯来。我们的熟人都没有意思，而且连这种熟人也很少。我们只有果园，果园，果园，没有别的。主干，半主干，”她笑起来，“阿泡特、香柠檬、波罗文①，芽接，枝接……我们的全部身心都放进了果园里，除了苹果和梨，我从来没有梦见过别的。当然，这样也好，有益，可是有时也想有点儿什么变化来调剂一下单调的生活。我记得，有时您来度假或随便来看看，家里就不知为什么会显得清爽亮堂起来，好像把吊灯架和家具上的罩子都拿掉了似的。我当时是个小姑娘，但是毕竟记得。”

她说了很久，而且情深意切。他脑袋里不知为什么突然产生了一个想法：这个夏天他可以缠住这个娇小、柔弱、爱说话的姑娘，开心，恋爱——这在他俩的处境是那么可能而且自然的！这个想法使他陶醉地笑了。他低头对着心事重重的可爱的面庞轻轻地唱道：

> “奥涅金，我不想掩饰
> 我疯狂地爱着塔季扬娜……”②

他们到家的时候，佩索茨基已经起床。科夫林不想睡，他同老人闲谈起来，跟他又回到了果园。佩索茨基身材高大，宽肩膀，大肚子，有气喘病，可是走路总是快得叫人很难跟上。他总是忧心忡忡，总是风风火火的，那神情好像迟误一分钟就会前功尽弃似的！

“瞧，老弟，多有意思……”他为了喘口气站了下来，说，“地面上，你看到了，是霜冻，可是你把温度计用杆子挑起来两俄丈高，那儿却暖和……为什么会这样呢？”

“不知道。”科夫林说完笑了。

---

① 三者都是苹果品种的名称。

② 柴可夫斯基根据普希金同名诗剧改编的歌剧《叶甫盖尼·奥涅金》的唱词。

“嗯……人不能什么都知道，当然……不论脑袋多好使，也不能把什么都装进去。你主要是研究哲学吧？”

“是的，我在读心理学，一般说来是研究哲学问题。”

“不感到枯燥吧？”

“相反，简直是乐此不疲呢。”

“那好……”佩索茨基沉思地捋着花白的络腮胡子说，“那好……我为你很高兴……高兴，老弟……”

突然他支棱着耳朵谛听起来，脸色一变就朝旁边跑去，马上消失在果树后面的烟雾里。

“这是谁把马拴在苹果树上？”传来他锥心泣血的绝望喊声，“这是哪个坏蛋敢把马拴到苹果树上？我的天哪，我的天哪！破坏了，糟蹋了，作践了，弄脏了！果园完了！果园毁了！我的天！”

他回到科夫林身边的时候，脸色疲倦，怒火未消。

“唉，拿这些可恶的东西能有什么办法呢？”他摊着两手用哭泣的声音说，“斯乔普卡夜里运牲口粪，完了就把马拴到苹果树上。这个坏蛋把缰绳系得紧紧的，树皮磨掉了三块。‘瞧你弄的！’我对他说，他只是傻呵呵地看着！绞死都不解恨！”

心情平静下来以后，他抱住科夫林，吻了吻他的脸腮。

“好……好……”他咕哝道，“你来，我很高兴，高兴得无法形容……谢谢。”

接着他仍然迈着快速的步伐，带着忧心忡忡的神色在果园里走起来，给从前的养子看暖室、暖窖、简易仓库和两个养蜂场——他把这两个养蜂场叫做本世纪的奇迹。

他们走着走着，太阳升起来了，阳光灿烂地照着果园。天暖和了。科夫林预感到这将是一个悠长的晴朗快活的一天，想起来这才是五月初，眼前是整个夏天，白天都将这么晴朗、快活、悠长；小时候在这果园里乱跑时所体验过的那种青春欢乐的情感突然在他心里萌动起来。他抱住老人温情地吻了吻。两人都很感动，进屋坐下用古老的瓷茶杯喝起茶来，吃着乳脂和香甜可口的小面包。这些细节又使科夫林想起了童年和少年时代。美好的现实和被唤醒的回忆交织在一起，他感慨甚多，但心情极好。

他等塔尼娅醒来，跟她一起喝完咖啡，散了一会儿步，然后便回到房间坐下工作。他聚精会神地读书，做笔记，有时抬头看看敞开的窗户或者桌子上插在花瓶里尚带露水的鲜花，随后又是低头看书，他觉得他的每根血管都因为高兴而颤抖。

2

在乡下跟在城里一样，他继续过着紧张忙碌的生活。他又读又写，还学意大利语，散步的时候一想到马上又要坐到书桌旁边便感到高兴。他睡眠之少，使大家感到惊讶；要是白天无意之中睡了半个小时的话，那接下来就是彻夜不眠，而第二天则若无其事，仍然朝气蓬勃，愉快活泼。

他话多，爱喝葡萄酒，吸名贵的雪茄。佩索茨基家几乎每天都有一些邻居的姑娘来找塔尼娅一起弹钢琴唱歌。有时一个提琴拉得极好的男青年也来。科夫林贪婪地听着音乐和歌唱，直到听累为止；听累在身体上的表现就是眼皮睁不开，头歪向一侧。

有一次晚茶后，他坐在凉台上看书。这时客厅里塔尼娅唱女高音，一位邻居小姐唱女低音，那个青年拉提琴，他们在练布拉加的小夜曲[①]。科夫林听着歌词——歌词虽是俄文的，却无论如何听不清楚唱的是什么。他终于放下书，注意听起来，这次听清楚了：是一个少女幻觉错乱，夜里听到花园里有一种神秘的声音，这声音那么美妙奇怪，使得她只好认为这是仙乐，因为我们凡人听不明白，所以又飞回天上去了。科夫林眼皮开始打架了，他疲倦地在客厅里和大厅里走了走。歌唱完了以后，他挽起塔尼娅的胳臂，把她带到凉

---

① 布拉加(1829—1907)，意大利大提琴演奏家和歌剧作曲家。这里指他的《瓦拉几亚的传说》。

台上。

"我今天从一早就想着一个传说。"他说，"我不记得是在什么地方读到的还是听来的。可是这个传说很怪，毫无道理。首先，这个传说缺乏清晰性。一千年前有个黑衣修士在叙利亚或阿拉伯半岛的沙漠上行走……几里之外，渔夫们看到另一个黑衣修士在湖面上行走。这第二个黑衣修士是海市蜃楼。现在请忘掉所有的光学定律——这个传说好像不承认光学定律似的；请接着听下去，那个海市蜃楼又产生了另一个海市蜃楼，第二个海市蜃楼又产生了第三个海市蜃楼，这样黑衣修士的形象便由一个大气层传到另一个大气层，无休止地传播着。一会儿非洲有人看到他，一会儿西班牙有人看到他，一会儿印度有人看到他，一会儿北极地区有人看到他……最后，他终于离开了地球的大气层，如今在全宇宙游荡着，总没有遇到使他消失的条件。也许如今在火星或者什么南十字星座上可以看到他。不过,亲爱的，这个传说的关键却在于黑衣修士在沙漠上出现整整一千年之后，海市蜃楼将重新进入地球的大气层，呈现在人们面前。好像这一千年的期限快到了……根据传说的讲法，我们这一两天一定能看到黑衣修士。"

"奇怪的海市蜃楼。"塔尼娅不喜欢这个传说。

"最奇怪的是，"科夫林笑了起来，"我无论如何想不起来这个传说是怎么进到我脑袋里的。是在哪儿读的？听说的？也许是梦见的？对上帝发誓，我实在是不记得了。可是这个传说吸引着我。我今天一天都在想着它。"

他放塔尼娅回去招待客人，自己离开屋子，在花坛周围沉思地踱了一会儿。太阳已经落了。花儿刚浇过，散发着湿润的沁人心脾的芬芳。屋里又唱起来；远处听起来，提琴声像人的歌唱声。科夫林在极力回忆着这个传说是在哪儿听来还是读来的，信步朝花园走去，不觉走到了河边。

他沿着峻峭河岸上的羊肠小道经过裸露的树根下到水边，惊起了一些鹬，吓飞了两只野鸭。忧郁的松树上有些地方还残留着夕阳的余辉，水面上已笼罩着夜色。科夫林踏着木桥走到了对岸。他面前是茫茫一片还没有开花的幼嫩的黑麦。放眼望去，远处既无房屋，也无人影。有一条羊肠小道，好像沿着走去，可以走到太阳刚刚落下去、晚霞正在绚烂燃烧的未知的神秘地方。科夫林在小路上走着，心想：

“这儿多么辽阔、自由、寂静啊！好像全世界都在注视着我，屏住气息等着我理解它……”

这时黑麦上滚过一片波浪，一阵微弱的晚风轻柔地抚摩了他的头发一下。一分钟后，又刮来一阵风，这次风力已强一些——黑麦发出沙沙的响声，身后传来松树低沉的絮语。科夫林惊奇地站下了，地平线上像是旋风或者龙卷风，有一根黑柱从地上向天空升起。这黑柱的轮廓并不明显，但一眼可以看出来，这黑柱不是立在原地不动，而是以可怕的速度直朝科夫林冲来。越近，黑柱就越小、越清楚。科夫林急忙躲进麦地，以便给它让路。他刚刚来得及……

一个修士身穿黑衣，花白头发，黑眉毛，双手交叉抱在胸前，飞驰过去……光着的两脚没有沾地。已经过去了三俄丈，他回头看了科夫林一眼，点了一下头，亲切而狡黠地冲着他笑了笑。他的脸多么瘦，多么苍白啊，苍白得吓人！他又开始变高，飞过河水，无声地穿过峭壁上的松林，像烟一样消失了。

“喏，瞧……”科夫林咕哝道，“这么说，传说是真实的。”

他不急于解释这个奇怪的现象，能这么近、这么清楚地看到黑衣修士，不仅看到他的黑衣服，而且看到了他的脸和眼睛，这已使他心满意足；他兴高采烈地回到了家里。

花园和果园里，人们在安详地走动着，屋里在弹琴。这就是说，只有他一个人看到了黑衣修士。他很想把这件事告诉塔尼娅和佩索茨基，可是考虑到他们可能把他的话当成谵语而害怕，认为还是默不作声为好。他放声大笑，唱歌，跳舞，很快活。客人和塔尼娅都认为他今天脸很特别，容光焕发，热情洋溢，很招人喜欢。

3

吃完晚饭，客人走了以后，他回到自己的房间，躺到沙发上：他想思考一下修士的问题。可是过了一分钟，塔尼娅进来了。

“安德烈，读读爸爸的文章吧。”她说完，递给他一沓小册子和活页文章，“极好的文章，他文笔很好。”

“唉，好什么！”佩索茨基跟进来，不好意思地笑着说，他感到害臊，“别听她的，不要读！不过，你要想睡觉的话，那就不妨读读：极好的催眠剂。”

“我认为是极好的文章。”塔尼娅坚信不疑地说，“安德烈，您读完，说服爸爸常写一些。他能写出一本园艺学教程来呢。”

佩索茨基腼腆地笑着，红着脸开始说一些含羞的作者常说的话。他终于投降了。

“那就先读读戈舍[①]的文章和这些俄国文章吧。”他用颤抖的手翻着一些小册子说，“否则你会莫名其妙的。在读我的反驳之前，必须知道我反驳的对象。不过毫无价值……枯燥得要命。啊，好像该睡啦。”

塔尼娅出去了，佩索茨基过去靠着科夫林坐到沙发上，深深地叹了口气。

“唉，老弟……”他沉默了一会儿说，“是这样，我的最亲爱的硕士。我又写文章，又参加展览会，又得奖章……人们说：佩索茨基的苹果有人的脑袋那样大，佩索茨基靠果园置下了家产。一句话，科丘别伊又富有又荣耀。[②]可是请问：这一切有什么用呢？果园的确极好，是模范……这不是果园，是一整套具有高度国家意义的机构，因为这是进入所谓俄国经济和俄国工业新时代的阶梯。可

① 戈舍，1880年代俄国著名的法国籍园艺学家。

② 引自普希金的长诗《波尔塔瓦》。

是这有什么用呢？为了什么目的呢？”

“事业本身会为自己说话的。”

“我说的不是这个意思。我想问：我死了以后，果园会怎样？像你现在看到的这个样子，没有我，一个月也保持不了。成功的全部秘密不在于：果园大，工人多；而在于：我热爱事业——懂吗？——也许胜过爱自己。你瞧我：什么都自己做。我从早晨干到深夜。所有的嫁接，自己做；剪枝，自己做；栽植，自己做。人们帮助我的时候，我不让，恼怒到粗鲁的程度。全部秘密就在于爱，也就是说在于锐利的主人翁的眼睛、主人翁的手和这样一种心情：出门做客一个小时，坐在那里身心不安，担心果园出什么事。我死以后，谁来照看呢？谁来工作呢？园艺师吗？工人吗？是吗？那我就告诉你，亲爱的朋友，我们事业的首要敌人不是兔子，不是金龟子，不是霜冻，而是漠不关心的外人。”

“那塔尼娅呢？”科夫林笑着问道，“不能认为她比兔子还有害呀，她喜欢而且懂行。”

“不错，喜欢而且懂行。要是我死以后果园落到她手里，她成为主人，那当然是再好不过了。唉，要是她嫁人呢？”佩索茨基低声说完，忧心忡忡地看了看科夫林，“问题就在这里呀！一嫁人，一有孩子，就顾不上果园啦。我主要的是怕她嫁一个什么家伙，那家伙贪财，把果园承包给商人，第一年就会弄得一团糟！对我们的事业来说，婆娘是上帝的鞭子！”

佩索茨基叹了口气，沉默了一会儿。

“也许这是自私，坦率地说，我不愿意塔尼娅出嫁。我害怕！这儿有个花花公子总带着提琴到我家来吱吱呀呀地拉。我知道塔尼娅不会嫁给他，知道得很清楚，可是我不爱看到他！一般说来，老弟，我是个大怪人。我承认。”

佩索茨基站起来，心情激动地在屋里踱了几步，看得出来：他有一些很重要的话想说，但犹豫不决。

“我非常喜欢你，因此要跟你有话直说。”他两手插在衣袋里，终于下定决心，“对某些敏感问题，我的态度是简单的，怎么想就怎么说，不能把话藏在心里。我坦率地告诉你：你是惟一的一个使我不怕把姑娘嫁给他的人。你聪明，热情，不会让我心爱的事业毁掉。而主要的原因是我喜欢你，像喜欢自己儿子一样……为你自豪。要是你跟塔尼娅能相爱，那有什么说的呢？我会很高兴，甚至会感到幸福。我是个诚实人，有话直说,不拐弯抹角。”

科夫林笑了。佩索茨基开了门要出去，站在门槛上，想了想说：

“要是你跟塔尼娅生个儿子呢，我会把他培养成园艺家。不过这是空想……晚安！”

剩下一个人以后，科夫林躺得舒服些，就开始读起文章来。第一篇的标题是《论中间作物》，第二篇的标题是《略谈Z君论开辟新果园时之土壤再翻》，第三篇的标题是《再论利用休眠芽眼的芽接》，诸如此类。可是语调多么不心平气和，多么激动，几乎是病态的尖刻！这篇文章，标题是最平和的，内容也无关痛痒：谈的是安东苹果，可是佩索茨基开头引了一句“兼听则明”①，结尾引了一句“智者寡言”②，而在这两句格言之间则是对“从讲台上观察自然界的我国大名鼎鼎的无知的园艺家先生们”或“靠门外汉吹捧起来的”戈舍先生而发的滔滔不绝的各种攻讦，并且在这里还离题地牵强做作地表示遗憾，说如今已不容许鞭打盗窃鲜果而且毁坏果树的庄稼人了。科夫林心想：

“本来是美丽、可爱、有益健康的事业，可是这里也有恼怒和战争。大概各个领域里有思想的人都是神经质，容易冲动吧。可能需要这样。”

他想起那么喜欢佩索茨基文章的塔尼娅来。她身材不高，脸色苍白，细瘦，瘦得可以看到锁骨；聪明的暗色眼睛睁得大大的，总

① 原文为拉丁语。

② 同上。

像在观察什么，寻找什么；走路像爸爸，步子又小又急；话很多，喜欢争论，每一句话，甚至无关紧要的话都伴以生动的表情和手势。她大概是高度神经质的。

科夫林接着往下读，但什么也读不懂，于是就扔下了。他方才跳舞、听音乐时的那种欢快心情，现在仍使他心情陶醉，浮想联翩。他站起来在房间里走着，想着黑衣修士。他脑海里出现了一个想法：既然只有他一个人看到了这个奇怪神秘的修士，那就是说他有病了，已到了产生幻觉的程度。这个想法使他吃了一惊，但不久就好了。

“自己感觉很好，又不伤害谁；这就是说我的幻觉没有不好的地方。”这样想着，他的心情就又好起来了。

他坐在沙发上，两手抱着头，抑制着充满他的全部身心的莫名其妙的喜悦，然后又在房间里踱了一会儿，才坐下工作。但从书里读来的思想已使他感到不满足。他渴望一种宏伟、浩瀚，令人震动的思想。天快亮的时候，他不情愿地上了床：必须睡啦！

听到佩索茨基上果园的脚步声以后，科夫林按铃，吩咐仆人拿葡萄酒来，他贪馋地喝了几盅，然后蒙上了头。他意识模糊，睡着了。

4

佩索茨基和塔尼娅常常争吵，互相说些不好听的话。

一天早晨他俩不知为什么吵了起来。塔尼娅哭了，回到了自己的房间。她没有出来吃午饭，也没有出来喝茶。佩索茨基起初是态度凛然，怒形于色，好像想让人家知道：对他来说，公正和秩序是至高无上的。可是他很快就挺不住，泄气了。他在花园里忧伤地踱着，不断地叹着气念叨：“唉，天哪，天哪！”午饭时一片面包也没有吃完。他终于怀着愧疚的心情敲了敲女儿从里面锁上的房门，小心地叫道：

“塔尼娅！塔尼娅？”

门里一个哭得筋疲力尽的微弱而果决的声音答道：

“别理我，求您啦。”

主人的痛苦在全家都有反映，甚至反映到了在果园干活的工人身上。科夫林沉浸在自己有趣的工作里，可是最后连他也感到索然寡味了。为了驱散大家的恶劣心情，他决定干预这件事情，傍晚他去敲了敲塔尼娅的房门。她放他进了屋。

“哎哟，多羞！”他带着惊奇的神情看着塔尼娅哭得布满红斑的忧伤的脸，用开玩笑的口吻说，“真那么严重吗？哎哟！”

“可是您不知道他叫我多伤心！”她说完，滚滚热泪又从她的大眼睛里夺眶而出，“他叫我伤透了心啦！”她搓着手继续说，“我什么也没有对他说……什么也没说……我只是说没有必要雇用……多余的长工，既然……既然随时可以雇到临时工。因为……因为长工已整整一个星期没有活儿干了……我……我只说了这话，他就大喊大叫起来，对我说了许多叫人生气、深受侮辱的话，为什么？”

“算啦，算啦。”科夫林给她整理着发型说，“吵完、哭完就行啦。不能老生气，这不好……何况他是最最喜欢您的。”

“他把我……我的生活全毁了。”塔尼娅抽泣着继续说，“我听到的只是斥责和唠叨。他认为我在他家里是多余的。有什么呢？他对。我明天就离开，去当电报员……让……”

“唉，唉，唉……别哭啦，塔尼娅。别哭啦，亲爱的……你们俩都脾气暴，爱动怒，两人都有过错。走吧，我帮你们和解。”

科夫林亲热恳切地说着，她抖动着肩膀搓着手继续哭，好像真遇到可怕的不幸似的。她的痛苦并不严重，而她却伤心得很厉害，越是这样，他越可怜她。随便一件小事都能使她一天甚至可能一生感到不幸！科夫林安慰着她，心想：除了这个姑娘和她的父亲，在全世界就是白天打着灯笼也找不到有谁会像爱自家人和亲人那样爱他。要不是这两个人，他这个从小失去父母的人至死也体验不到真正的体贴和那种只有对亲骨肉才会有的纯真的不计利害得失的爱。他觉得这个浑身抖动着哭泣的姑娘的神经像磁铁吸引铁块一样吸引着他那半病的过度紧张的神经。他永远也不会爱上一个身体健壮、脸色红润的女人,可是却喜欢上了苍白、柔弱、不幸的塔尼娅。

他高兴地抚摩她的头发和肩膀,握她的手,给她擦泪……她终于不哭了。但仍然久久地抱怨父亲和自己在这个家里难以忍受的生活,恳求科夫林理解她的处境;后来她渐渐露出了笑容,叹着气说上帝给了她这么坏的脾气,最后终于放声大笑了一阵,骂完自己糊涂,便跑出房间去了。

等过了一会儿科夫林到果园的时候,佩索茨基和塔尼娅已若无其事地并排漫步在林荫路上,两人都在蘸着盐吃黑麦面包,因为两人都饿了。

5

成功地扮演完调解人的角色,科夫林得意地走进了花园。他坐在长凳上遐想着,听到辚辚车声和女人的笑声——这是客人来了。当黄昏的阴影开始降落到花园的时候,隐隐约约传来提琴声和歌唱声,这使他想起了黑衣修士。如今这个离奇的光学现象在什么地方或者在什么星球上游荡呢?

他刚想起那个传说,在想象中描绘出在黑麦地里见到的黑色幽灵,就从对面松树后面悄然无声地走出一个人来,他中等身材,没戴帽子,满头华发,穿一身黑衣服,赤脚,像一个乞丐,苍白得像死人的脸上突出地呈现着两道漆黑的眉毛。这个乞丐或者流浪汉亲热地点着头,无声地走过来,坐到长凳上。科夫林认出来他是黑衣修士。他们互相对看了一分钟——科夫林的目光是惊讶的,修士的目光亲切,而且跟上次一样,有些狡黠,老成持重。

"你总归是海市蜃楼。"科夫林说,"你干吗来这里,坐在一个地方不动?这跟传说是不合的。"

“这没有关系。”修士没有马上回答他的问题，转过脸来对他低声说，“传说、海市蜃楼和我都是你的兴奋想象力的产物。我是幻影。”

“就是说，你并不存在？”科夫林问。

“你爱怎么想都可以。”修士说完，微微一笑，“我存在于你的想象中，而你的想象是自然界的一部分，这就是说，我也存在于自然界。”

“你的脸很老，充满智慧，表情异常生动，好像你真是活了一千多年。”科夫林说，“我不知道我的想象力竟能创造出这种现象来。你干吗那么高兴地看着我？喜欢我吗？”

“是的，你是配称为得天独厚的少数人之一，你为永恒真理服务。你的思想、意图，你的奇异的科学和你的整个一生都带着上天的烙印，因为它们是献给理性和美的，即献给永恒的事物的。”

“你方才说到永恒真理……可是难道人类能到达永恒真理、需要永恒真理吗，既然没有永恒生命？”

“永恒生命是有的。”修士说。

“你相信人的永生吗？”

“当然相信。你们人类有着远大光辉的前景。地球上像你这样的人越多，这个远景就实现得越快。没有你们这些为崇高原则服务、自觉地自由地生活的人，人类就会微不足道。如果听其自然发展的话，人类还要等很久才能结束其尘世的历史。你们提前几千年使它进入永恒真理的王国——这是你们崇高功勋之所在，你们体现着上帝对人的祝福。”

“永恒生命的目的是什么？”科夫林问。

“像一切生命一样，是享受。真正的享受在认知中，而永恒生命则是认知的无数无穷无尽的源泉。正是在这个意义上说：‘在我父的家里有许多住处’①。”

---

①《圣经·新约·约翰福音》第十四章第二节。

"你不知道听你讲话多愉快！"科夫林满意得搓着手说。

"很高兴。"

"可是我知道：你走之后，你的实质问题将使我不安。你是幻影，是幻觉。这就是说，我得了精神病，不正常啰？"

"就算是这样吧。有什么可不安的呢？你有病，是因为你过度劳累；而这就是说，你把自己的健康献给了思想，不久你将把生命也献给它。有什么更好的呢？这是一般有天赋的高尚人物所奋力追求的结果。"

"既然我已知道自己有精神病，我还能相信自己吗？"

"你怎么知道全世界都相信的天才人物不曾见过幻影呢？现在学者们说，天才跟精神病亲密无间。我的朋友，只有平庸的群氓才是健康正常的。神经的时代、过度紧张、堕落之类说法只能使那些只顾眼前的人即群氓感到不安。"

"可古罗马人说：健康之精神寓于健康之体魄。①"

"古罗马人或古希腊人说的不全是真理。高昂的情绪，激动、痴迷——这是先知、诗人、思想的殉难者区别于普通人、对立于人的动物属性即身体健壮的特点。我重复一句：要想健康正常，那就到畜群里去吧。"

"奇怪，你在重复我自己常常想到的想法。"科夫林说，"你好像偷看和偷听了我的隐秘思想似的，不过还是不要谈我吧。你对永恒真理有什么看法？"

修士没有回答。科夫林瞥了他脸一眼，他的脸不清晰了：他的面容模糊了，在逐渐消散。接着他的头和手也开始消失；他的躯体逐渐跟长凳和暮色融合到了一起，他彻底消失了。

"幻觉结束啦！"科夫林说完笑了，"遗憾。"

他喜滋滋地往家里走去。黑衣修士对他说的几句话，不仅使他的自尊心得到了满足，而且也使他的整个身心都感到愉快。做一个

① 原文为拉丁语。

得天独厚的人，为永恒真理服务，跟一些人一起使人类提早几千年进入天国，即使人类少受几千年斗争、罪孽和痛苦的折磨，把一切——青春、精力、健康献给思想，准备为公共利益而死：这是多么崇高、多么幸福的命运啊！他的脑海里掠过了他的纯真圣洁、充满劳动的过去，他想起了他学过和教过的东西，认为修士的话并没有夸大。

塔尼娅在花园里迎面走来，她身上已经换了一件衣裳。

"您在这里？"她说，"我们在到处找您，找……您怎么啦？"她看了看他喜形于色的脸和含着泪水的眼睛，"您多奇怪呀，安德烈。"

"我惬意，塔尼娅。"科夫林两手搭在她的肩膀上说，"我不只是惬意，我感到幸福！塔尼娅，亲爱的塔尼娅，您非常招人喜欢。亲爱的塔尼娅，我太高兴，太高兴啦！"

他热烈地吻了吻她的两手，继续说：

"我方才经历了一个非尘世所能有的快活奇异的时刻。不过我不能详细告诉您，因为您会说我是疯子或者不信我的话。谈谈您吧，亲爱的好塔尼娅！我爱您，而且已成了习惯。在您身边，一天跟您见二十次，已成了我心灵的需要。不知道回去以后没有您怎么办。"

"得啦！"塔尼娅笑了，"过两天，您就把我们忘了。我们是小人物，您是大人物。"

"不，让我们认真谈谈吧！"他说，"我要把您带走，塔尼娅。可以吗？您跟我走吗？您愿意成为我的妻子吗？"

"得啦！"塔尼娅说完又想笑，可是没有笑出来，脸上泛起了红潮。

她呼吸急促起来，步伐越来越快，但不是回家，而是向花园深处走去。

"我没有考虑过这个问题……没有考虑过！"她好像急得无法自控似的搓着两手说。

科夫林跟在后面，脸上仍然洋溢着兴奋喜悦的神色，说：

“我希望得到一种能把我全部身心都抓住的爱情；这种爱情，塔尼娅，只有您能给我。我感到幸福，感到幸福！”

她大为震惊，弯下腰，缩成一团，好像一下子老了十岁，可他却认为她美丽无比，大声赞叹着：

“她多美呀！”

6

佩索茨基听科夫林说他跟塔尼娅不仅建立了恋爱关系，而且准备结婚，久久地在屋里踱着以尽力掩饰自己的激动心情。他的手颤起来，脖子上青筋累累，脸通红。他吩咐套上赛马用的二轮车到什么地方去了。塔尼娅看到他抽了马一鞭子并把大盖帽深深地一直戴到耳朵上，理解了他的心情，关在屋里哭了一天。

温室里桃子和李子已经熟了。把这些娇贵的货物包装好发运到莫斯科，要花费许多心思、劳动和操劳。由于夏天酷热而且干燥，每棵树都需要浇水，这也要消耗许多时间和劳力。另外，还出现了许多毛毛虫，使科夫林大为恶心的是，不仅工人，连佩索茨基和塔尼娅都直接用手指捻。再加上需要接受秋季水果和果树的订货，需要写很多信。正在大家忙得似乎连一分钟空闲时间也没有的最紧张时刻，大田里的耕作也开始了，夺走了果园里的大半劳力。佩索茨基晒得脸色黧黑，累得筋疲力尽，气呼呼地一会儿跑到果园，一会儿跑到大田，喊着说人们要把他撕成碎片，他要朝自己脑前额开一枪以求解脱。

这时还要忙活嫁妆——佩索茨基父女对嫁妆是颇为重视的。剪刀的嚓嚓声，缝纫机的轧轧声，熨斗的烟味儿，神经质、爱生气的女时装师的挑剔，弄得家里人人晕头转向。恰在这时偏偏又天天有客人来，要使他们开心，招待他们吃喝，甚至要安排他们住宿。可是这种种苦役像在雾里似的不知不觉地过去了。塔尼娅觉得这爱情和幸福好像突然降临似的，尽管她从十四岁起就不知为什么深信科夫林一定要娶她。她惊讶，懵懂，不相信自己……一会儿高兴得想飞上云霄去祈祷上帝，一会儿想到八月要告别祖屋、离开父亲，或者突如其来地产生一个念头，认为自己卑下、渺小，配不上科夫林这样的伟人——于是她就回到自己的房间，从里面锁上门，痛哭几个小时。有客人的时候，她会突然觉得科夫林异常漂亮，所有的女人都爱上了他，都羡慕她，她心里充满了欢乐和自豪，就好像她战胜了全世界似的。可是只要他对某位小姐亲切地笑一下，她就会嫉妒得浑身发抖，回到自己的房间——又是涕泪滂沱。她完全沉浸在这些新的感受里，只是机械地帮着父亲，眼睛里既看不到桃子、毛虫和工人，也看不到时间在飞快地流逝。

佩索茨基的情况几乎也是这样。他从早到晚地工作，风风火火地到处奔波，常发脾气，一切都像在着了魔似的半昏迷状态一般。他身上好像有两个人：一个是真正的佩索茨基，在听着园艺师伊万·卡尔雷奇报告破坏秩序的现象，愤怒，气得揪头发；另一个是非真正的佩索茨基，好像半醉似的，工作性的谈话刚说半句就打断，拍着园艺师的肩膀，开始念叨：

"不管怎么说，血统还是起很多作用的。他妈妈是个非常高尚、非常聪明的出奇才女，端详她那像天使般善良、明净、纯洁的脸简直是一种享受。她绘画、写诗都极出色，能讲五种外语，会唱……可怜的女人，愿她升入天国，她是得肺病去世的。"

非真正的佩索茨基叹了口气，继续说：

"他小时候是在我家长大的。那时他的脸也是像天使般明净、善良。他的眼神、动作和说话神态也像他妈妈那么温文尔雅。他的头脑吗？他的头脑总是使我们震惊。而且他这个硕士可不白给！不白给！伊万·卡尔雷奇，等十年后看他出息成什么样子吧！那就高不可攀了！"

可是真正的佩索茨基猛醒过来，脸色可怕，抱着头喊道：

"这些鬼东西！糟蹋了，作践了，祸害了！果园完了！果园毁了！”

科夫林像往常一样专心致志地工作，没有留意周围的忙乱情况。爱情只是火上浇油。每次跟塔尼娅见面以后，他都感到幸福、兴奋，回到自己的房间以后，以刚刚吻塔尼娅以及向她表爱的那种热情读书或者写作。黑衣修士讲的得天独厚、永恒真理、人类光辉前景以及诸如此类的话赋予了他的工作特殊的、非凡的意义，使他的心里充满了自豪感和对自己崇高使命的认识。一星期跟黑衣修士在花园或在家里见一两次面，进行长谈，这不仅没有使他害怕，反而使他兴高采烈，因为他已坚信不疑：这种幻影只拜访为思想服务的出类拔萃的伟大人物。

一次吃午饭的时候，黑衣修士出现了，坐在餐厅的窗户上。科夫林很高兴，很巧妙地跟佩索茨基和塔尼娅谈起了使黑衣修士可能感兴趣的问题。黑衣修士听着，亲切地直点头，佩索茨基和塔尼娅也听着，高兴地微笑着，他们没有怀疑科夫林不是跟他们讲话，而是在跟自己的幻觉讲话。

圣母升天节不知不觉地到了，节后不久就是举行婚礼。婚礼在佩索茨基的坚持下“轰轰烈烈地”庆祝了一番，也就是说开怀畅饮，持续了两天两夜。吃喝花去了三千卢布，可是由于雇用的拙劣乐队的演奏，客人的喧嚣祝酒和仆人的往来奔走，由于热闹和拥挤，人们并没有品尝出从莫斯科采购的名酒佳肴的美味来。

7

漫长的冬夜里有一次科夫林躺在床上读法国小说。可怜的塔尼娅，因为在城里生活不习惯，晚上头痛，早就睡了，偶尔说几句不连贯的梦话。

钟打了三下，科夫林熄灭了蜡烛，躺下要睡了。他闭眼躺了好久，没能睡着，他觉得是因为卧室太热，而且塔尼娅说梦话。四点半，他又点着了蜡烛。这次他看到黑衣修士坐在靠床的圈椅里。

"你好。"修士说完，沉默了一会儿问道，"你现在想什么呢？"

"在想荣誉问题。"科夫林答道，"我刚读的一本法文小说里写一个年轻学者做蠢事，渴望荣誉，渴望得要死。我不理解这种渴望荣誉的心情。"

"因为你聪明。对荣誉漠不关心，就像对待一个不吸引你的玩具一样。"

"不错，是这样。"

"你没有成名的可能。把一个人的名字刻在墓碑上，然后时间来把它同镀金妆饰一并擦掉，这有什么得意、开心或使人受教益的呢？而且幸亏你们这种人太多，人类薄弱的记忆力也不能把你们的名字全记住。"

"不言而喻。"科夫林赞同地说，"而且干吗要记住它们呢？让我们谈点儿别的吧。比方说，谈谈幸福。什么是幸福呢？"

钟打五点的时候，他坐在床上，两脚搭拉在地毯上对修士说：

"古代有个幸福的人，因为幸福太大了，终于被幸福吓坏了。为了使上帝对他发慈悲，他把自己心爱的一枚戒指作为牺牲品献给了上帝。你知道吗？我跟波利克拉特斯①一样，幸福也使我感到有些不安。我觉得奇怪，我从早到晚感到快乐，欢乐的心情充满我的全部身心，别的情感全被淹没了。我不知道什么是忧郁、悲伤或寂寞。瞧，我不睡，我失眠，可是我不寂寞。认真说：我开始感到困惑了。"

"为什么呢？"修士觉得奇怪，"难道快乐是一种超自然的情感吗？难道它不应该成为人的正常状态吗？人的智力和道德水平越高，他越自由，生活给他的乐趣就越多。苏格拉底②，第奥根尼，马可·奥勒留一生体验到的只是欢乐，而不是悲伤。使徒也说：要常

① 波利克拉特斯（？—约前522），古希腊萨姆斯岛的暴君。

② 苏格拉底（前469—前399），古希腊哲学家。

常欢乐。[1]欢乐吧，幸福吧。”

“万一神发怒呢？”科夫林开了句玩笑，笑了起来，“要是他们剥夺我的舒适生活，使我受冻挨饿，这就很难合乎我的口味了。”

塔尼娅这时已经醒了，惊恐地看着丈夫。他对着圈椅说着，打着手势，笑着；他两眼闪着光芒，笑容有些奇怪。

“安德烈，你在跟谁说话？”她抓住丈夫伸向修士的一只手问道，“安德烈！跟谁？”

“啊？跟谁？”安德烈感到尴尬，“瞧，跟他……瞧，他坐在那儿呢。”他用手指着黑衣修士说。

“那儿没有人……什么人也没有！安德烈，你病了！”

塔尼娅抱住丈夫，靠到丈夫身上，用一只手遮着他的眼睛，好像要挡住幻影、保护他似的。

“你病了！”她全身颤动着嚎啕大哭起来，“亲爱的，原谅我，我早就发现你精神有些不正常……你得精神病了，安德烈……”

她的担心也感染了他。他又瞥了圈椅一眼——圈椅已是空的；他突然感到手脚无力，害怕起来，便开始穿衣服。

“没有关系，塔尼娅，没有关系……”他浑身哆嗦着咕哝道，“我的确有些不舒服……该认识到这一点啦。”

“我早就发现了……爸爸也发现了。”她努力抑制着哭泣说，“你自己跟自己说话，还奇怪地微笑着……不睡觉。啊，我的上帝，我的上帝，救救我们吧！”她恐怖地念叨着，“不过，安德烈，你别怕，别怕，千万别怕……”

她也开始穿衣服。科夫林看着她，这时才充分认识到自己处境的可怕，才明白黑衣修士以及同他交谈意味着什么。现在他已清楚：他得精神病了。

他俩自己也不知为什么穿好衣服往大厅走去，她在前面，他跟着她。佩索茨基在他们家做客，被哭声惊醒，已穿着睡袍拿着蜡烛

---

① 见《圣经·新约·帖撒罗尼迦前书》第五章第十六节。

站在大厅里。

“你别怕，安德烈。”塔尼娅像得了热病似的哆嗦着说，“别怕……爸爸，这会好的……会好的……”

科夫林激动得说不出话来，他想用开玩笑的口吻对岳父说“祝贺我吧，我好像精神失常了”，可是只动了动嘴唇，苦笑了一下。

上午九点，他们给他穿上外套和皮大衣，围上围巾，用马车拉着找医生去了。他开始治疗了。

8

夏天又到了，医生建议科夫林到乡下去住。科夫林已痊愈，不再看到黑衣修士了，他只是需要增强体力。在乡下岳父家里，他喝了很多牛奶，一昼夜只工作两小时，不喝酒，不吸烟。

伊林节前夜，晚上家里做彻夜祈祷。执事把香炉递给神甫以后，古旧宽敞的大厅里就充满了墓地气味，科夫林感到无聊。他到花园里来。他没有欣赏绚丽的花卉，只是在园里走了走，在长凳上坐了坐，然后就走到河岸，下到水边，站在那里凝视着河水沉思了一会儿。伸着毛茸茸的大爪子的忧郁的松树去年在这儿看到他的时候，他是那么年轻、快活、朝气蓬勃，如今看到他，没有絮絮低语，只是一动不动地默默站在那里，好像没有认出他来似的。事实如此，他的头发剃光了，漂亮的长发已不见了，走路有气无力，脸比去年胖了些，苍白了些。

他踏着木桥到了对岸。去年长黑麦的地方，如今是堆着一排排割倒的燕麦。太阳已经落了，地平线上燃烧着大片鲜红的晚霞，预示着明天将是有风的天气。周围静悄悄的。科夫林凝视着去年黑衣修士第一次出现的那个方向，伫立了二十来分钟，直到晚霞开始熄灭。

等他无精打采、怅然若失地回到家里的时候，彻夜祈祷已经结束。佩索茨基和塔尼娅坐在凉台的台阶上喝茶。他们在谈论什么，看到他便马上不谈了。他根据脸上的神色断定，他们是在谈他。

“你好像该喝牛奶了。”塔尼娅对丈夫说。

“不，还不到时候……”他坐在最低一级台阶上答道，“你自己喝吧。我不想喝。”

塔尼娅吃惊地跟父亲递了一个眼色，用愧疚的声音说：

“你自己可以看到牛奶对你有好处。”

“不错，很有好处！”科夫林冷笑了一下，“祝贺你们啦，星期五以后，我的体重又增加了一磅。”他两手紧紧抱着头，伤心地咕哝道：“你们为什么要把我治好，为什么？溴化钾，悠闲，温水澡，监视，吃一口东西、迈一步都会使你们提心吊胆——这一切归根到底要把我变成白痴。我精神失常，得了夸大狂，可是我快活，有精神，甚至幸福，我有风趣，卓尔不群。如今我看问题实际了，持重了，然而也跟众人一样了，我成了一个庸才，我觉得活得无聊……啊，你们对我多残忍哪！我看到幻影，碍谁什么事啦？请问：碍谁什么事啦？”

“天知道你在说什么！”佩索茨基叹了口气，“听着都无聊。”

“那您就别听呗。”

有人——特别是佩索茨基——在身旁，科夫林感到气恼。他回答他的问话冷淡甚至粗鲁，看他的眼神，除了讥讽和厌恶，没有别的；而佩索茨基呢，则感到尴尬，愧疚地笑笑，虽然并不觉得自己有什么过错。塔尼娅不明白他们之间的亲热关系为什么会发生这么急剧的变化，靠到父亲身边，惊恐地看着他的眼睛；她想弄明白，但没有能够办到。她只清楚一点，那就是他们的关系越来越坏，父亲近来明显见老，而丈夫则变得急躁、任性、挑剔、乏味。她已笑不起来唱不起来了，吃不下饭去，整夜整夜地睡不着觉，预感到要发生一种可怕的事情，把身体折腾得虚弱不堪，有一次竟昏迷过去，从午饭直躺到晚上才苏醒过来。彻夜祈祷时，她觉得父亲哭了。如今他们仨坐在凉台上，她努力控制自己不想这件事。

“释迦牟尼、穆罕默德和莎士比亚多么幸运哪，他们好心的亲属和医生没有医治他们的痴迷和灵感！”科夫林说，“要是穆罕默德服用溴化钾治疗神经，一天一夜只工作两小时而且还喝牛奶，那么，这个出色人物身后留下的东西大概会像他的狗死后留下的东西一样少。医生和好心的亲属所做的归根结底是使人类鲁钝，使庸才被当成天才，使文明毁灭。”他懊恼地说，“你们不知道我多么感激你们！”

他感到非常生气，为了不说不该说的话，他急忙站起来，进了屋。一片寂静，花园里的烟草和球根牵牛的芬芳从敞开的窗户扩散到屋里。宽敞昏暗的大厅里，地板和钢琴上落着蓝幽幽的斑驳月光。科夫林想起了去年欢欣鼓舞的情景，当时屋里也有球根牵牛的香味，窗户上也洒满月光。为了唤回去年的心绪，他急忙回到书房点着了一支浓烈的雪茄，并吩咐仆人拿来葡萄酒。可是吸雪茄嘴里发苦，而且恶心；葡萄酒也不像去年那么好喝了。已经不习惯啦！吸完雪茄，喝了两口葡萄酒，他头晕心跳，必须服用溴化钾了。

临睡前，塔尼娅对他说：

“爸爸那么宠爱你。你不知为什么生他的气。这简直要他的命。你瞧他老得多快。求你啦，安德烈，看在上帝分上，看在自己已故父亲的分上，为了我的安宁，跟他亲热些吧！”

“不能，也不愿意。”

“为什么呢？”塔尼娅浑身开始哆嗦起来，问道，“请说明，为什么？”

“因为我不喜欢他，就是这样。”科夫林满不在乎地说完，耸了耸肩膀，“别谈他吧，他是你父亲。”

“我不能理解，不能！”塔尼娅用手压着太阳穴，眼睛呆呆地凝视着一个地方，说，“我们家里发生了一件不可理解的可怕的事情。你变了，不像你了……你是一个聪明、非凡的人，竟为了一点小事发火，心胸狭隘……你为一些鸡毛蒜皮的事情竟会激动，有时简直令人惊讶，不敢相信，你怎么会这样呢？算啦，算啦，别生气，别生气。”她被自己的话吓了一跳，吻着他的手说，“你是聪明、善良、高尚的。你对爸爸公平些吧。他那么好！”

“他不是好，是好好先生。像你父亲这样的闹剧里的老伯伯——他们一般有着一副怡然自得的憨厚面孔，非常好客，怪里怪气的；这种人不管是在小说里，闹剧里还是生活里，都曾受到我的喜欢，使我开心，可现在我讨厌这种人。他们是些极端自私的人。我看到他们怡然自得的样子和像牛猪似的只知填饱肚皮的乐天神气比看到什么都讨厌。”

塔尼娅从床上坐起来，把头靠在枕头上。

“这是酷刑。”她说。从她的声音可以看出，她痛苦已极，说话吃力，“从冬天以来，一分钟安宁的时刻也未曾有过……我的上帝，可怕呀！我痛苦……”

“不错，当然啦，我是暴君希律，你和你亲爱的爸爸是埃及婴儿。①当然啦！”

塔尼娅觉得他的脸难看，令人不快。厌恶和讥讽的神色不适合他的脸。她早些时候也已发现他的脸上缺点儿什么，好像他剃光了头以后脸也变了。她想对他说几句侮辱性的话，可是她马上发觉自己有一种恶感，大吃一惊，便离开了卧室。

9

科夫林得到了一个独立授课的教职。开课时间定在十二月二日，并在大学走廊里贴出了布告。可是到了这一天，他却打电报通知教务长说他因病不能上课了。

他喉咙出血。他吐血，每月有两次吐得很多，吐完血，身体非常虚弱，处在昏迷状态。这个病并没有使他特别害怕，因为他知道

① 希律，古犹太国王，要找到刚降生的耶稣加以杀害，因找不到便派人把伯利恒和附近地区两岁以内的婴儿都杀了。（《圣经·新约·马太福音》第二章第十六节）

他已故的妈妈也有这个病，却活了十年，甚至还多；医生也说这病不危险，只是建议不要激动，生活要有规律，少说话。

一月由于同样原因，课又未能开成。二月开课已经晚了。只好推到来年。

他已不跟塔尼娅生活在一起。跟他生活在一起的是另一个女人，比他大两岁，照管他像照管小孩子一样。他的情绪是平和、温顺的，乖乖地听她安排。当瓦尔瓦拉——这是他的女友的名字——准备带他到克里米亚的时候，他同意了，尽管他已预感到这次旅行不会有任何好结果。

他们是晚上到的塞瓦斯托波尔，下榻在一家旅馆里，以便休息一下，第二天好去雅尔塔。两人路上都累了。瓦尔瓦拉喝完茶，躺下很快就睡着了。科夫林没有躺下。还是在家的时候，上站前一小时，他接到塔尼娅一封来信，当时没有下决心打开，现在仍揣在衣袋里。想到这封信，他心里就感到惴惴不安。现在他真诚地在内心深处认为同塔尼娅结婚是一个错误，跟她离婚使他感到满意。塔尼娅终于变得骨瘦如柴；全身好像除了两只凝视的聪明的大眼睛一切都已死去了。回忆这个女人只是在他心里激起可怜和懊悔的心情。信封上的笔体使他想起两年前他曾多么不公平而且残忍地把自己的精神空虚、寂寞、孤独和对生活的不满全都发泄在两个无辜的人身上。他顺便想起来，有一次他把生病期间写的博士论文和所有文章撕成碎片，扔到窗外去，碎片随风飞着，挂到树上和花上。他认为当时写的每一行都是奇怪的毫无根据的自负、信口胡说、胆大妄为、夸大狂，他觉得像在读自己的罪状。可是当他将最后一本笔记撕碎，扔到窗外后，他不知为什么突然觉得懊恼和痛苦，便找到妻子，对她说了许多不好听的话。天哪，他多么残忍地折磨她呀！有一次为了使她痛苦，他对她说，她父亲在他们的婚姻中扮演了一个不招人喜欢的角色，因为他曾请求他娶她。佩索茨基无意中听到了这句话，跑进房间，气得一句话也说不出来，只是跺着脚，奇怪地发出呜呜声，好像舌头被割掉了似的。塔尼娅看着父亲，惨痛地喊了一声，便昏厥过去，真是不像话。

看到熟悉的笔体，这一切便浮现在眼前。科夫林走到凉台上。夜色温暖寂静，空气里弥漫着海的气息。奇美的海湾倒映着月光和灯火，色彩美丽得难以形容。这是蓝和绿的娇柔结合；有些地方水的颜色像蓝矾，有些地方好像月光凝聚起来代替海水填充在海湾里。从总体上看，色彩多么和谐呀，情调多么平和、静谧而高尚啊！

凉台下面的窗户大概是开着的，因为可以清楚地听到女人的欢声笑语。看来那儿在举行晚会。

科夫林强制自己把信打开，回到房间读起来：

“我父亲刚死。这，我要感激你，因为是你杀害了他。我们的果园在毁灭着，因为现在是一些外人在支配一切，也就是说，正在发生着可怜的父亲生前最担心的事情。这，我也要感激你。我打心眼里恨你，希望你快死。啊，我多么痛苦！无法忍受的疼痛在烧着我的心灵……愿你受到诅咒。我把你当成一个非凡的人，一个天才，我爱上了你，可你原来是个疯子……”

科夫林读不下去，把信撕成碎片扔了。他感到一种恐惧似的不安。瓦尔瓦拉睡在屏风后面，可以听到她的呼吸声；楼下传来女人的欢声笑语，可是他觉得全旅馆除了他以外一个人也没有了。因为不幸的悲痛欲绝的塔尼娅在信里诅咒他，希望他快死，他觉得怕起来，瞥了房门一眼，好像怕那个在两年中间在他的生活和亲人生活中制造了那么多破坏的神秘力量再进来支配他。

他凭经验知道，神经紧张的时候，最好的医治方法就是工作。必须坐到桌前迫使自己无论如何聚精会神思考个什么问题。他从红公文包里拿出了一个笔记本，上面有他要编的一本小书的编写提纲——这本书是他怕在克里米亚不工作闷得慌而准备编的。他坐在桌前推敲这个提纲，他觉得平和、温顺、宁静的心情又回到了他身上。这本带提纲的笔记本甚至使他想到了人世的忙碌。他想，生活为了给人一点儿无足轻重、极其普通的福利而向人索取多少代价呀。例如，为了在快四十岁的时候得到开课的机会，当一个普通教授用绵软无力、枯燥难懂的语言叙述一些普通的而且是别人的思想，一句话，也就是为了达到一个普通学者的地位，他科夫林必须学习十五年，日夜工作，忍受沉重的精神病，经历不成功的婚姻，做出许许多多、各种各样、但愿忘却的蠢事和错事。科夫林现在清楚地认识到自己是一个平凡的人，他高兴地接受了这个事实，因为他认为每人都应满足于自己的实际状况。

提纲本来已要使他的心情完全平静下来，可是撕碎的信却散在地板上白花花的，妨碍他集中注意力。他从桌旁站起来，去把碎纸片捡起来，扔到了窗外，可是从海上刮来一阵微风，纸片又被吹落到窗台上。他又感到一种恐惧似的不安，又觉得全旅馆除了他以外一个人也没有……他走到凉台上。海湾像一个活物用许许多多的浅蓝、深蓝、碧绿、火红的眼睛看着他，招他去。天气的确又热又闷，不妨洗洗澡也好。

突然楼下拉起了提琴，两个柔和的女声唱起来。这首歌好像有些熟悉。这歌里唱的是一个姑娘幻觉错乱，夜里听到花园里有一些神秘的声音，断定这是仙乐，我们凡人理解不了……科夫林屏住呼吸，心惆怅得收缩起来，突然久已忘却的奇异、甜蜜的喜悦在他的胸中萌动起来。

一个像旋风或龙卷风似的高高的黑柱出现在海湾的对岸，以可怕的速度穿过海湾朝旅馆这个方向驰来，越来越小，越来越黑，科夫林刚刚来得及躲到旁边给它让路……光着头，长着两道黑眉，赤着脚，双手抱在胸前，黑衣修士从身旁飘过去，停在房间中间。

"你为什么不信我的话？"他爱抚地看着科夫林责难地问道，"你要是当时信了我说的你是天才的话，你这两年就不会过得这么悲惨而寒伧了。"

科夫林已相信他是出类拔萃的天才，他清楚地想起他从前跟黑衣修士的交谈，刚要说话，血就从喉咙里直接流到胸膛上。他不知怎么办好，用两手在胸上抚摸着，袖口被血沾湿了。他想叫醒睡在屏风后面的瓦尔瓦拉，用力喊出来的却是：

“塔尼娅！”

他倒到地板上，用两手支着身子，又喊了一声：

“塔尼娅！”

他呼唤塔尼娅，呼唤鲜花绚丽、露珠晶莹的大花园，呼唤长着毛茸茸根须的古松、黑麦地以及自己的奇异的科学、自己的青春、勇敢、欢乐，呼唤曾经那么美妙的生活。他看到自己脸旁边地板上有一大摊血，身体已虚弱得一句话也说不出来了，可是无法形容的无限幸福充满了他的全部身心。楼下在演奏小夜曲，黑衣修士在他耳边低声对他说：他是天才，他死只是因为他的羸弱的躯体已失去平衡，已不能再充当天才的外壳了。

瓦尔瓦拉睡醒、从屏风后面出来的时候，科夫林已经死了，脸上凝结着幸福的微笑。

女人的王国

1. 前　夜

面前是厚厚的一包钱。这是林业经理送来的。他信上说送来的一千五百卢布是他跟什么人打官司二审胜诉后赢得的。安娜不喜欢听，害怕听打官司、打赢之类的词句。她知道没有司法机关不行，可是厂长纳扎雷奇或林业经理——他们常常跟人打官司——每次为她打赢的时候，她都感到不舒服，好像愧疚似的。现在她也感到不舒服，想把这包钱放得远些，免得看到它。

她懊恼地想：她的同龄人——她已虚岁二十六——如今都在忙活家务，忙活累了就香香地睡一觉，明早醒来高高兴兴过节。她们中许多人早已出嫁，并且有了孩子。只有她不知为什么必须像个老太婆似的坐在这里看这些信件，做批示，写回信，然后什么也不做，坐在这里等到半夜困了的时候睡觉，明天一整天人们要向她祝贺，求她恩典，后天工厂里一定会出现问题：不是谁被打了，就是谁醉死了，而她却不知为什么要受到良心的折磨；节后纳扎雷奇会因为旷工开除二十多人，这二十多人将脱帽挤在她的门前，她不好意思见他们，他们会像狗一样被赶走。所有的熟人都将在背后议论她，给她写匿名信，说她是大财主、剥削者，说她吞噬别人的生命，吸工人的血。

旁边是一捆读完放起来的信。这是求助者写来的。其中有吃不上饭的，有醉鬼，有多子女的，有患病的，有受到屈辱的，有怀才不遇的……安娜已在每封信上写了批示，有的给三卢布，有的给五卢布。这些信今天就转到办公室，明天那儿就发钱，或者像职员们说的，给野兽发食。

已故父亲设立的贫困救济基金的利息四百七十卢布也将零星发放。院里将会挤得不像样子。一些外来人神色像野兽，穿得破破烂烂，饥寒交迫，喝得醉醺醺的，由大门口排到办公室门口，排着长队用嘶哑的声音念叨着乐善好施的安娜和她的父母的恩德，后边的人挤前边的人，前边的人骂后边的人。办事员被吵闹、谩骂、哭诉弄得心烦，跳起来打谁一记耳光使大家快意。而自己人——过节除了工资什么也没有得到而且已把工资挥霍殆尽的工人——将站在院子里看热闹，一些人羡慕，另一些人则讥讽。安娜心想："财东，特别是女财东，爱乞丐胜过爱自己的工人，总是这样。"

她的目光落到那包钱上。最好明天把这些无用而讨厌的钱分发给工人，可是不能白给工人什么，否则下回他就会张嘴要了。而且这一千五也无济于事，全厂工人就有一千八百多，这还不算他们的妻子儿女。再不，从这些求助信里挑一个不幸的、早已失去过好日子希望的人，把这一千五给他。这些钱会使这个苦命人大喜过望，也许会使他生平第一次感到幸福。这个想法使安娜觉得新鲜有趣，感到开心。她随便从那捆信里抽出来一封，看了一下。写信人是个叫恰利科夫的十二级小官，信里说他早就失业，疾病缠身，住在古申的楼里，说他老婆得肺病，有五个年幼的女儿。恰利科夫所住的古申的那座四层大楼，安娜很清楚。那是一座很糟糕的楼，里边臭气熏人，不利健康！她决定：

"给这个恰利科夫。不汇，最好自己送去，免得人们说长道短，不错，"她把钱揣在衣袋里，想道，"看看，也许找个什么地方把这些小女孩子安排一下。"

她高兴起来，按铃叫人准备雪橇。

她上雪橇的时候已经是晚上六点多了。厂房的灯火通明，因此大院子里就显得很黑。大门口和院子深处仓库和工人宿舍旁边亮着路灯。

这些昏暗阴森的厂房、仓库和工人宿舍，安娜并不喜欢，而且有些害怕。主要厂房，父亲死后，她只进去过一次。钢梁支撑的高敞的天棚，大量的快速旋转的大轮子，无数的传动带和杠杆，钢铁发出的刺耳尖叫声，料车的哐哐声，蒸汽的喷泄，或苍白，或通红，或满是黑煤灰的面孔，浸透汗水的衬衫，铜、铁和火的闪光，油和煤烟的气味，时热时冷的风，——这一切使她觉得像到了地狱似的。她觉得：机轮、杠杆和滚热的吱吱叫的汽缸在极力想挣脱出来消灭人们，而人们则谁也听不到谁的声音，忧心忡忡地跑着，在机器旁边忙活着，力图遏止机轮、杠杆和汽缸的可怕运动。人们领她看什么，恭敬地解说什么。她记得，在锻造车间有人从炉子里夹出一块烧得通红的铁块，一个头上系着皮条的老头儿和一个身穿蓝布衫、胸前挂着小项链、满脸怒气、大概是工长的青年用锤子捶打着铁块，火星向四面八方迸着；过了一会儿，她面前便出现了一块哐啷哐啷响着的大铁板。老头儿笔直地站在旁边微笑着，青年用衣袖擦着脸上的汗，在向她解说什么。她还记得，在另一个车间一个只有一只眼的老头儿在锯一块铁，铁屑在撒落着；一个布衫上满是窟窿的棕红色头发的工人戴着墨镜在开着旋床加工一块铁块；旋床吱吱地吼叫着，安娜被吵得要吐，觉得好像在钻她的耳朵。她看着，听着，什么也不懂，赞许地微笑着。她感到羞愧。养活她，使她得到几万卢布收入的事业竟是她所不懂而且不能喜欢的事业，多怪！

工人宿舍里，她一次没去过。据说那里潮湿，到处是跳蚤，人们道德败坏，无人管理。奇怪呀，每年拨出几千卢布装修工人宿舍，而工人宿舍的情况却一年比一年糟，假如相信匿名信的说法的话。安娜离开大院的时候心想："爸爸在世时秩序好些，因为他自己是工人出身，明白需要怎么做。我什么也不懂，只是做蠢事。"

她又感到无聊了。她对于出访已不感到高兴。使幸运儿凭空得到一千五的想法，她已不觉得新鲜有趣了。百万家产正在逐渐败落，工人的居住条件比犯人还差，在这种时候去看什么恰利科夫，——这就是做蠢事，欺骗自己的良心。邻近的花布厂和造纸厂的工人正在成群结伙地沿着大道和在路边穿过旷野奔往万家灯火的城里。凛冽的空气里不断传来欢声笑语。她看着妇女和儿童，突然想过一种纯朴生活，跟人们挤在一起说说粗话。她清楚地记起那个遥远的年代，那时人们叫她小丫头，她那时很小，跟妈妈盖一床被，隔壁住的房客是洗衣妇，在洗衣服。透过薄墙可以听到别人家的笑声、骂声、孩子哭声、口琴声、机床和缝纫机的轧轧声。爸爸几乎精通各种手艺，丝毫不理会拥挤和吵闹，不是在炉子旁边焊什么，就是制图，或者刨什么。这时她想洗衣服，熨衣服，往小铺和工人宿舍跑，像她跟妈妈生活在一起时每天所做的那样。她想当个女工，而不是工厂主！带枝形吊灯架并挂着油画的大公馆，穿着制服、长着天鹅绒般小胡子的听差米沙，虔敬上帝的瓦尔瓦拉和会讨好的阿加菲娅以及这些每天来向她要钱而她却在他们面前总感到愧疚的青年男女，这些官吏、医生、女士——他们靠她的钱做慈善事业，当面奉承她，背地里却为她的出身低贱而瞧不起她，——所有这一切都使她感到厌烦和反感！

火车道口和城关到了，开始有房子和菜园子交替出现了。终于出现了一条宽阔的大街，看到了著名的古申大楼。这条街平时是非常清静的，现在因为是节日前夜，所以很热闹。酒馆里闹哄哄的。要是一个住在市中心的人从这儿路过，那他只会看到一些衣着肮脏的人、醉醺醺的人和骂骂咧咧的人。可是安娜从小就住在这一带，现在在这人群里，一会儿看到有人像她已故的父亲，有人像她已故的母亲，有人像她已故的伯父。父亲是个性情温顺随和的人，有些爱幻想，随遇而安，马马虎虎，对金钱、荣誉、权力都无兴趣。他常说工人没有工夫过节、上教堂，要是没有妻子管着，他大概永远不会斋戒，斋期也会吃荤。伯父却是个火暴性子，在宗教、政治、道德方面是严厉无情的，不仅对自己严，对所有职工和熟人也一样。要是进他的房间不画十字，那可就不得了啦！安娜现在住的豪华公馆，他平时总是锁着，只有重大节日接待重要客人时才打开，而自己则住在办公室一个挂满圣像的小房间里。他倾向旧教派①，经常接待旧教派高级僧侣和神甫，虽然自己按照东正教仪式举行了洗礼和婚礼，妻子也是按照东正教仪式安葬的。对于弟弟阿基姆——他惟一的继承人，他不喜欢，因为他轻浮（他说这是头脑简单、愚蠢），对信仰漠不关心。他叫他满身油污，做个工人，每月付给他十六卢布工资。阿基姆对哥哥称“您”，遇到请求宽恕的节日就领着全家来给他恭恭敬敬地鞠躬。哥哥临死前三年才允许他靠近，宽恕了他的缺点，并吩咐小安娜请家庭教师教育弟弟。

古申楼下的大门洞很深，又暗又臭。可以听到墙根有男人在咳嗽。安娜让雪橇停在街上，自己进了大院，打听去四十六号恰利科夫家怎么走。人们告诉她是从右侧把边的门上三楼。不管院子里还是把边的门旁边，甚至连楼梯上，到处都是门洞里那种令人恶心的臭味。安娜童年时父亲是个普通工人，那时候她家也是住在这种房子里，后来情况变了，她也常以慈善家的身份访问这种地方。狭窄肮脏的石砌楼梯，高高的楼梯磴儿，每层楼有个小平台，通道上方挂着一个油污的灯泡，臭气熏人，楼梯之间的平台上靠门的地方堆着澡盆、坛坛罐罐、破烂衣服——这一切都是她早就熟悉的。有一扇门开着，可以看到屋里一些犹太裁缝戴着帽子坐在桌子上缝衣服。在楼梯上，安娜不断遇到人，但她丝毫不认为这些人会冒犯她。对工人和庄稼汉，不管他们喝醉与否，她都跟对自己的知识分子熟人一样，是不怕的。

四十六号住宅没有门斗，进门就是厨房。工人和手艺人的家里通常有漆味、焦油味、皮革味、煤烟味——做什么就有什么味；穷贵族和穷官吏家里是酸霉味。安娜现在一进门闻到的也是这种令人恶心的臭味。桌子后面的墙犄角里背对着门坐着一个穿黑常礼服的

① 17世纪俄罗斯东正教会分裂而产生的一个教派，不服从东正教教会的改革，坚持原来的宗教仪式，故名。

男人，大概就是恰利科夫啦。旁边是五个小姑娘。最大的，宽脸盘，瘦瘦的，头发上插了一把梳子，看样子有十四五岁；最小的，胖乎乎的，头发像刺猬——至多三岁。六个人在吃饭。炉子旁边，手里拿着炉叉，站着一个身材矮小的女人，很瘦，脸焦黄，下身穿裙子，上身穿一件白布衫，怀着身孕。

“没有想到你这么不听话，小丽莎。”那男人责备说，“哎呀呀，多羞啊！这就是说，你想要爸爸打你了，是吗？”

看到门口站着一位陌生的女客，瘦女人哆嗦了一下，放下了炉叉，好像不相信自己的眼睛似的，迟疑了一会儿，才轻轻喊了一声：

“瓦西里！”

那男人回头一看，就跳了起来。这人骨瘦如柴，窄肩膀，太阳穴深陷，胸扁平。两眼又小又深，周围是黑圈；长长的鹰钩鼻子微微歪向右边；嘴宽阔。胡子分为两绺向上翘着，唇髭刮得光光的，因此他不像官吏，倒像个跟班儿的。安娜问道：

“恰利科夫先生住在这里吗？”

“不错。”恰利科夫厉声答完，马上认出来是安娜，便高声喊道，“安娜女士！”突然喘不上气来，拍了一下手，像大吃一惊似的，“救命恩人来啦！”

他呻吟着像得了脑溢血似的呜呜叫着跑向前去——胡子上沾着白菜，嘴里喷着酒气——前额贴在安娜的手筒上。一动不动。

“让我吻吻您的手！圣洁的手！”他呼哧呼哧地喘着说，“这是梦！多好的梦！孩子们，叫醒我！”

他转身对着桌子，晃着拳头用哭泣的声音说：

“上帝听到我们的声音啦！我们的救命恩人，我们的天使来啦！我们有救啦！孩子们，跪下！跪下！”

恰利科夫太太和姑娘们——除了最小的那个——不知为什么急忙收拾起桌子来。

“您信里说您的妻子病得很厉害。”安娜说完，感到又羞又气。

她想："一千五不给他。"

"这就是我的妻子！"恰利科夫用像憋着泪水似的尖细的女人声音说，"这就是苦命的她！一只脚已踏进墓穴！可是我们并不抱怨。死比这样活着强！苦命的，死去吧！"

安娜气恼地想："他干吗这么装模作样？一眼就可以看出来：他是惯于跟有钱人打交道的。"她说：

"请正儿八经地跟我说话。我不喜欢喜剧。"

"是的，尊敬的女士，五个孤儿围在妈妈的棺材旁边，点着送葬的蜡烛，这是喜剧！咳！"恰利科夫伤心地说完，背过身去。

"别说啦！"妻子低声嘀咕了一句，拽了他衣袖一下。"尊敬的贵客，屋子里没有收拾，"她对安娜说，"请原谅……过日子就这样，您知道。挤着热闹。"

"一千五不给他们。"安娜心里又想。

为了快些离开这些人和这种酸味，她已拿出钱包，决定留下二十五卢布——决不多给。她突然感到羞愧：为了这么点儿小事，跑了这么远，惊动这么多人。

"要是你们有纸和墨水的话，我马上给一个医生写一封信。他是我的好朋友，我让他来看看。"她红着脸说，"这个医生很好。药费，我给你们留下。"

恰利科夫太太急忙去擦桌子。

"这儿不干净！你干什么？"恰利科夫气哼哼地看着妻子压低声音说，"领到房客那屋去！尊敬的贵客，在下斗胆请您到房客的房间去。"他对安娜说，"那儿干净。"

"房客不让进他的房间！"一个小姑娘神色严厉地说。

安娜已被领着离开厨房，在两张床之间穿过一个狭窄的房间——从被褥的摆法上可以看出来：一张床上是竖着睡两个人，另一张床上是横着睡三个人。接着进了房客的房间，这儿的确干净。床上红毛毯叠得规规整整的，枕头套着白枕套，座钟还垫了一个垫儿，桌子上蒙着麻布桌布，桌子上摆着一个乳白色墨水瓶、几支钢笔、白纸、镶在镜框里的照片——应有尽有；另一张桌子是黑色的，上面整整齐齐地摆着修表工具和拆开的钟表。墙上挂着小锤子、钳子、小钻、凿子、平嘴钳，等等；墙上还挂着三架挂钟在嘀嗒嘀嗒响着。其中有一架挂钟很大，钟摆很粗，只有在酒馆里才能看到。

坐下写信的时候，安娜看到桌子上摆着一张父亲的照片、一张自己的照片。这使她感到奇怪。她问：

“谁住在你们这里？”

“房客姓皮缅诺夫。他在贵厂上班。”

“是吗？我还以为是个修表师傅呢。”

“修表是副业，业余爱好。”

沉默了一会儿，只能听到嘀嗒嘀嗒的钟声和沙沙的钢笔写字声。恰利科夫用讥讽的口吻愤懑地说：

“俗话说得对：门第和官衔当不了饭吃。帽徽和贵族称号，样样都有，可就是没有吃的。我看，如果出身寒微的人肯帮助穷人的话，那他比什么恰利科夫高贵多了——恰利科夫已被贫穷和罪孽弄得斯文扫地了。”

为了奉承安娜，他又说了几句糟蹋自己贵族身份的话。显然，他贬低自己是因为认为自己比安娜高贵。安娜这时已把信写完，封了起来。信将被扔掉，钱也不会拿去治病——这，她清楚，但仍然往桌子上放了二十五卢布，想了想，又加了两张十卢布的钞票。恰利科夫太太像鸡爪子似的又瘦又黄的手在她眼前晃了一下，把钱攥起来了。

“承蒙您给了药费。”恰利科夫声音哆嗦了一下说，“请再发发善心救济一下我……和孩子们吧。”他补充完，抽噎了一声，“救济一下苦命的孩子们吧！我不为自己担心，为女儿们担心哪！我怕罪恶的引诱啊！”

安娜钱包的小锁坏了，她在想方设法打开锁，窘得满脸通红。人们站在她面前看着她的手，等着她拿钱，而在内心深处大概在笑她呢——想到这里，她心里感到害臊。正在这时，有人进了厨房，在那儿跺掉脚上的雪。

“房客回来了。”恰利科夫太太说。

安娜更窘了。她不愿意厂里任何人在这种可笑的处境里看到她。房客偏偏在她终于把小锁弄坏、拿出几张钞票给恰利科夫，而恰利科夫像得了脑溢血似的呜呜叫着用嘴唇找她手吻的时候进了屋。她认出来，房客就是那个曾在锻造车间在她跟前摆弄铁板并给她解说的工人。显然，他是从工厂下班直接回家的，脸被烟熏得黑漆漆的，鼻子旁边还有一块烟炱。手黢黑，上衣没有系皮带，油污闪亮。他三十来岁，中等身材，黑头发，宽肩膀，看来很有力气。安娜一眼就看出来，他是个工长，每月至少挣三十五卢布，为人严厉，打骂工人，这从他看到自己屋里有一位女客时无意中所站的姿势可以看出来，主要的是因为他把裤腿穿在靴子外面，兜在胸前，山羊胡子剪得很漂亮。她那已故父亲是工厂主的弟弟，尚且怕房客这样的工长，而讨好他们呢。

“请原谅，我们擅自进了您的房间。”安娜说。

房客惊讶地看了看她，腼腆地笑了笑，没有吱声。

“尊敬的贵客，您请大点儿声……”恰利科夫轻声说，“皮缅诺夫先生晚上从工厂回来耳朵有时背。”

安娜高兴的是，她在这里已无事可做，点了一下头就急忙出来。皮缅诺夫跟出来送她。

“您早就在我们厂上班吗？”她大声问道，没有转过脸来。

“从九岁开始。那还是您伯父在世的时候呢。”

“哎呀，好久啦！伯父和父亲认识所有的职工，我几乎谁也不认识。我以前见过您，但不知道您姓皮缅诺夫。”

安娜感到有一种愿望要在他面前为自己的行为辩解，要使他觉得她方才给钱是开玩笑，并不认真。

“唉，这些穷人！”她叹了一口气，“节日也好，平时也好，我们都做善事，可是毫无效果。我觉得帮助恰利科夫这样的人是无益的。”

“当然是无益的。”皮缅诺夫赞同地说，“不管给多少钱，他都会喝光。这一宿夫妻俩要彻夜争夺打架了。”他说完，笑了。

“不错，该认识到我们的慈善事业是无益、无聊、可笑的。可是，您会同意，也不能袖手旁观哪，必须做些什么。比方说，对恰利科夫们该怎么办呢？”

她转过脸来，站下等皮缅诺夫回答。皮缅诺夫也站下来，默默地慢慢耸耸肩膀。看样子，他知道怎么处理恰利科夫们的问题，但是他的办法那么粗暴、没有人情味，所以他连说也没有决心说。而且恰利科夫们并不使他感兴趣，那么微不足道，转眼之间他已不记得他们了。他看着安娜的眼睛，惬意地笑了，那表情好像做了一个很好的梦似的。安娜这时离他很近，才从他脸上特别是从他的眼神里看出来他多么疲倦、多么想睡觉。

“这一千五给他吧！”她想，可是这个想法不知为什么使她觉得不合适，对皮缅诺夫是侮辱。

“您大概已干活累得腰酸腿痛啦，还来送我。”她下楼梯的时候说，“回去吧。”

可他没有听清。到了街上以后，他跑到前面去把雪橇上的车毯拽开，服侍安娜上了雪橇说：

“祝节日愉快！”

2. 早　晨

“钟早就敲过了！真要命，赶散场都来不及啦！起来吧！”

“两匹马跑啊跑啊……”安娜说完醒了。使女——棕红头发的玛莎拿着蜡烛站在跟前，“什么事？你有什么事？”

“早日祷已经结束啦！”玛莎绝望地说，“叫您三次啦！要照我的意思，哪怕您睡到晚上呢，您自己让我叫您嘛！”

安娜用臂肘支起身子来，看了窗户一眼。外面还漆黑，只有下边的窗框被雪映得发白。传来一阵浑厚低沉的钟声，但这不是本教区的，是远处什么地方的。小桌上的钟表指针指着六点零三分。

“好啦，玛莎……再过三分钟……”安娜用乞求的声音说完，又蒙上了头。

她想象着阶前的雪、雪橇、昏暗的天空、教堂的人群和刺柏味儿，感到发憷，可是她仍然决定马上起来去参加早日祷。她在被窝里暖和着，克服着睡意——可是她越不让自己睡越想睡，在蒙眬中一会儿梦见山上的大花园，一会儿梦见古申大楼，而心里则一直惦着马上起来上教堂去。

可是等她起来，天已大亮，钟表指针指着九点半。夜间又下了许多新雪，树木披上了白色的盛装，空气异常明净、清爽，安娜朝窗外看了看，第一个愿望就是想深深地吸一口新鲜空气。她梳洗完毕，早年残留下来的孩子心情——今天要快快活活地过圣诞节——便猛然在心里萌动起来，然后心里便感到轻松、舒畅、纯净，好像心灵也被洗过或者裹上了白雪似的。玛莎打扮得漂漂亮亮的，紧紧地束着紧身胸衣，走进来拜节，给她仔细梳完头，帮她穿上新衣服。华丽漂亮的新衣的气味和感觉以及轻微的窸窣声和新香水味儿使安娜感到兴奋。她快活地对玛莎说：

“过圣诞节啦。我们占卜吧。”

“我去年占卜的结果是嫁个老头子。三次结果都是这样。”

“哎，上帝是仁慈的。”

“小姐，您看怎样？我认为，与其上不够天下不着地，没着没落，不如嫁个老头子。”玛莎伤心地说完，叹了一口气，“我已虚岁二十一啦，不是闹着玩儿的。”

家里人都知道棕红头发的玛莎爱上了听差米沙，这种深刻、热烈、无望的爱已持续三年了。

“得啦，别瞎说啦。”安娜安慰她说，“我都快三十了，还一直想嫁个年轻人呢。”

女主人梳妆打扮的时候，米沙穿着新制服、漆皮鞋在大厅和客厅里踱着，等主人出来好向她祝贺节日。他走路总有些特别，迈步又柔和又轻盈。这时看着他举手投足和歪头的姿势，会以为他不是在踱步，而是在学跳舞呢。他虽然留着薄薄的天鹅绒般的小胡子，有着漂亮的甚至有些像花花公子似的长相，但他为人稳重，深谋远虑，笃信上帝，像个老人。他祈祷时总是对上帝行深鞠躬，喜欢在自己房间里烧敬神香。对富人和权贵，他敬重崇拜；对穷人和各种求助者，他以正派仆人的心灵毫不留情地加以蔑视。在浆过的衬衫里面，无论冬夏他都穿一件法兰绒衬衫，他十分珍惜自己的健康，耳朵里总堵着棉花。

安娜带着玛莎穿过大厅的时候，他低下头——头微微歪向侧面，用甜蜜悦耳的声音说：

“小姐，荣幸恭祝圣诞快乐。”

安娜赏了他五个卢布，可怜的玛莎惊讶得目瞪口呆。他的节日打扮、姿势、声音和祝词漂亮、高雅得使她大为震惊，她跟在主人后面已经什么也不想、什么也看不到，只是忽而幸福、忽而痛苦地微笑着。

家里楼上叫做上房、公馆，楼下由姑妈塔季扬娜支配，俗称下房、婆娘房。上房通常接待高贵、有教养的客人，下房接待一般来客或姑妈个人的客人。漂亮、丰盈、健壮、尚年轻娇艳的安娜觉得身上华美的盛装在向四面八方喷射着光芒，来到了楼下，楼下人们责怪她，说她有学问把上帝忘了，睡过了早日祷，没有下来开斋；大家拍着手由衷地说她漂亮非凡；她相信这些话，笑着，跟人们亲吻着，塞给一个人一卢布，塞给另一个人三卢布或五卢布，因人而异。她喜欢楼下。楼下到处是神龛、圣像、长明灯、僧侣画像，像修士的住处，厨房里传来菜刀的响声，各个房间里已飘散着荤菜味儿，很香。油漆漆过的黄地板闪闪发亮，各个房门到挂圣像的墙角都铺着带鲜蓝色条纹的窄地毯，强烈的阳光从窗户上射进来。

餐厅里坐着一些陌生的老太婆；瓦尔瓦拉的房间里也坐着一些老太婆，又聋又哑的老处女也在里面，不知害羞什么，说话呜噜呜噜的。从孤儿院领来过节的两个瘦弱的小姑娘过来吻安娜的手，走到安娜跟前就停了下来——被她华美的服装惊呆了。安娜看到其中一个眼睛有点斜，想到这个小姑娘将没有人喜欢、一辈子嫁不出去，在轻松的节日里，欢乐的心情便猛然增添了一丝哀愁。厨娘阿加菲娅的房间里围着茶炊坐着五个穿新布衫的高大男人，他们不是厂里的工人，是跟厨房有关系的庄稼汉。看到安娜进来，他们立即站起来，礼貌地停止咀嚼，虽然嘴里都塞满了东西。厨师斯捷潘戴着白厨师帽拿着菜刀从厨房里进来，祝贺了安娜节日快乐。穿着毡靴的扫院子的勤杂工也来祝贺。胡子上带着冰溜的运水车夫探头看了看，没有敢进来。

安娜在各房间里走着，后面跟着全部随员：姑妈、瓦尔瓦拉、尼坎德罗芙娜、裁缝玛尔法、楼下的玛莎。瓦尔瓦拉削瘦，细高，比家里所有人都高，她穿着一身黑衣服，散发着柏树和咖啡味，到每个房间都对着圣像画十字，深鞠躬。每次看到她，人们都会不由得想到她已为自己准备好了寿衣，在收藏这寿衣的柜子里还藏着她买的彩票。她拉开厨房的门说：

“安娜，看在过节的分儿上发发善心吧。宽恕他吧，别跟他计较啦！咳，他们这种人哪！”

车夫潘捷列伊跪在厨房中间的地上，他因为酗酒十一月份就被解雇了。他是个老实人，但喝完酒就要酒疯，不肯规规矩矩地躺着睡觉，到厂里到处用威胁的口吻喊：“我什么都知道！”现在从他嘴唇下垂、浮肿的脸上和充血的眼里可以看出来从十一月到这个节日他并没有停止喝酒。

“宽恕我吧，小姐！”他说完，用前额在地板上磕了一个响头，展示着牛一样的后脑勺。

“姑妈解雇的，求她去。”

“找姑妈干吗？”姑妈进到厨房吃力地喘着说。她很胖，乳房上放得下一个茶炊和一个摆着茶杯的茶盘，“还找姑妈干吗？你是主人，你吩咐吧，要按我的意思，这帮坏蛋一个不留。喂，起来，骗猪！”她忍耐不住，对潘捷列伊喊道，“滚！这是最后一次宽恕你，下次再犯，别来求饶！”

然后大家进餐厅喝咖啡。刚刚坐下，楼下的玛莎就急三火四地跑进来，带着恐怖神色说：“唱诗班来啦！”说完就又跑回去了。传来擤鼻子声、沉重的咳嗽声和嘈杂的脚步声，好像靠大厅的前厅里牵进了一些挂了掌的马似的。半分钟后沉寂下来……歌手猛然唱起来，声音大得把大家吓得哆嗦了一下。唱诗班唱歌的当口儿，养老院的神甫来了，助祭和执事也跟来了。神甫一边披着绣有十字架的长巾，一边慢腾腾地说夜里敲晨祷钟的时候下雪，还不冷，早晨冷起来了，随它便吧，现在大概有二十多度。

“可是许多人认为冬天比夏天有益于人的健康。”助祭说完，立即使脸带上严肃的表情，跟着神甫唱起了《你的诞生，基督我们的上帝……》

不一会儿，工人医院的神甫带着执事来了，接着修女来了，孤儿院的孩子们来了，几乎歌声不断。唱完歌，吃完东西就走。

工厂职工来了二十来个人。来的全是些高级职工：机械师及其助手、制模工、会计，等等。个个都仪表堂堂，穿着黑色的新的礼服，全都是好样的，像经过挑选似的，每个人都知道自己的价值，也就是说，知道：假如今天丢掉工作的话，明天就会有人高高兴兴地请他们到别的工厂去。看来，他们很喜欢姑妈，因为他们在她跟前举止随便，甚至吸烟；当大家到餐桌旁边吃东西的时候，会计甚至还搂着她的粗腰跟她一起走。他们举止随便，部分原因，可能因为瓦尔瓦拉在老头子们在世时权力很大，监督职工的道德品行，如今在家里毫无地位；部分原因可能还因为他们中间许多人还记得从前两个哥哥对妹妹——塔季扬娜姑妈管束严厉，塔季扬娜姑妈衣着普通，像厨娘阿加菲娅一样，安娜在厂房旁边的院子里乱跑，大家叫她小丫头。

职工们边吃，边唠，边疑惑地打量着安娜：她长大啦，长得多漂亮啊！可是这个被家庭教师和学校教师调教出来的标致姑娘对他们来说已是异己的、不可理解的了，他们不由得跟姑妈更近一些，姑妈对他们称“你”，不停地劝他们吃喝，跟他们碰杯，已经喝了两蛊花楸酒了。安娜总怕人们认为她高傲，是暴发户或者是乌鸦披上了孔雀翎子。所以现在职工聚在一起吃喝的时候，她没有离开餐厅，而参加了闲聊。她问昨天认识的皮缅诺夫：

“为什么您的房间里那么多表？”

“那是替别人修理的。”他答道，“业余搞搞，节假日或睡不着觉的时候修。”

“那就是说，要是我的表坏了也可以交您修啰？”安娜笑着问道。

“有什么呢？我愿意效劳。”皮缅诺夫说。当安娜自己也不知道为什么从腰带上把漂亮的小怀表摘下来交给他的时候，他脸上流露出温情的神色。他默默地看了看，还给了她，“有什么呢？我愿意效劳。”他重复了一遍，“我已经不修怀表了。视力不好，医生禁止我做小活儿。但对您，我可以例外。”

“医生瞎说。”会计说完，大家都笑了，“你别信他们的话。”他听到笑声得意地继续说，“去年斋戒期间鼓轮的一个齿迸出来打到老卡尔梅科夫头上，脑子都看到了，医生说他必死无疑。可人家现在活得好好的，还上班呢，只是挨了这一下子以后结巴起来了。”

“医生瞎说倒是瞎说，但也不很离谱。”姑妈叹了口气说，“已故彼得·安德烈伊奇眼睛倒是瞎了。他在厂里也像你们一样天天在热炉旁边干活，眼就瞎了。眼睛不喜欢热。唉，光说话啦。”她猛醒过来，“快干杯！祝你们节日快乐，亲爱的。我这个罪人跟谁也不喝，只跟你们一起喝。上帝保佑！”

安娜觉得皮缅诺夫昨天看到她以后瞧不起她这个慈善家，却被她这个女人迷住了。她看着他，认为他举止很可爱，衣着也体面。固然，常礼服袖子有些短，腰也好像高一些，裤子不是时髦的肥腿裤，可是领带却打得优美潇洒，色彩也不像别人那么鲜艳。看样子，他是个憨厚的人，姑妈给他往盘子里拨什么吃什么。她想起来他昨天那么黑那么困，便不知为什么心里觉得感动起来。

职工们要走的时候，安娜把手伸给皮缅诺夫，她想请他随便来坐坐，可是没说出来，舌头不听使唤，为了不使别人认为她喜欢皮缅诺夫，她也伸手给他的同伴。

接着她任监护人的那所学校的学生来了。他们全都理了发，穿一样的灰上衣。教师是个高个子还没有长胡子的年轻人，满脸红晕——显然心情激动——让学生站好排。学生整齐地唱起来，但声音尖细，不好听。厂长纳扎雷奇是个秃头细眼的旧教派，跟教师的关系从来不好，但对这个正在手忙脚乱指挥唱歌的教师却不知为什么特别蔑视和仇视，他对他傲慢粗暴，晚发工资，干涉教学。为了把这个教师排挤走，节前两个星期他把妻子的一个远房亲戚——一个整天醉醺醺的乡巴佬——派到学校去当杂役，不听教师领导，当学生面顶撞教师。

这一切，安娜都知道，但她爱莫能助，因为她自己也怕纳扎雷奇。如今她想起码对这个教师表示一些好感，说她很满意他的工作。可是唱完歌以后，教师非常羞愧，竟为一件什么事道歉；姑妈跟他称“你”、亲热地往餐桌前面拽他时，安娜觉得无聊尴尬，吩咐完发给孩子们糖果，就回楼上了。

“过节的这些俗套实际上有许多残忍的地方。”过了一会儿，她从窗上看着小学生们成群结队地朝大门走去，一边走一边冻得缩着身子穿大衣，她自言自语地说，“过节都想休息，坐在家里跟亲人团聚，而可怜的孩子、教师、职工却不知为什么必须大冷天出来祝贺，致敬，羞愧……”

米沙站在大厅的门旁边，听到这话就说：

“这不是我们起的头儿，也不是我们能结束得了的。当然，我是个没有受过教育的人，小姐，可是我认为穷人应当永远尊敬富人。俗话说：上帝有眼。监狱里，无家可归者收容所里和小酒馆里永远只是穷人，体面人总是有钱的。俗话说：越是钱多钱越多。”

“米沙，您的话总是那么枯燥难懂。”安娜说完，就到大厅的另一头去了。

时间刚过十一点。高大的房间都静悄悄的，只是偶尔从楼下传来歌唱声，静得使人想打瞌睡。古铜器，照片簿和墙上挂的画着大海和小船、草地和牛群以及莱茵河景色的画儿已经看惯，熟视无睹了。节日的情绪已令人感到无聊。安娜仍然觉得自己漂亮、善良、非凡，可是她已感到无人需要这些了；她觉得不知为谁、为什么穿这件华贵的衣裳。她已像所有节日一样开始感到孤独难耐，不断想到：她的美、健康、财富只是过眼烟云，因为她在这个世界上是多余的，没有人需要她，没有人爱她。她唱着歌看着窗外在各房间里走了一趟。在大厅里停下来，忍不住对米沙说：

“米沙，我不知道您对自己是怎么看的。”她说完，叹了口气，“真的，为这个，连上帝都会惩罚的。”

“您指的是什么事？”

“您知道指的是什么。请原谅我干预您的私事，可是我觉得您固执的结果会破坏自己的生活。您应当承认您现在正是该结婚的时候，她是一个极好的姑娘，配得上您。比她再好的，您永远也找不到。她漂亮、聪明、温柔、忠实……多好的长相啊！……她要是生在我们中间或上流社会的话，单是为了她那奇美的棕红色头发人们也会爱上她的。瞧，她的头发跟脸色多么配。哎呀，天哪，您什么也不懂，自己不知道自己需要什么。”安娜痛心地说完，眼里涌出了泪水，“可怜的姑娘，我多么可怜她啊！我知道您想要嫁妆，我已经对您说过，玛莎的嫁妆我给。”

米沙对未来配偶的理想是：高个儿，丰满，端庄，笃信上帝，走路要像孔雀，不知为什么肩上还一定要有一条长围巾，而玛莎却又瘦又细，束着紧身胸衣，走路迈碎步，主要的是她太诱人，有时米沙很喜欢她，可是他认为这不适合于婚姻，只适合于苟且偷情。安娜答应给嫁妆以后，他犹豫了一段时间；可是有一次一个在制服外面穿了一件棕色大衣的大学生来送信给安娜，艳羡得忍不住，在楼下挂衣服的地方抱住了玛莎，玛莎轻轻喊了一声。米沙站在楼梯上看到了这种情景，从那以后便对玛莎产生了厌恶的感情。那是个穷大学生！谁知道呢，要是抱她的是个富大学生或者是个军官，那后果可能就会是另一样……

“您为什么不愿意？”安娜问道，“您还需要什么？”

米沙没吱声，扬起眉毛凝视着圈椅。

“您在爱着另一个人吗？”

沉默。棕红头发的玛莎用托盘托着信件和名片进来。猜到是在谈她，羞得满脸通红要流泪。她咕哝道：

“邮差来过。有个姓恰利科夫的官吏来了，在楼下等着。他说您吩咐他今天来有什么事。”

“真不要脸！”安娜生气了，“我什么也没吩咐他。叫他滚，说我不在家！”

门铃响了。来的是本教区神甫，总是在上房即楼上接待他们的。随后来的是厂长纳扎雷奇和厂里的医生。接着米沙通报国民学校督学来了。接待来访者的活动开始了。

一有空闲时间，安娜就坐到客厅的深圈椅里闭上眼睛想心事。她认为她的孤独是完全自然的，因为她没有出嫁，而且也永远嫁不出去。但这不是她的过错。是命运使她离开了工人环境——要是相信回忆的话，她在那里曾那么舒服自在过；命运把她抛进这些大房间里，她在这里无论如何想不出该如何处置自己，不能明白为什么有这么多人在眼前晃来晃去。目前进行的一切，她觉得是渺小无用的，因为一分钟的幸福也没有给她，而且也不可能给她。

“恋爱吧。”她伸了个懒腰想。只是这么一想就已使她心里感到温暖，“摆脱工厂……”她想象着她的心上没有了这些沉重的厂房、工人宿舍、学校……然后她想起了父亲；她想，父亲假如活得久一些，会把她嫁给一个普通人，比方皮缅诺夫。他吩咐嫁给他就完了。这样多好，工厂就落到内行人手里了。

她想象着皮缅诺夫卷曲的头发、英俊的侧影、带讥讽意味的薄嘴唇和肩上、手上、胸膛上的可怕力量以及他今天看她怀表时的那种温情。

“有什么呢？”她说，“不错嘛……我会嫁给他的。”

“小姐！”米沙悄然无声进客厅喊了她一声。

“把我吓了一跳！”她浑身哆嗦了一下说，“什么事！”

“小姐！”他把一只手贴在心口上，扬起眉毛又叫了一声，“您是我的主人和恩人，只有您能够教导我如何处理婚姻问题，因为您跟我的亲娘一样……请您吩咐楼下不要耍笑我。没完没了的！”

“他们怎么耍笑您啦？”

“他们说：玛莎的米沙。”

“呸，什么大事！”安娜生气了，“你们全都蠢！您多蠢，米沙！真叫我讨厌！我不想看到您！”

3. 午　餐

跟去年一样，最后来访的是四级文官克雷林和著名律师雷谢维奇。他们来的时候天已黑了。克雷林是个六十开外的老人，大嘴，花白的连鬓胡子一直长到耳朵，脸像猞猁，穿着制服、白裤子，戴着安娜勋章。他两手久久地握着安娜的手，凝视着她的脸，翕动着嘴唇，终于一字一句语调平板地说：

“我曾经敬重过您的伯父……和父亲，也受到他们的谬爱。现在，您瞧见啦，认为祝贺他们的可敬的继承人节日愉快是自己的愉快的义务……尽管抱病在身，而且路途遥远。看到您身体健康，非常高兴。”

律师雷谢维奇是个高身材漂亮的淡发男子，两鬓和胡须微微花白，举止异常优雅。他摇摇摆摆地进来，像漫不经心似的鞠了一躬，闲聊时耸动着肩膀，一切动作里都透露着一种悠然懒散的神气，像一匹久不使役、惯坏了的马。他饱食终日，极其健康、富有，有一次甚至赢了四万，但他不让熟人知道。喜欢吃好吃的东西，特别是奶酪、地菇、萝卜末拌大麻油，据他自己说，在巴黎曾吃过没洗的肠子做的熘肥肠。他说话有条有理，连贯流畅，只是有时为了卖弄风情才允许自己迟疑一下，用手指打个榧子，好像在斟酌字眼儿。他对于在法庭上讲的那一套早已不相信或相信而不认为有任何价值——那都是人们早已知晓的老一套，普通平常……他只是相信新鲜出奇的东西。用新颖形式表现出来的老生常谈会使他激动得流泪。他有两本笔记，记满了他在各种书里看到的一些新奇词句，需要寻找什么词句的时候，他就急急忙忙地翻动这两本笔记，通常是找不到。已故的安娜父亲阿基姆·伊万内奇一高兴为了虚荣就请他担任了厂里的诉讼代理人，指定薪金一万二。工厂的诉讼案件不过是两三件小额追偿案件，雷谢维奇全都委托助手去办。

安娜知道他在厂无事可做，可是又不能辞退他：没有这个勇气，而且也习惯了。他自称是她的法律顾问，认为每月月初给他按时送去的薪水是俗不可耐的。安娜知道，父亲去世后，卖木材作枕木，雷谢维奇在这宗交易里挣了一万五千多，跟纳扎雷奇分了。听到这种骗局后，她伤心地哭了起来，但后来就习惯了。

祝完节日，吻过双手，他用眼睛打量着安娜，皱起了眉头。

“不要！”他忧心忡忡地说，“我说过，亲爱的，不要！”

“您指的是什么，雷谢维奇先生？”

“我说的是：不要胖了。你们家的人都有一种发胖的不幸倾向。不要。”他用乞求的声调重复了一遍，吻了吻她的手。“您那么漂亮！您那么标致！大人，”他对克雷林说，“这是我在这个世界上所曾经认真爱过的惟一女人。”

“这不奇怪。在您这个年纪认识安娜女士，不爱她是不可能的。”

“我把她看做上帝！”律师继续说，态度是完全真诚的，但带着优游懒散的神气，“我爱她，不是因为我是男人，她是女人。跟她在一起时，我觉得：她是第三性，我是第四性，我们一起进入一个色彩缤纷的世界，在那儿融合成一个光谱。勒孔·特·德利尔[1]对这

---

① 勒孔·特·德利尔（1818—1894），法国诗人，巴纳斯派主要代表，拥护“纯艺术论”。

种关系形容得最为精彩。他有一个极好的说法，绝妙的说法。”

雷谢维奇在一本笔记里翻了一会儿，然后又到另一本笔记里翻，没翻着，便安静下来。大家开始谈天气，谈歌剧，谈杜泽[1]快来了。安娜想起雷谢维奇——好像还有克雷林——去年在她这里吃过午餐，因此他们准备要走的时候，她就真诚地用乞求的声调向他们证明：他们既然已不到别处去了，那就应当留下吃过午餐再走。客人犹豫了一阵之后，同意了。

除了由菜汤、乳猪、带苹果馅的烤鹅等组成的午餐以外，厨房在重大节日里还准备了一种所谓法国午餐或厨师午餐，以备楼上有客人要吃。等餐厅里响起餐具声的时候，雷谢维奇开始流露出明显的兴奋心情。他搓着手，耸动着肩膀，眯缝着眼，有滋有味地讲起已故两位老厂主招待吃什么午餐，这儿的厨师用江鳕做的浇汁鱼块多么好吃，简直不是鱼块，而是一种发明！他预先尝到了午餐的美味，在心里已经享用起来了。安娜挽着他的胳臂把他领进餐厅，他终于干了一盅伏特加，往嘴里放了一块鲑鱼肉，惬意得甚至发出呜呜的声音。他咀嚼的声音很大，令人恶心，鼻子里发着一种什么声音，眼睛是油腻的、贪馋的。

小吃是很讲究的。其中有鲜白蘑浸酸奶油，用烤牡蛎和虾肉加了很多酸辣菜做的蛋黄调味汁。午餐本身是由节日精美菜肴组成的，酒也好极了。米沙陶醉地在旁边伺候着。往桌上端新菜，从漂亮的煎锅上揭开锅盖或者斟酒的时候，他那郑重其事的神态很像妖法教授，律师看着他的脸和跳舞似的步态，不止一次在心里说：“真是个活宝！”

三道菜以后，雷谢维奇对安娜说：

世纪末的女性——我指的是年轻的，当然也是有钱的——应当是独立、聪明、标致、文静、勇敢的，而且还要稍稍放荡一些。放荡得有分寸，适可而止，因为过分就会厌倦。您应当不像一般人那

---

① 杜泽（1859—1924），意大利女戏剧演员。

样混日子，而应当品尝生活，而轻微的放荡是生活的调味汁。要钻进熏人欲醉的花丛里去，要尽情呼吸麝香，要服用大麻素，但主要的是要爱，要爱，要爱……我要是您的话，起初就先找七个男人，一星期七天，一天一个；干脆就给他们起名叫‘星期一’‘星期二’‘星期三’，等等，让他们每人知道自己的日子。”

这话使安娜生气。她什么也没有吃，只喝了一盅葡萄酒。

“也该让我说两句了！”她说，“对我个人来说，离开婚姻，爱情是不可理解的。我孤单，孤单像天上的月牙儿，残缺不全，可是不管怎么说，我相信，我感到，这种残缺只能用普通意义上的爱情去弥补。我觉得，这种爱情决定着我的义务，我的劳动，照亮着我的世界观。我想通过爱情得到心灵的平和安宁，我想远离麝香、各种招魂术和世纪末……一句话，”她难为情地说，“想要丈夫和孩子。”

“想出嫁吗？这也可以啊。”雷谢维奇赞同地说，“您要什么都体验体验：出嫁，吃醋，初次背叛的甜蜜，甚至养活孩子，什么都体验体验。可是要赶紧生活，赶紧，亲爱的，韶光易逝，时不我待。”

“高兴就嫁人！”她怒冲冲地看着他那餍饱、得意的脸说，“我要用最普通、最庸俗的方式出嫁，我会幸福得容光焕发。您可以想得到，我会嫁一个普通工人，嫁一个机械师或者制图员。”

“这也不错。大公女儿焦希安娜爱上古英普连①，她这样做也可以，因为她是大公的女儿嘛。您也可以这么做，因为您不是普通人。亲爱的，您要是得意黑人或阿拉伯人，那也用不着不好意思，发信去订一个好啦。在任何方面都不要委屈自己。您应当像您的愿望一样勇敢。别落在愿望的后面。”

“难道我这么难理解吗？”安娜眼里闪着泪光惊奇地问道，“您

① 法国作家雨果小说《笑面人》中的人物。漂亮的公爵小姐焦希安娜爱上了丑陋的喜剧演员古英普连。

要知道，我手里有一个庞大的企业，两千个工人，我在上帝面前要替他们负责。为我做工的人眼在瞎，耳在聋。我不寒而栗，不寒而栗！我痛苦，而您却忍心对我谈什么黑人，而且……面带微笑。”安娜用拳头敲了一下桌子，“继续过我现在过的生活，或者嫁一个跟我一样游手好闲、一无所能的人，简直是犯罪。我不能再这么生活下去啦。”她热烈地说，“不能啦！”

“她多好啊！”雷谢维奇欣赏着她说，“我的上帝，她多好啊！可是，亲爱的，您为什么生气呢？即使我说得不对，可是难道您认为为了思想——顺便说说，我是深深地尊敬这些思想的——而甘受寂寞，放弃享受生活的乐趣，工人会因此轻松些吗？丝毫不会！不，要放荡，放荡！”他坚决地说，“您必须放荡，一定要放荡！好好想想吧，亲爱的，好好想想吧！”

把心里话说出来，安娜感到高兴，快活起来了。自己说得这么好，思想这么正直美丽，使她感到喜欢。她已相信，比方说，假如皮缅诺夫爱上她，那她会高高兴兴嫁给他的。

米沙开始斟香槟酒。

“您惹我发火，雷谢维奇先生。”安娜跟律师碰杯时说，“我感到愤懑的是，您给别人建议，而自己却根本不了解生活。您认为机械师或制图员就一定是乡巴佬、老粗。他们是些极其聪明的人！非凡的人！”

“您的父亲和伯父……我了解他们，尊敬他们。”克雷林一字一句地说；他一直像木偶似的板板正正地坐在那里不停地吃，“他们都是一些非常聪明而且……品德高尚的人。”

“得啦，我们知道他们如何高尚！”律师咕哝了一句，然后要求允许他抽烟。

吃完午餐，克雷林被领去休息。雷谢维奇抽完雪茄，撑得摇摇晃晃地跟安娜到她的书房去。他不喜欢书房墙上挂一些照片、扇子，天棚中间挂一盏粉红色或浅蓝色吊灯，认为这是俗气的表现，而且使他现在感到羞愧的某些罗曼史的回忆是跟这种吊灯连在一起的。安娜的书房四壁空空，摆着一些没有艺术情趣的家具，他感到非常喜欢。他舒舒服服地坐在土耳其沙发上看着安娜。安娜像通常一样坐在壁炉前面的地毯上，两手抱膝，凝视着炉火在想什么。这时，雷谢维奇觉得工人的旧教派的血在安娜身上奔腾着。

每次吃完午餐端上咖啡和甜露酒的时候，他都活跃起来，给她讲各种文学新作。他用词华丽，充满灵感，自己陶醉在自己的讲述里。每次听他讲述，安娜心里都想：为了这种享受，支付的薪金不该是一万二，而应是三万六，因此就宽恕了他身上她所不喜欢的一切。他有时给她讲中篇乃至长篇小说的内容，这时两三个小时就像几分钟似的，不知不觉地就过去了。现在，当她请他讲点儿什么时，他有些无精打采地闭着眼睛说：

"亲爱的，我好久什么也没读啦。不过有时读读凡尔纳[①]。"

"我以为您会给我讲点儿新鲜东西呢。"

"嗯……新鲜东西。"雷谢维奇昏昏欲睡地咕哝了一句，往沙发里面靠了靠，"全部最新文学，亲爱的，都不适合我们的口味。当然，它应当是它实际存在的样子。不承认它就是不承认事物的自然秩序，因此我承认它，不过……"

雷谢维奇好像睡着了。可是一分钟后却听到了他的声音：

"全部最新文学就像秋天烟囱里的风似的，不停地呻吟着，号叫着：'啊，不幸的！啊，你的生活像监狱！啊，你的监狱阴暗潮湿！啊，你必死无疑，没有救啰！'这妙极了，可是我更喜欢教人逃出监狱的文学。当代作家里，我有时只敬佩一个莫泊桑[②]。"雷谢维奇睁开了眼睛，"一个好作家，优秀的作家！"雷谢维奇在沙发上活动了一下身子，"令人震惊的艺术家！可怕的怪异的超自然的艺术家！"雷谢维奇从沙发上站起来，举起右手说，"莫泊桑！"他兴奋地喊了一声，"亲爱的，读莫泊桑吧！读他一行字给您的比大地给您

---

① 凡尔纳（1828—1905），法国科幻小说作家。
② 莫泊桑（1850—1893），法国小说家。

的全部财富还多！每一行字都是一个新的地平线。心灵的轻柔流动被强烈的暴风雨的撼动所代替，您的心灵就像被放在四万个大气压下面变成一小块泛着粉红色的什么东西似的。我觉得这块东西，如果可以放到舌头上的话，一定会有一种刺激性的情欲的味道。色调、情节、韵律发疯般变换着！您在欣赏着铃兰和玫瑰，一个思想，一个可怕的、壮丽的、不可抗拒的思想突然向您袭来，像火车头似的，滚热的蒸汽把您包围起来，汽笛震得您两耳发聋。读莫泊桑吧！读读吧！亲爱的，我要求您这样做！”

雷谢维奇挥舞着两手，激动地踱了一个来回。

“不，这是不可能的！”他像绝望似地说，“最近读的那篇东西使我心力交瘁，像喝醉了似的！可是我担心您对它冷漠。要使它能吸引您，您必须品尝它，慢慢地从每一行里榨取液汁，吸吮……必须吸吮它！”

在这篇冗长的开场白里，他用了许多像恶魔式情欲、以最纤细的神经结成的网、西蒙风①、结晶体之类字眼。开场白之后，他才讲到了小说的内容。这时，他遣词造句已不那么矫揉造作了，但讲得很详尽，整段整段地背诵着引用小说里的景物描写和人物对话。小说里的人物使他神往，他形容他们的时候模拟他们的神态、表情和声音，像个真正的演员似的。他兴奋得一会儿发出低沉的笑声，一会儿发出尖细的笑声，拍手或抱头——那表情好像头要裂开似的。安娜赞赏地听着，尽管她已读过这部小说，她觉得律师的讲述比书里写的还要美丽、复杂许多倍。他使她注意到各种精微的地方，指出成功的表述和深刻的思想。可是她却只看到生活，生活，生活！看到自己，好像她自己就是小说里的人物。她精神振奋起来，也哈哈地笑着，拍着手，心里想：不能这样生活，既然可以生活得美丽，那就没有必要生活得丑陋；她想起了自己午餐时说的话和头脑里的想法，心里感到自豪。她的想象里突然出现了皮缅诺夫，她觉

① 撒哈拉北部夏季的一种焚风。

得快活，但愿他能爱她。

讲完以后，雷谢维奇筋疲力尽，坐到了沙发上。

“您多美呀！多好啊！”他过了一会儿像病了似的用微弱的声音说，“亲爱的，我在您身旁感到幸福。可是为什么我要四十二，而不是三十呢？我跟您的兴趣是不同的。您应当放荡，而我却早已经历了这个阶段，而希望得到一种精致的非物质的像阳光似的爱情，也就是说，从您这个年龄的女人的眼光来看我已毫无可取之处啦。”

用他的话来说，他喜欢屠格涅夫歌颂处女的爱情，纯洁、青春以及忧郁的俄国大自然，可是他并没有亲自体味过处女之爱，而只是道听途说而已，处女之爱对他来说，好像是一种抽象的东西，存在于现实生活之外。如今他要使自己相信，他对安娜的爱是精神上的，尽管他自己也并不知道这意味着什么。可是他感到好受、舒服、温暖，安娜有魅力、与众不同，他认为这个环境在他心中唤起的这种愉快的自我感觉就是所谓精神上的爱。

他把脸腮贴在她的手上，用通常抚爱小孩子所用的语调说：

“亲爱的，您为什么要罚我？”

“怎么罚您啦？什么时候？”

“我节前没收到您的奖金。”

安娜以前从来没有听说过节给律师送奖金，这时她感到为难：给他多少呢？给是必须给的，因为他在等着，尽管是用充满爱的眼神在看着她。

“大概是纳扎雷奇忘了。”她说，“但是补救还不晚。”

她猛然想起来，昨天那一千五如今放在卧室的梳妆台上。她把这些讨厌的钱拿来交给了律师，律师优游懒散地揣进衣袋里，一切都进行得亲切自然。意外地提出要奖金以及这一千五都是符合律师的身份的。

“谢谢。”他说完，吻了吻她的手指。

克雷林进来了，脸上一副刚刚睡醒、怡然自得的样子，但身上已没有勋章了。

他和雷谢维奇又坐了一会儿，各自喝了一杯茶就开始告辞。安娜有些着急……她完全忘了克雷林在哪儿效力，是否需要给他钱，如果需要的话，现在给，还是以后装在信封里送去。

“他在哪儿效力?”她低声问雷谢维奇。

“鬼知道。”雷谢维奇打着呵欠咕哝了一句。

她想，克雷林既然到伯父和父亲身边来并且敬重他们，那就决不是平白无故的，显然是在哪个慈善机构用他们的钱做好事。握别时，她塞给他三百卢布。他好像吃了一惊，用无神的眼睛看了她一分钟，好像明白了似的说：

“尊敬的安娜女士，收据新年前您可能收不到啦。”

雷谢维奇已完全打不起精神来了，米沙给他穿大衣的时候，他动作笨重，摇摇晃晃的。下楼梯时已毫无精神，看样子一上雪橇就会睡着。

“大人，”他站在楼梯中间懒洋洋地对克雷林说，“您是否有过这样一种感觉：好像有一种无形的力量往长里抻您，您被抻来抻去终于变成了一根细丝?这在主观上就表现为一种特别的无可比拟的快感。”

安娜站在楼上，看到他俩每人给了米沙一张钞票。

“别忘了我们！再见！”她对着他们喊完，就跑回自己的卧室。

她匆忙脱掉已使她厌烦的新衣裳，穿上便袍就往楼下跑去。在楼梯上跑的时候，她笑着、跺着，像个小男孩。她非常想淘气。

4. 晚　上

姑妈穿着肥大的花布短衫跟瓦尔瓦拉和两个老太婆坐在餐厅吃晚饭。餐桌上摆着一大块腌肉、一只火腿和各种腌菜。腌肉很肥，看样子很香，热气腾腾的。楼下不喝葡萄酒，桌上各种伏特加和果子露很多。吃得饱饱的白白胖胖的厨娘阿加菲娅站在门口，双手交叉抱在胸前，在跟老太婆们闲聊。楼下的玛莎黑头发上扎一根红带子，负责上菜。老太婆们从上午就吃得饱饱的，晚饭前一个小时还就着香甜的大蛋糕喝过茶，因此现在吃东西勉强下咽，像尽义务似的。

安娜突然跑进来坐到姑妈身旁，姑妈喊道：

“啊哟，我的妈呀！吓死我啦！”

安娜情绪好、淘气的时候，家里人都高兴。这每次都提醒人们：老头子们去世了，老太太们在家里没有任何权力，每人都可以随意生活，不必担心受到严厉惩罚。只有两个陌生的老太婆疑惑地瞥了安娜一眼：安娜在唱歌，而吃饭的时候是不可以唱歌的。

“我们小姐像画上的美人一样漂亮！”阿加菲娅开始亲昵地念叨说，“我们的无价宝石！刚才多少人来看我们的女王啊！多极啦！有将军，有军官，有绅士……我从窗户里看哪看哪，数呀数呀，没完没了。”

“照我看，他们干脆不来倒好，这些坏蛋！”姑妈说完，忧伤地看了看侄女，补充说，“白白浪费可怜孤女的时间！”

安娜饿了，因为从早上就什么东西都没吃。她们给她倒了一杯很苦的露酒，她喝完，蘸着芥末吃了一块腌肉，认为非常好吃。接着玛莎给她火鸡、渍苹果和醋栗。这些东西，她也喜欢。只有一样不舒服：砌着瓷砖的壁炉放着热气，觉得闷得慌，大家的脸腮都热乎乎的……晚饭后，撤掉了桌布，桌上摆上了薄荷蜜糖饼干、榛子和葡萄干。

“你也来坐嘛……站在那儿干吗！”姑妈对厨娘说。

阿加菲娅叹了口气，坐到了桌旁，玛莎也在她面前放了一个喝果子露的盅子。安娜现在觉得阿加菲娅的白脖颈跟壁炉一样也放着热气。大家谈起来如今出嫁太难，说从前男人即使不为了美貌，为了钱也讨好女人，如今弄不清楚他们想要什么；从前只有罗锅瘸子嫁不出去，如今连漂亮有钱的也没人要。姑妈认为这是道德败坏的结果，因为人们不怕上帝；说到这里，她突然想起哥哥伊万·伊万内奇和瓦尔瓦拉来：他俩都是虔诚的教徒，都怕上帝，但却偷偷地生孩子送到孤儿院去。她想到这里，就把话题一转，谈起她从前有个心上人，是工人，她十分爱他，可是两个哥哥却硬把她嫁给了一个画圣像的老鳏夫；谢天谢地，两年以后这个老鳏夫死了。楼下的玛莎也坐到桌子旁边，带着一副神秘的神色说，已经一个星期了，每天早晨院里都出现一个陌生的男人，长着黑胡子，穿着羊羔皮领大衣，进院往楼房的窗户看看，就继续向厂房走去。这男人长得不错，挺帅……

听着这些议论，安娜不知为什么突然想嫁人，非常想，想得要命；她觉得，这时假如有一个她在这个世界上最亲近的、最热烈地爱她的人在楼上思念她，她愿意交出来半个生命和全部财产。想到这种令人陶醉、无法形容的亲密感情，她心潮激动不已。健康和青春的本能在奉承她，欺骗她，说生活的真正诗意还没有到来，还在前面；她相信了，把身子靠到椅背上（这时她的头发散开了），开始笑起来，别人看着她，也笑起来。餐厅里无缘无故的笑声久久未能平息。

这时有人通报说步行虫过夜来了。步行虫指的是一个叫帕莎的神婆，人们又称呼她斯皮里多诺芙娜，是个瘦小的女人，五十来岁，穿一身黑衣服，系着白头巾，尖眼睛，尖鼻子，尖下颏，眼神狡黠阴毒，看起人来，那神情好像能把所有人都看穿似的。她的嘴唇呈心形。因为她为人狠毒，商人家里给她起了个诨名，叫“步行虫”。

她进到餐厅，谁也不看，直奔到圣像前面，用女中音唱完了《你的诞生》，接着又唱了《圣母现在》和《基督诞生》，然后才转过身来，用眼睛像刺穿大家似的望了一遍。

“祝节日愉快！”她说完，吻了吻安娜的肩膀，“我好不容易，好不容易才挣扎到你们这里，我的施主们！”她吻了吻姑妈的肩膀，“我一早儿就动身到您这儿来。路上到一些善人家里喘喘气儿，家家都说：‘别走啦，别走啦，斯皮里多诺芙娜。’唉，不知不觉天就黑啦。”

因为她不吃肉，所以给她端来了鱼子酱和鲑鱼肉。她一边低头吃，一边偷眼看大家，喝了三盅伏特加。她吃饱喝足，向上帝祷告完毕，对安娜深深鞠了一躬。

像去年和前年一样，大家晚饭后坐下玩当“国王”的纸牌，楼上楼下的仆人全都聚在门口看热闹。安娜觉得在看热闹的男女仆人中间米沙带着宽容的微笑也出现了两次。步行虫先当了国王，安娜落了个小兵，应该向她进贡；接着姑妈当了国王，安娜成了庄稼汉，引起了哄堂大笑，阿加菲娅成了王子，得意得害羞起来。桌子的另一头儿两个玛莎、瓦尔瓦拉和裁缝玛尔法开成了另一伙牌局；玛尔法是被叫醒来玩儿当国王的，没有睡够，气呼呼的。

玩儿的时候，谈到男人，谈到如今很难找到一个好男人，谈到当处女好还是当寡妇好。步行虫对安娜说：

“你漂亮、健康、壮实。不过我无论如何弄不明白，你干吗要耽误自己的青春。”

“没人要怎么办？”

“也许你发誓当一辈子姑娘了？”步行虫好像没听到她的话，继续说，“那有什么，好事嘛，当吧……当吧。”她仔细而阴毒地看着自己的牌重复了一遍，“嗯，当吧，哥儿们……是的……不过姑娘也有各种各样的姑娘。”她叹了口气，打出一张老K，“哼，各种姑娘都有！有的真是守身如玉，像修女似的，心如死水，偶尔出点儿毛病，那也会受尽良心折磨，可怜巴巴的，不该责备她们。可也有另一种姑娘，她们也穿黑衣服，也为自己缝制寿衣，可暗地里却偷偷地勾引有钱的老头儿。是这样的，我的金丝雀们。有的妖精把老头儿迷住，摆布人家，我的小鸽子们，摆布人家，把人家弄得蒙头转向，然后就尽力捞钱捞彩票，捞够了，就把人家折磨死。”

对这些含沙射影的话，瓦尔瓦拉只是叹了口气，看看圣像。她脸上是基督徒的温顺神情。

“我认识一个姑娘，可恶透啦。”步行虫得意地环顾着大家继续说，“这个妖精也是总叹气，总看圣像。她靠着一个老头儿作威作福的时候，你到她家去，她给你一块面包吃，却叫你对她深鞠躬，自己则念着：‘生了孩子，却保住了贞洁……’节日给你一块面包，平时就数落您。现在我要出气！痛痛快快地出出气！”

瓦尔瓦拉又看了一下圣像，又画了个十字。

“是的，谁也不要我呀，斯皮里多诺芙娜。”安娜说，她想转换话题，“怎么办呢？”

“怨自己呀，姑娘。总想找个贵族或者受过教育的人嘛，嫁个跟自己一样的商人吧。”

“别嫁商人！”姑妈急忙反对说，“圣母保佑！贵族虽然挥霍你的钱，可是会体贴你呀，小傻瓜。商人在家里立的规矩那么严，叫你在自己家里都不自在。你想跟他亲热亲热，他却要剪息票；你跟他坐在一起吃顿饭吧，你吃自己的饭，他都要数落你，全是农村的一套！嫁个贵族吧。”

大家马上七嘴八舌地大声议论起来，姑妈用核桃钳子敲着桌子，满脸通红，气冲冲地说：

“不要商人，不要！你要弄个商人来家，我就到孤老院去！”

“嘘……嘘！”步行虫喊起来。大家静下来以后，她眯缝起一只眼睛来说，“安娜，我的小燕子，知道吗？你没有必要像别人那样真正出嫁。你有钱，自由，自己是女王；不过当个老处女似乎也不好。我给你找个傻呵呵的窝囊废吧，到教堂举行婚礼做个样子，然后就放心大胆地逛吧！给丈夫塞个万儿八千的，叫他哪儿来哪儿去，你自己在家里说啥是啥——想爱谁就爱谁，谁也不能责怪你。那时就去爱自己的贵族或受过教育的人吧。哎哟，这简直是神仙过的日子啦。”步行虫用手指头打了一个榧子，吹了一声口哨说：“尽情寻乐吧，姑娘！”

“作孽呀！”

“哼，作孽。”步行虫冷笑了一下，“她受过教育，懂。杀人，捉弄老头儿，是作孽，这不假；可爱一个心上人，根本不是作孽。那有什么呢！没有什么罪孽！这都是神婆们想出来愚弄普通老百姓的。我也到处说罪孽呀罪孽，我自己却不知道为什么是罪孽。”步行虫喝了一杯果子露，咳嗽了一声，“逛吧，姑娘！”这次显然是对自己说的，“三十年啦，小蝴蝶们，我总想到罪孽，害怕，如今看明白啦：错过了青春年华！唉，我真傻，真傻！”她叹了口气，“女人的好时光是很短的，每一天都要珍惜。安娜，你漂亮，而且还很有钱，可是一过三十五六、四十来岁，你的好时光也就算完啰。哥儿们，谁的话也别听，四十以前痛痛快快地寻乐，祈祷以后还来得及；有的是时间去叩头，去给自己做寿衣。既要敬神，也不要委屈了鬼！不要委屈了鬼！乐吧！喂,怎样？要我给你物色个人吗？”

“要。”安娜笑了，“我现在无所谓。嫁个普通人也行。”

“有什么呢，好嘛！哎哟，你会挑到个多棒的小伙子啊！”步行虫眯缝起眼睛来晃着头说，“嘿！”

“我也对她说：贵族等不来，不嫁商人，就嫁个普通人吧。”姑妈说，“起码找个当家的。好人还少吗？自己厂里的职工也可以嘛。全都不喝酒，稳重……”

“当然啰！”步行虫赞同地说，“小伙子们都不错。姑妈，我去找列别金斯基给安娜提亲怎么样？”

“唉，列别金斯基腿长。”姑妈认真地说，“太瘦。没有长相。”

门旁边的人群里有人笑了起来。

“那就皮缅诺夫，愿意嫁给皮缅诺夫吗？”步行虫问安娜。

“好，去找皮缅诺夫吧。”

“真的？”

“去找他吧！”安娜斩钉截铁地说完，敲了一下桌子，“真的，我嫁给他！”

“真的？”

安娜脸腮发烧，觉得大家都在看她，害羞起来，把桌子上的牌搅乱，就跑出了房间；当她在楼梯上跑以及后来跑到楼上坐在钢琴前面的时候，楼下传来一片像海潮似的嗡嗡声。大概人们在议论她和皮缅诺夫，也许步行虫趁她走开的机会在挖苦瓦尔瓦拉，说话当然不会客气啦。

整个楼上只是在大厅里点一盏灯，微弱的灯光从房门照进了昏暗的客厅。大概是九点多，不会再晚。安娜弹了一支华尔兹舞曲，接着又弹了第二支第三支，不停地弹着。她看着钢琴后面黑暗的墙角笑了，在心里呼唤着谁；她猛然想到：是否进城去找谁去谈谈，找雷谢维奇也好，是否把这时心里的想法告诉他？她想不停地说，笑，胡闹，可是钢琴后面的黑暗墙角却忧郁地沉默着，楼上的各个房间一片寂静，没有人影。

她喜欢抒情歌曲，可是她嗓子不好，没有经过训练，因此她只能伴奏，唱的声音很低，只能听见出气声。她低声一首一首地唱着，唱的全是关于爱情、离别和失恋的歌曲。她在想象中向皮缅诺夫伸出双手，乞求说："皮缅诺夫，把我身上的重担卸下来吧！"那时她的罪孽好像就会得到宽恕，她心里就会轻松愉快，自由的也许还有幸福的生活就会到来。她把身子俯到琴键上期待着，向往着，热切地渴望生活现在马上就发生变化；想到旧的生活还要继续一段时间，便感到害怕；然后又弹又低声唱，周围一片寂静。楼下已没有嗡嗡声，大概都上床睡了。早已打过了十点。孤单无聊的漫漫长夜逼近了。

安娜在各个房间走了走，在沙发上躺了一会儿，在书房里把傍晚接到的信读了读。一共是二十封贺信，三封匿名信。一封匿名信是一个普通工人写来的，字迹潦草得吓人，控告厂里的商店向工人出卖带煤油味的哈喇的植物油；另一封匿名信是恭恭敬敬地报告纳扎雷奇在最近买铁的交易中从什么人手里收了一千卢布贿赂；第三封匿名信是骂她没有人性。

节日的兴奋心情已开始减退。为了维持这种兴奋心情，她又坐到钢琴前面，轻轻弹奏了一首新华尔兹舞曲，然后回忆自己今天在午餐桌上的思维和言谈多么聪明正直。她环顾了一下周围的黑黢黢的窗户和挂着油画的四壁，看了看从大厅里射进来的微弱灯光，突然意外地哭起来，她感到伤心：自己这么孤单，连一个可以谈一谈、商量一下的人都没有。为了激励自己，她在想象里努力描绘皮缅诺夫的样子，但什么也没有描绘出来。

钟打了十二点。米沙进来，身上穿的已不是制服，而是西装上衣。他默默地点上了两支蜡烛，然后出去，过了一分钟用托盘端来一杯茶。安娜看到他面带笑容，便问他：

“您笑什么？”

“我到楼下去听到您拿皮缅诺夫开玩笑……”他说完，用手捂上正在笑的嘴，“要是方才让他跟雷谢维奇和克雷林先生坐在一起吃饭，准会把他吓死。”米沙笑得肩膀直抖。

“他大概连叉子都不会拿。”

米沙的笑以及他的话、上衣和小胡子给安娜的印象是龌龊的。为了不看他，她闭上了眼睛；她不由自主地幻想起了皮缅诺夫同雷谢维奇和克雷林一起吃午饭的情景，他那怯懦的非知识分子的长相使她感到可怜、可笑。她感到厌恶。今天一整天，她现在才第一次清楚地认识到她关于皮缅诺夫、关于嫁给一个普通工人的所想所说的一切都是瞎扯、胡闹。为了使自己相信不是这样，克服厌恶情绪，她想回忆自己在午餐桌上说的话，但已想不起来了。为自己的思想和行为感到羞愧，担心今天说了不该说的话，憎恶自己的怯懦，使她感到非常不安。她端起蜡烛，匆匆忙忙地好像有人赶她似的到楼下去把斯皮里多诺芙娜叫醒，向她说明自己方才是开玩笑，然后回到了卧室。棕红色头发的玛莎本来坐在床旁边的圈椅上打瞌睡，这时急忙起来整理枕头。她的脸上是一副困倦的神色，漂亮的长发披到了一边。

“傍晚恰利科夫又来了。”她打着呵欠说，“我没敢告诉您。他醉得很厉害。说明天还来。”

“他找我干吗？”安娜生气，把梳子摔到地上，“我不想见他！不想！”

她断定，她的生活里除了这个恰利科夫再没有别人了，他将不停地纠缠她，每天提醒她，实际上她的生活是多么的无聊荒谬。因为她只会救济穷人。啊，这多愚蠢！

她没脱衣裳就躺下，羞愧和无聊得大声哭起来。最令人气恼、最愚蠢的是，今天关于皮缅诺夫的幻想是正直、崇高、高尚的，同时她又觉得：雷谢维奇乃至于克雷林对她来说比皮缅诺夫加上全体工人还要亲切。她现在想，假如可以把今天所过的漫长的一天用画面表示出来的话，全部恶劣庸俗的言行，如午餐、律师的言论、玩当国王游戏，倒都是真实的，而关于皮缅诺夫的幻想和议论在整个画面上却显得不协调，像错误的牵强的一笔。她也想到，幻想幸福对她来说为时已晚，她的一切都毁了，回到跟妈妈盖一床被睡觉的生活或者设想一种新生活都已不可能了。

棕红色头发的玛莎跪在床前伤感疑惑地看着她，后来自己也哭了，脸贴在她的胳臂上。不说也明白她为什么哭得那么伤心。

“咱俩都傻。”安娜破涕为笑说，“咱们傻！哎呀，咱们多傻！”

罗特希尔德的提琴

这座城市很小，还不如农村，居民几乎都是一些老头子，可他们总也不死，简直叫人愤懑。医院和监狱订购的棺材很少。一句话，生意糟透了。要是雅科夫是在省城里开棺材铺的话，那他准已买上了房子，人们也会称呼他老板了；而在这个小镇里，人们只是直呼其名，不知为什么还给他起了个外号叫“青铜器”。他日子过得很穷，像个普通庄稼汉，住在旧的小木房里，只有一个房间。他、老婆玛尔法、炉子、双人床、做好的棺材、工作台以及全部家当都挤在这一个房间里。

雅科夫做的棺材好，结实。他给庄稼汉和小市民做棺材都是根据自身的尺寸，一次也没有错过，因为比他再高再壮的人，哪儿也没有，甚至在监狱里，——尽管他已七十了。给贵族和女人做棺材，他是量尺寸的，用的是铁尺。儿童棺材，他很不爱做，做也不量尺寸，不当回事儿，收到工钱的时候总说：

“老实说，我不爱做这种小活儿。”

除了做棺材的手艺以外，拉提琴也能给他带来些微的收入。镇里举行婚礼时通常由犹太乐队演奏，这个乐队是镀锡匠莫伊谢指挥的，他扣下收入的一大半。因为雅科夫提琴拉得好，俄罗斯歌曲拉得尤其好，所以莫伊谢有时就请他参加演奏，一天给五十戈比，客人的赏赐除外。雅科夫坐在乐队里的时候，首先是出汗，脸红，闷热、蒜味叫人喘不上气来，提琴吱吱叫，右耳边是大提琴嗡嗡响，左耳边是长笛在呜呜哭——吹长笛的是个瘦弱的犹太人，棕红色头发，脸上布满了红的和蓝的血管，跟著名的大富翁罗特希尔德同姓[①]。这个可恶的犹太佬连最快活的曲子都能吹得跟哭一样。雅科夫无缘无故地对犹太人充满敌视和厌恶的心情，尤其是对罗特希尔德。他总找他别扭，辱骂他，有一次甚至想揍罗特希尔德，罗特希尔德生气，看着他，怒冲冲地说："要不是敬重你的天才，我早就把你从窗口扔出去了。"说完，哭了起来。因此很少请雅科夫参加乐队，除非万不得已，犹太人不够的时候。

雅科夫心情从来没有好过，因为他总是遭受可怕的损失。比如星期日和节日不能干活，星期一不宜干活，这样一年就有二百来天不得不袖手坐着。这是多大的损失啊！要是镇里谁结婚不用乐队，或者莫伊谢没有请他，这也是损失。警察局长得病两年，气息奄奄，雅科夫急不可待地等着他死，可他却到省城治病，死在省城了。这也是损失，起码少收入十卢布，因为要做的棺材会是华贵的，带织金锦缎的。损失的想法折磨着雅科夫，尤其是夜里，他把提琴放在床上，有什么烦恼钻进脑袋里，他就拨一下琴弦，琴在黑暗中响一声，他的心里就轻松一些。

去年五月六日，玛尔法突然病了。老太婆呼吸困难，喝水多，走路摇晃，可是早晨仍然起来生了炉子，甚至去担了水回来。傍晚就倒下了。雅科夫整天拉提琴，天黑以后，拿起了每天记录损失的小本子，由于无聊就开始算全年的损失总额。结果损失了一千多卢布。这使他大为痛心，他把算盘扔到地上，用脚踹。后来又把算盘捡起来，久久地拨动着，深深地紧张地叹着气。他的脸通红，汗津津的。他想，假如这损失的一千卢布存到银行，一年的利息至少有四十卢布。这就是说，这四十卢布也是损失。一句话，不管往哪儿看，到处都是损失，没有别的。

"雅科夫！"玛尔法突然叫了他一声，"我要死啦！"

---

① 指欧洲金融寡头家族罗特希尔德家族。其创始人老罗特希尔德（1744—1812），最初在美因河畔法兰克福开设汇兑所，后其子孙分别在伦敦、巴黎、维也纳等地主持分号，发展为规模巨大、联系紧密的罗特希尔德银行系统。

他回头看了一下妻子。她的脸烧得红扑扑的，非常明净欢快。他看惯了妻子的苍白、怯懦、不幸的脸，如今感到不安。好像她真要死，庆幸永远离开这座小木房、棺材、雅科夫……她看着天花板，翕动着嘴唇，满脸幸福神色，好像她看到了来解救她的死神，在跟死神嘀咕什么。

天已黎明，从窗户上可以看到升起的朝霞。看着老太婆，雅科夫不知为什么想起来，他好像一辈子从来没有抚爱过她，没有心疼过她，没有想起来给她买条头巾或者从婚礼上给她带回点儿甜食来，只是对她喊，受到损失骂她，用拳头恐吓她；的确，他从来没有打她，可是吓唬过她，她每次都吓得呆若木鸡。是的，他不叫她喝茶，因为开销本来就大嘛，她只喝热水。于是他明白了她的神情为什么那么怪、那么高兴，心里感到害怕。

等到早晨，他跟邻居借了一匹马驾着车拉玛尔法去医院。医院里病人不多，因此没等多久，只等了三个来小时。使他大为满意的是，这次接待病人的不是医师——医师自己得病了，而是医士马克西姆·尼古拉伊奇。这是个老头儿，镇里的人都说，他尽管酗酒打架，可是比医师懂行。

“您好。”雅科夫把老太婆领进诊室说，“请原谅我们总为一些小事给您添麻烦，马克西姆·尼古拉伊奇。瞧，我的老伴病了。生活的伴侣，像俗话说的那样，请原谅我说话……”

医士皱起花白的眉毛，捋着络腮胡子端详起老太婆来；老太婆坐在方凳上，弯着瘦弱的身子，鼻子尖尖的，张着嘴，从侧面看去像一只想喝水的鸟儿。

“嗯……呃……”医士慢腾腾地说着，叹一口气，“流行性感冒，也许是热病。现在镇里流行伤寒。有什么呢？老太婆已经活到时候啦，谢天谢地……她多大啦？”

“差一年七十，马克西姆·尼古拉伊奇。”

“有什么呢？老太婆活到时候啦，该知足啦。”

“您说的当然对啦，马克西姆·尼古拉伊奇。”雅科夫出于礼貌微笑着说，“衷心感谢您的亲切态度，不过请允许我说一句，蝼蚁尚且贪生嘛。”

“那又怎么样呢！”医士说，那腔调好像老太婆的死活由他说了算似的，“这样吧，亲爱的，你给她脑袋上放冷敷布，服用这些药面儿，一天两次。那就再见吧，祝你走运。”

从他的表情上，雅科夫看出来情况不妙，任何药面儿也无济于事了；他现在明白了玛尔法很快就会死，不是今天，就是明天。他轻轻捅了医士臂肘一下，挤了一下眼，低声说：

“真的，马克西姆·尼古拉伊奇，拔拔罐子吧。”

“没有空儿，没有空儿，亲爱的，快把老太婆领走，再见！”

“行行好吧。”雅科夫央求说，“您知道，假如她肚子痛，胃肠有病，那药面儿药水才管用，可她是感冒啊！治感冒最重要的是放血呀，马克西姆·尼古拉伊奇。”

医士已叫了下一个病人，进来的是一个婆娘领着一个小孩。

“走吧，走吧……”他皱着眉头对雅科夫说，“别啰唆。”

“那就给她贴贴水蛭吧！我们会永远感激您的！”

医士发起火来，喊道：

“你再跟我啰唆！木头疙瘩……”

雅科夫也发起火来，气得满脸通红，不过一句话没说，搀着玛尔法离开了诊室。坐到车上以后，他才嘲笑地看了看医院说：

“你们这些势利小人！对有钱的人，你就会给拔罐子；对穷人，连一条水蛭都舍不得。坏蛋！”

回到家里，玛尔法进屋，扶着炉子站了十来分钟。她觉得自己要是躺下，雅科夫就会念叨损失，骂她总躺着不愿做活儿。雅科夫无聊地看着她，想起来：明天是圣约翰节，后天是圣尼古拉节，接着是星期日，星期一又不宜做活。一连四天不能做活，玛尔法可能就在这几天死；这就是说，棺材必须在今天做好。他拿起铁尺，过去给玛尔法量了尺寸。玛尔法躺下以后，他画了个十字就做起棺材来。

活儿做完以后，他戴上眼镜，在小本子里记上了：

“玛尔法棺材——二卢布四十戈比。”

写完，叹了口气。老太婆一直闭着眼默默地躺着。傍晚天黑以后，她突然叫老头儿。

“记得吗，雅科夫？”她快活地看着他问道，“记得吗，五十年前上帝赐给我们一个孩子，长着金黄色头发？咱俩总坐在小河边唱歌…… 在一棵柳树下面。”她苦笑了一下，补充说，“小姑娘死了。”

雅科夫拼命想也没有想起什么小孩和柳树来。他说：

“这是你的幻觉。”

神甫来给她举行了授圣餐、涂圣油仪式。接着玛尔法念叨了几句什么，早晨就咽气了。

邻居中的一些老太婆来给她洗了身子，穿上寿衣，入了殓。为了省下给教堂执事的钱，雅科夫自己念了圣诗；一小块墓地也没有要钱，因为墓地看守人是他的干亲家。四个庄稼汉把棺材抬到墓地，不是为了钱，而是出于敬重。棺材后面跟了几个老太婆、乞丐和两个傻子，迎面来的人都虔诚地画了十字……一切都是那么合乎教规、体面、省钱而且面面俱到，雅科夫感到满意。最后一次告别玛尔法时，他用手摸了摸棺材，心里说了句：“好活儿！”

可是从墓地回家的路上，他却觉得寂寞难耐。他感到不舒服：呼吸又热又吃力，两腿绵软，渴得慌。而且还有各种想法直往脑袋里钻。他又想起来自己一辈子没有心疼过玛尔法，没有抚爱过她。他们在一座小木屋里住了五十二年，时间过得好长，可是不知怎么搞的，在这么长的时间里他却一次没有想到她，体贴她，好像她是个小猫、小狗似的。而她却每天生炉子，做饭，烤面包，担水，劈劈柴，跟他睡在一张床上；他参加婚礼喝醉回来时，她总是怀着敬意把提琴挂到墙上，服侍他睡下。这一切，她都是小心翼翼地体贴入微地默默做的。

罗特希尔德迎面走来，微笑着给雅科夫鞠了一躬，说：

“老伯，我正在到处找您哪。莫伊谢问您好，吩咐您马上去一趟。”

雅科夫无心理会这种事了。他想哭。

“走开！”他说完就继续赶路。

“这怎么行呢？”罗特希尔德吃了一惊，赶到前面挡住他的去路说，“莫伊谢要生气的！他吩咐您马上去！”

这个犹太佬气喘吁吁地眨着眼睛，脸上那么多红雀斑，雅科夫觉得讨厌。他那带深色补丁的绿常礼服和瘦弱的身躯，也看着叫人恶心。

“你干吗缠着我，大蒜？”雅科夫喊道，“走开！”

罗特希尔德发起火来，也喊道：

“请您安静些，要不把您扔到板墙后面去。”

“滚开！”雅科夫吼着，举着拳头扑过去，“讨厌死啦，癞皮狗！”

罗特希尔德吓得目瞪口呆，蹲下，两手在头顶上挥舞着，好像防备挨打似的，然后跳起来，撒腿跑了。他一边跑，一边蹦跳着，拍着手，可以看到他那又瘦又长的后背直抖。一些小孩子见状高兴起来，跟在他后面喊着：“犹太佬！犹太佬！”一群狗也跟在后面汪汪叫着。有人哈哈大笑起来，然后吹了一个口哨，狗的叫声更大更和谐了……后来大概有只狗咬着了罗特希尔德，因为传来一阵绝望痛苦的喊声。

雅科夫接着在牧场走了一会儿，然后就沿城边信步走起来。一些小孩子喊着：“青铜器来啦！青铜器来啦！”河边到了。鹬尖叫着掠过上空，鸭子嘎嘎地叫着游在水里。太阳灼热地烤着，河水发着刺眼的闪光。雅科夫在河边的小路上走着，看到一个红脸蛋的胖女人从浴棚里出来，心想：“瞧你这个丑样！”离浴棚不远，一些小孩子在用肉作诱饵捕虾，看到他就恶意地喊：“青铜器！青铜器！”瞧，一棵老柳树，树干上有个大洞，桠杈上有些乌鸦窝……雅科夫的脑海里突然呈现出一个活生生的长着金黄头发的小孩儿和玛尔法所说的那棵柳树。是的，这就是那棵柳树——那棵葱绿、娴静、忧伤……它老成什么样啦，可怜！

他坐在柳树下边开始回忆。河对岸如今是浸水牧场，那时是一大片白桦林，而地平线上隐约可见的秃山上那时是蓝盈盈的一片老松林。河上有木驳船航行。如今河水依然平稳地流着，对岸却只有一棵像少女一样亭亭玉立的小白桦，河里只有鸭子和鹅，不像当年曾航行过木驳船。好像鹅也比从前少了。雅科夫闭上眼睛，在他的想象里白鹅一大群一大群凫过去。

他不明白四五十年以来怎么会一次没有到河边来过或者也许来过而没有留意到这条河。这条河可以派上用场，并不是废物：可以捕鱼卖给商人、官吏和车站餐厅主任，把挣的钱存到银行里；可以坐船到各个庄园去拉琴，各种身份的人都会赏钱；还可以行船——这比做棺材强；最后，还可以养鹅，冬天宰了运到莫斯科去——光是鹅绒一年大概就可以赚十卢布。可是他错过了机会，什么也没有做。多大的损失啊！哎呀，多大的损失啊！要是什么都干——又捕鱼又拉提琴又行船又养鹅，那会挣多少钱哪！可是什么也没有干——连做梦也没有想到；大好时光白白浪费了，一事无成；展望未来，大限已到；回顾过去，除了损失，没有别的，而且是多可怕的损失啊，简直令人不寒而栗。人的生活里为什么不能避免这些损失？请问为什么把桦树林和松树林砍掉？为什么牧场白白地荒废？为什么人总做一些不该做的事情？为什么雅科夫一辈子总是骂人、吼叫、挥舞拳头、欺负老婆？为什么方才吓唬和侮辱犹太人？为什么人们要互相妨碍彼此的生活？这造成了多大的损失啊！这是多可怕的损失啊！要是没有这些仇恨和憎恶，人们彼此都会得到莫大的益处呀。

傍晚和夜里，他恍恍惚惚地看到小孩儿、柳树、鱼、宰完的鹅、侧影像想喝水的鸟儿似的玛尔法以及脸色苍白、可怜的罗特希尔德；一些丑陋的嘴脸从四面八方凑过来对他念叨损失。他来回翻身睡不着，起来拉了五六次琴。

早晨他勉强起来，到医院去了。还是那个马克西姆·尼古拉伊奇吩咐他往脑袋上放冷敷布，给了他一些药面儿；根据马克西姆·尼古拉伊奇脸上的表情和说话的腔调，雅科夫明白了情况不妙，任何药面儿都已无济于事。回家的路上，他想，死了只有好处。不用吃，不用喝，不用纳税，不会欺侮人，因为人在墓穴里不是躺一年，而是躺几百年几千年，所以要算一算的话，收益是很大的。活着，人只会遭受损失；死才会使他得到收益。这种想法当然是对的。可是仍然不能不感到愤懑痛苦：为什么世道这么怪，生命给人只有一次，而却要过得毫无益处？

死并不使他感到惋惜，可是他回到家里一看到提琴，却心里一揪，惋惜起来。琴不能带进墓穴里去，它要变成孤儿，会受到桦树林、松树林同样的对待。这个世界上一切都被糟蹋了，还要继续被糟蹋下去！雅科夫从屋里出来，抱着提琴坐到门槛上。想到毁掉的亏损的一生，他拉起了提琴，自己也不知道拉的是什么，可那声音却哀怨动人，眼泪沿着脸腮滚滚流下来。他越深思，琴音便越悲切。

门闩鼻儿响了两下，罗特希尔德开门进来。他大胆地走过一半院子，看到雅科夫，便猛然停下来，全身缩着，大概是吓的，用两只手做出一些手势来，好像要用手指表明现在是几点似的。

“过来，没关系。”雅科夫亲切地说，招手叫他过去，“过来！”

罗特希尔德狐疑地害怕地盯着他，朝他走过去，在一俄丈远的地方停了下来。

“您要开恩，别打我！”他说完，蹲了蹲身子，“莫伊谢又打发我来。他说，别怕，去找到雅科夫，告诉他，缺他无论如何不行。星期三有婚礼……是的！沙波瓦洛夫先生将女儿嫁给一个好人家。婚礼会很阔气，嚯！”犹太人补充了一句，眯缝起一只眼睛。

“不行啦……”雅科夫吃力地喘着说，“我病了，老弟。”

说着，他又拉起琴来，眼泪滴到了琴上。罗特希尔德侧着身子，双手交叉抱在胸前，聚精会神地听着，脸上惊讶疑惑的神色渐渐变成了悲伤痛苦的神色，他翻着白眼，好像在强忍着难忍的痛楚，终于哇的一声哭起来，泪水缓缓地沿着脸腮流下来，落到绿色常礼服上。

然后雅科夫忧伤地在床上躺了一整天。傍晚神甫来听取忏悔，问他记不记得自己有过什么特殊的罪孽，他努力思索，又想起了玛尔法的可怜神情和犹太人被狗咬时的绝望喊声，他用刚能听得到的声音说：

“把提琴给罗特希尔德。”

“好。”神甫答道。

现在镇里的人都在问：罗特希尔德这么好的提琴从哪儿来的？买来的，偷来的或者也许是谁抵押给他的？他早已放下了长笛，如今只拉提琴。他弓弦下发出的声音跟他从前在长笛里吹出的声音一样哀怨；而当他努力想拉出雅科夫坐在门槛上拉的那首曲子时，琴声那么忧郁悲切，使得听的人不由得大哭起来，最后他自己也闭上了眼睛，叹息一声：“咳！”这支新曲子镇里的人非常喜欢，商人官吏不断地请他去演奏，每次都要让他演奏十来遍。

大学生

起初天气很好，风和日暖。鸫鸟喊着，附近沼泽里一个什么动物凄厉地呜呜叫着，像有人在吹空瓶子。一只丘鹬拉着长腔叫了一声；对着它开的一枪在春意盎然的空中发出了清脆快活的响声。可是当树林里黑起来，从东方突如其来地刮起刺骨的寒风以后，便万籁俱寂了。

坑坑洼洼里的水面上出现了一些像针一样纤细的冰碴儿。树林里已令人觉得阴森，寂寞，没有意思了。好像冬天又回来了。

神学院大学生、教堂执事的儿子伊万打丘鹬回家的路上一直走在浸水牧场的一条小径上。他的手指冻僵了，脸被寒风吹得热乎乎的。他觉得突然出现的寒冷破坏了万物的秩序与和谐，连大自然也感到惶恐，因此天黑得比平常早。周围一片荒凉，显得特别黑。只有寡妇菜园靠河边的地方闪烁着一点火光。周围很远的地方以及距此处四俄里的村子全都沉没在寒峭的暮霭里。大学生想起来：他从家里出来的时候，妈妈赤着脚坐在门廊里擦洗茶炊；爸爸躺在炕上咳嗽；因为是受难节，家里没动烟火，而他却非常想吃什么。现在他冻得缩着身子，心想在留里克①、伊凡雷帝②、彼得大帝③时代一定刮的也是这种风，在他们那个时代一定也是这么穷困，忍饥挨饿，也是这样的破茅屋，愚昧，忧愁；周围也是这么荒凉、黑暗，人人感到压抑——所有这些可怕的现象过去有，现在有，将来还会有；生活不会因为再过一千年就会变得好些。他不想马上回家了。

那座菜园被称为寡妇菜园是因为它的主人母女俩都是寡妇。篝火烧得很旺，噼里啪啦地响着。火光直照到周围远处犁翻过的菜地上。寡妇瓦西里莎是一个又高又胖的老太婆，穿一件男式半截皮大衣，站在火堆旁边若有所思地凝视着篝火。她的女儿卢凯里娅，身材瘦小，是个麻子，神色有些傻呵呵的，坐在地上洗锅和羹匙。看样子，刚吃完晚饭。远处有男人的说话声。那是她们的雇工在河边饮马。大学生走到火堆旁边说：

“瞧，冬天又回来了。你们好！”

瓦西里莎哆嗦了一下，不过马上就认出他来，殷勤地笑了笑说：

“没认出来——敢情你要发财啦。[④]你好！”

他们交谈起来。瓦西里莎是个见过世面的女人，从前在大户人家先后当过奶妈和保姆，言谈大方，脸上总挂着彬彬有礼的微笑。她的女儿卢凯里娅是个农村婆娘，被丈夫折磨傻了，只是眯缝着眼睛看大学生，一句话没说。她脸上表情奇怪，像聋哑人似的。

“使徒彼得也是在这样一个寒冷的夜里在火堆旁边烤火。”大学生把两手伸向火堆说，“也就是说，当时也很冷。唉，那是一个多么可怕的夜啊，老奶奶！那是一个非常忧郁的长夜！”

他环顾了一下黑暗的四周，猛然晃了晃头，问道：

“您大概去听了十二节福音了吧？”

“去听啦。”瓦西里莎答道。

“您大概记得：进秘密晚餐时，彼得对耶稣说：‘我决心跟你去坐牢，去死。’主对他说：‘听我说，彼得，在今天鸡叫以前你会三次否认你认识我。’晚餐以后，耶稣在花园里忧愁得要命，祈祷起来，可怜的彼得心神疲惫，四肢无力，眼皮越来越重，无论如何也克制不住困倦。他睡了。您听到啦，后来犹大就在那夜吻了耶稣，

---

① 留里克（？—879），诺夫哥罗德公爵（862—879）。

② 伊凡雷帝（1530—1584），莫斯科和全俄罗斯大公（1533—1584），俄国沙皇（1547—1584）。

③ 彼得大帝（1672—1725），俄国沙皇（1682—1725，1721 年称帝）。

④ 俄国人的迷信，认为没被熟人认出来的人会发财。

把耶稣出卖了。耶稣被绑起来，押到祭司长那里。人们打他；而彼得呢，筋疲力尽，担惊受怕，您知道，他没睡够觉，因为他预感到今夜在大地上要发生一件可怕的事情。他跟在后边……他无比热爱耶稣。这时他从远处看到人们在打他……”

卢凯里娅放下羹匙，目不转睛地看着大学生。

“耶稣被押到祭司长那里，”大学生继续讲，“开始审问他，奴仆们这时在院里燃起篝火，因为天冷，他们要烤火取暖。彼得也站在旁边烤火，就像我们现在这样。一个女人看到了他，说‘这个人也是跟耶稣一起的’，就是说也应该审问他。火堆旁边的奴仆们一定是怀疑起来，严厉地打量了他一下，他慌忙说：‘我不认识他。’过了一忽儿，有一个人认出他是耶稣的一个门徒，说：‘你也是他们一伙的。’他又否认了。第三次是有个人对他说：‘我今天在花园里看到跟他们在一起的不是你吗？’他第三次否认了。这次否认之后，鸡马上叫了。彼得从远处看了耶稣一眼，想起了耶稣在晚餐时对他说的话……他想到了以后将要发生的事，清醒过来，离开了院子，痛哭起来。《福音书》里说：‘他就走出去，忍不住痛哭起来。’我想象得出来，静静、静静的漆黑、漆黑的花园在一片寂静之中传来隐隐约约的啜泣声……”

大学生叹了口气，沉思起来。瓦西里莎本来一直在微笑着，却突然抽噎起来。硕大的泪珠沿着两腮滚滚地流下来。她用衣袖遮住脸上的火亮，好像为自己的眼泪感到害羞似的。卢凯里娅呢，则一动不动地看着大学生，脸上泛起红晕，神情沉重紧张，好像在强忍着剧烈的痛楚。

雇工们从河边回来了，其中一个骑马的人已到近处，火光在他身上抖动着。大学生向两个寡妇祝过一夜平安，告别以后，便继续赶路了。眼前又是一片黑暗。他两手开始感到快要冻僵了。寒风刺骨，冬天确实回来了。丝毫不像后天就是复活节的样子。

这时大学生在想着瓦西里莎。她既然哭起来，那就是说，彼得在那个可怕的夜里所遭受的一切跟她有某种关系……

他回头看了一下。那堆篝火在黑暗中孤独地平静地闪烁着。旁边已看不到人影。大学生又想，既然瓦西里莎抽噎，她的女儿心情激动，那显然他刚才所讲的一千九百年前[①]发生的一切对现在——对这两个女人，大概也对这个荒凉的小村子，对他本人，对所有人都有关系。老太婆之所以哭，绝不是因为他讲得感人，而是因为彼得使她感到可亲，因为她的全部身心对彼得心里所发生的一切感到关切。

想到这里，一种欢乐之情便在他心里油然而生。他甚至激动得停下脚步，喘了一口气。他想，过去与现在是由许许多多互为因果的事件所构成的锁链连接在一起的。他觉得，他刚才看到了这条锁链的两端：他触动了一端，另一端就跟着动了起来。

当他坐渡船过河以及后来爬山时，他眺望着自己的村子，眺望着西方——那儿的天际正燃烧着一抹细细的冰冷血红的晚霞。他想，在那花园里和祭司长的院子里指引人们生活的真与美，一直流传到今天。看来它们始终是大地上人类生活中的主体。他感受到了青春、健壮、力量（他才二十二岁呀），心里渐渐充满了一种无法形容的甜美期望，他期望着幸福——一种他所不知道的神秘的幸福；他觉得生活美妙诱人，充满了崇高的意义。

① 原作发表于 1894 年。

语文教师

1

传来马蹄踏在原木地板上发出的咚咚声。从马厩里牵出来三匹马：先出来的是一匹黑马，叫“努林伯爵”；接着出来的是一匹白马，叫“巨人”；最后出来的是“巨人”的妹妹，叫玛伊卡。它们都是名贵的好马。老谢列斯托夫给“巨人”备好鞍鞯，转身对着女儿玛莎说：

“喏，玛利亚·戈德弗鲁阿①，上马。过来！”

玛莎是家里最小的姑娘，可也十八了，不过家里人却仍然把她看成小丫头，叫她小名儿；自从市里来过马戏团以后，因为玛莎常常去看，所以大家就开始叫她玛利亚·戈德弗鲁阿了。

“走！”她骑到“巨人”身上以后喊了一声。

她的姐姐瓦丽亚骑玛伊卡，尼基京骑“努林伯爵”，军官们各骑各的马；军官们的白制服同女士们的黑骑装相映成趣，漂亮的长长的马队缓缓地离开了大院。

尼基京留意到方才上马以及后来往街上走的时候玛莎不知为什么只关心他一个人。她担心地看了看他和“努林伯爵”，说：

“尼基京先生，您要一直给它戴嚼子。不要让它被吓惊了。它装老实。”

也许是因为她的“巨人”跟“努林伯爵”是好朋友，也许是事出偶然，她同昨天前天一样总跟尼基京并排走。他看着她骑在高傲的白马上的娇小匀称的身材，看着她纤巧的侧影，看着她的大礼帽——这大礼帽，她戴着不好看，显得老；看着这一切，感到喜悦，陶醉，心花怒放，听着她的话，并没有听懂多少，心里在想："我对自己保证，向上帝发誓，决不再胆怯，今天就向她求爱……"

这时是下午六点多，正是白色的刺槐花和紫色的丁香花香味最浓的时候，浓得连空气和这些花木本身好像也都凝然不动了。市内公园已响起了音乐声。马走在石铺马路上，发出清脆的马蹄声。周围是笑声，说话声，开门关门声。迎面走来的士兵向军官们行举手礼，中学生对着尼基京鞠躬。显然，所有散步的人以及赶往公园听音乐的人看到马队都很高兴。天上飘浮的朵朵白云看上去多么温暖、多么柔软哪，白杨和刺槐的阴影多么恬静舒适啊，——这阴影铺过宽阔的大街一直延伸到对面楼房的阳台上和二层楼上！

马队出了市区，在大路上小跑起来。这儿已没有刺槐和紫丁香的芬芳，听不到音乐声了，但却可以嗅到田野的气息，周围一片嫩绿的黑麦和小麦，金鼠吱吱地叫着，白嘴鸦发出嘎嘎的鸣声。极目远眺，到处是嫩绿，只是有些地方偶尔出现一片黑黢黢的瓜地，左边远处墓地里有一片苹果树的行将凋谢的白花。

经过了屠宰厂，后来又经过了啤酒厂，赶过了到郊区公园去演奏的军乐队。

"波利扬斯基的马很好，我不否认。"玛莎用眼睛指着跟瓦丽亚并排骑马走的那个军官对尼基京说，"但这马有缺陷。左腿上那块白斑就长得很不是地方，而且，瞧，它的头总在晃。如今已无法可治，得晃到死啦。"

玛莎跟她爸爸一样，爱马成癖。看见谁有一匹好马，就难受；发现别人的马有缺陷，便高兴。尼基京对马一窍不通；对他来说，给马戴不戴嚼子，让马小跑还是疾驰，毫无差别。他只是觉得自己骑马的姿势不自然、紧张，因此会骑马的军官可能比他更叫玛莎喜

---

① 玛利亚·戈德弗鲁阿，当时著名的女马术演员。

欢。他嫉妒军官们。

路过郊区公园的时候，有人提议进去喝杯矿泉水。大家进了公园。公园里只有橡树，刚刚开始吐叶，因此透过嫩叶可以看到全园的景色，可以看到舞台、茶桌、秋千，可以看到像大帽子似的乌鸦窝。骑士们和女士们下马，走到一张茶桌旁边，要了矿泉水。在公园散步的一些熟人纷纷过来打招呼。其中有一个是穿高统皮靴的军医，还有一个是正在等军乐队的军乐队指挥。军医大概把尼基京当成了大学生，因为他问：

“您是回来度假的吧？”

“不，我常住在这儿。”尼基京答道，“我在中学教书。”

“真的？”军医感到惊讶，“这么年轻就当教师啦？”

“年轻什么？我已经二十六啦……咳！”

“您是留了胡子，可看上去绝不超过二十三。您长得多年轻！”

尼基京心想：“笨猪！把我当成吃奶的孩子啦！”他非常不喜欢人们谈论他年轻，尤其是当着女人和学生的面儿。一来到本市任职，他就恨自己长得年轻。学生们不怕他，老头子们称呼他“年轻人”，女人们宁愿跟他跳舞，而不愿听他高谈阔论。现在假如能老十岁的话，他情愿付出高昂代价。

离开公园，继续前进，奔向谢列斯托夫家的畜牧场。在畜牧场大门口停下，把管理员的老婆叫出来，要了一些鲜牛奶。谁也没有喝，大家互相递了个眼色，笑了一阵，就往回走。回家的路上路过郊区公园的时候，郊区公园里已响起了音乐声。太阳已藏到墓地后面。半边天空被晚霞染得红彤彤的。

玛莎又走在尼基京的身旁。尼基京很想说他多么热烈地爱她，可是他怕军官们和瓦丽亚听到，因此一直沉默着。玛莎也沉默着。尼基京感觉得出来玛莎为什么沉默、为什么跟他并排走，心里充满着幸福；大地、天空、市内的灯火、啤酒厂的黑色轮廓在他眼里融化成了一种非常美好亲切的感觉，他觉得“努林伯爵”在凌空飞翔，要飞到红彤彤的天上去。

他们回到了家里。花园的桌子上茶炊已滚开。老谢列斯托夫跟他的朋友——地区法院的官员们坐在一张桌子的旁边谈心，他照例在批评什么。他说：

“卑劣！卑劣，没有别的。是的，卑劣！”

尼基京自从爱上玛莎以后，便喜欢上了谢列斯托夫家的一切：房子、花园、晚茶、藤椅、老保姆，甚至老头子常爱说的“卑劣”。不喜欢的只是猫狗太多以及那些在凉台上挂的大笼子里悲鸣的斑鸠。院里看家狗和室内玩赏狗很多，他跟谢列斯托夫家认识以来，这么长的时间里只能叫上姆什卡和索姆这两条狗的名字来。姆什卡是一条褪了毛的小狗，脸毛茸茸的，很凶，被惯坏了。它厌恶尼基京，每次见到他都歪起头，露出牙齿，汪汪地叫一阵。叫完，就趴到尼基京的椅子下面。尼基京赶它离开那里时，它就尖声叫起来。主人们便说：

“别怕，它不咬人。它老实着呢。”

索姆是一条大黑狗，腿长，尾巴硬邦邦的，像棍子。吃饭和喝茶的时候，它通常是默默地在桌子下边游逛，用尾巴敲打着皮靴和桌子腿儿，这是一条老实的蠢狗，可是尼基京容忍不了它，因为它喜欢把嘴放在吃饭者的膝盖上，流出涎水来弄脏裤子。尼基京不止一次用餐刀柄打它的大脑门子，用手指弹它的鼻子，骂它，抱怨它，可是无论如何未能保护裤子上不留下涎水的斑痕。

他们骑马闲逛之后，茶、果酱、面包干和奶油都显得非常香甜可口。喝第一杯茶，大家都狼吞虎咽，没有吱声。开始喝第二杯之前，就开始争论起来。喝茶和吃午饭时的争论，通常是由瓦丽亚挑起来的。她已二十三了，长相极好，比玛莎漂亮，家里认为她最聪明，最有教养，举止端庄严肃——在家里取代亡母地位的长女就应该是这个样子。她的女主人的身份允许她在客人面前穿短衫，称呼军官们的姓，把玛莎看成小孩子，跟玛莎讲话腔调像女学监似的。她把自己叫做老处女，这就是说她深信自己能嫁得出去。

任何话题，甚至谈论天气，她都一定能挑起争论来。她好像有一种癖好：喜欢抓所有人的语病，揭露人家的矛盾，挑剔别人的词句。您一张嘴跟她谈一件什么事，她就盯着您的脸，会猛然打断您的话："且住，且住，彼得罗夫，您前天讲的完全与此相反！"她要么讥笑着说："不过我看您已开始宣传第三厅[①]的理论啦。恭喜您哪。"要是您说了句俏皮话或双关语，那您马上就会听到她喊："老调重弹！"或："毫不俏皮！"要是说俏皮话的是个军官，她就会做出一个鄙夷的鬼脸，说："大兵的粗话！"兵字说得那么用力，以致姆什卡一定要从椅子底下汪汪叫两声来回应她。

这次喝茶时的争论是从尼基京谈中学的考试开始的。

"请原谅，尼基京先生。"瓦丽亚打断他的话说，"您说学生困难。请问，这是谁的罪过呢？比如，您给八年级学生的作文题是《论心理学家的普希金》。第一，不可以出这么难的题目；第二，普希金算什么心理学家？谢德林吗，或者陀思妥耶夫斯基，那自当别论，普希金是伟大的诗人，如此而已。"

"谢德林是谢德林，普希金是普希金。"尼基京阴沉地答道。

"我知道你们中学不承认谢德林，可是问题不在这里。请告诉我，普希金算什么心理学家？"

"难道不是心理学家吗？请允许我举几个例证。"

尼基京朗诵了《奥涅金》和《鲍里斯·戈东诺夫》[②]里面的一些地方。

"我看不出来这里有什么心理学。"瓦丽亚叹了口气，"所谓心理学家，指的是描写人的心灵曲折变化的人。您朗诵的只是一些漂亮的诗句，如此而已。"

"我知道您要什么心理学！"尼基京生气说，"您是想要谁拿钝锯拉我的手指头，要我痛得扯着嗓子喊。您认为这才是心理学。"

"毫不俏皮！但是您仍然没有向我证明：为什么普希金是心理

---

① 沙皇1826年成立的警察机构，以迫害进步人士和进步文学为宗旨。
② 都是普希金的作品。

学家？”

尼基京要反驳他认为是保守、狭隘或诸如此类的观点时，通常是从座位上跳起来，双手抱住脑袋，开始呻吟着在屋里来回跑。现在他也这样：从座位上跳起来，两手抓住头发，呻吟着围着桌子转了一圈，然后坐到远处。

军官出来为他帮腔。波利扬斯基上尉要瓦丽亚相信普希金真是心理学家并引了莱蒙托夫两句诗作证明；格尔涅特中尉说，假如普希金不是心理学家，那就不会在莫斯科给他建纪念碑。

“卑劣！”从桌子的另一端传来喊声，“我就是这么对省长说的：大人，这卑劣！”

“我不争了！”尼基京喊道，“争不出结果来！够啦！唉，癞皮狗，滚开！”他对索姆喊道，因为索姆把头和爪子放在他的膝盖上。桌子下面传出来几声汪汪。

“承认自己不对吧！”瓦丽亚喊道，“承认吧！”

不过这时进来一些女客，争论就自行停止了。大家都进了大厅。瓦丽亚坐到钢琴前面，弹起了舞曲，先跳了一场华尔兹，接着又跳了一场波尔卡，接着又跳带大圈的卡德里尔，波利扬斯基上尉带领大家在各个房间穿了一遍，后来又跳华尔兹。

跳舞的时候，老头子们坐在大厅里吸烟，看青年们跳舞。老头子中间有个姓舍巴尔金的，是市信贷银行经理，爱好文学和戏剧，远近闻名。他创办了本地的“音乐戏剧小组”，自己也参加演出，不知为什么只演可笑的仆人或者拖着长腔朗诵《女罪人》①。市里都叫他木乃伊，因为他又高又细，骨瘦如柴，表情庄重，两眼呆滞无神。他非常真挚地喜欢舞台艺术，甚至为了演出把胡子都刮了，这就使他更像木乃伊了。

跳完大圈以后，他犹犹豫豫地稍稍侧着身子走到尼基京身边，咳嗽了一声，说：

---

① 俄国诗人 A. K. 托尔斯泰 1858 年发表的一首短诗。

“喝茶时的争论，我有幸在场。我完全同意您的观点。我们观点相同，如能跟您谈谈，我将感到十分高兴。请问，您读过莱辛[①]的《汉堡剧评》吧？”

“不，没有读过。”

舍巴尔金大吃一惊，像手指被烫着了似的挥舞着两手，什么话也没有说，就退着离开了尼基京。舍巴尔金的长相、他的问题以及吃惊的样子使尼基京觉得好笑，不过尼基京仍然在心里说：“的确难为情。身为语文教师，却迄今没读过莱辛的著作。必须读读。”

晚饭前，老头子和年轻人全都坐下来玩“抓命运”游戏。拿来两副牌，一副平分给大家，另一副背面朝上扣在桌子上。老谢列斯托夫举起第二副牌的上面一张，庄重地说：

“谁手里有这张牌，谁的命运就是马上到儿童室去跟保姆接吻。”

同保姆接吻的乐趣落到了舍巴尔金的身上。大家簇拥着他进了儿童室，笑着，拍着手要他跟保姆接吻，顿时掀起一片喧嚣，喊叫……

“不够亲热！”老谢列斯托夫喊着，笑得流出了眼泪，“不够亲热！”

尼基京的命运是听取大家的忏悔。他坐在大厅中间的一把椅子上，人们拿一条面纱给他蒙上眼睛。第一个来忏悔的是瓦丽亚。

“我知道您的罪孽。”尼基京透过黑暗的面纱注视着她的端庄的轮廓说，“请告诉我，小姐，您为什么每天跟波利扬斯基一起散步？‘啊，她跟骠骑兵在一起必有原因’[②]！”

“毫不俏皮！”瓦丽亚说完走了。

接着在面纱外面闪烁着两只不动的大眼睛，透过黑暗的面纱呈

---

① 莱辛（1729—1781），德国文艺理论家和剧作家。

② 引自莱蒙托夫《新年献诗与讽刺短诗》（1831）中的讽刺短诗《托尔斯泰》。引时略有改动。

现着可爱的轮廓，空气里散发着一种宝贵的早已熟悉的香味，尼基京觉得像玛莎房间里的香味。

“玛利亚·戈德弗鲁阿，”他听不出自己的声音了——那声音那么温柔缠绵，“您有什么罪孽？”

玛莎眯缝起眼睛来，对着他吐了一下舌头，然后笑起来走了。一分钟后，她已站在大厅中间拍着手喊道：

“吃晚饭啦！吃晚饭啦！吃晚饭啦！”

于是大家拥入餐厅。

晚饭桌上，瓦丽亚又争论起来，这次是同父亲。波利扬斯基神气地吃着，喝着葡萄酒，给尼基京讲着故事，说有一次冬天打仗，他在没膝的沼泽里站了一夜，因为敌人就在近处，所以不能说话，不能吸烟，夜又冷又黑，寒风刺骨。尼基京一边听，一边瞟着玛莎。玛莎目不转睛地凝视着他，眼睛一眨不眨，好像在想什么或者是走神儿了……这使他又惬意又担心。他想：“她干吗这么看着我？叫人难为情。人们能看出来呀。咳，她还多么年轻幼稚啊！”

午夜客人开始散了。尼基京走出大门的时候，二楼的窗户响了一声。玛莎探出身来。

“尼基京先生！”她喊了一声。

“有什么吩咐？”

“这么回事……”玛莎张嘴说，显然她在考虑说什么，“这么回事……波利扬斯基答应这两天带照相机来给我们大家照相。得聚会一次呀。”

“好吧。”

玛莎消失了，窗户响了一声，屋里马上有人弹起了钢琴。

“啊，多好的一家！”尼基京穿过大街时心想，“家里只有斑鸠呻吟，而且那也是因为它们不会用另外方式表达自己的喜悦！”

不过不只是谢列斯托夫家快活。尼基京没有走过二百步，另一座房子里也传出了钢琴声。又走了不远，他又看到有个庄稼汉坐在大门口弹巴拉莱卡琴。公园里乐队在演奏俄国歌曲……

尼基京住在离谢列斯托夫家半俄里远的一座住宅里。这座住宅共八个房间，租金一年三百卢布，是他和自己的同事史地教员伊波利特·伊波利特奇合租的。这位伊波利特·伊波利特奇人还不老，棕红色的胡子，翘鼻子，长相粗俗，不像知识分子，像个手艺人，但为人憨厚。尼基京回来的时候，他正坐在桌子旁边批改学生画的地图呢。他的地理课最重要的是画地图，历史课最重要的是记住纪年表。他整夜坐着用蓝铅笔批改学生的地图或者编制纪年表。

"今天天气多好！"尼基京进屋对他说，"我奇怪，您竟能在房间里坐得住。"

伊波利特·伊波利特奇是个言语不多的人；他要么沉默，要么说几句尽人皆知的废话。这时，他回答说：

"是的，天气好极了。现在是五月，不久就是真正的夏天了。夏天可不是冬天。冬天需要生炉子，夏天不生炉子都热。夏天夜里开窗都热，而冬天安两层窗户仍然冷。"

尼基京在桌旁坐了不到一分钟就觉得乏味。他站起来打着呵欠说：

"晚安！本想跟您谈谈我的罗曼史，可您是地理！跟您谈论爱情，您马上就会问：'卡尔卡会战[①]是在哪年？'您跟您的那些会战以及楚科奇半岛都见鬼去吧！"

"您生什么气呢？"

"遗憾哪！"

还没有跟玛莎表白，现在又找不到人谈谈自己的爱情，他怀着遗憾的心情回到自己的书房，躺到沙发上。书房里又黑又静。他躺在沙发上，凝视着黑影，不知为什么想到两三年以后他因事去彼得堡，玛莎要到车站去送他，挥泪话别，到了彼得堡，他会接到她的长信，乞求他快些回家。他要给她回信……信要这么开头："我的亲爱的小耗子……"

---

① 1223年5月31日发生于南俄卡尔卡河畔，俄军为蒙古鞑靼军所击溃。

“就是要写我的亲爱的小耗子。”他说完笑了。

他觉得躺的姿势不舒服。他把两手枕在脑后，左脚放在沙发的靠背上。这回舒服了。这时窗户明显地发白了。院子里瞌睡昏昏的公鸡已开始啼鸣。尼基京在继续想他从彼得堡回来的情景，想玛莎在车站迎接他，高兴得大喊一声，扑过来搂着他的脖子；或者，最好是耍个花招：夜里偷偷到家，厨娘给他开门，他踮着脚尖走进卧室，悄悄儿地脱掉衣服，一下子钻进被窝里！她醒过来——啊，多快活！

天已大亮。书房和窗户已不存在。玛莎坐在啤酒厂——就是今天经过的那个啤酒厂——的台阶上在说什么。后来她挽着尼基京的胳膊跟他到郊区公园去。在郊区公园里，他看到了橡树和像帽子似的乌鸦窝。有个乌鸦窝摇晃起来，舍巴尔金从里面探出头来，大声喊道：“您没有读过莱辛！”

尼基京全身哆嗦了一下，睁开了眼睛。伊波利特·伊波利特奇站在沙发前面，在仰着头系领带。他说：

“起来吧，该上班啦。穿着衣服睡觉不可以。会把衣服压坏。睡觉应该上床，脱掉衣服……”

于是他又跟往常一样开始慢条斯理、长篇大论地讲起一些尽人皆知的废话来。

尼基京的第一堂课是二年级的俄语。当他九点准时进教室的时候，教室的黑板上已用粉笔写了两个大字母：M. X.。这大概是玛莎·谢列斯托娃的缩写。尼基京心想：“已经嗅出来啦，坏蛋……他们是从哪儿知道的呢?”

第二堂课是文学，在五年级上。这儿的黑板上也写了M. X.两个字母；他上完课往外走的时候，身后像剧院观众席似的喊起来：

“乌拉啊啊啊！谢列斯托娃！”

因为夜里是穿衣服睡的，现在脑袋有些不舒服，身上发懒。学生天天盼着期考前停课，什么也不做，心神不定，闲得无聊就淘气。尼基京也心神不定，没有觉察到学生淘气，常常到窗口去。他能够看到阳光灿烂的街景。屋宇上面是清澈蔚蓝的天空，飞鸟；远处，绿花园和屋宇后面是辽阔无垠的原野，蓝盈盈的树林，奔驰的火车吐出的黑烟……

街上刺槐树阴下面走着两个穿白制服、玩弄着马鞭的军官。一些胡须花白、戴着便帽的犹太人坐着敞篷马车走过去。家庭女教师在领着校长的孙女散步……索姆在跟着两条野狗往什么地方跑……瓦丽亚穿着朴素的灰连衣裙、红袜子，拿着一本《欧洲通报》[1]走过去。她大概是到市图书馆来着……

下班早呢——要等到下午三点！下班以后，还不能回家或到谢列斯托夫家去，必须先去沃尔夫家去上课。这个沃尔夫是个改信路德教的犹太富翁，不让自己的孩子上学，请学校的老师到家里来上课，每堂课五卢布……

“无聊，无聊，无聊！”

三点，他到沃尔夫家，他觉得在他家坐了整整一个世纪。五点离开他家，六点多又得到学校去参加教学会议——编写四年级和六年级的口试时间表!

晚上很晚离开学校往谢列斯托夫家走的时候，他心跳着，脸发烧。一星期前乃至一个月前，他每次准备向她求爱时，他都想好一篇有开头有结尾的长篇发言稿，这次他一个字也没有想好，脑袋里乱成一团，他只知道今天一定要表白，已不能再等下去了。他想：“我请她到花园，散一会儿步，就跟她说……”

前厅里一个人也没有；他走进大厅，然后又走进客厅……这儿也是一个人也没有。他听到二楼瓦丽亚在同谁争论，儿童室里有雇来的裁缝在用剪刀的声音。

楼里有个小房间有三个名称： 小房间，穿堂儿，黑屋子。这个小房间里摆着一个大柜子，里面放着药品、火药和打猎用品。这里有一条通二楼的狭窄的木楼梯，小猫通常在上面睡觉。这儿有两扇

① 1886 年开始在彼得堡出版的自由资产阶级月刊。

门，一扇通儿童室，另一扇通客厅。尼基京进来要上楼，儿童室的门开了，关门声那么响，震得楼梯和大柜子都颤了一下，玛莎穿着黑连衣裙，手里拿着一块蓝衣料跑进来，没有看到尼基京，正朝楼梯跑去。

“等等……”尼基京叫住她，“您好，戈德弗鲁阿……请……”

他呼哧呼哧地喘着，不知道说什么好；他一只手拽住她的手，另一只手拽住蓝衣料。她不知是吃惊还是奇怪，睁大眼睛看着他。

“请……”尼基京怕她走开，继续说，“我需要跟您说两句话……不过……这儿不方便。我不能，没有力量……您懂吗，戈德弗鲁阿，我不能……就是这么……”

蓝衣料掉到了地板上，尼基京抓住了玛莎的另一只手。玛莎脸色煞白，翕动着嘴唇，向后退了一下，退进了墙和大柜子之间的墙角里。

“真的，相信我……”他轻声说，“玛莎，真的……”

她仰起头，他吻她的嘴唇；为了使这个吻持续得久一些，他用手指捧住了她的脸腮。不知怎么弄的，他也进到了墙和大柜子之间的墙角里，她用双手搂住他的脖子，头贴在他的下巴上。

后来两人双双跑进花园里。

谢列斯托夫家的花园很大，占地四俄亩。里面有二十来棵老枫树和椴树，一棵云杉，其余全是果树——樱桃、苹果、梨、野栗子、油橄榄……花也很多。

尼基京和玛莎在林荫路上默默地跑着，笑着，偶尔互相断断续续地提一些问题，谁也不回答；天上是半圆的月亮，在幽幽月光里，瞌睡昏昏的郁金香和鸢尾花从昏暗的草丛里探出头来，好像也要请人们向她们求爱似的。

尼基京和玛莎回到屋里的时候，军官和女士们已聚在一起跳马祖尔卡舞。又是波利扬斯基领着大家穿过各个房间跳大圈，跳完舞后又是玩“抓命运”。晚饭前，当大家离开大厅去餐厅的时候，玛莎留下来同尼基京单独在一起，贴在他身上，对他说：

“你自己去跟爸爸和瓦丽亚说去。我不好意思……”

晚饭后，他跟老谢列斯托夫谈。老谢列斯托夫听完他的话，想了想，说：

“非常感激您给予我和我女儿的这种光荣，可是请允许我同您友好地谈谈。我将不以父亲的身份跟您谈，而是作为一个绅士同另一个绅士谈。请告诉我，您干吗想这么早结婚？只有庄稼人才早结婚，可是大家知道那是卑劣的，您是为什么呢？这么早套上枷锁有什么乐趣？”

“我并不年轻！”尼基京不高兴了，“我虚岁二十七啦。”

“爸爸，兽医来啦！”瓦丽亚从另一个房间喊道。

谈话中断了。瓦丽亚、玛莎和波利扬斯基送尼基京回家。快走到院门的时候，瓦丽亚说：

“你们神秘的伊波利特·伊波利特奇怎么总不露面？请他到我们家来嘛。”

当尼基京走进神秘的伊波利特·伊波利特奇房间的时候，他正坐在床上脱裤子。

“别躺，亲爱的！”尼基京气喘吁吁地对他说，“等等，别躺！”

伊波利特·伊波利特奇马上穿上裤子，吃惊地问道：

“怎么回事？”

“我要结婚啦！”

尼基京坐到同事身边，惊奇地看着他，好像对自己感到奇怪似的，说：

“瞧，我要结婚啦！娶玛莎·谢列斯托娃！今天求婚了。”

“好嘛。她好像是个好姑娘。不过很年轻。”

“不错，年轻！”尼基京叹了口气，担心地耸了耸肩膀，“很，很年轻！”

“她读中学时上过我的课，我了解她。地理学得还可以，历史不好。听课不专心。”

尼基京不知为什么突然可怜起自己的这位同事来，想对他说几句体贴安慰的话。他问：

“亲爱的，您干吗不结婚呢？比如瓦丽亚，您干吗不娶她？她是个绝妙的极好的姑娘！固然，她爱争论，可是心……多好的一颗心哪！她方才还问你来着。娶她吧，亲爱的！嗯？”

他清楚地知道瓦丽亚不会嫁给他这个枯燥乏味、翘鼻子的人，可仍然说服他娶她。为什么呢？

“结婚是一件严肃的事情。”伊波利特·伊波利特奇想了想说，“需要全面思考权衡，不能草率行事。三思而行，永远无害，特别是在婚姻问题上，人一结婚就不再是单身汉了，要开始过一种新的生活。”

接着他就开始讲起一些尽人皆知的废话来。尼基京不愿意听他啰唆，便告辞后，回到了自己的房间。他急忙脱掉衣服上床躺下，以便快些开始畅想自己的幸福，想玛莎，想未来，他笑了一下，猛然想起他还没有读莱辛的著作。他想：“需要读……不过干吗要读呢？让他见鬼去吧！”

他被自己的幸福陶醉着，马上就睡着了，脸上的笑容一直保持到第二天早晨。

他梦见马蹄踏在原木地板上发出的咚咚声，梦见从马厩里牵出三匹马来：先是黑马“努林伯爵”，接着是白马“巨人”，“巨人”的妹妹玛伊卡……

2

“教堂里很挤很嘈杂，甚至有人喊了一声，给我和玛莎证婚的大司祭从眼镜框上边看了一眼，严厉地说：

“‘在教堂里不许走动，要老老实实地站在那里祷告。要敬畏上帝呀。’

“我的男傧相是我的两个同事，玛莎的男傧相是波利扬斯基上尉和格尔涅特中尉。主教合唱团唱得好极了。蜡烛的噼啪声，闪光，盛装，军官，一张张快活得意的脸，玛莎那种特别的飘飘欲仙的神态，还有周围的气氛和婚礼的祷词——一切都使我感动得流泪，心里充满了成功的喜悦。我心里想：我的生活近来多么称心，多么诗一般的美丽！两年前我还是个穷大学生，住在莫斯科涅戈林胡同的便宜公寓里，没有钱，无亲无靠，当时觉得没有前途。如今我在省里最好的城市之一当教师，生活优裕，有人爱，有人宠。我想，现在这些人是为我聚在这里的，这三个枝形烛架上的蜡烛是为我才点燃的。大司祭为了我才喊叫，唱诗班为了我才努力唱，再过一会儿即将被称为我的妻子的这个妙龄女郎为了我才焕发着这般青春、文雅和欢乐。我想起了我们的初次见面、郊游、求爱和天气——像上苍故意成全我们似的，今年一夏天天气都好得出奇；以前住在涅戈林胡同时认为只有在小说里才可能出现的幸福，如今我亲身感受到了，好像在用手采撷它。

"婚礼举行完之后，大家挤在我和玛莎身边，表达着由衷的喜悦，祝贺我们，祝愿我们幸福。陆军准将——一个快七十的老人——只对玛莎表示了祝贺，用全教堂都能听得到的老人嘶哑的声音说：

"'亲爱的，但愿您婚后仍然这么娇艳。'

"军官们，校长，全体老师礼貌地微笑着，我也觉得自己脸上挂着愉快真挚的笑容。可爱的史地教师伊波利特·伊波利特奇总说些尽人皆知的废话，这时也紧紧握住我的手热情地说：

"'以前，您没有结婚，过的是单身汉生活，如今您已结婚，将要两人共同生活了。'

"离开教堂，我们来到一座外墙未抹灰的二层楼里。这是玛莎的嫁妆。除了这座楼，玛莎还带过来两万来卢布和建有一座看守人小屋、被称为梅利通荒地的一片地，据说那里鸡鸭无数，由于无人照管已变成野鸡野鸭了。从教堂回来以后，我仰卧在新书房的土耳其沙发上伸着懒腰吸烟，我从来没有感受过这般柔软、方便、舒适。这时宾客们在欢呼，蹩脚的乐队在前厅演奏着迎宾曲以及其他各种杂七杂八的乐曲。瓦丽亚——玛莎的姐姐——拿着一盅酒跑进书房来，神色奇怪，紧张，好像嘴里含着水似的；看样子，她想继续跑，可是却突然大笑大哭起来，酒盅啪的一声掉到了地板上。我们扶着她的两臂把她送进别的房间。

“‘没有谁能理解！’她后来躺在最边远的乳母房间的床上咕哝说，‘没有谁，没有谁！天哪，没有谁能理解！’

“不过大家都清楚，她比妹妹大四岁，仍然没有出嫁，她哭不是嫉妒，而是触景生情，意识到她的青春正在消逝，也许甚至已经消逝了。跳卡德里尔舞的时候，她已在大厅里，刚哭过的脸上搽了很多粉；我看到波利扬斯基上尉端着一小碟冰糕在她面前，她在用羹匙吃着……

“已经是早晨五点多了。我打开日记本要把自己完美多彩的幸福记下来，我想写满六页明天读给玛莎听。可是奇怪，我的脑袋里乱成一团，什么都模模糊糊的，像一场梦，清楚记得的只有瓦丽亚的插曲，想写‘可怜的瓦丽亚！’只想这么坐着写‘可怜的瓦丽亚！’恰好这时树发出了喧嚣声：要下雨了；乌鸦在嘎嘎地叫着。玛莎刚睡着，脸上不知为什么出现了忧郁的神色。”

后来尼基京许久没动日记。八月初，学校开始补考和入学考试，圣母升天节以后开始上课。他通常八点多上班，九点多就开始想玛莎，想新居，开始不断看表。在低年级，他叫一个学生念课文，让大家听写；学生听写的时候，他就坐在窗台上闭着眼睛遐想；不论幻想未来或者回忆过去，一切都同样美好，像童话一般。在高年级上课时让学生朗读果戈理或普希金的散文，这使他昏昏欲睡，脑海里出现了人、树、田野、骏马，他叹口气，像赞叹作者似的说：

“多好啊！”

午间休息时，玛莎给他用雪白的小餐巾包着送来午饭。他细嚼慢咽地吃着，为的是延长享受的时间。伊波利特·伊波利特奇通常午饭只吃面包，尊敬而羡慕地看着他说一些尽人皆知的废话，如：

“不吃饭，人不能活。”

尼基京下班后就去教家教，直到五点多才能回家，这时他感到又喜悦又担心，好像整整一年没有回家似的。他跑上楼梯，气喘吁吁地找到玛莎，拥抱她，吻她，发誓说爱她，没有她不能活，说想她想得要死，担心地问她身体好不好，为什么脸色那么不快活。然后是两人一起吃晚饭。晚饭后他躺到书房的沙发上吸烟，她就坐在旁边低声讲什么。

如今他最幸福的日子就是星期日和节日，因为他可以从早到晚留在家里。在这种日子里，他可以过一种质朴然而非常愉快的、他觉得像田园牧歌似的生活。他不停地观察着他的精打细算的玛莎操持家务；为了表明自己不是在家里吃闲饭，他也做些徒劳无益的事情，如把敞篷马车从仓房里推出来前后左右打量一番。玛莎用三头奶牛建成了一座真正的牛奶厂。地窖里和窖口小屋里堆了许多装满牛奶的坛子以及装满酸奶油的小罐子。这一切她都留着做奶油。尼基京有时为了开玩笑，跟她要一杯牛奶。她大吃一惊，因为这不在计划之内；他哈哈大笑，抱住她说：

“哎，哎，我是开玩笑啊，我的金不换！开玩笑！”

还有一次她在柜橱里发现一块放得过久、变得像石头似的香肠或奶酪，郑重其事地说厨房里下人可以吃；这时他就笑她吝啬，说这么一小块东西只够放到捕鼠器上作诱饵，她就开始热烈地证明男人对于如何持家一窍不通，说你拿三普特食品去给下人，下人也不会惊讶。他表示同意，高兴地拥抱她。她所说的正确的话，他觉得不同凡响；跟他的信念不同的话，他则认为天真可爱。

有时他的哲学兴趣一上来，就爱发些抽象的议论，她就静静地听着，好奇地看着他的脸。

“跟你在一起，我无限幸福，亲爱的。”他扳动着她的手指，或者把她的辫子打开再编上。“可是我并不认为这幸福是偶然从天上掉到我手里的。这幸福是一个完全自然的、必然的、合乎逻辑的现象。我相信人是自己幸福的创造者。如今我撷取的正是我自己创造的成果。是的，我毫不隐晦地说，这幸福是我自己创造的，我有权享受。你了解我的过去。孤儿，贫穷，不幸的童年，忧愁的少年时代——所有这一切都是奋斗，这就是我开辟的一条通往幸福的路……”

十月，中学遭受了沉重的损失：伊波利特·伊波利特奇头部患丹毒去世了。临死前两天，他已神志不清，说胡话；说胡话的时候，他仍然是说些尽人皆知的废话：

“伏尔加河流入里海……马吃燕麦和干草……”

安葬他的那天，学校没有上课。同事和学生抬着灵柩，学校合唱团一路上唱着《神圣的上帝》，一直唱到墓地。送葬的行列里有三个神甫、两个助祭、全体男生和穿着检阅服装的主教合唱团。看到这隆重的送葬行列，过路人都画着十字说：

“但愿每个人都死得这么风光。”

从墓地回来，尼基京感触颇多，从桌子抽屉里把日记找出来，写道：

“今天安葬了伊波利特·伊波利特奇。

“安息吧，谦逊的劳动者！玛莎、瓦丽亚以及参加葬礼的所有妇女都动了真情，哭了，这也许是因为她们知道这个孤僻乏味的人从来没有被一个女人爱过。我本想在墓地上讲几句温情的话，可是有人提醒我，说校长可能不高兴，因为他不喜欢死者。婚后这好像是第一天我感到心里不快……”

此后，这一学期没有发生任何特殊事件。

这个冬天是温和的，没有严寒，总下湿雪；例如耶稣受洗节前夕风哀号了一夜，像秋天一样，屋檐上滴水滴；第二天圣水祭时，警察不允许任何人到河上去，说是河冰鼓起来而且发黑了。不过尽管天气不好，尼基京仍然生活得跟夏天一样快活。甚至还增加了一种娱乐：他学会了玩儿文特牌。只有一件事有时惹他烦恼生气，使他觉得美中不足。这就是他作为嫁妆接受的猫和狗。房间里总有一种动物园气味，尤其是早晨。这种气味用什么方法也消除不掉。猫和狗总打架。凶恶的姆什卡一天喂十遍，仍然不感激尼基京，总对他汪汪叫。

大斋期间有一次他半夜从俱乐部打完牌回家。天下雨，路又黑又泞。尼基京心里有些不快的感觉，他无论如何弄不清为什么会这样：是因为他在俱乐部里输了十二卢布呢，还是因为清账的时候有位牌友说他钱很多——明显地暗示他得的嫁妆？十二卢布并不可惜，牌友的话也并不含有侮辱的意思，可是总觉得不快。甚至不想回家了。

“呸，不好！”他在一盏路灯下面站下说。

他蓦地想到，他所以不可惜这十二卢布是因为这钱是白得的。要是他是工人的话，他就会知道每个铜板的价值，就不会对输赢满不在乎啦。他认为，全部幸福，他也是白白地凭空得来的，实际上，这幸福对他是一种奢侈，就像药对健康人一样；要是他跟绝大多数人那样为一块面包而奔走操劳、为生存而奋斗的话，要是他被工作累得腰酸背痛的话，那么，晚餐，温暖舒适的住宅和家庭幸福就会成为需要、奖赏和生活的点缀；而眼前这一切却只具有一种奇怪的模糊的意义。

“呸，不好！”他重复了一遍，他清楚地懂得这种想法本身就已经是不好的征兆。

他到家的时候，玛莎正在床上睡觉。她均匀地呼吸着，脸上带着笑容。看样子，睡得很惬意。一只白猫蜷着身子卧在她旁边打呼噜。尼基京点亮蜡烛吸烟的时候，她醒了，贪馋地喝了一杯水。

“水果软糖吃多了。”她说完笑了，“你到我家去了吧？”她沉默了一会儿问道。

“不，没有去。”

尼基京已经知道波利扬斯基上尉——瓦丽亚近来对他期望很大——被调到西部一个省去，已开始在市里做告别访问，因此岳父家里冷清了。

“瓦丽亚晚上来过。”玛莎坐起来说，“她什么也没有说，但从脸上可以看出来，她很难受，可怜见儿的。我看不上波利扬斯基。一身肥肉，走路或跳舞的时候，脸腮直颤……我决不会看上他。但我以前仍然认为他是个正派人。”

“现在我也认为他是个正派人。”

“那他为什么对瓦丽亚那么恶劣？”

“怎么恶劣啦？”尼基京开始对躬起背来伸懒腰的白猫感到气恼，“据我所知，他并没有求婚，也没有承诺什么。”

“那他为什么常到家里来？不想结婚就别来。”

尼基京熄灭蜡烛躺下了。可是他既不想睡，也不想躺。他觉得他的头又大又空，像一个大仓房，里面有一些像长长的影子似的新的特别的思想在游荡。他想，除了向着宁静的家庭幸福微笑的柔和灯光，除了他和这只猫安适甜美地生活的这个小天地，还有另一个天地……他突然渴望到这另一个天地里去，在工厂或大作坊里做工，在讲台上发表演说，写作，出版，呼号，劳累，痛苦……他渴望去从事一种能使他忘记自己、漠视个人幸福的事业，——个人幸福的感觉太单调了。他的想象中突然栩栩如生地出现了剃光胡子的舍巴尔金，带着恐怖的神情说：“您连莱辛的著作都没读过！您落伍了！天哪，您多么不求上进哪！”

玛莎又起来喝水。他看了看她的脖颈、丰满的肩膀和胸脯，想起准将在教堂曾讲过的“娇艳”。

“娇艳。”他咕哝了一句笑了。

瞌睡昏昏的姆什卡在床下回应了他一声汪汪。

沉重的气恼像冰冷的小锤子在他心里翻腾着，他想对玛莎说句粗话，甚至想跳起来打她一顿，心剧烈地跳动起来。

“这就是说，”他压抑着心里的怒火问道，“既然我到你家去走动，那就一定得跟你结婚了？”

“当然。你自己对这一点理解得很清楚。”

“妙论。”

过了一分钟又重复道：

“妙论。”

为了免得说多余的话并使心脏安静下来，尼基京进书房，躺到沙发上，没有枕头，后来又躺到地毯上。他安慰自己说：

“胡思乱想！你是教育家，在最高尚的领域工作……你还要另一个天地干什么？乱弹琴！”

可是他马上就确定地对自己说，他根本不是教育家；像那个教希腊文的捷克人一样，不过是个没有才能、普普通通的官吏而已；对教育工作从来没有喜欢过，对教育学不熟悉，从来不感兴趣，不会跟孩子们打交道；所教的东西具有什么意义，他不清楚；也许他所教的东西根本就没有用处。已故的伊波利特·伊波利特奇的愚蠢是人人都看得见的，同事和学生都知道他是什么人，能对他期待什么；而他尼基京呢，跟那个捷克人一样，善于掩饰自己的愚蠢，巧妙地骗过所有的人，让大家觉得他——谢天谢地——万事大吉。这新的想法把尼基京吓了一跳，他努力打消这些想法，认为这些想法是胡思乱想，相信这全是神经质，他自己过后会笑话自己的。

果然天快亮的时候，他笑话了自己的神经质，并且把自己叫做婆娘；可是他已清楚：安宁已失去，而且可能永远失去了，他已不可能在这座外墙没有抹灰的二层小楼里感到幸福了。他感到：幻想消失了，新的紧张的自觉生活开始了——这种生活同安宁和个人幸福是不相容的。

第二天是星期天，他到中学的教堂去，在那儿遇到了校长和同事。他觉得他们都在忙着仔细掩饰自己的无知和对生活的不满。而他自己呢，为了不流露出不安的心绪来，则愉快地微笑着，说一些废话。后来他上火车站看到邮政列车开来又开走了，他感到愉快，因为只有他一个人，不需要同谁说话。

回家，他看到了岳父和瓦丽亚，他们是来吃午饭的。瓦丽亚眼睛红肿，刚哭过，抱怨头痛，岳父吃得很多，说现在的青年不可靠，缺少绅士风度。他说：

"这卑劣！我当面也要对他说：这卑劣，敬爱的先生！"

尼基京愉快地微笑着，帮着玛莎款待客人，但是午饭后就进书房把门锁上了。

三月的阳光明媚灿烂，温暖的光线透过窗上的玻璃落到桌子上。虽然才三月二十号，可是人们已不坐雪橇而坐马车了，椋鸟已在花园里喧嚣。好像玛莎马上会进来，一只手搂着他的脖子说马或者敞篷马车已套好，在门口等着，问他她穿什么衣裳才不至于冷。春天开始了，跟去年的春天一样美妙，允诺着同样的欢乐……可是尼基京想的却是最好请假去莫斯科，住进涅戈林胡同熟悉的公寓里。隔壁房间里在喝咖啡，谈论波利扬斯基上尉，他极力不听他们的话，在自己的日记里写道："我的上帝，我在哪儿？我周围全是庸俗，庸俗。乏味渺小的人、装酸奶油的罐子、装牛奶的坛子、蟑螂、愚蠢的女人……没有比庸俗更令人感到可怕、侮辱和愁闷的了。必须逃离此地，今天就逃，否则我会疯的！"

在庄园里

拉舍维奇轻轻地踏着地板上铺的乌克兰长条粗地毯来回踱着，把细长的身影投到墙上和天花板上。他的客人梅耶尔——代理侦查员——跷起一条腿坐在土耳其沙发上吸烟，听着他的议论。钟表的时针已指着十一点，可以听到书房隔壁的房间里在摆餐具。

“随便怎么说，”拉舍维奇说，“从博爱平等之类观点来看，猪倌米奇卡大概跟歌德①或腓特烈大帝②都是同样的人。可是您要是站在科学的立场上，有勇气正视事实的话，您就会看到血统论不是偏见，不是婆娘想出来的。亲爱的，血统论具有自然—历史根据。否认它，我认为跟否认鹿长角一样奇怪。必须承认事实！您是法学家，除了人文科学，没有接触过别的任何科学，您还能用平等博爱之类幻想欺骗自己。我是个坚定的达尔文主义者，对我来说，门第、贵族阶级、高尚血统，不是空洞的名词。”

拉舍维奇心情激动，讲得情真意切。他的眼睛闪闪发光，夹鼻眼镜在鼻子上夹不住，他神经质地耸动着肩膀，眨着眼睛，说“达尔文主义者”的时候雄赳赳地往镜子里看了一眼，用两手捋了一下花白的胡子。他穿一件很短的旧西服上衣和一条瘦裤子。迅速的动作、雄赳赳的气概和这件短小的上衣都跟他不般配。好像他那长着长发令人肃然起敬的、像高级僧侣或大诗人的大脑袋被安在一个又高又细、装腔作势的青年躯体上。当他宽宽地跨开两腿的时候，他的细长的身影像一把剪刀。

一般说来，他爱说，而且总觉得自己说的是新鲜独到的见解。在梅耶尔跟前，他感到精神振奋，才思泉涌。他喜欢侦查员，侦查员年轻、健壮，举止优雅稳重，主要的是对他和他的家人抱着爱戴的感情，使他感到兴奋。熟人一般不喜欢拉舍维奇，都躲着他。他知道，人们说他用高谈阔论把妻子赶进了坟墓，人们背后都叫他老顽固，哇哇乱叫的癞蛤蟆。只是梅耶尔新到此地，没有成见，高兴常到他家来，甚至在什么地方还说过，全县只有跟拉舍维奇和他的两个女儿在一起使他觉得像在亲人身边一样温暖。拉舍维奇喜欢他，还因为他年轻，可以跟大女儿叶尼娅匹配良缘。

现在他欣赏着自己的思想和声音，得意地打量着肥瘦适中、发型漂亮、受人尊敬的梅耶尔，心里幻想着把大女儿嫁给这个乘龙快婿，将来庄园的管理都由女婿去操劳。多么令人不快的操劳啊！银行的利息已有两期没有付了，各种要不回来的债务和罚金已积压了两千多！

“我不怀疑，”他越来越兴奋，继续说，“假定说狮心王理查[3]

---

① 歌德(1749—1832)，德国诗人、剧作家、思想家。

② 腓特烈大帝，又译弗里德里希二世（1712—1786），普鲁士国王（1740—1786），在位时维护农奴制，加强军事官僚专制制度，扩充军队，曾数次发动侵略战争，扩大疆土，提高了普鲁士在欧洲的地位。

③ 狮心王理查（1157—1199），英国国王（1189—1199），曾发动多次战争，参加过第三次十字军东征。

或者红胡子腓特烈一世[1]勇敢大度，那么这些品质连同脑回和头颅都会遗传给他的儿子；要是这些勇敢大度的品质通过教育和训练在儿子身上保存下来的话，要是这个儿子娶一个同样大度勇敢的公主的话，那么，这些品质就会传给孙子，依此类推，最后这些品质就成为他的氏族的特征，有机地同血肉融合到一起。由于严格的性的选择，由于名门望族本能地保护自己不去缔结不门当户对的婚姻，贵族青年不同随便什么人结婚，崇高的精神品质便能保持纯洁，代代相传，经过训练便能日臻完美，日臻崇高。人类所有的优秀品质，都应该归功于自然界，归功于正确的自然—历史的有目的性的发展进程，这个进程千百年来一直努力使贵族同平民百姓隔绝。是这样的，我的老弟！不是暴发户[2]，不是厨娘的儿子给了我们文学、科学、艺术、法律、对荣誉义务的认识……所有这一切，人类只是应当感激贵族。在这个意义上，从自然—历史的观点来看，不好的索巴克维奇[3]，仅仅因为他是贵族，就比最优秀的商人都有益，都高尚——哪怕这个商人创建了十五座博物馆呢！随便怎么说！假如我不跟暴发户或厨娘的儿子握手，不跟他们同桌吃饭，那我是在用这种行动保护大地上的优秀东西，在执行引导我们走向完善的大自然母亲的使命……”

拉舍维奇站下来，用两手捋着胡子，墙上他那像剪刀一样的身影也不动了。

“拿我们的俄罗斯母亲来说吧。”他把手插到衣袋里，用脚跟和脚尖前后晃着身子继续说，“它的优秀人物是些什么人呢？看看我们一流的画家、文学家、作曲家……他们是些什么人呢？亲爱的，他

---

① 腓特烈一世（红胡子）（约 1123—1190），德意志国王（1152—1190），神圣罗马帝国皇帝（1152—1190，1155 年加冕），1154—1186 年间六次侵入北意大利，焚毁米兰城，1180 年降伏萨克森公爵亨利（狮子），剥夺其大部分领土。

② 指 1861 年俄国废除农奴制度后因收买破落地主土地而发财的富农。

③ 俄国作家果戈理《死魂灵》中的人物。

们全是贵族。普希金、果戈理、莱蒙托夫、屠格涅夫、冈察洛夫①、托尔斯泰，都不是教堂执事的儿子！”

“冈察洛夫是商人出身。”梅耶尔说。

“没有关系！例外只能肯定规律的正确。况且冈察洛夫的才华还有很大争议呢。不过让我们放下名字，回头看看事实吧。比方说，对下面的雄辩事实，我的先生，您能说什么呢：暴发户一钻进从前不允许他们去的地方——上流社会、科学界、文学界、地方自治局、法院——那您就会看到，首先起来保卫人类崇高权利、第一个向这些闯入者宣战的是大自然本身。事实如此，暴发户一钻进他们不该去的地方，马上就发蔫，得病，精神失常，垮掉。除了在这些先生们中间，您在任何其他地方都看不到这么多神经衰弱者、心理残废、肺病患者和各种病恹恹的人。他们像秋天的苍蝇一样纷纷死去。要是没有这种拯救性的死亡，我们的文明早已片瓦无存，都会被暴发户毁掉。请劳驾告诉我：迄今为止，这种入侵给了我们什么？暴发户带来了什么？”拉舍维奇装出一副神秘惊恐的样子继续说，“我们的科学和文学水平从来没有像现在这么低过。我的先生，现在这帮人既无思想，也无理想，他们的全部活动浸透了一种精神：总想尽量多捞一些，把谁的最后一件衬衫扒下来。现在这帮假充先进和正直的人，您用一个卢布就可以收买。当代知识分子的特点就是：您跟他们谈话时要留心护住衣袋，否则他们就会把您的钱包掏去。”拉舍维奇挤了一下眼，哈哈大笑起来，“真的，会掏去的！”他用尖细的声音兴高采烈地说，“那么社会风气呢？社会风气如何呢？”拉舍维奇瞥了门一眼，“如今妻子卷逃已不新奇，这算什么，小事！现在呀，老弟，十二岁的小姑娘都在琢磨着找个情夫。所有这些业余演出啦，文学晚会啦，全都是为了更方便地勾引上一个有钱的富农去做外室……妈妈可以出卖女儿的肉体；可以直截了

① 冈察洛夫（1812—1891），俄国作家，著有《奥勃洛摩夫》《悬崖》等小说。

当地问丈夫他们的妻子该什么价儿出卖，甚至可以讨价还价，亲爱的……”

梅耶尔总是默默地一动不动地坐在那里，突然从沙发上站起来，看了看表，说：

“对不起，拉舍维奇先生，我该回家啦。”

但是拉舍维奇的话还没有讲完，抱住他，用力把他按到沙发上，发誓说不吃晚饭决不放他走。于是梅耶尔又坐着听他讲，不过看拉舍维奇的眼睛里已含有疑惑惊讶的神色，好像现在才开始了解拉舍维奇。梅耶尔脸上泛起红晕。使女终于进来说小姐们请吃晚饭，梅耶尔轻松地嘘了一口气，首先离开了书房。

隔壁房间里餐桌旁边坐着拉舍维奇的两个女儿叶尼娅和伊拉伊达，一个二十四，一个二十二，两人都是黑眼珠，很苍白，一般高的个儿。叶尼娅头发散披着，伊拉伊达梳着高高的发髻。吃饭以前，她俩先各自喝了一杯苦酒，那样子好像是无意中喝的，是生平第一次，两人都感到难为情，哈哈笑起来。拉舍维奇说：

“别淘气，姑娘们。”

叶尼娅和伊拉伊达互相之间讲法语，跟爸爸和客人讲俄语。她们争先恐后地用俄语夹杂着法语连珠似的讲起往年八月这个时候离家到寄宿学校去多么快活。如今已无处可去，得在庄园里憋一个夏天和一个冬天了。多无聊啊！

“别淘气，姑娘们。”拉舍维奇重复了一遍。

他自己想说。别人在他跟前讲话，他有一种像嫉妒似的感觉。

“情况就是这样，亲爱的……”他亲热地看着侦查员又开始讲起来，“我们因为善良、单纯并且担心人们怀疑我们落后，便同各种废物称兄道弟，宣传同富农和小酒馆老板讲博爱平等。可是假如我们肯想想的话，我们就会看到我们的善良是多严重的犯罪。我们这样做的结果，文明已处于千钧一发的境地。亲爱的！我们祖先世世代代创造的成果将被这批新匈奴糟蹋毁灭……”

晚饭后大家都到了客厅。叶尼娅和伊拉伊达点着了钢琴上的蜡烛，摆好了乐谱……可是父亲仍然在讲，不知道他什么时候能讲完。她们已在着急气恼地看着自私的父亲——对他来说，闲聊和炫耀才智的乐趣显然比女儿们的终身大事重要。梅耶尔是到他们家来的惟一的年轻人，她们知道他是为她们来的，可是喋喋不休的老头子却抓住他寸步不放。

“正如西方的骑士们打退蒙古的入侵一样，我们也应当趁着为时不晚团结起来协力打击我们的敌人。”拉舍维奇举起右手，用传教士的腔调继续说，“但愿我出现在暴发户面前时不是拉舍维奇先生，而是威武有力的狮心王理查。不要再跟他们客气啦，够啦！让我们大家协调一致，在暴发户刚一靠近我们时，就对着他的狗脸唾弃他，对他说：‘滚开！到自己该去的地方去！’要对着他的狗脸！”拉舍维奇伸出一根手指在面前点着兴奋地继续喊道，“对着他的狗脸！对着他的狗脸！”

“我办不到。”梅耶尔转过身去说。

“为什么呢？”拉舍维奇预感到要有一场有趣持久的争论，兴奋地问道，“为什么？”

“因为我自己是小市民。”

说完，梅耶尔脸涨得通红，甚至脖子上的青筋也鼓起来了，甚至眼里闪着泪光。

“我父亲是个普通工人。”他用粗鲁的断断续续的声音补充说，“我看不出有什么不好。”

拉舍维奇尴尬得要命，惊呆了，像一个被当场捉住的罪犯，惊慌失措地看着梅耶尔，不知说什么好。叶尼娅和伊拉伊达脸通红，把头低得可以凑到乐谱。她们替胡言乱语的父亲害臊。沉默了一分钟。当耳边突然传来痛苦、生硬、不留情面的“是的，我是小市民，并且为此自豪”时，她们感到羞愧难当。

接着梅耶尔告别完，笨拙地磕碰着家具迅速向前厅奔去，尽管马还没有牵出来。

“您今天走路要摸黑啦。”拉舍维奇跟在他后面说，“现在月亮出来得晚。”

他们站在黑暗的门口等着牵马来。天气凉爽。

“一颗星星落了……”梅耶尔裹紧了大衣说。

“八月份星星落得很多。”

牵来马以后，拉舍维奇仔细地看了看天空，叹了口气，说：

“这现象值得弗拉马里翁[①]挥动大笔……”

送走了客人，他进了花园，在黑暗中两手做着手势，不愿相信刚刚发生了一场那么奇怪愚蠢的误会。他又羞愧又懊悔。第一，事先不了解清楚交谈对象是什么人就发起这场可诅咒的关于贵族的谈话，是极其不谨慎不明智的。类似的情况从前已发生过一次，那是他在车厢里骂德国人，后来发现交谈对象全是德国人。第二，他觉得梅耶尔再也不会来了。这些平民出身的知识分子自尊心强得要命，而且固执，记仇。

“糟糕，糟糕……”拉舍维奇咕哝着，呸呸地吐着唾沫；他感到尴尬，恶心，像吃了个苍蝇似的，“唉，糟糕！”

从花园里透过窗户可以看到散披着头发的叶尼娅在客厅里站在钢琴旁边脸色煞白，神情惊恐，在急促地说什么；伊拉伊达若有所思地来回踱着，也急促地说起来，一副愤怒的样子。两人在同时说着。一句话也听不到，但是拉舍维奇猜得到她们在说什么。叶尼娅大概在抱怨父亲的胡言乱语使所有像样的人都不再登门，今天又使她失去惟一的朋友——这人也许会成为她的未婚夫；如今这个可怜的年轻人在全县再也找不到可以使心灵得到休息的地方了。伊拉伊达呢，根据她不断绝望地高举双手的样子，可以断定她在说生活无聊，青春已被毁掉……

拉舍维奇回到自己的房间，开始慢慢地脱衣服。他心情不好，总有一种吃了苍蝇的感觉。他感到羞愧，脱掉衣服，看了看青筋累

---

① 弗拉马里翁（1842—1925），法国天文学家，专门著作外，尚著有《大众天文学》一书，颇受读者欢迎。

累的细长的老腿，想起来县里的人都叫他癞蛤蟆，每次长篇大论之后都感到羞愧。这样的结果好像是命中注定似的，他开始时总是温和亲热，与人为善，把自己叫做老大学生、理想主义者、堂吉诃德①，可是不知不觉地就转到谩骂和诽谤上了，最奇怪的是竟会以最真挚的态度批评科学、艺术和社会风气，尽管他已二十年没读过一本书，除了省会哪儿也没去过，实际上他并不知道外间世界上发生的一切。假如他坐下写什么的话，即使写贺信，那在贺信里也会出现骂人的话。这一切都令人奇怪，因为他其实是个心地善良的好人。莫非是恶鬼附体，使他不由自主地仇恨和诽谤呢?

“糟糕……”他躺到被窝里叹了口气，“糟糕！”

两个女儿也没有睡。传来一阵笑声和喊声，好像有人在追谁：这是叶尼娅歇斯底里发作了。过了一会儿，伊拉伊达也嚎啕起来。使女光脚在走廊上跑了几趟……

“怎么会闹出这种事来，主啊……”拉舍维奇叹着气，来回翻着身子咕哝道。“糟糕！”

睡着以后，他做了一场噩梦。他梦见自己光着身子，像长颈鹿那么高，站在房间中央用手指点着说：

“对着他的狗脸！对着他的狗脸！对着他的狗脸！”

他惊醒了，首先想到的是昨晚发生了一场误会，梅耶尔当然再也不会来了。他还想起来得向银行付利息，得把女儿嫁出去，得吃，得喝，可是身体有病，年迈，烦恼，冬天快到了，没有劈柴……

已是上午九点多了，拉舍维奇慢腾腾地穿好衣服，喝完茶，吃了两大块抹了奶油的面包。女儿们没有出来喝茶，她们不想见到他，使他感到不快。他在书房的沙发上躺了一会儿，然后坐到桌前给女儿写信。他的手抖着，眼睛发痒。他写的是，他已年迈，无人需要了，谁也不喜欢他，他要女儿忘记他，他死后，用普通松木棺

① 西班牙作家塞万提斯（1547—1616）小说《堂吉诃德》的主人翁。

材安葬他就可以，不必举行葬礼，或者把他的尸体送给哈尔科夫[1]的解剖中心也可以。他感到他写的每一行都散发着怨恨和滑稽可笑的气息，可是他停不下来，不断地写着，写着……

“癞蛤蟆！”突然从隔壁房间里传来一句。这是大女儿愤怒的嘶哑的声音，“癞蛤蟆！”

“癞蛤蟆！”像回声似的，小女儿重复了一遍，“癞蛤蟆！”

① 乌克兰一大城市。

总园艺师的故事

N伯爵的花房里卖花卉。顾客不多，只有我，我的地主邻居和一个做木材生意的年轻商人。工人把我们买的漂亮花卉搬出来，往马车上装，我们坐在花房门口闲聊。温暖的四月的早晨，坐在花园里听听鸟叫，看看拿到室外的鲜花在阳光下柔情绰态，是极其惬意的。

装运花卉由园艺师米哈伊尔·卡尔洛维奇亲自指挥。他是个年高德劭的老人，胖脸刮得光光的，穿一件毛皮坎肩，没穿外衣。他一直沉默着听我们闲聊，等着我们说出什么新鲜东西来。他聪明，很和善，深受人们的尊敬。大家不知为什么认为他是德国人，虽然他父亲是瑞典人，母亲是俄国人，自己上东正教的教堂。他懂俄语、瑞典语、德语，这三种语言的书，他读了很多。再也没有比给他一本新书读读或者跟他谈谈易卜生[①]会更使他高兴的了。

他有一些弱点，但这些弱点不伤大雅：例如，他称自己为总园艺师，虽然他下面并没有别的园艺师；他脸上的表情总是非常庄重傲慢的；他不允许人家辩驳，喜欢人家认真仔细地听他讲。

“瞧这个家伙，我可以告诉你们，他是个可怕的恶棍。”我的邻居指着一个脸色黧黑像吉卜赛人似的、赶水车过去的工人说，“上个星期市里要判他抢劫罪，可结果却宣布无罪释放了。认为他患精神病，不过你们瞧瞧他的狗脸，健康着呢。近来俄国常常宣布恶棍无罪释放，理由全是病态、感情倒错；不过这些无罪判决，这些明显的姑息纵容不会有好结果。这些做法会瓦解群众的斗志，使人们的正义感迟钝了，因为人们已经看惯了罪恶不受惩罚。知道吗，我们这个时代可以大胆地用莎士比亚的话来形容：‘在这种万恶的时世，正义必须向罪恶乞恕’[②]。”

“对，对。”商人赞同地说，“因为法院常常宣判无罪释放，杀人放火的事明显增多了，问问庄稼汉嘛。”

园艺师米哈伊尔·卡尔洛维奇转过身来对着我们说：

“至于我呢，先生们，我总是兴高采烈地欢迎无罪判决的。当人们宣布被告无罪的时候，我不为道德和正义担心，相反我感到高兴。甚至我的良心告诉我宣判罪犯无罪是法庭弄错的时候，我仍然欢欣鼓舞。先生们，你们自己想想：假如法官和陪审团比起相信罪证、物证和证言来更相信人的话，那么这种相信人的行动本身不高于任何琐细考虑吗？（相信上帝并不难。宗教裁判官[③]、比龙[④]，阿拉克切耶夫都相信上帝。不，你们相信人吧！）[⑤]这种信仰只有少数理解并感受到基督的人才能接受。”

“想法不错。”我说。

“可这并非新思想。记得很久以前我甚至还听到过一个这种主题的传说。那是一个很可爱的传说。”园艺师说完笑了一下，“是已故的祖母——一个极好的老太太——讲给我听的。她是用瑞典语讲的，用俄语讲，听起来不那么美丽典雅。”

不过我们还是请他讲讲，不要嫌弃俄语粗陋。他很得意，慢慢吸着了烟斗，生气地看了看工人，就开始讲起来：

---

① 易卜生（1828—1906），挪威剧作家。

② 见《哈姆雷特》第三幕第四场。

③ 宗教裁判官，即宗教裁判所（亦译异端裁判所）的法官；该机构是天主教会残酷镇压和迫害“异端”的机构。

④ 比龙（1690—1772），俄国的德裔政治家，安娜·伊万诺芙娜皇后的宠臣，曾推行过一系列祸国殃民的反动政策。

⑤ 本篇小说在《俄罗斯通报》上发表时此句被删掉，契诃夫对此极为不满（见1894年12月31日给戈尔布诺夫-波萨多夫的信），但再版时并未补入。俄文版全集编者将此句补入正文，因不知准确位置，故括以（ ）号。

“某个小镇住着一个单身、不漂亮的老先生，姓汤姆逊或者威尔逊——姓什么无关紧要。问题不在姓氏上。他的职业是高尚的：给人治病。他总是郁郁不乐，不跟别人交往，只有他的职业要求他说话时他才说话。他不到任何人家里做客，除了默默鞠躬以外，不跟人们有更深的交往；生活俭朴，像个苦行僧。因为他是有学问的人，那时有学问的人不像普通人。有学问的人都是日日夜夜内省，读书，治病，认为其他一切都是庸俗的，没有时间讲多余的话。镇里的居民清楚地理解这一点，尽量不用拜访和闲聊使他生厌。他们很高兴上帝终于派来了一个会治病的人；他们自豪，他们的镇里住着这样一位优秀人物。

“‘他什么都知道。’人们这样说他。

“可是不仅如此。还必须再加一句：‘他爱所有的人！’在这个有学问的人的胸膛里跳动着一颗极好的天使般的心。不管怎么说，镇里的居民对他来说毕竟是外人，不是亲人，然而他像爱子女一样爱他们，为了他们甚至不怜惜自己的生命。他自己患肺病，总咳嗽，可是当有人请他去看病人时，他就忘了自己有病，不顾一切，气喘吁吁地去爬山越岭，不管山岭有多高。他不畏酷暑严寒，不避饥饿干渴。他从不收诊费，而且奇怪：患者死后，他还跟亲属一起走在棺材后面哭。

“不久他就成了镇里不可缺少的人；居民都奇怪，他们以前怎么能缺少这个人。他们的感激是无限的。大人和孩子、善人和恶人、诚实人和骗子——一句话，所有的人都尊敬他，知道他的价值。镇里以及郊区没有一个人允许自己做使他不愉快的事，甚至连这样的念头也不允许有。他离开家的时候从来不锁门关窗，完全相信没有一个小偷会来欺负他。为了履行医生的职责，他常常要走大路，要穿过森林和荒山；这些地方饥饿的流浪汉经常出没，可他觉得自己绝对安全。有一次深夜，他看病人回来，一帮强盗在树林里拦住了他，可是认出他来以后，他们却都恭恭敬敬地摘掉帽子，问他是否想吃些什么。他说不饿，他们就给他披上一件暖和的大衣，一直把他护送到镇里；他们感到幸福，命运竟使他们得到了一个机会略微报答这个仁厚的人。不言而喻，祖母接着讲连马牛狗都认识他，遇到他都表示高兴。

“这个人以自己的圣洁好像已使自己免除了一切灾祸，甚至免除了强盗和疯子的侵犯，可是有一天人们却发现他遇害了。他满身血迹，颅骨被打破，躺在河沟里，煞白的脸上一副惊讶的神色。是的，当他看到眼前的凶徒时凝固在他脸上的神色不是恐怖，而是惊讶。现在你们可以想象得出来镇里和郊区的居民多么难过。大家都悲痛欲绝，不相信自己的眼睛，纷纷问自己：谁能下手杀害这个人呢？侦查这个案子、验看医生尸体的法官说：‘这里有他杀的一切迹象，可是世界上没有一个人能下得了手杀害我们的这个医生朋友，所以显然不是他杀，各种迹象不过是偶然凑到了一起。必须认为医生是自己摸黑跌进沟里摔死的。’

“全镇都赞成这个结论。把医生安葬了，谁也不再提凶杀的事情。大家都觉得人不可能会卑鄙到杀害医生的程度。因为卑鄙也有个极限嘛。不是这样吗？

“可是一个偶然的机会发现了凶手。人们看到一个多次被判刑、堕落出名的二流子在酒馆里拿医生的烟盒和怀表换酒喝。人们当场指出他的罪证，他神色慌张，支吾搪塞，破绽百出。人们到他家搜查，在被褥里发现了一件两袖沾满血迹的衬衫和医生刀鞘镶着金饰的柳叶刀。还需要什么罪证呢？恶棍被关进了监狱。居民感到不安，异口同声地说：

“‘不可能！不会有这种事！留神，可别弄错了，有时罪证也不可靠！’

“在法庭上，凶手顽固抵赖。一切证据都说明是他干的，相信他的罪行毫不困难，就跟相信这土是黑的一样容易，可是法官们却像精神失常似的：每件罪证都要权衡十遍，不信任地打量着证人，脸通红，不断喝水……大清早开始审判，直到晚上才审完。

“‘被告！’主审法官对凶手宣布说，‘本庭认为你杀害某某医

生的罪名成立，判你……’

“主审法官想接着宣布‘死刑’两字，可是判决书从手里脱落，他擦了擦冷汗，喊道：

“‘不！假如我审判不对，那就让上帝惩罚我吧，我发誓，他是无罪的！我不认为会有人能下手杀害我们的医生朋友！人不会堕落到这种程度！’

“‘不错，不会有这样的人。’别的法官赞同地说。

“‘不会有！’群众喊道，‘放了他！’

“凶手被放了，没有一个人指责法官判案不公。祖母说，上帝为了这种对人的信仰宽恕了该镇全体居民的罪孽。上帝高兴人们相信人是他的形象，跟他一样；要是忘了人的尊严，把人看得比狗还不如，上帝就会悲伤。尽管无罪判决会给小镇的人带来害处，可是，你们自己会看到，信仰人对他们产生了多么良好的影响，这种信仰不是死的，它会培育我们仁厚的情感，会永远激励我们去爱每个人，尊敬每个人。每个人！而这是重要的。”

米哈伊尔·卡尔洛维奇讲完了。我的邻居想反驳他，他做了一个手势，那意思是说不喜欢反驳，然后便退到马车旁边，面带庄重的神色继续指挥装运花卉。

《决斗》——《总园艺师的故事》

陈殿兴　译

1895—1897

配　偶

“我一再跟你说，别收拾我的桌子，”尼古拉·叶夫格拉菲奇说，“你收拾了以后，那就什么东西也找不到了。那份电报在哪儿？你把它扔到哪里去了？你倒是找找看。那电报是从喀山打来的，标明的日期是昨天。”

脸色苍白、身材瘦小、神情淡漠的女仆从桌子底下的小纸篓里找出几份电报，默默地递给了医生，可那些电报全是本市就诊病人打来的。然后，他们又在客厅里和奥尔加·德米特里耶芙娜房间里找来找去。

那时已经是夜里十二点多了。尼古拉·叶夫格拉菲奇知道，妻子一时还不会回来，至少要到五点钟左右。他不信任她，每当她在外面迟迟不回家的时候，他就睡不着，苦恼不已，同时，既看不起妻子，又讨厌她的床铺、她的镜子和她那一个个精美的糖果盒，还有天天有人给她送来的铃兰花和风信子花——这些花弄得满屋子都弥漫着花店里的那种腻人的香味儿。在这样的夜晚，他总是变得器量很小、任性和好找茬儿，不消说，此刻他觉得昨天他弟弟打来的那封电报非常重要，非找到不可，尽管电报上只是表示节日的祝贺，没有其他任何内容。

在妻子房间的桌子上，信件盒子底下，他找到一份电报，并且粗略地看了一眼。电报是发给他岳母的，让她转给奥尔加·德米特里耶芙娜；发自蒙特卡洛，落款是：米歇尔……电文里的字，医生连一个也没看懂，因为那是外国字，大概是英文。

“这米歇尔是谁呢？为什么从蒙特卡洛打电报来？为什么发到岳母名下？”

在夫妇生活的七年时间里，他已经习惯于怀疑、猜测和分析罪证，还不止一次地想到，这种家庭里的训练简直可以使他成为精明能干的侦探了。他走进书房，开始思索，一下子想起一年半以前怎样跟妻子一起去彼得堡，在丘帕那里，跟一个老同学、交通工程师，一起吃过早饭，当时这位工程师怎样向他和他的妻子介绍一个二十二三岁的年轻人，名叫米哈伊尔·伊万内奇，姓是一个多么令人奇怪的短姓：利斯。两个月以后，医生在妻子的相片册里看到这个年轻人的照片，上面还留有法语题签：“留念于现在，寄希望于未来”，后来，大约有两次，他在岳母家里遇到过的正是这个人……当时他妻子恰恰是经常不在家，而且总是在清晨四五点钟才回来，还老是让他给办一本出国护照，而他却一次次地拒绝她的要求，于是他们家里成天吵架，闹得不可开交，以至见了仆人都不好意思。

半年以前，他的同事诊断他得了肺痨病，劝他丢开一切，去克里米亚[1]疗养。奥尔加·德米特里耶芙娜得知这事后，装出很担心的样子；她开始对丈夫温存起来，千方百计让他相信克里米亚是个又

---

① 俄罗斯南部一个半岛，疗养胜地。

冷又没有意思的地方，不如去尼斯[1]好，说她要陪他去，在那里服侍他、看护他，使他得到安慰……

此时他总算明白了，为什么妻子偏偏热心于去尼斯：她的米歇尔就住在蒙特卡洛。

他拿起一本英俄字典，查看那些字，猜测它们的意思，渐渐拼凑成这样一句话："我为我的心肝宝贝儿干杯，吻你的秀足一千次。急不可耐地等待你的到来。"他在想象，要是先前同意跟妻子一起去尼斯了，他会扮演一个多么可笑而又可怜的角色。屈辱感使他差一点流出眼泪来。由于无比激动，他在各个房间里走来走去。他深感自尊心受到伤害，平民式的厌恶感愤然而生。他气得握紧拳头，眉头紧皱，暗暗地问自己，他作为一个乡村牧师的儿子，论教育属于神学校毕业，一个正直、粗犷的人，论职业属于外科医生——就是这样一个人怎么会变成一个奴隶，在这个渺小的、背信弃义的、卑鄙的女人面前是那么可耻地服服帖帖?

"哼，秀足！"他喃喃地说，把那份电报揉作一团，"秀足！"

打从他爱上了她、向她求婚的那个时候起，以及后来共同生活的七年时间，他的记忆里所保存下来的，只有她那散发着香水气味的长发，许许多多柔软的花边衣服，再就是她的秀足了。那脚的确很小，很俊秀；直到现在，他的手上和脸上似乎仍然保留着过去拥抱时丝绸和花边所给予的感觉，此外什么印象也没有了。是的，如果不算发神经质、尖叫、斥责、恐吓、欺骗，不算那厚颜无耻的、不守妇道的欺骗的话，那就任何印象也没有了……他想起在乡下老家的情景，那时往往会有鸟儿无意中从院子里飞进房间，随后便开始拼命碰撞玻璃窗，把房间里的东西搅得乱七八糟。这个女人正是如此，她从跟他格格不入的圈子里来，飞进他的生活，把他的生活彻底破坏了。生活的黄金岁月仿佛是在地狱里度过的，对幸福的希望已完全幻灭，变成了嘲弄；健康每况愈下；他的那些房间的布

① 法国东南部一疗养胜地。

置，有如妓女的住处，俗不可耐，而从他每年所收入的上万卢布里他怎么也拿不出哪怕是十个卢布寄给自己的爹娘，这且不说，他的债务已高达一万五千了。看来，即使一帮土匪住在他家里，他的生活也不至于像有了这个女人而那么令人绝望，破坏得无法挽救。

他咳嗽起来，呼吸短促。他本该躺进被窝里去，暖和暖和，可他未能这样做，而总是从这个房间走到那个房间，抑或坐到桌前，用铅笔在纸上神经质地乱涂：

“处女作……秀足……”

快到五点钟的时候，他感到虚弱乏力，把一切的一切全怪罪于自己，此时他觉得，如果奥尔加·德米特里耶芙娜当初嫁给了别人，说不定那人会给她以良好的影响，那么她最终也许会成为一个心地善良、作风正派的女人，这谁也打不了保票吧？可他是个不怎么样的心理学家，对女性的心可说一窍不通，况且粗鲁，毫无风趣可言……

“就我来说，已经没有几天活头了，”他想，“现在我不过是一具行尸走肉，不该碍活人的事。就实质来说，目前我再坚持自己这样那样的权利，那就未免荒唐而又愚蠢。我不如跟她解释清楚，让她去找自己的心上人好了……我跟她离婚就是，罪名由我来承担……”

奥尔加·德米特里耶芙娜终于回来了。她走进书房，一屁股坐到圈椅上，身上还是那么披着白斗篷、头上戴着帽子、脚上穿着套鞋。

“那胖子，可真坏啊，”她呜咽地说，深深叹了口气，“这简直是欺骗，太可恶了。”她跺了一脚，“我受不了，咽不下这口气，我不能饶了他！”

“怎么回事？”尼古拉·叶夫格拉菲奇走近她问道。

“刚才是那个大学生阿扎尔别科夫送我回家，可他把我的手提包给弄丢了，里面有十五个卢布哪。那是我借妈妈的钱。”

她哭得还真像那码事，跟个小姑娘似的，泪水不仅湿透了她的

手帕，而且还沾湿了她的手套。

“能有什么办法呢！”医生叹了口气，“既然丢了，那就算丢了好了，去他的吧。你冷静冷静，我有话要跟你说。”

“我又不是百万富婆，那么拿钱不当钱看。他倒是口口声声说要赔给我，可我不相信，因为他很穷……”

丈夫求她安静下来，以便听他说话，可她还是在讲那个大学生，讲她丢失的十五个卢布。

“得了，明天我会给你二十五个卢布，只是请你别再唠叨！”他不耐烦地说。

“我得换换衣服呀！”她怨声怨气地说，“我总不能穿着皮大衣一本正经地说话吧！真奇怪！”

他帮她脱掉大衣和套鞋，与此同时他觉察出一股白葡萄酒味，正是逢吃牡蛎时她所喜欢喝的那种酒的气味（别看她弱不禁风的样子，饭量和酒量倒挺大）。她去到自己的房间里，过不多久回来了——换了衣服，脸上扑了粉，泪眼惺忪。她坐了下来，整个身子都裹进她那轻薄的、带花边的宽松睡袍里，丈夫在她那粉红色波浪起伏的轮廓里只看到披散着的头发和穿着便鞋的秀足。

“你不是要跟我说什么吗？”她一边在圈椅上晃着身子，一边问道。

“我无意中看见了这……”医生说，把电报递给了她。

她看了看电文，耸了耸肩膀。

“有什么可大惊小怪的？”她说，身子摇得更厉害了，“这不过是一份普普通通的贺电，祝贺新年，别的什么也没有。这里又没有什么秘密。”

“你是想，反正我也看不懂英文。的确，我不懂英文，可是我有字典。这份电报是利斯发来的，他在为自己的心肝宝贝干杯呢，还要上千次地吻你。不过，这一点我们且不去谈……”医生急匆匆地继续说，“总的来说，我不想指责你，或者大闹一场。闹也闹够了，骂也骂够了，该是结束的时候了……我所要跟你讲的话就是这样：你自由了，可以随心所欲地生活。”

两人都沉默了。她轻声哭了起来。

“我给你自由，免得你老是要装假和撒谎，”尼古拉·叶夫格拉菲奇接着说，“如果你爱那个年轻人，那就爱他好了；要是你想出国，到他那儿去，那就去吧。你还年轻，还健康，而我呢，病病歪歪的，没有多少天的活头了。总而言之……你能明白我的意思。”

他十分激动，说不下去了。奥尔加·德米特里耶芙娜流着眼泪哭诉，声音透着人们常说的那种自己对自己的怜悯。她承认她爱着利斯，常跟他一起乘车去城外兜风，还在他的房间里呆过，事实上她目前也的确很想出国。

“你瞧，我什么也不隐瞒，”她叹着气说，“我的整个内心都袒露出来了。我还要求你，求你宽宏大量，给我申请一本护照！”

“我再说一遍：你自由了。”

她坐到另一个位置上，离他近一点，为的是仔细看看他的面部表情。她不相信他说的话，此刻她想弄清他的葫芦里到底卖的是什么药。她从来就没相信过任何人，而且，不管别人的本心是多么光明正大，她也总是怀疑其中含有见不得人的卑鄙的动机和自私的目的。在她探询式地观察他的面部表情的时候，医生仿佛觉得从她的眼睛里，就像从猫的眼睛里那样，闪出了绿光。

“那我什么时候能拿到护照呢？”她问，声音很轻。

突然，他禁不住想说“永远也拿不到”，但他抑制住了自己，只是说：

“随你的便。”

“我只去一个月。”

“你去利斯那里，可以永远呆下去。我可以跟你离婚，承担罪名，那么利斯也就可以娶你了。”

“可我根本不想离婚！”奥尔加·德米特里耶芙娜立即回答，现出一副惊讶的面孔，“我并不是要求你跟我离婚！ 只要给我护照就行了，没有别的。”

“可是你为什么不愿意离婚呢？”医生激动了起来，问道，“你可真是一个莫名其妙的女人。真是够古怪的了！如果你对他的确是一片痴情，而他同样爱你，那么，在这种情况下，你们两人最好的局面便是结婚，想不出别的办法。难道你还举棋不定，不知选择结婚还是私通吗？”

“我明白你的意思，”她一边说一边从他身边走开，脸上带着怨恨的、凶神恶煞似的表情，“我算是完全明白你的意思啦。我使你感到厌烦了，而你，简单地说，是想摆脱我，所以逼我离婚。感谢你的坦率，不过我并不像你所想象的那么傻。说什么我也不会同意离婚，我决不离开你，决不，决不！首先，我不愿失去社会上的地位。”她匆匆地接着说，仿佛担心别人会打断她的话似的，“其次，我已经二十七岁了，可利斯才二十三，过那么一年他就会厌倦我，把我抛弃。再说，你想知道的话，我会实话告诉你，我对他的这种感情，我也不敢担保能够维持多久……你瞧，就是这么回事！我不能离开你。”

“那我就把你赶出去！”尼古拉·叶夫格拉菲奇喊道，跺了跺脚，“我会赶你滚蛋的，你这卑鄙龌龊的女人！”

“不妨走着瞧吧！”说完她就走出去了。

外面早已天色大亮，可医生依然坐在桌旁，舞弄着铅笔，在纸上机械地写着：

“阁下……秀足……”

要不然他就踱来踱去，时不时在客厅里挂的那张七年前婚后不久照的相片面前停住，久久地端详。这是一张全家人的合影：岳父、岳母、他那当时只有二十岁的妻子奥尔加·德米特里耶芙娜和作为年轻、幸福的丈夫的他本人。他的岳父是个胡子刮得光光的、有点虚胖和水肿模样的三级文官，相当狡猾和贪钱；他的岳母是一个胖女人，身材矮小、长相凶猛，酷似一头艾鼬，她爱女儿爱得失去理智，可说百依百顺，要是她女儿要把某人掐死，那她决不会说半个不字，反而会扯起衣裙的下摆遮住她的勾当。奥尔加·德米特里耶芙娜也是身材矮小、五官长得凶相，只是比她母亲更为明显，更为泼辣而已；可说她不是艾鼬，而是比艾鼬还大的野兽！而尼古拉·叶夫格拉菲奇本人呢，在这张相片上，看上去是那么朴实憨厚、普普通通、坦诚直爽的一个人；他的脸上浮现着教会学校学生式的微笑，而且还那么天真幼稚地相信命运使他偶然闯入其中的这帮野兽，会给他幸福和诗意盎然的生活，会给他学生时代所梦寐以求的一切，正如那时他在歌中所唱的那样："如果心中对爱情无动于衷，那就等于扼杀青春和生命。"……

他又困惑莫解地问自己，他这个乡村牧师的儿子，就所受的教育来说，朴实憨厚，是个普普通通、表里如一的直爽人，怎么会如此乖乖地落进这个微不足道的、虚伪、庸俗的渺小女人的手心里，被其降服，而就本质和天性来说，他跟这个女人真是格格不入。

快到十一点钟的时候，他穿上了常礼服，准备上医院去，这时女仆走进了书房。

"你有什么事？"他问。

"太太起床了，她让我来取您昨晚答应给她的那二十五卢布。"

白脑门

一只饥肠辘辘的母狼站起身来，准备出去打食。她的三只崽子偎作一团，互相取暖，这会儿正睡得香甜。母狼舔了舔他们就动身了。

已经是开春三月份了，可是夜间还跟十二月一样冷，树木干裂作响，舌头伸出去马上就会冻得刺痛。母狼身子虚弱，心里七上八下；一点点声响都会使她吓得发抖，它老是担心会有什么东西趁它外出的机会伤害自己窝里的崽子。人、马的气味，树墩、柴垛以及留有马粪的晦暗的路，都使它害怕；她仿佛觉得晦暗中树木背后有人站在那里，而树林的后面有几条狗在那里吠叫。

她已经不年轻了，嗅觉已不那么敏锐了，因此有时竟把狐狸的足迹误认为狗的脚印，有时甚至由于嗅觉的错误而迷失方向，这样的事在她年轻的时候可从来没有发生过。由于身体虚弱，她不再像从前那样追捕牛犊和体大的羊，遇到带马驹的老马便远远地绕道避开，而只靠一些死物的尸体填饱肚皮；新鲜的肉她很少有机会吃到，只有到了春天的时候，偶尔碰到野的母兔，才有可能从她那里夺得几只兔崽，要么就偷偷钻进农家的畜栏里去，那里有羊羔。

离她的洞穴大约四俄里，在驿站旁，有一所供人过冬的茅屋。看守人伊格纳特就住在那里，这个七十岁左右的老头儿总是咳嗽，自言自语；他通常是晚上睡觉，白天则背着个单铳枪在树林里走来走去，遇到野兔便打起唿哨。看来，从前他可能在机械厂里干过活，因为他每逢在停住脚步之前，总是对自己喊："停，机车！"而在迈步向前时则喊："开足马力！"他身边总有一条大黑狗，不知属于什么品种，名叫"阿拉普卡"。只要这狗在前面跑得很远，他总是对它喊："倒车！"有时他还唱歌，唱歌时身子便摇晃得厉害，乃至常常跌倒（母狼以为这是风吹的缘故），还喊什么"唉，出轨了！"

母狼记得，去年夏天和秋天的时候，在过冬的茅屋附近有一只公绵羊和两只小母羊在草地上吃草，不久以前她路过那个地方，还仿佛听见畜栏里传来羊的咩咩叫声。此时，她一面向茅屋走近，一面在想，眼下已是三月，根据时节来判断，畜栏里必定会有羊羔儿。她饿得十分难受，心里在想她会多么贪婪地吞食一只羊羔，这样一想，她的牙齿都磨动得响了起来，眼睛有如两个光点在晦暗中闪亮。

伊格纳特的茅屋，他的板棚、畜栏和水井，都被高高的雪堆围住。四周一片寂静。阿拉普卡当该睡在板棚那里。

母狼偷偷地爬上雪堆，跳到畜栏的顶上，开始用爪子和鼻嘴扒畜栏的草顶。草已经朽了，腐烂了，所以狼差点儿坠落下去；突然，冲她扑鼻而来的是一股暖呼呼的热气，一股畜粪的气味，还有一股羊奶的气味。底下，有一只羊羔感到了冷，柔声地咩咩叫着。狼从栏顶的洞口跳下去，两条前腿和胸脯落在一个软绵绵、暖呼呼的东西上，那应该是一只羊，与此同时，畜栏里的一个什么东西受了惊吓，叫了起来，后来成了一连串尖细的嗥叫声，绵羊都猛然窜到墙边去，心惊肉跳的母狼，随口咬住碰到嘴边的一样东西便慌忙逃走……

她使出全身的力气奔跑，而此时阿拉普卡已经闻出狼的气味，狂暴地吠了起来，茅屋里受惊的鸡咕咕哒哒地叫，伊格纳特走出来，站在台阶上喊道："开足马力！快去拉汽笛！"

于是他像机车那样发出了啸叫声，之后只听他喊"呵——呵——呵——呵！"……这些嘈杂的声响都在树林里唤起了回音。

直到所有的声响都渐渐平息下来，母狼才稍稍安下了心，开始注意到自己嘴里叼着的、在雪地上拖了很长一段路的俘获物，比通常这一季节的羊羔儿要重些，而且似乎也硬朗些；它的气味似乎也不一样，还发出奇异的声音……母狼停住了脚步，把嘴里叼的俘获物放在雪地上，为的是歇一会儿再开始吃，然而，她忽然带着一种厌恶的心情往后边倒退了几步。原来那不是羊羔儿，而是一只黑色的狗崽，头大腿长，属于名种，像阿拉普卡的脑门一样，呈现的是一片白斑。从体态来看，这小狗是一条普普通通的看家狗。他舔了舔自己那皱巴巴、受了伤的脊背，仿佛什么事情也没发生，摇了摇尾巴，朝母狼吠了起来。母狼像狗那样咆哮，随即离他而去。狗跟在狼后面追。母狼回过头来看了看，磨了磨牙；小狗迷惑不解地停住了脚步，大概他断定那是在跟他闹着玩儿，于是就高兴地昂起了头，朝茅屋的方向尖声尖气地叫了起来，似乎是在邀请自己的妈妈阿拉普卡来跟他一起与母狼玩会儿。

天快要亮了，等到狼返回自己那白杨密林中的家时，周围的每一棵树都看得清清楚楚，黑琴鸡已经醒来，被小狗的吠叫及其横冲直撞的蹿跳所搅扰的雄山鸡，常常展开漂亮的翅翼向上飞起。

"他为什么追我？"母狼困惑地想道，"看来，他是想让我把他吃掉。"

母狼跟她的狼崽住在一个不太深的洞里；三年前，一阵暴风雨袭来的时候，一棵高大的老松树被连根拔起，这个洞便由此而来。现在，洞底布满了枯叶和苔藓，那里还有骨头和牛角之类的东西供狼崽们玩耍。此时三个狼崽已经醒来，他们彼此十分相像，并排站在洞口，瞧着归来的妈妈，不停地摇着自己的尾巴。小狗从远处看到了他们，便站住了，久久地望着；发现对方也在警惕地盯着他，小狗恼怒地叫了起来，跟见到不速之客似的。

天已经亮了，太阳升了起来，周围的雪熠熠闪亮，小狗还是站在远处，不停地吠叫。狼崽在吸吮母狼的奶，爪子不停地推搡妈妈那又瘦又瘪的肚皮，母狼此时正在啃一块干枯的马骨头；她忍受着饥饿的折磨，狗的吠叫声使她头痛，她可真想扑过去，按住那个不速之客，把他撕得粉碎。

到后来小狗累了，喉咙也变得沙哑；他看见那些狼崽一点也不怕他，甚至不再理他，就小心翼翼地，时而蹲下来，时而向前窜几步，渐渐朝他们走去。此时，在白昼的光亮里，很容易把小狗看个一清二楚了……他的白脑门挺大，而脑门上长着一个小疱，这样的疱只有十分蠢笨的狗头上才有；他的眼睛很小，呈浅蓝色，晦暗无光，整个嘴脸的表情显得极其愚蠢。他走到狼崽们跟前，把两只宽大的前爪伸出去，脑袋靠在他们身上，开始叫了起来：

“穆尼亚，穆尼亚……恩加——恩加——恩加！……”

狼崽们感到莫名其妙，只知摇摆尾巴。这时，小狗伸出一只前爪，在一只狼崽的大脑袋上打了一下。那只狼崽则在狗头上回敬了一下。小狗侧着身子靠近他，一边摇着尾巴，一边斜眼看他，随后猛然窜了出去，在雪面冰层上兜了几圈。狼崽们跟在后面追他，小狗仰面朝天地倒下来，四条腿向上乱蹬，三只狼崽一起扑到他身上，高兴地乱叫起来；他们开始咬他，不过咬得不疼，只是跟他闹着玩儿。停在高大松树上的一群乌鸦，居高临下地望着他们打闹，还真有点担心。此时既喧闹又快活。太阳已经像春天那样温暖晒人；雄山鸡不停地在被暴风雨推倒的松树上飞来飞去，在阳光的反射下看上去像绿宝石似的。

通常，母狼都要教自己的子女打食，把捉来的活的猎物交给他们去逗弄；此时，这只母狼看着三只小崽在雪面冰层上追逐小狗，

跟他扭打，便暗自想道：

“让他们那么练吧。”

打闹够了，三只狼崽便返回洞穴，躺下睡觉。小狗也许由于有点儿饿了，叫了一阵子，后来也舒展开四肢，躺在阳光里，睡下。他们一觉醒来以后，就又一起玩了起来。

整整一天，乃至到了晚上，母狼无时不想起，头天夜里那只小羊羔怎样在畜栏里咩咩地叫，怎样闻到羊奶的气味，她饥肠辘辘，直磨牙齿，不停地啃那根枯骨，在想象中贪婪地吃着羊羔儿。狼崽都在吃奶，而想吃东西的小狗，则在周围跑来跑去，时而嗅嗅雪地。

“我何不把他吃了……”母狼下了决心。

她走近小狗，而小狗舔了舔她的嘴脸，哀号起来，以为母狼想跟他玩。很久以前她曾吃过狗，这条小狗身上就散发出那种狗的强烈气味，而根据她现在这种虚弱的身体，恐怕是受不了这种气味的；她感到厌恶，便离他而去了……

到了夜里，天凉了。小狗觉得寂寞无聊，于是回家去了。

三个崽子睡熟了的时候，母狼又出去打食。正如头天夜里，任何一点声响都使她惊慌，树墩、木头，从远处看酷似活人的晦暗的刺柏树丛，都使她害怕。她避开道路，在旁边的雪面冰层上跑着。突然，在前方远处的路上闪过一个黑影……她聚精会神地瞧着和听着：的确，前面有个东西在移动，甚至还能听到有节奏的脚步声。会不会是一只獾呢？她小心谨慎地，几乎是屏住了呼吸，尽量靠边上走，绕过那个黑影，回头看了一眼，随即认了出来。原来这就是那只白脑门小狗，正不慌不忙、蹒跚地走回过冬的茅屋。

“他可千万别再妨碍我呀。”母狼想道，匆匆地往前跑去。

然而，那个过冬的茅屋已近在眼前。她又顺着雪堆爬上了畜栏棚顶。昨天的那个洞口已被春播作物的禾秸补好，棚顶上新添了两根檩子。母狼的两条前腿和鼻嘴并用，匆匆地扒了起来，不时地回头看看小狗是否来了，可是一股热气和畜粪的气味刚刚扑向她的鼻子，她的身后便传来快活的、忽高忽低的犬吠声。这就是说，小狗回来了。他跳上棚顶去找狼，然后又从洞口跳了下去，感到自己回到了温暖的家，看到自己的羊伴全在，就叫得更响了……睡在板棚里的阿拉普卡醒来，闻出狼的气味，嗥了起来，鸡都咕咕哒哒地叫。当伊格纳特端着自己的单铳枪，出现在门口的台阶上时，惊魂未定的母狼早已跑走，远离这过冬的茅屋了。

“走吧……”伊格纳特打了个唿哨，“走吧，鼓足了气，开路吧！”

他扣动枪机——枪没响；他又扳动一次——还是没响；他第三次扳动——一大束火花从枪筒里飞出，于是响起震耳欲聋的“砰！砰！”声。回力猛烈地冲击他的肩头；他一手握着枪，另一只手拿着斧头，走去看看那混乱的声响是什么原因……

过了片刻他返回茅屋。

“那边怎么了？”一个在他那里借宿的过路人被嘈杂的声音吵醒了，嗓音沙哑地问。

“没什么……”伊格纳特回答说，“不值一提的小事。我们的那条白脑门狗养成了习惯跟羊一起睡觉，睡在暖和地方。只是他不明白该从正门进出，而钻棚顶。昨天夜里，这个坏种把棚顶扒了个洞，出去闲逛，而现在他回来了，又把棚顶扒得乱七八糟。”

“笨狗。”

“一点不错，他脑子里必定是断了根弦。我可是真不喜欢蠢货！”伊格纳特叹了口气，爬上炉炕，“好啦，见多识广的人，起床还有点太早，让我们开足马力再睡一觉……”

到了早晨，他把白脑门唤到自己跟前，使劲打他的耳根，随后又一边扬起树枝，一边威胁地说：

“从门那里走！从门那里走！从门那里走！”

阿里阿德娜

从敖德萨开往塞瓦斯托波尔的轮船甲板上，有一位唇边蓄着圆形胡须、颇有风度的先生，他走近我借火抽烟，并且说道：

“您注意一下坐在驾驶室旁边的那些德国人。德国人或者英国人凑在一起的时候，总是谈论羊毛的价格，谈论收成，谈论自己的私事；可是我们，俄罗斯人，凑到一起的时候，不知为什么只会谈论女人和不着边际的东西。不过，多半还是谈论女人。”

这位先生的模样我已经熟悉了。昨天傍晚，我们是乘同一列火车从国外回国的，在沃洛奇斯克，海关检查行李的时候，我看到他怎样跟一位夫人，他的旅伴，一起站在堆积如山的提箱和盛满女人衣服的篮子跟前，当他不得不为一件旧的丝绸衣服上税，而他的旅伴极力争辩和抗议，甚至威胁说要去告上一状的时候，我看到他怎样窘迫和垂头丧气，后来，在到敖德萨的一路上，我看到他怎样往女人车厢里一会儿送馅饼，一会儿送柑子。

天气有点潮湿，轮船微微晃动，女人都回自己的舱间里去了。唇边蓄着圆形胡须的那位先生坐到我的身旁，继续说：

“是的，俄罗斯人只要凑到一起，只会谈些不着边际的东西和女人。仿佛我们是那么有知识，那么举足轻重，说出的话全都是真理，而且我们所要解决的问题只能是高层次的。俄罗斯演员不会逗乐儿，哪怕在轻松喜剧中也演得十分深沉；我们也是如此：即使话题涉及的是一些微不足道的鸡毛蒜皮，我们反正会从崇高的观点去论述。这是胆识、真诚、朴实方面的一种缺陷。我们之所以常常谈论女人，我觉得，是因为我们不满意的缘故。我们过于理想化地看待女人，对女人的要求跟女人实际上所能给予的相差甚远，我们所得到的远不是我们所希望的，其结果便是不满意、希望的破灭、内心的痛苦，而谁有什么病痛，谁就会把病痛挂在嘴边上。”

“这样的谈话继续下去，您不觉得没意思吗？”

“不，一点也没觉得。”

“既然如此，就让我来介绍一下自己吧，”我这同伴说，从座位上微微欠了欠身，“伊万伊里奇·沙莫欣，在某种程度上可说是莫斯科那地方的一个地主……至于阁下么，我是十分了解的。”

他坐下来继续说，和善而诚恳地望着我的脸：

“这种经常谈论女人的话题，说不定会被类似马克司·诺尔达乌这样的二流哲学家解释为色情狂的一种表现，或者以我们是农奴制的拥护者等来解释，可我的看法却恰恰相反。我重复一下我的看法：我们之所以不满意，是因为我们是理想主义者。我们希望造就我们以及造就我们子孙后代的人超越我们，高于世上的一切。我们年轻的时候，总是把自己所钟情的人诗意化，崇拜为神；爱情与幸福成为我们的同义词。在我们俄国，没有爱情的婚姻是被人瞧不起的；性欲荒谬可笑，引人憎恶，那些把妇女写得很美、富有诗意和形象崇高的长篇小说和中篇小说，都享有很高的声誉；要说有那么一个俄罗斯人早就欣赏拉斐尔笔下的圣母画像，或者热衷于妇女解放事业，那么请您相信，这里没有半点虚假的成分。然而不幸恰恰在于，只要我们一结婚，或者跟女人相处那么两三年，我们就会感到失望，仿佛觉得自己被骗了，随后我们就跟别的女人搞在一起，结果又是失望，又是感到可怕，最终我们确信不疑，认为女人都虚伪，是小人，好妒忌，小心眼，没有头脑，乃至残忍，总而言之，不仅谈不上比我们男人高尚，反而不知要低劣多少倍呢。于是，作为幻想破灭和失意的人，我们没有别的事情可做，除了喃喃抱怨，唠叨我们如此上过大当的事情。”

在沙莫欣讲话的过程中，我发现，俄罗斯语言和俄罗斯环境给他带来了很大的快乐。大概，这是因为先前他在国外的时候非常思念祖国。在称赞俄罗斯人、欣赏其罕见的理想主义的同时，他并不贬低外国人，而这对他来说是非常有益的。同样可以看出来的是，他的内心不怎么平静，比起谈女人来，他渴望更多谈到他自己，不消说，我必然会听到一个很长的故事，如同一段自白。

事实的确如此，我们要了一瓶葡萄酒，各自喝了一杯之后，他便这样说了起来：

"记得维利特曼的一个中篇小说里，有个主人公说：'瞧，就是这么个故事！'可另一个主人公却回答他说：'不，这不是故事本身，而仅仅是故事的开场白。'同样，在这之前我所说的也只不过是开场白罢了，就实质来说，我想讲给您听的，是我最近一次的恋爱故事。对不起，我还想再问一问：您听着不嫌乏味吗？"

我说不乏味，他也就说了下去：

"事情发生在莫斯科省北部的一个县里。那儿的风景，我应该对您说，美得出奇。我们的庄园坐落在一条奔流不息的小河的高高河岸上，真可谓好一个仙人境，昼夜听水声。您默默想想看，已有其历史的大花园，令人赏心悦目的花圃、养蜂场、菜园子，下面是垂柳掩映的河，每逢遇有大雾，垂柳挂满了露珠时，令人觉得有点缺少光泽，恰似变得灰白；河的彼岸是绿色的草地，草地后面的丘冈上是一片浓密的、令人生畏的针叶林。在这一片针叶林里生长着无数的松乳菇，看来，密林的深处还是驼鹿的天地呢。我觉得，直到我死，直到我被钉进棺材里去，我总是会梦见那些清晨，您知道，梦见那些阳光耀眼的清晨，或者梦见春天那无比美好的黄昏，此时夜莺和秧鸡在花园内外鸣叫，手风琴声从村边传来，房子里有人在弹钢琴，河水潺潺有声——一句话，听到这种音乐，人既会想哭，又会想大声歌唱。我们没有多少耕地，不过牧场可以弥补收入，再加上森林，每年的进项将近两千卢布。我是独生子，父亲和我都很节俭，这些钱，再加上父亲的退休金，足够我们用了。大学毕业后的前三年我住在乡下，料理产业，也总在等待机会，谋求好的职业，这期间的重要事情是，我对一个无比漂亮而又富有魅力的姑娘产生了强烈的恋情。她是我们的邻居科特洛维奇的妹妹；科特洛维奇是个破落地主，他的庄园里有菠萝，有蜜桃，有避雷针，院子里有个喷泉，然而口袋里却一个戈比也没有。他什么事情也不做，什么事情也不会做，似乎整个身子都是软的，有如蒸熟了的萝卜做成的；他用顺势疗法给农民治病，从事招魂术行当。不过，他是一个很有礼貌的人，和和气气，一点也不愚蠢，然而我内心里一点也不喜欢这类跟鬼魂交谈和以催眠的方法给婆娘们治病的先生。首先，那些思想不解放的人，头脑里总是糊里糊涂，跟他们谈话尤其困难；其次，一般来说他们谁也不爱，跟女人没有瓜葛，而这种神秘性对感受力强的人会产生不愉快的印象。他的外表也让我不喜欢。个头很高，胖得要命，皮肤很白，脑袋挺小，一对亮晶晶的小眼睛，手指又白又松软，像浮肿似的。见面握手时他不是握，而是揉。他总是向别人道歉。要什么东西时，他就说'对不起'，给别人东西时，也说'对不起'。至于说到他妹妹，那么这可完全是另一种类型的人物。应当向您强调指出，童年和少年时代我跟科特洛维奇一家人并不认识，因为那时我父亲在N地当教授，我们在外省住了很长时间，等到我跟他们认识的时候，这姑娘已经二十二岁了，而且早已离开了大学，在莫斯科跟一个有钱的姑母住了两三年，她姑母总是把她带在身边进出社交场所。相识之后，我第一次有机会跟她谈话时，首先使我感到惊讶的是她那罕见的动听的名字——阿里阿德娜。这名字对她是那么合适！这是一个黑发姑娘，清秀、窈窕，腰身匀称、身段优美，面部轮廓极其高雅。她的眼睛也是亮晶晶的，然而她哥哥的眼睛带有冷漠、凝滞的神情，像冰糖的闪光；而她的目光却闪耀着青春活力、骄傲和魅力。从相识的头一天起，她就征服了我，应该说，不可能不是这样。最初的印象竟是如此之深，至今我都不能同幻想分离，依然认为，大自然创造这个姑娘的时候，事先必定有一个广泛的美好的构思。阿里阿德娜的声音，她的步态、帽子乃至她钓鱼时在沙岸上所留下的足迹，都在我的内心唤起了愉悦和对生活的热切渴望。按照她眉清目秀的面容和无比美好的身段，我想象她的内心和精神世界，她的每一句话，每一个微笑，都使我欣赏不已，博得我的好感，促使我想象她那崇高的内心世界。她待人和善，性格开朗，善于言谈，朴素大方，诗意地相信上帝，谈论起死也富有诗意，她的内心世界是如此丰富多彩，就连她的缺点似乎也具有某种独特的、讨人喜欢的性质。比如说，她需要买一匹马，可是没有钱，——这有什么难处？可以变卖或者当掉什么东西呀，要是管家对天起誓，说没有任何东西可以变卖或者典当，那就不妨把厢房的铁皮顶盖揭掉，送到工厂去；要不就在大忙季节把农田里的马赶到市场上卖掉，换回一些不值钱的东西。这类不可遏止的欲望有时把整个庄园的人弄到绝望的地步，然而她每每讲起自己的这类欲望时，总是那么美妙动听，以致她的所作所为最终还是都得到了原谅，如同女神或者恺撒王后，她所需要的一切都得到了满足。我的痴情是令人感动的，没过多久，我的父亲也好，邻居也罢，还有周围的农民，全都注意到了。他们全都同情我。有时候我请工人喝酒，他们总弯下腰来表示敬意，嘴里不停地说：

“‘愿上帝保佑您能娶科特洛维奇家的小姐。’

“阿里阿德娜本人也知道我爱上了她。她常常骑着马或者坐敞篷马车来看我们，有时能跟我和我父亲呆上一整天。她跟我家老头子很要好，他甚至教会了她骑自行车——这是他最开心的事儿。我记得，有一天傍晚，他俩又要去骑车，我便帮她上车，此时我觉得她是那么漂亮，似乎我一接触到她，两手便感到灼烫，我高兴得浑身发颤。而当他俩，老头子和她，都显得漂亮、和谐，并排骑着自行车沿着大路前进时，迎面而来的管家胯下的那匹乌骓，立刻闪到一边让路，我似乎觉得，那马之所以闪开，是因为也震惊于她的美。我的钟情，我的崇拜感动了阿里阿德娜，使她心软了，于是她也特别渴望自己也像我一样钟情于我，并用爱情回报我。应当说，这是颇富诗意的！

“然而，她不能像我一样真正去爱，因为她冷漠，而且已经相当堕落了。她已被魔鬼缠身，那魔鬼不分昼夜地悄声对她嘀咕，说她像天仙一样美丽动人，而她自己也不明确，上帝创造了她究竟是为了什么。对于自己的未来，她不想别的，只想到自己非常富有和很有名气。她幻想的是化装舞会、赛马、镶金银边饰的仆役制服、豪华的客厅、自己的沙龙，成群结队的伯爵、公爵、外交使者、大名鼎鼎的艺术家、演员，全都对她表示崇拜，对她的美和服饰表示无比欣赏……这种对权力和个人成就的渴望，这种经常性的片面追求，渐渐使人变得冷漠。阿里阿德娜便是这样，对我、对大自然、对音乐，她都十分冷漠。与此同时，岁月流逝，却不见任何使者到来。阿里阿德娜继续住在作为招魂术专家的哥哥那里，处境每况愈下，因为她已经没有钱用来购买衣服和帽子，不得不耍弄花招和变换手法，以便掩饰自己的贫困。

“仿佛有意作对似的，当初还是她住在莫斯科她姑母那里的时候，有一个很有钱的人，马克图耶夫公爵，曾向她求过婚，但那人渺小得可怜，微不足道。她斩钉截铁地回绝了他。可现在她常常后悔：何必拒绝呢。就像庄稼汉看见克瓦斯上面漂着蟑螂，一面厌恶地将蟑螂吹向一边，一面还是喝着饮料，阿里阿德娜回忆起那位公爵时，也是厌恶地皱起了眉头，可最终还是这么对我说：

“‘不管怎么说，头衔里终究有一种无法解释的、令人迷恋的东西……’

“她梦想头衔，梦想荣耀，与此同时她又不想放弃我。不管你在那里做着什么样的梦想，渴望什么使者的到来。而人心毕竟不是石头，有时也会顾惜到自己的青春。阿里阿德娜极力使自己钟情，做出正在倾心于人的样子，甚至对天发誓说她爱我。然而我是一个容易激动、感觉灵敏的人，只要别人爱我，哪怕相距甚远我也能感觉得到，根本不需要起誓和保证，可她呢，使我感觉到像一股冷风那样凉飕飕的，每逢她对我谈起爱时，我便觉得，似乎在听一只金属的夜莺歌唱。阿里阿德娜自己也感觉到她的内心里空空如也，她很烦恼，我不止一次看到她泪流满面。要不然，您可以想象一下，她就突然抱住我，狂吻一阵。那是发生在傍晚，在河边上，我从她的眼睛里就看出来，她根本不爱我，而搂抱只不过是出于好奇罢了，为的是体验一下，由此而会产生什么样的感觉。她的举动使我感到害怕。我拉着她的两手，绝望地说：

“‘这种没有爱情的温存给我带来了痛苦！’

“‘您可真是……一个怪人！’她懊丧地说，随即离去了。

“从总的情况来看，再过两年的光景，说不定我会娶她为妻，我的这个故事也就那么结束了，可是命运偏偏把我们的那段浪漫史做了另外的安排。事情是这样的：一个新的人物出现在我们的生活圈子里。那是阿里阿德娜的哥哥大学时的同学鲁勃科夫·米哈伊尔·伊万内奇，这个可爱的人是来做客的，车夫和仆人谈到他时总是说：‘一位很有意思的先生！’此人中等身材，清瘦，谢顶，脸像和善的资产者那样，虽然有点古板，倒也相当端正、白净，蓄着很硬、精心修剪的胡髭，脖子上满是鸡皮疙瘩，有一个挺大的喉结。他戴一副用黑色宽带连着的夹鼻眼镜，讲话喉音很重，P 和 л 不分，比如说，‘做妥了’他能说成是‘做错了’。他总是兴致勃勃，什么事情他都觉得好笑。他的婚姻似乎是极其荒唐的，那时他二十岁，作为妻子的陪嫁，他在莫斯科靠近处女公墓的地方得到两所房子，并开始将其修缮和新建一间浴室，后来他完全破产了，如今他的妻子和四个孩子住在‘东方旅店’里，衣食无着，他得养活他们——这使他感到可笑。他三十六岁，而他的妻子已经四十二了——这也使他感到可笑。他母亲，一个高傲、妄自尊大、带有贵族派头的人物，讨厌他的妻子，跟他们分开单过，养着一大群猫狗，他每月必须给她七十五卢布的生活费；而他自己也有所好，喜欢在‘斯拉夫市场’吃早点，在‘僻静饭店’吃午饭；钱需要花很多，可他叔叔每年只能资助他两千卢布，这自然是不够用的，于是他成天在莫斯科奔波，正如俗话说，磨破了嘴皮子，到处找人借钱，不消说，这也十分可笑。他之所以来科特洛维奇这里，如他所说，是为了离开家庭生活到大自然的怀抱里休息一下。无论是吃午饭的时候，还是吃晚饭的时候，或者散步的时候，他总是对我们谈起他的妻子、他的母亲、他的债主和法警，嘲笑一番；他也嘲笑自己，一再表白，说正因他有借债的本事，所以结识了许多朋友。他几乎每时每刻都在笑，引得我们也跟着笑。有他在场，我们消遣的方法也完全不同了。我比较喜欢安静的，即所谓田园生活式的乐趣；喜欢钓鱼，黄昏时散步，采集蘑菇；鲁勃科夫则倾向于野餐、打网球、打猎。每个礼拜他大约会发起三次野餐，阿里阿德娜则每次都容光焕发，极其认真地开列单子，写上牡蛎、香槟、糖果，派我到莫斯科去采购，不消说，从来也不问我有没有钱。野餐的时候大家频频干杯，欢声笑语，他总是乐滋滋地讲到他的老婆多么老相，他的母亲养着多么肥胖的几只狗，他的债主是些多么可亲可爱的人……

“鲁勃科夫喜欢大自然，但他看待大自然就像看待早已熟悉的某种东西似的，而且就实质来说，还远比他所熟悉的那种东西低下，仿佛上帝之所以创造了大自然，只是为了满足他的乐趣。有的时候他会停在一片奇美的风景面前，说道：‘在这儿细细地品茶，该是多么好啊！’有一次，他看见阿里阿德娜打着阳伞在远处走，便头朝她那里点了点，说：

“‘她有点儿瘦，不过，倒合乎我的意愿。我不喜欢胖女人。’

“这话可真使我感到讨厌。我让他以后别在我面前这样谈论女人。他惊讶地看了看我，说道：

“‘我说我喜欢瘦女人，不喜欢胖的，这话有什么难听的地方？’

“我什么话也没回答他。后来，似乎是在他情绪非常好的时候，便半开玩笑似的说：

“‘我发现，阿里阿德娜·格里戈里耶芙娜喜欢您。我惊奇的是，您为什么总是闲呆着。’

“这些话使我感到很尴尬，我窘迫地对他讲出了自己对爱情和女人的看法。

“‘我不明白，’他叹了口气，‘在我看来，女人毕竟是女人，男人毕竟是男人。就算阿里阿德娜·格里戈里耶芙娜，按您的说法，是富有诗意的和高尚的，可这并不意味着她与自然法则毫无关系呀。您自己看得见，她已经处在需要丈夫或者情夫的年龄了。我对妇女的尊重并不亚于您，但是我认为，那种众所周知的关系并不排斥诗意。诗意是一回事，而情夫是另一回事。这就跟农业是一样的：大自然的美是一回事，而森林和田野所带来的收入是另一回事。'

"每当我跟阿里阿德娜一起钓鱼的时候，鲁勃科夫便躺在那儿的沙滩上，开我的玩笑，或者教训我该怎样生活。

"'我惊讶，先生，您既然不谈恋爱，怎能生活得下去呢！"他说，"您年轻、漂亮、一点也不枯燥，总而言之，哪方面都无可挑剔，可是您却生活得像和尚。唉，这些在二十八岁上就老气横秋的人，叫我怎么说呢！我比您几乎大十岁，可是你我之中谁显得年轻些？阿里阿德娜·格里戈里耶芙娜，您说呢？'

"'当然是您啦，'阿里阿德娜回答说。

"我们沉默和聚精会神地注视浮标的时候，他便感到厌倦，起身回家；此时阿里阿德娜便会不高兴地望着我说：

"'事实上您的确称不上是个男人，而只能说是，请原谅，一个窝囊废。真正的男子汉应该有所追求，能够发疯，敢做敢当，甚至赴汤蹈火！女人会原谅您的莽撞和无礼，可是她永远不会原谅您那瞻前顾后的审慎。'

"她当真生气了，接着说：

"'要想获得成功，必须要有决心和胆量。鲁勃科夫不像您那么漂亮，可是他比您有意思得多，他永远能够使女人喜欢，因为他与您不同，他是个真正的男子汉……'

"就连她的声音里也听得出某种恨铁不成钢的味道。有一次，是在吃晚饭的时候，她不是对我而是笼而统之地谈了起来，说她如果是个男人的话，那就不会在乡下呆得无聊，而是出去旅游，在国外什么地方过个冬天，比如说，在意大利。啊，意大利！就在这个节骨眼上，我父亲情不自禁地火上加油，开始没完没了地讲意大利，讲那里如何如何好，自然风光多么旖旎，有怎样的名胜古迹！于是乎阿里阿德娜的内心里突然燃起了去意大利的热切愿望。她甚至用拳头在桌子上敲了一下，眼睛都闪亮了：去一趟！

“从此以后，有关意大利是多么美好的话题便开始了——啊，意大利，嘀嘿，那意大利，每天都这么赞美不已，而当阿里阿德娜回过头来看我的时候，我从她那冷漠而固执的表情看出，她已经在自己的想象中征服了意大利及其所有的沙龙、著名外国人和旅游者，要阻止她前往是不可能的了。我劝她稍微等一等，过一两年再去，可她厌恶地皱起了眉头说：

“‘您总是那么审慎，像个老太婆。’

“鲁勃科夫则赞成这一旅游。他说这趟旅游会是很便宜的，他也愿意去意大利，离开家庭生活在那里休息一下。我很后悔，当时我十分幼稚，像个中学生。并非出于妒忌，而是出于一种可怕的、非同一般事情的预感，我尽了自己的所能，极力不使他俩单独在一起，而他们却常常取笑我，例如，我进门口的时候，他们就做出一种姿态，仿佛是刚刚接过吻似的，以及诸如此类的举动。

“然而，在一个明媚的上午，她那又白又胖的哥哥，招魂术士，出现在我的面前，表示要跟我单独谈谈。此人意志薄弱；尽管他受过教育，也彬彬有礼，可要是别人的信件正好放在他面前的桌子上，他便怎么也控制不住自己，非要拆开看看不可。这会儿在谈话的过程中他承认说，无意中看到过鲁勃科夫写给阿里阿德娜的一封信。

“‘从这封信里我了解到，她很快就要到国外去。亲爱的朋友，我感到非常不安！看在上帝的面上，请给我解释一下，这是怎么回事，这简直不可思议！’

“他说这话的时候，正气喘吁吁，粗气直喷到我的脸上，散发出炖牛肉的气味。

“‘对不起，我把这封信的秘密透露给您，’他接着说，‘不过您是阿里阿德娜的朋友，她是尊重您的！也许您已经知道点什么情况吧。她想出国，可是跟谁一起去呢？鲁勃科夫先生也打算跟她同行。对不起，可从鲁勃科夫先生这方面来说，这事可说是很奇怪的。他是个已婚的人，有子女，竟然还向别人表达什么爱情，他在信中对阿里阿德娜以“你”相称。对不起，这未免太不像话啦！’

“我周身掠过一阵寒冷，手脚变得麻木，与此同时我感到胸中疼痛，仿佛那里放置一块三棱石头。科特洛维奇疲惫地坐到了安乐椅里，胳膊搭拉着，像两条鞭子。

“‘我该怎么办呢？’我问。

“‘要开导她呀，说服她……您想想：对她来说鲁勃科夫算是什么人呢？难道他配得上她吗？噢，天哪，这多么可怕，多么可怕呀！’他两手抱着脑袋，接着说，‘先前她有过多么般配的人啊，马克图耶夫公爵，还有……别的先生。公爵很喜欢她，而且前不久，大约就在上个礼拜的礼拜三，他那已故的祖父伊拉里翁还毫不含糊地强调说，阿里阿德娜一定会成为他孙子的妻子。肯定会！他祖父伊拉里翁已经升天了，而这是一位十分聪明的人。我们每天都为他招魂。’

“这次谈话之后我一夜没睡，想自杀。第二天早晨我写了五封信，随后又全都撕成了碎片，在仓库里痛哭了一场，后来从父亲那里拿了些钱，不辞而别，到高加索去了。

“当然，女人毕竟是女人，男人毕竟是男人，不过，在我们这个时代，这一切难道还跟圣经神话中洪水以前的情形一样吗？难道我，一个有文化的人，一个天赋复杂精神组织的文明人，应该把我对女人的热烈的爱情仅仅解释为——她的肉体结构与我不同吗？当真如此，该是多么可怕啊！我原本希望，在跟大自然进行斗争的同时，人类的天才也跟肉体之爱进行斗争，就像跟敌人斗争一样，即使不能取胜，至少也要用情谊与爱的幻想之网将它缠裹起来；对我来说，不管怎样，这已经不单单是自身动物本能的驱使，像犬类或者蛙类那样，而是真正的爱情，每一次的拥抱都是纯洁心灵的冲动和对女性尊重使然。的确，经过世世代代的沿袭，几百代人的相传，对于动物性的本能，人们早形成了一种厌恶之感，这种厌恶早已溶化在我的血液里，构成我之存在的一部分，如果说现在我把爱情看得富有诗意，这岂不非常合乎自然，而且，在我们这个时代，又是必然的，正如我的耳朵不再会动，我的身体不再覆盖着一层长毛。我觉得，大多数有教养的人都是这样想的，因为在我们当今时代，爱情之中如果缺乏道德的、诗意的成分，便要被看作是返祖现象了；据说，这是一种退化症状，是多方面的干扰造成的。不错，在把爱情诗意化的同时，我们往往认定我们所爱的人身上有着种种实际上并不具备的优点，而这就成为我们屡犯错误和经常痛苦的根源。不过，在我看来，这样也好，也就是说宁肯忍受痛苦，也比在女人毕竟是女人、男人毕竟是男人的基础上得到满足好些。

“在梯弗里斯[①]，我收到父亲的一封来信。他信中写道，阿里阿德娜·格里戈里耶芙娜已于某月某日出国去了，打算在国外度过冬天。一个月之后我回到了家里。当时已是秋天了。阿里阿德娜每个礼拜都给我父亲寄信来，信笺上洒过香水，用精彩的文学语言表达的内容挺有意思。我得出的印象是，每个女人都能成为作家。阿里阿德娜十分详细地描述了她怎样几经周折才跟自己的姑母和好，并且让她拿出一千卢布作为路费的，还有她在莫斯科怎样久久地寻找她的远亲，一个老太太，为的是说服她，让她跟自己一起去国外走一趟。这多余的详情细节本身就表明是胡编乱造出来的，不消说，我自然明白，根本没有什么老太太跟她一路同行。没过多久，我也收到她的来信，也是信笺上洒过香水，满纸文学语言。她信中写道，她想念我，怀念起我那漂亮、聪明、痴情的眼睛，友好地指责我不该扼杀自己的青春，不该呆在乡下无聊，说我当时本可以像她那样生活在天堂里，在棕榈树下，在果园里，饱吸柑橘树木的芳香。之后便是这样的落款：‘被您遗弃的阿里阿德娜’。大约过了两

① 即第比利斯，格鲁吉亚首都。

天，又来一封信，还是那种调子，落款是：‘被您遗忘的阿里阿德娜’。我头脑里一切都糊涂了。我是那么炽烈地爱她，每天夜里都梦见她，可这会儿她还写什么‘被遗弃的’、‘被遗忘的’——这是什么意思？是为了什么？而那阵子还有乡间的寂寞，漫长的夜晚，那些关于鲁勃科夫的纠缠不清的思绪……这种未知的局面使我备受折磨、日夜不安，简直难以忍受。我控制不住自己，也就出国去了。

“阿里阿德娜叫我到阿巴集亚去。在一个雨过天晴而又和煦的日子里我到了那里，树上还挂着雨滴，我下榻在阿里阿德娜和鲁勃科夫所住的一个庞大的兵营式的建筑物里。当时他们不在家。我去到附近的一个公园，信步在林荫路上走了走，然后坐了下来。一位奥地利将军背着手从我面前走了过去，他的裤子上带有红色镶条，跟我国将军穿的那种一样。有人推着一辆摇篮车走过，摇篮里躺着婴儿，车轮碾得路面上的湿沙喳喳作响。一个老态龙钟的、有黄疸病的老翁走了过去，接着是一帮英国姑娘，一个天主教教士，随后又是一位奥地利将军。刚从阜姆①来的一个军乐队，带着一些闪闪发亮的喇叭，懒散地走向一个小亭子；音乐开始了。您曾经到过阿巴集亚吗？这是斯拉夫的一个脏得很的小镇子，只有一条街，臭气熏天，雨后人们不穿套鞋是无法通过的。关于这所谓的人间天堂，我在她信中读到过那么多次，而且每次都使得我那么感动不已，以至后来，每当我提起裤腿，小心翼翼地穿过那条狭窄的街道，由于闲得无聊而向一位老妪买几只青梨，那老妪认出我是俄国人便讲起了俄语，把四说成了‘死’，把二十说成了‘儿拾’的时候；每当我困惑莫解，不知自己究竟该去哪儿，去了那儿又该做什么的时候；每当我必定会遇到一些像我一样大失所望的俄国游客的时候，我便情不自禁地感到懊恼和羞愧。那里有个平静的海湾，不少轮船和张着各色风帆的小舟在海面上游弋；从那里既能看得见阜姆，又能望得见远处的岛屿，那些岛屿被粉红色的雾霭笼罩着。要不是海湾的风

① 即里耶卡，原属南斯拉夫。

景，这整个的绿色之岸，被贪婪的商人盖起的饭店及其建筑风格俗不可耐的附设建筑物挡住，致使您在这天堂的大部分地方里，除了窗户、露台，尽是白色小桌和堂倌黑色衣服的一些小场院，什么都看不见，那么，这地方可说是风景美丽如画了。那里有一个公园。如今您在国外的任何一个疗养之地都能见到那样的公园。既有棕榈树那晦暗的、动也不动的、默然不语的绿叶，也有林荫路上闪光的黄沙，既有鲜绿色的长凳，也有军乐队喇叭的闪光，还有将军裤子上的红色饰条——这一切，大约十分钟就会使人感到腻了。然而，不知为什么您又不得不在这儿住上十天，十个礼拜！在不得已从一个疗养区逛到另一个疗养区的过程中，我越来越深信不疑，那些脑满肠肥的富人，日子过得多么不舒适和枯燥乏味，他们的想象力是多么呆板和贫乏，他们的鉴赏力和愿望又是多么狭隘。而比他们快活不知多少倍的是那些囊中羞涩的旅游者，其中年老的也好，年轻的也罢，虽然住不起大饭店，却走到哪儿就住哪儿，从高山上欣赏海景，躺在草地上休息，徒步游览，走近树林和村野观赏，了解当地的风俗，听那里的歌谣，跟那里的女子谈情说爱……

"就在我坐在公园里的时候，天渐渐黑下来，我的阿里阿德娜在暮色昏暗中出现了，她非常优雅，打扮得十分漂亮，像个公主；鲁勃科夫跟在她后面，穿一身新的、宽松的衣服，那大概是在维也纳买的。

"'您怎么生起气来了？'他说，'我什么地方对不住您呢？'

"看见我之后，她高兴得叫了起来，这要不是在公园里，大概她会扑过来搂住我的脖子；她紧紧地握住我的双手，不停地笑，我也在笑，激动得差点流出眼泪。接着是一连串的询问：乡下怎么样，父亲如何，见过她哥哥没有，等等。她硬要我望着她的眼睛，问我是否还记得那几次钓鱼，我们之间的几次小小的吵嘴，野餐……

"'就实质来说，那一切还真是挺有意思，'她叹了口气，'不过我们在这儿的日子也不会枯燥乏味。我们会有好多朋友，我亲爱的好人儿！明天我就会把您介绍给本地的一家俄罗斯人。只是请您为自己另买一顶帽子，’她仔细看了看我，皱了皱眉头，‘阿巴集亚不是乡下，’她说，‘在这儿应当讲究体面。’

“后来我们便去餐厅。阿里阿德娜始终笑容满面，开着玩笑，说我可爱、友好、聪明，仿佛不敢相信自己的眼睛，看到我跟她在一起。就这样，我们大约坐到十一点钟才散，都非常满意那顿晚餐，彼此也很满意。第二天阿里阿德娜把我介绍给那家俄罗斯人：‘著名教授的公子，我们两家庄园是比邻。’她跟这家人谈的尽是关于庄园和收成，而且总是引用我的话。她渴望自己给人留下非常阔气的庄园主印象，的确，她还当真达到了这一目的。她装得天衣无缝，像真的贵族一样，不过，按出身她的确属于贵族。

“‘可我舅妈也真是的！’她忽然说，面带微笑地望着我，‘我们跟她稍稍有点意见不和，她就动身去默朗[①]了。她这是怎么啦？’

“后来，我们在公园里散步的时候，我问她：

“‘刚才您说的是哪个舅妈呀？怎么又出现了一个舅妈？’

“‘这是为了安全而编造的谎话，’阿里阿德娜大笑了起来，‘不能让他们知道，我身边没有女伴。’沉默了一会儿她贴近我的耳朵说道：‘宝贝儿，我亲爱的，跟鲁勃科夫做个朋友吧！他是那么不幸！他母亲和他妻子简直太可怕了。’

“她跟鲁勃科夫总是客客气气，以‘您’相称，要去睡觉的时候，总是跟他告别，像对我那样，对他说‘明天见’，而且，他们住在两个楼层——这都使我相信，先前自己的多疑，以为他们有浪漫插曲是多么荒唐。从此，跟他们见面的时候，我便感到内心轻松多了。有一次他跟我借三百卢布，我也十分高兴地借给了他。

“每天，我们除了散步还是散步。不是在公园里溜达，便是吃饭、喝酒。每天还都跟那家俄罗斯人聊天。我渐渐也就习惯了，我知道，要是我走进公园，那就必定会遇见那个害黄疸病的老头，那

---

① 位于法国南部。

天主教教士和那奥地利将军。那将军总是随身带着一叠小型的纸牌，只要能有方便的地方他就坐下来，摆纸牌猜卦，有时生气似的耸耸肩头。音乐则总是重复着同一个曲子。在乡下家里的时候，每逢我跟朋友们一起去野餐或者钓鱼，在农民面前便感到羞愧，在这里也是如此，在仆人、车夫、相遇的工人面前，也感到羞愧；我总觉得，他们在看我，在想："为什么你什么事情也不做？"每天，从早到晚我都有这种羞耻感。日子过得单调乏味，奇怪而又不愉快。莫非只是由于鲁勃科夫时而向我借一百卢布，时而借五十盾，生活才算起了一点变化：他得到钱之后马上就活跃起来，像有吗啡瘾的人打了吗啡似的，开始无所顾忌地嘲笑他的妻子，嘲笑他自己和他的债主。

"可是后来经常下雨，天气变得阴冷。我们到意大利去了，我给父亲发了封电报，求他看在上帝的面上给我往罗马汇八百卢布。我们在威尼斯、博洛尼亚、佛罗伦萨各停留几天，在每一个城市里都必定住高级饭店，在那里我们开销很大，由于照明、由于周到的服务、由于取暖我们得多花钱，甚至为了早餐桌上的面包和有权不在公共大厅里吃午饭我们也得另外付钱。说到吃饭，我们可说吃得真多。早晨给我们提供牛奶咖啡、小面包和黄油。中午一点钟吃午饭：黄油、鱼、摊鸡蛋饼、奶酪、水果和葡萄酒。六点钟的时候开始吃八道菜的晚饭，时间拖得很长，其间我们喝啤酒和葡萄酒。八点多钟的时候我们喝茶。午夜之前，阿里阿德娜会说她又想吃东西了，于是便要火腿和溏心鸡蛋。为了陪她，我们便一起吃。而两餐之间的空闲时间，我们跑博物馆和展览馆，可又老是放心不下，就怕耽误了晚饭或者午饭。眼前的一幅幅画使我感到疲劳得很，特别想回家躺会儿，眼睛总是在找可坐一坐的椅子，嘴上却跟着别人言不由衷地重复：'多么精美啊！这气氛多浓！'有如饱食之后的蟒蛇，我们的视线只注意那些闪光的东西。商店的橱窗给我们施了魔力，我们也就欣赏起那些假钻石的胸针，买一大堆不需要的、毫无价值的东西。

“在罗马也是如此。那儿也是下雨，刮冷风。吃过丰盛的午餐之后，我们去参观彼得教堂。大概由于我们吃得太饱，或许还由于天气不好，教堂没给我们留下什么印象，于是我们便相互指责，说对方对艺术冷漠，还差点儿吵了起来。

“父亲寄的汇款到了。我记得，我是早晨去取的。跟我一起去的还有鲁勃科夫。

“‘既然有了“过去”，那么“现在”便并非完整和美好，’他说，‘“过去”留在我脖子上的是一个很大的包袱。不过，如果有了钱，那么一切都还不算太糟，可没钱的话，就不会太妙……不知您信不信，我口袋里只剩下八个法郎了，’他压低了声音继续说，‘可我还得给妻子寄一百法郎，给母亲也寄那么多。而且，住在这儿也得花钱。阿里阿德娜简直像个孩子，根本不想考虑实际情况，像公爵夫人似的挥金如土。昨天她干吗要买块手表？而且，您倒说说看，我跟她何必还要玩那种遮遮掩掩的把戏？要知道，为了把她跟我的关系瞒住仆人和熟人，我们每昼夜不得不多付十至十五法郎，因为我住一个单间。这又何必呢？’

“我胸膛里仿佛有一块锐利的石头翻转了一下。对我来说，现在一切都一清二楚了，没有什么蒙在鼓里的了，我整个身心都凉了半截儿，当即做出了毅然决然的决定：不再与他俩相见，逃离他们，马上回国……

“‘跟女人来往不是什么难事，’鲁勃科夫接着说，‘只要脱掉她的衣服就行了，可是事后这会成为多么沉重的包袱，那真是无聊啊！’

“我在数我收到的钱时，他说：

“‘如果您不借给我一千法郎，那我就要完蛋了。您的这些钱是我惟一的指靠了。’

“我给了他钱，他当即活跃起来，开始嘲笑他的叔叔，认为那是一个怪人，总也不能把自己的行踪瞒过老婆。回到旅馆之后，我便收拾行李，结了账。剩下的事便是与阿里阿德娜告别了。

“我敲了敲她的门：

“‘请进！’

“她的房间里呈现出早晨的一片凌乱：桌子上是茶具，没吃完的面包、蛋壳；浓烈的香水气味令人窒息。床铺尚未整理，而且看得出来，那上面是两个人睡过。阿里阿德娜本人还是刚起床不久，此时身穿一件法兰绒内衣，披散着头发。

“我跟她道过早安，默默地坐了一会儿，等她把自己的头发仔细梳好，后来我整个身子发抖地问她：

“‘您干吗……干吗写信叫我到国外来呢？’

“看来她已经猜到了我心里所想的是什么，她拉着我的手说道：

“‘是我希望您能够在这里的呀。您是那么纯洁！’

“我为自己的激动、自己的颤抖而感到羞愧。唯恐自己还会失声痛哭起来！我没有再说什么便离开了她的房间，一个小时以后已经坐在车厢里了。不知为什么，一路上我老是觉得阿里阿德娜怀孕了，似乎她使我感到厌恶，而且所有的女人，无论是在车厢里还是在车站上见到的，不知为什么我仿佛觉得她们都怀了孕似的，也是那么让人讨厌和可怜。我的处境真像一个贪得无厌的守财奴突然发现自己所藏的金币全是假的。我那如此之久被恋情温暖着的头脑所塑造出来的赏心悦目的纯洁、优美的形象，我的计划和希望，我的回忆，我对女人和爱情的观点，——这一切，此时都在讥笑我，向我吐舌头。阿里阿德娜，我简直不敢相信，这个年轻、美丽无比而又有知识的姑娘，参政员的女儿，竟然跟那么一个渺小的、枯燥乏味的庸俗小人鬼混在一起？不过话又说回来，她为什么不该爱鲁勃科夫呢？我自问自答。他哪一点不如我？噢，让她去爱好了，爱谁都行，可为什么要撒谎呢？然而，她又何必对我明说呢？如此这般地想下去，直到头脑昏昏沉沉。车厢里很冷。我是坐在头等车厢里，但那里一张沙发座位上要坐三个人，两个人的座位没有框架，车厢的门敞开着，冷风直往包厢里吹，我感到自己有如戴着足枷，被排挤、被遗弃的一个可怜虫，两条腿冻得僵硬，与此同时，今天早晨她身穿内衣和披散着头发的诱人形象却时时浮现在我的眼前，突然，我被如此强烈的妒忌控制住了，内心的疼痛使我身子都一再向前倾，以至邻座的旅客惊讶地望着我，甚至面带恐惧。

“及至到了家乡，正赶上厚厚的积雪和零下二十度的严寒。我喜欢冬天，之所以喜欢，是因为这一时刻我已在家里，即使严寒刺骨，内心里却感到特别温暖。在晴朗严寒的日子，穿上短皮袄和毡靴，到花园里或者院子里做点什么事情，要不就在自己那炉火正旺的房间里看书，到父亲的书房里面对壁炉坐上一坐，到自家的乡间浴室里洗澡，等等，都是十分愉快的。不过，家里如果没有母亲、姐妹或者孩子，那么冬天的夜晚便会不怎么好过，会使你觉得夜晚极其漫长和冷清。而且，愈是温暖和舒适，这种缺陷的感觉就愈明显。我从国外回来的那个冬天，夜晚尤其漫长，我心情极其郁闷，甚至忧郁得连书也看不下去。白天我可以随便走走，扫扫花园里的雪，喂喂鸡和小牛，可到了晚上也就没有指望了。

“过去我不喜欢有客人来，现在我则高兴见到他们，因为我知道，在谈话过程中必定会提起阿里阿德娜。招魂术士科特洛维奇是常客，他来是为了谈他的妹妹，有时他也把自己的朋友马克图耶夫公爵带来，那人对阿里阿德娜的爱一点也不亚于我。在阿里阿德娜的房间里坐一坐，按一按她的钢琴的琴键，瞧一瞧她的乐谱，——对公爵来说，这是必不可缺的，否则他简直无法生活，而他祖父伊拉里翁的灵魂仍在预言，说阿里阿德娜迟早会成为他的妻子。公爵总是在我们那儿坐很久，一般来说，从午饭以后直到半夜，而且总是沉默不语，默默地喝上两三瓶啤酒，只是偶尔为了表示他也参与谈话而发出时断时续的、忧郁的、傻里傻气的笑。在回家之前，他总是把我拉到一边，压低声音问道：

“‘您最后一次见到阿里阿德娜·格里戈里耶芙娜是在什么时候？她身体好吗？我想，她在那边不会感到寂寞吧？’

“春天来了。到了翻地耙土的时候，然后是种春播作物和三叶草。我的心情是忧郁的，但却是春天般的感觉：失去的就算失去好了。在田野里干活和倾听百灵鸟歌唱时我问自己：能不能从此不再考虑所谓的个人幸福问题，不抱任何幻想而娶一个普通的农村姑娘为妻呢？就在繁忙的节骨眼上，我突然收到一封贴有意大利邮票的信。这时三叶草也好，养蜂场也好，牛犊也好，农家姑娘也好——一切都飞逝了，像烟雾消散。阿里阿德娜这次写的是，她极其悲惨和不幸。她埋怨我，说我没有向她伸出援助之手，而是站在自己那美德的角度，居高临下地看她，并在她处于危险的时刻撇开了她。这些话都写得字迹很大，匆忙而潦草，不少地方有过改动，墨污斑斑，显而易见，她写信时心情烦躁而又痛苦。在信的末尾，她恳求我前去救她。

“就这样，这封信使我像一条拔起了锚的船，把我带走了。阿里阿德娜当时是在罗马，我到她那里已是深夜了，她一见到我就哭出了声，扑过来搂住我的脖子。时间过了一个冬天，可她一点也没变，还是那么年轻而富有魅力。我跟她一起吃了晚饭，之后便坐上车子在罗马城里兜风，一直到天亮，她把有关自己的一切不停地讲给我听。我问她，鲁勃科夫在哪儿。

“‘请不要再对我提起那个家伙！’她叫喊了起来，‘我讨厌那个坏蛋！’

“‘可是您似乎爱过他。’我说。

“‘从未爱过！起初他让人觉得很有特点，而且能够引起别人的同情——如此而已。他是个厚颜无耻的家伙，追逐女人，而且很会讨女人喜欢。不过，我们别去谈他了。这是我生活中悲哀的一页。他回俄罗斯筹钱去了——那是他惟一可走的路！我已经对他说了，不许再回到这里来。’

“她已经不住旅馆了，而是租住私人的两间一套住宅，她按照自己的审美趣味布置了一下房间，属于冷色调，显得很阔气。鲁勃科夫走后，她已经向熟人借了将近五千法郎，我的到来，对她来说，的确成为救星了。我本打算把她带回乡下去，然而这我未能办到。她倒是思念祖国，可想到过去那贫困的日子，那捉襟见肘的生活，想到哥哥房子上那生锈的屋顶，她内心里便会泛起厌恶之感，使她不寒而栗，而每当我建议她回国时，她总是猛然握紧我的双手说：

“‘不，不！在那儿我准会由于无法忍受的烦闷而死的！’

“接着，我的痴情进入了最后的阶段，进入该有定局的时刻了。

“‘亲爱的，您还像先前那样待我吧，给我一点温存，’阿里阿德娜说，身子俯向我，‘您是那么脸色阴沉，顾虑重重，担心感情冲动，您总是考虑后果，可这是多么无聊啊。好啦，算我恳求您，您就温存点吧！……我的纯洁的，我的神圣的，我的心爱的，我是那么爱您！’

“我成为她的情夫。至少有一个月的时间，我像疯子似的，惟一的感觉就是异常高兴。怀中抱的是一个年轻的、无比美好的躯体，自己尽可尽情享受，每当从睡梦中醒来，总是感觉到她的温暖，想到她就在自己身边，而她，这阿里阿德娜是属于我，——噢，要习惯于这一点是多么不容易啊！然而我毕竟习惯了，而且渐渐地有意识地适应这一新的处境了。首先，我明白了，阿里阿德娜像过去一样，并不爱我。可是她渴望真正的爱，她害怕孤独，而更为重要的是我年轻、健康、结实，而她又像所有比较冷漠的人一样，肉欲是很强的，所以我们两人都尽量装出一种样子，仿佛我们是由于相互之间的炽烈爱情而结合在一起的。后来我还明白了点别的事情。

“我们在罗马，在那不勒斯，在佛罗伦萨各住了一阵，后来去到了巴黎，但我们觉得那里很冷，便又回到了意大利。我们在各地都以夫妻、一对富有的庄园主身份出现，人们很愿意跟我们结识，阿里阿德娜获得了很大的成功。因为她学画画儿，所以都称她为画家，请想象一下，这还真适合于她，尽管她这方面任何才能也没有。每天她都要睡到下午两三点钟才起床；喝咖啡和吃午饭是在床上。晚上这顿饭她吃汤菜、龙虾、鱼、肉、龙须菜、野味，等等，等她躺在床上的时候，我还得给她递点什么吃的东西，例如烤牛肉，这时她便面带忧愁的表情将其吃下去，可是半夜醒来她又要吃苹果和柑子。

“这个女人主要的，就是说，最本质的特点便是极端的狡猾。她无时无刻不在耍花招，看来，并非是出于什么需要，而似乎是出于本能，就像麻雀嘁嘁喳喳叫唤或者蟑螂摆动触须的那种本能使然。无论是对我，对仆人，对门房，对商店里的售货员，对熟人，她总是耍花招；没有一次谈话，没有一次聚会她不作假和装腔作势的。要是有个男人有事情走进我们的房间，不管那人是谁，是茶房也好，男爵也好，她的眼神、表情、声音，甚至她的身段外形，马上就全然变了。哪怕您当时看到过她一次，您也会得出结论说，在整个意大利，找不出比我们更荣耀和更富有的人了。对所遇见的每一个画家和音乐家，她都要就其所谓出色的才能倍加恭维和胡说八道。

“‘您是那么伟大的天才！’她说，声音甜美，像唱歌似的。“‘跟您在一起甚至让人感到害怕。我想您一定会把人看穿了。’

“这一切都是为了讨人喜欢，要获得成功，让人觉得她很可爱！每天早晨醒来之后，她惟一的想法就是：‘讨人喜欢！’而这正是她生活的目的和意义之所在。假若我对她说，住在某条街上某栋楼房里的一个人不喜欢她，那么，这肯定会使她十分难过。她每天都要把男人魅惑、迷住，使其发疯。看到我受她的支配，在她的魔力面前变得俯首听命，她感到无比快活，就像骑士比武获胜归来似的。我的屈从她还嫌不够，每逢夜晚她都摊在床上，像只母老虎，赤裸裸地躺着——她老是觉得热——读鲁勃科夫写给她的那些信；鲁勃科夫央求她返回俄国，否则他发誓要去偷去抢或者去杀人，只是为了弄到一笔钱好来找她。她恨他，可他的那些热情洋溢、巴结逢迎的信使她激动不已。她对自己的魔术般的魅力深信不疑；她觉得，要是在什么地方，在人多的聚会上，大家能够看到她的躯体是多么匀称美好，她的皮肤是何等颜色美丽，那么她一定能够征服整个意大利，乃至整个世界。这类关于躯体和皮肤颜色的谈话使我感到受了侮辱，而她，看出这一点之后，常常在心烦的时候故意气我，说些下流话来刺激我，甚至发展到这样一步，有一次我们在一位夫人的别墅里做客，她发起了脾气，对我说：

"'要是您不住口，尽用您的那些道德说教来惹我心烦，那我马上就会脱光了衣服，赤裸裸地躺在这鲜花丛中！'

"看她怎样睡觉，怎样吃东西，或者看她怎样装出天真的神情，我常常在想：上帝为什么把这非凡的美、这身姿和这头脑赐给她呢？莫非真的只是为了让她躺在床上睡懒觉，没完没了地吃东西和撒谎，除了撒谎还是撒谎？再说，她当真是头脑聪明吗？她怕点三支蜡烛，怕十三这个数字，怕别人用毒眼看她和做噩梦会使她无比恐惧，她像虔诚的老太婆那样喋喋不休地谈论自由恋爱和自由解放，硬说鲍列斯拉夫·马尔凯维奇是比屠格涅夫还优秀的作家。不过她像魔鬼那么狡猾和机灵，在社交场合善于表现出很有教养的样子，仿佛是个思想先进的人物。

"即使在心情愉快的时候，她也会莫名其妙地辱骂仆人，把昆虫弄死；她喜欢看斗牛、读凶杀案小说，看到有人为被告辩护她便怒气冲冲。

"要过我和阿里阿德娜这种生活，我们需要很多钱。可怜的父亲把自己的养老金和全部收入都寄给了我，还为我四处借钱，有一天他回信告诉我，说他'没有钱了'①，我便给他拍去一封绝望的电报，恳求他把庄园抵押出去。没过多久，我求他再抵押什么，设法汇钱来。两次请求他都毫无怨言地照办了，把所有的卢布和戈比都寄给我了。阿里阿德娜则对生活的实际情况不屑一顾，这一切似乎与她毫不相干，在我花上几千法郎去满足她那疯狂的欲望而又像一

① 原文为拉丁语。

棵老树那样呻吟的时候，她却心情轻松地唱起《再见吧，美好的那不勒斯[①]》。我渐渐对她冷淡了，开始为我跟她的结合而感到羞耻。我本不喜欢女人怀孕和分娩，可这时我倒宁愿有个孩子，至少那孩子可以成为我跟她一起生活的理由。为了不对自己感到彻底厌烦，我开始参观博物馆和画廊，阅读书籍，不再贪食，酒也戒了。如此看来，要是从早到晚都能有规律地约束自己，那么内心似乎就会轻松些。

"终于我也使阿里阿德娜厌倦了。顺便说说，凡是被她所征服的人，基本上都是中等地位的，所谓使者和沙龙，像先前一样，依然没有出现，钱不够用，这使她伤心，使她痛哭流涕，最后，她总算正式宣布，要是返回俄罗斯去，她并不反对。就这样，此刻我们正在路上。在动身之前的近几个月，她热心于与自己的哥哥通信，看来，她有自己的秘密计划，至于是什么样的计划，那只有天知道了。我已经懒得再去琢磨她的诡计了。然而，我们并不是回到乡下去，而是去雅尔塔，后来又从雅尔塔去高加索。现在她能够住得下去的只有疗养胜地了，可要是您能够知道我对这些疗养胜地恨到什么程度就好了，在那些地方我简直感到窒息和羞愧难当。我现在可真想回到乡下去！真想拼命干活，哪怕汗流满面也要生产粮食，为的是弥补自己的过错。现在我感到自己身上有使不完的力气，我似乎觉得，只要我拼命卖力，五年之内一定能够赎回抵押的庄园。不过您瞧，情况有点复杂了。这里并不是国外，而是祖国俄罗斯，我们得考虑合法婚姻问题。不消说，相互之间的吸引力已经消逝了，往昔的爱情已不见踪影，但不管怎样，我必须跟她结婚。"

被自己的故事弄得十分激动的沙莫欣，和我一起走下甲板，回到船舱，我们继续谈论女人。时间已经很晚了。原来，他跟我是安排在同一个舱间里。

---

① 原文为意大利语。

“目前，可说只是在农村里女人才没有落在男人后面，”沙莫欣说，“在那里，女人也像男人那样思考问题和感受事物，为了栽植而孜孜不倦地跟大自然斗争。可城市里的资产阶级知识女性，早就落后了，回到了自己那原始的状态，成为半人半兽了，也正因为如此，人类天才所赢得的许多东西都丧失了。女性本身渐渐消失，剩下的只是原始的雌性。知识女性的这种落后对于文化确实构成了真正的危险；在这种退化过程中，女人还极力拖住男人，影响其前进。这是毫无疑问的。”

我问：何必一概而论呢，何必根据一个阿里阿德娜而推论所有的女人呢？仅就女性为受教育和为男女平等所作的努力来说，我便认为那是对正义的渴望和所作的努力，这本身便排除了任何有关退化的推测。然而沙莫欣几乎听不进我说的话，他怀疑地微笑。这是一个极端的、顽固不化的仇视女性的家伙，要改变他的看法是根本不可能的。

“唉，够了！”他打断我的话，“既然女人心目中的我并非是人，并非是与她自己相等的人，而只是一个雄性，并且，她一生为之忙活和操劳的仅仅是为了取悦于我，就是说，仅仅为了占有我，那么这里还有什么充分的公民权利可言呢？噢，您可不能相信她们，她们是极其狡猾的！我们男人，为了她们的自由而成天忙活，可她们根本不稀罕这种自由，只不过装出要自由的样子罢了。她们是十分狡猾的，狡猾得很！”

再辩论下去我觉得毫无意思，想睡觉了。我转过身去，脸对着墙壁。

“对了，”正在迷迷糊糊的时候我听到，“对了，先生，所有这一切都该归罪于我们的教育。在城市里，整个教育和妇女的文化水准，就其本质意义来说，是要归结到这样一点，即把女性培养为半人半兽，让她讨雄性喜欢，并且善于控制雄性。的确，先生，”沙莫欣叹了口气，“女孩应该同男孩一起受教育，一起学习，为的是他们能够始终在一起。应当这样教育女性，让她像男人那样，善于认识自己的错误，否则她就会永远认为自己是对的。从小就要对女孩灌输这样的思想：男人首先不是男伴，不是未婚夫，而是在各个方面都跟她相等的朋友。教她按逻辑性思考问题，概括问题，不要让她相信什么女人的脑子比男人的脑子轻，因而也就不去关心科学、艺术乃至整个文化的发展问题。未成年的鞋匠和油漆匠小学徒工，脑子也比成年人的脑子小，可他们为生存而参加共同的斗争、工作、吃苦。我们还应当抛弃有关生理方面的偏见，因为第一，女人并不是每个月都生孩子；第二，并不是每个女人都生孩子；第三，正常的村妇直到生孩子的前一天还在田里干活，而且对她的身体没有任何影响。此外，在日常生活中也应该是完全平等的。如果男人给太太搬椅子坐，或者替她把掉在地上的手绢拾起来，那么也让女人如此去报答男人好了。如果一位出身于好人家的姑娘帮我穿上大衣或者端上一杯水，那我是一点也不会反对的……”

别的我什么也没有听见，因为我睡着了。第二天早晨，我们驶近塞瓦斯托波尔的时候，天气潮湿，令人感到不太舒服。轮船有点晃动。沙莫欣同我一起坐在甲板室里。他不知在想着什么，默然不语。通知喝茶的铃声一响，竖起大衣衣领的男人们和脸色苍白、睡意蒙眬的女人们开始离开甲板，下到船舱里去。一位年轻而极其漂亮的夫人，也就是在沃洛奇斯克对海关官员发脾气的那位，停在沙莫欣面前，带着淘气孩子撒娇的表情对他说：

“让啊，你的小鸟儿颠簸得晕船啦！”

后来，住在雅尔塔时，我看见过这位漂亮的夫人怎样在溜蹄马背上奔驰，身后的两个军官几乎跟不上她，以及有一天早晨她怎样围着小围裙、头戴弗利基亚帽[①]，坐在海边上用水彩画画儿，一大群人站在离她不远的地方欣赏。我也跟她相识。她紧紧握着我的手，仔细地看着我，以甜美的唱歌似的声音向我表示感谢，说我的作品

① 一种呈锥形的高帽，尖顶向前倾折，通常为红色，被认为是解放的象征。

给她带来了快乐。

“别信她的话，”沙莫欣悄声对我说，“您的作品她压根儿没有读过。”

似乎是在傍晚，我在海滨散步的时候遇见了沙莫欣。他怀里抱着一包包小吃和水果。

“马克图耶夫公爵来这儿了！”他高兴地说，“昨天他跟阿里阿德娜的哥哥，那位招魂术士，一起来的。现在我明白了，当时她跟他彼此写的信上都谈了些什么！上帝啊，”他继续说，凝视着天空，把胸前的纸包抱得更紧，“要是她打定主意跟公爵好，那对我来说也就意味着解脱，我可以回到乡下去，回到我父亲那里了！”

于是他一溜烟地向前跑去。

“我开始相信魂灵了！”他回过头来对我喊道，“看来，伊拉里翁老爷子的魂灵显灵，预言要应验了！噢，但愿如此！”

这次会面之后，第二天我便离开雅尔塔了，沙莫欣的浪漫史怎样结束我便不清楚了。

《配偶》——《阿里阿德娜》

王守仁　译